SFV

THOMAS MANN

TAGEBÜCHER
1953-1955

Herausgegeben
von Inge Jens

S. FISCHER

Umschlag R. und E. Marhold
Satz und Druck Wagner GmbH, Nördlingen
Einband G. Lachenmaier, Reutlingen
Printed in Germany 1995
ISBN 3-10-048214-X

VORWORT

Wie kein Tagebuchband zuvor spiegeln die in der vorliegenden Edition – wiederum ungekürzt – publizierten Aufzeichnungen aus den Jahren 1953 bis zum Tode, 1955, jene oft beschriebene Verbindung von Elend und Ruhm, die dem letzten Lebensabschnitt Thomas Manns seine Dramatik, aber auch seine traurige Monotonie verleiht.

Ein alter Mann kehrt heim. Der Empfang ist achtungsvoll, oft triumphal; die Perspektiven zur Gründung einer neuen Existenz erscheinen freundlich; selbst die lebenslange Sorge um die Mittel zur Sicherung eines »bescheidenen« und »anständigen« Lebensstandards, wie der Tagebuchschreiber seine Sehnsucht nach Luxus und seine zunehmende Angewiesenheit auf Bequemlichkeit und Komfort umschreibt, erweist sich angesichts steigender europäischer Einnahmen als überflüssig: an Geld »fehlt es nicht«.

Die Vorbedingungen für einen durch die Privilegien des Ruhms und glückliche äußere Umstände begünstigten Lebensabend scheinen gegeben. Das erste europäische Jahr beginnt mit einem Besuch des französischen Außenministers Robert Schuman in Zürich, der Thomas Mann persönlich das Kreuz der Ehrenlegion überbringt. Die Rosette wird der Geehrte fortan ständig im Knopfloch tragen. Und was das Ansehen des Schriftstellers betrifft, so sind die ersten Zürcher Monate bestimmt durch das Erscheinen der mit großer innerer Beteiligung im Sinne einer biographischen Rechenschaft zusammengestellten und überwiegend positiv aufgenommenen Essay-Sammlung ›Altes und Neues‹, die Beendigung der zehn Monate zuvor in Pacific Palisades begonnenen Novelle ›Die Betrogene‹ sowie – am 26. Dezember – den vorläufigen Abschluß der Krull-Memoiren.

Im gleichen Zeitraum führen Reisen nach England, wo der Cambridger Dr. h. c. nun auch den Oxforder Ehrendoktor entgegennimmt (zugleich mit Pandit Nehru und dem schwedischen Erzbischof Erling Eidem – keine schlechte Gesellschaft, wie der Ausgezeichnete nicht müde wird zu betonen), nach Hamburg, wo Studenten und Bevölkerung ihm bei zwei Leseabenden Ovationen darbringen, und schließlich nach Rom, die Stadt, in der ihm – durch die Vermittlung des Präsidenten der Accademia Nazionale dei Lincei – Papst Pius XII. (entgegen dem Rat seiner Periti, die ihn vor einer solchen Ehrung des »Kommunistenfreundes« warnen) eine Privataudienz gewährt.

Nein, an auszeichnenden Geschehnissen und äußerem Glanz war wahrlich kein Mangel. Was, 1953, vergleichsweise »bescheiden« und realistisch begann, steigerte sich vom unerwarteten Erfolg des ungeliebten ›Krull‹ und den Festlichkeiten im Zusammenhang mit der Präsentation des Films ›Königliche Hoheit‹ in fast traumhafte Regionen; und wenn der Betroffene selbst all diese Ereignisse als zwar »kurios«, aber im Grunde selbstverständlich und ihm einzig angemessen zu empfinden schien (»Wunderlich, wie ich gestern [nach der Premiere des Films] [. . .] selbst ganz wie eine Königliche Hoheit behandelt wurde und so reagierte«), so zeigt das Tagebuch doch mehr und mehr, mit wievielen Skrupeln und Zweifeln die Beglückung durch einen solchen »wunderlichen Lebenstraum« (9. 10. 1954) erkauft werden mußte.

Es ist ergreifend zu sehen, welches Maß an »Ehre, Devotion und Freundlichkeit« sowie allzeit »fürstliche[r] Behandlung« (Travemünde, Mai 1955) nötig war, um eine Existenz jedenfalls notdürftig im Gleichgewicht zu halten, die – allen Erfolgen und selbstbewußten Äußerungen zum Trotz (der 80. Geburtstag, »von dem das Wort umgeht, daß selten oder nie ein Mensch so gefeiert worden sei«) – gegen das Ende hin zunehmend von Versagensängsten und Furcht vor dem Sich-Überlebthaben bestimmt war, und der selbst das Geleistete,

Trotz-allem-Vollendete allenfalls eine gewisse Genugtuung, aber keinen Stolz und keine Freude mehr gewähren konnte.
»Schrieb die Novelle [›Die Betrogene‹] zu Ende«, heißt es am 18. März 1953, »Begann sie in P. P. am 16. Mai vorigen Jahres. 10 Monate! Nun denn, auch das ist noch durchgehalten. [...] Es gehe hinaus.«
Keine Champagner-Feier und keine Gratulation, ja, noch nicht einmal ein Wort der Befriedigung über das abgeschlossene Werk ist vermerkt. Allein der Akt des Vollendens, das Durchhalten zählt. Trotz Unlust und Verachtung des unwürdigen Stoffes (»Den Krull als einen Faust aufzufassen, den es zu beenden gilt, ist schwer möglich.« 6. 7. 1953) heißt es bereits drei Wochen nach Beendigung der ›Betrogenen‹, am 11. 4. 1953: »Mit dem Krull-Material. Es heißt weiterschreiben.« Und abermals acht Monate später, am 26. Dezember 1953, wird die Fertigstellung des III. Buches und damit der Abschluß des ersten Teils der Hochstapler-Memoiren (deren Fortsetzung, wie man weiß – und wie auch Thomas Mann wohl bewußt war –, niemals geschrieben werden wird), mit den Worten vermerkt: »Etwas ist abgetan, wieviel es nun wert sei.«
So triumphal Thomas Manns letzte Jahre nach außen hin erscheinen mochten – glücklich waren sie nicht. Im Gegenteil, die Zweifel an der eigenen Arbeitsfähigkeit drohten jedes positive Gefühl zu ersticken. »Melancholie, Bangigkeit, Sorge um die Endzeit meines Lebens herrschen fort«, so das resignierte Fazit am Abend des 79. Geburtstags. »Wie werde ich das anbrechende Jahr einigermaßen produktiv verbringen? Wie raffe ich mich noch einmal zu künstlerischem Unternehmen auf? Es droht das ›And my ending is despair‹.«
Die Kluft zwischen äußerem Renommee und mangelnder Produktivität wird immer dramatischer und kann, so scheint es, kaum noch überbrückt werden. Der ›Krull‹ bleibt trotz seines Erfolgs ein Werk, »vor dem [ich] keine Achtung habe«, und neue Pläne wie das Luther-Erasmus-Projekt kommen über

vage Einfälle nicht hinaus: »Die Schicksale Luthers, Huttens, Erasmus', Karl V., Leo X., Zwingli's, Münzers, Tilman Riemenschneiders schweben mir vor, ohne daß das Bild einer Composition und Gestaltung sich zeigen will. [...] Mir ist, alsob mir schon etwas geholfen wäre, wenn ich den rechten Titel dafür fände. Aber hauptsächlich fehlt es an Lust zum Fleiß.« (4. 6. 1954)
Einen glücklichen Augenblick lang scheint der Vorschlag eines Studienrats, Goethes Achilleis-Fragment in der ursprünglich geplanten Prosa-Fassung zu Ende zu schreiben, verlockend – aber auch dieser Plan wird verworfen, ehe er auch nur annähernde Gestalt gewinnt. Die »Sorge um meine Arbeitszukunft« erstickt spontanes Sich-Einlassen, und jeder neue Versuch ist mit neuen Zweifeln erkauft: »Scham vor meiner gegenwärtigen elenden Existenz. Nicht einmal zu dem Tschechow-Artikel kann ich mich aufraffen.« (21. 6. 1954) Sogar die tägliche Rechenschaft im Diarium bietet keine Möglichkeit der Vergewisserung mehr: »Das Tagebuch ekelte mich, so wie mich alles ekelte.« Was bleibt, ist das Gefühl eines Nie-mehr-Genügen-Könnens. »Überlaufen, überschüttet, überfordert« (4. 7. 1954) gibt sich Thomas Mann »der Verzweiflung hin« und leidet unter einem Zustand, »dem alle Produktivität abhanden gekommen scheint«: »Bin ich wirklich am Ende?« (6. 9. 1954) Wie ein roter Faden durchzieht die Erkenntnis der nachlassenden Kräfte – begleitet von der bangen Frage nach dem »Was dann?« – die Aufzeichnungen der letzten Jahre: »So ist es, wenn man sich überlebt. Wagner schrieb mit annähernd 70 sein Schlußwerk, den Parsifal, und starb nicht lange danach. Ich habe ungefähr im selben Alter mein Werk letzter Konsequenz, den Faustus, Endwerk in jedem Sinn, geschrieben, lebte aber weiter. [...] Was ich jetzt führe, ist ein Nachleben, das vergebens nach produktiver Stütze ringt.« (6. 7. 1953) Die Lektüre von Werken der Meister vergrößert die Resignation: »Die wilde Größe der Karamasoffs, wie überhaupt der Gedanke ans Große läßt mich die

kultivierte Mittelmäßigkeit meines ›Beitrags‹ empfinden.« (1. 8. 1953)

Kein Zweifel: Die relative physische Frische, nicht zuletzt die immer noch stolz registrierte sexuelle Potenz, ging einher mit einem Nachlassen von Kreativität und produktivem Selbstvertrauen. Doch zeugt es von Thomas Manns künstlerischer Unbestechlichkeit, daß er sich diesen Verfallsprozeß allen Beteuerungen der Familie und den Elogen der Mitwelt zum Trotz schonungslos eingestand. Genauer als seine Umwelt diagnostizierte er den zunehmenden Verlust des »Eigenen«, der eigentlich schöpferischen »Zu- und Angriffigkeit« (4. 6. 1954), kannte seine Angewiesenheit auf fremde Einfälle und Gedanken sowie auf Hilfe und Kritik, nicht zuletzt von seiner Tochter Erika. Ohne sie – das zeigen die in den Anmerkungen und Dokumenten wiedergegebenen Belege – wären weder ›Die Betrogene‹ noch der ›Krull‹, von der Schiller-Rede zu schweigen, in ihrer heutigen Form zustande gekommen. Ohne sie – auch das ist aus dem Tagebuch unschwer ablesbar – wäre das Bild des bis zuletzt produktiven Dichters nicht zu bewahren gewesen. Die entscheidende Herausforderung des letzten Lebensjahres: die Wiederholung der 1949 noch aus eigenem Antrieb usurpierten Rolle als Sprecher einer die Zeiten überdauernden und die Trennung der Nation überwindenden Vollmacht im Reich des Geistes konnte 1955, im Zeichen Schillers, nur deshalb gelingen, weil es Erika Mann mit Liebe, Intelligenz, Fleiß und absoluter Loyalität zustande brachte, aus den Exzerpten und Zusammenstellungen ihres Vaters die erwartete Rede herauszudestillieren, und weil sie – politisch klarsichtiger als der »Zauberer« – Thomas Mann seit Jahr und Tag vor unliebsamen politischen Erklärungen bewahrt und dafür gesorgt hatte, daß das Image des unbestechlichen, weder von Ost noch von West zu vereinnahmenden bedingungslosen Verfechters von Frieden und Humanität durch die gelegentlichen Befreiungsschläge nicht getrübt wurde.

Die Tagebuchaufzeichnungen, die – oft Seite für Seite – die enge Vater-Tochter-Bindung verdeutlichen, geben keinen Hinweis darauf, daß sich Thomas Mann über das Ausmaß dessen, was er Erika verdankte, im Klaren war. Sie hingegen hat – der zauberhaften Laudatio auf ihre Mutter zum Trotz – in ihrem Leben vermutlich nur ihren Vater wirklich geliebt – geliebt in seiner Größe, aber auch in seiner zunehmenden Schwachheit und dem »Versagen«, das für Thomas Mann immer dann quälende Aktualität gewinnt, wenn er sich an Kalifornien erinnert. Der Gedanke an Pacific Palisades, das Haus dort, das Klima und die Sofaecke zum Schreiben löst vor allem deshalb die im Diarium so häufig notierten »wahren Schmerzensanfälle« aus, weil die Erinnerung den Abstand zwischen dem Einst und dem Jetzt deutlich werden läßt. Die Chiffre Kalifornien steht für jene Epoche der Kreativität, von der es nun, in Europa, definitiv Abschied zu nehmen gilt: »Sehnsucht nach der Zeit, als ich in meiner Sofaecke an dem [›Faustus‹-] Roman, dann am ›Erwählten‹ schrieb. Werde das Haus in P[acific] P[alisades] nie verschmerzen und hasse dieses hier.« (4. 7. 1953)

Für derartige Klagen – das lassen die entsprechenden Notate leicht erkennen – waren die verlorenen Arbeitsbedingungen nur der sinnfällig erinnerte Anlaß; sie gelten im tiefsten Grunde dem, was »dort« (und »hier« nicht mehr) entstehen konnte – dem Werk: »Meine Gedanken sind rückwärts gewandt und richten sich vorwärts auf makabre und zweifelhafte Feierlichkeiten. Freuen könnte ich mich nur auf neues u. verheißungsvolles Werk-Unternehmen.« (4. 6. 1954)

Bis zu Thomas Manns Tod stand »Kalifornien« für die nicht enden wollende schmerzliche Erinnerung an Tage der Kreativität – wobei die in trüben Momenten mit den Epitheta »makaber« und »zweifelhaft« umschriebenen Feierlichkeiten und triumphalen Ehrungen auf der anderen Seite durchaus stimulierenden Charakter haben konnten und zunehmend bewußt ihre positive Funktion im großen Lebensrückblick zugewiesen erhielten. Den Zweifeln der Familie an der Richtigkeit seiner Entscheidung, die Ehrenbürgerurkunde der Heimatstadt persönlich in Empfang zu nehmen, begegnet Thomas Mann mit dem bezeichnenden Hinweis auf sein Bedürfnis nach »biographischer Rundung« (3. 3. 1955) des Lebens, und in der Tat zeigen die Aufzeichnungen der letzten Jahre, wie dieses Gefühl das alte Bedürfnis, Kontinuitäten herzustellen und den Tag übergreifende Gesetzmäßigkeiten des eigenen Lebens sichtbar zu machen, in eine neue Dimension rückt. Der so oft beschworenen »Peinlichkeit« der andrängenden Bilder wird – im Bewußtsein der zu Ende gehenden Zeit – das Recht auf »sentimentale Regungen« (3. 3. 1955), der Gedanke an den Vater und eben jenes Gefühl für das biographisch Sinnvolle entgegengehalten.

Das Tagebuch macht deutlich, wie Thomas Mann in diesen letzten Jahren bewußt den Kontakt mit der Vergangenheit sucht. Er trifft Ernst Bertram, den verlorenen Freund von einst, registriert Veränderung und Kontinuität und weist ihm seinen Platz im Pantheon zu: »Sein Gesicht gealterte Vergangenheit. Seine gesprächige, sympathisch-altmodische Art unverändert.« – Auch Ida Herz, deren Besuche im Laufe der Jahre oft ungerecht und herablassend, ja, in gehässiger Form notiert wurden, erhält im Zeichen der »biographischen Rundung« die ihr zukommende Würdigung: »[...] so ist zu sagen, daß wir beide nun schon seit so vielen Jahren und Jahrzehnten an einander teilgenommen haben, der eine am Leben des anderen. Sie mit rührender Treue an meinem Schicksal, meinem Schreiben und Treiben, und ich mit großer Achtung und Sympathie an Ihrem Ergehen und Wandel; denn wie Sie sich geführt haben nach der Vertreibung aus Deutschland, sich gehalten und gearbeitet und das Leben bestanden haben, das ist so brav und ehrenhaft, daß es wirklich jeder Achtung und Sympathie und Freundschaft wert ist.« (15. 10. 1954)

Ein alter Mann versichert sich der Spuren des Einst: des Frü-

hesten so gut wie des jüngst Vergangenen. Dabei bewegt sich die Erinnerung zwischen künstlerischer Vergegenwärtigung und endgültiger Trennung, und es fällt auf, daß Kalifornien ferner, ja unerreichbarer ist als das zeitlich weiter Zurückliegende – die Jugend, deren Schauplätze durch die Heimkehr nach Europa plötzlich wieder nah gerückt sind: Lübeck und Travemünde, Düsseldorf und Köln. (München bleibt ausgespart – so, als ob der Stadt im ›Faustus‹-Roman bereits der definitive Ort zugewiesen worden sei.)
Das »Gefühl letzten Wiedersehens« (Reise Juni 1953) und das Wissen, daß fast keiner mehr da ist, mit dem ein »Weißt du noch?« zu tauschen wäre, bestimmt 1953 und 1955 in Lübeck die Impressionen, die vor allem deshalb freundlich-versöhnlich sind, weil ihre Essenz im Werk Gestalt gewonnen hat. »Der Schulhof« des Katharineums, »Willri Timpe und der Bleistift«: »Ewige Knabenliebe«, »aufgehoben im Werk«. Aufgehoben im Werk auch die Erinnerung des Gefühls für Klaus Heuser, den »Geliebte[n] von einst«, über dessen bevorstehende Heimkehr nach achtzehn in China verbrachten Jahren Thomas Mann von den Eltern bei einem Besuch in Düsseldorf unterrichtet wird. Das konventionell verabredete Wiedersehen kommt nicht zustande. Es muß auch nicht sein, denn: »Was von dieser Liebe unsterblich [ist,] sind die Anfangssätze des Amphitryon-Aufsatzes.« (29. 8. 1954)
Selbst das Grandhotel Dolder als geographisch wieder erreichbarer Ort darf freimütig erinnert werden als der »Schauplatz einer Leidenschaft«, die zwar unwiederholbar ist (die recherche du temps perdu bleibt »natürlich vergebens«), die aber ihre Spuren hinterlassen hat im ›Michelangelo‹-Essay und deshalb bewahrt, »verewigt« werden und so ihren Platz im Lebensrückblick erhalten konnte. Nur das Werk entscheidet für Thomas Mann über den Wert von Erlebnis und Erinnerung; einem gnädig herausgehobenen Leben kann sich der Ausgezeichnete allein durch produktive Arbeit würdig erweisen.

Gnade – ein Zentralbegriff des alten Thomas Mann – will durch Fleiß legitimiert, Auserwähltheit durch tagtägliche Leistung verdient, Ruhm durch Könnerschaft gerechtfertigt sein. Was aber geschieht, wenn das glanzvoll erhobene Leben einer Königlichen Hoheit den Charakter des Scheinhaft-Rituellen, des nur noch Vorgetäuschten, nicht mehr durch das Werk Gedeckten annimmt und damit als etwas erscheint, dessen sich der Gefeierte nicht mehr würdig erweisen kann: als zu Unrecht beanspruchte Gnade?

Diese Frage war ein Zentralproblem Thomas Manns in seinen letzten Jahren, als der öffentliche, ersehnte und zelebrierte Triumph in den Augen des Gefeierten allein – wenn auch sehr zu Recht – einem grandiosen Lebenswerk, aber nicht mehr den Hervorbringungen des Augenblicks galt – jenen spärlichen Ergebnissen langer Stunden, an deren Ende der Autor oft froh sein mußte, wenn es ihm gelungen war, etwas zustande zu bringen, was jedenfalls an produktive Tätigkeit *erinnerte:* »Gestern tat es mir tatsächlich wohl, etwas aus dem 1. Brief an die Korinther (Ehe) zu exzerpieren; war doch etwas in einem geistigen Zusammenhang Stehendes, mit Arbeit Zusammenhängendes.« (30. 6. 1955)

Es ist bewegend zu sehen, wie Thomas Mann die eigene Produktion (zu der ja immerhin Studien wie der Tschechow-Essay, das Vorwort zu den Briefen Todgeweihter und die Geburtstagsrede für Katia Mann gehören – ganz abgesehen von den vielen Gelegenheitsarbeiten und Epitaphien) weit kritischer als seine Mit- und Nachwelt beurteilt: Er wußte spätestens im Todesjahr, daß ihm in seinem derzeitigen Zustand ein großes Werk nicht mehr gelingen würde.

Doch blieb, zumindest für Augenblicke, der Trost, während eines langen Lebens, wie er zu sagen pflegte, »seinen Mann gestanden« zu haben: »Ich kann von Glück sagen, daß ich doch mit 25, mit 50, mit 60 und 70 Jahren [. . .] so etwas wie einen kleinen Vollbringer abgeben konnte.« (19. 6. 1954) Bis zum Schluß blieben, jenseits des Poetischen, die Anforderungen *in politicis*, denen Thomas Mann in dem Bewußtsein nachkam, daß es seine Pflicht sei, bis zum letzten Atemzug für eine gerechte Verteilung der begrenzten Ressourcen einzutreten und auf der friedlichen Verschwisterung von Demokratie und Sozialismus zu bestehen, der allein es gelingen könne, den Fortbestand der Menschheit und ihr Zusammenleben in einem weltoffenen, freiheitlichen Gemeinwesen zu sichern.

Es blieben die Festlichkeiten des letzten Jahres: das Zelebrieren der Schiller-Ansprache in West und Ost, bei dem man den Redner – zumal in Weimar – hofierte wie kaum jemals zuvor. (Von der Staatskarosse und einer Hotelsuite, zu deren Dekoration die Bilder eigens aus der Staatsgalerie entliehen wurden, bis zur Ehrenpromotion der Universität Jena, die man, um den Gast zu schonen, kurzerhand in den großen Saal des Weimarer Schlosses verlegte, in den die talargewandeten Professoren den Promovendus in feierlichem Zug geleiteten, als ob es die Aula der Alma Mater Jenensis wäre.)

Es blieben die endgültige Aussöhnung mit Lübeck sowie die Feiern zu Ehren des achtzigsten Geburtstages (mit Ansprache des Bundespräsidenten, Kilchberger Gemeinde-Ehrenurkunde, städtischem Empfang, universitärem Ehrendoktor – diesmal der Naturwissenschaften – und Soiree im Schauspielhaus. Bruno Walter dirigierte Mozarts ›Kleine Nachtmusik‹); es blieb schließlich der bewegende Besuch in den Niederlanden, bei dem sich Thomas Mann noch einmal als »Kaiser der Emigration« und Kronanwalt des anderen, weltoffenen und humanen Deutschland gewürdigt sah: »Selten oder nie [ist] ein Mensch so gefeiert worden. [...] Eine Merkwürdigkeit, dieses Leben.« (30. 6. 1955)

Kein Zweifel: das letzte Jahr war – trotz mancher Irritationen (nicht nur durch die Attacken des Baseler Literarhistorikers Walter Muschg: »Meine furchtbare Empfindlichkeit gegen kritische Schändungen meines Lebens«, »Übelkeit durch die Schimpfierung«. 2./3. 11. 1953) – äußerlich strahlend wie keines zuvor, bestimmt von jener Gnade, der sich Thomas Mann in Leben und Werk ständig zu vergewissern suchte, und die, in Augenblicken der Enthobenheit, über das Gefühl des Unzulänglichen hinweghalf, kleine Mißhelligkeiten heiter und selbstkritisch ertragen ließ: »Abends die Vorlesung in der [Kölner] Universität, großer Hörsaal, durch den der Länge nach zwischen dem akademisch trampelnden Publikum einzutreten war. Nicht das Richtige. Las gut [...]. Starker Beifall [...], aber kein Abgang und Wiederkommen, nicht Theater genug, was mir nie gefällt.« (29. 8. 1954)

Nein, vormachen ließ sich Thomas Mann nichts – am wenigsten von sich selbst. Er genoß den Ruhm; die ›Hommage de la France‹, in der ihm die Elite Frankreichs ihre Huldigung darbrachte, machte ihn stolz und glücklich; er fühlte sich geehrt und erhoben durch die unter der Ägide von Hans Mayer nach ausführlichen gemeinsamen Beratungen zustandegekommene ostdeutsche Werkausgabe, und er bemühte sich mit Erfolg um jene Auszeichnung, die ihm von allen Ehrungen die höchste bedeutete: die Audienz bei seinem geistlichen Übervater Papst Pius XII. Er, der Anlehnungsbedürftige, der zeitlebens in den Spuren von Stärkeren ging, brauchte, um sich seiner selbst gewiß zu sein, nun einmal den Schutz der Repräsentanten, hießen sie Goethe oder Tolstoi, Roosevelt oder Pius XII.: »Kniete nicht vor einem Menschen und Politiker, sondern vor einem weißen geistlich milden Idol, das 2 abendländische Jahrtausende vergegenwärtigt.« (1. 5. 1953)

Doch selbst im Rückblick auf die Triumphzüge des letzten Jahres verließ Thomas Mann, der sein Leben am Ende noch einmal als ein seltenes »Ineinander von Qual und Glanz« (20. 9. 1953) auf den Begriff brachte, das *memento mori,* das zusammen mit der Beschwörung der Vergänglichkeit den Duktus der Tagebücher unterschwellig bestimmt, nicht: »Ängstigendes Gefühl einer solennen Auflösung meines Lebens.« (15. 6. 1955)

Nun, der Lebensausklang ist gnädig gewesen; friedlich und

ohne Angst: »Lasse mir's im Unklaren, wie lange dies Dasein währen wird. Langsam wird es sich lichten.« (29. 7. 1955, der letzte Eintrag.)

»›And my ending is despair‹«? – Nein, am Ende überwog – allen Anfechtungen zum Trotz – Zuversicht und die Hoffnung auf das Überdauern des Werks *sub specie aeternitatis* – im Zeichen fortwirkender, Tag und Stunde transzendierender Gnade.

Unter diesem Aspekt ist es anrührend zu lesen, wie Thomas Mann, der berühmteste und ausgezeichnetste unter den Schriftstellern seiner Zeit, ein paar Monate vor dem Ende, anläßlich der Sitzungen für das Portrait von Gustav Seitz, über einen Stein, ein bescheidenes Erinnerungszeichen in einer deutschen Stadt meditiert – in einem Land, das ihm geistige Heimat blieb: »Nachdenken über die Aufstellung meiner Büste in Stein auf einem städtischen Platz in Deutschland. Dauer in Sonne, Regen und Schnee. Eigentümlich beruhigend über den Tod und die Existenz festigend. Tod, wo ist dein Stachel.« (17. 10. 1954)

Die Edition dieses letzten Tagebuchtextes folgt den Prinzipien der vorangehenden von mir herausgegebenen Bände. Auch die das Manuskript charakterisierenden Merkmale sind im wesentlichen die gleichen wie jene, die bereits früher ins Auge fielen; sie treten in diesen letzten Eintragungen lediglich stärker hervor. Zu nennen sind wiederum das Auslassen von Worten und Namen, die sich nicht gleich einstellen wollten, die Häufung von unvollständig oder »falsch« zu Ende geführten Sätzen, die sich mehrenden orthographischen Inkonsequenzen und Nachlässigkeiten sowie ein zunehmendes Überspringen von Tagen, ja, Wochen, deren wichtigste Ereignisse allerdings meistens in kurzgefaßten Resumees nachgetragen werden. All das läßt auf ein nachlassendes Interesse an den täglichen Aufzeichnungen schließen, dem allerdings ein stärkeres Bedürfnis nach Strukturierung der verbleibenden Zeit,

wie es sich in der Benutzung roter Tinte zur Kennzeichnung von Monatsanfängen, Sonn- und Feiertagen sowie anderen hervorhebenswerten Daten zeigt, widerspricht.
Der Duktus der Notate erscheint gegenüber früher wenig verändert, und die nach wie vor deutsche Schrift, die Thomas Mann selbst (in dem TB 27. 1. 1953 zitierten Brief an den Bibliophilen William Matheson) als seine eigentliche bezeichnet, bleibt bis zuletzt deutlich und – bis auf ganz wenige Ausnahmen – gut lesbar; gelegentlich auftretende Schwierigkeiten waren im allgemeinen mit Hilfe des Kontextes leicht zu lösen.
Freilich zeigt die Erfahrung, daß es – wie im Fall der Tagebuchedition 1951/1952 – auch diesmal wieder der Hilfe und des Spürsinns vieler Helfer bedarf, damit schließlich ein (nahezu) makelloser Text zustandekommt. Für die Benennung von Fehlern und Lücken im Kommentar in den vorangehenden Bänden habe ich zu danken: Paul Beers, Eva Berneis, Friederike Bruder, Werner Burkhardt, Otto Drude, Richard Exner, Horst Fahlbusch, Renate von Falkenhausen, Thomas Feitknecht, Heinrich Fries, Heinz Gildhoff, Alfred Haas, Erwin Häckel, Bernd Hamacher, Gert Heine, Rolf Herzberg, Otto Jägersberg, Ulrich Karthaus, Hanjo Kesting, Thomas Kiermeier, Walther Krause, Herbert Lehnert, Jürgen Peiffer, Helmut Rückriegel, Eberhard Seybold, Hellmut Sichtermann, Heiner Stiebeling, Claus van de Vlierd, Gerold Wegwitz, Stefan Weidle, Clemens Wimmers und Roland Zirkler.
Am Ende habe ich all denen Dank zu sagen, ohne deren zum Teil aufwendige Hilfen und Recherchen die vorliegende Edition nicht hätte erscheinen können: in erster Linie den in all den Jahren zu Vertrauten gewordenen Mitarbeitern des Zürcher Thomas Mann-Archivs, Yvonne Schmidlin, Cornelia Bernini, Rosmarie Hintermann, sowie dem alten und dem neuen Leiter, Hans Wysling und Thomas Sprecher. Im einzelnen aufzuzählen, wieviel Mühe sie alle daransetzten, um mir – von der Suche nach abgelegenen Materialien über Lese- und Ent-

schlüsselungshilfen bis zu der oft zeitraubenden Assistenz bei den unzähligen, meistens kaum beachteten technischen Dingen – die Arbeit zu erleichtern, würde den Rahmen dieser Einleitung sprengen. Das Gleiche gilt – auf dem Gebiet von Lektorat und Herstellung – für das mir nun seit zehn Jahren zur Seite stehende Team des S. Fischer Verlags, J. Hellmut Freund, Corinna Fiedler und Wolfgang Kloft sowie Matthias Birkelbach.

Für Hilfe bei der Lösung von besonders schwierigen Problemen bin ich Manfred Beyer, Helmut Brandt, Paolo Chiarini, Léon Hanssen, Hanno Helbling und Bernhard Zeller dankbar verpflichtet. Ohne ihre umfangreichen Recherchen wären z. B. die Komplexe Jena, Italien, Niederlande, die Schweiz, Weimar und Stuttgart/Marbach nicht zu erhellen gewesen. Ein postumer Dank gilt Klaus Jodeit, der mir noch kurz vor seinem Tode über alle Lübecker Belange erschöpfend Auskunft gab.

Gerhard Albersheim, Rudolf Augstein, Karsten Bartels, Dietrich Bode, Walter Boehlich, Roberto Cazzola, Dietrich Fischer-Dieskau, Adolf Frisé, Marita Gleiss, Wilfried Hausmann, Paul Hoffmann, Jörg Hucklenbroich, Tilman Jens, Klaus und Ilsedore Jonas, Volker Kahl, Ulrich Karthaus, Ello Katzenstein, Petra Kipphoff, Ulrich Kocher, Karl Kuprecht, Joachim Lilla, Peter Oprecht, Joseph Kardinal Ratzinger, Elisabetta Risari, Hans Rosenhauer, Peter Röske, Albert von Schirnding, Bernhold Schmid, Heinz Schmigalle, Ursula Setzer, Hans Rudolf Vaget, Annalisa Viviani, Georg Wenzel, Hans Wißkirchen und Burgel Zeeh halfen durch detaillierte Auskünfte, Spezialia und Spezialissima zu ermitteln; und wenn es um das Erinnern familiärer Reminiszenzen, das Dingfest-Machen von Freunden und das Entschlüsseln von Chiffren ging, die nur Eingeweihten bekannt sein konnten, antworteten – auch auf die x-te Anfrage hin – Elisabeth Mann Borgese und Frido Mann mit viel Geduld und Freundlichkeit.

Wußten schließlich auch die unermüdlichsten Helfer nicht

mehr Rat, gab's da immer noch Frauke Bartelt und Georg Potempa, die in die Bresche sprangen, kompetent, zuverlässig und, das vor allem: schnell.
Darüber hinaus schulde ich allen Mitarbeitern folgender Institutionen, Archive und Bibliotheken Dank, die mir beim Aufspüren zum Teil sehr abgelegener Dokumente und Zeitzeugnisse behilflich waren: dem Wiener Büro der Associated Press, der Handschriftenabteilung der Bayerischen Staatsbibliothek, dem Staatsarchiv der Freien und Hansestadt Hamburg, den Bonner Botschaften der USA und Frankreichs, den Gemeindeverwaltungen von Erlenbach und Kilchberg am Zürichsee, der Dokumentationsabteilung der ›Neuen Zürcher Zeitung‹, Everhard Kleinertz vom Historischen Archiv der Stadt Köln, Bertrand Levaux von der Berlin-Abteilung der französischen Botschaft, Robert Dünki vom Stadtarchiv Zürich, Thomas Feitknecht vom Schweizerischen Literaturarchiv in Bern, Mechthild Hahner von der Exilabteilung der Deutschen Bibliothek in Frankfurt, Jörg Hucklenbroich vom Archiv des Süddeutschen Rundfunks, Ursula Hummel von der Stadtbibliothek München, Nikolaus Meier vom Bibliotheksmuseum Basel, Beate Pauluth Cassel vom Textarchiv des Axel Springer Verlags in Hamburg, E. Pflaum vom Kulturreferat der Stadt Bayreuth, Margherita Meier und Rudolf Müller von dem Ressort Dokumentation und Archive des DRS Studios Zürich, der Dramaturgie des Zürcher Schauspielhauses und der Lübecker Bühnen, Reinhard Rösler von der Universität Rostock sowie Arno Sames, Universität Halle. Last but not least sei in diesem Zusammenhang auch Christine Flitner gedankt, die für mich in Basel Stöße von Zeitungen durchgesehen und abgelegenste Gazetten mit Erfolg bibliographiert hat.
Viele der in den Anmerkungen und im Dokumententeil zitierten Texte hätte ich nicht finden und publizieren können ohne die Assistenz von Rolf Harder, dem Betreuer des Becher-Nachlasses bei der Stiftung Archiv der Akademie der Künste Berlin-Brandenburg; von William Koshland, dem langjähri-

gen Verlagsleiter von A. A. Knopf; dem Bibliophilen und Kenner der Antiquariats-Szene Hans K. Matussek; S. K. H. Prinz Franz von Bayern sowie dem Präsidenten der Verwaltung des Herzogs von Bayern, Graf Preysing; Friedrich Pfäfflin, Klaus Sommer und dem Max Frisch-Archiv der ETH Zürich. Für die Überlassung seiner gesamten Korrespondenz mit Thomas Mann bin ich Hans Mayer verpflichtet, dessen Freundschaft und dessen stupendem Gedächtnis ich darüber hinaus viele bewegende Unterhaltungen und wichtige Berichte eines der wenigen noch lebenden Zeitzeugen verdanke.

In Tübingen standen mir auch bei diesem Band meine bewährten ›all-round-Helfer‹ Michael Brandt, Peter Weit, Uwe Karbowiak und, neuerdings, Gregor Wittkop zur Seite; zum dritten Mal half Sigrid Berg bei Zeitungsrecherchen, Textvergleichen und Korrekturen.

Mein letzter Dank gilt einem Mann, der mir über die Jahre hinweg mit Orientierungshilfe und freundschaftlichem Zuspruch beistand und großen Anteil daran hat, daß diese Edition in der nun vorliegenden Form abgeschlossen werden konnte: Golo Mann. Seine Großzügigkeit, seine Noblesse und das dem schwierigen Projekt sehr bald schon entgegengebrachte skeptische Interesse, das langsam in vorbehaltlose Zustimmung zu meiner Arbeit überging, werde ich nicht vergessen. Ich habe ihn schmerzlich vermißt im letzten Jahr und oft an den Beginn unserer Kooperation gedacht. »Kommentieren Sie keine Teebesuche, sondern dokumentieren Sie Historie«, hatte er gesagt. Die Tagebücher seines Vaters (er sprach von den Tagebüchern »T. M.'s«) seien in erster Linie als Geschichtswerk zu präsentieren – als großes Lesebuch, in dem der »letzte Repräsentant des Deutschtums« – wie sich Thomas Mann in seinen Diarien wiederholt apostrophiert – zugleich mit seinem persönlichen Schicksal auch das Schicksal seiner Nation zu beschreiben suche. »Und denken Sie immer daran: was Sie jetzt nicht festhalten, ist für immer verloren. Spätere

Generationen haben das zeitgenössische Vorwissen nicht mehr, das Sie befähigt, sich gezielt, d. h. mit dem nötigen Problembewußtsein ausgestattet, auf die Spurensuche zu begeben. Aber lassen Sie sich Zeit.«

Ich habe versucht, mich an dieses Konzept zu halten, und dabei selbst am meisten gelernt. Golo Mann hat mir geholfen: in langen Gesprächen, mit Hinweisen, durch die Suche nach verschollenen Briefen, die mir wichtig waren, und die er dann schließlich auch noch fand auf seinem Dachboden. Wie gern hätte ich mich mit ihm über die Probleme unterhalten, die mir im Laufe der Arbeit an diesem letzten Band plötzlich bewußt wurden, über die Frage z. B., warum es – in Ost und West gleichermaßen – so viele Vorbehalte gegen ein öffentliches Auftreten Thomas Manns gegeben hat.

Mit welcher Anteilnahme hätte der Historiker Golo Mann die Jenaer Fakultätsprotokolle in Sachen Dr. h. c. gelesen, und mit wieviel Kombinationskunst hätte er sich das Bemühen gewisser klerikaler Kreise Roms erklärt, die offensichtlich versucht hatten, den Empfang des deutschen Dichters durch den Papst zu verhindern. *Offensichtlich:* Joseph Kardinal Ratzinger verwies in einem privaten Brief an mich mit Recht auf die einem entsprechenden Bericht der ›Gazzetta del Popolo‹ angeheftete Notiz, in der der damalige Substitut Montini, der spätere Papst Paul VI., die Darstellung als »non esatta«, also »nicht korrekt« bezeichnete. Aber wie ist es wirklich gewesen?

Darüber und über vieles andere hätte ich mit Golo Mann gern diskutiert; nicht zuletzt über die Frage, warum Thomas Mann – zusammen mit Albert Einstein, Eugene O'Neill, Pearl S. Buck und anderen Prominenten – 1939 öffentlich als Sponsor einer »annotated and unabridged« Übersetzung von Adolf Hitlers ›Mein Kampf‹ auftritt, wir aber weder in Briefen und Tagebüchern noch in sonstigen Schriftstücken etwas darüber erfahren: nichts über die Empfehlung von 1939 und nichts über das Lob, das er einer 1943 – offenbar unkommentiert – in

Boston erschienenen Neuübersetzung des gleichen Buches zollte. Vielleicht hätten Historiker und Editorin im Gespräch eine Antwort gefunden. Es hat nicht sein sollen.
So bleibt mir, diese Edition in Dankbarkeit, Verpflichtung und Freundschaft dem Gedächtnis Golo Manns zu widmen.

Tübingen, Ostern 1995 Inge Jens

1953

Erlenbach, Donnerstag den 1.I.53

Hörte um Mitternacht dem Geläut der Kirchenglocken zu. Nachts gestört von Hautjucken in den Ohren und an den Beinen. Zusätzliches Sekanol. Dann fest geschlafen bis 8 Uhr. Nach dem Kaffee gebadet. Zum Frühstück der gute von Fiedler geschenkte Gebirgshonig. – Eröffnung des Umlege-Kalenders, wie ich ihn früher hatte und wie es ihn drüben nicht gibt. – Frische Löschblätter. – Geschrieben an der Novelle. – Mit K. und den Kindern den neuen, sehr schnellen Fiat probiert (Schweizer Flagge) und einige Schritte gegangen. Eisgraues Wetter. – Brief an Knopf nachmittags diktiert. – Manuskript über das Décadence-Problem bei mir, von Kohtz, deutsche Ostzone, streng sozial-moralisch, aber nachsichtig.

Erlenbach, Freitag den 2.I.53

Schnee. Nachlassen des Frostes. – Nach dem Kaffee rasiert. – Der Appetit der Buben, namentlich Fridos beim Essen. Sie bleiben noch bis Sonntag. – Geschrieben an der Novelle. Im Schnee mit K. mittags etwas gegangen. In dem »Décadence«-Manuskript. Moralisch, aber empfänglich und entschuldigend. – Nachmittags Dr. Hirsch von Frankfurt. Über die ostdeutschen Ausgaben, die Einbringung der dortigen Honorargelder. Bericht über einen zurücknehmenden, den schmutzigen Denunzianten Thorberg fallen lassenden Artikel Wallenbergs in der »Neuen Zeitung«. Keine Zeit mehr für Erledigung von Briefen. – Auf Wunsch des blinden Hatzfeld seine Erzählung »Reise nach Moskau« gelesen, die mich fesselte. – Tape recorder-Späße Erikas mit den Kindern.

Erlenbach, Sonnabend den 3.I.53

Schnee. Mehr davon am dunklen Himmel. Der Winter wie er im Buche steht. Gärtner mit Schneeschaufel. Leute mit Schneepflug. Frühstück 9 Uhr mit den Kindern, die sehr lieb, treuherzig und artig, deren Abgang ich bei der Hellhörigkeit des Hauses doch als Erleichterung empfinden werde. – Geschrieben am Dialog Rosalie – Anna. – Allein etwas bergauf im Schnee gegangen. Kalt, ruhig. – Nachmittags gottlob mit K. eine Reihe von Briefen abgetan. – Las Hatzfelds Geschichten zu Ende. Geht schließlich etwas drunter und drüber. – Abends mit Frido komische Rätsel-Konkurrenz. – In der »Chartreuse« gegen das Ende. – Das Anlangen des Lifts ist für den 13. in Aussicht gestellt. Demgemäß soll am 12. zweitägiger Aufenthalt im Waldhaus genommen werden.

Erlenbach, Sonntag den 4. I. 53

Schwacher Frost. Kein weiterer Schnee. Nach dem Kaffee gebadet und rasiert. Köfferchen der Buben gepackt. Ihre Eisenbahn von der Diele verschwunden. Frido etwas wehmütig, hauptsächlich wohl wegen des Spiegeleis zum Frühstück. Verabschiedung von ihnen, die übrigens schon Dienstag wieder zu Besuch kommen, damit Medi sie sieht. K. bringt sie im Fiat nach Zollikon. Weiter am Dialog. Mit K. eine halbe Stunde gegangen. Las die »Chartreuse« zu Ende. Wunderliches Werk von wenig Sinn, die Kenntnis Italiens ausgenommen; zu romantisch. Le Rouge et le Noir steht doch hoch darüber. Schöne junge Helden. »Himmlische Schönheit« der Frauen. – Schrieb an Hatzfeld und an jemanden über »Lotte«, 9. Kapitel, wie so oft. Fertigte viele Diktate aus. – Abends müden, bedrückten, ängstlichen Gemüts. Versuchte den Kriegsroman von Kramer anzulesen, konnte ihm aber nichts abgewinnen. Blätterte in dem russisch-historischen Roman von Unruh. Unmöglicher Vortrag. Mein Gott, ich las gestern, bevor ich es signierte, in »Unordnung und frühes Leid.« Bin zu verwöhnt, meine Herren. – Verfehlte Wirkung der Schweizer Tabletten. Kein Schlaf, sondern zuckende Unruhe bis ½ 2. Nahm dann noch ein Sekonal, worauf Ruhe eintrat. Aber gegen Morgen Husten und verschleimte Luftröhre. Was übrigens zum Heurigen gehört.

Erlenbach, Montag den 5. I. 53

Gegen 8 Kaffee. Morgenschwärze. Etwas unter 0. Maniküre und Rasur. Am Dialog weiter. Ging nicht aus. Lion wurde zum Mittagessen geholt. Angenehme Unterhaltung. – Montesquieu's Jugendwerk »Wahrhaftige Geschichte«, Vorläufer der Persischen Briefe. – Schrieb über »L. i. W.« an eine verwirrte Dame. Abends mit K. allein. Gegen Ende des Tages immer abgespannt und gequält. Das Möbel-Abenteuer wird sich 2 Tage verzögern.

Erlenbach, Dienstag den 6. I. 53

K. früh weg. Frühstückte allein. Briefbogenprobe von Scholl, moniert. Das Wetter beharrlich schneedunkel bei nur leichtem Frost. Am Mutter-Tochter-Dialog. Mit K. gegangen. Nach Tische Zeitungen, dann die Geschichte von Montesquieu. Nachmittags Eintreffen Medis mit ihren Kindern von Chantarella. Thee mit der guten kleinen Witwe. Kamen Cigarren von Basler. Schrieb dem jungen Mann in Potsdam über sein Dekadenz-Manuskript. Abends im Wohnzimmer mit Medi.

Erlenbach, Mittwoch den 7. I. 53

Gegen Morgen Husten; Tropfen. Kaffee mit Medi wie in P. P. Frühstück mit ihr und den Kindern. – Drückende Zahn-Prothese. – Mehr Schnee; Kälte; der Winter wie er im Buche steht. – Gegen das Ende des Dialogs. Gegangen mit K. und Medi. Nachmittags Frido und Toni, ihre Tante und Cousinen zu sehen. Frido überraschte mich durch die Fremdheit seiner Erscheinung; Neigung zum Dickwerden; zarter Junge mit dicken Backen, zutraulich zu mir; und mein Gefühl für ihn hält Treue. Verlange aber nach dem zurückgelassenen Bilde Echo's, das Buchblatt umschlagend. – Amüsiert von der Äffchen-Komik der kleinen Borgese. – Gelesen in »A Dog's Head« von Dutourd. Brief an Unruh über seinen historischen Roman. – René Mayer verlangt die »Investitur«. – Abends Novellen von Turgeniew. Erheiterung.

Erlenbach, Donnerstag den 8. I. 53

½8 Kaffee. Draußen noch schwarze Nacht. Allmähliches Tagen. ½9 Frühstück mit Medi und den Kindern, die nach Florenz zurückkehren. Medi berichtet von dem Angriff eines Amerikaners auf mich, für »Perspectives« bestimmt, vom Fischer Verlag abgelehnt und auch von den anderen Ausgaben zurückgezogen. Das gewöhnliche Gefühl von Grauen, wenn mir Feindschaft entgegenschlägt. – Verabschiedung von Medi bis Ostern. – Kälte durch unnötiges Lüften in meinem Zimmer. Beschwerden mit der Zahn-Prothese. – Geschrieben, den Dialog zu Ende. – Fahrt in die Stadt zu Leisinger, der etwas abfeilte, wohl nicht genug. Weiteres Drücken. Zu Fuß zu Scholl wegen des Briefpapiers. Nässe und Wind. Langes Warten auf K., hin und her gehend. Enervierend. In der Apotheke Biomalz mit Eisen, das ich vor den Mahlzeiten nehme. Zu Hause Aquavit zur Erwärmung. – Von Hesse die 6 Bände seiner Ges. Dichtungen nebst Brief und der Widmung: »Dem älteren Bruder der jüngere.« Schrieb ihm gleich nachmittags. – Anbringung der dunkelroten Fenstervorhänge in meinem Zimmer. Ein Fortschritt. – Las die »Nation«, die noch allerlei riskiert. René Mayer bildet sein Kabinet mit Bidault als Außenminister. Schuman ist also nicht mehr der Mann, mir den Orden zu überreichen. – Merkwürdige Schrift von Stacey: »Natural Gas and its ethical Implications«, mit briefl. Bitte um Meinungsäußerung. (?)

Erlenbach, Freitag den 9. I. 53

Geringer Frost. Dunkel. Schneefall. – An der Novelle Übergang zu Weiterem. – Mit K. etwas gegangen. – Brief von Lesser über das Rundschau-Kapitel. Korrektur der Hauptmann-Rede vom Verlag Bertelsmann. Prof. Kaufmann in »Partisan Review« über Shakespeare und Goethe. Gut. – Vorhänge in meinem Schlafzimmer, bei K. und E.. Hübsch. – Gegen Abend etwas Handschriftliches; vorher ein paar Diktate (Mondadori). Im Fiat die Marieen fortgebracht und zu

Schweizers zum Abendessen gefahren. Bellariarain. Schöne Wohnung. Aß wenig und mühsam. Nachher artete das Gespräch über Amerika durch Erikas Leidenschaft peinlich aus und befriedete sich dann noch etwas. Zu Anfang der Heimfahrt erschreckender Zwischenfall mit dem neuen Wagen. Rauch, Gestank und Funken, Versagen des Motors. Zwei hilfreich brave, gefällige Polizisten. Ungestörte Weiterfahrt.

Erlenbach den 10.I.53, Sonnabend

Gestern spät zu Bette nach unbekömmlichem Weingenuß (Neuenburger). Nicht leicht eingeschlafen. Heute Bad und möglichst nahrhaftes Frühstück. Schneefall und Wind. Lasse K. ungern zur Stadt fahren. – An der Novelle weiter. – Dichtes Schneegestöber. Nur einige Schritte hinaus mit K.. – Nachmittags größere Anzahl von Briefdiktaten. Aussonderung wegzugebender Bücher. – Nochmals in Kraus' »Dritter Walpurgisnacht«. Gewann keinen besseren Eindruck, als bisher. Altbacken und egocentrisch. Das Lob der Prosa wird doch übertrieben. Der Haß auf das journalistische Klichee hat etwas Beschränktes.

Erlenbach, Sonntag den 11.I.53

Leichterer Schneefall. 1° Kälte. Nach dem Kaffee rasiert. Stärkendes Frühstück mit Biomalz und Vitamin-Syrup. Mit K. Austausch unserer Sorge um Erika, ihre Haßverzehrtheit, ihren psycho-somatischen Leidenskomplex, ihren Wert und Rang dabei und ihre Neigung zur Selbstzerstörung. – An der Novelle weiter. (Den Winter hinzubringen). – Hellerer Himmel. Zeitweise Sonne. Mit K. etwas länger gegangen. Anstrengender Wind auf dem Rückweg. Erika zum Lunch in der Stadt; geschäftliche Besprechung mit den Inhabern ihres Verlags für Kinderbücher. Der Weihnachtstrubel, bei dem diese Leute eine Million Bücher verkauft. 5 Uhr Fahrt zu dritt in die Dufour-Straße zu Trebitsch. Seestraße sehr glatt. Zugegen noch Dr. Weber. Torten und Unterhaltung. Kinder-Ausspruche. Schauspieler. – Zu Hause Brief an R. Schweizer mit Csokors Manuskript. Entschuldigung wegen E.'s Leidenschaftlichkeit. Viele Ausfertigungen.

Erlenbach, Montag den 12. I. 53

Morgens still. Merkliches Wachsen des Lichtes. 6° Frost. Unruhig geschlafen. Husten und öfteres Erwachen. Mit Oel abgeführt. Nicht wohl. Aber geschrieben (Frühling, Krokus). Die Buben zu Mittag. Vorher mit ihnen u. K. gegangen. Stützte mich auf Fridos Arm, wozu er schon groß genug ist. – Frappanter Brief der New York Times, die mich zu einem Interview über die amerikanische Reaktion auffordert! Was tun?? – Guter Brief von Rauschning aus Oregon.– Nach Tische Fahrt mit dem Direktor der Speditionsfirma zum Zollamt hinterm Zürcher Bahnhof. Höflichkeit und langwierige Formalitäten wegen der Einfuhr u. der Bedingung nichts zu verkaufen. Begegnung mit dem preisgekrönten Schriftsteller X., der dort als Lagerarbeiter tätig. – ½ 5 zurück und geruht. Nach dem Thee verschiedenes Handschriftliche. Abends mit K. allein.

Erlenbach, Dienstag den 13. I. 53

Frost. Wieder dunkler. Gebadet. Einiges an der Novelle. 11 Uhr im Fiat zur Stadt. Die alte Magd Clara fortgebracht. Zum London House wegen Korrekturen am Anzug. Cigarren-Einkauf. Dann zu Guldener, wegen des Drucks, der mich plagte. Erleichterung, wahrscheinlich noch nicht ausreichend. Eintritt der neuen jungen Magd Charlotte. – Schon Ausräumen des geliehenen Schreibtisches. Vorbereitungen zur Übersiedlung ins Waldhaus. Suchen und Auffinden des Heftes über Schloß Benrath bei Düsseldorf. Versorgung des Hochstapler-Materials, das so lange in der Handmappe herumgeführt wurde, in Schubladen der neuen Bücherei. Hoffentlich liegt es bald wieder in der eigenen Schreibtisch-Schublade. – Gegen 7 Uhr Fahrt mit K. nach Zollikon zu Faesis. Nettes Abendessen mit ihnen. Früher Aufbruch nach dem Kaffee. Zu Hause von E. empfangen. Turgenjew.

Erlenbach, Mittwoch den 14.I.53

Unruhiger, zerteilter Schlaf. Nachgenommen mit Thee. ½8 auf. Schon vorm Frühstück Beiseiteräumen von Dingen zum Dalassen und Mitnehmen. Andauer des kalten Wetters, mit Nebeldecke. K. und ich wollen nach dem Nachmittagsthee ins Waldhaus übersiedeln und zum Diner dort sein. – Hämmern der Handwerker. – Spannung, in welchem Zustande die P. P.-Habe ankommt – und was davon. Wie sie sich wird stellen lassen. Wann wir möglicherweise zurückkehren können. – Gestern Abend noch Erwägung, wie die Interview-Aufforderung der N.York Times zu behandeln. Zunächst Brief an den beauftragten Genfer Vertreter. –

Zürich, Waldhaus, Donnerstag den 15.I.53

Gestern Vormittag, unter quälendem Gehämmer (Anbringen von Vorhangs-Stangen) noch an der Novelle geschrieben. Es kamen vom französischen Consulat zwei Stück der roten Rosette. Ich freute mich sehr und legte eine an. – Packen wieder einmal und die Aufregung des Ortswechsels. Ausräumen der Möbel, die abgeholt werden, etc.. Mittags ging ich, um Luft zu schöpfen, K. einige Schritte entgegen. Die neue Charlotte hatte leidlich gekocht. Nach dem Essen weiteres Einpacken für eine unbestimmte Zahl von Tagen. Ruhte zum letzten Mal auf dem geliehenen Bett mit dem lästigen Plumeau. Einige Zeit nach dem Thee Aufbruch. Der Fiat sehr schwer im glatten Schnee aus der Garage zu bringen. Eine Beängstigung mehr. Vorsichtige Fahrt sodann hierher. Begrüßung mit Oberküfer. Nahmen das große Zimmer N°. 1, wo wir nach der Rückkehr von Gastein wohnten. Viel Platz, recht bequem. Nähe des Speisesaals. Aßen dort ½8 zu Abend, wobei ich erstmals die rote Distinktion trug. Fremde Gesichter. Aber das Ehepaar Mende, komisch-unangenehmen Angedenkens, wieder zur

Stelle. Nachher, während K. auspackte, saß ich rauchend in der Halle und las die Zeitungen. Beizeiten zu Bette. Geschichten von Turgenjew.

Mit kurzer Unterbrechung recht leidlich geschlafen. Gegen 8 Uhr auf. Sehr dunkel. Frühstückte Kaffee und Spiegelei. K. verließ mich nach 9 Uhr, um für den Tag ins Haus zurückzukehren. Der Schreibtisch brauchbar. Künstliches Licht. – Unterdessen sollen die provisorischen Sachen geholt, die amerikanischen gebracht werden. Spannung auf das seltsame Wiedersehen mit diesen und wie alles gelingen u. sich ordnen wird. Werden die Bücherschränke zu stellen sein? Erika, wie sie vorhatte seit ½7 auf, hat die Hilfe Maria's. – – Schrieb zerstreut etwas an der »Betrogenen«. (Ihr Verfall). 12 Uhr rief K. an, um von dem Chaos dort zu berichten. Die Stehlampen aus dem Living room zerstört. Porzellan und anderes Wertvolle besser verpackt. Hauptmenge der Möbel (Bücherschränke) war noch nicht da, sollte nachmittags kommen. Versagen der Firma Pfister beim Abholen. Wußte von nichts. Schwere Belastung des Hauses durch die Bücher. – Rasierte mich und ging ½1 den gewohnten Weg durch die Aurorastraße bis zum Wald. Aß zu Mittag und las nachher die Zeitung. Der antisemitische Ärzteprozeß in Rußland, grotesk. Die unendlichen Investigations, überall hingreifend, in Amerika, verrückt. Eine Zeit des Schreckens. – Telegramm von Becher, ich möchte für die Rosenbergs intervenieren, was Einstein schon getan hat. Selbstverständlich ist das Urteil so verrückt wie andere. Ich glaube, daß Truman Sinn dafür hat, ebenso wie für die Verrücktheit des Mc. Carran-Immigrationsgesetzes, dessen Revision er verlangt. Halte aber den Sieg dieser Mächte für unaufhaltsam. – Auf der Chaiselongue unruhig geruht. Der N.Y. Times-Vertreter rief an; verwies ihn auf kommenden Brief. – – Thee. – K. kam um ½7. Natürlich großes Durcheinander. Aber das Empörende ist, daß die alten Bücherschränke, unsre würdigste Habe, *nicht* zu stellen sind und gelagert werden müssen, weil die Zimmer nicht, wie der

Architekt versicherte, 3 m hoch, sondern nur etwas über 2 ½ m sind. Bei 3 m wären sie leichtest untergekommen und hätten aus der Wohnung etwas gemacht. Zorn auf den Lügner. Nicht umsonst habe ich mir so oft den Kopf an dem Beleuchtungskörper des Arbeitszimmers gestoßen. Schreibtisch und Kandelaber unversehrt. Gewiß ist die Fertigstellung der »Betrogenen« wichtiger als die Schränke. Aber für die Bücher ist nun auch erst durch den Schreiner Raum zu schaffen. – Aßen zusammen zu Abend, und ich las nachher bis 10 Uhr in der Halle Turgenjew, während K. an die Kinder schrieb. Die Agentin M., die verzweifelte und schlecht wirkende Plakate am Hause macht, bekommt keine Antwort mehr. – Marcuses wollen uns vor ihrer Rückkehr nach Amerika sprechen. Sonntag. Den Besuch Bermanns denken wir Montag hier abzuwarten und nachmittags ins Haus zurückzukehren, wenn es einigermaßen bereit ist. – Schrieb ein paar Briefe.

Zürich, Waldhaus, Freitag den 16. I. 53

Nachts Unruhe vor Erbitterung gegen den Architekten wegen seines Schwindels und weil auf die Schränke zu verzichten ist. War auf und nahm zusätzliches Sekonal, worauf rasch im Stuhl der Schlaf kam. Heute gebadet und Thee getrunken. Biomalz mit Eisen und Vitamin-Syrup. – Der gleiche graue Frost von geringen Graden. – K. fuhr nach dem Frühstück wieder ab, um sich vom Hause Oprecht zwei Leute zur Hilfe zu holen. – – Schrieb ruhiger an der Novelle fort. Ging gute ¾ Stunden spazieren. Im Walde, seiner Stille von Schnee und Stämmen, war es sehr schön. Aß Fisch zu Mittag u. las zum Kaffee die Blätter mit ihren Meldungen von Skandalen, purges und Verhaftungen. Aktion der englischen Besatzung in Deutschland gegen eine Nazi-Organisation to repair power. Treuherzige Abschieds-Radio-Rede Trumans. – Dann in Turgenjews Geschichten. – Ruhte ruhiger auf der Chaiselongue. Nach dem Thee ein paar Kleinigkeiten geschrieben. Begann auch Brief an Rauschning bis um ½ 7 Uhr K. zurückkam, ziemlich erschöpft von dem Treiben dort. Aufstellen wenigstens eines Teils der Bücher, die wie Kraut und Rüben in den Kisten oder Kartons verteilt. Hilfe von zwei jungen Oprecht-Angestellten. Erika auch tätig, obgleich an Darm-Katarrh leidend. Stellen des Porzellans und Silbers. Wein konnte wegen mangelnder Klammern noch nicht aufgeschlagen werden. Abendessen mit K.[,] blieb nachher bis 10 in der Halle. Werden bis Dienstag oder auch Mittwoch hier bleiben. – Weiterdenken die Novelle betreffend.

Zürich, Sonnabend den 17.I.53. Waldhaus

Nachts Sekonal nachgenommen, da mir die Schweizer Tabletten schlecht anschlagen. Erst gegen ½9 auf. Nach dem Frühstück Wiederaufbruch K.s. – Nebel. – Merkwürdig der Abscheu Turgenjews vor Paris, wie er in der Vampyr-Geschichte von »Ellis« sich äußert. Schönheiten in »Erste Liebe.« – – Schrieb etwas weiter. Ging die Dolderstraße hinauf und ein Stück auf der Waldstraße oben. Das Mittagessen allein. Die Zeitungslektüre nachher. Las das Sonntagsblatt von A bis Z.. Etwas geschlafen. Nach dem Thee den Brief an Rauschning beendet und an Csokor geschrieben. K. kam ½7, berichtete über den Stand der Dinge im Haus. Kürzere Kandelaber-Kerzen vonnöten. Eß- und Wohnzimmer schmuck. Arges Durcheinander der beschädigten Bücher. Skandalöse Arbeit der Packer. Auch mit Erika telephonisch. Aß mit K. Forellen. Dann bis 10 in der Halle. Las Turgenjews schöne Geschichte »Erste Liebe« zu Ende. Es fehlt leider »Frühlingswogen«.

Zürich, Waldhaus, Sonntag den 18.I.53

Ruhig geschlafen, aber recht früh erwacht. Gebadet. Wärmer, Nebel, man kündigt Regen an. K. ging um ½10. – Ziemlich träge gearbeitet. Gegangen ohne Sonnenschein. In der Halle mein Tisch sonntäglich okkupiert. Las im Zimmer. Nahm der Ruhe [wegen] nur Biomalz mit Eisen und schrieb zwei Briefe: an Peter Supf und Prof. Havlik. Bereitete in Gedanken Brief an den N.Y. Times-Korrespondenten vor. Vor ½7 traf K. ein u. mußte von dem elenden Zustand vieler Bücher berichten, auch von der Mühe, die es macht, die in den Cartons zerstreuten Werke zusammenzustellen. – Es kamen Marcuses, vor ihrer Rückkehr nach Californien. Dazu Erika. Gemeinsames Abendessen. Freundschaftliche Unterhaltung, z. T. Horckheimer in Frankfurt und Adorno geltend. Dessen Ansehen in Deutschland auf Grund seiner Beziehungen zum »Faustus«. Hat neuerdings in dem Blatt »Die Gegenwart« darüber geschrieben. Horckheimer hat M. erzählt, er habe die Studenten davon abhalten müssen, bei der Hauptmann-Feier Stinkbomben zu werfen. Was offenkundiger Unsinn ist und zwar rankunöser. – Müde und verfroren.

Zürich, Waldhaus, Montag den 19. I. 53

Befriedigend geschlafen. K. hält Ruhe heute und fährt nicht ins Haus. Frühstück mit Malz-Eisen und Vitamin. – Gearbeitet (zweifelhaft), die Aurorastraße gegangen und mit K. in der Halle Bermann und Tochter unterhalten, die von Frankfurt gekommen waren, u. die K. vom »Urban« abgeholt. Verlegerische, politische und persönliche Gespräche bei Tisch nachher. Neue wohlfeile Ausgabe von »Buddenbrooks«. Aufstellung der Verkäufe im letzten Halbjahr, wobei die zweibändige Ausgabe des »Joseph« am besten dasteht. Aufnahme des französischen Textes der Verleihung für die »Neue Zeitung«, aus der er den Weg in die deutsche u. amerikanische Presse finden mag. – Auf der Chaiselongue geruht. Schrieb nach dem Thee einen Brief an den Thüringer Volksverlag in der Puschkinstraße (!) zu Weimar, den aber nicht abschicke. – Abends noch einmal mit Marcuses. Erheiternd gemütlicher, redseliger Mann. Redete mir überzeugend zu, mich mit Journalisten überhaupt nicht mehr einzulassen. Über seine mißglückte Hauptmann-Rede im Berliner Schiller-Theater. Über die ausgelassene Rede-Technik Thornton Wilders.

Zürich, Waldhaus, Dienstag den 20. I. 53

8 Uhr auf. Helleres, mildes Wetter. Wie es scheint, letzter Tag dahier. K. will mittags wiederkommen, vor und nach Tische packen, und wir wollen nachmittags ins Haus zurückkehren. –

Erlenbach wiederum, Mittwoch den 21. I. 53

Wie merkwürdig, traumhaft, erregend und bewegend, mit einem Einschlag von Bangen immer, das alles ist! Gestern Vormittag, während K. hier war, schrieb ich im Waldhaus, Zimmer 1, noch an dem Besuch Annas beim Arzt. K. kehrte mittags zurück, um zu packen. Ich ging etwas aus, und wir aßen ½ 2 zusammen. Nachher hielt ich mich in der Halle mit meinem Band Turgenjew auf, und um ½ 4 etwa war alles zur Abfahrt mit dem Fiat bereit. Erika empfing uns hier, stolz auf das Werk, das sie getan, alles so schön wie vorläufig möglich zu machen. Wohnzimmer mit dem Flügel. Eßzimmer mit Kandelabern, dem kalifornischen Buffet und Silber darauf. In »meinem Vorsaal« noch ein Chaos lagernder Bücher. Wiedersehen mit sovielen Dingen, Schreibtisch, Stühlen, Bett, Liege- und Schaukelstuhl im Schlafzimmer. Die hohe Kommode, auf die ich die Schweizer Pendüle stellte. – Bilder an den Wänden. – Ruhte etwas im Liegestuhl, wir tranken Thee, und nachher begann die phantastische Arbeit des Auspackens des Schreibtisches, den Bibi mit rührendem Fleiß mit tausend Dingen vollgestopft. Tohuwabohu auf der Platte und den Gesimsen der Bibliothek. Äußerst ermüdend. Kummer über Beschädigungen. Abendessen von Suppe u. kaltem Fleisch, bedient von dem Erika verhaßten Mädchen Charlotte, die graziös, kriecherisch und faul ist. Nachher noch weiteres Auskramen.

Schlief wieder in meinem kalifornischen Bett unter der leichten u. warmen Steppdecke, auf dem Keilkissen. Badete nach dem Kaffee. Uneingespieltes Frühstück. Dann Ordnung des Schreibtisches, dessen Bild genau nach altem Muster wiederherstellte. Versorgung von Manuskript, Hochstapler-Material etc. Habe wieder vor mir den siamesischen Krieger mit der schönen Schulterlinie und die Münchener Empireleuchter. Die Münzen und der große chinesische Aschenbecher an ihren alten Plätzen. Elephantenzahn, Falzbeine von 1935, Briefe mit Pflanzenabdruck in Schiefer und den anderen Steinen beschwert.

Guter Brief von Hesse. Brief von Robert Schumann. Tat nach dem Aufräumen nichts mehr. Ging mittags K. einige Schritte entgegen. Nach Tische Bermanns mit Frau Rümelin, die sich anheischig macht, die »Betrogene« abzuschreiben. Nahm 3 Blätter mit. Mit Bermann über »Altes und Neues«, dessen Erscheinen bevorsteht, und über die Termine für die Novelle beim »Merkur« und als kleines Buch. – Bücher räumende junge Leute von Oprecht. Das Historiker-Ehepaar Peters (Geschichtstabellenwerk), stellt sich ebenfalls zum Ordnen von Büchern ein. Die gefüllten Fächer bei mir noch unübersichtlich. Wirklich zu helfen scheint kaum etwas. – »Goethe in der Periode der Wahlverwandtschaften« von H. M. Wolff. Zurückführung aller Dinge auf Silvie von Ziegesar. – Abends mit K. allein, da Erika mit Kestens in der Stadt. – Die Leseecke beim schmalen Fenster erwies sich nach Wandteppich und Vorhang nach wie vor als kalt. Fühlte mich unglücklich und komme von der Erinnerung an die Vorzüge u. Bequemlichkeiten des kalifornischen Hauses nicht los. Dabei der Gedanke der Rückkehr völlig unmöglich. Auch Golo schrieb höchst pessimistisch. Was vorgeht ist nicht gerade die »Machtergreifung«, aber etwas dem sehr Nahes. Die Inaugurationsfestivität vorüber. Edle Wortemacherei, das Augenblickliche betreffend, und auch die sind Lüge. Vom Innenpolitischen nicht die Rede.

Erlenbach, Donnerstag den 22. I. 53

Unruhig. Mehrmals erwacht und auf. Husten, verstärkte Erkältung, Sorge und Verstimmung. Gegen 8 Kaffee. Gearbeitet an der Betrogenen. Rasiert. Fast nicht ausgegangen. Schreiner im Haus. Aufstellen von Bücherregalen im »Vorsaal« und meinem Schlafzimmer. Auch auf dem unteren Vorplatz. Das Ehepaar tagüber tätig mit Sortieren und Aufstellen von Büchern. Eine gewisse Scheinordnung. Reparaturen am Schreibtisch. Der Empire-Fauteuil zum Leimen entfernt. Saß abends im Wohnzimmer, wo noch Sessel fehlen. Der »Vorsaal« verspricht, ein hübscher Raum zu werden.

Erlenbach, Freitag den 23. I. 53

Besser geschlafen. Nach dem Kaffee allerlei Kramen und Versorgen. Sardinen zum Frühstück. – Nur kurze Zeit zum Arbeiten. Fahrt zu Guldener, der durch Abschleifen etwas besserte. Wermut bei Sprüngli, wo K. mich abholte. Keine Fortschritte im Haus außer dem Aufhängen einiger Bilder (Goethe-Lotte-Gruppe) durch den Pfister'schen Handyman, der alles kann. Nachmittags Brief an Bibi zum Dank für seinen Verpackungsfleiß. Nach dem Abendessen im Arbeitszimmer Vorlesung für K. und E. späterer Teile der Novelle. Es führte zu einer Krise. Bedenken E.'s, für das eigene Gefühl nicht unberechtigt, gegen die Szene Rosalie-Anna nach dem »Wunder«, das Versprechen der Frau und den Gang der Handlung nachher. Diese wird abgebogen, kompliziert, geschwächt, die Idee gewissermaßen aufgehoben, da der »Betrug« zu kurz kommt. Auch Härten in Annas Ernüchterungs- und Zügelungsargumenten. Lange Erörterung und schwere Nachdenklichkeit.

Erlenbach, Sonnabend den 24. I. 53

Beim Kaffee mit K. in der Enge des Schlafzimmers Wiederaufnahme des Gesprächs von gestern. K. glaubt die Idee hauptsächlich dadurch gefährdet, daß Rosalie erst als Kranke, angesichts der zugestandenen Untersuchung, ihrer Leidenschaft freien Lauf läßt. Bei eigenen Zweifeln finde immer wieder, daß, wie ich es geführt, eine gewisse Notwendigkeit hat, wenn auch keine glückliche. – Die Verwirrung und Sorge hatte gefehlt. – Denke zum Trost an die Mängel und Unstimmigkeiten der Natürlichen Tochter. – Was tun? Erst zu Ende führen? – Nebel-Frostwetter Tag für Tag. – Begann mit der Umarbeitung des Gesprächs Mutter-Tochter und beschloß allgemeinen Umsturz des Nachfolgenden. Spaziergang mit K.. Über die Novelle. Las die Zeitung und »Nation«, die völlig nutzlos weiterkämpft für free speech und free thought. Schrieb an Schuman, wegen seines Besuches in der Schweiz, und an den franz. Generalkonsul. Abends sehr müde. Hielt mich nach dem Abendessen im Wohnzimmer, das dringend nach ein paar Fauteuils verlangt. Alles geht sehr langsam. Ein Uhrmacher, der meine Pendülen in Gang bringt! Die Möblierung des Vorsaals! – Es fehlt ein Band von Tolstois Novellen, den ich auf der Reise mit mir führte. –

Erlenbach, Sonntag den 25. I. 53

¾ 8 Kaffee. Rasiert. Klareres Wetter. Gebirgssicht. Frost von 4 oder 5° wie seit langem. – Es bereitete mir Genugtuung, daß Ernst, in einem Geburtstagsaufsatz für Schröder (N.Z.Z.), über deutsche Essayistik sprechend, die meine mit der Hofmannsthals zusammen nennt. Diese nennt er »zauberhaft«; bei mir spricht er von »bewundernswerten Abhandlungen«. Und jener französisch-amerikanische Ignorant (Barzun?), der in der »Nation« vor Jahren meine Essays für null und nichtig erklären durfte? – An der Umarbeitung des Gesprächs. Etwas mit K. gegangen. Gruppen junger Skiläufer zur Konkurrenz, unter Anführung von Hügli. Schrieb an den Pfarrer Brändli und an Bab, legte dann den Brief an den Vertreter der N.Y. Times an. – Auffinden meiner Büste und der guten Papierkörbe aus P. P.. – Beendete die sehr gute Briefnovelle »Faust« von Turgenjew. Ging über zum »König Lear der Steppe«, seit Jahrzehnten nicht gelesen. Abends damit im Wohnzimmer. – Bücherwidmungen, besonders an Sternfeld in London zum 65. Geburtstag.

Erlenbach, Montag den 26. I. 53

Schlief durch von ½1 Uhr bis ¾8. Hatte Kaffee und frühstückte mit Appetit. Fühlte mich besser. Die Korbstühle für den »Vorsaal«, vorläufig im Wohnzimmer. Verabschiedung von Erika, die für 14 Tage oder so nach Arosa geht, um ihr Kinderbuch zu schreiben. – Neuschnee bei 0 Grad. – An der Umarbeitung. Mit K., die beängstigend erkältet ist, einige Schritte gegangen. Schreiner im Haus. Der Empire-Fauteuil kam zurück. Andere Arbeiten. Bald nach Tische Fahrt in den Ort zum Gemeindeamman, von dem Beglaubigungen einzuholen waren. Besorgungen nachher. Gegen Abend Einräumen von Büchern in mein Schlafzimmer Regal. Dabei u. zwischendurch Arbeit an dem Brief über die amerik. Geistesverfassung zur Begründung meiner Absage an N.Y. Times. – Sehr müde, gequält und bedrückt. Heimweh nach dem P. P.-Haus.

Erlenbach, Dienstag den 27. I. 53

Nachts Exzitation. Dichter Nebel morgens. Verstärkter Frost. Aufklaren. K. sehr erkältet, was mich quält und bekümmert. Sie hat hundert Besorgungen vor. Es fehlt an Hilfe, an Kräften. Das Mädchen sehr schlecht; es ist ihr zu kündigen. – Schrieb den pessimistischen Absage-Brief an Mr. Hoffman in Genf zu Ende u. expedierte ihn an Erika, die in Arosa nicht sehr gut daran ist. – Ging allein ½ Stunde spazieren bei Sonne im Schnee. Schön im Wald. – Nachmittags einige Brief-Diktate. Weiteres organisiert. An Matheson. Weiteres Einräumen meines Schlafzimmer-Regals. – Begann »Rauch« wieder zu lesen.

Erlenbach, Mittwoch den 28. I. 53

Tauwetter. Morgens vollständig angezogen. Nur kurze Zeit gearbeitet. Mit K. zu Dr. Mäder, der abgerufen war. Zum Haarschneiden, längst erwünscht u. wie immer erfrischend. Zum Lunch Emmy Oprecht, der man schwere Depressivität nachsagt. – Das Ehepaar Peters wieder, das manchen Fortschritt brachte, d. h. eine z. T. noch recht unordentliche Ordnung. Der große Goethe rings um den »Vorsaal« prächtig aufgestellt. Der Schweizer Goethe als Sopraport. Schlafzimmer-Regal gefüllt. Nicht alles wird unterzubringen sein. – Organisation von Briefen; Trennung der vielen zu diktierenden vom handschriftlich zu erledigen[den]. Wie notwendig sind Ordnung und Übersicht. – Abends sehr lebhafter Eindruck von der zweibändigen Hein'schen Stifter-Biographie, die in Wien wieder erschienen. Las lange, gefesselt von dieser wunderlichen Persönlichkeit, diesem Leben und seinem Untergang. Lust zu einem Essay an Hand der Biographie und mit eigenem.

Erlenbach, Donnerstag den 29. I. 53

Morgens Versagen der Oelheizung und Wiederherstellung. – K.'s Erkältung scheint sich gottlob nicht bösartig zu entwikkeln. – Sonne. – Beim Frühstück wieder einmal das peinliche Steckenbleiben von Speise (gerösteter Speck) im Schlund. Will 10 Uhr noch nicht ganz weichen und macht sehr nervös. – Verging bis nach Tische, sodaß den beabs. Besuch bei Mäder aufgab. – An der Umarbeitung. – Sonne. Mit K. bei Pfisters im Hause, wo wir Fauteuils ansahen. – Zwei kleine Perserteppiche ins Arbeitszimmer vor die Lesestühle. – Telephon mit Erika, die die Übersetzung des Briefes schickte, aber wie auch K. abrät, ihn aus der Hand zu geben. Durch kurzen zu ersetzen. – Einige Briefdiktate abgetragen. Handschr. Zeilen an Anni Carlsson. – In der Stifter-Biographie, sehr interessiert.

Erlenbach, Freitag den 30. I. 53

Nachtfrost, morgens 0 Grad. Blauer Himmel. Etwas wie ein Vorfrühlingstag. – Während der Arbeit das Peters-Paar, das bis abends arbeitete. Klärung des Vorsaals. – Sonne, sehr warm. Ging mittags etwas herum. Zum Lunch Fritz Strich und Frau, die sich entzückt vom Hause zeigten. Brief-Arbeit wegen des Bücher-Räumens, das auch mich in Anspruch nahm, nicht möglich. Abends in der Stifter-Biographie. Mit

Strich über den Essay, den ich zu schreiben wünsche. – Schmucke Ausgabe der Büchergilde von »Tonio Kröger u. andere Erzählungen«.

Erlenbach, Sonnabend den 31. I. 53

Nachts Husten, Halsweh u. Unruhe. Nahm Schweizer Pastille mit warmem Wasser. Schlief dann noch von ½5 bis ¾8. Morgens Ausfertigung von Diktat-Briefen. An Mondadori über die Annahme des Balletts »Mario u. der Zauberer« von Manino durch die Scala. – – Flakes zum Frühstück. – Sonne. – Einige Arbeit. – Fahrt zu Mäder. Inhalation und Rot-Bestrahlung. K. am Ohr behandelt. Ging dann allein zum See und an ihm hin. Wind. Wetterumschlag. Regen, Föhnsturm, Schneetreiben. Entdeckung neuer, unterzubringender, z. g. T. *nicht* unterzubringender Büchermengen: die große Gide-Ausgabe, K.'s Balzac etc. Massen von Paketen mit Bildern, Papieren etc. aus den Fächern meines P. P.-Arbeitszimmers. – Einiges Handschriftliche nach dem Thee. Sausender Sturm. Verschneiung hinter den Fenstern. – Kam Rauschnings Buch »Ist Friede noch möglich.« Abends darin gelesen. Die Zeit dazu immer zu kurz.

Erlenbach, Sonntag, den 1. II. 53

Sausender Sturm und Schnee über Nacht. Dauert an. Nach dem Kaffee rasiert und fertig angezogen. – Etwas Arbeit. – Zum frühen Mittagessen, bei noch gutem Wetter, zu Frau Reiff, mit einer Nichte-Violinistin und einem jungen Schauspieler mit nom de guerre vom »Pfauen«. – Schon während der Rückfahrt beginnendes Unwetter, fegender Schnee. Zu Hause die Peters, die im Wohnzimmer, bei kaltem Zug durch die verschneienden Fenster, an Hand von Dokumenten ihren Fall unnötig auseinandersetzten. Ich floh ¼ nach 4 und suchte zu ruhen. Bin gern bereit, für die Synchronoptik zu zeugen – worauf es hinauslief. – Wilder, grausiger Schneesturm, das Haus durchwehend, Balkone und Fenster bedeckend bis in den

Abend. Ohnedies zum Grauen geneigt, sank mein Nervenstand tief. Schrieb aber, warm gekleidet, beim elektr. Ofen einen Entschuldigungsbrief. – Schweizer telephonierte, erkundigte sich und gab Radio-Meldungen wieder über Sturmkatastrophen in ganz Europa. – Telephon mit der Abschreiberin in Bern, die fasziniert von der »Betrogenen«, mit den ersten 40 Seiten schon fertig ist. – Aß wenig heute. – Las abends in Rauschnings Buch, vielfach befriedigt.

Erlenbach, Montag den 2. II. 53

Der Sturm besänftigt. Dicke Verschneiung. Warten auf den Schneepflug. Stühle fürs Wohnzimmer kamen von Jelmoli, dessen Lieferwagen dann in den Graben abrutschte. Hügli kam zu Hilfe. Problem der Abholung Medis, die heut zu Besuch kommt. Es schneit ruhiger weiter. Ein Stifter-Wetter. – – Am Manuskript. Gelesen über Schloß Benrath. Topologie unbekannt. *Brief an Frau Nikisch.* – Ging nicht aus wegen der unheimlichen Schneemassen. Wartete auf K. und Medi, die um 2 Uhr zum Mittagessen eintrafen. War sehr besorgt gewesen. Spät zur Ruhe. Thee mit Medi bei mir. Legte dann noch ein neues statement über das gefährdete Werk der Peters an. Abends mit Medi über das Politische, ob Krieg sein wird oder nicht; das Fiasko der Atlantic Pact-Politik. Nachher Artikel der »Nation«.

Erlenbach, Mittwoch den 4. II. 53

Schrieb gestern das statement zugunsten der »Synchron. Weltgeschichte«. Die Peters waren da, empfingen die Abschrift und waren zu Tränen gerührt. – Ging allein etwas die tief verschneite Waldstraße. – Zum Lunch I. Silone. Angenehmer Mann, oft drollig, mit befremdenden Ansichten zum Teil. Vorzüge des Korea-Krieges. Die italienische Armee ein gutes Verteidigungsmittel! Medi brachte ihn wieder fort. – Nachmittags Brief an Erika. Ordnung und Durchsicht der sehr guten Abschrift der ersten Teile der »Betrogenen«. Las

Abends im Wohnzimmer für Medi, die heftigen Husten hatte, die Anfänge vor. Diese sind frisch und gut. Später noch einiges Gute. Möchte das Ende gelingen! Sitze jetzt durch topographische Unsicherheit fest und will vielleicht überspringen und vom Schloß Benrath schreiben bis Antwort von der Nikisch kommt.

Die Stürme haben sich gelegt. Gestern ruhig u. teilweise sonnig. Fühlte mich besser. Heute wieder dunkler Schneedunst jenseits des Sees. Hafergrütze zum Frühstück. Hügli nahm die Kugeluhr zum Uhrmacher in den Ort. – Vergnügen an der Bibliothek, die in dieser Aufstellung neue Sicht bietet und viel Reizvolles enthält. – – Mit dem Manuskript, geforscht, versucht. Mittags mit K. u. Medi im Schnee den Waldweg bis zur Bank. – Glückwünsche zur Croix aus Deutschland. – Medi, nachmittags unterwegs, besorgte vom deutschen »Reisebureau« rheinische, Düsseldorfer Prospekte, die etwas über die Lage des Schlosses informierten, aber viel nicht halfen. Studierte vor dem Thee daran herum. Las nach dem Abendessen den mittleren Teil der Novelle einschl. des Gesprächs am Abend nach der Gesellschaft. Medi höchst angetan. Bis dahin ist es gut oder hat doch viel Gutes. – Las noch in Rauschnings Buch, das klug und tapfer ist, Produkt ernsten Ringens.

Erlenbach, Donnerstag den 5. II. 53

Kaffee mit Medi im »Vorsaal«. Gebadet. Beim Frühstück Verabschiedung von Medi, die nach Fiesole zurückkehrt. Wie jeder solcher Wechsel, Abschied, mich erregt und beklemmt. K. bringt sie bei dunklem Himmel und neuem Schneefall zur Bahn. – Exzerpte für »Benrath«, auf das ich mich nun einmal festgelegt. – Mit K. die Waldstraße gegangen. – Nachmittags zu Brief-Diktaten aufgerafft. Nach Tische und abends in Rauschnings Buch, das mich fesselt. In Amerika nicht möglich – und vielleicht er selbst hiernach nicht mehr. – Noch immer Schreckensnachrichten namentlich aus Holland. Internationale Hilfsaktionen. Menschen auf Dächern und Bäumen, von Fluten umgeben, in die sie erschöpft hinabsinken. – Von Prof. Weigand Lecture über Hauptmann aus den Wisconsin-Monatsheften. – Wind und Schnee. – Verabredung mit Weber zum PEN Club am 20..

Erlenbach, Freitag den 6. II. 1953

½ 8 auf. Neuschnee. Weiterer Flockenfall. Nach dem Kaffee rasiert. Orangensaft, Hafergrütze, Ei und Honig. – Noch einige Zeilen weiter am Mt.. Dann Erkundigungsbrief an Frau Eulenberg. Antwort von Frau Nikisch, unwissend. Erkundigung ihrerseits. Dialektredensart falsch angewandt; wieder zu fragen. – Mit K. ein Stück die Landstraße bergauf. Nach Tische Hefte der »Nation«. – Geschlafen. – Später Thee und Imbiß. Mit der Hilfscharlotte zur Stadt gefahren: In der Tonhalle bei Berlioz' Requiem als Gäste. Großer Apparat, aber nur vorübergehend beeindruckt. Zu Hause Suppe und Ei. Sehr spät zu Bette.

Erlenbach, Sonnabend den 7. II. 53

8 Uhr auf. Immer Schneedunkel bei leichtem Frost. Leichter Flockenfall. – Etwas am Manuskript. Dann Brief an Dr. Oberloskamp, Düsseldorf. Allein etwas gegangen. Nachmittags Briefe an Dr. Naegeli über das Konzert und, länger, über meine Verfassung, an Kerényi. – Ausfertigungen. Abends abschließend in Rauschnings Buch.

Erlenbach, Sonntag den 8. II. 53

Gestern Artikel in der N.Z.Z. über eine deutsche Literaturgeschichte, worin das Meine als »Teufelsruf nach Ambiguität und Ironie«. O Esel, Esel! – Sonnig. 10° Frost. – Vormittags Brief an einen Dissertationsschreiber. Nachmittags Brief an Agnes Meyer. Mittags mit K. etwas gegangen. Telephon mit Medi, die noch von den Vorlesungen voll. – Las tagüber viel weiter in »Rauch« von Turgenjew.

Erlenbach, Montag den 9. II. 53
Nachts gestört durch die Ohren und durch Rektalschmerzen. Nachnehmen von Sekonal. Zeitweise im Stuhl geschlafen. Früh auf. Gleich nach dem Frühstück bei starkem Schneefall und 7° Frost hinunter zum Amtmann wegen einer neuen Beglaubigung. Bei der Rückkehr Meldung des franz. Consulats, daß Schuman im Baur au lac und daß er mich zu sprechen wünsche. Anruf und Verabredung seines Besuchs. – Etwas am Manuskript. Schumann kam ½ 12 vor einem offiziellen Déjeuner im Baur au lac und überreichte das hübsch gearbeitete Offizierskreuz am roten Band mit der Rosette in großem Format. Freundschaftliche Unterhaltung zu dritt, erst im Wohn-, dann im Arbeitszimmer. Statt einer Viertelstunde blieb er wohl dreiviertel. Gut aussehender Chauffeur der Gesand[t]-schaft, der mich in Paris gesehen haben will und meine Leutseligkeit gelobt hat. Verabschiedung mit der Aussicht auf Wiederbegegnung in Paris. – Von Bertelsmann Exemplare des Hauptmann-Büchleins. – Wildes Wetter wieder, Sturm und Schnee. Brief von Dr. Oberloskamp mit Bekundung, daß Rheinfahrt nach dem Schloß möglich. Brief an ihn mit erneuter Befragung. Brief an Albersheim in Los Angeles. Gelesen weiter in »Rauch«. Sehr typischer Turgenjew, aber nicht der beste. – Preetorius über den Mailänder »Lohengrin«, mit Szenenbildchen. Bedauern die offenbar magisch schöne Aufführung versäumt zu haben. Die Geigen im Vorspiel. Lösung der Ankunft, frontal, zunächst durch Schleier. Stelle mir das gern vor.

Erlenbach, Dienstag den 10. II. 53
Nach dem Kaffee rasiert. Föhnig dunkles Wetter, wärmer. – Am Manuskript. Nun auslassen und voranschreiben? – Allein auf sehr schlüpfrig tauendem Schnee etwas gestiegen. – Zumutung der Präsens-Film-Gesellschaft bei der »festlichen« Première des ostdeutschen »Untertan« mitzuwirken. Telephon mit Schweizer darüber. Strikte Ablehnung. – Einiges

Handschriftliche. Las abends nach Beendigung von »Rauch« etwas in den Wahlverwandtschaften.

Erlenbach, Mittwoch den 11. II. 53

Nachts öfters erwacht. Gehustet. Schwerer, etwas schmerzender Kopf. Müde. Aufklaren des Himmels, föhnig starke Sonne. –

Krankheit

Erlenbach, Donnerstag den 19. Febr. 53

Gestern vor 8 Tagen legte ich mich nachmittags mit 38^4 Fieber und entschiedenem Krankheitsgefühl zu Bette. Ausbruch einer Virus-Infektion mit Temperaturen bis 39^5, bei mir sehr ungewöhnlich, aber zu begrüßen, da zu hoffen, daß so nichts Schleichendes zurückbleibt. Dr. Gysi von Erlenbach, der den Internisten Dr. Alp zuzog. Nierenreizung, Penezellin- und Leberinjektionen. Sehr arg die Entzündung der Mund-Schleimhäute. Gemeindeschwester Anna mit Einlauf. Nachher, wie zu erwarten, Juckreizung der Aftergegend. Alte Lästigkeiten des Bettliegens. Appetitlosigkeit, Mühsal des Essens, Aufgabe der Fleischgerichte. Caviar. – Es schneite und regnete. Viel Post, neue Gratulationen besonders aus Frankreich. Schumanns Besuch offenbar sehr publik. Ehrendoktor of Litterature von Cambridge, England, für den 4. Juni. Bedingte Zusage. – Allmähliche Rückkehr zu normaler Temperatur, aber sehr mitgenommen und schwach. – Viel gelesen in einem noch fragmentarischen Manuskript über mein Werk von Professor Altenberg, Berliner Techn. Universität. Gutes über Zauberberg und Faustus. Ernst zu nehmen. – Eintreffen des Musik-Apparats und der Couch für den Vorsaal, der nun komplett. Die Kugeluhr aufgestellt im Arbeitszimmer vom Uhrmacher Wolf. Die Schweizer Pendüle mit Schlagwerk. – Vorgestern Besuch von Dr. Katzenstein. – Gestern gegen Abend Rückkehr Erikas. Mit ihr gestern Abend etwas im Vorsaal. – Noch Informatives von Oberloscamp. Schlußteil der

Novelle im Kopf. Neue Motive: »Du Wasserwind« und das Essen vom Brot, das von Kens Körper warm. – Vollständiges Brachliegen der Korrespondenz. Notwendigstes durch K. – Heute gegen Mittag in K.'s Abwesenheit angekleidet. Dies am Schreibtisch. Unsichere Hand. Neigung zu Schweiß. –

Erlenbach, Freitag den 20. Febr. 53

Gestern zu den Mahlzeiten auf. Im Vorsaal. Korrektur des Kuckuck-Kapitels für Olten. Dazu beschwerender Brief von dem analphabetisch-pedantischen Matheson, der zu instruieren, daß er zu warten hat, und daß die Vorlesung nicht stattfinden kann. – Frau Nikisch: Dialekthaftes. Möchte gern verbessern und schreiben, bin aber zu schwach.

Heute zwischen Kaffee und Frühstück gebadet. Viel Post, z. T. aus Californien. Wie mit alldem fertig werden? – Vormittags der Arzt, machte Leber-Injektion. Drang wieder auf »Eisen«. – Mittags angekleidet, nachdem ich lustlos die Korrektur durchgesehen. Ist ja gleichgültig. Es kommt auf die »Betrogene« an. –

Erlenbach, Sonnabend den 21. II. 53

Ständig fieberfrei. Tauwetter. Die Straße sehr schlecht. Rasierte mich zwischen Kaffee u. Frühstück, das noch im Bette nahm. Maniküre. – »Observer« will review der englischen Ausgabe von Musils »Mann ohne Eigenschaften«, aus dem eine große Snoberei gemacht werden soll. Unlustig. – Der Installateur demonstriert den Musik-Apparat. Der neue Lüster im Wohnzimmer wird aufgehängt. –

Erlenbach, Sonntag den 22. II. 53

Gestern einige Beschäftigung mit dem Manuskript. Heiteres Wetter. Einige Schritte mit K. ins Freie gemacht. Nachmittags wieder im Stuhle geruht. Zum Thee im Vorzimmer: R. Schweizer, der zu lange, bis 7 Uhr, blieb. Müde. – Abends Experimente mit dem überempfindlichen Radio-Apparat, der auf keine Station klar einzustellen. Quälend und enttäuschend. Hätte so gern Musik gehört. Das Grammophon scheint gut. Hörten meine Sprechplatte (»Lob der Vergänglichkeit«), ohne Nadelgeräusch. – Vorm Einschlafen etwas im »Adligen Nest« von Turgenjew. –

Heute Morgen gemessen (36^1), im Vorzimmer Kaffee getrunken, dann angekleidet und im Speisezimmer reichlich gefrühstückt. Heiteres Wetter nach leichtem Nachtfrost. Das leichte Pulttischchen aus P. P., das als Krankentischchen diente, ins Arbeitszimmer zum Empirestuhl gestellt. Gestern begonnenen Brief an Prof. Altenberg in Berlin abgeschlossen. Einige Zeilen an der Novelle. Müde. Mit K. mittags etwas gegangen. Zum Lunch Therese Giehse, dazu Emmy Oprecht, die »Agentin«. Die jugoslavische Intrigue: Honorar-Überweisung und Dringen auf einen Besuch dortzulande, auch auf Brioni, zu einer Begegnung mit Tito, – die in ganz Europa ausposaunt würde. Werde mich hüten. – Im Stuhl etwas geschlafen. Tat dann nichts mehr als im Turgenjew lesen. Zarte Naturschilderung. Liebe des »Westens« zu Rußland. Ein bewundernswerter Erzähler, zuweilen altmodisch in der Technik. Las viel vom »Adligen Nest«.

Erlenbach, Montag den 23. II. 53

Vor 8 Uhr auf. Nicht mehr gemessen. Einige Zeilen an der Novelle. Der Arzt noch einmal. Leberinjektion, die nachmittags überraschend Exzitation hervorrief. Etwas Handschriftliches erledigt. Turgenjews »Rudin«.

Erlenbach, Mittwoch den 25. II. 53

Gestern schon um 10 Uhr zur Stadt. Haarschneiden. Dann zur Pediküre. Zu früh daran und lange auf K. gewartet im Salon der Frau Keßler. Stadtbesuch psychisch gewissermaßen wohltätig. Hervorkommende Sonne. Nachmittags geschlafen. Nach dem Thee ein Brief, unwillig einem Doktoranden zu helfen. Abends der Radio-Techniker verbessernd tätig. Platten waren ausgepackt. Vieles Erwünschte fehlt. Schöner Klang des »Er sah mir in die Augen«.

Februar 1953

Heute neblig bedeckt. Rasiert. Das Hautabschälen an der vom Fieber juckend entzündeten Hand. Gebrauch von Nivea. Die alte erste Schüttel-Medizin bewährt sich wie vor 18 Jahren. – Etwas geschrieben. Zu stark abgeführt, sehr angegriffen, matt und düster. Auf schmutzigen Wegen widerwillig gegangen. Nachmittags besser. Brief-Diktate (Mme Focillon u. a.). Abends Musik, endlich. Peinliche Längen in der Tristan-Liebesszene durch die Versessenheit aufs Metaphysisch-Gedankliche. Wohltat der Liebestod-Melodie, die echt nummernhaft eingeleitet. Spannungsintroduktion mit Harfe, schon vorher in der Langweile versprechend anklingend. – Volkslieder, von Tauber gesungen. Kindlichkeit der immer gleich wiederholten Strophe. Wie das Kunstlied es anders macht.

Erlenbach, 26. II. 53, Donnerstag

Rückkehr des grauen, harten Winters. Gebadet. Wöhler als gestern. Gelangweilt gearbeitet. Fuhren zum See hinunter. Rauh. Wermut bei Frascati. Nachmittags Brief nach Straßburg über mein Verhältnis zur skandinavischen Literatur. Ausfertigungen. Abends las Erika aus ihren »Zugvögeln«. Hörten dann das Beethoven-Violin-Konzert. Die Long Play-Platten allzu verletzbar. Klopfstörungen durch Risse. – Turgenjews »Rudin«. Eigentümliche Charakterstudie. –

Erlenbach, Freitag den 27. II. 53

Gut geschlafen. Nebel, kalt. – Geschrieben – armselig, wie mir scheint. Ausgefahren hinab nach Zollikon; dort am See gegangen. Nachmittags Brief-Diktate und Beseitigungen. Buch über Nietzsche und die Naturphilosophie. Abends etwas Radio-Musik irgendwoher.

Erlenbach, Sonnabend den 28. II. 53

Dicker Nebel. Ein paar hundert Meter höher ist helle Sonne. – Der Plattenschrank, wohl gearbeitet. – Etwas geschrieben, matt und unzufrieden, ja hoffnungslos (bei den Schwänen). – Mit K. hinab nach Küsnacht. Dort Zusammentreffen mit Mittlers (Liesl Frank), die wir hinauf zu uns lotsten, zum Mittagessen. Legten Entzücken an den Tag über das Heim. – Durchsicht von ostdeutschen Rezensionen von »Lotte« und »Faustus«. Nach der Ruhe Absagebrief an Mundt vom Desch-Verlag wegen des Geburtstagsalmanach. Aufgetragene, aber nicht unwahre Schilderung meines Zustandes. Mußte das los sein. – Abends mit den Frauen Gespräch über die Novelle und meine quälenden Hemmungen jetzt. Ließ mich etwas trösten über den Sprachmangel, die Reizlosigkeit – im Vergleich mit dem »Erwählten«. – Liste der fehlenden und erwünschten Platten. Gedankenlose Auswahl.

Erlenbach, Sonntag den 1. III. 53

Heller Himmel. Rasiert. Etwas geschrieben. Die Bübchen kamen. Mit ihnen ausgefahren und in Zürich in den Anlagen am Fischerhaus gegangen. Sie ließen sich das Mittagessen schmecken. Frido spielte nachher Klavier, und sie machten eine drollige Bandaufnahme mit Erika, bevor sie wieder abfuhren. Fridos Ausdruck und Lächeln beim Sprechen ist oft sehr reizend. Er führt Nivea mit sich gegen die Sprödigkeit seiner Nägel. – Zum Thee Herr Theile von Chile (»Deutsche Blätter«). Jetzt nach Europa zurückgekehrt, zwischen Basel und München schwankend. Politisch recht klar sehend und erfahren. – Brief-Diktate: an Dr. Huber, Direktor der Enkel-Schule bei Bern. An Kesten über seine Sende-Programme aus meinen Büchern. – Hörten abends im Radio Partieen aus »Maria Stuart«. Schillers kindliche Lust an der Intrigue. – »Archibald Douglas«, naiv, aber stets wieder erfreulich. – »Rudin«, sonderbares Charakterbild, von außen gesehen und auch von der Gestalt aus subjektiv dargestellt. – Dauerndes Heimweh nach dem *Hause* drüben.

Erlenbach, Montag den 2. III. 53

Früh Klarheit und Frost, dann Einnebelung. Gestern nachmittag erkältet und heiser, aber fieberfrei. Der Schnupfen scheint sich nicht weiter zu entwickeln. Heute gebadet. Zögernd geschrieben. Mit K. in der Nähe gegangen. Fr. Landshoff zum Mittagessen. Velhagen u. Klasings Monatshefte mit dem Werther-Vortrag, vorabgedruckt aus dem Bande, mit bedenklich vielen Druckfehlern. – Brief an die jungen Leute vom »Diskus« in Frankfurt, die so lange ohne Nachricht von mir geblieben. Abends mit K. allein. Etwas aus C. Franks Symphonie im Radio. »Rudin« beendet. Der Sitzplatz am kleinen Fenster abends wegen kalten Zuges unmöglich. Kummer darüber. Meine Sofa-Ecke zum Arbeiten und Lesen! – Medi berichtet, daß in N.Y. Times, die den Vortrag der Meyer auf der Frontseite brachte, täglich etwas zu[r] Verteidigung der Civil Liberties zu finden. Große Geldbereitstellung der Ford Foundation zu ihrer Verteidigung. Oppositionelle Bewegung . . .

Erlenbach, Dienstag den 3. III. 53

Klar. Bereift. Etwas an dem Schloßbesuch. Langweilig. Hinuntergefahren zum See u. dort gegangen. Tat nachmittags nichts mehr. Zum Abendessen Emmy Oprecht und Manuel [Gasser]. Spielten »O sink hernieder« und Fridos Neujahrsgruß. Zeigten das Haus. Wachskerzen in meinen als junger Mensch gekauften Empire-Leuchtern auf dem Schreibtisch und auf den unteren Leuchtern. Bekamen Tulpen und Rosen. – »Väter und Söhne.«

Erlenbach, Mittwoch den 4. III. 53

Sehr hell und schön; Klarheit des Gebirges. – Gebadet. – Rokoko-Interieurs; Amoureuses. – Bei Küsnacht gegangen. – Nachricht von offenbar tödlicher Erkrankung Stalins: Gehirnblutung, Lähmung, Bewußtlosigkeit. Bulletins, die dann stockten. Wahrscheinlich schon tot. Ermordung? Wirre

Machtkämpfe vorauszusehen. – Nachmittags Sitzung für den Bildhauer Hofer, der vorbereiteten Tonkopf formte. Kriegsbeschädigt – kopfkrank und in seinen Reden unglaubwürdig. Die Büste für mich fremder alter Herr. – Abends Gi[g]li-Platten. Der Apparat klingt vorzüglich. – »Väter und Söhne«.

Erlenbach, Donnerstag den 5. III. 53

Wetter getrübt. Nachts von Hautjucken inkommodiert, das immer erst abends auftritt. – Geschrieben im Stuhl mit dem elektr. Ofen neben mir. Freier Tag des Mädchens. Fuhren zum See hinab, gingen dort und aßen bei Frascati im Grill. – Nachmittags Signieren von, ich weiß nicht wievielen Bögen für die Oltener Luxusausgabe. – Exakte Bulletins über Stalins hoffnungslosen Zustand. Spekulationen überall. England übermittelt korrekte Teilnahme. Eisenhower salbungsvoll missionarisch an das »russische Volk«, von dessen Trauer übrigens in Moskauer Berichten die Rede. Vincents Pensionierung selbst von den Konservativen offen verspottet, während Mc Carthy »protestiert«. Zum erstenmal in der N.Z.Z. von einer »Atmosphäre« die Rede, in der die halbe Ehrenerklärung noch das Optimum sei. Golo schreibt, wir sollten jeden Tag froh sein, nicht dort zu sein. – Abends etwas Parsifal.

Erlenbach, Freitag den 6. III. 53

Neblig bedeckt. Rasiert. Gearbeitet, unbefriedigt und gequält. Auf dem Weg nach Herrliberg gegangen. Tod Stalins. Groß traktiert in der Zeitung. Amtliche Kondolationen, die amerikanische äußerst knapp und feindselig. – Aufstellen der amerik. Uhr auf einem Brett am Treppenpodest. Erfreulich. – Die Schlußsätze des Kuckuck-Kapitels für Olten immer wieder für Geld geschrieben. Strafarbeit. – Die Giehse zu ihrem Geburtstag bei uns zum Abendessen. Scherz-Bandaufnahmen Erikas und Gesangsplatten.

Erlenbach, Sonnabend den 7. III. 53

Nach Wein und Kaffee nachts Exzitation (nicht ohne Stolz). Schlief zeitweise im Stuhl. Der Morgen, nach Nachtfrost, leicht neblig. – Geschrieben, wie es nun wird. Keine Sprache. – Mit K. ausgefahren und gegangen im Ländlichen. Vergebenes Warten auf den Essayband. Besuch von Matheson mit chauffierender Freundin, die signierten Bogen zu holen. Brief betr. das Frankfurter Opernhaus. Abends Vorlesung Erikas aus ihren »Zugvögeln«. Dann einiges aus dem »Fliegenden Holländer«.

Erlenbach, Sonntag den 8. III. 53

Temperaturfall. Leichtes Schneegestöber. Juckstörungen nachts, wenigstens gegen Morgen, schlafverkürzend. – Geschrieben, Liebesgestammel. – Ausgefahren Schiedhaldenstraße, Küsnacht. Am Haus vorbei, das uns sehr groß erschien. Im Walde gegangen. – In Luthers Leben, wie manchmal jetzt. Geschlummert. Nach dem Thee den Brief über die Frage des Frankf. Opernhauses beendet und an Tutti Fischer geschrieben. – Zum Abendessen Erikas Freundin Nina. Gespräch über Hanseatischen Dialekt.

Erlenbach, Montag den 9. III. 53

Klar, sonnig, schönes Gebirgsbild. Nachts Juck-Unruhe. Sekonal nachgenommen und nach Stillung des Reizes im Stuhl geschlafen. – In der Erzählung vorwärts gestrebt, um fertig zu werden. – Ausfahrt nach Itschnach. Kalter, angreifender Wind. – Nachmittags lange Reihe von Briefdiktaten. Den »Hauptmann« an Prof. Weigand. – Abends Tripel-Konzert von Beethoven mit zu schwacher Violine. – Schöner orangefarbener Sonnenuntergang. Vorher klarster Fernblick ins Gebirge.

Erlenbach, Dienstag den 10. III. 53

Klarheit. Brioches und Eier zum Frühstück. Wäre nicht die ständige Enge des Schlundes, die zu größter Vorsicht nötigt! – Geschrieben bis zum Ende des Schloßbesuches. Name nun Holterhof. – Allein bergauf gegangen. Nachmittags Brief an die Frau, verwitwete Wendriner, die ein Buch »The unknown T. M.« geschrieben. – Nach 7 Suppe. Mit Erika zur Stadt: ins Cinéma, Chaplins »Limelight« zu sehen. Sehr gewinnender und starker Eindruck; naiv, takt- und kunstvoll. Sentimentalität weggescherzt. Vorzügliche Wahl der Mit[g]lieder. Die Frau lieblich ansprechend. Überwältigend komische musikalische Szene mit Buster Keaton vor dem Tode. Treffliche Produktion, an der die ganze Welt sich ergötzt. – Zug auf den Balkonplätzen. Verzichteten auf Restaurantbesuch und hatten zu Hause Kieler Sprotten und Thee mit Rotwein. Las danach in der Luther-Biographie. ½2 zu Bette.

Erlenbach, Mittwoch den 11. III. 53

½9 Uhr auf. Neblig bedeckt und kalt. Gebadet, rasiert u. fertig angezogen. Am Manuskript: Beschreibung des Parks zu verbessern. ¾11 Fahrt zum Studio Zürich. Las »Lob der Verg.« ordentlich. Kamen 2 Stücke von »Altes und Neues«. Umschlag über-dekorativ. Druck im Ganzen gut, doch mit Irrtümern. – Dem »Merkur« Manuskript fürs Maiheft zugesagt. – Vorlesung Erikas aus den »Zugvögeln«. – Ausfertigungen.

Erlenbach, Donnerstag den 12. III. 53

Nasser Schnee. – Sollte mit dem Frühkaffee aufhören. Beim Frühstück Schwierigkeiten mit der Schlundenge, verleidend. – Parkbeschreibung etwas verbessert. Übergang zum Schlußteil. – Zu Mittag Frau R. Schickele. Einige Schritte mit ihr u. K.. Mahlzeit. Dedikation des »Erwählten«. – Brief an den Fischer-Verlag über den Essayband. Ein paar böse Schnitzer. Dedikationen des Bandes an Hesse und Basler, vorher an die Giehse. – Erika abends auswärts, mit Lindbergs, wegen seiner Beziehung zum reichen Besitzer des Tschocken-Verlags, einem Israeliter mit großer literarhistorischer Sammlung, möglicher Käufer meiner Manuskript- und Dokumenten-Collection. – Ausfertigungen. – Abends mit K. über die Frage, ob wir recht getan, Californien zu verlassen. Eine meiner Kommodenschubladen gefüllt mit Photographien, die ich in meinem gegenwärtigen Nervenzustand nicht ansehen kann, ohne daß sich mir das Herz zusammenkrampft. Wohl unvernünftig. Das Haus war so ganz das meine. Dies hier mag ich nicht. – –

Erlenbach, Freitag den 13. III. 53

Heller Himmel, schönes Licht, aber kalter Wind. Morgens sorgfältige Toilette. Die Nacht war unruhig. Juck-Nervosität, mit Alkohol behandelt. Sekonal nachgenommen, was gut tut, wovon aber sparsam Gebrauch zu machen. – Schrieb die Einleitung zur Vorlesung. – Fuhren aufwärts zum Wald, gerieten mit einem Rad in den Graben und gingen bergab zurück, was ganz angenehm war. Der Wagen wurde geholt. – Nachmittags Schonung. 7 Uhr Fahrt zum Zunfthaus Saffran, Pen Club. Großer Zudrang. Abendessen (sehr gute Küche) zwischen Frau Faesi und Dr. Weber. Trank leichten Schweizer Rotwein. Kaffee im Nebenraum mit den Nachtisch-Gästen. Weber sprach einführend. Dann die Lesung bei mangelhaftem Licht und Müdigkeit. Dennoch leidlich präsentiert. Sichtliche Teilnahme. Diese ersten Teile sind gute Erzählung. Viel Zuspruch nachher. Junge Leute. Die Giehse höchst angetan. Schweizer, Beidler u.s.w.. Französische Gäste, Comte Harcourt, College von der Ehrenlegion. Kadidja Wedekind. – Totmüde. Etwa ½12 zu Hause. Rotwein und Biskuit. Die amerikanische Uhr gerichtet, schlagend. Meißener Jubiläumsvase von der Giehse.

Erlenbach, Sonnabend den 14. III. 53

Einige Stunden gut geschlafen. Früh wach. ¾8 Kaffee. Gebadet. Mit dem gestrigen Vorkommnis zufrieden. Hielt mich gut unter sehr ungünstigen Bedingungen. – Kestens »Kinder von Gernica«, für deren französische Ausgabe zu schreiben sein wird, unmöglich in der Einkleidung, erzählt von dem halbwüchsigen Carlos, sehr literarischen Mundes. – – Verbesserungen, Übertragungen auf die Durchschläge. Begleitbrief an den »Merkur«. Ausfahrt mit K. in die Umgegend von Küsnacht, auf deren Ergrünen ich mich freue. Wegen kalten Windes nicht gegangen. – Hatte mittags einigen Appetit. Hammelkotletts sind gut von der Hand gegessen, vom Knochen zu beißen. – Marguerite Yourcenar: Hadrian an Marc Aurel, vorzüglich. Muß das Buch lesen. – Zum Thee Trebitsch mit Frau und Csokor. Vorweisung des Hauses. – Brief an die Freiheitskämpferin in Washington. – Abends Lieder der Wiener Sängerknaben, erheiternd. – In Kestens Roman. – Vor Schlafengehen Bilder gesichtet. Frido-Echo, umblätternd, wie beschrieben. Mit Rähmchen zu versehen. Bilder der Buben mit mir im P. P.-Garten.

Erlenbach, Sonntag den 15. III. 53

Nachts Juckqual am Bein. Von 1 Uhr bis ½ 3 außer Bett. Ging herum, aß Chocolade und rauchte. Fiel dann in Schlaf. Früh erneute Irritation. – Heller, nicht föhniger Tag. Rasiert und fertig angezogen. – Am Schlußteil weiter. – Besuch der jungen Leute vom »Diskus« in Frankfurt. – Zum Mittagessen bei Frau Reiff mit Faesis, einem Neffen-Buchhändler u. einem Kritiker. – Widmungen des Essaybandes. Mit Erika einige Korrekturen im Manuskript. Dieses zum Versand. – Abends »Die Kinder von Gernika«.

Erlenbach, Montag den 16. III. 53

Ungestörte Nacht bei größter Vorsicht vor Scheuern. Klarer Morgen. – »Die Betrogene«, gegen das Ende. – Mit K. etwas gegangen. – Zum Lunch Kesten. Sein Radiovortrag über mich, ganz lustig. – Basler sendet Briefe von Lesser und eigenen Aufsatz über dessen Buch. – Zum Thee Frau von Oechen

(Querido Verlag). Angenehme Frau. – Der ostdeutsche »Aufbau«, nichts für mich. Weiter in Kestens Roman. – Rektalbeschwerden.

Erlenbach, Dienstag den 17. III. 53

Zeitig auf. Heller Tag. Vorm Frühstück etwas auf der Terrasse. Gleich fertig angekleidet. – Die Novelle, gegen das Ende. – Zur Stadt, zu Bachmann zum Haarschneiden. Dann zu Scholl; Kauf eines Rähmchens für das Echo-Bildchen, das nun auf dem Schreibtisch steht. Verlust des Auto-Schlüssels, verzweifelte Aufregung, Kummer. Fuhr allein mit Taxi nach Hause. Die Firma sandte Schlüssel. Der eigene fand sich dann zwischen Geldscheinen in der Handtasche. – Hämoroidal-Knoten, entzündlich und sehr belästigend. – Abendessen bei Gasser mit Dr. Meyer vom Manesse-Verlag.

Erlenbach, Mittwoch den 18. III. 53

Nachts kalte Umschläge. Morgens von Katzenstein beraten: warmes Borwasser. – Gebadet nach Einreibung der Unterschenkel mit Öl. – Klarer Tag. – *Schrieb die Novelle zu Ende.* 91 Seiten. Begann sie in P. P. am 16. Mai vorigen Jahres. 10 Monate! Nun denn, auch das ist noch durchgehalten. Die zweite Hälfte ermüdet. Aber neu in meinem Werk ist [es] auch wieder. Es gehe hinaus. – Mit K. im Wald ob der steigenden Straße. – Nachmittags Ankunft Medi's mit den Kindern für eine Woche, auf dem Wege nach Amerika, wo es sehr unheimlich zugeht. Ankündigung der Investigierung Tausender von Nationalisierten. Berichte der »Nation« über die Bewaffnung asiatischer und europäischer Legions und hochdotierter Zersetzungspropaganda im russischen Gebiet. Kriegsgefahr zweifellos im Wachsen. – Brief von Hesse zum Dank für das Buch. – Nach dem Abendessen Kaffee und abenteuerliche Vorlesung des ganzen Restes der Novelle, 40 Seiten, bis 11 Uhr. Hatte nur die Hälfte lesen wollen, wußte aber nicht aufzuhören. Der Schluß wohl gelungen. Zwischendrin Längen und Trockenheiten. Als ganzes dennoch ein schönes, merkwürdiges Werk. Bewegte kritische Unterhaltung.

Erlenbach, Donnerstag den 19. III. 53

Medi auf ihrem Couchlager im »Vorsaal«. Erika fort zu einem Hochgebirgsausflug. – Zeitig auf. Klarer Tag. Rasiert. Das Manuskript verpackt, zur Abschrift erst einmal, wie es nun ist, an die Rümelin nach Bern, die nur diesen Monat noch Zeit dafür hat. – Beim Ammann wegen Beglaubigungen. (Weiteres Umzugsgut.) – A. M. Frey schickt Bericht über den PEN Abend aus der National-Zeitung. – Tagüber viele Widmungen von »Altes u. Neues« mit Druckfehler-Korrekturen, auch an Erika und Medi. Übertragungen von Korrekturen in die Durchschläge. Kurze Briefe. – Erika vorm Abendessen zurück. Nachher Musik: 1. Satz der C. Frank-Symphonie, prächtiges Stück, Wagner plus Brahms, der Schluß, die überraschende Auflösung in dur, das Ei des Columbus. Lachte Tränen über Fridos Rezitation von »Paulinchen« mit 4 Jahren. – Wotans Abschied, Prunkstück. (Mittag mit K., Medi u. den Kindern im Küsnachter Wald.)

Erlenbach, Freitag den 20. III. 53

Weiterer klarer Tag. Kaffee mit Medi und Frühstück mit ihr. – Seit gestern neue Perspektive: Architekt Muhl schlägt vor, uns auf einem seiner benachbarten Grundstücke ein Haus nach eigenen Wünschen zum selben Mietpreis zu bauen. Nur gehen die eigenen Wünsche über den Mietpreis. Auch käme es auf das Grundstück an. – – Korrespondenz; im Lauf des Tages fünf, sechs Briefe und Zueignungen der Bücher. Beendete Kestens Roman, über den nun kurz für Frankreich zu schreiben. – Abends mit K. u. Medi ins Schauspielhaus: Hauptmanns »Ratten« in sehr guter Aufführung mit der Giehse. Erschütterndes Theater, zuweilen etwas billig. Kaffee in der Pause. Tempo verschleppt. Ende erst gegen ½ 12. Zu Hause noch Imbiß und Cigarre. ½ 2 Uhr.

Erlenbach, Sonnabend den 21. III. 53

Weiterer klarer Tag. Löblicher März. Etwas übernächtigt. Gebadet. – Begann das Vorwort zu Kestens Roman. – Mittags Nachschub aus Californien: die alte Bank, mein geliebter Büchertisch, nur im Vorraum zu stellen, das schmale Buffet fürs Eßzimmer. Platten, – die liebsten empörend zerbrochen. Ach, ja. – Allein aufwärts gegangen. Saß auf einer Bank droben. Über die Wiesen. – Zum Thee im Vorzimmer junger Lausanner Literarhistoriker, der über das Musikalische bei mir arbeitet. – Brief an Reisiger. – Abends Lieder, vergangene Stimmen: Schlusnus, Melchior, die Lehmann. Das Zerbrochene unersetzlich. Spielten den »Musensohn« von der Scherbe. Sehr, sehr müde.

Erlenbach, Sonntag den 22. III. 53

Das schönste Wetter. Mit Medi beim Frühstück über die Möglichkeit und Unmöglichkeit der Rückkehr nach Amerika, die Möglichkeit und Unmöglichkeit des Krieges, der drüben entsetzlich und hier der baldige Tod von uns Alten wäre. Kreuzdummer Brief von Hündchen Hallgarten: Wie schön wir es jetzt auf unserer Terrasse haben könnten. Und ob es die »katholische Legende« (gemeint der Erwählte) auf englisch gebe. – – Gestern in der N.Z.Z. über Mérimé und Turgenjew. M. der einzige Franzose, der die Rosette der Légion d'Honneur nicht trug. Als Deutscher ist man wohl entschuldigt, wenn man sie trägt. – – Geschrieben an dem Vorwort. Ausfahrt und Spaziergang mit K., Medi u. den Kindern zur »Solitude«. Nachmittags Übelbefinden, Magenbeschwerden, Leibweh, schwarze Zunge. Zum Abendessen Mosers. Das schöne Porzellan und aller Aufwand. Gute Leute. Aber ich fühlte mich so miserabel, daß mich kaum enthielt, zu verschwinden. Man hörte Gigli und [Lücke i. Ms.]. Wieder einmal »Wie bist du meine Königin« und »Ozean, du Ungeheuer« mit den »Ring«-Dreiklängen.

Erlenbach, Montag den 23. III. 53
Nicht schlecht geschlafen. Aber sehr angegriffen und übel in Magen und Darm. Früh eine Tasse Thee statt Kaffee, den ich wohl morgens überhaupt aufgeben muß. – Sehr viel Post, englisch und deutsch. Die Frage einer staatlich subventionierten Kunst- und Kultur-Organisation in Amerika zu *verneinen*. – – An dem Vorwort. – Spazierfahrt mit K. und Medi in die Umgegend, ohne zu gehen. War Kinderzank und -Bosheit gewesen. – Nachmittags einige Briefe diktiert. Mondadori für Rom zugesagt. Reise auf den 20. April festgesetzt. – Schrieb dann noch einige Male den Satz vom Stein. – Abends las Erika vor, angenehm. Hörten dann »O Tod« von Brahms mit Ergriffenheit. Schönes Bringen auch des Klavierparts durch den Apparat. – Sehr müde.

Erlenbach, Dienstag den 24. III. 53
Thee in der Früh. Erkältet, heiser, Neigung zu Übelkeit. – Erstaunliche Haltbarkeit des schönen Wetters. – Das Vorwort, dessen letzten Satz ich nicht finde. – Allein gegangen, ohne Mantel, bei warmer Frühlingssonne – und fühlte mich so schlecht, daß ich kaum glaubte, zurückzu[ge]langen. – Nachmittags, nach Bellergal, etwas besser. Abends, nach Schreibereien wieder ganz elend. Aß nichts als eine Tasse Suppe und ging hinauf. Die Abschreiberei der Sätze vom »Stein« so stumpfsinnig, albern und erniedrigend, daß ich es dem Bibliographen mit eben diesen Worten schrieb und erklärte, nicht weiter mitmachen zu können. – Hinfälligkeit und Mißbehagen des Leibes so stark, daß Dr. Gisy gerufen wurde. Nichts mit dem Blinddarm. Zuviel Darmbewegung. Hätte mich zu wenig geschont, – was wahr ist. Heute kein Abführmittel. Ruhig halten. – Beschäftigung mit der neuen Ausgabe von Musils Großwerk. Herausgeber citiert einen Briefsatz von mir aus dem Jahre 39, es gebe keinen lebenden deutschen Schriftsteller, von dessen Nachruhm ich so überzeugt sei. Dabei werde ich das Durchlesen nie fertigbringen. – Las seine Tage-

buch-Aufzeichnungen und literarischen Aphorismen. »Was für Erfolge habe ich erlebt!« Und dann nennt er Sudermann, George und Stefan Zweig. – »Es muß an wohlhabenden Menschen etwas sein, das sie Thomas Mann bewundern läßt.«

Erlenbach, Mittwoch den 25. III. 53

Gut geschlafen. Morgens gleich wieder Einsetzen des Mißbefindens. – Fabelhafte Dauer des schönen Wetters. – Schloß das Vorwort ab. Schrieb an Kesten. Ausgefahren mit K. in den Wald weiter oben. Schlecht zu Fuße. Nach Tische in Köstlins Luther-Biographie. Nach dem Thee mehrere Stücke des Essaybandes mit Fehlerverbesserungen versehen und zugeeignet: Kerényi, Mampell, Anna Jacobson. – Abends Lesung des Vorworts. Gut. Kleine Korrekturen. – Parsifal-Musik III. Akt.

Erlenbach, Donnerstag den 26. III. 53

Die Nacht unruhig. Hautjucken, Ohrenbehandlung. Bepanthen Roche-Tablette. Früh Thee. – Erregt über die stupiden Schwierigkeiten, die Erika von ihrem Verlag wegen des zu hohen Niveaus ihrer Kinderbücher gemacht werden. – Die Inquisition in Amerika, zum Himmel schreiend. Brechen des moralischen Rückgrats des Volkes. Übrigens scheint Mc Carthy in der russ. Botschafterfrage eine vorläufige Niederlage zu erleiden. Groteske Dummheit der Washingtoner »Freundin« und ihrem »As I told you: we will be forced into greatness.« Manchmal versucht, zu schreiben: »Ich kann nicht länger an mich halten.« – Beschäftigung mit einem Vorwort zu Jonas' Bibliographie. – Zum See hinunter. Dort gegangen u. auf einer Bank gesessen. – Nachmittags Ausfertigung von Exemplaren der Bücher. Viel gelesen in der Luther-Biographie. Leidliches Befinden.

Erlenbach, Freitag den 27. III. 53

Wetter etwas getrübt. Abschrift des Kesten-Vorworts korrigiert. Von Frau Rümelin die Gesamtabschrift der »Betrogenen«, erstaunlich gut. Durchsicht vor- und nachmittags. Zeilen an sie. – Buch von Peter de Mendelssohn »Der Geist in der Despotie«. Vorzügliches über Hamsun. – Schöner Brief von Strich für Altes u. Neues. – Schadete mir mittags aufs neue durch steigenden, steinigen Spazierweg. Keine Ruhe, Übelkeit. Der Magen überhaupt sehr schwach. – In Amerika geht die Groteske weiter wegen der russischen Botschaft. Eisenhower gegen Mc Carthy. Dieser sagt: »Ich weiß, daß ich auf verlorenem Posten stehe.« Ein Märtyrer! – Frido und Toni von den Schweizer Großeltern abgeholt. Frido protestiert und will zu uns. – Abends »Parsifal« I. Akt mit Erzählung des Gurnemanz. Das Ganze ein tolles, einzigartiges, fast ungeheuerliches Stück.

Erlenbach, Sonnabend den 28. III. 53

Kein Wettersturz. Nur etwas getrübt, aber mild. – Gleich nach dem Früh-Thee wieder belästigt und übel. Das Frühstück leidlich gern eingenommen. – Korrektur des Schlusses der Abschrift u. Übertragungen. Danach so müde, daß nur noch im Stuhle sitzen und etwas über Luther lesen konnte. – Ankunft der Enkelbuben, herzlich begrüßt. Frido war sehr ungehalten gewesen, von den anderen Großeltern abgeholt zu werden, da er zu uns wollte. Ausfahrt mit ihnen nach dem oberen Wald. Etwas gegangen. Nachmittags wieder sehr übel. – Aufschlagen der Eisenbahn, Zurückrollen des Teppichs u. dergl. macht mir *nichts*. Vergnügen an dem kolossalen Appetit der beiden. Wieviel weniger stört mich ihre Anwesenheit, als die der Borgese-Mädchen, bei aller Zärtlichkeit für Medi, – die daran denkt, Silone zu heiraten. Dieser Welt-Präsident des Pen-Clubs. Gut. – Widmung von »Altes u. Neues« an P. de Mendelssohn, dessen sehr guten Aufsatz über Hamsun zu Ende las. – Abends 1. Satz des Beethoven-Violinkonzert (Franciscati). Frido hörte zu. Hatte klassische Musik gewünscht.

Erlenbach, Sonntag den 29. III. 53

Unruhige Nacht. Böses Beinjucken. Salbe u. Alkohol. Sekonal nachgenommen. Früh ein Mokka-Täßchen Kaffee. Frühstück mit den Buben. Korrektur vom »Merkur«. – Diese besorgt. Dann nichts mehr. Ausfahrt mit den Buben nach Greifensee. Dort im Wirtsgarten Wermut, bedient von einer Ungarin. – Gelesen Mendelssohn über Giono. Sehr gut. – Bücher über Luther bei Oprecht bestellt. – Abends einige Musik. – Erika mit Darmkatarrh im Bett. Ich selbst etwas besser. – Brieferledigungen mit K.

Erlenbach, Montag den 30. III. 53

Mild und fast klar. Früh eine halbe Tasse Kaffee. Frühstück mit den Buben. Ihr genußreicher Appetit. – Gespräch über Gionos Pazifismus und den heutigen. Problem. – Vorwort zu Jonas' Bibliographie begonnen. – In der Stadt mit K. und den Buben. Mit diesen in meinem Cigarrenladen, wo ich zu ihrem Erstaunen für 70 Franken Waren kaufte. Mit ihnen dann zum See, wo K. mit dem Wagen uns wieder auffand. – Viel Post. Brief von Kesten, der glücklich ist über das Vorwort. Reisiger etc.. – Mendelssohn über Jünger. – Nachmittags mit Erika: Vorschläge von Strichen in der Novelle meistenteils angenommen. Sehr getröstet durch ihr Lob der Geschichte im Ganzen. – Abends »Kindertotenlieder«, »Träume« von Wagner.

Erlenbach, Dienstag den 31. III. 53

Wetterumschlag. Dunkel-wolkig. Föhnsturm rüttelt am Haus. Maniküre. Abgeführt, was notwendig und auch wieder schädlich. – An dem Vorwort für die Bibliographie. – Nicht ausgegangen. – Immer noch in Mendelssohns Buch; vielleicht zu lange. – Dankesbriefe von Fiedler, Mampell. Manches andere. – Nachmittags Buch-Widmungen nach London und einige Stein-Abschriften. Entschieden abschließender Brief an Matheson. – Abends mit Erika Überarbeitungen in der Abschrift, bei denen ich müde war und gequält. Widerstreben gegen die Abschwächung von Rosalies geschlechtlicher Naturrenovation zugunsten lebensfroher Damen. – Brief an Pfarrer Goes.

Erlenbach, Mittwoch den 1. IV. 53

Mäßig bedeckt. Beim Kaffee mit K. über das gestern mit E. erörterte Problem. Jene eher dafür, daß ich es auf sich beruhen lasse und nicht den speziellen Rahmen der Erzählung sprenge. – Gebadet. – An dem Vorwort. (über die Anspielung aufs Große). – Mit K. und den Buben über die Wiesen. Saßen oben auf der Bank. Faßten dort Bauplätze ins Auge. – An Erika die kleinen Änderungen im Manuskript, früh hergestellt. Konzessionssatz an unternehmende Damen. Sie richtete nachmittags die Durchschläge ein, die nun an den »Merkur«, Bermann u. die Lowe-Porter gehen können. – Brief von Frey, der für Luzern über »Altes u. Neues« schreibt. Hierüber nur kurze Sammelanzeige in der N.Z.Z.. Frey über eine bösartige Literaturgeschichte von Fechter. – Zum Abendessen Emmy Oprecht. Dazu später benachbartes Ehepaar.

Erlenbach, Donnerstag den 2. IV. 53

Angenehm geschlafen. Bedecktes Wetter. Gleich fertig angezogen. Einteilung der Novelle in Abschnitte (Spatien). Das Manuskript befördert an Bermann, Old Greenwitch, und an den »Merkur«, München. Eine gewisse Hochstimmung doch, daß es getan. Erikas Äußerungen darüber, wie sehr es in meinen »Ur-Kram« gehört. Erzählt von Klaus' Aufregung darüber, daß alle meine Liebesgeschichten dem Bereich des Verbotenen und Tötlichen angehören, – wo ich doch »glücklicher Ehemann und sechsfacher Vater.« Ja, ja . . . Diese Geschichte, noch immer die nämliche, sei noch eine Übersteigerung. Also wenigstens nicht schwach. – Zur Stadt, mit den Buben zu Dr. Guldener, der ziemlich nutzlos etwas abschliff, links unten. Gingen dann bei föhniger Wärme bis »Frascati«, wo K. uns aufnahm. – Zum Thee die Herren de Mendelssohn und Gasser. Mit jenem über sein Buch, dessen Lektüre beendet. – Begleitbrief an »Merkur.« – Abends 2. Akt Meistersinger, den ich ziemlich vergessen. Große Fülle und Laune. Meisterhaftes Gewebe. Überdimensioniert. – Fridos politische Passioniertheit produziert Aufsatz über die Weltregierung nach einem dritten Großkriege, der Indien und China als beherrschende Mächte zurückläßt. Hat den ganzen Nachmittag daran geschrieben. – Chinesisch-russische Friedensoffensive zur Lösung der koreanischen Frage.

Erlenbach, Karfreitag den 3. IV. 53

Nachts Exzitation. – Bedecktes, mildes Wetter. – Burma, so wurde gestern gemeldet, sagt die amerikanische Finanzhilfe auf und will die von Amerika bewaffneten national-chinesischen Truppen im Lande los werden. Hübsch. – – Schrieb das Vorwort zur Bibliographie zu Ende. Melancholisch. – Ausfahrt mit K. und den Buben nach *Luft*, wo wir vor 18 Jahren zuletzt und nur einmal gewesen. Saßen wieder wie damals vorm Wirtshaus im Garten und aßen Emmenthaler. Ein schwaches Instrument spielte drinnen Parsifal und Lohengrin. Föhnige Wärme. – Nach Tische E.'s Freundinnen, die »Mädchen«, die zu K.'s 70stem Aufnahmen von ihr mit den Kindern und vom Hause machten. – Wundervoller Blick im Föhnlicht auf die Schneeberge. – Erledigung einiger Briefe mit K.[.] Selbst etwas geschrieben. – Abends »Wie dünkt mich doch die Aue« und Verwandlungsmusik. Dann »Vater der Liebe« von Brahms. Das Recitativ langweilig, die Melodie dann sehr schön. – In »Der katholische Luther« von Meissinger. – Klarer Sternenhimmel.

Erlenbach, Sonnabend den 4. IV. 53

8 Uhr auf nach gut durchschlafener Nacht. Heiteres, mildes Frühlingswetter. Knospen der Bäume, Tulpen, überall die gelben Forsythien. – Brief an Helen Lowe-Porter zum Manuskript. (Ken etwas abgeschwächt.) – Mit K. und den Kindern

im oberen Wald. Sturmwind, fallende Tannenzapfen und etwas Regen. – In Meissingers »Luther«. – Zum Thee Professor Kaufmann (Princeton-Strobl), bis 7¼ Uhr. – Abends »Winterreise« und »Harold in Italien«.

Erlenbach, Oster-Sonntag den 5. IV. 53

8 Uhr auf. Kühl, halb bedeckt. Beim Kaffee mit K. über die Reise, in die doch wohl Paris einzubeziehen und Cambridge. Aber, damit es nicht vollständig Auslandsreise bleibt, auch Hamburg. Flug von dort nach Zürich zu studieren. – Beschäftigung mit den Vorgängen in Rußland, der Freilassung der Ärzte, der Bestrafung unerlaubter Untersuchungsmethoden, der offenbar ernsten Friedensoffensive. Sehr merkwürdig. Annäherung an die demokratische Welt der Absicht nach denkbar. – – Bericht Erikas über Polemik Marcuse's gegen ein Buch »Das Land der Liebe« (Deutschland!), worin ein Kapitel gegen mich. – – Oster-Frühstückstafel, bunte Eier, Gaben für die Kinder, Kaviar. Eiersuchen. Die Kinder werden von Mosers abgeholt zu einer Fahrt nach Lachen. Mißbilligung ihres Vorhabens, Toni von einem Psychiater investigieren zu lassen. – – Schrieb etwas an einer etwaigen Rede in Paris. – Mit K. aufwärts gegangen. – Gelesen über Luther. – Ein paar Briefe mit K. – Die Kinder kehrten zum Abendessen zurück. Kaviar mit Eidotter. – Erika las vor. Danach Vorspiel und Quintett III. Akt Meistersinger.

Erlenbach, Montag den 6. IV. 53. Zweiter Ostertag, europäisch

8 Uhr auf. Kühler, leicht bedeckt. Rasiert. Stark gefrühstückt. Unterhaltung mit Frido. Mußte ihm von meiner Herkunft und Blutzusammensetzung erzählen. Dann Papageien-Geschichten im Anschluß an das Proletarier-Baby, das sagt: »Kommunist bav. Kapitalist bäbä!« – – Änderung des Schlusses vom Vorwort zur Bibliographie. Brief an Jonas. – Ausfahrt zum Pfannenstiel und nach Luft. Dort Wermut. – Verstim-

mung zwischen Frido und mir (!) wegen einer Rückfrage bei Erika, nachdem ich geantwortet. Später weinte er, und ich küßte ihn u. sagte, unsere alte Freundschaft sollte nicht leiden. Schuld war nur meine Nervosität und Empfindlichkeit. Der Liebe ist nun erlöst und zutraulich. – Ungerechter Angriff an mich in dem guten Buch von Meissinger über Luther. Störung beim Weiterlesen. Spott über meine Aufstellung, [daß] der große Mann an der deutschen Mißentwicklung schuld (mitschuldig) sei. Vielleicht nicht wahr? Er selbst auch, daß er in L.'s Nähe nicht hätte leben können. – – Zum Abendessen die junge Renée, die seit erster Bekanntschaft an Reiz verloren hat. Nachher noch lange gelesen. – Sturmwind.

Erlenbach, Dienstag den 7. IV. 53

Kalter Föhn. – Toni auf Verlangen der Mosers zum »test« bei einer psychiatrischen Ärztin. Frido vergnügt und zutraulich. – Erika findet das Vorwort für Jonas sonderbar. Es ist melancholisch, vielleicht zu kleingläubig. – Fühlte mich beschäftigungslos. Zum Krull keine Lust. Anderes zu nebelhaft und ohne Thema. Es fehlt wohl an Kraft. Erasmus und Luther ziehen mich am meisten an. – Schrieb Briefe. – Mit K. u. den Buben im oberen Wald gegangen. – Viel Post. Von Flinker wegen Paris. Von Bandinelli. Mampell über die Essays. Fischer-Prospekt des Buches. – Nachmittags Brief-Diktate. Manches erledigt. Die »Neue Rundschau« mit interessantem Lesestoff von Kahler, Adorno etc. Kahler über Unter- und Übergang der Epik, wobei »Faustus« eine Rolle spielt. Erst Mitternacht zu Bette.

Erlenbach, Mittwoch den 8. IV. 53

Nachts Erregung und Auslösung. Zuweilen ist meine Brunst noch von der Hengste Brunst. – Wetter kühl und fast klar. – K. wünscht, daß ich mich dem Krull wieder zuwende. – Die Kinder haben einen sehr schönen, hohen Turm gebaut. Sie müssen morgen nach Zollikon und gehen sehr ungern. –

Schrieb Briefe. ½12 zur Stadt, zum Haarschneiden. Die Buben mit mir. Gingen hernach zum See, wo der Wagen uns aufnahm. – In der »Neuen Rundschau«. Beschwerlichkeit der intellektuellen Abhandlungen. Bedrückend. – Geschlafen. Korrespondenz-Geschäfte. Das bibliogr. Vorwort als Gabe für die Festschrift zu Rabbi Leo Baecks 80. Geburtstag. De Mendelssohn wünscht schriftliche Worte über sein Buch. Abends Beethovens kurze und heitere 8. Symphonie.

Erlenbach, Donnerstag den 9. IV. 53

Nach dem Kaffee rasiert. Vorm Frühstück Ausfertigungen. Vorläufige Verabschiedung von den Buben, die nach Zollikon übersiedeln. Ihr Spielzeug vom Fußboden des Vorzimmers verschwunden, der Teppich dort wieder ausgebreitet. – Nur leicht bedecktes Wetter. Ausgang des Mädchens Charlotte. – Merkwürdiges Dokument: Heinrichs Artikel zu meinem Nobelpreis im »Berliner Tageblatt« 1929 (aus Erikas Papieren). – Brief an Bandinelli, Siena. Anmeldung in Rom. – Gegangen die Lerchenbergstraße hinab. Mittagessen in dem hübschen Schiffslände-Restaurant, Erlenbach. – Gelesen in der Rundschau: Conant über den Stand der Naturwissenschaft. – Zum Thee Antiquar Rosenthal und Frau; Wegner aus Hamburg. Der Besuch dort von Cambridge aus, Anfang Juni. Die beiden Vorlesungen. Plan des neuen wohlfeilen Novellenbändchens (Fischer-books) mit dem T. i. V. als Titelstück. Dann originelle Auswahl. – Abends Vokal-Musik. Das »Hexenlied« mit Wüllner. »So kann man doch nicht mehr dichten.« Regen.

Erlenbach, Freitag den 10. IV. 53

Regnerisch und kalt. – Mit K. über die wirtschaftliche Ratsamkeit, den Krull fortzuführen, vor dem ich mich aber fürchte. Jedoch hat die Luther-Erasmus-Sache noch gar kein Centrum. – Beschäftigung mit dem Krull-Manuskript. Las Kap. 6 und 7 des III. Buches nach. Mit dem Museumsbesuch doch recht zufrieden. – In der Stadt, bei PKZ zur Änderung des Flanellanzugs. Einkauf eines Frack- und eines blauen Hemdes. – Erika hat mit ihrem Münchener Verlag bedauerlichen Ärger. – Buch von dem römischen Professor E. Castelli, Analyse der Zeitkrise, katholisch. Citat aus »Geschichten Jakobs«, von dem nicht kenntlich, ob es eigentlich positiv oder als negativ-charakteristisch gemeint ist. – Brief an Bandinelli, ihn befragend, ob er ein Audienzgesuch beim Papst für opportun hält. – Abends Vorlesung des Museumskapitels für K. und E., zur Zufriedenheit.

Erlenbach, Sonnabend den 11. IV. 53

Starker Nebel. Zu früh erwacht. Gebadet. – Nach Rom fliegt man 4 Stunden. – Zuchthaus-Material wohl leider in P. P. zurückgeblieben. Aber das steht in weitem Feld. – Mit dem Krull-Material. Es heißt weiterschreiben. – Gegangen die Lerchenbergstr. hinab und zurück gefahren. – Die Post nach Tische. Großer Artikel von Rychner in der »Tat« anläßlich von »Altes und Neues«. Schrieb ihm nachmittags. Gelesen in der sympathisch persönlichen Schrift des katholischen Professors. – Zum Abendessen Katzensteins. Neid auf den guten Appetit der Gäste. Der meine versagte trotz guter Kost wieder vollkommen, was mich bedrückt. Später Musik; vor allem die erstaunliche L. P. Tristan-Platte, deren Klang mich erfrischt.

Erlenbach, Sonntag den 12. IV. 53

Nach klarer Nacht morgens Nebel, bald Aufhellung. – Seit gestern steht die Schweizer Uhr im Schlafzimmer auf dem aus P. P. eingetroffenen zugehörigen Postament, was mir Freude macht. Der Mann Hügli brachte sie an und richtete die Bilder. – Begann, das 8. Kapitel von III zu schreiben. – Fuhr aus mit K. nach Küsnacht, und wir ergingen uns bei sonnigem Wetter um den Fischweiher. Sonntagspaziergänger. Ein angelnder Mann aus dem Ort erkannte uns nach 15 Jahren wieder, u. wir wechselten einige Worte. – Reizende Jahreszeit. Das Ergrünen von Wiesen und Bäumen. Beginn der Obstbaumblüte. Es gibt viele Forsythien, Magnolien, auch Tulpen. Rasche Fortschritte der Natur nach einigem Regen. – Zu Tische Therese Giehse, die nach unserem Weggang noch lange bei Erika blieb. Bericht über das skandalöse Vorkommnis in der Oper, den Todessturz des gastierenden, für 10 Jahre an die Metropolitain engagierten Barytons in die Versenkung durch Schuld des ungeschulten Bühnenmeisters. Verweigerung der Entschädigung für die Witwe. Die Presse schweigt – ebenso wie über das tief gesunkene Niveau des Schauspielhauses. Korruptes Schweigen. – – Nachmittags eine Reihe von Briefdiktaten. Danach für Matheson, Olten, den Rest der bibliographischen Bogen mit einem Satz beschrieben. Begleitbrief. – Las abends die Schrift von E. Castelli »Die versiegte Zeit« zu Ende, zum Teil mit Beifall, zum Teil befremdet. Es ist eine beschäftigende Analyse. Möchte ihm schreiben, aber es würde zu lang.

Erlenbach, Montag den 13. IV. 53

8 Uhr auf. Wetter leicht bedeckt u. kühl. Elektr. Ofen. – Am neuen Kapitel, zögernd. – Regen. Nur einige Schritte hinaus. – Nachricht vom »Merkur«. »Tief bewegende Prosadichtung«. Erfreut. Frage der Einteilung. – Brief von Weigand, Yale, dem ich »Altes u. Neues« schickte. – Brief vom »Eckart«[.] Ankündigung einer Arbeit über mich von Reifferscheidt, der im letzten Heft recht sympathisch über die Aufgabe der Intelligenz schreibt. – Abends Chansons, von Trenet mit bewundernswerter Kunst vorgetragen. – In Meissingers »Luther«. Seine Theologie. Die Ausschreitungen der katholischen Polemik.

Erlenbach, Dienstag den 14. IV. 53

Trüb, leichter Regen. Rasiert und fertig angekleidet. – Nichts als zwei Briefe, an den »Merkur« und den »Eckart«. 11 Uhr zur Stadt. Bei der Pediküre, dann bei PKZ wegen Änderung des besseren blauen Anzugs. Dort Treffen mit K. und E. und Heimfahrt. – Bände der kommentierten Hamburger Goethe-

Ausgabe (Faust u. Ital. Reise). Verblüffender Brief von Brentano, der mir sein Buch »Das Land der Liebe« mit dem Kapitel über mich zur Lektüre anbietet. Nicht leicht zu antworten. – Nach der Ruhe nur Maniküre und Ausfertigungen. Gelesen in einem von Reisiger empfohlenen Novellenbuch von H. Lenz: Die Geschichte »Der fliegende Engel« bei flüchtigem Durchgehen nicht ohne künstlerische Anregung für mich. – Musik von Cäsar Frank und Beethoven. – Kalt. Elektr. Ofen.

Erlenbach, Mittwoch den 15. IV. 53

Rückfall in den Winter. Schneefall, alles wieder weiß. Thermometer kaum über Null. – Gebadet. – Frühstückte allein, da K. früh zur Stadt mußte. – Dauernde Beunruhigung wegen des Verbleibs der neuen Krull-Handschrift und der Copien, von denen nur eine einzige besitze. Die Kahn zu fragen? Wo mögen diese Konvolute sein? – Brief an die Kahn in dieser rätselhaften Sache. Danach am Kapitel. – Allein gegangen bei Schnee bis zur oberen Bank u. etwas weiter. – Englische u. deutsche Post. Zeilen von der armen Mazzucchetti. Brief von Bandinelli über den römischen Aufenthalt und die Audienz bei Pius. Möglich, daß der »Erwählte« mich unempfangbar macht. Allerlei Gedanken für ein etwaiges Gespräch. – Nachmittags Brief an Prof. Castelli begonnen. Zum Abendessen Emmy Oprecht. Büchergilde-Ausgabe von »K.H.« oder »L.i.W.«. Das Buch »Hier stehe ich« von R. Bainton. – Beendete das von Meissinger mit vielen Anstreichungen.

Erlenbach, Donnerstag den 16. IV. 53

Januar-Wetter, weiße Landschaft, bitter u. nicht mehr erwartet. Nachts Juckplage, von Alkohol gestillt. – Brief an den Präsidenten der Accademia nach der italienischen Vorschrift von Bandinelli. – Etwas am Kapitel. – Die Lerchenbergstraße K. und Lion entgegengegangen, der zum Essen kam. War gern mit ihm zusammen. Über Rom. Seine »Aesthetik«. »Le Beau, c'est un je ne sais quoi.« – Weiter mit dem Brief an Castelli. Zu lang. – Abends Gesangsplatten. Der glückliche Wurf des »Pagliacci«. Erinnerung an den einmal glücklichen Componisten in München. – Die Geschichte von Lenz: Merkwürdig, originell, anregend.

Erlenbach, Freitag den 17. IV. 53

Grau, neblig. Allmähliches Wiederverschwinden des Schnees. – Durch morgendliches Cigarillo-Rauchen geschädigt, unfähig zur Arbeit, von der beschämt abließ. Zerstreut durch Reisegedanken. Zum Abendessen Dr. W. Weber und Frau. – Brief von Frau Hauptmann: Ehrenmitglied der G. Hauptmann-Gesellschaft.

Erlenbach, Sonnabend den 18. IV. 53

Klares Wetter. Brief an B. von Brentano, Bewunderung wie Hader ablehnend. – Frido und Toni zum Mittagessen und über den Nachmittag. – Exemplare der Oltener Ausgabe von »Die Begegnung«. – Reihe von Brieferledigungen mit K.. An Bandinelli. Telegramm von der Akademie, daß Schritte wegen der Privat-Audienz eingeleitet. – In der Zeitung viel über Eisenhowers Rede, die ein Gemisch von Taktik und immenser Naivetät. Die »Befreiung« Ost-Europas. Und was mit Spanien, Griechenland, Süd-Amerika? Alibi, dem Gegner wird die Verantwortung für das Kommende zugeschoben, zu einem Teil, mag sein, aus geistiger Gebundenheit. – – Die Geschichten von Lenz doch etwas wirr, nicht recht lesbar. Aber es ist da Eigenart und Talent. – Großer Artikel in der N.Z.Z. über Musil, der jetzt neu entdeckt wird. – Die Buben machten mit Erika Bandaufnahme einer Mordgeschichte. Verabschiedung von ihnen bis Pfingsten. Frido wird wohl allein zu uns kommen. »Jedenfalls komme *ich*.« (Lächelnd.) Schenkte jedem 2 Franken für sehr mäßige Zeugnisse, weil auch der andere Großvater es getan. – Wagner-Platten. Die mythologische Stimmung, etwa in Erdas Warnung, unvergleichlich. Bericht der Waltraute, Glanzstück. – Noch etwas in den Novellen des Lenz. Etwas selbständig Neues, abseits von Kafka.

Erlenbach, Sonntag den 19. IV. 53

Schönstes, frisches Frühlingswetter. Reisefiebrig, präokkupiert. Unmöglichkeit der Arbeitskonzentration. Dazu braucht man stillen, gleichmäßig erwartungslosen Alltag auf lange Sicht. – Reinigung des elektr. Rasier-Apparats. Sommerlicher Anzug aus P. P., der auch zu weit geworden. Meine (sich in Grenzen haltende) Abmagerung als Folge der Schluckschwierigkeiten und des minimalen Appetits. Oft Gedanken an mein Hinweggehen. – – Brief an Reisiger über Lenz. – Besuch von Schweizer. Ausfahrt mit K. zum Greifensee. Weit gegangen und Wermut mit Käse im Wirtsgarten genommen. Blüten, unbeschwerliche Sonne. – Nach Tische »Väter und Söhne« zu Ende gelesen. – Erikas Ärgernisse mit dem Verleger Blancvalet. Es gelingt ihr nicht, Klaus' »Mephisto« herauszubringen. Dazu die Schwierigkeiten mit ihren »Zugvögeln«. Schmerzlich, daß auch Europa sie enttäuscht und verbittert. – Medi schreibt über ihren zarten Gesundheitszustand und die übertriebenen Pflichten, die sie sich auferlegt. Unmöglich die Vereinigung ihres Zeitschriftenjobs mit der Betreuung von Borgeses umfangreichem Nachlaß. Sorge und Ermahnung durch K.. – Nachmittags Packen. Werde dies Buch wohl nicht mitnehmen.

Erlenbach, Montag den 20. IV. 53

Erregte Nacht. Glänzendes Wetter. Packen. Erika fuhr mich 10 Uhr zu Dr. Guldner einer nochmaligen Abschleifung wegen. In Zürich Fest des »Sechserläutens«. Überall Vorbereitungen dazu. Zu verbrennende Winterfigur. Tribünen. Spielzeughandel. Waren 11 Uhr wieder zu Hause. Telegramm von Bermann: Bewunderung der »bewegend schönen und gewagten Geschichte«. – Guter Brief eines B. Brattberg, Göteborg. Aufsätze von H. Rochocz über »Faustus« in den eingegangenen »Deutschen Beiträgen«. – Reisefertig. Werden kurz nach

1 Uhr zu Mittag essen und ca 2 Uhr mit Erika unter Vermeidung der inneren Stadt zum Flugplatz fahren.

(Reise nach Rom)

Erlenbach, Freitag den 1. V. 53
Gestern am späteren Nachmittag Rückkunft von Rom mit amerikanischem Flugzeug, ohne Aufenthalt. Dort, im Hotel Excelsior, als Gäste Mondadori's, anfänglich uns selbst überlassen, dann in einen Trubel von Veranstaltungen, Empfängen etc. gerissen, bei dem ein paarmal meine Nerven versagten. Die Cocktail Partys, das PEN-Dinner[,] der turbulente Empfang in der Akademie mit Television-Ansprache. Französisches Radio-Interview. Zwischendurch viel von der großartigen Stadt gesehen. Mit Silone in San Clemente, das Altertümlichste, tief hinab in die Mithras-Sphäre. Das Thermen-Museum mit den erstaunlichen Malereien aus dem Hause der Livia. Die gewaltigen Sammlungen antiker Plastik und christlicher Malerei im Vatikanischen Museum. Wieder das Jüngste Gericht. Fahrt nach Tivoli, Villa Adriano. Fahrt nach Ostia mit Mondadori u. Freundin. Lunch im sonntäglich populären Wirtsgarten. – Tausend Menschen, tausend Händedrücke mit französischen Phrasen. Immer wieder die Erfahrung, wie stark und verbreitet dortzulande die Anteilnahme an meiner Arbeit. Viele Zeitungsartikel. Am *Mittwoch den 29. April Spezial-Audienz bei Pius XII*, rührendstes und stärkstes Erlebnis, das seltsam tief in mir fortwirkt. In den rotausgeschlagenen Vorzimmern Begegnung mit Hutchins und Mortimer Adler, die auf meinen Allein-Empfang warten mußten. Dieser im Stehen. Die weiße Gestalt des Papstes vor mich tretend. Bewegte Kniebeugung und Dank für die Gnade. Hielt lange meine Hand. Über den Anlaß meines römischen Besuches und meinen Eindruck von der Stadt, wo man in Jahrhunderten wandelt. Über Deutschland, offenbar seine glück-

lichste Zeit, und die auf die Dauer zu erwartende Wiedervereinigung. Die Wartburg, sein Wort darüber und die Einheit der religiösen Welt. Kniete nicht vor einem Menschen und Politiker, sondern vor einem weißen geistlich milden Idol, das 2 abendländische Jahrtausende vergegenwärtigt. Zur Verabschiedung Überreichung der kleinen Gedenk-Medaille. »Ich weiß nicht, ob ich Ihnen vielleicht zur Erinnerung . . .«. Darreichung der Hand. »Ist das der Ring des Fischers? Darf ich ihn küssen?« Ich tat es. Beglückwünschung zu meinem Wirken und Entlassung. Rückweg gewiesen von den Kämmerlingen in lila Seidenmänteln. Durch die Audienz im Stehen erinnert an Napoleon mit Goethe in Erfurt. K. hatte gewartet. Am gleichen Tage noch viel Weiteres. Verwandtes Verhalten zur katholischen Kirche wie zum Kommunismus. *Gegen* beides kein Wort! Mögen andere eifern und Theokratie und Censur fürchten. – Der Besuch des geistlichen Professors der alten Sprachen und Redaktor des Osservatore Romano, der zusammen mit der Akademie am Zustandekommen der Audienz beteiligt. – Der Ruhm von »Faustus« und dem »Erwählten« in der geistigen Gesellschaft. – Verleihung des ital. Verdienstordens durch den Präsidenten der Republik. – – Die Plätze, die Kirchen, die Brunnen, Säulen, Obelisken. Sankt Peter, der herrliche Platz. Die Stelle bei der Petrus-Figur, wo ich vor 58 Jahren den hochmütigen Prälaten nach Rampolla fragte. Wie anders nun! O seltsames Leben, wie es ebenso noch keiner geführt, leidend und ungläubig erhoben. Elend, Begnadung. – –

Ankunft hier bei wundervollem Föhn-Wetter. Die Stadt reizend. Bläue und fortgeschrittener Frühling. Volles frisches Grün, Blüten, Tulpen. Unübersehbare Post. Abendessen, Sardinen in Öl, Suppe und Omelette. Danach Lesung von einigem Eingang: Respektvolle Besprechungen von »Altes u. Neues« und »Joseph«. Unruhig geschlafen. Nachgenommen. Heute morgen wieder Kaffee. Gebadet. – Wetter sonnig, aber kühl. – Webers Artikel über das Olten-Büchlein: »Auf den

Spuren Felix Krulls«. Baslers Artikel in der N.Z. über die Essays. Lesser eben darüber. – – Las Briefe und allerlei Dokumente. Fuhr mittags mit K. etwas aus, und wir gingen in der stillen Frühlingsnatur, Wald, Wiese, weite blühende Landstraße mit den Hochbergen im Hintergrund, mit herzlicher Freude. Nach Tische allerlei Wartendes gelesen. Der Anfang der »Betrogenen« im »Merkur«. Bücher-Einkauf. – Geschlafen. – Nach dem Thee Briefarbeit mit K. bis nahe zum Abendessen. Nachher bei mir. Ca 11 Uhr Eintreffen Erikas von München, wo sie ihre Geschäfte zu guter Zufriedenheit besorgt hat. Verständigung über ihr Kinderbuch. Der K.H.-Film. Grotesker Vorschlag des Göttinger Direktors, das Drehbuch von Salomon herstellen zu lassen! Das Treiben des elenden Kuby, von Süskind bei uns eingeführt. Meldungen der deutschen (Frankfurter) Presse über meinen römischen Aufenthalt u. die Privat-Audienz. – Weiterer Austausch bis Mitternacht. Liebenswürdiger Artikel Erikas über ihre Mutter zum 70. Geburtstag in Schweizer Damen-Zeitschrift.

Erlenbach, Sonnabend den 2. V. 53

Erwachte besserer Dinge als seit langem. Wohltat des Frühlings. Möchte ich noch einige Male diese Jahreszeit erleben! – Rasiert. – Beim Frühstück der Mann Hügli, klagbar über die Beleidigungen, die das Haus Pfister ihm zugefügt. – Las die z. T. sehr schlampig gesetzte Korrektur des 2. Teils der »Betrogenen«. Übertragung. – Ging mittags die Lerchenbergstr. ganz hinab bis zur Seestraße u. fuhr mit K. zurück. – War nachmittags nicht ganz wohl, obgleich mich im Ganzen besser fühle, als vor der Reise. Beschäftigung mit eingegangenen Sendungen. Schrieb kurz an Lesser. Abends »Sforza del Destino«. Lauschte mit aufmerksamster Empfänglichkeit.

Erlenbach, Sonntag den 3. V. 53

Früh erwacht. Draußen Frühlingsfülle. Der Frühkaffee mundete mir sehr und auch das Frühstück, obgleich ich vorher

3 Cigaretten geraucht. Will an Bandinelli schreiben. – Großer, starker Vogel, Dohle oder Krähe, stößt morgens fordernd gegen ein Fenster, daß es durchs Haus schallt. – Herzlicher Brief an Bandinelli. – Ausgefahren mit K. und in der reizend blühenden Natur gegangen. – Nach Tische italienische Drucksachen. – Zum Thee Kestens. Erzählung von Pius XII und über das Treiben des miserablen Kuby in München. – Abends Akt III von Sforza del Destino, genußreich. Bester Klang.

Erlenbach, Montag den 4. V. 53

Andauer des klaren Wetters. Nachts Juck-Störung. – Artikel für »Comprendre«, Venedig. – In der Stadt zum Haarschneiden und Bestellung pompöser Visit[en]karten. – Sehr viel Post. Zuviel verschiedene Lektüre, wo ich doch das Luther-Studium wieder aufnehmen möchte. – Nachmittags Brief-Diktate. (Cecchi, Mondadori etc.). – K. heftiger Blasenkatarrh-Attacke. Kummer. Gingen gleich nach dem Abendessen hinauf. – Im Fall Lattimore Streichung der 4 wichtigsten Anklagepunkte und Vertagung des Prozesses auf Oktober. Wut McCarrans. Die N.Z.Z. spricht von einem »Markstein«. Die Hinrichtung der Rosenbergs immer wieder ins Unbestimmte verschoben.

Erlenbach, Dienstag den 5. V. 53

Nachts Excitation. Nachgenommen. Morgens frisch. Wetter blau und Wärme verheißend, obgleich gestern Umschlag sich ankündigte. – Brief Bibis gestern mit dem Plan, »Kunst und Wissenschaft« hinzuwerfen und zur Bewirtschaftung eines kleinen Gutes in Italien überzugehen, das der Schwiegervater kaufen soll. Sei im Grunde der Wunsch aller Besseren heute, auch Golos. Sympathie. – – Guter Aufsatz über »Altes u. Neues« von Basler in der National-Zeitung. – – An dem Artikel für Comprendre. – Mit K. Wiesenwege. – In Baintons Luther. – Geschlafen nachmittags. – 7 Uhr Abendessen. Zu dritt ins Schauspielhaus: Première »Don Juan u. die Geometrie« des Schweizers Frisch, oft reizvolles, aber etwas leeres Spiel mit dem Theater und ungewichtige Parodie in hübscher Aufführung mit Gästen: die Giehse, kräftig-saftig wie immer; der, den ich Qu[o]dlibet nenne, in Wirklichkeit großer Frauenkonsument, guter Sprecher, elegant, geschmackvoll und geschmeidig. Flauheit nach der Pause. Erfolg. Kaffee im Restaurant mit Polgars, Schweizers. – Spät zu Bette.

Erlenbach, Mittwoch den 6. V. 53

Bedeckt und kühl. Ziemlich müde. Gearbeitet an dem Artikel. M. Frisch schickte das Buch seiner Komödie. Ging die Lerchenbergstr. hinab und fuhr mit K. und Kitty Neumann zurück, die wir zu Mittag hatten. – In Baintons Luther. – Müde. Geschlafen. – Brief an Basler. Zum Abendessen Emmy Oprecht. »Sforza del Destino«, reiner Genuß. Errungenschaft der römischen Reise, wie die Begegnung im Vatikan, von deren rührender nachhaltiger Bedeutung für mich der Papst sich wohl keine Vorstellung macht.

Erlenbach, Donnerstag den 7. V. 53

¾8 auf. Besser ausgeruht. Bedeckt und sehr kühl. Die Herz rief aus London an. Gestern Einladung aus Lübeck vom Buchhändler Weigand. Abzulehnen. – Korrektur der Rest-Fahnen von »Die Betrogene«. Muß z. T. neu gesetzt werden. Brief an den »Merkur«, auch wegen Honorar. – Rauher Wind. Blieben zu Hause. – Bücher aus dem Fischer Verlag: Kafka-Nachlaß, Werfels ausgew. Gedichte, »Magellan« von Zweig. – Fuhren nachmittags zur armen Lavinia u. verbrachten frierend eine Stunde in der kalten, toten Luft ihres schon halb aufgelösten Arbeitszimmers. Tränen, Aufgabe der Arbeit, Verzicht und rapides Geplauder. Der plötzliche, leichte Tod des Mannes im Gespräch. Über Mondadori, die opera, sein eher geschwisterliches Verhältnis zur Dame Cespedes, Rom etc. – Verfroren. Den Wagen geheizt. Zu Hause Aquavit. Brief an M. Frisch, nach dem Abendessen beendet. In dem Luther-Buch.

Erlenbach, Freitag den 8. V. 53
Klarer, sehr kühl. – An dem Comprendre-Artikel. – Zur Stadt bei P.K.Z., Anpassung eines neuen Smokings, Verengerung des jüngsten Sommeranzugs aus Californien. – Brief vom »Merkur«, der sich [mit] meinem gekreuzt, über den Mißdruck und die Honorarfrage. – Spät niedergelegt nach Luther-Lektüre. Viele Briefe abgetan mit K. bis zum Abendessen. Begründete Absage nach Lübeck. – Hörten die schöne Aufnahme von »Sforza del Destino« aus Rom zu Ende. – Sehr kalt. Nachtfrostgefahr.

Erlenbach, Sonnabend den 9. V. 53
Ziemlich heller Himmel. Kalt. Versuchung die Heizung wieder in Gang zu setzen. Elektrische Öfen kaum ausreichend. – Jetzt nur flüchtiges Ansehen der Zeitung. Die stereotypen Überschriften langweilen widrig. Es drängt sich auf, daß Amerika den Frieden in Korea nicht will und bald abbrechen wird. Das Getu mit der Gefangenen Frage ist garzu offenbar heuchlerisch. – – An dem Artikel. – Regen. Ging nicht aus. – Heizung, die aber nur oben recht arbeitete. – Die Giehse zu Mittag. – Brief an Frey. – Abends Lindbergs. – Verfroren. Kalte Hände und Füße. Wärmflasche.

Erlenbach, Sonntag den 10. V. 53
Kalt. Regensturm. – Wundheit der Rektalgegend, nachts störend. – Gewirbel von weichem Hagel und Schnee. – Abschluß des Comprendre-Artikels. Nachmittags Vorlesung für K. und E.. Ein mit größter Anstrengung abgewogenes Stück Arbeit, zu dem ich Glückwünsche empfing. Die Wiedergabe der nur 4½ Seiten erschütterte und erschöpfte mich sehr. War abends mit K. allein. Las über Luther und vorm Einschlafen etwas im Mérimé.

Erlenbach, Montag den 11. V. 53

Unruhige Nacht. Morgens schwere Müdigkeit. Schlechter Zustand der Rektal-Entzündung. – Heller Himmel. – Besorgnis K.'s wegen zu weit gehender Stelle des Artikels zwang zu mühevoller Neuformulierung, die mich noch einmal den Vormittag kostete. – Ging bis zur Seestraße hinunter u. saß dort auf der Bank bis der Wagen mit K. und *Lion* kam, der zum Mittagessen bei uns war. Geistvoll, fein und angenehm. Er begrüßte die Marie, die nebst Maria zur Hilfsarbeit da war. – Nachmittags noch einen Absatz dem Artikel hinzugefügt – und ihn wieder gestrichen. – Las Brief von Bruno Walter, treulich hergestellt, an K. zum 70sten, für die Presse bestimmt. Mit E. darüber. – Abends Lieder und Steuermann und Arie I. Akt aus dem »Holländer« gehört. Danach Manuskript einer Dr. Hennings über Faust von Simon Magus bis zu mir. Insignificant.

Erlenbach, Dienstag den 12. V. 53

Klares Wetter. Wärmer. K. nicht wohl; geht ohne Kaffee und Frühstück wieder zu Bette. Beunruhigt. – Verfaßte Glückwunsch zum 70. an L. Lewisohn drüben. Danach längerer Brief an Brann, N.Y.. – Ging allein etwas aufwärts bei windigem Wetter. Mahlzeiten mit E. allein, K. Bettruhe; Besserung der Übelkeit im Laufe des Tages. Abschrift des Comprendre-Artikels durch E. – Rede Churchills im Unterhaus, sympathisch bis auf die Lobpreisung Adenauers. – Las die »Nation« und in Baintons Luther. – Wenig Regen. Wind. – Schreiberei für die Faksimile-Ausgabe der »Betrogenen«.

Erlenbach, Mittwoch den 13. V. 53

Sonnenschein. K. außer Bett. Muß nüchtern zur Röntgenaufnahme. – Nach dem Kaffee rasiert. Das Frühstück fällt mir leicht. – Schrieb Briefe, unzufrieden. Ging abwärts, von Erika geholt. K.'s Untersuchung beruhigend ergebnislos. – Amerik. Lehrbuch »Schnitzler, Kafka, Mann« mit Kommentar und Vokabular, herausgeg. von Hatfield u. Co, worin abend[s] die Abschnitte aus Joseph IV nachlas – mit wirklichem Vergnügen. – Zum Thee, sehr schmeichelhaft aufgenommen, Polgars. Zeigten sich entzückt vom Hause, der Lage, dem Blick, den Zimmern. Verschönernde Nachmittagssonne. Blieben bis 7. Sehr abgespannt nachher, wodurch eigentlich? – Verstimmung in Amerika über Churchills Rede, besonders in der N.Z.Z. – Der Artikel für Comprendre abgegangen. – Las über Luther. – Korrigierte Fahnen des 2. Teils der »Betrogenen«.

Erlenbach, Donnerstag den 14. V. 53. Himmelfahrt (»Auffahrt«)

Erinnerung an römische Bilder. – Gebadet. – Wetter trüb, zum Regen geneigt. K. gesund. – Trostbrief an den abgewiesenen Schauspieler-Dichter Schröder in München über Kunst. – Mit K. ausgefahren und gegangen. Regen. Wurden recht naß. – Nachmittags Übergabe des Mts. der »Betrogenen« an Erika zur Faksimilierung. Zahlreiche Brief-Erledigungen mit K.. Abendessen mit K. allein. Einige Musik. Dann Lektüre über Luther. Seine Gottesphilosophie. Das Wühlen im Paradoxen. Auf der Wartburg im krausen schwarzen Bart, während in Wittenberg die »Reformation« wild fortschreitet. Dem Kurfürsten ist angst und bange. Im Wirtshaus, ob Luther oder Hutten? »Vielleicht bin ich der Teufel«. Zwar lacht er dabei, aber –. – Viel Unterschreiben von Steuererklärungen. Photographien und Autogramme für Kinder und Narren.

Erlenbach, Freitag den 15. Mai 53

Klarer Himmel. Fertig angekleidet. Erst Briefe präpariert, dann Beschäftigung mit dem Krull-Mt.. Las das 6. Kap. von III nach und korrigierte die Abschrift. Werde ich weiter gelangen. Mein Drang ist gering, und in der Luther-Sphäre bildet sich nichts heraus. – In der Stadt, bei P.K.Z., Anprobe u. Änderungen. Mittagessen im »Storchen«. Aufmerksamer Empfang. Der Kellner aus Königsberg. Mit ihm von Nidden. –

¼ [?] Besuch vom Vertreter des Corriere della Sera mit Frau. Nach dem Thee etwas handschr. Korrespondenz. Abends die Zeitungen. Wüten Mc Carthys und Konsorten im Senat gegen England. Churchill lenkt übrigens schon ein. – Unendliche Post. Fragen, Einladungen, Beschwernisse. – Über Luther. Das Politische, Obrigkeitliche, langweilig. Das liebevolle Kriegführen, brav stechen, hauen und brennen. Das Anti-Theokratische. Die Aufruhrfeindlichkeit. Das Menschen-Pessimistische. »Mit dem Evangelium kann die Welt nicht regiert werden«. Manches erinnert an Schopenhauer.

Erlenbach, Sonnabend den 16. V. 53

Schönwetter. Dumme Briefe. Weiter tastende Beschäftigung mit dem Roman. Ging hinunter zur Seestraße. Sehr warm. K. kam mit dem Ehepaar Deutsch aus Wien (General u. Staatssekretär a. D.). Diese zusammen mit Trebitsch und Frau zum Mittagessen. Erzählte vom Papst. Zum Schluß Führung in die oberen Zimmer. Immer werden Lage u. Ausblick sehr bewundert. – Nachmittags weitere, möglichst knappe Brief-Erledigungen mit K.. – Eingelangen der weiteren Sendung alter Lieblings-records aus Californien. Abends davon gespielt, Arien und Lieder. Die alte Rheingoldplatte »Abendlich strahlt«. – Dunstige Föhnschwüle.

Erlenbach, Sonntag den 17. V. 53

Dasselbe sommerliche Wetter wie gestern. Gebadet und elektrisch rasiert. Sonntägliche Stimmung. Fußballspiel von Knaben auf der Pfister-Wiese; vorbeiziehende Musik. – Schrieb etwas am 8. Kap. von III. – Ausfahrt. Sah nach Regen aus, aber heiße Sonne drang durch, und wir mußten Schatten suchen beim Tobel. – Nachmittags weitere Brief-Diktate. An die Lowe, Abbitte wegen ihres Manuskripts und Erkundigung wegen der Übersetzung. Abends Lieder. Las danach in Platens Gaselen und Sonetten. Dann von Luthers Ehe.

Erlenbach, Montag den 18. V. 53

Wunderbar schönes Wetter. Frühstück auf der unteren Terrasse. Prächtiger Blick. Der Platz übertrifft weit den in P. P., und wäre nicht die Enge des Wohnzimmers –. – Etwas am Kapitel. – Zur Stadt, zum Hautarzt Diem wegen der Rektalbeschwerden. Verordnung einer Anti-Jucksalbe, einer Teersalbe und eines Oels zum Einnehmen. Nachher Wermut bei Frascati. – Erregende Vorfälle: Artikel des Observer zugunsten der Rede Churchills, die der Nation aus dem Herzen gesprochen sei, und der Freiheit Englands und seine Pflicht zur Initiative in der gegenwärtigen Lage. Notwendigkeit, daß Amerika sich der neuen Welt anpasse. Sehr eindrucksvoll. – Zweitens Brief von Caroline Newton: Übermittlung der *feierlichen Einladung der 3 großen Quaker-Colleges* (gemeinsam) zu einem Vortrag im Herbst gegen Reisekosten für mich und K. und 1000 Dollars Honorar. Sehr betroffen von dem Gedanken, viel Neigung, aber Besorgnis vor dem Wagnis, besonders nach Erscheinen des Comprendre-Artikels. Unwahrscheinlich, daß man mir den Paß wegnimmt, aber übler Streiche vonseiten des Mc Carthy, irgendwelcher Steuer-Untersuchung und Festhaltung »bis zur Klärung« muß man sich von fern versehen. Außerdem die Anstrengung. Hierüber viel mit K., die sich zu der Idee freundlich, aber ängstlich verhält. Erika dagegen. Entscheidung sehr schwer. – Schweizers zum Abendessen. Bei Tische vom Papst. Lustige records und Erikas Korea-Interview. – Schwüle und Gewitterwind. Heiserkeit, Kopfschmerzen und sehr müde. Empirin. Anti-Jucksalbe bewährte sich. Konnte kaum noch etwas lesen. (Mérimé's »Don Juan«)

Erlenbach, Dienstag den 19. V. 53

Kein Gewitter, kein Regen. Wieder Bläue, die einen sehr warmen Tag verheißt. Beim Kaffee wieder mit K. über das Problem der amerikanischen Einladung. Frühstück auf der Terrasse. – Am Roman. Überaus schlaff, träge, lust- und glaubenslos. Wie so oft drängt der Gedanke sich ein: »Das Beste wäre ...« – Fuhr mittags aus mit K. und wir gingen im oberen Walde. Der sehr warme Tag verging in Müdigkeit. Aussuchen und Prüfen von Lese-Manuskript für Hamburg. Einleitungsworte an die Studenten sind vorzubereiten. – Brief-Ausfertigungen. – Eine Kollektion von Heften des »Monats« kam, lesenswert zum Teil, trotz der unangenehmen »Linie«. Ein Aufsatz über »Kierkegaard und Hamlet« fesselte mich durch die Verwandtschaft der religiösen Skrupel und Kämpfe K.'s mit Luther. Der »Weg«, der nicht da ist, sondern den man erst Schritt für Schritt austritt. »Der Weg ist nicht die Schwierigkeit; die Schwierigkeit ist der Weg.« Beeindruckt. – Über den »Atomverräter« Klaus Fuchs. – Abends Gesangsplatten. Bei offenem Fenster in der Abendluft erkältet und heiser. – Parafin-Oel.

Erlenbach, Mittwoch den 20. V. 53

Etwas erkältet. Andauer des schönen Wetters. Kleiebad. Rasiert und fertig angezogen. Die Salben Dr. Diems scheinen doch gut zu tun. – Ansprache an die Hamburger Studenten. Was sagen? – In der Stadt, bei P.K.Z.. Treffen mit A. M. Frey bei Frascati. Mit ihm zum Mittagessen. Feiner, guter Mann. – Unwohl, erkältet, leichte Übertemperatur, Tabletten. – Die Geschichte des Klaus Fuchs von Moorehead. Anziehende Figur. Liest sich wie ein Conrad-Roman.

Erlenbach, Donnerstag den 21. V. 53

Idealer Morgen. Frühstück auf der Terrasse mit E., die nur zwei Stunden geschlafen. Ermahnungen, das Studentenvorwort leicht zu nehmen. Schrieb daran. Mit K. kurze Zeit im oberen Wald. Landshoff zum Essen. – Schwere Constipation und Gemütsleiden. Keine Ruhe. 7 Uhr zu Emmy Oprecht; Abendessen dort mit dem Stuttgarter Verleger. Nachfolgende Gäste. Dr. Hans O.. Büchersignierungen. War unbrauchbar müde u. hatte erkälteten Hals. Zu Haus Aspirin. Hoffnungslose und bange Stimmung. Erikas Redeweise, von Schlaflosigkeit und Alkohol zeugend, quälte mich. K. liebevoll tröstend.

Erlenbach, Freitag den 22. V. 53

Wetter dunstig, aber beständig. Hatte mit Hilfe von Cas Evac etwas Stuhl und badete. Wir frühstückten Erikas wegen auf der oberen Terrasse. – Vorrede an die Hamb. Studenten. Depression, unnötige Quälerei. – Halsentzündung, Krankheitsgefühl. – Mit K. im Walde. – Zu Tische die Giehse. Las die Geschichte des Klaus Fuchs zu Ende. Imbiß um ½7. ½8 zur Stadt, Wasserkirche, Eröffnung der Wagner-Ausstellung. Massenzudrang. Schienen nicht unterzukommen. Dann der Stadtpräsident; Verbringung zu Plätzen in der ersten Reihe. Reden von Landolt, Ipser aus Bayreuth, Prof. Konta. Wesendonk-Gesänge mit dem Kammer-Orchester, die Hüni-Miatschek. Siegfried-Idyll. Citierungen u. Ehrungen. Der Bayreuther legte sich gewaltig ins Zeug, um mich zu den Festspielen dorthin zu ziehen. Übernahm die Führung nachher. Die Partitur-Handschrift des Parsifal. Schuh, Konta, v. Bissing etc. etc. Huldigungen, als Hoheit behandelt. Dabei heiser, fiebrig und müde, in zu schwerem Anzug. Mieden den nachfolgenden Empfang beim Stadtpräsidenten. Bei der Heimfahrt starke Blitze und Regen. Nahm wieder Treupel-Tablette, obgleich sie stopft.

Erlenbach, Sonnabend den 23. V. 53

Gut geschlafen. Daran fehlt es nicht. – Einige Abkühlung. – Gequält unter anderem von dem Problem Erika-Kerstin Strindberg. Fixiert auf E. strebt diese zurück nach Zürich, wird verlangen von München mit E. hierher zu fahren. – Frage, von der Giehse angeregt, ob wir im Juni von Hamburg für ein paar Wochen an die Nordsee gehen sollen. – – Leider abermals Zwangsversuche mit der Einleitungsrede. Scham. Beschluß, es zu lassen und mich vom Augenblick bestimmen zu lassen. – Ging hinab zur Seestraße u. hatte also wenigstens

Bewegung. – Brief von Fiedler mit freundschaftlich rühmender Besprechung der Essays. – Zum Thee Dr. Oprecht mit dem jugoslavischen Consul und dem Herausgeber meiner Bücher dort. – Ankunft Fridos, dem ich Bücher schenkte. Der liebe Junge. Abendessen mit ihm ohne Erika. Nachher das Doppelkonzert von Brahms. – Zeitweise Gewittersturm. – In der Luther-Biographie.

Erlenbach, Pfingst-Sonntag den 24. V. 53
¾8 auf. Nach dem Kaffee rasiert. Abkühlung, leicht bewölkt. Frühstück mit Frido im Eßzimmer. – Brieferledigungen. – Ausfahrt mit Frido; vergebenes Suchen nach »Luft«. Imbiß im Wirtsgarten Blümlisalp. – Las Baintons »Luther« zu Ende. – Nachmittags den Brief an Caroline N., die Quaker-Einladung betreffend, diktiert. Vielleicht nicht richtig. – Abends die große Leonorenouvertüre mit Bewunderung. – Das Lesen von Köstlins Luther-Biographie wieder aufgenommen.

Erlenbach, Pfingst-Montag den 25. V. 53
Schönstes Wetter. – Kleiebad. – Frühstück mit Frido, der Schwimmbad und Fußballwiese genießt. – Doch wiederum die Studentenrede, reinlich von vorn. Lächerlich und wohl traurig. – Mit Frido im oberen Wald. Nach Tisch Verabschiedung von ihm bis zu den Sommerferien. – Beseitigung vieler alter Briefe. Ausfertigung der Antwort an C. Newton. – In der Luther-Biographie, immer nach einem präzisen Stoff suchend. – Lieder gehört. Mérimé's »Don Juan«-Novelle beendet. – Saßen nach dem Abendessen auf der Terrasse. Schönster Abend, aber gleich legte die Nachtluft sich mir auf die Atmungsorgane. Mediziniert.

Erlenbach, Dienstag den 26. V. 53
Wahrer Gottesmorgen. Frühstück auf der oberen Terrasse. In dieser Jahreszeit kann man kaum schöner wohnen. Beschwerlich ist aber die Nachmittagssonne. – Viel, viel Post. – Schrieb

die Studentenrede zu Ende auf, ohne Sicherheit, ob sie das Rechte ist. – Ging hinunter zur Seestraße und nahm Wermut-Syphon auf der auch zu sonnigen Terrasse des Schloßhotels (ich glaube). Mit Lion zurück, der zum Lunch kam und sich begeistert zeigte von der »Begegnung«. – Zum Thee Motschan, geschäftlich blühend, mit einem Cadillac Convertable. Darf aber nicht nach Amerika, da er in Rußland war. – Sturm und Blitze. Regenbogen auf blauschwarzer Gewitterwand. – *Sah* nach langer Zeit wieder einmal etwas Ergreifendes (beim Heuen). – Mit K. einige Brieferledigungen. Abends keine Musik. Sehr müde. Das sehr schwache Buch von Staatssekretär Deutsch über die Diktatur.

Erlenbach, Mittwoch den 27. V. 53

Durch Gewitter Abkühlung. Weiter bedeckt. Nachts Tribut jenem »ergreifenden« Bild. – Wieder viel Post. –

Erlenbach, Freitag den 29. V. 53

Gestern Brief an Bermann. Glückwunsch-Brief an Desch. Nachmittags im Bett. Abends im Schauspielhaus: Calderon. Schicksalstragödie, Verwunschener Prinz, Leben ein Traum. Reizvolle Inszenierung. Bewegt. – Es regnete abends und ist heute sehr kühl. – – Die Lowe hat abgelehnt, die »Betrogene« zu übersetzen, angeblich weil sie sich eigenen Arbeiten widmen will. – Der Glückwunsch an Desch gelang. Das Schreiben an Preetorius-Kridwiß zum 70. begonnen. Las abends K. und E. die Studentenansprache vor, die gebilligt wurde. – Anfang der Buch-Korrektur der »Betrogenen«. – In der Luther-Biographie. – Erika peinigt mich etwas mit Lobsprüchen auf des seligen Heinrich Zola-Aufsatz von 1934. – Schwierigkeiten der Regierungsbildung in Frankreich. Reynold abgelehnt. Ein Radikal-Sozialist? –

Erlenbach, Sonnabend den 30. V. 53
Dunkel, Regen, sehr kühl. Das Zürichfest soll heute beginnen, sieht aber trübe damit aus. – Den Geburtstagsbrief an Preetorius, mit Exkurs über Kridwiß und Erzählung vom Papst, abgeschlossen. Wird wohl öffentlich werden. – Trübseliges Regenwetter. Das städtische Fest findet statt. Konnten aber 7 Uhr zum Hotel Eden fahren, fast bis heran, wo Matheson von Olten und Frau uns erwarteten. Zahllose, dicht geparkte Wagen. Apéritif und Diner. Vorzügliche Küche. Mein Appetit reichte für Suppe und Spargel. Dann ließ ich viel liegen. Die Ganz- und Halbleder-Ausgaben des Kuckuck-Kapitels, erfreulich. 1400 Franken Honorar überreicht. Unterhaltung mühsam. Sprach von Luther.

Erlenbach, Sonntag den 31. V. 53
Schwer wolkig und kalt. Kabel von der Mistral zum Protest auffordernd gegen die Verhaftung von Intellektuellen in Argentinien. – Brief an Feuchtwanger. Ordnung u. Einrichtung der Fahnen der »Betrogenen« für Mondadori u. die Servicen. – Regen. Das Haus gehütet. Zum Thee Emmy Oprecht. Schilderung des Stadtfestes, in gutem Geist begangen. – Abends »Der fliegende Holländer« II. Akt. Vorzüglich. Die ferne Nähe des »Parsifal«. – In Köstlins »Luther«. – Geheizt.

Erlenbach, Montag den 1. VI. 53
Wolkig, trüb, kalt. In der Stadt zum Haarschneiden und Hemdeneinkauf. Pediküre.

Dienstag den 2. VI. 53
Weiß von gestern nichts mehr. Diesen Tag kleines Vorwort für das Oprecht'sche Bilderbuch von Zürich geschrieben. Stapfte hinab. Vor Tisch der Münchener Käufer des Grundstücks Poschingerstraße. Brachte 20 000, mit einer Nonne im Wagen. Heiterkeit. – Bereitlegen alles Einzupackenden. – Böiges, regnerisches Wetter, auch Hagel. Nachmittags im Bette. Las über

Luther und Zwingli. Seit gestern Darm- und Magenverstimmung. Nervenschwach. Packen.

Mittwoch den 3. VI. 53

Reisetag. Kein Kaffee. Gebadet. Nach dem Frühstück Herbeischaffen der kleinen Dinge für die Handtasche. Rasieren. Werden ½1 Uhr einen Imbiß nehmen und danach zum Flugplatz fahren. – Post, Geburtstagsbriefe, Artikel. – Abreisegeschäfte. – Sturm und Regen. Was für ein Flug wird das werden. Am besten, das Ding würde grounded, wir kehrten um, und die Reise beschränkte sich auf Hamburg. – Las gestern und heut über die Londoner Krönungsfeierlichkeiten. –

Reise nach England und Hamburg

Von Erika nach Kloten gebracht, Flug nach London. Die Herz am Air-Port. Weiterfahrt nach Cambridge mit dem schlecht gefederten Auto der Universität. Dort empfangen von Sir Charles Darwin u. Frau. Altes Haus im Grünen, inmitten der Stadt. Dürftiges Dinner, leidliche Unterkunft im Oberstock. Nächsten Tags 11 Uhr die Promotions-Feier. Wiedersehen mit Nehru. Deutsch mit dem Erzbischof von Uppsala. Prozession. Viel Publikum, viele Aufnahmen. Lateinische Ansprachen. Seltenheit des doppelten Doktorats in Oxford *und* Cambridge. Nachfolgender kalter Lunch. Reden des Vice Chancelors und des ehemaligen Botschafters in Washington (amerikanisch infiziert). Nicht rauchen vor dem Toast auf die Königin. Abends Dinner Party bei Darwins. – Am 5ten mit dem Zug nach London, zusammen mit der Herz. Vorher durch Cambridge geführt, Besuche in St. Joan's- und Kings-College. – In London prächtige Wohnung im Savoy, auf die allerdings ein paar Stunden zu warten war. Während des 2 tägigen Aufenthalts Besuche von Lesser, Sternfeld, deutschen Pen Club-Schriftstellern. Unaufhörlich Telegramme und Briefe zum Geburtstag. Am 6. Lunch mit Warburgs im französischen Restaurant.

Theegesellschaft bei der Herz, Abendessen bei den »Tanten«. – Am 7. Flug nach Hamburg. Empfangen von Wegner und Journalisten. Gästehaus der Stadt (Stiftung Töpfer) an der Elbchaussee. Unaufhörlich Besuche, Telegramme, Briefe. Wochenschau-Aufnahmen in der Bibliothek. Am 8. Vorlesung im Auditorium Maximum der Universität, Reise nach Paris und Cirkus mit vorhergehender Ansprache. Eingeführt von Rektor Snell. Freundlichste Aufnahme. Am 9. Diner beim Bürgermeister Brauer, Rede und Antwort. Schönes Amtshaus, sympathischer Kreis, gepflegte Mahlzeit. Abends Vortrag im Großen Konzerthaussaal, überfüllt von 2300 Personen. Vorspruch und Kuckuck-Kapitel, gut gelesen. Demonstrative Festlichkeit sondergleichen. Nicht endender Beifall des stehenden Massen-Publikums. Immer wieder Hervortreten, den Arm voller Rosen und Geschenkpaketen, darunter schöner bronzener Empire-Leuchter. Nachher Empfang in kleinem Kreise. Immer Huldigungen und Versicherungen der Dankbarkeit und bildenden Wirkung. Wagen des Rundfunks zu unserer Verfügung. Wiederholte Fahrten zur Stadt. Deputation der Stadt Lübeck, Kultur-Senatorin, Landesbischof etc. Am Mittwoch den 10. bei geklärtem Wetter Fahrt in zwei Wagen mit Tutti Fischer und Dr. Hirsch auf der Autobahn über Lübeck nach *Travemünde*. Journalisten. Gang auf der Strandpromenade, köstliche Seeluft. Bewegt. Mittagessen im Kurhaus als Gäste der Zeitung. Viele Aufnahmen. Interview und Verlags-Gespräch beim Kaffee mit Hirsch u. Tutti. »Norderreihe«, Leuchttürme, Schweizerhäuser bewahrt. Musiktempel jetzt beim Spiel-Casino. Gefühl letzten Wiedersehens. Auf der Rückfahrt in Lübeck, Holstenstraße, Königsstraße, Katharineum, der Schulhof, verewigt, Willri Timpe und der Bleistift. Der Zweite nach Armin. Ewige Knabenliebe. – Vergaß die Hamburger Plastiker-Ausstellung im Alster-Park. Kolbes »Verkünder«. – Kaffee-Gesellschaft bei Biermann-Ratjen mit Frau Pauli (»Mädchenbriefe«). Huldigungsrede des Hausherrn, voller Ergebenheit. – Diner des Rundfunks, auch dabei

Rede und Gegenrede und immer Ernte von Sympathie und Ehren. – Am Donnerstag den 11. Mittagessen im Hotel 4 Jahreszeiten als Gäste von Mittlers. Joachim Maaß, angetan von der »Betrogenen«. Nachmittags 5 Uhr Abreise mit dem skandinavisch-italienischen Schlafwagenzug. Dabei sprechende Fernseh-Aufnahme in grellem Licht; Wegner. Rosen. Exponiert und aktiv bis zur Abfahrt im doppelten Bettraum. Nach Hannover Diner im Speisewagen.

Erlenbach, Sonnabend den 13. VI. 53

Gestern im Zuge 6 Uhr auf zur Paßkontrolle in Basel. Kaffee-Frühstück und Zugwechsel nach Zürich. Ankunft kurz nach 9. Erika mit dem Fiat. Heimfahrt. Auspacken. Unendliche Briefschaften und Drucksachen. Reinstallierung. Uhrenpflege. Zufriedenheit nach bestandenen Abenteuern. Abends schwerer Regen. Benommenheit und Müdigkeit. Seltsam festlich geräuschvolles Abschnurren des Lebensrestes. »Merkur« mit dem 2. Teil der »Betrogenen«. Deutsche Besprechungen von »Altes u. Neues«, preisend. Neuer Schweizer Goethe-Band. – Heute 8 Uhr auf, Kaffee getrunken u. gebadet. Die Frankfurter Buch-Korrekturen. – Hiermit vormittags beschäftigt. Wenige Schritte K. entgegen. – Überfülle von Büchern, illustrierten Werken, italienischer Literatur, Zeitschriften. Exemplare von »Nobilità dello Spirito«. – Entschuldigungsbrief an die Erlenbacher »Harmonie«-Konzertveranstalter. Mit K. Brief an Knopf wegen der Übersetzer-Frage besprochen. – Lob der Aktivität auf Reisen. Im Salon ein langweiliger Mensch; auf dem Podium eine magnetische Persönlichkeit. – Das alte Bild von K. Martens und mir zu Gesichte bekommen. Die Musik abends, Lieder und Gesänge zu Tränen beglückend.

Erlenbach, Sonntag den 14. VI. 53

Dunkel, Nebelreißen. Das Wetter war vorwiegend so auf der Reise, mit Ausnahme von Travemünde. – Schlief etwas unruhig. Frühstückte mit gutem Appetit. – Abschluß der Buch-

Korrektur und Übertragung. Werde nun die Geschichte hoffentlich nicht noch einmal zu lesen haben. – Eine und die andere Danksagung, insbesondere für Zeichnungen von Pieter Bruegel. – 7 Uhr Abendessen und Fahrt zum »Theater am Central«, wo Frau Maria Becker in einem gut gemachten Theaterstück des Amerikaners Raphaelsson spielte. Sehenswertes Schauspiel. Unordnung mit unseren Balkonplätzen, die doppelt verkauft waren. Abwehr und Einschüchterung durch Erika und mich, komisch, wenn auch anfangs verstimmend. – Zu Hause Chokolade.

Erlenbach, Montag den 15. VI. 53

Einiges Briefliche. Vor 11 Uhr mit K. zur Stadt. Auf Ämtern zur Beglaubigung von Vollmachten. Einkauf von Cigarren als Geburtstagsgeschenk von Knopf. Wermut bei Frascati im Freien. – Haufen von Geburtstagsbriefen, noch uneröffnet, voll tiefer Ehrerbietung und Dankbarkeit. Es ist kurios: ich glaube kaum, daß seit Goethes alten Tagen an einen Dichter so geschrieben worden ist. Dies seltsame Leben. Bald ist es aus und wird nie wieder gelebt werden. – Erika empfiehlt mit Recht ein Warnungskabel an Eisenhower in Sachen des unmittelbar drohenden Justizmordes an den Rosenbergs. Entwirft das ausführliche Telegramm, das ich als amerik. Akademiker und Offizier der Ehrenlegion unterschreibe, sehr zu meiner Zufriedenheit und bringt es noch nach dem Abendessen zur Post. Im Berner Bund deutsch zu veröffentlichen.

Erlenbach, Dienstag den 16. VI. 53

Fand gestern Nacht »Die Hochzeit des Mönchs« doch garzu langweilig und gab die Lektüre auf. Neuer Versuch mit »Jürg Jenatsch« vorgesetzt. – Das Wetter andauernd feucht. Aber die Vögel zwitschern und es ist doch milde Luft. – Bücherwidmungen an Dr. Alb, den Consiliarius während der Grippe. – Bücher und Schriften. Europa nimmt mich gewaltig her. Es war doch viel stiller in P. P. -- Brief an Fiedler. Dankeskarten.

– Stapfte zur Seestraße hinab. – Das Kabel an Eisenhower hat mehr als 200 Franken gekostet! – Nach dem Thee unter großen Verkehrsbelästigungen und Park-Schwierigkeiten zur Stadt, ins Cinéma, den Londoner Krönungsfilm zu sehen. Nicht der Mühe wert. Farbiger, kultmäßig langsamer Pomp, keine Großaufnahmen, die Gesicher unklar. Der bleiche Ernst der Königin rührend. Hinpurzeln des Prinzeßchens auf dem Balkon. – Nachträgliche Geburtstagsfeier. Nach dem Abendessen (Kaviar und Forellen) Beschenkung: Türkische Kaffeemaschine, schöne Records, (Lohengrin vollständig), Waterman-Füllfeder etc.. Erfreut. Tranken Kaffee und hörten den bewundernswerten 1. Akt Lohengrin in guter, deutlicher Aufnahme. Das Wetter hatte sich im Lauf des Nachmittags schön geklärt.

Erlenbach, Mittwoch den 17. VI. 53

Fast ganz heiteres Wetter. – Begann gestern »Jürg Jenatsch«, den in Hinsicht auf eine Luther-Novelle lese. Eher sollte die Lese-Hygiene dem Krull dienen. Für jenen fehlt mir der Ansatzpunkt. Diesen empfinde ich als stofflich unschicklich und erdrückend unabsehbar. So dauert die Arbeitsratlosigkeit an, die Untätigkeit, die mich beschämt und quält. Wie lange schon? – Die »Betrogene« – eine Frauengeschichte, die offenbar nichts für Frauen ist. Die Herz schrieb gröblich dumm darüber. Aber auch Goes recht flau. – – Dankeskarten, lächerliche Tätigkeit. – Die »Présence de Zola« mit meinem Beitrag an der Spitze, gut übersetzt. – Nachmittags Brief-Diktate, nach Besuch des Herrn Gert von Bein. (Knopf wegen der Übersetzung u. manches andere.) Abends Lohengrin und Lieder. – Erkältet.

Erlenbach, Donnerstag den 18. VI. 53

Nachts viel gehustet. Mediziniert. Zeitungen aus Hamburg und Lübeck. Nachgesandte Buchgeschenke. Gelesen und die Zeit verbummelt. Es fängt an, schmählich zu werden. – Erledigungen durch Karten. Orientierung unter eingesandten Dingen. – Regen. Ging trotzdem K. ein Stück entgegen. Las in H. H. Jahnns David-Jonathan-Drama mit Musik seines Knaben. Kurioses Produkt. – Zum Thee Kerényi und Frau. Erzählte vom Papst. – Abends 2. Akt Lohengrin.

Erlenbach, Freitag den 19. VI. 53

Leichte Besserung des Wetters. Politischer Skandal: Freilassung der nicht kommunistischen Gefangenen durch Sygman Ree, ganz nach amerikanischen Wünschen, ohne Rücksicht auf die U.N.. – Arbeiter-Revolte in Ost-Berlin, gewiß provoziert, wenn auch nicht ohne Spontanität, von russischen Truppen schonend niedergehalten. Panzer und Schüsse in die Luft. – – Erkältet; leichter Bronchialkatarrh und Schnupfen. Trotzdem gebadet. Warme Kleidung und elektr. Öfen diesen Juni immer nötig. – – Briefgeschreibe. Erkältung, Übelbefinden. Mittags mit K. ausgefahren und in der milden Sonne gegangen. Nach Tische in einer Dissertation über meine Jugendnovellen bis zum »T.i.V.«. Keine Ruhe, Treupel-Tablette nur schädlich. Die Zeitung über die Rosenbergs, deren Hinrichtung aufgeschoben bleibt, und über die politischen Lausbübereien. – Zum Abendessen Emmy und Hans Oprecht. Sie brachte Manuskript und Material des Krull zurück. Sein vegetarisches Essen, massenhaft. – Empirin. Abends weniger krank, als nachmittags. K. brachte ihr Radio, worin gerade die Gesamtsendung meiner beiden Hamburger Vorlesungen im Gange war, einschließlich der Heiterkeiten des Publikums. Aber das Hören allein tuts nicht.

Erlenbach, Sonnabend den 20. VI. 53

Blauer Himmel. Die Erkältung recht schwer. – Hinrichtung der Rosenbergs vollzogen. Übel. Demonstrationen auf dem Kontinent und in Washington selbst. Mein Telegramm leider falsch, da nie klar geworden, auf Grund welches Gesetzes (Atomspionage? Verrat im Kriege?) das Todesurteil erfolgte.

Die Zweifel des Douglas, welches von beiden hätte bestimmend sein *sollen*, entschuldigen meine Unbelehrtheit. Auf jeden Fall ist die Hinrichtung ein böser Akt, der sich in einen bösen allgemeinen Rahmen fügt. Dieser ist die Sabotage des Friedens. – – Anläßlich der Wagner-Ausstellung wünscht man einen Vortrag von mir. Es ist das, was ich z. Z. noch am besten könnte. Die Begründung der Absage mit eifriger und hoffnungsvoller Gebundenheit an andere Aufgaben steht auf schwachen Füßen. – Im Hause immer kalt. Immer elektrische Erwärmung. Husten und Schnupfen. – Bis zum 80. Geburtstag, vor ihm, müßte der »Krull« fertig sein. Ist das denkbar. Wollte sich wenigstens der Plan einer Luther-Novelle entwikkeln u. Gestalt annehmen. Schrecklich zu denken, daß ich meine Produktionskraft überlebe, da bin und nichts mehr zustande bringe. – – Werde wieder Briefschulden erledigen. – Schrieb das Vorgesetzte und bearbeitete nachmittags Weiteres mit K.. – Recht elend. K. ließ Dr. Gysis kommen. Nichts an der Lunge. Nasen- und Hustentropfen. Überwachung der Temperatur. Las das Drama körperlicher Freundschaft von H. H. Jahnn zu Ende. »Studi Teatrali« mit Aufsatz der Mazzucchetti »T.M. e il teatro«. – Abends 2. Akt Lohengrin.

Erlenbach, Sonntag den 21. VI. 53

Viel Husten gegen Morgen. 4 Uhr Tropfen genommen. Heftiger Schnupfen. Zustand nicht besser, als gestern. Wetter dunstig-warm. –

Krankheit

Erlenbach, Mittwoch den 24. VI. 53

Fuhren Sonntag nach Meilen zu Frau Révy u. ihrer Mutter zum Mittagessen mit Othmar Schoeck und Frau. Schöne teuere Besitzung. Sehr erkältet, infektiöser Aufruhr der Schleimhäute, Husten, heißer Kopf. Sprach und hörte Schöck'sche Lieder an, von der Frau gesungen. Zu Hause Fieberbefund (38 im Munde). Zu Bette. Treupler-Tabletten.

Stellte das Rauchen [ein]. Montag u. Dienstag Vormittag im Bett verbracht. Gewittriges Regenwetter. Besuche von Dr. Gysi. Infektiöse Erkältung, nicht von der Schwere der winterlichen. Erzählstil auch des »Jürg Jenatsch« nicht genießbar. Zur Verfügung Sterne und Balzac. Unterhielt mich mit Kleinigkeiten von Polgar. – Die Abschriften des Krull werden nebst kleinen Manuskripten etc. auf dem Speicher gefunden. Gestern mittags und abends außer Bett. 3. Akt Lohengrin. Die Aufnahme nicht begeisternd. Heute Morgen wieder Kaffee. Schon seit Montag fieberfrei, aber von Zeit zu Zeit heftige Hustenanfälle. Treupler; gelegentlich Kodein und natürlich Verstopfung. Müde. Nachts Thee und Nachnahme von Sekonal. Immer trüber, ganz oder halb regnerisches Wetter. Geringe Beachtung der Post. Die Affaire Rhee zu läppisch für Worte. Frankreich immer noch ohne Regierung. – – Unten gefrühstückt. – – Beschäftigung mit den aufgefundenen Manuskripten. Zeitig zur Stadt, bei Bachmann und Scholl. Vier Watermans zum Ausprobieren. – Gelesen die Schweizer Rundschau. Durch heftigen Reizhusten keine Ruhe. – Nichtstun außer zwei unfreundlichen Briefen über eingesandten Quark. – Abends Schluß des »Lohengrin«. Gesättigt dann für einige Zeit. – In den Kleinigkeiten von Polgar. Genug davon.

Erlenbach, Donnerstag den 25. VI. 53

Nachts Hustenanfall. Thee und Kodein. – Nach dem Kaffee gebadet. – Immerfort Dunkelheit und Regen. – Weitere Besprechungen von »Altes und Neues«. In einem Blatt »Freie Innerschweiz« folgendes Wort: »Es ist das erstaunlichste Leben unseres Jahrhunderts, jenem Goethes vergleichbar.« Fiel mir auch schon auf. – – Zeitig zu Dr. Mäder. Inhalation. Bei Sprüngli Aquavit. Regen. – In der Lutherbiographie. Karl V. – Nachmittags benommener Kopf, vielleicht von Kodeintropfen. Einige Brieferledigungen, höchst widerstrebend. Abends Lieder und Gesänge. Dann noch weiter im »Luther«.

Erlenbach, Freitag den 26. VI. 53

Nachts vehemente Ergriffenheit und kräftiges Vermögen. Nachgenommen und gut, ohne Husten, geschlafen. Morgens frischer. – Dunkelheit und unheimlich-unaufhörlicher Regen. – Beim Kaffee über die Kläglichkeit der politischen Situation, das läppische Verhalten gegen den unverschämt auf die innere Politik Amerikas spekulierenden Rhee. Ohnmacht des State Departments und jämmerliche Rolle Eisenhowers. Schärfere Kundgebungen Canadas u. Australiens. Forderung des Zusammentritts der U.N.. – Heuchlerische Trauerkundgebungen in Adenauer-Deutschland für die Märtyrer im russischen Sektor. 24 Stunden täglich sind die Menschen dort gelockt und herausgefordert worden. Das ganze lausbübisch bis zum Exzeß. – – Briefschreiberei. – Strömender Regen. Nicht ausgegangen. Nach Tische lautes Gewitter. – Luther in Worms. – Erika mit Genfer Rechtsanwälten wegen der Feist'schen Erbschaftssache in Basel. Kehrte abends zurück. – Anruf Fritz Strichs, aus Gastein zurück, wo es ihm u. seiner Frau sehr schlecht ergangen. Anruf Konni K.'s, auf Inspektionsreise, aus dem sehr heißen Athen kommend. – Weniger Husten. Noch zäher Schnupfen. Aß viel Caviar.

Erlenbach, Sonnabend den 27. VI. 53

Wetter zeigt leichte Neigung zum Besseren. – Brief an Frau Eulenberg. – Ging zur Seestraße hinab. – Zum Lunch Konny K. auf der Durchreise, dick und befriedet, dem Spott über Free Europe sehr zugänglich. – Nach dem Thee Brief an Einaudi. Abends »Fledermaus«, sehr hübsch, präzis und ergötzlich. – Luther auf der Wartburg.

Erlenbach, Sonntag den 28. VI. 53

Helleres Wetter. Der Katarrh noch zäh, aber frischeres Befinden. – Brief an Einaudi über mein Verhältnis zum Kommunismus. – Wiesenpfade mit K.. Zum Lunch Tutti Fischer u. Dr. Hirsch. Technische Fragen die Buchausgabe der »Betr.« betreffend. Aufnahme eines Briefes an Frau Fischer vom J. 1945 in den Almanach. – Nachmittags einige kleine Korrespondenz. Abschrift des Einaudi-Briefes. Eine Schärfe zu tilgen. – Schöner klarer Abend. Hörten die guten »Fledermaus«-Aufnahmen zu Ende. – »Verlorene Illusionen« von Balzac.

Erlenbach, Montag den 29. VI. 53

Dunstig. Kühler. – Churchill für Wochen erholungsbedürftig auf einem Landsitz. Verschiebung der Konferenz von Bermuda. Das Kabinet Laniel gebildet. – Ordnung der Roman-Abschriften. Etwas geschrieben an III, 8. – Ausfahrt und Waldspaziergang mit K.. – »Verlorene Illusionen«. – Erneuerung der Erkältung. Echauffiert, aber keine Temperatur. – Bücherwidmungen, insbes. an Dr. Katzenstein. – Abendessen um 7 und Fahrt mit E. zum Schauspielhaus: »Maß für Maß«. Schönes, kühnes Theater, gut gespielt. Als Claudio der hübsche Hohloch, Liebster des Direktors Wälterlin. In der Pause Kaffee. Zu Hause Chokolade. Viel Diskussion über den Charakter des Angelo. Im Shakespeare nachgelesen. 1 Uhr zu Bette.

Erlenbach, Dienstag den 30. VI. 53

Nach 8 Uhr auf. Schönes sommerliches Wetter. Nach dem Frühstück Verabschiedung von Erika, die mit ihrem Wagen bis Mitte Juli nach München und Berlin verreist. – Einige Zeilen am Kapitel. Mit K. im Wald. Nicht gern gegangen. – Nach Tische in Rankes Weltgeschichte über die Zeit des Schismas, das Konzil von Konstanz und die Hussitenkriege. Wieviel Lutherisches ist da vorweggenommen! Das Von vorn anfangen in diesem. Keine seiner Ideen und auch sein Bekennermut nicht neu. Die Rolle des Geldes, der nationale Protest gegen seine Abwanderung, überhaupt das Mitspielen des Nationalen, Bücher- und Bullenverbrennungen – alles schon da. Huß nicht weniger fromm und mutig. Warum mußte er brennen und hatte Luther Erfolg? Die Umstände, wie verwandt immer, waren günstiger für diesen. – – Nach dem Thee Brieferledigungen mit K.. Für Hardekopf. Absage an Matheson. – Gewitter am Himmel. – Immer wieder Verlangen nach dem Haus in P. P. und der trockenen Luft Californiens. Sagte zu K., wenn in 3 Jahren Stevenson Präsident würde, wollten wir zurückkehren und das solange vermietete Haus wieder beziehen. Mein 80. Geburtstag käme zuvor. Frage, ob ich ihn erlebe oder lange genug überlebe. – – Gelesen bei Ranke und Helmolt über Karl V., sein Leben, seine Gezwungenheit zu unaufhörlichen Kriegen, sein völliges Unverhältnis zu den religiösen Kampffragen der Zeit, die immerhin diplomatisch eine Rolle für ihn spielen. In Deutschland ein universal orientierter Fremder. Mit 19 Jahren Großkaiser. Zug von Düsternis als Erbe Johannas der Wahnsinnigen. Geboren 1500 geht er mit 56 ins Kloster, wo er mit 58 stirbt, nachdem er seine Kronen verteilt. Luther faßt sein schweres Leben als Strafe dafür auf, daß er sich in Worms nicht zu ihm bekannt!

Erlenbach, Mittwoch den 1. VII. 53

Wage zeigt leichte Gewichtszunahme seit der Reise: 125. – Kühleres, bedecktes Wetter. Aber offenes Fenster. Noch immer zähe Verschleimung. – Etwas weiter am Kapitel. Zwischenein Nachforschungen über Karl V. Mit welcher Prinzessin vermählt? Unauffindbar. Ebenso der Band von David Strauß über Hutten. – Nach Zürich hinab und am See gegangen. Dann Kestens vom Urban abgeholt als Gäste zum Lunch. Unschöne Leute. – Heftiger Regenguß und Gewitter. Etwas handschr. Korrespondenz. Abends Geschichtliches im Helmolt. Beschäftigung mit der Idee des Sich Überkreuzens zeitgenössischer Schicksale von ganz verschiedener Orientierung: Luther, Kaiser Karl, Erasmus, Hutten.

Erlenbach, Donnerstag den 2. VII. 53

8 Uhr auf. Bedeckt, kühler. – Wieder zögernd und zerstreut einige Zeilen weiter am Kapitel. Auf dem Waldspaziergang

mit K. über diese unmögliche Arbeitsunsicherheit. Sie plädiert dringend für den »Krull«, den alle erwünschen. Die Balzac-Lektüre wirkt etwas stimulierend. Brief an Dr. Benedikt, Stocksund, nachmittags. Abends einige Lieder. Ergriffen wieder von »O Tod« (Brahms). Starke Verschleimung. – Gewitter, Regen.

Erlenbach, Freitag den 3. VII. 53

Andauernder Regen. – Mit Cas Evac abgeführt. Rasiert. Nachts war einiger Husten. – Die Waterman-Feder, diejenige, die K. gleich gewählt hatte, ist gut. – Die Herz und Moni im Anzuge. Medi mit ihren Kindern erst zum Geburtstag zu erwarten. Gestern Telephon mit Erika wegen Hörspiel-Bearbeitung von »K. H.«, nicht kollidierend mit der Verfilmung, aus der kaum etwas werden zu sollen scheint. Mit früherer Rückkehr E.'s zu rechnen, da die Zonengrenze in Berlin noch immer gesperrt. – – Am Kapitel weiter. Beschloß, den Aufenthalt in Lissabon jedenfalls einmal zu Ende zu arbeiten und dann zu sehen, wie es um mich und die Sache steht. – Umfangreiche Doktor-Dissertation über »T. M. und die Musik« von Karl Heim, Freiburg i. B. – Der »Merkur« mit dem Schluß der »Betrogenen«. – Ging zum See hinab, wo wir, da das Mädchen Ausgang hatte, zu Mittag aßen. Beschränkte mich auf Marksuppe und süße Omelette mit Rotwein. – Las in der Dissertation über »Faustus« und in den Verlorenen Illusionen. Auch Verschiedenes im »Merkur«. Zum Abendessen bei Mosers in Zollikon. Die politische Torheit des Guten. Die nie dagewesenen Opfer Amerikas, um andere Völker glücklich zu machen. Man dürfe sich diese Liebe nicht verscherzen! – Über die Kinder in Californien. Gegen die Idee mit dem Bauerngut. Über Bibis japanische Pläne. Sprach mein Bedauern aus über die lange, Entfremdung erzeugende Trennung der Eltern von den Söhnchen.

Erlenbach, Sonnabend den 4. VII. 53

Der Morgen verhieß heißen Tag, aber es bezog sich bald wieder regnerisch. – Die Herz gestern Abend aus London eingetroffen, wohnt in Küsnacht in der »Sonne«. – Etwas am Kapitel. K. entgegen gegangen, die mit der Herz kam. Diese zum Lunch. Brachte kleine Geschenke. Das Manuskript der Lowe. Kaffee auf der Terrasse. Sie gab Äußerungen wieder über das Sprachspiel des »Erwählten«. – Zum Thee Dr. Jancke vom Süddeutschen Rundfunk. Wiederaufnahme der Round table-Idee mit dem Thema des humoristischen, komischen Elements und mit kurzer Vorlesung. Partner Dr. Weber und Prof. Schmidt von der E.T.H.. Insistieren wegen eines Vortrags in Stuttgart über das von J. ersonnene Thema der »Heimkehr«. Angebot von 1000 Mark, – die ich auf leichtere Art verdienen kann. Bedenkzeit zum Loswerden des Begierigen. – Las viel in dem Doktor-Manuskript über »Faustus«. Sehnsucht nach der Zeit, als ich in meiner Sofaecke an dem Roman, dann am »Erwählten« schrieb. Werde das Haus in P. P. nie verschmerzen und hasse dieses hier. Die Vernunft aber sagt mir, daß mein Zustand heute dort wohl nicht besser wäre, als hier. Die Arbeitskrise bestand dort auch. Werde aber den Gedanken an die Gunst der dortigen Wohnverhältnisse, an Wohn- und Arbeitszimmer, die Waschtoilette am Fuß der Schlafzimmertreppe etc. nicht los u. auch an die Gunst des Klimas. Hier nicht endende Erkältung. Aber die Rückkehr nicht realisierbar bis es zu spät sein wird, und in so vieler Hinsicht auch nicht wünschbar. – Gewitter.

Erlenbach, Sonntag den 5. VII. 53

Grau bedeckt. Nach ½8 auf. Nach dem Kaffee elektrisch rasiert. Trübe, lustlose, lebenssatte und traurige Stimmung. Keine Hoffnung. – An dem Kapitel, experimentierend. – Neue Waldwege bei Küsnacht, wie im schönsten Luftkurort. – Zum Thee Signor Pratt und Frau Urquahrt in Sachen der Verfilmung von »Das Gesetz«. – Schrieb danach mehrere Briefe.

Zum späteren Abendessen Ankunft Moni's. Las in der Dissertation über den Zbg., namentlich über Hansens Grammophon-Erlebnis.

Erlenbach, Montag den 6. VII. 53

Gut geschlafen. Das Wetter neblig bedeckt u. immer zum Regen geneigt, aber mild. – Unter den Briefen ein gut geschriebener von Dr. Mampell in Beatenberg. – Am Kapitel, angewidert und leidend. Ging mittags K. ein Stück entgegen. Mittagessen mit Moni. Schweres Gewitter mit lärmenden Entladungen ganz in der Nähe brachte mich um die Nachmittagsruhe. Danach Interviewerin Isolani über Portraitzeichner. Ein Brief des Verlages der Wiener Unesco-Kommission wegen eines politisch moralisierenden Vorworts zu »Der Künstler und die Gesellschaft« setzte mich in zornige Aufregung. Zum Abendessen leider die Herz. Unfähigkeit zu essen. Legte ihr die Preis- und Ehrendokumente, die im Wohnzimmer liegen, vor und ließ K. aus »Sforza del Destino« spielen. Ging hinauf, bevor K. sie wegbrachte, und las in »Verlorene Illusionen«. Nahm ein und fand Ruhe für die Nacht, die zum besten Teil des Tages geworden. So ist es, wenn man sich überlebt. Wagner schrieb mit annähernd 70 sein Schlußwerk, den Parsifal, und starb nicht lange danach. Ich habe ungefähr im selben Alter mein Werk letzter Konsequenz, den Faustus, Endwerk in jedem Sinn, geschrieben, lebte aber weiter. Der Erwählte, noch reizvoll, und Die Betrogene sind bereits überhängende Nachträge, schon unnotwendig. Was ich jetzt führe, ist ein Nachleben, das vergebens nach produktiver Stütze ringt. Den Krull als einen Faust aufzufassen, den es zu beenden gilt, ist schwer möglich. Noch zu leben, ist fehlerhaft, besonders da ich fehlerhaft lebe. Essen ist mir eine Last und Plage. Mein einziges Behagen ist Rauchen und Kaffee trinken, was beides schädlich. Übrigens ist das gebückte Sitzen am Schreibtisch ebenfalls schädlich. Mir fehlt die Sofaecke meines Zimmers in P. P., wo noch das späte Sprachspiel des Erwählten meinen Vormittagen Sinn gab. –

Erlenbach, Dienstag den 7. VII. 53
Ruhig geschlafen. Das gleiche weiche, dunstige Wetter. Kaffee morgens und gebadet. Nach dem Frühstück langes, scharfes Telegramm an den Unesco-Verlag in Wien aufgesetzt. – Danach Beschäftigung mit dem Kapitel bis ¾ 1. – Ging ein Stück hinab. – Warmer Brief von Frey über die Betrogene. Recht gute Umschlagzeichnung für das Buch. – Zum Thee Frau Anja Mendelssohn. Graphologisches und Traum-Buch. Buch »Der Weg ins Innere« (afrikanisch) des Engländers van der Post, gesandt von Pratt und Mrs. Urquhart. »Apollon« von Kerényi. – Abends Mahlers »Lieder eines fahrenden Gesellen«. – Erschlaffende Warmwasserdampf-Luft.

Erlenbach, Mittwoch den 8. VII. 53
Schöner Sommermorgen. Frühstück auf der unteren Terrasse. Mähen des Grases und Instandsetzung des »Gartens«. – Am Kapitel, eine Seite. – Fuhren zum Mittagessen zu Trebitschs. – Schrieb nachmittags an Heim, den Verfasser der musikalischen Dissertation. – Die Lübecker »Freie Presse« (?) sendet Faksimile meines Briefes und Weiteres über Travemünde und das Schaukelpferd Achill. – Das Afrikabuch von van der Post gefällt mir gut in seiner britischen Virilität und Redlichkeit. Der Flug über der Sahara, sehr gut. Erinnerung an Wadi Halfa.

Erlenbach, Donnerstag den 9. VII. 53
Bedeckt, Regen ankündigend. – Drucksachen für die Herz bereit gemacht, damit sie etwas zu knabbern und nagen hat. – Etwas am Kapitel. Wiesenweg mit K.. Saß nachher auf der Veranda. Die Herz zu Tisch. Zum Thee der Pfarrer und der Präsident der Kirchengemeinde von Erlenbach. K. ließ mich mit ihnen allein, da sie zum Flugplatz mußte. Um Klaus Pr. abzuholen, der, von Israel kommend, für ein paar Tage das obere Gastzimmerchen bezieht. Die Herren blieben lange. Kirchlich-historische Gespräche. Schrieb an Dr. Ibser (Bay-

reuth), bis vorm Abendessen K. mit dem Gast, genannt »die Närr«, eintraf. Begrüßung und abendliches Zusammensein. Über die allgem. Abwendung von Amerika. – Noch spät in dem Afrika-Buch von van der Post.

Erlenbach, Freitag den 10. VII. 53

Grau, sehr kühl. Warme Kleidung. Der gestrige Tag zu unruhig. Auswirkung nachts. Wann hört das auf. Wohl bis ans Ende nicht. – Etwas am Kapitel. – Hinab zur Seestraße. – In dem Afrika-Buch. – Nachmittags Brief an Frey (Arbeitsphantasien). – Das Interview mit der Isolani zur Prüfung. Widrig. – Abends einige Lieder.

Erlenbach, Sonnabend den 11. VII. 53

Seit gestern viel kühler. Wolkig mit Blau dazwischen. Rasur. Frühstück mit Klaus Pr., der einen hübschen japanischen »Sekretär« hat, der allerdings verlobt ist. – Fortwährendes Heimweh nach dem P. P.-Haus, dem eigenen Badezimmer, dem Sofa im Study etc.. Oft wahre Schmerzensanfälle. – Revirementsvorgänge in Moskau, Machtkämpfe der Nachfolger Stalins, Ausschiffung Beria's, plumpe Diffamierungen und Prozeß, wahrscheinlich mit obligaten Geständnissen. Blutiges Schema. – Aber welche Korruption und Heuchelei auf der anderen Seite. – Konferenz der Außenminister in Washington. – Überarbeitung des Interviews der Isolani. Diese Säuberung gewährte mir müßiger Weise Genugtuung. – Ausfahrt und Waldgang mit K. und Bruder. – Weitere Dissertation über »Redeweise als Mittel der Charakterisierungskunst« (Bonner Universität.) – Beendete das fesselnde Buch von Laurens van der Post. – Las in der Zeitung über Fontane und England-Schottland. – Zum Thee das Ehepaar Beidler. Über Bayreuth, den jungen Wieland W., fragwürdige Repräsentanten u. Sendboten. Törichter Modernismus. Sieglindes »Schwangerschaftskomplex«, albern. – Abends verschiedene Musik, die ich innig genoß. – Sehr kühl.

Erlenbach, Sonntag den 12. VII. 53

Kühl und leicht bedeckt. Gebadet. Zu früh geweckt durch Rauschen von Leitungswasser. – Dialog mit Zouzou, zu bessern. – Wiesenweg mit K., bei dem ich mich schleppte. Vorher die Bübchen, überraschend eintretend. Zu ihnen später die anderen Großeltern. Mit ihnen auf der Terrasse. Junger norwegischer Journalist, den ich bis ½ 3 fortschickte. Nach Tische also Interview mit ihm für skandin. Blätter. – In »Illusions perdues« mit Teilnahme. Schön die Genie-Bohême im Quartier latin. – Nach dem Thee Diktat zahlreicher Briefe. Abends einige Musik; danach Verabschiedung von Klaus Pr., der morgen früh nach München zu seiner Frau geht. – Wieder im Balzac. – Telephon mit Erika, die übermorgen kommt. Berlin O, »sehr unheimlich«.

Erlenbach, Montag den 13. VII. 53

K. früh mit dem Bruder fort. Trank allein meinen Kaffee und frühstückte nach dem Rasieren allein. Föhnsturm und gepeitschter Regenguß. – Dialog geändert u. weiter geführt. Kurzer Weg in der Nähe mit K. – »Genealogie der germanischen Götter« von Philippson, University of Illinois. – Rundschreiben der New Yorker Akademie, das zu beantworten. – Brief von R. Braungart, München, über die Betrogene. Erwiderte nachmittags. – Zum Abendessen die Herz. Tat mein Bestes, zeigte ihr das Kreuz der Ehrenlegion, gab ihr das Merkurheft mit dem Schluß der Novelle, die sie nicht versteht, erzählte bei Tisch eine oder die andere Anekdote. Als nachher K. und Moni Platten suchten und mich ihr auslieferten, verlor ich die Nerven, sprang auf und ging, zerquält und zerstört. – Las in den Illusions und nahm ein, um zu schlafen. Meine Arbeitsnöte und Unzufriedenheit, vielleicht der Föhn, das Haus, das ich nicht mag, und in dem die immerfort begegnende Schwebe-Fee von Mädchen mich wütend macht, – vieles kommt zusammen, mich um die Geduld zu bringen, mich zu reizen und zu zerrütten. – Regen.

Erlenbach, Dienstag den 14. VII. 53

Ruhig geschlafen. Heller Himmel, Föhndeutlichkeit. Kühl. Elektrischer Ofen. Dr. A. Jacobson angemeldet. Für Donnerstag Vorlesung zur Unterhaltung der Frauenspersonen in Aussicht genommen. Dann aber nichts mehr von ihnen. – Dialog mit Zouzou. – Hinab zur Seestraße und zur Bank daselbst. – Manuskript einer ungewöhnlich hübschen Radiosendung über »Altes und Neues« (»Der Zeitkritiker T.M. [«]) von Fritz Kraus, Überlingen. – Jubilieren der kapitalhörigen Presse über den Zusammenbruch des Sozialismus. – Der Nachmittag eingenommen von den einander folgenden Besuchen Dr. Gysis und R. Schweizers, der Monika ausführte. – Abends nach dem türk. Kaffee Rückkehr Erikas mit Pelzen und Geld. Höchst interessante Berichte über Berlin. Armut u. Kümmerlichkeit des westlichen Sektors weit übertroffen durch die des östlichen. Panik dort unter den Regierenden, die sich anklagen, es falsch gemacht zu haben und auf die Maßregelung durch die Russen in ihren Schlößchen warten z.T. mit Cyankali-Pillen versehen. E.'s Besuch bei Becher. »Ich fürchte, wir haben dem Sozialismus einen schlechten Dienst erwiesen.« – Die absichtlich erlaubte Lohn-Demonstration der Arbeiter, zu der eine Schar instruierter jugendlicher Radfahrer aus dem Westen sich einfanden. Dann aber in vielen anderen Städten Rebellionen ohne Radfahrer. – Die schauerliche Theateraufführung mit übelriechendem proletarischen Publikum in der weiland schmuckkästchenhaften Reinhardt'schen »Komödie«. Elendes Spiel, von den Leuten bejubelt. – Becher über die Zuerteilung des Nationalpreises an mich, ob ich ihn annehmen will oder dazu in der Lage bin. Fraglich, ob diese Garnitur noch über den Preis zu verfügen haben wird. – Eindruck von Erikas Energie und Persönlichkeitswirkung auf Verleger, Politiker etc. [.] Ihre Begegnung mit Louis Fischer und Laski, der »fortfährt, für die Demokratie zu kämpfen[«], aber die Möglichkeit nicht leugnet, daß er in einem amerikanischen Konzentrationslager endet.

Erlenbach, Mittwoch den 15. VII. 53
Gebadet. Immer kühl, immer halb oder ganz regnerisch. Um den Sommer wird man gebracht. Der Doktor sagte, daß viel Virus-Infektion in Form von Brechdurchfall herrsche. Bewahr einen Gott. – Auf der Wage: Das Gewicht stabil. – Am Kapitel. – Mit K. kurzer Rundgang. – Ostdeutsche Ausgabe »Ausgewählte Erzählungen«. Reich. Verwundert, was man alles gemacht hat. – Zum Thee Csokor. Danach Briefdiktate, vorwiegend mein Verhältnis zum Kommunismus betreffend. – Abends Lieder aus der »Winterreise«, bewundernswert. – Schreckliche Liste verstreuter alter [Dokumente], angefangen mit dem »Frühlingssturm«, von Dr. Bürgin, der mit dem Fischer Verlag über große Bibliographie à la Klaus Jonas »Zum 80. Geburtstag« verhandelt. Mag nichts wissen. – Andere Beschwernisse. Briefe an die amerik. Akademie, Jewish Theological Seminary (Joseph-Diskussion), Lavinia M. über Schriften von Jollos, Kerényi sind gewaltsam zu diktieren. Dazu Frage, ob ich beim Geburtstagsdiner am 24. auf Schweizers Rede zu antworten haben werde.

Erlenbach, Donnerstag den 16. VII. 53
Klarer Himmel, frisches schönes Wetter. Verderbe mein Befinden morgens mit Kaffee und Cigaretten. – Am Kapitel. – Ausfahrt und Gang mit K.. Es war sehr schön im Wald mit seinen Sonnenlichtern. – Erika befragt, ob eine Dankrede am 24. von mir wünschenswert sei, was sie bejahte. Das erregt mich. – Ausgezeichneter Aufsatz von Arnold Toynbee über Rußland aus dem »Listener« in einer japanischen Zeitschrift, die auch The Artist and Society bringen will. Der Historiker gegen den Journalisten. – Nachmittags handschriftlich an einen Pariser Germanisten und an Mrs. Urquhart in Sachen des Moses-Films u. des Afrika-Buches. – Zum Abendessen Dr. Jacobson mit der unglückselig dickfelligen und leicht zu beseligenden Herz. Las nach Tische vor: den Neu-Ansatz mit den motivischen Geschwistern und über das Auge; dann den Ver-

kauf des Diebsgutes. Es ist ein frischer Wiederanfang, der mir Spaß machte. – Der Abend sehr rein und sternenklar.

Erlenbach, Freitag den 17. VII. 53

Noch heiteres Wetter, windig. – An der Rede zu K.'s Festdiner. – Schwüle. Zur Stadt, bei Bachmann zum Haarschneiden. – Illusions perdues. – Nachmittags Gewitter. Zu Tische Lion, danach der Zeichner Mühlberger mit seiner Frau. Versuche der Portraitierung. – Nach dem Thee längeren Brief an die Amerik. Akademie diktiert, den E. übersetzen soll. – Abends einige Lieder. »Du bist Orplid«.

Erlenbach, Sonnabend den 18. VII. 53

Sehr warm, schwühl wie gestern. Der Crèmefarbene Sommeranzug, etwas über ein Jahr alt, viel zu weit. – Mit K. Vorsatz, den Artikel von A. Toinby über Rußland ins Deutsche zu übersetzen. – – An der K.-Rede. Als ich nachmittags im Liegen daran weiterarbeitete, mußte ich weinen. – Mittags mit K. auf der Bank am Walde droben. Lasen in der Nation. Zeitung das Interview der Isolani und erheiterten uns über ein drolliges Feuilleton, das ihm folgte. – »Allemagne d'Aujourd'hui«, offenbar soutenierte Zeitschrift für deutsche Propaganda, mit Aufsatz von Leibrich über »Altes und Neues«. – Schrieb an Kerényi und Frau Jollos. – Zum Abendessen Emmy Oprecht. War appetitlos. Aufs neue erkältet und heiser.

Erlenbach, Sonntag den 19. VII. 53

Trübes, kühleres Föhnwetter von stumpfer Deutlichkeit des Ausblicks. Erkältet. Erregt und still durch die Beschäftigung mit der Ehe-Rede. – Arbeit an dieser. – Regen. Kurzer Rundgang mittags mit K. und Medi. – Erkältet, heiser, leidend den ganzen Tag. Kurze Briefe handschriftlich. Abends Treupler-Tablette. In den »Illusions«.

Erlenbach, Montag den 20. VII. 53

Schön Wetter. Fühlte mich besser. An der Rede, mit nassen Augen und nicht sehr gut, aber fast fertig. – Mit K. und Medi im Walde. – Hübscher Fest-Artikel von Feuchtwanger im N.Y. »Aufbau«. Brief dazu, auch einer von M. George. – Die »Gegenwart« mit langer, sehr erfüllter Besprechung des Merkur-Vorabdrucks, intelligent. – Nachmittags ein paar handschr. Erledigungen. – Wüstes Straßenabenteuer Erikas und Medis mit idiotisch rohem Ehepaar, wegen Automobilberührung. Prügelei und Auflauf. E. auf der Polizei. Ließ abends den Doktor kommen zur Protokollierung ihres Chocks. Klage. – Danach einige Lieder. [»]O Tod –«

Erlenbach, Dienstag den 21. VII. 53

Schönwetter. Abgeführt nach der Kodein-Starre. Gebadet. Frühe Post aus Uruguai, Israel, Österreich. Marken an die Kinder. – Gute, duftende Luft. – Schloß die Rede ab. Fuhren mit Medi nach Luft und kehrten dort ein.

Erlenbach, Mittwoch den 22. VII. 53

Schönwetter. Vormittags zur Stadt. Beim Zahnarzt Brunner, der etwas abfeilte und die entzündete Mundhöhle desinfizierte. Gute Wirkung. – Bei PKZ wegen Änderung von Sommeranzügen. Kaufte für 95 Franken eine Trikot-Hausjacke ohne Kragen. – Danach zu Frascati, wo mit Medi Wermut tranken. – Ruhelos nachmittags. Furchtbar nervös. Einiges Handschriftliche nach Lübeck und Köln. Ansatz zu einem Brief an Lion über die Venezianischen Gedichte von Jacobi. – Nach 7 Uhr Ankunft Golo. Herzliche Begrüßung. Bewundert die Lage des Hauses. Abendessen mit ihm an der nun langen Tafel. Im Wohnzimmer nachher mit ihm und der übrigen Familie. – K. hatte einen völlig schizophrenen schwedischen »Schriftsteller« nachmittags gütlich abgefertigt und beschenkt, der wähnt, all seine Gedanken würden von Feinden mit Radar aufgefangen und alle Welt spräche von dem Diebsgut. – Gewitter.

Erlenbach, Donnerstag den 23. VII. 53

Warme Nacht, unruhig. Fand ½2 den Schlaf nicht wieder. Ohrenbehandlung. Nachnahme von Sekonal. Dann guter Schlaf. Heute das Wetter dunstig. – Vormittags in der Stadt bei Zahnarzt Brunner zur wiederholten Desinfektion der Mundhöhle. – Nachmittags wiederum Gewitter. – Viele Gratulationsbriefe für K. – Handschriftliches. – Sonderbare Einladung, für Florenz ein »allegorisches« Festspiel, Wahrheit und Frieden verherrlichend, zu schreiben. – Abends mit Golo.

Erlenbach, Freitag den 24. VII. 53

K.'s 70. Geburtstag dann also herangekommen. Zog mich an morgens. Beglückwünschung, ½9 Uhr im Wohnzimmer Bescherung kostbarer Dinge, Pelze, Handtaschen etc. Malereien der Borgese-Kinder. Walters Artikel in der N.Z.Z.. 9¼, nach beendetem Frühstück, unterm Fenster des Eßzimmers Kammermusik-Ständchen, von Schweizer arrangiert, Mitglieder des Symphonie-Orchester, Volkslieder, wohllautend. Vorstellung und Danksagungen. – Artikel auch im »Bund« und in der »Nationalzeitung«. Viele Telegramme und Briefe. – Medi holte die Buben. Diese mit farbigen Schärpen, die Mädchen in weißen Kleidchen, exekutierten auf der Veranda drolliges Festspiel, bestehend aus Solo-Darbietungen rezitatorischer und gymnastischer Art. Englische Ballade Nikas. Gedicht des »Festspiel-Veteranen« Frido und Szene mit dem sich drehenden Toni, sehr komisch. »Wunderlicher Alter, soll ich mit dir gehn?« – Frido sehr groß und hübsch. – Ging den Kiesweg hinaus zur Bank u. saß dort eine Weile. Dann kamen Mosers an und Klaus Pr. mit der Seinen. Gelungene Wiederholung des Kinder-Variétés und ebenso gelungen Buffet-Lunch, z.T. vom Traiteur. Kaffee auf der Terrasse. Unterhaltung mit dem guten Herrn Moser, besonders über Bibi. Zog mich dann zurück mit Rücksicht auf die Erfordernisse des Abends.

Erlenbach, Samstag den 25. VII. 53

Gestern zwischendurch in den »Illusions«, von denen schon nicht mehr viel übrig. – Smoking Toilette, sorgfältig. 7 Uhr mit Erika und Moni im Hilman-Minx zum »Eden au Lac«, während Medi die Pringsheims holte. In reserviertem Raum lange Vorsitzung bei Champagner und Gebäck. Motschans, Webers, Emmy Oprecht, Schweizer, Dr. Katzenstein, dazu wir alle mit Golo. Diner in separatem Speisezimmer an blumengeschmückter Tafel. Saß zu K.s Linker, an ihrer anderen Seite ihr Zwilling. Nach dem Eis lange geschickte amüsante Rede Schweizers mit vielen Anspielungen dank Erikas Informationen. Hatte großen Erfolg und war eine gute Leistung. Nach gemessener Pause meine mit sehr fester Stimme gelesene Rede. Herzliche Teilnahme des freundwilligen Kreises. Selbst der »dunkle Engel« verdarb doch die Stimmung nicht ganz. Bevor wir mit Erika aufbrachen hatte ich, mit Vergnügen, auf ihr Verlangen die sehr anziehende Frau Motschan zu küssen. Der Rest der Gesellschaft ist noch lange, nebst Golo, beisammen geblieben.

Der Festtag gut und schön. Dank der Publizität eine Menge von Blumen und Telegrammen und Briefen von allen Seiten. Spät zu Bette. Heute 8 ¼ auf. Kaffee mit Medi. Gebadet. Schönstes Wetter. Noch große Post für K.. Sehr mäßige Portraitskizzen von Morgenthaler. – Brief an Lion über die venezianischen Gedichte von Jacobi. – In der Stadt bei P.K.Z. zur Probe. Kauf von Kravatten. – Zum Thee Jul. Bab und Frau. Sie häßlich wie die Nacht, er auch nicht bezaubernd. Über Schauspieler. – Abends in dem mit Blumen überfüllten kleinen Wohnzimmer Familienbeisammensein; Klaus Pr. mit seiner halfwitted Hälfte. Tonband Produktionen. Sehr milder Abend. Im Freien. – Las Aufsatz in der N.Z.Z. über Michelangelo: Stein und Schlaf. Die polare Zeitgenossenschaft mit Grünewald. Aufgenommen in meine Idee fremder Gleichzeitigkeiten. Aufbewahrt. – Wieder erst spät zu Bette.

Erlenbach, Sonntag den 26. VII. 53

Andauer des klaren, sehr warmen Sommerwetters. Nach dem Kaffee elektrisch rasiert mit präparierender Flüssigkeit. Zum Frühstück mit Medi Kaviar. – Mehreres Handschriftliche. Büchersignierungen. Diktatvorbereitungen. – Mit K. und Medi etwas im Wald. – Gegen das Ende der großartigen Illusions. – Gewitter. Keine Ruhe. Merkwürdige, kanonenschußartige Detonationen, wie kleine elektr. Entladungen in der Atmosphäre anmutend. Bei Gewitter hier wiederholt beobachtet. – Die Buben zur Unterhaltung mit den Mädchen. Schenkte ihnen je zwei Franken zur Belohnung für gute Schulberichte. – Zum Abendessen Klaus Pr. mit Lala. Humoristische Platten. – Mittags vor der Ausfahrt waren Motschans da und brachten große Menge hübscher Aufnahmen vom Geburtstagsdiner.

Erlenbach, Montag den 27. VII. 53

Wolkig bedeckt und warm. Müde. Wunsch, daß die Gäste sich zerstreuen, was sie ja in Bälde auch tun. Das Verlangen nach Alleinsein zielt schließlich auf die Ruhe im Grabe. – Am laufenden Kapitel weiter versucht. – Furchtbar müde. – Mittags mit Medi und den Kindern nach *Luft* zu einem ausgezeichneten Lunch. – Großer Artikel von B. Tecchi über »Novelle e racconti« in »Il Mondo«. – Erikas Übersetzung des Briefes an Manship von der Academy. – Mit K. einige dringende Briefe unter schwerstem Widerstand. – Zum Abendessen noch einmal Klaus Pr. und Lala, die morgen früh von Medi zum Flugplatz gebracht werden. Hörten Isolde und Waltraute. Medi unterdessen auswärts mit Emmy Oprecht und Dr. Katzenstein. – Gelesen im »Monat«.

Erlenbach, Dienstag den 28. VII. 53

Hell und eher kühl. – Hieronymusbild von Lorenzo Lotto aus Venedig, Ausstellung im Dogenpalast, den Sender an den »Erwählten« erinnernd. – Etwas am 8. Kap. von III. Ausblick auf das 9te, das den verlängerten Aufenthalt in Lissabon erzählt und wieder aufnehmen muß. – Mit K. allein im Wald. – Nachmittags Brief an Herrn von Brück von der »Gegenwart«. – Abends nach dem türk. Kaffee auf Verlangen Medis Vorlesung für sie, Golo, Moni aus dem Krull: Erste Begegnung mit den Damen und Museumsbesuch. Heitere Aufnahme. – Mit den »Illusions« fast zu Ende. Schon Begegnung mit Vautrin. Durchaus grandios. – Kolportagehaft, romanhaft übertrieben, wild, überstopft mit Kenntnissen auf allen Gebieten, lächerlich spannend und grausam pessimistisch, die Unmoralität des Lebens denunzierend. Gewaltiges Kaliber wie Tolstoi – und wie fern von ihm! Werde weiter Balzac lesen.

Erlenbach, Mittwoch den 29. VII. 53

Exzitierte Nacht. ½ 2 nachgenommen. Letztes Frühstück mit Medi, sehr unschweizerisch, Gänseleber und Kaviar, gebackenen Speck und Eier. Die Kinder fliegen allein nach London, um 5 Wochen in einem Ferien-Camp zu verbringen. Medi nach Fiesole, belastet mit viel Arbeit, literarisch und häuslich. Die Buben kommen schon morgen zu uns. – – Mit dem Schluß des Kapitels kaum vorwärts gekommen. – Schwühl, Wind. Bewegte mich nur in der Nähe des Hauses, die Abfahrt der guten Medi und ihrer Kinder erwartend. Lebewohl gesagt nach ihrem Mittagsmahl und vor dem unseren. – »Glanz und Elend der Kurtisanen«, die Schluß-Teile wieder lesend. – Kondolenz-Zeilen an Heßlein in Hannover, zum Tode seines Vaters. Brief an Tecchi, Rom. – Abends Mozart-Quintett, Klavier und Bläser. Soll von ihm bevorzugt worden sein. Gewagte Harmonik, wie mir schien, für damals. – Gewitter.

Erlenbach, Donnerstag den 30. VII. 53

Regen. Tief hängende Wolken. Zum Frühstück Golo, berichtet über seinen gestrigen Abend bei Prof. Barth. – Änderung des Kapitelschlusses. Nach 11 Uhr zur Stadt: Pediküre und Probe bei P.K.Z.. Nach Tische Ankunft der Buben. – Balzac'sche Kriminal- und Polizei-Phantasien und Fresken. – Fortsetzung des Mozart'schen Stückes. Keckheiten. – Das Zürich-Bilderbuch mit meinem faksimilierten Brief.

Erlenbach, Freitag den 31. VII. 53

Fridos 13ter Geburtstag. Brachten ihm morgens zu seiner großen Freude sein Luftdruckgewehr. Frühstück mit den Enkeln, Briefbelastungen. Neue Piper'sche Dostojewsky-Ausgabe, »Die Brüder Karamasow«. – Morgens helles Wetter. – Schloß das 8. von III ab. Brief an J. R. Becher in Sachen des »Nationalpreises«. – Zu Dr. Brunner; leichtes Abschleifen und Desinfektion. Von da zu Fuß zu Frascati zum Wermut, ohne Geld in der Tasche, was ein sonderbares Gefühl ist, selbst wenn man weiß, daß es kommt. – Zum Thee Mr. und Mrs. Picker von Haverford, quäkerisch, sehr gutartige Leute. Widmung des englischen Faustus. – Noch Handschriftliches. – Im Schlußteil der Karamasoffs. – Von Bibi gesandte Tristanplatte 3. Akt. – Frido beriet mit mir, wann er im Herbst einen Wochenend-Urlaub nehmen solle.

Erlenbach, Sonnabend den 1. VIII. 53

Nachts Sturm und Regen. Auch weiter schwer bewölkt. Der Nationalfeiertag scheint verregnen zu sollen. Die Buben nach Zollikon dort den Tag zu begehen. Verbeugung Fridos bei der Verabschiedung. Fuhr ihn doch im Kinderwagen herum, und jetzt macht er schon Verbeugungen. Wieviel von seiner Entwicklung und Entkindlichung werde ich noch erleben? – – Die wilde Größe der Karamasoffs, wie überhaupt der Gedanke ans Große läßt mich die kultivierte Mittelmäßigkeit meines »Beitrags« empfinden. Laß gehen, ich werde nicht sein und nicht wissen. – – Schreibe jetzt Absagen an Einladende und Leute, die mich auf der Durchreise besuchen wollen. Nahezu grob. – – Zögernde Vorbereitungen zum nächsten Kapitel. – Nur in der Nähe gegangen. – Im Dostojewsky. – Unzufrieden mit der Nachmittagsruhe. – Frau Révy zum Thee. Telephonierte ausländisch für mehr als 10 Franken, und man sagte ihr, es koste nur 2,60. Unser Schaden. – Briefe mit K.. Schrieb dann selbst noch an Polgar zu seinem Buch. – Eil-Zusendung des »Corriere« mit dem »Fragment über Zola«. – Weiteres von den alten Tristan-Platten 3. Akt. Das Orchester aufmerksam verfolgt. Rückkehr der Buben, deren Feuerwerkskörper zu ihrer größten Erheiterung alle auf einmal verpufft sind. – Spät noch weiter in den Karamasoffs.

Erlenbach, Sonntag den 2. VIII. 53

Wolkig und kühl. Rasiert. Frühstück mit den Buben. Versprach Frido für einen schönen Tag ein Mittagessen in Luft und ein abendliches Feuerwerk. – Schrieb am neuen Kapitel. (Brief an die Eltern.) – Ausfahrt mit K. und den Buben, etwas gegangen. – Karamasoffs. – Ruhe gestört durch Hin- und her Tappen der Buben draußen. Verweis und artige Entschuldigung. – Handschriftlich an Basler und Herrn von Daehm in Brissago. An Ersteren über die verwandte wilde Größe Balzacs und Dostojewskys, die sie zusammen absondern. – Abends Gespräch ohne Musik im Wohnzimmer, Frido neben mir am Boden. – Rubemprés Tod gelesen.

Erlenbach, Montag den 3. VIII. 53

Dunkel, naß und kalt. Was für ein Sommer! – Gebadet. – An Felix' Brief nach Luxemburg. – Etwas hinunter, dem Wagen entgegen gegangen. – Abfahrt Erikas nach Arosa. Es möge ihr gut tun! – Handschriftliches nachmittags. – Golo bezieht Erikas Zimmer. – Brief von Bibi über die Winkelzüge des schlechten Käufers oder Mieters. Er will sein Angebot aufsetzen, das zu prüfen u. mit Festigkeit zu beantworten sein wird. – Abends Vorspiele zu Pfitzners »Palestrina«. Schlechte Aufnahmen, und übrigens hört man besser Parsifal. – »Glanz u. Elend der Kurtisanen«. Unersättliches Erzählen, immer wieder Ausladungen und Retardierungen. Aber auch unersättliches Lesen. – Elektr. Ofen.

Erlenbach, Dienstag den 4. VIII. 53

Morgens blauer Himmel, sehr kühl dabei, dunstig. – An dem Brief nach Luxemburg. – Mit Frido im Wald von Küsnacht. – Beendete »Glanz und Elend«. – Zum Thee der junge Bernt Richter, endlos, fast bis zum Abendessen, komische Marter. Armer, kranker, anständiger Junge. – Müde und gequält. Mühsames Abendessen. – »Geschichte der Dreizehn.«

Erlenbach, Mittwoch den 5. VIII. 53

Schön Wetter, sehr frisch. Frühstück auf der Terrasse. Zu kalt. – Scharfe amerik. Äußerungen gegen Mc Carthy. Großes Staatsbegräbnis für Taft. – Etwas prekäres Weiterschreiben an dem humoristischen Romanbrief. – Zum See hinunter. Dort allein gegangen. Treffen mit A. M. Frey, mit ihm bei Frascati, dann mit ihm nach Hause zum Lunch. – Bücher von W. Bächler. »Merkur« mit Aufsatz von Fritz Ernst über die Simplicischen Schriften und ihre »picaresken« Vorbilder. Hinweise auf den Felix Krull. – Rektal-Reizung, Behandlung mit den beiden Salben. – Kurze Ablehnung von Vortragseinladungen. Brief an den schwer kranken Preetorius. – Konnte abends mangelhafte Musik nicht ertragen und ging, um zu lesen.

Erlenbach, Donnerstag den 6. VIII. 53

Wolkig und stürmisch. Gebadet und das Leiden behandelt. Schurkerei des Muhl in Sachen des Mietsvertrages. Erpressung des Höchstpreises dem Vertrag entgegen, amtlich. Empörung durch den Beitrag zur Zerstörung meines Gemütszustandes; an dem zugleich die »geschäftsmännische« Frechheit des Anwärters auf das kalifornische Haus zehrt. – – Antwortnote der russischen Regierung auf die Einladung zur Viererkonferenz. Ihr ist in wesentlichen Teilen vernünftiger Weise zuzustimmen, obgleich sie als äußerst »plump« bezeichnet wird. Eine Verständigung vollkommen ausgeschlossen, so gut wie schon eine solche über Korea. Zunehmender Ekel vor der Dummheit und Gemeinheit der Menschen. Lebhafte Neigung, vor soviel niedriger Unrechtlichkeit das Feld zu räumen. – – – Etwas am Kapitel. – Zur Seestraße hinab und gestapft. – Doktordissertation, Freiburg, von E. C. Regula über die Philosophie der Krankheit bei mir. Abschnitt über »Faustus« gut zu lesen. – F. Rahns deutsche Sprachlehre für Schüler. Gutes Werk. – Spät zur Ruhe gelegt. Nach oder beim Thee Briefe mit K.. Schrieb dann an Erika u. schickte ihr Preetorius' Brief. Weiteres Handschriftliche. – Abends türk. Kaffee. Keine Musik. Lektüre in den eingelaufenen Dingen.

Erlenbach, Freitag den 7. VIII. 53

Wolkig, Nebel, kühl. Yogurt zum Frühstück. Ausgang des Mädchens. Die Kinder zu den Verwandten nach Lachen. – Weniges am Kapitel. Schlechtbefinden durch das doch so notwendige Abführen. Mich wundert, was die Natur mit mir vorhat. Es scheinen mir traurige letzte Jahre bevorzustehen. – Zum Mittagessen bei Trebitsch u. Frau im Grand Hotel Dolder, Schauplatz einer Leidenschaft, nach deren »Gegenstand« ich mich natürlich vergebens umsah. Konnte sehr wenig essen; war froh, als ich meinen Kaffee-Crême und meine Cigarre hatte. Nichts mehr über den Rest des Tages. Hörte schlechte Lieder von Gräner. Hörte auch »Anakreons Grab« von Wolf, wobei mir die Augen feucht wurden. Las in der Dissertation über »Faustus« und »Joseph«.

Erlenbach, Sonnabend den 8. VIII. 53

Weniges am Kapitel. Mit K. und Frido im Wald. Habe tatsächlich Freude an den Gebäuden, die die Kinder aus ihren Bauklötzen errichten und dann durch »Explosionen« oder dergl. zerstören. – Nach Tische Zeitungslektüre. Die von Amerika den Verbündeten mitgeteilten Abmachungen über die »demokratische« Einigung Koreas und die Wiederaufnahme des Krieges, im Falle daß die Kommunisten ... Das lügenhafte Gerede von der »Unabhängigkeit« des Landes, seiner »Freiheit« (unter Syngman Rhee). Wie dumm, verächtlich und lächerlich das alles! – – Brief an Fr. Rahn über seine deutsche Sprachlehre. – Frühes Abendessen. Mit K., Golo und Moni zur Stadt ins Cinéma: Amerikanisch-pseudokanadischer Film mit Boyer und einem talentierten Jungen, hübsch, aber zu lang. Gingen vor Schluß. Zu Hause Chokolade. Las noch längere Zeit in der deutschen Nachahmung von »Time«, »Der Spiegel«. Geschickt und politisch freisinnig. Über Kafka, forsch. – ½ 2 Uhr zu Bette.

Erlenbach, Sonntag den 9. VIII. 53
Neblig, kühl, schon herbstlich. Zum Frühstück zwei Eier und möglichst fette Bissen. – Am Kapitel. – Mit den Buben in Luft zum Wermut, Weißwein und Emmenthaler. – Frido erzählt derbe Geschichten aus seinem Internat, dessen Leben er sehr gern hat. Macht nach, wie der Direktor lacht: »Höff, höff.« – Längeren Brief diktiert an die Lowe über ihren Roman. Danach handschr. Brief an die Dr. Regula in Saarbrücken. – Abends Rückkehr Klaus Pr.'s aus Deutschland. – Las ohne Interesse einiges im Berliner »Aufbau«. Höchst liberale Erklärungen, Vorschläge und Vorsätze des »Kulturbundes z. dem. Ern. Deutschlands.« Flausen. – Golo berichtet von einer scharfen Rede Malenkows, die um Frankreich wirbt, überhaupt den europ. Westen gegen Amerika ausspielt.

Erlenbach, Montag den 10. VIII. 53
Klarer Tag. – Frido küßt mich zum Guten Morgen und hat beim Brechen eines Wunsch-Hühnerknochens gewünscht, daß der Opapa immer gesund sei. – Etwas am Kapitel. – Mit K. allein in Wald und Wiese. – Zeitungslektüre. Dann eine neue Sendung erstaunlich hoch lobender deutscher Besprechungen von »Altes und Neues« (Sieburg!) – Briefbeschwerungen. Interview über Lyrik zur Korrektur. Widerwärtig, weil so schlecht. – Zum Abendessen Emmy Oprecht und Mme Duby. Erörterung unserer Übersiedelung an den Genfer See. Maria zur Bedienung. Gut, ein vernünftiges Menschenkind um sich zu haben, statt der Närrin.

Erlenbach, Dienstag den 11. VIII. 53
Andauer des schönen Wetters. Frühstück auf der Terrasse. – Lunch mit Flinkers, Vater und Sohn, im Garten von Schönau in Erlenbach.

Erlenbach, Donnerstag den 13. VIII. 53
Hundstage, sehr warm. Mittags im Wald gestern. Abschiedsabendessen mit Klaus Pr., der heute nach Genua fährt, sich nach Japan einzuschiffen. Hörten den 3. Akt »Lohengrin«, aus Bayreuth gesendet. Sehr schöner Vortrag der Gralserzählung. Zu langsame Tempi im Brautgemach. Zauberhafte Musik, dazwischen viel Leere. – Las auf Verlangen den Cirkus-Abschnitt aus »Krull«, den der Hörer höchlichst bewunderte. Verabschiedung von ihm bis wer weiß wann. Golo hat ihn heut in der Frühe fortgebracht. – Kryptische Antwortzeilen Bechers. – Kabel der Kinder aus P. P.: neues Kaufangebot auf das Haus: 50 000 Dollars, von denen die letzten 5000 im Lauf von 3 Jahren zu zahlen. Bedingt durch die erreichbare Höhe der Hypothek. Anzunehmen und am Genfer See etwas Geräumiges zu kaufen. – – Am Laufenden. – In hellstem Anzug zur Stadt. Einkauf von Schuhen mit »Air line«-Sohlen. Dann im Tabakladen. – Bücher-Einlauf. – ½6 Uhr nach Obermeilen zum Besuch von Alt-Bundesrat Nobs u. seiner Frau. Mit ihnen unterm Birnbaum im Garten. Wein. Höchst kleinbürgerliche Umgebung. Gutmütig-lustiges Gespräch des Schweizer Würdenträgers. Zeigt zwei kürzlich von ihm gemalte Bilder. – Zu Hause Abendessen ohne Mädchen. Frido schreibt eine kindliche kleine Kriminalgeschichte, die ich abends lese und beurteile. – Las in »Altes und Neues« einiges nach.

Erlenbach, Freitag den 14. VIII. 53
Dasselbe Hochsommerwetter mit leichtem Herbsteinschlag, dunstig. – Angewidert von der hirnlosen Unordentlichkeit des Mädchens Charlotte. Man muß sich ihrer entledigen. Übrigens auch dieses Hauses mit seinen beiden winzigen Küchen

und den unbrauchbaren Eisschränken, die K. zur Verzweiflung bringen. Bauten wir hier in der Nähe, und ich hätte ein Sofa in meinem Arbeitszimmer und ein eigenes Badezimmer, so wäre ich zufrieden und wir brauchten nicht ins Französische. Fragt sich nur, ob sich für mich noch das Bau-Unternehmen lohnt. – – Tagüber fast nichts geleistet. – Gang im Küsnachter Tobel. – 7 Uhr Abendessen und danach mit K. und den Buben zum Cirkus Kniee. Langes erstklassiges Programm voller Komik und Reiz. Wunderschöne Pferde. Ausgezeichnete und gewinnende Raubtier-Dressur ohne Käfig, nur mit die Manege umgebendem Gitter. Tiger, Leoparden, Löwen, Tiger. Freundschaftliches Idyll des Dompteurs mit einem Löwen. Kuß auf die Schnauze. Artisten von internationalem Ruf und erstaunlichen Leistungen. Liebenswürdigster Eindruck das jüngere männliche Mitglied der »Mars-Gruppe«, schönster Wuchs, Gleichgewichtskünstler von unerschütterlicher Nervenruhe und freundlichem Gesichtsausdruck. Viel unwiderstehliche Groteskkomik. Toni sank oft vor Lachen mir auf den Schoß. Frido beobachtete mehr mein eigenes Lachen. Füllhorn splendider Gaben. Menge gutmütiger Elefanten verschiedener Größe. Schlangenmenschen (einer ganz jung). Musikalische Komiker und so fort. – Spät nach Hause, spät zu Bette.

Erlenbach, Sonnabend den 15. VIII. 53

Leicht bedeckt, aber warm. – Müde. – Half gestern Frido bei der Verbesserung seiner unsinnigen kleinen Märchen-Erzählung, die er an eine Kinder-Zeitschrift schicken will. – Etwas am Laufenden. – Ging nur zur Bank hinauf und las dort die Zeitung. – Die »Neue Rundschau«, in der ich etwas ganz Interessantes über Tacitus las. Artikel von Schneditz über die ägyptische Landschaft im »Joseph«. – Nachmittags Brieferledigungen diktatweise und handschriftlich. Abends zum türk. Kaffee einige Lieder und Valentin-Platten. Kühleborns »O kehr zurück« mit Chor aus »Undine«, woher das O kehr zurück, du kühner Sänger aus »Tannhäuser« stammt.

Erlenbach, Sonntag den 16. VIII. 53

Nachts Wetterkrise, Sturm und Blitzen. Merkte nichts davon. Heute Regen. – Müde und unwohl. Sollte wahrscheinlich die Schlafmittel einstellen. Schuld mag übrigens der Zustand meines Darmes sein, der nur alle paar Tage durch Sennis oder Cas Evac zur Entleerung gekriegt wird. – Etwas am Laufenden. – Regen-Spaziergang mit K. und den Buben nach der Kittenmühle, Arm in Arm mit Frido. – Gelesen in »Aller Tage Anfang« von Taucher und in einer neuen Sammlung von Briefen Rilkes. – Geschrieben einen Brief über Gedichte. Abends etwas Musik. Neues Vergnügen an »Archibald Douglas«. – Einschränkung der Schlafmittel.

Erlenbach, Montag den 17. VIII. 53

Besserung des Wetters. Frühstück, meine Hauptmahlzeit, mit Kaviar. – Bewegende Besprechung von »Altes und Neues« in der »Neuen Literarischen Welt.« Dazu ebenso positive Anzeige von Lessers Buch. – »Le Doctor Faustus et ses modèles« in »La Revue du Caire«. – Wandte beinahe den Vormittag an diese Lesungen im Gefühl des Tadelnswerten. – Tagüber nichts geleistet. Las den Aufsatz in der ägyptischen Zeitschrift, deren Verfasserin gut Bescheid weiß. – Antwortbrief des von Brück in Sachen der »Betrogenen«. – Dank von den Riemerschmids in München. »Erfreute« Unterfertigung der alten Ida R.-Hofmann, die mich einst entzückte. Nachdenkliche Wehmut. – Abends Stücke aus der Winterreise. Der unsterbliche Lindenbaum.

Erlenbach, Dienstag den 18. VIII. 53

Klares Wetter. Recht dünner Schlaf durch Einschränkung der Mittel. – Schrieb etwas weiter. (Audienz beim König). – Wiesengang mit K.. – Wieder mehr Balzac gelesen (Soziale Betrachtungen in L'histoire des treize). – Briefe von der Lowe, dankbar für die Beurteilung ihrer Novelle, und von Lion, der über seine Unterhaltungen mit Erika schreibt. – Diese schickt ihren Brief an »Film-Aufbau«, den ich an Dr. Hirsch weitersandte, zusammen mit anderen Papieren, für die seinen Rat brauche. –

Erlenbach, Mittwoch den 19. VIII. 53

Klares Wetter mit Herbsteinschlag. ½ 8 auf. Gebadet. – Etwas am Laufenden. – In der Stadt zum Haarschneiden. – Manuskript aus Israel über den »Erwählten«, verwirrend überinterpretiert. – Brief an den Hyperion Verlag über den Roman des jungen Taucher. – R. Schweizer zum Abendessen. Nach dem Kaffee Vorlesung aus Krull, beim Hehler. War müde u. hatte nicht Freude dran. Golo fuhr mit dem Gaste ab zu einer Reise nach Salzburg, Heidelberg etc.

Erlenbach, Donnerstag den 20. VIII. 53

Andauer des klaren Wetters. Frühstück auf der Terrasse. Problem Mönchen, die klebt und nicht geht. Sturz des Mossadeg in Teheran. Bluttaten. Der Schah von dem Umsturz zu seinen Gunsten in Rom benachrichtigt. Die Armee Herrin der Lage. Das Volk gebärdet sich fanatisch kaisertreu. Steht Amerika dahinter. Der Gestürzte, dessen Außenminister in Stücke zerrissen wurde, »wollte das Land an Hammer und Sichel ausliefern«. – – Schönes Buch über M. Reinhardt (Heinz Herald), von Rowohlt gesandt. – – Am Laufenden. – Mit K. und Frido im Küsnachter Tobel. Schulkinder mit weißköpfigem Lehrer, der sprach: »Gott grüttsie mit einand!« – In der Encyklopädie über Lissabon und Portugal. – »L'Histoire des treize.« – Dank nach Heidelberg für die Rilcke-Briefe.

Erlenbach, Freitag den 21. VIII. 53

Rückkehr zur »Combination«, was mir gut tat. – Nachts Gewitter. Heute getrübt. Frido zärtlich. Hat gestern Abend nach seiner Wurmkur gewaltig gegessen: Ein großes Schnitzel mit Spiegelei, dann Gefrorenes, das er ganz allein aus der Schüssel zu essen im Begriffe war. Tadelte seine Gier, worauf er sofort, sehr besorgt um meine Gunst, mit seinem einschmeichelndsten Lächeln reagierte. – – Am Laufenden. – Stieg bei leichtem Regen zur Bank hinauf. – Nachmittags einiges Handschriftliche. – Abends Vorbereitung auf die morgige Veranstaltung.

Erlenbach, Sonnabend den 22. VIII. 53

Vor 10 Uhr Fahrt zum Studio Zürich. Dort der Manager und die Herren Jancke, Weber und Helbling. Im Zimmer der Bandaufnahme am akustischen Tisch. Einleitung Janckes, dann sprach ich 10 Minuten, dann die Diskussion zwischen den beiden Literarhistorikern, in die die Ditters-Anekdote einschaltete, später die Vorlesung der Kindsfund-Episode aus dem Erwählten. Spielte vielleicht eine zu dominierende Rolle. Aber der Rundfunk-Mann schien befriedigt. Brachten Jancke und Weber im Wagen ein Stück Wegs. War abgespannt dann tagüber. Schrieb nachmittags ein paar Kleinigkeiten. Las abends in L'histoire des treize. – Regengüsse und mehrere Gewitter heute.

Erlenbach, Sonntag den 23. VIII. 53

Wolkig mit Bläue. – Am Laufenden. – Mittags mit den Buben nach Luft. – Nachmittags ein Brief an Mr. Löwenson in Tel Aviv über sein Manuskript, Interpretation des »Erwählten«. – Abends Eintreffen Golo's mit dem Hunde Boris aus Strobl, wo er auch das Mädchen Maria zum Oktober engagiert hat. – Weiter in »L'histoire des treize«.

Erlenbach, Montag den 24. VIII. 53

Klares Wetter. – Das amerik. Formular, das beim Konsulat wegen des Hausverkaufs einzureichen, läßt auf sich warten. – Problem der Versorgung des Hundes, wenn Golo und die Kinder fort sind. War recht leichtsinnig, ihn kommen zu lassen. – Am Laufenden. Änderungen den König betreffend. Brit. Encyklopädie. – Ging mit dem Hund an der Leine hinab dem Wagen mit den Kindern entgegen. Diese treffen Abreise-Vorbereitungen. Säuberung des Spielplatzes im Vorzimmer. Wiederausbreiten des Teppichs. Das Ende ihrer Ferien wird für K. eine Erleichterung sein. – Schrieb nachmittags Brief an die Verfasserin des Faustus-Artikels in der Revue du Caire, nach Wien. – Abends zu dritt mit Golo Erörterung der Frage unserer zukünftigen Wohnverhältnisse. Dies Haus zum 1. April unbedingt aufzugeben. Nächsten Monat Umschau am Genfer See mit anschließendem Aufenthalt in Lugano. Vorwiegend Neigung: zu *bauen* und zwar hier, wenn es für ca 200 000 Franken nach unseren Bedürfnissen zu machen ist, sei es über Erlenbach (Grundstücke des Metzgers) oder in Herrliberg, Forch, Meilen. Ein geräumiges Wohnzimmer! Ein Arbeitszimmer mit Platz für ein *Sofa*! Ein eigenes Bad bei meinem Schlafzimmer! – – »Das Mädchen mit den Goldaugen«. Geschwollene Erotik.

Erlenbach, Dienstag den 25. VIII. 53

Nasses Wetter. Die Buben heute in Zollikon, reisen morgen. Golo heute ins Engadin, wird bis Anfang September abwesend sein. – An der Audienz beim König. – Hinab zum Restaurant Schönau, verfehlte den Weg und kam verspätet u. erschöpft an. K. hatte sich gesorgt. Aß Marksuppe, eine Forelle und Pèche Melba. – Beendete zu Hause »Das Mädchen mit den Goldaugen«. Kühn und übertrieben. – Schlief etwas. Schrieb flüchtig an Brann in Washington. Erika traf wieder ein, mit Bronchialkatarrh. –

Erlenbach, Mittwoch den 26. VIII. 53

Bedeckt, herbstlich kühl. – Der Hund übernachtete bei K.. Kam zu mir, als ich um 4 Uhr aufstand. – Toni muß wegen seiner ungeklärten Gesichtshaut-Symptome noch hier bleiben zu ärztlicher Beobachtung. Siedelt nach Zollikon über. – An der Audienzerzählung. – Auf dem amerik. Consulat wegen Beglaubigung der Verkaufs-Vollmacht. Fuhren zum See, von wo ich zu Frascati zum Wermuth ging. Dort abgeholt von K.

und den Buben. – Nach Tische, oben[,] nahm Frido von mir Abschied, in Tränen. Hat auch fortgeweint auf der ganzen Fahrt mit Erika zum Bahnhof. Werde sein liebes Wesen vermissen, aber für das Haus, für K. ist es doch eine Erleichterung, daß die Kinder gehen. – Zum Abendessen Bruno Walter mit Lotte. Freundschaftliche Unterhaltung. Mosers melden, daß Toni's Symptome in der Klinik als harmlos beurteilt werden, und daß er morgen in sein Internat abgeht. – Balzacs »Junggesellenwirtschaft«. Bewunderung des packenden Erzählers und Gesellschaftskenners.

Erlenbach, Donnerstag den 27. VIII. 53

Trüb und kühl. Der Hund Boris ein gutes, angenehmes und dankbares Tier, das sich rasch anschließt. Fühlt sich wohl auf seinen Decken unten bei der Haustür, wo er nun die Nacht verbringt. – Am Laufenden. Gingen mittags zur Kittenmühle mit Boris spazieren, der sich sehr artig benahm. Ein angenehmer Hund. – Nach Tische Manfr. George mit Rechtsanwalt Kempner. Nach dem Thee kurze handschr. Korrespondenzen. Ablehnung von Besuchen. – Zum Abendessen Prof. Karl Löwenstein von Amherst. Dämlich, aber anhänglich. Entzückt von der Zuger Kirschtorte. – »Junggesellenwirtschaft.« Ist »Issoudun« erfunden oder wirklich?

Erlenbach, Freitag den 28. VIII. 53

Gebadet. Klar, aber sehr kühl und herbstlich. Beim Frühstück mit Erika über Mallorka oder Madeira für den Winter. – An dem Audienz-Gespräch. – Mit dem Hunde ausgefahren und auf der Straße am Rande des Waldes gegangen. – Erika hatte Lunch-Zusammenkunft mit dem Göttinger Filmdirektor und wird nächster Tage nach Göttingen fahren zu Arbeitskonferenzen wegen »K.H.« – Nachmittags Reihe von Briefdiktaten an K.. – Hörte abends die Leonoren Ouvertüre Nummer III, wie immer mit größter Bewunderung. Las im »Faustus« nach – und einiges Weitere. Adrians überintelligente, spröde und hochmütige Jugend nahm mich wieder ganz ein. Die Neigung zur Bewunderung des früher Gekonnten – bedenklich.

Erlenbach, Sonnabend den 29. VIII. 53

Klar, leicht dunstig, herbstlich. K. gleichfalls angetan von dem Faustus-Aufsatz in »Revue du Caire«. – Am Audienzgespräch. – Mit dem freilaufenden Hund die Lerchenbergstraße hinab, dem Wagen entgegen, mit dem K. die Trebitschs zum Mittagessen brachte. Nach ihrem Weggang in »Ménage de garçon.« Prächtig! – Nachmittags Brief an den Buchhändler-Börsenverein in Frankfurt. – Liederabend. Mich freut die Innigkeit meines Lauschens auf Musik.

Erlenbach, Sonntag den 30. VIII. 53

Klarer Herbsttag. Frühstück mit Erika. Allerlei Verabredungen wegen ihrer und unserer Reisen, wegen Moni, Golo, der Benutzung der beiden Wagen etc.. Mein Befinden im Ganzen jetzt besser, als es war. Was meine Stimmung niederhält, ist die Unabsehbarkeit der Krull-Arbeit, deren Vollendung ich mir nicht zutraue. Hätte ich nur eine beschränktere – und würdigere. – – An dem Audienzgespräch. – Mit dem Hund im Küsnachter Tobel. Er entwischte zur Jagd; ist in waldiger Gegend an der Leine zu halten. – In »Ménage de garçon«. Prächtig fabuliert. – Nachmittags recht unwohl. – Vor 7 Uhr mit den Töchtern zum Gr. Hotel Dolder: Champagner-Cocktail und Abendessen mit Walters. Wenig gegessen. Kaffee im Salon. W. entpuppte sich als mein Vorgesetzter durch sein Abzeichen als »Commandeur«. Freundliche Unterhaltung. Fuhren 10 Uhr heim. Freudengeheul des allein gebliebenen Hundes.

Erlenbach, Montag den 31. VIII. 53

Sehr reines, jetzt wieder warmes Wetter. Golo rief beim Frühstück aus Sils Maria an, wo es wunderbar schön sei. – Endgültige Kündigung der verhaßten Magd Charlotte. – Viel postalische Beschwernisse. Anmeldung von Besuchern, amerikanisch, japanisch. Briefchen von Frido und Toni. – »Große Welt« im Hotel gestern. Ein halbwegs hübscher junger Kellner im Speisesaal, nach dem ich zufällig ausgeblickt, reagierte sofort mit bereitwilligem Schauen. Sah aber, daß weiter nichts zu hoffen. – In der Halle, beim Cocktail, entzückender Zwergpudel. – – An dem Audienz-Gespräch. – Mit Boris im Walde, wo man ihn leider festhalten muß. Seine Erregung dort, Wildwitterung. – »Døden i Venedig« von Gyldendal. – Beendete »Ménage de garçon«. Begann »Recherche de l'Absolu«. – Sorgfältig geschriebener Brief an Dr. Brunner wegen Überlassung eines Teils seines Grundstücks hier oben. – Abends Abreise Erikas nach Göttingen. Aussichten sehr schlecht, da das Drehen beginnen muß und nicht viel mehr zu retten sein wird. Klaus Heinrich besetzt mit einem Star hoch in den Vierzigern. Das Drehbuch elend. Las etwas nach über die Figur Überbeins, die völlig entleert und verpfuscht. – – Nach Tische Besuch von Mr. Kubik, der eine Oper aus »Mario« machen will ungeachtet der Mailänder Ballet-Bearbeitung. Netter, lustiger, entschlossener junger Mann.

Erlenbach, Dienstag den 1. IX. 53

Klar, hochsommerlich. – Beim Kaffee mit K. über die Zimmer-Einteilung des etwa zu erbauenden Hauses, die Maße u. die notwendigen Bäder. – Hübscher, guter Brief von Dr. Weber über unser Radio-Gespräch. Wie ich gesprochen und gelesen! Will später seinen Söhnen von mir erzählen, quand ils auront vingt ans. – – An dem Brief nach Luxemburg. – Im Wald mit dem Hund, den wir laufen ließen. – Las mich in Balzacs »Alchymisten« hinein. (Die Vermögensverhältnisse?) – Handschr. Brief von Knopf aus Paris. Ein von Warburg aufgeforderter Übersetzer hat den Auftrag abgelehnt, because he doesn't like the story. Etwas shocking. – Schrieb an Dr. Weber. – Abendgang über die Wiesen.

Erlenbach, Mittwoch den 2. IX. 53
Andauer des klaren Spätsommerwetters. Frühstück auf der unteren Terrasse. – Am Laufenden, gelangweilt. – Im Wald mit dem Hund. – Im »Alchymisten« weiter. – Zum Thee japanischer Professor, sehr unergiebig. – Brief von Reisiger über die »Betrogene«. – Abends Bratschen-Lieder von Brahms. – Anruf Erikas, die zu retten sucht, was zu retten ist.

Erlenbach, Donnerstag den 3. IX. 53
Wetter beginnt zu schwanken. Windkrisen. – Reclam schlägt neues Bändchen der Universal-Bibliothek vor mit »Schwere Stunde« und Essays. Bedenkliche Ansammlung unerledigter Korrespondenz. – Telephonische Verständigung durch den Dr. Brunner, daß er seinen Grundbesitz hier nur im Ganzen verkauft. – Greuliches Stöbern, Großreinemachen und Teppichklopfen der Magd Charlotte, die durch krampfhaften Fleiß ihre Stellung retten will. Jene Maria aus Strobl hat aber für den 1. Oktober schon zugesagt. – – Am Laufenden. – ½1 Ausfahrt mit einem Grundstück-Agenten. Umschau in Herrliberg und Küsnacht. Unerschwingliche Preise, deprimierend. – Nach Tische Herr [Lücke i. Ms.] aus Barmen-Elberfeld, von Rapperswil kommend. – Brief von Frau Wedekind in Sachen einer neuen Ausgabe seiner Werke und des Einschlusses meines Aufsatzes über ihn. – Büchersendungen. – Abends Schauspielhaus, Eröffnungsvorstellung, Balkonloge, Smoking. Besuche von Wälterlin, Hirschfeld, von Salis. »Minna von Barnhelm«, reizendes dramatisch gewitztes Stück, hübsche Aufführung, einige Figuren zu dünn. In der Pause im Oberstock des Restaurants Kaffee mit Richard Schweizer. Gelungene Riccaut-Szene. Im Programm Hinweis auf meine Lessing-Aufsätze. Zu Hause Chokolade. Spät zu Bett.

Erlenbach, Freitag den 4. IX. 53
Haltbarkeit des Wetters. Kühler. – Drohrede des Dulles vor den Legionären. Wilde Resolution nachher. Konflikt Ameri-

kas mit den U.N. wegen der Entlassung amerikanischer »Kommunisten«. Wilde Senatoren-Reden. – – Sehr wenig am Kapitel; zu müde. – Schattenstraße am Wald mit dem Hund. – »Spiegelungen«, Gedichte von Mela Hartwig, hübsch. In »Perspektiven« interessantes Stück Erzählung »Der Reisende« des Amerikaners Wallace Stegner. Kleines Novellenbuch von Ilse Aichinger »Der Gefesselte«, recht merkwürdig. Der »Merkur« beschäftigte mich auch. – Zum Abendessen Emmy Oprecht. Über die Ratsamkeit, nach nahrhaftem Frühstück nur ganz leicht zu lunchen und um 7 Uhr die Hauptmahlzeit des Tages zu halten. Vorsatz, Oktober damit zu beginnen. Den Frühkaffee weglassen. – Nachmittags viele Briefe mit K. – Reclam.

Erlenbach, Sonnabend den 5. IX. 53

Serie schöner Tage, mit starker Sonne mittags, setzt sich fort. Unruhig geschlafen. Morgens kühl und dunstig, sodaß beim Frühstück auf der Terrasse verfroren. – Gegen das Ende des Loulou-Briefes aus Lissabon. – Ging mit dem Hund zur Seestraße hinab. Konnte mittags leidlich Fisch u. Erdbeerkuchen essen. – Rektal-Mißlichkeiten zu behandeln. – ¾6 Thee. Ins Stadttheater zum *Lohengrin*, von dem wir zwei Akte hörten. Genialität des Vorspiels, nie genug zu bewundern. Später Wechsel von Leere und schönster Musik. Gute Elsa, gutes Dunkelpaar, der Lohengrin so mies, daß wir den 3. Akt nicht mit ihm hören mochten, wobei Hitze u. Müdigkeit mitsprachen. Ein wirklicher Fehler Wagners war mir noch nie aufgefallen. Im II. Akt blasen die Fanfaren Trompeter, königlich oder brabantisch auf einem Söller des Palast-Münster-Komplexes das *Gralsmotiv*. Wie kommen sie dazu? Es ist nicht ihre Sache und das Symbol einer Welt, von der sie nichts wissen. Es war dem Orchester vorzubehalten und durfte nicht in der profanen Welt erklingen. Haben die Bläser das Vorspiel gehört? Haben sie das Motiv bei des Ritters Ankunft vernommen? Das ist keine Idee. Man sollte auf den entschiedenen dichterischen Fehler aufmerksam machen. Das Motiv könnte geblasen werden draußen im Theater, zur Aufforderung für das Publikum seine Plätze wieder einzunehmen, aber nicht im Stück auf der Bühne, ohne daß Lohengrin schon »erzählt« hatte. – Zu Hause Fleischbrühe und etwas dazu. Las noch im »Merkur« von und über Kaßner, dessen 80. Geburtstag gefeiert wird.

Erlenbach, Sonntag 6. IX. 53

Dunstig klar, schön. – Recht gut ausgeruht. – Am Schluß des Briefes aus Lissabon. – Schon früh mit Dr. X, Zürich, Grundbesitzer u. Angehöriger einer Baufirma in seinem Volkswagen fort zur Fahrt nach Meilen, Stäfa etc. Besichtigung mehrerer Grundstücke, von denen wohl eins oder das andere in Betracht kommen könnte. – In den Geschichten der Aichinger. Nachmittags längerer Wohltätigkeitsbrief an die Herz in schneller Schrift. Drucksachensendung. – Vorm Abendessen Ankunft des sonnenverbrannten Golo, der das obere kleine Zimmer bezieht. Mit ihm im Wohnzimmer beim türk. Kaffee.

Erlenbach, Montag den 7. IX. 53

Andauer der Schön-Wetter-Serie. – Wahlsieg Adenauers, wie es scheint mit großer Majorität, in Westdeutschland. Das Volk habe sich eklatant für seine »Integrationspolitik« und »gegen allen Radikalismus« entschieden. Der Linksradikalismus, das sind die Sozialdemokraten. Man hat sich, wie zu erwarten, entschieden für Stabilität der Mark, ungestörten Wiederaufbau, Ordnung und ruhiges Geschäft. Nun gut, für den Augenblick. Die Teilung Deutschlands hat gute Aussicht auf Dauer, wie Adenauer es sich wünscht. – – Den Brief Krulls geschlossen. Weiter. – Im Wald mit K.. Boris jagte. – »Der Alchymist«. – Zum Thee Mr. Morton, österreichisch-amerikanischer Schriftsteller, Verfasser von »Asphalt and Desire«, intelligent, nicht unangenehm. Längeres Gespräch, während dessen es bei offenem Fenster sehr kühl wurde. Akuter

Schnupfen. Nach dem Abendessen mit Golo im Wohnzimmer. Beethovens Triple-Konzert. Das Teppichmusterartige der Musik. Gespräch über noch aus P. P. einzuholende Möbel, die Sofas. Die Verbautheit und Verranntheit der amerikan. Politik.

Erlenbach, Dienstag den 8. IX. 53

Schönwetterserie weiter. In Schnellschrift 5 seitiger Brief an Reisiger, den für Oktober einlud. – Mit dem Hund zur Seestraße hinab. – Gelesen mit Vergnügen in Barker Fairley's Six Essays on Goethe's »Faust«. – Abends notgedrungen zum Kongreßhaus, das jugoslavische Ballet zu sehen. »Romeo u. Julia« von Prokowjew. Nichts langweiliger als das. Eine Viertelstunde die hübschen Beine junger Leute zu sehen, ist genug. Übrigens alles ganz ansprechend, aber der Saal zu groß, die Bühne zu klein. Machten uns in der Pause aus dem Staube, vorgebend, daß K. an Nierenreizung leide. Zu Hause leichtes Abendessen. Dann noch in Prof. Fairley's Buch.

Erlenbach, Mittwoch den 9. IX. 53

Schönwetter-Serie. – Beim Frühstück Rückkehr Erikas nach erfolgreicher Tätigkeit in Göttingen. Meint, daß ich doch schließlich an dem Film einiges Vergnügen finden werde. Die Besetzung teils falsch, aber prominent. Dialog zum Staunen der Dummköpfe aufgebessert. – 10 000 Mark aus Ost-Berlin, höchst willkommen, wie alles Geld. Haben just 200 000 Franken zu wenig. – Voranschlag für ein zu bauendes Haus mittlerer Qualität: 170 000 Franken. Mit Hypothek allenfalls zu machen. – – Etwas am Kapitel. – Zur Stadt, Pediküre. – Margarethe Riemschneider: Homer: Über das Parodistische; Götterschnurren. – Signierung von Bögen der Faksimile-Ausgabe der »Betrogenen«. – Abends mit Erika im Wohnzimmer. Genugtuung über ihren Erfolg in Göttingen. Mögen sich ihr die Gelegenheiten mehren, ihre Gaben zu bewähren! – Wind, Krise.

Erlenbach, Donnerstag den 10. IX. 53

Bedeckt, bevorstehender Regen. – Brief von Bermann aus Frankfurt. Erscheinen der »Betrogenen« am 16.. – Gegen Reclam. – Günstiger Geschäftsbericht. – – Etwas am Kapitel. – Nicht ausgegangen wegen unwirtlichen Wetters. – Packerei für die Reise. Beschäftigung damit nach dem Thee. Brief an Bermann. – 7 Uhr Abend-Imbiß. Mit K. zum Schauspielhaus, wo Erika uns erwartete. Parterre-Loge rechts nach Begrüßung des Schweizer Paares. Englisches Kriminalstück mit dem deutschen Titel »Auf Anruf – Mord«, inszeniert von Hirschfeld. Gut erdacht und von Gästen gut gespielt. Hübsches, solides Zimmerbild. In der Pause Kaffee mit Schweizers u. a. oben im Restaurant. In zwei Wagen nach Hause. Regen. Suppe und Zwieback. Spät zu Bette.

Erlenbach, Freitag den 11. IX. 53

Reisetag. Fest geschlafen. Wetter trüb, aber nicht ganz schlecht. Packen. Ans Notwendige denken. Arbeitspapiere in der Mappe. Abfahrt mit der Minx wohl um 11 Uhr. –

Vevey, Trois Couronnes, Sonnabend den 12. IX. 53

Gestern verspätete Abfahrt mit Erika bei unerwartet günstigem Reisewetter. Unausgeschlafen, sodaß mein Genuß der Fahrt nicht so lebhaft wie sonst. Nach *Bern* zu Strichs, die uns mit Freundschaft empfingen. Mittagessen mit ihnen im Silvahaus. Erika mit der Frau und ihm über die rätselhafte oder, wie nachgerade zu fürchten, nicht mehr rätselhafte Krankheit, deren der arme Mann wahrscheinlich kundig. Dies wenigstens E.'s Vermutung. »Die Betrogene« kein passendes Geschenk für sie, wenn es sich auch um ein anderes Organ handelt. – Nachmittags weiter. Landschaftliche Schönheiten. Ankunft hier ca 7 Uhr. Bekamen Fürstensuite im I. Stock mit großem Salon und Terrasse. Nach dem Auspacken und schlafartigen Ruhen auf der Chaiselongue Abendessen im Speisesaal und starken Kaffee im Salon. Nach wenigen Seiten Balzac fest geschlafen.

Heute Milchkaffee (spärlich) und Ei im Salon. Klares Wetter über See und Bergen. Müde, unabgeführt. Gegen 11 Ausfahrt mit einem der Agenten. Sahen ein Haus, das sehr passend wäre, aber durch die fortwährend vorüberlärmende Simplonbahn unmöglich gemacht wird. Alles Weitere kam nicht in Betracht. Wenn nur nicht unsere Mittel mit unseren Ansprüchen so mangelhaft übereinstimmten! Das deprimiert mich immer wieder. – Lunch auf der Gartenterrasse des Hotels. Muß mich zum Essen zwingen. Schlecht im Leibe. – 3 Uhr fuhren K. u. E. mit anderem Agenten wieder fort. Ich saß, wenig lesend, mit der Cigarre auf unserem Balkon, schlief dann auf der Chaiselongue, nahm Thee nach 5 Uhr. – Lasen Baseler Nationalzeitung und Le Monde. Aus Frankfurt Vorschläge zu einer E.W.G., die sich gegen Amerika absetzt und Puffermacht zwischen Ost und West bildet. Dies hat mein Interesse. – Die Frauen zurück mit sehr seriösen Eindrücken von 2 schön gelegenen Häusern in *Montreux*. Lebhafter Bericht darüber. Muß Montag selbst sehen. – 7 Uhr abgeholt von Chaplins Wagen. Kurze Fahrt zu seiner prachtvollen Besitzung mit Riesenpark. Herzlichste Begrüßung durch den mimisch überaus lebendigen Mann, die rührende Frau mit den 5 Kindern. Parade der Kleinen. Apéritivs im Kaminzimmer. Vorzügliches Souper mit Champagner. Lebhafte, vielfach politische Unterhaltung in Englisch wieder einmal, beim Essen und Kaffee. Über Amerika, über Lime light etc. So angenehmer Abend, wie ich ihn seit langem nicht hatte. Freude am Luxus. – Einladung für morgen gleich wieder.

Vevey, Sonntag den 13. IX. 53

Gut geschlafen. Heiteres Wetter. Gebadet. Aber nach dem Frühstück (Thee und Eier) gleich wieder Angegriffenheit und Müdigkeit. Mit K. über die Häuser-Probleme, und daß wir von Lugano noch einmal zu genauerer Umsicht hierher zurückkehren sollten. – Photographieen vom Göttinger K.H.-Film; hübsche Szenen. Der Prinz sympathisch. Imma fehlt noch. Gab Auftrag, neu daß die linke Hand mehr zu verbergen, ihr Rücken gelegentlich zu reiben sei. – Bücher von Maurice Sandoz, hier, von Chaplin überreicht, mit Widmung, Illustration. »Neues Erinnern«, leichte Skizzen. – Mittags von Chaplin mit seinem Wagen abgeholt. Mit ihm zu seinem fürstlichen Anwesen, dessen Park herrlich vor dem schlichten und geschmackvollen, geräumigen Hause sich ausbreitet. Blick wunderschön auf den See und den Dent du Midi. Lunch mit ihm allein vorm Hause unter dem Pfeilerdach. Vorzügliche Küche. Freude am Reichtum wieder. Gespräch wieder vorwiegend politisch. Die Kinder wieder, auch droben das Allerjüngste, winziges Baby, ein Knabe. Charlie brachte uns auch selbst wieder zurück, und ich genoß, sehr müde, die einstündige Ruhe auf der Chaiselongue. Thee auf dem Balkon. Schönstes Wetter. Erika telephoniert mit dem Göttinger Regisseur. Zu dritt Besprechung der Lage. Grundsätzliche Gewöhnung an den Gedanken, in diesem Teil des Landes zu siedeln. Er bietet Okkasionen von Geräumigkeit, die bei Zürich unerreichbar. Es ist mit Hilfe des Agenten in Montreux noch Mehreres zu besichtigen. – – –

Lugano, Mittwoch den 16. IX. 53, Villa Castagnola

Am Montag Häuserbesichtigungen in Montreux. Entschieden interessant und den Wünschen entsprechend das von einem Holländer erbaute, herrschaftliche, geräumige u. in der Einteilung praktische, mit genügend Bädern, das für 200 000 Franken zu haben sein wird. Diese müßten allerdings aus Californien erst da sein. Frage der nochmaligen Rückkehr dorthin Ende des Monats. (?) – Fuhren am früheren Nachmittag von Vevey ab bei noch gutem Wetter und waren gegen Abend in *Brigue*. Minderes Hotel, in dessen Speisesaal wir zu Abend aßen. Gestern, Dienstag, Weiterfahrt über den *Simplon*-Paß, an den sich zu unangenehmer Überraschung eine lange, sehr schlechte Paßstraßenfahrt nach *Locarno* schloß. Dort ca 2 Uhr. Mittagessen im Restaurant nahe der Schiffslände

(Suppe, süßes Omelette und Kaffee.) Dann nur noch ¾ [Stunde] auf vorzüglicher Straße hierher. Wiederabstieg in dem heimatlichen, komfortablen Hotel Villa C.. Begrüßung des Personals. Bekanntes Balkonzimmer. Ruhte auf der Chaiselongue, während K. auspackte. 7 Uhr holte Erika Walters vom Parkhotel. Sein Geburtstag. Schenkte ihm »Die Begegnung« und die Buchausgabe der »Betrogenen«, von der mehrere Exemplare, sehr wohl gedruckt und ausgestattet, nebst anderer Post hier vorgefunden. (Geld aus Ost-Berlin, von Knopf und S. Fischer.) Apéritivs mit Walters in der schönen Halle. Diner zu Fünfen im Speisesaal. Kaffee wieder in der Halle. Erika erzählt von Göttingen. Walter sehr freundschaftlich an unseren Plänen und Verhältnissen, auch den pekuniären, teilnehmend. Erika brachte sie 10 Uhr zurück. Regen. Weitere Ordnung des Zimmers und nur wenig Lektüre noch im Balzac.

Auch heute Regen. ½9 Uhr auf, gebadet und Kaffee gefrühstückt. Zu erregt davon. Leidlicher Arbeitsplatz am Fenster. Glaubte ich nur mehr an die Arbeit. – Heute erscheint die »Betrogene« als Buch. – Telephon mit Hesses. – Mit K. zur Stadt, einige Einkäufe, Theekanne etc. – Lunch zu Zweien. Zum Kaffee Erika, die über die Frage des Wiederbesuches von Montreux unter vier Augen mit mir sprechen will. Auf der Chaiselongue ziemlich ruhelos geruht. Den Fehler in »Lohengrin« bedacht, über den gestern mit Walter sprach. Er gab ihn zu. Das Motiv wird in c-dur geblasen (nicht in a), und da die Trompete nicht so hoch reicht, unter Zuhilfenahme einer Posaune. Feuilleton-Artikel: »Ein wirklicher Fehler R. Wagners«. – – Nachmittags nichts. Sehr müde und hinfällig. Las im »Alchymisten« den Satz: »... noch dazu in einem Alter (70 Jahre), in dem man von seinen geschwächten Kräften keine fruchtbare Arbeit mehr verlangen sollte.« – Nach dem Diner Kaffee im Salon. Danach im Zimmer Vorlesung von Kap. 8 des III. Buches: Im Hause Kuckuck und Spaziergang zum Botanischen Garten. Hebung meines Zustandes hierdurch; denn obgleich ich matt las war Erika voller Lob der Frische und Lebendigkeit des Ganzen, die ich bei allem Mißmut denn doch erzwungen zu haben scheine. Einige Einwendungen gegen Gewagtheiten und Überschreitungen von Felix' geistigen Möglichkeiten bei aller Zulassung seiner sprachlichen Form. Zu verbessern. Aber die Mitteilung wohltätiger Ermahnung, bei dem Roman auszuharren.

Lugano, Donnerstag den 17. IX. 53
½8 auf. Nachwirkung der gestrigen Tröstung. Das Wetter noch trüb, aber ohne Regen. Milde Luft. – Am Manuskript. Änderungen am gestern Gelesenen. – In die Stadt zum Haarschneiden und -Waschen, sehr wohltätig. Besorgungen K.'s. – 1 Uhr Lunch. Zum Kaffee Erika mit den »Mädchen« von Ohi. – »César Birotteau« wieder begonnen. – Geruht auf der Chaiselongue. Gegen 5 nach *Montagnola*; Besuch unterwegs auf dem Friedhof, bei der schön gepflegten Grabstätte der Walters. Dann zu Hesses, bei denen Frau Bodmer. Thee und Unterhaltung. Brachte ihm zu seiner sichtlichen Freude die »Betrogene«. Über unsere Häuser. Nun beabsichtigt, daß Medi Ende des Monats hierher kommt, K. und mich nach Zürich fährt und nach Fiesole zurückkehrt, wo ihre Gegenwart notwendig. K. soll nach etwa einer Woche, wenn sie das neue Mädchen angelernt, mit der Bahn nach Montreux fahren. – Diner zu zweien. Erika bei Walters, von wo sie mit der Nachricht zurückkehrt, daß W., der sich vor der »Betrogenen« gefürchtet, nun des Lobes voll ist, für die Geschichte.

Lugano, Freitag den 18. IX. 53
Etwas unruhig geschlafen. ½8 auf. Ging im Schlafrock hinüber zu Erika, um, ungern, für eine Reihe von Wochen Abschied von ihr zu nehmen. Sie reist nach Göttingen zur Filmarbeit, auch nach München in eigenen Verlagsangelegenheiten, auch nach Berlin. Grüßten vom Balkon, als sie mit dem Hotelwagen abfuhr. Der gewohnte Trennungsschmerz. –

Frühstück auf dem Balkon. – Arbeit an Kap. 8 und 9. – Bei Sonnenschein mit K. die Straße linkshin gegangen. Beim Lunch besserer Appetit. Das Essen löblich. – César Birotteau. – Geschlafen. Nach dem Thee einige Briefdiktate. – Trübung des Wetters. Abends Weiteres im Balzac. Vermissen Erikas, die nun in München zur Round table discussion.

Lugano, Sonnabend den 19. IX. 53

8 Uhr auf. Dunkle Bewölkung. Frühstückten aber noch auf dem Balkon. K. mit der Schreibmaschine in untere Räume. Etwas am 9. Kapitel. Mittags zur Stadt, wo aber fast alle Geschäfte geschlossen waren. Regen. Nachmittags geschlafen. Abends bei Gewitter zum Parkhotel, mit Walters zu essen. Er sprach liebevoll von der Betrogenen. Espresso mit Chartreuse in der Bar. Über Golo's Jünger-Artikel. Über die Trompeten im Lohengrin konnte er mir noch keine technische Auskunft geben. Brief an den Zürcher Dirigenten? Heimfahrt bei wiederholtem Gewitter, ohne Hut, da der meine in der Garderobe gegen einen Amsterdamer vertauscht. – Karten von dem Botschafter Hausenstein, Paris.

Lugano, Sonntag den 20. IX. 53

8 Uhr auf. Andauer des gewittrig regnerischen Wetters. – Gestern Telegramm Erikas aus München nach schlechtem Flug, aber glatter Landung. – Telephonate mit Leuten, die zu sehen. Fiedler, Hausensteins, Mazzuchetti. – – Etwas am Kapitel. Mittags zur Stadt. Gegangen ans Ende der Seepromenade. Am Hauptplatz viel Volks und antifaschistische Lautsprecher-Reden. Liefen der Mazzucchetti in die Arme, die mit uns Wermut trank und klatschhaft über kritische Reaktionen auf die »Betrogene«, auch über die Frage der italien. Übersetzung des Titels sprach. Hat für die Arbeit zwei Monate gebraucht. – Verspätet zum Lunch. Im Lesestuhl »Birotteau«. Garzuviel Geschäft, aber mit erstaunlicher Sachkenntnis. Falsch gebundene Bogen. – Geruht ohne Ruhe. Neues Gewitter u. schwe-

rer Regen. Alte, peinliche Lebenserinnerungen, zwanghaft, wie oft. War nicht das *ganze* Leben peinlich. Es gab wohl selten ein solches Ineinander von Qual und Glanz. – Einige Karten geschrieben: an Kerényi, Frau Hauptmann u. a.. Sonntägliches Diner, mühsam eingenommen. Nachher vorm Hause Unterhaltung mit Hausensteins. Kaffee in der Halle und weitere Lektüre zur Cigarre. Starke Abkühlung.

Lugano, Montag den 21. IX. 53

Helles, kaltes Wetter. Bin am Morgen nicht frisch. Sollte wirklich den Schlafmitteln entsagen. – Das »Herrschaftshaus« in Montreux durch einen anderen Käufer stark gefährdet. Neue Agenten-Angebote. – – Unterbrechung der Arbeit; Briefe an die Verfasserin des Homer-Buches, Zeilen zu Seeligs Einstein-Buch. – In der Stadt zum Einkauf von Hausschuhen, die sich dann als drückend kurz erwiesen. – Nachmittags Fahrt nach Ponte Tresa und Purasca zu *Fiedler*. Biederer Freund von ihm aus Zürich. Originelles, kauziges Milieu, charaktervoll tessinisch. Orangenliqueur und Thee. Der Wirt sehr glücklich aufgeregt. Unterschreiben vieler Karten. Bei Dunkelheit (Vollmond) nach Hause. Schöne Landschaft. Abends im Birotteau weiter.

Lugano, Dienstag den 22. IX. 53

8 Uhr auf. Hat wieder Regen gegeben, ist aber jetzt klar. – Brief an den Zürcher Kapellmeister Reinshagen in Sachen des Lapsus im Lohengrin. – Gefahren und gegangen den südlich hübschen Weg nach Gandria. In einem Garten unterwegs Wermut genommen. Nachmittags Brief-Erledigungen mit K.. Morgen gibt es den Besuch bei der Mazzucchetti. Widmung der Betrogenen an Fiedler. Eifriges Weiterlesen im »Birotteau.«

Lugano, Mittwoch den 23. IX. 53

Aufs neue Regen. ½8 auf. Briefe ausgefertigt. Etwas am Kapitel (Tennis). In der Stadt, die Hausschuhe in schwarze umgetauscht. Nachmittags Fahrt über Paradiso nach *Melide* zur Mazzucchetti. Geräumiges, gutes Haus und Garten mit schönem Blick. Thee in ihrem Arbeitszimmer und Gespräch über italienische Übersetzungsfragen. Skandalöse Bezahlung der Übersetzer. Frage des Titels für die Betrogene. »L'ingannata« scheint nicht zu empfehlen. Wie ist der französische, der englische? – Rückkehr zum Diner. Trinke jetzt auch hier dunklen Salvator. – Tag über viel mit Bewunderung und Erregung in der Unglücksgeschichte Birotteau's. Kopfschmerzen.

Lugano, Donnerstag den 24. IX. 53

Regen und traurige Dunkelheit. Künstl. Licht. Zum Frühstück Kaffee und Yogurt. Etwas Korrespondenz (Karten) schnell einmal. Dann am Kapitel. Strömender Regen. Verließ nicht das Hotel. Den ganzen Tag Besuche. Mittags *Hesses*. Lunch mit ihnen an neuem größeren Tisch im Hauptteil des Speisesaals, wo man viel freier sitzt. Sprach viel und aß wenig. Hesse behaglich u. ebenfalls gesprächig. – Zum Thee *Belzner* von der Rhein-Neckar-Zeitung mit der Frau. In der Halle. Politisches Gespräch, übereinstimmend. Tauschten die Ansichten besserer Menschen. Inskribierte ihm die »Betrogene«. – Zum Abendessen *Walters*. Er teilte bei den Apéritivs seinen Brief an Moni mit über ihr verfehltes Elaborat in der St. Galler Zeitung, bei dessen Lektüre nachher sich der Brief als ebenso töricht erwies wie ihre sinnlose »Groteske«. Wegen schlechten Wetters großes Gedränge in der Halle bei diarrhoeartiger Klaviermusik, die es noch nie gegeben. Saßen in der kleinen Bar. Verabschiedung von den alten Freunden auf unbestimmte Zeit. Las vor Schlafengehen die Gespräche Birotteaus fast zu Ende.

Lugano, Freitag den 25. IX. 53
Wieder Regen, Dunkelheit, Gewitter. – Konstipation. – Kaffee und Yogurt. – Liste der Personen, an die die neu eingetroffenen Exemplare der »Betrogenen« zu schicken in Amerika, England und der Schweiz. Auch an Agnes Meyer, von der ein langer Brief aus Mount Kisco vorliegt. – Schlechter Aufsatz von Dr. E. Schertel über Goethes Faust und meinen Roman. Abzulehnen. Interessant dagegen sein Artikel über eine seltsam fortgeschritten-demokratische und mysterienlose Indus-Kultur, die durch englisch-amerikanische Ausgrabungen zu Tage gebracht wird und vielleicht vor 5000 Jahren ihre Zeit hatte. Sprach mit Hesse darüber. – – Etwas am Tennisspiel. – Mittags mit K. eine Stunde fast ohne Regen gegangen. – Nach dem Thee Brief-Diktate (Schertel u. a.). Unterdessen Ankunft von *Peter Pr.* und Frau als unsere Gäste. Abendessen mit ihnen am neuen Tisch. Aß nicht schlecht, da die Speisen gut. Kaffee in sehr vollem Salon. Beendete nachher »César Birotteau«. Erzählerische Wohltat der Rehabilitierung und der Beschämung de Tillets. Packend, rührend, auch riesig frömmlerisch u. sentimental, aber großartig.

Lugano, Sonnabend den 26. IX. 53
Morgens klar, aber schon wieder trübe Bedeckung. – Telephon mit Golo, damit er mir noch ein paar Balzac-Bändchen schickt. – Kaffee und Yogurt. Nachts gestört durch Jucken, gegen welches das warme Bad nützlich. – Am »Tennis«. – Mittags ohne Regen eine Stunde gegangen. Im Kurgarten, wo schöne Bäume. Großblättriger Magnolienbaum mit roten Früchten. – Lunch und Kaffee mit Peters. Angenehme Briefe von Fiedler, aus Israel, von W. Schröder; herzliche Karte von Preetorius. Auch abzulehnende Beschwernisse. Mag nicht zu Carossas Geburtstag schreiben. – Las die Zeitungen. – Nachmittags mit Peters Fahrt zu Harry Kahn bei strömendem Regen. Thee mit den Wirten, ihrer in England lebenden Tochter und einer französisch sprechenden Bekannten. – Zu Hause waren die mor-

gens von Golo bestellten Balzac-Bändchen schon da. Umkleiden zum Diner, nach dem wir in der vollen Halle, wo es wieder läppisches Klavierspiel gab, Unterkunft fanden. Nachher in »Eugénie Grandet.«

Lugano, Sonntag den 27. IX. 53

Hellerer Himmel. Thee und Yogurt, unbefriedigend, aber wohl zuträglicher. – Am »Tennis«. – Ausfahrt nach Gandria. Gerieten an die italienische Grenze. Nahmen dann Wermut auf einer hübschen Terrasse. Fuhren ein holländisches Ehepaar, das lange auf ein Schiff hätte warten müssen und Spumante trank zurück nach Lugano. – In »Eugenie Grandet«. – Nachmittags 4 Seiten langer Brief, eilends, an Agnes Meyer. Zwischendurch in der Halle Gespräch mit einer Korrespondentin von »Svenska Dagbladet«. – Wollten in den Cirkus, wo, nach Hausenstein, ein vorzüglicher, nur noch etwas unreifer Clown sein soll, schenkten es uns aber wegen nassen, regnerischen, dabei immer wärmlichen Wetters. – Dedizierung der »Betrogenen« an Peter und Frau. Diner und Kaffee mit ihnen. – »Eugénie Grandet«.

Lugano, Montag den 28. IX. 53

Bedeckt, feucht. Gleich etwas Kaffee, dann, vorm Frühstück, gebadet. – Warte auf die Antwort des Kapellmeisters. – Am Kapitel. – Mit K. im Kurpark; es gab gerade eine Stunde lang keinen Regen. Schöne Wege-Statue des im Stuhle ausgestreckten Sokrates, kurios realistisch. – Nachmittags Gewitter; keine Ruhe. Fertigte zahlreiche Widmungen der »Betrogenen« aus, und K. verpackte die Exemplare. – Beim Diner deprimierende Unfähigkeit zu essen. Die Mühe des Kauens (bei zu weichem Kiefer) und die Schluckbeschwerden (bei zu trockenem Schlunde und zähem Speichel) sind garzu arg. – Längere Kaffee-Geselligkeit im vollen Saal mit den Peters, von denen ich mich dann verabschiedete. Las noch in Eugénie Grandet. Die Sachbeschreibungen vortrefflich und kundig, aber langweilig.

Lugano, Dienstag den 29. IX. 53

Immer das gleiche feuchte, seit gestern kühlere Wetter. Frühstückte Thee und Ei. Erwartung Medi's. – Etwas am Kapitel (nach der Partie). Bei leichtem Regen etwas mit K. in der Allee gegangen. – Peter und Frau zum Lunch noch da; dann nochmalige Verabschiedung. – Unter mancherlei Briefen auch die Antwort von Kapellmeister Reinshagen, das Gralsmotiv in der Bühnenmusik betreffend, mit Notenbeispielen. Ziemlich verwirrend u. eher geeignet, mich von dem Gegenstand abzubringen. – Beim Ruhen Erregung; noch eine halbe Schweizer Tablette u. hatte dann etwas Halbschlaf. Zum Thee brachte K. Medi vom Bahnhof. Unterhaltung mit ihr. Diner und Kaffee mit ihr. Übermorgen wird sie uns fahren. Abends auch mit ihr über die Lohengrin-Sache, zweifelnd. – In »Eugénie Grandet.«

Lugano, Mittwoch den 30. IX. 53

Helleres Wetter, nicht gesichert. Medi beim Frühstück. Gebadet, abgeführt und mit neuem Schaum-Präparat, das Peter Pr. mir gab, rasiert. – Etwas am Kapitel. – Mit K. u. Medi zu Wagen und zu Fuß den Weg nach Gandria. Föhnig warm. Wermut auf der Terrasse von neulich. – 5 Uhr nach Montagnola zu Hesses mit Medi, die jene seit 20 Jahren nicht gesehen. Wetterbrauen und Regenbogen im Dunst. Freundschaftliches Geplauder. Hesse sprach beim Abschied freundlich über die »Betrogene«. – Regen bei der Heimfahrt. – Packen.

Zurück in
Erlenbach, 2. X. 53, Freitag

Gestern Morgen gegen 10 Uhr Abfahrt mit Medi als Chauffeur von Villa Castagnola bei gutem Reisewetter. Dreistündige Fahrt über den Gotthart. Prächtiger Sonnenschein über den Geröllhöhen von 2300 m. Nach Airolo die Strecke in Arbeit und teilweise schlecht. Aßen 1 Uhr irgendwo zu Mittag, Bestellung und mitgebrachter Lunch, tranken Kaffee und fuhren noch 2 Stunden bis Zürich. Ankunft hier gegen fünf. Das neue Mädchen Maria aus Strobl. Auspacken und Einräumen. Jenseits des Passes sehr kühl und dunkel. Heizung. Zum Teil Luft in den Röhren. Moni mit dem Hund »verreist«. Golo. Thee. Massen von Büchern und Briefen. Die brasilianisch-portugiesische Ausgabe von »K.H.«[.] Anonymer Deutscher in Amerika schickt Greuelausschnitte über Rußland: »Nähere Adresse ev. bei der kommunist. Partei zu erfragen«. – Besprechung von A. M. Frey in der N.Z.Z. »Th. M.s neue Erzählung« mit Nachschrift von Weber über das Facsimile. Unendliche Lektüre. – – Golo hatte für manches Hauswirtschaftliche gesorgt. – Türk. Kaffee nach dem Abendessen. Um Mitternacht zu Bett. Alle Uhren ins Leben gerufen. Henry James »Die Drehung der Schraube« begonnen.

Nachts heftigste Wollust. ½8 Uhr auf. Mangelhaften Kaffee. Gebadet. Dick neblig bedeckt, aber nicht kalt. Die Heizung zu stark. Thee-Frühstück mit 2 Eiern. Ausräumen der Handmappe. Auspacken von Büchern, Zeitschriften etc.. – Brief an Frey. Mittags etwas hinabgegangen, K. entgegen. Nach Tische Bücher und andere Sendungen. Das amerik. Shaw-Buch mit meinem Vortrag am Schluß. Ostdeutsche Besprechungen des Zbg., des Faustus u. der Novellen, entsetzlich biased. Nach dem Thee einige Briefe mit K.. Baseler Studio wegen des Vorspruchs zum Hörspiel »Kgl. Hoheit«. – Nach dem Abendessen 2. Akt Lohengrin zur Nachprüfung des Auftretens des Gralsmotivs in der Bühnenmusik. Im 3. Akt ohne Orchester klar und deutlich, was sein Licht zurückwirft auch auf das »unschuldige« Citat im II. – Bögen von Kestens Buch »Meine Freunde, die Poeten«. Über Heinrich, Hofmannsthal, mich.

Erlenbach, Sonnabend den 3. X. 53

Nach dem Nebelmorgen gestern blaute es gestern auf und wurde ein schöner Herbsttag. Möge sich das fortsetzen. Hatte gestern Halsschmerzen und nahm Empirin. Heute Morgen guter Kaffee. Die neue Maria sympathisch. Frühstück mit Medi, die heute Abend reist. Über Schopenhauers Essay »Scheinbare Absichtlichkeit im Schicksal des Einzelnen«, worauf gestern das Gespräch kam. – Karte an Hesses. – Etwas am Kapitel. – Ausfahrt und Gang mit K. und Medi über die Kittenmühle. – Schlechte Ruhe; belästigt von Gasen. Etwas Schopenhauersche Prosa. – Nach dem Thee Verabschiedung von Medi für einige Zeit. Gefühl für die Episode, das Kommen und Gehen. Sie wird um Mitternacht in Mailand, morgen früh in Fiesole sein. – Brief [an] den Redaktor von »Sinn und Form«. Abends die Schlußszenen von »Lohengrin«. Schönheit der Gralserzählung. – Fortgefahren in »Die Drehung der Schraube.«

Erlenbach, Sonntag den 4. X. 53

Nachts etwas Regen. Neblig bewölkt. Beim Frühstück mit K. über das leicht Schaurige der sowjetischen Stilisierung meiner Literatur durch die dortige Kritik. – Fortsetzung des Briefes an den Mann von »Sinn und Form«; unnütz, die Hälfte kassiert, verlorene Zeit. – Mit K. etwas in der Nähe gegangen. Hat zu meinem Kummer neuen, krampfhaften Anfall von Blasenka[ta]rrh. – Allein mit ihr zum Mittagessen. – Las viel in der Gespenstergeschichte von H. James weiter, auch abends.

Erlenbach, Montag den 5. X. 53

Nebeldecke. K. müde von ihrem (gebesserten) Anfall. Die Post kam schon beim etwas verspäteten Frühstück. Manches Beschwerliche. – Am Kapitel 9, III. Klärung der Komposition. – Rauher Wind, herbstlich. Ging allein Kiesweg und Landstraße. Lunch mit K. allein, wie jetzt immer. Golo zum Kaffee. Beendete »Drehung der Schraube«, nicht sehr angetan. Nach dem Thee einige Briefschulden diktatweise abgetan. An den Maler-Professor mit den ethisch-allegorischen Bildern, mühsam. – Abends einige Lieder. Begann Balzacs »Tante Lisbeth.«

Erlenbach, Dienstag den 6. X. 53

Heiterer Herbsttag, sich entnebelnd. – Am Kapitel (Brief der Marquise). – Die Straße hinab. – »Cousine Bette«. – Nachmittags verschiedene handschr. Briefe. Ausfertigungen. Telephonanruf Erikas, die ziemlich unglücklich ist über den Film. Geht nach Fulda, wo Aufnahmen im Freien. Es regnet aber in Strömen, und jeder Tag kostet die Gesellschaft 10 000 Mark. Problem, ob sie wegen ihres Rauf-Prozesses hierher kommen soll. – Abends mit Golo im Wohnzimmer.

Erlenbach, Mittwoch den 7. X. 53

Klarer Herbsttag, wie es voriges Jahr keinen gab. Morgens mit K. über die Wohnungsprobleme, an denen ich manchmal verzagen und alle Änderung aufgeben möchte. Oder doch in Stäfa bauen? K. will am 13. nach Montreux reisen und sich 3 Tage für Besichtigungen nehmen. – Am Brief der Marquise. – Mit K. über die Wiesen. – Zum Thee Max *Brod* und Freundin bis ½ 7. Dann fliegender Brief an Hilscher in Berlin zu seinem Joseph-Buch. Bin schlechter Assistent. – Von Frau Dr. Schuh das Faksimile der »Betrogenen« für ihren Mann zum Geburtstag mit meiner Widmung. Ist vorzüglich gemacht. – »Cousine Bette«.

Erlenbach, Donnerstag den 8. X. 53

Andauer des leicht dunstig heiteren Herbstwetters. An dem Brief der Marquise. Zur Stadt, etwas am See gegangen, dann mit Crysantemen zur alten Frau Reiff, zum Lunch mit ein paar anderen Personen. – Widmung des Faksimiles an Schuh, ungeschickt u. vergeßlich geschrieben. 17jähriger Gärtnerjunge mit schönen Beinen im Garten beschäftigt. Nickte ihm erheitert zu, da er mit der Grasmähmaschine so rannte. – »Cousine Bette«. – Früher Abendimbiß. Mit Golo zu dritt ins Schauspielhaus: Giraudoux' »Undine«. Das Stück unbefriedigend, die Aufführung schleppend, »die Gold« degoûtant. Überfülle. Schlechte Bedienung in der Pause. Alles mehr ärgerlich als vergnüglich. Zu Hause Chokolade. Sehr spät zu Bette.

Erlenbach, Freitag den 9. X. 53

Dauer der Wetterlage. Brief an Reisiger. Einer von den Buben. Gestern Telegramm des Münchener Vorstandes der Gerh. Hauptmann-Gesellschaft, daß ich zum Ehrenmitglied gemacht. Dankte rasch. – Am Brief der Marquise. Mittags bei warmem Sonnenschein mit Golo u. dem jungen Grafen Schwerin schöne einstündige Fahrt hinauf nach *Gyrenbad*, hinauf, wo Moni haust. Ihr »Student« auch da. Nach Bestellung des Mittagessens etwas spazieren. Der Hund Boris außer sich vor Freude über unser Erscheinen. Hauptsächlich Golos. Haus und Garten besichtigt. Eichendorff-Landschaft, bildschön aus den Fenstern zu sehen. Gute Wirtschaft, noch billig. Altmodischer Damen-Salon, von 1870, mit »Lederstrumpf«, Hackländer und »Gartenlaube«-Bänden in den Schränken. Mit K. allein zurück. Golo u. Schwerin blieben für einige Tage da. – Zu Hause geschlafen. Nach dem Thee Dedikationen in 10 Exemplare der »Betrogenen«. Aus Venedig das Heft von »Comprendre« mit meinem Artikel »Retour de l'Amérique«. – Abends einige Lieder. Zeitungen. Cousine Bette.

Erlenbach, Sonnabend den 10. X. 53

Starker Nebel. Bermann meldet sich an mit Hirsch. Kontrakt von Knopf über die »Betrogene«, für die ein Übersetzer namens Willard Trask gewählt. Die »Tat« mit Artikel über das Faksimile mit Handschriftprobe u. Analyse. Eigentliche Besprechung, wie von Weber, vermieden. Offenkundige Verlegenheit. An Feuchtwanger:

»Unserm Lion in die Hand.
Manche finden's degoûtant.
Aber ob's den Künstler gibt,
Der nicht das Gewagte liebt?«

– Brief der Marquise. – Ausfahrt mit dem Agenten X. (Dr.

iur.) nach Staefa zur Besichtigung einer Grundstückswiese. Ganz schön, aber weit, weit. – Einsam mit K., der ich nach dem Thee einige Briefe diktierte. Nach dem Abendessen gleich hinauf, tranken unseren Likör im »Vorsaal«. Las in Cousine Bette weiter. Zeitig zu Bett.

Erlenbach, Sonntag den 11. X. 53

8 Uhr auf. Nebel. Gebadet. Fühlte mich gestern schlecht und glaubte schwere Erkältung im Anzug, die aber mit 2 Empirin abwendete. – Die Groteske in Korea mit den nicht heimgehwilligen chinesischen Gefangenen, deren objektive Aufklärung die Neutralen fordern. Der Bau des Zeltes dazu, der schon auf die Kommunisten übertragen werden sollte. Alles höchst lächerlich. – Die Überlassung von Triest (der Stadt) an Italien. Niemand befriedigt. – Schluß des Briefes der Marquise. Beschämend, wieviel Zeit dieser Quark mich kostet. – Ausfahrt über die Kittenmühle und Promenade dort. Angenehmes, windstilles Wetter mit sanft durch Nebel dringender Sonne. Sympathische Landschaft. – Golo kehrt wieder mit dem jungen Schwerin. – Zum Thee Journalist Heimann, New York – Paris, großes Rindvieh und sehr laut. – Weitere Dedikationen der »Betrogenen«, die doch viel besprochen werden u. über die es sogar eine Radio-Diskussion geben soll. – Abendessen zu viert. Tauber-Platten nachher. Mag ihn nicht gar lange hören. – »Cousine Bette«. – – Den ostdeutschen Nationalpreis hat Feuchtwanger bekommen und angenommen.

Erlenbach, Montag den 12. X. 53

Zeitig auf. Dichter Nebel. Brief von Nikisch über die »Betrogene«. – Abschluß des 9. Kapitels von Buch III. 274 Seiten seit dem Wiederbeginn. – Nicht ausgegangen, da ca ½ 1 Uhr Bermann mit Hirsch und Tochter Annette kamen. Apéritivs. Geschäftliches. Gute Einnahmen. Neue Wege der Propaganda und des Vertriebs. Deutsche Besprechungen der »Betrogenen«. Warum ist man so neugierig? »Wenn man fragte, welches Buch heute mit der größten Spannung erwartet wird, müßte die Antwort ›Der Felix Krull‹ lauten.« Erschreckend. – Mittagessen zu sieben Personen. Nachher Fortsetzung der Unterhaltung. Diskussion der »Betrogenen« sehr lebhaft. Radio-Gespräch darüber. Das Buch sei schon ausverkauft. – Schickte es nachmittags an Adorno und Oberloskamp. Schrieb an den alten Tenor Christian in Graz wegen seiner Memoiren. – Abends mit K. allein. »Cousine Bette«.

Erlenbach, Dienstag den 13. X. 53

Wärmeres, nicht nebliges Wetter. Vermutlich Föhn. – Brief von Albert Schweizer aus Lambaréné, Afrique Équatoriale Française mit schönen Marken und Versicherung seiner Anteilnahme an meinem »Schaffen und Ergehen«. Besondere Erwähnung der Nietzsche-Abhandlung. – Schrullen und synästhetische Hergebrachtheiten des sterbenden alten Konta. – Bibliographische Beschwerlichkeiten von Dr. Bürgin (Kappeln). – Zorn in Frankreich über Churchills Rede in Margate. – Stupide Bübereien in Korea. (Die »Explanations«). Sabotage durch die Amerikaner. – Wilde Aufregung wegen der angelsächsischen Verfügungen über Triest. Einmischung Sowjet-Rußlands. – – Schrieb an Flinker für seinen Almanach über »Faustus«. – Stapfte nach Erlenbach hinab zur Bank. – Nachmittags mit Post und Zeitungen die Zeit verzettelt. Vom Studio Basel wegen des K.H.-Hörspiels u. des Vorspruchs. Las in den »Betrachtungen« nach. – Abends nach dem türk. Kaffee auf Wunsch Vorlesung des Briefes aus Lissabon nach Luxemburg zu großem Amüsement. Wohlgefallen Golos, der für Schwerin darum gebeten, an Felixens reaktionären Reden beim König, an denen natürlich auch etwas Richtiges ist. Heitere Ambiguität im Grunde mein Element.

Erlenbach, Mittwoch den 14. X. 53

Warmes, freundliches Wetter. Elektrisch rasiert und gebadet. Kräftiges Frühstück. Brief an Bermann, die Spekulationen mit dem ostdeutschen Gelde betreffend, ausgefertigt. – – Schrieb eine Seite an der Radio-Vorrede zu »K.H.« – Ausfahrt mit K. vorbei an den schönen Baugründen nahe dem Wald bei Küsnacht. Erneute Neigung. Bei stillem schönem Wetter in der traulichen Landschaft etwas gegen die Solitude gegangen. – Nach Tisch auf der Terrasse. Artikel Golos in der »Weltwoche« nicht recht erfreulich. – Überschwemmt mit Büchern. Tagebuch über den Nürnberger Prozeß von Prof. Haensel. – Schrieb an den alten Konta.

Erlenbach, Donnerstag den 15. X. 53

Gestern zu spät zu Bette aus Trägheit u. verweilend bei den übrigens enttäuschenden Aufzeichnungen über den Nürnberger Prozeß. – Andauer des milden, neblig-freundlichen Wetters. Wiederauftauchen Kriegers (in Deutschland, wohl ausgewiesen) mit seinem »Eigentlichen Leben« und einem Buch über die Schweiz, das ich mir kaufen soll. – Portraitmaler erbietet sich etc. – – An dem K.H.-Vorspruch. – Wieder Grundstücke besichtigt zwischen Küsnacht u. Erlenbach. – Nachmittags Briefdiktate. Abends Musik: Lieder, »Holländer«. – »Cousine Bette«.

Erlenbach, Freitag den 16. X. 53

Dichter Nebel. – Churchill erhält den Nobelpreis. Einverstanden. – Die »Weltwoche« über »Die Betrogene« und das Faksimile. – An dem Vorspruch, mit dem mir viel zu viel Mühe gebe. Die Unmöglichkeit, anders zu schreiben, als man schreibt. – Nur ein Stückchen hinab. – Langes Telephongespräch nachmittags mit Erika in Göttingen. Aussicht auf französisch-deutsche Verfilmung des Zbg., die *Geld* bringen würde. Bin danach sehr durstig, der Bewegungsfreiheit wegen. – Abendgesellschaft: Emmy Oprecht, M. Gasser, Schwerin, Herr von Nostiz nebst Golo. Langweilte mich. – Las in einer Liebes-Anthologie und in Wahls Geschichte der Deutschen, wobei sogleich aufs 16. Jahrhundert und die »Freie Lehre« fiel.

Erlenbach, Sonntag den 18. X. 53

Gestern an dem Vorspruch, zum Schluß drängend. Ausfahrt. Brief an A. Schweitzer in Afrika. Abends Theater: »Das Schloß«. So gut wie möglich. Durch die Theatralisierung aber ins Expressionistische gerückt, wohin Kafka nicht gehört. – Regen.

Heute dunkel und feucht. Verabschiedung von Golo für einige Tage. Für den jungen Schwerin »Altes und Neues«. – Schluß des Vorspruchs u. Abschrift, bei der sich zeigte, daß am Ende mehr Höflichkeit am Platze ist. – Kaum gegangen. Handschr. Briefe, ausführlich an Reisiger. Gelesen in Wahls Geschichte der Deutschen: Karl V., Bismarck. – Fehlende Nachrichten von Bibi's, die Japan aufgegeben haben sollen (Ed Klotz) und nach Europa kommen. Beunruhigung K.'s. – Nachmittags gequält von Gasen. Nicht abzuführen unmöglich und Abführen schädlich. Da gibt es keinen rechten Weg.

Erlenbach, Montag den 19. X. 53

Nebel, kühl. Farben des Waldes, die im Fallen begriffen. – Viel Post. Photographieen-Sendung des »Film-Aufbau« mit Erikas Erläuterungen, amüsant. Korrespondenz Bermann über die indirekte Transferierung des ostdeutschen Geldes. – Den Schluß des Vorspruchs geändert und weiter nichts. Waldspaziergang mit K. – Buch: »Schicksalsanalyse« von Dr. Szondi. Längere Beschäftigung damit. Ungewollte Beziehungen zu Schopenhauer. Nicht neu darin die Affinität der Psychiater zur Geisteskrankheit. Die Gen-Philosophie: es spukt da eine Art von »Wille« zu sich selbst, den übrigens ich im »Krull« wiederholt andeute. Über Homosexualität und zugehörige »Berufswahl« – sehr schwach. Will ihm schreiben.

Erlenbach, Dienstag den 20. X. 53

10 Uhr nach Zürich zum Studio; Treffen mit Hausmann von Basel und dem Verfasser des Hörspiel. Höchst befriedigte Aufnahme des Vorspruchs, den ich dann auf Band las. Hernach zum Haarschneiden. Hernach Wermut bei Sprüngli. K. hinzu. Gestern mit ihr Brieferledigungen, die etwas Luft schafften. – Erika ruft an, unglücklich, daß die Schauspieler sich nicht genug an ihren Text halten. Sie kommt bald. – Handschr. Erledigungen. – Abends durchs Radio russische Musik. »Bilder-Ausstellung« von Mussorsky. – »Cousine Bette«.

Erlenbach, Mittwoch den 21. X. 53

Angenehmes, mildes Wetter. Post, Bücher in Fülle. Tod des alten Konta, dem ich noch freundlich schrieb. Kalifornischer Chek, Betrag für das Haus: 39 000 u. einige Hundert Dollars, wovon aber noch dies und das abgeht. Es mußte so sein und ist nun gut so, wenn auch schmerzlich. Die Kinder unterwegs nach Japan, vielleicht ein Unsinn. – Wiederaufnahme der Beschäftigung mit dem Krull-Mt.. – Zur Pediküre, Frau Eurich. Von da ins Café Odeon zum Rendez-vous mit dem Vertreter des »Corriere«. Verabredungen. Überreichung von 400 Franken für »Zola«. Weitere Artikel sollen mit 800 bezahlt werden. Wollen mich durchaus kaufen, lehne aber feste Bindung ab. – Nach dem eiligen Mittagessen Empfang des Herrn Flügel vom »Eckart« und vom Tutzinger Seminar mit Begleiter. Bevorstehender Aufsatz von Reifferscheidt über meine »Christlichkeit«. Einladung fürs Frühjahr nach Tutzing. – – Nachmittags an Basler Karte und Brief an Wahl begonnen. Abends in einem neuen Büchlein von Polgar. Bei Stegemann erschienene Parodien widerwärtig. »Cousine Bette.«

Erlenbach, Donnerstag den 22. X. 53

Beständiges mildes Nebelwetter. Wieder viel Gedrucktes u. Geschriebenes. Noch 2 Amerikaner wollen aus »Mario« eine Oper machen. 1000 Franken vom Studio Basel. – Schloß Brief an Wahl ab. Begann dann das 10. Kapitel von III zu schreiben. – Sonne. Nach Erlenbach hinab. Die Mazzucchetti zum Lunch, ausgehungert und klatschfroh. Männer und ihre Frauen. Auch von Korrodi, der Zungenkrebs haben soll, was mich erschreckte. – Dissertation »Die Musik im Roman T.M.'s« von Grandi, Berlin. Fleißig und genau im Fachlichen. – Brief an den Mann der Schicksalsanalyse begonnen. Früheres Abendessen. Zum Hotel Elite, Zürcher Schriftsteller-Verein, Vortrag Faesi über 50 Jahre Literatur, namentlich seine. Sehr öde. Saßen mit ihm und dem Präsidenten. Wurden sehr geehrt. Beidler, Rychner, Prof. Keller, Harry Kahn; junger Lyriker Kurt Leuthard. Kaffee Crême. Zu Hause noch gelesen. Sehr spät zu Bette.

Erlenbach, Freitag den 23. X. 53

Starker Nebel wiederum. Gestern telephonierte Erika und schrieb Protesttelegramm wegen Weglassung einer unentbehrlichen Szene vor, die, weil das Geld ausgeht, eingespart werden soll. Ging, etwas redigiert, nach Vorschrift ab. – Weniges am Kapitel. Müde, nervös. Bei der Ausfahrt mit K. Unbeherrschtheit und Verstimmung. Leiden. – Die N.Schw. Rundschau mit »Engadiner Erinnerungen« von Hesse. Zeitschriften sind gräßlich, anstrengend, einschüchternd, verstimmend. Balzac selbst inspirierend und unterhaltend, aber wenn Stössinger in höchsten Tönen über ihn schreibt, sinkt man in Trübsal. Kaßners Parlando-Essayistik ebenfalls zum Verzweifeln. Verstehe kein Wort. – Weber schickt Faksimile eines rührenden Briefes von Nietzsche (Leipzig 1882) an Gottfried Keller. Erkannte nicht nur die Handschrift sofort, sondern auch den Adressaten und das »übersendete« Buch. (Fröhliche Wissenschaft) Seine humane Besorgnis, dem »Herz-Erfreuer« *wehe* zu tun, ergreifend. Warum bin ich denn doch in gewissen Fällen mit Herz und Geist bei der Sache? Hinten im Heft Besprechung von »Altes und Neues« (Lesser.) – Gegen das Ende von Cousine Bette. – Telephongespräch mit Beidler.

Erlenbach, Sonnabend den 24. X. 53

Dicker Nebel. Mittags kommt die Sonne. – Träge einige Zeilen am Kapitel. Zur Seestraße hinabgegangen. Beendete »Cousine Bette.« Begann »Haus zur ballsp. Katze« u.a. Novellen. Schrieb an Dr. Grandi über seine Dissertation. Zum Abendessen Dr. *Schuh* und Frau. Wohltuender Abend, der in ungekünsteltem Gespräch mit dem guten, sanften, klugen und wahrhaft anhänglichen Mann verging. Über die Betrogene und das Faksimile, Lohengrin, Wagner, Kafka u. die Dramatisierungen etc.. Wunsch, daß ich über das Gralsmotiv in der Bühnenmusik schreibe. Über Effi Briest und Fontane. Auch über unsere Wohnungssorgen. Bedenken auch hier gegen die Isoliertheit im französischen Teil. Dennoch Lugano, wo H. Kahn ein Haus rühmt?

Erlenbach, Sonntag den 25. X. 53

Dichter Nebel und Nebelreißen, Nässe. Abgeführt. Angenehme Nachwirkung des gestrigen Abends. – Etwas belebter am Kapitel. – Bei Nebel und Regen mit K. zur Kittenmühle. – Zum Thee M. Jacques *Mercanton*, der [bis] 7 Uhr blieb. – Balzac.

Erlenbach, Montag den 26. X. 53

Dichter Nebel u. leichter Regen. – Am Kapitel. – Allein einige Schritte hinaus. – Schuh schickte Noten-Erscheinungen des Gralsmotivs. Es kam auch das autobiogr. Buch der Meyer. – 5 Uhr Fahrt zur Stadt ins Cinéma: Sahen den französischen Dynamit-Angst-Film. Gräuliche Unterhaltung. Hatten nach 8 Uhr Abendessen, nachher Kaffee und einen Teil des 1. Lohengrin-Aktes. – Die Bohême von Balzac.

Erlenbach, Dienstag den 27. X. 53

Gestern spät Rückkehr Golos für einige Tage. – Das gleiche Wetter. – Früher auf als gewöhnlich. Gebadet. Am Kapitel. Kurzer Ausgang mit K.. Kummer und Sorgen wegen ihrer

Überlastung mit Geschäften, denen sie sich »zuweilen garnicht gewachsen fühlt«. – Mahlzeiten und Unterhaltung mit Golo. Erika berichtet von einem Schlafmittel deutscher Erfindung, das aus den Winterschlaf-Drüsen des Murmeltiers bereitet wird. – Deutscher Besucher des Californischen Hauses schickt mit gefälligem Brief eine Photographie davon, die mir Wehmut erregte. – Nachmittags zahlreiche Brieferledigungen durch Besprechung und Diktat. Allerlei Lektüre: Oprecht-Gedenkbuch, Artikel von Witkowsky in »La Fiera Letteraria«, Fischer-Almanach, worin Aufsatz von Wilder über Joyce, Churchill-Memoiren in der Zeitung.

Erlenbach, Mittwoch den 28. X. 53

2 Evipan erwiesen sich als unzulänglich. Nahm um drei Sekonal. Zitterte vor Kälte u. schaltete den elektr. Ofen ein. – Heute sonnig. Neue Balzac-Bändchen von Rowohlt. – Am Kapitel, träge. Allzu schöner Föhntag. Fuhren nach Stäfa, fanden nicht gerade das Grundstück, aber recognoszierten Strecke und Gegend. Alternative: Entweder Westschweiz oder Bau in Stäfa. – Erika meldet sich für Sonnabend an. Moni trifft, von Schweizer gebracht, für einige Tage ein mit Boris, der seine Maria, Golo, auch uns stürmisch begrüßt. – Handschr. Erledigungen. Immenser Brief von Biermann-Ratjen über Die Betrogene. Nachricht von Frau Prof. Gehrig, der Spenderin der liebevollen Bilderbücher. (Sebastian!) – Las mehreres im Buch Ag Meyers, nicht unbeteiligt.

Erlenbach, Donnerstag den 29. X. 53

Dicke Wolken. Regen. Frühstück mit Boris. Kommt das kleine Buch von Eichner, Professor in Kingston, Canada »Th. M., Eine Einführung in sein Werk«. Eindruck von Trockenheit. – Am Kapitel. Direktheiten Zouzous. – Regen, kalter Wind. Ging nicht aus. Heftiger Temperatursturz. – Las das Buch von Eichner, etwas gequält. Zauberberg der Höhepunkt. Gut. Aber über Faustus flau, für den Erwählten ohne Sinn, u. die

Krull-Memoiren fallen ganz dahin. »Echo« der einzige Punkt in meinem Werk, wo ich »sentimental« werde. Schlimm! Der Erwählte und Krull sind besten Falles »amüsant«. Schlimm – für mich oder für ihn? – – Widmungen, Handschriftliches. Abends das Beethoven-Violinkonzert von Francescati. – Auch noch etwas in dem Buch der Meyer. Auch in der Zeitung Churchills Memoiren.

Erlenbach, Freitag den 30. X. 53

Wolkig, dunkel, kalt. Gebadet. Boris beim Frühstück. Am Kapitel, exzentrisch. Sonne. Mit K. über die Kittenmühle gegangen. – Zurichtung des »Shaw« für »Corriere«. – Las Tenn. Williams' »Mr. Stone« mit wenig Beifall.

Erlenbach, Sonnabend den 31. X. 53

Kalt und klar. K. holt früh Erika vom Bahnhof. Begrüßung mit ihr beim Frühstück. Berichte über den Film, der eine Million Mark gekostet hat. Imma trägt 100 Kleider. Erscheinen zu Weihnachten. Zuvor private Vorführung hier für mich. – Am Roman, interessierter. – Brief von Faesi über die Betrogene und das Problem unserer Unterkunft. *Gegen* den Westen, zur Abwechslung. – Viel mit der übermüdeten und fast beunruhigend übergesprächigen Erika. Schlechtes Verhältnis Golos zu ihr, der sich merklich zurückhält. Vorführung des Films hier Ende November. Da es nun heißt »Frei nach –« ist kein Anlaß zum Dreinreden. – Schrieb unnötiger Weise an Faesi. Abends einige Lieder. In Balzacs Pariser Novellen.

Erlenbach, Sonntag den 1. XI. 53. Allerheiligen.

Dichter Nebel. Mit K. über die Alternative Montreux-Stäfa. Die klimatisch-gesundheitlichen Nachteile hiesiger Gegend und die Vorzüge Zürichs. Wünsche doch, daß K. am 4. nach Vevey fährt und feststellt, ob etwas entscheidend Passendes dort greifbar. Doch hat Erika recht zu glauben, daß ich lieber hier baute, und daß die Lage Zürichs praktischer. – Am

Kapitel, zögernd. – Über die Kittenmühle bei leichter Sonne gefahren und gegangen. – »Pariser Novellen«, Anekdoten, Typen. Der Provinzler wird eingeführt in Luxus und Verderbnis. – Den unnötigen Brief an Faesi kürzer wiederholt. – Abends Maria Müller im »Tannhäuser«. Liebe zu ihrer Stimme wieder erprobt.

Erlenbach, Montag den 2. XI. 53. Allerseelen.

Nebel, feucht. Beim Frühstück Telephon mit Frido zur Begrüßung in den kurzen Allerheiligen-Ferien. Liebe Jungen-Stimme, noch ungetrübt von Stimmwechsel. – – Arbeit am Kapitel. Nicht recht möglich. – Frido und Toni zum Mittagessen, bis nachmittags. – Affaire mit dem Buchhändler-Blatt »Domino«. Erregung Raschers, dann Beidlers über den Abdruck dort des niederträchtigen Abschnitts über mich aus der »Tragischen Literaturgeschichte« des Muschg, mit Bild und Unterschrift-Faksimile von – mir. Übelkeit durch die Schimpfierung meines Lebens.

Erlenbach, Dienstag den 3. XI. 53

Jene Affaire läuft weiter. – Abschrift des Shaw-Artikels geht an den »Corriere«. Ausschnitt mit dem Denkmalsklatsch an Frau Hauptmann mit der Frage, ob ein Wort daran wahr. – Müde vom Ekel. Meine furchtbare Empfindlichkeit gegen kritische Schändungen meines Lebens. Erika mit Weber, der über den Fall außer sich und in der N.Z.Z. Abwehr vorbereitet. – Brief an die Meyer, so schlecht, daß er hoffentlich nicht auf die Nachwelt kommt. – Entspannung des prekären Verhältnisses zwischen Erika und Golo. – Jener kriegsverletzte Bildhauer bringt abscheuliche Büste, die er aber schon zweimal verkauft hat. – Kestens Buch »Meine Freunde, die Poeten« mit Portraits. Hübsch und herzensfreundlich. Reizendes Jugendbild von Klaus. Der Aufsatz über ihn liebenswürdig.

Erlenbach, Mittwoch den 4. XI. 53

Morgens 9 Uhr Abreise K.'s nach Montreux. Kam knapp, ohne Billet, zum Zuge. – Brief an den Juristen, Prof. Fuchs in Göttingen und anderes. Etwas gegangen. Nach Tische Interview mit einem oesterreichischen Vertreter von Assoc. Press. Abends Anruf K's, Report über die inspizierten Häuser, von denen eines mit schönem Park ernst zu nehmen, aber teuer. – Mit Erika und Golo, Literarisches und Politisches. Die verkaufte »Welt« soll 3 böse Artikel über die »Betrogene« gebracht haben.

Erlenbach, Donnerstag den 5. XI. 53

Zeitig auf. Allein Kaffee getrunken. Fertig angezogen. Von Erika spendierter Kaviar zum Frühstück. Nervös und unruhig. Die zweifelhafte Zukunft. – Briefe vormittags. 11 ¼ mit Erika zur Stadt. Einkauf von Unterwäsche, eines guten Regenmantels mit einknöpfbarem Futter, Cigarren und Cigaretten. Die Kalenderuhr zur Reparatur. – Zum Thee im Vorsaal Kerstin Strindberg, die sich zusammennahm u. nur vorübergehend etwas abwegig wurde. – Absage-Brief an das »Intern. Kultur-Austauschzentrum in Frankfurt«, dumme G'schaftelhuberei. – Beim Abendessen, ohne Golo, der für 8 Tage an den Bodensee, Telephon mit K., die morgen Abend zurückkehrt. Eindruck von Unentschlossenheit und eher Abneigung. – Regen.

Erlenbach, Freitag den 6. XI. 53

Allein Kaffee getrunken. Rasiert. Regen und solche Dunkelheit, daß künstl. Licht notwendig. – Nummern des New Yorker »Aufbau«. »Altes und Neues« besprochen von Frey. Artikel »Wie wir uns schaden« (Neue Zeitung, die aus der Schule verwiesenen Waisen der Rosenbergs). – – Etwas geschrieben am Kapitel. – Abends Rückkehr K.'s. Empfing sie vorm Haus, wo ich sie verabschiedet. Vorläufige Berichte beim Abendessen und nachher.

Erlenbach, Sonnabend den 7. XI. 53

Klares Wetter. In der Zeitung guter, gewandter Artikel von Weber über »Domino«, das Muschg-Stück und das Hauptmann-Bild. Über dieses Telegramm von Frau Hauptmann: Erfindung. Nachmittags Telephon mit Weber, der denn doch von der erwiesenen Fälschung noch Mitteilung machen will. – Tagüber mit K. und Erika viel über Montreux und Stäfa, hin und her. Die winterliche Öde an der Hotelküste dort. Andererseits hier kein Haus wie dort existent und Stäfa im Winter schwierig. – Vormittags gelungener Brief an M. George, nachträglich, zum 60. Geburtstag, da großer Jammer wegen meines Schweigens.

Erlenbach, Sonntag den 8. XI. 53

Neblig, kalt. Nachts Juck-Störung. Belastet mit Brief-Schulden. – Neue Idee K.'s, dies Haus zu kaufen und als Einfamilien-Haus umzubauen. Die technische Möglichkeit sowohl wie das Entgegenkommen des Besitzers Muhl zweifelhaft. – Etwas am Kapitel. Rede für den Schein. – Mit Erika und K. zu den Bauplätzen über Stäfa. Positiver Eindruck. Die Entfernung nicht gar schlimm. Wiederaufnahme des Kontakts mit dem Agenten, Aneilung der Verhandlung mit der Gemeinde (Wasserzuleitung etc.) Das Haus könnte bis 1. Juli fertig sein. Wäre froh, bei Zürich bleiben zu können. Mit dem Klima ist Vorsicht zu üben. Sich vor Erkältungen hüten. Der erste Winter mit seinen Reisen, statt Ruhe zur Gewöhnung wurde falsch verbracht. – – Nachmittags längerer handschr. Brief in Sachen »Zauberberg« an die »Büchergilde Gutenberg«. Abends Kaffee und Musik. (Pinza's pastose Stimme. Kleine Nachtmusik.) – Der Hund melancholisch durch Moni's Abreise-Vorbereitungen. – Lese »The Outer Edges« von Jackson.

Erlenbach, Montag den 9. XI. 53

Erika 48. Geburtstag. Kalt, der Nebel nicht stark. Verabschiedung von Moni, die ½ 9 Uhr von K. zur Bahn gebracht wird. Frühstück in Gesellschaft des Hundes. – Am Kapitel. Mittags bei Sonnenschein allein mit dem Hund gegangen, da K. leider heftig erkältet. Einbescherung E.'s. Schenkte ihr für Briefmarken die alte Schnupftabaksdose aus eingelegtem Schildpatt, die Papa im Senat anbot. – Fiedlers Briefwechsel mit einem Ostdeutschen; zu beantworten – wie so vieles. – K. nachmittags im Bett. Stand zum Geburtstags-Abendessen auf, zu dem die Freundinnen Nina u. Ellen kamen. Champagner. Nachher Dr. Katzenstein und Frau. – In Jacksons Roman. – Schöner Brief von Strich über die »Betrogene«.

Erlenbach, Dienstag den 10. XI. 53

Dichter Nebel. K. zum Frühstück auf. Schlechte Post über die Grundstücke in Stäfa. 20 Franken der Quadratmeter bei Nötigung soviel zu nehmen, daß der Baugrund schon 180 000 kostete. Unmöglich. Also doch die Hotelküste? oder schnell die tiefer gelegene Wiese? Verstimmung. – Weitere Verstimmung durch Golo, der gestern nicht gratuliert hat und sich heute, da in der Stadt, naiv zum Mittagessen anmeldet. Dumm und peinlich. Erikas äußerst angegriffener Nervenzustand und erschöpftes Aussehen. – Absage für heute Abend bei Mosers wegen K.'s Unpäßlichkeit. Woher die Laune zum Schreiben nehmen, den notwendigen Übermut, bei dieser Ungewißheit, diesen bedrückenden Spannungen. – – Große Büchersendung vom Verleger Jakob Hegner zum Dank für »Altes und Neues«. – – Am Kapitel, interessierter. Mittags Sonne. Allein mit dem Hund Kiesweg und Landstraße. Golo zu Mittag. Friedlichkeit zwischen ihm und Erika. – K. nachmittags im Bett. Thee bei ihr. Manuskript an Frau Rümelin nach Bern. Lektüre nur Zeitungen und die engl. Zeitschriften. Zeitverderb. Schweres, unlustiges Essen. Schlundenge. Immer die Gefahr des Steckenbleibens eines Bissens, das mich bis zum

Erbleichen erschreckt. – Hörten abends im Beromünster-Radio aus der Tonhalle moderne Musik unter Ansermet. Zur Zeit des Faustus hätte ich besser darauf gehört. Ließ bald abstellen. – Angebot wohlfeilen Grundstücks bei Itschnach, wahrscheinlich ohne Aussicht. Morgen zu besichtigen.

Erlenbach, Mittwoch den 11. XI. 53

Nebel, sehr dunkel. K. etwas gebessert, hustenfreie Nacht. Elektrisch rasiert. – Am Kapitel. – Verharren des kalten Nebels. Mit Erika zum Rendezvous mit dem Agenten für ein unmögliches Abhang-Grundstück bei Zumikon. Abwendung und zorniger Entschluß, dem Unwesen hier den Rücken zu kehren und in Montreux zu kaufen. Vorsatz, mit K., wenn ihre Gesundheit es erlaubt, am Montag dorthin zu fahren. – In R. Schneiders »Dichtung u. Dichter« über Lenau. »Sinn und Form« mit Aufsatz über Wagner von Hans Mayer. Nachmittags eine Anzahl von Briefdiktaten, auch an die »Weltwoche« weihnachtliche Bücher-Empfehlungen. – Abends etwas Sforza del destino. – Telephon mit Frido, der an Mandelentzündung erkrankt.

Erlenbach, Donnerstag den 12. XI. 53

Dicker, kalter Nebel, ohne Sonne den ganzen Tag. Am Kapitel, falsch und gelangweilt. Allein gegangen, wobei das Steigen mir sehr schwer fiel. Nachmittags seelenkrank und elend. Tiefes Mißgefühl von Körper und Geist, ruhelos. – Schöner Brief von Walter Rilla, London, über die »Betrogene«. Sandte ihm das Buch. – Abend mit K. und Erika bei Werner Weber und Frau. Liebe, getreue junge Leute. Aber ich war so müde, so müde und aß sehr wenig. – Verfroren. K.'s Bronchitis, ein Grund mehr zum Kummer.

Erlenbach, Freitag den 13. XI. 53

Brief von Agnes über den meinen u. über die »Betrogene«. – Buch »Trunken von Gedichten« mit dem Beitrag von mir. –

Mein Schlaf war gut, nicht gut der K.'s, die den Doktor beordert. – Dichter kalter Nebel wie gestern. – Tolstoi-Nummer von »Sinn und Form« mit Auszügen aus meinen Aufsätzen über ihn. – –

Erlenbach, Sonntag den 15. XI. 53

Gestern nach Tische Bermann. Besprechung von Geschäftlichem und Literarischem. Nietzsche-Auswahl, vielleicht von Golo zu machen, mit Vorwort von mir? – Idee der vorläufigen Herausgabe eines Bandes der Krull-Memoiren, wie einst der Geschichten Jaakobs. Das Verlangen nach dem Neuen von ihm ist groß und in toto auf lange hinaus nicht zu befriedigen. Bermann von dem Gedanken höchst angetan. Aber Einverständnis, daß es ein handfester Band sein müßte, wozu wahrscheinlich der Einschluß des argentinischen Teils gehörte. – B. rät dringend, nicht in die Fremde zu gehen, sondern hier zu bleiben und zu bauen. Das Stäfa-Grundstück noch disponibel. Neues Angebot in Meilen.

Schrieb schnell und lang an Fiedler, politisch. Auch an Rilla. Las Tolstoi's »Geschichte des gestrigen Tages« und Briefe Gontscharows an ihn. Blätterte in Gedichten von Trebitsch. Las nach dem Abendessen den Brief an die Eltern aus Lissabon vor. Leidlich unterhaltend. Die Dialektik der jungen Generation unverständlich, wie Erika meinte.

Nachtfrost. Dicker Nebel, der vielleicht mittags wieder die Sonne durchläßt. Der Hund nur noch an der Leine zu führen. Entlief gestern über die Wiesen, jagte laut jauchzend im Wald und wäre um ein Haar von einem Forstmann erschossen worden, der schon mit Flinte und Feldstecher über die Wiesen ging. –

Vormittags am Kapitel (Kreuzgang Belem). Nachmittags Brief-Diktate. Abends Vorlesung des 2. Teils von III, 9 (Tennis und Brief der Marquise).

Erlenbach, Montag den 16. XI. 53

Angegriffen vom Abführen. Gebadet u. rasiert. Viel Post. Neues Bilderbuch der Frau Gehrig (»Das Lieblingsgedicht«). Erregter Darm. Aufgehalten. Verbesserungen am gestern Gelesenen. Bildungsvokabeln zu vermeiden, wie »Stilelemente« und »Artefakt«. – – –

Erlenbach, Mittwoch den 18. XI. 53

Eisenbahnfahrt mit K. nach *Montreux*. In schlechter Verfassung. Zwei Zimmer im Palace Hotel. Im Speisesaal Abendessen mit Rotwein. Bald zu Bette. Gestern vormittag Besichtigung dreier Häuser, von denen, obgleich die anderen schöner, nur eines, das geschnitzte Chalet unterhalb Glions praktisch in Betracht kommt. In Zwiespalt und Zweifel Rückfahrt am Nachmittag, gelangweilt wieder von der Eisenbahn und eingeholt hier von Erika. Ihr berichtet. Informationen über das Stäfa-Grundstück abzuwarten. Aßen noch Suppe und Sardinen und besprachen uns bei türk. Kaffee. – Unterwegs viel in Jacksons Roman. Vorzüglich. – Bücher, Bücher und viel, viel Post. Sonderdrucke von »Retour d'Amérique« aus »Comprendre«. Schon Abschriften von der Rümelin. Anmeldung Reisigers. Sonderbarer Brief von Humm, über Golo: Bericht über einen katholischen Bewunderer, Ersatzmann für ihn. Eine Menge anderes, Böses und Gutes.

Heute erst 8 ¼ auf. Gebadet. Angegriffen. – Brief an den Verlag Kröner, Stuttgart, zur notdürftigen Korrektur des blödsinnigen Artikels über mich in dem Lennartz'schen Informationsbuch. – Gegangen zur Kittenmühle. – Nachmittags erregt und ruhelos dank dem Briefe von Humm u. anderen Eindrücken. – Versuche etwas zur Empfehlung des Buches der Meyer aufzusetzen. – Beschäftigung mit Matthias' Buch über, vielmehr gegen Amerika, das »geordnete Chaos«. Müder Tag der Unfähigkeit.

Erlenbach, Donnerstag den 19. XI. 53

Zeilen über Ag. Meyers Buch fertig gemacht. Brief an Humm entworfen. Zur Stadt, Haarschneiden u. Einkäufe bei Bachmann. Abends zu dritt ins Schauspielhaus, Première von Shaws »Helden«, anfangs gut, dann nachlässige Posse. Im Mittelpunkt der provinziellen Aufführung ein erquicklicher Bunschli, der Triumphe feierte. – Zu Hause Chokolade. – In dem vernichtenden Amerika Buch, von dem nun genug.

Erlenbach, Freitag den 20. XI. 53

Schrieb vormittags den Brief an den störrigen Humm zu Ende und diktierte ihn nachmittags, gekürzt, nebst einem halben Dutzend anderen. Ging mittags allein über die Kittenmühle. Ungewöhnlich dichter Nebel. – Aus Tokyo vom Onkel erfreuliche Nachrichten über den Verlauf von Bibi's Besuch. – Hörten abends aus dem II. Akt »Holländer.«

Erlenbach, Sonnabend den 21. XI. 53

Noch nebeldunkler als gewöhnlich. Brief von Bibi aus Tokyo, das Erfreuliche bestätigend. – – Viel Post mit Zumutungen. Bericht Dr. Jonas' über Beendigung und bevorst. Erscheinen der Bibliographie. – Wieder an dem Roman, Gespräch mit Zouzou im Kreuzgang von Belem. – Im Nebel mit K. gegangen. Katzenjagd des Boris. – Nachmittags Brief an Hans Meyer über seinen Wagner-Aufsatz, gut. – Hörten den 1. Satz von César Franks Symphonie. Vertraute Tonsprache. – Erika leidend aussehend. – »Outer edges«.

Erlenbach, Sonntag den 22. XI. 53

Dichter Nebel. Gebadet. Am Kapitel. Gegangen, teils mit K. und dem Hund, dann allein. Der Hund sehr störend. Erika krank im Bett mit heftigem Darmkatarrh. Dr. Gysi. Viele Briefe ausgefertigt, korrigiert. Klaus Sommer, 14jährig, Karlsruhe, langer, intelligenter Brief. Will seiner Mutter Die Betrogene zu Weihnacht schenken, schicke ihm statt dessen

»Lotte in Weimar«. Abends früh hinauf. Beendete den Jackson. Wartende Lektüre massenhaft. Las meine Aufsätze über Freud wegen N.Y.T. Book Review. Werde nicht dienen können.

Erlenbach, Montag den 23. XI. 53

Massenhaft Post. Das Angenehmste ein Brief von Feuchtwanger. Lästiges, zeitraubendes Abführen. Beschmutzung frischer Wäsche, verärgert. Besprechung der »Betr.« von Albr. Goes im »Aufbau«, als garzu greisenhaft hingestellt, wenn auch mit Würde. – Käthe Rosenberg schreibt warnend für franz. Schweiz, Montreux; »totes Geleise«. Richtig. Aber wohin? – – Am Roman. Wenig Zeit zum Gehen; nur ein Stück hinab. Bücher-Packete von deutschen Verlegern. Das 2bändige »Lesebuch« von Suhrkamp mit »Der K.u.d.Ges.«. Gute Einleitung. – »Corriere« mit dem Shaw-Aufsatz, gekürzt u. ziemlich verarmt. – Ein paar handschr. Erledigungen: die Gehrig, die Rümelin. – Zum Abendessen Eintreffen *Reisigers*, der in der Küsnachter »Sonne« wohnt. Freundschaftliches Wiedersehen. Golo dazu bis Morgen. – Fulminanter Artikel in »New Statesman« über den Schwindel, der unter Druck Amerikas mit der russischen Note betr. die Konferenz getrieben worden. Volksbelügung. – Essays von R. Schneider, gebildeter Katholizismus.

Erlenbach, Dienstag den 24. XI. 53

Dichter Nebel, dabei immer ruhige Luft, keine Herbststürme. Fertig angekleidet ohne Umstände. Früheres Frühstück. – Am Roman. – Mit K. Besichtigung des Turmhauses des Tanzmeisters droben. 260 000, was sehr billig ist. Der Saal als Arbeitszimmer. Lift. Viel Gespräch darüber. – Mehrmals bei Erika, deren Darmaufruhr sich nicht bessern will. Täglicher Besuch des Arztes. Der Ausfall ihrer Kraft empfindlich. Golo reist wieder ab. Reisiger zu den Mahlzeiten. Ausgezeichnete Besprechung der »Betrogenen« von ihm in der »Stuttgarter

Zeitung«. Hat eine Woche daran gearbeitet. – Von Kerényi Gala-Papier zu einem Glückwunsch für den 70jährigen Dr. Brody vom Rhein-Verlag. Brachte ihn nach dem Thee sogleich zustande. K. fuhr um 10 Uhr Reisiger nach Küsnacht und Golo zum Bahnhof. – R. Schneider über Philipp II. Der »Statesman« über White, Hiß und die Exkommunisten. McCarthy bekommt Gratiszeit zur Replik auf Trumans Rede über alle Radio- und Fernseh-Sender. – Mit Erika über den Gedanken, welches Wunder es mit einer Zeitung wäre, die die Wahrheit sagte, und hinter der eine Geldmacht stände. Aber welche Geldmacht hat Interesse an der Wahrheit!

Erlenbach, Mittwoch den 25. XI. 53

Andauer des ruhigen kalten Nebelwetters. Bade wenig, rasierte mich lieber statt dessen. – Die üblichen Büchersendungen, aber wenig mich angehende Briefe. – Keine Vorbereitungen für die geplante Süd-Reise nach Weihnachten. Es fehlt an Energie. Überlastung und Müdigkeit. – Am Kapitel. – Ging allein mit dem Hund über die Kittenmühle hinaus. – Reisiger tagüber, lieb und nett. – Kam die »Neue Rundschau«, verwirrend wie immer die literarische Philosophie und niederdrükkend. – Nach dem Thee Diktat eines ernsten Fragebriefes an den Tanzprofessor vom Turmhaus mit Angebot 23 000 Franken. Seit ein paar [Tagen] spielt jedoch ein dringlicher Brief von Medi über ein schönes Haus bei Florenz eine Rolle, der uns beschäftigt, von dem wir aber der kranken Erika nicht ernstlich zu reden wagen. – – Furchtbare, notvolle Verwirrung im Palais Bourbon wegen der E.W.G., gegen die die Widerstände noch gewachsen sind. – Abends für Reisiger Tristan-Musik.

Erlenbach, Donnerstag den 26. XI. 53

Immer das gleiche stille, kalte Wetter mit Höhennebel. Mit K. neuerdings über die Florentiner Möglichkeit. Dabei drängt die Zeit. Ein Entschluß ist notwendig. Das große Turmhaus droben mit dem Arbeitssaal für mich hat sein Bedenkliches und Phantastisches. – – Am Kapitel. – Mittags an Erikas Bett über die »Burg« oben und über Italien, wovon sie aus politischen Gründen ernstlich abrät. – Ging nur wenige Schritte mit Reisiger. – Nach dem Thee ein paar Erledigungen auf eigene Hand. Las Reisiger abends den Brief an die Eltern vor, den ich schwach fand. Hatte ursprünglich Mme Houpflé lesen wollen, stand aber davon ab. Reisiger kränkelte. – Der lange Aufsatz Adornos über Kafka in der Rundschau. Mühselig. Er rechnet ihn weitgehend dem Expressionismus zu, was ich bisher leugnete.

Erlenbach, Freitag den 27. XI. 53

Am Roman. Frohes Gefühl bei der Vorstellung, daß nach Abschluß der Lissaboner Geschichten ein Band fertig wäre und ich freie Atempause für andere Möglichkeiten hätte. Einladung nach dem Haag von der »Sociéteit voor culturele Samenwerking« zu einem Vortrag im *Mai*. Positiv ins Auge gefaßt. – Einladung nach Weimar zur Herderfeier. Illusorisch. – Reisiger krank, blieb bei sich. – Ging langsam zur Kittenmühle mit dem Hund. – »Der Monat« und Zeitungen. Die Lage in Frankreich. Die neue Note Rußlands, Bereitschaft zur Viererkonferenz. Entschlossenheit bei uns sich in den Kriegsvorbereitungen nicht stören zu lassen. – 7 Uhr Imbiß. Mit K. zum Schauspielhaus: Uraufführung von Giovanellinis' tragödienartigem Drama »Das grüne Blut«. Hatte nachmittags geruht und war frisch und empfänglich. Interessantes Stück, vorzüglich inszeniert und gespielt. Der Autor gefeiert. Ich applaudierte bis zuletzt, sehr angetan. – Kaffee in der Pause, im oberen Restaurant. Zu Hause Chokolade. Erika. Las Zeitungen (Churchill, Frankreich, über den Bauernkrieg u. Luther) zur Cigarre. Löschte erst 2 Uhr das Licht. – Sternenklarheit.

Erlenbach, Sonnabend den 28. XI. 53

Nachtfrost. Sonniger Tag. Brief aus Ostdeutschland über die »Betrogene«. – Am Roman. – Mittags mit K. zum Turmhaus. Besprechung und Grundstückbesichtigung mit dem Tanzmeister. Das Geschäftliche. Gibt das Haus mit 7000 □ m für 250 000 Franken. Das Entscheidende die Hypothek. Starke Neigung, mir das feste Schloß anzueignen. Freude und Erleichterung über die Aussicht des Hierbleibens u. der Gewinnung von viel Platz. – Las im »Monat« guten Aufsatz über Hitler von Lüthy. Dankbar für das Zugeständnis, daß dies der tiefste Punkt der Geschichte, »unter aller Barbarei«, Bolschewismus und jeder Terror nicht damit zu vergleichen. – Nach der Ruhe Begrüßung der Enkelbuben. Das Herz ging mir auf beim Wiedersehen mit Frido. Sein liebenswürdiger Gesichtsausdruck. – Reisiger wieder zu den Mahlzeiten.

Erlenbach, Sonntag den 29. XI. 53

Blauer Himmel. Aerger und Mühe wieder durch Verunreinigung. Folge des Abführens. – Frühstück mit den Buben. – Fridos Mandeloperation nicht urgent. – Am Kapitel, hübsch. – Mit den Buben zum festen Schloß; das Grundstück besichtigt. Mit ihnen zu Fuß zurück. Der Hund, mit Maria unterwegs, wäre wieder einmal beim Jagen eines Rehs um ein Haar erschossen worden. Müssen ihn weggeben. – Schrieb Briefe, signierte Bücher für Sortimenter. – Reisiger zu den Mahlzeiten. Beschließt vernünftiger Weise, Dienstag abzureisen. – Verabschiedung von Frido. Wollte vom Liqueur naschen, leugnete und weinte. – Erika, wieder in Gysi's Behandlung, fühlt sich besser. Liederkonzert abends. Entzückt. – Halsentzündung; hitzig, aber kein Fieber, obgleich überzeugt war, welches zu haben. Treupel-Tablette, Gurgeln mit Natron. – Klarster Himmel.

Erlenbach, Montag den 30. XI. 53

Klarster Himmel, Nachtfrost. Der Hals so entzündet, daß auf den Orangensaft verzichten mußte. Gottlob wenig Post. Première des Mario-Ballets in der Scala für Februar angesetzt. – Am Kapitel, hübsch. – Mit dem Hund bei Sonnenschein über die Kittenmühle. – »Frau und Frieden«, gutes Blatt. Über den Sieg Adenauers und die »Deutsche Reise«. Sie haben wahrscheinlich aus Führerkult u. Wille zum Wohlleben den dritten Weltkrieg gewählt, angehalten dazu von Amerika. – Nachmittags ein paar Briefe. – Rührende Danksagung des kleinen Klaus Sommer in Karlsruhe für Brief und Buch. Außer sich vor Freude. Will nach Weihnachten berichten. – Las den Brief abends Erika u. Reisiger vor zu großer Erheiterung. Kamen auf Gerok (Hotel in Stuttgart) und die »Palmblätter« bei Großmama, aus denen ich zu allgemeinem Erstaunen die »Hexe von Endor« fast ganz rezitierte. War wohl zwölfjährig, als ich das aufnahm. Verabschiedung von Reisiger, der morgen fährt, was ganz gut ist. Aber ein lieber Mann. – Alfred Webers Buch »Der dritte oder der vierte Mensch« – langweilig. – Gedichte eines Freidenkers von Behtz in Hamburg: namenlos unpoetisch. – Halsentzündung abends gebessert.

Dienstag den 1. XII. 53

Blauer Himmel. Leichter Seenebel. Föhnig. – Schöner Halbleder-Band »The Gottesman Lectures« aus Uppsala mit »Goethe u. die Demokratie«. – Abschluß von Kap. 10 des III. Buches. Hübsch. Nun 11 mit der Corrida. Schon gleich Umschau. – Ging zur Kittenmühle. – Erikas Zustand durch Injektion leidlich, aber wesentlich ungebessert. Zuziehung eines Spezialisten erwünscht, aber nicht leicht. – Brief von Silvio Giovanninetti, der von meiner Anteilnahme gehört. – Mehreres Handschriftliche nachmittags. Mit Erika Beschäftigung mit den Zimmerplänen des Hauses. Der Nachteil ist, daß mein Schlafzimmer ans kleine Eßzimmer stößt. Die Hypothek-Angelegenheit mit der Kreditbank durch K. bestens eingeleitet. –

Abends Radio: Violinkonzert von Brahms, vortrefflich gespielt, Aufnahme aus Basel.

Erlenbach, Mittwoch den 2. XII. 53

Blauer Himmel. Dann Seenebel, sich wieder klärend, wieder verdichtend. Rasiert. Nachricht von der Rümelin. Weiteres Manuskript soll nach Bonn gehen. – Begann das elfte (letzte) Kapitel von III zu schreiben, womit der Band geschlossen sein soll. – Ging bei Sonnenschein zur Kittenmühle. – Golo zu Besuch. Er inspizierte das Feste Schloß und fand den Zugang zum Saal u. diesem Arbeitszimmer nicht recht. Empfehlung Wegnahme einer Wand in oberen Zimmern. – Erika, in leidlichem Zustand, nahm etwas am Familienleben teil. – Las »Bericht an die Regierung« von Weyrauch; phantastischer Hitler-Untergang. – Entlassung schwerster Kriegsverbrecher aus Dänemark (»Ausweisung«). – Rede des Dulles gegen McCarthy, der, mit viel Geld hinter sich, seine Präsidentschaftskandidatur vorbereitet. – Wollten ½7 mit Golo zur Stadt fahren, das Cinéma zu besuchen, aber schon etwas unterhalb des Hauses hatte der Nebel sich so verstärkt, daß kein Durchkommen war und wir umkehrten.

Erlenbach, Donnerstag den 3. XII. 53

½8 auf. Gebadet. Nebelwolken von fortwährend wechselnder Stärke. Rückkehr Golos in seine Stadtwohnung. – Studien zum 11. Kapitel und etwas weiter. – Mit Erika im festen Haus. Ablehnung des Saales als Arbeitszimmer. Dieses wäre im Oberstock durch Wegnahme einer Wand herzustellen u. dann sehr schön. Einsicht in die Notwendigkeit vollständiger Überholung des Hauses, Architekt, Maler, Tapezierer, Gärtner erforderlich, Investierung von ca 15 000 Franken. Senkung des Preises zu fordern. Der Besuch aufs neue erregend. Viele Probleme. Ging mit Umweg im Nebel, den weiter oben die Sonne durchdrang, zurück. – Artikel von Mercanton im Journal de Genève über den Fall Muschg und meine Beschimpfung als

»Literat.« – Nach dem Thee langweilige Briefdiktate. Abends für K. und Erika Vorlesung des Liebeskapitels (10). Eindruck von Frische und Originalität. Zouzou's Kruditât zu dämpfen. E. glaubt nicht, daß sie soviel weiß.

Erlenbach, Freitag den 4. XII. 53

Fortdauer des wechselvollen Nebelwetters mit Bläue und Sonne zwischenein. Nachtfrost. – Unruhige Nacht. – Von Mondadori Exemplare des Bändchens »Tonio Kröger« und »Tristano«. – – Gebessert an 10 und etwas weiter an 11. – Bei sehr schönem Wetter mit dem Hund über die Kittenmühle gegangen. – Ein Consiliarius bei Erika. Dünndarm-Entzündung, ursprünglich infektiös. Möglicherweise Hospital-Behandlung geboten. Golo ganz ähnlich erkrankt in seinem 5. Stock, ohne Telephon. – Nachmittags in Niggs Ketzerbuch. Abends mit K. nach Zollikon zu Mosers zum Abendessen mit Tochter Beth u. ihrem Mann. Leidlicher Verlauf. Über Gesang mit Flöten oder Oboenbegleitung. Über den Hauskauf. Dieses hier für 265 000 annonciert, was der alte Moser als normal bezeichnete.

Erlenbach, Sonnabend den 5. XII. 53

Mildes, etwas dunstiges Wetter. Gebadet nach zu spätem Aufstehen. Brief aus Indonesien von einem Leser namens Gsü. Bitte um signiertes Bild. – – Etwas weiter am Kapitel. – Gegangen bei sonnigem Wetter zur Kittenmühle. – Sehr lieber Chateau-Brief von Reisiger. Flinkers Almanach mit dem Beitrag über Faustus. – Nach dem Thee Brief an Prof. Nigg, nicht beendet. – Zum Abendessen Golo. Besuch von Dr. Gysi, etwas betrunken. Frage, ob Erika nach Hirslanden gehen soll, bleibt offen. Bedenken gegen den »Holzknecht-Einlauf«. – Caviar.

Erlenbach, Sonntag den 6. XII. 53

Dichter Nebel wieder. Elektr. rasiert. Caviar zum Frühstück. – Den Brief an Nigg fertig gemacht. Dann am Kapitel. – Mit

K. bei dichtem nassem Nebel zur Kittenmühle. – Nach dem Thee Brief an Trebitsch über seine Gedichte. Ausfertigungen. – Zweimal Empirin gegen rheumatisches Glieder-Unbehagen. Abends mit Erika schönes Grammophon-Konzert, Lieder u. Arien. Die alte Platte »Abendlich strahlt«. Herrliche Dreiklang-Welt, Loge, die Rheintöchter mit »Traulich und treu ist's nur in der Tiefe«. Begeistert. – Verschiedenes in Suhrkamps »Deutscher Geist«.

Erlenbach, Montag den 7. XII. 53

Nebel. Wäre nachts fast aus dem Bett gefallen. Finde mich immer in völlig anderen Lagen als der ursprünglich eingenommenen. – Riesige Post, die beiseite legte. Gute Nachrichten von Bibi aus Tokyo. Erste Andeutung, daß Dortbleiben möglich. – Am Kapitel. – Hastig etwas gegangen, da pünktlich zu essen war. Erika zum Spezialisten. Der Verlauf war recht beruhigend. Hospital und Röntgendurchleuchtung unnötig. Blutbild sieht täuschend nach Typhus aus, der aber nicht vorhanden. – Brief der Meyer, unverbesserlich optimistisch. – Brief an Reisiger. – Mit Freude in dem Hadrian-Buch der Yourcenar.

Erlenbach, Dienstag den 8. XII. 53

Winterliches Nebeldunkel. Schwer und demütigend geträumt in Folge leichter Magenverstimmung. Gebadet. – Die Bank meldete gestern Bereitschaft, 50 % der Kaufsumme zu 3 ½ % zu leihen. – Am Kapitel. – Hinab gegangen mit einem Malermeister, der sich mir anschloß. – Guter Artikel über »L'Inganno« in Il Mondo, wo das Ganze erschienen. Auch warme Briefe über die Erzählung. – Weihnachtsgrüße und Cigarrengeschenk (von mir zu besorgen) von Knopf. Brief von Preetorius. – Nach Tische Besuch des 1. Sekretärs der Sowjetgesandtschaft in Bern. Zahlung von 26 000 Franken Honorar für »Buddenbrooks« auf Moskauer Weisung. Beratung, wie in Empfang zu nehmen. Erika wird es holen. – Engl. Brief an

Knopf. – Abends Schlußteil von Harold in Italy, bewundert. Dann Ouvertüre u. Weiteres aus der »Fledermaus«. Reichtum an Einfällen. – Tief bewegt von [der] Hadrianischen Memoiren-Fiktion. Die Antinous Liebesgeschichte, sein Tod, des Liebenden Schmerz, die Vergöttlichung – ergreifend. Las lange nichts Schöneres. Der Charakter des Knaben, wie alles Übrige, mit voller Wahrscheinlichkeit getroffen. Ein erstaunliches Buch.

Erlenbach, Donnerstag den 10. XII. 53

Gestern vor- und nachmittags an einem freundschaftlich-persönlichen Neujahrsartikel für die Sangyokeizai-Zeitung in Tokyo. Mittags erst beim Notar in Küsnacht, dann nach Zürich zum Haarschneiden und Einkauf von Cigaretten. Flinke, geschickte Bedienung bei Bachmann, junger Kammerdiener-Typ. – Abends politisches Gespräch mit Erika. Die Ohnmacht sich auszudrücken, dem Beruf widersprechend, niederdrükkend. Ekelhafte Welt! – Die Rede Eisenhowers vor den U.N., scheinheilbringend. Die bewußt unwahre Voraussetzung eines russischen Atom-Angriffs. – Hörten Parsifal-Musik, Charfreitag und Verwandlung.

Die kürzesten Tage ... ½8 noch nächtlich dunkel. Dann föhniges Karmaisin der Berge. Dann Nebeleinhüllung, später sich lichtend. Wärmegrade. – Faustus-Artikel im »Hochland«, erfreulich. – Brief aus Amerika über den »Erwählten«, erfüllt. – Beendete den Neujahrsbrief an die japanische Zeitung. – Ging mit dem Hund zur Kittenmühle. – Der Hochland-Aufsatz von Prof. v. Martin, München, über Faustus und Nietzsche. – Italienisches auch über Faustus von Elémire Zolla. – Handschr. Briefe und Bücher-Inskriptionen. – Verspätet zum Abendessen Golo. Kontradiktorisches über die Rede Eisenhowers. Die Antwort Wischinskys zu arm und plump. Eine »Kriegsrede« war es nicht. – Nachher im Wohnzimmer viel über die Hadrian-Memoiren, in denen weiter las.

Erlenbach, Freitag den 11. XII. 53

Nebel, Nebel. – Korrektur der Abschrift des Briefes nach Japan. – Wieder am Roman. – Ausgang mit K. – Brief an Mme Zolla, von E. zu übersetzen. Zornige Zurechtweisung wegen ihrer Entstellung der Echo-Episode. – Erika beim Abendessen. Ihre Idee in der Feste dennoch Saal und Atelier zu meinem Arbeitszimmer mit der ganzen Bibliothek zusammen zu ziehen. Diskussion an Hand der Pläne. Zweifel. Größe, Höhe, Heizbarkeit. Das Wünschenswerte kaum tunlich. – Erschwingliche Grundstücke werden in Herrliberg angeboten. Besichtigung durch das Nebelwetter ohne viel Sinn. Häuser, die K. besichtigte, kommen nicht in Betracht. Zweifel und Unsicherheit bleiben. – Prunkhafter Prospekt des K.H.-Films.

Erlenbach, Sonnabend den 12. XII. 53

½8 auf. Nebel. Nächtig. Kaffee bei Licht. Rasiert. Großer Artikel über mich in »Öffentlicher Dienst«, Schweizer sozialistisches Blatt. Abdruck aus »Deutsche Hörer«. Überblick über mein Werk. Der »Erwählte« seltsamer Weise besonders gerühmt. – – Polnisches Blatt wünscht Äußerung über Volksrepublik. Nicht wohl möglich. – – Las gestern die in der Mitte begonnenen Hadrianmemoiren zu Ende, bestaunte die Bibliographie des Arbeitsmaterials und fing von vorn an zu lesen. Tatsächlich benommen wie ein Jüngling von der Schönheit des Buches. Übrigens klingen seine Betrachtungen über die Liebe merkwürdig an die Rede Felixens im vorigen Kapitel an. – – Geschrieben an der Corrida-Szene. – Allein mit dem Hund zur Kittenmühle. – Die Zeitungen. Hadrian. – Leichter Rückfall Erikas. – Wie meistens zu spät niedergelegt und keine Ruhe. – Brief an Claire Goll, New York. Den englischen an die Zolla expediert. – Suppe vor 7 Uhr. Fahrt mit K. zum Schauspielhaus, nebelfrei. »Tobias und Sara« von Claudel, der mit seiner teils priesterlichen Party uns gegenüber im ersten Rang saß. Weihrauch-Mysterienspiel mit langen, unendlich symbolisch beschwerten Dialogen. Sehr ermüdend. Keine Pause. Vermißte den üblichen Kaffee. Nach Schluß der Alte auf der Bühne. Küßte die Darstellerinnen. Kleine Ansprache. [»]Je suis 86, regardez-moi bien, vous ne me verrez pas une autre fois.« – Zum Empfang in den oberen Café-Räumen. Schweizer, Hirschi, der Stadtpräsident, Prof. Keller u. a.. Humm wußte nicht, ob grüßen. Introduktion durch Schweizer bei dem Alten, der sehr erfreut war. Sprach ihm von meiner einstigen Erfülltheit von »L'annonce faite à Marie«. Die Memoiren der Meyer. Scherze über seine Spottverschen und le protestant maudit. Andere Vorstellungen. Gingen bald. Zu Hause Erika. Chokolade. Cigarre und Lektüre danach. Nach 1 Uhr zu Bette.

Erlenbach, Sonntag den 13. XII. 53

Später auf. Müde. Dichter Nebel, Kuriosität dieses Herbstes. Am Kapitel. Mit K. kurzer Rundgang. Mehrere Briefdiktate und Handschriftliches. Abends Melchior, auf seiner Höhe, als Parsifal u. Lohengrin. – In den Hadriansmemoiren.

Erlenbach, Montag den 14. XII. 53

Dichter Nebel. Schon ½ 8 auf. Rasiert u. gebadet. – Es fehlt an Vorbereitungen für die Südreise Mitte Januar. Vorher sollte der »Erste Band« fertig sein. Gesucht Bearbeitungsexemplar des Fragments. – Am Stierkampf; zu wenig Zeit. Zur Stadt, zur Pediküre. Nach Tische Durchsicht der Zeitung, des »Statesman«. Nimmt zuviel Zeit. Zu spät niedergelegt, wie meistens. Ruhelos, da eingenommen hatte und über unser Verbleiben grübelte mit gestörtem Eingeweide. Schrieb an Frau Corinth in New York. Mit K. und E. über die Reise nach Madeira oder Teneriffa, die ich eigentlich fürchte, und für die nichts vorbereitet ist. Der Wunsch zu Hause zu bleiben ist stärker als Neugier und die Vorteile des Sehens, das dem Roman nützen würde. Es wäre Pflicht, sozusagen, aber meine körperlichen Verhältnisse erschweren alles so sehr, und vor allem möchte ich mehr Zeit vor mir wissen zur Fertigstellung des »Ersten Bandes«. – Im »Hadrian«. Der Sitzplatz am kleinen Fenster ist im Winter wegen Kälte der Mauer und feuchten Zuges unhaltbar. Lehnstuhl vor den Schreibtisch zu rücken. – Vorführung des K.H.-Films am 18. oder 19..

Erlenbach, Dienstag den 15. XII. 53

Zeitig auf, wenig Toilette, früheres Frühstück. Dichter kalter Nebel. Mit K. über die Sorgen. Brauchen mehr Zeit sowohl für die Lösung der Wohnungsfrage wie für meine Arbeit. In Betracht gezogen einige Wochen Sizilien und Florenz ab Mitte Januar, wenn das Mädchen solange zu halten ist. Sollte freilich besser Eindrücke von den kanar. Inseln oder Madeira gewinnen; aber die weite Reise schreckt. – – An der Corrida. – Über die Kittenmühle. – Viele Briefe von Leibrich, Schneditz etc. zu beantworten. – Nach dem Thee [zum] Geburtstag an Käthe Rosenberg, die den 70. begeht. Schenke ihr das Buch der Yourcenar. – Das Radio-Grammophon-Radio bis Weihnachten abgeholt zur Erneuerung der Apparatur. Bedienen uns etwas des kleinen Radios, das ich in P. P. in meinem Schlafzimmer hatte. – Golo zu Gast. Für Bauen eingenommen, das eine vernünftigere Kapitalsanlage ist, als die Feste Zel. – Lese viel in den Zeitungen über die Konstellation Amerika, Frankreich, Deutschland. Le Monde gegen die präpotente Rolle Adenauers. Konflikt Bidault – Dulles. Drohendes Bestehen dieses auf schnelle Ratifikation. – Erika nimmt ihren Wismut-Trank für die morgige Röntgendurchleuchtung.

Erlenbach, Mittwoch den 16. XII. 53

Dichter Nebel. Die Beständigkeit dieses Wettercharakters phänomenal. K. plädiert für Teneriffa als Ziel der Winterreise. – Am Kapitel (Ribeiro). – Über die Kittenmühle. – Zeitungen und im »Hadrian«. – Nach dem Thee Brief an Leibrich über die T.K.-Coinzidenz bei Maupassant. – Recht guter Verlauf von Erikas Besuch beim Spezialisten. Wurde auch einen größeren Teil des vielen Wismuth schon abends wieder los. – Meine eigenen Darmverhältnisse sehr ungehörig. – Buchgeschenke nach verschiedenen Seiten: die Herz, die Witwe Platzer.

Erlenbach, Donnerstag den 17. XII. 53

Jeden Morgen beim Öffnen der Balkontür dasselbe kalte Nebelgebräu, dicht, daß nur nächste Bäume, kein Haus durchschimmert. – Gebadet. Zeitig am Tage. An der Corrida. Bei nässendem Nebel zur Kittenmühle, ½ Stunde hin und zurück. Glückwunschkarten, Bücher. Nach dem Thee Briefe diktiert. Las im Hadrian schon Gelesenes wieder. Die Liebesgeschichte mit Antinous, in der der sich Opfernde so lebendig wird, des Liebenden Schmerz und Gewissensbisse – ich werde all dessen nicht müde. Habe ich die Einritzung in die Memnonssäule, AΔPIANO, gesehen? Man spöttelt nur über die niedrige Herkunft des Knaben. – Hasenbraten, Caviar. Abends Kaffee.

Erlenbach, Freitag den 18. XII. 53

Das ewig gleiche Wetter. Abgeführt und also unruhiger Leib. Schöne Glückwunschkarten, aus Ägypten von Dieterles. Komische Erfolge Monikas, die man E. besser verheimlicht. Medi ein tête-à tête mit Silone zu verheimlichen. Allumfassendes Armeemesser für Frido zu Weihnachten. – Am Kapitel bis ½ 2 Uhr durchgearbeitet. Csokor zum Lunch, mit Bandwurm u. außerdem herzleidend, aber voller Angeregtheit, gebildeter Lebhaftigkeit. Blieb nur kurz. – Nachmittags geschlafen. Brief an Reinhold Schneider. AΔPIANO heißt ja Adriano. Dabei klingt es, als ritze er einen Kosenamen des Antinous in die Säule. – Fehlt das Aspirationszeichen. Und war das O am Ende als intimere Form gebräuchlich für – us? –

Erlenbach, Sonnabend den 19. XII. 53

Der Nebel. (Etwas gelichtet). Gestern u. heute Morgen viel Caviar. – Am Kapitel, vorwärts drängend. Wieder Bewegung gemacht, zur Kittenmühle, in recht angegriffenem Zustand, da den Magen etwas verdorben. Nervöse Ruhe. ½5 mit K., E. und »der Márie« zur Stadt, Studio, drei Treppen hoch, geführt vom jungen Braun, sein Vater dann, der sehr aufgeregt war, der Producer, leicht verwachsen, Frau Dr. Braun, Gasser, Golo, weitere Zuschauer. Fauteuils mit K. und E.. Film zog farbig vorüber, technisch noch unfertig, zu dunkel oft, Klang und Bewegung noch nicht koordiniert. Aber prächtig, heiter und gemütvoll, auch geschickt, mit den Andeutungen des Gedachten, z. T. sehr gut gespielt. Dieter Borsche durchaus richtig und gewinnend. Zu loben auch die Löwenjoul, Albrecht, selbst Überbein. Der Ritt sehr gut. Taktvolle Liebesszenen. Natürlich Peinliches im Ausfall und im Gebotenen. Im Ganzen freundlicher Eindruck. Das Verhältnis der Brüder berührte mich. Der »hohe Beruf« kommt zu kurz. Während Golo u. Gasser in der Erlenhöhe aßen hatten wir Champagner-Souper bei uns mit den Filmleuten. Ich gratulierte u. dankte bei Tisch. Den Kreis im Wohnzimmer leidlich untergebracht. Der junge Michael Braun im Profil sehr hübsch. Er genoß den Abend am meisten. Mit Gasser über die Yourcenar und ihr Buch. Persönliches. Nicht allzu spät ins Bett, sehr müde. Schönes Leder-Album mit farbigen Bildern des Films.

Erlenbach, Sonntag den 20. XII. 53

Gut geschlafen. Nachklang von gestern nicht unangenehm. Ende des Nebelspuks. Sicht, leichtbedeckter Himmel. Ungeheuer viel Briefschulden. Abschrift der Kafka-Notizen für »Corriere«, fertig gemacht. Dann etwas am Kapitel. Mit K. über die Kittenmühle. Tagüber angegriffen. Rückenschmerzen, lahm. Empirin und Wärme. Nachmittags Kollektion von Ansichtskarten geschrieben. Malentendu mit Golo, der abends mit dem Hunde fort war, u. über dessen Ausbleiben K. sich aufregte. War mit Emmy Oprecht bei Leisinger gewesen. – Manches noch über den Film, der durch die Fehlbesetzung des Spoelmann für Amerika unmöglich gemacht wird. – Erika bei den Mahlzeiten.

Erlenbach, Montag den 21. XII. 53

Die rheum. Schmerzen gebessert. Kalt, grau, aber kein Nebel mehr. Mit dem Schlage 8 auf. Am Kapitel (Zouzou). Allein mit dem Hund den täglichen Weg. Viele Büchergeschenke und seasons-Gratulationen. Guter Brief von Prof. Mayer, Leipzig. Brief von Knopf, nach dem Krull-Manuskript begierig. Alberner Brief von Dr. Witz, Herausgeber des »Domino«, wegen Nicht-Empfehlung des Artemis-Goethe in der Weltwoche. – Erika recht gut bei Wege. Sah wieder das K.H.-Bilderbuch an. Anmeldung der Buben. Beendete nochmals den »Hadrian«, mit Anstreichungen.

Erlenbach, Dienstag den 22. XII. 53

Dunkel ohne Nebel. Rasiert. Fertig angekleidet. Am Kapitel. Mit Erika zur Stadt. Cigarren-Einkauf, privat u. auf Knopfs Rechnung. Bei Scholl Bestellung eines Gummistempels. Bei Huguenin Frido und Toni, Kuchen schmausend. Frido, mein Guter, Echo von einst, küßt mich immer. Ist mir zu schlecht angezogen. K. dazu, Heimfahrt mit ihr. Nach dem Essen in Fontane's neu aufgefundenen Briefen, die viel Vertrautes enthalten. Nach dem Thee Diktat an Dr. Witz wegen der Goethe-Ausgabe. Starke Posthaufen stets dieser Tage. Abends Golo. Fontanes Briefschreibe-Frische und Leichtigkeit im Alter.

Erlenbach, Mittwoch den 23. XII. 53

Telegramm der Schauspieler, daß das Publikum bei der Frankfurter Première »meinem Werk« große Ovationen bereitet habe. – Weihnachtsblumen von Medi. – Am Kapitel. – Zur Kittenmühle. – Der Posthaufen immer stark von bunten Gratulationskarten. Illustr. Druck des »Großinquisitors« von Desch. Von Suhrkamp Druck eines recht seltsamen 3 Könige-Gedichts von Eliot, englisch-deutsch. Amerik. Karten. – Die Fontane'schen Briefe. – Ankunft des erneuerten Musik-Apparates, kompliziert zu handhaben, verbesserter Stationen-Empfang, Klang-Mischungen, abends mit Erika erprobt. – Schrieb einige Karten. – Hatte sehr schlechten Appetit.

Erlenbach, Donnerstag den 24. XII. 53. Weihnachtsabend.
Gestern war nach Tische der junge Katzenstein da, besuchte mit K. das Turmhaus, gegen das viele Bedenken sprechen. Nahm die Pläne dazu aber auch die Pläne von diesem hier mit, das vielleicht gekauft und umgebaut werden kann. Wann wird dieses Problem zur Reife und Ruhe kommen? – Wiederkehr des Nebels! – Frühstück mit den Buben. – Bin froh, wenn ich die nötigste Nahrung in mich hineingebracht. Sollte natürlich weder morgens Kaffee trinken noch rauchen. Lohnt es aber, auf das bißchen Behagen zu verzichten? – – K. gleich nach dem Frühstück noch einmal zur Stadt. – Zur Arbeit gesetzt. Mittags mit dem Hund gegangen. Nach Tische in Fontanes Briefen. Nichts mehr nach dem Thee. Umgekleidet und Posteinlauf durchgesehen. Die K. Fiedler-Biographie Marées' mit Abbildungen. Ein ernstes Leben. – 7 Uhr Bescherung. Vorher alle im dunklen Eßzimmer, Lieder singend. Das kleine Wohnzimmer wohl organisiert. Schöner Tannenbaum. Allgemeines stilles, warmes Vergnügen. Hübsche Dinge für mich, Mozart u. Brahmsplatten, Schlafrock, Gaben von Schweizer und Emmy Oprecht, Malaga, Cigarren, Duftwasser, Seife, Taschentücher. Die Magd nobel beschenkt. Frido hatte mir einen Aschenbecher mit dem Schweizer Kreuz gearbeitet. Champagner-Souper mit Golo u. den Kindern. Caviar, Rehrücken, Reiscrême. Nachher Musik, wobei sich der erneuerte Apparat bewährte. Vortrefflicher Aufsatz über die Betrogene von Rychner in der Weihnachtsnummer der »Tat«, die Golo mitgebracht. Frido rauchte mit ruhiger Würde eine Cigarette. – Hübsche Gratulationskarte der Claire Goll, aufgeklebtes Glückskleeblatt. – Wahl Coty's zum franz. Präsidenten.

Erlenbach, Freitag den 25. XII. 53. Erster Weihnachtstag
8 Uhr auf. Bläulicher Himmel, klare Berge. Eher ein Märztag. Wunderliches Jahr. Frühstück mit den Buben. Stollen. – Bin wohl der einzige Mann weit und breit, der sich heute zur Arbeit setzt. – Am Kapitel. Den Schluß finden! – Mit K. etwas

gegangen. – Zum Thee Dr. Rümelin und Frau. Abrede wegen der Sendung des Mts. nach Bonn, Ausw. Amt. – Handschriftl. Korrespondenz. – Mißmut wegen nachteil. Wirkung der Umarbeitung auf das Grammophon. Unleidliches Nadelgeräusch. Zu protestieren. – Regen.

Erlenbach, 26. XII. 53, Sonnabend

½ 8 auf. Trüb, regnerisch, Schnee auf den Bergen. – Elektrisch rasiert u. gebadet. – Gesalzenes Gänseschmalz seit Kindertagen ein wundervoller Geschmack (auf Schwarzbrot). – Massenhafte Post, zurückgelegt bis nach Tische. – Schloß das III. Buch und damit den »Ersten Teil« der Krull-Memoiren ab. Etwas ist abgetan, wieviel es nun wert sei. – Ging mit den beiden Buben und dem Hund zur Kittenmühle. – Zu Tische Lion, angenehm. Er brachte ein seiner Versicherung nach wichtiges Buch: »Goethe in seinem Werk«. Zu lesen. – Zum Thee im Vorsaal Emmy Oprecht. Viel über die Hausfrage. Der Umbau hier tritt wieder zurück und die feste Burg in den Vordergrund. Die Terrain-Frage zu klären, ebenso der Zustand der Heizung, des boilers etc. unter Zuziehung eines Technikers. – Schrieb dankend an Rychner und noch etwas. – Nach dem Abend zum Türkischen Vorlage und Lektüre ausgewählter Post. Dann Vorlesung des 11. Kapitels mit dem »Holé«-Schluß. Der Vorname der Ibererin: Isabella wechselt mit Elvira. Ich meine, er soll Maria Pia sein. Die Corrida wahrscheinlich sachlich inkorrekt und nicht so gut wie der Cirkus. Halb befriedigt. – Erstaunliche Abhandlung des Theologie-Professors Ernst Steinbach »Gottes armer Mensch«, Erweiterung eines Aula-Vortrags in Tübingen, erschienen in der [»]Zeitschrift für Theologie und Kirche«. Gilt hauptsächlich dem »Faustus« und dem »Erwählten« unter zitierender Zuziehung des »Zbg.« und des Joseph. Zurückweisung des Feindlichen und der Beschränktheit (Holthusen, Grenzmann). Vollkommene Liberalität, erstaunlich künstlerische und psychologische Orientiert[heit], ergreifende Anerkennung der Religiosität, nach der die

Frage »in jedem bedeutenden Werk der Dichtung enthalten ist«. Trotz manchem ähnlich Vorangegangenen eine bewegende Überraschung. – Erhitzt, erregt, benommen.

Erlenbach, Sonntag den 27. XII. 53

Die Nacht dem entsprechend. ½3 Uhr nachgenommen. Dann bis ½8 geschlafen. – Der erste Schnee, dünn. – Hörte ½11 Uhr der damals hier aufgenommenen Sendung aus Stuttgart »Humor und Sprache« zu. Ganz gut gesprochen für eine manuskriptlose Improvisation. – Durchlesen von Roman-Abschriften. Maria Pia statt Elvira oder anders. Erika plädiert für eine Änderung von Zouzous Benehmen: Zerreißen des Dessins zuerst. Wills versuchen, da auch K. zweifelt. – Stiller Tag. Brief an Feuchtwanger legte zu breit an. Briefschulden unermeßlich. – Las in der Zeitung über Michelangelo und Beethoven. Es spricht für mich, glaube ich, daß ich [mich] mit der Größe so gern beschäftige.

Erlenbach, Montag den 28. XII. 53

Viel Post wieder. Vom Verlag zahlreiche Besprechungen der »Betrogenen«. Brief von Kahler, deprimiert. – Seit gestern schlimmes rechtes Auge. Drüsengeschwulst u. Entzündung. Las die Abschrift weiter durch. Fuhr dann mit K. zum Augenarzt Pollack oder Bollack. Furunkel im rechten Unterlid, starkes Geschwulst. Zum Schutz des Auges Penecellin-Salbe. Verordnung von Kamillen-Auflagen. Trübes Sehen. Zu Fuß zu Sprüngli, wo ich Cincano nahm u. K. erwartete. Zu Hause Befolgung der Vorschriften. Lesen allenfalls möglich. – Nach Tische Besuch des jungen, freundlichen, niedlichen Altsprachen-Lehrers aus Riva. Unterhaltung englisch und deutsch, etwas italienisch. Dr. von Hartungen. Venedig und anderes. – Gestern Abend Brief an Feuchtwanger, locker. Einleitung zu Fontanes Briefen an G. Friedländer. – Abends Treupler-Tablette vor den Schlafmitteln.

Erlenbach, Dienstag den 29. XII. 53
Morgenschlaf durch Halsschmerzen verkürzt. Das Auge etwas gebessert. Frühstück mit den Buben. Nahm die Änderung von Zouzous Reaktion im 11. Kapitel vor. Wende mich der Redaktion des alten Fragmentes zu. – Gegen Mittag mit Erika zum Augenarzt. Penecellin-Injektion. Das Auge noch recht schlimm. Fortsetzung der warmen Umschläge. Krankheitsgefühl der Infektion. – Nachmittags Absage-Brief an den Ausstellungsleiter in Basel, wo ich dergleichen nicht wünsche, solange ein Verhunzer meines Lebens wie der Forscher Muschg dort seinen Sitz hat. Danach an Prof. Mayer, Leipzig. – Nasser Schnee. – Beim Abendessen reizte E. durch bedauerliche Übertreibungen K. zum Zorn. – L.P.-Platten, Mozart und Brahms, sehr schön. Wie konnte H. Wolf Brahms als enthaltsam verspotten, bei soviel romantischem Zauber im Vergleich mit der trockenen Instrumentation Beethovens. – Die Einleitung zu den Briefen Fontanes. – Treubler-Tablette wieder.

Erlenbach, Mittwoch den 30. XII. 53
Frost, Schneelandschaft. Das Auge kaum besser. – Beschäftigung mit dem Manuskript. – ¾ 12 zum Doktor Bollag. Fand das Auge gebessert, drückte Eiter aus, gab neue Injektion. Inhalieren. Morgen eventuell zu öffnen. – Behinderung beim Lesen. – Die Wagen konnten wegen vereisten Schnees die letzte Strecke nicht nehmen. Zu Fuß. Ein Lastwagen holte sie. Ungenügendes Streuen. – Begann schon vormittags Brief an Prof. Steinbach, Tübingen. Sehr dankbar. Führte das nachmittags und abends zu Ende. – Beschäftigung mit dem Arrangement von Brochs Nachlaßwerk.

Erlenbach, Donnerstag den 31. XII. 53. Sylvester
Frost und Schnee. Geschwulst scheint einzutrocknen statt sich zu entleeren. – »L'Inganno« vollständig in »Il Mondo«. – Das Kuckuck Kapitel für das Buch eingerichtet. – Zum Arzt.

Mehrfache Einschnitte und Entleerung. Doch bleibt noch ein Eiterbeutel zurück. Verband über die entzündliche Einstichstelle hinten. Inhalation. – Die Auffahrt zu uns war wieder unmöglich. – In dem Marées-Buch, aus seinen Briefen und Aphorismen. Merkwürdiger, unglückseliger und sehr reiner Charakter, wunderlich vertrotztes, monotones, gewiß edles Werk. – Freund Schweizer zum Thee im »Vorsaal«. Etwas handschr. Korrespondenz.

1954

Erlenbach, Freitag den 1. I. 54

Gestern kam Golo zum Abendessen. Wie gewohnt wurde nach Tische der Baum wieder angezündet und wärmte das Zimmer mit den herabbrennenden Kerzen. Champagner und Kaffee. Süßigkeiten für die Buben. Blieben bis ca. ½ 11 Uhr versammelt und wünschten einander Gutes. Über Teneriffa, von wo die Antwort aussteht, oder Sizilien. Die Kinder erwarten die Heimkehr der Eltern, wir die Übersiedelung ins neue Haus – wahrscheinlich doch die Feste droben. – Heute 8 Uhr auf. Etwa 6 Grad Frost. Eier, Wurst, Gänseschmalz, Honig zum Frühstück. Erika reist morgen nach Deutschland, die Buben ziehen für den Rest der Ferien nach Zollikon. Statt ihrer bald die italienischen Dämchen. – – Schrieb Briefe. Las in dem Taucher-Buch »Die schweigende Welt«. Abends etwas »Parsifal«.

Erlenbach, Sonnabend den 2. I. 54

Starker Frost. Schöner Brief von Dr. Schuh, dokumentarisch. – Briefe, handschriftlich, an Kahler und Bianchi-Bandinelli. Werde zum Diktieren übergehen müssen. – Beim Augenarzt. Restlicher Eiterbeutel, sieht vom Schneiden ab, um Verband zu vermeiden. Besserung fortschreitend. Weitere warme Umschläge anbefohlen. – Zu Tische A. M. Frey, sympathisch. Kämpft um Einbürgerung, ist aber »zu wenig akklimatisiert«. Große Bücher- und Kalendersendung vom Berliner »Aufbau«. Las nicht viel, nur den »Statesman«. Abends etwas Musik. – Erika reist nach München ab, geht von da nach Berlin, wird ca am 16. zurück sein. – Habe wohl zu notieren vergessen, daß vor Jahresschluß der russische Gesandtschaftssekretär wieder da war und 28 000 Franken überbrachte, die ich im Schreibtisch habe und die ins Bank-Tresor kommen sollen.

Erlenbach, Sonntag den 3. I. 54

8° Frost. Medi meldet aus Chantarella 28. – Gebadet. Abschied von den Bübchen nach dem Frühstück. Gehen für den Rest der

Ferien nach Zollikon. Kommen zwischenein noch zu Besuch. – Insistierender Brief von dem Ausstellungsmann in Basel. – Wieder Briefe geschrieben und nach dem Thee diktiert. Einige Lichtung. Mittags bei windstillem Frost mit K. etwas gegangen. 4 mal die Umschläge gemacht. Nach Tische dichter Schneefall. K. sagte eine Unterredung mit Traber ab. Las viel in dem französischen Taucherbuch. Abends I. Akt Parsifal, die große Erzählung des Gurnemanz, motivisch so reich, vielleicht das Beste.

Erlenbach, Montag den 4. I. 54

Etwas leichterer Frost. Viel Schnee. Die nächtlichen, eisigen Wintermorgen verwundern mich immer noch. Bin auch erkältet und brauche viel Taschentücher, meist 4 am Tage. Sorge um den Memoiren-Band, vor dem keine Achtung habe. – Ausfertigungen. – Brief an W. Haas (»Die Welt«). Dann Nachlesen von Reisenotizen für den Roman. Aber keine Neigung fortzufahren. Was tun? Einen Vortrag fürs Frühjahr ausarbeiten. Aber die Frage des Themas ist fast unlösbar. Zu schreiben vielleicht über die Briefe Fontanes für die Weltwoche. Auch über das Hadrian-Buch. – Ging im Schnee mit dem sich amüsierenden Hund gegen die Kittenmühle. – Erkältet. Nachmittags von Husten gestört. Enormer Taschen-Tuch-Verbrauch. – Handschriftliches u. weitere Diktat-Ausfertigungen. Hörten abends das erste Stück der »K.H.«-Sendung mit meiner Einleitung aus Basel. Las etwas über Nietzsche von M. Susmann.

Erlenbach, Dienstag den 5. I. 54

6° Frost. Eherner Himmel, lagernder Schnee. Früher gefrühstückt. – Beschäftigung mit den Fontane-Briefen, über die ich schreiben will. – Zum Zahnarzt Brunner: Desinfektion und Abschleifen einer Druckstelle. Von da zu Dr. Bollag. Augentropfen zur weiteren Ausheilung. Von da zu Sprüngli. Empfangsfräulein, das erklärt, jeden Montag dem Hörspiel

»K.H.« zuhören zu wollen. – Sendung Baslers: Besprechung des Buches von Eichler und Polemik gegen Muschg, die Studentendemonstrationen vor der Redaktion gegen ihn, Basler, hervorgerufen hat. Zustimmende Briefe auch. Aber Jaspers zeihte ihn brieflich der Anmaßung und erklärt, die Schweiz könne stolz sein, »ein solches Buch« hervorgebracht zu haben. Welche kleine Rankünе sitzt da? Weiß es nicht. – Schrieb an Basler, der meine Beteiligung an der »Ausstellung« befürwortet. – Golo zum Abendessen. Meint Jaspers sei ein Schulmeister voller Mücken und Tücken. – Ärger mit dem umgearbeiteten Musikapparat. Mißklang, Schärfen, Dröhnen. – Sah deutsche Besprechungen von »Altes u. Neues« und »Die Betrogene« durch. Für diese Bewunderung und Abscheu.

Erlenbach, Mittwoch den 6. I. 54

Nachrichten von Erika. Anruf des Berliner »Abend« wegen meiner Eindrücke vom K.H.-Film. Freundlich geäußert. – Beschäftigung mit den Fontane-Briefen und zugeh. Kommentaren. – Zum Essen bei Trebitschs, Dufourstr. – K. hat ein Haus in Kilchberg angesehen, das nicht unmöglich ist. – Lose Lektüre von allerlei Eingelaufenem. Moskauer Zeitschrift »Neue Zeit« mit Wahrheiten. – Brief-Diktate. – Abends 2. Akt Parsifal. Gespannt zugehört.

Erlenbach, Donnerstag den 7. I. 54

Frost und etwas Sonne. Gebadet. – Ein K. Engelmann schickt Brief gegen ein Buch über den »amerikanischen Griff nach der Allmacht« von einem R. Jungk und will, daß ich mich in die Polemik mische. Werde mich hüten. – Schrieb den Anfang der Fontane-Besprechung. – Ging mit dem Hund über die Kittenmühle. – Sendung von Prof. P. Böckmann, Heidelberg: »Die Bedeutung Nietzsches für die Situation der modernen Literatur.« »Faustus« als Ecce homo-Bild. – Die Buben zum Mittagessen und Thee. – Abends II. Akt Parsifal, 2. Hälfte. Müde zum Teil. Das »Lachen« und der »Blick«. Die Gläubigkeit nicht glaubhaft. Künstlerische Vertiefung in den Heilandsmythos, wie früher ins Germanisch-Heidnische. Ausdruck ist alles. Aber auch Buße für die eigene Künstler-Sinnlichkeit. Wie kann übrigens Kundry von Parzifals Sündenfall Erlösung erhoffen? Da ist Unklarheit. – Einen Vortrag würde ich am liebsten über dies Alterswerk halten.

Erlenbach, Freitag den 8. I. 54

8° Frost. Etwas Neuschnee. Brief über die »Betrogene«, enthusiastisch, von O. Schmitt-Halin. Im Stil Lessers. – Schon um 11 zur Stadt: zum Haarschneiden, wonach lange zu warten hatte. Dann Fahrt mit K. und dem Agenten nach Kilchberg zur Besichtigung des dortigen Hauses, das in Betracht kommt, nur nicht genug Bücherwände hat. Erika fehlt sehr. – Verfroren u. müde. Der Rest des Tages tatenlos. Abends Weiteres aus »Parsifal«. Etwas in »Poggenpuhls«, dessen Erzählstil anfangs doch recht altmodisch.

Erlenbach, Sonnabend den 9. I. 54

Brief von Knopf über die »Betrogene«. Amazed and puzzeled. – Am Fontane falsch geschrieben. – Zum Augenarzt. Trübende Behandlung. – Wermut bei Sprüngli. – Der »Merkur« mit langer, widerwärtiger, deprimierender Besprechung von »Altes u. Neues«. Die Kränkungen haben sich gehäuft in letzter Zeit. – Abends Ankunft Medi's mit ihren Kindern. – Über einen skandalösen Vortrag Marcuses in New York, dessen Gegenstand der europäische Antiamerikanismus, »psychologisch« gesehen als seelische Erkrankung und Ersatz für Antisemitismus.

Erlenbach, Sonntag den 10. I. 54

Nachts viel Husten. Im Stuhl. – Brief an Prof. Boeckmann, Heidelberg. – Schneesturm; keine Möglichkeit auszugehen oder zu fahren. Der Schneepflug spät. Nachmittags die Buben zu Besuch, kamen gleich zu mir. Frido weiß, daß ich ihn liebe u. ist dankbar dafür. – Golo für den Abend. Gab den ersten Besuch bei Kuckucks, die Gespräche im Botanischen Garten und das Tennisspiel zum Besten. Die Stücke, von mir gleichgültig gelesen, gefielen. – In »Poggenpuhls«.

Erlenbach, 11. I. 54, Montag

Temperaturfall, Föhn und wildes Schneetreiben. Der Milchmann kam durch, sonst abgeschnitten. – Beim Frühkaffee mit Medi über Sizilien, Taormina u. das dortige Klosterhotel, das Ende des Monats unser Ziel sein mag. – Brief an Boeckmann zu Ende, dann etwas an dem Fontane-Referat. – Schneemassen. Ein versuchter Ausgang schlug fehl. – Beendete »Poggenpuhls«. Nachmittags Beschäftigung mit dem Roman-Manuskript. Bedenken, daß in das III. Buch und also in den Band die argentinische Episode noch mit eingeschlossen [sein] sollte. – Gedanken immer noch an und über die jüngst erfahrenen Kränkungen. – Die Kinder störten mich in der Nachmittagsruhe, was die biederen Jungen nie taten. – Zum Abendessen Golo mit Emmy Oprecht, unter Schwierigkeiten heraufgebracht. Hörten einige Zeit der K.H.-Sendung aus Bern zu, stellten aber bald ab.

Erlenbach, Dienstag den 12. I. 54

Tauwetter. Geschrieben an der Buchanzeige. Ging wieder zur Kittenmühle mit dem Hund, unter Mitlauf der Kinder. Zu Tische *Lion*, dem das ärgerliche Goethebuch zurückgab. Der gescheite Verfasser habe, gleich Emil Ludwig, Goethe in Pacht und lasse keinen anderen heran. L. brachte weitere Bücher. »Aus dem Leben eines Fauns« von Arno Schmidt. – K., Medi und Golo besichtigten nachmittags mit Emmy Oprecht das Haus in Kilchberg. Es fand Beifall. – Schrieb nach dem Thee eine Ergänzung der Einleitung zum »Krull« für Il Ponte, wo italienisch das Museumskapitel erscheinen soll. –

Erlenbach, Donnerstag den 14. I. 54

Gestern an der Buchbesprechung. – Glatteis. Ging zur Kittenmühle. Schleppte nach dem Thee Bücher, Übersetzungen, Schriften über mich, Dokumente für die Baseler Ausstellung zusammen. Fuhren abends zu Emmy Oprechts Geburtstagsfeier. Unterwegs Abschied von den Buben, die in Zollikon ausstiegen. Großer Kreis von Freunden am Hirschgraben mit jungen Leuten. Der kleine Düby, Thomas Leisinger. Suppe, kaltes Fleisch und Dessert. Starker Kaffee. Erfuhr viel Ehrerbietung. 11 Uhr zu Hause, doch wurde es dann recht spät.

Etwas Neuschnee heute und Wärmegrade. In Österreich und der Schweiz Lawinenkatastrophen. – An der Fontane-Besprechung. – Allein gegangen, langsam. – Nachmittags durch Diktate das Gestrüpp der Briefschulden etwas gelichtet. – Abends für Medi Vorlesung des Mme Houpflé-Kapitels. Erheiterung. Ist garnicht so *sehr* starker Toback. Was ich aber mir wiederhole, ist:

»Tu vivra dans mes vers
et dans mes beaux romans,
die von den Lippen auch
– verrat der Welt es nie! –
geküßt sind allesamt.
Adieu, adieu, chérie!«

Erlenbach, Freitag den 15. I. 54

Schon Monatsmitte. Erschreckend. – Kahler schreibt über die problematische Broch-Ausgabe. Leisinger schickt sein Etrusker-Buch. Anmeldung Erikas. Besprechung der Berliner K.H.-Première. –

Erlenbach, Sonntag den 17. I. 54

Wilde Stürme und Regen dieser Tage. Rapides Schwinden des Schnees. Vorgestern Pediküre und Kitty Neumann zum Essen. Schloß gestern die Fontane-Besprechung auf der 8. Seite ab. Rückkehr Erikas. Amüsante Berichte über Ost-Berlin, die

Russen. Pelzwerk für K., Geschenk eines Nerzpelzes für mich. Sensationeller Berliner Erfolg des K.H.-Films. Anforderungen von Süd-Amerika und Australien. Aussicht auf den franz. Zauberberg-Film. Auch Geld brachte Erika aus dem Ost-Sektor. Nimmt das Krull-Manuskript mit nach Arosa. Die letzten Kapitel von der Rümelin schon fertig abgeschrieben.

Nächtliche Dunkelheit heute Morgen. Fast kein Schnee mehr. Rasiert und fertig angekleidet. – Da aufs Schreiben über das Hadrian-Buch verzichte, ist das Problem, was ich arbeiten soll, denn ohne das ist kein Leben. – Ins Schauspielhaus, Matinee des Mimiker-Tänzers Marceau. An Komik geringer als Chaplin, aber von fesselnder körperlicher Genialität, wenn auch nicht immer deutlich im Ausdruck. Selbstverständlich homosexuell. Der junge Schüler, der ihm assistiert, gewiß sein Geliebter. Waren in der Loge mit Frau Düby und ihrem Sohn. – Nachmittags und abends sehr müde u. halb unpäßlich. Nach Tische Besuch von Hans Busch. Zum Thee junger Medizin-Student aus München. Zuviel. Golo zum Abendessen. Das Roman-Manuskript mit dem Fragment-Buch und dem Oltener Druck von III. 5, Erika übergeben. – Ricarda Huch: »Der letzte Sommer«. – Erika sah nachmittags das Haus in Kilchberg. Garagenfrage, Verbauungsgefahr. Kostenvoranschlag für die Änderungen notwendig.

Erlenbach, Montag den 18. I. 54

Klarer Himmel, überraschend. Leichter Frost nach all dem wärmlich milden Föhn. Abreise Erikas nach Arosa. – Briefe. – Bei Dr. Bollag, der durch Drücken das Auge verschlimmerte. Von da zu PKZ, wo ich Maßnehmen ließ zu dem östlichen Pelzmantel. Hemden gekauft. – Die Tokyoter Zeitung mit meinem Neujahrsartikel neben dem Bild des kaiserlichen Paares. – Dissertations-Manuskript von R. Baumgart, jetzt in Amerika, über Ironie und Parodie bei mir. – Nachmittags keine Ruhe. Schrieb an Basler, der Cigarren geschickt hatte, und an Frido. – Im New Statesman Wiedergabe eines vorzüglichen Artikels aus einem New Yorker sozialistischen Magazin über Mc Carthy und die Soziologie des amerikanischen Faschismus.

Erlenbach, Dienstag den 19. I. 54

Etwas trüber. Seenebel. – Briefe, besonders an Erikas Dr. Orlowsky in Berlin, über Sexualität. – Ging mit K. zur Kittenmühle. Die frische Luft tat mir wohl, und ich schlief nachmittags eine halbe Stunde. – Bald nach Tische zwei Baseler, die sich Material für ihre Ausstellung aussuchten: Das Nobel-Diplom, Bilder, ein Manuskript, Übersetzungen. – Las in der Dissertation von Baumgart. Erstaunlich gescheit und gründlich, wie so manche ihresgleichen. Man hat den Eindruck, daß diese Herren später nie wieder etwas so Gutes schreiben werden. – Abends im Radio Mendelssohn-Musik. Die schnellen Sätze immer besser als die langsamen. – Der dumme und geflissentliche Optimismus der N.Z.Z. den Niedergang Mc Carthys betreffend, während der Schurke immer mächtiger wird und die Totalisierung, von einzelnen ohnmächtig bekämpft, rapide fortschreitet.

Erlenbach, Mittwoch den 20. I. 54

Föhn wieder. Trübheit und nahe Berge. Mit K. über die bis zur Unmöglichkeit gehende Schwierigkeit, ein Vortragsthema zu finden (etwa für Holland). – Ginge ich nach Berlin, so wäre der Ost-Sektor, der mir größte Ergebenheit bezeugt, unmöglich zu meiden. Z.B. berichtet K., daß man dort zu meinem 80. Geburtstag eine 12 bändige Gesamtausgabe meines Werkes plant. – Korrektur der Abschrift der gleichgültigen Fontane-Schreiberei. Dann an dem Brief an Orlowski weiter, den nachmittags beendete. Über die psychologische Problematik von Homo- und Heterosexualität. – Brief an Dr. Weber. – Mittags mit K. gegangen. Abendessen: Kaviar auf Toast, eine Tasse Rosenkohlsuppe, 2 Kieler Sprotten auf Toast. – I. Akt Walküre. Wie vorzüglich gemacht! – Las die Brief-Erzählung der Huch »Der letzte Sommer« zu Ende. Gut, aber als Kriminal-Geschichte sehr zweifelhaft. Dem Mörder sollte man nicht auf die Spur kommen?

Erlenbach, Donnerstag den 21. I. 54

Dunkelheit. Regen oder Nebelreißen. – Brief an Dr. Baumgart, Manchester, über seine Dissertation. (»O wehe, wie hast du die Tage verbracht!«) – Mittagessen mit Austern im Eden au lac. – Nachmittags zahlreiche Diktate: an Dieterle wegen der Joseph-Film-Gerüchte; an Missiroli vom Corriere etc. – Abends das Violin-Konzert von Brahms. – Las das Reichstagsbrand-Stück von Klausing. Nichts damit anzufangen.

Erlenbach, Freitag den 22. I. 54

Nächtlicher Morgen. Verhangen. Zeitweise Schneefall bei 2° Wärme. – Brief von Dr. Weber über den Zustand seiner Frau und über den »Krull«, von dem er glaubt, daß gerade er mein Meisterwerk wird. Wer soviel Glauben hätte. Mich langweilt's unendlich. – – Beschwernis vonseiten des »Aufbau«. Marcusen muß zum 60sten gratuliert werden. Und seine Rede über den Anti-Amerikanismus Europa's, die rechter Schund war? – – Brief an H. Klausing über sein Nazistück. – Ging mit dem Hund über die Kittenmühle. – Zu Tisch Lisl Frank. Nachher Photographen von Associated Press. Aufnahmen von K. und mir. – Nachmittags Erkrankung K.'s. Frost und Erbrechen. Ließ Dr. Gysi kommen. Intestinal-Infektion, Grippe. Bettruhe und Beschränkung auf Thee und Fruchtsaft. Mit Golo zu Abend gegessen. Über einen möglichen Vortragsgegenstand. Sprach über Ironie, Humor, Komik, Satire, Parodie. – Las in dem Goethe-Marianne-Roman von H. Franck. Gefühlvolle Ledernheit. Danach im »Stechlin«!

Erlenbach, Sonnabend den 23. I. 54

Kalt. K. nicht schlecht. Überflüssige Post. Gestern die Abschriften der letzten beiden Kapitel erhalten vom deutschen Konsulat. Umständliches Ordnen der Copien. – Brief an den

»Aufbau« über Marcuse's »Pessimismus«. In dem Buch mit Beifall gelesen. – Schmerzliche sexuelle Anfechtung, die zu erdulden, da die Potenz endgültig hinter mir zu liegen scheint. Wer da meint, das meine den »Frieden« ist sehr im Irrtum. Mahlzeiten allein, was nicht unangenehm.

Erlenbach, Sonntag den 24. I. 54

K. gebessert. – 8° Kälte, dazu Wind. – Gestern Ankunft Erikas, die sich zuviel Mühe mit dem Manuskript macht. Die Hemden des Paten kommen nicht wieder vor. Wen kümmert's. – Unruhig geschlafen und morgens verschlafen. – Brief an den »Aufbau« zu Marcuses Geburtstag. – Eisiger Wind. Hinab gegangen und mit K. zurückgefahren. Gelesen in dem Pessimismus-Buch. Nach dem Thee Besuch von einer Frau Kegel aus Hamburg, Altertumsforscherin, bebende Verehrerin, die nur 10 Minuten saß und mit Handkuß floh. – Golo zum Abendessen. Versuch, die »Meistersinger« aus Wien zu hören. Unerträglich. Die Hingabe des alten Apparats war ein großer Fehler.

Erlenbach, Montag den 25. I. 54

10° Kälte. – Schloß den Brief an den »Aufbau« ab. – Mittags zu Dr. Bollag, der mit dem Fortschritt der Besserung zufrieden war. Aber nächstens Untersuchung der Augen überhaupt und der Gläser. – Am See in der Sonne gegangen. – Mit den Abschriften. Retouchen an Zouzous Reden über die Liebe notwendig und schwierig. – Brief an Schriftsteller Franck über seine »Marianne« höflich erdacht. Sonst keine Neigung u. Fähigkeit zu nachmittäglicher Arbeit. Viel im »Stechlin«, etwas kritisch. Abends aus »Lohengrin«.

Erlenbach, Dienstag den 26. I. 54

Strenge Kälte. Leichter Schneefall. – Das Blatt über die erste Sitzung der Berliner Konferenz unter Bideaults Vorsitz. – Zustimmender Brief von Gasser über den Fontane-Artikel, den er erst einmal frohlockend ankündigen will. – Brief über den Goethe-Roman niedergeschrieben. Danach an Zouzous Kruditäten. Gegangen, betäubt von Kälte. Frühes, gehetztes Abendessen. (Wird nicht wiederholt.) Fahrt ins Cinéma: »Moulin Rouge« mit Toulouse Lautrec als Held der Handlung. Dieser sehr gute Figur. Der Film zu lang, aber etwas Besonderes, obgleich amerikanisch. – Schneefall. Spätes Ende der show. Zu Hause Stout und Emmenthaler. Sehr spät (erst gegen 2) zu Bette.

Erlenbach, Mittwoch den 27. I. 54

Länger geschlafen. – 12° Kälte. – Brief von Kerényi über den Acheleis-Gedanken, den ich wieder anklingen ließ. – Erikas Befinden will sich nicht bessern. Sie denkt an einen deutschen Kuraufenthalt, etwa in Kissingen. Bitter, daß sie gerade während der Kauf-, Reise-, Umzugszeit als Beistand versagen muß. Wir sind zu allein. – Durchsicht u. Korrektur von Kap. 10 und 11 für Erika fertig gemacht. – Gegangen nur bis zur Bank, vermummt. – Las in dem Buch von R. Benz »Die Zeit der deutschen Klassik«, das mich fesselt. – Nachmittags Diktate u. Anweisungen. – Zum Abendessen Golo. – Begann Brief an Erika.

Erlenbach, Donnerstag den 28. I. 54

Der Frost etwas vermindert. Briefe von W. Herzog und Bandinelli. Sonst viel Post. – Langer, geschwinder Brief an Erika mit dem Manuskript. 12 Uhr Viererkonferenz mit dem Verkäufer Brunner, dem Agenten und K. über den Erwerb des Kilchbergerhaus. Abschluß über den Preis von 255 000 Franken. Weitere Besprechungen. Der Kauf ist perfekt und wird nun notariell. Teilte das Ergebnis Erika noch mit. Ein Datum ohne Zweifel in diesen Aufzeichnungen seit 1933. Ich glaube, wir tun das Richtige und Vernünftige. – Ging nachher zur Kittenmühle. Nachmittags nur kleine Beschäftigung. Bilder, gut zum Teil, kamen von »Photopress«. Abends »Gang zum Münster«, nur zu gern gehört. Treuer Artikel von Leibrich in »Allemagne d'aujourd'hui« über die Betrogene u. die Krull-Fragmente. Unsere Abreise auf heut in 8 Tagen festgesetzt.

Erlenbach, Freitag den 29. I. 54

Dunkel, Schneefall, verminderte Kälte. Kaufvertrag schon da. Bericht über die Basler Ausstellung in den dortigen »Nachrichten«. – Nichtige Erledigungen. Bildersignierungen für Klaus W. Jonas (Eine Arbeit.) Die Unzufriedenheit ist grenzenlos. Ging im Schnee zur Kittenmühle. Nach Tische die alte Frau Iserlin, mit Begleiterin, zur Herstellung einer Zeichnung für die Ausstellungsschrift. Hatte bis 4 zu sitzen. Tat nachmittags gar nichts mehr. Las in dem neuen Roman von H. W. Richter, »Spuren im Sand«. Gefiel mir gut. Abends Violin-Konzert von Beethoven.

Erlenbach, Sonnabend den 30. I. 54

10° Kälte. Sonnenlos. Leichter Schneefall. – Der »Corriere« mit »Strindberg« und »Vergänglichkeit« (gestern). Begeisterungsbrief von Benedikt über den wiedergelesenen »Zauberberg«. Gewiß, das war Lebenshöhe, aber man merkte es nicht. – Sehr gute Geschichte: Laurenz Müllner, kluger Jesuit der Wiener Universität sagt von Friedrich Jodl, dem Liberalen und Ethiker der Aufklärung: »Sehn's, der Jodl glaubt *wirklich*, daß es keinen Gott gibt. I glaub *nicht einmal das.* [«] – – Briefliches. – Mittags zu Bollag. An den Brillengläsern nichts zu ändern. Die Reisepläne. Er plädiert eindringlich für Hochgebirge, besonders Engadin und kommt damit meinem tiefen Widerwillen gegen die mühsame Reise nach Taormina entgegen, wo es wahrscheinlich so kalt ist wie überall. Nachher mit K., die Zimmerfrage schwierig. Sie telephoniert mit Erika, die sich anheischig macht, uns in Arosa unterzubringen. Wäre ungeheuer erleichternde Lösung. Anschließender Besuch in Florenz vorgesehen. Gysi wegen der Höhenluft zu befragen. – Zeitungslektüre. Die Berliner Konferenz grotesk. Man ist nun beim »deutschen Problem«. Zu Tische Frey. Späterer Thee mit Imbiß. ½ 8 bei Schneefall Fahrt zum Schauspielhaus: »Ein Engel kommt nach Babylon« von Dürrenmatt. Wie mans heut so macht. Nicht ohne Bühnenphantasie, aber Gemisch von Anspruch und Billigkeit, Ideenunsinn, langweilig. Hatten auch schlechte Plätze, schräg vorn im Parkett. Der Autor, landsmännisch gefeiert, Typ des mittleren Schriftstellers. In der Pause Kaffee mit Schweizers und anderen. Verhielt mich lobend und amüsiert. Spätes Ende. Kein Weggehen möglich. Zu Hause Chokolade.

Erlenbach, Sonntag den 31. I. 54

Gestern Nacht noch im »Zeitalter der Klassik«. Kann mich auch nicht freuen. Die literarhistorische Versiertheit geht mir eher auf die Nerven. Erst 2 Uhr zu Bett. Heut ½ 9 Uhr auf. Starker Frost und böser Wind. Schrieb an den »jungen Dichter« Wolf Lippmann. Versuchte einen Spaziergang, mir wurde aber von der entsetzlichen Kälte schlecht. Hatten abends Emmy Oprecht, Golo und M. Gasser zu Tische.

Erlenbach, Dienstag den 2. II. 54

15 oder mehr Grad Kälte. Schneidender Wind, heute wie gestern. Gestern lange im Kilchberg-Hause mit dem Agenten, dem Architekten, dem Verkäufer Brunner, dem ausziehenden Müller. Technische Angelegenheiten. Übernahme dort bleibender Dinge, Vorhänge, Eisschrank etc. für 10 000 Franken. Problem der Bücherschränke in der Bibliothek. Verfroren und müde. – Langer, liebevoller Brief von Erika kam nachmittags mit wohltuenden Worten über das Manuskript; Aufzählung der Glanzstellen. Krulls Verteidigung der Liebe über alles. War glücklich, es zu lesen. – Von Frey das wunderliche Stück von Samuel Beckett »Warten auf Godot«. Las abends darin mit Heiterheit und Verwunderung. Hörten auch etwas von der 5. »K. H.«-Sendung. Närrisch.

Heute Kauf des Hauses. Wurden schon früh ½ 9 von dem

Agenten abgeholt. Fahrt zum Notariat Kreis Kilchberg. Vorträge des Notars über Servitute u. dergl. [.] Zwischendurch zu viert nahe dem Bahnhof Kaffee getrunken. Dann der Vertrag; Unterzeichnung; Ausschreibung des Cheks. Endgültigkeit, Gratulation. – Von da wieder ins Haus. Der Architekt u. Gehilfe. Mit Brunner über Versicherungspapiere u. dergl. [.] Mit dem Architekten wegen der Bücherschränke. Erst nach 12 Uhr wieder [zu] Hause. Wermut. Unser 5. Haus, dieses nicht selbst gebaut. Besitzergefühl doch angenehm. Möge Segen ruhen auf dem Lebensschritt! – Wir reisen übermorgen. – Nach Tische der Architekt zum Abmessen der Bücherregale, des Flügels. Tentative Dispositionen. – Las weiter in dem amüsant-unmöglichen Stück von Beckett. Schrieb an Franke-Ruta, dankend für den Text seines Hörspiels, den er geschickt. – Walter schickte Platten. Spielten abends »Tod u. Verklärung« und »Don Juan«. Efficiency. Das Holzbläser-Idyll im Don Juan sehr hübsch. Beendete die Groteske von Beckett. Anregende Neuigkeit.

Erlenbach, Mittwoch den 3. II. 54

Strenge Kälte, ca. 12°. K. früh weg zu Besorgungen. Bereitete »Krull verteidigt die Liebe« für die Rundschau vor und schrieb an Dr. Hirsch. Ging nicht aus. Reisevorbereitungen, Verstörung, Beklemmung und große Nervosität. Schrieb abends an den Nachbarn Sprüngli in Sachen des Garagenbaus, wohl nutzlos. Golo zum Abendessen. Verabschiedung von ihm. – K.'s Tätigkeit erschwert durch das Versagen beider Wagen. Furcht vor dem morgigen Tage. – »Stechlin«.

Erlenbach, Donnerstag den 4. II. 54

Reisetag, 12° Kälte, Schneefall u. Wind. Daß wir weggehen ist nur vernünftig, da bei diesem Wetter kaum an die Luft gehen kann. Sehe aber noch nicht, wie heute bis zum späteren Nachmittag unser Gepäck fertig sein soll. Die mitzunehmende Post heute noch kräftig vermehrt. –

Taormina, Samstag den 7. II. 54. Hotel San Domenico

Am 4. gegen Abend Abreise mit Mietwagen, Station Rämistraße zur Deponierung des Schlüssels. Im Coupé I. Klasse italienisch-amerikanischer Mitreisender. Mitgenommenes Abendessen. Um Mitternacht Mailand. In den alten Schlafwagen, dessen Heizung nicht funktionierte. Grauenvolle Nacht in eisiger, von überall eindringender Kälte. Täßchen schwarzen Kaffee am Morgen im Bett. Ankunft *Rom* ca 10 Uhr. Medi mit dem Wagen der Mrs. Hoocker zur Abholung. Hotel Haßler über der Span. Treppe. Später Thé-complet. Mittags mit Medi zum Restaurant Ranieri, wo auch Mrs. Hoocker sich einfand. Ähnlichkeit mit Mrs. Rosevelt. Wenig gegessen. Den Nachmittag im Zimmer. Abendessen im Hotel-Speisesaal mit Medi und Moni. Gestern, den 6., nach dem Bade Kaffee gefrühstückt. Medi sprach vor. Mit ihr ausgegangen auf dem Pincio. Sympathie für Rom mit seinen Obelisken und Brunnen. Möchte wohl dort leben. Im Hotel Besuch von Moravia. Mit ihm in der Bar. Englische Unterhaltung. Nervös beredter, angeregter Mensch. Kam aus Ägypten. Gingen ins Cubo, wohin auch Moni kam. Bettelmönch. Was ich essen konnte, war eigentlich nur eine halbe Omelette Confiture. ½ Stunde zu Fuß über den Sportplatz ins Hotel zurück, wo wir uns von den Töchtern verabschiedeten. Frühzeitig zur Weiterreise fertig. Fahrt zum Bahnhof. Zwei Schlafwagenabteile. Unendlicher Weg zum Speisewagen durch 3 Wagen III. Klasse voller Volk mit Babys in den Gängen. Aß so gut wie nichts. Nahm Espresso, um zu rauchen. Gingen nach 10 schlafen. »Il Ponte« mit dem Museumskapitel. Nachts 1 Uhr Sekonal nachgenommen. 8 Uhr Täßchen schwarzen Kaffee im Bett, heute. Das Licht, z.T. auch die Landschaft, an Californien erinnernd. Kaktus überall und Orangen. Malerische Felsen-Dörfer mit Klosterkirchen. Ankunft Station Taormina, nach langwierigem [Überqueren] der Meerenge mit der Dampffähre, für die der lange Zug zweigeteilt werden mußte, ½ 11 Uhr. Mit dem Hotel-Omnibus hier herauf. Ungeheuer weitläufige Baulichkeit, zwei solche, wovon nur eine geöffnet. Weiter Weg zu den Zimmern, Schlaf- und Wohnraum mit Blick aufs Ionische Meer. Thee mit Weißbrot und Butter. Auspacken, Einräumen. ½ 2 in den Speisesaal. Aß zwei Spiegeleier und Käse. Das Lammfleisch mit den stumpfen Messern weder von den Knochen zu lösen noch zu beißen. Etwas Broccoli. Nachher irgendwo in den weiten Räumen Kaffee. Auch im Kreuzgang. Im Wohnzimmer zur Cigarre weiter in Balzacs »Landarzt«. Er sei kein Dichter, schreibt der deutsche Frechdachs, weil er keine Landschaft habe und durch die Beschreibung der Wohnungen reicher Leute langweile. Goethes »Novelle« sei ein Dreck. »Goethe, bleib bei deiner Lyrik«. Das hat er ja wohl auch in der Novelle getan. Ärger über die Frechheit der Deutschen. Wie der Nichtikus im »Merkur«, der mir Tradition abspricht. Er, der Deutsche von 1945, hat sie. Und so ist der Andre ein Prosa-Dichter, Balzac nicht. – Auf dem Bett geruht. ½ 6 im Schlafrock Thee getrunken und dies notiert. –

Taormina, Dienstag den 9. II. 54

Gingen gestern Vormittag in den Ort, kauften Tinte u. Ansichtskarten, von denen 3 an Schweizer, Emmy Oprecht und Agnes Meyer gingen. Hübsche Piazza mit Barockkirche und Café. Bei den Mahlzeiten wenig gegessen. Noch sehr ermüdet, wenn auch ausgeruhter durch eine gute Nacht. Bewegt von den Nachrichten über die schwere Erkrankung Pius XII. Möchte ihm einen Gruß senden. – Es kam ein Haufen gleichgültiger Post. Sprach nach dem Diner in sonderbarer Unternehmungslust einen bei Tische lesenden französischen Herrn an, den ich als homme de lettres taxierte, und der es auch war, nämlich Roger Peyrfitte, Verfasser der »Amitiés Particulières« etc. Er war enchanté. War troublé gewesen durch meine französische Dekoration bei deutscher Sprache. – Las weiter im »Landarzt«.

Nachts heftiger Husten und Entwicklung eines Schnupfens. Erkältet und angegriffen. Empirin zum Thee. Peyrefitte schickte sein Buch »Du Vésuve à l'Etna«. Manuskriptsendungen und Briefbehelligungen. – Nur leicht bedeckter Himmel. Sonne. –

Taormina, Dienstag den 16. II. 54

Der Papst Pius war sehr krank, schwere Gastritis, Erschöpfung, Tage lang künstliche Ernährung, ernste Bulletins im »Corriere«, den wir nachmittags bekommen. Ich schrieb einen Brief der Teilnahme, des Gedenkens und der Bitte um Übermittelung an den Archivar u. Privatsekretär Padre Roberto Leiber. In dem Augenblick wurde ich selbst von Fieberfrost ergriffen, 39,3, Zittern und Zucken, Husten und Elend. Hausarzt des Hotels, englisch radebrechend, diagnostizierte Bronchitis, für die zweifellos noch infolge der grausigen Schlafwagen-Nacht empfänglich gewesen war. Viele Medikamente, zweimalige Penicillin-Injektion täglich durch die nurse und anderes, wie Pyramidon-Suppositorium. Schnell-gewaltsame Unterdrückung der Infektion, aber große Ermattung, Lähmung der Funktionen. »Mahlzeiten«, kümmerlich, auf dem Zimmer. Das Wetter, mit Ausnahme weniger Sonnenblicke, miserabel. Sturm und Regen. Wiederaufstehen und einiges Ausgehen: in den Garten, zum Café am Platz. Rückkehr in den Speisesaal zur appetitlosen Einnahme oder Nicht-Einnahme der Mahlzeiten. Das Fleisch nicht zu schneiden, geschweige zu kauen. Medi schickt ein scharfes Messer. Vorgestern eine wohltuende Sonnen-Stunde vormittags im Garten, sonst Trübsal. Einige Diktate und Ansichtskarten noch vor der Krankheit. Waren Sonntag 8 Tage hier; eine weitere Woche wohl noch hinzubringen. Heute wieder trostlosestes Wetter. – Gestern von Erika das Manuskript und 3 Briefe die Vorschläge für Korrekturen betreffend. Erregung, Sorge und Schwäche. Schrieb gleich an sie für ihre gewissenhafte Mühe. Hauptänderung betrifft die Twentyman-Episode, für die nie einen Pfifferling gab und die den Schluß mit der Senhora durch Vorwegnahme abschwächt. Dafür der schottische Lord wiedereinzusetzen. Aber wo ist die herausgenommene Handschrift? Kann sie mir in Erlenbach nicht denken. Ist allenfalls in dem Teil der Handschrift, der im Los Angeles-Bank-Safe verwahrt. Der Kahn schreiben. – Muß mich nun hinter die Korrektur-Liste E.'s setzen und sehen, was sich tun läßt. Die Anfänge nach Frankfurt voranschicken, damit der Satz einmal beginnen kann. – – Expräsident Auriol im Hotel. Manager gab mir das Libro d'oro mit Namen deutscher u. internationaler Fürstlichkeiten und berühmter Künstler von vor dem 1. Kriege bis jetzt. Die Namenszüge der Eduards und Alfonsos! Himmler kernig vertreten. – Mehrmals etwas Austausch mit Peyrefitte, der mir recht widerwärtig, aber schwatzhaft. Skandal-Erfolge mit Ambassade-Indiskretionen. 4 Jahre in Griechenland, homosexuell, greuliche Handbewegungen. Dies hier Blüte-Platz der Queerheit. Knabenbilder, mäßig verlockend, in Schaufenstern. Für mich – nichts, kein Gesicht, kein Bild. – Rauche wieder Cigaretten; die Cigarre unbekömmlich. – Viel Post, um die mich wenig kümmere. – Wollen nächsten Sonntag für 4 Tage nach Rom, dann nach Florenz. – Agent schrieb, daß Sprüngli zum Entgegenkommen in Sachen der Garage bereit. – – Dankesbriefe von M. George und Marcuse für meinen Glückwunsch-Artikel. – – Alberne Nachrichten, gedruckt und schriftlich, über die Baseler »Ausstellung«. Der »Corriere« über einen Deutschland-Brief vom Jahre 49. – –

Las »Manon Lescaut« dieser Tage, ohne große Bewunderung. – Einige Lebenszeichen kehren allmählich zurück; das Hautjucken, wohl vom Fieber kommend, wird weniger belästigend. – Vormittags »Arbeit« am Manuskript an Hand von Erikas Notizen. Meine geringe Neigung, alles stimmig zu machen und in Ordnung zu bringen. Möge das Ding doch Vergeßlichkeiten u. dergl. offen und lässig aufweisen. Tendenz zu teils müder, teils souveräner Indulgenz. – – Medi schickte Caviar, desto rührender da er nicht gut ist. – – Nahmen mittags Wermut vorm Café am Platz und besuchten den Giardino Publico. Nachmittags Karten geschrieben. – Nebel,

Dunkel, leichter Regen. – Widerwille gegen die Mahlzeiten im Saal. – Rauche wieder Cigarre nach dem Kaffee. – Ließen uns Crêpes Suzette machen. – Lese nun Balzacs »Albert Savarus.«

Taormina, Mittwoch den 17. II. 54

Gestern vegetabilisches hiesiges Laxativ genommen mit übertriebener Wirkung. Schwächend, müde. Lustlos gefrühstückt. – Wetter trübe und feucht. Husten und Schnupfen. Gebadet. – Am Manuskript. Zweifel. Regen. Einige Minuten im Garten. – Esse mühsam, trinke viel Wein, Orvieto und Muskat. Brauche viele Taschentücher. Albern-treuliebender Brief der Herz, die telephoniert und telegraphiert hat, weil es geheißen hat, des Herrn Doktors Befinden sei schlecht. Und was denn also, wenn ich stürbe? Sie sollte es bescheiden abwarten, die dumme Person. – –

Taormina, Freitag den 19. II. 54

Andauernd sonnenlos. Konnten gestern im Giardino eine Stunde spazieren gehen nachdem ich am »Ersten Buch« des Romans Retouchen u. Eliminierungen vorgenommen. Erika telegraphierte beunruhigt, und wir antworteten nur halbwegs der Wahrheit entsprechend, denn die Erkältung ist zäh, Verschleimung von Brust und Nase sehr lästig und viel lästiger noch die trockene Verengung des Schlundes, die die Mahlzeiten zum mühsamen Würgen macht. Aber ich trinke Kaffee und rauche. – Dumme Sendung des »Lee van Dowski«. »Wir Geistigen«. Kann ich gut leiden. – Schrieb an Dr. Hirsch die Mt.-Sendung begleitend. Außerdem Karten an den und jenen, Bab, die Herz. – Nach dem Diner mit dem Expräsidenten Auriol und seiner stattlichen Frau, durch Peyr[e]fitte. Der Präsident südfranzösischer Bürger von Lebhaftigkeit und Mutterwitz. Politisches Gespräch. Für die Notwendigkeit des indonesischen Krieges und über die »brutale Offenheit«, mit der er darüber zu den Amerikanern geredet, die er übrigens nicht achtet. Bewirtung mit Asti. Große Höflichkeit. –

Rom, Hotel Haßler, Montag den 22. II. 54
Froh, wieder in Rom zu sein und jenen gründlich verfehlten Aufenthalt hinter mir gelassen zu haben. Schleppte mich dort gelangweilt, nie recht gesundend, Kleinarbeit am Manuskript tuend durch die Tage. Bekam zuletzt, zur fortbestehenden Bronchitis noch eine heftige Halsentzündung. Der Doktor, wieder zugezogen, erlaubte die Reise, da keine Temperatur vorhanden. Traten sie gestern Nachmittag an, aßen etwas im Schlafwagen und hatte eine lange Nacht mit harten Stößen und unterbrochenem Schlaf. Bekamen Kaffee um 7 Uhr. Ankunft 8¼. Schönes blaues Wetter mit kalter Tramontana. Mit Taxi zum Haßler. Hübsches modernes Zimmer. Sehr müde, aber hungrig zum Frühstück. Aß 2 weiche Eier und viel Pflaumenkonfitüre. Mittags gingen wir die Spanische Treppe hinunter, durch überfüllte Gassen zum Restaurant Ranieri, wo ich unter den üblichen Schwierigkeiten aß, als pièce de résistance warme Zabaione. Nachher langsam die Treppe wieder hinauf, auf der viele Leute sich sonnten. Ging zu Bette. Trank Thee im Bett. Kam Post, jugoslavische, polnische. Von Erika, die uns Florenz widerrät, sich überhaupt nicht ohne Grund um uns sorgt. Diese Winterreise ist ein Unsinn. Auch K. erkältet. Diktierte ihr, da Erika dem ihr Geschriebenen zustimmte, Brief an Dieterle mit meinen Vorschlägen, den Film mit meinem Buch und Namen in Verbindung zu bringen gegen eine Summe wie 20 000 Dollars. – Hustentropfen, Penicillin-Bonbons, Gurgelwasser. Keinen Geschmack am Rauchen. Das Diktieren strengte mich sehr an. Will diese 20 000 Dollars durchaus haben und wenn Dieterle sie mir von seinem eigenen Sündenhonorar zahlen müßte. – Besuch von Moni. Aßen mit ihr im Hotel-Speisesaal zu Abend und saßen nachher mit ihr in der Halle. Rauchte mit leidlichem Behagen eine Caruso.

Rom, Dienstag den 23. II. 54
Ziemlich unruhige Nacht beiderseits. Nahm noch Sekonal gegen 2 Uhr. Auch K. hustete viel. Standen 9 Uhr auf. Blauer

Himmel, aber das Zimmer hat keine Sonne. Frühstückte Kaffee und Honig. Telephon mit Medi in Florenz. Unsichere Verabredung unserer Reise dorthin am Freitag. Notwendig ein Führer durch Rom, da mich verlangt, Bilder zu sehen. – Will etwas weitere Kleinarbeit tun am Manuskript. – – Tat dies. Waren auf dem Pincio und nahmen Wermut in der Sonne. Im Hotel Moni mit Kestens. Mit diesen zum Restaurant Ranieri zum Lunch. Mit Auto nach Haus. Nachmittags kam Post: Brief von Dr. Hirsch, der das Kapitel im Aprilheft bringt. Sonst Beschwernisse: Einstein-Feier, Wagner-Festspiele. – Zum Diner im Speisesaal Prof. Tecchi mit Moni. Mit ihm nachher in der Halle. Habe gern Gäste.

Rom, Mittwoch den 24. II. 54

Vor 8 Uhr auf. Andauer des blauen Wetters. Schlechte Nachrichten über den Papst. Mc. Carthys Frechheit gegen die Army. Die kapituliert. Von den »Sons of the Revolution« bekommt er eine Medaille für Bürgertugend. Er wird Präsident werden. – Schrieb Glückwunsch-Brief für Einstein zum 75. an das Emerg. Civ. Liberties Committee. Außerdem Brief für den Druck an die Theater-Intendanz in Dessau, anl. von Wagner-Festspielen. – Mit Professor Scholl auf dem Forum und hinauf zum Palatin. Lunch mit ihm im »Cubo«. – Brief und Manuskript von Dr. Orlowski, Berlin. (Goethes Sexualität. Mignon. Zweigeschlechtlichkeit.) – Moni zum Diner im Speisesaal.

Rom, Donnerstag den 25. II. 54

Nachts und gegen Morgen stark gehustet. Das merkwürdige Symptom der Haut-Austrocknung der Hände als Folge der Fieber-Krankheit. Dazu fast unkorrigible Verstopfung. – Schönes Wetter. Telephon mit Medi. Zusage unseres morgigen Kommens. – Beendete die Klein-Korrekturen. Habe nun auf die Handschrift aus Los Angeles zu warten. – Ausfahrt mit dem Journalisten Hocke und Moni. Wieder in S. Maria in Cosmedin. In der schönen, ebenmäßigen Sabina Basilica. Durch Trastevere. Auf den Gianicolo. Das verwilderte Gärtchen. Die städt. Bibliothek mit dem perspektivisch-architektonischen Scherz. – Mittagsmahlzeit im Restaurant Passetti, nahe Piazza Navona. Auffallend viele Priester. Prof. Curtius, der sich lobpreisend über die »Betrogene« geäußert haben soll. – Zu Hause Bettruhe. – Sehr bedenklicher Zustand des Papstes. Bin versucht, ihm doch noch zu schreiben. Empfinde eine nicht leicht zu erklärende brüderliche Teilnahme. – Abendessen mit Moni im Speisesaal. Zeitungslektüre nachher.

Rom, Freitag den 26. II. 54

Leicht bedeckt, dunstig, wärmer. Fuhr nach dem Frühstück zum Coiffeur hinab und ließ mir die Haare schneiden, was 1700 Lire kostete. – Packen schon seit gestern abend. – Mc. Carthy triumphiert auf der ganzen Linie.

Fiesole, Sonnabend den 27. II. 54. In Medis Haus

Gestern Vormittag in Rom der Romancier Alvaro, angenehmer Mann, mit Moni. Mit ihnen im Taxi ausgefahren. Besuch bei der Hl. Theresa von Bernini, verzückt; Engel mit Cupido-Pfeil, weitgehende Mystik. Besuch bei der populär beschenkten Madonna dei donne. In der Barberini-Gallerie. Einige herrliche Bilder: Die Fornarina Raphaels, Tizians Philipp II, vor allem der bezaubernde Narcisso von Caravaggio, rührend entzückendes Antlitz, dem sein Spiegelbild zum erstaunlichen Erlebnis wird. Haupteindruck! – Mittagessen im »Nino« nahe Piazza Navona. Vorführung sehr komischer beweglicher Tiere, Reiter etc., wovon mehreres für teueres Geld kauften. – Im Hotel Packen und etwas auf dem Bett geruht. Nach 4 Abreise. Der »Rapido«, sogen. Luxuszug mit Tischen. Hatten Abteil für uns. Das größere Gepäck abzugeben. Schlief etwas. Nahm Suppe in der Tasse. Fuhren gut, 3½ Stunden. Ankunft Florenz ½9 Uhr. Medi am Bahnhof. Fahrt mit ihrem Wagen hinaus zu diesem Haus, das schön gelegen. Blick über die

Stadt. Abendessen. Unterbringung leidliches Provisorium. – Nahm nachts für das Ohr Salmiakgeist statt des Alkohols. Wilder Schmerz. Erregung u. Schlaflosigkeit. Ein zweites Sekonal. Dann gut geschlafen bis 9 Uhr. Kaffee im Bett. Dann rasiert und angekleidet. Frühstück im Eßzimmer mit Medi, die vorher die Kinder zur Schule gebracht. Orangensaft, Ei, Schinken, Honig; hungrig. –

Fiesole, Montag den 1. III. 54

Vorgestern in den Ufficien, wo es kalt war. Wiedersehen mit den Botticellis. Tranken Wermut in der Via Tornabuoni. Einkauf von Schweizer Cigaretten. Abends Gäste aus Medis Freundeskreis. Unterhaltung italienisch, französisch, englisch und deutsch. – Gestern, Sonntag, vormittags Besuch von Alberto Mondadori mit Frau und deutschsprachigem Verlagslektor. Mittagseinladung auf die prachtvolle Besitzung des 89jährigen Berendsohn. Park mit den schönsten Perspektiven, in dem wir uns vor dem Eintritt ins Haus ergingen. Empfangen von der adlig-baltischen Haushälterin. Prachtvolle Wohnräume voller Kunstschätze. Der alte Sammler, klein, mager, mit roter Nelke im Knopfloch und mit polierten, sogar lackierten Fingernägeln. Nach dem Kaffee Gang durch das Haus, die Bibliotheksräume. Überall alte künstlerische Kostbarkeiten, z. T. im Dunkeln versteckt. Das Ganze der Harvard Universität vermacht, sodaß es beisammen bleiben wird. Livländer Verwandter, industrieller Geschäftsmann (Drogen). Mit dem Alten über Goethes Werther, Napoleon. Erzählte ihm englisch die Anekdote des Wiener Jesuiten, der nicht einmal das glaubt, daß kein Gott ist. Entzückt davon, hat er sie sich in unserer Abwesenheit von Medi noch einmal erzählen lassen. – Zu Hause nach dem Thee las ich Medi auf Wunsch das Kapitel vor, wie Krull die Liebe verteidigt. Soll in der N.Rundschau erscheinen. Hirsch nennt es herrlich, Erika zählt es zum Besten, was ich geschrieben. Die Rede ist tatsächlich originell. – Abends sehr müde. Schwierigkeiten mit dem elektr. Licht, die von einem jungen Nachbarn, dem weiblichen, hausfraulichen Part eines anerkannten Freundespaares, bereinigt wurden. Kann mich in solche Winkligkeiten schwer versetzen, obgleich der Kult des männlichen Körpers in der italien. Kunst (David, Perseus, die Jünglinge Caravaggios) mich entzückt. – Änderte den teilnehmenden Brief an den Papst und gab ihn Medi zum Übersetzen. – Sagte zu, eine Einleitung zu schreiben zu einer amerik. Ausgabe von Kleists Erzählungen, wenn Honorar von 1000 Dollar bewilligt wird. – Der Bronchial-Katarrh dauert vermindert an. Die sonderbare Nach-Fieber-Erscheinung des Hautabblätterns an den Händen. Auch K. stark erkältet. – Das Wetter halb sonnig mit leichtem Frühlingseinschlag. – Der Aufenthalt hier im Hause Mischung aus liebevoller Versorgung und Unbequemlichkeit. Medi bringt uns 8 Uhr den Kaffee ans Bett. Gleichgültigkeit gegen die Kinder, die sehr begabt sind. Vergnügen an den Hunden und Katzen. Möchte morgen Abend reisen, obgleich wir das Mädchen noch nicht vorfinden werden. – Veränderung des Reiseplans nach Medis Initiative. Sie will am 3ten mit uns nach Milano fahren, wir werden dort ins Hotel und abends in die Scala gehen, um »Othello« zu hören und am 4ten mit der Swiss Air nach Zürich fliegen. Dies telephonisch verabredet.

Im Bargello. Der prachtvolle Treppenhof. Die Donatellos, der Sankt Georg, die Johannes-Gestalten von Cellini, der David von Verrocchio! Was gibt es Entzückenderes in der Welt als diesen jungen Sieger? Erstaunlich die Unermüdlichkeit in der Darstellung jugendlicher Männlichkeit, die die Renaissance von der Antike übernommen. Ich glaube, im ganzen Bargello ist außer ein paar Madonnen-Reliefs nichts Weibliches zu sehen. Verliebtheit und Darstellungsehrgeiz gingen offenbar nach der anderen Seite. – Es war gefährlich kalt in den Räumen. Nahmen starken Cocktail hernach im Restaurant Sante Vecchio und aßen dort gut. Tomatencrême, Sole-Filets al burro, und die Dolces waren »l'uno melio di l'altro«. Trank viel Aboccato. –

Nachmittags Medi im Reisebureau. Hotel und Theater durch Mondadori zu organisieren. – Der Brief an den Privatsekretär des Papstes wurde fertiggestellt und gezeichnet. Morgen des Kranken Geburts- und Erwählungstag. Übrigens geht es ihm besser; kann einige flüssige und halbflüssige Nahrung behalten und ist stundenweise auf.

Fiesole, Dienstag den 2. III. 54

Gestern nach dem Abendessen zur Stadt, zu Dallapiccola's, wo in kleinem Kreise zu unseren Ehren Hausmusik war. Haydn, Sonate für Klavier u. Violine (als solche wenigstens behandelt) und eigene Komposition des Gastgebers, Sarabande, atonal, mit sehr zartem ersten Teil, dessen Wiederholung ich erbat. Litt unter den Sprachverhältnissen, – italienisch-französisch macht mich krank, englisch fiel weg und des Deutschen schämte ich mich. Lange Pausen im Gespräch, die ich mir zur Last legte. Qual. – Zu Hause Ausbruch von wildem Reiz- und Krampfhusten mit laufendem Schnupfen, nicht zu beruhigen. Wechsel zwischen Bett und Stuhl unter unendlichem Husten u. dem Verbrauch von x Taschentüchern. Kein Schlaf trotz wiederholter Mittel. Das Elend dauerte bis 4 Uhr morgens, um welche Zeit ich denn doch unvermerkt eingeschlafen bin – schwer verständlich bei dem wütenden Hustenreiz.

Blieb heute im Bett. Frühstückte Milchkaffee. Dämmerte hin, Medis Hausarzt, war nicht weiter beunruhigt. Aß mittags Suppe und trank ein Glas Wein. Dämmerte wieder. Hatte Caviar zum Thee und las im Corriere über das Portoriko'sche Pistolenattentat in der amerik. Kammer. Es geht drunter und drüber, und das Schiff, klagt man, hat keinen Kapitän. Lippmann über die McCarthy-Gefahr, die totalitären Methoden. Aber was hilft es. Das ist gerade [das] Gewünschte und Gewollte, von der Zeit Begünstigte, das sich durchsetzen wird. Findet sich nicht ein braver junger Mensch, der Mc Carthy erschießt, so steht es um Amerika schlimmer als um Deutschland. Und das will die Welt retten und führen! –

Zurück in
Erlenbach, Freitag den 5. III. 54

Wir fuhren Mittwoch den 3. mit Medi im Rapido (Tische und Service) von Florenz nach Mailand, empfangen von Alberto Mondadori, Pocar und anderen Herren des Verlages. Einiges Gepäck nach Zürich voran, da wir fliegen wollten. Wurden ins Hotel Principe e Savoy (?) gebracht. Schönes Badezimmer dort, schöne Blumen. Regenwetter. Ruhten aus, kleideten uns um und fuhren mit dem zur Verfügung stehenden Wagen zu[r] »Scala«, den »Othello« zu hören. Parkett-Fauteuils. Riesenhaus, akustisch wie aus Geigenholz. Prachtvolle Ausstattung, prächtige Stimmen, gute musikalische Leitung. Genußreich trotz Müdigkeit. Aufmerksam gelauscht u. des Verdi-Portrait im hohen Hut nach einer Pariser Première gedacht. Glänzendes Leben! Die vorletzte Oper italienisierter Wagner, reich an musikalischer Phantasie u. Erfindung, »rein menschlich«, ohne die mythische Weihe, aber auch ohne Shakespeares psychologische Tiefe. Stark gefühlvoll, stark dramatisch-theatralisch. »Lohengrin« ist besser als Dichtung. Boito hat z.T. groben Unsinn gemacht. Die große Staatsszene vor der im Bettgemach unmöglich. Spätes Ende, da der Beginn erst 9 Uhr. In der Hotel-Bar Wisky-Soda zu frechem Preis. Tief geschlafen.

Gestern Morgen Kaffee im Zimmer. 10 Uhr Besuch von der Mazzucchetti in der Halle. Später Mondadori mit seinen Herren. Meldung, daß alle Flüge eingestellt, was durch das unsichere Wetter zu erklären gewesen wäre, aber auf Strikes beruhte. Beschluß den Nachmittagszug nach Zürich zu nehmen. Mit dem Wagen im Regen zum *Dom*, Riesenbauwerk von unendlichem Détail, an dem 6 Jahrhunderte gearbeitet, u. an dem fortdauernd gearbeitet wird im kolossalen Inneren. Dunkelheit zwischen den kolossalen Säulenbündeln mit düster buntem Licht durch die figurenreichen Fenster, die während des Krieges in Sicherheit gebracht waren. – Abreise am frühen Nachmittag. Am Bahnhof zur Verabschiedung Pocar, Zampa und andere. Cortège. Abschied von Medi. Abfahrt nach 1 Uhr in der I. Klasse, die zuerst besetzt, in der wir aber bald allein. Sechs Stunden vergingen so-so. Kaum gelesen. Geruht und die Zeit schwinden lassen. Schneefall. Südlich des Gottharts viel mehr Schnee als nördlich. Fahrt zwischen weihnachtlichen Tannenwäldern. Mittagsimbiß: Schinkenbrot und Wein. Nachmittags Kaffee im Speisewagen, der in Chiasso eingestellt, u. von dem wir nichts gewußt. Der Vierwaldstädter-, der Zugersee. Zürich kurz nach 7 Uhr. Diese eigentlich sinnlose, verfehlte Reise, bei der aber doch einige denkwürdige innere Eroberungen gemacht, lag denn also zurück, war durchgestanden. Golo am Bahnhof mit dem Fiat. Fahrt bei regnerischem Wetter hierher. Erika zum Empfang, im Grunde u. unwissentlich gereizt durch unseren Aufenthalt bei Medi. Diese Eifersucht ist traurig-wunderlich. Mädchen Maria mit dem Hund wieder da. Das Haus in sorgfältiger, wohltuender Ordnung. Silber aufgestellt. Abendessen (Suppe u. Forellen); türk. Kaffee. Erzählungen. Post: Die Rundschau-Korrektur. Auspacken und Wiedereinordnen.

Im eigenen Bett wohlig geschlafen. 8 Uhr Kaffee. Rasiert und geräumt. ½10 Uhr Frühstück mit 2 Eiern. Erika dazu. Brief an Janka ausgefertigt: Einladung an ihn [und] Prof. Mayer hierher in Sachen der »Ausgewählten Gesamt-Ausgabe«, des ostdeutschen Films nach »Buddenbrooks« und – des Nerzpelzes, der mich nächsten Winter schützen soll. Der Brief formell, für die Schweizer Behörde. – Rundschau-Korrektur. Lächerliche Schwierigkeit mit »beachtet« und »ungeachtet«. – Ging mit dem Hund gegen die Kittenmühle. – Es kamen: die Nietzsche-Biographie von R. Blunck, das Buch von Leibrich mit Préface von M. Brion (»Classiques du XXe Siècle[«]), die »Neue Rundschau«, worin ich Mehreres las (R. Schneider, der Aufsatz von Beheim-Schwarzbach über Joseph), der »Merkur«, der ebenfalls Anforderungen stellt u.a.. Dabei wollte ich Kleist lesen und begann den »Zweikampf.« – Abends las Erika aus ihren »Zugvögeln«, hübsch. Danach spielten wir Straußens »Don Juan«, vorzüglich. – Schneefall.

Erlenbach, Sonnabend den 6. III. 54

Leichte Schneedecke. Gebadet. Aß gestern Abend viel Caviar und frühstückte heute stark. – Meldeten unseren Besuch bei Sprüngli an wegen der Garagen-Konzession. – Die Rundschau-Korrektur zu Ende besorgt. Einige Korrespondenz. Ging mit dem Hund über die Kittenmühle bis zum Kreuzweg. – Erzählungsfragmente von S. Beckett (»Molloy« im »Merkur«). Musik nach meiner Zeit. Art von Joyce-Schülerschaft. Aber so gut wie Elemente von diesem auch bei mir, so spielt etwa in Krulls Verteidigung der Liebe manches unwillkürlich in diese Sphäre hinüber, wenigstens was die Art der Komik betrifft. – Zeitungen, leer. Zeitschriften mit größter Auswahl zu lesen. Viel beiseite lassen. – Zum Abendessen Therese Giehse. Ihr Geburtstag. Schenkte ihr die »Betrogene«. Sehr komische Erzählungen (mimisch) von dem Münchner Wilhelm Herzog-Fest. Seine mürrische Unzufriedenheit, weil die Dotation oder Rente ausblieb. Schweighart verliest fingiertes Telegramm von Adenauer. – Spielten englische und französische Chansons und Parodien.

Erlenbach, Sonntag den 7. III. 54

Klares Wetter. Viel Caviar zum Frühstück. Golo holt den Hund zu einem Ausflug. – Vormittags mit K. Staatsvisite bei Sprünglis in Kilchberg, durch die, bei höflicher Bewirtung, für die Garagen-Konzession nichts erreicht wurde. Einfluß des verheirateten Sohnes, dem ich übrigens ein Buch signieren mußte. Danach im kalten Haus. Im Ganzen befriedigende Inspektion. Wünsche Tapezierung meines Schlafzimmers, Erhöhung der Tür zu Erikas Bad. Beschluß, am 26. ins Waldhaus überzusiedeln. – Schmerzlich die Reizbarkeit Erikas, ihre Eifersucht auf Medi, und daß K. oft unter ihrer leidenschaftlichen Schwierigkeit, Übertreibung, Hypochondrie zu seufzen hat. Sie sollte Stütze sein, ist es auch oft, aber für K.'s Gemüt ebenso oft eine Belastung. Suche, auszugleichen, zu beruhigen. – Wichtig, interessant und eine gute, zugehörige Lektüre für mich die Nietzsche-Biographie (1. Band) von R. Blunck. In ihr nachmittags und abends. Schrieb an Leibrich zum Dank für sein Buch. Nachforschungen nach den ausgefallenen Mt.-Seiten, die den schottischen Lord betreffen, vergeblich. Bleibt die Möglichkeit, daß sie bei der aus Californien erwarteten Handschrift sind. Bedürfnis, mich bei der Umarbeitung der Twentyman-Episode auf sie zu stützen. – Verfroren, etwas neu erkältet. – Zum Thee waren Golo und M. Gasser da. Dieser berichtete von beifälliger Aufnahme des Fontane-Artikels. Erika abends abwesend. Gingen gleich nach dem Essen hinauf.

Erlenbach, Montag den 8. III. 54

Klar und spät-winterlich. Gleichgültige Post. Der Architekt zur Besprechung mit K.. – – Unter einem Haufen anderer lagernder Sendungen: die Handschrift aus Los Angeles, von Eva Herrmann gesandt. Leider *fehlt* die damals gestrichene Episode vom schottischen Lord darin, die ich so gern als Unterlage gehabt hätte. Rätselhaft, wo die Blätter hingeraten, da kaum anzunehmen, daß ich sie vernichtete. – Nachdenken über Neu- und Umgestaltung, kombiniert mit der kleinen Twentyman. – Das Manuskript nun vollständig beisammen. – Längerer Brief an Adorno. – Abends 2. Symphonie von Beethoven, Geschenk Walters.

Erlenbach, Mittwoch den 10. III. 54

Jetzt ist Nachtfrost und klares, sonniges Wetter am Tage. Gestern das 2. Kapitel des III. Buches bedacht, und wie durch die Änderung irgend etwas halbwegs Bedeutendes zu erzielen. Figur des Lords? – Früh zu Dr. Mäder. Inhalieren und Rotbestrahlung. Nach der Rückkehr hier draußen noch etwas gegangen. – Fahre fort mit der Nietzsche-Biographie, bei der ich mich zu Hause fühle, ohne daß sie mich gerade als schriftstellerisches Werk interessierte. Bietet aber im Einzelnen viel Neues. Der Charakter der Schwester gut. – Nach dem Thee zahlreiche Brief-Diktate. Abends las Erika wieder aus ihrem Buch für die Jugend. Erfreulich.

Dieser Tag zeitigte einen Brief an Mampell in Beatenberg, u. außerdem gab es viele Ausfertigungen, Signierungen u. Verpackungen zu tätigen. Öfterer Husten. Lektüre über Nietzsche. Mittags ging ich ¾ Stunden spazieren. Erika fuhr nach Ascona. Golo kam zum Abendessen. Die Sprünglis in Kilchberg erweisen sich als äußerst störrig in Sachen unseres Garagenbaus, den sie offenbar zu hintertreiben wünschen. Die Gemeinde dagegen konziliant; scheint Wert auf unseren Zuzug zu legen. Der Architekt weiß Rat, die Garage auch ohne Zugeständnis des Nachbarn unter Auslassung der Treppe, die in den Garten führt, ins Haus zu bauen.

Erlenbach, Donnerstag den 11. III. 54

Andauer der hellen Serie mit leichtem Nachtfrost und Sonnenwärme am Tage. Übergang zum leichten Mantel. Versuche mit der Kombination melancholischer Verliebtheiten im 2. Kapitel von III. Aber Einaudi schickt Material zu der verlangten Preface, und im Radio lesen soll ich auch. Ferner schwebt das Kleist-Vorwort. – Versuche am Manuskript. – Dr. Gysi, Injektion von Vitamin und Leber nach Erikas Wunsch. – Spaziergang mit K. – Brief an Borchardt, Halbjuden in Fulda, von seiner Frau verlassenes Opfer von Faschismus und Sowjetismus, etwas verlogen und »Rat« suchend. – »From Fish to Philosopher« von Homer W. Smith. Amüsante Naturwissenschaft, Erd- und Lebensgeschichte. Alle Entwicklung beruht auf der der Nieren. Aussaugung des Mondes aus der Erdmasse durch die Sonne (Pacif. Ocean).

Erlenbach, Freitag den 12. III. 54

Verschlechterung des Wetters. Wieder winterlich. – Bücher u.a. Ausstellungsgegenstände kommen aus Basel zurück. – – Auch dieser Tag wieder brachte nichts anderes hervor als kleine Schreiberei, einen Brief an Basler, einen an Walter, K.

diktiert, und ein Telegramm an Einstein zum 75. Geburtstag. Zeitig zur Stadt. Im Möbelmagazin Aussuchen und Erwerbung eines bequemen Lesefauteuils an Stelle des alten Empire-Stuhls aus der Poschingerstraße, der neu gepolstert und bezogen werden muß. – Danach zur Pediküre. – Dann Treffen mit A.M. Frey, der bei uns aß. – Lektüre nach Tische und abends in dem amerik. biologischen Buch. – Spielten die IV. Symphonie. Es spricht da eine gewaltige Seele.

Erlenbach, Sonnabend den 13. III. 54

Wiederaufhellung. – Schrieb einiges an der Änderung von 2, III. Ging nur den Kiesweg hinauf; wir aßen um 1 Uhr und fuhren nach dem Kaffee zur Stadt, um dem Cabaret-Ausstellungs-Eröffnungsfest im Stadthause bürgerlich beizuwohnen. Dr. Job verhalf uns zu guten Plätzen. Freundliche Nachbarn. M. Gasser und Humm. Hübsche, begabte Darbietungen, z. T. sehr erheiternd wie gleich die Versrede des Stadtpräsidenten. Heimfahrt vor 5. Keine Nachmittagsruhe. Zu Hause Thee. Auspacken von Sendungen, Lesen von Post. Rückkehr des nach Basel Geliehenen. Der neue Stuhl an seinem Platz. Las darin in einem Buch über »Rußland heute« von Distelbarth. Bemerkenswerter Artikel über die Wiedervereinigung Deutschlands in der »Tat«, die wir jetzt halten, da die N.Z.Z. unerträglich geworden.

Erlenbach, Sonntag den 14. III. 54

Die Nacht durch wiederholtes Aufwachen, Ohrjucken, Husten zerstückelt. Gebadet. – K. hatte gestern Abend zwei Telephonate mit Erika in Lokarno, wenig ermutigend wieder für die Zukunft unseres Zusammenlebens. Gereiztheit, krankhaftes Mißtrauen, beständiges auf dem Qui vive, Eifersucht, ja Haß auf die Geschwister u.s.f., gekleidet in Fürsorge für K., ohne zu bedenken, daß sie ihr schlaflose Nächte bereitet. Kummer und Sorge. – Das Märtyrer-Material von Einaudi. – Reisen werden von mir verlangt: nach dem Rheinland, Holland,

Brüssel, Oslo, München, Paris, aber auch nur für eine davon fehlt es an körperlichem und seelischem Mut. – – Weniges an dem Neuzuschreibenden. Fuhren aus und gingen den hübschen Weg über »Solitude«. – Die Briefe der Widerstandsmärtyrer. Erinnerung an Tolstois »Göttliches und Menschliches«. Nachmittag Auswahl von Wäsche und Schlafröcken, die abzutun. – Schrieb an Frau Gehrig fürs neue Bilderbuch. Zum Abendessen Golo und M. Gasser.

Erlenbach, Montag den 15. III. 54

Das Wetter frisch, dunstig-blauend. Menge von Post. Für die Kleist-Einleitung 1000 Dollars bewilligt. Eilt. Ebenfalls eilt die Einaudi-Preface und mir am meisten das Roman-Kapitel, das zuerst zustande bringen möchte. – Dieterle aus Assuan über seinen guten Willen, die Joseph-Sache weiter zu verfolgen. So manche andere Angelegenheit. – Der Architekt über Sprünglis auch bei Amte bekannte Hartnäckigkeit. Arbeitet gegen den Garagenbau überhaupt. Die Gemeinde gutwillig. – Die Packer kommen am 25.. – Weniges an der Kapiteländerung. Zu Mäders »Schweschter«, die Inhalation und Rotbestrahlung verabfolgte. Zum Tabackgeschäft zu großem Vorrat-Einkauf. Cigarrenspitze. Zu Scholl: Bestellung von bedrucktem Briefpapier verschiedener Art für die neue Adresse. – Tolstois »Göttliches u. Menschliches«. – Nach dem Thee Briefe mit K.. Die vielen lästigen Absagen, langweilig zu begründen. (Rencontre über E.V.G. in Paris. Oslo.) – Wiedereintreffen Erikas, belebend. – Rheumatische Kreuzschmerzen, die sich auf die rückwärtige Hüftgegend konzentrieren. Besorgnis vor Wiederkehr der Ischias. Wiederholte Einnahme von Empirin. – Beschäftigung mit Huxleys Mescalin-Verherrlichung. Mag sie nicht und mag ihn nicht.

Erlenbach, Donnerstag den 18. III. 54

Gestern etwas am Roman. ½11 Dr. Gysi zur Injektion. 11 Uhr Fahrt mit Erika zur Stadt: Besichtigung der Cabaret-

Ausstellung in Begleitung Landolts u. seiner Frau, des Organisators u. anderer. Aufnahmen für die Wochenschau vor dem Plakat der Pfeffermühle. Nachher Frühstück als Gäste des Stadtpräsidenten im Zunfthaus Königsstuhl mit dem Schauspieler, ehem. Konditor, Heggiswiler. Nachmittags geschlafen. Die rheumat. Schmerzen leidlich. Nach dem Thee etwas zu schreiben angefangen über Pablo Casals. Abends Lieder.

Erlenbach, Freitag den 19. III. 54

Gestern Vormittag kleiner Artikel zu Ehren Pablo Casals, fertig gemacht. Nachmittags herzlicher Absage-Brief nach Oslo meines Alters und unsicherer Gesundheit wegen. – Tolstoi-Lektüre, stärkend wie immer. Golo zum Abendessen. Kordiales Verhältnis, gottlob, zwischen ihm und Erika. Über seine Berufung als Professor nach Berlin. Hat Zweifel. Wird zunächst zu einem Vortrag fahren. – Den ganzen Tag sehr müde und schwerfällig im Gehen, Folge von Föhnluft, wahrscheinlich. – Mit dem Einaudi-Vorwort noch nicht begonnen. Schon zeitig Dr. Gysi zur Injektion. 12 Uhr zu Dr. Bollak: Untersuchung des Auges, Wärme-Kur wieder aufzunehmen, Penicillin-Injektion durch die Nase. – Trebitsch zu Tische. Nachmittags handschriftliche Briefe. Abends Vorlesung Erikas. Danach Brief über Bluncks Nietzsche-Biographie. – Schwedische Ausgabe der »Betrogenen«.

Erlenbach, Sonnabend den 20. III. 54

Regnerisch. – Dies der Tag, den ich für das Zusammenpacken all dessen vorgesehen, was ich während der Hotelwochen brauchen werde, Papiere und Utensilien. – Schrieb an dem Vorwort darauf los. Bin ich damit fertig, muß erst das Roman-Kapitel in Ordnung gebracht werden. Dann werden die Kleist-Preface und etwas über Feuchtwanger zum Geburtstag zu schreiben sein, wie es der Berliner »Aufbau« verlangt. – Gang zur Kittenmühle. – Nachmittags an eine alte Frau über die Gedichte ihrer verstorb. Schwester, Akt der Menschlichkeit.

Dann Packete gemacht aus Material und Handschriften zum Mitnehmen ins Hotel. Das war anstrengend. – Abends mit Erika über das Problem des Musik-Apparats, Frage der Wiedereinsetzung der amerikanischen Maschine. Versuche mit Stimmen- und Orchesterklang. – Fragmente von Tolstoi.

Erlenbach, Sonntag den 21. III. 54

Kühl, bewölkt. Gebadet. Das Rheuma gebessert. Behandlung des Auges. Schrieb weiter an dem Vorwort. Gegangen mit K.. Brief an die Herz gegen Huxley. Abends las Erika vor. Hübsch. – Tolstois »Herr und Knecht«.

Erlenbach, Montag den 22. III. 54

Schöner blauer Himmel, den ich übrigens nachts schon im Traume sah. – An dem Vorwort weiter. – Zu Bollag zum Inhalieren. – Von da zu Fuß an den See und bis Frascati. – Verpackungen und Bestellen der Handbibliothek. Maniküre. – Begann Une ténébreuse Affaire von Balzac. – Hesse schickte einen neuen Rundbrief mit Jugenderinnerungen. »Aufbau« und »Statesman«. – Nach Tische Besuch von Herrn S. von der russischen Legation. Exemplare der russischen »Buddenbrooks« und anderer Bücher, deutsch und englisch. Über Tschechow zu seinem 50. Todestag etwas zu schreiben.

Erlenbach, Dienstag den 23. III. 54

Schönes Frühlingswetter. Die Auflösung dieses Hausstandes rückt beklemmend nah. K. nicht wohl; eine neue Magenstörung. Ging nach dem Frühstück wieder zu Bette. Beunruhigung. – Leichte Temperatur, aber Besserung im Lauf des Tages. – An dem Vorwort weiter. Zur Wegkreuzung gegangen. Nachmittag Föhnsturm. Phantastische Klarheit der Schneeberge. Brief an Janka. Bilder an ihn. Zum Abendessen Golo. Mit Erika über den Schluß des Vorworts. G. Anders in der »Schw. Rundschau« über »En attendant Godot«.

Erlenbach, Mittwoch den 24. III. 54
Wahrscheinlich letzte Eintragung an diesem Ort. – Nachts sexueller Anfall, den Injektionen zu[zu]schreiben. All solche »Stärkungen« gehen an dieser Sphäre aus. – K. gebessert. – Regnerisches Wetter. – Will mich noch an dem Schlußteil des Vorworts versuchen, dann die Sieben Sachen (es sind ihrer mehr) zusammen raffen, die ich an mich anhalten muß, weil sie sonst im Umzug untergehen. – Gestern um 6 war der Tapezier Demuth da mit Stoffproben für die neue Polsterung des Empirestuhls. Einen goldgelben Stoff mit Empire-Pressungen ausgewählt, der sich erfreulich ausnehmen wird. Die Erneuerung wird 6 bis 7 Wochen dauern und gegen 500 Franken kosten. – Packen.

Erlenbach, Donnerstag den 25. III. 54
(Im Wohnzimmer schreibend). Früh wach. Kaffee im Bette. K. mit dem Mädchen ins Haus. Allein gefrühstückt, während oben die Männer die Bibliothek in Kisten verstauen. – Zu stark abgeführt. – Sonniges Wetter. – –

Zürich, Waldhaus Dolder. Fuhren ½1 Uhr mit Erika (die zurückkehrte) ab vom Erlenbacher Haus, das ich ohne Wehmut hinter mir ließ. Bekamen hier gute, recht praktische Zimmer im 4ten Stock. Alles vertraut. Weiter Blick über Stadt und See bei rein aufgeblautem Himmel. Mittagessen im Speisesaal. Kaffee in der Halle. Installierung. Einrichtung des Schreibtisches. Sehr angegriffen und üblen Leibes. Ruhte unruhig auf der Chaiselongue. Tranken Thee danach. Die Heizung spielt abends. Elektrisches Öfchen und bequemen Stuhl erbeten. Nachdenken über den Schlußteil des Vorwortes. Desk-Federn gefüllt. Gegenstände vergessen, die K. morgen holen wird. – Schrieb ein paar kurze Briefe. Aßen ½8 im Speisesaal und tranken Rotwein. Zum Kaffee kam Golo in die Halle und besichtigte die Zimmer. – Las in »Stuttgarter Zeitung« freundlichen Artikel über den Film K.H. – Fuhr fort mit der »Dunklen Geschichte« von Balzac.

Zürich, Freitag den 26. III. 54, Waldhaus
Gut und fest geschlafen bis ½8. Kaffee-Frühstück. Mangel an echtem Appetit. Ein gewisser Widerstand gegen Nahrungsaufnahme ist habituell geworden mit Ausnahme der Suppe mittags und abends. – Über die Verstörung des Hundes Boris durch die Auflösung, die Zerstörung der Lebensordnung, das Wegschleppen, Weggehen. Begrüßt nur matt die Wiederkehrenden, Erika u. das Mädchen. Frißt nicht. Kann mich ganz in seinen Zustand versetzen. – Post: Die Servicen schreibt vom Erscheinen der »Betrogenen« in »Lettres nouvelles«. Der Directeur sehr dafür eingenommen. – Im Zimmer herrscht Ordnung. Es ist geräumig. Ich will mich wieder dem Einaudi-Vorwort widmen, während K. bis mittags den Hausgeschäften nachgeht. Der Schreibtisch ist vom Schreiner zur Überholung abgeholt worden, unter Zurücklassung der gefüllten Schubladen. – – Schrieb bis mittags an dem Vorwort gegen das Ende. Machte dann schönen Waldspaziergang (über das Grand Hôtel, wo ich mich erinnerte). K. kam ½2 zurück, ermüdet aussehend. Die Glasschränke für Bücher und mein kalifornisches Sofa stehen. K. mußte leider um 4 wieder fort, kehrte aber schon zum Thee zurück. – Las Zeitschriften, den »Monat«, die »Neue Schw. Rundschau«. Schrieb an Hesse. Abends Telephon mit Erika.

Zürich, Waldhaus, Sonnabend den 27. III. 54
Nachts 1 Uhr Hustenanfall. Dann ruhig geschlafen. Bedecktes Wetter. Gebadet und Kaffee gefrühstückt. – Leibrich in Sèvres bleibt sehr beschwerlich mit seinen Fragen. – Es ist Golo's 45. Geburtstag. Und ich lebe immer noch. – – Das Vorwort, noch nicht ganz fertig. Sehr idealistisch. – Spaziergang bei ziemlich rauhem Wetter. K. kehrte zum Mittagessen zurück. – Parapsychologische Zeitschrift von Dr. Ringger. Auch über Mescalin-Rausch. Eher langweilig. – Kondolenzbrief an die Witwe Siegmund Manns in Lübeck. Angekleidet. Invitation: Golo, Erika, die Giehse, Emmy Oprecht. Vor und nach dem

Abendessen mit ihnen in der Halle. Die Giehse sieht nicht gut aus, ist recht still, gibt Anlaß zur Besorgnis. Erika über den Stand des Umzugs. Das Klavier muß in die Diele. Wachsende Frechheit der Magd Maria, die schon wieder durch Humanität verdorben. Golo mit Geld und guten Spirituosen beschenkt.

Zürich, Waldhaus, Sonntag den 28. III. 54

Klarer Tag. Gegen ½ 9 auf nach gutem Schlaf. Erkältete mich neu bei offener Balkontür. Kaffeefrühstück mit Gothaer Wurst und Ei. (Zuviel Kaffee tagüber; Rückkehr zum Thee morgens geboten). Schrieb das Einaudi-Vorwort auf der 8. Seite zu Ende. K. fand es schön. Schrieb noch Glückwunsch an Dr. Landolt zur Wiederwahl als Stadtpräsident. Wald-Spaziergang mit K.. Nach Tische, wie auch abends, Balzacs »Dunkle Geschichte«, interessiert, ohne die politische Intrigue wirklich aufzufassen. Technisch merkwürdig die langen Einschaltungen und Vorbehaltungen, wenn dramatisches Geschehen bevorsteht. »Spannung«, zur Geduld verwiesen. – Nach dem Thee mit K., die heute Ruhetag hat, zwei handschriftliche Briefe (Hesses Gedichte in Amerika. Basel.) K. an der Abschrift tätig.

Zürich, Waldhaus, Montag den 29. III. 54

Nachts Husten. Aufenthalt im Stuhl. Thee. Dann Ruhe. – Klares Wetter. Nachrichten vom Aufbau-Verlag. Presse-Anzeigen des »Zbg.« – Arbeit am Roman. – Eine Stunde gegangen. – Las die Blätter, den »Statesman« über den lästerlichen Unfug von Bikini, die Verbrennungen und Verseuchungen weit außerhalb der unverschämter Weise angeordneten Sperrzone. Allgemeiner Aufschrei. Verschiebung des nächsten Experiments des Affen, der mit dem Schießgewehr spielt, um »einige Tage«. Die H-Bombe, bei der, wie auf der Sonne, Hydrogen-Atome in Helium verwandelt werden, wird bald groß genug sein, daß der Radius ihrer nicht vorherzusehenden, nicht zu kontrollierenden Wirkung sich über das Gebiet ganz

Europas erstreckt. Ernährungsschwierigkeit in Japan, weil die Fische vergiftet sind und vergraben werden müssen. – Bekam Kaffee statt Thee nachmittags. Schrieb an Ferruccio Amoroso in Rom. K. kehrte ½7 Uhr zurück. Golo u. der junge Schwerin sind im Hause tätig. Manches klärt sich. Mängel u. Schwierigkeiten kommen und gehen. Die Packer, die Handwerker, die alle für möglichst wenig Leistung den möglichsten Gewinn wollen. K. hat viel Plage. All das war vorauszusehen. – Las abends in einer sehr guten Arbeit einer Renate C. Wolff in Springfield, Mass.: »T.M.: The Figures in the Carpet«. – Bedenken K.'s, um meiner Ruhe willen, wegen zu scharfer Ausfälle gegen die »Freie Welt« im Einaudi-Vorwort.

Zürich, Waldhaus, Dienstag den 30. III. 54

Vor 8 auf und gebadet. Thee-Frühstück. Korrektur der Abschrift des Vorworts. Auslassung vorgesehen. Geben es Erika zu lesen. – Leicht dunstiges, helles Wetter. – Etwas an der Kapiteländerung, bemüht, einige Bedeutung hineinzubringen. – Eine Stunde gegangen, steigend zum Teil; doch wohl übermüdet davon. Nach Tische lästiger Weise italienischer Interviewer; französisch zu sprechen. Müde. Schlief etwas. Nach dem Thee Plage mit der Milderung des Einaudi-Vorwortes, d.h. seiner »Einseitigkeit«. – Vorübergehend Golo. Es läßt sich an, alsob wir in 8 Tagen ins Haus ziehen könnten, wenn auch von dort aus für die Fertigstellung noch manches zu tun sein wird. – Las abends noch in dem Mt. »The Figures of the Carpet«. Doch wohl eher mäßig gut.

Zürich, Waldhaus, Mittwoch den 31. III. 54

Ruhiger Schlaf, aber morgens Husten und Bronchial-Asthma. Morgens immer müde und ohne Lust am Frühstück. – Sprachen gestern vom Bevorstehen unserer »Goldenen Hochzeit« nächstes Jahr. Fiele mit meinem 80. Geburtstag zu nahe zusammen, um groß begangen zu werden. – Wetter dunstig wie gestern, dann leicht regnerisch. Schrieb lange, aber träge am

Roman. Ging zur Aurorastraße und in den dortigen Wald. Saß auf einer Bank. Erika zum Lunch. Endredaktion des Einaudi-Vorworts, das mir nun kaum Aufregungen bringen kann. Schrieb nachmittags an Fr. Anna Seghers, die mich in Brüssel hatte sehen wollen. Kann keine Diskussion vertragen. Habe zuviel Diskussion in mir selbst. – Las abends noch in Leibrichs Buch, von dem Exemplare kamen. Beschwerlicher Weise will er Genaueres darüber hören. – Durch Erika Manuskript von Newman, New York: Übersetzungen antiker und moderner Liebesgedichte.

Zürich, Waldhaus, Donnerstag den 1. IV. 54

Nachts 3 Uhr Hustenattacke. Thee. Nach der Anstrengung ruhig bis ½ 8 geschlafen. Gebadet. – Gestern Nachmittag regnete es. Heute ist der Himmel klar, aber alles in der Sonne von föhniger Deutlichkeit, und der Wind geht kalt. – Schrieb an dem Kapitel (III, 2), freudiger. Wird aber viel länger als es war. – Ging bei Föhnsturm im Wald spazieren. Dort stoben die welken Blätter scharenweise vorm Winde dahin. – Die Post häuft sich, unerledigt. Brief von Hesse mit komischen Versen eines Pfarrers Jung vor 100 Jahren, der seine Grabrede in Reimen abfaßte und drucken ließ. – Las wiederholt in der originellen lyrischen Anthologie von Newman. Schrieb nachmittags nur einen Brief. Sperre mich immer wieder gegen das Diktieren. – Zum Diner Erika, Golo u. Graf Schwerin. Heiteres Beisammensein. Gab das Bild des Mescalin-Trunkenen und die Pfarrerverse zum Besten. Morgen sollen fleißig Bücher aufgestellt werden. Fragen der Möbel- u. Teppich-Verteilung. – Temperatursturz und *Schnee*gestöber.

Zürich, Waldhaus, Freitag den 2. IV. 54

Schlief ruhig, ohne Husten. – Kühl und bedeckt. – Frühstückte mit besserem Appetit. – K. vor 10 Uhr ins Haus, hat gestern das Verlassene dem Besitzer Muhl übergeben. Einige Schäden zu bezahlen, was aber bei den etwas unheimlichen

Kosten der Neuinstallierung nicht ins Gewicht fällt. – Schrieb am Kapitel. Ging bei triefendem Nebel im Wald. Erste Korrekturen kamen vom Krull-Bande, noch I. Buch. – Bishop Jan S. Noli in Boston schickt sein Buch über Beethoven und die franz. Revolution. Nachmittags viele Briefe diktiert u. in Auftrag gegeben. An Dr. Hirsch in eigenen Angelegenheiten, aber besonders wegen des »Vulkan« von Klaus. – Äußerst gelinde, dazu bedingte Bestrafung des Prof. Bonnard in Genf. Vermutung, daß der Prozeß unter amerikanischem Druck inszeniert worden ist. – Andauernde Erregung über die frevelhaften H-Bomben-Versuche. Aufruf Nehru's dagegen im indischen Parlament. Beschönigendes und Besänftigendes aus Washington, in der N.Z.Z. widerwärtig zu lesen. Russischer Vorschlag, der Nato beizutreten und den Atlantic Pact zu einer universellen Friedenssicherung zu machen. »Großer Aprilscherz«. Aber die deutschen Sozialdemokraten finden es beachtenswert. – Des Bischofs Beethoven höchst realistisch und »menschlich«. »Tantus quantus lumpus L. v. B.« –.

Zürich, Waldhaus, Sonnabend den 3. IV. 54

Nachts Syrolin. Früh auf. Trübe, Föhnsturm. – An dem Kapitel. – Mit K. zur Stadt, bei Pfister, wo umsonst nach einem passenden Fauteuil für mein Arbeitszimmer gesucht wurde. Dann bei Bollag, der mich Emser und Penicillin inhalieren ließ (nutzlos meiner Meinung nach) und mich vorm Abschied wegen meiner Kundgebung gegen E.V.G. befragte, von der soviel die Rede sei. Ich hätte gute Gründe für eine solche Kundgebung, habe aber keine erlassen. Man hat sich, in Ermangelung einer message, meines Briefes bedient, der nur allgemeine Sympathie für Frankreich u. seine schwierige Lage ausdrückte. – Zeitig zurück. Brief und Buch von Preetorius nebst meinem Geburtstagsbrief, worin die Passage über die Papstaudienz zu ändern ist. – Lohberger: »Doppelgänger Mensch«. – Schrieb Brief an Leibrich in Sèvres. – Zum Abendessen Erika. Verschieben unsern Einzug auf Anfang der übernächsten Woche. – Las in des wunderlichen Bischofs Beethoven-Buch.

Zürich, Waldhaus, Sonntag den 4. IV. 54

Helleres Wetter. Nachts Husten und Thee. Gebadet. – Am Kapitel. (Der Lord. Selbstporträt.) – Mit K. einstündigen Rundweg bei Frühlingsluft, blühenden Sträuchern. – Nach Tische Studium von Schottland im Lexikon. – Zum Thee Trebitsch, in der Halle. – Den Brief an Preetorius geändert. – Nach dem Diner zu Katzensteins, kleine Thee- und Kaffee-Soiré mit dem Arzt-Ehepaar X., denen wir anno 30 in Luxor begegnet. Seltsame alte Bücher, dämonotopische Enzyklopädien Katzensteins.

Zürich, Waldhaus, Montag den 5. IV. 54

Tief geschlafen. Wetter bedeckt, dunstig. 9 Uhr am Schreibtisch. Den Lord gefördert. Mittags Waldgang bei leichtem Regen. Dicker Hund, mich gutmütig beschnüffelnd, lief einem geistlichen Herrn mit Regenschirm voran. »Grüß Gott!« – »Grüß Gott!«, worauf er, glaube ich, sagte: »Diesen Gruß tauscht man besonders gern im Walde.« Es war sehr still und nieselnd heute zwischen den grauen Buchenstämmen. Wir waren mit dem dicken Hund ganz allein. Ich antwortete unbestimmt, während er weiter ging. – Prüfungsarbeit »Untersuchung morphologischer und syntaktischer Besonderheiten in der Erzählung ›Mario u.d. Zauberer‹.« – Diktierte viele Briefe u. schrieb auch noch welche. – Las des Bischofs »Beethoven« zu Ende, amüsiert. Gab das Buch an K..

Zürich, Waldhaus, Dienstag den 6. IV. 54

Nachts Husten. Im Stuhl. 8 Uhr auf. Schnee-Regen. Französische Ausgabe von Kestens »Enfants de Guernica« mit meiner préface. – Am »Lord«. – Zur Stadt; bei P.K.Z. zur Bestellung eines blauen Anzugs; dann zum Haarschneiden bei Bachmann. – Dank-Telegramm von Einaudi. »Admirable, émouvante préface.[«] – Roman-Manuskript vom jungen Schott, mit dem wir auf dem Forum Romanum waren. Schlimm. Viel zu Besprechendes, zu Begutachtendes lagert. Schrieb über die englische Arbeit der Wolff in Springfield. Neue Zürcher Kampf-Wochenschrift gegen die moderne Kunst, abends durchgelesen. Berechtigt und auch fragwürdig.

Zürich, Waldhaus, Mittwoch den 7. IV. 54

Nachts mehrmals wach, nicht viel Husten, aber beschwerliche Träume. Das Ypral-Calcium gibt mir nicht genug Ruhe. – Kühl und bedeckt. – »Freie Volkszeitung« (St. Gallen-Basel) mit Leitartikel zur Verteidigung der »Betrogenen«, überhaupt zu meiner Verteidigung gegen Schnödigkeit. – Am »Lord«. – Waldspaziergang, winterlich, verfroren. – Unbegreifliches Vorkommnis des Erscheinens von »Krull verteidigt die Liebe« in der »Frankf. Allgem. Zeitung« statt in der N. Rundschau. Alle schreiben entzückt darüber (Kesten). Telegramm an Hirsch. – Nachmittags Handschriftliches. Begann Brief an den Mann der »Ewigen Kunst«. – Zum Abendessen Erika, Golo, Schwerin.

Zürich, Waldhaus, Donnerstag, den 8. IV. 54

Sehr dunkel und grau. – Im »Merkur«: Aufsatz von Benn »Altern als Problem des Künstlers«, interessant. – Am »Lord«. – Rundweg, warm gekleidet. – Keine Antwort vom Fischer Verlag. Empört. – Merkwürdiger Aufsatz in »Spettatore Italiano« von Berger über abstrakte Kunst[,] »nihilismo«, Stawrogin und Dr. Faustus. – Handschriftliches. An Newman über seine Anthologie. Schopenhauer-Citat zur »Betrogenen« von Marcuse. Lesenswerter Vortrag über das Altern beim Künstler von Gottfr. Benn im »Merkur«, mit vielfältigen Anführungen. – Wollten ins Kino gehen, aber ich gab es auf. Zuviel zu tun, Empfangsbestätigung von Manuskripten. (Schott in Rom) und dergleichen. – Kommt bis morgen keine Antwort von Fischer, so telegraphiere ich sehr scharf. – In den Blättern über die H-Bombe und ihre Zerstörungsmöglichkeiten. Ihrer 30 sind immerhin nötig, um das gesamte Leben auf Erden auszutilgen, auf dem Land und im Meere.

Zürich, Waldhaus, Sonnabend, den 10. IV. 54
Beginne das neue Heft also noch vor unserer Übersiedlung nach Kilchberg, die für Dienstag oder Mittwoch geplant ist. Gestern haben K. u. Erika einen schönen, schwarz-roten Teppich für mein Arbeitszimmer um den Preis von 1000 Franken erstanden. Die Frage, ob der ganze Aufwand eigentlich noch lohnt, taucht freilich immer wieder auf. Und doch hat der Gang der Dinge wohl seine Notwendigkeit. – Gestern schrieb ich weiter an der Umarbeitung des Kapitels und ging etwas im Walde. Briefe von Hirsch kamen, die schon nach Kilchberg gegangen waren u. Beruhigung brachten in Sachen des Frankfurter Zeitungsdrucks, der für 350 Mark gleichzeitig mit dem in der Rundschau erfolgte. Diese kam auch, und ich hatte Vergnügen an dem Kapitel, das schon eine Art von Ruhm genießt. In solchen Fällen ist Täuschung im Spiel, denn bei Weitem nicht alles ist so gut... Auch neue Buchkorrekturen kamen. Ferner 2 schöne Goethe-Bände in Leder, Artemis-Ausgabe. – Freute mich an dem europäischen (*und* asiatischen) Widerstand gegen die kollektive »Warnung« Chinas. Dulles fliegt für die amerik. Unzurechnungsfähigkeit werbend herum. Die westliche Einigkeit ziemlich bedroht. – Schrieb den Brief an Newman über seine Anthologie zu Ende. »Tu n'as jamais été« von Boui[l]het. – Beendete auch die Durchsicht des italienischen Aufsatzes von Berger über Proust, Gide, Joyce und mich. (Figur des Stawrogin.) – Leider beherrscht mich oft große Nervosität, Erregung, inneres Zittern. Zuviel dringt auf mich ein. Aber mit Hilfe der mäßig dosierten Mittel schlafe ich gut. Andauernd starke Verschleimung, namentlich abends und morgens. 4 Taschentücher am Tag sind keine Ausnahme. –

Heute gegen 8 Uhr auf. Abgeführt und gebadet. Andauerndes Jäsen. Die heutige Bandlesung des Hehler-Kapitels bereitete gestern Nachmittag vor. – Die »Deutsche Buchgemeinschaft«, schreibt Hirsch, will unter dem Druck der Leserschaft eine Lizenzausgabe des »Faustus« in mindestens 20 000 Exemplaren herausbringen. Erfreulich. – Die Linien hier, über die ich mich ärgerte, sind ja ganz angenehm. – Nach 10 Uhr, da der Wagen versagte, mit Taxi zum Sendehaus, dort Bandaufnahme des Hehlerbesuches u. die Unterhaltungen nachher, etwa 35 Minuten. Verbesserung eines Versprechens. Zuweilen etwas schwankend gelesen, da der Text nicht mehr ganz vertraut. – Zu P.K.Z., langwierige Anprobe. – Wieder mit Taxi ins Hotel. Zeitig gegessen. Aufsatz von Strich über Zeitgenossenschaft im »Bund«. Im Manuskript Kapitel über mich aus einem Buch über Prosa von Nietzsche bis Benn von Prof. Martini in Stuttgart. – Weiteres Manuskript über Architektur von Neutra (Los Angeles). – Schrieb weiter an dem Brief an den Mann der »Ewigen Kunst«. – Vor 7 gegessen und ins Theater gefahren: Molières Misanthrop, recht leidlich gespielt, in hübschen Fulda-Versen. In der Pause mit Lindbergs. Der Schluß recht sonderbar. Nicht allzu spät zu Hause. Schlief nach dem Thee im Stuhle ein. – Frido liegt mit Bronchitis.

Zürich, Waldhaus, Sonntag (Palmarum) den 11. IV. 54

Vor 8 auf. Grau, aber trocken u. etwas weniger winterlich als gestern. Schrieb lange und schnell am Kapitel. Fuhren nach Zollikon, um Frido einen Krankenbesuch zu machen, der aber schon auf war und abends das Konzert einer Pianistin besuchen wollte. Drückte seinen lieben Kopf an meinen. Im Wohnzimmer mit ihm, dem kleinen Toni und Mosers. Nachher am See etwas gegangen. Gutes Sonntagslunch, das mir schmeckte. Las weiter in dem Manuskript von Martini über den T.i.V.. Diktierte nach dem Thee Brief an Ch. Neider über seinen Roman, den K. gelesen, u. schrieb den Brief über moderne Kunst zu Ende. Golo zum Abendessen. Telegramm von Medi aus Neapel, wohin sie Bibi und Gret von Rom gefahren, offenbar zur Inspektion der Fremdenpension auf Capri, deren

Übernahme auf 2 Jahre sie sich in den Kopf gesetzt. Entschiedener Widerspruch meinerseits gegen die Versetzung der Kinder dorthin.

Zürich, Waldhaus, Montag den 12. IV. 54

Nachts Hustenattacke u. schwere Verschleimung. Beruhigung durch Thee. Einige Zeit im Stuhl. Morgens Voll-Erektion, was schon lange nicht mehr vorkam. Schreibe eine gewisse Belebung meines Lebensgefühls »meiner« Jahreszeit zu, die nun beginnt. Blüte der Sträucher, Ausschlagen der Bäume. Noch recht kalt dabei. Heute klarer Tag, aber ich glaube, nachts hat es etwas gefroren. – Vorgestern im Theater beobachtete ich im Parkett ein anziehendes, unaufhörlich plauderndes Profil, von dem nicht sicher war, ob es einem Mädchen oder Knaben gehörte. Stellte fest, daß ich sehr das letztere wünschte. Die kleine Hand, die allerdings aus einer gestärkten Manschette kam, sprach für ein Mädchen. Es war aber, wie ich später sah, ein ca 16 jähriger Junge, als Gesamterscheinung nicht so erfreulich. Das beständige Plaudern zu einer Frauenperson rechts von ihm setzte er fort. Hatte nie einen jungen Menschen so viel sprechen sehen. Das Profil war reizend. – Heute Kaffee mit Milch zum Frühstück, ein köstliches Getränk, und das frische gebutterte Hörnchen schmeckte vortrefflich dazu. – Schrieb an den letzten Szenen des Kapitels 2 von III. – Machte den Rundgang durch den Wald ums Polo-Feld des Grand Hotels. – Brief der Servicen wegen franz. Vorabdrucke aus dem Krull. Im Mai Neudruck des französ. Faustus. In Lettres Nouvelles die erste Hälfte von »Le Mirage«. Es ist in den romanischen Ländern, Italien u. Frankreich, wo ich am angesehensten bin. Was müßte geschehen, ehe das »Books in general« des N.St.a.N. einmal von mir handelte! – Brief an Bishop Jan S. Noli über sein Beethoven-Buch. – Las in der Rundschau Betrachtungen des alten B. Berenson. – Die Übersiedlung wegen noch weiterer Hämmerei auf Donnerstag verschoben.

Zürich, Dienstag den 13. IV. 54, Waldhaus

Nachts 3 Uhr heftiger Hustenanfall. Außer Bett. Thee. Langsame Beruhigung. Kurzschluß durch gleichzeit. Benutzung des elektr. Kochtopfs und des Deckenlichts. – Gebadet. – An dem Kapitel gegen das Ende. – Waldspaziergang. – Unter den Briefen Mahnung wegen des Kleistvorwortes. – Nachmittags mit K. Briefbesprechungen, dann an Prof. Martini, Stuttgart, über sein Manuskript eigenhändig. Erika zum Abendessen.

Zürich, Mittwoch den 14. IV. 54, Waldhaus

Kein Husten nachts. – Schönstes Wetter. – Druck nun im linken Auge. Anmeldung bei Bollag. – Thee-Frühstück langweilig, aber der gute Milchkaffee zu belastend. – Gearbeitet, aber nicht fertig geworden. – Im Magen nicht wohl. – 12 Uhr zu Bollag, Behandlung, jetzt des linken Auges. Von da zum See u. bis Frascati gegangen. Dort Wermut. Nach Tische in der »N. Rundschau[«] bedrückend Gescheites, auch Boshaftes, wie mir scheint. – Nur widerwillig gegessen. Schlechtbefinden. Packerei. Abends Verschiedenes im Almanach des Verlages List.

Zürich, Donnerstag den 15. IV. 54, Waldhaus

Gut geschlafen, aber der Magen noch schlecht, schwarz belegte Zunge. Thee, Zwieback u. weiches Ei. Danach Verstauung der zahllosen Kleinigkeiten.

Kilchberg, Alte Landstr. 39

Gegen Mittag Aufladen u. Verabschiedung von Oberküfers. Fahrt zu Bollag, der die Augen behandelte. ½ 1 Uhr hier eingetroffen, empfangen von Erika, mit der wir durchs Haus gingen. Es ist entschieden angenehm und erfreulich, nicht herausfordernd aber anständig und bequem. Die Kombination meines Arbeitszimmers mit der Bibliothek ausgezeichnet. Die Bücher recht schlecht aufgestellt, zu ordnen. Manches ist noch zu ordnen, zu vervollständigen, zu richten. Aber alle Bedingungen recht günstig, und ich habe wieder, wie in Californien, ein eigenes Badezimmer. Bewegend, vor und nach Tische wieder auf meinem Sofa aus P. P. zu sitzen. Ruhte von 4¼ bis 5½ wieder in meinem Stuhl. Schlaf- und Arbeitszimmer unvergleichlich besser u. geräumiger als in Erlenbach. Tranken Thee in dem hübschen, auch von Büchern umstandenen Raum zwischen K.'s u. meinem Schlafzimmer. Viel zu schleppen und einzuräumen. – Habe vormittags im Hotel noch am Kapitel geschrieben, doch ist ein Rest zu tun. Die Münchener Illustr. Zeitung verlangte nach dem Vorabdruck! Wenn die wüßten. –

Kilchberg, Karfreitag den 16. IV. 54

Der gestrige Tag war anstrengend und erregend für K. nicht minder als für mich. Waren beide vor Schlafengehen mit unseren Nerven ziemlich zu Ende. Nach dem Abendessen fanden Golo, Bibi, Gret und die Buben sich ein, besichtigten mit großem Beifall das Haus u. wurden bewirtet. Entfremdung des Hundes von Herr und Herrin. Diese darüber traurig. Ihre Lebens- u. Niederlassungsprobleme. Verlangen nach Italien, Fiesole. Aber wegen der Jungen bin ich so sehr dagegen. – Recht gut geschlafen in meinem hochstangigen amerikanischen Bett. Begann »Michael Kohlhaas«. Heute Morgen Kaffee im »Zwischenraum«. Tausend Dinge in einem Hut nach unten getragen. Frühstück mit K. u. Erika. Ägyptische Cigaretten, große Simon Arzt, von den Reisenden zum Geschenk erhalten. – Bermann in Frankfurt laut Brief von Hirsch. Einkünfte für »Krull verteidigt die Liebe«. – Schrieb nach alter Art in der Sofaecke das Kapitel von Eleanor und dem Lord zur Zufriedenheit zu Ende. – Mit K. zur Post. Die Ortschaft weit civilisierter, an guten Geschäften reicher als Erlenbach. Schneeflocken. Viel Räumen von Büchern und Papieren. Schrieb nachmittags an Dr. Hirsch wegen des Manuskripts, dachte ihm die Handschrift von 2, III zu schicken, aber K. will nun doch womöglich die Abschrift übernehmen. Zweifle noch, ob sie Zeit u. Kräfte findet. – Las nach dem Abendessen den Beiden das Neugeschriebene vor. Guter, rührender Eindruck. Sehr müde nachher, aber befriedigt. – Unstimmigkeiten zwischen Handschrift und Abschrift, morgen zu ordnen. – Freude am Haus. – Schneetreiben, dunkel.

Kilchberg, Sonnabend vor Ostern, den 17. IV. 54

Gut geschlafen. Schneetreiben. Sehr viel Post. Sendungen verschiedener Art. Brief von Fiedler. – Manuskript, Einpassungsarbeit, Anschluß. Fahnen-Korrektur. – Mittags zu Bollag, vorl. letzte Behandlung. Er schickte nachmittags eine sehr schöne Azaleenpflanze. Hahnebüchen »soziologische« Besprechung der »Betrogenen« in Berliner »Aufbau«. Zeitschriften. Zum Thee Gret mit den Buben, dann Bibi, der mir einen Aufsatz von ihm in The Musical Review brachte. K. mit ihnen über ihre Zukunft, die kleine Landwirtschaft und Fremdenpension bei Florenz, wo Toni vorläufig zur Schule gehen kann, während Frido hier bleibt. Einverstanden. – Schrieb an die Schriftsteller deutscher Sprache im Ausland, Sektion Schweiz, als Mitglied. An Marcuse über Schopenhauer. Erhielt lange Briefe. Nach dem Abendessen hörten wir Parsifal, I. Akt, Amfortas u. Erzählung des Gurnemanz. Lauschte mit großer Liebe.

Kilchberg, Ostersonntag den 18. IV. 54

Nachts Überfall bei starkem Vermögen u. heftiger Lust. Was soll man machen? – Trübes, regnerisches Wetter. Erstes Wannenbad hier, alles in guter, bequemer Ordnung. Kaffee vorher im Zwischenraum. Zum Frühstück Kaviar. Freude am schönen Arbeitszimmer, am Haus, am Ausblick. Die Korrekturen lesen, während K. u. E. sich in die Abschrift der 21 Seiten teilen. – Las viele Korrekturfahnen. Ging bei rauhem Wind u. etwas Schneefall mit K. in der Nähe spazieren. Ausgedehnte Villenkolonie. Nach Tische einiges im Berliner »Aufbau«. Nach dem Thee kurze Briefe u. Briefkarten (Marcuse, Fiedler u.a.) Zum Abendessen Emmy Oprecht, voller Lob für das Haus. Las Bibis Aufsatz in »Musical Review«.

Kilchberg, Ostermontag den 19. IV. 54

Dunkel, Schneefall. Überstarke Darmwinde, nicht recht in Ordnung. Trank aber ein Täßchen Kaffee vorm Rasieren. Frühstück mit Kaviar. – Korrekturen. – Schneetreiben, nicht ausgegangen. Zum Lunch Kitty Neumann, die für 2 Jahre nach Amerika geht. Poor thing. – Mit dieser Korrektur fertig. Übertragungsarbeit. – Zum Thee das Ehepaar Gausch aus Worpswede, beide Graphiker. Hat den Herbstzeitlosen-Umschlag für die »Betrogene« gemacht. – Nachmittags klares Wetter. – Erika las abends aus den »Zugvögeln«, hübsch. – Böse Darmwinde ohne Ergebnis. Schwacher Magen.

Kilchberg, Dienstag den 20. IV. 54

Dunkel, kalt. Morgenpost schon zum Frühkaffee. Arbeiter finden sich ein zum Garagenbau, auch Telephontechniker. Immer Freude am Haus und seiner Geräumigkeit. – Kitty Neumann berichtete von dem Aufsehen erregenden Münchener Abend einer Rezitatorin Gertr. Dahlmann, die in 1½ Stunden das ganze Siebente Kapitel von »L. i. W.« auswendig vortrug. – Übertragung der Korrektur. Dann Briefliches an verschiedene Personen. Ging eine Stunde, die angenehme Straße hinauf. Lektüre im »Monat« u. »Aufbau«, die besser unterbliebe. Nach dem Thee sprachliche Kleinarbeit mit Erika an dem neu Geschriebenen. Notizen für den Glückwunsch an Feuchtwanger. Abends las E. den Schluß ihres »Zugvögel«-Bandes.

Kilchberg, Mittwoch den 21. IV. 54

Gut geschlafen. Die Verdauung in besserer Ordnung. Gebadet. Den Geburtstagsaufsatz über Feuchtwanger begonnen. Mit K. eine halbe Stunde gegangen. Angenehme Umgebung. – Ehrenpräsidentschaft der Weimarer Schillerstiftung, angenommen. Das Mt. des III. Buches zum Versand fertig. Viel in »Michael Kohlhaas«.

Kilchberg, Donnerstag den 22. IV. 54

Morgensonne. – »Der Tod in Venedig« u.a. Novellen in der Fischer-Bücherei. – Die restaurierten Kandelaber kommen u. werden im Eßzimmer aufgestellt. – An dem Feuchtwanger-Artikel. – Allein gegangen. »Geisensteig«. Brief und gutes Gedicht gegen die Höllenbombe von dem alten G.S. Viereck. – Das Manuskript des »III. Buches« geht nach Frankfurt ab. – Nachmittags in eilender Schrift Brief an Dr. Benedikt, Schweden. – Abends Bibi und Gret zur Nachfeier seines 35. Geburtstages. Schenkte ihm die »Betrogene«. – Las recht hübschen Aufsatz von F.M. Reifferscheidt »Ironie als epischer Ausdrucksstil«.

Kilchberg, Freitag den 23. IV. 54

Sonniger Frühlingstag. Morgens neue Korrekturen bis zu Mme Houpflé reichend. 500 Dollars Anzahlung für das Kleist-Vorwort, zur Ermunterung. – Bericht in der »Tat« über die Oper »Die vertauschten Köpfe«. – Die 12 japanischen Fischer, Opfer der H-Bombe, gehen rettungslos an Blutzersetzung zugrunde. Brutale Gleichgültigkeit in Amerika u. dem hörigen Teil der Welt. – – Viele neue Bücher des Fischer Verlags. – – Über Feuchtwanger weiter gegen das Ende. – Zur Stadt bei P.K.Z. zur Anprobe des blauen Anzugs. Dann gegangen. – Las den Kohlhaas zu Ende. – Düsseldorfer Zeitschrift, wohl kommunistisch, »Heute und Morgen«. Über Musik. – Insistenter Mitarbeiter der römischen »Unità«, nicht loszuwerden am Telephon. – Gegen Abend einiges Handschriftliche. – Lieder nach dem Abendessen.

Kilchberg, Sonnabend den 24. IV. 54

Schönstes Wetter, leichterer Anzug. Rasiert u. gebadet. Der »Eckart« mit dem Aufsatz von Reifferscheidt. Arabische u. englische Ausgabe von »This I believe«. Südd. Rundfunk beifällig über die Lesung. – Schloß den Feuchtwanger-Artikel ab: 5 Seiten. Las auch die Korrektur des Houpflé-Kapitels zu Ende und machte die Übertragung. Stieg in der Nähe spazierend herum; zu sonnig. Nach Tische der nicht loszuwerdende Korrespondent der Unità. Englisches Gespräch und Aufnahmen. Möge es keinen Ärger geben. Recht enerviert nachher u. der Nachmittagsruhe sehr bedürftig, die auch wohltat. Nach dem Thee Herr Heußer mit Tochter. Legen eines hübschen Ergänzungsteppich im Wohnzimmer. Der Händler, ein Leser, bekam den »Zauberberg«. – Schrieb an Reifferscheidt in München. Las abends den kleinen Aufsatz vor. Hübsch. Zur Abschrift. – Kleist-Biographie von A. Zweig.

Kilchberg, Sonntag den 25. IV. 54

Glänzendes Frühlingswetter. Preis dieser meiner Jahreszeit! – Die Nacht etwas unruhig. Mehrmals wach, ging umher u. hatte da u. dort zu salben. – Aufarbeitung lagernder Manuskripte; Danksagung. – Ausfahrt mit K.. Tierpark, Rehe u. Hirsche, Aufregung des Hundes an der Leine. Auf die Höhe des Albispasses. Schöne, weite Lande. – Arn. Zweigs Essay über Kleist durchstudiert als Hilfsmittel. Nachmittags lange geruht. Noch einiges Handschriftliche. Ankunft der beiden Buben für einige Tage. Erika wieder leidend, wahrscheinlich aus Aufregung über die Heranlassung des ital Kommunisten. Schmerzlich. – Abends Frido bei mir. Über seine Schulaussichten. Etwaiges Wohnen bei uns, wenn Toni die Eltern nach Florenz begleitet und er in Zürich das Gymnasium besucht. Will das Abitur machen, das für Toni unerreichbar. Schweizer Schule in Florenz geht nicht so weit. Belp angenehm, aber unzulänglich, sodaß er zurückbleibt. – Gewitter am Nachmittag.

Kilchberg, Montag den 26. IV. 54

Leicht bedeckt. Post schon beim Kaffee, Besuche in Aussicht stellend und »Mitarbeit«, Beiträge nachsuchend. Frühstück mit den Buben, die die Opulenz genießen. Frido morgentlich hübsch. – Kleist-Studien. – Wenig gegangen. Zu Mittag Senator Biermann-Ratjens und Frau. Nachmittags handschr. Kleinigkeiten. Abends mit Frido 1. Satz des Violinkonzerts von Brahms. Las die »Marquise von O.« zu Ende. Doch wohl zu lang, da die Lösung längst bekannt. Delikatesse. Komik des Obristen. Einschlag von Jungfrau-Mysterium. Erinnert an den mystisch-christlichen Einschlag im »Amphitryon«.

Kilchberg, Dienstag den 27. IV. 54

Grau, unwirtlich. Gebadet. Schreiner bringt die Empire-Schränke in Ordnung. Auch sonst Handwerker-Gehämmer. Nach dem Frühstück Verabschiedung von den Buben, die mittags nach Belp zurückkehren. – Kleist-Studien, Excerpte, auch Eloessers Literaturgeschichte herangezogen. – Etwas gegangen. – Wachskerzen für den Schreibtisch. Nachmittags mit K. u. E. Umräumen von Büchern im Arbeitszimmer, vorteilhaft. Abends Radio-Musik, Brahms u. Tschaikowsky.

Kilchberg, Mittwoch den 28. IV. 54

Nachts einiger Husten. Etwas außer Bett. – Freude an der Morgensonne, der Frühlingsluft, dem Blick auf den See, dem eleganten eigenen Haus, dessen Fertigstellung freilich, da die Handwerker im April überbeschäftigt, nur langsame Fortschritte macht. Der kleine Schreiner, der gestern geschickt die Empire-Schränke herstellte, bekam ein Buch mit Widmung u. freute sich sehr. – Kleist-Aufsatz zu schreiben begonnen, aufs Geratewohl. Alte Landstr. hinaufgegangen. Nach Tische auch Wieglers Literaturgeschichte. Ausfertigung des Feuchtwanger Artikels für Berlin, Zürich u. New York. Schöner roter Vorhangstoff fürs Eßzimmer. Zum Abendessen die Giehse. – Viele Briefschulden. – Kam neuer blauer Anzug, noch nicht in Ordnung.

Kilchberg, Donnerstag den 29. IV. 54

Zeitig auf. Gebadet. Geschrieben am »Kleist«. In der Stadt, vergebens bei P.K.Z.[.] Etwas zu Fuß. – Des alten Viereck

Gedicht gegen den Frevel der H-Bombe. – Humm über den Fall Spitteler-Fränkel. »Verlobung von St. Domingo«.

Kilchberg, Freitag den 30. IV. 54

Kühl, bedeckt. K.u.E. früh fort in Sachen der Feist'schen Erbschaft. Begann früh zu arbeiten. – Tat es aber unlustig. Ging spazieren mit dem Hund. In Kleists Erzählungen mit Anstreichungen. Abend Dr. Friedmann aus München mit Frau, im Auftrag der »Illustrierten« u. in Sachen des partiellen Vorabdrucks des Krull. Gespräch über die »Einrichtung« und Überhändigung des Gesamt-Maschinendurchschlag. Er will morgen lesen.

Kilchberg, Sonnabend den 1. V. 54

Sonnig, hell, Frühling, lieblich. Fortschritte in der Dekoration des Hauses. Rote Vorhänge im Eßzimmer. Vorhänge in der Halle und in meinem Schlafzimmer. K. u. E. haben gestern aus Feists Hinterlassenschaft Tische u. Stühle gewählt. – Textbuch von »Mario e il Mago«, Azione Coreografica. – Freude bei der »Weltwoche« über »Freund Feuchtwanger«. – Arbeit am »Kleist«. – Mit K. gegangen ins Ländliche. – Später Thee mit Ei und Sardinen. Ins Schauspielhaus, in die Parterreloge geleitet: König Ödipus des Sophokles. Fasziniert, tief ergriffen und ehrfurchtsvoll. Der Geist der Tragödie, von dem Kleist wahrhaft berührt war. Erinnerung an die Zeit des »Erwählten«, von dem auch Schweizer, der mit uns war, sprach. Muß das Stück damals nachgelesen haben. Kannte es zu gut. Jokaste. – Keine Pause. Sehr anständige, würdige, lobenswerte Aufführung mit Quadlieb als Ödipus. Verließ das Theater in Erschütterung. Zu Hause Chokolade.

Kilchberg, Sonntag den 2. V. 54

Lieblicher Maienmorgen. Der große Kirschbaum in voller Blüte. Geschlafen zum ersten Mal bei den neuen, gut verdunkelnden grünen Vorhängen. Die Diele dekoriert mit Vorhängen und der chinesischen Stickerei. – Arbeit am »Kleist«. Mache es mir viel zu schwer. – Mit K. im Siehltal. – Lächerlicher Konflikt mit der Magd Maria wegen Mißbrauch des Musikapparats, worauf sie aus infantilem Trotz ihren eigenen, ihr gelieferten, abgibt. – »Prinz von Homburg«. – Zahlreiche Brief-Erledigungen und -Besprechungen mit K. – Das Arbeitspult aus Californien wieder in Benutzung. – Gewitter, Regen.

Kilchberg, Montag den 3. V. 54

Regnerisch – Etwas Arbeit, mühselig. – Nach Thalwil in Notariatsgeschäften. Von da nach Zürich zur Fußpflege. Schlechtes Wetter, zurückgefahren. – Möbel, Renaissance und Empire-Stühle, runder Eßtisch, Tisch mit Marmorplatte für meine Bibliothek. Sofabank fürs Wohnzimmer. Glasvitrine für feine Gläser im Eßzimmer. Das Haus wird sehr hübsch und würdig. – Friedmann telephoniert aus München, wohin er mit dem Mt. abgereist. Ist begeistert, will es mitsamt der Houp[f]lé in seiner, »Süddeutschen Zeitung« abdrucken, die aber nur die Hälfte von dem zahlt, was die »Illustrierte« leistet. Entscheidung verschoben bis zu Erikas bevorst. Besuch in München. Sähe den Vorabdruck nicht gern, verlange aber nach den 15 000 Mark. – Sorgen um den Fischer Verlag und seinen Zustand, seine offenkundige Insolvenz. Seit Wochen bleibt seine Schuldigkeit von 40 000 Mark unbeglichen, längst überfällig. Keine Erklärung, nur ein »so bald wie möglich«. Schwer verdächtige Lage. – Las den »Prinz von Homburg« zu Ende, gewiß bewundernd, auch mit innerem Widerspruch.

Kilchberg, Dienstag den 4. V. 54

Naß, trüb. Der Treppenläufer zum 2. Stock wird gelegt. Gute Fortschritte. Sorge dabei über den Kleist-Aufsatz. – Gestern Brief an Janka, Südd. Rundfunk: Programm meines Wunsch-Konzertes. – – Von ½ 10 bis nach 1 Uhr angestrengt gearbeitet. Nur eine Viertelstunde gegangen. – Erika telephoniert mit

Habe in Sachen des Vorabdruckgeschäfts. Schlief nachmittags. – Zeitschriften. Ausfertigungen und Handschriftliches. An Preetorius. Brief an Frido. Buch von Albert Guérard »Bottle in the Sea«, worin das franz. Motto: »L'art est un jeu lucide aux confins du réel, du rêve et de la folie«. Von wem? Vorzüglich!

Kilchberg, Mittwoch den 5. V. 54

Helleres Wetter, Morgensonne, unsicher. – Schul-Aufsatz von Roland Biermann-Ratjen. – Am »Kleist« bis zum Schluß des allgemeinen Teils. – In der Stadt, bei P.K.Z. wegen des blauen Anzugs; dann zum Haarschneiden. – In meinem Badezimmer Wegnahme der störenden Ausgußvorrichtung; viel Gehämmer u. Wasserrauschen. Spät und wenig geruht. Handschriftliches (W. Hallgarten über sein Buch) und Versendung des Rundschau-Kapitels (Sonderdruck) an Reisiger, Hesse, Basler. – Abends wurden Bibi und Gret erwartet, kamen aber nicht. Las viel in »Kätchen v. Heilbronn.« Kindliche Hysterie. – Schrecken mit Erika, die nach Schlafmitteln an Gleichgewichtsstörungen leidend, mit Gepolter hinstürzte, während wir im Theezimmer saßen. Gram und Sorge.

Kilchberg, Donnerstag den 6. V. 54

Zeitig auf. Heller Frühlingstag. Geschrieben am 2. Teil des »Kleist«, über die Novellen. Eine halbe Stunde gegangen. Zu Tische A.M. Frey. Erika, die morgen nach München geht, gebessert. Das Badezimmer sauber gekachelt. Brief über den Film für die Festschrift des Berliner Film-Festivals. Abends Bibi und Gret. Verabredungen wegen der musikalischen House warming party, wohl am 20.. – »Kätchen von Heilbronn«, merkwürdig in seiner Art.

Kilchberg, Freitag den 7. V. 54

Nächtliche Heimsuchung. »Ich schaffe treu. Mit allen Hunden – naht da die Jägrin Leidenschaft«. (Aus meinem dummen alten Poem von vor 60 Jahren in Conrads »Gesellschaft«.) – Elektrisch rasiert, während das Badewasser einlief. Helles Wetter. Mit K. über die musik. Soirée. Dulles von Genf zurück. England denn doch noch zu Concessionen an Amerika geneigt, »damit der Westen nach dem Scheitern der Konferenz aktionsbereit ist«. – Arbeit am »Kleist«. – Mit K. kurze Zeit gegangen. Nach Tische Abreise Erikas, von Bibi abgeholt. – Umgestaltung des Wohnzimmers durch den eingetroffenen runden Nußbaum-Tisch und Empire-Fauteuil; endgültige Einrichtung der Halle mit Zeitschriften-Tisch u. roten Renaissance-Stühlen. Sehr zufrieden. – Photograph der »Neuen Zeitung«. Aufnahmen. – Zum Thee die russischen Herren Smolin (von der Gesandschaft) und Alexandrow (Film). – Schrieb nachher weiter an dem Brief über das Cinéma. – Abends allein, müde. Aufsätze im »Merkur«.

Kilchberg, Sonnabend den 8. V. 54

Hell aber windig. – Belästigung durch die Ostdeutsche Wochenschau. – Freude an der gehaltenen Eleganz der Räume. – Am Novellenteil des »Kleist«. Bevor wir zur Stadt fuhren, vorm Haus, Aufnahmen durch die Wochenschau. – Bei P.K.Z., den blauen Rock übernommen. Danach etwas in den Straßen gegangen. Schrieb nachmittags den Brief über den Film zu Ende. Las Tages- u. Wochenblätter, auch in einer Schrift von Sabais: »Verändern die Dichter die Welt?« – Kalte Bise, heulend, unangenehm.

Kilchberg, Sonntag den 9. V. 54

Gestern abend nach langer Pause wieder heftiger Hustenkrampf mit starker Schleimabsonderung durch Speichelreiz in der Luftröhre. Sehr erschöpfend. Morgens guter Dinge. Nach dem Frühstück (mit Stollen) Bibi und Gret, Visite zum Muttertag. Boris außer sich vor Freude. Sein Bruder, irgendwo, hat 6 Kaninchen lebendig gefressen. – Über Kleists Novellen weiter. – Mit K. ins Ländliche gegangen. – Golo wurde tagüber erwartet, kam aber erst nachts. – Nachmittags Karte an Moni, Briefe an Sabais und, englisch, an Prof. Guérard. – Die Hermannsschlacht, Szenen mit »Thuschen«, abstoßend.

Kilchberg, Montag den 10. V. 54

Unruhig geschlafen. Abgeführt und gebadet. Frühstück mit Golo. Seine Zweifel, ob er die Berliner Berufung annehmen soll. – Viel aufhaltende Post. Neue, sehr schöne Lizenz-Ausgabe des »Zauberbergs« bei G. B. Fischer. Sonstige Neudrucke, besonders von »K.H.«, das dank dem Film reißend abgeht. – Arbeitete bis ½1. Warmer Maientag. Fuhr mit K. in einen schönen Wald, wo wir gingen. Hatte nachmittags Brief-Arbeit mit ihr. Abendessen mit Golo. Noch eine kinematogr. Aufnahme für die D.D. Wochenschau auf der Terrasse.

Kilchberg, Dienstag den 11. V. 54

Schön Wetter, etwas dunstig. Viel bei offenem Fenster jetzt. Zum Kaffee allerlei Post: komisch egoistische Reaktion Hesses auf die Zusendung des Rundschau Kapitels mit einer alten Drucksache. Bericht Mampells über ein Treffen junger deutscher Schriftsteller in Rom, die über mich »witzelten« und ihn auspfiffen. Kenne die unverschämte Bande. – Eintreffen des ersten Exemplares der amerikanischen Ausgabe der »Betrogenen«: »The Black Swan«. Gut. – Vormittags Arbeit am »Kleist«. Gegangen mittags, zuviel in der Sonne gestiegen. Schadete mir dadurch und war unwohl für den Rest des Tages. – Telegramm von Erika, die Donnerstag kommt, daß wegen des Romans in München keine Einigung zustandegekommen. Auch gut oder besser. – Nach 6 Uhr Tée complet. ½8 zum Cirkus Kniee, wo auch Bibi sich einfand. Sahen die Vorstellung bis zur Pause, 1¾ Stunden. Glänzende, originelle Nummern. Vogel- und Elefantendressuren, sehr komischer Chaplin-Clown, akrobatisch. Reizende Pferde. Zu Hause Chokolade und Buttertoast. Sehr müde. »Hermannsschlacht«, mißlich und übel.

Kilchberg, Mittwoch den 12. V. 54

Sonne, sommerliche Wärme. Der Garten, von zwei Gärtnern bearbeitet, macht gute Fortschritte. Beseitigung der Hecke, Pflanzen von Sträuchern. – Arbeit, zum Schluß drängend. – Gefahren mit K. zum Wald über der Siehl, dort angenehm gegangen. Beendete mit Grauen die »Hermannsschlacht«. »Thuschen« und die Bärin! Ehrlose Hysterie. Doch legt er, als Dramatiker, den Römern die rechten Worte über die »Hunde« in den Mund. – Zum Thee Dr. Tau aus Oslo, inniger Mann. Über »Buddenbrooks« für seine Studenten. Er begeistert über die »Betrogene«. Diese gepriesen auch von Regina Ullmann. Jene unangenehm hysterische Hamburgerin spricht wieder vor mit Bildern von Menschenfresser-Stämmen des belgischen Kongo und einem fettigen Buch »King Jesus«, mythisch-mysteriös. – Brief von Braungart über »Krull verteidigt die Liebe«. – Abends das Doppelkonzert von Brahms. Schläfrig vom Stout-Bier. Las in »Perspectives« Kurzgeschichte eines Redaktors des »New Yorker«. Soso.

Kilchberg, Donnerstag den 13. V. 54

Schöner, warmer Tag. Glücklich über das schöne Heim. Warmer Brief von G. S. Viereck. Rasiert u. gebadet. Leichte Kleidung, wieder mit Gürtel. – Am »Kleist« gegen das Ende. – Ging dann in der Sonne. Sah auf einem Lastwagen einen blonden, blühenden Jüngling mit nacktem Oberkörper, was einen großen Zauber für mich hat. Saß, um auszuruhen, etwas in dem schattigen Wirtsgarten in der Nähe. – Mittagessen verspätet durch Erikas Ankunft nach strapaziösem Aufenthalt in München. Viel zu erzählen. Pathetische Greulichkeit jener Rezitation des »Siebenten Kapitels«, auf Band. – Brief an Knopf diktiert. Ausfertigungen. Diner im Grand Hotel Dolder bei Frau Trebitsch. Schlechte Bedienung, neuer Kellner. Fragte sie, ob sie sich des kleinen Müncheners erinnerte, des Franzl, das sei was andres gewesen. Sie erinnerte sich. – Herangezogen ein Buch »Geschichte vom Leben des Lazarillo von

Tormes u. von seinen Leiden u. Freuden von ihm selbst erzählt«. Muß ich lesen.

Kilchberg, Freitag den 14. V. 54

Beendete den Aufsatz »Kleist und seine Erzählungen« auf dem 21. Blatt. – Fuhr mit K. aus über Kilchberg hinaus, wo wir gingen. Sonne; aber viel kühler, Ostwind. War morgens zu leicht gekleidet. – Zum Thee Oberarzt Dr. Bodenheim (Psychiater) und Frau, Nachbarn. Seine Liebe zu den Kretins und Verrückten; die bekannte Affinität. Entdecker eines Krebsmittels zu sein, würde ihn nicht mehr beglücken. – Nachher etwas Handschriftliches. – Nach dem Abendessen einstündige Vorlesung des Aufsatzes für K., Erika und Golo. Gut. – Müde.

Kilchberg, Sonnabend den 15. V. 54

Die Nacht gestört durch Husten. Durch den gestrigen Temperatursturz erkältet. – Ungewißheit, welche Arbeit nun zu ergreifen. Geringe Neigung, am Krull fortzuspinnen, bevor Teil I erschienen. – Wieder recht kühl. Elektrischer Ofen. – In Erwartung der ostdeutschen Gäste. – Ausbleiben weiterer Korrekturen. – Briefe geschrieben. Etwas gegangen u. einen hübschen Weg in der Nähe gefunden. – Nachmittags Brief an Reisiger. – Die Männer vom Osten kamen zu spät von Prag, um sie heute noch zu sehen. E. fragte den Janka, ob er für die Reise warm gekleidet gewesen, was er froh bejahte. – Las in den Memoiren des Lazarillo. Primitiv.

Kilchberg, Sonntag den 16. V. 54

Bedecktes, wieder milderes Wetter. Nachts Husten und Verschleimung. Nahm lösendes Mittel. Gebadet. Die Arbeitslosigkeit unangenehm. Gestern Telegramm an Frau Rümelin wegen Abschrift des »Kleist«. – Viel Lagerndes auf gute Art erledigt. Mit K. in der Nähe gegangen. Mittags die Herren aus Osten, Janka und Prof. Meyer. Dieser brachte sein Buch »Studien zur deutschen Literaturgeschichte«, jener den glücklich herübergeretteten *Pelz*, prächtig, Nerz und Otterkragen. Über die ostdeutsche Gesamtausgabe, die recht großartig werden soll, in 12 Bänden, Romane, Novellen und Essayistik. Détail-Beratung noch vorbehalten. Bewunderung des Hauses und seiner Lage. – Auch nachmittags Briefliches. Abends etwas in Meyers Buch. Kein reizvoller Geist.

Kilchberg, Montag den 17. V. 54

Milder Frühlingstag. Gegen Morgen wieder gestörter Schlaf durch Luftröhrenverschleimung. Angegriffene Nerven. Viel Post, Bilder, Einladungen zu Vorträgen etc.. Forschungen eines »Verd. Lehrers des Volkes« in Thüringen über das Magische Quadrat. – Wieder Beschäftigung mit Brieferledigungen, recht traurig. Einige Schritte gegangen. Zu Tische Kuno Fiedler, wunderlicher Kauz. – Buch: »Réalité sociale et idéologie religieuse dans les romans de T.M.« von P.P. Sagave in Straßburg. – Nachmittags schweres Gewitter[.] Hagel, Regenflut, Finsternis. Schrieb nach dem Thee des längeren an Dr. Mampell, über die Unverschämtheit der nichtskönnenden »jungen Generation« in Deutschland. – Brief von Einaudi über die Festlichkeiten, unter denen das Résistance-Buch mit meinem Vorwort erschienen. Erschienen auch in Il Mondo. – Recht alberner Brief von Witkowsky, Rom, der seinen »moralischen Austritt aus der Menschheit« anmeldet. – Recht unwohl nachmittags und abends. Verstärkte Erkältung. Fürchte, bettlägrig zu werden.

Kilchberg, Dienstag den 18. V. 54

Sehr trüb und dunkel. Nachts gegen die Verschleimung wiederholt mediziniert. Matter und krankheitsverdächtiger Zustand. – Karl Kraus-Citat gestern im Brief an Mampell: »Bin Epigone, Ahnenwerthes Ahner«. Soll heißen: Ahner des Wertes der Ahnen, des Ahnenwertes. Muß aber erst erdacht werden und ist nicht gut. – Woher stammt die Redensart »Kundige Thebaner«? Die Thebaner galten, wie Golo sagt, sogar für besonders dumm. – Büchergilde Gutenberg wünscht »Königl. Hoheit« zu bringen. Bermann dagegen, angeblich Oprechts wegen, in Wirklichkeit wahrscheinlich, weil er dort verschuldet ist und nichts bekäme. Schreibe zustimmend. – Korrespondenz. Krankheitsgefühl den ganzen Tag, aber kein Fieber. Treupler-Tablettli, Grippe-Pulver von Erika. Viel Eingegangenes zu lesen. Zum Thee denn also noch einmal die Ost-Herren. Die Gesamtausgabe in 12 Bänden, die Sonderausgabe des »Krull«, das Verhältnis Bermanns dazu. Bedeutende Einkünfte daraus. Schließlich die Frage des ostdeutschen Nationalpreises von 100 000 O.Mark zum diesjährigen Geburtstag. Bin nicht gefragt worden und lasse es geschehen. – Auswahl der für die große Gesamtausgabe bestimmten Stücke aus »Altes und Neues«. Mayer beauftragt, das Mögliche aus den »Betrachtungen« zu wählen. Sorge für Druckfehlerverbesserung. Verabschiedung von den beiden Emissären, die morgen Chaplin besuchen werden. Der stille Janka sympathischer als Mayer, dem es übrigens um alles Literarische aufrichtig ernst ist. – Gehobener Laune durch die bevorstehenden reichen Einkünfte. Auch wurde der prächtig restaurierte, mit römischen Emblemen in Goldfarbe geschmückte Empire-Stuhl geliefert und im Arbeitszimmer aufgestellt. Sein Vertreter ins Bibliothekszimmer überführt, das jetzt ein sehr angenehmer Raum. Kissen auf den Dielentruhen. Das Haus eine Freude. – Abends durch den sehr wohlklingenden Apparat Stravinsky-Musik, witzig, kunstvoll, technisch virtuos, rhythmisch amüsant. – Einiges in Sagave's Buch, »Faustus« und die deutsche Reformation betreffend.

Kilchberg, Mittwoch den 19. V. 54

Trüb, kühl, regnerisch. Die Nacht nicht schlecht; Sirolin. Empfindliche Entzündung der Mund-Schleimhäute im Zusammenhang mit der allgemeinen Schleimhaut-Affektion. – Lange Briefe zu lesen. – Gegen ¾11 Uhr *Erdbebenstoß*. – Endlich einige neue Korrekturen. – In der Bibliothek, einem behaglichen Raum, beschäftigt mit meiner kleinen Sammlung von Büchern, Luther und das 16. Jahrhundert betreffend. Kurzer Ausgang. Nach Tische wie auch abends in Sagaves Studie. Es könnte vom erfreulich Künstlerischen etwas mehr, überhaupt etwas die Rede sein. – Nachmittags etwas geschlafen. – Aufsuchen des Vortrags »Der Künstler u. die Gesellschaft«, vollständig, für die Gesamtausgabe. – Von Einaudi der Vorabdruck in Il Mondo und der Bericht über die Feier aus »La Nuova Stampa«. – Mit K. und Erika viel zur morgigen Party. Tischordnung.

Kilchberg, Donnerstag den 20. V. 54

Unsichere Besserung des Wetters. Gebadet. Schöne Blumen von Katzensteins. Kuchen und Salz von Beidlers. Exemplare von Einaudis Buch, für dessen Vorwort ich auf Verlangen K.'s u. E.'s 500 Franken verlangte. – Der renovierte zierliche Empirestuhl, noch im Arbeitszimmer placiert. – Redaktion des Künstler-Gesellschafts-Vortrags für die Gesamtausgabe. Brief an Prof. Mayer. Etwas in der Nähe gegangen. Mit dem Buch von Sagave mich hinlänglich bekannt gemacht. Verschiedenes im Almanach des Piper-Verlages. Von Peyrefitte Roman »La Fin des Ambassades«. Unruhig geruht. Nicht wohl nach dem Abführen. 6 Uhr Thee und Toilette zur großen *Weihe-des-Hauses-Party*, die 7 Uhr begann und 36 Personen versammelte. Lief ganz glücklich ab. Empfang und Sherry-Erquikkung. Musik in der Halle, Schumann u. Mozart, ausgeführt von Kapellm. Schmied, Bibi und einem Klarinettisten. Hielt mich anfangs mit Moser in der Bibliothek, dann in der Halle. Die Räume nahmen sich gut aus. Blumen und Geschenke. Brot und Salz in versch. Formen. Der Stadtpräsident in Hauptmannsuniform. Nach dem Konzert Aufschlagen der Eßtische und Souper mit gutem Champagnergetränk. Im Speisezimmer mit den Kandelabern und silbern. Leuchtern auf dem »Führertisch« saß ich zwischen den Frauen Landolt und Faesi, dazu Weber, Hirschi, die hübsche Frau Motschan etc. [.] Alles sehr gut organisiert. Reiche Verpflegung. Rede Dr. Webers nach Tische mit Überreichung von Wein und Brot. Kaffee in den 4 Zimmern u. auf der Diele. Bedienung durch die 3 Marieen. Für die Schweizer das Ganze sehr eindrucksvoll, ungewöhnlich und verwunderlich. Zog sich hin bis gegen ½12. Sogleich Lüften, Räumen, Wiederherstellen durch die Mägde. Erika sehr verdient um die Fête.

Kilchberg, Freitag den 21. V. 54

Gut geschlafen. Trüb, regnerisch, dunkel. Austausch über das Gestrige. Bücher-Eingang. Die Zimmer nach dem Tumult wieder in guter Ordnung. – Krull-Korrekturen und mehr solche. – Photogr. Aufnahmen für Time Magazine. Mit K. zur alten Frau Reif[f] zum Lunch mit Dr. Job und Herrn u. Frau Hartung, Berlin. – Gelesen in S. Marcks von Druckfehlern wimmelndem Buch »Große Menschen unserer Zeit«. Gerührt von einigem, was er sagt über mich oder Joseph. – Nachmittags müde. Schrieb nur kurzen Brief.

Kilchberg, Sonnabend den 22. V. 54

Gestern mit Erika beschlossen, daß die Annahme des Ostdeutschen Nationalpreises dieses Jahr besser abzusagen, um viel Lärm zu vermeiden. 1955 wird es etwas anderes sein. Telegramm an den »Kulturminister«. – Trübes, unsicheres Wetter. Von 5 Uhr morgens an viel gehustet. – Viel Post, Anliegen, beschwerlich. Erfreulicher Aufsatz über den Holy Sinner in der Vanguard-Zeitschrift »Accent«. Danksagungen für die Party, eine sehr komische schon gestern vom Stadtpräsidenten. – Roman-Korrekturen den ganzen Vormittag. Allein ¾ Stunden gegangen. Nach Tische Monsieur X. aus Dijon, Journalist, Leser, offenbar homosexuell. Gerührt von dem Aufsatz Irvin Stocks, dem ich nach dem Thee englisch zu schreiben versuchte. Abends mit Erika etwas Ring-Musik. Der Brief an Becher wegen Aufschubs der Nationalpreisverleihung auf meinen 80sten ist, verfaßt von Erika, abgegangen.

Kilchberg, Sonntag den 23. V. 54

Ca ½5 morgens erwacht und von nicht zu stillendem Krampfhusten befallen. Wollte nicht enden. Sirolin vermochte nichts. Schließlich gab K. mir Nicodit und Thee, worauf bald Beruhigung eintrat. Längere Zeit im Stuhl geschlafen, dann im Bette bis 8 Uhr. Die Wirkung des Kodeins für die Nerven sehr angenehm, freilich Verstopfung in Kauf zu nehmen. – Das Wetter andauernd sehr kühl und dunkel. – Korrektur gelesen den ganzen Vormittag. – Spaziergang mit K.. – Las viel, unter Anstreichungen, über Luther'sche Theologie in einem gelehrten Sonderdruck. – Briefe an Irvin Stock und Prof. Marck. – Abends »Meistersinger« Akt III. – Erika nach München und in ihr Sanatorium im Isarthal abgefahren.

Kilchberg, Montag den 24. V. 54

Nachts 1 Uhr wieder Reizhusten, aber nicht so schlimm u. andauernd wie gestern. – Etwas Sonnenschein. – Weitere Korrekturen. – Solche gelesen, übertragen und expediert bis einschl. Museum. – Spaziergang mit K., aus Versehen etwas zu lange, wohl 1½ Stunden. Müde davon. – Mehr über Luther; Danksagung an den Verfasser in Halle, D.D.R., Barnicol, Professor D. Dr.. – Erika telephoniert aus Höllriegelskreuth. Natürlich hat sie es schwer und entbehrungsvoll. – Fortsetzung des III. Akts Meistersinger abends. Bewunderung.

Kilchberg, Dienstag den 25. V. 54

Sonnig, blau, schön. – Einladung nach Weimar zu den Sommerfestspielen im Nationaltheater. (?) – Vormittags Brief an Dr. Sagal in Straßburg. – Verfroren, da bei äußerem Sonnenschein im Hause sehr kühl. Ging zum Mönchshof-Garten und trank dort Wermut. Nach Tische im »Aufbau« über Bachofen und Mutterrecht von E. Broch. – Bilder von dem Time Magazine-Mann, auf denen ich sehr alt und müde aussehe. – Erika telephoniert: Äußerst rücksichtslose Magenuntersuchung mit dem Schlauch, der länger als eine Stunde einbehalten werden mußte. Überflüssige Schinderei, da sicher nichts dabei herauskommt. Ihre Organe in gutem Zustand. Der Arzt erklärt, bei Wegfall des Rauchens (60 Cigaretten pro Tag) und der Schlafmittel wäre sie gesund. Wird jetzt in zweitägigen Dämmerschlaf versetzt. – Ich habe mir zu sagen, daß ich mich gleichfalls ohne das Rauchen besser fühlen würde, wohl auch länger leben. Aber lohnt es, auf alles Behagen zu verzichten? – – Mit Golo zu dritt ins »Nord-Süd-«Cinéma: Schlechter französischer Gangster-Film. Aber man bekommt doch immer etwas von Leben und Menschen zu sehen. Zu Hause Chokolade u. noch einige Lektüre.

Kilchberg, Mittwoch den 26. V. 54

Ungestört geschlafen. Sonnig, dann dunstig. Brief von der Servicen über den Hochgang des Rühmens von mir in Paris. Die »Nouveau Fémina« so angetan von der »Verabredung«, daß sie das ganze Buch bringen möchte – ganz wie die Münchener Illustrierte. Unsinn. Vorträge in der Société des Hautes Etudes Germaniques und der Académie d'Aix-en-Provence. – – Brief zu O.M. Grafs 60. Geburtstag. Und nun Schluß mit diesem Gemisch aus Gefälligkeitspedanterie und Zeitvertreib, Zeitverderb! – Allein in der Nähe gegangen. Nach Tische Herr Hürlimann von »Atlantis« zu photogr. Aufnahmen anläßlich des intern. Verlegerkongresses hier. Hefte von »Atlantis«, schön illustriert, spanische Prunkarchitektur, Kurtisanenbildnisse. – Goldschmidt-Jentners Buch über feindliche Genies nicht sehr hochstehend, obgleich nicht ohne Einsicht. – Nach dem Thee Briefe mit K.. Qual des Diktierens. Viel abgeschoben. – Abends »Meistersinger«, Festwiese. Prachtvoll. Aber die Beckmesser-Szene unleidlich. Er ist doch schließlich ein Meistersinger und müßte das Lied memorieren können, auch da es ihm fremd ist, statt solchen Mist vorzubringen. Und welcher Gunst-Apparat wird dann für Junker Walter aufgeboten! Immer wieder muß man doch bei Beckmesser an den »Juden im Dorn« denken. Sachsens anti-welsche Redereien gräßlich. Die ungeheuere Biederkeit eines sehr großen Spitzbuben.

Kilchberg, Donnerstag den 27. V. 54. Himmelfahrtstag.

Gut geschlafen. Schönes, sommerliches Wetter. Die Magd macht einen Ausflug mit dem Hund. – Nichts geschrieben. Gelesen über Reuchlin und die Dunkelmänner. Mit K. in den Wald. Dann Mittagessen im Mönchshof-Garten. Aß die Einlaufsuppe u. etwas Fisch, ließ den Schweinsbraten liegen, nahm Erdbeerkuchen und Kaffee. Schlief nachmittags. Das Buch von Goldschmidt-Jentner besser als ich dachte. Über Gregor und Heinrich IV. – Abends 4te Symphonie von Beethoven. Nach Wagner wirkt Beethovens Tonsprache trocken, wie man sich mit dem Gefühl der Beschämung eingesteht. Wagner verdirbt.

Kilchberg, Freitag den 28. V. 54

Guter Schlaf. Schönes Sommerwetter. – Wachsende Unzufriedenheit mit meinem Zustand, Verlangen nach einem Unternehmen, einer zu betreuenden Aufgabe. – Erste umbrochene Bögen. Neue Korrekturfahnen bis zum Schluß des Bandes. Der ganze Lissaboner Aufenthalt, mit Ausnahme des Kreuzgang-Kapitels, nicht mehr erfreulich. – Brief-Versuch an einen jungen Deutschen, der um »einen kleinen Wink« ersucht, wie man sich heute richtig zu halten und zu stellen habe. An die Stelle des Entwurfs wird wohl eine kurze Abfertigung treten. – Ausgefahren mit K.. Im Migros-Park spaziert. Nach Tische über Luthers Hochzeit. ½7 Uhr Bermann zu mancherlei Besprechungen und zum Abendessen. Über das zum 80sten geplante Buch, das H. Stresau schreiben soll. Manuskript-Probe. Über die Krull-Ausgabe, zu der eine Sprechplatte, die Hamburger Lesung gehören soll. Die Kleist-Einleitung für die Rundschau und für eine deutsche Ausgabe.

In der Fest-Rundschau Wiederaufnahme des »Lebensabriß« vom Jahre 29. Über die Krankheit seiner Tochter Annette und den ungeklärten Gesundheitszustand des Dr. Hirsch. Hörte vom Tode Max Oppenheimers (Mopp). Annette Kolb dagegen wohlauf. M. Hausmanns Ausgesperrtheit vom PEN-Club meinetwegen. Ließ wissen, daß dieser Boykott nicht nach meinem Sinne ist. Erfuhr, daß Holthusen, der viel Citierte, seinen Angriff dementiert habe. Über die Blüte der Fischer-Bücherei und das Zunehmen der Buchgemeinschaften. Gründliche Veränderungen im Buchhandel. Nur so fort. – Las nach seinem Weggehen noch etwas in den einleitenden Teilen von Stresaus Biographie. – Vormittags waren zwei Herren vom Deutschen Sender im Auftrag Prof. Mayers da, um eine Krull-Aufnahme für morgen zu verabreden. Soll für 1000 Mark das Militärkapitel lesen.

Kilchberg, Sonnabend den 29. V. 54

Trüb, regnerisch. Viel Post, viel Lektüre. Zuviel dringt auf mich ein. Mein Leben lang habe ich nach Konzentration gerungen; jetzt scheint es nicht mehr gelingen zu wollen. – 11 Uhr die Leute vom »Deutschen Sender« mit ihrem Band-Aufnahme-Apparat. Las das Musterungskapitel aus »Krull«, eine Stunde, sehr anstrengend, da schwer vorzutragen. War nicht zufrieden, aber die anderen waren es. Ging dann mittags ein paar Schritte mit K., müde. Nach dem Thee auch noch Besuch von Senatore X. aus Ferrara wegen meines Besuches dort zu den Festspielen, Goethes »Tasso«. Ist ja gewiß anziehend, wenn ich nur unternehmender wäre. – Schrieb zwei kurze Briefe. Abends von Reizhusten gequält, sodaß kaum lesen konnte. Die »Weltwoche« ruft auf gegen geplante Reform der deutschen »ortografi«. Läppisch. Die Schrift von Stresau langweilt mich.

Kilchberg, Sonntag den 30. V. 54

Gestern schlimmer Abend. Andauernder quälender Husten von nervösem Reizcharakter. Nikodid schaffte schließlich Ruhe, sodaß im Stuhle einschlief. ¾8 auf. Yogurt zum Frühstück. Briefe an Bermann und Janka ausgefertigt. Romankorrektur. Nur einige Schritte zu den Bänken. Zu Tische Rechtsanwalt Hauser und Frau. Nach dem Thee Briefe mit K.. An die »Weltwoche« gegen die ortografi. Bücher-Signierungen. Abends das Violinkonzert von Brahms, prächtiges Werk.

Kilchberg, Montag den 31. V. 54

Ruhig geschlafen. Zeitig auf. Viel Morgenpost. Schon die Abschrift des »Kleist« von Frau Rümelin. Langer Brief von Prof. Mayer über die Gesamtausgabe. Reinigung von Druckfehlern aus der Stockholmer Zeit. – Korrektur der »Kleist«-Abschriften und Expedition mit Brief. – In der Stadt, bei der Opel-Niederlage: Erwerbung des stattlichen Wagens »Kapitän« in Schwarz für ca 12 000 Franken, abzüglich der Vergütung für den Fiat. – Im Tabackgeschäft Einkäufe. – Zu Fuß zum See und durch die Anlagen. Am Hafen auf einer Bank auf den Wagen gewartet. – Auffindung der vermißten Luther-Biographie von Köstlin. – Brief an einen sich literarisch versuchenden Studenten der Theologie in Heidelberg. – Abends Tagespolitisch-Journalistisches.

Kilchberg, Dienstag den 1. Juni 54

So brach denn der Monat meines 79. Geburtstags an, der auf Pfingsten fallen wird. Einzelne Glückwunschbriefe u. kleine Geschenke. Der Tag ziemlich trüb, zum Regen geneigt. Gebadet. Yogurt zum Frühstück. – Beendigung der Fahnen-Korrektur und Expedition mit Brief, worin um Dispens von der Umbruch-Kontrolle ersuche. – Rundgang in der Nähe. – Über Luther und Zwingli. – Nach dem Thee viele Brief-Diktate. – Abends die 6. Symphonie von Mahler. Diese Musik tut mir nicht gut. Hörte das Finale nicht mehr. Der Kommentator wußte viel Rühmens. Ich finde, die Orchester-Phantasie könnte formlos immer so weiter gehen bei subjektiv heiligster Ambition.

Kilchberg, Mittwoch den 2.VI.54

Sonnig, wärmer. – Brief an Lehrer und Schüler einer »Gemischten Berufsschule« in Rot-Deutschland. Klägliche Tagesleistung. Es kam nachmittags noch der Anfang eines langen Schreibens an Prof. Mayer in Sachen der Gesamtausgabe hinzu. Hierüber nichts von Bermann, etwas beunruhigend. – Glückwunschbriefe. – Mittags in der Stadt. Plymouth-Wagen besichtigt, auf dessen Lieferung aber vielleicht wochenlang zu warten wäre. Schwanken. Vielleicht Rückkehr zu Opels »Kapitän«. – Zum Haarschneiden. Zu Fuß durch die Anlagen am See. – Späterer Thee mit Yogurt. Ins Schauspielhaus: Wedekinds »Liebestrank«. Merkwürdig, diese Rhetorik wieder zu hören. Das Stück Farce und Parodie, der Wedekindsche Gehalt aber so vollkommen da wie irgendwo. – Zu Hause keine Mahlzeit mehr. Zeitig zu Bette, wie es mir ratsam schien.

Kilchberg, Donnerstag den 3. VI. 54

Ruhige Nacht. Wetter eher freundlich. – Beendigung des langen Briefs mit Druckfehler-Listen an Prof. Mayer. – Ausfahrt mit Therese Giehse nach *Zug* zum Mittagessen dort als ihre Gäste. Trank ziemlich viel Wein. Rückfahrt über den Albis-Paß. Zu Hause Lesen der Post. Glückwunschbriefe. Spät noch etwas geruht. Von Minister Becher Nachricht, daß die Preiserteilung immer erst für nächstes Jahr vorgesehen war. Gut. Moralisierendes Buch von ihm über Kunst, worin abends etwas las. Außerdem in R. Schotts Roman-Manuskript, da sein Besuch gemeldet.

Kilchberg, Freitag den 4. VI. 54

Trüb, dunkel, kühl. – Rückfragen der Herstellungsabteilung und Beantwortung. Weiter viel Post, Gratulationen. Wozu? Mir ist so bange um den Rest meines Lebens. Ich fürchte von dem Krull-Bande, dessen Ausgang zudem flau und flüchtig ist, eine entwürdigende Wirkung und weiß nicht, wie ich noch zu neuer Arbeit finden soll. Die Schicksale *Luthers, Huttens, Erasmus', Karl V., Leo X., Zwingli's, Münzers, Tilman Riemenschneiders* schweben mir vor, ohne daß das Bild einer Composition und Gestaltung sich zeigen will. Die Zu- und Angriffigkeit, die beim Faustus, noch beim Erwählten lebendig war, scheint verloren gegangen. Meine Gedanken sind rückwärts gewandt und richten sich vorwärts auf makabre und zweifelhafte Feierlichkeiten. Freuen könnte ich mich nur auf neues u. verheißungsvolles Werk-Unternehmen. Aber wo ist es? Ich leide sehr, weiß auch, daß ich falsch lebe: Der Kaffee nach dem Aufstehen, das Rauchen. Möge noch einmal Mut und Hoffnung über mich kommen! – Erika enthält sich der Cigaretten augenblicklich ganz. Fühlt sich besser, obgleich der Aufenthalt im Krankenhaus widerwärtig. Will eine Weile noch dort bleiben. Ihre Darm-Spasmen dauern an, jetzt als Verstopfung. Homöopathische Schlafmittel ohne Wirkung. Fährt, bei sonstiger Enthaltsamkeit, fort mit den bisherigen. – Eine Reihe von 7 historischen Charakterszenen aus dem 16. Jahrhundert wäre denkbar, worin die (humoristische) Verschiedenartigkeit der Stand- und Blickpunkte der Akteure dieser Zeit sich malte. Mir ist, alsob mir schon etwas geholfen wäre, wenn ich den rechten *Titel* dafür fände. Aber hauptsächlich fehlt es an Lust zum Fleiß. Es herrschen Zerstreutheit, Nervosität und Schlaffheit. Auch suche ich vergebens nach stilistischer Erfassung der Aufgabe. – – Fehlerhafte umbr. Bogen. – In der Stadt bei Mäder. Besserung der Schlund-Austrocknung. Behandlung der Ohren. Inhalation und Rot-Bestrahlung. – Von da zu Fuß zum See u. durch die Anlagen bis zum Hafen. – Nach Tische über evangelisch-theologische

Zänkereien um 1625. Luthers, des sonst so Wüsten, Duldsamkeit gegen das »Männlein« Melanchton. – Zum Thee H.E. Jakob mit Frau aus New York und R. Schott aus Rom. Ermüdende Seßhaftigkeit bis 7 Uhr. Auch dann mußte der Weggang erzwungen werden. Mit Schott über seinen Roman, so gut ich konnte. Versprechen das Mt. ans Fischer-Lektorat zu schicken. – Abends weitere Lektüre in Köstlins »Luther«.

Kilchberg, den 5. VI. 54, Sonnabend.
Tat einen »Fall«. Das endet nie. – Wetter bedeckt. Wiederabschaffung des Yogurt. – K. prüft mit positivem Ergebnis die Steuerung des Plymouth, für den wir uns nun also entscheiden. – Unendliche Geburtstagsbriefe von Bekannten und Unbekannten, teils hübsch, teils dämlich. – Längerer Brief an Bermann über die versch. Angelegenheiten: das Stresau-Manuskript, die Ost-Ausgabe, die Drucklegung des »Krull«. – Allein in der Nähe gegangen. Sonnig und schwühl. Nachmittags Regen. Las in der Tat einen guten Artikel über Meissingers »Der katholische Luther«. – Rückkehr Golos. Mit ihm allerlei historisierendes Gespräch. Vorm Abendessen Eintreffen der Buben mit ihren Eltern. Frido wieder etwas gewachsen, schlank und hübsch. Er hatte vorher mit dem Vater eine Sonate von Beethoven geübt. Abendessen mit allen diesen. Türk. Kaffee danach im Wohnzimmer. Die Eltern gingen um 10 Uhr. Die Enkel bleiben bis morgen. Sie werden bald in Florenz die Schweizer Schule besuchen. – Blumen von Erika, den Osloer Studenten u.a.. Viele Telegramme, lange, offizielle aus Ost-Deutschland. Es stimmt nicht, weder mit Goethe noch mit mir. Aber es soll und muß stimmen, und sie bestehen darauf, und Adenauer-Deutschland besteht auf garnichts. Wird sich wahrscheinlich auch nächstes Jahr nicht rühren.

Kilchberg, 6. Juni 54, Pfingstsonntag und mein 79. Geburtstag

¾8 auf. Ein trüber, zum Regen geneigter Tag. Glückwünsche K.'s. »Ich hoffe, noch ein und das andere Jahr bei euch zu bleiben.« Sie sprach mir zu wegen des Gethanen und zu Tuenden. – Gebadet. – Von den Buben beglückwünscht. Beschenkung in der Bibliothek. Weicher Schlafrock, schöne records, schöne Stiche, florentinisch von Medi. Frühstück mit den Buben. Telephon-Gespräche mit Erika und Medi. Rasiert u. fertig angezogen. Empfang des Sign. Federici aus Milano, Abgesandter Mondadoris und Überbringer einer kostbaren Stikkerei nebst Blumen. Später Spaziergang mit K. und Toni, während Frido übte. Mittagessen mit Golo u. den Enkeln. Nachher dies und das im »Merkur«. Zu wenig geruht. Angekleidet. ½7 führten Bibi und Frido eine Violin-Sonate von Mozart, garnicht leicht, sehr glücklich aus. Lotte Walter als erster Abendgast. (Es waren mit Extra-Auslieferung noch ein Dutzend Telegramme gekommen.) Dann Herr und Frau von Salis und Emmi Oprecht. Jener brachte den ersten Band seiner »Weltgeschichte der neuesten Zeit«, diese eine Kollektion Schweizer Cigarren. Lotte W. eine römische Kravatte. Festmahl mit Toast des Herrn von Salis. Konnte nur wenig essen und war sehr müde. Die Geselligkeit endete um 10 Uhr. Las rührenden, leidenden, liebevollen Brief von Erika aus dem Krankenhaus. Melancholie, Bangigkeit, Sorge um die Endzeit meines Lebens herrschen fort. Wie werde ich das anbrechende Jahr einigermaßen produktiv verbringen? Wie raffe ich mich noch einmal zu künstlerischem Unternehmen auf? Es droht das »And my ending is despair«.

Kilchberg, Pfingstmontag den 7. VI. 54

Ruhig geschlafen. Trübe, schwärzliches Licht. Frühstück mit den Buben, die heute nach Tische reisen. Frido freut sich auf das neue Leben in Florenz. – Langer Brief an Erika über sie und mich; noch nicht fertig. – Das Wetter erhellt sich föhnigsonnig. – Spaziergang mit K., mit der zu verschiedenen Stunden des Tages über meinen bangen Zustand sprach. Sie hat große Sorgen u. Mühe mit den amerik. Steuer-Erklärungen. Zehntausende, voraussichtlich, werden uns dort genommen werden. – Las über Luthers Charakter u. seine Spätzeit. – Die Angelegenheit Dr. Kerpels in Budapest ist zu bearbeiten, ein Brief an den Innenminister zu redigieren. – Spielten neue Platte: Tschaikowskys Violinkonzert, von I. Stern fein und virtuos ausgeführt.

Kilchberg, Dienstag den 8. VI. 54

Sonniges Wetter. Ein Glück, daß die alles lahmlegenden Feiertage vorüber. Im Hausstand fehlt es an allen Ecken und Enden. – Etwas besseres Gefühl. Massenhaft Briefe noch nachträglich.

Kilchberg, Freitag den 11. VI. 54

Verwirrtes, zerfranstes, überfordertes, leidendes Dasein dieser Tage, gehetzt, überreizt, dekonzentriert, mißbraucht. Bestellung einer gedruckten Dankeskarte zur Erledigung von hundert Anreden. Gestern Vormittag vier Briefseiten an Weber, N.Z.Z. über das »broschierte Buch«. Nach Tische italienisches Interview über Deutschland. Hübsche Frau. Zum Thee Dr. Gysi; Konsultation nachher. Organisch gute Ordnung, aber leichte Affektion der Prostata, die gewisse Hemmungen beim Urinieren erzeugt. Vielleicht genauere diagnostische Untersuchung erforderlich. – Zu den Aufregungen gehörte der Verlust einer Haupt-Rücksendung korrigierter Fahnen. Zwinge mich nun doch zum Lesen der umbrochenen Bögen. – Der Aufbau-Verlag sandte ungezählte Schriften von Tschechow. – Aus Amerika kamen Veilchenwasser u. gute Bleistifte. – Gestern in der Stadt auf dem Amerik. Konsulat, danach Einkauf schwarzer Salonschuhe und Pantoffel. – Das Wetter launisch, sonnenheiß, föhnig, dann wieder trüb und kalt wie heute. – Dr. Gysi, wie jedermann, außerordentlich angetan vom Hause. Ist sehr einverstanden mit dem Souvretta-Haus Plan für August. Die Preise freilich verschwenderisch. – Besorgte 1 Franken-Cigarren, 100 Stück, als Geschenk von Knopf. – Es kam die sehr schöne dreibändige ostdeutsche Joseph-Ausgabe. Kamen Bücher und Manuskripte und gedruckte Aufsätze viel. Schrieb ungeduldig an jene Frau Ende u. ließ ihr 100 Mark schicken. Schrieb auch an Becher, für das Festtelegramm dankend und für sein Buch, mit ironischer Entschuldigung des »Erasmischen« und »Lukianischen« bei mir. – Andauernde Sorge um einen Arbeitsplan. – Insistieren Ferraras durch den Bürgermeister u. den Senator. Insistieren Oslo's, dem ich eher geneigt bin. – Konfuses, verzetteltes, fruchtloses Dasein! – –

Kilchberg, Sonnabend den 12. VI. 54

Gestern Umbruch-Korrektur, die mich kaum zu anderer Lektüre kommen läßt. Dabei fortwährender Zudrang z.T. wichtigen Lesestoffes. Gestern Abend im Schauspielhaus: »Die natürliche Tochter«. Geistüberlastetes Gedicht. Mit seinem Gegenstande gewiß nicht fertig geworden... Spät zu Bette. Heute erst ½9 Uhr auf und gebadet. Bücher, Anliegen. Soll über den verzweifelnden Supf schreiben, was ich doch nicht vermag. Die Frau fleht... Brief an die Frauen gegen die lästerliche H-Bombe. Erregt. – Rundgang allein. Auf einer Bank gesessen. – Wichtig: Abriß der Weltgeschichte von Yorck von Wartenburg. – Zum Thee Pfarrer Goeß. Poesie und Politik. – Telegramm vom Verlag, daß die vermißten Korrekturen eingetroffen.

Kilchberg, Sonntag den 13. VI. 54

Trübes, kühles, regnerisches Wetter. Ich schlafe gut, kann vorher nur ganz wenig lesen. Schon in der Sofaecke nach dem Abendessen haben die Augen es schwer. – Gestern Empfang der gedruckten Karten. – Neuerdings etwas erkältet. Grippe-Pulver in Oblate zum Frühstück. – Den Brief an die Frauen beendet. »Ohne Menschenfurcht«. Dankeskarten. – Rundgang zu zweien. – Zum Lunch das Ehepaar Gedin aus Stockholm. – Las Abends Tschechows packende Erzählung »Krankenstation N° 6«.

Kilchberg, Montag den 14. VI. 54

Post-Haufen. Korrespondenz mit der Herstellungsabteilung wegen portugiesischer Formen. K.'s Furcht vor den Folgen des Manifestes gegen den Atom-Frevel. Die Abschrift an Erika. Einen Stoß Karten ausgefertigt, voller Scham und Gram über die Werkleerheit meines Daseins. Kann an kein groß vollbrachtes »Werk«, etwa die Meistersinger, denken, ohne Schmerz darüber, daß ich doch auch einmal... gewissermaßen... – Lese Tschechow, um etwas über ihn sagen zu können. Las die Post. Zudrang von Lektüre. Gereizter Absage-Brief an Frau [Lücke im Ms.]. Habe selbst, nach dem 1. Kriege, Zeiten durchlebt, wo kein Hund ein Stück Brot von mir nehmen wollte, nach einer Vorlesung keine Hand sich rührte. – Zum Abendessen Bruno Walter mit Tochter. Lob des Hauses. – Von Ag. Meyer Vortrag für die Amer. Unitarian Association, mit Brief. – Verließ heute das Haus nicht. – Erika geht es schlecht.

Kilchberg, Dienstag den 15. VI. 54

Bedecktes, feuchtes, ruhiges Wetter. Gebadet. Das Schutzgitter an der Einfahrt zur Garage wird gemacht. Telephon mit Erika, die sich nach dem Charakter der Münchener Friedensfrauen-Organisation erkundigen will, eher für eine Veröffentlichung auf eigene Hand (»Weltwoche«?) ist. Will in ein anderes Krankenhaus, wo es besser ist. Bedrückung durch ihren Zustand. – Brief-»Arbeit«. – Spaziergang mit K.. Nachmittags Brief-Diktate in Aufregung, Qual, Gehetztheit. Die Einschaltung des zum Querulieren geneigten, idealistischen Luchsaugen Neumann in die Krull-Korrektur. An ihn u. den Verlag. – Abends Tschechow.

Kilchberg, Mittwoch den 16. VI. 54

Bedeckt, mild, still. – Von C. Seelig sozialdemokr. Angriff wegen des Unità-Interviews. Passons. – Der Sender Freies Berlin bringt »Fiorenza« für 1000 DM. – Anni Carlsson sendet Mt. über Wagner als Mythiker und über »Altes u. Neues«. – Das Entzücken jenes Luchs-Neumann über »Krull«, wovon er die Fahnen hat, überrascht mich u. tut mir etwas wohl. – Brief über den »T.i.V.« an den jungen Deutschen stud. ing. Ernestus. – Im Cinéma: »Roman Carneval«, sehr hübsch. Fuhr erstmals mit dem Plymouth.

Kilchberg den 18. VI. 54

Gestern furchtbare Erregung durch das fordernde Schreiben der »Rencontre pour la détente internationale«. Verzweiflung und Todeswünsche. Schrieb den Brief an »Ernestus« zu Ende, um etwas zu tun. Machte langsam bei Sonnenhitze den kleinen Rundweg. Unendliche Postbeschwernisse. Aufarbeitung der Danksagungen. ¾7 Thee-Mahlzeit. Fahrt zum Bruno Walter-Konzert in der Tonhalle. Menschenmassen. Er dirigierte als Meister Brahms, Mozart u. Bruckner. Saßen mit seiner Tochter. Tranken Kaffee in der Pause u. hatten Begrüßungen mit vielen Leuten: Prof. Weyl aus Princeton, Schuhs, Kapellmeister Schmid etc.. Nachher bei Walter im Zimmer. Umarmte ihn, zunächst kaum eines Wortes mächtig. Waren lange bei ihm, während draußen Viele warteten u. wohl nicht mehr hereinkamen. Mußte meinerseits beim Weggehen auch noch Signaturen geben. Nahm zu Hause nichts mehr zu mir als den Kamillenthee u. eine Sekonalkapsel. – – Heute zeitig auf. Warm. Schöner Artikel von Basler: »T.M. und die Kritik«. – Bermanns über die Krull-Platte und »Thamar« als Geschenkbuch für die Fischer-Bücherei. – – Begann, nach Stockholm zu schreiben u. hörte mittags zitternd u. verzweifelt auf, weil es unmöglich ist, bis morgen oder übermorgen das Nötige zu komponieren. Notbrief dorthin nachmittags diktiert. Dazu Briefe an Janka und Br. Fischer in Sachen der Platten-Beigabe zum Buch. Mittags mit K. im Walde. Abends in Hilschers großem Manuskript über den Joseph. Kolossaler wissenschaftl. Apparat. Todmüde von den Irrungen u. krampfhaften, fruchtlosen Anstrengungen.

Kilchberg, Sonnabend den 19. VI. 54

Sehr warm. – Amerikanischer Brief wegen Verfilmung des Death in Venice und Dramatisierung von Joseph and His Brothers. Unsinn. – Büchersendungen. Sofa und Sofatischchen liegen voll von Lektüre. – Brief an Anni Carlsson. »Wagner, der ›sieche‹ Gralshüter, der ›Zerbrechende‹, der alte Sünder, war dabei einer der größten *Vollbringer* der Welt, ein Werk-Mensch, Werk-Held sondergleichen – und ach, wie liebe und bewundere ich das Vollbringertum, das Werk – jetzt zumal, im Alter, wo es damit für mich aus ist. Ich kann von Glück sagen, daß ich doch mit 25, mit 50, mit 60 und 70 Jahren, mit »Buddenbrooks«, »Zauberberg«, »Joseph« und »Faustus« etwas wie einen kleinen Vollbringer abgeben konnte. Wahrhaftig, ich war nicht groß. Aber eine gewisse kindliche Intimität meines Verhaltens zur Größe brachte in mein Werk ein Lächeln der Allusion auf sie, das Wissende, Gütige, Amüsable heute und später erfreuen mag.« – – Mittags im grünen Wald. – Die Schlußbogen von Fischer. Der Band kommt auf 400 u. einige 40 Seiten. Der Schluß ist beschämend schwach. – Gegen Abend nur noch etwas Handschriftliches, das ich vergessen habe. – In Hilschers schrecklich gelehrtem Manuskript. Die unbewußten Beziehungen zu Luther (Predigten über die Genesis) frappierten mich. Auch meine damalige enorme Studier- und Absorbierfähigkeit. – Sehr warmer Abend. Bei offenen Fenstern stört die Eisenbahn.

Kilchberg, Sonntag den 20. VI. 54

Hitze. Frühstück auf der Terrasse. – Von Amerika organisierte Invasion Guatemalas durch Onduras. Klage des angegriffenen

Landes vor den U.N. Verlangen Amerikas nach Durchsuchung aller Schiffe, die etwa Waffen irgendwoher nach Guatemala bringen. Umnebelung durch Haß und fragwürdigem Machtgefühl. Unwillige Aufnahme der Zumutung in England u. Dänemark. – Die Hearings Mc Carthy contra Army resultatlos abgeschlossen. Ersterer frecher denn je. In Frankreich Investitur P. Mendès-France, der verspricht, dem Krieg in Indochina ein Ende zu machen. Dumme, widerspruchsvolle message Eisenhowers an Coty. – Durchsicht der letzten Bogen. Brief-Arbeit. Diktate nachmittags. Mittags mit dem Wagen im Wald. Großer Segel- und Dampferbetrieb auf dem See. Hitze. In dieser Jahreszeit, bei offenem Fenster, stört die Eisenbahn doch recht sehr. Abends Rückkehr Golos. Der Krieg Amerikas gegen die Republik Guatemala. Der Fußball-Rummel. Die rohe Ungastlichkeit dabei. Keine Hand rührt sich, wenn eine ausländ. Mannschaft siegt. Sprach bitter über den blinden Stumpfsinn, in dem die Völker der Katastrophe entgegentreiben und in den Tag hineinleben, während alles verboten werden, alles stillstehen müßte, um den Machthabern und Staatsverbrechern zu demonstrieren, daß sie der Welt den Frieden zu erklären haben.

Kilchberg, Montag den 21. VI. 54

Hitze. Schwere Post, vorwiegend Drucksachen. – Ich sollte aufhören, dies nutzlose, leere Tagebuch zu führen, aus Scham vor meiner gegenwärtigen elenden Existenz. Nicht einmal zu dem Tschechow-Artikel kann ich mich aufraffen. – Sehr schlaff und unfähig. Schrieb eine Briefkarte an einen Professor. Ging nicht aus. Saß zeitweise in der Bibliothek u. las Überflüssiges. Fühlte mich nach der Nachmittagsruhe etwas besser. Hatte nachts, durch Handjucken, hervorgerufen durch kleine Mücken, unruhig geschlafen. Schrieb nachmittags einen höflich angepaßten Brief an Agnes Meyer. Schwere Schwüle. Abends fernes Gewitter. Flammendes Wetterleuchten fortwährend, auch Donner u. leichter Regen. – Die tiefe

Melancholie von Tschechows »Langweiliger Geschichte«, Werk eines ca 30 jährigen.

Kilchberg, Dienstag den 22. VI. 54

Nachts viel Gewitter. Polternder Donner. Schlief bei offenen Laden. Die Luft heute etwas erfrischt, aber nicht sehr. Dunst und warme Feuchtigkeit. Von E. Neumann wieder Druckfragen mit Querelen. Sorgen wegen unserer sommerlichen Unterkunft in St. Moritz oder Kandersteg. Erschreckende Preise dort. Ferien-Überfüllung. Gedanke an einen Platz über Garmisch. – Schrieb in der Sofa-Ecke einige Anfangszeilen zum Thema Tschechow. Fuhren zum Albis hinauf und nahmen Wermut droben im Wirtsgarten. Hatten gute kühle Luft. – Nach dem Thee die Herren Mondadori und Federici. Abends Tschechow »Weiber«, meisterlich. Gewittrig.

Kilchberg, Mittwoch den 23. VI. 54

Die Nacht verging ruhig bei offenem Fenster. Am Tage reizt mich der Eisenbahnverkehr etwas. – Brief von Bermann nach Beendigung des »Krull«, tröstlich-enthusiastisch und zuversichtlich. Das Buch treffe mitten ins Schwarze unserer fragwürdigen Epoche. – –

Sonntag den 4. VII. 54, Kilchberg

Das Tagebuch ekelte mich, wie mich alles ekelte, auch sparte ich die Zeit morgens für gehäufte Geschäfte. Überlaufen, überschüttet, überfordert, gab ich mich oft der Verzweiflung hin. Fühlte mich meist auch körperlich sehr hinfällig. Dennoch gelang das musikalische Programm-Gespräch für den Südd. Rundfunk im Studio Zürich, teils improvisiert, teils gelesen, recht gut. Das biographische mit jenem Littmann dagegen hier im Wohnzimmer fand ich nachträglich so schlecht, daß ich telegraphisch Wiederholung verlangte und, kritzelnd, ein längeres Manuskript herstellte. Das Band ist nun anständig. – Schrieb viel und dürftig über Manuskripte und Drucksachen, die bedankt sein wollten. Die fast gleichzeitig eintreffenden Arbeiten über das Thema Th. und H. Mann von Kantorowicz und Banduls, Zola-Essay und Betrachtungen. Studie von Leibrich. Längerer Brief an Hilscher über seinen Joseph-Kommentar. Ständig Besuche. Bermanns. Die östliche Gesamtausgabe etc. Nachricht, daß ich den Pour le mérite bekommen soll. Die Leute von der ostdeutschen Film-Produktion wegen eines Buddenbrooks-Film, für den 100 000 Franken verlangen würde. Verabredung, gemeinsam Erika in Sonnmatt über Luzern aufzusuchen, wo sie nach 1½ tägigem Zwischenaufenthalt hier für einige Wochen Wohnung genommen. – Konzert in der Tonhalle unter Schmid mit Rubinstein: Haydn, Beethoven, Stravinsky. – Englischer Hamlet-Abend im Schauspielhaus. Zusammenkunft mit den Hauptdarstellern nachher im oberen Café. Die reizende Miss Bloom. Gestern Abendessen bei Schweizers mit Emmy Oprecht. Vormittags Besuch von Alb. Schweitzer, der theologisch redete. Schöner Kopf, löblicher Mann. Schlafkrankheit und Lepra. Orgel-Plattenaufnahmen. – Der Tschechow-Aufsatz machte keine Fortschritte. – Übermäßig viel Lektüre. – – Eine Freude war die herzliche positive Besprechung der »Betrogenen« in »The Nation« von Carlos [Baker], Department of English in Princeton. Das Gros der amerik. Presse schlecht. – – Nach der Hitzeperiode jetzt seit vielen Tagen dunkles, kühles, regnerisches Wetter. Vormittags Briefe, Briefe. Heute Nachmittag massenhafte Erledigungen mit K., diktat- und auftragweise. Entschloß mich zur Zusage einer Krull-Lesung in Köln am 24. August, nach unserer Rückkehr von St. Moritz. – Abends in Platens Sonetten. – Golo für einige Tage.

Kilchberg, Montag den 5. VII. 54

Vormittags am Tschechow-Aufsatz geschrieben. – Rundgang allein, bei stechend hervortretender Sonne. Tagüber in den Zimmern electric fire. Briefe geschrieben und ausgefertigt. An Bermann: meine Bereitwilligkeit, den P.l.M. anzunehmen, während ich das Adenauersche Verdienstkreuz (gleich Alfred Weber) ablehnen würde. Über meine vermittelnde und verbindende Rolle. Abends 4. Symphonie von Beethoven.

Kilchberg, Dienstag den 6. VII. 54

Grau, kühl. Willkommenheit des warmen Badewassers. – Treuherziger Brief von Dr. W. Weber. Bericht über den Amsterdamer Pen Club Kongreß, bei dem die Westdeutschen aus Empfindlichkeit gegen holländ. Erinnerungen an die Okkupationszeit gefehlt haben. – K.'s Brief an M. George wegen der denunziatorischen Notiz im »Aufbau« über meine Lesung für den Deutschland-Sender. – Schrieb weiter am »Tschechow«. Rundgang mit K. bei stechender Mittagssonne. Schrieb nachmittags an W. Weber. Zum Abendessen Man. Gasser, der von seiner griechischen Reise erzählte. – Las nach Tische und abends mit Interesse die Erinnerungen des Hofkoches Ludwigs II, Hierneis. – Kalt, verfroren.

Kilchberg, Mittwoch den 7. VII. 54

Ausländische Ausgaben: Death in Venice and seven other stories, wohlfeil. Schmucke Buchklub-Ausgabe des »Élu«. – Dunkel, kalt. Verfroren. Electric fire. – Noch Rückfragen der Fischer-Herstellung (Hirschmann). – Arbeit am »Tschechow«. – Spaziergang mit K. – Nachmittags Bescheide an den Verlag u. weiteres Handschriftliche. – Zum Abendessen Dr. Bollag und Frau. Ganz angenehme Leutchen. – In Tschechows Novellen. »Die Bauern« um nichts schlechter als Tolstoi. – Sehr kalt. 8° Wärme. In England soll das Thermometer unter Null gegangen sein. Das Haus geheizt.

Kilchberg, Donnerstag den 8. VII. 54

Früh wach, früher auf. Beim Kaffee Durchsicht der Zeitungen. Gebadet. Das Wetter etwas heller, nicht garso kalt. – Arbeit am »Tschechow«. Kleiner Rundgang allein. Hebräische Ausgabe der »Vertauschten Köpfe«. »Nuova Antologia« mit »Un

Apologia dell' amore.« Zum Thee Dr. Jacobsen aus New York. Abends »Tristan« III. Akt. – Kalt.

Kilchberg, Freitag den 9. VII. 54

Kalt. In der N.Z.Z. der Brief Tschechows an Grigorowitsch. – Hamburger »Europäisches Colleg«. – Arbeit am »Tschechow«. – Bei einsetzendem Regen mit K. wenig gegangen. Regen dann den ganzen Nachmittag, frostig, Heizung. Zu Tische die Herz. Wechselseitige Geschenke. Hat die Krull-Bögen und findet das Buch *»so schön«*. – Handschriftliches nach dem Thee. Abends Schluß des Tristan. Schlechte Platte. – Immer noch in Tschechows Erzählungen.

Kilchberg, Sonnabend den 10. VII. 54

Regen, Heizung. – Neudrucke der »Erzählungen« und des »Zauberbergs«. – Stockende Arbeit am »Tschechow«. – Ankunft Medi mit den Kindern. – Ging nur ein paar Schritte. – Umschlagzeichnung zu »Krull«, recht originell. – Nach dem Thee, der unten gemeinsam genommen wurde, eine ganze Anzahl handschriftlicher Briefe. – Ein netter Junge aus der Nachbarschaft kam wegen Autogrammen. – Abends 1. Akt »Lohengrin« für die Kinder – und für mich. Aber die Platten schepperten. – Lese immer wieder in den Novellen und Biographieen. Zeit, daß davon loskomme u. alles wegräume.

Kilchberg, Sonntag den 11. VII. 54

Grau, naß. Überschwemmung in Österreich u. Bayern. – Kaffee mit Medi. Frühstück mit ihr u. den Kindern. Die Ältere ein unappetitliches Kind. Die Kleine sehr drollig. – Arbeit am Aufsatz. – Halbstündiger Rundgang. – Nachmittags Gret Moser mit den Buben. Jedes Wiedersehen mit Frido bewegt mich. Sie fuhren mit uns abends zum Baur au lac, wo wir mit Medi bei Blanche Knopf zum Dinner geladen waren. Das vertraute Hotel. Der dicke Oberkellner. Blanche, alt, halb blind, verzerrt, mit rasierten Brauen, schrecklich aussehend. Cocktail im Garten und Diner (hatte falsch bestellt, Spanferkel, ungenießbar) im Speisesaal.

Kilchberg, Montag den 12. VII. 54

10 Uhr Fahrt mit Medi bei schönstem Sommerwetter, das überraschend eingefallen, durch das liebenswerte Land nach *Luzern* und hinauf, Erika folgend, nach Sonnmatt zu dem reizvoll gelegenen, gut geführten Hotel-Sanatorium. In Erikas Zimmer, dann in der Halle in Erwartung des östlichen Film-Rodenberg u. seines Begleiters, die sich verspäteten. Beim Essen Gespräch über den Buddenbrook[-Film], Erikas Mitarbeit, die Frage des Drehbuch-Entwerfers, den Kauf der Rechte. Forderte 150 000 Franken, was ohne Widerspruch zur Kenntnis genommen wurde. Kaffee im Garten. Rückfahrt mit den Herren wieder über den Albispaß. Der Plymouth bewährte sich sehr gut. ½ 5 zu Hause. Kurz geschlafen. Riesenhafte Montagspost morgens und vormittags. Merkwürdiger Brief André Banuls über Heinrich und mich. Amerikanische Roman-Fahnen, schrecklich. Mehr Bücher, mehr Briefe. Dr. Hirsch besteht auf Veröffentlichung des Einaudi-Vorworts in der »Rundschau«, auch wenn »Aufbau« es gleichzeitig bringt.

Kilchberg, Mittwoch den 14. VII. 54

Gestern im Weiterschreiben durch eine irrtümliche Vorschau [aufgehalten]. – Katja sehr erkältet, zum 3. Mal in kurzer Zeit. Ihr fehlt wahrscheinlich Californien. Nachmittags einige Briefe mit ihr. Hilschers Manuskript an Bermann. Das Einaudi-Vorwort für Rundschau und Aufbau freigegeben. – Abends Lieder der »Winterreise«. In Essays von W. Iwanow, von Wittkowski in Rom übersandt, christlich-katholisch, hohes Bildungsniveau. – Kleine französische Ausgabe der »Tristan«-Novelle, von Leibrich kommentiert. – Arbeit am Aufsatz. – Die Buben zum Mittagessen. Ging mit Frido spazieren. Werde ihn lange nicht wiedersehen. – Einladung der Zürcher Studentenschaft zu einem Vortrag. Brief vom Kölner Rektor.

– K. das Bett hütend. Allein mit Medi zum Abendessen bei Emmy Oprecht mit ihrem Schwager und dem Schaffhausener Stadtpräsidenten. Recht anregende politische Gespräche. Der Betrogene bei der kommenden politischen Entwicklung werde Amerika sein. Anschluß Deutschlands an Rußland, das dort eine militärische Rechtsregierung einer sozialistischen vorziehen wird. Die kulturelle Infiltration überall, das Ballet, die russischen Sport- u. Schachmeister etc. Ein Prozeß, bedrohlich, begrüßenswert oder komisch, wie man es nimmt. Für mich vorwiegend erheiternd. – Fuhren Hans Oprecht nach Hause. Waren zum Abendthee bei K.. – – Briefwechsel Hofmannsthal-Borchardt, etwas bedrückend.

Kilchberg, Donnerstag den 15. VII. 54

Rückwärtiges Leiden wieder. Nachts Borwasser-Umschläge. Gebadet, was gut tut. – Der »deutsche Sender« schickt Hefte seiner Zeitschrift mit Artikeln über meine »Musterungslesung«. Der Berl. »Aufbau« mit dem Feuchtwanger-Artikel. – An dem Aufsatz. – Rundgang die Straße hinauf und oben herum mit dem Hund. – K. leicht gebessert. – Goethe, Erste Texte, vom Akademie-Verlag, Berlin. – Die Baseler Ausstellungsschrift mit den Aufsätzen von Basler u. Weber, überraschend gut u. würdig von Haltung. – Zum Thee Prof. Campagnolo von Venedig. Über Kommunismus. Er unterschätzt die praktisch-politischen Schwierigkeiten des Umgangs mit diesen Leuten, die plötzlich für die Censur stimmen etc. (Medi). – Abends Golo.

Kilchberg, Freitag den 16. VII. 54

Arbeit am Aufsatz bis ½12. Dann Pfeiffer-Belli. Lesung des Wedekind-Aufsatzes für den Bayerischen Rundfunk. – Beschäftigung mit der kritischen Goethe-Ausgabe der Berlin-Weimarer Akademie. – Abends Molly und Allan Shenstone.

Kilchberg, Sonnabend den 17. VII. 54
Geringe Arbeitsleistung. Rundgang in weiterem Bogen. Zum Thee Schriftsteller Stresau, in der Bibliothek, zugleich auch Gret u. die Buben zur Verabschiedung nach Viareggio, im Wohnzimmer. Mit Stresau auch im Arbeitszimmer, nahm mir den Nachmittag. Wenig bedeutender Mann. Über sein Geburtstagsbuch, dann viel Überflüssiges. Es freute mich nur, daß die Krull-Bogen ihn faszinierend beeindruckt haben. – Verabschiedung von Gret, Frido u. Toni. Abends mit Golo und Medi im Wohnzimmer. Las Unnötiges im »Monat«. Die Spannung in Genf.

Kilchberg, Sonntag den 18. VII. 54
Nachts lauter Sturm u. Regen. Aufhellung morgens. Nach dem Frühstück Abfahrt Medis und ihrer Kinder, die Gret und die Buben von Zollikon holen u. heute bis Montreux fahren, die Mädchen ins Camp zu bringen. Reisen dann weiter nach Florenz und Viareggio. Stilleres Haus. – Im Aufsatz etwas vorwärts. – Mit K. im Walde bei rauschendem Sturm u. heißer Sonne. – In Mereschkowsky's »Gogol«. – Nach dem Thee Briefdiktate. An Preetorius ¾ ablehnend über München. Danach handschriftlich an den Komponisten Schibler und an F. H. Weber in Basel über Muschg (nicht fertig). – Abends etwas Musik (Verdi u. Wagner)

Kilchberg, Montag den 19. VII. 54
Wetter mild und leidlich. Bücher, Briefe, Manuskripte. – An dem Aufsatz, vorwärtsdrängend, bis ½ 1. – Rundgang mit dem Hund. – Erika für einen Tag. Erörterungen über den Buddenbrook-Film. Telephon Bermann, der sich einschalten möchte. – Brief an Weber (Basel). – Zum Abendessen die Damen Jacobson und Herz. Milderung der Anwesenheit dieser durch diejenige jener. Empfang in der Library. Nach Tische, mit Erika, Unterhaltung im Wohnzimmer. Keine Vorlesung nötig. – Schrieb nachher noch den Brief nach Basel zu Ende. – Feuchtwanger schrieb sehr freundschaftlich.

Kilchberg, Dienstag den 20. VII. 54

Mit combination fest geschlafen. Angenehmer, milder Morgen. Gebadet. – Termin für Mendès-France. Es sieht nicht nach Einigung aus. Sabotage durch die Amerikaner zu vermuten. Wollte der Zurücktretende das der Welt eröffnen! – Arbeit. – 12 Uhr Strichs aus Bern, sie genesen, er recht gealtert und schlecht zu Fuß. Ausfahrt und Lunch mit ihnen. Zum Kaffee der junge K. Hansen aus Hamburg. Nachmittags handschr. Korrespondenz. Abends unter uns. II. Akt Lohengrin, Gang zum Münster. Genoß jeden Takt, kann nicht sagen, wie ich diese Musik liebe. – Die Einigung in Genf so gut wie gesichert. – Klares Wetter.

Kilchberg, Mittwoch den 21. VII. 54

Schönes Wetter. Nachts 3 Uhr Friedenschluß in Genf. Golo um diese Zeit auf, um seinen Artikel für die »Weltwoche« zu schreiben. Wollte der Hund auch hinunter. Sauersüßer Kommentar der N.Z.Z. »Ein kommunistischer Staat mehr«. Der Erfolg für Mendès-France, auch für Eden ist groß. Gewiß ist die Position Frankreichs in Europa gestärkt. – Las gestern ein sehr gutes Exposé jüngerer deutscher Sozialdemokraten über die Weltlage u. über den Weg zur Wiedervereinigung der beiden Deutschland. Aber will Rußland dort den demokratischen Sozialismus? Die Schweizer Politiker neulich meinten es anders. – Arbeit. – Mit K. im Wald. – Zu Tische Lavinia M., schwatzhaft. – Nachmittags mehrere handschr. Briefe. Abends »Lohengrin« III. Akt. – Im »Gogol« Mereschkowskis. Schönstes Wetter.

Kilchberg, Donnerstag den 22. VII. 54

Schönes Sommerwetter. Viele Büchersendungen. Briefe aus Köln und Düsseldorf. Die Zeitungen: Geschwätz über das Genfer »München«. – Arbeit am Aufsatz.

Kilchberg, Freitag den 23. VII. 54

½10 Uhr Fahrt zum Studio Zürich. Nahmen unterwegs die Damen Herz u. Jacobson auf, die zuhören durften. Las für »Südd. Rundfunk« das »Eisenbahnunglück«. Las gut, das Personal amüsierte sich sehr. – Von da zum Haarschneiden und Maniküre. Von da zur Pediküre. Zum Lunch der gute Frey. Zum Thee Trebitsch mit seinen Krankheiten u. seinen Gesammelten Werken. Nachher noch Handschriftliches. Golo zum Abendessen. – Flucht des Bonner Chefs des »Informationsdienstes« John in den Sowjetsektor, zuerst als »Entführung« dargestellt. Verstörender Schlag für den Westen. – Abends im Gogol-Buch.

Kilchberg, Sonnabend den 24. VII. 54

K.'s 71. Geburtstag. Verweilten uns beim Kaffee ziemlich lange mit der Post und dem Zeitungsgerede über den Fall John. K. viele Briefe und Telephonate. Schönes Wetter. – Arbeit (gegen das Ende). – Mit K. spazieren bei heißer Sonne. – Rückkehr Erikas von Berlin. Berichte über den Stand der B-Film-Verhandlungen. Alles kommt darauf an, genügend West-Kräfte, (Drehbuch-Verfasser, Regisseur, Schauspieler) dafür zu gewinnen. Ein kleines Kesseltreiben schon wieder ohnedies wegen der Lesung für den »Sowjet-Sender«. Las den Artikel in »Die Zeit«: »T. M. und die Zone«. Nun, maßvoll. – Viel den Fall John, der schlimm für England und Adenauer, aber amüsant im großen Stil. Sämtliche westdeutsche Agenten und Spione verhaftet. J. spricht im Radio. Kündigt Broschüre an, worin er hoffentlich über Adenauer, den »Schutz der Verfassung« und die ganze Nazi-Wirtschaft hinlänglich mitteilsam sein wird. – Entlassung Golos von der »Weltwoche«, offenbar auf Weisung der Financiers und Annoncengeber. Kränkende Form der mündlichen Kündigung. Widerwärtiges Symptom. Depression Golos, der z.T. wegen dieser Aufgabe den Berliner Ruf abgelehnt hat. Finanzieller Ausfall dazu. Abends mit ihm und Erika im Wohnzimmer über all diese Dinge. – Las Mereschkovski's »Gogol« zu Ende. Einige Korrespondenz.

Kilchberg, Sonntag den 25. VII. 54

Morgens Leute von der »Münchener Illustrierten«. Aufnahmen in den Zimmern und im Garten. Schönes Sommerwetter. Spät zur Arbeit. – Zerstreute, wenig ausdauernde Arbeit. – Mit K. im Walde. – Nachmittags die Herz zum Abschied. K. entwirft Brief an Bermann wegen seiner unverschämten Halbpart-Beteiligung an der Gesamtausgabe. Zu redigieren. – Zum Abendessen Emmy Oprecht. Erika sehr lebhaft. Pläne für den 80 . . .

Kilchberg, Montag den 26. VII. 54

Spät auf, irrte mich in der Uhr. Der Aufsatz fast zu Ende. Nicht ausgegangen. Das Wetter sehr schwühl u. drückend. Fühlte mich sehr schlecht. Reisevorbereitungen, Packen, Auswahl von Büchern. Konzentration auf das Mitzunehmende. Bedauern, das schöne Haus zu verlassen. – Kam Luxusausgabe von »Mario« in erhaben punktierter Blindenschrift. – Las etwas in v. Steins »Schiller«. Nehme von ihm und über ihn manches mit. – Müde, nervös.

Kilchberg, Dienstag den 27. VII. 54

½ 8 auf. Schwüle. Tausend Dinge zum Einpacken, von denen keines zu entbehren. Von O.M. Graf Illustr. Ausgabe seiner Kalender-Gedichte »in großer Liebe«. – Während K. u. E. die letzte Hand an das Gepäck legten, schrieb ich die letzten Sätze des Tschechow-Aufsatzes und tat ihn in die Handtasche. –

St. Moritz, Suvretta House, Mittwoch den 28. VII. 54

Gestern 11 Uhr Abfahrt mit dem von E. gesteuerten Plymouth von N° 39, Alte Landstraße. Sehr warmes, sonniges Wetter. Hatte Freude an der Fahrt in dem bequemen Wagen. Vertraute Strecke und Orte. Wir berührten Ragatz, schmerzhaften Angedenkens, aßen im Garten des »Steinbock« in Chur zu Mittag. Dann kam das Wiedersehen von Lenzerheide, dessen Bild sich seit 1933 einprägte und die Fahrt über den Julier bis auf 2300 m Höhe und hinab zu den Seen. Waren 5 Uhr hier und tranken Thee. Die Wohnung im 6. Stock wenig erfreulich. Zu hoch, zu sehr dem Maloya-Wind preisgegeben, zu kleine u. ungenügend komfortable Zimmer bei höchsten Preisen. Keine Gelegenheit zur Beobachtung interessanter Tennisspieler, die vorkommen könnten. Verhandlungen E.'s mit der Direktion erfolglos. Auspacken. Sehr müde. Diner im Speisesaal, der voll besetzt von reichen Leuten. Dabei Anruf Bermanns aus Frankfurt, dringend in Sachen des Buddenbrook-Films, den man der »Zonen«-Firma durchaus nicht überlassen will. Angebot von 40000 *Dollars* (wobei die Währung charakteristisch). Angewidert. Unmögliche Zumutung, die »Defa« im Stich zu lassen. Eine politische Angelegenheit. Erwägungen beim Kaffee in der Halle. Mein Urteil: die Westleute zur Cooperation mit dem Osten zu zwingen oder das Ganze aufzugeben, meine Zustimmung zur Verfilmung zu verweigern. – Kultur-Prestige-Sache. Erst Dr. John und dann östliche »Buddenbrooks«, das wäre offenbar zuviel. Sehr präokkupiert von der Frage, wie ich mich am besten verhalte. Erika würde sich am Buch u. an der Inszenierung entschieden nicht beteiligen, wenn die Sache zum Unternehmen Adenauer-Deutschlands wird. Drohung Bermanns mit den »Folgen«, im umgekehrten Fall. Mein Standpunkt muß sein, daß gerade aus diesem Buch kein Zonen-Film, sondern ein deutscher zu machen ist.

Heute das Wetter sonnig. Hatte guten Schlaf. Belegtes Gehör. Sausender Wind. Verfroren und schläfrig. K.u.E. vormittags ausgefahren zu Wohnungsrekognoszierungen und Besorgungen. Blieb im Zimmer. Durchsicht und Nummerierung des Tschechow-Aufsatzes. 29 Seiten. Vermutlich ebenso viele Tage daran geschrieben. Ging etwas ins Freie. Las in der Halle die Zeitungen. Amerikanisch-chinesische Zwischenfälle in der Luft. Man weiß wohl, von wem sie hervorgerufen werden und zu welchem Zweck. 1¼ Uhr Rückkehr K.'s und E.'s, die Hotels inspiziert. Pontresina käme in Betracht. Lunch im Speisesaal und Kaffee in der Halle. Probleme: die mangelhafte, windige Wohnung und der Buddenbrook-Film. Langes Telegramm von Bermann. Eilige Bestellung von Carusos und Khedives in Zürich. Gelesen etwas in »Sinn u. Form«. Erika macht gutes Quartier im Waldhaus Sils Maria, dessen Direktion höchst entgegenkommend passende Zimmer freimacht. Preis 115 Franken pro Tag. – Nachmittags geschlafen. Nach dem Thee Diktat eines langen und scharfen Briefes an Bermann wegen der Berliner Gesamtausgabe und des Films. Bestehen auf west-östlicher Cooperation. Nach dem Diner große Post-Lieferung. Hauptstück: Sonderdruck aus »Letterature Moderne«, enthusiastischer Essay von Franco Rizzo über »L'Eletto«.

St. Moritz, Donnerstag den 29. VII. 54

8 Uhr auf. Blauer Himmel und Sausewind. Beschluß, den Umzug nach Sils Maria gleich nach dem Lunch zu vollziehen. Hesses dort. Vorsichtige Nachbarschaft. K. tippt den Brief an Bermann. Sehr kühl in den Zimmern. Das Packen einfacher als zu Hause. – Überlege, ob nicht auch an die DEFA zu schreiben. – Korrektur des Briefes an Bermann. Schrieb einen anderen Brief. Saß nahe dem Haus auf einer Bank in der windgekühlten Sonne. Hatten Lunch gegen ½ 2 und Kaffee danach. Dann Aufpacken und Verabschiedung in gutem Frieden von der betrübten Direktion.

Sils Maria, Waldhaus, Freitag den 30. VII. 54

Gestern Nachmittag Fahrt hierher. Gute, bequeme Zimmer im II. Stock. Haben recht getan, den Umzug zu vollziehen. K. u. E. packten aus und richteten ein. Langes Telegramm vom »Deutschen Sender« wegen Weitergabe des Lese-Bandes an den Wiener und andere Sender der Kameradschaft. Zu untersagen. – Ruhe auf dem Bett. – Post und Zeitungen. Große Aufregung und Erbitterung der Schweizer Presse über den amerikanischen Beschluß einer 50prozentigen Erhöhung des Einfuhrzolls auf Schweizer Uhren. Empörte und schmerzerfüllte Artikel über die Brutalität, den Rückfall in kruden Protektionismus. Schädigung des moralischen Ansehens Amerikas in der ganzen Freien Welt. Das geschieht nur recht für ihre Kriecherei. Das moralische Ansehen zu schädigen war längst viel Schlimmeres geschehen. – ¼ 8 Diner im Speisesaal. Begrüßung mit Hesses. Kaffee im kleineren Teil der Halle. – – Heute 8 Uhr auf. Ziemlich heiteres Wetter. Frühstück in meinem Zimmer: Thee, Eier, Gänseleber und Honig. – K. leidet an einem kranken Zahn; muß zum Arzt; Befürchtung eines Wurzelabszesses, da der Zahn intakt. – Cigarren und Cigaretten trafen gestern von Zürich ein von der Firma E. Röhm, Bahnhofstr., Zürich 1. – – Handbibliothek mit Schiller-Literatur aufgeschlagen. – – Brief von Mrs. Meyer aus Mount Kisco, herzhaft. Eugene's »Abenteuer« des Ankaufs des Times Herald für 8½ Millionen, die von der Zeitung wieder eingebracht werden müssen. (Wenn nicht, haben sie auch zu leben). So muß ich mich in meinem Alter auf ein großes literarisches Abenteuer einlassen. Mendès-France gut, aber der Genfer Kompromiß nicht gut. Geschwätz. – – K. in St. Moritz. Ging gegen Mittag allein auf dem Wege gegen das Fextal, saß auf einer Bank mit Blick auf Berge und Wasserfall und las in dem Schiller-Büchlein von Stein. Verfroren. Schlief nachmittags auf der Chaiselongue. Dies und das Handschriftliche. Las in dem alten Schiller-Buch von E. Müller, lange mitgeführt. Verbrachten nach dem Diner den Abend mit Hesses in der »Bündnerstube« in heiteren Gesprächen bis 11 Uhr.

Sils Maria, Sonnabend den 31. VII. 54

Unruhig geschlafen. Zeitweise auf der Chaiselongue. Wiederholt wach und auf. Kaffee-Frühstück. Schrieb an die Rümelin wegen der Abschrift. Wetter wolkig u. windig mit etwas Sonne. – Gegen Mittag weiterer Spaziergang mit K. ins Fexthal. Sonne. Schöne Landschaftsbilder. Nach Tische Zeitungen. Es kam auch wieder der »New Yorker«. Etwas Schlaf auf der Chaiselongue. ½ 6 Uhr die Jacobson, um der Vorlesung des »Tschechow« beizuwohnen. Der Aufsatz, ein kleiner Roman, an dem ich wohl 1¼ Stunden las, wirkte recht bewegend. Es sind gute Stellen darin, aber die sozialen Dinge sind zu sehr sub specie des 19. Jahrhunderts gesehen. Der vollendete Materialismus in Amerika. Allerlei Gespräch nach dem Abendessen hierüber, aber auch über die Schönheiten des Aufsatzes. Er muß schleunig fort. – Müde und ziemlich zufrieden. – Die Beleuchtungsverhältnisse zum Lesen schlecht. Schönes Abendlicht auf den Bergen. Firnelicht.

Sils Maria, Sonntag den 1. VIII. 54

Fest geschlafen. Nach dem gestrigen schönen Abend das Wetter unerwartet trüb und kalt. Leicht geheizt. Thee-Frühstück. Wollene Socken. Einzelne Korrekturen im Aufsatz. Ausgedehnter Spaziergang mit K.. Bewunderung der See- und Berglandschaft. Einige Schiller-Studien. Schrieb an Medi, die Veilchenwasser geschickt hatte. National-Feiertag-Festdiner mit Erheben von den Plätzen bei der Hymne. Begrüßung mit Révys, die hier wohnen. Herauf kommt auch Marcuse. Verbrachten den Abend mit Hesses in der Bündnerstube. Erika mußte sich leider wegen Unwohlseins ausschließen. Angeregte Gespräche, auch über die Filmangelegenheit. Erzählte, daß ich nachmittags eine Stunde mit Lesen in einem zugesandten Exemplar des »Zbg.« verplempert und dabei gedacht: Ja, damals konnte man etwas! Hesse kannte das.

Sils Maria, Montag den 2. VIII. 54

Glänzendes blaues Wetter. Leide an Verstopfung. Mit der Post interessantes Buch: »Stilkunst« von L. Reiners. Brief von Bermann über die Filmfrage. Noch nicht im Besitz des meinen. Sehr zerstreuter und unruhiger Verfassung, nicht wissend, was zu tun. K. früh nach St. Moritz. – Vormittags Korrespondenz. Ging allein zu halbsonniger Bank und las über Schiller.

Zum Lunch F. Lion. Aesthetisches. Nachmittags Diktat vieler Briefe. Das Tschechow-Manuskript nach Bonn abgegangen. Abendessen mit Marcuse, der für ein paar Tage hier. In der Bündnerstube auch mit Révy, dem zu allgem. Erheiterung sagte, er habe ein »benutztes Gesicht«. Politisches mit Marcuse. Amerika ein isoliertes Land. Das Ergebnis von Genf eine historische Niederlage. Die Gefahren der deutschen Aufrüstung auch drüben erkannt. Abhängigkeit des Kontinents von Rußland nahe bevorstehend. – Noch spät in dem Buch über Prosakunst von Reiners. Werde darin ein »großer Prosadirigent« genannt. Man würde heute anders schreiben, wenn Nietzsche und ich nicht gelebt hätten. – Schlimmer Mund. Behandlung mit Merfen.

Sils Maria, Dienstag den 3. VIII. 54

Versehentlich schon um 7 von K. geweckt. Wieder sonnig klares Wetter. – Tief gekränkte Briefe von Bermann und Frau. K. beim Zahnarzt, von dem ein Wurzel-Abszeß zu behandeln.

Sils Maria, Donnerstag den 5. VIII. 54

Vorgestern war mir sehr schlecht dank der Aufregung durch den Briefwechsel mit Bermann. Belastende Vapeurs. Zusammensein mit dem gutmütig plauderhaften Marcuse. Auch mit Révys. Gestern frühstückte ich allein Kaffee und ein Hörnchen und setzte mich sogleich zu einem versöhnlichen, wenn auch »Tutti's« Sentimentalitäten ironisch abweisenden Antwort-Brief an Bermann, den nachmittags abschloß. K. beim Zahnarzt. Schmerzen durch die Einlage. Plage. Eiterherd an der Wurzel des toten Zahns; der benachbarte in Mitleidenschaft gezogen. Teilnahme und Sorge. Erika ließ den Arzt kommen, der Penicillin, eine Hypo und andere Beruhigungsmittel gab, sodaß Ruhe eintrat. Ich erledigte noch andere Korrespondenz, freute mich, daß auch Beromünster die Lesung des »Eisenbahnunglücks« übernimmt. Fertigte aus, hatte Briefe von O.M. Graf, dem kleinen Sommer, Frau Eulenberg, die die Erwartung in Düsseldorf überschwänglich schildert, von Leibrich u.a.m.. Diner nur mit Erika und Marcuse, schließlich nur mit diesem. – Nachmittags leichtes Gewitter. Heute bedeckt. Gelegentliche Sonne. K. hatte ruhige Nacht, ist z.Z. schmerzfrei. Der Doktor wird die Penicillin-Anwendung wiederholen u. hat sich mit dem Zahn-Kollegen in Verbindung gesetzt. – Gestern nach Erledigung des Briefes war mir besser als den Tag vorher. Nahm Kohle, an der es gefehlt hatte. Stand heute 8 Uhr auf und frühstückte mit K.. An das Geleitwort für Brockhaus zu denken. – Abreise Marcuses. – Korrespondenzen. K.'s Brief an Bermann, der nach dem eingegangenen Vertrag des »Aufbau« in der Tat die Hälfte des Honorars für sich beansprucht hat. Sachliche Feststellungen. – Kurzer Spaziergang mit K., deren Schmerzen sich gelegt, bei sehr warmer Sonne. Aphorismen-Buch der Wienerin Braun-Prager. Briefwechsel der skandalös hingerichteten Rosenbergs. Schiller-Biographie. Der kleine Klaus X. in Karlsruhe, der mich gerade in den Tagen meiner Rheinreise in Kilchberg besuchen will. Schrieb ihm. – Erika rät ab, für Brockhaus zu schreiben. Zuviel der roten Taten! Sie hat wohl recht. – Abends Verabschiedung von Révys.

Sils Maria, Freitag den 6. VIII. 54

Sonnig. K. früh zum Zahnarzt. Frühstückte allein auf dem Balkon Kaffee und Honig. Schrieb vertraulich ausführlichen Brief an Brockhaus, warum ich meinen »Untaten« gerade jetzt nicht noch diese hinzufügen darf. Ging allein zur »Bella Vista«. K. zum Lunch gebessert vom Zahnarzt zurück. Gestörte Nachmittagsruhe, Post, Meldungen. Zum Thee in der Halle M. Mercanton aus Lausanne, der Aufsatz über »Friedrich u.d.gr. Koalition« brachte. Längere Unterhaltung mit ihm. Darum abends beim Zusammensein mit Hesses in der Bündnerstube sehr müde. Jeder Beitrag zur Unterhaltung erschöpft mich dann sehr. Verlangte 10 Uhr den Aufbruch. Las noch in der Schiller-Biographie.

Sils Maria, Sonnabend den 7. VIII. 54

Regnerisch, dunkel. Telephon mit Frankfurt wegen des amerik. Copy right (kleine mimeogr. Auflage des »Krull«). – Artikel von Mercanton ziemlich unbedeutend. – Schiller-biographische Exzerpte u. Notizen. – Mit K. bei gestilltem Regen etwas gegangen. Auch nach dem Thee. Nach dem Diner, beim Kaffee viel Post: bereits die Abschrift des »Tschechow« aus Bonn! Dann, ziemlich erregend, von Prof. Erich Heller sein Buch »Enterbter Geist«, Essays über Goethe, Burckhardt, Nietzsche, Rilke, Kafka, Kraus und mich. Sehr hochstehend. Dazu langer Brief, der K.'s gegen Warburg geäußerte Zweifel an seiner Eignung betrifft, ein Buch für nächstes Jahr über mich zu schreiben. Warburg hat geschwatzt. Der Brief ebenfalls hochstehend. Desgleichen der Aufsatz über mich im Buch, kritisch, aber die Erscheinung sehr ernst und wichtig nehmend. Bewegt. Ist offenbar unschuldig an den Herabsetzungen des Times Litt. Supplement, denen er entgegengetreten sein will. Merkwürdiger Fall. Ging recht beschäftigt damit zu Bette.

Sils Maria, Sonntag den 8. VIII. 54

Wolkig. Sonne dazwischen, kühl. Fortwirken des Eindrucks, den das Vorkommnis Heller mir gemacht. Eifer, die anderen Teile seines Buches zu lesen. In Deutschland, wie er schreibt, Stimmen, er überschätze mich. – Muß den Tschechow korrigieren. – Dies geschah. – Fahrt zur Chasté und Spaziergang dort bei windigem Wetter. – Zum Thee in der Halle die Jacobson und Dr. Jacobi (»Venet. Spiegelungen«). Anteilnehmend gelesen in dem Buch von Heller. Diesem zu schreiben.

Sils Maria, Montag den 9. VIII. 54

Unruhig geschlafen. 7¼ auf. Nach dem Frühstück zum Zahnarzt in St. Moritz wegen sehr störender Entzündlichkeit des unteren Kiefers. Verdickung dort und Vermutung, es könnte ein Wurzelteil im Kiefer zurückgeblieben sein. Leichtes Abschleifen der Prothese und einige Erleichterung. ½10 zurück. Trübes Wetter, schwer hängende Wolken. Brief an Prof. E. Heller begonnen. Lektüre in seinem Buch. Kurzer Spaziergang mit K.. Nachmittags und abends müde. Brief von Bermann an K.. Törichter Mann. Gute Nachrichten über Dr. Hirsch, dessen Leiden durch erneute Operation klargestellt und auf gutem Wege. – Brief und Drucksachen von Dr. Stern, New York, z.Z. im Hause.

Sils Maria, Dienstag den 10. VIII. 54
8 Uhr auf. Sonne und Sturm. Brief an Prof. Heller. Mit K. weit hinauf gegen Clavadatsch. Abends angenehmes Zusammensein mit Hesses.

Sils Maria, Mittwoch den 11. VIII. 54
Früh auf. Glänzender kalter Morgen. Nach dem Frühstück Fahrt nach St. Moritz zum Zahnarzt. Zusätzliches Abschleifen, das die Situation weiter verbesserte. Von da zum Coiffeur neben dem »Stephanie«. Haarschneiden und Waschen. Dann Weiterfahrt über Celerina nach Pontresina. Gingen dort auf Almwiesen. Nahmen Wermut und kl. Imbiß vor einem der Hotels. 12 Uhr zu Hause. Den Brief an Heller abgesandt. Erfreulicher Brief vom Südd. Rundfunk. Von der Herz merkwürdiges Büchlein über Schillers Bestattung und Gebein. Sonst das Übliche an Post. Lunch an neuem großem Tisch am Fenster. Verbesserung [des] italienischen Interviews. Arbeiten des Dr. Stern: Trauma, Pavor Nocturnus etc.. Einige kl. Korrespondenz. In dem Buch über Schillers Begräbnis und Reste. Höchst sonderbar! – Am Nachmittag sehr windig.

Sils Maria, Donnerstag den 12. VIII. 54
½8 des Schlafens satt. Vollkommen schönes Wetter. Kaffee-Frühstück. – Brief an Kahler. Fahrt nach Maloia. Kalter Wind, verfroren. Wermut in gastierender Sonne. Den ganzen Tag sehr verfroren. Schlummerte vor Tisch im Sessel. Zum Kaffee

Dr. Auerbach und Frau, die erst im Suvretta gewesen. Ganz angenehme Leute. Auch gestern Abend an Kahler. 4 Exemplare des nicht ganz korrigierten »Krull«. Noch viel gelesen über Schillers Begräbnis und Gebein. Der Schreibstil von damals.

Sils Maria, Freitag den 13. VIII. 54

Sonnig und milder als gestern. Abgeführt u. gebadet. Große Schönheit der besonnten Berge. Aber die Luft strengt mich je länger desto mehr an. Die Nachwirkung abzuwarten. – Nachrichten über das Befinden des Dr. Hirsch, der sehr geschwächt. – Problem der alten Lowe, die in Princeton, bei Kahler, nun doch so gern den »Krull« übersetzen möchte. – Brief an Kahler fertig gemacht und weitere kleine Korrespondenz. Bei wohlthuender Sonne mit K. schöne Wege gegangen, da und dort gerastet. »Hommes et Mondes« mit Besprechung der »Betrogenen« von Boucher. – Nach Tische zum Kaffee in der Bar: Prof. Stern. Psychoanalytiker, Trauma, Pavor, zwischenein über die »Betrogene«, auch über die Zeit, die Menge der latent Schizophrenen. Recht kluger, angenehmer Mann. – Nachmittags längere Reihe von Briefdiktaten, zuerst an die Lowe über ihren Wunsch, den »Krull« zu übersetzen. – Abends Vortrag des Dr. Jakobi über Schweitzer in Afrika, mit Lichtbildern. K. und E. nahmen teil, während ich mich entschuldigte. Trank allein Kaffee und sah dann die Zeitungen durch (Fall John, Zusammenbruch der Bonner Theorien, Bestehen der Sozialdemokraten auf Diskussion im Bundestag und Rücktritt des Innenministers. Einigung im Hamburger Strike, mäßige Lohnerhöhung, die dem dumping nicht schaden wird.) Las den sehr guten Essay von Heller »Goethe und die Vermeidung der Tragödie[«] zu Ende.

Sils Maria, Sonnabend den 14. VIII. 54

Unruhig geschlafen. Anfechtung. Nachgenommen. – Trüb, Regen kündigt sich an. Schiller-Exzerpte und -Notizen. Dieses auch nachmittags. Teilnehmender Brief an den leidenden Dr. Hirsch. Mittags in einer Regenpause mit K. etwas gegangen. Abends mit Hesses. Erzählte Lehrergeschichten. – Die großartige Anzeige der »Form«, zum Schluß meiner Rede.

Sils Maria, Sonntag den 15. VIII. 54

Gut geschlafen. Gebadet. Das Wetter recht unwirtlich. – Exzerpte u. Notizen. Gegangen zur Bella Vista u. etwas weiter. Zu Tische Lion, der viel über den Faustus sprach, mit dem er sich wieder beschäftigt. Ich über Schiller. – Zeitungen, eingegangene Drucksachen. Merkwürdiger Aufsatz in »Neue deutsche Literatur« über das Historisch-Gesellschaftliche in »Wilhelm Tell«. Sch.'s Kompromisse. – Spontane Verdauung wie mehrmals hier. Diner mit Rosette der Legion. Devotion des Oberkellners. Mit Hesses Karte an Trebitsch. Abends wieder gelesen. – Schneefall, naß. – Ungefähre Konzeption des Sch.-Vortrags. Schillers Egmont-Kritik.

Sils Maria, Montag den 16. VIII. 54

Ende des Aufenthalts. Kalt, bedeckt, Schnee auf den Höhen. K. früh zum Zahnarzt. Allein gefrühstückt: Kaffee mit Honig. – Von Lion Anfang der Borchardtschen Übersetzung des Inferno. Doch ziemlich gequält. – Erika verfertigte sehr komische Parodie. – Exzerpte u. Lektüre über den Verlauf von Schillers Krankheit. Spaziergang mit K. zum Schluchtweg hinab und hinauf gegen das Fextal. Großartige Landschaftsbilder. – Beginn des Packens, Bücher verschnürt, die Handbibliothek. – Schiller über »Iphigenie«. – Geschäftige Untätigkeit. Nach dem Diner mit Hesses. Wie immer heitere Unterhaltung. Herzliche Verabschiedung von ihnen, die ebenfalls morgen fahren. – Noch einmal große, z.T. wichtige Post, den »Buddenbrook«-Film betreffend. Briefe des in Aussicht genommenen Regisseurs und des Mannes der Defa, der mit dem der N.F. konferieren wird. Alles aus den politischen Gründen sehr unsicher. Vom Verlag Besprechungsausschnitte über die

Betrogene und Altes und Neues. Zeitungen. Prekäre Lage des Mendès-France in Sachen der E.W.G.. Rücktritt mehrerer Minister. Andererseits Widerstand in England und Deutschland gegen seine Modifikationen. – Holländische Stimmen über die Betrogene, wie anders als in Amerika! »Klassisches Werk«. – Brief von Reisiger.

Sils Maria, Dienstag den 17. VIII. 54

8 Uhr auf. Blauer Himmel. Die Berge im Schnee. Thee und Eier. Herbeitragen der 10000 Kleinigkeiten für die Handtasche. Können im Ganzen wohl von einem gelungenen Aufenthalt sprechen, der, wie zu sehen, gute Nachwirkung haben wird. Die Größe der Natur hat meinen Augen wohlgetan. – Unter der gestrigen Post mir nahe gehender Brief aus Köln über *Bertram*, der sich immerfort mit mir beschäftigt, von mir träumt, sich nach einer Aussprache vor seinem Tode sehnt. Will ihn selbstverständlich sehen.

Kilchberg, Mittwoch den 18. VIII. 54

Zurück. Ich lobe die Fahrt hinauf, den Aufenthalt insgesamt und die Rückfahrt, die sich gestern von 11¼ bis 5 Uhr bei schönem Wetter, in den Höhen prächtig [Lücke im Ms]. Ich exzerpierte noch bis kurz vorm Aufladen. Freundliche Verabschiedung. Hinab und wieder hinauf von Tiefenbrunn nach Lenzerheide, wo wir Mittagsrast hielten. Dann die vertraute Strecke über Chur und Ragaz und Landquart, den Kerenzerberg zum Zürichsee. Hier von Maria empfangen. Hatten Thee im oberen Zimmer. Das Haus in wohnlicher Ordnung. Auspacken u. Installierung, die noch zu tun macht. Häusliches Abendessen. Durchsicht der Zeitungen. Schillers Iphigenie-Kritik. Über Bürgers Gedichte. – Trotz türk. Kaffee abends recht gut geschlafen. Gebadet (die Wanne droben war unbequem). In der Zeitung recht trockener Rundbrief Hesses aus Sils Maria. Brief des Dr. G. Adriani über seine Krull-Lektüre, von dem er ein Leseexemplar erhielt. Es scheint zu gefallen. –

An Prof. Emrich in Köln wegen Bertram. – Danach Beschäftigung mit dem Lesestoff für die Rheinstädte. Ging nicht aus. Müde. Drückende Luft. Nach Tische die Sch.-Kritik über Bürger zu Ende gelesen. Bedeutendes über Popularität. – Unruhige Ruhe. Zum Thee Frau Hauptmann mit Benvenuto und ihrer Gesellschafterin. Blieben lange, da sich Gespräche über die rechtliche Möglichkeit des Loskommens von Bermann-Fischer entwickelten, alte Verträge studiert wurden. Frage des Besitzrechtes am Gesamtwerk etc. Versiertheit des gewaltig großen u. dicken jungen Hauptmann, der seinem Vater sehr ähnlich. War äußerst müde, unwohl und uninteressiert. Photogr. Aufnahmen. War schon bald Abendbrotzeit, als sie abfuhren. Danach mit Erika im Wohnzimmer. Las deutsche Zeitungen, die größer und unterhaltender aufgemacht als die hiesigen. Spielt nun die Brüsseler Konferenz. Schwierige Position des Mendès-France, dem alles Gute wünsche. Wischinsky in Paris. Kommt es zur Souveränität, Bewaffnung und vollständigen Integrierung Westdeutschlands, so steht französisch-russische Annäherung in Aussicht.

Kilchberg, Donnerstag den 19. VIII. 54

Erwachte von schwerem Donnerschlag. Weiteres Morgengewitter. Sehr dunkel. Von Reise u. Luftwechsel fühle mich einigermaßen erholt. Die Post beim Kaffee. Brief von Blanche Knopf. Die alte Lowe – to give her a chance. – Aufschub der deutschen Krull-Ausgabe bis Oktober wegen des amerik. Copy rights? – United Press ruft an, weil Oslo mein Kommen für 1. September angezeigt. Unmöglich! Dorthin zu schreiben. – Exzerpte und Lektüre für Sch.. Mittags Rundgang mit K. Ihre Kehlkopf-Untersuchung durch Mäder beruhigend ergebnislos. – Tod de Gaspari's, Herzschlag vor Aufregung über Brüssel. – Heranziehen von Carlyles Leben Schillers und Falkenbergs »Dramaturgie«. – Nach dem Thee den notwendigen Brief an die Studentenvereinigung in Oslo diktiert. Viel Wetterleuchten am Abend.

Kilchberg, Freitag den 20. VIII. 54

Dunstig bedeckt. K. früh zum Zahnarzt. Neuer ausführl. Brief des Filmregisseurs Ophuls. Beim Kaffee meldete sich amerikanischer Student. Wird bis Mittag abgewiesen. Frühstückte allein. – Auszüge u. Notizen. Gegen Mittag den jungen halb spanischen Amerikaner in der Bibliothek empfangen. Mit K. etwas gegangen. Zu Tische der »kleine« Klaus. Äußerster Mangel an Jugendreiz. Nach Tische Dr. P. Penzoldt, Bruder des Ernst. Nachmittags handschr. Briefe, Danksagungen für Bücher. Nach dem Abendessen Eintreffen Bibis von den Kursen in Darmstadt. Neueste Musik-Experimente, Komponieren in die Maschine. Die Deutschen voran. Er hat eine solide Berufung nach Ankara, wo die Buben die englische Schule für Diplomatenkinder besuchen würden. – Enorm müde. Keine Lektüre mehr möglich.

Kilchberg, Sonnabend den 21. VIII. 54

Wetter trüb. Abgeführt und gebadet. Kompromißverhandlungen in Brüssel. Trage seit gestern wieder den kalifornischen Lapislazuli-Ring. – Schillerstudien. Regen; ging nicht aus. Melancholisch. »Semele« (Verwandtschaft mit »Lohengrin« und »Amphitryon«. Im Carlos noch viel davon.) Briefe über »Dom Carlos«. – Schlecht geruht, Vapeurs. Kohle zum Thee. Diesen mit Bibi genommen, der nach Italien zu den Seinen abreist. – Brief vom Lektorat des Fischer Verlags über Hilschers allzu wissenschaftliches Manuskript. – – Fridos Eltern denken ihm den Beruf eines Geschäftsmannes zu, was ich bei seiner einnehmenden und dabei geistig und poetisch uninteressierten Natur auch richtig und erfolgversprechend finde. Denn[och] mutet es mich im Gedanken an Echo seltsam an. Aber es wird rechte Wirklichkeit sein. – Kalt, elektr. Ofen. – Abends in Carlyles Leben Schillers.

Kilchberg, Sonntag den 22. VIII. 54

8 Uhr auf. Nach dem Kaffee rasiert. Dauerregen und Dunkel. Draußen nur 10° Celsius. Präokkupiert von der Reise. Das Rektalleiden ziemlich empfindlich; mit den Salben bekämpft. – Schiller-Studien. Carlyle. – Rundgang mit K.. – Nach Tische Besuch von R. Schweizer, auch in Sachen eines westdeutschen »Buddenbrook«-Films. – Abends Klavierkonzert von Mozart, kühn und erfreuend. Hörten mittags auch aus Deutschland Teile aus Lorzings »Zar u. Zimmermann«. Das ist eine lustige, schmucke, melodiöse Musik, und das biedermeierliche »Einst spielt ich –« wird immer geliebt werden.

Kilchberg, Montag den 23. VIII. 54

Graues Wetter, etwas wärmer. Gebadet. Zusammenbruch der Brüsseler Konferenz. Mendès hartnäckig und die andern von Amerika zur Kompromißlosigkeit angehalten. – Johns Mitteilungen über Geheimverträge werden von Bonn als »idiotisch« abgetan, was nicht ganz genügt. Übertritt eines westdeutschen Abgeordneten frommer Observanz nach dem Osten, wo er mit seiner Familie Asyl findet.

Reise nach Köln und Düsseldorf

Kilchberg, Sonntag den 29. VIII. 54

Gestern morgen Wiedereintreffen von dem turbulenten Gastspiel im Rheinland, vom Hauptbahnhof abgeholt von Erika, die durch Ausruf benachrichtigt worden, daß der Zug dort und nicht Bahnhof Enge, einfahre. Schreckhaft für sie. – Wir reisten Montag Abend in zwei Schlafwagen-Abteilen und kehrten ebenso zurück. Bekamen in Köln diese Kosten ersetzt und in Düsseldorf von dem unternehmenden Lindemann-Archiv 2000 Mark. *In Köln* morgens empfangen von Professor Emke. Dom-Hotel, wo wir ein Zimmer im 4ten Stock hatten, nach dem Rhein gelegen und hübsch. Aber auf die zum Boden reichenden Thür-Fenster stand der kalte, regnerische Westwind, und das Zimmer war voller Zug. Mich fror immer empfindlich. Hielten uns am Dienstag ziemlich ruhig, besuchten den Dom, dessen Raumwirkung durch Abtrennung eines Drittels (Ausgrabungen) beeinträchtigt. Hüteten nachmittags das Zimmer. Abends die Vorlesung in der Universität, großer Hörsaal, durch den der Länge nach zwischen dem akademisch trampelnden Publikum einzutreten war. Nicht das Richtige. Las gut, hatte aber vom Kuckuck-Kapitel zu wenig Striche wiederhergestellt, was die Wirkung schädigte. Starker Beifall trotzdem, aber kein Abgang und Wiederkommen, nicht Theater genug, was mir nie gefällt. Dozenten-Zimmer, in das man zurückkehrte, und wo nachher Empfang und Abendessen war. Zum Nachbarn einen recht sympathischen (sozialdemokratischen) Verwaltungsbeamten vorgerückten Alters (Bürgermeister), im Begriffe abgebaut zu werden. Viele Menschen, viele Begrüßungen. Die übliche Unfähigkeit zu essen u. zu trinken. – Gut verbrachte Nacht in dem windigen Zimmer. Am Mittwoch besseres Wetter. Auto zur Verfügung. Besuchten vormittags den Kunstverein mit »Meisterwerken aus dem Museu de Arte in São Paulo« (Bonnard, Bellini, Memling, Cranach, Holbein, Bosch, Raffaelo, Tizian, Greco, Rubens, Van Dyck, Hals, Rembrandt, Poussin, Reynolds, Chardin, Fragonard, Goya, Ingres, Corot, Delacroix, Daumier, Manet, Renoir, Degas, Toulouse, Van Gogh, Cézanne, Gauguin, Matisse, Picasso[)]. Am hübschesten »Der Knabe mit dem Kreisel« von Chardin. Aber viel Schönes sonst. Führende und erläuternde Entourage. – Von dort nach Marienburg zu *Bertram*. Freundlicher Aufenthalt in seiner sinnig-schönen Wohnung, voller persönlicher und künstlerischer Andenken. Sein Gesicht gealterte Vergangenheit. Seine gesprächige, sympathisch-altmodische Art unverändert. Herzliches Verhältnis, herzliche Verabschiedung. Kein Mittagessen mehr nach der Bewirtung bei ihm. Später heißer Kaffee. Nachmittags im Hotel Empfang einer Corona von Studenten des internationalen Ferienkurses unter Führung von Prof. Ehmke. Fragen, Redereien, das am

Vorabend Gelesene betreffend. – Gegen Abend Abfahrt nach *Düsseldorf*, knappe Stunde. Abgeholt von R. Loup, Assistenten des alten Lindemann. Recht angenehmer junger Mann, mit dem wir im Hotel zu Abend aßen. Erzählungen aus dem Krieg u. seiner russischen Gefangenschaft. Dichter. Breidenbacher (?)-Hof, elegantes Zimmer im 1. Stock mit luxuriösem Bad. Am Mittwoch im Dumont-Lindemann-Archiv, das mich wenig interessierte. Aber Persönlichkeit des Alten, Tauben, rührend-gewinnend. Mittagessen mit ihm und Loup im Restaurant am breit hinströmenden Rhein. Warmes Sommerwetter, heller Anzug. Nachmittags unruhige Ruhe und Thee. Smoking-Toilette, da die Veranstaltung im Schumann-Saal groß aufgemacht. Überfüllter Saal mit Podium-Besetzung. Lauter Empfang und festliche Stimmung. Ganz Düsseldorf. Einführung durch den Alten. Las Reise nach Paris und Cirkus, gut, von Heiserkeit nur vorübergehend gestört. Großes Beifallsfest, immer wiederholte Rückkehr, Blumen-Überreichungen. Autogramm-Plage. Empfang und Souper im »Malkasten«. *Heusers*. Klaus, der Geliebte von einst, ein Vierziger nun, kehrt nächstens nach 18jährigem Aufenthalt aus China zurück und wird, mich, mit seinem nicht recht angenehmen Vater besuchen. Ist unverheiratet geblieben. Erika: »Da er den Z. nicht haben konnte, hat ers lieber ganz gelassen.« Die Mutter Mira, jetzt 70, unverändert; seine Augen. Was von dieser Liebe unsterblich sind die Anfangssätze des Amphitryon-Aufsatzes. – Mit Hedda Eulenberg, deren Herbert ich einleitend gefeiert hatte. Viele Menschen an langen Tafeln. Aß warme Suppe. Reden. Auch ich sprach. – Am 27. in großer schöner Buchhandlung. Dann Fahrt nach Schloß Benrath (Holterhof). Merkwürdig-nachträgliche Kenntnisnahme, immer mit Lindemann, Loup und Entourage. Mittagessen im Hotel. Thee mit L. und Loup beim Kultusminister von Rheinland-Westfalen. Der Alte über meine schauspielerische Anlage. Minister dick und wohlwollend. Hatten Lindemann und Loup im Hotel zum Abendessen. Ersterer über Gründgens. Packen schwierig wegen der vielen geschenkten Bücher, Kataloge etc.; Bertrams Gaben für K., Medi und mich. Zum 10 Uhr-Zug zum Bahnhof, begleitet von dem Alten und Jungen, der jenem wie ein Sohn. Bis zur Verabschiedung durchs Fenster fortlaufend photographische Aufnahmen seit der Ankunft. Der Düsseldorfer Aufenthalt weit festlicher u. reicher als der Kölner, von Sommerwetter begünstigt. – Guter Schlaf in der Reisenacht zum Gestrigen. Las in »Louis Lambert«, der mich fesselt. Kaffee am Morgen. Ankunft ½ 9. Fahrt mit Erika nach Hause. Viel Post zu lesen. Gazette de Lausanne mit Mercatons Aufsatz über »Friedrich u.d.gr. Koalition«. »Hommage aux Morts de la Résistance« im Figaro Littéraire. Auspacken, Einräumen, Lesen, Ordnen. Habe schickt seine Autobiographie. Nachmittags Eintreffen von Medi mit ihren Kindern. Abendessen mit ihnen. Seefest, Feuerwerk, vom Balkon beobachtet. Musik aus der »Fledermaus« gehört, mit größtem Vergnügen. – Zur Nacht, nach einigem Schlaf, masturbiert und zweites Sekonal genommen. Dann von 2-8 Uhr gut geschlafen. Gebadet und rasiert nach dem Kaffee. Frühstück mit Medi u. den Kindern. – – Heiteres Wetter. Fuhren mit Medi u. den Kindern zum Hirschpark an der Albisstraße. Tranken im Gasthausgarten eine Tasse Kaffee. Die Tiere wurden mit Nüssen gefüttert. Freundliche Landschaftsbilder. – Hatte lebhaften Appetit bei den Mahlzeiten. Las in dem von Prof. Emrich empfangenen Buch »Deutsche Literatur im 20. Jahrhundert«. Emrich über Kafka gut. Das Stück über mich recht trocken. – Nach dem Thee einiges Handschriftliche. Nach dem Abendessen türk. Kaffee mit Himbeergeist. Spielten aus »Sforza de Destina«. Lauschte mit tiefem Genuß, trank die Musik. Lieder, von Schlusnus gesungen, folgten. Es war ein guter Tag.

Montag den 30. VIII. 54, Kilchberg

8 Uhr auf. Kaffee mit Medi. Frühstück vor 9. Verabschiedung bis nach Weihnachten. – Die Zürcher Studenten wählten Kleist als Vortragsthema. Wird kein Fest. – Schiller-Notizen.

– Rundgang allein bei angenehmem Wetter mit leichtem Herbsteinschlag. – Mittagessen ohne Erika, die mit ihrem Freunde Magnus. – In den schmissigen u. etwas suspekten Memoiren von Habe, obgleich anderes lesen sollte. – Nachmittags einiges Briefliche mit K.. Danach an Loup geschrieben über seine Gedichte, mit Grüßen an den alten Lindemann. – Diplomatischer Brief des Regisseurs Ophuls, der rasch noch seinen amerikanischen Film möchte machen können und Buddenbrooks bis 1956 verschieben möchte. Mit Erika besprochen. Aussichten sind bei der Verschärfung der politischen Lage recht schlecht. Defa wird voraussichtlich keine westlichen Mitarbeiter bekommen. – Abend-Nachricht im Radio, daß nach einer Rede Herriots in der franz. Nationalversammlung die E.V.G. durch Suspendierung der Diskussion verworfen und gefallen. Gut. Zufrieden.

Kilchberg, Dienstag den 31. VIII. 54

Sonnig-neblig, schöner Frühherbsttag. 8 Uhr auf. Abgeführt und rasiert. Ausgeruht. Gespräch über die Pariser Entscheidung und Deutschland. Dieses sollte vereinigt und neutralisiert werden. Das könnte, da es ohne Militär-Budget wirtschaftlich zu bevorzugt wäre, zu allgemeiner Einstellung der ohnedies sinnlos gewordenen Rüstung führen. Welche Erleichterung für die Welt. Wird sie auf friedlichem Wege vom Kommunismus erobert, so war sie reif dafür. Aber es wird wohl nicht so geschehen, sondern viel Gräßliches geschehen. In Amerika Rede des Cardinals Spellman: Es bleibe nur eine kurze Frist zur »Vorbereitung«. Stupider Ochse. Mein Feind und Feind aller Intelligenz. Verbot der Kommun. Partei dort drüben, womit die Geheimpolizei nicht einverstanden. Zellen-Organisation. In Westdeutschland Verhaftung der Parteiführer nach amerk. Muster. – Schiller-Notizen. – Schönstes Spätsommer-Wetter. Mit K. im Walde ziemlich lange gegangen. – Marbacher Schillerbuch. – Zum Thee Familie Arnold Zweig, was den Nachmittag nahm. – »Schillers Selbstcharakteristik« von Hofmannsthal. – Erster Satz der Symphonie von C. Frank.

Kilchberg, Mittwoch den 1. IX. 54

Andauer des schönen, leicht herbstlich angehauchten Spätsommerwetters mit Morgennebeln. – Gebadet. – Presse-Aufregung immerfort über den Fall der »E.W.G.«[.] Artikel gegen den Pazifismus aus Angst vor der russischen Waffengewalt. Verhöhnung Heriots als eines »senilen Greises«. Die 100 Kommunisten Stimmen seien entscheidend gewesen, – wo doch bei der Abstimmung die Majorität contra weit größer gewesen wäre. – Goethe über Schiller zu Eckermann, alle Stellen. – Zur Stadt. Bei P.K.Z. Stoff, englisch, Flanell-Kammgarn, für einen neuen Anzug gewählt. Danach zum Haarschneiden. Wermut vor einem Cafe Nähe der Post. Kadidja Wedekind. – Nachmittags Briefe geschrieben. Abends in Strichs Schiller-Biographie.

Kilchberg, Donnerstag den 2. IX. 54

Sommerwärme, leichter Anzug. – Schillerstudien. – Rundgang mit K. u. dem Hunde bei großer Schwüle. – In Strichs Sch.-Biographie. – Nachmittags Brief-Diktate. – Abends Lieder. Allseitige Bewunderung für Straußens »Ständchen«. – Im Don Carlos.

Kilchberg, Freitag den 3. IX. 54

Düsseldorfer Zeitungsberichte. Versöhnende Wirkung der Persönlichkeit. Das Wetter heiter und kühler als gedacht. – Geringe Tätigkeit. ½12 mit Erika zur Stadt. Maßnehmen bei P.K.Z. zu dem dunkelgrauen Kammgarn-Flanell-Anzug. Fuhren dann zum Hirschpark an der Albisstraße u. tranken Wermut mit Gin. Gespräch über den Schiller-Vortrag, Ideen u. Komposition. – K. beim Kehlkopf-Spezialisten. Mittel gegen die Reizung, aber kein beunruhigender Befund. – Nachmittags Brief an Habe, zu lobend. – Abends im »Wallenstein«.

Kilchberg, Sonnabend den 4. IX. 54

Heller, warmer Sommertag. Zeitiger auf. Starke Post. Brief von Mrs. Meyer. – Die Frauen in Schillers Leben, nach Strich. – Ausfahrt mit K.. Im Walde bei Thalwil gegangen. – Buch »Die leidigen Dichter«, von Gerster, Goethes Künstlerkritik, nicht uninteressant. – Korrespondenz mit Janka und Bermann über den Gesamtausgaben-Vertrag. – ½7 Imbiß. Mit K. ins Theater: »Was ihr wollt«. Etwas forcierte Komik. Mangel an musikalischer Poesie. Viola und Sebastian gefielen mir. Jene trug das Stück und den Erfolg. – In der Pause Kaffee mit Schweizer und seinem Schützling, dem hübschen Töchterchen der verunglückten Eltern. – Sehr warmer Abend. Zu Hause Chokolade.

Kilchberg, Sonntag den 5. IX. 54

Etwas später auf. Gebadet. Leicht bedeckt. Fallendes Barometer. Überfüllte Dampfer auf dem See. Sch.-Studien nach Strich; Lektüre, wenig fruchtbar. Täte besser, Sch. selbst zu lesen. Busfahrt und Wirtshauseinkehr mit K.. Verbrachte den Tag in Müdigkeit. Frau Horch aus New York beim Thee. Widmung vom »Black Swan«. Nachmittags starkes Gewitter.

Kilchberg, Montag den 6. IX. 54

8 Uhr auf. Sonnig, kühlere Luft. Briefe, u.a. von Loup, der glücklich über das Lob seiner Gedichte, u. von Preetorius, der insistiert. Weiß nicht, was ich mit ihm anfangen soll. – Neuer Plattenschrank installiert. – Französische Gereiztheit über Adenauers präpotente Reden. Artikel der »Tat« über die fragwürdige Zukunft des Bonner Staates. – Lesen, Brüten, Mattigkeit, Leiden unter meinem Zustand, dem alle Produktivität abhanden gekommen scheint. Das Haus ist schmuck, der Blick hinaus auf See und Ufer so heiter und mein Gemüt so mutlos. Spannte viele weiße Blätter ein zum Schreiben, was eigentlich das Ergebnis des Vormittags war. Scham, Kummer, Müdigkeit. Bin ich wirklich am Ende? Wie fang es an, mir die

Schiller-Aufgabe leicht zu machen? Dies eben ist die Aufgabe, die mir so schwer wird. – Im Zimmer so kalt. War verfroren und schon erkältet. Ging in der Sonne den steilen Rundweg, mich zu erwärmen. – Erika hatte viel Arbeit mit der Neu-Organisierung der Platten. Abends las sie uns eine sehr komische Novelle Fridos über »Menschenraub« vor, auch einen so komischen Brief eines Japaners, von Bibi ebenfalls eingesandt. Seine Anstellung als Professor in Ankara wahrscheinlich. – Schrieb an Preetorius, nicht fertig.

Kilchberg, Dienstag den 7. IX. 54

½8 auf. Dunkel, gewittrig. Brief von Janka wegen des Tschechow-Aufsatzes, dessen Schicksal ungewiß. Lebensregel-Enquête der »Weltwoche«, die zu verwerfen. – Schrieb ausführlich an Preetorius und stellte ihm meine Lage dar, auch das Schiller-Problem, was mir merkwürdigerweise gut tat. Ging bei wechselnd hervortretender stechender Sonne mit K. in der Nähe. Zum Thee das Ehepaar Sprüngli. Dunkelheit, zorniger See und gewaltige Gewitter ringsum. Das grelle Blitzen wollte bis in den Abend nicht aufhören. – Hörten Tschaikowskys Violinkonzert, mit fabelhafter Virtuosität gespielt von I. Stern. Las danach noch in »Schillers Selbstcharakteristik.« Las nachmittags Dostojewskys Puschkin-Rede.

Kilchberg, Mittwoch den 8. IX. 54

Starke Abkühlung. – Die »Basler Woche« wünscht meinen Brief über Muschg abzudrucken. Die Abschrift fehlerhaft, Original zu vergleichen. – Die Blätter über die schon erreichte Ebenbürtigkeit u. drohende Überlegenheit der russischen Luftrüstung. – Für den Vortrag gelesen, bedacht und getrachtet. – Rundweg mit K.. – »Abfall der Niederlande«, prachtvoll geschrieben. – Zum Thee Herr X. aus New York, von Prof. Schuster empfohlen, mir unklare Existenz. Kam in Sachen der Unesco. Sprach über vielfache Nutzbarmachung der Gas-Derivate. – Zum Abendessen Emmy Oprecht.

Kilchberg, Freitag den 10. IX. 54

Gestern Auslese aus Goethes Äußerungen über Schiller, auch nach Tische. Vorher Rundgang allein. Nachmittags Diktat zahlreicher Briefe. Abends mit Golo zu dritt, da Erikas Schlaflosigkeit zu meinem Kummer wieder akut und zum Dilemma geworden. – Proben einer guten englischen Übersetzung von »Effi Briest«, Mrs. van den Steinen in Washington. Knopf zu empfehlen. – Freundlicher Brief von Rychner über seine Lektüre des »Krull«. Brief des Blattes von Mendès-France, »Express« wegen der deutschen Frage. Wünscht »Artikel«.

Noch heiteres Wetter. Der Baseler Brief zur Korrektur. – Zur Stadt. Anprobe bei P.K.Z. Von da zur Pediküre. Zu Fuß durch die Anlagen am See. Heitere, sonnige Bilder. – Nachmittags Brief an Knopf diktiert wegen Helen Lowe und der Effi-Briest-Übersetzung. Abends einige Peinlichkeit durch Erikas Reden über Emmy Oprecht als »amerikanische Agentin«, ohne Rücksicht auf Golo, der sich zurückzog. – Lieder von Wolf. »Weylas Gesang«. – Schrieb an Rychner.

Kilchberg, Sonnabend den 11. IX. 54

Exemplare der ostdeutschen Ausgabe des »Faustus«. Las darin. Ausfertigungsgeschäfte, Geburtstagsglückwunsch an Br. Walter. Komme zu nichts. Fange nicht an mit dem Vortrag. – Mit K. im Walde. – Nachmittags bei Erika oben in Sachen der Äußerung für »Express«, die ich unmöglich umgehen kann, und die E. entwerfen will. – 7 Uhr Imbiß und danach nur mit K. ins Theater, da E. einen Telephonanruf aus Deutschland in Film-Angelegenheiten erwartete. »Die Wildente«. Anständige Aufführung des suggestiven Stückes, dessen Symbolik mir immer etwas im Vagen schwebte. Selbstverhöhnung des Idealismus. Erinnerung an mein Münchener Auftreten in der Uraufführung als Großhändler Werle. Scherzte darüber mit Direktor Wälterli in der Nebenloge. Kaffee in der Pause. Beim Weggehen Polgars. Sprach ihm von der Poetisierung des Intellekts, die Ibsen mit Schiller verbindet. –

Keine Mahlzeit mehr zu Hause. Nahm gleich den Thee mit Zubehör und ging zu Bette.

Kilchberg, Sonntag den 12. IX. 54

Vormittags Bermann auf der Durchreise nach Frankfurt. Besprechung der Geschäfte. – Sehr dunkel, Regen. Ging nicht aus. In Carlyles Biographie Schillers. Erika leidet an einem schmerzhaften Drüsengeschwulst unter dem Auge. Hat neuen Anruf in der Filmsache vergebens erwartet. – Mich schmerzt jede derartige Enttäuschung. Handschr. Briefe. An Leibrich.

Kilchberg, Montag den 13. IX. 54

Trübes Wetter. Städtisch angekleidet. – Schrieb eine halbe Seite an dem Anfang des Sch.-Vortrags. – Zur Anprobe beim Schneider. Zu Fuß durch die Anlagen. Lästige Begegnung mit dem Maler X., der in Erlenbach war und ein Bild von mir nach der Erinnerung u. nach Photos gemacht hat. Gegen seinen Besuch Erika vorzuschicken. Diese bei Dr. Bollag, der ihr Augengeschwulst ausdrückte. – Las vieles im Carlyle. In den Gedichten: »Das Ideal und das Leben«! – Schwanke, ob ich dem Schriftsteller-Verein die Lesung des »Tschechow« zusagen soll. – Hörten abends die 8. Symphonie von Beethoven. Eintreffen Bibis zu seinem Kammer-Konzert. Wird den Hund mit nach Italien nehmen, da wir das gute Tier gerade im Winter hier durchaus nicht brauchen können.

Kilchberg, Dienstag den 14. IX. 54

Ziemlich helles Wetter. – Erquicklicher Brief von Weber über den Krull. Will über das Buch schreiben. – Einige Zeilen am Vortrag weiter. – Rundgang allein. – Im Carlyle manches Anregende. – Schöner Brief von Preetorius. Verzichtet auf die »Tagung« und greift meinen Vorschlag auf, die Schiller-Rede in seiner Akademie erstmals zu wiederholen. – Schrieb an Dr. Weber. – Abends die Eroika, schönste der neun. – Regen.

Kilchberg, Mittwoch den 15. IX. 54
Monatsmitte. Sehr dunkel und naß. – Fan-letters aus Israel und der Schweiz. – Schrieb etwas weiter, bedenkenvoll. – Ging mit K. in der Nähe bei Regen. – Las den Carlyle zu Ende. – Schrieb nachmittags 4 Briefe.

Kilchberg, Donnerstag den 16. IX. 54
Sonniges Wetter. Bibi muß wegen eines schlimmen Fingers sein Konzert aufgeben, will heute Abend reisen und nimmt Boris mit, der in der Tat zur Winterszeit hier nicht zu halten wäre. Abschied von dem vertrauten Tier mit einem Kuß auf seinen Kopf. Gut, er kommt zu den Buben. Das Mädchen Maria geteilten, zerrissenen Herzens, was sich primitiv in übler Laune äußert. – Schrieb etwas weiter. Ging mit K. den steilen Rundweg. Las im 30jährigen Krieg. Schrieb Briefe, auch an den Schriftstellerverein. Erika, mit noch schlimmem Auge, übergibt den Artikel für »Express«. Etwas zu überarbeiten. Abends Abreise Bibis mit Boris.

Sonntag den 19. IX. 54, Kilchberg
Seit gestern Unterbrechung der Schiller-Rede. Arbeit, vormittags und nachmittags, an dem Artikel für »Express«. Lese viel im »30jährigen Krieg« über Gustav Adolf, Mansfeld, Wallenstein.

Kilchberg, Dienstag den 21. IX. 54
Gestern die Verbesserung und Ergänzung des »Express«-Artikels abgeschlossen und nachmittags K. und E. mitgeteilt. Kehre nun vom Heiklen zum Schweren, der Schiller-Rede zurück. – Eine Goethe-Divan-Rede kam heute von Strich mit anderen Büchern. (Nemerows Roman). – Mendès-France in Straßburg, konziliant, vorsichtig. Kalte Aufnahme in Washington. –– Nichts geschrieben. Es handelt sich darum, in ein paar großen Worten das Bild der erstandenen Gestalt zu umreißen, wozu Stimmung gehört. – Rundgang mit K. – Ab-

schrift meiner Fassung des Express-Artikels durch E. – Briefdiktate und Handschriftliches. Abends Violinkonzert von Beethoven, von Francescati bewundernswert gespielt.

Kilchberg, Mittwoch den 22. IX. 54

Früh 5 Uhr geweckt von drückendem Schmerz im linken, geschwollenen und tränenden Auge. Dazu laufende Nase und Kopfweh. 8 Uhr Anruf bei Erikas Augenarzt Dr. Huber. Nach eiligem Frühstück zu ihm. Sperrungen unterwegs. Untersuchung ergab akute Bindehautentzündung. Tropfen und Salbe, die zu Hause weiter anzuwenden. – Sehr kühles und rauhes Wetter. Heizung. Thee und Treupel-Tablette. – Erika morgens nach München abgeflogen in verschiedenen Film-Angelegenheiten. – Die russ. Legation telephoniert Nachricht aus Moskau, daß der Artikel über Tschechow in dem und dem »Bulletin« und überall jenseits des Eisernen Vorhangs erscheinen wird. – Tagüber Pflege des kranken Auges mit Tropfen und Salbe, die Druck und Schmerz besänftigen. Nach Tische, verspätet, weil er nach Erlenbach gefahren, Prinz Constantin von Bayern, manierlicher, törichter junger Mann, beauftragt mit dem törichten Buchunternehmen »Große Namen«. Notierte sich Titel von Schriften über mich. Ließ sich was erzählen. Schämte mich etwas der unnütz verbrachten Stunde und war sehr ruhebedürftig.

Kilchberg, Sonnabend den 25. IX. 54

Viel Leiden unter dem widerstrebenden Geist und seelische Bedrücktheit u. Dunkelheit in diesen Tagen. – Gestern nach Tische, von Frau Oprecht eingeführt, die Herren aus Stuttgart zur Besprechung des Festaktes am Vormittag des 8. Mai. Saßen sehr lange; war erregt und erschöpft danach. – Zum Abendessen Schweizers, die sich am guten Essen begeisterten und voller Lob und Preis für das Haus war[en]. Er erzählte von okkulten Erfahrungen, Wahrträumen etc. – Heute zum Frühstück ½ Tablette Benzidrin. – Gallimard schickt Neudruck des

»Jeune Joseph«, dem »Joseph en Egypte« folgen soll. – – Trübes, feuchtes Wetter. Hatte nicht viel Zeit zur Arbeit, da ½12 zur Stadt mußte; aber eine gewisse Lichtung und Lösung ergab sich, und ich war tagüber etwas wohlgemuter. Abends kam Erika zurück, rebus bene gestis. Saßen im Wohnzimmer und hörten ihren Bericht. Schon Donnerstag geht sie wieder nach München, engagiert als Drehbuch-Verfasserin des Kellerfilms für N.D.F. Nicht schlecht steht auch die Buddenbrooks-Film-Angelegenheit. Geld ist die letzte Sorge. – Etwas Korrespondenz. Las in dem gescheiten und lebendigen kleinen Buch »Karoline im Regenbogen« von Veronika Erdmann.

Kilchberg, Sonntag den 26. IX. 54

½8 auf. Wetter trübe und feucht. Simon Arzt-Cigarette. Neuerdings ½ Benzidrin. – Arbeit bei einiger Lockerung. Machten mittags den steilen Rundgang. Schrieb an Frau Erdmann über ihre »Caroline im Regenbogen«. Hörten abends Melchiors prachtvolle Stimme in »Parsifal« und »Lohengrin«.

Kilchberg, Montag den 27. IX. 54

Nasses Dunkel. – Wenig Post. Der Krull-Band, dem fast peinliche Erfolgsprophezeiungen vorangehen, wird heute ausgeliefert. – Ein wenig vorwärtsgedrungen. – Schlechtes Wetter. Kl. Rundweg allein. – Bermann ruft an, sich nach drüben zu verabschieden. 10 000 Vorbestellungen. Erste günstige Pressestimmen. Mich solls doch wundern. – Mit einem Brief an den Holländer de Vries wurde nicht fertig. – N. Schw. Rundschau mit mir gewidmetem Ost-West-Aufsatz von R. Kayser.

Kilchberg, Dienstag den 28. IX. 54

Dunkel, regennaß. ½ Benzidrin. Büchersendungen wieder. – Etwas vorwärts; auf eine Strecke Sicht. – Nicht ausgegangen. – Nachmittags an de Vries zu Ende, dann Karte an E. Gläser. – Zudrang von Büchern. Sonderbares antikommunistisches Roman-Dokument »Wir hoffen sehr auf Kronstadt«, anonym mit großem Geräusch in Köln erschienen. – Zum Abendessen Ankunft Peter Pringsheims u. Frau zu mehrtägigem Besuch. Mit ihnen im Wohnzimmer. Großer Sukzeß des Hauses wiederum. –

Kilchberg, Mittwoch den 29. IX. 54

Trüb, hängende Regenwolken. Frühstück mit den Gästen. Brief vom Schriftsteller-Verein, dankbar u. handschriftlich nach meinem Vorbild. – Eine Seite geschrieben. – Mit K. ausgefahren und gegangen, zum Schluß allein marschiert, geh- und lufthungrig. – Hübsche, nützliche Besprechung des »Krull« von Beheim-Schwarzbach, vermutlich aus der Hamburger »Welt«. – Handschriftliches. – Im »30jährigen Krieg«.

Kilchberg, Donnerstag den 30. IX. 54

Sonnenschein. – »Dagens Nyheter«, durch Olle Holmberg, will für 1000 Franken einen Artikel zur Jubiläumsfeier, 90 Jahre, irgendwelcher Art. Was tun? – Bücherzudrang immerfort. – Frühstück mit den Gästen. Verabschiedung von Erika nach München. Kommt im Oktober zu Besuch. – Geschrieben am Schiller-Vortrag. Die Composition liegt noch sehr im Dunkeln. Muß jetzt unterbrechen. – Fuhr aus und ging im Ländlichen mit K. – Abends früh Imbiß. Mit den Peters ins Schauspielhaus: »Schule der Frauen« von Molière, vortreffliches Stück, hübsche Aufführung. Angetan. Kaffee in der Pause. Trug den neuen grauen Maßanzug zum erstenmal, mit Vergnügen. Zu Hause Chokolade. In Reisigers »Salamis«.

Kilchberg, Freitag den 1. X. 54

Regen schon seit gestern Abend. Dunkelheit. Kam gestern spät ins Bett und las noch in der »Jungfrau von Orleans«. – Begann den Geburtstagsartikel über Reisiger zu schreiben. Machte mit K. kurzen Rundweg. Golo traf nachmittags ein.

Diktierte Brief und schrieb selbst. Zum Abendessen 6 Personen mit Emmy Oprecht.

Kilchberg, Sonnabend den 2. X. 54

Kamen 10 Exemplare des »Krull«. Sieht hübsch aus. – Helleres Wetter. Förderte den Reisiger-Artikel. Fuhren aus und gingen. Reizende Landschaftsbilder in der Sonne. Nachmittags war K. mit den Gästen im Cinéma: »O mein Papa«, was hübsch gewesen sein soll. Ruhte unruhig, Vapeurs und Beklemmung. Kaum noch etwas getan. Abendessen zu Fünfen und Familiengeselligkeit im Wohnzimmer. – Las noch bis gegen Mitternacht in den »Räubern«.

Kilchberg, Sonntag den 3. X. 54

Unruhe nachts durch Rektalbeschwerden. Nebel. Gestern Telephon mit Erika in Sachen der Buddenbrook-Film-Cooperation. Sie berichtet, daß der Mann Sieburg in Frankfurt gut über den Krull geschrieben habe. Widmungen des Buches an Peters und Golo und Verabschiedung von ihnen. Mit K. nun fürs erste allein. – Die »Münchener Illustrierte« mit den Aufnahmen aus diesem Haus und Text von Erika. – Am »Reisi« weiter. Schöner Herbsttag. Mit K. ausgefahren u. gegangen. Abends einige Musik. – Die Zeitung voll von dem Londoner diplomatischen Kompromiß.

Kilchberg, Dienstag den 4. X. 54

Gestern Regentag. Schrieb am »Reisi« gegen das Ende. In der Stadt zum wohltuenden Haarschneiden, Waschen u. Rasieren. Cigaretten. Gutes starkes Löschpapier. – Zum Abendessen W. Weber und Frau. Er sprach mit Entzücken vom »Krull«. Seine Besprechung kommt in nächster Sonntagsnummer. Gingen um ½ 11, gut bewirtet. – Heute das Wetter wieder herbstlich-greulich, verschleierte Sonne. Kritisch sehr begabte Besprechung des Krull von Süskind aus der »Süddeutschen Zeitung«. Der Band hat wirklich durchaus, was man eine gute

Presse nennt. S., der Erste, der das Houpflé-Kapitel als genial erwähnt und hervorhebt. – Schrieb den Reisiger zu Ende, las ihn nach Tische K. vor, die ihn abschreibt. Bot ihn Weber für die N.Z.Z. an, was aber unbedacht war von wegen Trebitsch u. seinem 85.. – Heiteres Herbstwetter. Spaziergang bei Rüschlikon. Freude an Wald und Wiese. Verfärbte Bäume. Zum Thee Professor Rüegg, der von Medi Fleischzerkleinerungsinstrument überbrachte. Kam vom Polizian-Kongreß (!) in Florenz. Trockener Mann. – Einiges Handschriftliche, auch noch nach dem Abendessen. – Die Süskind-Kritik von der »Südd. Zeitung«.

Kilchberg, Mittwoch den 6. X. 54

Naß, dünner Regen. Kitty Neumann schreibt ganz zufrieden aus Californien u. scheint dort zu bleiben. – Krankhafte Müdigkeit den ganzen Tag. Schrieb fast nichts. Ging allein den kurzen Rundweg. Zu Tische Benv. Hauptmann u. sein Rechtsberater Prof. Sänger. Prüfung unserer Kontrakte. Bei Ablauf in Hinsicht auf die Zukunft strenger zu gestalten. Zog mich bald zurück. – Widmungen an Fiedler u. Basler. – Die K.H. Film Première auf Freitag überraschend angesetzt. Erika und Braun kommen.

Kilchberg, Donnerstag den 7. X. 54

Gestern schwer bedachte, zögernde, kaum fruchtbare Arbeit am Vortrag. Mangelnde Fähigkeit, die Konzeption zu überblicken. Es geht so nicht. Eine skizzierte Vorformulierung des Materials, nur erst hingeworfen in einzelnen Teilen, ist notwendig, die sich dann ruhiger ordnen u. zum Ganzen fügen mag. Zeit ist reichlich gegeben. Ich muß es diesmal so anstellen, und das Ganze erleichtert mich merklich von Nervosität. – Ausfahrt mittags; aufs Gehen verzichtet wegen kalten, sturmartigen Windes. Kehrten in den Wagen zurück und machten Rundfahrt. – Viele, zum Teil hochpreisende Besprechungen des Krull kamen vom Verlag. »Wird zu den erheiterndsten und humorvollsten Büchern in unserer Sprache von stundan gehören.« »Von Lachen erfüllt«. Nun ja, nun ja... W. Haas, konfus und ins Dämonisch-Bösartige verdächtigend, ist manchem auf der Spur, auf komisch-verworrene Art. – Nachmittags Briefarbeit mit K. – Hörten abends zufällig Cocteaus' Telephon-Monodram. – Sehr kalt, 5° R.

Las vorm Einschlafen mit Rührung die »Jungfrau von Orleans« zu Ende, von Jugenderinnerung bewegt. – Schlief unter öfterem Erwachen. – Kalt; nur 6° R. – Gekritzel. – Kleiner Rundgang allein. – Nach Tische Erika, zur »Première«. Mit ihr über verschiedene Fragen: unsere deutsche Wiedereinbürgerung; die anderweitige Unterbringung des Einaudi-Artikels, da die Rundschau ihn erst im Januar bringen könnte. – Nachmittags einiges Handschriftliche. 7 Uhr der Regisseur Dr. Braun. Champagner-Imbiß mit ihm. Dann Fahrt zum Orient Cinéma. Warten dort, Begrüßungen, Aufnahmen. Rosen. »Einzug«, unter Ansage und Applaus, zu unseren Rangplätzen. Ablauf des hübschen, oft etwas blöde-peinlichen Films vor Freunden und einem sympat[h]isierenden Publikum, das Braun und mir noch unten in der Vorhalle Ovationen brachte. War berührt von gewissen Szenen [zwischen] Klaus Heinrich u. seinem Bruder. Dieter Borsche sehr angenehm und entsprechend. Anderes klaterig. Die lose herumschwimmenden Motivbrocken. Begrüßung mit Katzenstein, Emmy Oprecht, Schweizers, Schuhs. Ins Baur au lac zum Presse-Empfang. Café-Crême. Mit dem Kritiker der N.Z.Z. und anderen Gästen der Emelka. Recht spät nach Hause, wo wir noch etwas Kaviar und Bier genossen.

Kilchberg, Sonnabend den 9. X. 54

Nach 8 Uhr [auf]. Im Morgenblatt Webers Besprechung des »Krull« unter dem Titel »Ein Meisterwerk T. Ms.« Hohes Lob, bestrebt, die innersten Fiebern des Buchs anzurühren. Etwas nebelhaft im Ausdruck, aber liebevoll. – Gefühl, in ein Festjahr eingetreten zu sein. Wunderlich, wie ich gestern im

Theater und Hotel (die Angestellten!) selbst ganz wie eine Königliche Hoheit behandelt wurde und so reagierte. Wunderlicher Lebenstraum, der bald ausgeträumt sein wird. Kurios, kurios. Das habe ich früh gesagt und werde es zuletzt sagen. – Völlig unfähig zu arbeiten. Den ganzen Tag krank. Nachmittags im Bett. Qualvolle Erregung statt Ruhe. Aber abends ins Theater, was mich eher zerstreute und belebte. »Leocadia« von Anoui[l]h, halb träumerisches, drolliges Spiel, lose, wie man es heute so macht; einige von den Darstellern amüsierten mich, ein gewisser Alfons Höckmann, etwas Provinz-Romeo, spielte den Prinzen. Wiedersehen mit der alten Terwin-Moissi. Sehr begabt offenbar ein gewisser Dickow als Bistro-Wirt, der in Luzern ein vorzüglicher Sosias gewesen sein soll, wie Dir. Wälterli erzählte. Kaffee in der Pause mit Schweizer und Trebitsch.

Kilchberg, Sonntag den 10. X. 54

Gestern 11 Uhr gleich zu Bette und sehr fest und gut geschlafen. Vom Spiel eher wohltätig belebt, nicht ohne bestimmte Fixierung. – 8 Uhr auf u. nach dem Kaffee gebadet. Frühstück mit Kaviar. Erika wieder in München, für lange. Nahm gestern nach Tische schmerzlichen Abschied von ihr. Wird wohl zu Weihnachten kommen. – Notizen gekritzelt. Suchte den ganzen Tag verzweifelt nach Goethes Bericht von dem Gespräch mit Schiller über die »Erfahrung« der Pflanze an sich und Sch's Diplomatie, ohne Erfolg. Gequälter Zustand. Zum Thee Prof. Bollag und Frau. Sagte mir viel Entzücktes über den Krull. – Erika in Sachen des Buddenbrook-Film nach Berlin berufen.

Kilchberg, Montag den 11. X. 54

Nachts Unruhe, wiederholtes Erwachen, Thee, Evipan und Treupel-Tablette. Morgens den Kaffee gelassen. Nach dem Frühstück Anruf Strichs in Bern: Die Anekdote in den Naturw. Schriften nachgewiesen. – Skizziert. Festeren Gemütes.

Nach Tische bis 4 Uhr Prof. Seitz, der im Wohnzimmer überlebensgroße Büste zu formen begann, im Auftrage Ost-Berlins. – Ein paar handschriftliche Briefe. – Sainte Beuves Essay über Molière.

Kilchberg, Dienstag den 12. X. 54

Kein Morgenkaffee mehr. – Skizziert. – Von ½3 bis gegen 4 Sitzung mit dem Bildhauer, der interessante Arbeit tut. – Abends ins Schauspielhaus mit Lindbergs in der Loge: Die Bergner, Deutsch und Forster in dem englischen Stück »Die tiefe See«, gutes, natürliches Stück, vorzüglich gespielt. Kaffee in der Pause. Zu Hause Chokolade. 12 Uhr zu Bette.

Kilchberg, Mittwoch den 13. X. 54

Krull-Artikel von Frey im St. Galler Tageblatt. Aus Liverpool Dissertation über den »Zauberberg«. –

Kilchberg, Freitag den 15. X. 54

Reihe schöner Herbsttage. Aufzeichnungen für den Vortrag. Die Büste, in mehreren Sitzungen, entwickelt sich zu unserem Beifall. Bücher, Dissertationen über Zbg.. Kerényi über die Mythologie des »Schelmen« (Hermes). Merkwürdige Coinzidenz. – Ausgezeichnete Plattenaufnahme des »Feuervogels« gestern Abend gehört. – Badete gestern vor Schlafgehen, was mir nicht besonders bekam. – Erkältet. – Mädchen Maria für einen Tag nach Österreich. Werden vor der Sitzung mit Seitz in der Stadt essen. – Einiges über das Verhältnis Goethe-Schiller u. seine Ironie. – Im Park links der Seestraße spazieren, dann in der Tessiner Stube (Carlton Elite) Austern und Minestrone gegessen. Zu Hause von 3-4 letzte Sitzung für Seitz's sehr gute Büste. Vorm Abendessen mit fliegender Hand Geburtstagsbrief (60.) an die Herz in London. Abends Parsifal, Erzählung des Gurnemanz. Auftritt der Knaben. Bewundernswert immer die Figur der Kundry.

Kilchberg, Sonnabend den 16. X. 54

Das Mädchen Maria zurück. Kaffeefrühstück. Die »Tat« mit großer essayistischer Besprechung des »Krull« von Rychner. Sehr viel Post. Immer Anliegen. Der dumme Prinz von Bayern und sein auszufüllender Artikel, schrecklich. – Notizen über Schillers Sprache. – Auf den Albis. Dort gegangen u. Wermut mit Gin getrunken. – Zum Thee Ankunft Golos zum Weekend. Mit ihm 7 Uhr zu Emmy Oprecht zum Abendessen mit Frau Düby und Pierre.

Kilchberg, Sonntag den 17. X. 54

Immer noch prächtiges Herbstwetter. Heute erscheint der Reisiger-Aufsatz. Er schrieb mir verfrüht über den Krull. – Briefe an Kerényi und Rychner. Ausfahrt und Spaziergang bei Aldiswil. Unterhaltung mit Golo. »Kabale u. Liebe« gelesen mit amüsierter Verwunderung über die Rhetorik. – Nachdenken über die Aufstellung meiner Büste in Stein auf einem städtischen Platz in Deutschland. Dauer in Sonne, Regen und Schnee. Eigentümlich beruhigend über den Tod und die Existenz festigend. Tod, wo ist dein Stachel.

Kilchberg, Montag den 18. X. 54

Rasieren und Maniküre, nüchtern zu anstrengend, aber nicht bis mittags zu verschieben, wo zur Ausfahrt frei sein muß. – Sehr viel Post. Neue Besprechung des »Krull« von Frey. Die Carlsson sehr warm über »Altes u. Neues« in der »Universitas«, Göttingen. – Mit fliegender Hand Brief an Prinz Konstantin über Namen, Ruhm, Größe, hingeschwätzt. – Ausfahrt u. Spaziergang bei prächtigem Wetter. – Nach Tische Sitzung für den Maler Ritz, ermüdend. Das Ergebnis bisher unerfreulich. – Zum Thee junge Leute aus dem Saarland. – Enorm viel Post. Abends sehr müde.

Kilchberg, Dienstag den 19. X. 54

Briefschreiben, Äußerungen, nur Luft zu machen von liegenden Verpflichtungen. Ausfahrt und Spaziergang bei dunkelblauem, schön föhnigem Himmel, die Sonne meidend. ¾ 3 bis 4 Sitzung mit dem Maler, wozu ich garkeine Lust hatte, die aber das Bild erfreulich förderte. Umschlag des Wetters, Föhnsturm. Schrieb nachmittags 3½ Seiten an den lieben Frido, telephonierte auch beim Abendessen mit ihm. Er muß noch viel im Bett sein u. Diät halten. Abends Musik aus Bern. Millstein spielte Brahms. Die Instrumental-Variationen, amüsantes Lehrstück von Britten.

Kilchberg, Mittwoch den 20. X. 54

Nachts Regen, bedeckt, noch mild. Wieder Frühkaffee und Postdurchsicht vorm Rasieren. Fan letters und Bitten junger Leute, Zeitschriften u. Bücher. – Brieferledigungen u. Dedikationen. Antwort an die Veranstalter eines Jugendkongresses für »Frieden u. Freundschaft«, Warschau–Stuttgart. Nun wird diktiert. – Machte vor Tisch den steilen Rundweg allein. Sonne. Zum Lunch Lion, angenehm. Vor 7 Uhr zur Stadt ins Pelikan-Cinéma: »Avant le déluge«, Demoralisationsfilm, 17 jährige Verbrecher. Abendessen nach 9 Uhr zu Hause. Wenig befriedigt, obgleich der und der Eindruck haftet. Sehr müde.

Kilchberg, Donnerstag den 21. X. 54

Nebelwetter. Für den Sch.-Vortrag skizziert. Zu P.K.Z. wegen des Pelzmantels. Dann allein gegangen u. auf der Terrasse des Kongreßhaus-Restaurants in der Herbstsonne einen Wermut mit Gin genommen. Heimfahrt vom See-Hafen. Nach Tische 1½ stündige Sitzung für Maler Ritz. Das Bild fertig und wirklich recht gut, nur etwas zu unheiter. Bin doch erfreut über diese Verewigungen, die gut in dies Jahr passen. – Nachmittags Briefe u. Dedikationen mit K. – Abends Meistersinger-Musik. – In ostdeutschen Zeitschriften.

Kilchberg, Freitag den 22. X. 54

Dichter Nebel. – Nachricht von Flinker, daß heute der »Expreß«-Artikel erscheint; also auch wohl in Frankfurt. Der Augenblick ärgerlich ungünstig. – Notizen zum Schluß des Vortrags bis ½ 1. Kurzer Rundweg allein. Sonne kam durch. Nach Tisch Schlußsitzung für das Bild. Der Mund nun etwas gelockert. Sehr zufrieden. Der Mann bot es uns zum Geschenk, was wir nicht annahmen. Es wird jedoch nach der letzten Hand einige Zeit bei uns sein. – Preisendes Telegramm von Lesser über den »Krull«. »Süddeutsche Zeitung« übernimmt den Reisiger-Artikel. – Polnischer Novellenband, Auswahl, mit den »Vert. Köpfen«. – Nach dem Thee angekleidet. Dr. Schuh und Frau zum Abendessen. Ermüdete nach 10 Uhr sehr stark. – In »Akzente« interessanter Aufsatz von Adorno über den nach-Flaubert'schen Roman. Die formbildende Funktion der Ironie bei mir.

Kilchberg, Sonnabend den 23. X. 54

Gestern Abend recht unwohl. Leibschmerzen, Übelkeit. Schweres Einschlafen. Heute Morgen schwach u. angegriffen. Kaffee u. Treupel-Tablette. – Schönes, mildes Wetter. – Brief von Leibrich über den Krull. Mein »jugendlichstes« Buch. – Die Schluß-Wendung und -Phraseologie des Vortrags skizziert. – Ausgefahren mit K. und irgendwo etwas auf einer Bank in der Sonne gesessen. – Den ganzen Tag recht übel und schwach. Mehrmals Kohle. – Es kam der »Express« mit dem Artikel, redigiert u. schwach übersetzt. N'en parlons plus. – Weitere Widmungen des »Krull«. – Zum Thee der Schriftsteller Crottet mit seinem Katzentagebuch, das ich empfehlen soll. – Abends sehr gute Aufnahme des Mendel[s]sohn-Violinkonzerts, gespielt von I. Stern. Der Schlußsatz mit höchster Grazie u. Leichtigkeit. – Dramen-Sammlung von Csokor. Sainte Beuves Molière-Essay. – Wärmflasche. Entlastung von Gas.

Kilchberg, Sonntag den 24. X. 54

Föhnig-schön. – Kein Kaffee. Der Leib u. Magen wohl etwas besser, aber das Befinden noch sehr matt und kränklich. – Zu Schiller Weiteres notiert. Ausfahrt u. Spaziergang noch bei Sonnenschein. – Stiller Sonntag. Las in dem Buch über Hamlet von der Hennings. Interessant, aber fürs Psychologische *zu*viel Pathologie einsetzend. – Abends Mozart-Musik. – Der Leib gebessert. – Bücher-Widmungen. – Kleist-Aufsatz für Schweden korrigiert.

Kilchberg, Montag den 25. X. 54

Bedeckt und kühl. Entzündete Nase, mit der weißen Crême behandelt. – Einstrom unsinnig vieler Bücher. – Geschrieben über »Das Glück« u. das Verhältnis zu Goethe. – Zum Thee Gisi Fischer mit dem Filmagenten T.. Gespräch über einen Joseph-Film, mit dessen Durchsetzung er damals in Hollywood scheiterte. Die Rolle Spellmans. – Beendete St. Beuve. Las bewegt in »Wallensteins Tod«.

Kilchberg, Dienstag den 26. X. 54

Mit Kas Evac abgeführt. – Schlimme Nase. – Kühles, bläuliches Wetter. – Der »New Statesman« übersetzt Teile des Express-Artikels. – Rückkehr zum Haupt-Manuskript des Vortrags. – Beim Hautarzt. Schwefel-Umschläge und Salbe. – Euphorischer Dankbrief von der Herz. – Sehr herzliche Besprechung der »Betrogenen« im »Observer« von Ph. Toynbee. – Von K. Desch wegen Herausgabe eines Buches »Die schönsten Erzählungen der Welt«, honoriert mit 5000 Mark. – Viele Schreibverpflichtungen. – Zum Abendessen Lindbergs.

Kilchberg, Mittwoch den 27. X. 54

Grau und rauh. – Die Nase etwas besser. – Am Manuskript: Exkurs über die »Glocke«. – Mittags Janka. Hauptthema: Schiller-Feier in Weimar. Dazu die Gesamtausgabe. Dazu der Nationalpreis. Alles höchst mißlich. Werde mir hier viel verderben. Übrigens müde u. gleichgültig. Wünschte nur, mich in mein Zimmer zurückzuziehen. – Kritiken des »Krull« vom Verlag. Sieburg in der »Zeit« erstaunlich begeistert. Merkwürdiger Mann. Sein Buch »Lust am Untergang« bewegt und fesselnd. Nicht ohne Ähnlichkeit mit den »Betrachtungen«, kommt mir vor. – Sturm und Regen. – Telegramm an Coudenhove zum Congreß.

Kilchberg, Donnerstag den 29. X. 54

Am Hauptmanuskript weiter. Die Komposition!? – Mit K. den steilen Rundweg. – Nachmittags (nach Abgang eines weiblichen Theebesuchs, Ärztin) Diktate, die den Wust etwas lichteten. – Brief von Frido, unter allem Zeug mir einzige Herzenssache. – Die Aufnahme-Platten der Hamburger Lesung, S. Fischer-Verlag. Probierten sie abends. Anfang fragmentarisch. – Das beständig ins Leben sprechende Politische, Amerika und seine Verrücktheit, Lattimore, Pariser Abkommen, deutsche Aufrüstung p.p. übergehe mit Stillschweigen hier, wie so manches, das aufzuzeichnen keine Zeit habe.

Kilchberg, Donnerstag den 4. XI. 54

Ich schreibe an dem regulären Vortragsmanuskript jeden Vormittag weiter, füge das Vorgesehene an einander und lasse es rücksichtslos wachsen. – Wir sahen »König Heinrich IV« im Schauspielhaus, Zusammenziehung beider Teile durch Lindberg, sehr gute Aufführung des großen Stückes. Hatten Kaffee in der Pause mit Schweizer und Trebitsch, dessen Frau seit heute in der Klinik und totkrank ist. – Voller Herbst. Gehen in nassem welkem Laub, und die Blätter fallen weiter. Mancher Baum schon ganz kahl. – Das rückwärtige Leiden war nach der letzten Entleerung beunruhigend schwer, störte die Nacht auf heute, war aber morgens mit der Salbe bezähmt. – Aß Austern und trank Sherry dazu, auch Gänseleber. Doch sind die Mahlzeiten, bis auf die Suppe, meist eine Plage. – Erledigte viel Korrespondenz, diktatweise und handschriftlich. Vorgestern hatten wir Gäste: Frau Düby und Dr. Katzenstein. Sprach viel von Schiller und hörte gern des Doktors Eingehen. – Die 20 000 Stück vom »Krull« sind vergriffen. Eine verdrießliche Pause von 14 Tagen wird eintreten in der Auslieferung. – Die amerikanischen Wahlen, von denen die Zeitungen voll, gehen zugunsten der Demokraten aus. Die Mehrheiten sind knapp, eine gewisse Veränderung der Atmosphäre scheint aber doch einzutreten (Abschaffung der Hexen-Committees), Latimore wird wohl nicht prozessiert werden, der Krieg gegen China unterbleiben, und die Aussicht wächst, daß in 2 Jahren Stevenson Präsident wird. Wird es eine Erhellung des Himmels und der Köpfe geben. Auch für mein Verhältnis zum Osten kann es von Vorteil sein. – Der Film »Königliche Hoheit« läuft die 4. Woche. – Heute nach Tische Dr. Auerbach aus Haifa, der sein Moses-Buch überbrachte. – Wir fahren heute, den französischen Film »Der Fall Maurizius« zu sehen.

Kilchberg, den 19. XI. 54, Freitag

Ich unterlasse die morgendlichen Tagebuch-Notizen, um alle Schreibfrische zu sparen für den »Schiller«, auf den ich [mich] jeden Morgen werfe, um bis ¾ 1 daran zu arbeiten. Bin vollkommen besessen davon, nicht weil es gut wird, sondern weil ich die ausgedehnte Schrift so bald wie möglich beendet haben möchte. Dieser Wunsch geht bis zur Gehetztheit. Erst wenn alles vorliegt, ist aus der Masse die Rede herauszupräparieren, und ich sehe nicht, wie das geschehen kann, ja verzweifle daran. Nur erst zu Ende kommen. Es werden ja dann Partieen und Formulierungen zu brauchen sein. – Der Herbst bleibt schön, wir gingen vor Tische häufig in der Sonne. Die Bäume sind fast entblättert, die Hecken kahl, es gibt Nachtfröste, gab auch ein wenig Schnee. Viele Bücher strömten herein. Eine entsetzliche Menge von Post lagert, besonders ist ein Brief des Prof. Mayer zu beantworten, die Essaybände der Gesamtausgabe betreffend, aus denen ich manches tilgen will, was er haben will, um zusammen damit die Fragmente an und über

Becher zu tilgen. – Erika ist für etwas über eine Woche eingetroffen. Manches wird mit ihr beraten. Ein englischer Freund von ihr, intelligenter Trunkenbold, politisch stark empfindend, regt eine feierliche Warnung an, unterschrieben von 5, 6 Weltnamen, vor dem Wege des Westens, der in die Katastrophe führt. Dieser Gedanke erfüllt mich sehr. Schweitzer und Einstein, einige Engländer u. Amerikaner von Stellung müssen unterschreiben, der Text muß tief ernst und lapidar sein. – Ich las »Richard Wagner in Bayreuth«, viel in den »Origines de la France« u. manches andere. War entzückt von Penzoldts »Squirrel« und schrieb ihm darüber. – Der »Krull« hat enormen Erfolg, ist »Buch des Monats«, geht ins 40. Tausend, erregt allgemeines Entzücken. War mir's nicht vermutend. – Mich befiel eine ekzematöse Gesichtsschwellung, fast eine Rose, aber ohne Fieber, wenn auch mit Krankheitsgefühl und großer Entstellung, behandelt von Dr. Ernst aus der Nachbarschaft mit Salbe, Umschlägen und intravenösen Kalk-Brom-Injektionen. Ist nun gebessert. Trat ein am Tage nach einer stürmisch besuchten und erfolgreichen Vorlesung im Kilchberger Lesezirkel. Las »Schwere Stunde« und »Eisenbahnunglück«, beide 50 Jahre alt. – Hatten Gäste (Dr. Katzenstein, Emmy Oprecht, Frau Düby); Besucher kamen, diesen Nachmittag Franco Rizzo, eigens von Neapel angereist, um gegen schlechtes Französisch eine Photographie und die Signierung des italien. »Faustus« einzutauschen. – Esse viel Austern, Kaviar und Gänseleber. – Wir waren wiederholt im Theater. »Heinrich IV« von Shakespeare machte mir tiefen Eindruck. – Unterhaltend ist das Buch »Der Zusammenbruch des Wilhelminischen Deutschland« von Reiners, aber im Vortrag auffallend beeinflußt von »Friedrich u.d.gr. Koal.«

Kilchberg, 20. XI. 54, Sonnabend

Vormittags geschrieben. Zwischendurch vorläufig letzte Kalk-Injektion. Mittags Kondolenzbesuch beim alten Trebitsch, dessen Frau nach einem lähmenden Schlaganfall verschieden ist. Danach Einkäufe im Tabackgeschäft, Bahnhofstraße. Neuer Taschen-lighter. – Sehr komischer Brief von Warburg, angeregt durch seine Informationen über »Krull« und seine considerable sales possibilities. – Abends im Theater: »Die Meuterei auf der Kayne«, sehr wirksames, gut gespieltes amerikanisches Marine-Prozeß-Stück.

Kilchberg, Montag den 22. XI. 54

Las gestern Abend K. und E. die ersten 20 Seiten des Schiller vor, in sonderbarer Bewegtheit. Der Eindruck war sehr gut. E. nannte es »bildschön!« und versicherte die Kürzung zum Vortrag mache ihr nicht die geringste Sorge. Es tat mir sehr wohl. Schreibe weiter über »Tell«. Im Manuskript herrscht durch Beiblätter große Unordnung. – Kam »Le Mirage«. – Nebliges Frostwetter. Das Haus warm. – Die Nase wieder etwas verschlimmert. – Besprechung des »Krull« aus der »National-Zeitung«. – Walter Rilla benachrichtigt mich vom Tode seines Bruders in Berlin. Ein Freund dahin. – Gestern doch einige Briefdiktate abgetan: Mayer, Neumann etc.

Kilchberg, Freitag den 26. XI. 54

Politisches Ereignis dieser Tage der Tod Wischinskys, während des erfolgreichen Besuchs von Mendès-France in New York. Bedauerlicher Ausfall. Hausse an der amerik. Börse auf Grund der Erwartung, daß unterderhand weitgehender Handelsaustausch mit Rußland entriert werden soll. Das wäre wohl der Friede, wenn auch ein verschämter. – Senil taktlose Äußerung Churchills, er habe schon 1949 Auftrag gegeben, die abzuliefernden deutschen Waffen zur Rückgabe an die Deutschen bereit zu halten – gegen Rußland! Aufregung in England, Artikel der Times. – – Herzlich beifälliger Brief von B.B.C. über den Tschechow-Aufsatz, den der editor der Times Litt. Sup[p]lement übersetzen will. – Eintreffen von Krull-Exemplaren bis zum 42. Tausend. Der Erfolg ist verblüffend. Entzückte Briefe. Korrespondenz mit Fiedler über den Gefühlsfreimut des Buches und seine komische Unbemerktheit. Großer Artikel Faesis in der N. Schweizer Rundschau. – Gestern Abend bei Emmy Oprecht mit dem Nationalrat. Pläne für die Geburtstagsfeier bei ihr, im Schauspielhaus und – in Kilchberg. Rolle der Gemeinde, [da]hinter die Absicht auf dem Weg über diese als vollständige Ausnahme das Schweizer Ehrenbürgerrecht für mich zu erreichen. Wäre vortrefflich und außerordentlich, ist aber fast unwahrscheinlich. In der Kirche von Kilchberg übrigens Zuziehung der Spitzen von Kanton und Bund. – – Das Hofmannsthal-Heft der Neuen Rundschau bedeutend bis zum Erdrückenden. – Viele Brieferledigungen in diesen Tagen. – Am Schiller immerfort. – Gestern Lunch im Eden au lac mit Herren des Leipziger Thomas-Chors und Nat. Rat Duttweiler.

Kilchberg, Sonntag den 28. XI. 54

Kehre vom Studio Zürich zurück, wo ich in 35 Minuten »Vor der Ersatzkommission« las u. 500 Franken dafür bekam. Job sehr zufrieden. Genügte meinem Ehrgeiz, in schnellstem Tempo jedes Wort deutlich zu halten. – Musik vorher u. nachher. Bibis, Erika, Mädchen Maria hatten zugehört. – Lion war vorgestern zum Essen da. Arbeitet über der Kompletierung seines Buches über mich: Faustus und das Folgende. – Gestern Sternfeld aus London. Dazu nach Tische Bibi und Gret, die manchmal Frido sehr ähnlich sehen kann. Bibi zu K.: »Der Lord sieht ja aus wie der Zauberer!« Das erste Mal, daß ich es höre. Vom 21. bis 42. Tausend sind 10 000 Stück schon wieder verkauft. – In der N.Z.Z. großer Aufsatz über den »Geistigen Weg Europas«, worin ein Abschnitt dem »Joseph« gewidmet. Dazu Freud, Jung, Hofmannsthal, Heidegger, Rilke. – Diktierte dringende Briefe: An Prof. Hoffmann, Stuttgart, von wegen der beunruhigenden Frage Weimar-Heuß, und an Hans Mayer, Leipzig, Nachträge zu meinem vorigen. – Erika kehrt heute bis Weihnachten nach München zurück.

Kilchberg, Mittwoch den 1. XII. 54

Gestern Abend im überfüllten Audit. Maximum der E.T.H. Vortrag »Heinrich v. Kleist u. seine Erzählungen«. Hatte mir sehr vorgestanden, gelang aber mit Hilfe des Mikrophons sehr wohl. Stand eine Stunde und war danach sehr steif von Beinen. Bibi u. Gret fuhren uns nach Hause und kehrten nach Italien zurück. Frido hat mit den Mandeln zu tun. – Erfuhr heute Morgen den Tod Furchtwänglers. – 80. Geburtstag Churchills, festlich zusammenfallend mit Parlamentseröffnung und T[h]ronrede. –

Kilchberg, Freitag den 3. XII. 54

Nebel-Dunkel, das das schöne Wetter vertritt. – Vorgestern sehr ausgedehnter Theebesuch des Mannes vom Hamburger »Spiegel« mit seiner Frau. Gestern Vormittag Lesung im Studio Zürich: »Neujahrsgruß an die Menschheit« für den Nordw.-deutschen Rundfunk und »Schwere Stunde« für den Süddeutschen. Müder Kopf. Bei Optiker Zwicker zur Bestellung leichter Hornbrillen, die für die empfindliche Nase besser als die metallenen. – Erika meldet eine so sauere Reaktion der Bonner Stellen gegen den Gedanken eines kooperativ herzustellenden Buddenbrook-Films, daß der Plan aufgegeben werden muß. – Meldung der N.Z.Z. von Äußerungen Bechers über die Weimarer Schiller-Rede. Erwarte ungeduldig die Antwort Hoffmanns aus Stuttgart über die Haltung des Bundespräsidenten Heuß. Bereit zur Absage an Weimar, wenn die verschärfte politische Lage es will. Nicht die geringste Lust, mir in der Sphäre, der ich angehöre, das Leben zu verderben und den Geburtstag. – Immerfort viel Post. »Gespräche mit Casals« mit meinem Vorwort. Sonstiger Bücher-Zustrom. Rundschau-Korrektur der Einleitung zu den Briefen Todgeweihter.

Kilchberg, Sonnabend den 4. XII. 54
Zeitungsberichte über den Kleist-Vortrag, sehr komisch zum Teil durch übertriebenen Enthusiasmus. Schickte einen an Erika. Hat[te] sonst außer der Arbeit viel zu tun. Schrieb message an Fritchman, Unitarian Church. Geben Geld. – Beschäftigt mit »Semele« und den Beziehungen zu »Amphitryon«. – Aß zuviel Austern.

Kilchberg, Sonntag den 5. XII. 54
Wärmlich weichliche Luft nach guten Tagen. Regen in Aussicht. – Gebadet. – »Semele«. – Zum Mittagessen bei Faesis in Zollikon. – Nachmittags geschlafen. Ein Brief an Kerényi über seine »Kunstreisen« wurde mir zu schwer. – Tristan-Musik. – Im Hofmannsthal-Heft der Rundschau.

Kilchberg, Montag den 6. XII. 54
Haufen Post. Brief von Hoffmann-Stuttgart, daß alles in Ordnung und Heuß über meine Absicht, nach Weimar zu gehen, unterrichtet ist. – Die Frauen in Sch.'s Leben. – »Jugoslavischer« Besuch aus Bern. Anfrage, ob ich den Stalin-Friedenspreis (Goldner Stern und 100 000 Rubel) annehmen würde, was nun wirklich, wenn jemals, in diesem Jahr ganz unmöglich ist. Aber was man der »freien Welt« zuliebe alles wegwirft. Es sind schon rund 300 000 Franken. – Telephon mit Erika. Kalk-Vitamin Injektion.

Kilchberg, Dienstag den 7. XII. 54
Sehr dunkel. Nasser Schneefall. – Pius XII sehr krank wieder seit mehreren Tagen. Intravenöse Ernährung. Große Schwäche. Art des Leidens unklar. Offenbar Versagen von Magen u. Darm und die Herzattacke sekundär. Ernennt während des Anfalls den Erzbischof von Mailand, Msg. Montini, zum Kardinal, was Nachfolge (ohne Konklave?) bedeutet. – Komme zur Freundschaft mit Goethe. – Trebitsch zum Essen. – Zum Thee Sendbote vom Burgtheater wegen Schiller-Vortrag und

Fiorenza-Fragment zum Geburtstag im Juni. – Besserung im Befinden des Papstes, erstaunlich. Zeichen von Appetit, natürliche Nahrungsaufnahme. Diagnose eines Magengeschwürs, nicht bösartig, da seit der letzten Krankheit Gewichtszunahme.

Kilchberg, Donnerstag den 9. XII. 54

Hörten gestern Abend Pius XII mit fester Stimme, aber lyrisch weich bei den Anrufungen der Jungfrau, italienisch und lateinisch, das »Marianische Jahr« beschließen. »Wir freuen uns, zum Schlusse das Opfer unseres körperlichen Leidens haben bringen zu können..« Ganz Gregorius: Die römischen Glokken. – – Sehr ernste Worte des chinesischen Außenministers gegen das Schutz- und Trutzbündnis Amerika-Formosa. Verlangt Zurückziehung der amerik. Truppen. Bedrohlich. – – Heute die Weckuhr ½ 8. Eindrucksvoller Frühhimmel, dramatisch, dann blau-rosig sich verklärend. – Beginne 9 Uhr zu arbeiten, da vor ½ 12 zu Mäder will. Die Freundschaft. Vorausgesehene Kompositionsschwierigkeit. Abends im Theater: Penthesilea. Gemischte Gefühle.

Kilchberg, Freitag den 10. XII. 54

Stupide Schmähkarte aus Österreich von wegen Weimar (»Ostdeutschland«). – Verschlechterung im Befinden des Papstes. Befürchtung einer Lungenentzündung. Kard. Montini bei ihm. –

Kilchberg, Sonntag den 12. XII. 54

Den Tag nach der Penthesilea völlig entnervt von dem heillosen, mir nach seinem ganzen Vorwurf widerwärtigen Stück. Albernheiten der Verwirklichung. Die Hauptdarsteller gut – aber je besser die Aufführung, desto gräßlicher ist's. – Dunkle, kurze Wintertage. Heute klarer, heller, blauer. Gestern Besuch von Sig. Fredirici, Sendbote Mondadoris, mit neuem Vertrag und der schön gedruckten zweibändigen Joseph-Ausgabe. Überbrachte auch Summe Geldes zum neuen Abschluß. Überhaupt kommt jetzt viel Geld von vielen Seiten, und große Summen stehen aus fürs nächste. – Viel diktiert, viel geschrieben. Gestern an die Fürstin in Washington, die offenbar den »Krull« nicht bekommen hat. – Die Übersetzung des Kleist-Vorwortes kam aus London. Verweigerte es den »Akzenten« und dem »Merkur«, der sich überraschender Weise ebenfalls darum bewarb. Setzte etwas hinzu über die unvergessen niederträchtige Besprechung von »Altes und Neues«. – Las gestern Abend im »Spiegel« über den geheimnisvollen französischen Mordprozeß, der politische Hintergründe zu haben [scheint]. – Andauernde Anteilnahme am Befinden des Papstes, seiner Nahrungsaufnahme etc.. Befreiung vom Erbrechen und Schluckauf. – In der Weltwoche Interview mit Gerster, Zeichnung von M. Marini. – Anzeige des Dezemberheftes des linientreuen »Monat«, worin »kritische Bemerkungen zu T. M.s Felix Krull«. Sehr natürlich. Erwachte aber davon um 4 und konnte nicht mehr schlafen. Bat um Thee u. weiteres Evipan. Im Stuhl. Kam allmählich wieder zur Ruhe. Mein Grauen vor Feindseligkeit ist sehr zu bedauern.

Kilchberg, Dienstag den 14. XII. 54

Plagte mich 1½ Tage mit meinem Glückwunsch-Artikel von 2 Seiten zu Trebitschens 85.; hatte ihn der Weltwoche zugesagt. K. liefert ihn heute Vormittag ab. War gestört auch noch durch einander ablösende Besuche: Der Russe war da und nahm in sehr freundschaftlichem Gespräch meine ablehnende Antwort entgegen. Trebitsch kam zwischendurch und brachte das kleine Blumenstück seiner Frau. Theegesellschaft gestern: Antiquar Rosenthal u. Frau zusammen mit Alb. Theile, der den Plan einer neuen Zeitschrift entwickelte. Ich ging dann, nachdem ich einiges über den Krull gehört, fort, um den Artikel zu Ende zu schreiben, den K. noch abends abschrieb. – Gestern helles Wetter, heute wieder Düsternis. Kehre zum Schiller zurück. –

Kilchberg, Donnerstag den 16. XII. 54

Seit ein paar Tagen gerötetes Geschwulst von Eichel und Vorhaut, sonderbar, dem Nasenübel vorher entsprechend. Behandlung mit kühlend-desinfizierender Salbe, Besserung. – Gestern hübscher junger Schweizer Photograph, dem ich gern in die Augen sah. (24) – – »Sinn und Form« mit dem »Versuch über Tschechow«. –

Kilchberg, Freitag den 17. XII. 54

Gestern anstrengender Tag: langer Theebesuch von M. Werkows und Frau. Angebot des Friedenspreises. Unannehmbar. Abermals 100 000 Franken verschmäht. Wird bald eine halbe Million sein. – Unmittelbar anschließend Dr. Beidler mit Frau und Kind zum Abendessen. Sehr müde als sie gingen – und vorher bereits. Das Kapitel über das Verhältnis Schiller-Goethe schwer u. in der Form unbefriedigend. – Heute Brief von Agnes Meyer über den Krull. Viele Drucksachen. Der Doktor zur Injektion. Befaßte ihn mit der Eichel- und Vorhautentzündung, die übrigens schon gebessert. Borwasser u. Salbe. – Noch Schiller-Goethe. – Erkältet, Halsschmerzen. – Zu Tische Lion. – Nachmittags Brief-Diktate. Antworten an den Druckfehler-Neumann. Frage einer »Pflegestelle« für mein Opus (Deutsche Akademie der Wissenschaften?) Meine Gleichgültigkeit. – Englische Übersetzung des »Tschechow«. Zuviel zu lesen. – Gret meldet, daß Golo mit Frido zu Weihnachten kommt. Meine Herzensfreude.

Kilchberg, Montag den 20. XII. 54

Gestern Mittag Eintreffen Erikas. Viel Austausch mit ihr. – Am Schlußteil des »Schiller«. – Mit der massiven Morgenpost ergreifender Brief von Rilla (London) über den Krull. Neues Bilderbuch der Frau Gehrig: Michelangelo. – –

Dienstag den 21. XII. 54
Schlechter Kopf. Schwierigkeiten mit dem Schluß. Geburtstags-Lunch im Zunfthaus [Saffran] für Trebitsch mit ihm, Dr. Wirtz, seiner Sekretärin Frau Dr. X. und Suhrkamp. Apéritiv und Mahl mit zweierlei Wein. Der Raum, wo ich im Pen-Club die Betrogene vorlas. Lange Dauer. Fuhren Trebitsch nach Hause. Mitgenommen u. für den Rest des Tages vollends unfähig. – Der »Spiegel« mit Umschlagbild von mir und langem elend verklatschten Artikel über mich und die Familie. Erbitterung Erikas über die Pöbelbelustigung. – Im »Observer« hübscher Artikel von H. Nicolson »Tonio Kröger«, über ein Buch von Lindsay. Welle von Wohlwollen in England. – Im Berl. »Aufbau« Schlußkapitel der »Entstehung«.

Mittwoch den 22. XII. 54
Nachts tobender Föhnsturm, rüttelnd, pfeifend und lärmend. War vor 5 etwas auf, besuchte K. und schlief dann noch. Nicht umsonst gestern so blöden Kopfes. – Gegen das Ende, immer schwierig. Las abends K. u. E. einiges Weitere vor. Sprache, die dram. Werke bis Tell. Erika moralisch erregt und kontradizierend wegen der Parallelen mit Wagner. – Golos Amerika-Buch.

Donnerstag, den 23. XII. 54, Kilchberg
Wilde Stürme. Viele Schiffe in Not. Naß dabei und so dunkel, daß ich bei Licht schreiben muß. – Schrieb, unterbrochen vom Arzt zur Injektion, den Schiller-Aufsatz zu Ende, noch nicht definitiv. Fuhr zur Stadt zum Haarschneiden. Wurde außer der Reihe bedient u. gab Weihnachtsdouceur. Dann bei Cigarren-Röhn zu Einkäufen (Knopfs Geschenk). Sturm in den menschenvollen Straßen. – Viel Weihnachtspost, Telegramme, Bücher. Durch den Sturm Schäden an der elektr. Leitung. Kein Herd, kein Licht; Kerzen. Abhilfe durch das Werk. Erika fährt zum Bahnhof zur Einholung Golos mit

den Buben. Toni nach Zollikon. Golo und Frido trafen gegen 10 Uhr hier ein, Frido war im Begriff, in mein Zimmer zu laufen, als ich hinaustrat. Er küßte mich, und ich legte seinen lieben Kopf an meinen. Er ist noch gewachsen, und man hört beginnenden Stimmbruch. Immer denke ich, wie ich ihn auf dem Arm und sein Wägelchen schob. Meine Schwärmerei für ihn, erst durch den »Faustus« herausgebildet, begleitet sein Wachstum und Männlichwerden. Nach 11 stündiger Reise war er beim Zusammensein im Wohnzimmer müde und still, lobte aber seine Schweizer Schule in Florenz und sagte, daß er »Königl. Hoheit« gelesen und verstanden habe. Schenke ihm »Buddenbrooks« zu Weihnachten. Was ihn begeistert sind die »Drei Musketiere« und die »Letzten Tage von Pompeji«, die er von uns bekam.

Kilchberg, Freitag den 24. XII. 54. Weihnachtsabend

Helleres Wetter, leichte Schneedecke, leichter Frost, noch Wind. – Gebadet. Frühstück mit Frido, der lustig war, viel aß und sich über Vikkos Familienbuch, besonders über die Verse aus dem verschollenen »Bilderbuch für artige Kinder« amüsierte. – Glückwunsch-Telegramme und Karten von allen Seiten, viele aus Amerika. Die lagernde Post völlig unübersichtlich. – Ein Kummer ist Erikas leidende Wut gegen die Leute vom »Spiegel« und ihr Machwerk; K. gequält, wie so oft, vom Extremismus ihres Hasses, verhehlt kaum den Wunsch nach Trennung. Mir bitter und traurig. – – Überholung des Schlusses, und Einfügung weiter vorn; Numerierung der Seiten, die auf rund 70 kommen, die Beiblätter eingerechnet. Die Qualität nicht zu beurteilen. – Ging allein ½ Stunde. – Die Herz schickte Faksimile eines Schiller-Briefes an die Schwester. – Nochmals Bücher u. Weihnachtspost. Hat nun hoffentlich ein Ende. – Aufstellung des Baumes auf der Diele. Schmückung. Nachmittags kam Toni. Vor der Bescherung mit den Buben im Dunkeln in der Bibliothek. Gesang. Reiche Gaben für alle. Frido sehr glücklich über seinen Chemiekasten. Mädchen Maria beglückt mit Geschenken und Geld. Selbst hatte Freude an meiner Bettdecke, dem zierlichen Opernglas, dem Barometer, zahlreichen Musik-Platten verschiedenen Charakters. Auch als Weihnachtshaus bewährte das unsrige sich gut. Auf der weißgedeckten Abendtafel das Geschenk des Gärtners: bereifter Tannenaufsatz mit roten Kerzen. Nach dem Kaffee von Erika bereitete Bowle, zu der der von Desch geschenkte Henkel-Sekt diente. Frido trank wohl sechs kleine Gläser davon. Man blieb bis 12 Uhr beisammen. Telephon mit Florenz.

Kilchberg, Sonnabend den 25. XII. 54. Weihnachten

Besuchte morgens die Buben in ihren Zimmern. Frühstück mit ihnen. Sie verbringen den heutigen Tag in Zollikon. – Schneegestöber bei 0 Grad. – Glocken. – Organisation des Manuskripts, Einordnung u. Markierung der Beiblätter für die Abschrift. Korrekturen. Gefühl der Verpflichtung, mich über den Wallenstein näher auszulassen. – Mit K. bei Schlakkerwetter, Graupelfall u. etwas Glatteis unter der Nässe gegangen. – Die Buben in Zollikon. – Brief an W. Rilla. – Lion lange bei Erika, sich für sein Geburtstagsbuch beraten zu lassen. – Frido kam abends wieder, hatte viel gegessen und versuchte es mit noch mehr. Lachte sehr über Golo-Kindergeschichten, die Erika erzählte. Man spielte neue Platten, die sich als nicht sehr gut erwiesen. Eine Freude nur Schlusnus' Stimme und Vortrag. »Laß, o Welt, o laß mich sein.«

Kilchberg, Sonntag den 26. XII. 54

Frido nachts heftiges Erbrechen, das hoffentlich nur Weihnachtsvöllerei zur Ursache hat und keinen Rückfall in die Gelbsucht bedeutet. Betreut von K.. Schläft in den Tag hinein. – – Müde und matt vom Föhn. Kopfweh beim Husten. Am Manuskript. Neubearbeitung des Wallensteinabschnitts. Ausfahrt und Versuch zu gehen, der aber Windes wegen nicht gelang. Rundfahrt. – Frido im Bett bei Krankendiät. Stand nachmittags auf. Ein paar Diktate: an Preetorius wegen Sternfelds und meines Honorars. An die Gemeinde Kilchberg zum Dank für ihre Glückwünsche. – Abends Vorlesung der Abschnitte über »Demetrius« und das Verhältnis zu Goethe für K., E. und Golo. Machte Eindruck. – Las das »Lager« und Teile der »Piccolomini«. Vortrefflich.

Kilchberg, Montag den 27. XII. 54

Frido wiederhergestellt. Frühstück mit ihm. Der Doktor zur Injektion. »Wallenstein«! Und ich dachte, ich wäre fertig. – Gab K. einen Haufen Post zur Durchsicht, zum Wegwerfen, zu stellvertr. Beantwortung, wenn not. – Abends Brahms, 1. Symphonie unter Walter. Technisch unvollkommen.

Kilchberg, Dienstag den 28. XII. 54

Knappe Ratifikation der Bewaffnungsabkommen für Deutschland; Saarabkommen davon »unabtrennbar«. Das Ganze totgeboren und unsinnig. Die Qual und Verwirrung Amerika zu danken. Der Atl. Pact scheinbar gerettet. – –

Kilchberg, Donnerstag den 30. XII. 54

Begebnisse: Schrieb über den »Wallenstein« und las mit Eifer in Hans Mayers Buch »Meisterwerke deutscher Literaturkritik«, worin eine Kritik des Wallenstein von Tieck, die auch im Negativen wohl wahr ist. Auch der Aufsatz W. v. Humbolds über Schiller findet sich dort. – Ein großer Haufen von Zeitungsrezensionen des »Krull« kam vom Verlag. Die Lektüre war mir eher widrig. – Gestern Emmy Oprecht zu einem sehr guten Abendessen mit Rehrücken. Nach ihrem Weggang war Frido lange fragend und schwatzend bei mir im Arbeitszimmer. Von einem kleinen Pickel an seiner Nase sagte er: »Dergleichen wird noch mehr kommen in meinem Alter.« Ja, ja, er ist 14½. Möge er's gut und heil, ohne Chock und Trauma überstehen! – Heute Morgen begeisterter Brief von Niekisch (Kiel) über Krull. – Cigarrengeschenk von Basler.

1955

Kilchberg, Sonnabend den 1. I. 55

Hatten am Donnerstag Abendgesellschaft mit Emmy Oprecht. Frido war wieder unpäßlich, ich führte gestern den Doktor, der zur Injektion kam, zu ihm. Es ist harmlos, die Leber ist nicht affiziert. Mir selbst war gestern den ganzen Tag sehr schlecht im Leibe. Arbeitete an der Wallenstein-Einschaltung und erledigte diktatweise einige Briefe. Der kleine Toni verbrachte auch den Tag bei uns. Frido, als er zu Bette ging, wünschte mir sehr lieb und zärtlich Glück zum neuen Jahr. Wir hatten türk. Kaffee nach der Pularde, und ich *las dann die feierlichen Schlußseiten des Schillervortrages,* die auf K., Erika und Golo *den glücklichsten Eindruck* machten. Sie konnten das hier Ausgesprochene nicht genug loben. Wirklich erfülle ich damit in großem Stil und ein für allemal die Forderungen, die man beständig an mich stellt. – Mit Erika arbeitete in den letzten Tagen die von ihr geschickt gekürzte englische Fassung des Tschechow-Vortrags für B.B.C. durch.

Kilchberg, Sonntag den 2. I. 55

5° Kälte und eisiger Wind. Gefährlich. Erkältet. – Tiecks Wallenstein-Kritik. L. v. Ranke über seine Anfänge. – Nachts Husten. – Golo verläßt uns. Nachmittags fliegt Erika nach München. Wir werden in Arosa, wo wir im Excelsior Zimmer genommen, wieder mit ihr zusammentreffen. – – Allein mit K. und Frido. – Frost und Bise. Mittags im Wald. Erledigung einiger Briefe. – Hörten abends schöne italienische Othello-Aufnahme, Geschenk Medis.

Kilchberg, Montag den 3. I. 55

Kalt, kalt, dunkel. Erkältet. Schlimmer Hals. Mit Emser Salz gegurgelt. Große Briefpost u. unsinnig viele Bücherpakete.

Kilchberg, Mittwoch den 5. I. 55

Gestern halsbrecherisches Glatteis. K. konnte den Wagen nicht hinausbringen, mußte den Zahnarzt versäumen, fuhr mit dem Omnibus zur Stadt. Ich ging nach der Arbeit langsam etwas die Straße hinauf. Der Doktor war ausgeblieben. – Ranke: Wallenstein. – Frido spielte uns recht artig das Largo von Händl vor. Abends hörten wir eine neue, prächtige Aufnahme von Tschaikowskys Pathétique. Prachtvolles Konzert- und Bravourstück, das Brillante auf der Stufe des Todesernstes.

Kilchberg, Donnerstag den 6. I. 55

Heute Morgen Abschied von den beiden Buben, die nach Fiesole zurückkehren. Besonders von Frido, der bewegt war und »Im Juni!« sagte. Wir sprachen gestern viel von seiner Kindheit bei uns in Californien. – Nebeldunkel und Vereisung. – Mein Schlafzimmer gestern mit roten Vorhängen ausgestattet, statt der stumpfgrünen, die ich nicht liebte. – Brief von Motschan, dankend für den »Krull«. Erwähnt die Kritik im »Monat«, die recht spielverderberisch zu sein scheint. Sie mußte kommen und mußte genau an dieser Stelle kommen. – An zwei Nachmittagen gewann ich mir einen prunkvoll-offiziellen Glückwunsch an Frau G. Hauptmann zum 80. Geburtstag ab. Der Brief ging gestern expreß nach München-Ebenhausen.

Kilchberg, Sonntag den 9. I. 55

Es herrschte Frost und bedrückende Dunkelheit dieser Tage. Heute Schneefall. – Ich schrieb zum Ende drängend an der Wallenstein-Studie und bin noch unzufrieden, daß ich versäumte, mich auf des älteren Piccolomini Charakter einzulassen. – Zum Thee hatten wir Dr. Anni Carlsson. Der gute Frey war zu Mittag da. Schrieb nachmittags mehrere Briefe u. hatte viel Post zu lesen. Der Verlag meldete, daß noch diesen Monat die 3. Auflage des »Krull«, bis zum 60. Tausend, erscheinen soll. Von seiner Seite sowohl wie von Erikas ziemlich unsinnige Nachfragen wegen Verfilmung des Buches. – Die Truhe in der Bibliothek wurde visitiert und manches Vermißte gefunden, z. B. ein letztes Linienblatt aus der Münchener Zeit. – Verfolgte oberflächlich die Politik. Die wendige Zähigkeit des Mendès France bestätigt sich gegen die Annahme seiner politischen Verbrauchtheit durch die Erzwingung der Ratifikation der Pariser Abmachungen, mit deren Realisierung es gute Weile hat. –

Kilchberg, Dienstag den 11. I. 55

Gestern, trotz Unterbrechung durch die letzte Injektion, in Gottes Namen *mit der Schillerschrift Schluß gemacht.* Kommt mir unneu und hausbacken vor, möge aber nun zusehen wie sie besteht. Die Mühe war groß. Noch ist das Mt. zur Abschrift zu ordnen. – Haufen von Zeitungsbesprechungen des Krull, herzliche, flaue und boshafte wie die des »Monats«, die ich nun also genossen. Die Vernichtung, verneinend fängt sie an. – Medi mit ihren Mädchen traf zum Abendessen ein nach einem sonnigen Aufenthalt in Chantarella. Werden bis Sonntag bleiben. – Heute Dunkelheit und Regen. Morgenkaffee mit Medi. Frühstück zu fünfen. – Ein Brief an Dr. Hirsch ging ab über die Notwendigkeit der Revision des Vertrages bei seiner fälligen Erneuerung. Umfang und Titel der Schiller-Studie: »Versuch über Schiller. Zum 150. Todestage des Dichters seinem Andenken in Liebe gewidmet.« – Beschäftigung mit dem Manuskript. Allein bei leichtem Regen gegangen. Nachmittags Studium des englischen Tschechow mit Medi, die das schwer leserliche Mt. noch einmal ohne die vielen Striche abschreibt. – Abends 4. Symphonie von Brahms. Las aus den Gedichten der Fr. Kempner vor, die Lion mir schenkte. Regen und Sturm. Tiefer Barometerstand.

Kilchberg, Mittwoch den 12. I. 55

Sturm in der Nacht. Regen. 10° Wärme. – Viele Briefe aus Ungarn, wo nun auch der »Erwählte« erscheinen soll, der hoch geschätzt ist. – Freundesbrief von Dr. Weber. Diesen bedankt. Noch an dem Manuskript. Golo traf ein, und abends las ich ihm, K. und Medi die Seiten über »Wallenstein« vor. Golo meinte, er kenne nichts so Gutes über das Werk.

Kilchberg, Donnerstag den 13.I.55

Das Manuskript mit Begleitbrief geht auf diplomatischem Wege durch das deutsche Konsulat nach Bonn. – Etwas heller. Barometer steigt. – Gestern zum Thee Prof. Emrich aus Köln, der Album mit Photographieen von meinem dortigen Aufenthalt überbrachte. Ich mag mich nicht sehen. Müßte anders ausschauen. – Berliner Akademie-Ausgabe des »Ur-Faust«. – Die russische Zeitschrift »Voks« mit dem Tschechow-Essay englisch.

Kilchberg, Sonntag den 16.I.55

Bedrückendstes Wetter jüngst, tiefer Barometerstand, schwarze Luft, warm, Regen und Sturm. – In schlechter Verfassung. Zusammenleben mit der lieben Medi u. ihren artiger gewordenen Kindern. Studium des englischen »Tschechow« mit ihr, den gestern im Studio 57 Minuten lang teils schlecht, teils recht auf Band sprach. War sehr ermüdet davon, wie überhaupt die ganze Gefälligkeit mich unverhältnismäßige Mühe gekostet hat. Nahmen nachher bei Huguenin einen Apéritiv. Besorgte mir gefütterte Hausschuhe. Kränkung, wohl fälschlicherweise u. aus Überempfindlichkeit, weil Hesse u. C. Burckhardt den Pour le mérite bekommen haben. Fühlte mich feindselig übergangen. Aber es handelt sich um die Aufnahme von Ausländern, und im Übrigen sollte ich mir kühl bewußt sein, daß ich in diesen konservativen Ordenskreis, mit Schröder an der Spitze, nicht passe. – Medi u. die Kinder heute Morgen nach Fiesole abgereist. Erwarten nachmittags Erika und sollen am Dienstag mit ihr zu 2-3 wöchigem Aufenthalt nach Arosa fahren. – Brief an den Kultusminister Schütz in Düsseldorf.

Kilchberg, Dienstag den 18. I. 55

In den letzten Tagen vor unserer Abreise wurde K. viel Zeit genommen durch den Zahn- u. Augenarzt und durch Besuche. Bermann war da zu einem Gespräch über die Vertragskorrektur, die wir ernstlich durch den Anwalt Professor Hensel durchführen lassen wollen, und über die Frage der Filmrechte-Vergebung. Gestern verweilte in der Angelegenheit der west-östlich-gemeinsamen Verfilmung lange der Vertreter der östlichen Gesellschaft, Rodenberg, bei uns [mit] Erika, die seit vorgestern da. Er traf mit den Mittlers (Liesl Frank u. Gatte) zusammen, die uns zum Thee besuchten. – Las viel in dem Buch von G. Hillard »Herren u. Narren der Welt«, das mich fesselt. Er hat die Krull-Rezension für den »Merkur« verfaßt. Außerdem im »Peau de Chagrin« fortgefahren. Die Gelehrtenbesuche wegen des Leders bewundernswert informierte Erzählung. – Viel Aufmerksam[keit] auf das Zusammentragen der hundert auf die Reise mitzunehmenden Dinge. Auswahl der Bücher für den Bibliothekskoffer. Gestern Abend u. heute Morgen Packen der Kleider- und Schuhkoffer, der Handtaschen mit den vielen Flaschen u. Kleinigkeiten. Leichter Frost und starker Schneefall. Verspätung oder schlimmere Zwischenfälle zu befürchten. – Die Reisebibliothek etwas auf Luther-Erasmus abgestellt. – Unser Zug geht 1 Uhr 45 Min. Es soll vor 1 Uhr ein Imbiß genommen werden. – Gestern ging der Vormittag mit Paß-Photographien und langem Aufenthalt auf dem Amerikanischen Konsulat dahin. Ich fuhr mit einem Taxi nach Hause. – Der gestrige Widerstand in Deutschland gegen die Aufrüstung, die Durchführung der Pariser Beschlüsse nicht wenig interessant. Erzwingung eines »Volksbegehrens« in Bayern. Mächtige Agitation der Sozialdemokratie, gestützt auf russische Vorschläge, die von den Westmächten als »Störungsmanöver« abgetan, aber in Deutschland mit Recht ernst genommen werden. Freie, geheime Gesamtwahlen, selbst unter alliierter Kontrolle. Der kalte Krieg in Gefahr – im Großen wie im Kleinen durch die west-östliche Film-

Produktion von »Buddenbrooks[«]. Es wäre tatsächlich ein symbolisch-politischer Sieg, wenn sie zustandekäme. –

Arosa, Donnerstag den 20. I. 55. Hotel Excelsior.
Vorgestern Reise hierher, im Coupé II. Klasse mit unzähligem Handgepäck, dann mit dem Bergbähnchen, erstaunlich, ins tief verschneite Hochgebirge. Höflichkeit der Schaffner. Kamen ca ½6 Uhr hier an. War sehr ermüdet. Lag auf der Chaiselongue während K. auspackte. Trennung von Erika, die auf der Reise sehr hilfreich gewesen und nun mit eigenem Schlitten in ihr Hotel des Alpes fuhr. Im unsrigen erster Eindruck: Kinderfest in der Halle. Die Zimmer klein und erst praktikabel zu machen, aber mit geräumigen Loggien. Der Speisesaal noch ziemlich leer. Das Essen am ersten Abend sehr unpassend für mich. Gestern besser. Hielt mich eine Stunde in der Loggia auf, wurde von der Sonne vertrieben. Las in Meissingers Luther-Biographie. Ging einige Schritte mit K.. Das Wetter war sehr schön, wird heute unsicher, doch kommt die Sonne wieder hervor. Hatte Brief aus Bonn, den Empfang des Manuskripts bestätigend. Aussicht die Abschrift noch hier zu empfangen. Mittags u. abends Kaffee in der Halle. Las das Chagrinleder zuende. Die Gelehrten, die Ärzte, schließlich das Duell sehr gut. – Stand heute nach befriedigendem Schlaf ¾8 auf, badete und frühstückte Thee mit 2 Eiern, was mir aber nicht gefiel. Natürlich Neigung zu Erregung und Verstopfung. – Cas Evac.

Arosa, Freitag den 21. I. 55
Gestern den ganzen Tag sonniges Wetter. Hielt mich längere Zeit in der Loggia auf, ging mittags mit K. etwas aus und diktierte nachmittags einige Briefe, um die Masse zu lichten. Las in Meissingers Buch, wie früher schon auf der Suche nach einem erzählerischen – oder auch dramatischen – Ansatzpunkt. – Von Janka Besprechungen der in Ost-Deutschland erschienenen »Joseph«-Ausgabe. Höchst ehrerbietig vor dem

Werk, aber vollkommen trocken und unkünstlerisch. – Mancherlei neue Post. – Fühle mich angegriffen, beklommen, zweifelnd ob die Höhe meinem Nervensystem zuträglich, bänglich, unsicher zu Fuß. Gegessen wie immer wenig und mit Schwierigkeiten. – Besuch von Erika. – Gingen zum Ort hinunter. Ließ mir das Haar schneiden und mit einem Ei-Oel waschen. Bestellte Schnee-Sohlen für meine Schuhe, da auf den bisherigen zu viel ausgeglitten, was das Gehen sehr ängstlich machte. Fuhren im Schlitten zurück. Diktierte nachmittags zahlreiche Briefe, darunter ein paar schwierige. Aß etwas zugreifender und fange an, mich etwas besser und lebensfähiger zu fühlen. Begann Dostojewskys »Ewigen Gatten« oder »Hahnrei« wieder zu lesen, da ich ihn völlig vergessen. Fuhr auch in dem Meissinger fort. Der Biblizismus eine Zeitbewegung. Luther noch ohne Gedanken an eine Trennung von der Kirche. Ohne mystische Kühnheiten. Ersatz der Scholastik durch Bibelauslegung und erasmischen Humanismus. Melancht[h]on in Wittenberg.

Arosa, Sonnabend den 22. I. 55

Das Wetter wie gestern leicht föhnig, mäßig bedeckt, mäßig kalt. Bestellte 8 Uhr meinen Kaffee mit einem Ei und aß die Kilchberger Zwieback dazu.

(Einfallende Krankheit)

Kilchberg, Sonntag den 6. II. 55

Erkrankte in der Nacht auf den 23. I. an einer ernst sich anlassenden Virus-Infektion. Früh qualvolle Fiebergedanken, beim Aufstehen Zittern, Schüttelfrost, Temperatur noch nach der Penicillin-Injektion über 39. Kollaps, Blutdruck einiges unter 90 (statt 140). Dr. Punschl täglich zur Behandlung. Kümmerliche Tage. Dr. Tanner als Consiliarius. Dann Dr. Markoff vom Kantonsspital in Chur, auf Erikas Betreiben. Verdüsterung Punschls über die Zuziehungen. In Rußland aufgewachsen, mit baltischem Akzent. Mann altmodischer Redensarten,

»die ganze Chose«, »dasselbe in Grün«, »Trübsal blasen«. Tat aber das Seine ganz recht u. brachte den Blutdruck höher. Große Schwäche bei durch Penicillin beseitigtem, noch gelegentlich wieder einsetzendem Fieber. Untersuchung durch Markoff, der Punschl gering achtet. Empfahl Verbringung hinunter nach Chur in sein Hospital. Diese am Montag den 31. mit Krankenwagen, im Liegen, K. saß bei mir[,] vollzogen. Einfahrt ins Hospital, wo Blutproben und Röntgenaufnahmen von Lunge und Halswirbeln gemacht wurden, weil dauernde (neuralgische) Schmerzen des Schädels links und am Hinterkopf mich molestierten. Kleines, hygienisch sauberes Zimmer ohne Bad und Toilette. Kein Fieber u. kein Eiweiß mehr im Urin. Blutdruck gebessert. Aber erhebliche Blutsenkung, wegen der die für Donnerstag gewünschte Heimreise nicht zugelassen. Blieb bis gestern, Samstag. Pflegeschwester Emmy, die nach einem Tag Schwester »Barbara« aus Bonn, mit hübschen Augen, ablöste. Seltsame Entnahme von Brustknochen-Mark, anaesthisiert. Befund normal. Abreise gestern nach dem Mittagessen, Coupé erster Klasse nach Zürich und Ankunft hier zum Thee (mit Toast und Sardinen.) – Im Krankenhaus gelesen »Beethoven and his Nephew« von R. und E. Sterba. Die Fürchterlichkeit des Menschen Beethoven. – Glücklich, zu Hause zu sein, wenn auch schwach u. keiner Anstrengung, keinem körperlichen Tun gewachsen. Heute wieder Früh-Kaffee und danach endlich wieder gebadet. Nach dem Frühstück ins Bett zurückgekehrt. Die »Neue Rundschau« mit der Einleitung zu den Briefen Todgeweihter. – Die heimische Kost wohltuend. – Nachmittags im Stuhl geschlafen. Hörten abends den Schluß von Verdis Othello, später den des »Rosenkavaliers[«].

Montag den 7. II. 55, Kilchberg

Starke Wirkung des vegetarischen Abführmittels (englisch) gleich in der Frühe. – Der gute Frühkaffee. Danach mit der Klinge rasiert. Frühstück mit Appetit im sog. Theezimmer.

Danach noch Bettruhe. Brief des Lübecker Bürgermeisters; Ankündigung einer »Deputation« zur Besprechung der Begehung meines Geburtstags. – Mit K. mittags die Straße hinauf. Etwas Sonne. Zum Mittagessen Rebhuhn, abends Caviar, Schildkrötensuppe und etwas Muschel-Ragout. Schrieb an Rychner, auch über den von Reisiger beigebrachten Schiller-Brief, die Hochzeit des Herakles mit Hebe im Olymp betreffend. Beschäftigt mich stark u. muß unbedingt noch der Schrift einkomponiert werden. Das Unirdische. Der Plan sonst nirgends notiert. Der »höchste Genuß«, den er sich von einer Szene im Olymp verspricht. – Nachmittags Briefarbeit mit K. im Frühstückszimmer. Abends Lektüre in der Neuen Rundschau. Adornos scharf intellektuelle Musikkritik noch das wenigst Mühsamste von all der überwältigenden Gescheitheit. Zu lesen die »Elektra« der Yourcenar, die mir das Buch durch Flinker zukommen ließ, gewidmet. – Den ganzen Tag gelitten unter den heftigen Folgen der 2 englischen Abführtabletten.

Kilchberg, Dienstag den 8. II. 55

Nach dem Frühstück oben im Bette gelesen in den mittelalterlichen Klostergeschichten. Das Wetter feucht. Befinden viel besser als gestern. Gefühl der Rekonvaleszenz. – Mittags kurzer Rundgang mit K.. Föhnwind. Nachmittags Besuch von Emmy Oprecht, die alten Portwein brachte. – Abdankung Malenkows als Ministerpräsident unter Selbstbeschuldigungen und Ernennung Marschall Bulganins. In allen Ländern wird es als Zeichen der Aufgabe des versöhnlichen Kurses nach Stalins Tod und demonstrative Rückkehr zum schärferen gedeutet; aber niemand spricht aus, daß man vielleicht, statt haßvoller Deutung jeder versöhnlichen Bewegung, dem milderen einen oder den anderen Erfolg hätte bereiten sollen. Malenkow ist am sturen Widerstand des Westens gescheitert, und so muß er seine »Unerfahrenheit« eingestehen. – Fühlte mich schlecht nach dem Abendessen.

Kilchberg, Mittwoch den 9. II. 55
Nachts 3 Uhr Thee mit K. Dann bis gegen 9 geschlafen und nicht wieder zu Bette gegangen. – Bett-Tisch für mein Schlafzimmer, praktisch. Rückenstütze für den Fall der Bettlägerigkeit. Heizkissen für den Leib. – Die Zeitungen im üblichen Stil über den Wechsel in Rußland. –

Donnerstag, den 10. Schneesturm. Nicht ausgegangen. Schrieb vor- und nachmittags den langen Brief an Agnes Meyer zu Ende, in welchem ich in aller Treuherzigkeit den Wunschtraum vom Smaragdring zum Geburtstag einwob. Schloß mit der mich dauernd beschäftigenden olympischen Conception Schillers. – Steigen des Barometers. Frost. – Ankunft Golo's. Ihm folgte nach dem Abendessen Erika. Ich war müde.

Kilchberg, Freitag den 11. II. 55. Tag unserer Goldenen Hochzeit
Früh herzliche Begrüßung mit K. Medi traf ein während des 8 Uhr-Kaffees. Telegramme und Blumen. Beim Frühstück brachten die drei Kinder festlich ihr Geschenk, den *neuen Niko,* einen zweijährigen, sehr hübschen schwarzen Pudel herein. Trug ein Gedicht von Erika auf dem Rücken. Ist gesittet und klug, spielt mit einem Ball, liebt Fleisch und Chokolade. Ist anhänglich an Golo, der ihn während unserer Abwesenheit schon hier hatte. Herzliche Freude über das Wiederdasein des kreatürlichen Hausgenossen. – Lag bis ½ 12 noch zu Bett und las im »Klosterleben«. – Weitere Blumensendungen, vom S. Fischer Verlag u.a.. Als Überraschung traf auch noch Bibi ein. So aßen wir mit 4 Kindern zu Abend und tranken eine gute Bowle von Champagner, Weißwein und Grand Marnier. – Sandte Korrekturen an Neumann nach Berlin. Besprach mit Erika die jüngsten Vorschläge Prof. Meyers den 12. Band der Gesamtausgabe u. seinen Titel betreffend. Weglassung der Fragmente der »Betrachtungen«. Telegraphi-

scher Bescheid. – Las das Schillersche Brief-Citat vor. Der Pudel wurde bei K. gebettet. Wiederverabschiedung von Bibi, der schon morgen früh nach Österreich zurückreist, wo er in verschiedenen Städten zu spielen hat.

Kilchberg, Sonnabend den 12. II. 55

Einer nach dem anderen verlassen die Kinder uns wieder: Golo fuhr erst Bibi dann Medi zum Bahnhof. Nachmittags folgt Erika. Ging noch einmal nach dem Frühstück zu Bette und sah dort Zeitungen u. Zeitschriften durch. Kälte. Sehne mich nach Bindung an neue Arbeit. Zunächst ist noch am Schiller zu tun. Frey bittet um ein Vorwort zu illustrierten Novellen von ihm. – Noch heute Glückwunschbriefe und -Telegramme. –

Kilchberg, Dienstag den 15. II. 55

Dieser Tage Schnee und kalte Nächte. Ziemlich hoher Barometerstand. – Vorgestern Verabschiedung von Erika bis Anfang März. – Korrespondenz mit Rychner. Wünscht auch etwas aus dem »Schiller« für die »Tat«. Verlegenheit. – Schrieb gestern an Mme Yourcenar über »Electre«. – Ostdeutsche Dissertation »T. M. s Kampf gegen den Faschismus«. Zeitschrift »Texte und Zeichen« über den Krull und Aufsatz »T. M. als Politiker«. Lob der »Betrachtungen«. F. Amoroso, Radio-Vortrag über Krull. Zuviel von mir, bedrückend. – Briefe und Sendungen erledigt. Unfruchtbares Dasein. – In dem Schiller-Buch von H. Nohl. – Heute nach dem Frühstück im Bett. Gestern Besuch von Dr. Ernst. Blutdruck dem früher normalen angenähert. – Der Pudel schließt sich hauptsächlich an die Magd Maria an. Golo heute Vormittag nach seinem Bodenseesitz abgereist. – Mittags immer Ausgang mit K.. Zuviel Wind. Machten einmal auch wieder den Hügelweg. – Besuch gestern von Hans Oprecht. Über eine Sprechplatte und das Geburtstagsfestprogramm. Gute Aussichten auf den Kilchberger Ehrenbürger. Die Verleihung wird aber nicht das Schweizer Bürgerrecht bedeuten. –

Kilchberg, Donnerstag den 17. II. 55

Die Farce der Besetzung der Berner rumänischen Gesandtschaft durch schwer bewaffnete rum. Antikommunisten ist vorüber. Ein Todesopfer. Freiwillige Übergabe nach Verhandlungen. Man wird die Leute gewiß nicht ausliefern, sondern nach dem Schweizerischen Gesetz maßvoll bestrafen. Interessant wäre, woher sie die schwere Bewaffnung nebst Gasmasken hatten. Die Berichterstattung ziemlich tendenziös und verschleiernd. Die rumänischen Noten wahrscheinlich zutreffend, aber aufgeregt und plump. – Gestern der Doktor zu einer Injektion. Mehrere handschr. Briefe, darunter an Haas über Hofmannsthal. Beeindruckt von dem Buch »Die Kirschen der Freiheit« von A. Andersch und seinem sehr klugen Aufsatz über meine »Politik« in seiner Zeitschrift »Texte und Zeichen«. – Gestern eine Reihe von Brief-Diktaten. An Rychner wegen eines Schiller-Beitrags für die »Tat« und an F. Amoroso (Rom) über seinen Krull-Aufsatz, der mir nicht recht gefällt. Gut ist der Schluß. – Heute nach dem Kaffee gebadet und im oberen Zimmer gefrühstückt. Kälte. Brief des pathetisch-unseligen Unruh. Das Alter steht dem Feurigen nicht. – Versuche einer französischen Regierungsbildung durch den Sozialisten Pineau, der Mendès-France den Posten eines Vice-Ministerpräsidenten anbietet. Die verlegene amerik. Formosa-Po[li]tik geht aus auf zwei China, von denen nur das »nationale« im Weltrat vertreten. – Handschr. Erledigungen. Brief an v. Unruh. – Schneefall. – Beschäftigung mit dem Schiller-Manuskript. – Brief von Agnes Meyer, antwortlich des meinen, warm reagierend auf den Bericht von meiner Krankheit und auch auf den Traum vom Smaragdring. K. und Erika werden sich amüsieren, wenn er wirklich kommt. – Sehr tiefer Barometerstand. Schnee.

Kilchberg, Freitag den 18. II. 55

Dicke Verschneiung. Nach dem Frühkaffee Fahrt zu Dr. Ernst, der unter Assistenz seiner Frau Blut aus Finger und Arm-Vene entnahm. Danach Frühstück im Eßzimmer. – Pineau's Cabinet komplett. – Die Auslieferung der antikomm. Rumänen wird natürlich verweigert, – wogegen ich im Grunde nichts habe. Aber die Untersuchung des Falles, Herkunft der Waffen etc., wird nicht gründlich durchgeführt werden, damit man nicht auf amerikanische Umtriebe, Anreizung und Begünstigung stößt. – – Schrieb die Einschaltung über die »Olympische Idylle« fast ganz. Ging etwas mit K. im Schnee. Ließen den Pudel laufen. Nachmittags Diktat des Briefes an den Desch-Verlag, worin ich von der Herausgeberschaft der »Schönsten Geschichten der Welt« zurücktrete. Das Unternehmen scheint mir untunlich und würde mir unendliche Mühe und Skrupel machen. Auch reicht meine Belesenheit nicht aus. Das Geld brauche ich nicht. Berief mich auf meine schlechte Gesundheit. Aber man wird sich kaum gleich mit dem Rücktritt abfinden. – In der Fischer'schen Ausgabe von Luthers Schriften. Seine Staatsidee: Christliche Gebundenheit ohne geistlichen Terror. Könnte anwendbar sein auf den kommunistischen Staat. – An Mlle Servicen über das V. Hugo-Citat im Houpflé-Kapitel und andere Punkte.

Kilchberg, Sonnabend den 19. II. 55

Gestern Abend Telephon mit Erika über die enormen Schwierigkeiten der Vortragsgestaltung aus dem Manuskript. Will mir in einer Woche ihren Versuch vorlegen. Denke daran, das Ganze an Rychner zu schicken. – Feuchtwanger in der »Neuen deutschen Literatur« über den Krull. Trocken. – Kalt. Schneelandschaft. – Die Einschaltung abgeschlossen. Gefahren und kaum gegangen wegen Sturm, der die Luft mit Schnee von Dächern u. Bäumen erfüllte. – Trebitsch zu Mittag. – Brief an den Berl. »Aufbau« als Vorwort zum Wiederabdruck von »Schwere Stunde«. – Ausfertigungen. – Quartett op. 132 und Lieder von Schubert und Wolf. – Sturmwind.

Kilchberg, Sonntag den 20. II. 55

Klarer, ruhiger, höherer Barometerstand. Kaffee, Bad, Frühstück im oberen Zimmer. Lese nach Jahrzehnten wieder einmal »Frühlingsfluten«. Gestern wieder in Luthers Schriften. Repetitions, hartnäckig, aber originell und persönlich. Die Rede in Worms. – Ausgang bei wildem Wind und Schneeglätte. Vorher handschr. Erledigungen. – Nachmittags Besuch von Schweizer. – In Luthers Schriften. – Abends I. Akt Lohengrin.

Kilchberg, Montag den 21. II. 55

Ruhigeres Wetter. ½ 8 auf. Viel Post. Ganzleder-Ausgabe des Krull in 450 Exemplaren zu signieren! – Brief von Rychner. – Will doch die »ätherische« Einschaltung an Erika schicken. – Führte mein Vorhaben aus, mit Begleitbriefen das Schiller-Mt. an Rychner und die Einschaltung an Erika zu schicken. Schrieb ihr von der Möglichkeit kompositorischer Benutzung bei der Zusammendrängung des Stoffes. – Wetterexzeß. Unaufhörlicher Schneefall. Da aber kein Wind ging, machten wir mit dem Pudel kleinen Spaziergang. – In Luthers Schriften nachmittags und abends. An die deutschen Stadtmagistrate zugunsten von Schulen und sprachlicher Bildung. Immer besorgt, daß der Teufel sein Werk, die evangelische Reformation in den Ruf der Barbarei bringen könnte, was aber doch geschieht. Politische Ethik: Weltliche Macht des Schwertes und strafende Ordnungsgewalt muß sein, um dem Bösen zu wehren. Schopenhauerisch pessimistische Beurteilung der großen Mehrheit der Menschen, die gewaltsames Regiment braucht. Dabei ist ein guter, christlicher Fürst »Wildpret im Himmel«, d.h. sehr selten. Schreibt über Fürsten, Machthaber und große Haufen in einem Stil, der denn doch sehr nach »Aufruhr« aussieht, so sehr dieser verdammt wird. Aufrührerisch allerdings nur durch das Wort. Tötlicher Aufruhr des Teufels, der dem Evangelio schaden will. Das Wort reizt aber dazu auf.

Kilchberg, Dienstag den 22. II. 55

Nachts Husten und Unruhe. Thee und Treupel-Tablette, dann bis ½ 8 geschlafen. – Regen, Schmutz. – Schrieb gestern höfliche Entschuldigung an das Budapester Radio, das eine Botschaft an die ungarischen Kinder wollte. – Lutherische Excerpte in der Hoffnung auf Ideenbildung. – In der Stadt zum Haarschneiden; auch Schreibhefte u. Tinte besorgt. Las mehr über mittelalt. Klosterwesen. Briefarbeit mit K.. – Telephon mit Erika, die den Vortrag zunächst auf 32 Seiten bringt. Ihr Konflikt mit dem Hotel, hochzahlenden Deutschen. Abreise.

Kilchberg, Mittwoch den 23. II. 55

Leidliches Wetter. Schnee geschmolzen. Schwere Virus-Grippe-Epidemie in Bayern (Franken). Zahlreiche Todesfälle. – Der Doktor zur Injektion. – Luther-Excerpte. Den Steilweg gegangen. Zu Tische A.M. Frey. Enthusiastischer Brief von Rychner über den Schiller: Wohltuend und beruhigend. Wählt für seine Beilage die Freundschaft mit Goethe, einschl. des Nachtrags. – Vor 7 Imbiß. Ins Theater, um das harmlose u. erfolgreiche »Theehaus« zu sehen, drollige Satire auf die amerik. Armee-Wirtschaft in Japan. Nett gespielt. Benutzte erstmals mein zu Weihnachten erhaltenes Theaterglas. In der Pause Kaffee. Schweizer. Zu Hause Chokolade. Aufsatz über deutsche Prosa aus »Studium Generale« von H.S. Reiß: Kafka, ich, Musil. Über Musil am besten.

Kilchberg, Donnerstag den 24. II. 55

Gut geschlafen. Morgens immer sehr begierig nach dem Kaffee. Das Frühstück immer im oberen Zimmer. Fan-letters. »Krull« dient vielfach Kranken zum Trost. – Völlige Gewißheit darüber, daß der Berner [Überfall] amerikanisch manipuliert wurde. Medi erklärt, es aus bester Quelle zu wissen, aber zu zweifeln war nie daran, und auch die Schweizer Presse weiß es natürlich. – Französisches Kabinet Faure mit dem amerikahörigen Pinay als Außenminister.

Kilchberg, Freitag den 25. II. 55

Kaltes Nebelwetter; verfroren. Luther-Excerpte. Erasmus-Briefe. Brief an Rychner. »Stories and Episodes« in der Every Man's Library. Abends Tschaikowsky's Violin-Konzert, gespielt von I. Stern, äußerst brillant und für den Erfolg gemacht. Ich schäme mich, trotz Adorno, wenig diese Musik zu genießen und sogar zu bewundern. – Nach Tische Photographien.

Kilchberg, Sonnabend den 26. II. 55

Dasselbe feuchte Nebelwetter wie gestern. Es ist das Mt. an Weber und an Hirsch zu senden, damit sie sich das Ihre herausschreiben. – In Deutschland Tumult wegen der »Ratifikation« und Wutausbruch des Kanzlers. Die Saarfrage, mit der Aufrüstung verknüpft, wird benutzt, um diese patriotisch zu sabotieren. In der Schweiz sehr komische Behandlung der rumänischen Angelegenheit. Es ist nur zum Lachen.

Kilchberg, Montag den 28. II. 55

Vorgestern Abend Ankunft Erikas. Gestern Prüfung ihrer Schiller-Kürzung und viel Verhandlung darüber. K. gibt der Rede Beifall. Das Gesamt-Manuskript mit Briefen an Hirsch, Weber und Janka. Sonstiges Handschriftliche. Gestern Abend Ankunft Klaus Pringsheim von Tel-Aviv. Heute 6° Kälte und scharfer Wind. Im Bonner Parlament Ratifikation. – Viel Mühe, die gekürzte Form des »Schiller« in Form zu bringen. – Trotz scharfer Bise kleiner Rundgang mit dem Pudel. – Viel Post-Eingang. Hat sich sehr gesteigert u. ist nie eigentlich zu bewältigen, da es an Hilfskraft fehlt. – Mit Erika und dem Onkel. Abends »Ernste Gesänge« und »Träume«, des Melodie so sehr schön geführt ist.

Kilchberg, Dienstag den 1. III. 55

Kälte, Bise, dazu Schneetreiben. Dabei hoher Barometerstand. Erkältet. Viel Post wieder. Felix Neumann mit einem Roman, den ich verfilmen lassen soll. Gestern schickte W. Rilla aus London ein umfangreiches Romanwerk, »Seeds of Time«. – Beunruhigender Brief einer Italienerin über die schlechte Übersetzung des italienischen Joseph. What can I do. – Beendigung der Bearbeitung der 32 Seiten-Bearbeitung. Ausgang trotz Bise. – Besuche dieser Tage: Herr Dübi wegen Verfilmung des »Zauberberg« (mit Erika). Mann der russischen Gesandtschaft mit der russ. Übersetzung des »Tschechow« und 1000 Franken. Lübecker Deputation: Dr. Ewers und Senatorin Brinkmann mit Marzipan, Blumen u. einem prächtig gebundenen alten Nachrichten-Buch über die Stadt: lange Thee-Sitzung wegen eines Aufenthaltes (nach Stuttgart und Weimar) in Travemünde nebst Ehrenbürger-Feier und Vorlesung im Theater... Soviel sehe ich, daß irgendwelche Ruhe u. Sammlung mir vor dem Hochsommer, Juli etwa, nicht gewährt sein wird. Es ist schlimm und belastend, daß mich die Rückkehr zum »Krull« zu wenig lockt, aber auch aus den Luther-Studien sich nichts herausbilden will...

Kilchberg, Mittwoch den 2. III. 55

Kälte und Wind. Neue, offenbar sehr berechtigte Reklamationen Rumäniens. – An der allgemeinen Rüstung beteiligt sich auch Indien, das 40% seines Budgets darauf verwendet. Steuert die Entwicklung nicht doch unvermeidlich auf den Vernichtungskrieg zu? – – Mit Interesse Exzerpte u. Notizen zum Luther-Thema. Der Doktor zur Injektion. Kleiner Rundgang mit dem Pudel in grünem Mäntelchen. Nach dem Thee Besuch von Prof. Faesi in Sachen der Sammlung seiner Essays über mich. Abends »Don Pasquale«, erheiternd.

Kilchberg, Donnerstag den 3. III. 55

Kälte und Bise bei hohem Barometerstand. Früh mit K. über Lübeck, von dem Erika nichts wissen will. Es ist aber schwer abzulehnen, nach außen unschön, und innerlich stehen der Umständlichkeit und Peinlichkeit sentimentale Regungen entgegen, der Gedanke an »Papa« u. ein Gefühl für biographische Rundung. – Aufzeichnungen zu Luther um die Zeit seiner Heirat. Erzählte K. und E., daß ich mit einem Stückchen umginge. – Etwas spaziert, fast ohne Wind. Nachmittags viel diktiert, u. a. an den Lübecker Bürgermeister. Abends das Tristan-Vorspiel.

Kilchberg den 4. III. 55, Freitag

Früh merkwürdige, säulenförmig rote Sonnenspiegelung auf dem See. ½ 9 zu Dr. Ernst zur Blutentnahme und Kalk-Injektion. ½ 10 Frühstück. Heiteres Wetter, geringer Frost. Nach dem Frühkaffee zu Dr. Ernst: Blutentnahme zur Kontrolle der Senkung und Kalk-Vitamin-Injektion. Frühstück ½ 10. Studien und prüfende Ausblicke beim Kritzeln auf »Luthers Hochzeit«. Etwas ausgegangen. Einbruch von Frühling, obgleich an den Rändern noch viel verfärbter Schnee liegt. Der Pudel lustig und artig. – Zum Thee junge Japanerin, Schülerin als Pianistin von Klaus Pr.. Ein paar handschr. Briefe und Bücher-Signierungen. Abends Bowle mit dem Schwager »zur Nachfeier der Gold. Hochzeit.« Politische Diskussion über Japan und Amerika, die »Axes«, das unauslöschliche Verbrechen der Atombomben-Abwürfe.

Kilchberg den 5. III. 55. Sonnabend

Mildes Vorfrühlingswetter. Gebadet. »Luthers Hochzeit. Dramatische Studie von T.M.« – Ging allein aus mit dem Pudel und geriet ins Schneetreiben. – Brief der Miss Thallin über den schönen Eindruck, den die Tschechow-Sendung dort gemacht. Verlangt nach dem Schiller, was aber zu mühsam. – Nach Tische Besuch des phänomenal langweiligen Herrn Matheson. Eintragungen in seine Bücher. Der Besuch coupiert durch eine Mystifikation Erikas. – Ausfertigungen und Handschriftliches. Über Claudel in der N.Z.Z. Unten Hui und oben Pfui. – Stiller Abend, da Erika frühzeitig ein energisches Schlafmittel genommen.

Kilchberg, Sonntag den 6. III. 55

Nahm früh einen Band Molière mit dem Tartüff zur Hand. – Flakes zum Frühstück. – Schneelandschaft. – Die 3 Cigaretten früh nach dem Kaffee sind natürlich abträglich. Aber ich habe ja alles unter Schädlichkeiten gemacht. – Arbeit für »Luthers Hochzeit«, eifrig zweifelnd. – Kurzer Gang, früheres Mittagessen, Abreise des Schwagers nach London. – Handschr. Briefe und Signierungsfron für die Luxus-Ausgabe des Krull. – Gelesen »Tartüff«. Abends »Gang zum Münster«. Reizend der Einsatz der Pagen »Macht Platz« nach den Opern-Grobheiten vorher. Musik des Festzuges bezaubernd.

Kilchberg, Montag den 7. III. 55

Sonnig nach frostiger Reif-Nacht. Viel Post, viel Unsinn. Törichte Hamsun-Gesellschaft unter Rowohlts Vorsitz. Soll zur Gründung nach Eckenförde kommen! – Die Abschriften des gekürzten Vortrags. – Geld aus Amerika und Deutschland. Daran fehlt es nicht. – Zur »Hochzeit«. – Bei sehr freundlichem Wetter vom Kirchlein aus gegangen. – Brief an Dr. Hirsch, der vielleicht besser den Schlußteil des »Schiller«, als den »Wallenstein«-Teil bringt. – Telegr. Absage an die deutsche Botschaft in London, wo ich die Rede wiederholen sollte. – Zuviel Tand gelesen statt Arbeitsmäßigem. Lange Reportage über François-Poncet im »Spiegel«, amüsant.

Kilchberg, Dienstag den 8. III. 55

Wiederum heiteres Wetter nach Frostnacht. ½ 8 Uhr. Früh rasiert. – »The Listener« mit dem Tschechow-Essay. – In »Hommes et Mondes« Boucher über »Krull«. (Glanzszene Mme Houpflé). – Kleinschrift zur Sache Luther. – Allein mit dem Pudel gegangen. – Brief an Lavinia M.. – Der »Tartüff« doch wendungsreich u. interessant. »Der Geizige«.

Kilchberg, Mittwoch den 9. III. 55

Heiteres Wetter bei tiefem Barometerstand. – Der Holzwurm im Dachgebälk. Kalamität. – Bearbeitung des Tschechow-Manuskripts für den Vortrag am 22.. Bearbeitung der gekürzten Schiller-Schrift zur Versendung nach Stuttgart u. Bonn. Danach Kleinschreiberei Luther betreffend. – Mit K. den Steilweg bei heiterem Wetter. – Telegramm der »Lübecker Nachrichten« wegen telephonischen Kommentars zur morgigen Erteilung des »Ehrenbürgers«. – Brief von Flinker über die geplante Schrift »Homage de la France«, auf die ich mich sehr freue, Namen, an die man sich wenden kann; auch Staatsmänner, Auriol, Schumann, Mendès-France. Gute Aussicht auf »An[n]oncement« in der Légion. – Vorwort-Brief zu einer mehrbändigen ungarischen Ausgabe meiner Novellen und Erzählungen. – Der »Corriere« mit einer guten Besprechung des italienischen »Joseph« von Zampa. – – Der Holzwurm in unserem Dachgebälk. Große Kosten. Juristische Frage.

Kilchberg, Donnerstag den 10. III. 55

Abscheuliches Wetter. Heulender Sturm, Nässe, Dunkelheit, daß man um 10 Uhr noch Licht brennen muß. Die Luft voll weißlichen Regen-Schnees. – Brief an den Budapester Verlag; dann Luther-Studien. – Brief von Dr. Hirsch über den Schiller, äußerst beifällig. Scheint am »Wallenstein« festzuhalten. – Gegangen im Sturmwind eine kleine Runde. – Brief an Reisiger, dem ich den Corriere schickte. Erste Mitteilung von dem Luther-Plan. – Zum Abendessen Therese Giehse. Las die Post erst spät. – Immerfort Heulen des Windes, wie eine Theater-Windmaschine.

Kilchberg, Freitag den 11. III. 55

Wetter noch schlimmer, da der unablässige Sturm bei mehreren Graden Frost geht. Vorm Frühstück im Pelz zum Doktor, der beide Arten von Injektionen machte. Kopfschmerzen. Verfroren. Empirin zum Thee. – Ein paar Briefe, dann Luther-

Studium: Der junge Baumgärtner. – In der Stadt zur Fußpflege. Dort maß ich meine Temperatur, die normal war. Von da zu Röhm und Heimfahrt. – »Die Parabel vom Hochstapler« von Hillard im »Merkur[«] doch recht gut. – Nach dem Thee Diktat einer Reihe von Briefen. Angelegenheit des Kuratoriums der Berliner Akademie der Wissenschaften zu »Reinerhaltung« meiner Schriften. Zugegeben, daß sie im Geist einer Genauigkeit hergestellt sind, der sie gegen Verderbnisse im Detail besonders empfindlich macht. – Abends mit Golo. Über seine »Deutsche Geschichte«, in der er beim deutsch-französischen Kriege hält. Erika las Hübsches aus ihren »Zugvögeln«. – Über die Frage der Verfilmung des »Zbg«. »Praesens« und Marton. Die Narretei mit dem Felix Krull-Film. Faszination der Industrie durch den Bucherfolg. Der Darsteller des Felix wäre erst zu entdecken. Auf der Straße, in einem Landerziehungsheim zu suchen.

Kilchberg, Sonntag den 13. III. 55

Gestern Vormittag kleinschriftliche Studien und Spaziergang bei gemäßigtem Wind. Beendete den »Geizigen«. Wandte mich zu Tolstois »Macht der Finsternis«. Schrieb nachmittags an W. Herzog über seine Geschichtstabellen. Ausfertigungen. Telegramm von Dr. Hoffmann zur Bestätigung des Manuskripts der Rede. Zum Abendessen Emmy Oprecht. – Heute wiederum grauer Frost.

Kilchberg, Montag den 14. III. 55

Frost. Morgens starke Bereifung. – Post. Die Schiller-Schrift und ihre Vorabdrucke verursachen dauernd Geschäfte. Golo las die Rede und fand sie gut. – Hübsche neue Ausgabe von »Unordnung«. – Abreise Golos an den Bodensee, Erikas nach München, wo sie ihr Buch abzuliefern und zu redigieren hat. Fortdauernde Arbeit am Dachgebälk, deren Kosten strittig. – Radioaktiver Staub, von dem Experiment in Nevada, geht auf Colorado nieder.

Kilchberg, Mittwoch den 16. III. 55

Sonniges, mittags mildes Wetter von Vorfrühlingscharakter dieser Tage. Gestern kam vom Hudson Review das Kapitel Krull verteidigt die Liebe auf englisch. Brief von Reisiger, aufgeregt von dem diskret mitgeteilten Luther-Plan. Brief von Agnes Meyer zum Tode Claudels. Viel Schreiberei in Sachen der Schiller-Vorabdrucke. – Vorgestern beim Doktor zur Kalkinjektion. – Große Briefschulden trotz mancher Erledigung. Meine Tageseinteilung – unmöglich und nur [zu] verwundern, daß ich es dabei zu etwas gebracht. – Presse-Mitteilung von der Lübecker Ehrenbürgerrechtsverleihung. Erörterung in einem Hannover'schen Blatt, was Bonn zu meinem 80ten mit mir anzustellen habe. Großes Verdienstkreuz? Pour le mérite? Oder was? Der Artikel plädiert für eine T.M.-Stiftung und Benennung von Straßen westdeutscher Städte. – Sandte auf Wunsch die »Rede«, wie sie jetzt vorliegt, an Janka. – W. Reinhardt schrieb wegen eines Zbg.-Films. An Erika in München verwiesen. – Neues Wunderbuch der Frau Gehrig. – Besuch in Holland für Juli angenommen. Schiller-Vortrag und Huis ter duin. Lübeck auch beschlossene Sache. Wunderliche Zeiten. – Wunderliches »Tagebuchblatt« Hesses in der N.Z.Z., wie er als unfähiger Greis einer Radio-Vorlesung eines Werkes seiner Manneskraft zuhört. Höchste Bewunderung! Persönliche Vergänglichkeit und geistige Unsterblichkeit. Nichts von Peinlichkeit, nichts von Erröten. Man war ein Riesenkerl. Etwas dégoûtant und komisch. – – »Macht der Finsternis«: Düsterster Naturalismus mit »beiseite« und Monologen. – –

Kilchberg, Donnerstag den 17. III. 55

Gestern in der Stadt zum Haarschneiden. Zu Fuß zum Seehafen. Brief an Agnes Meyer. Neues Wunderbuch der Frau Gehrig in Baden-Baden. Notizen für Luther. Unsicherheit, ob etwas werden kann. Erkältet, belegte Bronchien. Zeitraubende Nasenumschläge. – Hagel von Einladungen von allen möglichen deutschen Städten. Brauchte gedruckte Absage-Karten.

Dabei wiederholte Nachrichten über Schmähungen im »Rheinischen Merkur«, einem Adenauer-Blatt, ganz im Nazi-Stil. – In Bremen soll »Fiorenza« gespielt werden. Mir wenig lieb. Soll aber etwas dazu schreiben. – Ausschließung Bevans aus der Labour-Partei; große Dummheit. – – Brief an Agnes Meyer beendet. Danach Luther-Notizen. Den Steilweg gegangen. Wetterumschlag; Finsternis, Schnee-Regen. Begeisterter Brief von Hoffmann, Stuttgart, über die Rede. Manuskript ist an Heuß gegangen. – Lehnte ab, an der Gründungsversammlung einer Knut Hamsun-Gesellschaft in Lübeck teilzunehmen. Beendete die Signierung der 500 Bogen.

Kilchberg, Freitag den 18. III. 55

Nasser Schnee. Rückfall in den Winter. Schnupfen. – Die »Tat« höchst niederträchtig über die niederträchtige »Enthüllung« der Yalta-Konferenz durch das niederträchtige State Department. Stößt ins Horn der bösesten und rohesten Finsterlinge Amerikas, indem sie Roosevelt als Verräter hinstellt, den Retter der Welt vor Hitler. Skandal über Skandal. In Westdeutschland wird Russels Buch über den Nazismus unterdrückt. Die Schweiz muß all diese gemeine Rückfälligkeit mitmachen! Möchte an Rychner schreiben. Churchill tadelt und Eisenhower rückt ab. Aber ein Schweizer Blatt, das noch zu den aufgeklärteren gehört, muß die schmutzige amerikanische Innenpolitik stupide mitmachen. – – Überarbeitung des Tschechow-Vortrags. Danach etwas Luther-Beschäftigung. Die Messe, die Musik, der Ausblick auf Bach. Nur ist das alles nicht dramatisch und könnte nur darauf angespielt werden. – Ärgerliches telephonisches Hin und Her mit den Wochenschau-Leuten, die nun doch eingetroffen und nicht abzuwehren sind. – Brief an Herm. Lange in Gedanken an Armin M. und alle Toten. Abends 2. Symphonie von Brahms. Die 500 signierten Bögen abgesandt.

Kilchberg, Sonnabend den 19. III. 55

Klares Wetter nach gestrigem Schneesturm. – Die ungeheure Tölpelei der amerik. Yalta-Publikation. – Morgens Injektion bei Dr. Ernst. Danach der Überfall durch die Hamburger Kamera-Menschen. Aufnahmen u. Theater in den Zimmern u. im Garten nahmen den ganzen Vormittag. – Die Berliner Korrekturfahnen des Schiller-Essays kamen. Mit K. Kürzungen des Tschechow-Vortrags besprochen, um die Anstrengung zu verringern. Schrieb an Herm. Lange in Hannover. Erinnerungen Armin M. und erste, unvergeßliche Liebe. Das Denkmal für den früh Gestorbenen und Verdorbenen, der keine andere Bestimmung hatte, als ein Gefühl einzuflößen, das zum bleibenden Gedicht werden sollte. – Abends Theater. »Ende der 6. Etage« mit der Giehse, derb-amüsantes Stück, z.T. sehr komisch gemeint. In der Pause Kaffee. Die Kinder des Professors, in dessen Klinik der arme Korrodi an einem Lungenkrebs Recidiv daniederliegt, holten sich Autogramm. Auch der Vater stellte sich vor und nahm Grüße u. Genesungswünsche mit. Zu Hause Chokolade. Las noch in Tolstois »Macht der Finsternis«.

Kilchberg, Sonntag den 20. III. 55

Gestern spät zu Bette. Schlief bei der Lampe ein. Erwachte früh von quälender Wärme, da der elektr. Ofen auf stark gestellt, vergessen war. Lag bei offenem Fenster. Schneefall. Übernächtigt. – Sehr müde den ganzen Tag. Die Leistung: Stark kürzende Bearbeitung des »Tschechow«, Korrektur der Schiller-Fahnen (nicht fertig) und Neuschrift des zweiten Blattes vom Brief an H. Lange. (Armin). – Nach Tische die Stuttgarter Herren, Besprechung des Programms. Heuß soll Kürzungsvorschläge für meine Rede notiert haben. Mikrophon. – Hörten abends Brahms. Zeitig zu Bette.

Kilchberg, Dienstag den 22. III. 55

Der gestrige Tag gehörte der Korrektur des Gesamt-Schillers für den 10. Band der »Werke«. Mühsam. Kann die Fahnen nicht zurückschicken, weil es [an] Abzügen für Übertragung fehlt. – Kurze Repliken auf Briefe. Warmes Wetter. Mangelndes Wohlbefinden den ganzen Tag. – Heute föhnig warm und regnerisch. Lübecker »Vaterl. Blätter« mit Artikel und Bild. Lions Kapitel über das Philosophische bei mir. Immer viel Lesestoff. Nochmalige Durchsicht des Vortrages über Tschechow in seiner für heute gekürzten Form. Müde und halb übel von morgens an. Mein Befinden macht mir Sorge im Hinblick auf das Bevorstehende. – – Abends der Vortrag im großen Saal des Hotels Elite. Beängstigender Zudrang. »Festabend«. Ansprache Dr. Hoesli's. Blumen. Große Hitze. Las eine Stunde mit etwas belegter Stimme, aber der Vortrag in seiner knappen Form, besser u. persönlicher als der über Kleist, machte großen Eindruck und erregte auch manche Heiterkeit. Die Giehse, Schuh's, Jacob, Beidler und andere. Später Tafel im unteren Stockwerk. Minestrone, Or d'œuvres und Kaffee. Autogramme. Händedrücke, vielsagend. Immer wieder verläuft dergleichen unerwartet tumultuös und ehrenvoll. Spät zu Bette mit »Combination«.

Kilchberg, Mittwoch den 23. III. 55

Zufrieden geschlafen. Föhniger, heller Frühlingsmorgen. Gestern kam von Dr. Hoffmann der Brief von Heuß über die Schiller-Rede, die nach seiner Meinung im Punkt der Feier von 1859 mit seiner eigenen kollidiert. Absicht, ihm direkt zu schreiben. Zu schreiben außerdem an A. Andersch, dessen Essay »Mit den Augen des Westens« ich mit Freude und Staunen wieder las. – Psychisch erleichtert, wodurch auch das körperl. Befinden besser. Aber die Zerstreutheit ist groß u. das Dasein jetzt unproduktiv. – Erika zurück. Viel Austausch mit ihr. Schrieb den Brief an Andersch, diktierte an Dr. Hoffmann, und das war alles. – Frühlingswärme.

Kilchberg, Donnerstag den 24. III. 55

Frühlingswärme, föhnig. Nach dem Frühstück der Doktor zur Injektion. Schrecklich viel Bücher. »Das Wagnis der Sprache« von Fr. Martini. Über den »Tod in Venedig«. –

Kilchberg, Sonnabend den 26. III. 55

Vorgestern zum Lunch Bermann mit Dr. Hirsch. Geschäftliche Gespräche, Rundschau, Vorschau auf den Geburtstag. Vom »Krull« wird das 60. bis 80. Tausend vorbereitet! – Gestern Abend als Gäste Emmy Oprechts in der »Kronenhalle« mit Therese Giehse. Zu Hause Kabel von Knopf: »The old master still puts to shame the young ones. Krull absolutely magnificent. Dito translation. Congratulations etc.« Vergnügen. – Heute wiederum warmes Föhnwetter. Seit gestern 4 Exemplare der Schiller-Fahnen da. *Eine* Übertragung der Fehler bewerkstelligt und die Korrektur nach Berlin gesandt. Früh Ankunft Golo. Mit ihm über den Flug Bibis nach Boston auf unsere Kosten, über Grets hoffnungsvollen Zustand, die eventuelle Adoption der Kinder durch Medi etc. – – Übertragungen und Briefe. An R. Neumann über seine Parodieen. Frey war zum Essen da und ich gab ihm den Schiller mit zum Lesen und zur Korrektur-Übertragung in 2 Exemplare. Er brachte Novellen mit halb abstrakten Illustrationen, für die ein Vorwort zu schreiben habe.

Kilchberg, Sonntag den 27. III. 55

Frühlingsmorgen, doch leicht kann es regnen. – Golos (46.) Geburtstag. (Heinrichs auch; starb vor 5 Jahren. Ich bin es immer, mit dem sich die Literaturkritik beschäftigt. Vertrete Albrecht vor dem Volk.) Golo einbeschert in der Bibliothek. – Schrieb aufräumend viele Briefe und diktierte nachmittags. Golos Geburtstag wurde in familiärer Herzlichkeit verbracht. Spielten uns abends die Pathétique von Tschaikowski, erfreulich klare Aufnahme, aber ohne viel Ausdruck dirigiert.

Kilchberg, Montag den 28. III. 55

Wettersturz; kalt u. regnerisch. Ratifikation in Paris. Habeant. Morgens beim Arzt. Brief von Prof. Mayer über den Schiller. Schlußstrophe des Epilogs von 1805. Verfrühter Umbruch, wo es um die Fahnen noch so übel stand. – Abreise Golos an den Bodensee und von da nach Florenz. – Danksagung von Regina Ullmann. – Luther-Studien. – Allein mit dem Pudel gegangen. – Tier-Grotesken von Frey. – Nachmittags Brief-Diktate. – Beim Abendessen unheimlich beunruhigt durch Erika, die von der Wirkung vorher genommener Schlafmittel überfallen wurde u. von K. hinaufgeführt werden mußte. War etwas krank davon. Las noch in Köstlins »Luther«.

Kilchberg, Dienstag den 29. III. 55

Dunkel, kalt. Schnee. Von Frey die korrigierten Durchschläge, prompt und gewissenhaft ausgeführt. Herzlichen Brief dazu. Liste von kleinen übersehenen Fehlern, die nachzutragen. Der Vormittag verging hiermit, der Mitteilung der Fehler an den Aufbau-Verlag und einem Brief an Frey. Beschämende Verzettelung. – Erika gottlob wieder frisch und gesund. – Zeitraubende Behandlung der immer zur Entzündung neigenden Nase mit Borwasser-Umschlägen. – Nach Beendigung des »Lebenden Leichnam« Lektüre von »Das Licht scheint in der Finsternis«. Fesselnd durch das Persönliche. Wenige Briefdiktate und Aufträge.

Kilchberg, Mittwoch den 30. III. 55

1° Wärme und Sausewind. – Gebadet. – Seelig schickt Besprechung des Tschechow-Abends, nicht gerade bewundernswert. Besprechung auch in der »Tat« – nicht gesehen. Einladung, den Vortrag im Slavischen Institut in Hamburg zu wiederholen. – Luther-Notizen. – Allein mit dem Pudel gegangen. Brief an Frau Vielhaber, Essen. Abends bei Mosers in Zollikon. Viel Kirsch und Kaffee getrunken.

Kilchberg, Donnerstag den 31. III. 55

Winterliche Tage. Allerlei Zeitungsberichte über den Tschechow-Abend. Ansprüche des West-Berliner Senders zum Geburtstag, lästig. – Am Abhang unter unseren Fenstern wird eine Villa gebaut. Wird den Seeblick beschränken. Auch damit wird man leben. – Luther-Notizen. – Allein gegangen. Der Pudel gebadet u. geschoren. – Enthusiastischer Brief von Blanche Knopf über »Krull«. – Korrektur der Schiller-Rede von 30 Seiten aus Berlin. – Weiter in »Das Licht scheint in der Finsternis.« Erzählerischer Szenenwechsel, dramatisch unbesorgt. Im Religiösen Luther weit konservativer. Die Musik »verdunkelnd[«] und alles hinausschiebend. Die Geschichte des Boris ganz erzählerisch.

Kilchberg, Freitag den 1. IV. 55

Sonniger Morgen. Krokus und Schneeglöckchen. Früh zum Doktor. – Besorgung der Korrektur. Briefliches. Mit K. und dem feinen Pudel in der Sonne spazieren. – Zum Thee R.A. Schröder. Nett und behaglich. Raucht den ganzen Tag schwere Cigarren, wozu er Herzspritzen bekommt. Nahm eine aus Amerika mitgebrachte Cuba, die ihm sehr gefiel. Übersetzt Racine etc. in Alexandrinern. Das freut ihn technisch, als puzzle-Spiel. Einen Roman könnte er nicht schreiben. – Tolstois unvernünftiges Martyrium, soweit es ausgeführt, zu Ende gelesen. Wahrhaftig und tragisch.

Kilchberg, Sonnabend den 2. IV. 55

Andauer des heiteren Wetters. Gut geschlafen, aber müde. Forderung, zu einer Portraitzeichnung zu sitzen. – Amerk. Zuschrift wegen Verfilmung der Transposed Heads. – Brief von dem Oh mein Papa-Komponisten Paul Burkhard, drei, vier weitere Bände vom »Krull« erflehend. – – Saß vor dem Luther-Material, schläfrig und energielos den ganzen Tag. – Lion zum Lunch. Er habe »Luthers Hochzeit« als Libretto angeboten, Z. Werner und Strindberg hätten Luther-Dramen geschrieben. Glaubte mich zu erinnern. – Abends im Kongreß-Saal Russisches Ballet. Kleine Reisegruppe von »Verdienten Künstlern«. Geschmackvolle Kostüme u. vorzügliche Leistungen, aber notwendig monoton. Junger Wirbelwind-Springer, ausgezeichnet. Stalinpreisträgerin, graziös u. hübsch, entzückt von sich selbst. Gute Parket[t]plätze. Der Gesandtschaftssekretär. Herr u. Frau de Salis. In der langen Pause Kaffee in großem Gedränge. Gingen vor Schluß. Zu Hause Chokolade. Erika bei ihrer Nachtmahlzeit, Kaviar mit hartem Ei.

Kilchberg, Sonntag den 3. IV. 55. Palmarum

Das Wetter heiter u. frisch. Nachts gestört von Rachen u. Nasenverschleimung. Gebadet. Golo sehr entzückt von seinem Aufenthalt bei Medi in Fiesole. Frido fragt, wie lange er bleiben will. »Mindestens bis zum 80. Geburtstag«. »Was, bis zu Deinem 80. Geburtstag?!« – –

Kilchberg, Dienstag den 5. IV. 55

Lange Abendsitzung mit dem Mann des N.W. deutschen Rundfunks wegen Band-Aufnahme von »Tonio Kröger«, gänzlich. – Mit Erika und Abich wegen Gemeinschaftsverfilmung des »Zauberberg«. Fallenlassen der Idee der Krull-Verfilmung. – Auslese der »Schiller«-Fragmente für »Merkur«, »Akzente«, »Stuttgarter Zeitung« und »Texte u. Zeichen«. Versandt mit Briefen. – Bronchial-Katarrh, sehr angegriffen, Kopfschmerzen dazu, aber kein Fieber. – Luthers Briefe. Sehr schlechte Einleitung zur Insel-Ausgabe. L. ganz als Humanist und Renaissance-Mensch gesehen! – Lion zum Essen. Will mich mit Carl Burckhardt zusammenbringen, der danach (angeblich) verlangt. L. zerschmettert von Andersch-Aufsatz über meine »Politik«. Der Seine bricht darunter zusammen. Quod erat demonstrandum. – – Heute noch Kopfschmerzen und Müdigkeit. Konstipiert von Treupel-Tablette. – Bedecktes Wetter. – Recht elend. – Verschleimung, Kopfweh, Müdigkeit ohne Ruhe nachmittags. – Luther-Notizen. Gelesen in »Form u. Sinn«: Eisner interessant über Schönberg.

Kilchberg, Mittwoch den 6. IV. 55

Sonnig. Gut geschlafen, aber müde u. vom Schnupfen geplagt. – Die Zürcher Schriftsteller bedanken sich mit einem Montblanc-Deskhalter u. einem Kistchen Cigarren. Besuch des Doktors, der feststellte, was ich selber wußte u. eine Einspritzung, intravenös, machte. Heute gebadet. – Das Luther-Stück dunkel, eine Hjalmar Ekdal-»Erfindung«. Sehe die erste Szene, die Nonnen im Kloster Nimsch, die die Nachricht von ihrer geplanten Entführung erhalten; eine zweite, wo zwei musikal. Freunde Luther ohnmächtig in seiner Stube im Wittenberger Augustiner Kloster am Boden liegend finden und später die Schar der Nönnlein bei ihm anlangt; eine dritte, wo Hieronymus Baumgarten sich mit Käte Bora über Luther und die Welt unterhält. Der einseitig religiöse, widerspruchsvolle, leidende, künstlerische, eruptive u. ausgelassene Charakter Luthers schwebt mir vor. – Fuhren aus und gingen im Walde. – Nahm zum Briefschreiben die neue recht angenehme Feder in Gebrauch. – Zum Thee der geistreiche Schriftsteller Polgar mit Frau. War verschnupft und leidend. Las in den Briefen des Erasmus. Spielten abends den sehr reizvollen letzten Akt von »Don Pasquale«. Äußerst schwierig, lustig, hübsch und artistisch. Die Aufeinanderfolge von Ständchen und Duett.

Kilchberg, Donnerstag den 7. IV. 55

Regnerisch. Der Katarrh stationär. Die Zeitungen über Churchills Rücktritt und die Amtsübernahme Edens. – Hielscher: katechisierende Erkundigen nach meiner »Religiosität«. Aufs Mündliche zu verschieben. – Verbrachte den Vormittag mit fast nichts. Las nach über Luthers Nöte. Ging allein mit dem Pudel. Bekam Goethe-Faksimiles von Neumann und das Angebot eines hohen holländischen Ordens, wenn ich im Juli dorthin komme. – Nachmittags Brief-Arbeit mit K.. Abends übertrieben müde.

Kilchberg, Freitag den 8. IV. 55. Charfreitag
Helleres Wetter. Gegen Morgen viel Verschleimung und Husten. Nahm von dem Syrup. Müder Kopf. Akutwerden einer Kiefer-Druckstelle rechts unten und geringe Aussicht vor 4 oder 5 Tagen einen Zahnarzt zu erreichen. – Tagesarbeit: Brief an die »Neue deutsche Literatur«, treuherzig. – Hörten abends »Parsifal« III. Akt. Großartige Musik.

Kilchberg, Sonnabend den 9. IV. 55
Regnerisch. Nachts gestört durch Verschleimung. Viel Post. Gebadet. Brief von Frido, der »Buddenbrooks« gelesen hat. »Das Buch hat mir wirklich sehr gefallen«. – Mit knapper Not wegen der Druckstelle beim Kilchberger [Zahnarzt] angemeldet. Dabei gerade heute eine gewisse Anpassung festzustellen, sodaß ichs über Ostern schon ausgehalten hätte. – Mache mich an die Radikal-Kürzung der Schiller Rede, Streichung der Werke bis auf die »Räuber«. Träumte nachts, daß überhaupt nichts übrig bliebe. – Die neue Feder ausgezeichnet. – – Der Local Dentist, ein bäuerlicher Mann, machte seine Sache ganz gut. Erleichterung vom Druck. – Neues Schreiben, zusammenziehend, an der Schiller-Rede, vormittags und nachmittags. Wahrscheinlich wieder zu lang. – Zeitungen und Zeitschriften.

Kilchberg, Oster-Sonntag den 10. IV. 55
Helleres Wetter. Nachts die nun übliche Husten-Störung. Syrolin. Auf dem Frühstückstisch Biskuit-Hefe von Schweizer. – Beendete die Neuschrift des zusammenziehenden Mittelteils der Schiller-Rede, durch den diese nun wirklich ziemlich genau auf 22 Seiten oder eine Stunde Sprechens kommt, ohne allzu große Verarmung. Zufrieden. Geht in Abschrift und Photokopie. – Nach Tische Ankunft Klaus Pringsheim für einige Tage vor seiner Rückkehr nach Japan. – Gelesen in der »Neuen Rundschau« Betrachtungen über Prosa Goethes. Höfliche Kritik meiner Äußerungen über »Stella« in der »Lauf-

bahn als Schriftsteller«, mit deutlicher Rücksichtnahme auf den Verlag. (Verfasser: Werner Kraft.) – Schrieb verschiedene Danksagungen, auch nach Mexico für den großen illustrierten Artikel von Mariana Frenk.

Kilchberg, Oster-Montag den 11. IV. 55

Trübes, nasses Wetter. Verschlechterung der Erkältung. Nachts arger Husten. Im Stuhl. Siroline. Schluckschmerzen. Morgens müde. Nachhaltige Befriedigung über die Bereitstellung der Rede. – Repetition der Luther-Aufzeichnungen mit roter Tinte. Nicht ausgegangen. Vor Tische auf der Chaiselongue geruht. Therese Giehse zum Essen. Weitere Durchsicht der Neuen Rundschau. Brief an Frido, der zum Geburtstag »in blauem Anzug« kommen will. Abends mit dem Schwager harmonische Analyse des Anfangs vom Tristan-Vorspiels. Deutung des »Tristan-Akkordes«, Vorhalt-Charakter. Findet sich meiner Erinnerung nach auch bei Schönberg. Die Merkwürdigkeit neuer Sinnschöpfung für diesen Akkord, der schon bei Beethoven unbetont unterläuft. Isolierung und Akzentuierung geben ihm bei Wagner sensationelle Bedeutung.

Kilchberg, Dienstag den 12. IV. 55

Früh Abreise des Schwagers zunächst nach Rom. – Viel Post. Brief Minister Bechers über das Weimarer Programm. Reisiger zu Ostern. Vertrauensvolle Klagen. Sein Augenleiden. Viel Weiteres, Politisches und Literarisches, das ich mir vorlesen lassen will. – Schwacher Magen und Schluckschmerzen. – Etwas helleres Wetter. – Die Aufzeichnungen weiter durchgegangen und markiert. – Sehr müde und matt den ganzen Tag. Mittags mit K. gegangen. Nach dem Thee Briefe mit ihr. Früh zu Bette. Mit Thee u. Salzwasser gegurgelt.

Kilchberg, Mittwoch den 13. IV. 55

Helles Wetter. Gebadet, ob es der Erkältung schon schadet. – Der große Kirschbaum in Rückfront unseres Hauses nach zäher Arbeit niedergelegt. Er wollte gerade blühen. Schmerzlich. Die Buben klettern in den Zweigen herum. Der kleinere steht noch. Der Jurist A. Wyler in Lausanne schickt sein Buch über Deutschland et le problème de la Paix Européenne. – In Samtiden (Norwegen) »Humanitedsideen Hos T.M.« – Anfang des Vorworts zu Frey's Grotesken. – Spaziergang zu dritt mit Fiedler, der eine Torte zur Goldenen Hochzeit brachte (»Ein strenges Glück«). Nach Tische sein italienischer Freund, der mit ihm im Würzburger Gefängnis war. – Noch vielerlei Briefe, Zutrittswünsche für Stuttgart und Lübeck. Sehr gutes, erfreuliches Schreiben einer Frau König in Riehen bei Basel. – Programm für die Lesung im Lübecker Theater: Tonio Kröger, Kap. 1. – Das bunte Kleid aus Der junge Joseph. – »Cirkus« aus dem Krull. –

Kilchberg, Sonnabend den 16. IV. 55

Einleitung zu Frey's Novellen. Viele Briefe. Unterzeichnete gestern ihrer 10. Zum Thee gestern Prof. Altenberg von der »Freien Universität«, West-Berlin, der ein Buch über mich vorbereitet. Passionierter Freiheitsberliner. Ich geh' nicht hin. – Wunderbares Licht bei sinkender Sonne. Phantastischer Schein der Wolken. Dann Blitz und Donner. Dann Schneegestöber. Temperatur sehr niedrig. Rückfall in den Winter. Heute Morgen alles weiß. – Jubilierende Rückkehr der österr. Delegation von Moskau. Große u. befreiende Vorteile für das Land auf Grund des Verzichtes auf den Anschluß an »irgendeine« militärische Machtgruppe. Gewollter Eindruck auf Bonn. – Immerfort zieht der Katarrh sich hin. Gestern bei Mäder zur Rotbestrahlung und zum Inhalieren. Merfen-Glyzerin zum Gurgeln. – Nachts Unruhe. Zweites Einnehmen, trotzdem wiederholtes Erwachen. Vormittags der Doktor zur Vitamin-Injektion. – Basler schickt schöne Cigarren und stellt Fragen für einen Artikel über mein Verhältnis zu Lübeck. – Hervorhebungen in den Luther-Notizen. – Zum Eden au lac, wo Trebitsch uns, »Minister« Burckhardt und Max Rychner ein opulentes Frühstück gab. Burckhard[t] ein urbaner, kultivierter Mann von diplomatischer Haltung. In der Unterhaltung kam vor, daß Hofmannsthal ihm seinerzeit aus dem »T.i.V.« vorgelesen habe, damit er höre, wie sich das in Wienerischem Tonfall ausnähme. Merkwürdige Vorstellung. Auch von Schiller, über den er in Berlin sprechen muß, war die Rede. – Das Vorwort »Liebenswerte Menagerie« fertig gemacht, Abschrift korrigiert. – Neues Buch »Prismen« von Adorno, interessant. Las über den Briefwechsel George-Hofmannsthal. Gut kommt keiner weg.

Kilchberg, Sonntag den 17. IV. 55

Abgeführt und gebadet. 2° über Null und Bise. Der Katarrh wankt und weicht nicht, und morgen soll ich mit der Lesung des Tonio Kröger beginnen. –

Kilchberg, Dienstag den 19. IV. 55

Gestern Vormittag Beginn der T.K. Lesung für den Hamburger Rundfunk; Kap. 1 und 2. Ging ganz gut. Schämte mich, weil das Erste dem Zweiten aufgeopfert ist. – Es war anstrengend. – Nachmittags neuen Brief an Becher diktiert, Erikas wegen. Nachricht durch United Press vom *Tode Einsteins*. Tief ernster Eindruck. Hatte sofort kurzen Nachruf für U.P. zu diktieren, der abends zusammen mit E. noch etwas erweitert wurde. – Kamen die Korrektur Fahnen des »Versuchs« vom Fischer-Verlag. Der Druck in sehr schlechtem Zustande. Konfuse Umstellungen, ärgerlich. – Sonniges Wetter heute, aber Bise wiederum. Brief von Caroline, die wegen Kränklichkeit nicht nach Europa kommen kann. –

Kilchberg, Donnerstag den 21. IV. 55

Noch immer sonniges Wetter. Gestern Tonio-Kröger-Lesung wohl bis zur Mitte, sehr anstrengend durch die Konzentration. Von U.P. verbreitet, die Abschiedsworte über Einstein überall, im Corriere besonders hervorgehoben. Lese sie heute, nach 20 Seiten T.K., auf Band für den N.W. Deutschen Rundfunk. –

Sehr viel Post mit Zumutungen von Leuten, die von meinem Geburtstag fett werden und mich zerstören wollen. K. übernahm das Meiste zum Diktat an die Sekretärin. –

Kilchberg, Freitag den 22. IV. 55

Gestern T.K.-Lesung bis Alsgaard. Danach das Einstein-statement. Später kam ein anderer Sendewagen, englisch, für Erika, die ebenfalls über Einstein und auch über mich sprach. – Mit K. und dem Pudel im Walde. Nahm nachmittags eine Beruhigungskapsel von Erika, die mich sehr müde machte. – Annahme der Ehrenmitgliedschaft der »Deutschen Akademie der Künste« in Ost-Berlin, zu derjenigen der Akademie in Baden-Baden. – Nachricht vom *Tode Gumperts* in New York. Einer nach dem anderen. Und wann ich? – Heute während des Frühstücks der Doktor. Sehr schlechter Nervenzustand. Sehe noch nicht, wie ich die kommenden Wochen, sonst die befreundetste Zeit des Jahres, überstehen soll. Television- und Bandaufnahmen-Wünsche abgelehnt. – –

Kilchberg, Sonntag den 23. IV. 55

Vormittags Schlußlesung des »Tonio Kröger«, leidlich gelungen. Photogr. Aufnahmen. – Schlecht- und rechte Schlußredaktion der armseligen Schiller-Rede, ihrer sehr überdrüssig. – Heiteres Wetter. Ausgefahren und gegangen. Brief nach München über Professoren-Kritik an meiner Essayistik. Danksagung für anderes. Gelesen Briefe des Erasmus. – Affaire des Stuttgarter Fernseh-Geburtstagsfilms, über den, anständig gemeint, wie er ist, ich mich fast so sehr erbitterte, und den wir doch noch werden vonstatten gehen lassen. – Heute wiederum klares Wetter. Medis Geburtstag. Gratulierte ihr gestern brieflich, heute telephonisch. Die Nacht unruhig. Nachnahme von Sekonal. – – Briefschreiberei. Die Rede nach Stuttgart zur Kenntnisnahme des Bundespräsidenten. – Abends Gäste des Ehepaars Schweizer im Mönchshof. Gutes Essen.

Kilchberg, Montag den 25. IV. 55

Andauer des schönen Wetters. Es sollte aber etwas regnen. – Viel Post. – Nachts war es im Schlafzimmer zu warm. – Zeitungsnachricht vom *Tode Polgars*, gestern früh, im 82. Jahr. Befinde mich sehr angegriffen und übel. Wann ereilt es mich – noch vor dem Geburtstag? oder bald nachher? – Einige Beschäftigung mit dem Luther-Material. – Mit K. u. dem Pudel in der etwas weiteren Umgebung in der Sonne gegangen. – Briefe diktatweise und handschriftlich. – »Il ›Doktor Faustus‹ di T. M. Probleme e Considerazioni« von G. Devescovi, Trieste. »La figura di Heinrich Mann, oscurata dalle grande ombra del fratello per tanto tempo, appare oggi sempre più nella sua giusta luce e grandezza.« Albrecht und K.H. – »Meinem großen Bruder, der den Doktor Faustus schrieb.« – – Stücke von Tschechow »Die Möwe«, »Die Schwestern«. – Abends einige Lieder u. Arien.

Kilchberg, Dienstag den 26. IV. 55

Glitt in der Anrichte aus, fiel hin, zerschlug die Tasse u. verletzte mich am Finger. Erschütterung. – Einige Beschäftigung mit dem Luther-Material. Ein dramatisches plot will sich nicht herausbilden, obgleich diese und jene Szene mir vorschwebt. Vor allem fehlt ein irgendwas Kräftiges aussagender Schluß. – Erika mit dem Ableben Polgars und den Ungeschicklichkeiten der Frauenzimmer, die sich um die Stunde seiner Einäscherung zu kümmern haben, quälend und schädigend beschäftigt. – Ungefähres Lesen der italienischen Schrift über »Faustus«. Werde wenig klug daraus. Die ganze negative Literatur über den Roman hineingenommen, ohne daß mir erkennbar wäre, wie weit ihr Widerstand geleistet wird. Wohltuend erkennbar die Bewunderung für die Echo-Episode.

Kilchberg, Mittwoch den 27. IV. 55

Langer Brief von Fiedler mit der dringenden Bitte, *nicht* nach »Ostdeutschland« (Weimar) zu gehen. Töricht, beschwerlich, deprimierend und unzuträglich.

Kilchberg, Freitag den 29. IV. 55

Gestern besserer Kondolationsbrief an Frau Liesl Polgar. Zwischendurch ein half-wit von Zeichner und Reporter, den man nicht hätte zulassen sollen. Abends im Schauspielhaus: Die amerikanische Komödie von Harwey, dem weißen Hasen, hübsches Stück, die Normalität verspottend, mit geisterhaftem Einschlag. Kaffee mit Schweizers in der Pause. – Ging danach gleich zu Bette, mußte aber »nachnehmen«. – Warmes, fast sommerliches Wetter. – Längerer Brief an Fiedler in Sachen Weimar. Allein den Hügelweg gegangen. Vollkommen sommerliches Wetter mit Gewitterneigung. Diktat-Briefe und etwas Handschriftliches. Zum Abendessen Therese Giehse. Einiges in der Zeitschrift »Perspektiven«. Wichtig die Entstehung des Kapitalismus unter dem Einfluß der Entdeckungsfahrten.

Kilchberg, Sonnabend den 30. IV. 55

Früh der Doktor zur Injektion. Nach dem Frühstück die Hamburger Filmleute. Bewegungsaufnahmen am Schreibtisch und mit K. im Garten. Schlußwort in der Bibliothek. Nahm zusammen eine Stunde. Viele Bilder für den halbstündigen Film haben sich noch gefunden von den Eltern, von mir in allen Lebensaltern und reizende von Frido in Amalfi Drive als Baby und mit drei, vier Jahren. – –

Kilchberg, Sonntag den 1. V. 55

Verfrühter Vollsommer. Leichte Kleidung. Reizend die Blütenlandschaft, das junge Grün der Laubbäume im Wald zwischen den Kiefern. – Korrespondenzen mit Lübeck und Weimar über Routen und Programme. Nach der Vorlesung im L.er Theater das Lohengrin-Vorspiel. – Brief an den Verfasser von »Il ›Doktor Faustus‹[«]. – Die Antwort im L.er Rathaus ist zu überlegen. – Den Brief an den Triestiner vormittags und gegen Abend zu Ende geschrieben. Sein Gegenstand hauptsächlich mein Verhältnis zu Heinrich. (Klaus Heinrich und

Albrecht). – Brief an die Lübecker Kultus-Senatorin wegen der Musik vor und nach meiner Lesung. Probierten die Ouvertüren zu Figaro und Don Pasquale. Zum Schluß erbat ich das Lohengrin-Vorspiel. – Revidierte »Das bunte Kleid«. Vielleicht wäre Serachs Verkündigung besser?

Kilchberg, Dienstag den 3. V. 55

Gestern zum Lunch Erikas Freund »Rimski«. Nachmittags Besuch von Nationalr. Oprecht in Sachen meiner Schweizer Einbürgerung. Habe ihm im Interesse der Sache zu schreiben. Man erörterte ehrenvolle Ausnahme. – Abends mit K. und Erika im Cinéma: Der deutsche Mütter-Kriegsfilm mit der Giehse. Recht schlechter Film, gut gespielt. Pazifismus der Niederlage. – Leicht regnerisch. – Tagesarbeit heute: der Brief an Dr. Oprecht in Sachen der Einbürgerung, erste u. zweite Niederschrift. – In der Stadt zur Besorgung von lackledernen Hausschuhen mit Wildledersohlen und eines Gürtels. Dann zum Haarschneiden und -Waschen.

Anni Carlsson: »Das Wesen der Erzählung bei T.M.«. Klug. Bedankt.

Die Schiller- und Lübeck-Reise,

von ihr zurück gestern *am 25. Mai* früh nach anstrengendsten Repräsentationen. Mit dem Wagen zu dritt durch die grünenden, blühenden Strecken nach *Stuttgart.* Dort mit Reisiger und der Seinen im Parkhotel. Am nächsten Tage der feierliche Vortrag im Staatstheater, gefolgt von dem des Bundespräsidenten. Hat durchs Radio nach ganz Deutschland, Österreich und der Schweiz ausgesandt, tiefen Eindruck gemacht. Im Marbacher Museum. Empfänge, Festmahlzeiten, Reden, Menschen, Menschen. Mit dem Wagen weiter nach *Kissingen.* Dort ein paar Tage in dem schön gelegenen Hotel Sommer. Dann mit dem Wagen weiter nach *Eisenach,* wo Becher u.a. uns empfingen. Weiterfahrt nach Weimar, triumphal, der große Deutsche, in den Dörfern Transparente, Kinder mit ihren Lehrern, Bürgermeister, Blumen über Blumen. Begrüßung vorm Hotel International. Bürgermeister von Weimar. Die ganze Zeit viel Kaviar, der zu hartkörnig. Am nächsten Vormittag die Rede im Nationaltheater nach Vorrede von Becher. Mauern von Menschen. Ehrenpräsident der Akademie. Verkündigung der Einsetzung des wissensch. Kommitees zur Pflege u. Erforschung meines Werkes. Nächsten Tages im Schloß Promotion zum Ehrendoktor der Universität Jena. Lehrkörper herübergekommen. Rede des Rektors. Laudatio von Prof. Müller, Literarhistoriker. Improvisierte Danksagung mit Glück. Rektor, Mediziner berichtete vom »Streit der Fakultäten.« Teilnahme an den Vorteilen der Despotie. Immer Wagenzug mit Motor-Polizei voran, die den Verkehr für uns bei Seite hielt. – Im Hotel Begegnung mit Johnn. Seine Indiskretion. – Noch im Wagen, bis zur Zonengrenze in offizieller Begleitung, weiter bis *Göttingen.* Abends Gäste der Herren vom »Film-Aufbau«. Abschied von Erika, die nächsten Morgen mit dem Wagen nach Zürich zurückkehrte. Wir mit dem Zug nach *Lübeck,* empfangen vom Bürgermeister, der Senatorin Klinsmann u.a. Nach Travemünde. Im »Kurhof« an dem von einer Sturmflut zerstörten Strande. Komfortable Unterkunft. Viel Ehre, Devotion und Freundlichkeit. Allezeit durchaus fürstliche Behandlung. Öfters zur Stadt, Einkäufe, Besichtigungen. Die Ceremonie im Rathaus. Quartett-Musik, Rede des Bürgermeisters, Überreichung des schön ausgestatteten Dokuments, meine Rede, die wohlgefiel, großes Frühstück mit ¾stündiger donnernder Rede von Senator Ewers, Rede von Prof. Berendsohn aus Stockholm, unvermeidlicher Dank von mir, der aus Müdigkeit mißlang. Einziges Versagen. Sonst meinen Mann gestanden. Großer Erfolg der Vorlesung im Stadttheater am nächsten Abend. Figaro-Ouvertüre, gehört in der Intendantenloge, bei deren Betreten das Publikum sich erhob, dann Hans Hansen, das Bunte Kleid und Cirkus, gut gelesen. Hervorrufe und Dank noch von der Loge. Das Lohengrin-Vorspiel. Kapellmeister Lessing. Souper im Ratskeller, furchtbar laut. Neugierige Menschen immer. – Rundfahrt durch die neuen Außenbezirke, Schlutup. Besuch der Marienkirche, des St. Annenmuseums, des Katharineums. Worte in der Aula, wo Primaner aus den »Räubern« deklamierten. Auf dem Schulhof. Erinnerung an Grautoff und Willri Timpe, den Zweiten in der Galerie. Umringt von lustigen Jungen, mit dem Direktor. – In Travemünde manchmal gegangen, zum »Seetempel« und weiter durch das Wäldchen zur Spitze der Hochküste. Wetter sehr kalt u. windig. – Im Theater: »Das Bild des Menschen«, Résistance-Stück von einem Prager Schweizer, dialektischer Sermon. Begrüßung der Schauspieler auf der Bühne. Empfang und Mahlzeit im kerzenerleuchteten Behn-Haus. Aufenthalt ging zu Ende, zu meiner unendlichen Erleichterung war auch er schließlich durchgefochten. Hatte bei Tisch im Kurhof unter Schluckverschluß zu leiden, sodaß hinausgehen mußte. Nervöse Anspannung permanent. Verabschiedung, auch von dem jungen Töpfer, der mir gefiel. Seine tiefe Verbeugung. Fahrt zum Lübecker Bahnhof. Wieder der Bürgermeister Passarge, der noch ein goldgesticktes Tischbanner geschenkt hatte, die Kultur-Senatorin, der Senator von Travemünde, der Verwandte Marty, an dessen Hospital 4000 Mark gingen und zahlreiche andere. Salutierende Polizisten. Verabschiedungen. Erlöst im Schlafwagen allein! Aufatmen. Nachmittags- und Nachtfahrt über Büchen, Hannover direkt nach Zürich. Gestern Morgen dort Erika mit dem Wagen. Heimfahrt. Der Pudel. Todmüde. Auspacken. Unsinnige Mengen von Drucksachen und Briefen. In den nächsten freien Tagen mehreres zu arbeiten. Des Hauses und der Freiheit froh. Problem des viel verlangten Sonderdruckes der gesprochenen Schillerrede. Holland steht dagegen. – Knopf hat sein Kommen zum Geburtstag angemeldet. Behutsam gewarnt. Wie wird es mit dem Schweizer Bürgerrecht werden? Was wird Bonn tun? Ich kann von dort kaum etwas erwarten noch annehmen. Alles käme zu spät, besonders das »Verdienstkreuz«. Auch der Pour le Mérite wird zu spät kommen. Diese Zeichen, die Geringere längst tragen, widern mich. Ein holländischer Orden wäre mir lieb, die französische Huldigung wird mich freuen. -- Heute morgen am Ende des Frühstücks arger Schluckverschluß. Auspacken von Drucksachen. Nachmittags Brief-Arbeit mit K. – Mein Brief über Muschg gedruckt in der »Basler Woche«. Mittags zum Gehen zu heiße Sonne. Saßen unter der Linde im Garten. Allerlei Anmeldungen. Amerikanischer Interviewer etc.

Kilchberg den 27. V. 55

½2 nachgenommen. Bis ½9 geschlafen. Rasiert und manikürt. Reizende Faust-Ausgabe von einem Zürcher Ehepaar zum Geschenk. Das Frühstück ging bei konzentrierter Vorsicht ohne Zwischenfall vorüber. – Trübes, feuchtes, aber mildes Wetter. – Arbeit an Gedenkworten zum 10jährigen Todestag Bruno Franks (auf Dringen der Frau.) – In der Stadt. Haarschneiden. Einkauf vieler Briefumschläge aller Größen und dieser grünen Tinte, die doch wohl zu blaß ist. Gewitterregen. Nach Tische Besuch von Hans Oprecht, der über den *glücklichen* Fortgang der Einbürgerungsangelegenheit berichtete. War erfreut bis zur Bewegtheit. Wird bei der Kilchberger Feier noch nicht verkündigt werden können. Petitpierre, der Gemeindepräsident und Prof. Schmid werden sprechen. – Abends Bibi. Erika führte eine sehr komische Geburtstagssendung des »Worts im Gebirge« auf. Im Bette, ½12 Uhr, zu schläfrig, um noch zu lesen. Die Schluckenge heute weniger schlimm.

Kilchberg, den 28. V. 55

Beim Kaffee viel Post, nur überflogen. Erika für 3-4 Tage nach München, um beim »Regina«-Film zu helfen. Wolfg. Reinhardt sehr angelegentlich in Sachen eines Zbg.-Films. – Frank, In Memoriam. – Allein den Hügelweg. Saß oben auf der Bank u. blickte auf den See. Sehr müde. Schlief nachmittags und tat nichts mehr, als ein paar Bilder zu widmen. – Überlegungen für die zu haltenden Reden. Abends etwas Sforza del Destino. Gewitter. Langer englischer Brief über Joyce und mich, aus Florenz kommend.

Kilchberg den 29. Pfingst-Sonntag 55
Trüb und mild. Juni-Wetter, mir recht. Gebadet u. rasiert. Frank-Gedenkworte abgeschlossen. Penzoldt-Message begonnen. – Geistig frischer. Glückwünsche an Matheson und Wälterlin leicht erledigt. Briefarbeit mit K.. Mit ihr u. dem Pudel mittags den Steil-Rundweg gegangen. Hörten abends »Don Juan« von Strauß in all seiner efficiency. Türk. Kaffee.

Kilchberg, Pfingstmontag den 30. V. 55
Kühler; nordöstlicher Wind, schwache Sonne. – Gearbeitet an der Penzoldt-Message. Mit K. den Hügelweg. – Zum Thee Fritzi Massary mit Tochter und Schwiegersohn. Sehr angetan vom Hause. Blieben lange, doch schrieb ich nachher noch an die Schillergesellschaft und an Professor Müller, den laudator in Jena. Abends dann freilich sehr müde.

Kilchberg, Dienstag den 31. V. 55
Zeitig auf. Klares, frisches Wetter. Riesenpost, die vormittags ungelesen bleibt. – »Penzoldt«. – Mit K. u. dem Pudel den Hügelweg und über die Rigi- zur Bergstraße. Eine Stunde in der Sonne. (War vom Sitzen verfroren. [)] – Abends Rückkehr Erikas.

Juni

Mein Monat ist da. Meine Jahreszeit ist es schon längst. Die Festlichkeiten will ich bestehen. »Penzoldt« muß heute fertig werden, damit ich daran denken kann, was bei Tafel und Ceremonie zu sagen ist. – Heute zeitig auf. Begrüßte den guten Pudel aus dem Fenster auf dem Balkon. Rasierte mich elektrisch vor dem Kaffee und badete nachher. Geburtstagsbriefe.

Sehr herzlich von den Nikisch. – »Penzoldt« beendet. – Notizen zu Dankreden. – Festartikel der Deutschen Rundschau von Fritz Kraus. – Die holländische Ausgabe des »Krull«. – Abends im Central-Theater: Die Dramatisierung (sehr gut) von Steinbecks »Mice and Men«, gut gespielt, eindrucksvoll. Giesi Fischer in der weibl. Rolle.

Kilchberg den 2. VI. 55, Donnerstag

Schrieb nach dem Frühstück Begleitworte zu den Geburtstagsdarbietungen des Berliner »Freien Senders« auf und sprach sie auf Band. Organisation von Briefen, Auslese der Gratulationen zur Bedankung mit Karten. – Leicht getrübtes, mildes Wetter. – Flüchtige Notizen für die »Reden«. – Allein gegangen. – Ankunft Moni's. Ankunft Golos. Der Trubel ist los. Kann die Briefe nicht lesen. Las Rychners Berliner Festrede. Es kam das »Hommage de la France«. Blätterte und las darin. Am eingehendsten die Yourcenar. Von der Herz vollgeschriebener Citaten-Kalender in rotem Leder mit einer (80). Zeitungsartikel. Abends mit den Kindern im Wohnzimmer.

Kilchberg den 3. VI. 55, Freitag

Gebadet. Mildes, nicht sehr warmes Wetter. Post, die später zu sichten. Ungefähre Komposition der zu improvisierenden Reden.

Kilchberg, Mittwoch den 15. VI. 55

An Mitschreiben war nicht zu denken. Am 4. begannen die Festlichkeiten, immer begleitet von Lawinen garnicht zu öffnender geschweige zu lesender Briefe. Telegramme, Zeitschriften, Zeitungsbeilagen etc. aus aller Welt. Frühstück der Stadt mit Reden von Landolt und mir. Denselben Tag Feier der Gemeinde Kilchberg im C. F.-Meyer-Haus in Gegenwart des Bundespräsidenten Petitpierre. Streichquartett, Reden des Gemeinde-, des Bundespräsidenten (deutsch), des Rektors der E.T.H., der das Ernennungsdokument zum Ehrendoktor der

Naturwissenschaften überreichte. Improvisierte Dank-Rede, leidliche Patzerei. Anschließend Festessen im »Löwen«. – Am 5ten Schauspielhaus-Feier mit Strichs Ansprache u. verbindenden Worten zu Vorlesungen aus meinen Büchern durch ausgewählte Schauspieler. Bruno Walter dirigierte Mozarts Kleine Nachtmusik. Knopf, von New York geflogen, hier, wie überall, dabei und viel bei uns. Improvisierte wiederum schlecht und recht und las »Krull verteidigt die Liebe«. Nachtessen wiederum. – Am 6. Bescherung schöner Geschenke, darunter der prächtige Turmalin Ring, den ich trage. Dann Gratulanten-Empfang bis mittags. Delegation der Kultusminister der deutschen Länder. Für Hamburg Senator Biermann-Ratjens. Blumen. *Frido.* Familienessen mit Reisiger. »Hommage de la France«, erstaunlich. Die Fest-Ausgabe der »Neuen Rundschau«. Abends Fest-Essen in der Stadt, gegeben von Schweizer, Emmy Oprecht, Motschan. Wieder improvisierter Dank. Dann rollt die unübersehbare Post-Fülle weiter. Druck einer wohlgesetzten Dank-Karte. Teppichgeschenk vom Händler. Briefpapier-Geschenk von Scholl. Andere Gaben von Geschäften. Die 12 bändige ostdeutsche Ausgabe meiner Werke. Dasselbe in Leder gebunden von Bermann, der schönen Osiris-Kopf und goldenen Bleistift dazu gab. Schrieb in Müdigkeit und Verwirrung an diesen und jenen. (Rychner). Ängstigendes Gefühl einer solennen Auflösung meines Lebens. (An Dr. Hirsch.) Gestern Walter-Konzert in der Tonhalle: Parsifal, Mozart, Schubert, 1. Symphonie von Brahms. Verlor [K.] in der Pause und trank allein im Gedränge Kaffee, viel angesprochen. Schweizers, Dübi's (der liebe Junge), Fremde. Lange nachher im Zimmer bei Walter. Gab statt seiner Autogramme draußen. – Erika gestern fort nach München. – Frido so groß, im blauen Anzug, mit wechselnder Stimme. Wie seltsam das alles! Bekam viel zu hören über das Wunder meines Lebens. Dabei durchzogen alles von Sorge[.] Scham, weil sich der Luther-Stoff nicht bilden und zuspitzen will. Überhaupt das Gefühl, daß ich nicht mehr zu arbeiten weiß, nicht dazu zurückfinde. Schlafe gut, mit Mitteln. Aber mein Kopf ist müde, und ich kann wenig essen. Rauche zuviel, fühle mich oft schwach auf den Beinen, spaziere aber doch mühelos. – Nur noch 14 Tage bis zum Flug nach Holland. Diner-Einladung des deutschen Botschafters im Haag. – Das Wetter war zeitweise schön, und schwül, fiel dann in Kälte, und ich bekam wieder Halsentzündung. – – Mappen, Bücher, Ehrendokumente. Bertram sendet Buch von A. Gehlen, treulich inskribiert und zum Lesen organisiert. – Arbeit K.'s und der Sekretärin. Las zuviel über mich. Lese Shaws »Johanna«, die Rundschau. – Das Haus überfüllt und in Unordnung. Das neu Hereingeströmte nicht unterzubringen. Beim Schreiner gestern Bestellungen zur Aufnahme der Büste, der Bücher etc. – –

Kilchberg, Sonntag den 19. VI. 55

Noch immer das Briefschreibe- und Danksagungsdasein bei unproduktiver Lektüre bei versorgtem Gewissen und, oft, gesundheitlicher Übelkeit und Müdigkeit. Zwischendurch innige Freude an der Sommernatur. – Erika kam in schwerem Gewitterflug über Genf zurück. Golo ging zu Wanderungen mit Ed in den Pyrenäen nach Spanien. Moni bei uns bis zu unserer Abreise. – Bermann war wieder da, um die Wiederauflage der »Betrachtungen« zu besprechen, deren Notwendigkeit ich nicht leugnen kann. Ein Vorwort zu schreiben, vielleicht in Noordwijk? Will die Gesamtausgabe um 3 Bände mit Novellen u. Essays vermehren. »Krull« geht ins 80. Tausend. – Viel amerikanische, auch englische Presse. Peat kabelt wegen einer Lecture-Tour. Das denn doch nicht. – »Nuova Antologia« bringt das Früheste: »Gefallen« (»Perduta«) mit Einleitung. – Dr. Jacobson hier. Gestern mit ihr auf dem Albis zu Mittag. – Andere Besuche. – Geschenk aus Davos: originelles Schwarz-Weiß-Oelgemälde, Tiroler Bauernköpfe, gut. Ins Wohnzimmer gehängt. Der schöne Stich von Nymphenburg kommt ins Eßzimmer. Lasten von Büchern, mit denen zur Bestätigung Kontakt zu nehmen. – Las ein Hohngedicht auf mich von Kerr, in einer Zeitung als »Parodie« wiederabgedruckt. Es wäre ihm doch wohl besser gewesen, ein so völlig falsches Bild meiner Existenz, eine so blinde Karrikatur ohne jedes Wissen, jede Getroffenheit, zu unterdrücken. – Notdürftig aufgeschichtete Unordnung im überfüllten Hause. Bestellungen beim Schreiner.

Kilchberg, Sonnabend den 25. VI. 55

Die Tage vergehen unter unfruchtbaren Räumungs- und Tilgungsarbeiten, die doch nicht zu vollenden sind. Daß ich nicht richtig lebe, meine Tagesordnung falsch ist, daß ich das Rauchen lassen sollte etc. ist mir klar, ohne daß ich den Entschluß zur Änderung noch aufbrächte. K.'s Kräfte werden übermäßig beansprucht u. sind gleichfalls den Anforderungen nicht mehr gewachsen. Sie ist gequält von Erikas Zuständen und ihrer leidenschaftlichen Negativität. Hitze ist eingefallen. Mein Befinden ist oft so übel, besonders an Tagen der Darmentleerung. Die Sorge um meine Arbeitszukunft bedrückend bis zum Elend. Die Unordnung im Hause durch den Niederschlag des Geburtstags trägt zum Mißbefinden bei. – Gestern führte man uns in der Stadt den Fernseh-Film meines Lebens vor. Achselzucken, gemischt mit etwas Rührung. Diese überwog bei K., und E.'s Kritik kränkte sie. Die Jacobson und Gret mit den Buben waren zugegen. Abends waren wir im Theater: »Iphigenie«, das wunderschöne Gedicht gut gesprochen. – Geburtstagsgedichte noch immer in der Weltpresse. – Am 30. schon sollen wir nach Amsterdam fliegen. Auch zu den Vorbereitungen zur Reise scheint es mir an Energie zu fehlen. Nichts geschieht; nicht einmal die Listen der Personen, denen die Schillerschrift zu schicken, kommt zustande, durch Schuld meiner Müdigkeit. – Heuß wünscht die Veröffentlichung unseres Briefwechsels in der »Rundschau«. Wahrscheinlich mit Recht wünscht K. ihn nicht, da ich darin sagte, ich wäre nicht nach Weimar gegangen, wenn er dagegen gewesen wäre, was eine moralische Entwertung des Schrittes bedeute. Ich wollte ihn und seine Haltung herausstellen im Zeichen des »More power to you!« – Lasse es gehen, wie es will. Die Veröffentlichung der beiden Reden zusammen, die er will, im Grunde albern. – Janka wünscht mich zu sprechen, wo immer es sei. Was gibt es da? – Lese noch Shaws »Johanna«; sonst Nichtigkeiten. Weiß nicht, welches jetzt die rechte Lektüre für mich. Schrieb beglückend an Jahn, Hamburg, über seinen »Le Pré«. Hesse bewundert es sehr, daß ich ihm aus dem Tumult schreiben konnte. Noch immer haben meine Formungen Erfolg, so in München der Nachruf auf Penzoldt. – Der Krull geht ins 80. Tausend. Besorgter Brief von Knopf: Eine britische Adelsfamilie Kirmanock existiert. Vier Vorschläge für Änderung, an der Spitze Kincardine. – –

Kilchberg, Donnerstag den 30. VI. 55

Alle Vormittage waren ausgefüllt mit dankgeschäftlicher u. verwandter unproduktiver Arbeit im Gefolge des Geburtstages, von dem das Wort umgeht, daß selten oder nie ein Mensch so gefeiert worden sei. Kurios, kurios. Eine Merkwürdigkeit, dieses Leben. – Viel schwüles, feucht drückendes Wetter und schwere Gewitter. – Die politischen Sensationen in den Zeitungen berühren mich wenig. Im Figaro Littéraire erschien mein Dank an die franz. Literatur. – Die Münchener Bürgermeister veröffentlichten meinen Dankbrief. – Ich las Shaw über das Christentum. – Gestern tat es mir tatsächlich wohl, etwas aus dem 1. Brief der Korinther (Ehe) zu exzerpieren; war doch etwas in einem geistigen Zusammenhang Stehendes, mit Arbeit Zusammenhängendes. – War übrigens unwohl, Dickdarmreizung, wie althergebracht, im Anschluß an ein Abendessen bei Walters im Baur au lac. W.'s sind via Grönland, Nordpol, nach Los Angeles zurückgeflogen. – Unheimliche Vorkommnisse mit Erika vermöge ihrer Schlafmittel vorm Essen. Doch stellt sie sich zwischenein lebendig wieder her. – Hatten mehr Abend- und Theegäste, Emmy Oprecht, Schweizers; gestern Kitty Neumann, der wir prachtvoll gesticktes Tischzeug (chinesisch u. venezianisch) abkauften. Pyjamas aus Amerika für mich. – Frido spielte uns gestern mit seinem Vater, der am Klavier die Violine markierte, den 1. Satz seiner Sonate vor. Nach der allgem. Verabschiedung erwartete er mich noch auf der Diele und unter vier Augen küßten wir uns zu besonderem Abschied bis Weihnachten. – Seit gestern Packen, das heute in dringender Arbeit fortgesetzt wird, da am späteren Nachmittag unser Flugzeug nach Amsterdam geht. Hatte dabei noch viel Post zu erledigen. – »Kincardine« ist gutgeheißen. – Es freute mich ein Festartikel in »Vrij Nederland« über die Rolle des Hermes in meinem Werk.

Reise

Den Haag, Sonnabend den 2. VII. 55

Am Donnerstag mit zwei Wagen (Bibis) zum Flugplatz Kloten. Der Flug über den Wolken eben und kurz mit Hilfe einer übrigens nicht sehr erfreulichen Mahlzeit. Waren ca 9 Uhr abends im Amstel-Hotel, *Amsterdam*, mit den Empfängern am Flugplatz, Frau Eugen, Übersetzerin des »Krull«, Lantzow, dem Agenten Diamant. Imbiß-Geselligkeit mit ihnen und müde zu Bette in einem schimpflich engen Zimmer, das wir heute gern verließen. Gestern Vormittag Besuch von Herrn von Nostiz von der deutschen Botschaft. Wegen des Diners, des Botschaftswagens. Sehr schlecht im Magen und schwach auf den Beinen. Nachmittags im Bett. Geschlafen, da den Kaffee gemieden. ½8 Uhr abgeholt zur Universität. Wartezimmer, dann in der Bildergalerie mit dem Außenminister, seiner Frau und dem Professor der Einführung, der in der vollbesetzten Aula zuerst sprach. Kathedersitz auf hohem Stuhl. Schiller-Vortrag, mit gut arbeitendem Lautsprecher. Großer Begrüßungsapplaus. Intelligent reagierendes Publikum. Langer, ovationsartiger Beifall am Schluß. Rede des Ministers; Überreichung des Kommandeur-Kreuzes des Ordens von Oranje-

Nassau, schöner Halsorden, den der Minister mir umlegte. Wiederum großer Applaus. Dankte mit vorbereiteten Worten zu Ehren Hollands. Trage die Interimsrosette solang ich im Lande bin. – Zurück ins Hotel, wohler als tagüber. Geselligkeit mit den Eugens (Öchen), Landshof, einem Professor der Germanistik, seiner Frau und Professor Dunkerslot, der lange in der Schweiz gelebt, und dessen Deutsch leicht schweizerisch gefärbt. Schon i. J. 45 führte er mich ein. –

Den Haag, Sonntag den 3. VII. 55

Gestern ein Tag ohne Anstrengungen. Befinden leidlich, aber die Mahlzeiten im Speisesaal mühsam. Las nachmittags und abends in Renans »Paulus«. Das Wetter kühl, teilweise sonnig. Nicht ausgegangen. Heute nach gutem Schlaf kurz nach 8 Uhr auf. Thee-Frühstück. Abgeführt. Rasiert. Sehr kühl; Sweater. – Kamen hierher im Mercedes-Wagen der Botschaft. Haben Wohnung mit Prachtsalon und schlechtem Badezimmer. – Gegen Mittag mit K. Stadtspaziergang in der Nähe. Wermut vor einem Café. Lunch im Hotel. In Renans »Paulus«. Die Loslösung des Christentums vom Judentum. Vergöttlichung Christi. Philosophie des Logos. – 6 Uhr Diner beim deutschen Gesandten. Schweizer und amerik. Geschäftsträger. Nachher der ganze Stab. Erikas Kontroverse mit Nostitz. Holl. Cigarren vom Gesandten. Früh verabschiedet und mit Diamand zur Oper, Gastspiel der Scala, glänzende Aufführung von Rossinis Italienerin in Algerien, der wir eine gute Stunde mit Bewunderung u. Heiterkeit beiwohnten. Übermütige Parodie der Oper.

Den Haag, Montag den 4. VII. 55

Dunkelheit, Regen, sehr kühl. Elektr. Ofen. Wurden naß, als wir etwas gingen. – Anruf der Sekretärin der »Prinzessin« Wilhelmine, d.h. der Königin-Mutter zum Thee, 120 km von Noordwijk. Unsere höfliche Absage ziemlich verwirrend, da ich ja erklärt habe, die Königin besuchen zu wollen, die auch nicht viel näher wohnt. Darüber der Minister zu befragen. – Abreise Erikas nach London in Sachen der noch geplanten Kundgebung großer Namen für den Frieden, besonders wenn die »Konferenz« fehlschlägt. – 7 Uhr etwas Butterbrot und Bier. ¾ 8 abgeholt von Nostiz mit dem deutschen Wagen. Im Warte-Konferenz-Zimmer der Gesandte und andere. Angenehmerweise gab es Kaffee. Die Kirche, voll besetzt. Starke Begrüßung. Lesetisch mit Pult und Stuhl unter der Kanzel. Eingeführt als Freund Hollands von Herrn v. Eisenstein. Schriftsteller. Sprach von ter Braak. Ich war rüstig und las gut zum vierten und letzten Mal die Schiller-Rede. Wieder verfehlte sie nicht ihren Eindruck. Ging, mit dem herbeigebrachten Paletot bedeckt ziemlich schnell aus dem Beifall fort. – Im Zimmer drückte man mir seine Ergriffenheit aus. Nostiz brachte uns mit dem Wagen zum Hotel zurück. Beratung mit ihm über die Frage der Besuche bei der Königin Mutter und Juliane. Ungelöstes Problem. Ließen uns Kaffee u. Sandwiches aufs Zimmer kommen, die mir wohl schmeckten. Las zu einer Cigarre Renans Paulus zu Ende.

Den Haag, Dienstag den 5. VII. 55

Trotz reichlichem Kaffee gut geschlafen. Zum Frühstück Thee und holländ. Käse. Honigkuchen. – Das Wetter etwas heller. – Die Rede im Druck der »Frankfurter Allgemeinen« Frau van Bechen, der Gattin des Außenministers auf Wunsch dediziert. – Packen zur Fahrt nach Noordwijk. –

Noordwijk aan Zee, Mittwoch den 6. VII. 55

Gestern Mittag Fahrt mit dem Film-Meyer hierher. Vertraute u. nur vergessene Stätten. Gute Wohnung. Aber das Wetter furchtbar kalt, stürmisch, düster-regnerisch. Rollendes Meer. Bedrücktes Befinden. Verfroren. Lunch mit jenem Meyer. Die »Première« am Freitag. – Viel Post. Teile der Desch-Bücher in Bogen. Las darin. Diner im bekannten Speisesaal. Gut beleuchteter Leseplatz im geteilten Zimmer. Zeitig zu Bette.

Heute nach 8 Uhr auf. Wetter ein wenig besser, soll sich ferner bessern. Rasiert. Anrufe von Landshoff und von der Königin, die uns Montag Vormittag empfangen will. – Die Nacht war unruhig, träumte wirr, daß Erika ein Kind erwarte, auf das ich mich freute. Es war wohl von Peter Pr., der aber seinerseits schwanger schien. – Oft erwacht. – Haben von Landshoff besorgten Radio-Grammophon-Apparat im Zimmer, mit dem nicht umzugehen wissen. – Der Nord-West weniger heftig; auch regnete es nicht. Wir gingen vormittags aus, machten einige Einkäufe im Ort und tranken Espresso in einem kleinen Kaffee. Bewegten uns auch nachmittags im Freien. Las nach dem Lunch und abends in den »Schönsten Geschichten«. Kontrollierte die spanische, russische Auswahl. Das Buch imponierend, indem es wie ein fliegender Teppich von Sphäre zu Sphäre trägt. – Die Kälte anstrengend und irritierend. Spielten nach dem Diner Bach und Prokowjew auf dem Grammophon.

Noordwijk, Donnerstag den 7. VII. 55

Nachts beim Aufstehen Schüttelfrost. Die Badewanne wegen mangelnden Handgriffs sehr unkomfortabel. Das Wetter stiller, nebelfeucht. Die Luft ist anregend, ja aufregend, aber der Sommer geht hin ohne Sonne.

Noordwijk, Freitag den 8. VII. 55

Vormittags bei großer Kälte am Strande in meiner Hütte N° 42 mit Mantel u. Plaid. Schrieb an dem Brief über Fiorenza. Ging dann etwas am Meere. Zum Lunch der Maler Citroen. Zeichnung, die er während der Lesung im Haag gemacht. – ¾7 Fahrt mit dem Meyer'schen Wagen nach Amsterdam zur »K.H.«-Première. Knapp mit der Zeit, da das Service uns auf den Imbiß hatte warten lassen. Aber rechtzeitig ½8 Uhr dort. Wieder einmal Erfahrung der Fürstlichkeit. Mittel-Loge. Kaffee. Ansprache des Univ.Professors Müller, neben dessen Frau ich saß. Herr v. Nostitz. Rauchen dort erlaubt. Drollige Marionettenspiele vor dem Film, der mir diesmal wirklich sehr gut gefiel, viel Heiterkeit erregte und großen Erfolg hatte. Ovationen für mich in dem großen Theater und draußen von dem wartenden Publikum. Der Direktor, sehr glücklich, begleitete uns zum Wagen. Rückfahrt. Dem Chauffeur 10 Gulden. Verabredung für die Fahrt zur Königin, Montag.

Noordwijk, Sonnabend den 9. VII. 55

Ganz anderes Wetter, blau, sonnig, viel wärmer bei demselben, nur abgeschwächten nord-westlichen Wind. Kaffee-Frühstück, das mich zu sehr erregt. In der Hütte fast zu dumpfig. Zu warm gekleidet. Schrieb weiter an dem Fiorenza-Brief, freute mich der vertrauten Situation, vor mir den weiten u. breiten Strand, das ruhig rollende Meer. Fühlte mich hier so wohl wie ich es noch vermag. K. holte mich etwa 12 ¼ Uhr. Gingen ein Stück am Strande. Las nach Tische Shaw über das Christentum. Gegen Paulus. Das Problem Luthers. Nach dem Thee Spaziergang, zu lang, ermüdend. Hörten abends im Zimmer ein reizendes, z.T. sehr schwermütiges Quintett von Schubert. Reminiszenzen an das Trio. Hatten lange die Glasthür weit offen. Klarer, roter Sonnenuntergang ins Meer. Lang anhaltende Abendröte. – Signierungen. Beim Thee Interview mit amerikanischem College-student.

Noordwijk, Sonntag den 10. VII. 55

Vor 8 Uhr auf, gebadet. Mit Genuß Kaffee getrunken. Das Wetter blau und mild. Großes Menschengewimmel am Strande und auf der Terrasse.

Montag, vormittags 11 Uhr bei der Königin. Der englisch sprechende Adjutant mit Fangschnüren. Mit ihr im Garten, Kaffee. Ausbleiben ihres Zeichens zum Aufbruch, sodaß wir plaudernd 5/4 Stunden saßen. Ihr Benehmen schlicht und würdig. K. wurde der Knix verboten. Ich sagte oft »Sie«. Zeitungsmeldung von dem Besuch. Jeder weiß davon. Nachher Kaffee-Tafel bei den Meyers, mit deren Wagen wir fuhren. Vortrefflich. Ließ es mir schmecken. Die Holländer trinken Kaffee zu allen Tageszeiten, morgens, wieder um 11, zum Lunch, nachmittags und womöglich auch abends. Ganz nach meinem Geschmack, und das feuchte Klima erlaubt es. Nahmen wiederholt, so gestern, Dienstag, sehr guten Espresso in dem kleinen Kaffee im Ort, nachdem ich in dem Nebel, der herrscht, in meiner Hütte Briefe geschrieben.

Gestern, *Dienstag,* nachmittags Ausflug mit Landshoff nach Warmond zum Thee.

Der Fiorenza-Brief nach Bremen abgegangen. Ebenso der über den Film nach Amsterdam. Eingang unzähliger Briefe. Anni Carlsson schickt ein für die N.Z.Z. geschriebenes erfreuliches Referat über den Schiller-Essay. – Peter Pr. und Frau sind für 2 Tage zum Besuch angemeldet. Dies notiert *Donnerstag den 14.* (nicht ganz sicher des Datums.) Das Wetter mild und neblig. Die Hütte gegen das fast ruhige Meer gewendet. Allerlei Ansprachen dann und wann. Die Ordensverleihung in Deutschland groß publiziert; was mich freut. –

Noordwijk, Sonntag den 17. VII. 55

Von Donnerstag bis Sonnabend nach Tische waren Peter Pr. und Frau aus Antwerpen als unsere Gäste da. Man ging aus zum Thee. Das [Wetter] war durchaus günstig, heute wieder stark sonnig. Gelegentlich fällt Nebel ein. Ich verbrachte jeden Vormittag in meiner Hütte am Strand und liebe den Aufenthalt. Der Brief über Fiorenza nach Bremen ist längst fort. Ich schrieb noch einen über den Film nach Amsterdam und mehrere andere, die nur persönlichen Ausdruck zu verlangen schienen. Interessante Bücher kamen: Großes reich illustriertes Werk über Klee; Bilderbuch von Gulbransson mit eigenem Text (mißlich); deutsche Portraits bis Menzel. Freitag kam ein ekelhafter Schmähbrief aus Düsseldorf, der mir die Nacht verdarb. N. A. schrieb ausführlich wegen des Pour le mérite, den ich nun erhalten soll. Telegraphierte zustimmend nach Bonn. – Gestern kam Botschaftsrat Nostitz zum Diner, und wir besuchten nachher den Tanzabend der Goslar im Casino. Kleine Truppe, aus der der dänische Conférencier durch komisches Talent hervorragt. Wenig begabter, aber reizvoller junger Tänzer aus South Dakota. Kaffee in der Pause. Nach Schluß Besuch bei den Künstlern. Nico Kaufmann als Pianist. Gealtert; v. Nostiz sollte ihn früher gekannt haben... – Heute wieder Sonntagsgewimmel. Störende Etablierung einer holländ. Familie gerade vor meiner Hütte. – Eine andere hinter ihr.

Noordwijk, Montag den 18. VII. 55 (Im Zimmer)
Schrieb gestern in der dumpfigen Hütte, ohne Jacke, gut anderthalb Seiten an dem Vorwort für Desch. Diktierte nachmittags auch ein paar dringende Briefe. Bei dem glänzenden Wetter ungeheures Gewimmel am Strande und auf der Terrasse. Dort nachmittags mit Frau von Eugen (Öchen), dem Fischer-Schwiegersohn, seiner Frau und einer Bermann-Tochter. Schälchen Kaffee. Hörten nach dem Diner Bach-Aufnahmen. Las mit großer Anteilnahme »Billy Budd« von Melville. Vorzüglich. Jago sollte nicht genannt werden. – Nachts Gewitter und jäher Regensturm, bei dem ein Kleid K.'s vom Balkon davonflog. Heute bedeckt und naß. Fuhr nach dem Frühstück zum Coiffeur hinab, mir das Haar schneiden zu lassen, was mit dem Warten viel Zeit nahm, jedoch eine notwendige Wohltat war. Schreibe etwas weiter an dem Vorwort. – Gestern auf dem Zimmer ein indisch-jüdisches Ehepaar, Musiker, Freunde Bibi's, empfangen. Ansprache durch einen jungen Mann, der »eigens aus Deutschland gekommen, um mich zu sehen«. –

Noordwijk, Mittwoch den 20. VII. 55
Gestern sehr feucht und kalt am Vormittag. Verbrachte dennoch eine Stunde in der Hütte und schrieb am Desch-Vorwort

gegen das Ende. Floh dann vor Kälte und Sand und fuhr im Zimmer fort bis gegen das Ende. Es hat sich aber Rheuma im linken Bein, dann in beiden, hergestellt, der mich im Gehen behindert. – Nachmittags holte Landshoff uns ab und fuhr uns 20 Minuten zu seinem hübschen Landhaus, wo wir mit seiner Frau und den Kindern Thee tranken. Auch ein Glas Kornschnaps. Merkwürdiger Fall des 5jährigen Jungen, der keine gekochten Speisen annimmt, weder Fleisch noch Gemüse. Nährt sich von Yogurt und Eiern, auch Porridge. – Zum Diner zurück. Viel Post, Drucksachen und Briefe, von denen einige zur Beantwortung nach Beendigung des Geleitartikels vorsah. Nahm Treupel-Tablette. Las in Shaws »Heiraten«. In seiner Vorrede spielen die Reformationsethik und Paulus eine Rolle. – K. hat ihr fortgewehtes Kleid wieder. – Es sind 75000 Mark Entschädigung vom deutschen Staat eingezahlt worden, ferner die amerikanische Altersrente. Der Krull trägt große Summen. Wir sind sehr reich und müssen hohe Steuern zahlen. – Neuer Brief von Knopf, daß auch der neue Name für den Lord unter Peers vorkommt. Man hat einen dritten bestimmt, der der Servicen mitzuteilen ist. Auch Mondadori. Ärgerlich. –

Noordwijk, Freitag den 22. VII. 55
Einfallende Krankheit

Der »Rheumatismus«, der sehr schmerzhaft wurde, stellt[e] sich bei Untersuchung durch den lokalen Rheumatologen als ganz etwas anderes, nämlich als ziemlich schwere Cirkulationsstörung durch Venenentzündung in der Leistengegend heraus. Bestätigung der Diagnose durch den Leidener Internisten Professor Mülder. Absolutes Stilliegen, keinen Schritt gehen. 12 Medizintabletten in 24 Stunden. Beschluß des Ambulanz-Transportes nach Zürich in die Klinik, morgen Vormittag. Enttäuschung, Kummer um den Aufenthalt. Die in ihren Formen und Forderungen völlig unvertraute Krankheit kam so überraschend. Dauer ihrer Behandlung bis zu 6 Wochen! – Das Vorwort für Desch machte ich gestern fertig und schickte es in der Handschrift. – Heute Morgen zum Waschen, Umlegen u. Umkleiden die hiesige Nurse. Trank Kaffee u. aß Honigzwieback. Gestern Abend wurde mir beim Einnehmen sehr übel. Ging ohne Erbrechen vorüber. – Visite des Professors. Das Bein eher etwas besser, obgleich ich auf der Seite geschlafen. – 11 Uhr wieder die Nurse für Hilfe für K. beim Packen. – Viel Telephon, Emmy Oprecht, Landshof, Gret, Erika. Nässen des Bettes u. Anzugs beim Urinieren in die Glasflasche im Liegen. Alles bis zu 80 nie erprobt. Schändlich, schändlich und so schade um den Aufenthalt hier, die Arbeitsstunden in der Hütte! Kummer um die Württember[ger] Musikanten, die am 31. nach Kilchberg zum Ständchen kommen! – Leide keine Schmerzen, nur Unbehagen und gänzlichen Mangel an freier Bewegung und Selbstständigkeit. Abschaffung des Zartgefühls, was die Zahnprothesen und das Geschlechtsglied betrifft. Das Wetter wäre andauernd angenehm. – Man vergißt immer wieder, daß es unmöglich ist, aufzustehen und einen Schritt zu tun. –

Zürich, Freitag den 29. VII. 55. In dem riesigen Kantonsspital bei der Universität und zu ihr gehörig. – So ist denn der schöne Aufenthalt von Noordwijk in dies Krankheitsabenteuer ausgegangen, die Venenentzündung, die zweifellos als eine verspätete Reaktion auf die Anstrengungen und Aufregungen im Mai u. Juni zu betrachten. – Der Ambulanz-Transport nach Amsterdam und von da im Flugzeug nach Zürich und in dieses Bett erfolgte am Sonnabend den 23. Nun konnte die regelrechte Behandlung des geschwollenen und fiebernden Beines u. der Krankheit im Ganzen beginnen unter der Leitung von Prof. Löffler, der noch am Samstag Abend erschien, Oberarzt Essailler, Dr. Arnstein u.a. Schwestern Marti, Heidi etc. Exakte Pflege. Alkohol- und Essigs. Tonerde-Wickel, dazu Penicillin- und blutlösende Injektionen. Gute, ja erstaunliche Fortschritte in diesen 6 Tagen, obgleich mein Mund wund, der Hals geschwollen und entzündet, das Essen

Qual u. Mühsal, der Appetit gleich null. K., vormittags u. nachmittags bei mir, versorgt mich mit Ergänzungen für das schlechte Essen. Nachmittags 1/4 Stunde sitzend auf dem Bettrande. Die Nächte anfangs sehr schwierig. Abenteuer der Bettschüssel, nie erprobt. Oft große Niedergeschlagenheit. Besuche von Gret und Bibi, den Buben, Golo, Schweizer. Blumen im Zimmer. – Prof. Löffler, sympathische Berühmtheit, etwas Primadonna, aber angenehm. Spricht von Hannos Typhus, der ein Gewand des Tod[es], nennt das eine sehr gute medizinische Einsicht. – Immer wiederholtes Pinseln des Schlundes und Mundes nach dem Gurgeln. – Rauche kaum, 3 Cigaretten. – Das Wetter kühl u. regnerisch. – Füttern der Spatzen. – Las Shaws »Heiraten« zu Ende. Lese Einsteins »Mozart«. – Lasse mir's im Unklaren, wie lange dies Dasein währen wird. Langsam wird es sich lichten. Soll heute etwas im Stuhl sitzen. – Verdauungssorgen und Plagen.

ANHANG

SIGLENVERZEICHNIS

GW I–XIII	Thomas Mann, Gesammelte Werke in zwölf (dreizehn) Bänden, Frankfurt am Main 1960 (1974).
Loewy	Thomas Mann, Ton- und Filmaufnahmen. Ein Verzeichnis, zusammengestellt und bearbeitet von Ernst Loewy, hrsg. vom Deutschen Rundfunkarchiv. TM, Gesammelte Werke in dreizehn Bänden, Supplementband, Frankfurt am Main 1974.
Br. I–III	Thomas Mann, Briefe (I) 1889–1936, (II) 1937–1947, (III) 1948–1955 und Nachlese, hrsg. von Erika Mann, Frankfurt am Main 1961–1965.
Reg. I–V	Die Briefe Thomas Manns. Regesten und Register, Band I–III bearbeitet und herausgegeben unter Mitarbeit von Yvonne Schmidlin (Thomas-Mann-Archiv Zürich) von Hans Bürgin und Hans-Otto Mayer. Band IV und V bearbeitet und herausgegeben von Hans Bürgin und Hans-Otto Mayer, überarbeitet und ergänzt von Gert Heine und Yvonne Schmidlin. Frankfurt am Main 1976–1987.
D. ü. D. I–III	Dichter über ihre Dichtungen, hrsg. von Rudolf Hirsch und Werner Vordtriede. Bd. 14/I–III Thomas Mann, hrsg. von Hans Wysling unter Mitwirkung von Marianne Fischer, München/Frankfurt am Main 1975–1981.
TB 18–21, 33/34, 35/36, 37–39, 40–43	Thomas Mann, Tagebücher …, hrsg. von Peter de Mendelssohn, Frankfurt am Main 1977–1982.
TB 44–46, 46–48, 49/50, 51/52	Thomas Mann, Tagebücher . . ., hrsg. von Inge Jens, Frankfurt am Main 1986, 1989, 1991, 1993.

HH/TM	Hermann Hesse/Thomas Mann, Briefwechsel. Erweiterte Neuausgabe, hrsg. von Anni Carlsson und Volker Michels, Frankfurt am Main 1975.
TM/GBF	Thomas Mann, Briefwechsel mit seinem Verleger Gottfried Bermann Fischer, hrsg. von Peter de Mendelssohn, Frankfurt am Main 1973.
TM/EB	Thomas Mann an Ernst Bertram. Briefe aus den Jahren 1910–1955, hrsg. von Inge Jens, Pfullingen 1960.
TM/RF	Thomas Mann/Robert Faesi, Briefwechsel, hrsg. von Robert Faesi, Zürich 1962.
TM/OG	Thomas Mann, Briefe an Otto Grautoff 1894–1901 und Ida Boy-Ed 1903–1928, hrsg. von Peter de Mendelssohn, Frankfurt am Main 1975.
TM/KK	Thomas Mann/Karl Kerényi, Gespräch in Briefen, hrsg. von Karl Kerényi, Frankfurt am Main 1960.
TM/AM	Thomas Mann/Agnes Meyer, Briefwechsel 1937–1955, hrsg. von Hans Rudolf Vaget, Frankfurt am Main 1992.
TM/CN	The Letters of Thomas Mann to Caroline Newton, Privately Printed by Princeton University Press, Princeton 1971.
Briefw. Aut.	Thomas Mann, Briefwechsel mit Autoren, hrsg. von Hans Wysling, Frankfurt am Main 1988.
Feuchtwanger Briefwechsel	Lion Feuchtwanger, Briefwechsel mit Freunden 1933–1958. 2 Bde, hrsg. von Harold von Hofe und Sigrid Washburn, Berlin 1991.
Bl. TMG	Blätter der Thomas Mann-Gesellschaft, Zürich.
Bürgin	Hans Bürgin, Das Werk Thomas Manns. Eine Bibliographie, unter Mitarbeit von Walter A. Reichart und Erich Neumann, Frankfurt am Main 1959.
Potempa	Georg Potempa, Thomas Mann-Bibliographie. Das Werk. Mitarbeit Gert Heine, Morsum/Sylt 1992.

Hansen/Heine	Frage und Antwort. Interviews mit Thomas Mann 1909–1955, hrsg. von Volkmar Hansen und Gert Heine, Hamburg 1983.
TMS III	Hans Wysling, Dokumente und Untersuchungen. Beiträge zur Thomas Mann-Forschung. Thomas-Mann-Studien, hrsg. vom Thomas-Mann-Archiv der Eidgenössischen Technischen Hochschule in Zürich, Band III, Bern und München 1974.
TMS V	Hans Wysling, Narzißmus und illusionäre Existenzform. Zu den Bekenntnissen des Hochstaplers Felix Krull. Thomas-Mann-Studien, hrsg. vom Thomas-Mann-Archiv der Eidgenössischen Technischen Hochschule in Zürich, Band V, Bern 1986.
Bild und Text	Bild und Text bei Thomas Mann. Eine Dokumentation, hrsg. von Hans Wysling unter Mitarbeit von Yvonne Schmidlin, Bern und München 1975.
Sprecher	Thomas Sprecher, Thomas Mann in Zürich, Zürich 1992.
AtV	›Und leiser Jubel zöge ein‹. Autoren- und Verlegerbriefe 1950–1959, hrsg. von Elmar Faber und Carsten Wurm, Aufbau Taschenbuch Verlag (TB 100), Berlin 1992.

NYT	New York Times.
NSR	Neue Schweizer Rundschau.
NZZ	Neue Zürcher Zeitung.
MfdU	Monatshefte für deutschen Unterricht, Madison, Wisconsin.
TMA	Thomas-Mann-Archiv der Eidgenössischen Technischen Hochschule, Zürich.
HOM	Thomas Mann-Sammlung »Dr. Hans-Otto Mayer«, Düsseldorf.
Marbach	Deutsches Literaturarchiv, Marbach am Neckar.

ANMERKUNGEN

1953

1. 1. 1953

1] *Fiedler:* Der evangelische Pastor Kuno Fiedler (1895–1973), langjähriger Korrespondenzpartner (seit 1915) und Freund TMs, dessen Tochter Elisabeth er 1918 in München getauft hatte (s. *Gesang vom Kindchen*, GW VIII, 1090), lebte nach seiner Flucht aus einem NS-Gefängnis im September 1936 als Seelsorger in St. Anthönien in der Schweiz. 3

2] *Novelle:* TM arbeitete seit dem 14. 5. 1952 an der Geschichte *Die Betrogene* (GW VIII, 877–950). S. dazu TB 51/52, 209 und 634.

3] *K.:* Die von TM im gesamten Tagebuch verwendete Abkürzung für den Vornamen seiner Frau Katia, geborene Pringsheim (24. 7. 1883–25. 4. 1980).

4] *an Knopf:* An Alfred A. Knopf, Erlenbach, 2. 1. 1953, Reg. IV, 53/2. Der Brief ist versehentlich 1952 datiert.

5] *Knopf:* Der amerikanische Verleger Alfred A. Knopf (1892 bis 1984), der TMs Werke seit 1924 betreute und den Verlag zusammen mit seiner Frau Blanche (1894–1966) leitete.

6] *Manuskript:* Harald Kohtz, ›Das Problem der Dekadenz im Werk Thomas Manns‹, Diss. Humboldt-Universität Berlin 1953. Ein Manuskript befindet sich im TMA.

2. 1. 1953

1] *[die] Buben:* Die Enkel Fridolin (Frido, geb. 1940, heute Professor für Psychologie an der Universität Göttingen) und Anthony (Toni, geb. 1942, heute Gärtner bei der Stadt Zürich), Söhne von TMs jüngstem Sohn, dem Geiger und Bratschisten, späteren Germanistik-Professor Michael Mann (1919–1977) und seiner Frau Gret, geb. Moser (geb. 1916). 3

2] *Dr. Hirsch:* Der Kunsthistoriker Rudolf Hirsch (geb. 1905), der den Krieg im holländischen Untergrund überlebte, hatte 1948 das Lektorat des Verlags Bermann-Fischer/Querido in Amsterdam übernommen, ehe er 1950 als literarischer Leiter des wiedergegründeten

S. Fischer Verlags und Redakteur der ›Neuen Rundschau‹ nach Frankfurt am Main übersiedelte. S. auch TB 49/50, 333.

3 3] *die ostdeutschen Ausgaben:* S. TB 51/52, 590–593.

4] *Denunziant Thorberg:* Der österreichische Schriftsteller und Publizist Friedrich Torberg (1908–1979), der 1941 – nach Fluchtstationen in der Schweiz und Frankreich – in die USA gelangt und 1951 nach Wien zurückgekehrt war. Der Vorwurf »Denunziant« bezieht sich auf zwei im September und Oktober 1952 für den Wiener ›Kurier‹ geschriebene Artikel, in denen Torberg TM (im Vorfeld des Wiener Besuchs vom November; s. TB 51/52, 301–303 und 730–739) sowohl seiner nationalistischen Äußerungen zur Zeit des Ersten Weltkriegs als auch seiner unentschiedenen, »ironischen« Haltung gegenüber dem Kommunismus wegen scharf angegriffen hatte. Näheres TB 51/52, 303 und 736/737.

5] *Artikel Wallenbergs:* Vermutlich ist der ungezeichnete Artikel ›Thomas Mann distanziert sich unmißverständlich vom Kommunismus‹ (s. TB 51/52, 741) gemeint, den die ›Neue Zeitung‹ am 30. 12. 1952, 3, publiziert hatte. Dieser Beitrag erwähnt Torberg allerdings mit keinem Wort, faßt aber die Wiener Vorgänge noch einmal zusammen und spricht, durch Abdruck der von Erika Mann verfaßten Erklärung ›Thomas Manns Bekenntnis zur westlichen Welt‹, GW XII, 971–973, das TM endgültig entlastende Schlußwort in dieser Angelegenheit.

6] *Wallenberg:* Der Journalist Hans Wallenberg (1907–1977) leitete seit 1946 die unter amerikanischer Ägide in München erscheinende ›Neue Zeitung‹. Näheres s. TB 46–48, 587/588, und TB 49/50, 578.

7] *Hatzfeld:* Der nach einem Selbstmordversuch 1913 erblindete Schriftsteller Adolf von Hatzfeld (1892–1957) war mit TM aus den frühen Münchener Jahren gut bekannt.

8] *»Reise nach Moskau«:* Adolf von Hatzfeld, ›Der Flug nach Moskau‹, in Adolf von Hatzfeld, ›Zwischenfälle‹, Erzählungen, Hattingen 1952. Der Band mit einer Widmung des Autors an TM befindet sich in der Zürcher Nachlaßbibliothek.

9] *Tape recorder-Späße Erikas:* TMs älteste Tochter, die Schauspielerin, Journalistin und Schriftstellerin Erika Julia Hedwig Mann-Auden (1905–1969) produzierte gern und häufig Tonband-Aufnahmen von Sketchen politischen, literarischen oder persiflierenden Inhalts, aber auch von eigens zu besonderen Fest- und Feiertagen verfaßten Rezitationsdarbietungen verschiedener Familienmitglieder. Einige dieser Aufnahmen haben sich erhalten und sind im TMA archiviert.

3. 1. 1953

1] *Dialog Rosalie-Anna:* Das Gespräch, in dem Rosalie von Tümmler 4
ihrer Tochter Anna die Liebe zu Ken Keaton gesteht. *Die Betrogene,* GW VII, 909–920.

2] *»Chartreuse«:* Stendhals (Henri Beyle, 1783–1842) Roman ›La chartreuse de Parme‹ befindet sich nicht unter den Bänden der Nachlaßbibliothek.

3] *Lift:* Der Möbeltransport aus Kalifornien.

4. 1. 1953

1] *Medi:* TMs jüngste Tochter, die in englischer Sprache publizie- 4
rende Schriftstellerin und Wissenschaftlerin Elisabeth Veronika Mann Borgese (geb. 1918), Witwe des italienischen Historikers und Literaturwissenschaftlers Giuseppe Antonio Borgese (1882–1952).

2] *Le Rouge et le Noir:* Stendhals 1830 beendeter Roman.

3] *an Hatzfeld:* An Adolf von Hatzfeld, Erlenbach, 4. 1. 1953, Reg. IV, 53/4.

4] *an jemanden:* An Walter Schinke, Erlenbach, 4. 1. 1953, Reg. IV, 53/7: »Die Frage, die Sie an mich richten – ob nämlich das Gespräch Lottes mit Goethe im Wagen real oder irreal sei – ist mir öfters gestellt worden: kein Wunder, denn ich habe sie im Roman bis zu einem gewissen Grade offengelassen und dem Leser anheimgegeben, sie zu beantworten. Meine eigene stille Meinung war immer, daß es sich um [ein] Geistergespräch zum leidlich versöhnlichen Abschluß der reichlich péniblen Geschichte handelt.« (D. ü. D. II, 539/540, das Zitat 539)

5] *»Lotte«, 9. Kapitel:* Das letzte Kapitel von TMs Roman *Lotte in Weimar,* GW II, 749–765.

6] *Kriegsroman von Kramer:* Gerhard F. Kramer, ›Wir werden weiter marschieren‹, Berlin 1952.

7] *Kramer:* Der Jurist und – von 1961 bis 1970 – Hamburgische Senator Gerhard F. Kramer (1904–1973), von 1966 bis 1970 Leiter der Kulturbehörde der Hansestadt.

8] *russisch-historischer Roman:* Fritz von Unruh, ›Die Heilige‹, Braunschweig 1952.

9] *Unruh:* Der Schriftsteller Fritz von Unruh (1885–1970), zu dessen frühem Drama ›Offiziere‹ (1911) sich TM nach einer Erinnerung des Autors aus den dreißiger Jahren in »einem wundervollen bejahenden Brief« geäußert hatte. Unruh, TMs Kollege in der Preußischen Akademie der Künste, aus der beide 1933 ausgeschlossen wurden, emigrierte nach Repressionen durch die NSDAP-Stadtverordnetenfraktion in Frankfurt am Main bereits 1932 über Italien nach Frankreich und floh, nach seiner Internierung 1940, in die USA. Die Korrespondenz zwischen Unruh und TM, die sich seit 1922 auch persönlich kannten, ist, soweit vorhanden, von Hans Wysling in dem Band ›Thomas Mann. Briefwechsel mit Autoren‹, Frankfurt am Main 1988, 428–468, publiziert.

10] *»Unordnung und frühes Leid«:* TMs 1925 geschriebene Novelle, GW VIII, 618–657.

5. 1. 1953

5 1] *Lion:* Der aus dem Elsaß stammende Literaturkritiker und Essayist Ferdinand Lion (1883–1965), den TM aus seiner Münchener Zeit kannte. Lion war 1933 in die Schweiz emigriert, wo er 1937/1938 als Redakteur der von TM und Konrad Falke herausgegebenen Zweimonatsschrift ›Mass und Wert‹ tätig war und zwei Monographien über TM schrieb: ›Thomas Mann in seiner Zeit‹, 1935; ›Thomas Mann. Leben und Werk‹, 1947, erweiterte Fassung 1955.

2] *Montesquieu's Jugendwerk:* Charles Louis de Secondat, Baron de La Brède et de Montesquieu (1689–1755), ›Histoire véritable‹, deutsche Übersetzung von Victor Klemperer, Aufbau-Verlag, Berlin 1952: ›Wahrhaftige Geschichte‹.

3] *Persische Briefe:* Von den 1721 anonym erschienenen ›Lettres persanes‹ befindet sich keine Ausgabe mehr in der Zürcher Bibliothek.

6. 1. 1953

5 1] *Scholl:* Die Papeterie Gebrüder Scholl in der Zürcher Poststrasse 3, in der TM all seine Schreibwaren erstand.

2] *Mutter-Tochter-Dialog:* S. TB 3. 1. 1953, Anm. 1.

3] *ihre Kinder*: Angelica (geb. 1940) und Domenica (geb. 1944) Borgese.

4] *Basler:* Der Schweizer Lehrer und Essayist Otto Basler (1902–1984) stand seit 1930 mit TM in freundschaftlicher Verbin-

dung. Eine Auswahl der umfangreichen Korrespondenz zwischen TM und Basler wurde 1965 in Bl. TMG No. 5 publiziert.
5] *Schrieb dem jungen Mann:* An Harald Kohtz, Erlenbach, 6. 1. 1953, Reg. IV, 53/12.

7. 1. 1953
1] *»A Dog's Head«:* Der 1951 in London erschienene Roman ›A 5
Dog's Head‹ des kanadischen Schriftstellers Jean Dutourd (geb. 1920).
2] *an Unruh:* An Fritz von Unruh, Erlenbach, 7. 1. 1953, Reg. IV, 53/13; Briefw. Aut. 467.
3] *René Mayer verlangt die »Investitur«:* Der französische Politiker René Mayer (1895–1972) war am 4. 1. 1953 mit der Regierungsbildung beauftragt worden und verlangte nun im Parlament die Einsetzung in das Amt des Ministerpräsidenten.
4] *Novellen von Turgeniew:* In der Zürcher Bibliothek sind nur noch zwei Titel des russischen Schriftstellers Iwan Sergejewitsch Turgenjew (1818–1883): ›Das Adelsnest‹ in der Übersetzung von Johannes von Guenther, München 1922, und eine Ausgabe von ›Väter und Söhne‹, Leipzig 1911. Doch befindet sich unter den Büchern, von denen man weiß, daß TM sie besessen hat und die das Zürcher Archiv unter der Signatur TMB sammelt, eine zweibändige Ausgabe der Erzählungen ›Aufzeichnungen eines Jägers‹ in der Übersetzung von Alexander Eliasberg, Potsdam 1924, die hier eventuell gemeint sein könnte.

8. 1. 1953
1] *»Perspectives«:* Die in vier Sprachen – englisch, französisch, italie- 6
nisch und deutsch – erscheinende amerikanische Zeitschrift, deren deutsche Ausgabe unter dem Titel ›Perspektiven. Literatur, Kunst, Musik‹ ab Oktober 1952 bei S. Fischer in Frankfurt am Main erschien.
2] *Leisinger:* Der Zürcher Zahnarzt Dr. Hermann Leisinger, dessen Praxis in der Sihlstrasse 38 TM seit 1937 – alternierend mit der Praxis von Dr. Hans Asper in der Bahnhofstrasse 82 – konsultierte.
3] *Hesse:* Der deutsche Schriftsteller Hermann Hesse (1877–1962) war bereits 1912 in die Schweiz übersiedelt. Die Verbindung der beiden fast Gleichaltrigen, TM und Hermann Hesse, reicht zurück in das

Jahr 1904, als Samuel Fischer sie in München zusammenführte. Während TMs Schweizer Jahren vor und nach 1945 intensivierten sich die insgesamt freundlichen Beziehungen zu freundschaftlichem Umgang. Näheres TB 46–48, 456.

4] *6 Bände seiner Ges. Dichtungen:* Hermann Hesse, ›Gesammelte Dichtungen‹ in 6 Bänden; zum 75. Geburtstag 1952, Frankfurt am Main. Die Ausgabe mit einer Widmung: »Dem älteren Bruder der jüngere. H. Hesse« ist in der Zürcher Bibliothek erhalten.

5] *Brief:* Montagnola, im Januar 1953: »In der Annahme, dass die Gerüchte über Ihre Niederlassung in Erlenbach nicht lügen, hole ich etwas lang Hinausgeschobenes heute nach und erbitte für meine sechs Bände Aufnahme in Ihrem Hause. Solange Sie ohne festen Wohnsitz waren, konnte ich es nicht tun. [...]/ So sei der Schritt über Ihre Schwelle gewagt, und schon ziehe ich mich wieder zurück. Ich habe mir das Briefschreiben, dem ich früher eher zuviel oblag, abgewöhnen müssen, weil das Gehirn seine Munterkeit verloren hat, ich bin schwindlig, dösig, faul, dumm geworden. Es lässt sich auch so zur Not leben, aber zeigen darf man sich nicht mehr.« (Im TMA)

6] *Schrieb ihm:* An Hermann Hesse, Erlenbach, 8. 1. 1953, Reg. IV, 53/14; HH/TM 240/241.

7] *Bidault:* Der französische Politiker Georges Bidault (1899 bis 1983).

8] *Schuman:* Der französische Politiker Robert Schuman (1886 bis 1963) war zum Zeitpunkt der Eintragung Außenminister seines Landes.

9] *Orden:* TM war mit Schreiben des Pariser Außenministeriums vom 17. 12. 1952 das Offizierskreuz der Ehrenlegion verliehen worden, und es war beabsichtigt, daß der amtierende Außenminister die Auszeichnung anläßlich eines Besuches in Zürich persönlich überreichen sollte. S. dazu TB 51/52, 751.

10] *Schrift von Stacey:* ›Natural Gas and its Ethical Implications‹. A lecture given under the auspices of the American Catholic Philosophical Association, 1952.

11] *Stacey:* Nichts Näheres ermittelt.

9. 1. 1953

6 1] *Lesser:* Der österreichische Philologe und Schriftsteller Jonas Lesser (1896–1968) lebte seit seiner Flucht vor den Deutschen, 1938, in

London. Seine Monographie ›Thomas Mann in der Epoche seiner Vollendung‹ war auf Vorschlag TMs 1952 bei Kurt Desch in München erschienen.
2] *Rundschau-Kapitel*: ›Die Verabredung‹, das vierte Kapitel des dritten Buches von TMs Roman *Bekenntnisse des Hochstaplers Felix Krull*.
3] *Korrektur der Hauptmann-Rede*: Für die Ausgabe: *Gerhart Hauptmann. Rede, gehalten am 9. November 1952 im Rahmen der Frankfurter Gerhart-Hauptmann-Woche*, [Gütersloh,] C. Bertelsmann 1953, Reihe ›Das kleine Buch‹, No. 52. (Potempa G 1129.3)
4] *Prof. Kaufmann:* Der aus Freiburg im Breisgau stammende Philologe Walter Kaufmann (1921–1980) lebte seit 1939 in den USA und unterrichtete von 1947 bis zu seinem Tode an der Princeton University. Näheres TB 51/52, 640/641.
5] *in »Partisan Review«:* Walter A. Kaufmann, ›Goethe versus Shakespeare. Some Changes in Dramatic Sensibility‹, ›Partisan Review‹, New York, vol. XIX, No. 6, Nov./Dec. 1952, 621–634.
6] *Mondadori:* TMs italienischer Verleger Arnoldo Mondadori (1889–1971), in dessen Mailänder Verlag seit 1933 nahezu alle italienischen Ausgaben seiner Werke erschienen. S. auch TB 44–46, 421.
7] *die Marieen*: Vermutlich Marie Benzinger, die ehemalige Haushaltshilfe der Manns in München und während der ersten Emigrationszeit, die nach der Übersiedlung TMs in die USA bei Emmie Oprecht arbeitete, sowie Maria Färber, geb. Fröhlich, die die Familie Mann von München über Sanary nach Küsnacht begleitet und dort einen Schweizer geheiratet hatte. Näheres TB 51/52, 330.
8] *Schweizers*: Der Drehbuchautor und Präsident des Verwaltungs- 7
rats des Zürcher Schauspielhauses Richard Schweizer (1900–1965), ein treuer Freund der Familie Mann, den TM bereits aus den ersten Jahren des Zürcher Exils gut kannte, mit seiner Frau. Näheres zu Richard Schweizer TB 46–48, 376, und TB 51/52, 363/364.

10. 1. 1953
1] *Kraus' »Dritte Walpurgisnacht«:* Der erst 1952 publizierte Groß- 7
essay ›Die dritte Walpurgisnacht‹ des österreichischen Kulturkritikers und polemischen Publizisten, Herausgebers und – seit 1911 – einzigen Autors der Zeitschrift ›Die Fackel‹, Karl Kraus (1874–1936) ist in

der Zürcher Bibliothek erhalten. TM hatte Karl Kraus im Februar 1914 in München kennengelernt.

11. 1. 1953

7 1] *Verlag für Kinderbücher*: Der Franz Schneider Verlag in München, in dem zwischen 1952 und 1955 Erika Manns Kinderbücher aus der ›Zugvögel‹-Reihe, der Serie über die Wiener Sängerknaben, erschienen.

2] *Trebitsch:* Der 1938 in die Schweiz geflohene Wiener Schriftsteller und erste deutsche Shaw-Übersetzer Siegfried Trebitsch (1869–1956) und seine Frau Antoinette. TM kannte das Ehepaar Trebitsch seit seinem Wien-Besuch im Dezember 1919.

3] *Dr. Weber:* Der Feuilleton-Redakteur der ›Neuen Zürcher Zeitung‹ Werner Weber (geb. 1919).

8 4] *an R. Schweizer:* An Richard Schweizer, Erlenbach, 11. 1. 1953, Reg. IV, 53/20, Begleitbrief zu dem ›Pilatus‹-Manuskript von Franz Theodor Csokor (s. TB 17. 1. 1953, Anm. 3) mit Dank für einen »reizenden Abend« im Hause Schweizer am Zürcher Bellariarain (s. TB 9. 1. 1953): »Es tat mir leid, dass Erika durch allzu dunkle politische Leidenschaftlichkeit die Gemütlichkeit etwas trübte. Sie bedauert es selbst und hat sich bei mir entschuldigt, worauf nun ich mich bei Ihnen entschuldige. Tatsächlich hat sie, als Person von Rang und Wert, Grund zur Verbitterung, und man muß ihr einige düstere Übertreibungen nachsehen, besonders da sie sich doch eine von Hass freie, helle und charmante Sphäre zu bewahren weiss.« (Im TMA)

5] *Csokor:* Der österreichische Schriftsteller Franz Theodor Csokor (1885–1969). Näheres TB 51/52, 696.

12. 1. 1953

8 1] *(Frühling, Krokus):* GW VIII, 933/934.

2] *Brief der New York Times:* Von Michael L. Hoffman, Genf, 11. 1. 1953: Die Bitte, TM möge in einem von der NYT zu veröffentlichenden Interview seine Ansicht äußern »on the realities and dangers in the current trend of American policy toward restriction of entry and investigation (and castigation) of nonconformist opinion in all walks of life – everything, in short, that will be suggested to you by the names McCarthy and McCarran«. – S. auch TB 27. 1. 1953 und die als Dok. 5, S. 811–813 wiedergegebene Antwort TMs.

3] *von Rauschning:* Gaston, Oregon, 7. 1. 1953, im TMA.

4] *Rauschning:* Der konservative, zeitweilig nationalsozialistische Politiker Hermann Rauschning (1887–1982) hatte als Präsident des Senats der Freien Stadt Danzig zunächst als Hitler-Vertrauter gegolten, distanzierte sich jedoch zunehmend vom NS-Regime, legte sein Amt bereits im November 1934 nieder und floh 1936 über Polen in die Schweiz, ging 1938 nach Frankreich, emigrierte 1940 weiter nach England und kam 1941 schließlich in die USA, wo er ab 1948 als Farmer lebte, jedoch nach wie vor publizistisch tätig blieb. – Rauschning erregte 1938/1939 mit seinen bei TMs Verleger Emil Oprecht erschienenen Hitler-kritischen Büchern ›Die Revolution des Nihilismus‹ und ›Gespräche mit Hitler‹ weltweites Aufsehen; 1943 schrieb er das Vorwort ›Eine Unterredung mit Hitler‹ für die mit TMs Novelle *Das Gesetz* (GW VIII, 808–876) eröffnete, von Armin L. Robinson herausgegebene Anthologie ›The Ten Commandments‹, New York 1943 (›Die zehn Gebote‹, Frankfurt am Main 1988). Das TB vom 30. 12. 1946 (TB 46–48, 78) belegt einen Abendessen-Besuch Rauschnings bei TM.
5] *Schriftsteller X.:* Nicht ermittelt.

13. 1. 1953
1] *Guldener:* Dr. Adolf Guldener, den TM als dritten Zürcher Zahn- 8
arzt (s. TB 8. 1. 1953, Anm. 2) bereits 1937 und dann wieder 1952/1953 konsultierte.
2] *Heft über Schloß Benrath:* Das TM von Rudolf Oberloskamp (s. TB 7. 2. 1953, Anm. 2) zugeschickte ›Merian‹-Heft über Düsseldorf (Jg. 4, H. 5, Mai 1951), u. a. mit einem Artikel von Emil Barth über Schloß Benrath, ›Schloßzauber‹, befindet sich unter den Materialien zur *Betrogenen* im TMA.
3] *Hochstapler-Material:* TM hatte die Arbeit an der Fortsetzung seines frühen *Krull*-Fragments im Mai 1952 zugunsten der *Betrogenen* unterbrochen, so daß er, um sich Suchereien (z. B. nach der für die Anm. 2 erwähnten und für die Beschreibung von Schloß Holterhof so wichtigen Vorlage) zu ersparen, seine Handmappe von *Krull*-Materialien freimachen mußte.
4] *Faesis:* Der Schweizer Literarhistoriker Robert Faesi (1883–1972) mit seiner Frau Jenny, deren gelegentlicher Gast TM bereits vor 1933 gewesen war und mit denen er seit seiner Rückkehr aus den USA in zunehmend engerer Verbindung stand.

14. 1. 1953

9 1] *P. P.-Habe*: Die Möbel aus dem Haus in Pacific Palisades.

2] *Brief an den [. . .] Genfer Vertreter:* S. TB 27. 1. 1953, Anm. 1, und Dok. 5, S. 811–813.

3] *Genfer Vertreter:* Michael L. Hoffman.

15. 1. 1953

9 1] *rote Rosette:* Das im Knopfloch zu tragende Symbol für die französische Auszeichnung.

2] *Oberküfer:* Der Direktor des Hotels Waldhaus Dolder in Zürich.

3] *Ehepaar Mende:* Nicht ermittelt.

10 4] *Verfall:* Die ersten Anzeichen der Krankheit, GW VIII, 935/936.

5] *antisemitischer Ärzteprozess:* Die NZZ (Fernausgabe) vom 16. 1. 1953, Bl. 2, berichtete in einem »Die Moskauer ›Aerzteverschwörung‹« überschriebenen Artikel, der sich auf eine via Reuter publizierte TASS-Meldung berief, über den Moskauer Prozeß gegen eine »Gruppe russischer Ärzte, meist jüdischer Abkunft«, der man zur Last legte, »im Solde der amerikanischen Spionage [. . .] Anschläge auf das Leben hoher sowjetischer Armeeführer geschmiedet« zu haben und »mitschuldig am Tode des Politbureaumitglieds Schdanow und des Parteisekretärs Schterbakow« zu sein.

6] *Die unendlichen Investigations:* Der gut informierte Kommentator der NZZ hatte die sowjetische Behauptung zitiert, die Angeklagten seien »Agenten der bürgerlich-nationalistischen, als jüdische Unterstützungsorganisation getarnten ›Joint‹ gewesen, die in Wahrheit nur die Geschäfte der amerikanischen Kriegshetzer betreibe und mit ihrer zionistischen Propaganda der Sowjetregierung Abbruch zu tun suche. Alle Beschuldigten hätten ihre Verbrechen eingestanden«, und auf ähnliche Prozesse, z. B. gegen die »Kremlärzte« Pletnjow und Lewin, hingewiesen, denen vorgeworfen worden war, »im Auftrag des gestürzten und zum Konterrevolutionär erklärten Tscheka-Chefs Jagoda den Dichter Maxim Gorki und die Volkskommissare und Politbüromitglieder Orschonikidse und Kuibyschew vergiftet, resp. durch eine absichtlich falsche Behandlung ums Leben gebracht zu haben«.

7] *Becher:* Der Lyriker, Essayist und nach 1945 maßgebliche Kulturfunktionär in der DDR Johannes R[obert] Becher (1891–1958). Näheres TB 49/50, 347.

8] *für die Rosenbergs intervenieren:* Die angeblich der Atomspionage überführten Julius und Ethel Rosenberg waren am 6. 4. 1951 zum Tode verurteilt, die Hinrichtung jedoch auf Grund stets neuer Interventionen immer wieder aufgeschoben worden. Auch TM sandte kurz vor dem Exekutionstermin noch ein Telegramm an den amerikanischen Präsidenten. S. dazu TB 15. 6. 1953 und Dok. 11, S. 828.

9] *Einstein:* Der Physiker Albert Einstein (1879–1955), Begründer der Relativitätstheorie (Nobelpreis 1921), war 1933 nach Princeton emigriert, wohin ihm TM für die Jahre zwischen 1938 und 1941 folgte. – S. *Zum Tode von Albert Einstein* (1955), GW X, 549/550: »Aus meinem eigenen Leben kann ich dasjenige dieses Landsmannes und Schicksalsgenossen kaum wegdenken. Die Bekanntschaft mit ihm war alt und wurde während der Jahre, die ich in Princeton verbrachte, zur Freundschaft.« (549)

10] *Truman:* Harry Spencer Truman (1884–1972), 33. Präsident der USA (1945–1953).

11] *Revision:* Präsident Truman drängte Mitte Januar 1953 auf eine rasche Revision des McCarran-Act (s. TB 51/52, 540). Basis der Liberalisierung des Gesetzes war eine Empfehlung der siebenköpfigen Presidential commission, die, so Truman, geeignet sei, »to eliminate from our immigration laws the unfortunate provisions which apply discriminations based on national origin, race, creed and color and to substitute provisions worthy of our people and our government«.

12] *Plakate am Hause*: Als Zeichen, daß die Villa zum Verkauf 11
stand.

13] *Marcuses:* Der Philosoph, Essayist und Literaturkritiker Ludwig Marcuse (1894–1971) mit seiner Frau Erna, gen. Sascha (1903–1967). Marcuse lehrte nach seiner Flucht über Frankreich in die USA seit 1940 an der University of Southern California in Los Angeles. Während TMs kalifornischer Jahre hatte sich zwischen den seit der gemeinsam in Sanary verbrachten ersten Emigrationszeit miteinander bekannten Familien ein zunehmend intensiveres freundnachbarliches Verhältnis herausgebildet.

14] *Bermann:* Thomas Manns Verleger Gottfried Bermann Fischer (geb. 1897), der, ursprünglich Arzt, nach seiner Heirat mit der ältesten Tochter des Verlagsgründers Samuel Fischer (1859–1934) seinen Beruf aufgegeben hatte und in den Verlag seines Schwiegervaters eingetreten war, dessen Werk er – gemeinsam mit seiner Frau Brigitte, genannt Tutti (1905–1991) – trotz großer Schwierigkeiten fortsetzen konnte. Näheres TB 46–48, 358/359.

16. 1. 1953

11 1] *vom Hause Oprecht:* Aus der Firma des Zürcher Verlegers und Buchhändlers Emil Oprecht (1895–1952). Näheres TB 46–48, 566.

2] *Aktion:* In Zusammenarbeit mit der Militärpolizei hatte der britische Geheimdienst sieben ehemals führende Nationalsozialisten um den letzten Goebbels-Staatssekretär Werner Naumann und den einstigen Reichsstudentenführer, später Gauleiter von Salzburg, Gustav Scheel, festgenommen. Die Gruppe habe, so der britische Hochkommissar Sir Ivone Kirkpatrick, einen »kalten Staatsstreich« vorbereitet und versucht, »die Freie Demokratische Partei, die Deutsche Partei und den Block der Heimatvertriebenen und Entrechteten systematisch mit ihren Anhängern zu durchsetzen und sich so ihrer von innen her zu bemächtigen«. (NZZ, Fernausgabe, 17. 1. 1953, 1)

3] *Abschieds-Radio-Rede:* »Offensichtlich erleichtert darüber, die schwere Bürde seines hohen Amtes ablegen zu können und wie immer einfach und bescheiden«, hatte sich Präsident Truman am Abend des 15. Januar in einer über alle Radio- und Fernsehstationen der USA verbreiteten – nach Pressekommentaren durch ihre Schlichtheit und Redlichkeit beeindruckenden – Rede »vom amerikanischen Volk und den Presseleuten, die seine Pressekonferenzen regelmäßig besuchten«, verabschiedet.

4] *an Rauschning:* An Hermann Rauschning, Zürich, 16. 1. 1953, Reg. IV, 53/25. Der Text ist als Dok. 1, S. 795/796 wiedergegeben.

17. 1. 1953

12 1] *Vampyr-Geschichte von »Ellis«:* Ellis ist der Name der geheimnisvollen Frau aus Turgenjews Erzählung ›Erscheinungen‹, die dem Ich-Erzähler als ein fremdartiges Phantasiewesen – nach einigen Deutungen als eine Art Muse – in der Erscheinung eines Dichterblut saugenden Vampirs begegnet: »Symbol der Opferung des Lebens für die Kunst«. (S. dazu Peter Brang, ›I. S. Turgenev. Sein Leben und Werk‹, Wiesbaden 1977, 145/146.)

2] *»Erste Liebe«:* Von Turgenjews 1860 erschienener, im Sujet TMs

Unordnung und frühes Leid verwandter Novelle befindet sich keine Ausgabe in der Zürcher Bibliothek.
3] *an Csokor:* Zürich, 17. 1. 1953, Reg. IV, 53/26: »[...] den ›Pilatus‹ habe ich gelesen und kann Sie versichern, dass, abgesehen von einigen Längen und sprachlicher Ungehobenheiten: oder Unebenheiten des Dialogs, die Lektüre den starken Eindruck, den ich bei der glückhaften Wiener Vorlesung empfing, durchaus bestätigt hat. Es ist ein schön und klug gedachtes und nachdenklich stimmendes Werk, und soviel ich vom Theater verstehe, müsste es sich darauf bewähren./ Ich habe das Manuskript mit warmer Empfehlung dem neuen Präsidenten des Schauspielhaus-Aufsichtsrates, Oprechts Nachfolger, Richard Schweizer, einem guten Freund von uns, übergeben. [...] So ist es nun jedenfalls in den Händen nicht irgend eines Dramaturgen, sondern des Hausherrn selbst, und da an guten Stücken wahrhaftig kein Ueberfluss herrscht, bin ich nicht ohne Hoffnung, das Ihre hier zu sehen.« (Kopie im TMA)
4] *»Frühlingswogen«:* Turgenjews zuerst 1872 erschienene Novelle.

18. 1. 1953
1] *an Peter Supf:* Zürich, 18. 1. 1953, Reg. IV, 53/28. 12
2] *Peter Supf:* Der Lyriker, Erzähler und Ghostwriter Dr. jur. Peter Supf (1886–1961).
3] *[an] Prof. Havlik:* An Adolf Havlik, Zürich, 18. 1. 53, Reg. IV, 53/27: TM wiederholt die am 19. 12. 1952 (s. TB 51/52, 749/750) gegenüber dem Autor geäußerten Zweifel hinsichtlich des Florilegiums von Zitaten aus seinem Werk und fragt noch einmal, ob Havlik oder ihm, TM, zum jetzigen Zeitpunkt mit einer Veröffentlichung wirklich gedient wäre. Trotz dieser Bedenken aber habe er das Manuskript an Rudolf Hirsch vom S. Fischer Verlag gesandt.
4] *Prof. Havlik:* Der Rostocker Musik-, speziell Klavierpädagoge Adolf Havlik (geb. 1906), 1951/1952 Leiter des Konservatoriums. Wie aus einem im Konvolut ›Dritte an Dritte‹ im TMA erhaltenen undatierten Brief Havliks hervorgeht, lehrte er später an einer im Sinne Paul Geheebs geführten Ecole d'Humanité in Goldern, Kanton Bern.
5] *Horckheimer:* Der Philosoph und Soziologe Max Horkheimer 13
(1895–1973), im kalifornischen Exil zeitweilig TMs Nachbar und

Zeuge bei seiner Einbürgerung, war seit 1951 Rektor der Frankfurter Universität. Näheres TB 46–48, 394.

6] *Adorno:* Der Philosoph, Soziologe, Musiktheoretiker und Komponist Theodor Wiesengrund Adorno (1903–1969), Kollege Max Horkheimers und Mitbegründer des Instituts für Sozialforschung, nach dessen Übersiedlung nach Kalifornien er in Los Angeles, in der Nähe TMs, lebte. Adorno, der TM während der Arbeit am *Doktor Faustus* in Fragen der Musiktheorie und -praxis beriet, war 1950 an die Universität Frankfurt am Main zurückgekehrt. Zu seinen im TB apostrophierten »Beziehungen zum *Faustus*« s. TB 46–48, 367, und die Dokumente 55–62, 948–953.

7] *Hat [...] darüber geschrieben:* In der ›Gegenwart‹ läßt sich kein entsprechender Adorno-Artikel nachweisen.

8] *bei der Hauptmann-Feier:* Bei der Feier zu Ehren von Gerhart Hauptmanns 90. Geburtstag am 9. November 1952 im Schauspielhaus Frankfurt am Main, bei der TM die Festrede gehalten hatte. S. TB 51/52, 298.

19. 1. 1953

13 1] *Neue [...] Ausgabe von »Buddenbrooks«:* Eine Lizenzausgabe der *Buddenbrooks* erschien 1953 in der Reihe ›Die großen Romane der Zeit‹, G. B. Fischer, Frankfurt am Main/Hamburg.

2] *zweibändige Ausgabe des »Joseph«: Joseph und seine Brüder.* Die vier Romane in zwei Bänden, Frankfurt am Main 1952. (Potempa D 9.1)

3] *für die »Neue Zeitung«:* In der ›Neuen Zeitung‹ hat sich kein entsprechender Text nachweisen lassen.

4] *an den Thüringer Volksverlag:* Ein Konzept des Schreibens fand sich im TMA; der Text ist als Dok. 2, S. 796 abgedruckt.

5] *Über seine mißglückte Hauptmann-Rede:* Ludwig Marcuse hatte am 15. 11. 1952, dem 90. Geburtstag von Gerhart Hauptmann, vor der 50. Aufführung der ›Weber‹ im Berliner Schillertheater einen Vortrag zum Gedenken des Jubilars gehalten. ›Die Neue Zeitung‹ berichtete in ihrer Berliner Ausgabe vom 18. 11. 1952, 7, über das Ereignis: »Er feierte den Dramatiker, der nicht nur ein ›Theaterdichter‹ war, sondern der mehr als Rollen geschaffen hat: eine ganze Theatergeneration, eine geschlossene Welt. Marcuse arbeitete die Beziehungen Hauptmanns zu Berlin heraus und machte sehr einsichtige

Bemerkungen über den ›unpolitischen‹ Hauptmann, der nur der Exponent einer politischen Zeit war. [...] Die subtilen Deutungen der Figuren Hauptmanns, die Marcuse entwickelte, ihr Sterben und Leben, gehören zu dem Bemerkenswertesten, was wir [während der Berliner Hauptmann-Feierlichkeiten] hörten. [...] / Merkwürdig nur und beschämend die Reaktion des Publikums auf die – zugegeben allzu lange – Rede angesichts der Ungeduld, daß sich der Vorhang hebe –: Zwischenrufe, Unruhe und unterbrechendes Klatschen war unwürdig. Der Mut zum Protest wäre andernorts besser angebracht.«

6] *ausgelassene Rede-Technik:* So im Manuskript.

21. 1. 1953

1] *Besuch Annas beim Arzt:* Die Szene, in der Anna unter dem Vorwand eines gerade überstandenen Fieberanfalls Dr. Oberloskamp aufsucht, um mit ihm über die besorgniserregenden Veränderungen im Gesundheitszustand ihrer Mutter zu sprechen, hat TM später (s. TB 24. 1. 1953 und Dok. 4, S. 802–811) fallengelassen. Sie ist jedoch in den »ausgeschiedenen Seiten« zur *Betrogenen* erhalten und als Dok. 3, S. 797–802 wiedergegeben. 14

2] *siamesischer Krieger [...] Münchener Empireleuchter:* Alle von TM erwähnten Dinge stehen heute auf dem Schreibtisch im Zürcher Archiv. 15

3] *von Hesse:* O. O. [Montagnola], Januar 1953; HH/TM 242.

4] *Schumann:* So im Manuskript.

5] *Frau Rümelin:* Lore Rümelin-Wibel; s. TB 25. 12. 1953, Anm. 1.

6] *»Altes und Neues«: Altes und Neues. Kleine Prosa aus fünf Jahrzehnten,* Frankfurt am Main 1953.

7] *beim »Merkur« und als kleines Buch: Die Betrogene* erschien als Erstdruck im Stuttgarter ›Merkur‹, Jg. 7, H. 5, Mai 1953, 401–417; H. 6, Juni 1953, 549–573; H. 7, Juli 1953, 657–672, und im selben Jahr, wenig später, als eigenständiger Band bei S. Fischer in Frankfurt am Main.

8] *Ehepaar Peters:* Arno und Anneliese Peters, für deren ›Synchronoptische Weltgeschichte‹, Frankfurt am Main 1952, TM am 3. 2. 1953 die TB 1. 2. 1953, Anm. 5 nachgewiesene Verteidigung schrieb, in der er sein im Juli 1949 abgegebenes positives Urteil erneuerte. S. dazu Potempa G 1141 und Appendix 2272. – Arno Peters war u. a. Herausgeber des in München erscheinenden ›Periodicums für wissenschaftlichen Sozialismus‹, in dem im Juni 1959 jener ›Essener Vorschlag für die Ausrichtung der sozialdemokratischen Politik ...‹ erschien, der TM – wie der TB-Eintrag vom 21. 7. 1953 beweist – so beeindruckte.

9] *»Goethe in der Periode der Wahlverwandtschaften«:* Hans M. Wolff, ›Goethe in der Periode der Wahlverwandtschaften. 1802–1809‹, Bern 1952. Der Band ist in der Zürcher Bibliothek erhalten.

10] *H. M. Wolff:* Der Professor für Deutsche Literatur an der University of California in Berkeley, Hans M. Wolff (1912–1958).

11] *Silvie von Ziegesar:* Sylvie Freiin von Ziegesar (1785–1855), Tochter des Weimarer Generallandschaftsdirektors August Friedrich Carl Freiherr von Ziegesar, mit der Goethe im Karlsbader Sommer 1808 eine im Tagebuch vom Juni/Juli 1808 dokumentierte herzliche Beziehung einging.

12] *Kestens:* Der Schriftsteller Hermann Kesten (geb. 1900), ein Freund von Klaus Mann, mit seiner Frau Toni. Kesten, dem 1940 die Flucht aus Frankreich in die USA gelungen war, kehrte 1949 nach Europa zurück und lebte in Basel. Näheres TB 46–48, 456.

13] *Golo schrieb:* Thomas Manns zweiter Sohn, der Historiker Golo (eigentlich Angelus Gottfried Thomas) Mann (1909–1994), lehrte zur Zeit des TB-Eintrags in Claremont/Californien. Der Brief, auf den sich TM hier bezieht, befindet sich nicht unter den im TMA verwahrten Dokumenten.

14] *Inaugurationsfestivität:* Die feierliche Amtseinführung des neuen, 34. Präsidenten der USA, Dwight D. Eisenhower (1890 bis 1969). Die NZZ (Fernausgabe), 22. 1. 1953, hatte die Inaugurationsrede im Wortlaut auf Blatt 1/2 abgedruckt. Näheres zum Grundsätzlichen der bei jedem Amtsantritt eines neuen Präsidenten stattfindenden Feierlichkeiten, jenem, wie die NZZ kommentierte, »Gemisch von religiöser und staatlicher Zeremonie in der Atmosphäre eines Volksfestes«, TB 44–46, 351.

23. 1. 1953

16 1] *Sprüngli:* Die Confiserie Sprüngli an der Zürcher Bahnhofstrasse.

2] *(Goethe-Lotte-Gruppe):* Ein Bild: ›Charlotte Kestner, geb. Buff‹

(nach einem im Goethe-Nationalmuseum in Weimar befindlichen Pastell) ist im Zürcher Archiv erhalten.

3] *an Bibi:* Das Schreiben an TMs jüngsten Sohn Michael, genannt Bibi (s. TB 2. 1. 1953, Anm. 1), ist nach Reg. IV, 593, verschollen.

4] *Szene Rosalie-Anna nach dem »Wunder«:* »Triumph, Anna ...«, GW VIII, 922–931. TM hat, wie die »ausgeschiedenen Seiten« zeigen, versucht, den Einwänden seiner Tochter Rechnung zu tragen. Die ursprüngliche Fassung ist als Dok. 4, S. 802–811 abgedruckt.

24. 1. 1953

1] *Unstimmigkeiten der Natürlichen Tochter:* Über Goethes »wirk- 17
lich etwas langweiliges Revolutionsdrama« (*Phantasie über Goethe,* GW IX, 746) hatte sich TM unter Berufung auf Herders Diktum »Dein natürlicher Sohn ist mir lieber« wiederholt etwas abfällig geäußert. Vgl. z. B. *Goethe's Laufbahn als Schriftsteller,* GW IX, 349.

2] *Umarbeitung:* S. TB 23. 1. 1953, Anm. 4.

3] *Umsturz:* Vgl. hierzu die als Dok. 4, S. 802–811 wiedergegebene Erstfassung mit dem gedruckten Text, GW VIII, 921–933.

4] *an Schuman:* Das Schreiben an Robert Schuman ist nach Reg. IV, 593, verschollen.

5] *an den franz. Generalkonsul:* Das Schreiben an Paul Chevilotte (1896–1954, von 1948 bis 1951 französischer Konsul in Lausanne, anschließend bis zu seinem Tod Generalkonsul in Zürich) ist nach Angaben in Reg. IV, 593, verschollen.

25. 1. 1953

1] *Ernst:* Der Schweizer Literarhistoriker, insbesondere Helvetist, 17
und Schriftsteller Fritz Ernst (1899–1958).

2] *Geburtstagsaufsatz:* Fritz Ernst, ›Einige Bemerkungen zu R. A. Schröders Aufsätzen und Reden‹, NZZ (Fernausgabe), 24. 1. 1953, Bl. 4 (Beilage ›Literatur und Kunst‹).

3] *Schröder:* Der Schriftsteller und Übersetzer, ursprünglich Architekt Rudolf Alexander Schröder (1878–1962), Freund Rilkes, Hofmannsthals, Borchardts und Heymels sowie des Kunstschriftstellers Julius Meier-Graefe, beging am 26. 1. 1953 seinen 75. Geburtstag.

4] *zusammen nennt:* Der Passus, auf den TM Bezug nimmt, lautet: »Was die deutsche Klassik unter Menschentum und Menschenwürde verstanden und gestaltet hat, das ist, so wie in Schröders Dichtungen und Uebersetzungen, auch in seiner kritischen Prosa neubelebt. [. . .] Die Brüder Schlegel haben, im Widerschein von Weimar, zuerst dergleichen versucht – von ihnen an geht es, mit allzuvielen Unterbrüchen, bis zu Hofmannsthals zauberhaften Essais und den bewunderungswürdigen Abhandlungen Thomas Manns.«

5] *Barzun [. . .] in der »Nation«:* Der aus Frankreich stammende und an der Columbia University in New York lehrende amerikanische Kulturhistoriker und Pädagoge Jacques Barzun (geb. 1907) hatte im Juli 1948 in der ›Nation‹ eine kritische Betrachtung von TMs Sammelband *Essays of Three Decades* publiziert, die TM seinerzeit tief getroffen hatte. Vgl. dazu TB 46–48, 282–284 und 775 sowie TB 51/52, 297 und 723.

6] *Hügli:* Der TB 23. 1. 1953 erwähnte »Pfistersche Handyman, der alles kann«.

7] *an den Pfarrer Brändli:* An Hans Brändli, Erlenbach, 25. 1. 1953, Reg. IV, 53/31: »Freilich, unser Haus unter den kalifornischen Palmen war komfortabler [als die Wohnung in Erlenbach]. Aber nicht darauf allein kommt es an. Je älter ich wurde, desto stärker und fast ängstlich regte sich in mir das Verlangen zurück zur alten Erde, die Mahnung zur Heimkehr nach Europa. Unter Europa aber verstand ich immer die Schweiz.« (Kopie im TMA)

8] *Pfarrer Brändli:* Hans Brändli, Pfarrer von St. Anthönien im Kanton Graubünden, ein Freund und Amtskollege von Kuno Fiedler.

9] *an Bab:* An Julius Bab, Erlenbach, 25. 1. 1953, Reg. IV, 53/30: »Ja, wir haben den ›Air-conditioned nightmare‹ hinter uns gelassen – aus vielen Gründen. Je älter ich wurde, desto stärker, fast ängstlicher verlangte es mich zurück zur alten Erde. Und dann kamen Dinge hinzu, die bei Ihnen so manchem Reiselust bereiten . . . Unsere deutschen Erfahrungen, an die man so oft zu denken gezwungen ist, machen mich da doch recht pessimistisch. Das ist eine schiefe Ebene, auf der es, fürchte ich, kein Halten mehr gibt. Der Weg will zu Ende gegangen sein. Und ich wollte bis zur vollen Machtergreifung nicht warten. Das Gegenwärtige kommt ihr schon hinlänglich nahe. [. . .]/ Möchte man sich jedenfalls in diesem Leben noch einmal sehen! Mit meiner ›Form‹ ist auch nicht mehr viel Staat zu machen. Molesta senectus meldet sich sehr deutlich. Aber ich schreibe fort und denke, in den Sielen zu sterben.« (Kopie im TMA)

10] *Bab*: Der Schriftsteller, Kritiker, Dramaturg und Theaterhistori-

ker Julius Bab (1880–1955). – Bab war 1940 über Frankreich in die USA gelangt und kehrte nicht nach Europa zurück.
11] *an den Vertreter der N.Y. Times:* S. TB 27. 1. 1953, Anm. 1.
12] *Briefnovelle »Faust«:* Turgenjews 1856 geschriebene Erzählung.
13] *König Lear der Steppe:* Turgenjews 1870 erschienene Novelle ›Ein König Lear der Steppe‹.
14] *Sternfeld:* Der ehemals Prager Journalist Wilhelm Sternfeld (1888–1973) war 1938 nach England geflohen, wo er seine in Prag begonnene Flüchtlingshilfe ›Thomas Mann Society for Aid of Emigré Writers‹ zusammen mit Ludwig Quidde und Kurt R. Grossmann im Rahmen einer ›Thomas Mann-Gruppe‹ fortsetzte. Nach dem Krieg widmete er sich besonders der Erforschung der deutschsprachigen Exilliteratur. (S. Sternfeld / Tiedemann, ›Deutsche Exil-Literatur 1933–1945. Eine Bio-Bibliographie‹, Heidelberg / Mannheim 1962, 2., erweiterte Auflage 1970.)

26. 1. 1953
1] *ihr Kinderbuch:* ›Till bei den Zugvögeln‹, der zweite Band von 18
Erika Manns ›Zugvögel‹-Reihe (s. TB 11. 1. 1953, Anm. 1), erschien 1954 in München.

27. 1. 1953
1] *an Mr. Hoffman:* Sowohl der deutsche Entwurf als auch die eng- 18
lische Übersetzung des niemals abgeschickten Briefs an den Genfer Korrespondenten der ›New York Times‹, Michael L. Hoffman, befinden sich im TMA. Das deutsche Original ist als Dok. 5, S. 811–813 wiedergegeben.
2] *an Erika:* An Erika Mann, Erlenbach, 27. 1. 1953, Reg. IV, 53/32; Br. III, 285/286.
3] *an Matheson:* An William Matheson, Erlenbach, 27. 1. 1953, Reg. IV, 53/33: »Gern gebe ich es Ihnen handschriftlich, dass Sie am 31. mit Ihren Bogen bei uns [. . .] willkommen sein sollen [. . .] / Das Haus hat keine Nummer. Es ist das einzige an der Glärnischstrasse. Wenn Sie uns mitteilen, wann Ihr Zügli eintrifft, wird meine Frau Sie mit dem Wagen von der Station abholen, da man von dort zu Fuss immerhin 15–20 Minuten zu steigen hat. –/ Als Autogramm kann dies, genau genommen, nicht gelten, da die lateinische Schrift mir

nicht natürlich ist und nur rücksichtsvoller Weise gebraucht wird. [von nun ab in deutscher Schrift] Meine Manuskripte sind anders, in einem gemischten Duktus geschrieben, wie Sie ihn hier sehen. Er geht mir viel leichter von der Hand, ist aber nicht so leicht zu lesen.« (Kopie HOM)

4] *Matheson:* Der Oltner Kaufmann und Sammler von Goetheana William Matheson (1895–1978), der in seiner Heimatstadt die bibliophilen Drucke der Vereinigung Oltner Bücherfreunde herausgab – eine Reihe, in der zu Pfingsten TMs ›Kuckuck-Kapitel‹ (›Die Begegnung‹) aus dem *Krull* (Buch III, Kapitel 5) erscheinen sollte. (Potempa D 12. 3. 29) S. dazu TB 20. 2. 1953, Text und Anm. 1, sowie TB 23. 3. 1953, Text und Anm. 3.

5] *»Rauch«:* Turgenjews 1867 erschiener Roman ›Dym‹, dessen Titel Johannes von Guenther nicht, wie seine Vorgänger, mit ›Dunst‹, sondern mit ›Rauch‹ übersetzte. Der Titel gibt einen Hinweis darauf, daß TM vermutlich in den 1952 in (Ost-)Berlin erschienenen ›Gesammelten Werken‹ Turgenjews las.

28. 1. 1953

18 1] *Dr. Mäder:* Der Facharzt für Hals-Nasen-Ohrenkrankheiten Dr. Bruno Mäder, dessen Praxis in der Bahnhofstrasse 58 TM nach seiner Rückkehr in die Schweiz häufig konsultierte.

2] *Emmy Oprecht:* Emmie Oprecht (1899–1990), die Witwe des Schweizer Verlegers Emil Oprecht, deren Haus an der Rämistrasse während der NS-Zeit ein Treff- und Stützpunkt emigrierter Schriftsteller und Schauspieler gewesen war.

19 3] *Der große Goethe:* TM meint vermutlich die 123bändige Weimarer ›Sophien-Ausgabe‹. Sie ist nicht mehr unter den Zürcher Büchern.

4] *Der Schweizer Goethe:* Die Artemis-Goethe-Ausgabe: Johann Wolfgang von Goethe, ›Gedenkausgabe der Werke. Briefe und Gespräche 28. August 1949‹, hrsg. von Ernst Beutler, 27 Bände.

5] *Hein'sche Stifter-Biographie:* Alois Raimund Hein, ›Adalbert Stifter. Sein Leben und seine Werke‹, Wien/Zürich 1952.

29. 1. 1953

19 1] *an Anni Carlsson:* Die Briefe TMs an die Literarhistorikerin Dr. Anni Carlsson befinden sich sekretiert im Zürcher Archiv.

30. 1. 1953

1] *Fritz Strich und Frau:* Der Berner Literarhistoriker Fritz Strich 19
(1882–1963) und seine Frau Trudi. Näheres TB 49/50, 415.

2] *Ausgabe der Büchergilde: Tonio Kröger und andere Erzählungen,* 20
Zürich, Büchergilde Gutenberg 1953. Enthält *Tonio Kröger, Der kleine Herr Friedemann, Tristan, Herr und Hund, Der Kleiderschrank, Unordnung und frühes Leid, Mario und der Zauberer.* (Potempa B 25)

31. 1. 1953

1] *An Mondadori:* So in der Handschrift. Vermutlich muß es »von 20
Mondadori« heißen. Unter den erhaltenen Dokumenten befindet sich weder ein Brief von noch ein Schreiben an TM.

2] *Annahme des Balletts:* Der italienische Komponist Franco Mannino (geb. 1924) und der Regisseur Luchino Visconti (1906–1976) hatten nach der Vorlage von TMs Novelle *Mario und der Zauberer* eine Art Ballett oder »getanzten Melodrams« kreiert, das 1956 an der Mailänder Scala uraufgeführt wurde. S. dazu TM an Hans Reisiger, Erlenbach, 1. 1. 1954, Reg. IV, 54/4: »Mit dem Mario ist es richtig. Es ist kein reines Ballett, sondern so eine jetzt beliebte Mischform aus Musik, Tanz und Sprechstück. Die Première ist in der Scala, ich glaube, noch diesen Monat. Vielleicht fahren wir hin – wenn wir nicht schon auf Teneriffa sind.« S. ferner TB 51/52, 723. Eine Art Textbuch (s. TB 1. 5. 1954) befindet sich in der Zürcher Bibliothek.

3] *große Gide-Ausgabe:* André Gide, ›Œuvres Complètes‹, ed. Louis Martin-Chauffier, 15 vol., Paris, Nouvelle Revue Française, 1933–1939. Die Ausgabe ist in TMs Zürcher Bibliothek erhalten.

4] *K.'s Balzac:* In der Zürcher Bibliothek ist keine Balzac-Ausgabe mehr vorhanden.

5] *Rauschnings Buch:* Hermann Rauschning, ›Ist Friede noch möglich?‹, München 1953; s. dazu das TB 12. 1. 1953, Anm. 3 nachgewiesene Schreiben. Das Buch mit einer Widmung des Autors und Anstrichen TMs ist in der Zürcher Bibliothek erhalten.

1. 2. 1953

1] *Frau Reiff:* Die Pianistin Lilly Reiff-Sertorius (1866–1958), die 20
Frau des Schweizer Industriellen und Mäzens Hermann Reiff (1856–1938), in deren Haus das Ehepaar Mann namentlich während

der ersten Zürcher Emigrationsjahre häufiger Gast war. Näheres TB 51/52, 501.

2] *Nichte-Violinistin:* Mary Pfister. S. Lilly Reiff-Sertorius, ›Aus meinem Leben‹, Roma 1976, 73/74: »Mein liebster und längst unentbehrlicher Hausgenosse [. . .] ist [. . .] eine Nichte meines Mannes aus Genua: Mary Pfister, die sich voll Interesse, Menschenkenntnis und Begabung in mein Haus eingelebt hatte, aber auch ihr reich gefülltes Eigenleben führte, da sie gut Violine spielt, ihren persönlichen Kreis hat, sehr gebildet und wohltätig ist.«

3] *Schauspieler:* Nicht ermittelt.

4] *»Pfauen«:* Das Theater am Pfauen in Zürich, die Vorgängerbühne des Schauspielhauses.

5] *für die Synchronoptik zu zeugen:* TM schrieb die Empfehlung *[Über die ›Synchronoptische Weltgeschichte‹ von Arno und Anneliese Peters]*, GW XIII, 455/456 – eine Gefälligkeit, die eine ihm gegenüber in politicis weitgehend skeptisch eingestellte Presse umgehend zum Anlaß erneuter Kritik nahm. So meldete dpa am 22. 2. 1953, daß »bekannte Wissenschaftler und Historiker, wie Professor Friedrich Meinecke, Professor Franz Schnabel und Professor Dr. Karl Holzamer« das Werk abgelehnt hätten, und Dr. Heffter vom Institut für Völkerrecht in Hamburg »nach eingehender wissenschaftlicher Begutachtung zu dem Ergebnis« gekommen sei, »das Werk sei von einer kommunistischen antikatholischen Tendenz durchzogen«.

21 6] *Entschuldigungsbrief:* An Hans W. Nicklas, Redaktion der Studentenzeitschrift ›Diskus‹ in Frankfurt am Main, Erlenbach, 2. 2. 1953, Reg. IV, 53/40: »[. . .] Daß unsere Verabredung mir jetzt wieder einfällt, mag als Zeichen einer gewissen Erhebung aus betrüblichstem Nerven-Tiefstand und quälender Insuffiz[i]enz gelten. Ich rechne durchaus damit, daß Ihnen die Sache unterdessen gleichgültig geworden ist. Von meiner Seite aber wäre es doch nicht hübsch, Ihrer einfach nicht mehr zu gedenken, und so bitte ich Sie, mir zu sagen, ob bei Ihnen noch Interesse an einer Begegnung und Unterhaltung besteht. [. . .]« (Zitiert nach ›Diskus‹, Jg. 3, H. 3, April 1953, 5)

2. 2. 1953

21 1] *Jelmoli:* Das Zürcher Kaufhaus unweit der Bahnhofstrasse.

2] *an Frau Nikisch:* An Grete Nikisch, Erlenbach, 2. 2. 1953, Reg. IV, 53/41; Br. III, 286/287; D. ü. D. III, 513/514.

3] *Frau Nikisch:* Die TM seit Beginn der zwanziger Jahre bekannte Opernsängerin Grete Merrem-Nikisch, Frau des Leipziger Juristen Arthur Philipp Nikisch (1888–1968), eines Sohnes des Dirigenten Arthur Nikisch (1855–1922).
4] *statement:* S. TB 1. 2. 1953, Anm. 5.

4. 2. 1953
1] *I. Silone:* Der sozialistische italienische Schriftsteller Ignazio 21
Silone, eigentlich Secondo Tranquili (1900–1978). TM hatte Silone zuerst am 26. 5. 1937 im Hause Oprecht, danach, in den Jahren 1937/38, mehrfach getroffen. S. TB 37–39, 66, 70, 99, 126 (»Zu Tisch die Giehse und der sympathische Silone«), 139, 267.
2] *an Erika:* Erlenbach, 3. 2. 1953, Reg. IV, 53/43; Br. III, 287.
3] *Düsseldorfer Prospekte:* Nicht in der Materialiensammlung zur 22
Betrogenen.
4] *Gespräch am Abend nach der Gesellschaft:* Das Gespräch zwischen Mutter und Tochter, GW VIII, 909–920.

5. 2. 1953
1] *Exzerpte:* Im TMA befinden sich drei Manuskriptblätter mit De- 22
tails über den Ort, das Schloß und den Park: »Benrath rechtsrheinisches Dorf südlich Düsseldorf, 1925 26 000 Einwohner. Bahnknoten. *Schloß*, ausgehendes Rokoko, mit schöner Parkanlage. 1755–70 erbaut von Nicolas de Piage. Der Park weitläufig./ [...] Die weißen *Dampfer* der Köln-Düsseldorfer Rhein-Dampfschiffahrt, rheinauf und -ab. Schönheiten der Uferlandschaften. Dampfer weiß, mit schwarzweißen Schornsteinen./ [...] Kreisrunder Weiher, in dessen Mitte winzige Insel mit Pappel. Im Halbrund, am Ufer mit Flügelbogen ein blaßrosa Schloß, dem Wasser zulaufend mit breiter Treppe des Hauptbaues. Weiße Türen. Kies knirscht unter den Schuhen. Gläserner Himmel über Schloß, Wipfel, Teich. Auf dem Vorplatz Leute mit Büchern. Betrachten oben den Figurengiebel. Schiefergraues Mansardgeschoß mit zierl. realen Fenstern. Über den hohen Türen Eichenblattgirlanden. – Abblätternder Verputz, Schwalbennest in Stuckgirlande klebend, überm weißen Portal auf schmaler Leiste Grasähren. Unbewohnt seit langem. Die Uhr, die ein fliegender Engel über dem Wappengiebel trug, zeigt keine Zeit. Es spielen im Vergangenen pausbäckige Putten mit den Löwen, die das Wappenschild

hielten, bringen Fruchtkörbe dar. [...]/ Livrierter mit Alt-Kaiser-Bart. Verkauft Karten, die er durchreißt. – Vestibül haucht [?] Kälte u. Feuchtigkeit. Unzahl von Zimmern. Filzschuhe zur Schonung des Parketts, von Saal zu Saal anders gemustert, sternblumenförmig, in der Mitte. Spiegelband, widerspiegelnd die geschweiften Tische, Stühle, Taburetts. Schlanke Spiegel zwischen goldenen Säulen u. Seidentapeten tun unendliche Raumfluchten auf. Kristallene Kronleuchter, Deckengemälde, Medaillons verzehnfacht. – Runder Marmorsaal mit durchbrochener, das Himmelslicht einlassender Kuppel. Droben rosa Putten einen Baldachin wegraffend. Hausmeister erklärt, daß von da herab Musik zur festlichen Tafel erklungen. Medaillons der Fürsten, Embleme der Jagd in den Nischen gepaarte Liebesgötter mit Füllhörnern, entsprechend den *verwitterten, leicht geschürzten Figuren draußen zuseiten der Fenstertüren. (An Wassergräben und Rasenbeeten führen schnurgerade Wege hin.)*/ In den seidenen Blumentapeten öffnen sich plötzlich *geheime Türen,* aus denen modrige Kühle fällt. *Verborgene Treppen* münden hinter Spiegeln. *Kammern, Alkoven, Gänge* tun sich in dem schmuckhaften *Rahmenwerk* der Wände auf. *(Fußboden-Intarsien.)*/ Unten hervorkommend, wo schimmelnde Flecken die Mauer hinanwachsen und lederblättriges Gebüsch den Ausgang fast verwehrt. *Wasserlabyrinthischer Blumengarten, der in den Park übergeht. Haselbüsche. Einen Wassergraben entlang.* Schwarzes Schwanenpaar. Rote Schnäbel, purpurne Schwimmfüße./ Hauptallee, *Ulmen,* Unterholz zur Seite. *Bänke. Holundergebüsch.* Ruch von Rauch, dumpfer Wasserduft. Treten zwischen *Erlenbüschen* u. Brombeergestrüpp aus dem Park. Unten in glitzerndem Bogen lautlos der Strom.« (Die kurisv gesetzten Stellen sind von TM in seinem eigenen Text später unterstrichen worden.)

2] *Schreckensnachrichten:* In den Niederlanden hatten Stürme und zahlreiche Deichbrüche zur Überflutung weiter Landstriche geführt. Am 5. 2. 1953 meldete die NZZ (Fernausgabe), 6. 2. 1953, Bl. 2, unter der Überschrift ›Die Wassersnot in Holland‹, daß bereits ca. 1300 Menschen in den Fluten umgekommen seien und die Rettungsaktionen kaum nachkämen, um die »Hunderte von Männern, Frauen und Kindern auf Dächern, Mauerresten und Bäumen auf ihre Rettung Wartenden zu bergen«.

23 3] *Prof. Weigand:* Der Germanist der Yale University Hermann J. Weigand (1892–1985).

4] *über Hauptmann:* Hermann J. Weigand, ›Gerhart Hauptmann's Range as Dramatist. A Lecture.‹, MfdU, vol. XLIV, No. 7, Nov. 1952, 317–322.

6. 2. 1953
1] *an Frau Eulenberg:* Das Schreiben an die Übersetzerin Hedda Eulenberg, geb. Moeller van den Bruck, die Witwe des TM befreundeten Dramatikers und Essayisten Herbert Eulenberg (1876–1949, s. TB 49/50, 457), ist nach Reg. IV, 593, verschollen. 23
2] *Berlioz' Requiem:* Hector Berlioz (1803–1869), ›Requiem‹ (1837). S. dazu TM an Gerhard Albersheim, Erlenbach, 9. 2. 1953, Reg. IV, 53/53: »Das einzige, was ich kürzlich hörte, war das Requiem von Berlioz in der Tonhalle mit einem Aufgebot von 400 Personen, grossem gemischten Chor und geteiltem Orchester, zwei Gruppen von Bläsern und Schlagzeug im Hintergrund. Es ist vielfach interessant, aber selten ergreifend, und die Tuben des Gerichts klingen wie Jagdfanfaren. Sehr amüsierte ich mich über die Basstuba, die einmal mit der Flöte allein konzertiert.« (Im TMA)

7. 2. 1953
1] *an Dr. Oberloskamp:* An Rudolf Oberloskamp, Erlenbach, 7. 2. 1953, Reg. IV, 53/49; D. ü. D. III, 514/515. 23
2] *Dr. Oberloskamp:* Der Düsseldorfer Rechtsanwalt Dr. Rudolf Oberloskamp (geb. 1910) war ein Verwandter von TMs Düsseldorfer Freunden Herbert und Hedda Eulenberg (s. TB 6. 2. 1953, Anm. 1) und ein guter Kenner der Stadt Düsseldorf nebst ihrer Umgebung.
3] *an Dr. Naegeli:* Nach Reg. IV, 593, verschollen.
4] *Dr. Naegeli:* Nicht ermittelt.
5] *an Kerényi:* An Karl Kerényi, Erlenbach, 7. 2. 1953, Reg. IV, 53/47; TM/KK 181/182.
6] *Kerényi:* Der ungarische Philosoph und Religionswissenschaftler Karl Kerényi (1897–1973), mit dem TM seit 1934 in brieflicher und seit 1935 in persönlicher Verbindung stand. Näheres TB 44–46, 565.

8. 2. 1953
1] *Artikel in der N. Z. Z:* Max Lüthi, ›Zum Roman der Gegenwart‹, NZZ (Fernausgabe), 7. 2. 1953, Bl. 4; eine Besprechung des Buches von Hermann Pongs ›Im Umbruch der Zeit. Das Romanschaffen der Gegenwart‹, Göttingen 1952. Die von TM beanstandete Charakteri- 23

stik seines Werks steht in folgendem Zusammenhang: »Nihilisten nennt Pongs jene Schriftsteller, in deren Werk Wertezwielicht vorherrscht, chaotische Verschmelzung jedes Werts mit dem Gegenwert. [. . .] Schlechte Noten bekommen bei Pongs [. . .] Joyce (Schamlosigkeit des inneren Monologs, der die menschliche Würde untergräbt), Faulkner (Darstellung des Menschen als vom Unbewußten gejagte Kreatur), Malaparte, Sartre (›überalterter Impressionsstil‹ in den ›Chemins de la liberté‹), Hesse (›Magie der Zweideutigkeit‹), Mann (›Satansruf nach dem Ambiguosen und der Ironie‹) und viele andere.«

2] *an einen Dissertationsschreiber:* An Eberhard Hilscher, Erlenbach, 8. 2. 1953, Reg. IV, 53/50: »[. . .] Daß mein Schriftstellertum als ein unter religiösem Antrieb stehender Versuch der Rechtfertigung und Schuldbegleichung zu interpretieren ist, habe ich gelegentlich ausgesprochen. Glaube? Hat Goethe an seinen Teufel ›geglaubt‹? Hat Dostojewski es getan? ›Ich habe nicht viel Glauben‹ (an die Menschheit z. B.), habe ich gesagt, ›glaube aber auch nicht sehr an den Glauben, sondern weit mehr an die *Güte*, die ohne Glauben bestehen, ja gerade das Produkt des Zweifels sein kann.‹ Wollte man in meiner Arbeit mehr Güte und Humor als teuflische Zweideutigkeit und ›ätzende Ironie‹ sehen, so käme man der seelischen Wahrheit näher./ Das gilt auch fürs Politische, soweit bei mir davon die Rede sein kann. Meine Bücher sind ohne politische und sozialkritische Absichten geschrieben. Die Zeit mit ihren Nöten, Über- und Untergängen spiegelt sich darin ab. Nur im ›Faustus‹, unter höchstem politischen Druck, wird das alles wohl ein bißchen bewußter und artikulierter. ›Buddenbrooks‹ schildert, unwillkürlich und psychologisch, einen sozialen Vorgang, der sich selbst überall in Europa darin wiedererkannt hat. (›Gerade wie bei uns!‹) – Ich habe keine politischen Glaubensbindungen und bin kein Kommunist. Das viel citierte Diktum: ›Der Antikommunismus ist die Grundtorheit unserer Epoche‹ meint nichts anderes, als daß die Verwirklichung der Fernziele der Menschheit: Weltregierung, gemeinsame Verwaltung der Erde und ihrer Güter, Völkerfriede, ohne kommunistische Züge kaum vorzustellen ist./ Im übrigen bin ich ein Sohn des Westens, in seinen Traditionen wurzelnd, bei aller Bewunderung für die große russische Literatur. Erasmus, Voltaire, Goethe, auch Schopenhauer (diese Mischung aus Voltaire und Jakob Böhme), das ist meine Linie. Vor allem fehlt es

mir, wie gesagt, an dem Glaubensbedürfnis derer, die in der Wirrnis der Zeit beim Kommunismus oder der katholischen Kirche (den beiden Häfen) Unterkunft suchen. Mögen sie – und vielleicht: Wohl ihnen! Meine Sache ist eher, der Sphinx allein ins Auge zu blicken. Weit weniger die Meinung ist meine Sache, als der Gedanke.« (Zitiert nach Eberhard Hilscher, ›Thomas Mann. Leben und Werk‹, Volk und Wissen, 9. Aufl., Berlin 1986, 279–281.)
3] *an Agnes Meyer:* An Agnes Meyer, Erlenbach, 8. 2. 1953, Reg. IV, 53/52; Br. III, 288–290 (fragm.); TM/AM 777–779.
4] *Agnes Meyer:* Die amerikanische Publizistin Agnes E. Meyer (1887–1970), Frau des einflußreichen Großbankiers, Philantropen, Besitzers und Herausgebers der ›Washington Post‹, Eugene Meyer (1875–1959), TMs großzügige Förderin während seiner amerikanischen Jahre. Näheres TB 46–48, 365. Die zum größten Teil erhaltene Korrespondenz ist, ediert von Hans Rudolf Vaget, 1992 bei S. Fischer in Frankfurt am Main erschienen.

9. 2. 1953
1] *Exemplare des Hauptmann-Büchleins:* S. TB 9. 1. 1953, Anm. 3. 24
2] *von Dr. Oberloskamp:* Düsseldorf, 7. 2. 1953; im TMA bei den Materialien zur *Betrogenen.*
3] *an ihn:* An Rudolf Oberloskamp, Erlenbach, 9. 2. 1953, Reg. IV, 53/54; Br. III, 290; D. ü. D. III, 515.
4] *an Albersheim:* An Gerhard Albersheim, Erlenbach, 9. 2. 1953, Reg. IV, 53/53. S. das Zitat TB 6. 2. 1953, Anm. 2.
5] *Albersheim:* Der Wiener Pianist und Musikwissenschaftler Gerhard Albersheim (geb. 1902) lehrte nach seiner Emigration an der University of Southern California in Los Angeles. 1970 kehrte er nach Europa zurück und lebt seither in Riehen bei Basel. Näheres TB 44–46, 674.
6] *Preetorius über den Mailänder »Lohengrin«:* S. auch den Anm. 4 nachgewiesenen Brief an Gerhard Albersheim: »Die neue Einstudierung des Lohengrin in der Mailänder Scala, zu der Preetorius uns einlud, mussten wir leider wegen Bücherräumens meiden. Es soll wundervoll gewesen sein, namentlich gleich der Geigenklang im Vorspiel. Karajan hat gesagt, das wäre in der ganzen Welt, auch in Bayreuth, so nicht herauszukriegen.«

7] *Preetorius:* Der Graphiker, Illustrator und Bühnenbildner Emil Preetorius (1883–1973) gehörte seit dem Ende des Ersten Weltkriegs zu TMs engerem Münchener Freundeskreis und ist in dieser Eigenschaft mitsamt dem ihn umgebenden Zirkel als Sixtus Kridwiß im XXXIV. Kapitel (Fortsetzung) des Romans *Doktor Faustus* minutiös portraitiert. Näheres TB 44–46, 663/664; TB 46–48, 589 und 669/670 sowie Bl. TMG No. 4, 18/19.

10. 2. 1953

24 1] *Zumutung der Präsens-Film-Gesellschaft:* Das Schreiben der Zürcher Filmgesellschaft ›Praesens‹ befindet sich nicht unter den Dokumenten des TMA. – Der von Wolfgang Staudte im Auftrag der DEFA gedrehte Film lief ab Mitte Februar im Piccadilli-Kino in Zürich; zunächst (erstmalig am 18. 2. 1953) bescheiden angekündigt, dann, nach einem großen künstlerischen Erfolg und erheblichem Publikums-Zuspruch, an herausragender Stelle annonciert, nicht zuletzt vermutlich wegen des enthusiastischen Echos in der Schweizer Presse. »Im deutschen Film exzeptionell«, urteilte die NZZ, und ›Die Tat‹ schrieb: »Eine Abrechnung, die an keinem Ort der Welt, weder hüben noch drüben, übersehen werden sollte.«

25 2] *Wahlverwandtschaften:* TM las vermutlich im 9. Band der TB 28. 1. 1953, Anm. 4 nachgewiesenen Artemis-Ausgabe.

19. 2. 1953

25 1] *Dr. Gysi:* Der Erlenbacher Arzt Dr. Paul Gysi.

2] *Dr. Alp:* Nichts Näheres ermittelt.

3] *Penezellin:* So, wie häufig, im Manuskript.

4] *Bedingte Zusage:* Nicht unter den Dokumenten des TMA.

5] *Manuskript [...] von Professor Altenberg:* ›Die Romane Thomas Manns. Versuch einer Deutung‹; s. TB 16. 4. 1955, Anm. 2.

6] *Professor Altenberg:* Der Germanist und Literarhistoriker Paul Altenberg (1890–1960).

7] *Dr. Katzenstein:* Der Neurologe Dr. Erich Katzenstein (1893 bis 1961) war ein alter Zürcher Bekannter von TM (s. TB 9. 4. 1934; TB 33/34, 384). Näheres TB 46–48, 599.

8] *von Oberloscamp:* Düsseldorf, 14. 2. 1953; im TMA bei den Materialien zur *Betrogenen.*

26 9] *Neue Motive:* »O Wasserwind, ich liebe dich; liebst du mich auch,

du Wasserwind?« GW VIII, 939, und das Essen des warmen Brotes GW VIII, 941.

20. 2. 1953

1] *Korrektur*: S. TB 27. 1. 1953, Anm. 4. 26

2] *[von] Frau Nikisch:* Düsseldorf, 17. 2. 1953, bei den Materialien zur *Betrogenen* im TMA.

21. 2. 1953

1] *review der englischen Ausgabe:* TM schrieb keine Besprechung der englischen Musil-Ausgabe ›The Man Without Qualities‹, New York 1953. 26

22. 2. 1953

1] *meine Sprechplatte:* Thomas Mann, ›Selections from his Writings‹, Read by the Author (in German), Caedmon, New York, 1952. 27

2] *im »Adligen Nest«:* Die Übersetzung der Turgenjew-Novelle von Johannes von Guenther, ›Ein Adelsnest‹, München 1922, ist in der Zürcher Bibliothek erhalten.

3] *an Prof. Altenberg:* An Paul Altenberg, Erlenbach, 22. 2. 1953, Reg. IV, 53/56: »Was mir auffiel, ist, daß Sie das Element des Komischen in meinem Erzählwerk kaum berühren. Ich lege aber Wert darauf und habe mich oft in erster Linie als Humoristen gefühlt, auch tatsächlich einiges eben Komische in deutscher Literatur geschrieben, wie das Militär-Untersuchungskapitel der Krull-Memoiren. Die Leute zum lauten Lachen zu bringen, auch bei öffentlichen Vorlesungen, besonders aber den einsamen Leser, ist mir das allerliebste. Selbst in dem schmerzhaften ›Faustus‹ noch ist, durch Zeitblom, einige Komik. Selbst in einer ›tragischen‹ Spur, wie in der Totenklage Jaakobs im ›Joseph‹, im Hader mit Gott und Elieser, findet sie sich – zu schweigen vom ›Erwählten‹. Gleich in ›Buddenbrooks‹ war ja viel niederdeutsche Humoristik. Mit der Zeit wurde sie höher stilisiert und verlor an populärem Behagen, blieb aber immer wirksam. ›Humorist und also zweiten Ranges‹, sagt Goethe gelegentlich. Und doch, wie hat er Sterne gepriesen!« (Zitiert nach ›Deutsches Medizinisches Journal‹, Jg. 16, H. 20, 20. 10. 1965, 657.)

4] *Therese Giehse:* Die Münchener Schauspielerin Therese Giehse

(1898–1975), eine enge Freundin von Erika Mann und Hauptmitwirkende ihres Kabaretts ›Die Pfeffermühle‹, war 1933 in die Schweiz geflohen und gehörte ab 1937 zum Ensemble des Zürcher Schauspielhauses. Nach dem Kriege spielte sie an den Münchener Kammerspielen, der Berliner Schaubühne und weiterhin in Zürich.

5] *die »Agentin«:* Vgl. zu diesem – vermutlich von Erika Mann in die Welt gesetzten – Gerücht das P. P. S. des in Sachen Hoffman-Statement geschriebenen Briefes von Erika Mann an ihren Vater, Arosa, 28. 1. 1953: »Nota*bene*: in den Augen der Giehse und ihrer festen Ueberzeugung gemaess, hat unsere Emmy nach dem Kriege nicht aufgehoert, eine bestallte Agentin zu sein (wie sie's zugegebener Weise waehrend des Krieges war). Nun aber Allen Dulles, ihr wartime boss, in *die* fuehrende einschlaegige Position als chieftain einzuruecken scheint, kann ihr ›officialdom‹ kaum mehr einem Zweifel unterliegen. O, danke, sehr inderesand.« (Im TMA)

6] *Die jugoslavische Intrigue:* Nicht mehr zu ermitteln. Vermutlich handelte es sich um das von TM bereits mehrfach zurückgewiesene Ansinnen, im Zusammenhang mit dem Erscheinen einiger seiner Werke in Jugoslawien (s. Bürgin, IV, 248–253) dem Land einen Besuch abzustatten. TM befürchtete zu Recht, daß man eine solche Visite nicht nur literarisch, sondern auch politisch hochzuspielen gedachte.

7] *Tito*: Der jugoslawische Politiker Josip Tito (1892–1980), seit 1945 Ministerpräsident, seit 1953 Staatschef seines Landes.

23. 2. 1953

27 1] *»Rudin«:* Turgenjews 1856 erschienener erster größerer Roman.

25. 2. 1953

27 1] *Frau Keßler:* Hedwig Kessler, Inhaberin des von TM konsultierten Fußpflege-Salons, Kappelergasse 16.

2] *»Er sah mir in die Augen«:* Isoldes Bericht im ersten Aufzug, dritte Szene von Richard Wagners ›Tristan und Isolde‹: »Von seinem Lager/ blickt' er her, –/ nicht auf das Schwert,/ nicht auf die Hand, –/ er sah mir in die Augen./ Seines Elendes/ jammerte mich; –/ das Schwert – ich ließ es fallen!«

28 3] *[an] Mme Focillon:* An Madame Focillon, Erlenbach, 26. 2. 1953, Reg. IV, 53/58.

4] *Mme Focillon:* Die Witwe des französischen Kunsthistorikers Henri Focillon (1881–1943). Focillon, ursprünglich an der Sorbonne tätig, war 1940 in die USA geflohen und hatte an der Yale University unterrichtet. Es scheint, als habe TM seit 1933 in loser brieflicher Verbindung mit ihm gestanden.
5] *Volkslieder, von Tauber gesungen:* In TMs Sammlung befand sich eine Platte mit deutschen Volksliedern, gesungen von dem 1933 nach Großbritannien emigrierten, aus Österreich stammenden lyrischen Tenor Richard Tauber (1891–1948), der von Mischa Spoliansky begleitet wurde. (S. auch TB 51/52, 466/467).

26. 2. 1953
1] *Frascati:* Das Café am Utoquai in Zürich. 28
2] *Brief nach Straßburg:* Nicht unter den bekannten Dokumenten.
3] *»Zugvögel«:* S. TB 11. 1. 1953, Anm. 1.
4] *Beethoven-Violin-Konzert:* Von Ludwig van Beethovens (1770 bis 1827) Violinkonzert D-Dur, op. 61, fand sich keine Aufnahme in TMs Plattennachlaß.

27. 2. 1953
1] *Buch:* Alwin Mittasch, ›Friedrich Nietzsche als Naturphilosoph‹, 28
Stuttgart 1952. Das Buch ist in der Zürcher Bibliothek erhalten.

28. 2. 1953
1] *bei den Schwänen:* Ken und Rosalie auf ihrem Gang durch den 29
Park, GW VIII, 941/942.
2] *Mittlers:* Liesl Frank (1903–1978), Tochter der Operettendiva Fritzi Massary und Witwe des TM befreundeten Schriftstellers Bruno Frank (1887–1945), und ihr zweiter Mann, der Regisseur und Schauspieler Leo Mittler (1893–1958).
3] *ostdeutsche Rezensionen von »Lotte« und »Faustus«:* Nicht ermittelt. Die erwähnten Bücher waren 1952 im Aufbau-Verlag, (Ost-) Berlin, erschienen. (Potempa D 7. 9 und D 10. 9)
4] *an Mundt:* Das Schreiben an den Cheflektor des Desch-Verlages, Hans Josef Mundt, ist nach Reg. IV, 593, verschollen.
5] *Geburtstagsalmanach:* ›Aus der Romanstraße. Ein Almanach. Acht Jahre Verlag Kurt Desch 1945–1953‹, München 1953.

1. 3. 1953

29 1] *Herr Theile:* Der Kunsthistoriker, Schriftsteller, Journalist und Übersetzer Albert Theile (1904–1986) war über Frankreich, Indien, China, Japan und die USA nach Chile emigriert, wo er von 1943 bis 1946, gemeinsam mit Udo Rukser (1892–1972), die auch von TM regelmäßig gelesene Zeitschrift ›Deutsche Blätter‹ herausgab und von 1950 bis 1952 an der Staatsuniversität Santiago de Chile lehrte. Danach kehrte er nach Europa zurück, lebte als freier Schriftsteller und Mitarbeiter verschiedener Zeitungen in der Schweiz und gab 1960/61 die unter dem Namen ›Humboldt‹ in Hamburg erscheinende ›Vierteljahres-Zeitschrift für die Iberische Welt‹, ab 1963 die arabische Zeitung ›Fikrun wa fann‹ (›Geist und Kunst‹) heraus.

2] *an Dr. Huber:* Nach Reg. IV, 593, verschollen.

3] *An Kesten:* An Hermann Kesten, Erlenbach, 1. 3. 1953, Reg. IV, 53/60: »[. . .] Für die Mitteilung der beiden Sendeprogramme besten Dank. Ich lasse mir beide recht wohl gefallen. Da es immer nur kurze Proben aus den verschiedenen Büchern sein dürfen, war es wohl kaum besser zu machen. Bedenken habe ich nur gegen das Kapitel ›Die Wandlung‹, das zwar einen hübschen Schlussteil hat, aber anfangs, da wo die Rückverwandlung des Igels in den Mann beschrieben wird, wohl das Schwächste in dem ganzen Büchlein und wirklich nur ein Notbehelf ist. Lieber wäre mir, wenn einige Seiten aus dem Kapitel ›Die Busse‹ an diese Stelle träten. Es brauchte nicht der ganze Abschnitt zu sein, man könnte auf Seite 253 unten beginnen und dann die ganz anziehenden Wetterbeschreibungen und die Schrumpfung zum Naturwesen geben. Es ist nur ein Gegenvorschlag und ich würde mich zufrieden geben, wenn Sie Ihrer eigenen Wahl sicher zu sein glauben.« (Kopie im TMA)

4] *»Maria Stuart«:* Friedrich Schillers (1759–1805) 1800 in Weimar uraufgeführtes Trauerspiel.

5] *»Archibald Douglas«:* Theodor Fontanes (1819–1898) 1854 im ›Tunnel‹ vorgetragene, 1858 von Carl Loewe (1796–1869) vertonte Ballade.

2. 3. 1953

30 1] *Fr. Landshoff:* Der Verleger Fritz H[elmut] Landshoff (1901 bis 1988), ein Freund von Klaus Mann, in der Emigration Begründer der deutschen Abteilung im Amsterdamer Querido-Verlag. Landshoff ge-

lang 1940 die Flucht in die USA, wo er in New York, gemeinsam mit Gottfried Bermann Fischer, ein neues Unternehmen, den Verlag L. B. Fischer, aufbaute. Nach 1945 kehrte Landshoff nach Amsterdam zurück, wo er den deutschsprachigen Teil des Querido-Verlags (später als Bermann-Fischer/Querido Verlag) bis zu seinem Aufgehen in dem neu gegründeten S. Fischer Verlag im Dezember 1951 weiterführte. Näheres TB 49/50, 361/362.

2] *Werther-Vortrag:* TMs 1939 als Vorlesung an der Universität Princeton geschriebener Vortrag *Goethe's Werther* (GW IX, 640–655) erschien in ›Velhagen & Klasings Monatshefte‹, Jg. 61, H. 3, März 1953, 181–188. (Potempa G 728.3)

3] *vorabgedruckt:* Dem Druck lag die Fassung aus *Altes und Neues,* Frankfurt am Main 1953, zugrunde.

4] *an die jungen Leute vom »Diskus«:* Bereits im Dezember 1952 hatten sich Mitarbeiter der Frankfurter Studentenzeitung ›Diskus‹ bei TM um ein Interview beworben (s. TB 51/52, 313 nebst Anm. 6 auf S. 747), das TM mit Rücksicht auf den Umzug nach Erlenbach auf einen späteren Termin verschob und dessen Realisierung sich durch die gesundheitliche Misere nach dem mißglückten Taormina-Aufenthalt noch weiter hinauszögerte (s. TB 1. 2. 1953, Anm. 6). In dem hier gemeinten Schreiben, Erlenbach, 5. 3. 1953, Reg. 53/61, das gleichfalls im ›Diskus‹, a.a.O., abgedruckt wurde, unterbreitete TM noch einmal neue Terminvorschläge. Das Interview fand schließlich am 15. 3. 1953 statt. Einen Bericht über das Gespräch publizierten die Studenten a.a.O. 5–7.

5] *C. Franks Symphonie:* Die von TM sehr geschätzte d-Moll-Symphonie des belgischen Komponisten César Franck (1822–1890). TM besaß eine Aufnahme mit dem San Francisco Symphony Orchestra unter Pierre Monteux aus dem Jahre 1942.

6] *Vortrag der Meyer:* Die NYT vom 18. 2. 1953 publizierte auf ihrer ersten Seite unter der Überschrift ›‚Inquisitors' Menace U. S. Schools and Way of Life, Teachers Hear. Mrs. Agnes Meyer Denounces McCarthy, Jenner, Velde at Meeting of 17000‹ einen Bericht über Agnes E. Meyers »aufsehenerregende, als ›historisch‹ empfundene Rede« (TM/AM 1098), in der die Rednerin Senator McCarthy als einen »›dangerous and ruthless demagogue‹, als Psychopathen« gebrandmarkt und eine landesweite Kampagne zur Verteidigung der akademischen Freiheit ausgerufen hatte.

3. 3. 1953

30 1] *Manuel [Gasser]:* Der Schweizer Journalist, 1933 Mitherausgeber der ›Weltwoche‹, später Chefredakteur der Zeitschrift ›du‹, Manuel Gasser (1909–1979), war TM als Freund seiner drei älteren Kinder bekannt.

2] *»O sink hernieder«:* Von dem Liebesduett im zweiten Aufzug des ›Tristan‹ befindet sich keine Aufnahme in TMs Schallplattensammlung.

3] *»Väter und Söhne«:* Turgenjews erstmals 1862 publizierter Roman.

4. 3. 1953

30 1] *Rokoko-Interieurs:* Die Beschreibung des von der kleinen Gesellschaft besichtigten Schlosses Holterhof, alias Schloß Benrath, in der *Betrogenen*, GW VIII, 943/945.

2] *tödliche Erkrankung Stalins:* Das von Radio Moskau erstmals am 4. 3. 1953, 6:15 Uhr (Schweizer Zeit) verbreitete TASS-Communiqué hatte folgenden Wortlaut: »In der Nacht vom 1. auf den 2. März hatte der Genosse Stalin, als er sich in Moskau in seiner Wohnung aufhielt, eine Gehirnblutung, die wichtige Teile des Hirns in Mitleidenschaft zog. Genosse Stalin verlor das Bewusstsein. Es stellte sich eine Lähmung des rechten Armes und Beines ein. Der Genosse Stalin verlor die Sprache. Die Herz- und Atemtätigkeit wurde ernsthaft gestört.« (NZZ, Fernausgabe, 5. 3. 1953, Bl. 1)

31 3] *Bildhauer Hofer:* Nichts Näheres ermittelt.

4] *Gi[g]li-Platten:* In TMs Plattensammlung fanden sich keine Aufnahmen mit dem italienischen Tenor Beniamino Gigli (1890–1957).

5. 3. 1953

31 1] *Oltener Luxusausgabe:* S. TB 27. 1. 1953, Anm. 4.

2] *Eisenhower salbungsvoll:* Die NZZ (Fernausgabe), 6. 3. 1953, Bl. 1, druckte die Erklärung des Präsidenten im Wortlaut: »In diesem Augenblick der Geschichte, da Tausende von Russen ernstlich besorgt sind über die Erkrankung des Sowjetherrschers, fliegen die Gedanken Amerikas zum ganzen Volk der Sowjetunion, den Männern und Frauen, den Knaben und Mädchen in den Dörfern und Städten, in den Bauernhöfen und Fabriken ihrer Heimat. Sie sind die Kinder des gleichen Gottes, der der Vater aller Völker überall auf der Erde ist. Und wie alle Völker teilen auch die Millionen Rußlands unsere Sehnsucht nach einer friedlichen und freundschaftlichen Welt. Ohne Rücksicht auf die Identität der Regierungspersönlichkeiten beten wir Amerikaner nach wie vor, der Allmächtige möchte über die Völker dieses riesigen Landes wachen und ihnen nach seiner Weisheit Gelegenheit geben, ihr Leben in einer Welt zu leben, in der Männer und Frauen und Kinder in Frieden und Freundschaft sich finden.«

3] *Vincents Pensionierung:* Die NZZ brachte in ihrer Ausgabe vom 5. 3. 1953 (Fernausgabe 6. 3.) einen bissigen Kommentar über die zum frühestmöglichen Zeitpunkt erfolgte Pensionierung des amerikanischen Diplomaten John Carter Vincent (1900–1972), dessen Berichte über China und Tschiang Kai-schek von der Opposition um McCarthy als inopportun, da zu kritisch, diffamiert worden waren.

4] *in der N. Z. Z.:* Die NZZ hatte die Entscheidung von Dulles, den Rücktritt Vincents anzunehmen, wie folgt kommentiert: Sie »ist wohl ein Optimum dessen, was unter den gegenwärtig herrschenden Umständen erwartet werden konnte. [...] McCarthy hat dagegen schon vehement protestiert. [...] Der Entscheid ist, kurz gesagt, ein politischer Entscheid, den man als solchen in der heutigen Atmosphäre verstehen kann, aber nicht als etwas anderes darstellen sollte, als was er ist.«

5] *etwas Parsifal:* Von Richard Wagners ›Parsifal‹ fanden sich in TMs Plattensammlung: Eine Aufnahme des Karfreitagszaubers von 1927 mit Alexander Kipnis und dem Bayreuther Festspielorchester unter Leitung von Siegfried Wagner und ausgewählte Szenen mit Günther Treptow, dem Chor der Wiener Staatsoper und den Wiener Philharmonikern unter Hans Knappertsbusch von 1949.

6. 3. 1953

1] *Tod Stalins. Groß traktiert:* Die NZZ vom 6. 3. 1953 (Fernausgabe 31
7. 3.) brachte die offizielle Mitteilung Moskaus neben anderen Dokumentationen und Analysen auf ihrem ersten Blatt. Das Communiqué hatte folgenden Wortlaut: »Liebe Genossen und Freunde! Das Zentralkomitee der Kommunistischen Partei der Sowjetunion, vom Ministerrat der Sowjetunion zeigen der Partei und allen Arbeitern der Sowjetunion in tiefstem Schmerz an, daß um 21.50 am 5. März nach einer schweren Krankheit der Vorsitzende des Ministerrats der Sowjetunion und Sekretär des Zentralkomitees der Kommunistischen

Partei der Sowjetunion, Josef Wissarionowitsch Stalin, verschieden ist./ Das Herz des Genossen und erleuchteten Vollstreckers von Lenins Willen, des weisen Führers und Lehrers der Kommunistischen Partei und des Sowjetvolkes, Josef Wissarionowitsch Stalin, hat zu schlagen aufgehört.«

7. 3. 1953

32 1] *Brief betr. das Frankfurter Opernhaus:* An Max Flesch-Thebesius, Erlenbach, 7. 3. 1953, Reg. IV, 53/63. Die am 16. 3. 1953 in der ›Frankfurter Neuen Presse‹ erschienene Stellungnahme (Potempa G 1142) ist als Dok. 6, S. 814/815 wiedergegeben.

2] *einiges aus dem »Fliegenden Holländer«:* In TMs Schallplattensammlung fanden sich keine Aufnahmen von Richard Wagners Oper ›Der fliegende Holländer‹.

8. 3. 1953

32 1] *Liebesgestammel:* Rosalie und Ken im Geheimgang, GW VIII, 945/946.

2] *Luthers Leben:* TM las vermutlich in der zweibändigen Biographie von Julius Köstlin, ›Martin Luther. Sein Leben und seine Schriften‹, Elberfeld 1875. Der Band ist in der Zürcher Bibliothek erhalten.

3] *an Tutti Fischer:* An Brigitte Bermann Fischer, Erlenbach, 8. 3. 1953, Reg. IV, 53/64; TM/GBF 608.

4] *Freundin Nina:* Nina Engelhardt, die erste Frau von Magnus Henning, dem Mitbegründer, musikalischen Leiter und Hauskomponisten von Erika Manns Kabarett ›Die Pfeffermühle‹.

9. 3. 1953

32 1] *Den »Hauptmann«:* TMs am 9. November 1952 in Frankfurt am Main gehaltene Rede *Hauptmann, der Freund.* S. auch TB 9. 1. 1953, Anm. 3.

2] *Tripel-Konzert:* TM besaß von Beethovens Konzert für Klavier, Violine, Violoncello und Orchester C-Dur, op. 56, eine Aufnahme mit Walter Hendl, John Corigliano, Leonard Rose und dem New York Philharmonic Symphony Orchestra unter Bruno Walter aus dem Jahre 1949.

10. 3. 1953
1] *Ende des Schloßbesuches:* GW VIII, 946/947. 33
2] *an die [...] verwitwete Wendriner:* An Anna Hellersberg-Wendriner, Erlenbach, o.D., Reg. IV, 53/66. Aus dem nicht auffindbaren Brief sind zwei Sätze im Vorwort des Anm. 3 nachgewiesenen Buches zitiert.
3] *»The unknown Th. M.«:* Die englische Originalausgabe – vielleicht auch nur das Manuskript – befindet sich nicht im TMA. Die 1960 bei Francke in Bern und München erschienene Übersetzung: Anna Hellersberg-Wendriner, ›Mystik der Gottesferne. Eine Interpretation Thomas Manns‹.
4] *»Limelight«:* In der Zürcher ›Scala‹ lief die deutsche Fassung von Charles Chaplins Film: ›Rampenlicht‹.
5] *Buster Keaton:* Der amerikanische Schauspieler und Regisseur Buster Keaton (1896–1966).

11. 3. 1953
1] *zu verbessern:* Die Änderungen sind im Manuskript, Blatt 79, zu erkennen. Die Stelle, da sich die Gesellschaft dem Schloß nähert, GW VII, 940, Z. 19ff., hieß ursprünglich: [»Sie hatten einen ziemlich feuchten Wiesenweg zurückzulegen], ehe historische Herrschaftlichkeit sie aufnahm – vierreihige Alleen prächtiger Bäume, Buchen, Eiben, Linden, Roßkastanien, hochwüchsige Ulmen, [gestr. ›die in Blattknospen standen‹] voll von zuweilen noch in blankbrauner Hülle geborgenen Blattknospen, auch Lärchen und Fichten – ausstrahlend nach allen Richtungen von erhöhten Rondellen und Aussichtspunkten mit Ruhebänken in Taxusnischen. An den stolzen Stämmen emporblickend spazierte die kleine Gesellschaft auf gepflegten, feinbekiesten Wegen dahin, Anna mit Keaton voran, hinter ihnen Rosalie und Eduard. Aber Fräulein von Tümmler änderte durch ein Manöver diese Anordnung, indem sie stehen blieb und den Bruder an ihre Seite rief, um sich bei ihm nach dem Namen des Baumganges, den sie verfolgten [...] zu erkundigen.« 33
2] *Las »Lob der Verg.«:* Diese Aufnahme ist nicht nachweisbar.
3] *Dem »Merkur« [...] zugesagt:* An die Redaktion des ›Merkur‹, Erlenbach, 11. 3. 1953, Reg. IV, 53/70.

12. 3. 1953

33 1] *etwas verbessert:* S. TB 11. 3. 1953, Anm. 1.

2] *Frau R. Schickele:* Anna Schickele, die Witwe des TM seit der gemeinsamen Zeit in Sanary, Sommer 1933, nahestehenden elsässischen Schriftstellers René Schickele (1883–1940).

3] *an den Fischer-Verlag:* Nach Angaben in Reg. IV, 593, verschollen.

4] *Lindbergs:* Der österreichische Film- und Theaterregisseur Leopold Lindtberg (bis 1933 Leopold Lemberger; 1902–1984) und seine Frau, die Pianistin Valeska Hirsch. Lindtberg war 1933 nach Zürich emigriert, wo er als Dramaturg und Spielleiter am Schauspielhaus vielen Dramen deutscher Emigranten zu später berühmt gewordenen Aufführungen verhalf.

34 5] *Besitzer des Tschocken-Verlags:* Salman Schocken (1878–1959), ursprünglich Warenhaus-Besitzer und kenntnisreicher Sammler von Hebraica und Judaica, Besitzer kostbarer Handschriften und hebräischer Inkunabeln sowie einer großen Graphiksammlung, gründete 1932 mit Hilfe seines späteren Geschäftsführers Lambert Schneider den Schocken-Verlag, der – nach 1933 unter der Assistenz des Indologen und Hebraisten Moritz Spitzer – bis 1938 in Berlin bestand. Nach der erzwungenen Liquidation des deutschen Unternehmens gründete Schocken Nachfolge-Verlage in New York und Israel. Dort, in Jerusalem, befindet sich – neben den geretteten oder zurückgekauften Buchbeständen – auch die Bibliothek und das Archiv des Verlags.

13. 3. 1953

34 1] *die Einleitung zur Vorlesung:* Das Manuskript ist nicht mehr auffindbar. Jedoch hat A. M. Frey in seiner Besprechung in der ›National-Zeitung‹, Basel, 17. 3. 1953, über TMs einleitende Worte berichtet: »Bevor er mit seiner neuesten Prosadichtung begann – wie eh und je rhetorisch auf der Höhe, lebendigster Vermittler der eigenen, in vollendete Form gefassten Gedanken – entwarf er eine klare Skizze des gesamten Stoffes, den er zunächst idyllisch anlaufen lässt, um ihn desto wirksamer dann in die Steigerungen eines schmerzvollen Glücks zu führen, schliesslich einer Höhe voll triumphierendem Jubel entgegen – von der grausam und jäh der Absturz in eine schreckliche Erkenntnis erfolgt. Aber der Sturz wird überwunden, und die Er-

kenntnis klingt aus in den Frieden einer lebensbejahenden Resignation.«
2] *Beidler:* Der Schriftsteller Franz W[ilhelm] Beidler (1901–1981), ein Enkel Richard Wagners. Näheres TB 46–48, 442.
3] *Comte Harcourt:* Vermutlich der französische Literarhistoriker und Pariser Germanistik-Professor Robert d'Harcourt (1881 bis 1965).
4] *Kadidja Wedekind:* Frank Wedekinds jüngere Tochter (1911 bis 1994), Schwester der mit Erika und Klaus Mann eng befreundeten Pamela Wedekind, war 1938 in die USA emigriert und nach dem Krieg in die Bundesrepublik zurückgekehrt.

14. 3. 1953
1] *Kestens »Kinder von Gernica«:* Hermann Kestens Roman ›Die 35
Kinder von Gernika‹ war 1939 zunächst auf englisch in New York erschienen. Die erste deutsche Ausgabe: Wiesbaden 1948.
2] *französische Ausgabe:* ›Les enfants de Guernica‹, Préface de Thomas Mann, Paris 1954. In der Zürcher Bibliothek. TMs Vorwort, das 1955 auch (in leicht veränderter Form) in der Rowohlt-Taschenbuch-Ausgabe des Romans erschien, ist GW X, 811–814 abgedruckt. Zur amerikanischen Ausgabe des Romans hatte TM bereits 1939 eine Empfehlung verfaßt. S. dazu Potempa G 1143 und Appendix 2246.
3] *an den »Merkur«:* An die Redaktion des ›Merkur‹, Erlenbach, 14. 3. 1953, Reg. IV, 53/72: »Hier sind also die ersten Teile von ›Die Betrogene‹. Ich denke, für das Maiheft ist es genug Manuskript. Ich würde empfehlen mit der ersten ›Lieferung‹ bis S. 21 oben, dem ›Pardon me!‹ zu gehen. Wenigstens habe ich bei Vorlesungen der Anfänge immer dort abgebrochen./ [. . .] Auf S. 7 findet sich der Name gewisser gelber Frühlingsblüten, die ich ›Phozytien‹ oder ›Phorzytien‹ habe nennen hören, ohne dass es mir gelungen wäre, die Rechtschreibung des Namens festzustellen. Vielleicht könnnen Sie mir da, etwa durch Erkundigung bei einem Botaniker, aushelfen. Sonst muss es bei ›Ginstergebüsch, Rot- und Weissdorn‹ sein Bewenden haben.« Am Rand des Schreibens steht von TMs Hand vermerkt: »Erledigt: Forsythien.« (Kopie HOM)
4] *Marguerite Yourcenar:* Die französisch-amerikanische Schriftstellerin Marguerite Yourcenar (1903–1987) wurde 1980 als erste Frau in die Académie Française gewählt.

5] *Hadrian an Marc Aurel:* Der ›Merkur‹ (Jg. 7, H. 3, März 1953, 259–275) hatte einen Vorabdruck aus dem Buch von Marguerite Yourcenar ›Ich zähmte die Wölfin‹ mit einer einleitenden Bemerkung gebracht, die allein geeignet gewesen wäre, TMs Aufmerksamkeit und Zustimmung zu erregen: »Diese Humanistin [d. i. M. Yourcenar] bestrickte der Gedanke, das römisch-hellenische Weltreich auf der Höhe von Macht und Glanz, kaum merklich gezeichnet durch Morbidezza, die den Verfall des Vollendeten anzeigt, in dem Kaiser Gestalt werden zu lassen, der es beherrscht, bereist und wie kein anderer geistig durchdrungen hat. Es ist die Epoche der abendländischen Geschichte, von der Goethe bekennt, daß er am liebsten in ihr gelebt hätte.« – S. dazu auch den Anm. 3 nachgewiesenen Brief an den ›Merkur‹: »In dem jüngsten Heft Ihrer Zeitschrift hat mich der Brief Hadrians von Marguerite Yourcenar ganz ausserordentlich gefesselt. Das is[t] ja vorzüglich! Ist die Verfasserin Französin, Engländerin, oder was? Ich muss das ganze Buch lesen.«
6] *an die Freiheitskämpferin:* An Agnes E. Meyer, Erlenbach, 14. 3. 1953, Reg. IV, 53/71; TM/AM 779/780.

15. 3. 1953
35 1] *die jungen Leute vom »Diskus«:* S. TB 2. 3. 1953, Anm. 4. Die TM besuchenden Redakteure Hans W. Nicklas und Helmut Lamprecht waren, wie aus einer redaktionellen Vorbemerkung zu ihren Artikeln zu entnehmen ist, von Max Horkheimer zu ihrer Gesprächsbitte ermutigt worden: »Die Mitteilung Sr. Magnifizenz an die Redaktion des ›Diskus‹, Thomas Mann sei nach der Lesung besonders über den herzlichen Beifall der Studenten erfreut gewesen, die zumeist auf der Empore Platz gefunden hätten, ermutigte uns, den Dichter um die Gewährung eines Gesprächs zu bitten.«
2] *Versand:* In der Handschrift steht: Versandt.

16. 3. 1953
35 1] *Radiovortrag:* Nicht unter den Dokumenten des TMA.
2] *Briefe von Lesser:* Die offenbar eine Auseinandersetzung Lessers mit Gertrud Fussenegger betreffenden Briefe befinden sich nicht im TMA. S. jedoch TMs Antwort an Jonas Lesser, Erlenbach, 18. 3. 1953, Reg. IV, 53/75: »Nicht alles Fussenegger'sche habe ich gelesen, wohl aber alles von Ihnen. Was Sie sich mit diesen Leuten für

Mühe geben – es ist ergreifend. Ergreifend ist freilich auch (das habe ich gelesen, weil es sich in Ihrer Handschrift darbot), daß ich groß genug hätte sein müssen, die Nazisauerei mit gütigem, verzeihenden *Humor* hinzunehmen! Es geht schon über die Hutschnur. Halten Sie es denn wirklich für fruchtbringend, sich mit den Predigern solcher Bonmots auseinanderzusetzen. Verzeihen Sie die Frage! Ich bin Ihnen ja dankbar – und bewundere das Maß von Menschenfreundlichkeit.« (Kopie im TMA)

3] *Aufsatz über dessen Buch:* Otto Basler, ›Thomas Manns Lebenswerk: J. Lesser, ‚Thomas Mann in der Epoche seiner Vollendung'‹, ›National-Zeitung‹, Basel, 8. 3. 1953.

4] *Frau von Oechen:* Gemeint ist die Übersetzerin und Verlegerin – bis 1955 Direktorin des Querido-Verlags – Alice Emily von Eugen-van Nahuys (1894–1967), die, seit 1916 für den Verlag tätig, nach dem Kriege gemeinsam mit ihrem Mann Fred von Eugen den Verlag in Amsterdam wieder eröffnet hatte.

5] *Der ostdeutsche »Aufbau«:* Die vom ›Kulturbund zur demokrati- *36*
schen Erneuerung Deutschlands‹ in Ost-Berlin herausgegebene Monatsschrift ›Aufbau‹.

17. 3. 1953

1] *Dr. Meyer:* Vermutlich meint TM den Germanisten Dr. Walther *36*
Meier, Chefredakteur der ›Neuen Schweizer Rundschau‹ und Herausgeber der ›Manesse-Bibliothek der Weltliteratur‹.

18. 3. 1953

1] *Investigierung Tausender:* Nachdem der amerikanische Senat am *36*
31. 1. 1953 für die Investigierung von Kontakten zum Kommunismus verdächtiger US-Bürger und Institutionen $ 714.353 bewilligt hatte, war im März die Diskussion um diese Form des Staatsschutzes neu aufgeflammt. Der Präsident erklärte, er werde intervenieren, falls Methoden und Ausmaß der Investigationen die internationalen Beziehungen gefährdeten. Daraufhin kam das Thema Ende des Monats noch einmal im Kongreß zur Sprache; Eisenhower bestätigte das Recht des Staates, derartige Untersuchungen durchzuführen, warnte aber gleichzeitig vor den innen- und außenpolitischen Gefahren, die ein Mißbrauch dieses Rechts für die ganze Nation heraufbeschwören könne.

2] *Berichte der »Nation«:* Julio Alvarez del Vayo, ›A European ‚Legion'‹, ›The Nation‹, vol. 176, No. 9, 28. 2. 1953, 181–183.
3] *von Hesse:* O. O., im März 1953, HH/TM 243.

19. 3. 1953

37 1] *Bericht über den PEN Abend:* A. M. F[rey], ›Thomas Mann in Zürich‹, ›National-Zeitung‹, Basel, 17. 3. 1953: »Ein heikler Stoff, an den sich kaum jemand heranwagen darf, der nicht Thomas Mann ist. [. . .] Der hochinteressante Abend war neben dem literarischen ein gesellschaftliches Ereignis. Dr. Werner Weber [. . .] leitete den Abend [. . .]. Er richtete mit launigem Respekt begrüssende Worte an Thomas Mann und umriss in wenigen Sätzen das Charakteristische im Schaffen der Altersjahre des Dichters.« S. auch TB 13. 3. 1953, Anm. 1. Zu A. M. Frey s. TB 1. 4. 1953, Anm. 3.
2] *1. Satz der C. Frank-Symphonie:* So, wie fast immer, in der Handschrift. Zur Sache s. TB 2. 3. 1953, Anm. 5.
3] *Fridos Rezitation:* Eine Kassetten-Aufnahme dieser von Erika Mann einstudierten Szene befindet sich im TMA. S. auch TB 44–46, 139 und 547.
4] *Wotans Abschied:* Richard Wagner, ›Die Walküre‹, 3. Aufzug. TM konnte diese Musik nie ohne starke Emotionen hören.

20. 3. 1953

37 1] *Architekt Muhl:* Arthur Muhl, der Architekt und Eigentümer des von TM bewohnten Hauses in Erlenbach.
2] *Hauptmanns »Ratten«:* Unter der Regie von Ernst Ginsberg und in der Ausstattung von Teo Otto spielten in der Aufführung des Zürcher Schauspielhauses Therese Giehse und Walter Richter die Hauptrollen.

21. 3. 1953

38 1] *Vorwort zu Kestens Roman:* S. TB 14. 3. 1953, Anm. 2.
2] *Lausanner Literarhistoriker:* Vermutlich der Germanist, Musikwissenschaftler und Schriftsteller Numa Tétaz (geb. 1926).
3] *an Reisiger:* An Hans Reisiger, Erlenbach, 21. 3. 1953, Reg. IV, 53/80; Bl. TMG No. 8, 32.
4] *Reisiger:* Der Erzähler und Übersetzer Hans Reisiger (1884 bis 1968), den TM 1913 kennengelernt hatte, gehörte zu den engsten Freunden des Hauses Mann. TM portraitierte ihn in der Figur des

Rüdiger Schildknapp im *Doktor Faustus*. Näheres TB 46–48, 428, 433, 608–610, 763–765 und 788.
5] *Schlusnus:* Der Bariton Heinrich Schlusnus (1888–1952), von dem TM viele Plattenaufnahmen besaß.
6] *Melchior:* Der dänische Heldentenor Lauritz Melchior (1890 bis 1973), den TM besonders in seinen Wagner-Rollen schätzte.
7] *Lehmann:* Die Sopranistin Lotte Lehmann (1888–1976). Näheres TB 44–46, 690.
8] *»Musensohn«:* Von Franz Schuberts (1797–1828) Vertonung von Goethes ›Musensohn‹ (D 764) existiert in TMs Plattensammlung eine Aufnahme aus dem Jahre 1936 mit Gerhard Hüsch und Hanns Udo Müller.

22. 3. 1953
1] *Hündchen Hallgarten:* Die Frauenrechtlerin Constance Hallgarten (1881–1969), die Witwe des Privatgelehrten Robert Hallgarten (1870–1924) und Mutter des den beiden ältesten Mann-Kindern eng befreundeten Richard (Ricki) Hallgarten (1905–1932, Suizid). Im Münchener Herzogpark waren Manns und Hallgartens Nachbarn gewesen. *38*
2] *über Merimé und Turgenjew:* Hansres Jacobi, ›Prosper Mérimée und Iwan Turgenjew. Eine literarische Freundschaft‹, NZZ (Fernausgabe), 21. 3. 1953, Bl. 4 (Beilage ›Literatur und Kunst‹).
3] *Mosers:* Der Diplomingenieur Fritz Moser und seine Frau Paula, die Eltern von TMs Schwiegertochter Gret.
4] *»Wie bist du meine Königin«:* Johannes Brahms' Vertonung op. 32, No. 9, von Georg Friedrich Daumers Gedicht. TM besaß eine Aufnahme aus dem Jahre 1927 mit Heinrich Schlusnus und Franz Rupp.
5] *»Ozean, du Ungeheuer«:* Die Arie der Rezia aus Carl Maria von Webers 1826 in London uraufgeführter Oper ›Oberon‹.

23. 3. 1953
1] *Frage [...] zu verneinen:* TM scheint die Bitte um eine Stellungnahme umgehend vernichtet zu haben. Jedenfalls finden sich im TMA keine entsprechenden Dokumente mehr. *39*
2] *Mondadori [...] zugesagt:* Das Schreiben an TMs italienischen Verleger Arnoldo Mondadori ist nach Reg. IV, 593, verschollen.

3] *Satz vom Stein:* »Vergessen Sie nicht, vom Steine zu träumen, vom moosigen Stein, der im Bergbach liegt seit tausend und tausend Jahren, gebadet, gekühlt, überspült von Schaum und Flut! Sehen Sie mit Sympathie seinem Dasein zu, das wachste Sein dem tiefst schlummernden, und begrüßen Sie ihn in der Schöpfung! Ihm ist wohl, wenn Sein und Wohlsein sich irgend vertragen.« (GW VII, 548; die letzten Sätze des 5. Kapitels von Buch III, ›Die Begegnung‹.)
4] *»O Tod«:* Das dritte Lied ›O Tod, wie bitter bist du‹ aus Johannes Brahms' ›Vier ernsten Gesängen‹, op. 121, 1–4, nach biblischen Texten in Martin Luthers Übersetzung.

24. 3. 1953

39 1] *dem Bibliographen [...] schrieb:* An Wilhelm Matheson, Erlenbach, 12. 4. 1953, Reg. IV, 53/103.
2] *Dr. Gisy:* So in der Handschrift.
3] *Ausgabe von Musils Großwerk:* Robert Musil, ›Der Mann ohne Eigenschaften‹, Hamburg 1952: Robert Musil, Gesammelte Werke in Einzelausgaben, hrsg. von Adolf Frisé.
4] *Herausgeber citiert:* Das Zitat steht nicht in der Ausgabe des ›Mann ohne Eigenschaften‹, sondern im Nachwort Adolf Frisés zur Taschenbuchausgabe von Robert Musil, ›Drei Frauen‹, Rowohlt Verlag, Hamburg, Oktober 1952, 107: »Über Robert Musil liegt ein denkwürdiger Satz von Thomas Mann vor. Er ist aus zwei Gründen bemerkenswert: einmal wegen des Zeitpunkts, zu dem er niedergeschrieben wurde, sodann weil hier der vielleicht tragischste Fall der modernen deutschen Literatur auf die bisher knappste Formel gebracht worden ist. ›Es gibt keinen anderen lebenden deutschen Schriftsteller‹, heißt es da, ›dessen Nachruhm mir so gewiß ist.‹ Diese Prognose wurde kaum bekannt. Sie stand in einem Brief, der, an ein Mitglied der deutschen PEN-Sektion in London gerichtet, das Datum des 1. Juni 1939 trägt.« – Frisé hatte diesen Satz von Martha Musils Einladung zur Subskription des von ihr bald nach dem Tod ihres Mannes, 1942, »aus dem Nachlass herausgegebenen« dritten Bandes des ›Mann ohne Eigenschaften‹ (Imprimerie Centrale, Lausanne 1943) übernommen, in der ein Passus von TM über Robert Musil zitiert wird: »Es gibt keinen anderen lebenden deutschen Schriftsteller, dessen Nachruhm mir so gewiß ist. – ›Der Mann ohne Eigenschaften‹ ist sehr große Prosa, die sich leicht mit der größten der Gegenwart

messen kann. Es ist ein Buch, das Jahre überdauern wird und in der Zukunft hoch in Ehren stehen wird. Als der zweite Band erschien, sprach ich von dem Werk als einem außerordentlichen künstlerischen Unternehmen, dessen entscheidender Einfluss auf die Entwicklung, Erhöhung und Bereicherung unseres deutschen Romans ausser Frage steht.« Es konnte sich nur um das Schreiben an Rudolf Olden, Princeton, 1. 6. 1939, Reg. II, 39/275, handeln, in dem das Zitat zwar sinngemäß, aber eben nicht wortgetreu steht. Frisé korrigierte dann auch – in der Neuauflage der ›Drei Frauen‹ vom April 1979 (281.–288. Tausend) – den von Martha Musil übernommenen Text, der jetzt wortgetreu zitiert wurde: »In keinem Fall zeitgenössisch deutscher Produktion fühle ich mich des Urteils der Nachwelt so sicher wie in diesem. ›Der Mann ohne Eigenschaften‹ ist ohne jeden Zweifel größte Prosa, [die mit dem Vornehmsten rangiert, was unsere Epoche überhaupt zu bieten hatte,] ein Buch, das die Jahrzehnte überdauern und von der Zukunft in hohen Ehren gehalten werden wird.« (89)

5] *Tagebuch-Aufzeichnungen und literarische Aphorismen:* S. Anm. 40
7.

6] *»Was für Erfolge habe ich erlebt«:* Gemeint ist die Anm. 7 zitierte Stelle.

7] *Sudermann, George und Stefan Zweig:* Robert Musil, ›Tagebuch – Heft 33 – Autobiographie‹, in: Robert Musil, ›Tagebücher, Aphorismen, Essays und Reden‹, hrsg. von Adolf Frisé, Hamburg 1976, 931: »Wenn ich bedenke, welche Erfolge ich mit angesehen habe! Von Dahn und Sudermann bis George und Stefan Zweig. Und da erklären sie es für Snobismus oder Dekadenz, wenn man das Publikum verschmäht! Erklär dir, wie es wirklich ist.« TM las diesen Aphorismus im Anhang der Anm. 4 nachgewiesenen Ausgabe von Musils ›Drei Frauen‹, 128: ›Skizzen zu einer Autobiographie‹.

8] *»Es muß an wohlhabenden Menschen etwas sein ...«:* »(Es muß an wohlhabenden Menschen etwas sein, das sie Thomas Mann bewundern läßt. An meinen Lesern, daß sie einflußlos sind)«: Im 9., ›Vermächtnis. Notizen‹ überschriebenen Fragment im Anhang ›Nachgelassene Fragmente‹ zur Anm. 4 nachgewiesenenen Ausgabe des ›Mann ohne Eigenschaften‹.

25. 3. 1953

40 1] *an Kesten:* An Hermann Kesten, Erlenbach, 25. 3. 1953, Reg. IV, 53/82.

2] *Mampell:* Der Schriftsteller und Biologe Klaus Mampell (geb. 1916), von 1947 bis 1953 als Dozent und Professor für Genetik und Evolution in den USA lehrend, dessen Belletristik TM außerordentlich schätzte.

3] *Anna Jacobson:* Die Germanistin am Hunter College Anna Jacobson (1888–1972). Näheres TB 44–46, 379/380.

26. 3. 1953

40 1] *Mc Carthy [...] eine vorläufige Niederlage:* In seinem Kampf gegen die Ernennung des altgedienten republikanischen Diplomaten Charles E. Bohlen (geb. 1904) zum US-Botschafter in Moskau war der »Extremist« (NZZ) McCarthy auch gegen das State Department, das er als Brutstätte moralischer Degeneration bezeichnete, und den Senator von Ohio, Robert A. Taft, zu Felde gezogen, der die innerparteiliche Mehrheitsentscheidung gegen McCarthys Vorgehen angeführt hatte. Im Laufe der Auseinandersetzungen verkündete McCarthy, er werde sich – da er von der verhängnisvollen Fehlentscheidung des Präsidenten überzeugt sei – in dieser Angelegenheit auch ohne Skrupel gegen diesen selbst stellen. Eisenhower hatte sich daraufhin erneut vehement für Bohlens Integrität verbürgt und gesagt, er, der Präsident, überlege sich seine Ernennungen sorgfältig und gründlich und sei bei seinen Entscheidungen darauf bedacht, daß die Männer seiner Wahl »middle of the roaders« und keine Extremisten seien. McCarthy erklärte daraufhin, er halte an seinem Standpunkt fest, wisse jedoch, daß er auf verlorenem Posten stehe.

2] *Mc Carthy:* Der Jurist Joseph McCarthy (1909–1957), republikanischer Politiker, von 1947 bis 1954 Senator von Wisconsin und Vorsitzender des 1938 zur Untersuchung staatsfeindlicher, vorwiegend kommunistischer Umtriebe eingesetzten ›House Committee on Un-American Activities‹.

3] *Vorwort zu Jonas' Bibliographie:* S. TB 30. 3. 1953, Anm. 1.

27. 3. 1953

1] *an sie:* An Lore Rümelin-Wibel, Erlenbach, 27. 3. 1953, Reg. IV, 53/83: Dank und Lob für die fehlerfreie Abschrift des *Betrogenen*-Manuskripts. 41

2] *Buch von Peter de Mendelsohn:* Peter de Mendelssohn, ›Der Geist in der Despotie. Versuche über die moralischen Möglichkeiten des Intellektuellen in der totalitären Gesellschaft‹, Hamburg 1953. Das Buch mit einer Widmung an TM ist in der Zürcher Bibliothek erhalten.

3] *Peter de Mendelssohn:* Der Schriftsteller, Publizist und Übersetzer Peter de Mendelssohn (1908–1982), ein Freund von Klaus und Erika Mann, Verfasser der gründlichen, leider über den ersten Band und zwei postum veröffentlichte Kapitel nicht hinausgekommenen TM-Biographie ›Der Zauberer‹ und Herausgeber der Tagebuchbände 1918–1921, 1933–1934, 1935–1936, 1937–1939, 1940–1943. Näheres TB 46–48, 716.

4] *über Hamsun:* In dem Anm. 2 erwähnten Buch, 17–121: ›Erleuchtung und Verblendung des Zerrissenen. Versuch über Knut Hamsun‹. S. dazu TM an Peter de Mendelssohn, Erlenbach, 9. 4. 1953, Reg. IV, 53/101; Br. III, 291: »Das Buch ist erschütternd und befreiend wahr, es hat sowohl Glanz wie Tiefe, und ganz persönlich liebe ich die herzbewegende Ambivalenz seiner Kritik, die das Gegenteil des Unverbindlichen ist. [. . .] Die Seiten über Hamsun [. . .], ein wahrer kritischer tour de force, sind das Beste und Richtigste, was ich je über dies große und merkwürdige, zum Schluß tragisch-ärgerliche geistige Vorkommnis gelesen.«

5] *Groteske [. . .] wegen der russischen Botschaft:* S. TB 26. 3. 1953, Anm. 1.

6] *Eisenhower gegen Mc Carthy:* S. TB 26. 3. 1953, Anm. 1. Die NZZ hatte am 24. und 26. 3. 1953 (Fernausgabe 25. und 27. 3.) ausführlich über die Affäre berichtet. TMs Notate entsprechen teilweise wörtlich den NZZ-Berichten.

28. 3. 1953

1] *(Franciscati):* Der französisch-amerikanische Violinvirtuose Zino Francescatti (1902–1991). 41

29. 3. 1953

42 1] *Korrektur vom »Merkur«:* Für den Vorabdruck der *Betrogenen;* s. TB 21. 1. 1953, Anm. 7.

2] *Mendelsohn über Giono:* ›Die Gehorsamsverweigerung des Herzens. Versuch über Jean Giono‹, Mendelssohn, a.a.O. 122–172.

30. 3. 1953

42 1] *Vorwort zu Jonas' Bibliographie:* Der spätere Professor an der University of Pittsburgh, Klaus W. Jonas (geb. 1920), hatte die maßgebliche Bibliographie ›Fifty Years of Thomas Mann Studies: A Bibliography of Criticism‹, Minneapolis 1955 (deutsche Ausgabe: ›Die Thomas-Mann-Literatur. Bibliographie der Kritik 1896–1955‹, Berlin 1972) zusammengestellt und TM um einige einleitende Worte gebeten. TM schrieb unter dem Titel *Ein Wort hierzu* das *[Vorwort zu Klaus W. Jonas ›Fifty Years of Thomas Mann Studies‹],* GW X, 814–817. (Näheres s. Potempa G 1144)

2] *Mendelssohn über Jünger:* ›Über die Linie des geringsten Widerstandes. Versuch über Ernst Jünger‹. Mendelssohn, a.a.O. 173 bis 235.

3] *Vorschläge von Strichen:* S. TB 31. 3. 1953, Anm. 3.

4] *»Kindertotenlieder«:* Von Gustav Mahlers nach Texten von Friedrich Rückert 1901–1904 komponierten ›Kindertotenliedern‹ besaß TM eine Aufnahme mit Marian Anderson und dem San Francisco Symphony Orchestra unter Pierre Monteux.

5] *»Träume«:* Das letzte der fünf von Richard Wagner 1857/1858 komponierten ›Wesendonck-Lieder‹. TM besaß eine Aufnahme aus dem Jahr 1947 mit Helen Traubel und dem Philadelphia Orchestra unter Leopold Stokowski, die ihm, wie die Widmung aussagt, Weihnachten 1948 von Klaus Hubert Pringsheim geschenkt worden war.

31. 3. 1953

42 1] *von Fiedler:* St. Anthönien, 29. 3. 1953; im TMA.

2] *an Matheson:* Nach Angaben in Reg. IV, 593, verschollen.

43 3] *Abschwächung von Rosalies geschlechtlicher Naturrenovation:* Der nicht ganz leicht deutbare Text zeigt TMs Verärgerung über die – vermeintlich »kulinarischen« Interessen folgende – Entschärfung des Textes. Wie sehr Erika Mann, des väterlichen Unwillens ungeachtet, jedoch im Recht war, als sie mit ihrem bewährten Sinn für das ästhe-

tisch und gesellschaftlich Angemessene der Vorlage manche offenkundige (und auf TMs Ahnungslosigkeit in bezug auf Frauen beruhende) Peinlichkeit nahm, mag die folgende Zusammenstellung einiger gestrichener (und in eckigen Klammern wiedergegebener) Passagen zeigen: GW VIII, 901, 2. Absatz, Z. 2: »Bin doch [kein Weib mehr, bin] zur Ruhe gesetzt, von der Natur in den milden, würdigen Matronenstand überführt [und seit Monaten schon, dreien, nein vieren, geht es mir nicht mehr nach der Weiber Weise]« und, einige Zeilen weiter: »ich schäme mich vor seiner Jugend, [deren mein unvermögendes, nicht mehr gebärfähiges Alter unwürdig ist]«, oder, 902, Z. 12: »Frauen hat er, soviel er will [, Frauen, die noch keine versiegten Brunnen sind]«, oder, 903, Z. 6 von unten: die »Fähigkeit ihrer Seele [bei schon vollendeter organischer Unfähigkeit]«, oder, 904, Ende des ersten Absatzes: »wie durfte sie [deren Körper vom Leben verlassen war] mutig die Augen aufschlagen zu seiner Jugend«, oder, 912, Seitenbeginn: »Was würdest du sagen, Anna, wenn Deine Mutter auf ihre alten Tage [ihrem Matronenstande zum Trotz, der Körperverfassung entgegen, in die die Natur sie schon überführt hat], von einem heißen Gefühl ergriffen wäre ...«, oder, 918, Z. 19: der Seelenfrühling, »mit dem sie (die Natur) wunderbarer Weise [dem Körper entgegen], meine Seele begnadet«, oder 924, Z. 4: die Narretei, »mit der ich mich lächerlich machte [als abgelebtes Weib]«, oder, jetzt nach der Entdeckung des »Wunders«, 925, Z. 10 von unten: »die Verwendung von etwas Rouge. [Ich habe das Recht, mein Aeußeres mehr in Einklang zu bringen mit meiner Verfassung als vollwertiges Weib.] Ihr Kinder werdet doch keinen Anstoß daran nehmen«, oder, gleich mehrfach, 926, erste Zeile: »Das wäre gegen meine Hoffnung [, zu der die Natur mich so wunderbar ermutigt hat]«, oder, Z. 4: »wie so ganz anders ich seiner Jugend jetzt begegnen werde [, mit wie anderem Selbstvertrauen, nicht mehr im Gefühl schmählicher Untauglichkeit, sondern als ein für Liebe berechtigtes Weib]. Geschwellt ist das Herz ...«, oder, 931, Z. 6 von unten: (sie konnte nicht) »die innigste Freude unterdrücken auf das Wiedersehen mit dem jungen Geliebten unter so neuen Umständen [: ein Wiedersehen mit dem so stolzen Wissen denn also, keine ohnmächtige Alte, sondern ein zur Liebe tüchtiges Weib zu sein.] Aber dem Wort der klugen Tochter ...«, oder, 945, letzte Zeile: »Alles kann ich, wie Du [ich schwöre Dir, Liebling, Du darfst mich lieben, denn Weib bin ich Dir, vollwertiges Weib. Du, Du hast mich dazu gemacht, Du hast mich zur Liebe erweckt. Das Mittel der guten Natur warst Du, mich zu ihr zu erwekken, und, Ken,], die Liebe ist stark, ein Wunder, so kommt sie und tut große Wunder [, Fleisch und Blut erweckt sie vom Tode und ruft sie zum Ostern der Weiblichkeit und zu fähigem Leben]. Küsse mich [, Liebling] ...«, oder, ein letztes Beispiel, das zugleich für den Grund von TMs resigniert-zynischer Bemerkung aufschlußreich ist: 964, Z. 5: »Klügeleien, wie daß Vorurteilslosigkeit und Libertinage nicht meine Sache seien, [und daß Harmonie sei zwischen Lebenswandel und angeborenen moralischen Begriffen]«. Im gedruckten Text steht: »daß mir Zerstörung drohe vom Widerspruch zwischen Lebenswandel und angeborener Überzeugung.« – Zu dem TM so ärgerlichen Problem s. auch den Anm. 4 zitierten Brief an Albrecht Goes.

4] *an Pfarrer Goes:* An Albrecht Goes, Erlenbach, 31. 3. 1953, Reg. IV, 53/85: »[...] ich habe die ersten Teile [der *Betrogenen*] dem ›Merkur‹ in Druck gegeben – verfrüht eigentlich, denn gerade hier werden für die Buchausgabe gewisse, den Frauen notwendig ärgerliche Stellen korrigiert und annehmbarer gemacht werden müssen./ Krull hat, seit ich diese Geschichte zu schreiben begann, keine Fortschritte gemacht. Lieber möchte ich noch eine Novelle schreiben. Lese viel über Luther und seine Zeit. Aber das ist Nebel vorderhand.« (Kopie im TMA)

1. 4. 1953

43 1] *über die Anspielung aufs Große:* Unter Zuhilfenahme des Mörike-Zitats: »Sollen dich die Dohlen nicht umschrein,/ Mußt nicht der Knopf auf dem Kirchturm sein«, GW X, 816.

2] *Konzessionssatz:* S. TB 31. 3. 1953, Anm. 3.

3] *Frey:* Der ehemals Münchner, 1933 zunächst nach Salzburg, dann in die Schweiz emigrierte Schriftsteller Alexander Moritz Frey (1881–1957), dem TM freundlich zugetan war, »seit er um die Jahrhundertwende mit seinem Roman ›Solneman der Unsichtbare‹ (man muß den Namen ›Solneman‹ von hinten nach vorn lesen) hervortrat«. (GW X, 827)

4] *über »Altes und Neues«:* Freys Besprechung erschien nicht in Luzern, sondern unter dem Titel ›‚Altes und Neues' von Thomas Mann‹ im ›St. Galler Tagblatt‹, 2. 5. 1953.

5] *Sammelanzeige in der N. Z. Z.:* ›Neuerschienene Bücher‹, darunter, neben *Altes und Neues*, auch TMs Rede auf Gerhart Hauptmann (s. TB 9. 1. 1953, Anm. 1).
6] *Literaturgeschichte von Fechter:* Die 1932 durch die Deutsche Buchgemeinschaft in Millionenauflage gedruckte völkische Literaturgeschichte des Literarhistorikers und Literaturkritikers Paul Fechter (1880–1958), ›Dichtung der Deutschen‹, war 1952 in einer Neufassung unter dem Titel ›Geschichte der deutschen Literatur‹ in Gütersloh erschienen.

2. 4. 1953
1] *Old Greenwitch:* So im Manuskript. 43
2] *an den »Merkur«:* An die Redaktion des ›Merkur‹, Erlenbach, 2. 4. 1953, Reg. IV, 53/86: »Hier haben Sie den Rest der Geschichte. Wie Sie ihn verteilen wollen auf die kommenden Hefte, überlasse ich Ihnen. Mir ist im Augenblick die Hauptsache, dass das Ding fertig ist. Was es sonst noch ist, das werden nun zuerst Ihre Leser beurteilen.« (Kopie HOM)
3] *2. Akt Meistersinger:* Von Richard Wagners ›Die Meistersinger 44
von Nürnberg‹ besaß TM eine Aufnahme des zweiten Aufzugs aus dem Jahre 1949. Unter Hans Knappertsbusch spielten die Wiener Philharmoniker. Solisten waren Hilde Güden, Günther Treptow, Elsa Schurhoff, Anton Dermota, Paul Schöffler, Otto Edelmann, Karl Dönch u. a.
4] *Chinesisch-russische Friedensoffensive:* In einer weltweit sehr beachteten Erklärung hatte der sowjetische Außenminister die chinesisch-nordkoreanischen Vorschläge für den Austausch kranker und verwundeter Gefangener sowie für Wiederaufnahme der Waffenstillstandsverhandlungen expressis verbis unterstützt.

3. 4. 1953
1] *Burma [. . .] will [. . .] los werden:* Burma hatte vor den Vereinten 44
Nationen Tschiang Kai-schek verklagt, widerrechtlich Truppen in Burma stationiert zu haben.
2] *Luft:* Ein Ausflugsrestaurant oberhalb von Meilen am Zürichsee.
3] *vor 18 Jahren:* S. den Tagebucheintrag vom 30. 5. 1937: »[. . .] mit K. und den Cousinen ausgefahren: Auf den Pfannenstiel, von da nach

dem schön gelegenen Restaurant Luft, wo wir Wermut und guten Emmenthaler nahmen.« (TB 37–39, 68)

4] *die »Mädchen«:* Nina Engelhardt und Ellen Erby, Freundinnen von Erika Mann.

5] *»Wie dünkt mich doch die Aue« [...] Verwandlungsmusik:* ›Parsifal‹, der Anfang des dritten Aufzugs.

6] *»Vater der Liebe«:* TM hörte die Alt-Rhapsodie op. 53 (1869) von Johannes Brahms, der Goethes ›Harzreise im Winter‹ zugrunde liegt. In der sechsten Strophe dieser Hymne heißt es: »Ist auf deinem Psalter,/ Vater der Liebe, ein Ton/ Seinem Ohre vernehmlich,/ So erquicke sein Herz!/ Öffne den umwölkten Blick/ Über die tausend Quellen/ Neben dem Durstenden/ In der Wüste!«

7] *»Der katholische Luther«:* Karl August Meissinger, ›Der katholische Luther‹, hrsg. v. Otto Hiltbrunner, Lehnen 1952.

8] *Meissinger:* Der katholische Theologe und Historiker Karl August Meissinger (1883–1950).

4. 4. 1953

44 1] *an Helen Lowe-Porter:* An Helen Lowe-Porter, Erlenbach, 4. 4. 1953, Reg. IV, 53/90: Anfrage, ob Helen Lowe-Porter bereit wäre, die Übersetzung der *Betrogenen* zu übernehmen. »Ich bin neugierig, wie Sie die Arbeit beurteilen. Sie ist einem sehr schlechten Befinden abgewonnen. Die Wiederanpassung ans Mitteleuropäische wurde meiner Natur nach 12 Jahren Californien viel schwerer, als ich erwartet hatte. [...] Die ganze Zeit grämte und schämte ich mich wegen des Verlustes oder der Unauffindbarkeit des einen Bandes Ihres Roman-Manuskripts, zu dessen Lektüre ich nicht einmal die nötige Ruhe und Sammlung gefunden hatte. Sie haben allen Grund, böse auf mich zu sein! Aber es hängt das alles mit dem neuen Umsturz unseres Lebens zusammen, der sehr an 1933 erinnert und einer zweiten Emigration gleichkommt. Viel Konfusion und Verstörung war für meine labile Natur damit verbunden. Aber wir haben doch wohl richtig gehandelt.« (Kopie im TMA)

2] *Lowe-Porter*: TMs langjährige amerikanische Übersetzerin Helen Lowe-Porter (1877–1963). Näheres TB 44–46, 415.

3] *(Ken etwas abgeschwächt)*: Im Brief an Helen Lowe-Porter wird Ken gar nicht erwähnt. S. D.ü.D. III, 517 und das Zitat in Anm. 1.

45 4] *»Winterreise«:* TM besaß von Franz Schuberts 1827 nach Texten

von Wilhelm Müller komponiertem Liederzyklus, D 911, eine Aufnahme aus dem Jahr 1933 mit Gerhard Hüsch (Bariton) und Hanns Udo Müller (Klavier).
5] *»Harold in Italien«:* Die von TM sehr geliebte viersätzige »Programm-Symphonie« ›Harold in Italien‹, op. 16 (1834) von Hector Berlioz (1803–1869). TM besaß die Aufnahme aus dem Jahr 1946 mit William Primrose (Viola) und dem Boston Symphony Orchestra unter Serge Koussevitzky.

5. 4. 1953
1] *Vorgänge in Rußland:* Die der staatsfeindlichen Verschwörung an- 45
geklagten 15 Ärzte (s. TB 15. 1. 1953, Anm. 5) waren in einem – vor allem durch die öffentliche Verdammung der bei ihrer Verurteilung angewendeten Polizeimethoden Aufsehen erregenden – Rehabilitationsverfahren von allen Anschuldigungen freigesprochen worden. Diese Tatsache sowie die TB 2. 4. 1953, Anm. 4 erwähnte Unterstützung der chinesisch-nordkoreanischen Friedensbemühungen hatte zusammen mit Meldungen über das Verlassen der antisemitischen Linie und amerikafreundlicher Gesten von seiten der Moskauer Behörden zu anhaltenden Spekulationen über den neuen Kurs der sowjetischen Regierung nach Stalins Tod geführt.
2] *»Das Land der Liebe«:* S. TB 14. 4. 1953, Anm. 5.
3] *Kapitel gegen mich*: Das zweite, »Thomas Mann« überschriebene Kapitel, a.a.O. 21–44.
4] *Rede in Paris:* TM fuhr nicht nach Paris, sondern nur nach Rom, London und Hamburg/Lübeck.

6. 4. 1953
1] *Papageien-Geschichten:* Elisabeth Mann Borgese erinnerte sich an 45
die von ihrem Vater gern und häufig erzählte Geschichte von »Onkel Vikko's« Papagei, der seinem abends heimkehrenden Herrn sein Leid über die tagsüber offenbar gelegentlich etwas grobe Behandlung durch Ehefrau Nelly entgegenkreischte: »Gnä Frau g'pritscht!«
2] *Proletarier-Baby:* Auch die Anekdote um das Emigranten-Baby – Kind einer Bekannten von Erika Mann aus dem spanischen Bürgerkrieg –, das jene Sentenz von sich gegeben habe, fiel Tochter Elisabeth auf Nachfrage wieder ein.
3] *Änderung des Schlusses:* Der letzte Absatz hieß – wie aus dem

erhaltenen Manuskript erkennbar – ursprünglich: »Der hat die Gestalt meines Joseph nicht recht verstanden, der die besonnte [verbessert aus ›sonnige‹ und ›melancholische Sonnigkeit‹] Melancholie seines Lebens verkennt – dieses Lebens, von dem ›absprechende Liebe‹ ihm sagt, was der Gescheite schon zu gut selber weiß [verbessert aus ›er selbst nur‹ und ›selber zu gut weiß‹]. ›Daß wohl Segen auf ihm lag, aber der höchste und strengste nicht‹; daß er nicht ganz im Ernste zu den Erwählten gehört [gestrichen ›berufen und zugelassen‹] und zu den Zugelassenen; daß es mit ihm nur ein Spiel gewesen sei, und ein Anklang. [sondern nur ein Spiel war und ein Anklang.]«

4] *an Jonas:* An Klaus W. Jonas, Erlenbach, 7. 4. 1953, Reg. IV, 53/94: »[...] Unterdessen habe ich ein paar gute Stunden benutzt, um das gewünschte Vorwort zu Ihrer Compilation zu schreiben – in dem Gedanken hauptsächlich, dass durch ein solches Ihrem Werk leichter verlegerische Unterkunft verschafft werden könnte. Es ist eine penible Sache, als noch im Fleische Wandelnder an solchem Unternehmen mitzuwirken.« (Kopie im TMA)

46 5] *Angriff an mich:* An zwei Stellen seines TB 3. 4. 1953, Anm. 7 nachgewiesenen Buches übt Meissinger Kritik an TM, da er Luther »für die deutsche Mißentwicklung verantwortlich macht«. (Meissinger, a.a.O. 5) In anderem Horizont, auf Seite 192, noch einmal der gleiche Vorwurf: »Übersehen wir die Geschichte des zweimaligen Scheiterns der großen Verfassungspläne im 15. Jahrhundert, so ist ja wohl klar, daß hier die Wurzeln des deutschen Übels liegen, und nicht bei Luther, wie Thomas Mann jetzt wieder behauptet. Es mutet eigen an, diesen Ungläubigen hier im Schlepptau einer langverjährten katholischen Ideologie zu sehen.«

6] *meine Aufstellung:* In der 1949 geschriebenen Abhandlung *Die drei Gewaltigen,* GW X, 374–383; die herangezogene Stelle 375/376.

7] *die junge Renée:* Renée Henning, die Tochter von Erika Manns Freundin Nina Engelhardt und dem ehemaligen ›Pfeffermühlen‹-Pianisten Magnus Henning. Zu TMs erstem Eindruck vgl. TB 51/52, 199/200.

7. 4. 1953

46 1] *Lesestoff von Kahler, Adorno:* Thomas Mann las: Erich von Kahler, ›Untergang und Übergang der epischen Kunstform‹, ›Die Neue

Rundschau‹, Jg. 64, 1953, H. 1, 1–44, einen Aufsatz, in dem er äußerst selten, nur allgemein und in Verbindung mit anderen genannt wird, sowie Theodor W. Adorno, ›Arnold Schönberg, 1871–1951‹, a.a.O. 80–104.

2] *Kahler:* Der aus Prag stammende Historiker und Kulturphilosoph Erich von Kahler (1885–1970) lehrte seit 1938 in Princeton. TM kannte Kahler seit 1919 und war ihm seit der gemeinsamen Princetoner Zeit freundschaftlich verbunden. Näheres TB 46–48, 422.

8. 4. 1953

1] *Festschrift zu Rabbi Leo Baecks 80. Geburtstag:* ›Essays Presen- 47
tend to Leo Baeck on the Occasion of His Eightieth Birthday‹, London 1954, 194/195 (Potempa G 1145). TM steuerte eine Sammlung von vier kurzen Abschnitten aus *Humaniora und Humanismus* und *Lob der Vergänglichkeit* bei, denen er – unter dem Datum Rom, den 17. April 1953 – folgende Entschuldigung vorausschickte: »Es beschämt mich, dass ich als Beitrag für die Festschrift zum 80. Geburtstag Rabbi Leo Baecks im Augenblick nichts Besseres, Würdigeres anzubieten habe, als diese dürftigen Fragmente. Möge der Gefeierte, den auch ich als grossen Menschen, als Weisen, als Kämpfer für das Gute aufrichtig verehre, meine Darbringung als bescheidenes Zeichen eben dieser Verehrung freundlich annehmen! Thomas Mann«.

2] *Rabbi Leo Baeck*: Der jüdische Theologe Leo Baeck (1873–1956), von 1912 bis 1939 Dozent an der Hochschule für die Wissenschaft des Judentums in Berlin, 1943 Deportation nach Theresienstadt. Leo Baeck überlebte die Lagerzeit und konnte 1945 nach England emigrieren.

3] *De Mendelssohn wünscht schriftliche Worte:* An Peter de Mendelssohn, Erlenbach, 9. 4. 1953, Reg. 53/101; Br. III, 291.

4] *Beethovens [...] 8. Symphonie:* Von Beethovens F-Dur-Symphonie, op. 93, besaß TM eine Aufnahme des New York Philharmonic Symphony Orchestra unter Bruno Walter von 1942.

9. 4. 1953

1] *Heinrichs Artikel:* ›Thomas Mann‹, ›Berliner Tageblatt‹, 47
13. 11. 1929. Der Artikel, der vielfach wieder abgedruckt wurde, befindet sich auch unter den Dokumenten des TMA.

2] *an Bandinelli:* Das Schreiben an den Florentiner Archäologen und Kunsthistoriker Ranuccio Bianchi Bandinelli (1900–1975) ist nach Reg. IV, 593, verschollen.

3] *Conant über den Stand der Naturwissenschaft:* James B. Conant, ›Das neue Weltbild der Naturwissenschaft‹, ›Die Neue Rundschau‹, Jg. 64, 1953, H. 1, 147–167.

4] *Conant:* Der amerikanische Wissenschaftler (Chemiker) und Politiker (1953–1955 US-Hochkommissar in Bonn, anschließend erster Botschafter seines Landes in der Bundesrepublik Deutschland) James Bryant Conant (1898–1978).

5] *Antiquar Rosenthal und Frau:* Der Kunsthistoriker und Kunsthändler Dr. Erwin Rosenthal (1899–1981), der 1933 in die Schweiz, 1941 nach Kalifornien emigriert war, lebte nach dem Krieg mit seiner Frau in Lugano.

6] *Wegner:* Der Hamburger Verleger Christian Wegner (1893 bis 1965), einer der Verantwortlichen für TMs Hamburg-Besuch im Juni 1953. S. die Retrospektive vom 3. 6. 1953.

7] *Novellenbändchen: Der Tod in Venedig und andere Erzählungen,* Fischer-Bücherei No. 54, Frankfurt am Main/Hamburg 1954 (Potempa B 26).

8] *»Hexenlied«:* TM besaß von Max von Schillings Komposition ›Das Hexenlied‹ eine Aufnahme aus dem Jahr 1933 mit Ludwig Wüllner als Sprecher und den Berliner Philharmonikern unter Leitung des Komponisten.

9] *Wüllner:* Der Sänger und Rezitator Ludwig Wüllner (1858 bis 1938), den TM 1933 im Hause Reiff kennengelernt hatte. Näheres TB 46–48, 853.

10. 4. 1953

47 1] *Kap. 6 und 7 des III. Buches:* Die Krulls Ankunft in Lissabon sowie die erste Begegnung mit den Kuckuck-Damen und den Museumsbesuch beschreibenden Kapitel, mit deren Beendigung am 27. 4. 1952 TM den *Krull*-Roman zunächst einmal »bei Seite gelegt« hatte. S. TB 51/52, 207.

2] *PKZ:* »In den fünfziger Jahren war es vor allem die Firma PKZ, mit deren Hilfe Thomas Mann seine äußere Person in gehöriger Verfassung hielt. Hier kaufte er Hemden, Krawatten, Pelzmützen und -mäntel, ließ Anzüge schneidern und ändern.« (Sprecher 141)

3] *Münchener Verlag:* Der Franz Schneider Verlag, in dem Erika Manns ›Zugvögel‹-Bände erschienen. 48
4] *Buch von [...] E. Castelli:* Enrico Castelli, ›Die versiegte Zeit. Einführung in eine Phänomenologie unserer Zeit‹, Frankfurt am Main 1951. Das Buch steht, mit einer Widmung des Autors und Anstreichungen TMs versehen, in der Zürcher Bibliothek.
5] *Citat aus »Geschichten Jakobs«:* Das Zitat aus den *Geschichten Jaakobs,* GW IV, 32: »Was uns beschäftigt, ist nicht die bezifferbare Zeit. Es ist vielmehr ihre Aufhebung im Geheimnis der Vertauschung von Überlieferung und Prophezeiung, welche dem Worte ›Einst‹ seinen Doppelsinn von Vergangenheit und Zukunft und damit seine Ladung potentieller Gegenwart verleiht.«
6] *Brief an Bandinelli:* Nach Reg. IV, 593, verschollen.

11. 4. 1953
1] *Zuchthaus-Material:* Vgl. hierzu Hans Wysling, ›Pläne zur Fortsetzung des ‚Krull'‹, Kapitel V, TMS III, 160–164. 48
2] *Artikel von Rychner:* Max Rychner, ›Thomas Mann: ‚Altes und Neues'‹, ›Die Tat‹, Zürich, 11. 4. 1953, 11.
3] *Rychner*: Der Schweizer Literarhistoriker, Essayist und Kritiker Max Rychner (1897–1965). Näheres TB 46–48, 595.
4] *schrieb ihm:* An Max Rychner, Erlenbach, 11. 4. 1953, Reg. IV, 53/102; Br. III, 292.
5] *L. P. Tristan-Platte:* Vermutlich die Ausschnitte aus dem III. Aufzug, die sich in Aufnahmen aus den Jahren 1942/43 mit Lauritz Melchior, Herbert Janssen und dem Orchester des Teatro Colón, Buenos Aires, unter Roberto Kinsky und des Columbia Opera Orchestra unter Erich Leinsdorf in TMs Plattensammlung erhalten haben.

12. 4. 1953
1] *8. Kapitel von III:* Krull im Hause Kuckuck, GW VII, 581–595. 48
2] *Todessturz des [...] Barytons:* Der Baß-Bariton Andreas Böhm 49
war nach einer ›Holländer‹-Probe durch die zu spät erkannten Folgen eines Sturzes vom Felsen zu Tode gekommen. Entgegen TMs Eintrag fand dieser Unfall jedoch in der Presse weitgehende Beachtung.
3] *Metropolitain*: So im Manuskript.
4] *Begleitbrief:* Das bisher nirgendwo nachgewiesene Schreiben, Erlenbach, 12. 4. 1953, wird nach einer bei HOM verwahrten Photo-

kopie zitiert: »[. . .] es ist vollbracht. Ich habe jetzt alle vorhandenen Bogen beschrieben und kann nur hoffen, dass die Subskriptionen sich nicht noch auf 50 erhöht haben. Der *eine* Satz war natürlich eine grosse Erleichterung. Vielleicht hätte ich gleich etwas variieren und nicht immer dasselbe schreiben sollen. Das ist tötlich./ Sie haben nun Ihren Willen, und ich bin froh, dass Sie ihn haben. Aber so bald werde ich mich nicht wieder mit der Bibliophilie einlassen.«

13. 4. 1953

49 1] *Arbeit über mich:* Im ›Eckart‹ erschien erst im 2. Heft des 23. Jahrgangs, April–Juni 1954, 214–220, eine Arbeit von Friedrich M. Reifferscheidt, ›Ironie als epischer Ausdrucksstil, dargestellt am Werk Thomas Manns‹.

2] *Reifferscheidt:* Der Essayist und Journalist Friedrich M[ayer] Reifferscheidt (1900–1957).

3] *über die Aufgabe der Intelligenz:* Friedrich M. Reifferscheidt, ›Die Aufgabe der Intelligenz‹, ›Eckart‹, Jg. 22, April–Juni 1953, 204–210.

4] *Chansons, von Trenet:* TM besaß eine Platte mit Chansons des französischen Komponisten und Sängers Charles Trenet (geb. 1913).

14. 4. 1953

49 1] *an den »Merkur«:* An die Redaktion des ›Merkur‹, Erlenbach, 14. 4. 1953, Reg. IV, 53/104: »Ich bin froh, daß Sie zufrieden sind. Selbst bin ich es nicht durchweg.« (Kopie HOM)

2] *[an] den »Eckart«:* Nach Angabe in Reg. IV, 593, verschollen.

50 3] *Hamburger Goethe-Ausgabe:* ›Goethes Werke‹, Hamburger Ausgabe in 14 Bänden, hrsg. von Erich Trunz, begründet im Christian Wegner Verlag, Hamburg, ab 1969 fortgeführt im Verlag C. H. Beck, München.

4] *Brentano:* Der Schriftsteller und historische Biograph Bernard von Brentano (1901–1964) mußte 1933 wegen einer 1932 publizierten Kampfschrift ›Beginn der Barbarei in Deutschland‹ in die Schweiz emigrieren, sympathisierte während seiner Exilzeit jedoch zunehmend mit den Nationalsozialisten. 1949 kehrte er nach Westdeutschland zurück. TM kannte ihn aus den Tagen seines ersten Zürcher Aufenthaltes; das Verhältnis war wegen Brentanos Verhalten jedoch

großen Spannungen unterworfen. Näheres TB 44–46, 766, und TB 46–48, 556, sowie, zusammenfassend, bei Sprecher, bes. 85–91.
5] *Buch »Das Land der Liebe«:* Bernard von Brentano, ›Du Land der Liebe. Bericht von Abschied und Heimkehr eines Deutschen‹, Tübingen und Stuttgart 1952.
6] *Novellenbuch:* Hermann Lenz, ›Das doppelte Gesicht. Drei Erzählungen‹, Stuttgart 1949. Der Band, der die TM interessierende Geschichte ›Der fliegende Engel‹ enthält, befindet sich in der Nachlaßbibliothek.
7] *H. Lenz:* Der Schriftsteller Hermann Lenz (geb. 1913).

15. 4. 1953
1] *Kahn:* TMs langjährige Sekretärin Hilde Kahn, geb. Goldschmidt *50*
(geb. 1917), ab 1953 verheiratete Reach. Näheres TB 44–46, 334.
2] *an die Kahn:* An Hilde Kahn, Erlenbach, 15. 4. 1953, Reg. IV, 53/107.
3] *Mazzucchetti:* Die italienische Essayistin und Kritikerin Lavinia Mazzucchetti (1889–1963), langjährige Übersetzerin der Werke TMs ins Italienische und Initiatorin der ersten fremdsprachigen TM-Werkausgabe ›Opere di Thomas Mann‹, Mondadori, Mailand 1955 ff., stand dem Hause Mann auch persönlich nahe.
4] *an Prof. Castelli:* Das Dankschreiben an den italienischen Philosophen und Lehrbeauftragten der Universität Rom, Enrico Castelli Gattinara di Zubiena (1900–1977), einen Freund von Karl Kerényi, für das TB 10. 4. 1953, Anm. 4 nachgewiesene Buch ist offenbar verschollen.
5] *Büchergilde-Ausgabe:* Eine Ausgabe von *Königliche Hoheit* in der Büchergilde Gutenberg erschien 1955 in Wien und Zürich, 1956 in Frankfurt am Main.
6] *»Hier stehe ich«:* Roland H. Bainton, ›Hier stehe ich. Das Leben Martin Luthers‹, deutsche Übersetzung von Hermann Dörries, Göttingen 1952. TMs Exemplar enthält einige handschriftliche Randnotizen und befindet sich in der Zürcher Bibliothek.
7] *R. Bainton:* Der amerikanische Religions- und Kirchenhistoriker Roland Herbert Bainton (1894–1984).

16. 4. 1953

50 1] *an den Präsidenten der Accademia:* An den italienischen Juristen, Ordinarius für Geschichte und Institutionen des römischen Rechts in Rom und Präsident der Accademia Nazionale dei Lincei, Vincenzo Arangio-Ruiz (1884–1964), Erlenbach, 16. 4. 1953, Reg. IV, 53/108: Die Ankündigung seines Rom-Besuchs und die Bitte, sich für ihn um eine Audienz bei Papst Pius XII. zu bemühen.

51 2] *»Pagliacci«:* Ruggiero Leoncavallo (1857–1919), ›Der Bajazzo‹.

3] *Erinnerung*: Das Jugenderlebnis mit dem Komponisten der Oper konnte, obwohl TM es wiederholt in seinen Aufzeichnungen apostrophiert, bisher nicht eindeutig ermittelt werden. Anzunehmen ist, daß der junge TM Leoncavallo in jenem Aufzug gesehen hat, den er später im *Zauberberg* der Gestalt des leitmotivisch als »Drehorgelmann« charakterisierten Settembrini zuordnete: »weite, hellgelblich karierte Hosen und ein flausartiger, zu langer Rock mit zwei Reihen Knöpfen und sehr großen Aufschlägen«, ein »rund umgebogener Stehkragen«, »schwarze Krawatte«, aber ohne Manschetten; »gebildeter Gesichtsausdruck«, »freie, ja schöne Haltung«, eine Mischung »von Schäbigkeit und Anmut«, »schwarze Augen« und ein »weich geschwungene[r] Schnurrbart«: »›ein Drehorgelmann‹, dachte Hans Castorp«. (Vgl. TB 51/52, 140: »Erinnerung jedesmal, wie ich als junger Mann in München vor den ›Vier Jahreszeiten‹ den Drehorgelmann Leoncavallo dem Kutscher des Einspänners ein solches Trinkgeld geben sah, daß der tief den Hut zog.«)

17. 4. 1953

51 1] *Frau Hauptmann:* Margarete Hauptmann, geb. Marschalk (1875–1957), die Witwe von Gerhart Hauptmann (1862–1946).

18. 4. 1953

51 1] *an B. von Brentano:* Nach Angaben in Reg. IV, 593, verschollen.

2] *Oltener Ausgabe:* S. TB 5. 3. 1953, Anm. 1.

3] *An Bandinelli:* Das Schreiben an Ranuccio Bianchi Bandinelli ist nach Angaben in Reg. IV, 593, verschollen.

4] *Eisenhowers Rede:* Die NZZ brachte auf ihrem ersten Blatt den Wortlaut der und Kommentare zur »großen außenpolitischen Rede«, die der amerikanische Präsident am 16. April auf dem Jahreskongreß der ›American Society of Newspaper Editors‹ gehalten und in der er

von den neuen Herrschern im Kreml »Taten als Beweis des [sowjetischen] Friedenswillens« gefordert sowie einen Abrüstungsvorschlag unterbreitet hatte, der den Übergang zu einem weltweiten Wohlfahrtsprogramm ermöglichen sollte.
5] *Artikel:* Armin Kesser, ›Robert Musil‹, NZZ (Fernausgabe), 18. 4. 1953, Bl. 4.
6] *Erdas Warnung:* »Flieh des Ringes Fluch! / Rettungslos / dunklem Verderben / weiht dich sein Gewinn«, Richard Wagner, ›Das Rheingold‹, 4. Szene.
7] *Bericht der Waltraute:* Im ersten Aufzug, dritte Szene, von Richard Wagners ›Götterdämmerung‹: »Höre mit Sinn, was ich dir sage!«

19. 4. 1953
1] *an Reisiger:* An Hans Reisiger, Erlenbach, 19. 4. 1953, Reg. IV, 53/113; Br. III, 292/293. *52*
2] *Verleger Blancvalet:* Der Verleger Lothar Blanvalet hatte 1952 die Rechte an Klaus Manns Roman ›Mephisto‹ erworben, verzichtete jedoch aufgrund eines massiven Einspruchs der Rechtsanwälte von Gustaf Gründgens schließlich auf eine Publikation. Näheres bei Eberhard Spangenberg, ›Karriere eines Romans. Mephisto, Klaus Mann und Gustaf Gründgens‹, München 1982.

20. 4. 1953
1] *»Sechserläuten«:* Das traditionelle Zürcher Frühlingsfest mit den *52*
Umzügen der historisch gekleideten Kinder und der gleichfalls in alten Gewändern paradierenden Zünfte.
2] *von Bermann:* Nicht in TM/GBF.
3] *Brief eines B. Brattberg:* Von Bertil Brattberg, Göteborg, April 1953; im TMA.
4] *Aufsätze:* Hans Rochocz, ›Thomas Manns ‚Doktor Faustus' und das Ethos‹, ›Deutsche Beiträge‹, Jg. 3, H. 2, 1949, 182–187; und ›Thomas Manns ‚Doktor Faustus' aus dem Geiste des Humors‹, ›Deutsche Beiträge‹, Jg. 3, H. 3, 1949, 215–220.

1. 5. 1953
1] *Trubel von Veranstaltungen:* S. dazu die TB 3. 5. 1953, Anm. 1, *53*
und TB 4. 5. 1953, Anm. 2 und 4 wiedergegebenen Briefzitate, sowie

den auch in Anm. 2 zitierten Bericht von Gustav René Hocke ›Thomas Mann bei Pius XII.‹, ›Frankfurter Neue Presse‹, 16. 5. 1953, 20: »In seinem Hotel konnte er [TM] einer kaum abreißenden Kette von Besuchern nicht entrinnen. [...] Eine Fahrt nach Palestrina, dem Städtchen bei Rom, wo Adrian Leverkühn in Dr. Faustus dem Teufel begegnete, bildete eines der wenigen musischen ›Divertimenti‹ zwischen den vielen gesellschaftlichen Verpflichtungen.« Hocke berichtete auch über ein Ereignis, das TM in seinem Journal unerwähnt läßt: den »offenbar weniger glücklich« verlaufenen Empfang, den der Verleger Giulio Einaudi, gemeinsam mit Mondadori, im Hotel Excelsior veranstaltete. »Einaudi, der Sohn des Präsidenten der Republik, steht bekanntlich dem Kommunismus nahe, was ihn übrigens nicht daran hindert, alles andere als kommunistische Literatur zu verlegen. Man empfand es aber in Rom als peinlich, daß Einaudi zu diesem Empfang vorwiegend eine Reihe kommunistischer Schriftsteller und Politiker eingeladen hatte, die alles andere ›repräsentieren‹ als das schöpferische geistige Italien der Gegenwart. Es fiel auf, daß die kommunistische Zeitung ›Unità‹ als einzige über diesen Empfang des ›illustre scrittore tedesco‹ ausführlich berichtete. Man beabsichtigte auf diese Weise, Thomas Mann in Rom als den Vertreter der ›fortschrittlichen Linken‹ abzustempeln. In diesem übrigens höchst bürgerlichen, gründerzeitlichen Hotel Roms erlebten die Regisseure dieses Empfangs allerdings eine Enttäuschung. Von allerlei Journalisten bestürmt, erklärte Thomas Mann sehr eindeutig, daß er jenseits des Eisernen Vorhangs nicht leben könne. Es genüge, seine Bücher zu lesen. ›Ich bin viel zu sehr Individualist, um mit dem Kommunismus sympathisieren zu können‹, sagte er. Mit einem Vertreter der sowjetischen TASS-Agentur wechselte er nur einige wenige höfliche Worte: er bedaure, niemals Gelegenheit gehabt zu haben, die UdSSR zu besuchen. Einem amerikanischen Journalisten gab er bekannt, daß er bald für kurze Zeit wieder nach den USA reisen werde.« – In einem »eigenen Bericht« der ›Frankfurter Rundschau‹ vom 30. 4. 1953 aus Rom liest sich die von TM – unter dem Eindruck des Papst-Besuchs? – übergangene Episode noch etwas dramatischer: »›Ich habe alle Mängel eines Antikommunisten‹, erklärte Thomas Mann, der sich in Rom aufhält und Gegenstand einer von Kommunisten heraufbeschworenen Kontroverse geworden ist. Nach einigem Zögern hatte Thomas Mann die Einladung mehrerer kultureller Vereine angenommen, nachdem ihm versichert worden war, es handele sich um völlig unpolitische Organisationen. Nach einer Warnung, die er vor allem von Ignazio Silone erhielt, sagte Mann ab. Inzwischen hatten die Kommunisten, in deren Diensten die Einlader stehen, aus Thomas Manns Zusage bereits Reklame zu machen verstanden. / Um die Situation zu retten, veranstalteten zwei italienische Verlage einen Empfang in einem großen Hotel Roms. Es wurden keine großen Reden gehalten und keine Trinksprüche ausgebracht. Dennoch berichtete die kommunistische Presse darüber, als hätte Thomas Mann eine Einladung der kommunistischen Vereine angenommen und sich prokommunistisch geäußert. Mann erklärte: ›Ich habe alle Mängel des Antikommunisten. Ich liebe die Freiheit und die Demokratie, und ich verabscheue die Diktatur.‹ In der römischen Presse wird die Verfälschung, deren sich die Kommunisten schuldig machten, als Unverschämtheit bezeichnet.« – Eine dritte – von prokommunistischer Sicht aus – detailliert beschreibende Version des Ereignisses, der in der Wiener Zeitung ›Tagebuch‹ nachgedruckte Bericht für die in Rom erscheinenden ›Vie Nuove‹ von Saverio Tutino, ist als Dok. 7, S. 815–818 wiedergegeben.

2] *Empfang in der Akademie:* Der Empfang im Hause der Accademia 53
dei Lincei in der »von Goethe besonders geliebten Villa Farnesina am Tiberufer« fand *nach* dem Papst-Empfang statt. »Beste Namen der akademischen Welt Roms waren in der Farnesina vertreten, und es bedeutet mehr als nur Höflichkeit des Besuchers, wenn Thomas Mann immer wieder versicherte, Rom habe ihn nach vielen Jahren der Fülle seiner Zeichen und Symbole wegen überwältigt. Den Vereinigten Staaten habe er wegen ausgezeichneter Behandlung zu danken; er schätze dort vor allem den Durchschnittsmenschen, aber er habe die Staaten verlassen, weil er sich als Europäer fühle und in Europa sterben wolle.«

3] *Television-Ansprache:* Nicht mehr zu belegen.

4] *Französisches Radio-Interview:* Die französischen Antworten auf die TM schriftlich und in deutscher Sprache vorgelegten Fragen sind im TMA erhalten.

5] *Spezial-Audienz:* Im TMA fand sich dazu ein Dokument folgenden Inhalts: »Der Kanzler der Accademia Nazionale dei Lincei, Prof. Raffaello Morghen, macht bekannt, daß morgen 29. April um 12 1/4 Uhr, Herr Prof. Thomas Mann von Seiner Heiligkeit Pius XII. in

Spezialaudienz/ (allein) empfangen wird./ Herr Prof. Thomas Mann wird heute abend die offizielle Audienz-Karte erhalten./ 28. April 1953/ 15 1/2 Uhr.« Joseph Kardinal Ratzinger, der sich im Archiv des vatikanischen Staatssekretariats um die Audienz betreffende Dokumente bemüht hat, teilte der Herausgeberin mit, daß seine Spurensuche »nicht besonders ergiebig« gewesen sei. Aber er schickte einen Artikel aus der ›Gazzetta del Popolo‹ vom 30. 4. 1953, aus dem hervorgeht, daß Pius XII., gegen gewisse Widerstände aus seiner Umgebung, auf dem Empfang TMs bestanden hat. Der Bericht, dem im Zusammenhang mit den unter Anm. 1 und 2 dokumentierten Vorgängen in meinen Augen auch dann noch Bedeutung beizumessen ist, wenn man berücksichtigt, daß ihm im vatikanischen Archiv ein 1. 5. 1953 datiertes Blatt angeheftet ist, auf dem, in der Handschrift des damaligen Substituts und späteren Papstes Paul VI., sein Inhalt als nicht korrekt (»relazione non esatta«) bezeichnet wird, lautet: »›Thomas Mann beim Papst. Der Pontifex erhebt sich zur Begrüßung des Schriftstellers. Die Audienz wurde auf ein direkt an den Heiligen Vater gerichtetes Gesuch gewährt‹. – Rom, 29. April. Thomas Mann wurde heute vormittag von Pius XII. empfangen. Der Schriftsteller erschien allein, pünktlich um 12 Uhr. Er wurde vom diensthabenden Kammerherrn, Monsignore Nasalli Rocca di Corneliano in den ersten Saal der im zweiten Stock des Palazzo Apostolico gelegenen Privatbibliothek des Papstes geführt. Thomas Mann senkte dreimal das Haupt, ehe er vor den Heiligen Vater trat, der sich zu seiner Begrüßung erhoben hatte. – Das Gespräch zwischen dem Pontifex und dem Schriftsteller dauerte etwa eine Viertelstunde und war Gegenstand der offenkundigen Neugier der an dem Zeremoniell Beteiligten, die, wie die gesamte kleine Welt des Vatikan, von den einzigartigen Vorkommnissen wußten, die dem Besuch vorausgegangen waren. – Einige Tage zuvor nämlich hatte das Büro des Kammerherrn – die für Empfänge beim Papst zuständige Stelle – mit Entschiedenheit verlauten lassen, daß die Audienz nicht gewährt werden würde: Nicht, weil der Schriftsteller kein Katholik sei, sondern wegen seines angeblichen Philokommunismus. Aber Thomas Mann gab sich nicht geschlagen, im Gegenteil, er erneuerte sein Gesuch, wobei er sich versicherte, daß der Papst von seinem Wunsch persönlich in Kenntnis gesetzt wurde. – Was dann folgte, ist nicht bekannt geworden (wahrscheinlich hat es Pius XII. für angebracht gehalten, einer mit solchem

Nachdruck geäußerten Bitte zu entsprechen); sicher ist, daß er bereits am vergangenen Sonntag Anweisung gegeben hat, Thomas Mann zu einer Audienz zuzulassen. – Vielleicht ist das Umdenken der römischen Kurie einer genaueren Untersuchung der Position des Schriftstellers gegenüber dem Kommunismus zuzuschreiben. In einer Publikation, die unter dem Titel ›Der Künstler und die Gesellschaft‹ in diesen Tagen erschienen ist, schreibt Thomas Mann: ›Mit diesem Verdacht [dem Kommunismus nahezustehen] geschähe mir Unrecht – oder, wenn man will, zu viel Ehre. Den Kommunisten abzugeben, bin ich sehr schlecht ausgestattet, – meine Schriften sind ja voll von allen vom Kommunismus perhorreszierten Lastern, wie Formalismus, Psychologismus, dekadente Neigungen und was man will, den Humor und eine gewisse Schwäche für die Wahrheit nicht zu vergessen, – denn Liebe zur Wahrheit ist Schwäche in den Augen unbedingter Parteilichkeit.‹ – Als der Schriftsteller, korrekt in Schwarz gekleidet, heute morgen den Vatikan betrat, war er sichtlich bewegt. Während er die prächtigen Empfangsräume durchschritt, schien er verwirrt und gehemmt. Nach dem Gespräch war dieser Eindruck völlig verschwunden; mit fester Stimme äußerte er einem deutschen Prälaten gegenüber, der ihn begleitete, daß er ›glücklich‹ sei, von dem Oberhaupt der Christenheit empfangen worden zu sein. Dann sprach er ausführlich über die Eindrücke, die die Begegnung mit dem Papst bei ihm hinterlassen hätten: ›Eine Audienz‹, soll er gesagt haben, ›die ich kaum je vergessen werde.‹«

6] *Hutchins:* Der Rechtswissenschaftler und Rechtsphilosoph Robert 53
Maynard Hutchins (1899–1971), ehemaliger Präsident der Universität Chicago, war 1953 Direktor des ›Center for the Study of Democratic Institutions‹ in Santa Barbara und von 1952 bis 1954 Mitdirektor der Ford Foundation. Hutchins, ein Freund von TMs Tochter Elisabeth und ihrem Mann, hatte gemeinsam mit den Borgeses in der Chicagoer Sektion der World Government-Bewegung gearbeitet.

7] *Mortimer Adler:* Der amerikanische Philosoph und Bildungsreformer Mortimer Jerome Adler (geb. 1902) lehrte von 1942 bis 1952 Rechtsphilosophie an der Universität Chicago und war seit 1952 Direktor des dortigen ›Institute for Philosophical Research‹ sowie Vorsitzender des Herausgeberkollegiums der ›Encyclopaedia Britannica‹. TM war Hutchins und Adler zuerst 1940 in Chicago begegnet.

(S. dazu TB 40–43, 182, sowie TMs Briefe an Agnes E. Meyer vom 26.11. und 3.12.1940; TM/AM 244 und 246 mit Kommentar, 901/902.)

8] *kleine Gedenk-Medaille:* Im TMA.

54 9] *Napoleon mit Goethe in Erfurt*: Während des Fürstentages am 2.10.1808.

10] *geistlicher Professor [...] und Redaktor des Osservatore:* Nicht ermittelt.

11] *Verleihung:* Der Orden befindet sich im TMA.

12] *vor 58 Jahren:* Vgl. *Lebensabriß*, GW XI, 103: »Mit Vorliebe besuchte ich San Pietro, wenn der Kardinal-Staatssekretär Rampolla in pompöser Demut die Messe las. Er war eine außerordentlich dekorative Persönlichkeit, und aus Schönheitsgründen bedauerte ich, daß seine Erhebung zum Papst diplomatisch verhindert wurde.« – TM verbrachte den Sommer 1895 sowie die Zeit vom Oktober 1896 bis Ende April 1898 in Rom und Palestrina. Da er im *Lebensabriß* die beiden Aufenthalte zu einem Erlebnis zusammenzieht, kann die Begegnung mit Rampolla durchaus im Jahre 1895 stattgefunden haben.

13] *Webers Artikel:* Werner Weber, ›Auf den Spuren Felix Krulls‹, NZZ, 25.4.1953, Bl. 1.

55 14] *Baslers Artikel:* Otto Basler, ›‚Altes und Neues‘ von Thomas Mann‹, ›National-Zeitung‹, Basel, Sonntagsbeilage v. 3. 5. 1953. Der Artikel war bereits am 24. 4. 1953 im Zürcher ›Bücherblatt‹ erschienen.

15] *Lesser [...] darüber:* Jonas Lesser, ›Thomas Mann: ‚Altes und Neues‘‹, NSR, NF 21, Oktober 1953, 369–373.

16] *Der K.H.-Film:* TMs Roman *Königliche Hoheit* wurde 1953 durch die Filmaufbau GmbH Göttingen verfilmt. Das Drehbuch stammte von Hans Hömberg und Georg Hurdalek, die Regie führte Harald Braun (unter späterer Mitarbeit von Erika Mann). In den Hauptrollen spielten Dieter Borsche als Prinz Klaus Heinrich, Ruth Leuwerik als Imma Spoelmann, Mathias Wieman als Raoul Überbein, Heinz Hilpert als Vater Spoelmann und Lil Dagover als Gräfin Löwenjoul.

17] *Vorschlag:* Das Schreiben des Direktors der Filmaufbau, Hans Abich, befindet sich nicht mehr unter den im TMA verwahrten Dokumenten.

18] *Salomon:* Der Schriftsteller Ernst von Salomon (1902–1972) war 1922 wegen Beihilfe zum Mord an Walther Rathenau zu einer Zuchthausstrafe verurteilt worden, nach deren Verbüßung er sich strikt von jeder politischen Aktivität fernhielt und erfolgreich gegen Vereinnahmungsversuche der Nationalsozialisten zur Wehr setzte. Sein 1951 erschienener Roman ›Der Fragebogen‹ machte ihn zu einem der bekanntesten Autoren der Nachkriegszeit. Er war darüber hinaus ein seit vielen Jahren anerkannter Drehbuchautor.
19] *Kuby:* Der politische Publizist und Hörspielautor Erich von Kuby (geb. 1910). TM nennt ihn »elend«, weil er für die ›Süddeutsche Zeitung‹ vom 21. 11. 1952 einen das Ambiente des Hotels ›Waldhaus Dolder‹ und die Atmosphäre, in der das Interview stattfand, etwas pejorativ schildernden Beitrag ›Der alte (Thomas) Mann auf dem Berge‹ geschrieben hatte: »Thomas Mann [...] unterzog sich der schrecklichen Prozedur eines künstlichen Gespräches ohne natürlichen Anfang, fast ohne Voraussetzungen und mit einem von seiner Schonungsbedürftigkeit vorzeitig erzwungenen Ende mit vollendeter Aufmerksamkeit, mit Ernst, und, vielleicht ist es gerade bei ihm nicht unnötig, zu sagen: ohne ein Aufblitzen von Ironie. Am Abend nach dem Gespräch fragte mich ein Zürcher Freund [...]: ›Wie war's?‹ Ich antwortete: ›Ich weiß gar nicht, ob ich bei Thomas Mann gewesen bin. Er war sozusagen gar nicht da, und ich frage mich, ob er überhaupt jemals da ist, es sei denn, er schreibt. Siebzig Jahre Weltkonsum einerseits, das Werk andererseits, aber er? Vielleicht ist er nur ein Prisma, in dem sich die Wirklichkeit auf eine unnachahmliche, eine unverwechselbare, eben auf die Thomas Mann'sche Weise bricht.‹«
20] *Süskind:* Der Münchener Schriftsteller W[ilhelm] E[manuel] Süskind (1901–1970), langjähriger Feuilletonchef bei der ›Süddeutschen Zeitung‹. Näheres TB 46–48, 366.
21] *Meldungen der deutschen (Frankfurter) Presse:* Die ›Frankfurter Rundschau‹ z. B. brachte die UP-Meldung aus der Vatikanstadt am 30. 4. 1953 unter der Rubrik ›Kurz gemeldet‹ auf Seite 1: »Thomas Mann wurde am Mittwoch [29. 4. 1953] von Papst Pius XII. in Privataudienz empfangen«; ähnliche Agentur-Meldungen wurden von mehreren deutschen Zeitungen übernommen.
22] *Artikel Erikas:* Erika Mann, ›Meine Mutter, Frau Thomas Mann‹, ›Annabelle‹, Zürich, Mai 1953. Der Artikel ist, nicht zuletzt

wegen der Gelegenheit, zum Abschluß dieser Edition auch Katia Mann eine Hommage darzubringen, als Dok. 8, S. 818–823 wiedergegeben.

2. 5. 1953
In der Handschrift ist die Jahreszahl aus Versehen mit »52« angegeben.

55 1] *an Lesser:* An Jonas Lesser, Erlenbach, 2. 5. 1953, Reg. IV, 53/121.

2] *»Sforza del Destino«:* So wiederholt im Manuskript. – Von Giuseppe Verdis 1869 uraufgeführter Oper ›La forza del destino‹ ist keine Aufnahme in TMs Plattennachlaß erhalten.

3. 5. 1953

56 1] *an Bandinelli:* An Ranuccio Bianchi Bandinelli, Erlenbach, 3. 5. 1953, Reg. IV, 53/124; Br. III, 294/295. Dank für die Betreuung während des römischen Aufenthaltes: »Es waren überschwänglich reiche, von Eindrücken überfüllte Tage, an die ich mit Ergriffenheit zurückdenke und von denen ich, ungeachtet all meiner Ermüdbarkeit, die oft gewiß leidig zu Tage trat, eine tiefe seelische Erbauung davongetragen habe. Nicht dankbar genug kann ich sein für den fast stürmisch ehren- und sympathievollen Empfang, der mir zuteil wurde, und ich wollte, Sie machten sich überall und bei jedem zum Dolmetsch dieses Gefühls.« (294)

4. 5. 1953

56 1] *Artikel für »Comprendre«:* Der Artikel *[Comprendre]*, GW XII, 973–978, erschien in der Übersetzung von Louise Servicen unter dem Titel *Retour d'Amérique*, in ›Comprendre‹, No. 9, September 1953, 94/95.

2] *[an] Cecchi:* An Emilio Cecchi, Erlenbach, 5. 5. 1953, Reg. IV, 53/127: »Unter all den Hunderten von Menschen, die ich in Rom traf, zählen Sie ohne Zweifel zu den zwei oder drei Angesehensten und Wichtigsten. [. . .] Es hat mich sehr gefreut, Ihren sympathischen Bericht über unsere private Begegnung im ›Corriere della Sera‹ [›Colloquio con Thomas Mann‹, ein Interview von 1950, erschienen am 29. 4. 1953] zu lesen – auch der eindringliche und lebhafte Beitrag über den *Doktor Faustus* hat mir sehr gefallen.« (Zitiert nach ›Lettere a Italiani‹, Milano 1962, 103, in der Übersetzung von Paolo Chiarini, und Ilsedore B. Jonas, ›Thomas Mann und Italien‹, Heidelberg 1969, 118.)

3] *Cecchi:* Der Journalist und Kritiker – Mitarbeiter vieler bedeutender italienischen Zeitungen –, Kunsthistoriker und Anglist Emilio Cecchi (1884–1966).

4] *[an] Mondadori:* An Alberto Mondadori, Erlenbach, 5. 5. 1953, Reg. IV, 53/128: »Der Empfang von Seiten der intellektuellen Kreise Roms – so überwältigend herzlich – machte auf mich den Eindruck eines schönen Traumes, und ich mußte an eine Zeit zurückdenken, als ich, sehr jung, durch die Straßen dieser Stadt ging; niemand wußte damals etwas von mir und niemand kümmerte sich um mich. Jetzt aber erfuhr ich Ehrungen über Ehrungen, und der Besuch bei Pius XII. war für den Ungläubigen und den Zögling der protestantischen Kultur ein zutiefst einzigartiges und bewegendes Ereignis.« (Zitiert nach Ilsedore Jonas, a.a.O. 118; s. auch ›Lettere a Italiani‹, 98/99.)

5] *Im Fall Lattimore:* Im Prozeß gegen den China-Experten an der Johns Hopkins University und Mitarbeiter am Institute of Pacific Relations, Owen Lattimore (geb. 1900), hatte Bundesdistriktsrichter Luther Young die folgenden Anklagepunkte abgewiesen: 1. Die Behauptung, Lattimore habe kommunistische Interessen gefördert; 2. den Vorwurf, er habe als Redakteur der Zeitschrift seines Instituts bewußt Kommunisten mitarbeiten lassen; 3. die Verdächtigung, er habe einen Schriftsteller mit dem Pseudonym ›Asiaticus‹ besonders zu Wort kommen lassen; 4. die Unterstellung, er habe sich kommunistischer Hilfe bedient, um 1937 nach Yünnan (China) zu kommen.

6] *McCarran:* Der demokratische Senator Patrick A. McCarran (1876–1954), Initiator eines außerordentlich fremdenfeindlichen Gesetzes, der ›McCarran-Walter Immigration and Nationality Bill‹. Näheres TB 51/52, 540 nebst Verweisen.

7] *N. Z. Z spricht:* Die NZZ urteilte, die Entscheidung des Richters, vier von sieben Anklagepunkten fallen zu lassen, nehme sich »wie ein Markstein aus, und sie könnte den Beginn einer Umkehr der Entwicklung bedeuten, die durch die Namen McCarthy und McCarran gekennzeichnet« sei.

8] *Hinrichtung der Rosenbergs*: S. TB 15. 1. 1953, Anm. 8, und Dok. 11, S. 828.

5. 5. 1953

56 1] *Aufsatz:* Otto Basler, ›‚Altes und Neues' von Thomas Mann‹, ›National-Zeitung‹, Basel, 3. 5. 1953.

2] *Baintons Luther:* Roland H. Bainton, ›Here I stand. A life of Martin Luther‹. S. auch TB 15. 4. 1953, Anm. 6.

3] *Première:* Max Frischs (1911–1991) Drama ›Don Juan oder Die Liebe zur Geometrie‹ wurde am 5. 5. 1953 im Zürcher Schauspielhaus uraufgeführt. Unter der Regie von Oskar Wälterlin spielten in den Hauptrollen Will Quadflieg (Don Juan) und Therese Giehse (Kupplerin Verelstina).

57 4] *Polgars:* Der Wiener Theaterkritiker und Literat Alfred Polgar (1873–1955) mit seiner Frau Elise (Lisl).

6. 5. 1953

57 1] *das Buch seiner Komödie:* Max Frisch, ›Don Juan oder Die Liebe zur Geometrie‹, Frankfurt am Main 1953.

2] *Kitty Neumann:* Katharina, gen. Kitty Neumann (1903–1973), die Witwe des Erzählers und Dramatikers Alfred Neumann (1895–1952). Das Ehepaar Neumann war dem Hause Mann seit den zwanziger Jahren als Herzogpark-Nachbarn befreundet, eine Verbindung, die sich nach der Flucht der Neumanns über Südfrankreich nach Hollywood und Übersiedlung der Manns von Princeton nach Pacific Palisades in neuerlicher Nähe fortsetzte.

3] *an Basler:* An Otto Basler, Erlenbach, 6. 5. 1953, Reg. IV, 53/129.

7. 5. 1953

57 1] *Die Herz:* Die ehemals Nürnberger Buchhändlerin Ida Herz (1894–1984), eine frühe Bewunderin und seit 1925 persönliche Bekannte TMs, die dem Hause Mann bis zu ihrem Tode verbunden blieb. Ihre bedeutende, oft durch Gaben TMs unterstützte Sammlung befindet sich heute im Zürcher Archiv. Näheres TB 46–48, 426.

2] *Einladung aus Lübeck:* Von der Buchhandlung Weiland. S. dazu den TB 8. 5. 1953, Anm. 1 zitierten Absagebrief an Otto Hamkens.

3] *an den »Merkur«:* An die Redaktion des ›Merkur‹, Erlenbach, 7. 5. 1953, Reg. IV, 53/130.

4] *Kafka-Nachlaß:* Franz Kafka, ›Hochzeitsvorbereitungen auf dem Lande und andere Prosa aus dem Nachlaß‹, Frankfurt am Main 1953.

5] *Werfels ausgew. Gedichte:* Franz Werfel, ›Gedichte. Aus den Jahren 1908–1945‹. Im Auftrag von Alma Mahler-Werfel herausgegeben von Adolf D. Klarmann, Berlin und Frankfurt am Main 1953.
6] *Werfel:* Der Erzähler, Lyriker und Dramatiker Franz Werfel (1890–1945) mußte gemeinsam mit seiner Frau Alma, geb. Schindler (1877–1964), der Witwe Gustav Mahlers und geschiedenen Frau von Walter Gropius, 1938 aus Wien nach Frankreich fliehen. 1940 gelang es dem Ehepaar Werfel – zusammen mit Golo und Heinrich Mann –, über die Pyrenäen nach Portugal und weiter in die USA zu entkommen, wo es unweit der Familie TM in Kalifornien lebte.
7] *»Magellan«:* Stefan Zweig, ›Magellan. Der Mann und seine Tat‹, Berlin und Frankfurt am Main 1953.
8] *Zweig:* Der österreichische Erzähler und Biograph Stefan Zweig (geb. 1881), den TM seit 1914 gut kannte, war 1938 von Salzburg über England in die USA emigriert. 1942 beging er in Brasilien Selbstmord. S. *Stefan Zweig zum zehnten Todestag,* GW X, 524/525; TB 51/52, 179.
9] *Dame Cespedes:* Die italienische Schriftstellerin – Verfasserin mehrerer Romane und Erzählbände – Alba de Cespedes (geb. 1911) betreute von 1952 bis 1960 in der bei Mondadori erscheinenden Wochenschrift ›Epoca‹ die Leserbriefsparte ›Dalla parte di Lei‹.
10] *an M. Frisch:* Der Brief ist nicht verschollen, sondern befindet sich – entgegen den Angaben in Reg. IV, 593 – im Max Frisch-Archiv in Zürich und kann mit freundlicher Genehmigung des Suhrkamp Verlags, Frankfurt am Main, hier zitiert werden: »[. . .] recht herzlichen Dank für den Brief und den authentischen Text der Komödie! Ihre ›Lust, ein Thaterstück zu schreiben‹, war legitimiert durch Talent und blühende szenische Phantasie. Sie haben zauberhaft mit dem Theater gespielt, und das Theater hat nun wieder, nach seinen praktischen lokalen Möglichkeiten mit Ihrem Spiel gespielt. Es war wohl nicht ganz Ihr Stück, aber doch viel Reizendes davon. Ich habe mich, wie alle Welt, glänzend unterhalten – und mir im Amusement auch meine Gedanken gemacht. Ist das nicht auch so ein Werk unserer Spät- und Endzeit, das mit Alt-Ehrwürdigem, einer langen Überlieferung sein travestierendes Spiel treibt? Ich brauche das Wort ›travestierend‹ in keinem lieblosen Sinn. Den hat das Wort nicht unter geistigen Umständen, wo Kultur und Parodie nah verwandte Begriffe werden. Irgendwo habe ich es zu sagen versucht: ›Oft will mir unsere

Gegenwartsliteratur, das Feinste davon, als ein Abschiednehmen, ein rasches Erinnern, Noch-einmal-Heraufrufen und Rekapitulation des abendländischen Mythos erscheinen, – bevor die Nacht sinkt, eine lange Nacht vielleicht und ein tiefes Vergessen.‹/ Sie sehen, auch Melancholie kann einen anwandeln bei Ihrem Marionettenspiel. Es wird Sie kaum verwundern.«

8. 5. 1953

58 1] *Absage nach Lübeck:* An Otto Hamkens, Erlenbach, 9. 5. 1953, Reg. IV, 53/132: »[...] Lübeck hat sich nicht im Geringsten um mich bekümmert, keine irgendwie offizielle Stelle hat den Wunsch nach meinem Besuch zu erkennen gegeben, und ich muss gestehen, dass die mehr oder weniger private Aufforderung eines wohlmeinenden Buchhändlers nicht genügt, um mir Mut zu machen, vor das Publikum einer Stadt, meiner Vaterstadt freilich, zu treten, die mir Zeichen meiner Verbundenheit mit ihr, wie etwa die Hingabe meiner deutschen Honorare als Beitrag zur Wiederherstellung der Marienkirche, wenig gedankt hat. Sie hat mir zur offiziellen Einweihung der wiederhergestellten Teile nicht einmal eine Einladung gegönnt. Sie werden begreifen, dass ich Scheu trage, durch einen öffentlichen Vortrag dort die Antipathieen herauszufordern, die in Lübeck fort und fort gegen mich zu bestehen scheinen.« (Kopie HOM)

9. 5. 1953

58 1] *stereotype Überschriften:* In der Handschrift steht »Überschreiben«.

2] *Amerika den Frieden [...] nicht will:* Die Frage der nordkoreanischen Kriegsgefangenen, die nicht in ihre kommunistische Heimat zurückkehren wollten, beschäftigte die amerikanische und UN-Politik seit langem. Jetzt hatten die Kommunisten einen neuen Plan zur Lösung des Problems unterbreitet, der die amerikanische Administration in ein Dilemma brachte, da führende Kongreßkreise darauf drängten, daß mit Panmunjong endlich kurzer Prozeß gemacht und gedroht werde, die Waffenstillstandsverhandlungen abzubrechen, wenn die Nordkoreaner darauf beharrten, erst auf einer dem Waffenstillstand folgenden Friedenskonferenz endgültig über das Schicksal der Gefangenen zu entscheiden. Dieser kompromißlosen Haltung stand der Wunsch der Briten entgegen, die mehr Elastizität forderten,

um die Waffenstillstandsverhandlungen auf jeden Fall fortführen zu können. Als Konsequenz dieses Zwiespalts unterstrich Außenminister Dulles in einer Rede in New York, die US-Administration wünsche den Waffenstillstand in Korea, sei aber nicht bereit, sich von kommunistischen Friedensworten betören zu lassen und eine Verschleppung der Panmunjonger Verhandlungen hinzunehmen.
3] *an Frey:* An Alexander Moritz Frey, Erlenbach, 9. 5. 1953, Reg. IV, 53/131: Bericht nach der Rückkehr aus Rom »von einem an mächtigen Eindrücken reichen Aufenthalt [...]. Ich war sehr offen für die Wirkung dieser Stadt auf ein zur Ehrfurcht bereites Gemüt und muss sagen: ich freute mich über die Empfänglichkeit für Grösse und Schönheit, die ich in meinen Jahren noch aufbringe – mehr sogar als in der Jugend. Es muss das mit einer gewissen Weichheit zusammenhängen, welche die nur noch kurze Frist erzeugt. Ein Gespräch mit Pius XII., unter vier Augen, wird mir immer in rührender Erinnerung bleiben.« (Kopie im TMA)

10. 5. 1953
1] *im Mérimé:* Im Roman ›Les âmes du Purgatoire‹ (1834) des französischen Schriftstellers Prosper Mérimée (1803–1870). 58

11. 5. 1953
1] *Neuformulierung:* Vermutlich den zweiten Teil des Absatzes GW XII, 976/977 sowie den zweiten Absatz 977 betreffend. Das Manuskript zeigt – neben kleineren, vorwiegend stilistischen Änderungen und Verbesserungen auf den vorhergehenden Seiten – die Umformulierungsversuche GW XII, 977, wo es, Z. 3ff., ursprünglich hieß: »gegen die Schwächen, Gebrechen und Laster, die geschichtliche Müdigkeit [...], die mir keine geringere Gefahr für die Menschheit darzustellen scheint, als die [unleserlich] Totalisierung des Planeten. [...]« 59
2] *einen Absatz [...] hinzugefügt [...] gestrichen:* Die Korrekturversuche, Striche und Ergänzungen sind im Manuskript gut zu erkennen: Ursprünglich hieß es (zu denken GW XII, 977, Z. 2): »[blind machte] gegen die Schwächen, Gebrechen und Laster, die geschichtliche Müdigkeit der spätkapitalistischen Gesellschaft – eine verbissene, durch Bedrohung wild gemachte, technisch furchtbar gewappnete und zu äußersten Untaten fähige Müdigkeit, der noch das

Schlechteste recht ist zum Bündnis, wenn es nur antikommunistisch ist und über schonungslosen Vernichtungsplänen brütet«. Der Beginn des 2. Absatzes von GW XII, 977 lautete: »Statt die ›Freie Welt‹ in lastende Rüstung zu zwängen, erfüllt, was euer Point four ohne Folge versprach: legt die Schätze, die Gott euch gab, an bei den Armen und Rückständigen, hebt diese Massen aus ihrem Tiefstand, laßt die Demokratie strahlen als Bürgerin menschenwürdigen Lebens und gewinnt ihr den Glauben der Völker! Ihr hättet es tun können, ihr könntet's noch heute.«

3] *von Bruno Walter:* Der vielfach in der Presse publizierte Geburtstagsartikel findet sich auch in: Bruno Walter, ›Briefe 1894–1962‹, Frankfurt am Main 1969, 327–331.

4] *Bruno Walter:* Der Dirigent Bruno Walter (1876–1962), einst Herzogpark-Nachbar der Familie Mann, blieb auch nach seiner Emigration, vor allem seit seiner Ansiedlung in Kalifornien, ein enger Freund des Hauses.

5] *Lieder und Steuermann und Arie:* So in der Handschrift. TM besaß von Richard Wagners Oper ›Der fliegende Holländer‹ eine Gesamtaufnahme der Bayerischen Staatsoper unter Leitung von Clemens Krauss aus dem Jahre 1944.

6] *Manuskript einer Dr. Hennings:* Das 27seitige Typoskript des Aufsatzes ›Unsterblicher Faust. Eine Genealogie von Simon Magus bis zum Faust-Roman Thomas Manns‹, das die Hamburger Juristin Dr. Elsa Hennings (1895–1973) TM übersandte, befindet sich im TMA. Der Zusammenhang ist nicht ganz klar: TM registrierte am 12. 5. 1951 schon einmal den Empfang eines Vortragsmanuskripts »über die Faust-Geschichte von Simon Magus bis zu mir«.

12. 5. 1953

59 1] *an L. Lewisohn:* An die Redaktion der Zeitschrift ›Congress Weekly‹, New York; Erlenbach, o.D. [12. Mai 1953], Reg. IV, 53/135. Der *Thomas Mann Felicitates Ludwig Lewisohn* überschriebene Glückwunsch erschien in Faksimile, einer deutschen Umschrift und englischer Übersetzung am 15. 6. 1953 (s. Potempa G 1147) und lautet: »Dem 70jährigen Ludwig Lewisohn meine herzlichsten Glückwünsche! Eine Zierde seiner Universität, ein Lehrer, zu dem die Jugend sich drängt, ein Romancier von tiefer Erfahrenheit im Menschlichen und großem Mut, sein Wissen auszusprechen; ein un-

ermüdlicher Kämpfer für die Rechte des ehrwürdigen Volksstammes, dem er mit stolzem Bewußtsein angehört, ist dieser Gelehrte und Künstler einer der besten Männer, deren das geistige Amerika sich heute rühmen kann. Persönlich verdanke ich seiner Fähigkeit zur Liebe, zur preisenden Hingabe an fremde Hervorbringung kritische Wohltaten, die ich nie vergessen kann. Wie hoch ist Freundschaft im Preis gestiegen in dieser Zeit der Zerwürfnisse! Ein langes Leben ihm, der soviel Leben verbreitet!«

2] *Lewisohn:* Der amerikanische Schriftsteller und Übersetzer Ludwig Lewisohn (1882–1955) war einer der ersten, die in den USA auf TM aufmerksam gemacht hatten. Näheres TB 46–48, 700.

3] *an Brann:* An Henry Walter Brann, Erlenbach, 12. 5. 1953, Reg. IV, 53/134: »Zwar war ich unterdessen 10 Tage in Rom [. . .] und habe trotz aller Reduziertheit Erbauung gewonnen durch den Aufenthalt in dieser Stadt, wo die Jahrhunderte, Jahrtausende bei einander wohnen. Den Augenblick, wo der Zögling protestantischer Kultur ohne die leiseste innere Hemmung das Knie beugte vor der weißen Gestalt Pius XII., der lange meine Hand hielt, kann ich nicht vergessen. Die historische Rührung jener Tage wirkt in mir fort, aber zum guten Teil ist sie das allzu weiche Ergebnis der Müdigkeit. [. . .] / Die Erzählung ›Die Betrogene‹ [. . .] habe ich im Zustande eigentlicher Arbeitsunfähigkeit und Arbeits*verbotenheit* zustande gebracht und habe nur zuviel Grund zu fürchten, dass man ihr's anmerkt.« (Kopie im TMA. Eine englische Übersetzung des Briefes erschien in der Zeitschrift ›The American Scholar‹, vol. 40, 1971, 261/262.)

4] *Brann:* Der medizinische Schriftsteller und Journalist Hellmut Walter (später Henry W.) Brann (1903–1978) war 1933 über Paris in die USA emigriert, wo er als Dozent an der Rutgers University, als Redakteur bei der ›Staats-Zeitung und Herold‹, New York, und als Bibliothekar in Washington arbeitete.

5] *Rede Churchills:* In einer außenpolitischen Rede am 11. 5. 1953 vor dem britischen Unterhaus hatte der Premierminister eine Großmächtekonferenz »auf höchster Ebene« gefordert, und für »Informalität«, »Zurückgezogenheit« und »Abgeschiedenheit« der Verhandlungen sowie eine Beschränkung des Teilnehmerkreises sowohl hinsichtlich der einzuladenden Staaten als auch der Personen plädiert: »Es ist möglich, daß keine ›harten‹ Abkommen zustande kommen, aber es wäre möglich, daß die Teilnehmer der Besprechung etwas tun würden, das besser wäre, als das ganze Menschengeschlecht und sich selbst in Stücke zu reißen. Ich sehe nicht ein, weshalb irgend jemand Angst davor haben sollte, wenigstens einen Versuch zu machen. Im schlimmsten Fall würden die Teilnehmer der Zusammenkunft vertrauliche Besprechungen angeknüpft haben. Im besten Falle könnte der Friede für eine Generation gesichert werden.« Zitiert nach NZZ (Fernausgabe), 13. 5. 1953, Bl. 1.

6] *Lobpreisung Adenauers:* Churchill hatte den Bundeskanzler als »den weisesten deutschen Staatsmann seit Bismarck« bezeichnet.

7] *Faksimile-Ausgabe:* S. TB 2. 10. 1953, Anm. 3 und 4. Ein Exemplar steht in der Zürcher Bibliothek.

13. 5. 1953

59 1] *»Schnitzler, Kafka, Mann«:* Jack M. Stein/Henry C. Hatfield (Hrsg.), ›Schnitzler, Kafka, Mann. An Anthology‹, Boston 1953. Das Buch mit einer Widmung von Hatfield an TM ist in der Zürcher Bibliothek erhalten.

60 2] *Hatfield:* Der amerikanische Germanist Henry Hatfield (geb. 1912).

3] *Abschnitte aus Joseph IV:* Die dem 6. Hauptstück ›Das heilige Spiel‹ entnommenen Passagen aus ›Bei Benjamin‹ (GW V, 1669–1675), ›Zanket nicht!‹ (GW V, 1685–1697) und ›Ich bin's‹ (GW V, 1675–1685) finden sich in der Hatfieldschen Anthologie auf den Seiten 104–123.

4] *Verstimmung:* Die NZZ vom 13. 5. 1953 hatte unter der Überschrift »Churchills Vorschlag einer Großmächtekonferenz. Skepsis und Ablehnung in den Vereinigten Staaten« auf Seite 1 einen ausführlichen Korrespondentenbericht über die vorsichtig-kritischen bis scharf ablehnenden Reaktionen der amerikanischen Presse (Churchill sei ein bedrängter Löwe, der sich gezwungen sehe, den Schakalen Zugeständnisse zu machen) sowie das offizielle Schweigen in Washington gebracht, das unübersehbar »Züge einer gewissen Verlegenheit« trage.

14. 5. 1953

60 1] *an [...] Schröder:* An Wolfgang Schröder, Erlenbach, 14. 5. 1953, Reg. IV, 53/138. Das Schreiben ist als Dok. 9, S. 824/825 wiedergegeben.

2] *Schröder:* Der 1953 in Memmingen engagierte Schauspieler Wolfgang Schröder. Näheres nicht ermittelt.

15. 5. 1953

1] *Las [...] nach:* Kapitel III, 6 beschreibt Krulls Ankunft und seine *60*
ersten Eindrücke in Lissabon, die er in seinem Brief nach Frankreich erzählt und ausschmückt.

2] *Nidden:* Mit einem Teil des Nobelpreis-Geldes hatte TM 1929 ein Dünengrundstück auf der Kurischen Nehrung im Memelgebiet in Dauerpacht erworben, auf dem er sich ein Sommerhaus errichten ließ, das die NS-Regierung 1933 zusammen mit seinem sonstigen Besitz konfiszierte. Im *Lebensabriß* von 1930, GW XI, 140/141, beschrieb TM, was ihn zu diesem Erwerb bewog: »Wir waren von der unbeschreiblichen Eigenart und Schönheit dieser Natur, der phantastischen Welt der Wanderdünen, den von Elchen bewohnten Kiefern- und Birkenwäldern zwischen Haff und Ostsee, der wilden Großartigkeit des Strandes so ergriffen, daß wir beschlossen, uns an so entlegener Stelle, als Gegengewicht gleichsam zu unserer süddeutschen Ansässigkeit, einen festen Wohnsitz zu schaffen.«

3] *Vertreter des Corriere della Sera mit Frau:* Vielleicht Emilio Cec- *61*
chi mit seiner Frau. S. auch TB 4. 5. 1953, Anm. 2 und 3.

4] *Wüten McCarthys:* Die Attacken McCarthys – über die Angriffe anderer Politiker hinausgehend – richteten sich vor allem auch gegen den britischen Oppositionsführer Attlee, der sich abschätzig über die Verfassung der USA geäußert hatte.

5] *Schopenhauer:* TM rechnete den Philosophen Arthur Schopenhauer (1788–1860), den er in seiner Jugend extensiv studiert hatte, zusammen mit Friedrich Nietzsche und Richard Wagner zu jenem »Dreigestirn ewig verbundener Geister« (GW XII, 72), das nicht nur sein persönliches Werden, sondern darüber hinaus auch die Entwicklung des deutschen, ja, des Weltgeistes entscheidend geprägt habe. Näheres TB 44–46, 521/522.

16. 5. 1953

1] *Ehepaar Deutsch:* Der österreichische gewerkschaftlich orientierte *61*
Politiker Julius Deutsch (1884–1968), im Spanischen Bürgerkrieg General der Republikanischen Brigaden, und seine Frau, die Schriftstellerin Adrienne Thomas (1897–1980). Näheres TB 51/52, 734.

2] *Alte Rheingoldplatte:* TM besaß eine Aufnahme aus dem Jahre 1928; Wotans Arie beim Anblick der von der Abendsonne beschienenen Burg Walhall »Abendlich strahlt ...« sang Friedrich Schorr.

17. 5. 1953

61 1] *8. Kap. von III:* GW VII, 581–595: Felix Krull wird in das Domizil Professor Kuckucks eingeführt, das ihm »durch die unverhoffte Bekanntschaft mit seinen weiblichen Bewohnerinnen, mit Mutter und Tochter, noch anziehender geworden war«.

2] *An die Lowe:* An Helen Lowe-Porter, Erlenbach, 19. 5. 1953, Reg. IV, 53/143.

3] *Platens Gaselen und Sonette:* TM besaß August von Platens (1796–1835) Ghaselen und Sonette in einer Ausgabe ›Sonette an Freunde‹, Leipzig 1911, die in der Zürcher Bibliothek erhalten ist und viele Lese- und Studien-Spuren aufweist.

4] *von Luthers Ehe:* Vermutlich bei Bainton das 17. Kapitel ›Die Charakterschule‹ (Katharina von Bora; Häusliches Leben; Kinder und Tischgespräche; Ehe-Anschauungen; Häuslicher Trost).

18. 5. 1953

62 1] *Hautarzt Diem:* Nichts Näheres ermittelt.

2] *Artikel des Observer:* Der Leitartikel ›Peacemaking‹, ›The Observer‹, 17. 5. 1953, 8: »It is remarkable that Sir Winston's great and wise speech on peace with Russia [...] has created the same instantaneous crystallization of national unity, and the same universal instinctive sense of rightness and confidence, as did his ›blood, sweat and tears‹ speech exactly thirteen years ago./ [...] The first requisite of the art of peacemaking is a sense of timing. [...] A further requisite is [...] a keen sense of the possible, coupled with constructive imagination. [...] Finally, peacemaking demands the courage to resume a diplomatic mobility and to think [...] not in terms of allies and enemies but of various legitimate interests to be reconciled on the best possible terms. [...] It is clear that the present American Government does not enjoy the same mobility in international action as ours does. It is not, as the British Government is, backed by a united nation; it does not speak with one voice, and it is labouring under constitutional, political and psychological handicaps which must be respected as part of the situation with which we have to deal. This is no reason for losing patience with America or for answering harsh words with harsh words, but neither it is a sufficient reason for failing in our duty to make the most of any chance of peace. At this fateful and hopeful moment, Britain must play her independent role, of which nobody can relieve her.«

3] *Caroline Newton*: Die amerikanische Psychoanalytikerin Caroline Newton (1893–1975), eine der treuesten Förderinnen TMs in den USA. Näheres TB 46–48, 360.

4] *Erikas Korea-Interview:* Weder in Zürich noch in den Münchener Archiven zu ermitteln.

5] *Mérimé's »Don Juan«:* S. TB 10. 5. 1953, Anm. 1.

19. 5. 1953

1] *Lese-Manuskript:* S. den TB-Eintrag zwischen dem 3. und 63
13. 6. 1953, »Reise nach England und Hamburg«, Anm. 11 und 15.

2] *Einleitungsworte: Ansprache vor Hamburger Studenten,* GW X, 399–402. (S. auch Potempa G 1148.)

3] *Aufsatz über »Kierkegaard und Hamlet«:* Denis de Rougemont, ›Kierkegaard und Hamlet‹, ›Der Monat‹, Jg. 5, H. 56, Mai 1953, 115–124; die angeführten Zitate auf S. 124: »es geht darum, einen Weg zu verfolgen, den man mit jedem Schritt erst zu erschaffen scheint, einen Weg, der unsichtbar bleibt, wenn man nicht das Wagnis unternimmt, ihn zu beschreiten. Dieses ›Licht auf meinem Pfad‹, von dem ein Psalm Davids spricht, erhellt den vorgezeichneten Weg nicht weit, der nur ›zu meinen Füßen‹ liegt, es gibt nur so viel Licht, um den ersten Schritt zu tun; der Pfad entsteht erst unter den Schritten, die ihn austreten. [...] So im Leben voranzuschreiten, heißt praktisch im Unwahrscheinlichen leben. [...] Kierkegaard wurde nicht müde, auf diesen Begriff hinzuweisen. [...] Aber die Unwahrscheinlichkeit akzeptieren bedeutet nicht nur, den allgemeinen Rezepten des Erfolges zu entsagen, sondern jeder Rechtfertigung vor der öffentlichen Meinung und in gewissen Fällen auch vor der Moral. Es bedeutet das absolute Risiko. Welche Hilfen [...] wird uns Kierkegaard bieten? Genau genommen ist die einzige Hilfe, die er uns vorschlägt, das Leid, wenn er jenen gedankenschweren Satz niederschreibt: ›Nicht der Weg ist das Schwierige, sondern das Schwierige ist der Weg‹.«

4] *Über den »Atomverräter« Klaus Fuchs:* Alan Moorehead, ›Der

Fall Fuchs. Die Geschichte eines Atomverräters‹, Artikel in drei Folgen: I. ›Der Monat‹, Jg. 5, H. 52, Januar 1953, 396–417; II. a.a.O., H. 53, Februar 1953, 510–526; III. a.a.O., H. 54, März 1953, 634–651.

5] *Klaus Fuchs:* Der deutsche Physiker Klaus Fuchs (1911–1988) war 1933 nach England emigriert und hatte von 1943 bis 1946 als britischer Staatsangehöriger im amerikanischen Atomwaffenzentrum Los Alamos gearbeitet, ab 1946 das britische Atomforschungszentrum in Harwell geleitet. 1950 war er als sowjetischer Spion enttarnt, verhaftet und zu 14 Jahren Zuchthaus verurteilt worden. Nach seiner Begnadigung, 1959, lebte er als Kernforscher in der DDR.

20. 5. 1953

63 1] *Moorehead:* Der amerikanische Schriftsteller und Journalist Alan Moorehead (geb. 1910).

21. 5. 1953

63 1] *Stuttgarter Verleger:* Eventuell der Verleger der ›Stuttgarter Zeitung‹, Josef Eberle, der nähere Beziehungen zum Hause Oprecht hatte.

2] *Dr. Hans O.:* Der Schweizer sozialdemokratische Nationalrat Dr. Hans Oprecht (1894–1978), Bruder des Verlegers Emil Oprecht und Direktor der Büchergilde Gutenberg, Zürich.

22. 5. 1953

64 1] *Landolt:* Der freisinnige Schweizer Politiker Emil Landolt (geb.1895) war von 1949 bis 1966 Zürcher Stadtpräsident.

2] *Ipser:* Dr. Karl Ipser hatte die bereits in Paris, Barcelona, Madrid, Venedig und Rom gezeigte Wagner-Ausstellung ›Wagner in der Welt‹ zusammengestellt, die unter dem Titel ›Selig in Lust und Leid‹ am 22. 5. 1953 im Rahmen der Juni-Festspiele im Zürcher Helmhaus eröffnet wurde. In einem Brief an den S. Fischer Verlag vom 18. 3. 1972 beschrieb Karl Ipser die Vernissage aus seiner Perspektive: »Am 22. Mai 1953 wurde im Helmhaus, Zürich die von mir zusammengestellte [. . .] Ausstellung ›Wagner in der Welt‹ unter dem Titel ›Selig in Lust und Leid‹ im Rahmen der Juni-Festwochen von Stadtpräsident E. Landolt eröffnet. Unter den Ehrengästen Thomas Mann mit Frau Katja. Nach den Ansprachen führte ich den Dichter und seine Frau durch die Schau, nur Originale: Gemälde, Stiche, Manuskripte, Briefe, Skizzen, Partituren etc., darunter die letzten Briefe Nietzsches aus Turin nach seinem Zusammenbruch, die Originalpartitur des ›Parsifal‹ u.v.a.m. Während eines anschließenden Gespräches übermittelte ich Thomas Mann die Einladung der Brüder Wagner nach Bayreuth zu den Festspielen im Sommer. Überraschung – auch bei den anderen Personen des Rundganges, die dem Gespräch zuhörten; Pressephotographen schossen Bilder, die auch veröffentlicht wurden, eines besonders eindrucksvoll: im Hintergrund eine Bronzebüste von R. Wagner, im Profil zu sehen. Davor Thomas Mann, neben ihm seine Frau, ein Notenblatt in der Vitrine betrachtend, daneben ich – mit der Parsifal Partitur unter dem Arm, die ich eben mit Thomas Mann gemeinsam durchgeblättert hatte und lt. Versicherungsvertrag wieder in das Stahl-Safe [bringen] mußte./ Thomas Mann meinte nach einigem Überlegen, Nachsinnen, als ich ihn bat, doch sich selbst von dem neuen Bayreuth und den Inszenierungen Wieland Wagners zu überzeugen: ›Sie haben recht, man soll dorthin zurückkehren, von wo man gekommen ist.‹«

3] *Prof. Konta:* Der 1938 in die Schweiz geflohene österreichische Komponist und Musikwissenschaftler Robert Konta (1880–1953).

4] *Hüni-Miatschek:* Die Sängerin Felicie Hüni-Mihaczek. Näheres nicht ermittelt.

5] *Schuh*: Der von TM hochgeschätzte Zürcher Musikschriftsteller und -kritiker Dr. Willi Schuh (1900–1986).

6] *v. Bissing:* Vielleicht der TM aus den frühen Münchener Jahren bekannte Ägyptologe Friedrich Wilhelm Frhr. v. Bissing (1873 bis 1956).

23. 5. 1953

1] *Kerstin Strindberg:* August Strindbergs Tochter, die Malerin Kerstin Strindberg (1894–1954). Zum hier angesprochenen Problem vgl. TB 51/52, 299 und 306. 64

2] *Besprechung der Essays*: Kuno Fiedler, ›Thomas Mann: ‚Altes und Neues'‹, ›Volksstimme‹, St. Gallen, 2. 5. 1953. 65

3] *Herausgeber meiner Bücher:* Vermutlich der Leiter des Verlags Novi Sad in Belgrad, bei dem gerade serbokroatische Übersetzungen TMscher Novellen und Essays erschienen waren, die sich in der Nachlaßbibliothek befinden.

4] *Doppelkonzert von Brahms:* Von Johannes Brahms' (1833–1897) Konzert für Violine, Violoncello und Orchester a-Moll, op. 102, besaß TM eine Aufnahme aus dem Jahre 1942 mit Jascha Heifetz, Emanuel Feuermann und dem Philadelphia Orchestra unter Eugene Ormandy.

24. 5. 1953

65 1] *»Luft«:* S. TB 3. 4. 1953, Text und Anm. 2.
2] *an Caroline N.:* An Caroline Newton, Erlenbach, 25. 5. 1953, Reg. IV, 53/147; TM/CN 56–58.
3] *große Leonorenouvertüre:* Ludwig van Beethovens 1806 geschriebene sogenannte Dritte Leonoren-Ouvertüre, die TM im *Doktor Faustus* beschrieben hat.

26. 5. 1953

66 1] *»Begegnung«:* S. TB 5. 3. 1953, Anm. 1.
2] *Motschan:* Der Schweizer Industriechemiker Georges Motschan, der TM 1937 als Schüler besuchte und 1949 in seinem Buick als »Chauffeur« auf der Reise nach Frankfurt am Main und Weimar begleitete. Näheres TB 49/50, 413, sowie in der Retrospektive der Reise, 82–84.
3] *Buch von Staatssekretär Deutsch:* Julius Deutsch, ›Wesen und Wandlung der Diktaturen‹, Wien 1953. Das Buch mit einer handschriftlichen Widmung des Autors an TM ist in der Zürcher Bibliothek erhalten.

29. 5. 1953

66 1] *an Bermann:* An Gottfried Bermann Fischer, Erlenbach, 27. 5. 1953, Reg. IV, 53/150; Br. III, 295/296; TM/GBF 608–610.
2] *an Desch:* Zum 50. Geburtstag am 2. 6. 1953. Nach Angaben in Reg. IV, 593, verschollen.
3] *Calderon. Schicksalstragödie:* Calderóns Drama ›Das Leben ein Traum‹ hatte am 20. 5. 1953 im Zürcher Schauspielhaus Premiere gehabt. Unter der Regie von Heinrich Koch und in einem Bühnenbild von Ita Maximowa spielten u. a. Elisabeth Höbarth, Will Quadflieg und Hans-Helmut Dickow.
4] *an Preetorius-Kridwiß:* An Emil Preetorius, Erlenbach, 29. 5. 1953, Reg. IV, 53/154 (s. Potempa G 1149). Der Text des an

Preetorius geschickten Briefes, der von dem der Druckfassung an zwei Stellen abweicht (s. TB 3. 4. 1954), ist als Dok. 10, S. 825–827 wiedergegeben.
5] *Zola-Aufsatz von 1934:* So in der Handschrift. Gemeint ist Heinrich Manns berühmter, 1914 in den ›Weißen Blättern‹ erschienener Zola-Essay, an dem sich der Zwist der Brüder entzündete.
6] *Schwierigkeiten der Regierungsbildung:* Der designierte Ministerpräsident hatte in der Nationalversammlung nicht die verfassungsmäßig geforderte qualifizierte Mehrheit erreicht.
7] *Reynold:* TM meint den französischen Politiker Paul Reynaud (1878–1966), der 1953/54 als stellvertretender Ministerpräsident amtierte.

31. 5. 1953
1] *von der Mistral:* Das Schreiben der chilenischen Schriftstellerin 67
Gabriela Mistral (eigentl. Lucila Godoy Alcayaga, 1889–1957) befindet sich nicht mehr unter den Dokumenten des TMA.
2] *Verhaftung:* Nicht ermittelt.
3] *an Feuchtwanger:* An Lion Feuchtwanger, Erlenbach, 31. 5. 1953, Reg. IV, 53/155; Feuchtwanger Briefwechsel I, 149/150.
4] *die Servicen:* TMs langjährige französische Übersetzerin Louise Servicen (1896–1975).

2. 6. 1953
Im Manuskript steht als Datumsangabe »2. V. 53«.
1] *kleines Vorwort: Die liebe Züristadt,* GW X, 817/818 (Potempa 67
G 1150). Der kleine Artikel wurde geschrieben für den 1953 bei Oprecht in Zürich erscheinenden Bildband ›Zürich‹, der außer TMs Vorwort noch ein Geleitwort des Stadtpräsidenten Emil Landolt und einen Brief über Zürich von Jean Rodolphe von Salis enthielt.

3. 6. 1953
Im Manuskript steht »3. V. 53«.
1] *Londoner Krönungsfeierlichkeiten:* Auf Blatt 1 der NZZ vom 68
3. 6. 1953 (Fernausgabe 4. 6. 1953) der Bericht ›Am Vorabend der Krönung‹: »Die Meteorologen sagen für den Krönungstag kühles, eher wolkiges Wetter mit Schauern und sonnigen Perioden voraus.«

Reise nach England und Hamburg

68 1] *Sir Charles Darwin u. Frau:* Der englische Physiker und Philosoph Sir Charles Galton Darwin (1887–1962) mit seiner Frau Catharine.

2] *Wiedersehen mit Nehru:* TM hatte den indischen Ministerpräsidenten Jawaharlal, genannt Pandit Nehru (1889–1964) am 1. 11. 1949 in San Francisco getroffen. S. TB 49/50, 120.

3] *Erzbischof von Uppsala:* Erling Eidem (1880–1972), den TM bereits am 24. 5. 1949 in Uppsala kennengelernt hatte.

4] *in Oxford*: TM war am 13. 5. 1949 zum Ehrendoktor der Oxford University ernannt worden. S. TB 49/50, 56 und 408.

5] *Vice Chancelor:* Der Pharmakologe Lionel Whitby (1895–1956).

6] *Sternfeld:* S. TB 25. 1. 1953, Anm. 14.

7] *Warburgs:* TMs britischer Verleger Fredric J. Warburg (1898 bis 1981) mit seiner Frau.

69 8] *»Tanten«:* Gemeint sind die 1933 nach London geflohenen Cousinen von Frau Katia Mann, die Innenarchitektin Ilse Dernburg (1880–1965) und ihre Schwester, die Übersetzerin Käthe Rosenberg (1883–1960).

9] *Wegner:* Der Verleger Christian Wegner war einer der Einladenden gewesen.

10] *Stiftung Töpfer:* Dem Hamburger Kaufmann Alfred Toepfer (1894–1993), einem der größten Mäzene auf kulturellem und ökologischem Gebiet, war auch das Universitäts-Gästehaus zu danken.

11] *Reise nach Paris und Cirkus:* Von der Lesung aus dem II. Buch, Kapitel 7, und dem III. Buch, Kapitel 1 der *Bekenntnisse des Hochstaplers Felix Krull* existiert im TMA ein bei Loewy I, 92 genau verzeichneter Mitschnitt, der auch die von TM im Tagebuch erwähnten Ansprachen und Dankesworte umfaßt.

12] *Rektor:* Der Graecist Bruno Snell (1896–1986).

13] *Bürgermeister Brauer:* Der 1953 amtierende Erste Bürgermeister von Hamburg, der SPD-Politiker Max Brauer (1887–1973), war 1933 verhaftet worden, konnte aber in die Schweiz entkommen. Nach einer zweijährigen Arbeit für den Völkerbund in China lehrte Max Brauer als Dozent in den USA und kehrte 1946 nach Deutschland zurück, wo er von 1946 bis 1953 und von 1957 bis 1960 Erster Bürgermeister der Hansestadt Hamburg war. Von dem Diner berichtete die Lokalpresse: »Max Brauer gab zu Ehren von Thomas Mann in seinem Haus in der

Palmaille ein Frühstück, an dem neben Wirtschaftssenator Schiller und dem Rektor der Universität, Professor Bruno Snell, u. a. der Verleger Christian Wegner und der Vorsitzende der Goethe-Gesellschaft, Johannes R. Meyer, teilnahmen. Die Hamburger Schriftsteller waren durch Hans Henny Jahnn und Hans Erich Nossack vertreten.«

14] *Vorspruch:* S. TB 19. 5. 1953, Anm. 2.

15] *Kuckuck-Kapitel:* Auch von der Veranstaltung in der Hamburger Musikhalle existiert ein Mitschnitt des Nordwestdeutschen Rundfunks. Nach einer achtminütigen Einführung las TM das Kuckucksgespräch aus dem *Krull*-Roman, III, 5, von GW VII, 527, vorletzter Absatz bis Kapitelschluß. S. dazu auch Loewy I, 93.

16] *Kultur-Senatorin:* Die Literatur- und Wirtschaftswissenschaftlerin Dr. Luise Klinsmann (1896–1964), Lübecker Kultursenatorin von 1946 bis 1963 und von 1950 bis 1955 zweite stellvertretende Bürgermeisterin der Hansestadt.

17] *Landesbischof:* TM meint den Lübecker Bischof (später Probst) D. Johannes Pautke (1888–1955), der von 1945 bis 1955 sein Amt versah.

18] *Interview:* Thomas Mann, der es im Hinblick auf seine vielfachen Verpflichtungen abgelehnt hatte, an den in Lübeck stattfindenden ›Nordischen Tagen‹ teilzunehmen, war in Travemünde Gast der ›Lübecker Nachrichten‹, deren Vertreter – gemeinsam mit denen der ›Lübecker Freien Presse‹ – ihn auf seinem Strandspaziergang begleiteten. »Richtige Seeluft«, habe TM beim Aussteigen gesagt, »die hier, wo ich zu Hause war, rauher ist als drüben am Strand des Pazifik.« Und sein erster Blick sei »hinüber zum Priwall« gegangen, »der in leichtem Dunst lag. ›Da drüben haben wir als Kinder Bernstein gesucht . . .‹« Im Laufe des Ganges sei TM »ins Plaudern gekommen« und habe »mit hindeutender Geste die Veränderungen« notiert: »›Der Musiktempel drüben vor dem Casino stand früher gegenüber dem heutigen Kurhaus. [. . .] Damals, als Junge, der gerade erst eine kurze Zeitlang Violinunterricht gehabt hatte, habe ich in diesem Musiktempel musiziert. Unter einem kleinen zigeunerhaften Kapellmeister namens Hess spielte ich die erste Geige und immer kräftig drauf los, so daß der Hess seinen Musikanten zu sagen pflegte, wenn wir unser Volkslieder-Potpourri abspielten, sie sollten ‚ja recht schön nachgeben'. Es war die erste Orchestermusik, die ich hörte und mitmachte, hier im Musiktempel. Heute sieht in Travemünde freilich manches anders aus. Früher war alles schlichter und idyllischer. Die schöne steinerne Promenade gab es noch nicht, das waren damals noch Bretter, und das Kurhaus war noch ein altes Biedermeier-Gebäude.‹«

19] *Rückfahrt:* »Dann fuhren wir nach Lübeck zurück. Er sollte noch einmal einen Blick werfen auf das Haus Mengstraße 4, das Buddenbrooks-Haus, das Haus seiner Väter. Und auf die Marienkirche. Zum erstenmal sah er das zerstörte Gebäude. Minutenlang stand er davor, dann setzte er sich ins Auto und fuhr davon. Der große Thomas Mann ist nicht heimgekehrt. Ganz heimlich und unbeachtet ist er nur gekommen, um zu sehen. [...] Er war in Lübeck, ein Dichter, der Heimweh hatte. Ganz aus eigenem Entschluß, aus einer Herzensregung und ohne offizielle Einladung ist er in seine Vaterstadt gekommen, nur für ein paar Stunden. Der große alte Thomas Mann ...« (Alle Lübeck- und Travemünde-Zitate aus Hans Schrems Artikel in den ›Lübecker Nachrichten‹, 11. 6. 1953, 3. Zu dem Besuch vgl. auch den Bericht der ›Lübecker Freien Presse‹ vom 11. 6. 1953, 1/2: »Thomas Mann kam nach Lübeck. ›Ich habe keinen Groll‹«)

20] *Willri Timpe und der Bleistift:* TMs Klassenkamerad Williram Timpe, Sohn des Oberlehrers Johann Heinrich Timpe, bei dem TM nach dem Umzug seiner Mutter nach München 1892/93 in Pension war, ist das »Vorbild« der Figur des Pribislaw Hippe im *Zauberberg*. Die Szene mit dem Bleistift Clawdia Chauchats GW III, 130.

21] *Armin:* TMs ursprünglich aus Hamburg stammender, aber seit 1883 in Lübeck wohnender Schulkamerad Armin Martens (1876 bis 1906), Vorbild für den von Tonio Kröger geliebten und bewunderten Hans Hansen. Näheres über diese frühen Lieben TMs TB 49/50, 571/572 und in dem Aufsatz von Peter Robert Franke, ›Der Tod des Hans Hansen‹, Katalog der Ausstellung ›Thomas Mann. Unbekannte Dokumente seiner Jugend‹, Saarbrücken 1991.

22] *Plastiker-Ausstellung*: Eine Ausstellung ›Plastik im Freien‹ mit 50 Werken international renommierter Künstler wie Adolf von Hildebrand, Auguste Rodin, Alberto Giacometti, Reginald Butler, Henry Moore, Max Bill, Julio Gonzales u. a. im neu angelegten Alsterpark zwischen dem angestauten Fluß und dem Harvestehuder Weg.

23] *Kolbes »Verkünder«:* Die 1937 entstandene Plastik ›Verkündigung‹ des Zeichners und Bildhauers Georg Kolbe (1877–1947).

24] *Biermann-Ratjen:* Der Romancier und Essayist Hans Harder

Biermann-Ratjen (1901–1969), von 1951 bis 1966 Senator und Präses der Kulturbehörde der Hansestadt Hamburg.
25] *Frau Pauli:* Magdalene Pauli-Melchers war die Verfasserin des von TM hochgeschätzten Buches ›Sommer in Lesmona. Mädchenbriefe‹, das unter dem Pseudonym Marga Berck mit einem Vorwort von Hans Harder Biermann-Ratjen 1951 in Hamburg erschienen war. Der Senator hatte TM im Januar 1952 ein Exemplar zugehen lassen. S. TB 51/52, 170–172 und 589.
26] *Joachim Maaß:* Der Schriftsteller Joachim Maass (1901–1972), *70*
den TM seit 1936 kannte, 1939 in New York wiedergetroffen und seither nie ganz aus den Augen verloren hatte.

13. 6. 1953
1] *»Merkur« mit dem 2. Teil:* S. TB 21. 1. 1953, Anm. 7. *70*
2] *Schweizer Goethe-Band:* Von der Artemis-Gedenkausgabe erschienen 1953 Band 14: ›Der junge Goethe‹, Einführung und Textüberwachung Ernst Beutler, und Band 15: ›Übertragungen‹, in Verbindung mit anderen herausgegeben und mit einem Nachwort versehen von Fritz Ernst.
3] *Buch-Korrekturen:* Für die im Herbst 1953 bei S. Fischer in Frankfurt am Main erscheinende Buchausgabe der *Betrogenen.*
4] *»Nobilità dello Spirito«:* So – für »Nobiltà« – im Manuskript. – TMs Essay-Sammlung *Adel des Geistes* erschien in der Übersetzung von Bruno Arzeni und Lavinia Mazzucchetti 1953 bei Mondadori in Mailand.
5] *an die Erlenbacher [. . .] Konzertveranstalter:* Nach Reg. IV, 593, verschollen.
6] *an Knopf:* Der mit dem Datum »Erlenbach-Zürich, June 19, 1953« versehene Brief fand sich im Archiv des Alfred A. Knopf Verlags in New York: »[. . .] A few days ago the German text of my new long short story ›Die Betrogene‹ has been mailed to you air mail registered, and we have now to solve the problem of the translation. One has to speak of a problem. For Mrs. Lowe to whom I had sent a copy in April, still to New York, wrote me some weeks ago, that she has given up all translating in order to devote her last years to her personal work. We saw her now in London. She got much older and gives so weak and debilitated an impression that translation work might indeed be too heavy a burden for her. I expressed her, of course, my

disappointment about her decision, whereupon she made the following proposal: her daughther should do the translation and she personally would be satisfied with a certain supervision. I hardly could do anything but agree. Afterwards however I was assailed by strong doubts. Helen, in lifelong cooperation, has proved a most understanding and excellent translator, but of her daughter's capacities we do not know anything. Or rather I know that Feuchtwanger for whom she did his last novel was quite unhappy about her work. Before seeing Mrs. Lowe I talked the matter over with Fredie Warburg who said that he knew a few outstanding translators in London and was going to get in touch with you on this matter. After having realized in how poor condition Mrs. Lowe is I cannot believe that she would be able to take any active part in the translation, and in these circumstances I wonder whether the best thing to do would not indeed be to look for a new translator./ My personal situation toward Helen is, of course, a little difficult. I just had a letter from her daughter asking for a definitive confirmation of her mother's proposition. I only can answer that I am still very much in favor of the idea, but that we need, of course, your approval. If you share my doubts it would be easy for you to tell Helen or Mrs. Fawett, that I have informed you about the planned arrangement, but that you feel it would be wiser to entrust this difficult work to a more experienced translator if the wonderful mother really is to resign (or whatever you think). I need not tell you that my name should by no means be mentioned in this context. [. . .]«

7] *Das alte Bild:* Die Aufnahme ›Dichterfreunde‹ aus dem Jahre 1900 ist im TMA erhalten.

8] *K. Martens:* Der Schriftsteller Kurt Martens (1870–1945) gehörte zusammen mit den Brüdern Ehrenberg zu TMs frühem Münchener Freundeskreis. Martens, den TM seit 1899 kannte, war damals Feuilleton-Redakteur der ›Münchner Neuesten Nachrichten‹. Er übersiedelte später nach Dresden, wo er sich nach der Zerstörung der Stadt am 16. 2. 1945 das Leben nahm. Über den ersten Band von Martens' zweibändiger Autobiographie ›Schonungslose Lebenschronik‹ (1921 bis 1924) hatte TM – trotz fortschreitender Entfremdung der Freunde – 1921 eine Anzeige für die NZZ geschrieben: *Ein Schriftstellerleben,* GW X, 613–616.

14. 6. 1953

1] *Zeichnungen von Pieter Bruegel:* Nicht im TMA. 71

2] *Maria Becker:* Die deutsch-schweizerische Schauspielerin Maria Becker (geb. 1920), die seit 1938 vorwiegend am Zürcher Schauspielhaus spielte.

3] *Theaterstück:* Das Schauspiel ›Hilde Crane‹ des amerikanischen Dramatikers und Verfassers zahlreicher Boulevardstücke Samson Raphaelson (1896–1982) wurde am Zürcher Schauspielhaus von Lukas Amman inszeniert. Die Titelrolle spielte Maria Becker.

15. 6. 1953

1] *Warnungskabel:* TMs Telegramm ist entgegen den Angaben in 71
Reg. IV, 593, nicht verschollen, sondern befindet sich im TMA. Es ist als Dok. 11, S. 828 wiedergegeben. Ein Abdruck im Berner ›Bund‹ konnte nicht nachgewiesen werden.

16. 6. 1953

1] *»Die Hochzeit des Mönchs«:* Conrad Ferdinand Meyers 1883 (De- 71
zember) und 1884 (Januar) in der ›Deutschen Rundschau‹ erstmalig veröffentlichte Novelle.

2] *»Jürg Jenatsch«:* Conrad Ferdinand Meyers 1874 in der ›Literatur‹, 1876 überarbeitet in Buchform erschienener Roman.

3] *an Fiedler:* An Kuno Fiedler, Erlenbach, 16. 6. 1953, Reg. IV, 53/162.

4] *Londoner Krönungsfilm:* ›Eine Königin wird gekrönt‹, im Zürcher 72
›Corso‹.

5] *Lohengrin vollständig:* In TMs Plattensammlung fand sich lediglich eine Aufnahme aus dem Jahre 1951 mit Chor und Orchester der Münchener Staatsoper unter Rudolf Kempe.

17. 6. 1953

1] *Luther-Novelle:* Zu dem langgehegten und immer wieder in ande- 72
rer künstlerischer Gestalt imaginierten Luther-Plan s. das Schreiben an Erika Mann, 20. 5. 1951, Reg. IV, 51/244; Br. III, 206–208: »Sollte ich dann [mit dem *Felix Krull*] nicht mehr weiterwissen, so will ich eine würdig-meisterhafte historische Novelle über Erasmus, Luther und Ulrich von Hutten schreiben ...« sowie die im Register zu TB 50/51, 860, unter »Erasmus[-Hutten-Luther]-Novelle« nachgewiesenen Überlegungen.

2] *»Présence de Zola«:* TMs *Fragment über Zola,* GW X, 930–932, (s. TB 51/52, 312/313) erschien – übersetzt von Louise Servicen – unter dem Titel ›Zola et l'âge d'or‹ in der Schrift ›Présence de Zola‹, Paris 1953, 11/12. S. Potempa G 1139. 1.
3] *Gert von Bein:* Nicht ermittelt.
4] *[an] Knopf:* S. TB 51/52, 312/313.

18. 6. 1953

73 1] *H. H. Jahnn:* Der Hamburger Schriftsteller, Musikwissenschaftler und Orgelbauer Hans Henny Jahnn (1894–1959).
2] *David-Jonathan-Drama:* Hans Henny Jahnns 1948/49 auf der Grundlage eines älteren Fragments ›Jonathan‹ geschriebenes, 1949 in Münster uraufgeführtes und 1952 in einer Auflage von 550 Exemplaren, samt Notenbeispielen aufwendig gedruckt erschienenes Drama ›Spur des dunklen Engels‹. Die Musik schrieb der norwegische Komponist Yngve Jan Trede, dem Jahnn auf Bornholm begegnet war.

19. 6. 1953

73 1] *Politischer Skandal:* Der südkoreanische Präsident Syngman Rhee hatte ohne Wissen der Vereinten Nationen über 25 000 in südkoreanischen Lagern festgehaltene antikommunistische Kriegsgefangene freigelassen. Diese Eigenmächtigkeit kam einer Sabotage der laufenden Verhandlungen zwischen den kriegführenden Parteien und einer Dupierung der neutralen Repatriierungskommission gleich, da die Behandlung der nichtkommunistischen Gefangenen, die sich größtenteils geweigert hatten, in ihre Heimat zurückzukehren, eines der heikelsten und am schwersten lösbaren Probleme darstellte.
2] *Arbeiter-Revolte in Ost-Berlin:* Der sich ursprünglich gegen die Erhöhung der Produktionsnormen bei gleichbleibenden Löhnen richtende Berliner Streik vom 17. Juni 1953 hatte sich schnell zu einer politischen Demonstration für freie Wahlen, Entlassung aller politischen Häftlinge, Verzicht auf Repressalien und Gewährung von mehr persönlichen Freiheiten ausgeweitet, die auf die gesamte DDR übergriff. Trotz der Beschwichtigungsversuche von seiten der Regierung und der Bemühungen, die Demonstranten durch Patrouillen sowjetischer Panzer, die mit aufgesteckten Maschinengewehren durch die Straßen fuhren, einzuschüchtern, eskalierte die Protestbewegung zu einem regelrechten Volksaufstand, bei dem die Massen mit dem Ruf

»Wir haben genug – wir können so nicht weiterleben« der inzwischen mobilisierten Volkspolizei Paroli boten und die rote Fahne vom Brandenburger Tor entfernten. Erst der massive Einsatz der von überall zusammengezogenen russischen Truppen und der Volkspolizei brachte den Aufstand wenige Tage später zum Erliegen. Tausende DDR-Bürger flohen vor den einsetzenden Massenverhaftungen in den Westen.
3] *Dissertation:* Trudel Rothenfelder, ›Thomas Mann als Erzähler in seinen frühen Novellen‹, Diss. Mainz 1953. Das Typoskript ist in der Zürcher Bibliothek.

20. 6. 1953
1] *Hinrichtung der Rosenbergs:* Nachdem Präsident Eisenhower das letzte Gnadengesuch abgelehnt hatte, wurde das wegen Atomspionage zum Tode verurteilte Ehepaar Rosenberg am 20. 6. 1953 kurz vor Sonnenuntergang (mit Rücksicht auf den Sabbatbeginn) im New Yorker Staatsgefängnis in Ossining (Sing Sing) auf dem elektrischen Stuhl hingerichtet. *73*
2] *Demonstrationen:* Bis zur Bekanntgabe der Hinrichtung hatten vor dem Weißen Haus in Washington Demonstrationen für und gegen die Vollstreckung stattgefunden.
3] *Douglas:* Einer der amtierenden Richter, Associated Justice William C. Douglas, hatte noch in letzter Minute einen Aufschub der Hinrichtung erwirkt, der jedoch am 19. Juni durch einen Entscheid des Obersten Gerichtshofs aufgehoben worden war. Nach diesem Entscheid richtete der Verteidiger der Verurteilten, Emmanuel Bloch, noch einmal ein Gnadengesuch an den Präsidenten, der es jedoch – unter Hinweis auf das Ausmaß des Verrats, durch den die Delinquenten Zehntausende amerikanischer Menschenleben gefährdet hätten – ablehnte, zu intervenieren. *74*
4] *Absage:* Das Schreiben ist weder nachgewiesen noch hat es sich auffinden lassen.
5] *Dr. Gysis*: So in der Handschrift.
6] *Aufsatz:* Lavinia Mazzucchetti, ›Thomas Mann e il teatro‹, ›Studi Teatrali‹, Mailand, No. 5, 1953, 60–68.

24. 6. 1953

74 1] *Frau Révy:* Alma Jo Revy, die Frau des TM bereits aus München bekannten Schauspielers Richard Revy (1885–1965). Während der Emigrationszeit lebten Revys nahe der Familie Mann in Westwood, was den persönlichen Kontakt verstärkt hatte.

2] *Othmar Schoeck und Frau:* Der schweizerische Komponist und Dirigent Othmar Schoeck (1886–1957) mit seiner Frau, der Sopranistin Hilde Bertscher.

75 3] *Sterne:* Der englische Schriftsteller Laurence Sterne (1713 bis 1768), Verfasser der auch von TM hochgeschätzten Romane ›The Life and Opinions of Tristram Shandy Gentleman‹ und ›A Sentimental Journey Through France and Italy‹. TM besaß die deutsche Ausgabe ›Tristram Shandis Leben und Meynungen‹, übertragen von Johann Joachim Bode, neu herausgegeben von Otto Julius Bierbaum mit Kupfern der Originalbilder von Chodowiecki, 9 Teile in 3 Bänden, München 1910, sowie die zweibändige englische Ausgabe der Romane bei der Macmillan Company, London und New York 1900. Die angegebenen Bücher befinden sich in der Zürcher Bibliothek.

4] *Balzac:* TM war, wie nicht zuletzt seine Tagebücher ausweisen, ein intensiver Leser der Romane und Erzählungen von Honoré de Balzac (1799–1850).

5] *Kleinigkeiten von Polgar:* Von Alfred Polgar befindet sich nur der Erzählungsband ›Begegnung im Zwielicht‹, Berlin 1951, in der Nachlaßbibliothek.

6] *Die Affaire Rhee:* S. TB 19. 6. 1953, Anm. 1. Die NZZ brachte am 24. 6. 1953 (Fernausgabe 25. 6.) auf Blatt 1 einen Korrespondentenbericht ›Die Intransigenz Syngman Rhees‹, auf den TM hier vermutlich anspielt.

7] *Bachmann:* TMs bevorzugter Friseursalon in Zürich, die Firma Gebrüder Bachmann in der Poststrasse.

25. 6. 1953

75 1] *»Freie Innerschweiz«:* Die in Luzern erscheinende sozialdemokratische Tageszeitung ›Freie Innerschweiz‹ hatte in ihrer Ausgabe vom 7. 5. 1953 auf Seite 3 unter der Überschrift ›Ein Zeitalter im Spiegel eines Lebens‹ eine »j.« gezeichnete Rezension über *Altes und Neues* gebracht, in deren letztem Absatz der von TM zitierte Passus steht: »Aber ein Leben erfüllt sich so, ein anderes so. Müde und gleichgültig

zu werden, war Heinrichs Anteil; Thomas, die bedächtigere Natur, erhielt sich jung und produktiv, er zeigt keine Anzeichen der Ermüdung und des Nachgebens. Es ist das erstaunlichste Leben unseres Jahrhunderts, jenem Goethes vergleichbar. Und dieses Buch ist ein Dokument dieses Lebens und der Spiegel seiner Zeit, ein document humain, wie es wenige in unserer Literatur gibt. [. . .]«

26. 6. 1953

1] *Trauerkundgebungen:* Trauerkundgebungen fanden in vielen westdeutschen Städten statt. In Berlin hielt Konrad Adenauer den Opfern des 17. Juni die Gedenkrede, von der die NZZ große Teile publizierte. 76

2] *Feist'sche Erbschaftssache:* Der mit Erika Mann befreundete Arzt und Übersetzer Hans Feist (geb. 1887) war im Oktober 1952 während der Premiere des von ihm übersetzten Schauspiels von Christopher Fry, ›Der Erstgeborene‹, an einem Herzschlag gestorben. Was es mit der Erbschaftssache genau auf sich hatte, wurde nicht ermittelt. Hinweise in TB 51/52, 282/283, 297, 307.

3] *Konni K.:* Der 1936 in die USA emigrierte Freund von Klaus und Erika Mann, Konrad Katzenellenbogen (später Kellen; geb. 1913), Sohn der den Manns gut bekannten Kunsthändlerin Estella Katzenellenbogen (1886–1991!), war in Kalifornien zeitweilig TMs Sekretär gewesen.

27. 6. 1953

1] *an Frau Eulenberg:* An Hedda Eulenberg, Erlenbach, 27. 6. 1953, Reg. IV, 53/188. 76

2] *an Einaudi:* An Giulio Einaudi, Erlenbach, 28. 6. 1953, Reg. IV, 53/189; Br. III, 297–299.

3] *Einaudi:* Giulio Einaudi (geb. 1912), Sohn des damaligen Präsidenten der italienischen Republik (im Amt 1948–1955), hatte 1933 den antifaschistisch akzentuierten Verlag Einaudi in Turin gegründet.

4] *»Fledermaus«:* TM hatte zu Weihnachten 1950 von dem ihm aus den Princetoner Jahren gut bekannten deutschen Lehrer Hans Gerhard Rastede (1898–1955) eine vollständige Aufnahme der ›Fledermaus‹ von Johann Strauß (Sohn; 1825–1899) geschenkt bekommen, die sich jedoch nicht mehr in seinem Nachlaß befindet. S. TB 49/50, 314 und 642.

28. 6. 1953

77 1] *an Frau Fischer:* Im Almanach des S. Fischer Verlags ›Das siebenundsechzigste Jahr‹, Frankfurt am Main 1953, erschien – Seite 33/34 – TMs Glückwunsch zu Hedwig Fischers 75. Geburtstag am 8. September 1946; Reg. III, 46/320; Br. II, 499/500.

2] *Frau Fischer:* Hedwig Fischer (1871–1952), die Frau von TMs altem Verleger Samuel Fischer (1859–1934).

3] *»Verlorene Illusionen«:* Honoré de Balzac, ›Illusions Perdues‹, 1837–1844.

29. 6. 1953

77 1] *Konferenz von Bermuda:* Die geplante Konferenz zwischen den USA, Großbritannien und Frankreich über Fragen der Solidarität innerhalb des NATO-Bündnisses sowie über das Vorhaben, noch vor Unterzeichnung des EVG-Vertrages durch Frankreich eine Außenministerkonferenz der Atlantikpakt-Staaten und der UdSSR einzuberufen.

2] *Kabinet Laniel gebildet:* Nach schwierigen Verhandlungen war es Staatsminister Joseph Laniel (1889–1975) gelungen, eine Regierung zu bilden, in der außer den Sozialisten und den Kommunisten alle französischen Parteien vertreten waren.

3] *»Maß für Maß«:* Die Premiere von Shakespeares Drama hatte am 5. 6. 1953 im Zürcher Schauspielhaus stattgefunden. Unter der Regie von Oskar Wälterlin und in einem Bühnenbild von Teo Otto spielten Werner Hinz (Herzog), Will Quadflieg (Angelo) und Jürgen Hohloch, der, nach der Kritik der NZZ, »eindrucksvoll die innere Wandlung des leichtfertigen Claudio sichtbar [machte], indem er ihn durchs Fegefeuer des Todeskampfes führte«.

4] *Wälterlin:* Der Schauspieler und Regisseur, seit 1938 Direktor des Zürcher Schauspielhauses, Oskar Wälterlin (1895–1961).

30. 6. 1953

77 1] *in Rankes Weltgeschichte:* Leopold von Ranke, ›Weltgeschichte‹, Textausgabe. 4 Bände, 2. Aufl. Leipzig 1896. Die Bücher, die viele Benutzungsspuren aufweisen, sind in der Zürcher Bibliothek erhalten.

2] *Huß:* Der tschechische Reformator Jan Hus (Johannes Huß, geb. um 1370?) war 1415 als Ketzer verbrannt worden.

3] *Für Hardekopf:* Das Gutachten oder die Empfehlung für den Journalisten und Übersetzer Ferdinand Hardekopf (1876–1954) ist nach Angabe in Reg. IV, 593, verschollen. 78
4] *an Matheson:* Nach Angaben in Reg. IV, 593, verschollen.
5] *Stevenson:* Der amerikanische Politiker Adlai Ewing Stevenson (1900–1965) war bei der Präsidentschaftswahl 1952 Kandidat der Demokraten gewesen. TM erhoffte sich von einem Sieg Stevensons eine wesentliche Verbesserung des innenpolitischen Klimas der USA.
6] *[bei] Helmolt:* In der neunbändigen ›Weltgeschichte‹ von Hans Helmolt, Leipzig 1899–1907. TMs Exemplar ist in der Zürcher Bibliothek erhalten.

1. 7. 1953
1] *David Strauß über Hutten:* David Friedrich Strauß (1808–1874), ›Ulrich von Hutten‹, 1858. TMs Exemplar, Leipzig 1927, ist in der Zürcher Bibliothek erhalten. 78
2] *Luther, Kaiser Karl, Erasmus, Hutten:* S. TB 10. 7. 1953, Anm. 1.

2. 7. 1953
1] *an Dr. Benedikt:* An Ernst Benedikt, Erlenbach, 2. 7. 1953, Reg. IV, 53/192: Ein Bericht über die Hamburger Tage und die Vorlesungen dort, »die sehr herzlich aufgenommen wurden«: »Es war wahrhaftig eine Art Staatsbesuch mit vielen gesellschaftlichen Veranstaltungen. Auch Lübeck und Travemünde, das Kindheitsparadies, sah ich noch einmal wieder./ Das alles war recht anstrengend und bewegend, und die Reaktion blieb denn auch nicht aus. So geht es ja: solange man unterwegs ist und auf allerlei Podien die ›magnetische Persönlichkeit‹ zu spielen hat, hält man sich brav und merkt kaum, daß man es tut. Aber in der Abspannung dann muß man es büßen.« (Kopie im TMA) 79
2] *Dr. Benedikt:* Der österreichische Jurist und Maler Dr. jur. Ernst Benedikt (1882–1973), von 1920 bis 1934 Herausgeber und Chefredakteur der ›Neuen Freien Presse‹ in Wien, war nach einer Gestapo-Haft 1938/1939 über England nach Schweden emigriert, von wo er 1962 nach Wien zurückkehrte. TM kannte Benedikt vermutlich seit 1936 und stand von da an in loser brieflicher Verbindung mit ihm.

3. 7. 1953

79 1] *Moni:* TMs zweite Tochter Monika Lányi-Mann (1910–1992). Näheres TB 46–48, 489.

2] *Hörspiel-Bearbeitung von »K. H.«:* S. dazu TB 4. 1. 1954, Anm. 3, sowie das Schreiben an den Leiter der Theaterabteilung des S. Fischer Verlags, Helmut Castagne, Erlenbach, 5. 7. 1953, Reg. IV, 53/193: »Der Vorschlag der Bearbeitung von ›Königliche Hoheit‹ zu einem über mehrere Abende sich erstreckenden Hörspiel macht mir entschieden Vergnügen, und ich autorisiere das Studio Basel der Schweizerischen Rundspruchgesellschaft sehr gern dazu. Diese Art von Dramatisierung in täglich halbstündigen Fortsetzungen scheint mir eine gute Idee.« (Kopie im TMA)

3] *Aufenthalt in Lissabon:* Der ganze Schluß von Buch III der *Bekenntnisse des Hochstaplers Felix Krull* spielt in Lissabon. Die beabsichtigte Fortsetzung der Abenteuer in Südamerika blieb ungeschrieben. Vgl. dazu Hans Wysling, ›Thomas Manns Pläne zur Fortsetzung des ‚Krull'‹, TMS III, 149–161, bes. 151–155.

4] *»T. M. und die Musik«:* Die Dissertation von Karl Heim, ›Thomas Mann und die Musik‹ war 1952 in Freiburg im Breisgau erschienen. Heim hatte TM wegen seiner Arbeit am 21. 9. 1951 in Zürich aufgesucht.

5] *Schluß der »Betrogenen«:* S. TB 21. 1. 1953, Anm. 7.

4. 7. 1953

80 1] *Manuskript der Lowe:* Das Manuskript von Helen Lowe-Porters Roman ›Sea Change‹, das die Übersetzerin TM zur Begutachtung vorlegte und das TM im Umzugstrubel abhanden gekommen war. S. TB 4. 4. 1953, Anm 1. Das Werk blieb unveröffentlicht.

2] *Dr. Jancke:* Der Literaturkritiker und Essayist Oskar Jancke (1898–1957) war seit 1951 Leiter der Abteilung für Wissenschaft und Kultur beim Süddeutschen Rundfunk in Stuttgart. Jancke, der 1921 seine Dissertation über TM geschrieben hatte, stand seit 1923 in losem brieflichen Kontakt mit ihm.

3] *Round table-Idee:* Verwirklicht in der am 15. 9. 1953 aufgenommenen Rundfunkdiskussion über ›Humor und Ironie in der Literatur‹. Unter der Gesprächsleitung von Oskar Jancke diskutierten Werner Weber, Carl Helbling und Thomas Mann, der außerdem einige in die Diskussion eingeblendete Abschnitte aus dem *Erwählten*,

Kapitel ›Die Fischer von Sankt Dunstan‹, las. TMs Diskussionsbeiträge wurden unter dem Titel *Humor und Ironie. Beitrag zu einer Rundfunkdiskussion* in GW XI, 801–805, aufgenommen. S. dazu auch Loewy I, 95. Ein Tonband der Sendung befindet sich im TMA.
4] *Prof. Schmidt:* Der Schweizer Kulturpolitiker und Literarhistoriker Karl Schmid (1907–1974), von 1953 bis 1957 Rektor der ETH Zürich. Näheres TB 51/52, 504 und 675.

5. 7. 1953
1] *Signor Pratt [...] Frau Urquahrt*: Über Enrico Pratt und Clara 80
Urquhart konnte nichts Näheres ermittelt werden.
2] *Verfilmung von »Das Gesetz«:* Das Projekt wurde nicht realisiert. S. jedoch den undatierten Brief, den Clara Urquhart auch im Namen von Enrico Pratt nach ihrem Besuch an TM schrieb: »[...] His [Enrico Pratts] heart and soul are in the making of the ›Law‹ – your Moses concept ... To this end he has asked me to request you to let him and me have just two lines saying that you agree to this. You know – perhaps even better than we do – how only the written word counts for anything in these jungle days ... And, if we had such an authorization from you, we could go ahead from our end in our efforts to procure the means necessary for realizing this noble and exciting project.«

6. 7. 1953
1] *Interviewerin Isolani:* Die Schriftstellerin und Journalistin Ger- 81
trud Isolani (1899–1988) war 1933 nach Frankreich geflohen. 1942 gelang es ihr, aus der Internierung im Lager Gurs in die Schweiz zu kommen, wo sie Mitarbeiterin verschiedener Zeitungen, darunter die ›National-Zeitung‹, Basel, und die ›Neue Zürcher Zeitung‹, war. Ein Bericht über den ›Besuch bei Thomas Mann in Erlenbach‹ erschien in der ›National-Zeitung‹, 16. 7. 1953. Er enthält im letzten Absatz die den Eintrag erklärenden Sätze: »Noch einige Worte wurden gewechselt über ein literarisches Thema [...], dann über das Portrait des Dichters, das Ernst Morgenthaler für die Erzählung Thomas Manns: ›Die Betrogene‹ im Begriff ist zu zeichnen.« Ein auf dem Interview basierender längerer Bericht wurde unter dem Titel ›Bei einem Dichter zu Gast‹ im Sommer 1953 von Radio Basel gesendet. Er ist abgedruckt bei Hansen/Heine, 362–370.

2] *Portraitzeichner:* Der Schweizer Maler Ernst Morgenthaler (1872 bis 1962).

3] *Brief [...] wegen eines [...] Vorworts:* Das Schreiben ist leider verloren, so daß der Grund für TMs »zornige Aufregung« nicht mehr rekonstruierbar ist. Der im Auftrag der österreichischen Unesco-Kommission, Wien, vom Wilhelm Frick Verlag 1953 vorgelegte Druck enthält ein »Vorwort der Herausgeber« (s. Potempa G 1121.1).

7. 7. 1953

82 1] *an den Unesco-Verlag:* Nach Angaben in Reg. IV, 593, verschollen.

2] *von Frey:* Zürich, 7. 7. 1953: im TMA.

3] *Umschlagzeichnung:* Die Herbstzeitlose als Motiv auf dem Umschlag von Martin Kausche.

4] *Frau Anja Mendelssohn. Graphologisches und Traum-Buch:* Vermutlich: Ania Teillard-Mendelssohn, ›Handschriftendeutung auf tiefenpsychologischer Grundlage‹, Bern 1952, und ›Traumsymbolik. Ein Traumbuch auf tiefenpsychologischer Grundlage‹, Zürich 1944.

5] *»Der Weg ins Innere«:* Laurens van der Post (geb. 1906), ›Venture to the Interior‹, New York und London 1952, deutsche Übersetzung: ›Vorstoß ins Innere. Afrika und die Seele des XX. Jahrhunderts‹, Berlin 1952. S. auch den TB 5. 7. 1953, Anm. 2 nachgewiesenen Brief von Clara Urquhart: »We are happy to send you a copy of the book – written by the South African friend, who will be doing the script of the ›African‹ film which Enrico will be making in the very near future.«

6] *»Apollon«:* Karl Kerényi, ›Apollon. Studien über antike Religion und Humanität‹, Neuausgabe Düsseldorf 1953.

7] *»Lieder eines fahrenden Gesellen«:* Von Gustav Mahlers (1860–1911) 1884 komponiertem Liedzyklus für eine Singstimme und Orchester besaß TM eine Aufnahme mit Carol Brice und dem Pittsburgh Symphony Orchestra unter Fritz Reiner.

8. 7. 1953

82 1] *an Heim:* Das Dankschreiben für die TB 3. 7. 1953, Anm. 4 nachgewiesene Dissertation ist nach Angaben in Reg. IV, 593, verschollen.

2] *Faksimile meines Briefes:* TMs Schreiben an Albrecht Ziessler,

Reg. IV, 53/187, wurde in der ›Lübecker Freien Presse‹, 4. 7. 1953, ›Ein Brief Thomas Manns‹ zitiert. Er enthält TMs Dank für die unter *Reise nach England und Hamburg* (zwischen 3. und 13. 6. 1953), Anm. 18 und 19 wiedergegebenen Presseberichte: »[. . .] Durch diese lernte ich ein charaktervolles Blatt voll Freisinn und Wohlwollen kennen, das, wie ich mit Rührung vernehme, meinem persönlichen Tun und Treiben seit Jahren eine ehrende Aufmerksamkeit geschenkt hat./ In Lübeck [. . .] hat es viel Mißverstehen meiner Existenz gegeben; aber an gutwilliger Würdigung meines guten Willens – in all seiner Fehlbarkeit – hat es auch dort nie ganz gemangelt. [. . .] / Ich freue mich so sehr, daß ich meinen längst im Voraus heimlich gefaßten Entschluß, gelegentlich meines Besuches in Hamburg auch Lübeck und Travemünde wiederzusehen, ausgeführt habe. Der Himmel gab seinen Segen dazu; es war ein so schöner Tag inmitten lauter schlechten Wetters./ Namentlich der Gedanke, die Luft Travemündes, des Kindheitsparadieses, noch einmal geatmet zu haben, ›sitzt lächelnd um mein Herz‹. [. . .]«
3] *Weiteres über Travemünde:* Die ›Lübecker Freie Presse‹ hatte in ihrer Beilage ›Literatur – Kunst – Feuilleton‹ am 4. 7. 1953 unter den Überschriften ›Liebeserklärung an Travemünde‹, ›Blick auf die See‹ und ›Das Haus in der Mengstraße‹ Exzerpte aus TMs Werk gebracht.
4] *Schaukelpferd Achill*: S. TB 51/52, 106 und 501.
5] *Erinnerung an Wadi Halfa*: Erinnerung an die mit dem Nildampfer ›Heluan‹ unternommene Exkursion ins nubische Wadi Halfa während der zweiten ägyptischen Reise im Frühjahr 1930.

9. 7. 1953
1] *Klaus Pr.:* TMs Schwager, der Komponist, Dirigent und Musikpädagoge Klaus Pringsheim (1883–1972), Zwillingsbruder von Frau Katia Mann. Näheres TB 46–48, 418. *82*
2] *an Dr. Ibser:* An Karl Ipser, Erlenbach, 9. 7. 1953, Reg. IV, 53/196: Dank für Ipsers Buch ›Beethoven – Wagner – Bayreuth‹, Bayreuth 1952, das TM als »eine wahrhaft wichtige Bereicherung meiner Bibliothek und insbesondere meiner Sammlung von Wagner-Literatur« empfand. »Es hat mir in seiner verehrenden Beredsamkeit das große Leben wieder recht nahe gebracht. Ob ich selbst noch einmal für das Erlebnis dieses Lebens und zaubervollen Lebenswerkes Worte finden

werde, ist mir zweifelhaft. Ich scheue davor zurück, denn fange ich einmal damit an, so höre ich sobald nicht wieder auf [...].« (Kopie HOM)

10. 7. 1953

83 1] *an Frey:* An Alexander Moritz Frey, Erlenbach, 10. 7. 1953, Reg. IV, 53/197: »An Stoffen fehlt es wahrhaftig nicht. Sie locken von allen Seiten. Vor Kurzem schrieb mir ein deutscher Studienrat, der den ›Erwählten‹ gelesen hatte: Nun müßte ich die Achilleis als Prosa-Roman ausschreiben, so wie Goethe sie ursprünglich geplant habe. Garkeine schlechte Idee! Aber selbst habe ich auch immer allerlei Versuchungen: so z. B. die knappe Erzählung zeitgenössischer, neben einander her laufender und sich gelegentlich überschneidender Lebensläufe von ganz verschiedener Prägung und Orientierung, sagen wir von Luther, Karl V, Dürer, Hutten, Erasmus, Tetzel, Leo X und womöglich dem Chef der Firma Fugger. Wenn man denkt, daß Luther glaubte: daß Karl V mit Frankreich in Krieg geriet, sei die göttliche Bestrafung des ›unglücklichen Jünglings‹ dafür, daß er in Worms nicht zu ihm gehalten habe! So lebt jeder in der gleichen Zeit in seiner eigenen Haut, oder wird vielmehr gelebt. Allein wie der behäbige Ablaßprediger Tetzel vor Kummer stirbt wegen der furchtbaren Unpopularität, die Luther über ihn gebracht, und wie dieser ihm zum Schluß noch einen Trostbrief schreibt, wäre ein tragikomisches Kapitel./ Aber ich experimentiere langsam an den Krull-Memoiren weiter, da man es von mir verlangt.« (Kopie im TMA)

2] *Interview mit der Isolani:* S. TB 6. 7. 1953, Anm. 1.

11. 7. 1953

83 1] *Revirementsvorgänge:* Im Zuge der Diadochenkämpfe nach Stalins Tod war der sowjetische Vizeministerpräsident und amtierende Minister des Innern sowie der Staatssicherheit, Lawrenti Pawlowitsch Berija (geb. 1899), gestürzt und aus der Kommunistischen Partei ausgestoßen worden. Der Vorwurf lautete, Berija habe versucht, sich von einem zum Sitz der ›Nebenregierung‹ avancierten Innenministerium aus der Leitung der Partei und des Staates zu bemächtigen, um eine Politik der Kapitulation mit dem Ziel der Wiederaufrichtung des Kapitalismus zu betreiben. Berija wurde am 23. Dezember in Moskau durch Erschießen hingerichtet.

2] *Konferenz der Außenminister:* Die in Washington versammelten drei westlichen Außenminister stimmten in ihren ersten Kommentaren darin überein, daß der Sturz Berijas das Interesse der Sowjetunion an einer Viermächtekonferenz wesentlich vermindert und die amerikanischen Vorbehalte gegen ein solches Ost-West-Treffen bestätigt habe.
3] *Dissertation:* Rudolf Steffens, ›Die Redeweise als Mittel der Charakterisierungskunst Thomas Manns‹, Diss. (masch.), Bonn 1950. In der Zürcher Bibliothek erhalten.
4] *über Fontane:* Marta Weber, ›Fontane in England‹, NZZ (Fernausgabe), 11. 7. 1953.
5] *Wieland W.:* Der Photograph, Regisseur und Bühnenbildner Wieland Wagner (1917–1966) leitete – gemeinsam mit seinem jüngeren Bruder Wolfgang – seit 1951 die Bayreuther Festspiele.

12. 7. 1953
Im Manuskript steht »12. XII. 53«.
1] *Dialog mit Zouzou:* Gegen Ende von III, 8; GW VII, 587–593. *84*
2] *norwegischer Journalist:* Henning Sinding-Larsen; das Interview erschien in ›Svenska Dagbladet‹, Stockholm, am 4. 8. 1953. Es ist abgedruckt bei Hansen/Heine, 371–374.
3] *zu seiner Frau:* Klara Pringsheim, genannt Lala, geb. Koszler (1888–1978).

13. 7. 53
1] *»Genealogie der germanischen Götter«:* Ernst Alfred Philippson, *84*
›Die Genealogie der Götter in der germanischen Religion, Mythologie und Theologie‹, Illinois 1953. Die Abhandlung ist in der Zürcher Bibliothek erhalten.
2] *Philippson:* Der aus Mönchengladbach stammende, 1933 in die USA emigrierte Germanist der University of Illinois, Urbana, Ernst Alfred Philippson (geb. 1900).
3] *Rundschreiben:* Nicht mehr unter den Dokumenten des TMA.
4] *von R. Braungart:* München, 12. 7. 1953; im TMA.
5] *Braungart:* Der Kunsthistoriker, Kunst- und Theaterkritiker Richard Braungart (1872–1963), den TM aus seiner Münchener Zeit kannte.
6] *Erwiderte:* An Richard Braungart, Erlenbach, 13. 7. 1953, Reg. IV,

53/200, über die *Betrogene:* »Sie haben sehr recht, von einem Spezialfall zu reden. Ein solcher ist es, und das wird die Quelle aller Kritik sein, die Sie voraussehen. Vor allem werde ich sämtliche Frauen d'un certain âge gegen mich haben, die finden, daß es ›nun‹ erst richtig losgehen kann. Aber es steht doch das Leben hinter der Geschichte, eine wirkliche Anekdote, die ich hörte, und die mir sofort produktiven Eindruck machte. Zu tun war es mir um die höhnische Dämonie, mit der die ›liebe‹ Natur einem Menschenkind, das ihr von Herzen ergeben ist, mitspielt. Aber ich habe meine Bitterkeit zurückgehalten und der guten Rosalie das letzte Wort überlassen. – Die beste Figur ist doch wohl die Tochter, die übrigens, wie alle Einzelheiten, frei erfunden ist.« (Kopie im TMA)

14. 7. 1953

85 1] *Manuskript:* Fritz Kraus, ›Kultur als Verpflichtung. Der Zeitkritiker Thomas Mann‹, Typoskript, Überlingen 1953; in der Zürcher Bibliothek.

2] *Fritz Kraus:* Der vor allem für badische und Schweizer Zeitungen schreibende Publizist Fritz Kraus (geb. 1903).

3] *Panik:* Wegen der Aufstände am 17. 6. 1953. S. TB 19. 6. 1953, Anm. 2.

4] *Reinhardt'sche »Komödie«:* TM meint vermutlich die Kammerspiele des Deutschen Theaters an der Schumannstraße.

5] *Louis Fischer:* Der amerikanische Historiker und Publizist Louis Fischer (1896–1970), Sozialist und ausgewiesener Kenner der Sowjetunion, Berichterstatter von dort zwischen 1921 und 1939. TM hatte Louis Fischers in der ›Nation‹ erscheinende Artikel, wie das Tagebuch ausweist, wiederholt mit Interesse und Zustimmung gelesen.

6] *Laski:* Der amerikanische Publizist Melvin J. Lasky (geb. 1921), Gründer und Herausgeber der Zeitschrift ›Der Monat‹, Berlin.

15. 7. 1953

86 1] *Ostdeutsche Ausgabe: Ausgewählte Erzählungen,* Aufbau-Verlag, Berlin 1953.

2] *Briefdiktate:* U.a. an Lothar Tews, Erlenbach, 17. 7. 1953, Reg. IV, 53/204. Das Schreiben ist als Dok. 12, S. 829/830 wiedergegeben.

3] *»Frühlingssturm«: Frühlingssturm. Einleitung zu einer Schüler-*

zeitung, sowie die anderen dort veröffentlichten, bei Potempa, G 1 – G 6 minutiös nachgewiesenen frühen literarischen Versuche von Paul Thomas, alias Thomas Mann.
4] *von Dr. Bürgin:* Kappeln an der Schlei, 12. 7. 1953; im TMA.
5] *große Bibliographie:* Hans Bürgin, ›Das Werk Thomas Manns‹. Eine Bibliographie unter Mitarbeit von Walter A. Reichart und Erich Neumann, S. Fischer, Frankfurt am Main 1959.
6] *à la Klaus Jonas:* S. TB 30. 3. 1953, Anm. 1.
7] *an die amerik. Akademie:* An Paul Manship, President of The American Academy of Arts and Letters, New York; Erlenbach, 20. 7. 1953, Reg. IV, 53/213. S. dazu TB 27. 7. 1953, Anm. 3 und 4, sowie Dok. 13 und 14, S. 830–833.
8] *[an das] Jewish Theological Seminary:* Das Schreiben ist weder nachgewiesen noch hat es sich auffinden lassen.
9] *[an] Lavinia M.:* An Lavinia Mazzucchetti, Erlenbach, 18. 7. 53, Reg. IV, 53/206: Dank für die ›Russischen Gestalten und Ereignisse‹ von Mazzucchettis Mann, Waldemar Jollos (s. Anm. 10), und Lob der NZZ, die sich mit der Herausgabe dieses Bandes »doch noch zu etwas wie einer anständigen Handlung aufgerafft« hat. »Im Uebrigen wird, unter uns gesagt, das Blatt mir immer entsetzlicher, trotz seiner Bildung unter dem Strich. Nun ja, es muss sich wohl halten, wie es sich hält. Es hat seine ›bosses‹, und die Schweiz ist nun einmal die Hochburg des Kapitalismus in Europa und, mit Amerika, in der Welt. Und doch – antirussisch kann man sein, aber so kriecherisch proamerikanisch darf man nicht sein. Das ist unter dem europäischen Niveau und widerspricht zuletzt auch dem Geist der Schweiz.« (Kopie im TMA)
10] *Schriften:* Waldemar Jollos, ›Russische Gestalten und Ereignisse‹, Zürich 1953, und Karl Kerényi, ›Stunden in Griechenland‹, Zürich 1952; s. dazu TM an Karl Kerényi, Erlenbach, 18. 7. 1953, Reg. IV, 53/205; TM/KK 186/187.

16. 7. 1953
1] *Aufsatz:* Nicht mehr in der Bibliothek des TMA. *86*
2] *Arnold Toynbee:* Der britische Historiker und Geschichtsphilosoph Arnold Joseph Toynbee (1889–1975).
3] *The Artist and Society:* Der Abdruck – vermutlich der ›Listener‹-Veröffentlichung vom 5. 6. 1952 (vol. 47, No. 1214, 911–913) – in einer japanischen Zeitschrift konnte nicht nachgewiesen werden.

4] *an einen Pariser Germanisten:* An Pierre Cotet, Erlenbach, 16. 7. 1953, Reg. IV, 53/202: Erlaubnis, ein Zitat aus dem *Tonio Kröger* zu verwenden.

5] *an Mrs. Urquhart:* Das Schreiben ist nach Reg. IV, 593, verschollen.

6] *Moses-Film:* S. TB 5. 7. 1953, Text und Anm. 2.

7] *Afrika-Buch:* S. TB 7. 7. 1953, Anm. 5.

8] *Neu-Ansatz:* GW VII, 587f., bes. 588, mit Bezug auf das Geschwisterpaar in II, 4, GW VII, 345, und das Fontane'sche Geschwisterpaar auf der Hotelterrasse in Thale (s. TB 51/52, 143 und 541): »Aber ich gebe zu, daß das Bild anmutigen Geschwistertums von jeher einen gewissen Zauber auf mich ausgeübt hat.«

87 9] *Verkauf des Diebsgutes:* Buch II, Kapitel 8, GW VII, 422–430.

17. 7. 1953

87 1] *An der Rede: [Katia Mann zum siebzigsten Geburtstag].* Rede, gehalten am Abend des 24. 7. 1953 beim Festessen der Zürcher Freunde (s. TB 25. 7. 1953), GW XI, 521–526.

2] *Zeichner Mühlberger mit seiner Frau:* Vielleicht meint TM den ihn um diese Zeit portraitierenden Maler Ernst Morgenthaler (s. TB 6. 7. 1953, Anm. 2).

3] *Versuche der Portraitierung:* Ernst Morgenthaler zeichnete damals das Portrait für die Faksimile-Ausgabe der *Betrogenen.*

4] *»Du bist Orplid«:* Hugo Wolfs (1860–1903) auf ein Gedicht von Eduard Mörike 1888 komponiertes Lied ›Gesang Weylas‹ besaß TM in einer Aufnahme aus dem Jahre 1935 mit Heinrich Schlusnus und Sebastian Peschko.

18. 7. 1953

87 1] *ins Deutsche zu übersetzen:* TM führte seinen Vorsatz nicht aus.

2] *in der Nation. Zeitung:* S. TB 6. 7. 1953, Anm. 1.

3] *Feuilleton:* H. H., »Düstere Rätsel«, ›National-Zeitung‹, 16. 7. 1953: eine lustige Meditation über das doch so leicht lösbare Rätsel der Sphinx und die oft so viel schwerer zu lösenden Alltagsprobleme.

4] *Aufsatz von Leibrich:* Louis Leibrich, ›Thomas Mann et la recon-

struction de son œuvre‹, ›L'Allemagne d'Aujourd'hui‹, Paris, vol. 1, 1953, No. 5, 498–507.
5] *an Kérényi:* An Karl Kerényi, Erlenbach, 18. 7. 1953, Reg. IV, 53/205; TM/KK 186/187.
6] *[an] Frau Jollos:* An Lavinia Mazzucchetti (verw. Jollos); s. TB 15. 7. 1953, Anm. 9.

20. 7. 1953
1] *Fest-Artikel:* Lion Feuchtwanger, ›Glückwunsch an Katia Mann‹, 88
›Aufbau‹, New York, vol. XIX, No. 29, 17. 7. 1953, 32.
2] *Brief dazu:* 14. 7. 1953, in Feuchtwanger Briefwechsel I, 151.
3] *M. George:* Der ehemals Berliner Journalist Manfred Georg (1898–1965) hatte in der amerikanischen Emigration seinem Namen ein e angefügt. George war von 1939 bis zu seinem Tode Herausgeber und Chefredakteur der deutschsprachigen Wochenschrift ›Aufbau‹. Näheres TB 44–46, 355.
4] *lange [. . .] Besprechung:* Max von Brück, ›Frühling im Zwielicht‹, ›Die Gegenwart‹, Jg. 8, H. 15, 18. 7. 1953, 468/469.

22. 7. 1953
1] *Zahnarzt Brunner:* Nichts Näheres ermittelt. Vielleicht identisch 88
mit dem TB 31. 8. 1953 erwähnten Grundstücksbesitzer Dr. Hans Brunner.
2] *nach Lübeck:* Nicht ermittelt.
3] *[nach] Köln:* An Horst Richter, Erlenbach, 22. 7. 1953, Reg. IV, 53/217: »[. . .] Sie meinen es gut, und Ihre Einladung gehört zu denen von guter und edler Art. Aber ich habe im Augenblick doch nur ein Kopfschütteln für Sie. Wenn ich lebe, komme ich wieder nach Deutschland und auch ins Rheinland.«
4] *an Lion:* Der Brief an Ferdinand Lion ist nach Reg. IV, 593, verschollen; s. jedoch an Erika Mann, Erlenbach, 15. 8. 1953, Reg. IV, 53/240; Br. III, 303: »Gruß an Fernand. Hätte sich auch für meinen Brief über die ›Venezianischen Spiegelungen‹ bedanken können.«
5] *Venezianischen Gedichte von Jacobi:* Hugo Jacobi, ›Venezianische Spiegelungen‹, Köln / Berlin 1951.
6] *Jacobi:* Der promovierte Jurist und Lyriker Hugo Jacobi (1882–1954) mußte 1938 nach Frankreich fliehen, wo es ihm nach

einer Internierungszeit gelang, in die USA zu entkommen. Jacobi, ein Freund und Gönner von Ferdinand Lion, kehrte Anfang der fünfziger Jahre aus New York nach Europa zurück und lebte bis zu seinem Tode in Zürich, wo er einen nach ihm benannten Schriftstellerpreis stiftete.

23. 7. 1953

89 1] *Einladung:* Nicht unter den im TMA verwahrten Dokumenten.

24. 7. 1953

89 1] *Walters Artikel:* In der NZZ vom 24. 7. 1953. Die Laudatio ist wieder abgedruckt in Bruno Walter, ›Briefe 1894–1962‹, a.a.O., 327–331.

2] *Artikel [...] im »Bund«:* Gertrud Isolani, ›Frau Katia Mann zum 70. Geburtstag am 24. Juli‹, ›Der Bund‹, 24. 7. 2953, 2/3.

3] *in der »Nationalzeitung«:* In der ›National-Zeitung‹ ließ sich kein Geburtstagsartikel für Katia Mann nachweisen. Vermutlich meint TM den G. I. (Gertrud Isolani?) gezeichneten Artikel in der ›Tat‹: ›Katia Mann 70jährig‹, ›Die Tat‹, 24. 7. 1953, 5.

4] *»Wunderlicher Alter ...«:* Zitat aus dem letzten Lied des Zyklus ›Die Winterreise‹ von Franz Schubert (s. TB 4. 4. 1953, Anm. 4), ›Der Leiermann‹, dessen Schlußzeilen lauten: »Wunderlicher Alter, soll ich mit dir gehn?/ Willst zu meinen Liedern deine Leier drehn?«

25. 7. 1953

90 1] *Rede Schweizers:* Nicht unter den Dokumenten des TMA.

2] *der »dunkle Engel«:* GW XI, 526, gegen Schluß der Rede: »Der dunkle Engel, der die Hände löst und jeden ins Alleinsein mit seinem Nichtsein weist, – hat er wirklich in jedem Falle Gebot und Macht, so zu tun? Ich glaube es nicht. Gerade diese Tage ihres Altersfestes, und was ihr an Dank, Bewunderung, Ehrerbietung dabei zuströmt, läßt mich gläubig zweifeln an des Engels Vermögen. Was so gewesen ist, dem bleibt das Sein. Wir werden zusammenbleiben. Hand in Hand, auch im Schattenreich. Wenn irgendein Nachleben mir, der Essenz meines Seins, meinem Werk beschieden ist, so wird sie mit mir leben, mir zur Seite. Solange Menschen meiner gedenken, wird ihrer gedacht sein. Die Nachwelt, hat sie ein gutes Wort für mich, ihr zugleich wird es gelten, zum Lohn ihrer Lebendigkeit, ihrer aktiven Treue, unendlichen Geduld und Tapferkeit.«

3] *Portraitskizzen:* Im TMA.
4] *an Lion:* Verschollen; s. TB 22. 7. 1953, Anm. 4.
5] *Jul. Bab und Frau:* Der Schriftsteller, Kritiker, Dramaturg und Theaterhistoriker Julius Bab (1880–1955) mit seiner Frau Elisabeth, geb. Loos (1878–1963). – Bab war 1940 über Frankreich in die USA gelangt und kehrte nicht nach Europa zurück.
6] *Aufsatz [...] über Michelangelo:* A. M. Vogt, ›Stein und Schlaf bei Michelangelo‹, NZZ (Fernausgabe), 25. 7. 1953, Bl. 3/1, 3/2, 6/1.
7] *Grünewald:* Der Maler Matthias Grünewald (um 1480–1528?).

26. 7. 1953
1] *Lala:* S. TB 12. 7. 1953, Anm. 3. 91

27. 7. 1953
1] *Artikel:* Bonaventura Tecchi, ›Thomas Mann Narratore‹, ›Il 91
Mondo‹, Mailand, 21. 7. 1953, 78.
2] *B. Tecchi:* Der italienische Schriftsteller und Germanist, seit 1939 Professor in Padua, Bonaventura Tecchi (1896–1968).
3] *an Manship:* An Paul Manship, Erlenbach, 27. 7. 1953, Reg. IV, 53/220. Das Schreiben ist als Dok. 14, S. 832/833 wiedergegeben.
4] *Manship:* Der Bildhauer Paul Manship (1885–1966) war 1953 Präsident der ›American Academy of Arts and Letters‹ in New York.

28. 7. 1953
1] *Lorenzo Lotto:* Der italienische Maler Lorenzo Lotto (um 1480 bis 91
nach 1556). TM hatte vermutlich den Ausstellungskatalog des Palazzo Ducale, Venedig, 2. Auflage 1953, erhalten.
2] *an Herrn von Brück:* An Max von Brück, Erlenbach, 28. 7. 1953, Reg. IV, 53/221: Dank für »das große Vergnügen«, das TM durch Brücks »schönen Bericht über die Betrogene in der ›Gegenwart‹« empfing. »Es ist ja nichts Alltägliches, daß der Vorabdruck einer Erzählung ehe sie noch in Buchform da ist, eine solche Besprechung findet. Nur zu gut verstehe ich die Zweifel, die Ihnen – und gewiß nicht Ihnen allein – die erste ›Nach-und-Nach-Lektüre‹ in Monatsportionen erregt hat. Ich habe mich nur schwer zu dieser Form erster Veröffentlichung entschlossen. Wenn je eine Geschichte danach verlangt hat, auf einmal und als Ganzes vor den Leser zu treten, so diese.

Zum Trost hat man mir gesagt, daß auf diese Weise der Schlußteil wie ein veritabler ›Dritter Akt‹ wirke./ Ich war recht schlecht auf Mutter Natur und ihre abgründige Tücke zu sprechen, als ich mich daran machte, die Anekdote (um eine solche handelt es sich) auszuführen. Aber im Lauf der Arbeit stellte sich dann das her, was Sie das Zwielichtige, das Offen bleiben, das Wahr und Falsch nennen; ich vermied die Bitterkeit und ließ der guten Rosalie (der Name ist komisch und soll es sein) das letzte, versöhnende Wort./ Ihren raschen Blick für alles, was Künstlichkeit [?] ist an dem kleinen Ding habe ich ehrlich bewundert. Der Stil, der gute Ton mit dem ›gewerbfleißigen Duisburg‹ gleich zu Anfang: Es gehörte zur Konzeption, daß ich die in Wehmut krasse, zugleich triviale und gewagte Geschichte in bester Form, im Stil der klassischen Novelle vortragen mußte.« (Kopie HOM)

92 3] *Herr von Brück:* Der Publizist Max Frhr. von Brück (1904–1988), langjähriger Redakteur und zeitweilig Feuilletonchef der ›Frankfurter Zeitung‹, Mitherausgeber der ›Gegenwart‹ und Rom-Korrespondent des Bayerischen Rundfunks.

29. 7. 1953

92 1] *»Glanz und Elend der Kurtisanen«:* TM las den Roman von Honoré de Balzac in der 1950 in Zürich erschienenen Übersetzung von Ferdinand Hardekopf, die sich in der Zürcher Bibliothek erhalten hat. S. auch TB 51/52, 517.

2] *an Heßlein:* Das Schreiben an den Sohn des 1938 über England nach Chile geflohenen katholischen Journalisten Paul Leonhard Hesslein (geb. 1886), der am 30. 6. 1953 in Bad Godesberg gestorben war, ist nach Reg. IV, 593, verschollen. Näheres zu Hesslein TB 44–46, 763.

3] *an Tecchi:* Das Schreiben gilt nach Reg. IV, 594, als verschollen.

4] *Mozart-Quintett:* Von W. A. Mozarts (1756–1791) Quintett für Klavier und Bläser Es-Dur, KV 452, fand sich keine Aufnahme in TMs Plattensammlung.

30. 7. 1953

92 1] *Prof. Barth:* Wahrscheinlich der Theologe Karl Barth (1886 bis 1968), der allerdings in Basel lehrte.

2] *Änderung:* Gegen Schluß von Kapitel III, 8, zeigt die Manuskript-

Paginierung 274 a, daß TM geändert und eingefügt hat. Die Handschrift enthält gegenüber dem gedruckten Text einige später gestrichene Passagen mehr, zu denken zwischen dem 2. und 3. Absatz, GW VII, 595, nach »Kein übler Gedanke vielleicht«: »›Nichts weniger als das Madame! Ich bin so entschlossen, wie meine Zeit es mir eben erlaubt, ihn dankbar aufzugreifen.‹/ ›Nicht zu vergessen Kloster Belem und Cintra's Schlösser‹, fügte Don Miguel bei. Es sei wenig ratsam, diese Besichtigungen ganz allein und ohne ein wenig kundige Anleitung zu ihrem vollen Genusse vorzunehmen. Er wolle den Entschlüssen der Damen nicht vorgreifen, sehe aber nicht ein, warum nicht wenigstens eine oder die andere der Exkursionen in derselben Gemeinschaft unternommen werden sollte, wie die heutige./ ›Auch das etwa, doch, immerhin, warum nicht‹, kam es vonseiten der gütigen Reife, während Zouzou mich nur unwirsch forschend ansah./ Ich sprach von bezaubernden Aussichten.« – Auch in dem nun folgenden Schlußabsatz hat TM im Manuskript noch viel geändert. Ursprünglich hieß es: »Wahrhaftig kein übler, wenn auch ein kühner Gedanke! Ich befragte Zouzou mit den Augen, und da sie mit Miene und Schultern mir die Entscheidung anheimstellte, wurde stehenden Fußes die Verabredung zu einem Gastspiel für einen der nächsten Tage, den dritten von heute getroffen.« Die für den Druck geänderte Fassung: »wurde stehenden Fußes die Verabredung zu einem morgendlichen Gastspiel getroffen, nach welchem ich ›zum Abschied‹ noch einmal das Mittagsmahl der [gestr. ›dieser fesselnden‹ und ›der außerordentlichen‹] Familie teilen sollte« wird abermals durch einen Strich gestrafft. Die folgenden Zeilen wurden zugunsten des nächsten Kapitels mit dem Brief an die Eltern getilgt: »Schon in diesem Augenblick war ich so gut wie entschlossen, mein Reiseprogramm zu ändern, die ›Cap Arcona‹ ohne mich fahren zu lassen, ein Schiff zu überspringen [später geändert in: ›ein später gehendes Schiff zu benutzen‹] und, nach Profesor Kuckucks Rat, meinem Aufenthalt in Lissabon soviel Zeit einzuräumen, wie sowohl die große Vergangenheit wie die anziehende [später geändert in ›fesselnde‹] Gegenwart dieser Stadt es verdienten.« Die Schlußzeilen: »Nachdem ich mich über Senora Isabella's Hand geneigt ...« sind, sieht man von der späteren Namensänderung von »Isabella« in »Maria Pia« ab, identisch mit der Druckfassung.

3] *Das Zürich-Bilderbuch:* S. TB 2. 6. 1953, Anm. 1.

31. 7. 1953

93 1] *Piper'sche Dostojewsky-Ausgabe:* F. M. Dostojewski, ›Sämtliche Werke‹, unter Mitarbeit von Dimitri Mereschkowski hrsg. von Arthur Moeller van den Bruck, übersetzt von E. K. Rahsin, 22 Bd., München 1906–1919; revidierte Dünndruck-Neuausgabe in 10 Bänden, München 1953.

2] *an J. R. Becher:* An Johannes R. Becher, Erlenbach, 31. 7. 1953, Reg. IV, 53/223: »[...] lassen Sie mich Ihnen in aller Offenheit Folgendes aussprechen. Ich höre von einer bedeutenden Ehrung, die Ihre Akademie oder der Kulturbund der Deutschen Demokratischen Republik – ich weiss nicht genau, um welches Institut es sich handelt – mir, meiner Lebensarbeit zugedacht hat. Sie werden nicht daran zweifeln, dass ich dieses Vorhaben nach seiner ganzen Generösität zu schätzen weiss. Sie werden aber auch verstehen, dass ich als amerikanischer Staatsbürger mich unter den heutigen Verhältnissen *nicht in der Lage* sehe, den Preis anzunehmen. Es ist das eine zwingend selbstverständliche Rücksicht, die ich zu nehmen habe, und ich rechne auf Ihr und Ihrer Kollegen Einsehen.« (Kopie im TMA)

3] *Mr. und Mrs. Picker:* Nichts Näheres ermittelt.

4] *englischer Faustus*: ›Doctor Faustus. The Life of the German Composer Adrian Leverkühn as told by a friend‹. Übersetzt von Helen T. Lowe-Porter, London 1949.

5] *Tristanplatte 3. Akt:* Nicht in der Sammlung nachgelassener Platten.

1. 8. 1953

94 1] *an Polgar:* Das Schreiben ist nach Reg. IV, 594, verschollen.

2] *»Corriere« mit dem »Fragment über Zola«:* ›Frammenti su Zola‹ war am 31. 7. 1953 im ›Corriere della Sera‹ erschienen.

2. 8. 1953

94 1] *Brief an die Eltern:* Kapitel III, 9; GW VII, 595–615.

2] *an Basler:* An Otto Basler, Erlenbach, 2. 8. 1953, Reg. IV, 53/224; Br. III, 300.

3] *[an] Herrn von Daehm:* Das Schreiben an den nicht ermittelten Empfänger ist nach Reg. IV, 594, verschollen.

3. 8. 1953

1] *Vorspiele:* In TMs nachgelassener Plattensammlung befindet sich eine Aufnahme der drei Aktvorspiele aus Hans Pfitzners (1869–1949) 1917 unter Bruno Walter in München uraufgeführter und von TM sehr bewunderter Oper ›Palestrina‹ aus dem Jahre 1942. Joseph Keilberth dirigierte das Deutsche Philharmonische Orchester Prag. 94

4. 8. 1953

1] *Bernt Richter:* Der Germanist, vor allem Thomas Mann-Forscher, Bernt Richter (geb. 1929). 95

2] *»Geschichte der Dreizehn«:* Honoré de Balzacs ›L'Histoire des treize‹ (Mitglieder des Geheimbunds) vereinigte 1843 die Erzählungen ›Ferragus‹, ›Die Herzogin von Langeais‹ und ›Das Mädchen mit den Goldaugen‹. Näheres TB 44–46, 645.

5. 8. 1953

1] *Äußerungen gegen McCarthy:* Der Chef des amerikanischen Gewerkschaftsbundes C. I. O., Walter Reuther, hatte auf einer Pressekonferenz erklärt, seine Organisation sei bereit, zusammen mit der amerikanischen Regierung einen Feldzug gegen die »Bigotterie, Intoleranz und politische Amoralität« des McCarthyanismus zu führen. Reuther erwähnte in diesem Zusammenhang auch ein Statement Arthur Eisenhowers, des älteren Bruders des Präsidenten: »Wenn ich an McCarthy denke, werde ich stets an Hitler erinnert.« 95

2] *Taft:* Der republikanische Senator von Ohio, Robert Alphonso Taft (geb. 1889), 1948 und 1952 Mitbewerber um das Amt des Präsidenten, war am 31. 7. 1953 gestorben.

3] *Bücher von W. Bächler:* Der Roman ›Der nächtliche Gast‹ (Esslingen 1953) und die Gedichtsammlung ›Die Zisterne‹ (Esslingen 1950) des Schriftstellers Wolfgang Bächler (geb. 1925).

4] *Aufsatz:* Fritz Ernst, ›Grimmelshausens Simplizissimus und seine spanischen Verwandten‹, ›Merkur‹, Jg. 7, H. 8, August 1953, 753–764. Darin, 763 f: »Was [. . .] würde sich ergeben, wenn wir den Picarismus vorwärts verfolgen würden bis zu Lesage [. . .]? Wenn wir ihn weiterführen bis in unsere Tage, zu den Vagabunden von Pio Baroja und zum Felix Krull Thomas Manns, der mit dessen Endgestaltung sich womöglich noch selber übertreffen wird?«

5] *[an] Preetorius:* An Emil Preetorius, Erlenbach, 5. 8. 1953, Reg. IV, 53/228: Br. III, 301.

6. 8. 1953

95 1] *Antwortnote:* Die Sowjetunion hatte am 5. 8. 1953 die am 15. 7. ausgesprochene Einladung der Westmächte zu einer Viermächte-Außenminister-Konferenz über die deutsche Frage angenommen, für die Agenda jedoch dringende Wünsche nach der Behandlung von Problemen angemeldet, die ursprünglich nicht auf der Tagesordnung standen. Wie die NYT am 5. 8. 1953 auf der ersten Seite berichtete, hätten die Sowjets mit Bezug auf den endlich erreichten Waffenstillstand in Korea die Annahme der Einladung verbunden »with a strong plea for a discussion of measures to lessen the international tensions and for a seat for Communist China at a great power conference table«; außerdem hätten sie ihren Verdacht wiederholt, »that the western powers were more interested in prolonging the division of Germany and rearming West Germany than in reuniting that nation and agreeing on a peace treaty for it«.

96 2] *Doktordissertation:* Erika Charlotte Regula, ›Darstellung und Problematik der Krankheit im Werk Thomas Manns‹, Diss. Freiburg im Breisgau 1952; in der Zürcher Bibliothek.

3] *E. C. Regula:* Die spätere wissenschaftliche Bibliothekarin an der Universitätsbibliothek Saarbrücken Erika Charlotte Regula (geb. 1925).

4] *F. Rahns deutsche Sprachlehre:* Fritz Rahn, ›Deutsche Spracherziehung‹, bearbeitet von Wolfgang Pfleiderer, Stuttgart 1952/53. Die Ausgabe mit einer handschriftlichen Widmung von Fritz Rahn an TM ist in der Nachlaßbibliothek erhalten.

5] *F. Rahn:* Der Pädagoge, Schriftsteller und Sprachwissenschaftler Fritz Rahn (1891–1964), mit dem TM seit 1926 in Abständen korrespondierte.

6] *an Erika:* Erlenbach, 6. 8. 1953, Reg. IV, 53/229: »[. . .] dieser Zitterbrief von Pree kam gestern. Ich wollte ihn Dir nicht vorenthalten. Da scheint es wirklich schlimm zu stehen. Ich sage es ja: immer ist Einer da, dem es ›noch schlechter‹ geht. Und dabei bloss siebzig alt! Da stand ich im ›Faustus‹, ließ mir frischweg die Lunge operieren und war noch ganz kregel.« (Im TMA)

7] *Preetorius' Brief:* O.O., 30.7. o.J.: »[. . .] Seit bald 5 Wochen bin ich als Folge einer schweren Nervenentzündung niedergeschlagen zu völliger Erschöpfung und werde von Schlaflosigkeit, Essensekel und ständigen Nervenschmerzen langsam aufgezehrt. Ich bin ein Gespenst meines früheren Selbst geworden und ausgeschieden wer weiss für wie lange dem Kreis der wirkend Gegenwärtigen. Wann und wie ich zurückfinde zu Welt, Leben, Leistung: das ist eine dunkel vor mir aufgespannte Frage.« (Im TMA)

7. 8. 1953

1] *Leidenschaft*: Die im August 1950 im Tagebuch notierte Liebe zu dem Jungkellner Franz Westermeier. 96

2] *Lieder von Gräner:* Von Paul Graeners (1872–1944) Liedern ›Über die Heide geht . . .‹ und ›Der König‹, op. 71, 3, besaß TM eine Platte aus dem Jahre 1934 mit Heinrich Schlusnus und Franz Rupp.

3] *»Anakreons Grab«:* Hugo Wolfs 1888 entstandene Vertonung der Goetheschen Verse (». . . Frühling, Sommer und Herbst genoß der glückliche Dichter;/ Vor dem Winter hat ihn endlich der Hügel geschützt«) besaß TM in einer Aufnahme mit Lotte Lehmann und Ernö Balogh aus dem Jahre 1939.

8. 8. 1953

1] *Abmachungen:* Nach schwierigen Verhandlungen hatten der amerikanische Außenminister John Foster Dulles und der südkoreanische Präsident Syngman Rhee den Entwurf zu einem gegenseitigen Verteidigungspakt zwischen den Vereinigten Staaten und Südkorea paraphiert, in dem der »feste Wille« beider Nationen zum Ausdruck kam, zusammenzustehen, um die Wiedervereinigung Koreas zu erwirken. Beide Staatsmänner betonten, sie würden eine angestrebte Politische Konferenz verlassen, wenn sich nach 90 Verhandlungstagen erweisen sollte, daß das Ziel, die friedliche Vereinigung Koreas als freien und unabhängigen Staat wiederherzustellen, unrealisierbar sei. – Am gleichen Tag hatten die USA die Vereinten Nationen von einer »feierlichen gemeinsamen Erklärung« der 16 in Korea Steitkräfte unterhaltenden Nationen verständigt, in der sich diese verpflichteten, im Fall einer Erneuerung des kommunistischen Angriffs gemeinsam und ohne jeden Verzug Widerstand zu leisten, jedoch zunächst fortzufahren, die Vereinten Nationen »bei ihren Bemühungen um eine ge- 96 rechte Lösung auf der Basis der Einigung eines unabhängigen, demokratischen Korea und bei der Wiedergutmachung der Kriegsverwüstungen« zu unterstützen (NZZ, Fernausgabe, 9. 8. 1953, Bl. 1).

97 2] *an Fr. Rahn:* An Fritz Rahn, Erlenbach, 9. 8. 1953, Reg. IV, 53/232: Dank für zwei Bände der Sprachlehre: »[...] ich habe schon viel in dem Werk gelesen, diesem Produkt eines ungeheuer sorgsamen und geduldigen Fleißes, der seinerseits einer mich rührenden Liebe zur Sprache zu danken ist, verbunden mit einer pädagogischen Passion, die ebenfalls meine ganze Sympathie erregt. Was hinzukommen mußte, um zustande zu bringen, was da zustande gebracht wurde, ist eine erstaunlich umsichtige Beschlagenheit in der Welt schöner Sprachgebilde, lyrischer und prosaischer, eine literarische Umgetanheit, der überall nützliche Muster und Beispiele zur Verfügung stehen./ Möge die Schulwelt das, was Sie da bieten, zu würdigen und sich seiner, wie es vorliegt und wie Sie es weiter auszubauen gedenken, gescheit zu bedienen wissen. [...]« (Kopie im TMA)

3] *Amerikanisch-pseudokanadischer Film:* Im Zürcher Kino Rex sah TM die englisch gesprochene, deutsch-französisch getitelte Version des »glückhaft heiteren Film« (NZZ) von Stanley Kramer ›The Happy Times‹, ›Bibi entdeckt die Liebe‹, dessen Drehbuch Robert Fontaines nach einem Stück von Samuel A. Taylor geschrieben hatte. Es spielten Charles Boyer, Linda Christian, Marsha Hunt, Louis Jourdan und Bobby Driscoll.

4] *Boyer:* Der französische Schauspieler Charles Boyer (1897 bis 1978).

5] *talentierten Jungen:* Der Schauspieler Bobby Driscoll in der Rolle des Bibi.

6] *»Der Spiegel« [...] Über Kafka:* ›Hiob im Büro‹, ›Der Spiegel‹, Jg. 7, H. 32, 5. 8. 1953, 23–31.

9. 8. 1953

97 1] *an die Lowe:* An Helen Lowe-Porter, Erlenbach, 11. 8. 1953, Reg. IV, 53/235.

2] *an die Dr. Regula:* An Erika Charlotte Regula, Erlenbach, 9. 8. 1953, Reg. IV, 53/233; Br. III, 301/302.

3] *Höchst liberale Erklärungen:* Im August-Heft des (Berliner) ›Aufbau‹, Jg. 9, 1953, H. 8, 614–616, wurden, als »Beschluß des Präsidialrates« die »Vorschläge des Kulturbundes zur demokratischen

Erneuerung Deutschlands für die Entwicklung unseres Kulturlebens« publiziert, die, von der »loyalen Haltung« ausgehend, die von der Intelligenz im Zusammenhang mit den Ereignissen des 17. Juni bewiesen worden sei (»in Verbundenheit mit dem Werk unseres demokratischen Aufbaus«), eine weitgehende Liberalisierung des künstlerischen und wissenschaftlichen Lebens verlangten: Freiheit der Meinungen, pluralistischer Austausch unterschiedlicher Anschauungen, Eigenverantwortung der Beteiligten in allen Fragen künstlerischen Schaffens, Beendigung der administrativen Einmischung staatlicher Stellen in Fragen der Kunst und, als Wichtigstes, eine radikale Umgestaltung der Publizistik: Presse und Rundfunk sollten künftig für eine wirklichkeitsgetreue Information der Bevölkerung in einer lebendigen und verständlichen Sprache sorgen, keine Schönfärberei dulden und Mängel in einer offenen, demokratischen Weise zur Sprache bringen. TMs Reaktion »Flausen« traf, was die Umsetzung dieser Beschlüsse anging, leider den Nagel auf den Kopf.

4] *Rede Malenkows:* Der sowjetische Ministerpräsident Georgi Malenkow hatte am 6. August vor den beiden Kammern des Obersten Sowjets eine weit beachtete Rede zu innen- und außenpolitischen Problemen seines Volkes gehalten, in der er nicht nur bekanntgab, daß sein Land die Wasserstoffbombe besitze, sondern auch die Unterdrückung des Aufstands vom 17. Juni sowie den Waffenstillstand in Korea als große Siege des »Weltfriedenslagers« würdigte. In den Ausführungen zum »deutschen Problem« beteuerte Malenkow erneut, daß die UdSSR »niemals eine Restaurierung des deutschen Militarismus zulassen« würde, und erinnerte in diesem Zusammenhang Frankreich daran, daß es, wie die Sowjetunion, unter dem deutschen Militarismus zu leiden gehabt habe und deshalb gut daran täte, sich vor dem deutschen Chauvinismus in acht zu nehmen.

5] *Malenkow:* Der sowjetische Politiker Georgi Maximilianowitsch Malenkow (1902–1988), seit 1938 Stalins Privatsekretär und ab 1946 stellvertretender Ministerpräsident, nach Stalins Tod erster Parteisekretär und Ministerpräsident, wurde im September 1953 von Chruschtschow aus seinen Posten verdrängt, im Februar 1955 als Regierungschef durch Bulganin ersetzt und im Juni 1957 als »Parteifeind« aller Ämter enthoben.

10. 8. 1953

97 1] *Besprechungen [...] (Sieburg!):* Friedrich Sieburg, ›Höchste Humanität‹, ›Die Gegenwart‹, Jg. 8, H. 7, 28. 3. 1953, 213.

2] *Sieburg:* Der Schriftsteller und Journalist Friedrich Sieburg (1893–1964), 1924–1942 Korrespondent und Redakteur der ›Frankfurter Zeitung‹, war von 1948 bis 1955 Mitherausgeber der ›Gegenwart‹ (Näheres TB 44–46, 742).

3] *Interview über Lyrik:* Vermutlich die Revision des TB 13. 11. 1953, Anm. 2 nachgewiesenen Beitrags *Das Lieblingsgedicht,* GW X, 921–923, für den Druck in der Anthologie ›Trunken von Gedichten‹, s. TB 13. 11. 1953, Anm. 1.

4] *Mme Duby:* Erika Düby (geb. 1904), die Witwe des Zürcher Anwalts (ab 1945 Bundesrichter) und Mitbegründers der Schauspiel AG Kurt Düby (1900–1951), war eine Freundin von Emmie Oprecht und Katia Mann.

11. 8. 1953

98 1] *Flinkers, Vater und Sohn:* Der 1938 aus Wien über die Schweiz nach Frankreich geflohene Buchhändler, Publizist und Verleger Martin Flinker (1895–1986) mit seinem Sohn Karl. Flinker hatte 1947 am Quai des Orfèvres in Paris eine bald sehr renommierte Buchhandlung eröffnet. Näheres TB 46–48, 621.

13. 8. 1953

98 1] *Cirkus-Abschnitt:* III. Buch, 1. Kapitel, GW VII, 455–465.

2] *Antwortzeilen Bechers:* O. O.u.J.: »Ich danke Ihnen für Ihren Brief vom 31. Juli, und selbstverständlich werden wir Ihren Wunsch berücksichtigen. Auch ohne dass Ihr Name genannt ist, stehen Sie immer bei uns in Gedanken an erster Stelle unserer deutschen Nationalpreise.« (Im TMA)

3] *Alt-Bundesrat Nobs u. seine Frau:* Der Sozialdemokrat Ernst Nobs (1886–1957) mit seiner Frau Rose, geb. Fröhlich. Nobs war von Dezember 1943 bis Dezember 1951 Schweizer Bundesrat gewesen. (Näheres TB 51/52, 550.)

14. 8. 1953

99 1] *Zirkus Kniee*: Der ›Schweizer National-Circus Knie‹ (so seit 1919), der seit 1806 von der Dynastie Knie geleitet wurde.

2] *Tiger, Leoparden, Löwen, Tiger:* So im Manuskript.

15. 8. 1953

1] *über Tacitus:* Franz Altheim, ›Tacitus‹, ›Die Neue Rundschau‹, Jg. 64, 1953, H. 2, 175–193. 99

2] *Artikel von Schneditz:* Wolfgang Schneditz, ›Das Bild der ägyptischen Landschaft im Josephroman von Thomas Mann‹, ›Die Neue Rundschau‹, a.a.O. 314–318.

3] *Valentin-Platten:* TM hatte nach dem Kriege seinen Bruder Viktor verschiedentlich um Platten mit Sketches des Münchener Komikers Karl Valentin (1882–1948) gebeten. Viele dieser Aufnahmen sind im Nachlaß erhalten.

4] *»O kehr zurück«:* Die Arie des Wasserfürsten Kühleborn im letzten Akt von Albert Lortzings (1801–1851) Oper ›Undine‹.

5] *O kehr zurück, du kühner Sänger:* Die Arie des Wolfram »Als du in kühnem Sange uns bestrittest/ und siegreich gegen unsre Lieder sangst [. . .]/ O kehr zurück, du kühner Sänger, dem unsren sei dein Lied nicht fern [. . .]« aus dem Schluß der dritten Szene, Erster Aufzug von Richard Wagners ›Tannhäuser‹.

16. 8. 1953

1] *»Aller Tage Anfang«:* Der Roman ›Aller Tage Anfang‹, Freiburg im Breisgau 1953, des österreichischen Schriftstellers Franz Taucher (geb. 1909). 100

2] *neue Sammlung von Briefen Rilkes:* ›Die Briefe an Frau Gudi Nölke. Aus Rilkes Schweizer Jahren‹, hrsg. von Paul Obermüller, Wiesbaden 1953. S. auch TB 20. 8. 1953, Anm. 5.

3] *Brief über Gedichte:* Vermutlich an Wolfgang Bächler, Erlenbach, 16. 8. 1953, Reg. IV, 53/241: Dank für die Gedichtsammlung ›Die Zisterne‹, Esslingen 1950: »[. . .] Unter Ihren Gedichten habe ich viel Schönes gefunden. Manchmal misslingt Ihre Kühnheit, aber manchmal gewinnt sie das Spiel und das ist dann eine grosse Genugtuung. Viel von der Qual und Zerrüttung der Zeit scheint mir in diese Verse eingefangen, aber auch viel echte Lebensinbrunst, die Sie weiter und höher führen möge auf dem Wege der Dichtung.« (Kopie HOM)

17. 8. 1953

1] *Besprechung:* Heinrich Schirmbeck, ›Der amor fati eines großen Schriftstellers‹, ›Neue Literarische Welt‹, Darmstadt, Jg. 4, H. 15, 19. 8. 1953, 10, eine auch im Politischen sensible und scharfsinnige 100

Interpretation der Existenz, wie sie die Essays über die Jahre hinweg spiegeln. Vor allem der den TMschen Selbstaussagen zum Thema »Ich habe wenig dagegen, ein Spätgekommener und Letzter, ein Abschließender zu sein« geltende Anfang und der dem Narzißmus des Homoerotikers gewidmete Schluß dürften TMs ungeteilten Beifall gefunden und ihn vielleicht gerade deshalb »bewegt« haben, weil der Rezensent sich nicht scheut, auch die mit den hervorgehobenen Stärken verbundenen Gefahren zu bennenen: »Die grandios-naive Selbstbezogenheit aller dieser Stücke [gemeint sind die Essays von *Altes und Neues*], die ja nur Varianten und Arabesken sind der bedeutenden, ein Leben lang angeschlagenen Themen dieses dem neunzehnten Jahrhundert und seinen großen Bildungserlebnissen [...] wie kein anderer in Rausch und Liebe zugewandten Vollenders – ich sagte: die grandios-naive Selbstbezogenheit dieser Stücke gleicht einem narzissischen Feuerwerk, das der zeremoniellen Züge nicht entbehrt. Wir bekennen gern, daß wir uns von diesem Narzißmus, der seine Themen benutzt, um eine sublime Art von Selbstdarstellung und Selbstenthüllung daran zu üben, nicht im mindesten abgestoßen fühlen. Ein wohlverstandener Narzißmus hat nichts mit Exhibitionismus zu tun. Wo Mann Persönlich-Individuelles gibt, da wächst es mit natürlicher Würde sogleich in die Regionen des Exemplarischen, Typischen, Allgemeinverbindlichen empor. In diesem Punkt ist er ein Geistesbruder André Gides. Wenn ihn sein Hanseatentum auch vor intimen Enthüllungen bewahrt, wie diese bei Gide die Regel sind, so kommt er ihnen manchmal doch gefährlich nahe. Er darf sich diesen Freimut erlauben, diese psychoanalytische Neugier, die auch vor der eigenen ›tellurischen Unterwelt‹ nicht haltmacht, wie z. B. in der nicht anders als sensationell zu bezeichnenden kleinen vergleichenden Charakterstudie ›Bruder Hitler‹, die wie ein Stück Dynamit in den anderen, vergleichsweise harmlosen Kabinettstückchen verpackt liegt. Wenn er sich selbst als einen bürgerlichen Erzähler betrachtet, der eigentlich sein Leben lang nur *eine* Geschichte erzählt: die Geschichte der Entbürgerlichung – aber nicht zum Bourgeois oder zum Marxisten, sondern zum Künstler, zur Ironie und Freiheit aufflugbereiter Kunst – dann zeigt er in ›Bruder Hitler‹, dann zeigt er in diesem Mißratenen des Lebens die *andere* Variante des Künstlertums, der seelischen Bohème, des sozialen Ressentiments, das sich mit den Minderwertigkeitskomplexen eines ganzen Volkes verbindet, um daraus die hybride Schöpfung monumentalen Stiles (ganz im Wagnerschen Sinne verstanden!) zu gebären, eine ›hirnlos unverantwortliche Instinktgeburt‹ zwar, die aber nichtsdestoweniger in fataler Nachbarschaft zur legitimen Kunstschöpfung steht. [...] Thomas Mann, der souveräne Parodist, darf sich die Fragwürdigkeit solcher vergleichender Kunstpsychologie erlauben, denn das Entdecken fataler Ursprünge läßt das Verdienst der legitimen, aus Überwindung geborenen und geistverwandten Kunstschöpfung in umso heroischerem Licht erstrahlen.«

2] *Anzeige von Lessers Buch:* Hans Stolte, ›In Eckermann-Haltung. Jonas Lesser über Thomas Mann‹, ›Neue Literarische Welt‹, a.a.O. 12.

3] *in »La Revue du Caire«:* Hilde Zaloscer, ›Le Docteur Faustus et ses modèles‹, ›Revue du Caire‹, vol. 16, No. 160, Mai 1953, 384–404.

4] *Riemerschmids:* Der Münchener Architekt Richard Riemerschmid (1867–1957), Ehemann der von TM unter Possart an der Münchener Hofbühne bewunderten Schauspielerin Ida Hofmann (1873–1963). Näheres TB 51/52, 720/721.

5] *Lindenbaum:* Franz Schuberts Lied ›Am Brunnen vor dem Tore‹ aus dem Liederzyklus ›Die Winterreise‹, D 911, nach Texten von Wilhelm Müller. Über die Bedeutung des Liedes für TM s. die *Zauberberg*-Kapitel ›Fülle des Wohllauts‹ und ›Der Donnerschlag‹, GW III, 903–907, sowie 993/994.

18. 8. 1953

1] *(Audienz beim König):* In Krulls Brief an die »Eltern« , Kapitel III, 9, GW VII, 603–615. *100*

2] *ihren Brief an »Film-Aufbau«:* Vermutlich das Schreiben vom 12. 8. 1953; Br. III, 302/303. *101*

3] *an Dr. Hirsch:* Nach Angaben in Reg. IV, 594, verschollen.

19. 8. 1953

1] *Manuskript:* Das Manuskript von Erwin Loewenson, ›Vieldeutigkeit und Einheitssinn des ‚Erwählten'‹, wurde, wie aus dem TB 23. 8. 1953, Anm. 1 zitierten Brief hervorgeht, von TM an den Verfasser zurückgeschickt. *101*

2] *an den Hyperion Verlag:* Nach Angaben in Reg. IV, 594, verschollen.

3] *beim Hehler: Krull*, II, 8; s. TB 16. 7. 1953, Anm. 9.

20. 8. 1953

101 1] *Sturz des Mossadeg:* Der iranische Ministerpräsident Mohammed Mossadegh (geb. 1880), der im Zuge seines Kampfes um eine liberalere Verfassung seines Landes versucht hatte, das kaisertreue Abgeordnetenhaus aufzulösen, war nach Abwehr eines ersten Putschversuchs junger Offiziere durch einen zweiten Armeeaufstand gegen seine Neuerungen (u. a. die Verstaatlichung der Erdölvorkommen des Iran und der Anglo-Iranian Oil Company) aus seinem Amt vertrieben worden. Der nach dem ersten Putschversuch ins Ausland geflohene Schah hatte aus seinem Exil den ihm ergebenen General Zahedi zum neuen Ministerpräsidenten ernannt, der ihn nach dem erfolgreichen zweiten Staatsstreich im Namen seines Volkes bat, nach Teheran zurückzukehren. Mossadegh gelang es zunächst, der landesweiten Verfolgung seiner Anhänger durch fanatisierte Nationalisten zu entkommen. Auf die Zusicherung einer milden Strafe stellte er sich jedoch später dem zurückgekehrten Schah und wurde wegen des Versuchs, eine illegale Regierung zu begründen, zu drei Jahren Gefängnis verurteilt. Mossadegh starb 1967 in Teheran.

2] *Buch über M. Reinhardt:* Heinz Herald, ›Max Reinhardt. Bildnis eines Theatermannes‹, Hamburg 1953.

3] *Heinz Herald:* Der Dramaturg und Regisseur Heinz Herald (1890–1964), enger Mitarbeiter von Max Reinhardt und Mitbegründer und Sekretär der Theatergesellschaft ›Das junge Deutschland‹. Herald, der 1933 über England nach Hollywood geflohen war, konnte sich in den USA als Drehbuchautor durchsetzen. Trotzdem kehrte er 1953 nach Europa zurück, wo er vorwiegend in Berlin und München arbeitete. Näheres TB 51/52, 693.

4] *Dank nach Heidelberg:* An Paul Obermüller, Erlenbach, 20. 8. 1953, Reg. IV, 53/243.

5] *Rilcke-Briefe:* So in der Handschrift.

21. 8. 1953

102 1] *morgige Veranstaltung:* Die Aufnahme des TB 4. 7. 1953, Anm. 3 nachgewiesenen Round-Table-Gesprächs.

22. 8. 1953

102 1] *Manager*: Dr. Karl Job; s. TB 13. 3. 1954, Anm. 3.

2] *Helbling:* Der Zürcher Literarhistoriker Carl Helbling (1897 bis

1966). TM stand seit 1922 mit Helbling in Verbindung. Näheres TB 46–48, 592.
3] *Ditters-Anekdote:* S. GW XI, 804/805.
4] *Kindsfund-Episode:* GW VII, Kapitel ›Die Fischer von Sankt Dunstan‹, S. 66 bis Kapitelende.

23. 8. 1953
1] *an Mr. Löwenson:* An Erwin Loewenson, Erlenbach, 23. 8. 1953, Reg. IV, 53/247; Dank für die »fast verwirrend reiche und vielfältige Interpretation« des *Erwählten* in dem TB 19. 8. 1953, Anm. 1 nachgewiesenen Manuskript: »Ich kann diese weder autorisieren noch verleugnen, sondern nur sagen, dass mir zwar vieles davon bei meiner Arbeit an der Umformung der Legende nicht in den Sinn gekommen ist, dass es aber sehr möglicher Weise trotzdem aus den unbewußten geistigen Gründen meiner Existenz in sie hineingewirkt haben mag. Dies mag sogar für die Assoziationen gelten, die sich auf Deutschland und die Deutschen erstrecken, und bei denen ich am meisten zum verwunderten Kopfschütteln geneigt war. Schon dass jener *Adrian Leverkühn* so schlechthin und mit Haut und Haar als Allegorie für Deutschland ausgegeben wurde, war mir nicht lieb, da seine Repräsentation doch weiter reicht. Beim Erzählen des ›Erwählten‹ vollends habe *ich* an Deutschland überhaupt nicht gedacht und finde auch, dass die Deutschen nicht glauben sollten, dass man bei all und jedem unbedingt an sie gedacht haben muss. Aber was heißt *ich* und was heißt *denken*. Ich habe das deutsche Schicksal schließlich erlebt, und wer weiß, ob Sie nicht gegen mein Bewusstsein recht haben und ob nicht doch bei *Schuld, Sühne* und *Igel* eine *unterschwellige* Bezugnahme auf dies Erlebnis im Spiele war.« (Kopie im TMA) *102*
2] *Mr. Löwenson:* Der Kulturphilosoph und Schriftsteller Erwin Loewenson (1888–1963), der 1933 nach Frankreich und von dort 1934 weiter nach Palästina geflohen war, lebte in Tel Aviv.
3] *sein Manuskript:* S. TB 19. 8. 1953, Anm. 1.

24. 8. 1953
1] *Änderungen:* Die den König betreffenden Manuskriptseiten 283 und 286 (GW VII, 601 und 604) lassen die Änderungen erkennen: Statt des auf der Rückseite von 283 vermerkten, mit der Druckfassung identischen Textes hieß es GW VII, 601, Z. 16 nach »dem Monarchen *102*

präsentieren« ursprünglich: »Außerdem sei das edle Gemüt des Königs bedrückt von politischen Sorgen, von der Wühlarbeit radikaler Elemente seines Landes, tief betrübt sogar über eine von der Polizei eben noch rechtzeitig aufgedeckte Verschwörung zu einem Attentat auf seine Person, und als Einschaltung in den Gang der täglichen Routine-Audienzen könne meine Vorstellung vielleicht zerstreuend und erfrischend auf ihn wirken. Womöglich ...« (weiter wie 602, Z. 8). – Auch die Beschreibung der Person des Königs, 604, 3. Absatz, wurde leicht geändert. Ursprünglich hieß es: »Der König, wenig über dreißig Jahre alt, aber ein wenig dicklich, untersetzt von Gestalt, in einer olivgrünen Uniform, mit breiten roten Streifen an den Hosen, nur einen Stern auf der Brust, in dessen Mitte ...« (weiter wie im gedruckten Text bis »gerötet von den vielen Gesprächen«). Die Beschreibung der Augenpartie wurde wieder geändert. In der ersten, später überschriebenen Fassung hieß es: »Seine kohlschwarzen Brauen stachen auffallend gegen den schon fast ganz [später geändert in ›den schon stark‹] ergrauten Schnurrbart ab, der buschig war, aber an den Enden in pomadisierte Spitzen aufgezwirbelt.«

103 2] *an die Verfasserin:* An Hilde Zaloscer, Erlenbach, 24. 8. 1953, Reg. IV, 53/248: »[...] Ihr Aufsatz, soviel ist sicher, gehört zu den besten, einsichtigsten Studien, die über den ›Doktor Faustus‹ geschrieben worden sind.« (Kopie im TMA)

3] *»Das Mädchen mit den Goldaugen«:* TM las Balzacs Erzählung in der Übersetzung von Walter Widmer mit 47 Holzschnitten von Honoré Daumier, Zürich 1945, die sich in der Bibliothek des TMA erhalten hat.

25. 8. 1953

103 1] *an Brann:* An Henry Walter Brann, Erlenbach, 25. 8. 1953, Reg. IV, 53/249: »Dass Sie an ›Altes und Neues‹ Vergnügen gehabt haben, freut mich besonders. Der Band hat einen unglaublichen Erfolg bei der deutschen Presse. Diese reducierten Leute staunen, wenn einer noch Deutsch schreiben kann und ›eine Kultur hat‹. Es ist eigentlich rührend./ Ich vermisse mein californisches Haus [...]. Dieses hier ist zwar schön gelegen, ärgert mich aber durch die mesquine Enge seiner Räumlichkeiten. [...] Überhaupt habe ich einen wahren Horror vor allem Mesquinen und sollte so reich sein wie Chaplin, der am Genfer See etwas Splendides erworben hat. Er selbst nannte es ›a bit pretentious‹, aber das wäre mir gerade recht.« (Kopie im TMA; englische Übersetzung in ›The American Scholar‹, 40/1971, 262/263.)

26. 8. 1953

1] *Lotte:* Lotte Walter, verheiratete Lindt (1903–1970), seit ihrer Kindheit im Herzogpark eine nahe Freundin von Erika und Klaus Mann. 104

2] *»Junggesellenwirtschaft«:* Honoré de Balzacs Roman ›Ménage de Garçon‹ von 1841/1842.

27. 8. 1953

1] *Kempner:* Der aus Deutschland stammende Jurist Robert M. W. Kempner (1899–1993), amerikanischer Ankläger im Nürnberger Kriegsverbrecher-Prozeß. 104

2] *Prof. Karl Löwenstein:* Der 1933 in die USA emigrierte, zunächst in Yale, später in Amherst/Massachusetts lehrende Jurist Karl Loewenstein (1892–1973), den TM aus seinen frühen Münchener Jahren kannte. Näheres TB 44–46, 788.

3] *›Issoudun‹:* Ein für den Gang der Geschichte wichtiger Ort.

28. 8. 1953

1] *Göttinger Filmdirektor:* Der Leiter der Film-Aufbau GmbH, Göttingen, Hans Abich. 104

2] *Las im »Faustus« nach:* Im IX. Kapitel, GW VI, 108.

29. 8. 1953

1] *an den Buchhändler-Börsenverein:* Nach Angabe in Reg. IV, 594, verschollen. 105

30. 8. 1953

1] *mein Vorgesetzter:* In der Hierarchie des Ordens der Ehrenlegion: s. TB 8. 1. 1953, Anm. 9. 105

31. 8. 1953

1] *»Døden i Venedig« von Gyldendal:* Die Übersetzung von Alex Garff ist 1953 in TMs dänischem Verlag, Gyldendal in Kopenhagen, erschienen. 106

2] *»Recherche de L'Absolu«:* Honoré de Balzacs Roman ›La recherche de l'absolu‹ von 1834.

3] *an Dr. Brunner:* An Hans Brunner, Erlenbach, o.D., Reg. IV, 53/252: Der Entwurf dieses »sorgfältig geschriebenen Briefes« befindet sich in der Sammlung HOM. Er ist als Dok. 15, S. 834 wiedergegeben.

4] *Dr. Brunner:* S. TB 22. 7. 1953, Anm. 1.

5] *Star hoch in den Vierzigern:* Dieter Borsche; s. TB 19. 12. 1953, Anm. 3.

6] *Mr. Kubik:* Die Anfrage des nicht identifizierten Petenten befindet sich nicht mehr unter den Dokumenten des TMA.

1. 9. 1953

106 1] *von Dr. Weber:* Zürich, o. D. (Poststempel 31. 8. 1953); im TMA.

2] *Brief nach Luxemburg*: Kapitel III, 9.

3] *»Alchymisten«:* Honoré de Balzac, ›Der Alchimist‹ (›La recherche de l'absolu‹; s. TB 31. 8. 1953, Anm. 2.)

4] *den Auftrag: Die Betrogene* ins Amerikanische zu übersetzen.

5] *an Dr. Weber:* Nach Angaben von Reg. IV, 594, verschollen.

2. 9. 1953

107 1] *von Reisiger:* Stuttgart, 28. 8. 1953: »Sie haben, Lieber, mit dieser ›*Betrogenen*‹ wohl die innigste und ergreifendste Frauengestalt geschaffen, die Sie je ins Leben riefen und *das will etwas heissen*!! – man braucht ja nur an die unsagbar herrliche ›Eni‹ zu denken! Aber gerade da sieht man so recht: bei *der* ist natürlich alles ins Bildhaft-Ornamentale, ins Stilisierte des Josephbereichs gebannt [...] – während bei der ›Betrogenen‹ sind wir, sozusagen, im Bereiche des ›Ich u. Du‹, des unmittelbar Lebendigen – u. zwar, natürlich, *nicht* bloss, weil es in der Gegenwart spielt u. jenes auf der ›Brunnenwiese‹.«

2] *Bratschen-Lieder von Brahms:* Johannes Brahms, Zwei Gesänge für eine Altstimme mit Bratsche und Pianoforte, op. 91 (1884): ›Gestillte Liebe‹ (Text aus dem ›Spanischen Liederbuch‹ von Paul Heyse und Emanuel Geibel) und ›Geistliches Wiegenlied‹.

3. 9. 1953

1] *Reclam schägt [. . .] vor:* Der Vorschlag wurde aufgrund einer Intervention von Gottfried Bermann Fischer (TM/GBF 611) nicht verwirklicht. Der erste Band mit TM-Erzählungen bei Reclam, Leipzig, erschien 1975, Band 606 der Universalbibliothek. (S. Potempa B 50) 107

2] *Herr [. . .] aus Barmen:* Vermutlich der ›Eckart‹-Mitarbeiter Walter Goeken. Vgl. TB 51/52, 691.

3] *mein Aufsatz über ihn: Über eine Szene von Wedekind,* GW X, 70–76. (S. Potempa G 85) – Der Aufsatz erschien in: Frank Wedekind, ›Prosa, Dramen, Verse‹, Bd. 1, München, Albert Langen/Georg Müller 1954, 1–16.

4] *Hirschfeld*: Der Dramaturg und spätere Direktor des Zürcher Schauspielhauses, Kurt Hirschfeld (1902–1964), der 1933 in die Schweiz emigriert war und den TM aus den ersten Zürcher Exiljahren gut kannte.

5] *von Salis:* Der Schweizer Historiker Jean Rodolphe von Salis (geb. 1901).

6] *»Minna von Barnhelm«:* Die Spielzeit des Zürcher Schauspielhauses wurde am 3. 9. 1953 mit Gotthold Ephraim Lessings Drama ›Minna von Barnhelm‹ eröffnet. Regie Leopold Lindtberg, Bühnenbild Teo Otto. In den Hauptrollen Käthe Gold (Minna) und Werner Hinz (Tellheim).

7] *Hinweis auf meine Lessing-Aufsätze:* Am Schluß eines aus ›Lessings Geist‹ zusammengestellten Florilegiums: »Wir möchten hier für diejenigen, die sie nicht schon kennen und schätzen, auf zwei bedeutsame Äußerungen Thomas Manns über Lessing hinweisen – beide zu gewichtig und zu umfangreich, um hier in Auszügen nachgedruckt zu werden. Es ist die ›Rede über Lessing‹ [folgt bibliographischer Hinweis] und der Aufsatz ›Zu Lessings Gedächtnis‹, der in dem erst kürzlich veröffentlichten Band ›Altes und Neues‹ [. . .] nachzulesen ist.« (›Schauspielhaus Zürich 1953–54. ‚Minna von Barnhelm', Lustspiel von Lessing‹, 9)

4. 9. 1953

1] *Drohrede des Dulles:* In der Rede auf der Jahrestagung der größten US-Veteranen-Vereinigung ›American Legion‹ in St. Louis hatte Außenminister Dulles eine eindeutige Warnung an das kommunistische China gerichtet und erklärt, eine chinesische Invasion in Indo- 107 china würde militärische Aktionen gegen China selbst zur Folge haben können.

2] *Konflikt [...] Wilde Senatoren-Reden:* Der Beschluß des Verwaltungsgerichts der Vereinten Nationen in Genf, die Entlassung von elf amerikanischen Angestellten der UN für ungültig zu erklären, hatte im US-Kongreß vehemente Proteste ausgelöst. Die Senatoren McCarthy und Jenner forderten die Einstellung der finanziellen Zuwendungen Amerikas an die UN, solange diese Kommunisten amerikanischer Nationalität unter ihren Angestellten duldete. Ein weiterer Senator, Capehart, sah den Fall als trauriges Beispiel dafür, wie weit die US-Regierung bereits die amerikanischen Souveränitätsrechte aufgegeben habe, während der republikanische Abgeordnete Mason kurzerhand den Austritt der USA aus den Vereinten Nationen verlangte.

108 3] *»Spiegelungen«:* Mela Hartwig, ›Spiegelungen‹, Gedichte, Wien / Linz / München 1953.

4] *In »Perspektiven«:* Wallace Stegner, ›Der Reisende‹, ›Perspektiven‹, H. 4, August 1953, 36–45.

5] *Wallace Stegner:* Der amerikanische Romanschriftsteller Wallace Stegner (geb. 1909).

6] *Novellenbuch:* Der Erzählungsband der österreichischen Schriftstellerin Ilse Aichinger (geb. 1921) ›Der Gefesselte‹, Frankfurt am Main 1953, ist in der Zürcher Bibliothek erhalten.

7] *[an] Reclam:* An den Verlag Philipp Reclam jun., Leipzig; Erlenbach, 29. 8. 1953, Reg. IV, 53/251.

5. 9. 1953

108 1] *Loulou-Brief:* Krulls Brief an die »Eltern«. S. TB 2. 8. 1953, Text und Anm. 1.

2] *Lohengrin:* TM sah die Premiere im Zürcher Stadttheater; es dirigierte Victor Reinshagen, die Regie führte Karl Schmid-Bloß.

3] *Ein wirklicher Fehler Wagners:* S. dazu TM an Victor Reinshagen, Lugano, 21. 9. 1953, Reg. IV, 53/266; Br. III, 307, Reinshagens Antwort (TB 29. 9. 1953, Anm. 2) und TMs Dank, Lugano, 29. 9. 1953, Reg. IV, 53/278; Br. III, 309.

109 4] *im »Merkur«:* Rudolf Kassner, ›Vom Grunde‹, ›Merkur‹, Stuttgart, Jg. 7, H. 9, September 1953, 801–803; Hans Paeschke, ›Rudolf Kassner zum 80. Geburtstag (11. 9. 1953)‹, a.a.O. 804.

5] *Kaßner:* Der den Kreisen um Rilke und Hofmannsthal nahestehende Kulturphilosoph und Schriftsteller Rudolf Kassner (1873–1959).

6. 9. 1953

1] *an die Herz:* An Ida Herz, Erlenbach, 6. 9. 1953, Reg. IV, 53/254; Br. III, 304/305 (fragm.). Die in Br. III fehlenden Passus lauten: 1. »Dazu haben wir gestern in der Oper zwei Akte des ›Lohengrin‹, meiner immerwährenden Jugendliebe gehört. Den dritten schenkten wir uns wegen der Hitze und weil der Schwanenritter ein ausgesungener Greuel war. Es ist ein merkwürdiges Werk mit so manchen leeren Stellen und dazwischen der zauberhaftesten Musik. Vor allem bleibt gleich das Vorspiel einfach ein Mirakel. Übrigens hat Wagner im II. Akt einen von mir noch nie bemerkten Fehler gemacht. Da blasen die königlichen oder brabantischen Trompeter von dem Söller herab zwischen ihren Fanfaren plötzlich das Gralsmotiv. Wie kommen sie dazu? Es gehört ja einer ihnen ganz unbekannten Sphäre an und ist Sache des alles wissenden Orchesters, nicht von Bühnentrompeten, lange bevor Lohengrin ›erzählt‹ hat. Es ist ein entschiedener faux pas, nie bemerkt, soviel ich weiß.« – 2. »Erika ist in Göttingen dieser Tage, in Sachen eines fürchterlichen K. Hoheit-Film, um im letzten Augenblick zu retten, was zu retten ist.« 109

7. 9. 1953

1] *Wahlsieg Adenauers:* Die Bundestagswahlen vom 6. 9. 1953 hatten eine überwältigende Mehrheit für Konrad Adenauer und die von ihm geleitete CDU ergeben. 109

2] *Mr. Morton:* Der 1924 als Fritz Mandelbaum in Wien geborene, 1940 in die USA gekommene englischsprachige Schriftsteller Frederic Morton, dessen Romane ›Darkness Below‹, New York 1949, und ›Asphalt and Desire‹, New York 1952, TM, wie die Tagebücher bezeugen, mit Interesse gelesen hatte. S. TB 49/50, 466/467, und TB 51/52, 600.

8. 9. 1953

1] *an Reisiger:* An Hans Reisiger, Erlenbach, 8. 9. 1953, Reg. III, 53/255; Br. III, 305–307 (fragm.). Der in Br. III fehlende Passus lautet: »der scheußlich zu werden droht«. 110

2] *Barker Fairley:* Der von TM hochgeschätzte Goethe-Forscher und Professor für Germanistik in Toronto Barker Fairley (1887–1986).
3] *Six Essays on Goethe's »Faust«:* Barker Fairley, ›Goethe's Faust. Six Essays‹, Oxford 1953.
4] *»Romeo u. Julia«:* Das 1935 entstandene Ballett, op 64, des russischen Komponisten Sergei Prokofjew (1891–1953).

9. 9. 1953

110 1] *Margarethe Riemschneider:* Zur Person s. die Angaben in dem das Anm. 2 nachgewiesene Buch begleitenden Brief, Schwerin, 20. 10. 1952 – nach dem Umweg über Kalifornien neu datiert »1. September« (1953): »Im übrigen bin ich Ihnen zwar persönlich völlig unbekannt, war es aber seinerzeit nicht Ihren Schwiegereltern, bei denen ich in der Arcisstrasse in der Garnitur der Untermieter (Olga Marum, Gräfin Kuehnburg und Annedore Rosenthal) und in bedenklicher Nähe der mit tötlicher Sicherheit dem Wahnsinn verfallenden Köchinnen einige recht vergnügliche Jahre verbracht habe.« (Im TMA) Margarete Riemschneider, Jahrgang 1899, studierte »seinerzeit« Archäologie und Kunstgeschichte an der Münchener Universität.
2] *Homer:* Margarete Riemschneider, ›Homer. Entwicklung und Stil‹, 2., durchgesehene Auflage, Leipzig 1952. Das Buch ist mit einer Widmung im TMA erhalten.

10. 9. 1953

111 1] *von Bermann:* Frankfurt am Main, 8. 9. 1953; TM/GBF 610–612.
2] *Gegen Reclam:* »Was die Anfrage von Reclam betrifft, so möchte ich Sie doch sehr bitten, von der Zusage zu diesem Ersuchen Abstand zu nehmen. Bitte bedenken Sie doch, daß wir in unserer neu ausgebauten Schulausgabenbibliothek innerhalb eines Jahres zwei Ihrer Bücher herausgebracht haben [...]. In die Einführung dieser Schulausgaben haben wir eine Menge Geld gesteckt und eine sehr umfangreiche Propaganda entwickelt. Sie wissen ja, daß ein erheblicher Widerstand zu überwinden war gegen die Einführung moderner Literatur in den Schulunterricht. Ich glaube, daß uns das recht gut gelungen ist. Jetzt kommt Reclam, um sozusagen ›den Rahm abzuschöpfen‹. [...]«. (TM/GBF 610/611)

3] *an Bermann:* An Gottfried Bermann Fischer, Erlenbach, 10. 9. 1953, Reg. IV, 53/258; TM/GBF 612/613.
4] *Auf Anruf – Mord:* Bei der Premiere des Kriminalstücks ›Bei Anruf Mord‹ von Alfred Hitchcock im Zürcher Schauspielhaus spielten unter der Regie von Kurt Hirschfeld und in dem Bühnenbild von Hannes Meyer Elisabeth Höbarth, Rolf Henniger, Peter Lühr und Sigfrit Steiner die Hauptrollen.

12. 9. 1953
1] *Vorschläge zu einer E. W. G.:* Auf einer Tagung der 1947 mit dem Ziel, »die kulturellen und wirtschaftlichen Grundlagen einer Gesellschaft freier Menschen zu diskutieren« gegründeten Mont Pélerin Society hatte der westdeutsche Wirtschaftsminister Ludwig Erhard sehr konkrete, vor allem währungspolitische Vorstellungen zu einer Europäischen Wirtschaftsunion vorgelegt. Es ist – im Kontext des Tagebuchs – allerdings nicht sicher, ob TM tatsächlich Erhards Wirtschaftskonzepte oder eher Pläne zur Europäischen Verteidigungsgemeinschaft (EVG) meint. *112*
2] *Chaplin:* Der englisch-amerikanische Schauspieler Charles Chaplin (1889–1977), dem die amerikanischen Behörden 1952 die Wiedereinreise in die USA wegen angeblicher »unamerikanischer« – sprich: nicht-antikommunistischer – Haltung verweigert hatten und der sich daraufhin mit seiner Familie in Vevey in der Schweiz niederließ.

13. 9. 1953
1] *Photographieen:* In der Sammlung HOM erhalten. *112*
2] *linke Hand [. . .] zu verbergen*: Um die im Roman enthaltene Anspielung auf die Versuche Wilhelms II., seine verkrüppelte Hand zu verbergen, besser zum Ausdruck zu bringen. *113*
3] *»Neues Erinnern«:* Gemeint sind vermutlich die in deutscher Sprache 1936 in Zürich erschienenen phantastischen Erzählungen ›Souvenirs Fantastiques et Nouveaux‹, in der Übersetzung: ›Seltsame Erinnerungen‹, des Welschschweizer Schriftstellers Maurice Sandoz (1892–1958), die mit einer Widmung des Autors an TM in der Zürcher Bibliothek erhalten sind.
4] *Göttinger Regisseur:* Der Filmregisseur Harald Braun (1901 bis 1960), der später – gemeinsam mit Erika Mann – auch das Drehbuch zu dem zweiteiligen ›Buddenbrooks‹-Film schrieb.

16. 9. 1953

114 1] *Hotel Villa C.:* Das TM seit 1933 bekannte Hotel Villa Castagnola in Lugano.

2] *Feuilleton-Artikel:* Nicht verwirklicht. S. an Victor Reinshagen: »[...] der Gegenstand ist heikel, und ich glaube doch nicht, daß ich mich öffentlich daran versuchen werde.« (Br. III, 309)

115 3] *Zu verbessern:* Das Manuskript weist im Dialog zwischen Felix und Zouzou Änderungen auf. So hieß der letzte Absatz von GW VII, 590 ursprünglich: »›Ich finde es äußerst geschmacklos, die Rede auf Schönheit zu bringen [verbessert aus ›von Schönheit zu sprechen‹], wenn man selber so lächerlich schön ist.‹/ Nicht länger verblüfft durch ihre Direktheit, fragte ich nur: ›Schön ist das andere [verbessert aus: ›‚Nein – warum?' fragte ich, durch ihre Direktheit nicht länger verblüfft‹]. Ich bin kein Philosoph, aber in dem Gedanken der Schönheit selbst liegt doch bereits der des Anderen, des Fremden, des Gegenstandes, der von außen her auf unsere Seele und Sinne wirkt und sie bezaubert. *Sie* sind schön, Zouzou, mit Ihren reizenden Haarzipfeln ...« (weiter wie GW VII, 591, Z. 12). – Auf der Rückseite von Blatt 270, wo TM Änderungen notierte, noch ein gestrichener Passus, der die Mühe zeigt, die TM mit Felixens Meditationen hatte: »Auf diese Direktheit hatte ich folgende Antwort: / ›Lächerlich? Ich habe es immer einer Art von Nachlässigkeit zugeschrieben, häßlich zu sein. Aus Rücksicht auf die Welt, die mich erwartete, habe ich bei meiner Entstehung acht darauf gegeben, anständig auszusehen. Es ist eine Sache der Selbstdisziplin. Übrigens sollte man nicht mit Steinen werfen, wenn man im Glashause sitzt.« Es folgt die in den Druck übernommene Fassung: »Ich finde es äußerst geschmacklos ...«

17. 9. 1953

115 1] *»Mädchen« von Ohi:* Gemeint sind – vgl. TB 51/52, 10 – Erika Manns Freundinnen Ellen Erby und Nina Engelhardt. Mit dem von TM konstant (vgl. TB 51/52, 333) falsch geschriebenen Ort ist die kleine Stadt Ojai gemeint, eine Künstlerkolonie in den Bergen nordwestlich von Los Angeles, unweit von Santa Barbara.

2] *»César Birotteau«:* Balzacs Roman ›Histoire de la grandeur et de la décadence de César Birotteau‹, 1838.

3] *Frau Bodmer:* Vermutlich Alice Bodmer, geb. Naville, seit 1927 mit Martin Bodmer verheiratet.

19. 9. 1953

1] *Golo's Jünger-Artikel:* Golo Mann, ›Der neue Jünger‹, ›Die Weltwoche‹, 19. 9. 1953 (No. 1036), 5; eine Rezension von Ernst Jüngers 1953 erschienenem Buch ›Der Gordische Knoten‹. 116

2] *an den Zürcher Dirigenten?:* S. TB 22. 9. 1953, Text und Anm. 1.

3] *Botschafter Hausenstein:* Der Nationalökonom, Historiker und Kunstschriftsteller Wilhelm Hausenstein (1882–1957) war ab 1951 Botschafter der Bundesrepublik Deutschland in Paris. Näheres TB 44–46, 776/777.

20. 9. 1953

1] *Frage der italien. Übersetzung:* Der Titel der italienischen Ausgabe heißt ›L'inganno‹. 116

2] *an Kerényi:* An Karl Kerényi, Lugano, 20. 9. 1953, Reg. IV, 53/265; TM/KK 187. 117

3] *[an] Frau Hauptmann:* An Margarete Hauptmann, Lugano, 20. 9. 1953, Reg. IV, 53/263.

21. 9. 1953

1] *an die Verfasserin:* An Margarete Riemschneider, Lugano, 21. 9. 1953, Reg. IV, 53/267: »[. . .] Mit dem Namen Homers die Idee des Ur-Erzählerischen zu verbinden, anlässlich einer Huldigung für Tolstoi, ist wohl nicht unschicklich. Lange Jahre, in München, war mein Arbeitszimmer beherrscht von einer Homer-Büste. Ist er doch schliesslich der mythische Ahn von uns Erzählern allen./ Wenn Sie nun in Ihrem Buch in die Vorstellung von ihm den Gedanken an Parodie und Götter-Spass kritisch-geistvoll hineintragen, so ist das nur danach angethan, meinem ungelehrten Gefühl für die historisch schwankende Gross- und Ferngestalt noch mehr persönliche Intimität zu verleihen. Ihr Werk unterhält und belehrt mich ausserordentlich. Die wissensreiche Unbefangenheit, mit der Sie den Gegenstand angehen, hat etwas entschieden Auffrischendes für diesen wie für den Leser.« (Kopie in der Thomas-Mann-Sammlung der Stiftung Archiv der Akademie der Künste Berlin-Brandenburg) – S. auch TB 9. 9. 1953, Anm. 1. 117

2] *zu Seeligs Einstein-Buch:* Das Gutachten zu Carl Seeligs Buch ›Albert Einsteins Schweizer Jahre‹, Zürich 1952, ist im TMA erhalten. Es ist datiert: Lugano, 21. 9. 1953 und hat folgenden Wortlaut: »Carl Seeligs Buch über Einsteins Schweizer Jahre habe ich mit gefesselter Aufmerksamkeit gelesen. Es ist ein wichtiger, dankenswerter Beitrag zur Biographie eines Welt-Genies, auf dessen noch halb dunkle, tastende Anfänge es ein neues Licht wirft. Die allgemeine Teilnahme, die es gefunden hat, wird sich, denke ich, erneuern und steigern durch das bevorstehende Erscheinen des eigenen Buches des großen Physikers über sein Weltbild. Zu beiden Publikationen ist der Europa Verlag dankbar zu beglückwünschen.«

22. 9. 1953

117 1] *an [...] Reinshagen:* An Victor Reinshagen, Lugano, 21. 9. 1953, Reg. IV, 53/266; Br. III, 307. S. dazu TB 16. 9. 1953.

23. 9. 1953

118 1] *(Tennis):* Kapitel III, 9, GW VII, 616–619.

2] *der französische, der englische:* Der französiche Titel der *Betrogenen* lautet ›Le Mirage‹, der englische ›The Black Swan‹.

24. 9. 1953

118 1] *Belzner:* Der Schriftsteller Emil Belzner (1901–1979), dessen Feuilletons und entschiedene Kommentare TM sehr schätzte, war von 1946 bis 1969 Feuilletonchef und stellvertretender Chefredakteur der in Heidelberg erscheinenden ›Rhein-Neckar-Zeitung‹. Belzner hat in einem ›Gespräch in Lugano‹ überschriebenen Artikel in seiner Zeitung vom 10. 10. 1953 über den Besuch berichtet.

2] *an Moni:* Nicht unter den Dokumenten des TMA.

3] *Elaborat:* Der Artikel war trotz umfangreicher Recherchen der Bibliothek in St. Gallen nicht zu ermitteln.

25. 9. 1953

119 1] *langer Brief aus Mount Kisco:* Das Schreiben von Agnes E. Meyer ist nicht erhalten.

2] *Aufsatz:* Ernst Schertel, ›Der mißverstandene Faust‹, ›Mitteilungsblatt des Kulturbundes Hof a. d. Saale‹, September 1953, 4–6.

3] *Dr. E. Schertel:* Der von Rudolf Eucken promovierte Philosoph und Naturwissenschaftler Ernst Schertel (1884–1958), der unter mindestens fünf Pseudonymen philosophisch-kulturgeschichtliche Werke schrieb. Schertel stand zeitweise Stefan George und Karl

Wolfskehl sowie Friedrich und Ernst Gundolf nahe und war von 1914 bis 1916 Lehrer an der Freien Schulgemeinde Wickersdorf. Er emigrierte 1933 nach Paris, kehrte jedoch schon ein Jahr später nach Berlin zurück und überlebte die Zeit bis 1949 als Korrespondent und Disponent eines »Neuheiten«-Betriebs sowie als Konstrukteur in einer Möbelfabrik. Ab 1949 lebte er als Schriftsteller und Archäologe in Hof an der Saale.

4] *Artikel über [...] Indus-Kultur:* Ernst Schertel, ›Das Rätsel einer versunkenen Kultur‹. Genaueres nicht ermittelt. S. jedoch den unter Anm. 6 nachgewiesenen Brief TMs an den Autor: »Ganz besonders interessiert hat mich Ihr Artikel ›Das Rätsel einer versunkenen Kultur‹. Das war höchst merkwürdige Lektüre für mich, die ich noch gestern bei einem Zusammensein mit Hermann Hesse eingehend besprach.«

5] *am Tennisspiel:* S. TB 23. 9. 1953, Anm. 1.

6] *[an] Schertel:* An Ernst Schertel, Lugano, 26. 9. 1953, Reg. IV, 53/274; Kritik an einem von Schertel gleichfalls mitgeschickten Aufsatz ›Thomas Mann: Doktor Faustus. Das Leben‹, ›Die okkulte Stimme‹, Jg. III, 1953, H. 21: Betonung der These, daß der Roman »mit Goethes Faust *nichts* gemein [habe] als die Quelle, nämlich das alte Volksbuch vom Doktor Faustus«. »Man kann meine Abwandlung des vielbehandelten Themas mit einiger Kühnheit den Roman der Musik nennen, den Roman Deutschlands, den Roman unserer Epoche und ihrer Kulturkrise; mit noch mehr Recht vielleicht einen Roman über Nietzsche, aus dessen Leben und Leiden das Buch so viel aufgenommen hat. Den Vergleich mit Goethes grossem Gedicht erträgt es weder, noch fordert es im Geringsten dazu heraus.« (Kopie im TMA)

7] *Peter Pr. und Frau:* TMs Schwager, der Physiker Peter Pringsheim (1881–1963) und seine »Emmeke« genannte Frau Emilia Theodora, geb. Clément.

26. 9. 1953

1] *zu Carossas Geburtstag:* Hans Carossa feierte am 15. 12. 1953 seinen 75. Geburtstag. Ein Glückwunschbrief TMs aus diesem Anlaß ist nicht nachweisbar. *119*

2] *Harry Kahn:* Der studierte Jurist, Schriftsteller, Dramaturg, Übersetzer und – 1931/1932 – Hollywood-Synchronisator Harry *119*

Kahn (1883–1970) mußte 1933 emigrieren. Er ging nach Frankreich und konnte 1942 in die Schweiz fliehen, wo er von 1944 bis zu seinem Tode in Lugano lebte.

120 3] *»Eugénie Grandet«:* Von Balzacs 1833 geschriebenem Roman findet sich keine Ausgabe in der Zürcher Bibliothek. TM – da er von »Bändchen« spricht – las jedoch ganz offenkundig die von Ferdinand Hardekopf besorgte zehnbändige kleine blaue Ausgabe des Rowohlt Verlags, Hamburg 1952 ff.

27. 9. 1953

120 1] *an Agnes Meyer:* An Agnes E. Meyer, Lugano, 27. 9. 1953, Reg. IV, 53/276; TM/AM 780–782.

29. 9. 1953

121 1] *(nach der Partie):* Der Übergang von der Tennispartie zum Brief der Mutter, GW VII, 619–622.

2] *Antwort von [...] Reinshagen:* Zürich, 28. 9. 1953, im TMA: »[...] Es ist in der Tat eine interessante Aufgabe, die von Ihnen aufgeworfene Frage zu beantworten, ich gestehe, dass ich es auch nicht kann – – – oder vielleicht doch. Aus beiliegendem Notenbeispiel ist zu ersehen, dass die Bühnentrompeter nur den Kopf des Gralsmotivs blasen, und zwar in C-Dur, weil ihre Instrumente in C stehen, dies durch den ganzen 1. und 2. Akt (mit Ausnahme der Turmmusik, die in D steht, und die bestimmt von anderen Spielern geblasen werden sollte als von denen, die immer dem Könige und seinem Heerrufer zur Verfügung stehen!) Zur Vervollständigung zum ›Gralsmotiv‹ bedarf es aber des, wie Sie so schön sagen, alleswissenden Orchesters. (s. Notenbeisp.) Wenn man aber die erste dieser Trompetenstellen genauer betrachtet, sie steht nach der Turmmusik und vor ›In Früh'n versammelt uns der Ruf‹, so ist deutlich zu sehen, dass der Trompeterruf des ersten Aktes erweitert oder verlängert ist und zwar, wenn man so will, um die ersten drei Töne des ›Gralsmotivs‹, das man aber hier, als Schluss stehend, kaum als solches bezeichnen, und noch weniger bewusst wahrnehmen wird. Der Ruf wird auch vor den ersten Worten des Heerrufers, ›Des Königs Wort und Will‹, genau gleich wiederholt. Vor Heerrufer ›Und weiter kündet euch der König‹ ist der Ruf wieder wie im ersten Akt ohne diesen Schluß, und nun kommt vor Heerrufer ›Nun hört, was er durch mich euch sagen lässt‹ dieser

Schluss quasi an den Anfang gestellt, gänzlich ohne Orchester, im Akkord gesetzt und um einen Ton erweitert und erscheint so unzweideutig als der Kopf des »Gralsmotivs«. Beim Auftritt König und Lohengrin ertönt der Ruf wieder wie vor ›In Früh'n‹, also um drei Töne erweitert gegen den ersten Akt./ Bis hierher habe ich versucht, die Sache zu schildern, wie ich sie sehe. Nun kommt aber etwas, was ich nicht versuchen werde zu erklären, es ist dies die Bühnenmusik am Ende des Brautgemachs, überleitend zum zweiten Bild des 3. Aktes. Hier blasen vier Posaunen [...], im Anschluß an C-Dur Signale der Trompeten, das › Gralsmotiv‹ in C-Dur, und zwar vollständig, also um die bisher fehlenden drei Töne ergänzt. Es hat sich sozusagen aus Eigenem [...] weiterentwickelt und hier, nachdem Elsa die Frage getan hat, und kurz vor der Preisgabe des Geheimnisses mit dem ›Gralsmotiv‹ vereinigt./ Ganz zufrieden bin ich nicht, und es wird mich sehr interessieren, was Sie nun dazu zu sagen haben. [...]« – TMs Antwort – geschrieben gleich am nächsten Tag, Reg. IV, 53/278 – war enttäuschend kurz: »Werter Herr Kapellmeister, tausend Dank für Ihre liebenswürdige Mühewaltung! Sie haben alles sehr klar und kundig dargestellt. Aber der Gegenstand ist heikel, und ich glaube doch nicht, daß ich mich öffentlich daran versuchen werde.« (Br. III, 309)

2. 10. 1953

1] *Gotthart*: So im Manuskript. *121*

2] *brasilianisch-portugiesische Ausgabe:* ›Sua Alteza Real‹, übersetzt von Marina Guaspari, erschien 1953 bei Pongetti in Rio de Janeiro. *122*

3] *Besprechung:* Alexander M. Frey, ›Thomas Manns neue Erzählung‹, NZZ, 1. 10. 1953, mit Hinweis auf die Besprechung der *Betrogenen*-Faksimile-Ausgabe von Werner Weber (s. Anm. 4).

4] *Nachschrift von Weber:* »Es ist in einer Auflage von vierhundert Exemplaren (No. 1–50 vom Autor signiert), ein Druck von Thomas Manns Erzählung ›Die Betrogene‹ im Faksimile der Handschrift erschienen. Man hat in dieser Veröffentlichung ein drucktechnisches Meisterwerk aus der Werkstatt von Frédéric Waehli (Lausanne) vor sich. Die abgebildete Handschrift des Dichters geht in unmittelbarer Natürlichkeit auf den Blättern hin: eine graphische Erscheinung, erfüllt von schöpferischem Antrieb – und daher ist dieses Faksimile kein bibliophiles Spiel, sondern ein unmittelbares Zeugnis schaffenden

Daseins. Und man stellt es auch, in einem politischen Sinn, in den Dienst schaffenden Daseins: ›Herzlich gern‹, so setzte Thomas Mann auf einem Vorsatzblatt hin, ›gebe ich den Vorabdruck der Erzählung im Faksimile der Handschrift frei zugunsten bedürftiger Kinder und Jugendlicher in Israel.‹ Als Organisatoren des Unternehmens zeichnen die ›Freunde des Schweizer Kinderdorfs ‚Kiriath Yearim' in Israel‹ (Sekretariat Olgastraße 10, Zürich).« (NZZ, Fernausgabe, 2. 10. 1953, Bl. 2)

5] *Henry James »Die Drehung der Schraube«:* Der Roman ›The Turn of the Screw‹ des amerikanischen Romanciers Henry James (1843–1916).

6] *an Frey:* An Alexander Moritz Frey, Erlenbach, 2. 10. 1953, Reg. IV, 53/280; Br. III, 309 (fragm.). Der in Br. III ausgelassene Passus lautet: »Es muß nur erst das neue Mädchen (wir haben es aus Strobl kommen lassen) etwas eingearbeitet sein. Golo ist bei uns. Medi hat uns über den Gotthard kutschiert und kehrt morgen nach Fiesole zurück. Erika kämpft in Göttingen wie eine Löwin darum, daß der Farb-Film ›Königliche Hoheit‹ nicht ganz blödsinnig ausfällt. Übrigens verdient sie Geld dabei.«

7] *amerik. Shaw-Buch:* ›George Bernard Shaw: A Critical Survey‹. Ed. by Louis Kronenberger, Cleveland and New York 1953.

8] *mein Vortrag: Bernard Shaw,* GW IX, 794–803. (S. auch TB 49/50, 284.) Unter dem Titel ›He Was Mankind's Friend‹ abgedruckt im Anm. 7 nachgewiesenen Buch, 250–257. (S. Potempa G 1089.)

9] *[an das] Baseler Studio:* Nach Auskunft des Leiters der Abteilung Archive und Dokumentation, Rudolf Müller, scheint der Brief irgendwann einer Entlastungsaktion des Senders anheimgefallen zu sein.

10] *Vorspruch: [Vorwort zu dem Hörspiel ›Königliche Hoheit‹],* GW XI, 578–582. (S. Potempa G 1155.)

11] *Kestens Buch:* Hermann Kesten, ›Meine Freunde, die Poeten‹, Wien und München 1953. S. dazu TM an Hanns Arens, Erlenbach, 5. 11. 1953; Reg. IV, 53/319: »Vielen Dank für Kestens ›Poeten‹. Es ist ein in seiner sprühenden Herzlichkeit wahrhaft gewinnendes Buch, höchst unterhaltend, voller Verve und von liebevollem Tiefblick. Jedes Mal, wenn ich es wieder zur Hand nehme, hält es mich fest.« (Kopie im TMA)

12] *Über Heinrich, Hofmannsthal, mich:* Bei Kesten, a.a.O. 19–56

›Heinrich Mann‹; 569–584 ›Hugo von Hofmannsthal‹; 57–78 ›Thomas Mann‹.
13] *Heinrich:* TMs älterer Bruder, der Schriftsteller Luiz Heinrich Mann (1871–1950). Näheres TB 46–48, 364.

3. 10. 1953
1] *Schopenhauers Essay:* Arthur Schopenhauer, ›Über die scheinbare Absichtlichkeit im Schicksal des Einzelnen‹; s. dazu TB 35/36, 280: »Las einen guten Aufsatz von Zimmer über Schopenhauer, geschrieben für das Sammelwerk ›Die großen Deutschen‹ [. . .]«, sowie den Dankbrief an Heinrich Zimmer, Küsnacht, 25. 3. 1936, Reg. II, 36/70: »Besonders fein und wichtig die Linie, die zur Psychoanalyse hin gezogen wird, am eindrucksvollsten gelegentlich des ›Über die scheinbare Absichtlichkeit etc.‹. Zu Wagner (von Nietzsche nicht zu reden) führt diese Linie ja auch; und interessant war mir, das Verhältnis Schopenhauers zur Philosophie von Ihnen vorgestellt zu sehen, wie man auch Wagners Verhältnis zur Musik vorstellen könnte, als eine Art von magischem Dilettantismus./ Kurzum: glänzend.« (Kopie HOM) 123
2] *an Hesses:* An Hermann und Ninon Hesse, Erlenbach, 3. 10. 1953, Reg. IV, 53/281; HH/TM 183.
3] *[an] den Redaktor von »Sinn und Form«:* An Peter Huchel, Erlenbach, 4. 10. 1953, Reg. IV, 53/283: »[. . .] Sie können sich denken, daß, was Sie mir von Ihren russischen Eindrücken berichten, mich höchstlich interessiert und, soweit es mich persönlich betrifft, sehr tief und merkwürdig berührt hat. Man ist von dieser Welt so abgesperrt, hat auch längst keine rechte Vorstellung mehr, wie sich die eigene Existenz etwa dort ausnimmt. Da hatten denn Ihre Erfahrungen, was Sie von dem Zulauf zu Fedins Vortrag in Moskau, von der Vertrautheit russischer Kollegen überhaupt mit meiner Arbeit sagen, etwas Aufregendes für mich. Von fern meinen Namen aus dem Munde des Maschinisten eines Don-Dampfers zu hören – wie eigentümlich traumhaft! Freilich, es war bloße Herzenshöflichkeit. Sie hatten den Namen eines berühmten russischen Schriftstellers genannt, und artig erwiderte er dem deutschen Reisenden mit einem deutschen Namen, der ihm zu Ohren, vor Augen gekommen war. Das war wohl alles. Aber es ist allerlei.« (Zitiert nach ›Sinn und Form‹, Jg. 7, 1955, H. 5, 673/674.)

4] *Redaktor von »Sinn und Form«:* Der Lyriker Peter Huchel (1903–1981), von 1949 bis 1962 Chefredakteur der DDR-Literaturzeitschrift ›Sinn und Form‹, 1962 wegen Differenzen in litteris mit der herrschenden Ideologie von seinem Posten entfernt. Nach mehrfach abgelehnten Ausreiseanträgen durfte Huchel 1971 in die Bundesrepublik übersiedeln.

5. 10. 1953

123 1] *An den Maler-Professor:* An Wolf Ritz, Erlenbach, 3. 10. 1953, Reg. IV, 53/282. Abschlägiger Bescheid auf die Bitte, TM portraitieren zu dürfen. Ritz schuf dann jedoch – nach Vorstudien im Oktober 1954 in Kilchberg – 1955 in Travemünde ein Ölgemälde von TM. – S. TB 18. 10. 1954 und Volker Hage, ›Eine Liebe fürs Leben‹, Hamburg 1993, wo S. 57 TMs Dank an den Maler im Faksimile wiedergegeben ist.

2] *»Tante Lisbeth«:* Der erstmals 1846 erschienene Roman ›La Cousine Bette‹ aus den ›Scènes de la vie parisienne‹ von Honoré de Balzac.

6. 10. 1953

124 1] *(Brief der Marquise):* Den Brief der Marquise de Venosta née de Plettenberg an ihren »Sohn« Lou-Lou/Krull am Schluß des 9. Kapitels von Buch III, GW VII, 622–626.

2] *Rauf-Prozess:* S. TB 20. 7. 1953.

7. 10. 1953

124 1] *Max Brod und Freundin:* Der Prager Schriftsteller Max Brod (1884–1968), enger Freund Franz Kafkas und Herausgeber seiner Werke, und Esther Hoffe.

2] *an Hilscher:* An Eberhard Hilscher, Erlenbach, 8. 10. 1953, Reg. IV, 53/286: »[. . .] Was besonders die Hilfswerke zum ›Joseph‹ angeht, so ist die kleine Bibliothek einschlägiger Werke mythologischen, ägyptologischen, orientalistischen Inhalts, die sich damals zusammenfand, aufgelöst und zerstoben, und ich weiß kaum noch etwas davon zu nennen, als ›Die Bibel im Lichte des alten Orients‹ von Jeremias, ›Die Sagen der Juden‹ von bin Gorion und dies und jenes Buch über Ägypten. Artikel in Zeitschriften und selbst Zeitungen – alles pickt man ja auf bei solcher Konzentration. Die gnostischen

Phantasien, die ich den ›Roman der Seele‹ nannte, – wie wollen Sie, daß ich Ihnen noch sage, was mir dabei geholfen hat und wie sie mir angeflogen sind? Ich weiß es einfach nicht mehr. Im ganzen erweckt eine Produktion wie der ›Joseph‹ übertriebene Vorstellungen von der Gelehrsamkeit und Belesenheit, die dahinter stand. Meine Kenntnis von Josephsdichtungen und -bearbeitungen der Weltliteratur ist kläglich. Einige Andeutungen, mehr oder weniger hochstaplerisch, wie weit sie reicht [!], finden sich, wenn ich nicht irre, im Texte selbst. (Persische Autoren, Koran. Aus dem Koran stammt das Kapitel von der Damengesellschaft, den Orangen, den Messerchen und der allgemeinen Bluterei.) Weitere Auskünfte mag die Korrespondenz mit Fachleuten Ihnen zutragen, an die Sie sich um Auskunft wandten, und bei denen Ihr Wissensdurst wahrhaftig mehr Aussicht auf Stillung hat, als bei mir./ Ich weiß vom Joseph und wie er zustande kam fast nichts mehr. [. . .]« (Zitiert nach Eberhard Hilscher, ›Thomas Mann‹, Berlin 1986, 281–284; das Zitat 282.)
3] *Frau Dr. Schuh:* Nelly Schuh, geb. Keller (1901–1976), die Frau des von TM hochgeschätzten Zürcher Musikschriftstellers und -kritikers Dr. Willi Schuh (s. TB 22. 5. 1953, Anm. 5).

8. 10. 1953
1] *Giraudoux' »Undine«:* Das Schauspiel von Jean Giraudoux 124
(1882–1944) hatte am 1. 10. 1953 im Zürcher Schauspielhaus Premiere gehabt. Oskar Wälterlin führte Regie, Teo Otto schuf das Bühnenbild, die Titelrolle spielte Käthe Gold.

9. 10. 1953
1] *an Reisiger:* Der Brief an Hans Reisiger ist nach Reg. IV, 594, 125
verschollen.
2] *Telegramm:* Die Mitteilung der Gerhart Hauptmann-Gesellschaft, Baden-Baden (nicht München) befindet sich nicht unter den Dokumenten des TMA.
3] *Dankte:* An Margarete Hauptmann, Erlenbach, 8. 10. 1953, Reg. IV, 53/285.
4] *Graf Schwerin:* Christoph Graf Schwerin von Schwanenfeld (geb. 1934), Sohn des im Zusammenhang mit dem Aufstand vom 20. Juli 1944 hingerichteten Widerstandskämpfers Ulrich-Wilhelm Graf Schwerin von Schwanenfeld (geb. 1902). Christoph Graf Schwerin

hatte TM bereits 1950 mit einem »hübschen Brief« erfreut (s. TB 49/50, 158).

5] *»Lederstrumpf«, Hackländer, »Gartenlaube«-Bände:* Die ›Lederstrumpf‹-Romane des amerikanischen Schriftstellers James Fenimore Cooper (1789–1851); Friedrich Wilhelm Hackländer, ›Humoristische Schriften und Erzählungen‹, illustriert von H. Schlittgen, 2 Bände, Stuttgart 1887; Bände der im 19. und zu Beginn des 20. Jahrhunderts renommiertesten deutschen illustrierten Familienzeitschrift ›Die Gartenlaube‹: die bei TM nostalgische Gefühle auslösende Ausstattung bürgerlicher Bibliotheken des ausgehenden 19. Jahrhunderts.

6] *Heft von »Comprendre« mit [...] »Retour d'Amérique«:* S. TB 4. 5. 1953, Anm. 1.

10. 10. 1953

125 1] *Kontrakt von Knopf*: S. den im Knopf-Archiv erhaltenen Brief von Alfred A. Knopf an TM vom 7. 10. 1953: »I am enclosing a contract in duplicate for DIE BETROGENE. To save time, and because I am pretty sure you will find it in order, I have executed both copies so that you have only to sign one and have your signature witnessed and send it back to me./ The translation is in hand, and I hope very much indeed that it will prove satisfactory. It is being done by Willard Trask. [...]«

2] *Die »Tat« mit Artikel:* ›Die Handschrift Thomas Manns‹: eine Analyse der Handschrift mit einigen faksimilierten Zeilen aus der *Betrogenen* in Originalgröße, verbunden mit einem Hinweis auf die Faksimile-Ausgabe der ›Freunde des Schweizer Kinderdorfes Kiriath Yearim‹ (s. TB 2. 10. 1953, Anm.4) und der Mitteilung, daß der Reinerlös dieser bibliophilen Edition bedürftigen Kindern in Israel zugute kommen solle.

3] *An Feuchtwanger:* Feuchtwanger bedankte sich am 17. 11. 1953 »für ›Die Betrogene‹ und vor allem für die anmutige und freundschaftliche Widmung«, indem er auf das von TM apostrophierte »Gewagte« der Erzählung in einer ungewöhnlichen Auslegung einging: »Ich sehe deutlich die Gefahren, die gerade jedes kleinere Buch läuft, das Sie veröffentlichen. Man erwartet von Ihnen immerzu große historische Kundgebungen, und der ohnedies übelwollende Rezensent wird unmutig und giftig, wenn er nichts findet als eine meisterliche Erzählung.« (Feuchtwanger Briefwechsel I, 154)

11. 10. 1953
1] *Groteske in Korea:* Die neutrale Kommission für die Repatriierung der Gefangenen in Korea hatte die USA gerügt, weil sie nicht imstande seien, die räumlichen Voraussetzungen für Aufklärungsgespräche mit den »Prisoners of War« zu schaffen, während sich die Kommunisten erboten hätten, die noch ausstehenden Installationen binnen vier Tagen zu beenden, wenn die Amerikaner dazu nicht in der Lage wären. 126
2] *Überlassung von Triest:* Angesichts der Unmöglichkeit, für das freie Territorium Triest eine ständige Regierung zu installieren, hatten sich die Engländer und Amerikaner entschlossen, ihre Truppen aus dem Territorium der Stadt (Zone A) zurückzuziehen und die politische und verwaltungstechnische Verantwortung für diesen vorwiegend von Italienern bewohnten Distrikt Italien zu übergeben. Die sogenannte Zone B, die Außenbezirke, die weitgehend von Jugoslawen besiedelt waren, fielen endgültig an Jugoslawien.
3] *Heimann:* Vermutlich der Journalist Curt L. Heymann, der bereits am 4. 5. 1947 ein mehrfach abgedrucktes Interview mit TM geführt und einen Artikel ›Thomas Mann, Author, Philosopher and Nobel Prize Winner Says . . .‹ in der ›UN World‹, New York, publiziert hatte. S. TB 46–48, 567.
4] *Tauber-Platten:* S. TB 25. 2. 1953, Anm. 5.

12. 10. 1953
1] *Tochter Annette:* Die jüngste Tochter von TMs Verleger, Annette Bermann Fischer (geb. 1931). 126
2] *an den alten Tenor Christian:* Das Schreiben an den Sänger Franz Christian (gest. 1955), den TM in seiner frühen Münchener Zeit durch Vermittlung des Architekten Ritter von Seidl kennengelernt hatte und der sich später dem Kreis um die Brüder Ehrenberg anschloß, ist nach Reg. IV, 594, verschollen. 127

13. 10. 1953
1] *von Albert Schweizer:* O. O.u.D. (Poststempel 10. 10. 1953): Eine Ansichtskarte aus Lambarene, auf deren Photoseite Albert Schweitzer vermerkte: »Die Inseln sind [?] Arme des Ogowe. Das Kreuz zeigt die Lage des Spitals an. Der weiße Streifen dahinter ist der Landungskai des Spitals.« – Der Text auf der Vorderseite lautet: »Lieber Herr Tho- 127

mas Mann, Ich freue mich eine Gelegenheit zu haben Ihnen einen Gruss zu senden. Aus der Ferne verfolge ich seit langen Jahren Ihr Schaffen und Ihr Ergehen. Hoffentlich habe ich jetzt, wo Sie in der Schweiz sind, einmal Gelegenheit Sie zu sehen, wenn ich nach Europa komme. Ihre kurze Abhandlung über Nietzsche halte ich für das Sachlichste und Beste, was über ihn geschrieben ist. Meine besten Gedanken für Sie und Ihre Frau / Ihr ergebener Albert Schweitzer«

2] *Albert Schweizer:* Der Theologe, Philosoph, Musikwissenschaftler, Organist und Missionsarzt Albert Schweitzer (1875 bis 1965).

3] *Nietzsche-Abhandlung:* Vermutlich *Nietzsche's Philosophie im Lichte unserer Erfahrung*, GW IX, 675–712.

4] *Churchills Rede:* Auf dem Parteitag der Konservativen hatte der britische Premierminister erneut Gespräche auf höchster Ebene (Viererkonferenz) sowie die Wiederbewaffnung der (West-)Deutschen gefordert. Die Franzosen stellte er in diesem Zusammenhang vor die Alternative, entweder den Vertrag über die Europäische Verteidigungsgemeinschaft (EVG) zu ratifizieren oder die Aufnahme (West-) Deutschlands in den Atlantikpakt in Kauf zu nehmen – eine nicht ganz überzeugende Alternative, da der Atlantikpakt-Vertrag durch die Einstimmigkeitsklausel charakterisiert wurde.

5] *an Flinker:* An Martin Flinker, Erlenbach, 13. 10. 1953, Reg. IV, 53/292; unter dem Titel *[Das mir nächste meiner Bücher]* in GW XI, 686/687.

6] *»Betrachtungen«:* TMs im Oktober 1918 erschienene *Betrachtungen eines Unpolitischen*, GW XII, 9–589.

14. 10. 1953

128 1] *an Bermann:* An Gottfried Bermann Fischer, Erlenbach, 13. 10. 1953, Reg. IV, 53/291; TM/GBF 615/616.

2] *Radio-Vorrede:* S. TB 2. 10. 1953, Anm. 10.

3] *Artikel Golos:* Golo Mann, ›Das Mögliche und das Unmögliche‹, ›Die Weltwoche‹, Jg. 21, No. 1038, 2. 10. 1953, 1.

4] *Tagebuch über den Nürnberger Prozeß:* Carl Haensel, ›Das Gericht vertagt sich. Aus dem Tagebuch eines Nürnberger Verteidigers‹, Hamburg 1950.

5] *Prof. Haensel:* Der Rechtsanwalt und Schriftsteller, Verteidiger bei den Nürnberger Prozessen, Carl Haensel (1889–1968).

6] *an [. . .] Konta:* An Robert Konta, Erlenbach, 14. 10. 1953, Reg. IV, 53/293.

15. 10. 1953

1] *Krieger:* Dem Schriftsteller Arnold Krieger (1904–1965), der 1945 einen Neuanfang in der Schweiz versucht hatte, gelang es nicht, dort Fuß zu fassen. Er kehrte 1953 in die Bundesrepublik zurück und ließ sich im Darmstadt als freier Schriftsteller und Leiter des Verlages ›Studio Schaffen und Forschung‹ nieder. S. auch TB 51/52, 415/416. *128*

2] *»Das eigentliche Leben«:* Von Arnold Kriegers ›Monatsgabe‹, einer Art Zeitschrift unter diesem Titel, waren im Verlauf des Jahres 1952 drei Folgen erschienen. Eine Fortsetzung ist nicht feststellbar. Zu dem Problem s. TB 51/52, 142 und 540.

3] *Buch über die Schweiz:* Arnold Krieger, ›Zwei zogen aus‹, Baden-Baden 1953.

16. 10. 1953

1] *»Weltwoche« über »Die Betrogene«:* M. G., ›Erfahrungen mit der ‚Betrogenen'‹, ›Die Weltwoche‹, Jg. 21, No. 1040, 16. 10. 53, 5. *128*

2] *französich-deutsche Verfilmung:* Nicht realisiert.

3] *Herr von Nostiz:* Vermutlich der Golo Mann aus der gemeinsamen Schulzeit in Salem bekannte Jurist, Essayist und Übersetzer Oswalt von Nostitz-Wallwitz (geb.1908), Sohn von Helene von Nostitz. *129*

4] *Liebes-Anthologie:* Randolph H. Newman, ›Wunderlichstes Buch der Bücher. Liebeslyrik aus drei Jahrtausenden‹, Starnberg / München 1960. S. dazu auch TB 31. 3. 1954, Anm. 3, und 10. 4. 1954, Anm. 4.

5] *Wahl:* Der Fabrikant und Historiker Dr. rer. pol. Rudolph Wahl, dessen historische Biographien TM, wie die Tagebücher bezeugen, stets mit Interesse las.

6] *Geschichte der Deutschen:* Rudolph Wahl, ›Die Deutschen‹, München 1953. Das Buch ist mit einer Widmung des Verfassers an TM in der Zürcher Bibliothek erhalten.

18. 10. 1953

129 1] *an A. Schweizer:* An Albert Schweitzer, Erlenbach, 16. 10. 1953, Reg. IV, 53/294. Der Brief ist als Dok. 16, S. 835 abgedruckt. Zum besseren Verständnis sei vermerkt, daß der in diesem Schreiben genannte Hugo Jacobi nicht der TB 22. 7. 1953 erwähnte Lyriker ist. TM irrte sich im Vornamen. Der Verbindungsmann zu Albert Schweitzer war, wie TB 13. 8. 1954, Anm. 4 erwähnt, Dr. Erwin R. Jacobi.

2] *Theater: »Das Schloß«:* TM sah die Kafka-Dramatisierung bei der Premiere im Zürcher Schauspielhaus. Unter der Regie von Leopold Lindtberg und im Bühnenbild Teo Ottos spielte Peter Lühr den Landvermesser K. Über den Eindruck, den TM von der Aufführung hatte, s. den Anm. 3 nachgewiesenen Brief an Hans Reisiger: »Gestern haben wir im Theater ›Das Schloß‹ in der dramatischen Bearbeitung von Brod gesehen und waren dank einer vorzüglichen Aufführung über Erwarten beeindruckt. Das Stück hat in Berlin schon starken Erfolg gehabt und wurde auch hier fast enthusiastisch aufgenommen – mit Recht, insofern viel von der Atmosphäre des Buches, seinem grotesk religiösen Gehalt darin eingegangen ist. Was ich auszusetzen habe ist nur, daß durch die Theatralisierung diese komisch bedrückenden Träume ganz ins Expressionistische gerückt werden, eine zu datierte Sphäre (dated, meine ich), zu der Kafka doch garnicht gehörte.«

3] *an Reisiger:* An Hans Reisiger, Erlenbach, 18. 10. 1953, Reg. IV, 53/300; Bl. TMG No. 8, 1968, 34/35.

4] *Ed Klotz:* Ein Student und Freund von Golo Mann, von dem TM gewisse Eigenschaften und Gesten auf die Gestalt des Ken Keaton in der *Betrogenen* übertrug.

19. 10. 1953

129 1] *Farben des Waldes, die im Fallen begriffen:* So in der Handschrift.

2] *Photographieen-Sendung:* Die Sammlung HOM besitzt viele Aufnahmen aus dem Film ›Königliche Hoheit‹.

3] *Korrespondenz Bermann:* S. dazu TMs Briefe an seinen Verleger, TM/GBF 615–617.

4] *geändert:* Statt des letzten Absatzes GW XI, 581 hieß es im Manuskript zunächst: »Von dem, was ich da sagte, wird den Belustigungsversionen und Zubereitungen des Romans, die nun hervortreten, dem bunten Film, den verschiedenen ins Weite gesandten Lauschespielen, nicht viel anzumerken sein. Sie werden sich mit Notwendigkeit an das Pittoreske und Fabulöse des Buches halten und auch daran noch in Freiheit modeln, wie es sie praktisch und dem Vergnügen nützlich dünkt. Ich bin es zufrieden. Nicht nur, weil ich dem Unterhaltlichen hold bin – sonst hätte ich das Buch nicht geschrieben. Sondern auch, weil ich kaum Zweifel hege, daß auch in massenfreundlicher Zubereitung von dem, was Moral daran ist, fast unvermeidlich ein wenig durchscheinen muß.«

5] *»Schicksalsanalyse«:* Leopold Szondi, ›Schicksalsanalyse. Erstes Buch: Wahl in Liebe‹, Basel 1944. Ein Exemplar der zweiten Auflage, Basel 1948, ist, mit einer Widmung des Autors an TM, in der Nachlaßbibliothek erhalten. Zu TMs Reaktion vgl. den TB 22. 10. 1953, Anm. 4 nachgewiesenen Brief: »[. . .] Manches [in dem Buch] mutet mich überraschend bekannt, verwandt, vertraut an, – wie ja die Erinnerung an Schopenhauers Essay ›Über die scheinbare Absichtlichkeit im Schicksal des Einzelnen‹ [s. TB 3. 10. 1953, Anm. 1] nahe liegt. In der Lehre von der ›Elternwahl‹, bildlich wie diese immer zu nehmen sei, von Beginn unseres Lebens ›noch vor der Kopulation der Geschlechtszellen‹ scheint mir das genotropistische Denken ins Schopenhauerisch-Metaphysische, eine Philosophie des ›Willens‹ zu sich selbst hinüberzuspielen. Sie wissen: Um die Freiheit, Schuld und Verdienst, zu retten, verlegte Schopenhauer sie aus dem operari ins esse. Die Handlungen eines Menschen, meint er, geschehen zwar nach festliegenden Determiniertheiten, ›aber es hätte können anders *sein*‹. Der Mensch mit seinem Schicksal *ist* also, was er hat sein *wollen*. Kommt dem der ›genische Fahrplan‹ nicht sehr nahe?/ Ich kann auf die tief- und scharfsinnigen Gedanken des Buches der Für und Wider nicht weiter eingehen. Es ist mir verwehrt. Nehmen Sie diese Zeilen als flüchtiges Zeichen meiner Anteilnahme.« (Kopie im TMA)

6] *Dr. Szondi:* Der ungarische, nach einer KZ-Inhaftierung in Bergen-Belsen von Juni bis Dezember 1944 in der Schweiz lebende Endokrinologe, Psychologe und Psychotherapeut Leopold Szondi (1893–1986), Begründer der Schicksalspsychologie.

20. 10. 1953

130 1] *Hausmann:* Der gelernte Industriekaufmann, Schauspieler, Reporter und Regisseur Werner Hausmann (1901–1991), 1954 Leiter der Hörspielabteilung von Radio Basel, dem Sender, dem er seit 1930 angehörte.

2] *Verfasser des Hörspiel:* Der Journalist und Schriftsteller Dr. Walther Franke-Ruta (1890–1958). Näheres TB 44–46, 614, und TB 46–48, 352.

3] *»Bilder-Ausstellung« von Mussorsky:* So im Manuskript. TM hörte wahrscheinlich Ravels Orchesterfassung des ursprünglich für Klavier geschriebenen Werks ›Bilder einer Ausstellung‹ von Modest Mussorgski (1839–1881).

21. 10. 1953

130 1] *Vertreter des »Corriere«:* Emilio Cecchi; s. TB 4. 5. 1953, Anm. 2 und 3.

2] *Herr Flügel:* Der Schriftsteller und Mitarbeiter der Evangelischen Akademie in Tutzing Heinz Flügel (1907–1993), mit dem TM 1952 wegen einiger Publikationen im ›Eckart‹ wiederholt korrespondiert hatte. S. TB 51/52, 652/653 und 694.

3] *Aufsatz:* Vermutlich nie geschrieben.

4] *an Basler:* An Otto Basler, Erlenbach, 21. 10. 1953, Reg. IV, 53/302.

5] *an Wahl:* An Rudolph Wahl, Erlenbach, 21. 10. 1953, Reg. IV, 53/303; Br. III, 310.

6] *neues Büchlein:* Alfred Polgar, ›Begegnung im Zwielicht‹, Berlin 1952; s. auch TB 11. 11. 1953, Anm. 4.

7] *Parodien:* Vermutlich der in der Reihe ›Die Bank der Spötter‹ erschienene Band von Wolfgang Buhl, ›Äpfel des Pegasus. Neue Parodien‹, Paul Steegemann Verlag, Berlin 1953.

22. 10. 1953

131 1] *10. Kapitel von III:* GW VII, 626–644: Krulls gesellschaftliches Leben in Lissabon.

2] *Korrodi:* Der Schweizer Publizist und Literarhistoriker Eduard Korrodi (1885–1955), von 1914 bis 1951 leitender Feuilletonredakteur der ›Neuen Zürcher Zeitung‹. Näheres TB 44–46, 618.

3] *Dissertation:* Hans Grandi, ›Die Musik im Roman Thomas

Manns‹, Diss. Humboldt-Universität, Berlin 1952. In der Zürcher Bibliothek.
4] *an den Mann der Schicksalsanalyse:* Das Schreiben an Leopold Szondi ist entgegen der Angabe in Reg. IV, 594, nicht verschollen; eine Kopie, aus der TB 19. 10. 1953, Anm. 5 zitiert wurde, befindet sich im TMA.
5] *Prof. Keller:* Vermutlich der evangelische Theologe Adolf Keller aus Genf; s. TB 44–46, 781.
6] *Kurt Leuthard:* Der Schweizer Jurist, »Poet, Rezensent, Lektor sowie gelegentliche Mitarbeiter am Radio« (Leuthard über Leuthard) Kurt Leuthard (Pseudonym Kurt vom Lande, geb. 1919).

23. 10. 53
1] *Protesttelegramm:* Nach Reg. IV, 594, verschollen. 131
2] *»Engadiner Erinnerungen«:* Hermann Hesse, ›Engadiner Erlebnisse. Rundbrief an die Freunde‹, NSR, NF 21, 1953/54, 323–339.
3] *Stössinger:* Der aus Prag stammende Journalist Felix Stössinger (1889–1954) war 1933 von Berlin über Prag nach Südfrankreich und 1937 in die Schweiz gelangt, wo er am 28. 2. 1937 TM seinen ersten Besuch abstattete.
4] *wenn Stössinger [. . .] über ihn schreibt:* Felix Stössinger hatte das Nachwort für den 1953 in Zürich erschienenen Manesse-Band ›Honoré de Balzac, Meisternovellen‹ geschrieben.
5] *Kaßners Parlando-Essayistik:* Gemeint ist vermutlich Rudolf Kassners in der NSR, a.a.O. 340–351 publizierter Essay ›Rede auf das Gedächtnis‹.
6] *Weber schickt Faksimile:* Der Nietzsche-Brief befindet sich nicht unter den im TMA aufbewahrten Dokumenten. Es kann sich jedoch nur um das Schreiben aus Leipzig vom 16. September 1882 handeln: »Hochverehrter Mann,/ ich wünschte, Sie wüßten schon irgend woher, daß Sie das für mich sind – ein sehr hochverehrter Mann, Mensch und Dichter. So brauchte ich mich heute nicht zu entschuldigen, daß ich Ihnen kürzlich ein Buch zusendete./ Vielleicht thut Ihnen dieses Buch trotz seinem fröhlichen Titel wehe? Und wahrhaftig, wem möchte ich weniger gern wehe thun als gerade Ihnen, *dem Herz-Erfreuer*! Ich bin gegen Sie so dankbar gesinnt!/ von Herzen der Ihrige [. . .]«. – Zu dem Geschenk s. auch TMs Dank, Erlenbach, 29. 10. 1953, Reg. IV, 53/312; Br. III, 310/311.

7] *Besprechung:* Jonas Lesser, ›Thomas Mann, ‚Altes und Neues'‹, NSR, a.a.O. 369–373.

24. 10. 1953

132 1] *»Haus zur ballsp. Katze«:* Balzacs später in die ›Comédie Humaine‹ aufgenommene, 1830 zuerst publizierte Geschichte ›La Maison du chat-qui-pelote‹.

2] *an Dr. Grandi:* An Hans Grandi, Erlenbach, 24. 10. 1953, Reg. IV, 53/306.

3] *Effi Briest:* Theodor Fontanes (1819–1898) 1894/95 erschienener Roman, den TM in regelmäßigen Abständen und mit stets neuer Bewunderung las.

25. 10. 1953

132 1] *Mercanton:* Der Schriftsteller und – ab 1955 – Romanist der Universität Lausanne Jacques Mercanton (geb. 1910) hatte verschiedentlich Aufsätze und Besprechungen zum Werk TMs geschrieben.

26. 10. 1953

132 1] *autobiogr. Buch der Meyer:* Agnes E. Meyer, ›Out of These Roots. The Autobiography of an American Woman‹, Boston 1953.

2] *Dynamit-Angst-Film:* In der ›Scala‹ lief »das Meisterwerk« von H. G. Clouzot, ›Le salaire de la peur‹ (›Lohn der Angst‹) mit Yves Montand, Vera Clouzot, Folco Lulli und Charles Vanel.

27. 10. 1953

133 1] *Oprecht-Gedenkbuch:* ›Emil Oprecht‹, Zürich 1953. TMs Nachruf *Abschied von Emil Oprecht* 24–26.

2] *Artikel:* Victor Wittkowski, ›Soggiorni romani di Thomas Mann: Un borghese e la classicità‹, ›La Fiera Letteraria‹, Rom, vol. 8, H. 43, 25. 10. 1953, 1 und 6.

3] *Witkowsky:* Der Lyriker Victor Wittkowski (1909–1960), der 1933 in die Schweiz, dann nach Italien und Brasilien emigrierte. TM lernte Wittkowski 1933 im Exil kennen und versuchte in den folgenden Jahren verschiedentlich, ihm zu helfen.

4] *Aufsatz von Wilder:* Thornton Wilder, ›James Joyce‹, ›Almanach 1954‹, Fischer Bücherei, Frankfurt am Main / Hamburg [1953], 55–60.

5] *Churchill-Memoiren:* Die NZZ veröffentlichte einen Vorabdruck der Churchill-Memoiren unter dem Titel ›Der Zweite Weltkrieg. Triumph und Tragödie. Dem Sieg entgegen‹. Am 27. 10. las TM die vierte Folge: ›Der Vorstoß in Frankreich – Paris befreit‹.

28. 10. 1953
1] *Balzac-Bändchen:* S. TB 26. 9. 1953, Anm. 3. 133
2] *von Biermann-Ratjen:* Das sechs Schreibmaschinenseiten lange Schreiben, Hamburg, 26. 10. 1953, befindet sich im TMA.
3] *von Frau Prof. Gehrig:* Frau Emmy Gehrig, die Witwe des Rostokker Pädagogik-Dozenten Oskar Gehrig (1890–1948), war eine langjährige Verehrerin TMs, die ihn gelegentlich mit originellen selbst hergestellten Bilderbüchern (kostbar eingebundene und kalligraphisch angefertigte Abschriften von TM-Werken, illustriert mit ausgeschnittenen, zum Text passenden Bildern von Kunstwerken, Statuen, aber auch TM-Portraits usw.) beschenkte, von denen sich einige im TMA erhalten haben.

29. 10. 1953
1] *das kleine Buch:* Hans Eichner, ›Thomas Mann: Eine Einführung 133
in sein Werk‹, Bern 1953.
2] *Eichner:* Der Germanist, besonders Thomas-Mann-Forscher, Hans Eichner (geb. 1921).

30. 10. 1953
1] *»Shaw« für »Corriere«:* TMs Essay *Bernard Shaw*, GW IX, 134
794–803, erschien unter dem Titel ›Bernard Shaw amico dell'umanità‹ am 22. 11. 1953 im ›Corriere della Sera‹ in Mailand.
2] *»Mr. Stone«:* So in der Handschrift. Gemeint ist der Roman ›The Roman Spring of Mrs. Stone‹ von Tennessee Williams (1911–1983), der 1953 unter dem Titel ›Mrs. Stone und ihr römischer Frühling‹ in deutscher Übersetzung bei S. Fischer in Frankfurt am Main erschienen war.

31. 10. 1953
1] *von Faesi:* Zollikon, 30. 10. 1953; TM/RF 100–103. 134
2] *an Faesi:* An Robert Faesi, Erlenbach, 1. 11. 1953, Reg. IV, 53/313; Br. III, 311 (fragm.); TM/RF 103/104 (vollst.).
3] *Balzacs Pariser Novellen:* Balzacs ›Scènes de la vie parisienne‹.

1. 11. 1953

135 1] *Maria Müller:* Die österreichische Sopranistin, vor allem Wagner-Sängerin, Maria Müller (1898–1958). – TM besaß Wagners ›Tannhäuser‹ in einer Gesamtaufnahme der Bayreuther Festspiele von 1930 mit Ruth Jost-Arden, Maria Müller, Sigismund Pilinski, Herbert Janssen, Georg v. Tschutschenthaler, Ivar Andrésen sowie dem Chor und Orchester der Festspiele unter Karl Elmendorff.

2. 11. 1953

135 1] *Buchhändler-Blatt »Domino«:* Das neue Zürcher Blatt brachte in seiner ersten Nummer vom November 1953 unter dem Titel ›Thomas Mann oder der Sieg des Literaten‹ die »Abrechnung mit Thomas Mann« (so im Nachspann der Redaktion), die der Basler Literarhistoriker Walter Muschg (1898–1965) bereits in seinem Buch ›Tragische Literaturgeschichte‹, Zürich 1948, 425/426, spätere Aufl. 402–404, publiziert hatte und die in der Tat wohl zum Unqualifiziertesten und Niederträchtigsten gehört, das je über TM geschrieben wurde. Schon nach Erscheinen der ersten Auflage, 1948, hatte sich TM im fernen Kalifornien über die »Zustände in der Schweiz und Bösartigkeiten gegen mich« im TB verstimmt gezeigt, wenn er sich auch damals noch bemühte, die Angelegenheit mit resignierter Distanz zu betrachten. Das mißlang jetzt, bei der erneuten Publizierung der nie wirklich zur Kenntnis genommenen Schmähungen in seinem unmittelbaren Lebensraum, wie die TB-Notate der kommenden Wochen zeigen, gründlich. TM zog seine Zustimmung zu einer in Basel geplanten Ausstellung über sein Lebenswerk mit dem Hinweis zurück, daß in dieser Stadt der »Verhunzer« seines Lebens wohne (TB 29. 12. 1953). Erst Otto Basler (s. TB 5. 1. 1954, Text und Anm. 1) konnte ihn schließlich umstimmen, zumal inzwischen fast »die ganze gebildete Schweizer Presse« (an Ludwig Marcuse, 18. 12. 53) – mit der gravierenden Ausnahme von Karl Jaspers allerdings (s. TB 5. 1. 1954, Anm. 2) – ein Wort zu seiner Verteidigung gefunden hatte. Eine Zusammenfassung der ärgerlichen Vorgänge, über die sich TM selbst in vielen Briefen um die Jahreswende 1953/1954 ausläßt, gibt Thomas Sprecher, 256–259.

2] *Rascher:* Max Rascher (1883–1962), Inhaber des Zürcher Verlags Rascher & Cie.

3. 11. 1953

1] *Ausschnitt [. . .] an Frau Hauptmann:* An Margarete Hauptmann, Erlenbach, 3. 11. 1953, Reg. IV, 53/314: »[. . .] der anliegende Ausschnitt stammt aus einem neuen Schweizer Buchhändler-Blättchen [. . .], das sich auch durch einen recht idiotischen Schmähartikel gegen mich fesselnd zu machen sucht. Gleichzeitig, daneben, in derselben ersten Nummer durch diesen hämischen Denkmalsklatsch. Würden Sie mir sagen, ob etwas, und wieviel, ein einziges Wort, wahr daran ist? Und wenn schon, wo die blöde Verdrehung beginnt?« 135

2] *Denkmalsklatsch:* Neben der Thomas Mann-Seite war ein Bild zu sehen: das Rietschel'sche Denkmal vor dem Weimarer Nationaltheater, das sich von einer realitätskonformen Photographie nur dadurch unterschied, daß zwischen Goethe und Schiller die Gestalt Gerhart Hauptmanns einmontiert worden war. Die Legende von ›Domino‹ teilte u. a. mit, Hauptmann selbst habe diese Photomontage in Auftrag gegeben: »Dieses selbstverfaßte Standbild pflegte Gerhart Hauptmann als Postkarte an seine intimsten Freunde und solche, die es werden sollten, zu verschicken.« S. zu diesem Komplex die Kritik von Werner Weber in der NZZ, TB 7. 11. 1953, Anm. 1.

3] *Abwehr vorbereitet:* S. TB 7. 11. 1953, Anm. 1.

4] *an die Meyer:* An Agnes Meyer, Erlenbach, 3. 11. 1953, Reg. IV, 53/315; TM/AM 782–784.

5] *Jener kriegsverletzte Bildhauer:* S. TB 4. 3. 1953, Text und Anm. 3.

6] *Der Aufsatz über ihn:* Hermann Kesten, ›Über Klaus Mann‹, ›Meine Freunde, die Poeten‹, a.a.O. 229–239.

4. 11. 1953

1] *[an] Prof. Fuchs:* An Wilhelm Fuchs, Erlenbach, 4. 11. 1953, Reg. IV, 53/316. 136

2] *Prof. Fuchs:* Der Göttinger Jurist Wilhelm Fuchs (1885–1973).

3] *Interview:* Das Interview konnte nicht nachgewiesen werden. Österreichischer AP-Vertreter war 1953 Kurt Hampe, der im November 1952 den Bericht über die Wiener Pressekonferenz geschrieben hatte. Näheres TB 51/52, 731–733 nebst Verweisen.

4] *3 böse Artikel über die »Betrogene«:* Es haben sich nur zwei Kritiken ermitteln lassen. 1. Willy Haas, ›Die Betrogene‹, ›Die Welt‹,

10. 10. 1953, 18; 2. Walter Jens, ›Thomas Mann – problematisch‹, ›Welt am Sonntag‹, 4. 10. 1953. Ansonsten fand sich noch – in einem Artikel von Johannes Maje, ›Auf der Flucht vor Verehrern. Berühmte Schriftsteller haben keine ruhige Minute. Sie wissen, daß sie richten, raten und helfen müssen‹ – der etwas wirklichkeitsfremde Satz: »Jeder neigt dazu, die vielen Briefe von Ratsuchenden zu beantworten. Aber während sich Thomas Mann erlauben kann, mit seinen wundervollen, wie gestochenen Zügen zu antworten, da sich an ihn nur wenige herantrauen, kommen jene in Bedrängnis, denen jedermann glaubt, auf die Schulter klopfen zu dürfen.«

5. 11. 1953

136 1] *Absage-Brief:* Das Schreiben ist nach Reg. IV, 594, verschollen.

6. 11. 1953

136 1] *besprochen von Frey:* A. M. Frey, ›‚Altes und Neues' von Thomas Mann‹, ›Aufbau‹, New York, vol. XIX, No. 42, 16. 10. 1953, 8.

2] *Artikel »Wie wir uns schaden«:* Das Editorial des ›Aufbau‹, New York, vol. XIX, No. 43, 23. 10. 1953, 3, trug den Titel ›Wie wir uns selbst schaden. Der Fall der ‚Neuen Zeitung'‹ und hatte folgenden Wortlaut: »Es ist in der letzten Zeit viel über die Missverständnisse zwischen den Vereinigten Staaten und Europa geschrieben worden. Zahlreiche Reisende haben über die Entfremdung und die wachsende Abneigung des alten Kontinents gegen den Verbündeten im Weltkrieg, dem er sein Leben verdankt, berichtet. Der Gründe sind viele. Hier wie jenseits des Ozeans ist gesündigt worden, wurde guter Wille, bergehoch vorhanden, verschwendet und vertan. Meistens ist es schwer, den Finger auf die wunden Stellen der amerikanisch-europäischen Beziehung zu legen. Manchmal aber kann man einen Fehler klipp und klar feststellen. Hier ist einer, der in der letzten Zeit gemacht wurde, und er geht einwandfrei auf unser eigenes Konto./ Da hatten wir in Deutschland eine Tageszeitung, ›Die Neue Zeitung‹, die seit Ende des Krieges erschien und sich allmählich eine einzigartige Stellung im politischen und kulturellen Leben Deutschlands erworben hatte. Die Zustände in Deutschland hatten es mit sich gebracht, dass die wiedererwachte Presse zuerst mehr oder weniger eine Lokalpresse wurde. Die Einteilung Westdeutschlands in drei Zonen, die ausserordentlich starke Konzentrierung der Menschen auf Wiederaufbau und örtliche Interessen, machten alle Blätter zu Vertretern scharf begrenzter Gebiete. Blätter von landesweiter Wirkung, wie etwa in früheren Zeiten das ›Berliner Tageblatt‹, die ›Vossische Zeitung‹ oder die ›Frankfurter Zeitung‹ fehlten vollkommen. Das Hamburger Blatt wurde nicht in Stuttgart, das Kölner nicht in München gelesen. Erst in der letzten Zeit ist hierin eine Änderung eingetreten, haben sich eine Anzahl von Tageszeitungen von den Fesseln provinzieller Einstellung befreit und beginnen eine allgemeine Bedeutung in der Bundesrepublik einzunehmen./ Eine Ausnahme gab es, das war die amerikanische Zeitung ›Die Neue Zeitung‹, die eine einzigartige Stellung erworben hatte. Sie wurde überall in Westdeutschland gelesen, und zwar gelesen von jenen deutschen Kreisen, auf die es ankommt, den aktiven, politischen und geistigen Menschen. In ihr wurde im Gegensatz zum Parteicharakter der übrigen deutschen Blätter, objektiv und sachlich berichtet, hier stand ein Nachrichtenapparat für alle Gebiete zur Verfügung, dessen glänzende Verwendung sogar die neidische Bewunderung der deutschen Presse und nicht zuletzt die begeisterte Zustimmung der deutschen Regierung errang. Aus der ›Neuen Zeitung‹ konnte sich Bonn besser und korrekter orientieren als aus vielen deutschen Blättern./ Der Mann, der in langen Jahren dieses Blatt mit einem ausserordentlichen fähigen Stab zusammen gemacht hat, kehrt jetzt nach Amerika zurück. Wenn *Hans Wallenberg*, heute ein grosser Name auf der internationalen journalistischen Szene, das plötzlich vom State Department in Trümmer geschlagene Werk der ›Neuen Zeitung‹ (es existiert jetzt nur noch ein Berliner Blatt mit einer relativ kleinen zusätzlichen Auflage für ausserhalb weiter und ist, schon aus Budgetgründen, dadurch nicht fähig, die Erbschaft anzutreten) in Europa zurücklässt und nach den U.S.A. zurückkehrt, so wird er, ebenso wie sein Mitarbeiter Ernest Cramer, langjähriger stellvertretender Chef der ›Neuen Zeitung‹ in München und Frankfurt am Main, voll Stolz, aber auch voll Wehmut auf die geleistete Arbeit zurücksehen. Was Denunzianten und Verleumdern nicht gelungen war, gelang politischer Torheit und falscher Sparsamkeit: das beste und stärkste Propagandamittel der Vereinigten Staaten in Deutschland ist heute nicht mehr. Hier hatten wir eine ›Propaganda‹, die anerkannt, eine ›Vermittlung‹, die angenommen, eine ›Repräsentation amerikanischer Kultur und Politik‹, die jenseits aller deutschen Bekrittelung geblieben war. Genau das mussten wir kaputtmachen. Es war nicht nur Sparsamkeit am falschen Platze, es war eine Sparsamkeit, die nahezu an politische Torheit heranreichte./ Des Mannes Hans Wallenberg aber und seiner Journalistenschar wird man lange in Deutschland gedenken, als jenes positiven amerikanischen Immigrantentyps, der, das Gute seiner neuen Heimat in sich aufnehmend und das Gute seiner alten Heimat nicht verachtend, ein ehrlicher und schöpferischer Mittler zwischen dem Land seiner Vergangenheit und dem Land seiner Zukunft wurde.«

3] *die [...] Waisen der Rosenbergs:* Unter dem Anm. 2 zitierten Kommentar stand ein zweites Editorial ›Bis ins wievielte Geschlecht‹, das mit Worten des konservativ-republikanischen ›New York World Telegram‹ gegen eine Verfügung der Schulbehörden in Toms River/New Jersey protestiert, die die zwei Söhne der hingerichteten Rosenbergs »mit fadenscheinigen Gründen« aus ihrer Anstalt »entfernte«: »Das ist eine ganz bösartige Massnahme, ist ein unmenschlicher Akt [...]. Unser Land sollte im Geiste der Grosszügigkeit und des Edelmuts diesen Kindern jede Gelegenheit geben, als normale nützliche Bürger aufzuwachsen. Vor allem sollten sie niemals mit den Sünden ihrer Eltern belastet werden.«

7. 11. 1953

137 1] *Artikel von Weber:* Wb. ›‚Domino', eine Bücherzeitung‹, NZZ (Fernausgabe), 8. 11. 1953, Bl. 6/1 und 6/2: »›Domino‹ [...] wird, um der Sache willen, darauf bedacht sein, [...] ohne Kapricen und Hinterhalt und ohne bare Geschäftstüchtigkeit zu beraten. Hält sich ›Domino‹ nicht daran: wird es sich nicht halten können. Nun stehen zwei Sachen im ›Domino‹, von denen sich schwer sagen läßt, aus was für Ueberlegungen sie herbeigeholt worden sind. Sicher zu sagen ist nur: daß sie dem Charakter des Blattes nicht entsprechen, daß sie diesem kaum erst begründeten Charakter schaden, daß sie damit das Blatt gefährden. Es sind Ausrutscher.« Es folgen die Kritik an der aus dem Muschg'schen Kontext herausgelösten Passage über Thomas Mann und der Photomontage Schiller-Goethe-Hauptmann; s. TB 3. 11. 1953, Anm. 2. Webers Urteil: »Was hat das Bild in dieser Bücherzeitung zu tun? Wofür oder wogegen soll es wirken? Unerfindlich. Witzig ist das Bild auch nicht; aber es zu bringen, ist provinziell – weil es immer provinziell ist, sich an einem Genie einen Jux zu machen. Uebrigens verhält sich alles so, wie es in der Legende unter

dem Bild mitgeteilt wird? Leute, die mit dem Dichter nahen Umgang hatten, zweifeln.«
2] *an M. George:* An Manfred George, Erlenbach, 7. 11. 1953, Reg. IV, 53/325; Br. III, 313/314.

8. 11. 1953
1] *Rede für den Schein:* Im *Krull*, III, 10; GW VII, 633/634. 137
2] *an die »Büchergilde Gutenberg«:* An Maria Bradt, Erlenbach, 8. 11. 1953, Reg. IV, 53/327. Der Text, der Versuch, einen Fragebogen in Sachen *Zauberberg* zu beantworten, ist als Dok. 17, S. 836/837 abgedruckt.
3] *Pinza:* Der italienische Bassist Ezio Pinza (1892–1957).
4] *»The Outer Edges«:* Der 1948 publizierte Roman des TM gut bekannten amerikanischen Romanciers Charles R[eginald] Jackson (1903–1968).

9. 11. 1953
1] *alte Schnupftabaksdose:* Peter de Mendelssohn erzählt in seiner 138
Biographie ›Der Zauberer‹ (Frankfurt am Main 1975) die Geschichte dieses Familienstücks, das der Senator Mann von seinem Schwiegervater erhalten und testamentarisch seinem zweiten Sohn vererbt hatte. TM selbst benutzte die auf seinem Schreibtisch liegende »mit Gold eingelegte Schildpatt-Zigarettendose« jedoch nie. In seinem Werk hingegen spielt sie gelegentlich eine Rolle; so liebte Senator Castorp »eine längliche, mit Gold eingelegte Schildpattdose, die er handhabte«. (GW III, 39)
2] *Fiedlers Briefwechsel mit einem Ostdeutschen:* Der von Kuno Fiedler geschickte Brief eines Ostdeutschen (früheren Fiedler-Schülers), der eine – offensichtlich auf Falsch- und Halbinformationen beruhende – Kritik an TMs Verhalten 1933 und seiner gegenwärtigen Stellung zum Kommunismus geübt hatte, ist verloren. Im TMA befindet sich jedoch der Entwurf für die Antwort, die Fiedler an den jungen Mann schickte – Thesen, zu denen TM in seinem Brief, Erlenbach, 13. 11. 1953, Reg. IV, 53/330; Bl. TMG 12, 27/28, mit Argumenten Stellung nahm, die keine über das bereits Bekannte hinausgehenden Gesichtspunkte enthalten. Hans Wysling hat in seiner Einleitung zu dem Briefwechsel, Bl. TMG a.a.O., eine zusammenfassende Interpretation der beiden Schriftstücke gegeben.
3] *von Strich:* Bern, 8. 11. 1953; im TMA.

10. 11. 1953

138 1] *Jakob Hegner:* Der Verleger und Übersetzer Jakob Hegner (1882–1962), der mit seinem Verlag 1930 von Hellerau bei Dresden nach Leipzig und 1936 nach Wien übersiedelt war. Hegner, der 1938 nach England fliehen mußte, nahm nach dem Krieg seine Arbeit in der Schweiz und Italien wieder auf und etablierte 1949 einen neu gegründeten Verlag in Köln. – Die Büchersendung von Hegner enthielt u. a. die von TM in den folgenden Tagen gelesenen Werke von Reinhold Schneider.

139 2] *Ansermet:* Der Schweizer Dirigent Ernest Ansermet (1883 bis 1969). Die Uraufführung von Adrian Leverkühns Violinkonzert mit Rudi Schwerdtfeger als Solisten in TMs Roman *Doktor Faustus* erfolgte unter Ansermets Dirigat.

11. 11. 1953

139 1] *R. Schneider:* Der christlich geprägte, historisch-religiöse Themen bevorzugende Schriftsteller Reinhold Schneider (1903–1958), dessen Buch ›Über Dichter und Dichtung‹ 1953 bei Jakob Hegner in Köln erschienen war. Der Essay-Band ist in der Zürcher Bibliothek erhalten.

2] *über Lenau:* Reinhold Schneider, ›Über Dichter und Dichtung‹, a.a.O. 11–46, der Essay von 1940 ›Der Katarakt. Lenaus geistiges Schicksal‹.

3] *Aufsatz über Wagner:* Hans Mayer, ›Richard Wagners geistige Entwicklung‹, ›Sinn und Form‹, Jg. 5, 1953, H. 3/4, 111–162.

4] *an die »Weltwoche«:* An die Redaktion der ›Weltwoche‹, Erlenbach, o.D., Reg. IV, 53/329; die in der ›Weltwoche‹ vom 4. 12. 1953 im Rahmen der Rubrik ›Vorschläge für ein Buchgeschenk‹ von TM gegebenen Empfehlungen betrafen: Reinhold Schneider, ›Über Dichter und Dichtung‹, Alfred Polgar, ›Begegnung im Zwielicht‹, Rudolph Wahl, ›Die Deutschen. Eine Historie‹, und, für die Sparte »Ein älteres Buch«, Honoré de Balzac, ›Gesammelte Werke‹, Rowohlt, Hamburg.

12. 11. 1953

139 1] *von Walter Rilla:* [London], St. John's Wood, 11. 11. 1953; im TMA.

2] *Walter Rilla:* Der 1933 nach England emigrierte Schauspieler und Schriftsteller Walter Rilla (1894–1980).

13. 11. 1953
1] *»Trunken von Gedichten«:* ›Trunken von Gedichten. Eine Anthologie‹. Geliebte deutsche Verse ausgewählt von Thomas Mann, Hermann Hesse u. a., Zürich 1953. Ein Exemplar steht in der Nachlaßbibliothek. 139
2] *Beitrag: Das Lieblingsgedicht*, GW X, 921–923; Näheres s. TB 51/52, 582.
3] *Tolstoi-Nummer:* ›Sinn und Form‹, Jg. 5, 1953, H. 5. Der Tolstoi gewidmete erste Teil des Heftes wird – S. 5–7 – eingeleitet durch zwei Auszüge aus TMs Essay ›Leo Tolstoi‹ (›Altes und Neues‹); dann folgen – 8–27 – von Tolstoi ›Die Geschichte des gestrigen Tages‹, 28–36: I. A. Gontscharow, ›Briefe an Tolstoi‹, 37/38: Lion Feuchtwanger, ›Ketzerisches über Leo Tolstoi‹, 39: Johannes R. Bechers Gedicht ›Tolstoi‹ und 40–49: Anna Seghers' Essay ›Tolstoi‹. 140

15. 11. 1953
1] *argentinischer Teil:* TM führte sein Vorhaben nicht mehr aus. Die *Bekenntnisse des Hochstaplers Felix Krull* enden in Lissabon. Zu den Fortsetzungsplänen s. die Literaturangabe TB 3. 7. 1953, Anm. 3, sowie TMS V, 432–442. S. ferner den Verweis auf TMs Exzerpte aus den Tagebüchern von Hedwig Pringsheim-Dohm, die 1907 eine Reise nach Südamerika unternommen hatte, a.a.O. 396. 140
2] *an Fiedler:* S. TB 9. 11. 1953, Anm. 2.
3] *an Rilla:* An Walter Rilla, Erlenbach, 14. 11. 1953, Reg. IV, 53/334: Über die *Betrogene*, die TM Rilla zusenden ließ (»Den klinischen Fall im Stil der klassischen Novelle vorzutragen, gehört zur Konzeption«), und mit einem Glückwunsch zur Vollendung von Rillas Roman: »Wie froh und unerschöpflich wirkt es, dass Sie nach vierjähriger Arbeit an diesem Werk sogleich ein neues begonnen haben. ›Man muss immer arbeiten‹, sagt Tschechow. ›Wenn ein Mensch nicht mehr arbeitet, nicht ständig in einer Atmosphäre des Schaffens lebt, muss er sich immer leer und talentlos fühlen.‹ Finde ich auch. Talentlos finde ich mich freilich öfters auch beim Schreiben.« (Kopie im TMA)
4] *Tolstoi's »Geschichte des gestrigen Tages«:* Im TB 13. 11. 1953, Anm. 3 nachgewiesenen Sonderheft der Zeitschrift ›Sinn und Form‹.
5] *Briefe Gontscharows an ihn:* S. TB 13. 11. 1953, Anm. 3.

6] *Gedichte von Trebitsch:* Siegfried Trebitsch, ›Glück und Unglück wird Gesang‹, Zürich 1954. Das Buch ist in der Zürcher Bibliothek erhalten.

7] *Kreuzgang Belem:* Die Beschreibung der »unglaubliche[n], aus aller Zeit fallende[n] und in keiner bekannten wirklich angesiedelte[n], wie von einem Kinde erträumte[n] Zauberzierlichkeit des Kreuzganges von Kloster Belem, mit seinen Spitztürmchen und feinfeinen Pfeilerchen in den Bogennischen, seiner gleichsam von Engelshänden aus mild patiniertem weißem Sandstein geschnitzten Märchenpracht[...]«, Kapitel III, 10; GW VII, 636.

16. 11. 1953

141 1] *Bilderbuch:* Emmy Gehrig, ›Mein Lieblingsgedicht‹; mit der Widmung »Dem Meister der Menschlichkeit, 10. 11. 53« im TMA erhalten. S. auch TMs Dank an Emmy Gehrig, Erlenbach, 29. 11. 1953, Reg. IV, 53/349.

2] *Verbesserungen:* Auf dem Manuskriptblatt 299 ist, deutlich sichtbar, das Wort »Artefakt« in »Werkchen« verbessert (GW VII, 615, Z. 7 von unten).

18. 11. 1953

141 1] *Jacksons Roman:* S. TB 8. 11. 1953, Anm. 4.

2] *von Humm*: Das Schreiben befindet sich nicht unter den Dokumenten des TMA. Der Kontext des auf den ersten Blick nicht leicht einzuordnenden Notats läßt sich jedoch aus dem TB 19. 11. 1953, Anm. 1 nachgewiesenen Antwortbrief TMs ersehen. – Zu Humm s. TB 23. 3. 1954, Anm. 4.

3] *Bericht über einen katholischen Bewunderer*: S. dazu Br. III, 314 nebst der dazugehörigen Anmerkung, 577, wo Erika Mann den Bewunderer als den Photographen Leonard von Matt, Autor zahlreicher Bildbände über das katholische Italien, identifiziert.

4] *an den Verlag Kröner:* Erlenbach, 18. 11. 1953, Reg. IV, 53/335: Das Schreiben gilt als verschollen. Im Katalog für eine Auktion im Basler Erasmushaus am 18. Oktober 1967, 5, findet sich ein Auszug: »Bei Hesse habe ich nie gewohnt. War Frühjahr 1933 ... einige Wochen in Lugano und war häufiger Besucher in Hesses Haus ... ›Buddenbrooks‹ habe wenigstens *ich* nie als meinen ›einzigen wirklichen Roman‹ bezeichnet. Den einzigen wirklich naturalistischen deutschen Roman habe ich das Buch wohl genannt . . . Der ›Josef‹ war nicht als ›kleine Sammlung biblischer Novellen‹, sondern als Teilstück einer Novellen-Dreiheit (Triptychon) religionshistorischen Charakters aus verschiedenen Zeitaltern gedacht . . . *Es gibt* kein für den Film bearbeitetes Schauspiel etc. ›Die Frau mit den hundert Gesichtern‹ . . . Erwähnt dagegen sollte der Essayband von 1952, ›Altes und Neues, Kleine Prosa aus fünf Jahrzehnten‹ werden . . . Ferner die viel diskutierte (umstrittene) Erzählung ›*Die Betrogene*‹ (1953).«

5] *Artikel:* ›Thomas Mann‹, in Franz Lennartz, ›Die Dichter unserer Zeit. Einzeldarstellungen zur deutschen Dichtung der Gegenwart‹, Kröner, Stuttgart, 5. Auflage 1952; in der Zürcher Bibliothek. In der 6. Auflage von 1954 wurden die in obigem Schreiben erwähnten Monenda – teilweise wörtlich – berücksichtigt.

6] *Empfehlung:* Der Text der offenbar für den Book-of-the-Month Club gedachten Empfehlung ist im TMA erhalten. Er ist in TM/AM, 1100/1101 abgedruckt.

7] *Matthias' Buch:* ›Die Entdeckung Amerikas Anno 1953 oder Das geordnete Chaos‹, Hamburg 1953, des mit TM seit den zwanziger Jahren in loser Verbindung stehenden Soziologen und Politikwissenschaftlers Leo (ab 1939 Leon Lawrence) Matthias (1893–1970).

19. 11. 1953

1] *an Humm:* An Rudolf Jakob Humm, Erlenbach, 21. 11. 1953, *142*
Reg. IV, 53/340; Br. III, 314/315.

2] *Shaws »Helden«:* TM sah die Premiere im Zürcher Schauspielhaus. Unter der Regie von Werner Kraut und in einem Bühnenbild von Hannes Meyer spielte Hannes Schmidhauser den Bluntschli.

20. 11. 1953

1] *vom Onkel:* Das Schreiben von Klaus Pringsheim befindet sich *142*
nicht unter den Dokumenten des TMA.

21. 11. 1953

1] *Gespräch mit Zouzou:* Kapitel III, 10; GW VII, 636 bis Kapitel- *142*
ende 644.

2] *an Hans Meyer:* So im Manuskript. An Hans Mayer, Erlenbach, 21. 11. 1953, Reg. IV, 53/341. Die Auseinandersetzung mit dem TB 11. 11. 1953, Anm. 3 nachgewiesenen Wagner-Essay ist als Dok. 18, S. 837/838 wiedergegeben.

3] *Hans Meyer:* Der Jurist, Kultur- und Literarhistoriker sowie Essayist Hans Mayer (geb. 1907) lehrte 1953 in Leipzig.

22. 11. 1953

142 1] *Klaus Sommer:* Der spätere Mediziner Dr. Klaus Sommer (geb. 1938) hatte – wie er der Herausgeberin am 6. Dezember 1994 schrieb – im November 1953 auf einer seinem Brief an TM beigefügten Blanko-Visitenkarte um ein Autogramm des von ihm hochverehrten Dichters gebeten, das er dem für seine Mutter vorgesehenen Weihnachtsgeschenk, der gerade erschienenen *Betrogenen,* einlegen wollte. TM schrieb ihm daraufhin am 22. 11. 1953: »Ihren Wunsch erfülle ich in etwas anderer Weise, als Sie vorschlugen. Meine letzte Erzählung ›Die Betrogene‹, eignet sich garnicht recht als Weihnachtsgeschenk für Ihre Mutter. Sie hat einen zwar halbwegs versöhnlichen, aber doch traurigen Ausgang. Ich schicke Ihnen dafür den Goethe-Roman ›Lotte in Weimar‹. Der ist heiterer und als Geschenk auch etwas ausgiebiger. Auch für Sie selbst passt er besser. Eine Widmung habe ich hineingeschrieben.« (Zitiert nach einer von Klaus Sommer zur Verfügung gestellten Kopie.)

143 2] *meine Aufsätze über Freud: Die Stellung Freuds in der modernen Geistesgeschichte* (1929), GW X, 256–280; *Ritter zwischen Tod und Teufel* (1931), GW X, 465–467; *Freud und die Zukunft* (1936), GW IX, 478–501.

3] *wegen N. Y. T. Book Review:* Zusammenhang nicht mehr genau zu ermitteln. Offensichtlich hatte die ›New York Times Book Review‹ TM um einen Beitrag über Freud gebeten.

23. 11. 1953

143 1] *von Feuchtwanger:* O.O., 17. 11. 1953; in Feuchtwanger Briefwechsel I, 154.

2] *Besprechung:* Albrecht Goes, ›Thomas Manns Alters-Novelle‹, ›Aufbau‹, New York, vol. XIX, No. 47 v. 20. 11. 1953, 14: »[...] Dies ist eine sehr reife, sehr kluge und gewiss keine zynische Geschichte. Eine Geschichte des alten Thomas Mann. Einige Figuren haben etwas vom Zitat, sie kommen im ›Gänsespiel‹ schon früher vor. Ken, der gute Bursche, der eigentlich nicht so recht weiss, wie ihm geschieht, ist [...] einiger Castorp; die Damen, Mutter und Tochter, kennen wir in etlichen Zügen aus ›Lotte in Weimar‹, die Stammelrede im Labyrinth las man schon bei ›Joseph in Ägypten‹, als Mutemenet sich in die Zunge gebissen hatte, und dass im Mediziner etwas von Hofrat Behrens wiederkehrt, versteht sich von selbst. Aber: wenn schon Zitat, dann – aus welchem Arsenal! Und wenn schon alt, dann goethisch alt.« Goes hatte seine Besprechung mit einer poetischen Betrachtung begonnen, die vermutlich auch nicht TMs ungeteilte Zustimmung fand: »Lieben Sie Zinnien? Mögen Sie das: einen Zinnienstrauss am vierten Tag, wenn die Farben, das Gelb, das Orange, das Rotblau hinüberspielen ins Ocker, ins Aschgrau, ins Beige: wenn alles anfängt durchsichtig zu werden, differenziert, müde, todnah, alt? Sie müssen das nicht mögen. Aber wenn Ihnen das gefällt, dann wird Ihnen auch Thomas Manns jüngste Erzählung gefallen.«

3] *»Lesebuch«:* ›Deutscher Geist. Ein Lesebuch aus zwei Jahrhunderten‹, Berlin / Frankfurt am Main 1953. TMs Essay *Der Künstler und die Gesellschaft* in Bd. 2, 703–711.

4] *[an] die Gehrig:* An Emmy Gehrig, Erlenbach, 29. 11. 1953, Reg. IV, 53/249. S. TB. 16. 11. 1953, Anm. 1.

5] *[an] die Rümelin:* An Lore Rümelin-Wibel, Erlenbach, 29. 11. 1953, Reg. IV, 53/343.

6] *Artikel in »New Statesman«:* ›The Great Powers and the Big Lie‹, ›New Statesman and Nation‹, London, vol. XLVI, No. 1185, 21. 11. 1953, 617/618, mit einer Anklage gegen den britischen Außenminister Eden: »We accuse him of misrepresenting the latest Soviet Note in order to create the impression that while the Western Powers are anxious for a Four-Power Conference without preconditions, the Russians have laid down preconditions and so torpedoed it./ Deception reached a climax last week-end, when Mr. Molotov took the unprecedented step of holding a press conference, in order to explain what the Note really meant. At this conference, he categorically and repeatedly denied that his attitude to a Four-Power Conference is negative. His remarks were fully reported in ›The Times‹ but were brushed off in a leading article which blandly reaffirmed that the Note contained unacceptable preconditions. The Foreign Office, the State Department and the Quai d'Orsay were equally abrupt.« Der Artikel stellt mit großem Engagement die Frage nach dem Warum dieses Verhaltens und beantwortet sie ohne Umschweife: »The reason, we fear, is both simple and discreditable. The strategy of Cold War demands that the British people should be deceived. Immediately after Sir Winston's speech of May 11, the decision was taken in Washington – and accepted in London and Paris – that no talks with the Communists should take place which would disturb pre-determined Cold War plans of the Western Powers.«

7] *Essays von R. Schneider:* S. TB 11. 11. 1953, Anm. 2.

24. 11. 1953

143 1] *Turmhaus des Tanzmeisters:* S. das Schreiben an August Traber, Erlenbach, 25. 11. 1953, Reg. IV, 53/344: Dank für »die interessante Führung durch Ihr Anwesen« und die Mitteilung, daß er, TM, »nicht wohl beabsichtigen [könne], mehr als 230 000 Franken für den Erwerb eines Hauses auszugeben«. »Sie haben damit das aufrichtige und ernste Angebot, das ich Ihnen für Ihr Anwesen manchen kann.«

2] *Besprechung:* Hans Reisiger, ›Vom bescheidenen Sterben: Zu Thomas Manns Erzählung ‚Die Betrogene'‹, ›Stuttgarter Zeitung‹, 7. 11. 1953, Literaturblatt.

144 3] *Von Kerényi:* Weder in TM/KK noch unter den Dokumenten des TMA.

4] *Dr. Brody:* Der Verleger Dr. Daniel Brody (1883–1969), Inhaber des Rhein-Verlags in Zürich, bei dem u. a. die Werke Hermann Brochs erschienen.

5] *Brachte ihn [...] zustande:* Der Glückwunsch hat sich nicht nachweisen lassen.

6] *R. Schneider über Philipp II.:* ›Philipp II. und die spanische Form‹ in Reinhold Schneider, ›Herrscher und Heilige‹, Köln und Olten 1953, 82–96.

7] *»Statesman«:* Norman Mac Kenzie, ›Who Was Harry Dexter White?‹, ›New Statesman and Nation‹, vol. XLVI, No. 1185, 21. 11. 1953, 621.

8] *über White, Hiss*: Zur Spionageangelegenheit Alger Hiss vgl. TB 46–48, 789, 845 und 846. Der in diesem Zusammenhang verdächtigte amerikanische Finanzexperte Harry Dexter White war drei Tage nachdem er vor dem ›Committee on Un-American Activities‹ als »fellow traveler« denunziert worden war, an einem Herzanfall gestorben.

9] *Replik auf Trumans Rede:* In der Nacht vom 16. auf den 17. 11. hatte Ex-Präsident Truman über sämtliche Fernseh- und Radio-Stationen der USA die Beförderung des im Verdacht der Spionage stehenden hochrangigen Beamten Dexter White (s. TB 46–48, 789) zum Mitglied des Internationalen Währungsfonds mit der Erklärung begründet, White sei in dieser Stellung leichter zu kontrollieren gewesen. Der Direktor des FBI, Herbert Hoover, sei über den Schritt informiert worden. Hoover jedoch, unterstützt durch Justizminister Brownell, replizierte, das FBI habe die Taktik Trumans niemals gebilligt. Das Resultat der Auseinandersetzung, auf das sich TMs Eintrag bezieht, war ein Punktsieg für die Republikaner. Dank der fehlenden Überzeugungskraft des einstigen Präsidenten war es McCarthy und den Republikanern ein leichtes, ihre Ansicht, die demokratisch geführte Administration sei zu »kommunistenweich«, in der Öffentlichkeit zu untermauern.

25. 11. 1953

1] *literarische Philosophie:* TM konnte in Heft 3 der ›Neuen Rundschau‹, Jg. 64, 1953, neben viel Belletristik von Italo Svevo, Hugo von Hofmannsthal, Friedrich Schnack, René Char und Geno Hartlaub folgende Abhandlungen lesen: Theodor W. Adorno, ›Aufzeichnungen zu Kafka‹, 325–353; Wilhelm Röpke, ›Machiavellismus und Realismus in der internationalen Politik‹, 456–464; Bruno Snell, ›Dogmatismus und Wissenschaft‹, 475–481. 144

2] *Fragebrief:* An August Traber; s. TB 24. 11. 53, Anm. 1.

3] *23 000 Franken:* So – statt 230 000 – in der Handschrift.

4] *Verwirrung im Palais Bourbon:* TM verwechselt, wie häufig in den Aufzeichnungen dieser Zeit, die EWG (Europäische Wirtschaftsgemeinschaft) mit der EVG (Europäische Verteidigungsgemeinschaft). Die Verwirrung im Palais Bourbon entstand daraus, daß Ministerpräsident Laniel die Regelung der Saarfrage als eine Bedingung hervorhob, die erfüllt sein müsse, bevor Frankreich der Ratifikation der EVG zustimme.

26. 11. 1953

1] *Aufsatz Adornos:* S. TB 25. 11. 1953, Anm. 1. 145

27. 11. 1953

1] *Einladung nach dem Haag:* Von der Societeit voor Culturele Samenwerking, Den Haag, 16. 11. 1953; im TMA. 145

2] *Positiv ins Auge gefaßt:* S. TMs Antwort, Erlenbach, 28. 11. 1953, Reg. IV, 53/348.

3] *Einladung nach Weimar:* Von Alexander Abusch zur Teilnahme an der Feier zum 150. Todestag Johann Gottfried Herders am 28. 12. 1953. TM antwortete am 28. 11. 1953 (Reg. IV, 53/347) in einem von der Ost-Berliner Wochenschrift ›Sonntag‹, Jg. 8, No. 51, 20. 12. 1953 abgedruckten Schreiben: »Die Einladung des Deutschen Herder-Ausschusses 1953 zur Teilnahme an der Feier vom 18. Dezember in Weimar ist mir eine große Ehre, für die ich vielmals zu danken habe. Aber so leid es mir tut – ich muß sie ablehnen [...]. Meine Gesundheit steht gar nicht mehr auf den festesten Füßen, und die Wiederanpassung an das mitteleuropäische Klima wird meinen Jahren doch schwerer, als ich gedacht. Groß ist die Neigung zu Erkältungen, die immer gleich in Bronchitis ausarten, und so wenig ich gewohnt bin, mich zu schonen, ich muß es nun doch lernen, wenn ich noch etwas vor mich bringen will, was ich doch immer noch möchte. [...]/ Glauben Sie, daß mir mein Besuch in Weimar von 1949 nicht auch ›unvergeßlich‹ ist? Aber zuviel spricht dagegen, ihn jetzt zu wiederholen. Nur meine herzlichen Wünsche kann ich senden für einen schönen, begeisternden Verlauf der Feier zu Ehren des großen deutschen Humanisten – und meinen Dank dafür, daß man meine Gegenwart wünscht.«

4] *Giovanellinis' [...] Drama »Das grüne Blut«:* TM sah die Premiere des Schauspiels ›Sangue Verde‹ des italienischen Dramatikers Silvio Giovanninetti (geb. 1911). Unter der Regie von Oskar Wälterlin und in einem Bühnenbild von Hannes Meyer spielten Ellen Widmann und Werner Hinz die Hauptrollen.

28. 11. 1953

146 1] *Brief [...] über die »Betrogene«:* Von Martin Gregor-Dellin; s. TMs Dank, Erlenbach, 29. 11. 1953, Reg. IV, 53/352.

2] *Aufsatz über Hitler:* Herbert Lüthy, ›Der Führer persönlich. Gedanken beim Lesen zweier Biographien‹ [Allan Bullock, ›Hitler. A Study in Tyranny‹, London o.J., deutsch ›Hitler. Eine Studie über Tyrannei‹, Düsseldorf o.J., und Walter Görlitz/Herbert A. Quint, ›Adolf Hitler. Eine Biographie‹, Düsseldorf o.J.], ›Der Monat‹, Jg.6, H. 62, Nov. 1953, 149–161. Vermutlich hat TM an der Lüthy'schen Darstellung Adolf Hitlers als mediokren Unhold vor allem die psychologische, in Tenor und Stil seinem Essay *Bruder Hitler* verwandte Interpretation gereizt. Dämonisch, so Lüthy, seien nicht Hitlers

»weltgeschichtliche Spintisierereien, nicht der Nationalismus, nicht die Überheblichkeit und nicht der Gewaltglaube, sondern der penetrante Geruch von Obszönität, von verdorbener und perverser Geilheit. [. . .] Das mit besessener Monotonie wiederkehrende Thema ist der Alptraum vom schwarzhaarigen Dämon, der sich der blonden Jungfrau nähert – ein schwüler Verbotstraum einer unglücklichen Pubertät.« Lüthys mit Thomas Manns gegen den Nationalsozialismus und ihren »Führer« gerichteten Thesen nahezu identisches Fazit: »[. . .] die Erhebung seiner obszönen Wahnwelt, dieses krankhaften Auswurfs schwuler Männerheimerotik, des Geistes, der Auschwitz, Maidanek und die Züchtungskartotheken des Rasse- und Siedlungshauptamtes hervorbrachte [. . .], bezeichnet einen absoluten Tiefpunkt der menschlichen Geschichte, tief unter jeder Barbarei, unterhalb aller Greuel und Verbrechen des Krieges und des Terrors. Der Nachtmahr ist zerstoben. Doch wer will sich wundern, daß den Nachbarn und Zeugen dieses Schauspiels noch das Grausen in den Gliedern steckt?«
3] *Lüthy:* Der Schweizer Historiker, Wirtschafts- und Finanzgeschichtler, Publizist und Essayist Herbert Lüthy (geb. 1918).

30. 11. 1953
1] *Première des Mario-Balletts:* S. TB 31. 1. 1953, Anm. 2. *147*
2] *»Frau und Frieden«:* ›Frau und Frieden‹, Mitteilungsblatt der Westdeutschen Frauenfriedensbewegung. Unter ständiger Mitarbeit von Klara-Maria Faßbinder, Maria Deku, Erna Hintz-Vonthron, Elly Steinmann u. a. herausgegeben von Elli Nowak-Haney, Fritz Küster-Verlag, Hannover; erschienen 1953 und 1954.
3] *Über den Sieg Adenauers:* TM las die No. 10/1953, die sich mit den Folgen des Adenauerschen Wahlsieges auseinandersetzte; in erster Linie den Leitartikel von Klara-Maria Faßbinder ›Wachen ist unser Auftrag‹, a.a.O. 1/2.
4] *»Deutsche Reise«:* Vermutlich meint TM – die referierenden Sätze des TB: »sie haben [. . .] aus Führerkult u. Wille zum Wohlleben den dritten Weltkrieg gewählt«, die in verschiedenen Abhandlungen artikuliert werden, weisen darauf hin – die Spekulationen über den weiteren Weg Westdeutschlands, wie sie in dem Anm. 3 nachgewiesenen Heft mehrfach angestellt werden.
5] *Gerok:* Der evangelische Theologe (Oberhofprediger) und Ver-

fasser erbaulicher Gedichte Friedrich Karl von Gerok (1815 bis 1890).

6] *»Palmblätter«:* Die in Hunderten von Auflagen verbreitete Sammlung geistlicher – häufig auf der Grundlage von Bibeltexten verfaßter – Gedichte von Friedrich Karl von Gerok, 1. Auflage Stuttgart 1857.

7] *»Hexe von Endor«:* ›Palmblätter‹, 131. Auflage, 397.–399. Tausend, Stuttgart o.J. (ca. 1900), 15–18: ›Saul, was rufst du mich?‹, 1. Sam. 28, 5–25: »Horch! das Zauberweib von Endor murmelt nächtliche Beschwörung, / Ihr zu Füßen liegt der König in verzweifelter Bethörung. / Statt des Purpurs deckt die Glieder des gemeinen Kriegers Rock, / Mit dem Staube mischt sich schmählich sein gesalbtes Hauptgelock. // Kräuter dampfen in der Pfanne; wirkt er schon, der Zauberfrevel? / Unterird'sche Thore donnern, aus dem Boden flammt's wie Schwefel, / Aus dem Boden steigt's wie Nebel, der sich leise zieht und ballt, / Lang und langsam sich entfaltet zur entsetzlichen Gestalt. // Aber nicht im Zauberkreise, Sieh! er steht dem Weib im Rücken! / Schaudernd wendet sie das Antlitz, starrt ihn an mit wilden Blicken; / Die Betrügerin betrogen! nicht ihr Werk ist, was sie schaut, / Dieser kommt aus andern Welten: ›Samuel!‹ so schreit sie laut.« usf.

8] *Alfred Weber:* Der Soziologe und Kulturphilosoph Alfred Weber (1868–1958), ein Bruder des Sozialökonomen, Wirtschaftshistorikers und Soziologen Max Weber (1864–1920), zog sich 1933 ins Privatleben zurück, nahm jedoch 1945 seine Heidelberger Lehrtätigkeit, die er seit 1907 ausgeübt hatte, noch einmal wieder auf.

9] *»Der dritte oder der vierte Mensch«:* Alfred Weber, ›Der dritte oder der vierte Mensch. Vom Sinn des geschichtlichen Daseins‹, München 1953.

10] *Gedichte:* Weder über den Autor noch über das Buch konnte Näheres ermittelt werden.

1. 12. 1953

147 1] *»The Gottesman Lectures«: Goethe und die Demokratie* war 1951 als Band 3 der in Uppsala und Stockholm erscheinenden Reihe der Boktryckeri Almquist & Wikseels, ›The Gottesman-Lectures Uppsala University, 1949‹ erschienen. (S. Potempa G 1038.3) Der Druck ist in der Zürcher Bibliothek vorhanden.

2] *von Silvio Giovanninetti:* Das Schreiben des italienischen Autors, dessen Stück ›Das grüne Blut‹ TM am 27. 11. 1953 im Zürcher Schauspielhaus bewundert hatte, befindet sich nicht unter den Archivalien des TMA.

2. 12. 1953

1] *das elfte (letzte) Kapitel von III:* GW VII, 644–661: Die Corrida, und der durch das Dazwischentreten der Mutter so ungewöhnlich verlaufende Abschied von Zouzou. *148*

2] *»Bericht an die Regierung«:* Der 1953 in Frankfurt am Main erschienene Essay des Schriftstellers Wolfgang Weyrauch (1907 bis 1980).

3] *Entlassung:* Dem Beispiel Norwegens folgend, hatte Dänemark die letzten vier, schwerster Vergehen überführten deutschen Kriegsverbrecher »ausgewiesen«. Diese Umwandlung der Gefängnisstrafe in einen Landesverweis hatte zu unfreundlichen Spekulationen Anlaß gegeben.

4] *Rede des Dulles:* Der US-Außenminister John Foster Dulles hatte auf einer Pressekonferenz der Kritik McCarthys an der amerikanischen Außenpolitik mit einer Schärfe widersprochen, die Beobachter folgern ließ, die Regierung Eisenhower habe sich endlich entschlossen, den Kampf mit dem Senator aufzunehmen.

3. 12. 1953

1] *Artikel:* Jacques Mercanton, ›A propos de Thomas Mann‹, ›Journal de Genève‹, 28./29. 11. 1953. Zu TMs Reaktion vgl. den Dankesbrief an Mercanton, Erlenbach, 6. 12. 1953, Reg. IV, 53/355; Br. III, 315/316: »Das Wort ›Literat‹, mit dem Muschg mich charakterisiert, ist unübersetzbar. Es ist im Deutschen eine Art Schimpfwort geworden, und das objektive und gelassene ›Homme de lettres‹ [mit dem Mercanton in seinem Artikel den Begriff ›Literat‹ übersetzt hatte] gibt seinen Sinn nicht wieder. [. . .] Ihre Art, den Gegenstand zu behandeln, ist sehr nobel und ganz nach meinem Herzen. Ihre Darlegung, daß die Grenzlinie zwischen ›Dichter‹ und ›Schriftsteller‹ in der Person selbst verläuft und nicht außer ihr. Goethe war ein wunderbarer Schriftsteller, abgerechnet, daß er ein wunderbarer Dichter war. Lessing hat geleugnet, ein Dichter zu sein, mit Unrecht, aber ich habe einmal gefragt: ›Muß man denn durchaus ein Dichter sein, wenn man ein Lessing ist?‹ [. . .]« *148*

4. 12. 1953

149 1] *von Mondadori:* ›Tonio Kröger. Tristano‹, übersetzt von Emilio Castellani, Mailand 1953.

2] *Ketzerbuch:* Walter Nigg, ›Das Buch der Ketzer‹, Zürich und Stuttgart 1949.

3] *Nigg:* Der Theologe und Religionsphilosoph Walter Nigg (1903–1988).

4] *Tochter Beth u. ihr Mann:* Die Schwester von TMs Schwiegertochter Gret Moser, die Sängerin Elisabeth Brahn-Moser, mit ihrem Mann Franz Brahn.

5. 12. 1953

149 1] *Gsü:* Nicht ermittelt.

2] *Chateau-Brief von Reisiger:* O.O., 4. 12. 1953: Dank für die Tage in Erlenbach, geschrieben aus den nach dem Aufenthalt in den »oberen Rängen« etwas »miekrig« anmutenden Bereichen: »die sonnige Höh' von Erlenbach [...] das lichte (›mesquine‹!!) Häuschen hat es mir recht angetan – ich hatte so das Gefühl, daß man darin eigentlich garnicht übler Laune oder traurig sein kann. – Die äußeren Stationen Ihres Lebens sind ja überhaupt doch beneidenswert schön – die Poschingerstreet am hellen Isarufer [...] dann Schiedhaldenstraße – dann das Paradies in Kalifornien – nun Erlenbach – lauter liebliche Wohnstätten!« (Bl. TMG No. 8, 35/36.) – Am 5. 9. 1952, TB 51/52, 268, bezeichnet TM schon einmal ein Schreiben von Hans Reisiger als »Chateau-Brief«. Da dieser Brief jedoch nicht mehr erhalten ist, läßt sich nicht sagen, ob sich die Etikettierung »Chateau-Brief« stets auf Reisiger-Äußerungen zum Domizil seines Freundes bezieht.

3] *Flinkers Almanach: Das mir nächste meiner Bücher,* ›Littérature Allemande‹, Almanach 1954 der Librairie Martin Flinker, Paris 1954; GW XI, 686/687.

4] *an Prof. Nigg:* Nach Reg. IV, 594, verschollen.

5] *»Holzknecht-Einlauf«:* Eine nach dem Wiener Röntgenologen Guido Holzknecht (1872–1931) benannte Untersuchungsmethode.

6. 12. 1953

150 1] *an Trebitsch:* Der Brief an Siegfried Trebitsch gilt nach Reg. IV, 594, als verschollen.

2] *»Traulich und treu ist's nur in der Tiefe«:* Der Abgesang der Rheintöchter am Schluß des ›Rheingold‹.
3] *Suhrkamps »Deutscher Geist«:* S. TB 23. 11. 1953, Anm. 3.

7. 12. 1953
1] *an Reisiger:* An Hans Reisiger, Erlenbach, 7. 12. 1953, Reg. IV, 53/356. *150*
2] *Hadrian-Buch:* Marguerite Yourcenar, ›Ich zähmte die Wölfin‹, Stuttgart 1953 (›Mémoires d'Hadrien‹, Paris 1951). TM hatte den Vorabdruck eines Kapitels der Übersetzung im ›Merkur‹ gelesen (s. TB 14. 3. 1953, Text und Anm. 5) und über Hans Reisiger um das Buch gebeten. Zu TMs Reaktion vgl. das Schreiben an Fritz Jaffé, Erlenbach, 10. 12. 1953, Reg. IV, 53/358: »[. . .] recht vielen Dank für die Hadriansmemoiren, die ich mit wahrem Entzücken lese. Das schönste Buch, das mir seit langem vorgekommen. Eine erstaunliche Frau, diese Yourcenar. Die Übersetzung ist vorzüglich. Das Original kann nicht viel besser sein.« (Kopie im TMA)

8. 12. 1953
1] *Guter Artikel:* Giorgio Zampa, ›Thomas Mann e ‚L'Inganno'‹, ›Il Mondo‹, Rom, 3. 11. 1953, 7. *150*
2] *das Ganze erschienen:* S. TB 31. 12. 1953, Anm. 1.
3] *1. Sekretär der Sowjetgesandschaft:* Smolin, s. TB 7. 5. 1954, Anm. 3.
4] *an Knopf:* Erlenbach-Zürich, 8. 12. 1953; Dank für die Weihnachts-Zigarren und Bericht von den Überlegungen, sich in Zürich oder der französischen Schweiz eine Familien-Bleibe zu kaufen, »because we sold our place in Palisades. Don't ask for which price! 50.000 dollars, it is a shame./ I am looking forward to the English translation of ›Die Betrogene‹. In Europe the little story is quite a sensation. That is to say: some people are using bad language on it, but others are deeply moved. ›La Stampa‹, Rome, published a splendid article and printed the whole thing./ Meanwhile I advanced very nicely with the Krull-memoirs. I have so much manuskript that I ask my self [!] sometimes, wether [!] I should not publish a ›first volume‹ next spring, as I did in the case of ›Joseph‹./ Best love from both of us to Blanche and you, dear old friend!« (Der bislang nicht nachgewiesene, handgeschriebene Brief stammt aus dem Knopf-Archiv, New York.) *151*

10. 12. 1953

151 1] *Neujahrsartikel:* ›Nippon ni okuru shukufuku no kotoba‹, ›Sangyo Keizai Shimbun‹, Tokio, 1. 1. 1954, 1. Der deutsche Text ist im TMA erhalten und als Dok. 19, S. 839–842 abgedruckt.

2] *Rede Eisenhowers:* Der amerikanische Präsident hatte am 9. 12. 1953 vor den Vereinten Nationen eine von großen Teilen der Presse zunächst enthusiastisch aufgenommene Rede gehalten, die im Vorschlag einer »International Atomic Energy Agency« gipfelte, durch deren Installierung eine gemeinsame internationale Verwendung der Atomkraft ausschließlich zu friedlichen Zwecken gewährleistet werden sollte. Während gewisse Kreise des Senats diesem »neuen Friedensplan« applaudierten, wurde in führenden Zeitungen sehr bald Kritik formuliert: Der für die Russen voraussichtlich unannehmbare Plan habe lediglich die Stellung des Präsidenten in der freien Welt gefestigt und – durch das Angebot von Geheimverhandlungen mit den Sowjets – die Verhandlungsatmosphäre »für den Augenblick« zum Besseren gewendet. Und noch von einer anderen Seite mußte der Präsident Kritik hinnehmen: Viele Kongreßabgeordnete fürchteten ein neues »Give away program« auf Kosten Amerikas und verlangten Sicherheitsgarantien, während Atomwissenschaftler erklärten, nur ein Moratorium in der Produktion der Atomenergie könne wirklich international beruhigend wirken.

3] *im »Hochland«:* Alfred von Martin, ›Thomas Mann und Nietzsche. Zur Problematik des deutschen Menschen‹, ›Hochland‹, Jg. 46, Dez. 1953, 135–152.

4] *Prof. v. Martin:* Der Jurist und Soziologe Alfred von Martin (1882–1979). Näheres TB 46–48, 585/586.

5] *von Elémire Zolla:* Elémire Zolla, ›Thomas Mann. Disegno della personalità. Il Doktor Faustus‹, ›Letterature moderne‹, Milano, Jg. 4, 1953, No. 2, 146–153.

6] *Elémire Zolla:* Nichts Näheres ermittelt.

7] *Antwort Wischinskys:* Überraschend – und, wie die Zeitungen betonten: »unzweifelhaft auf Grund ausdrücklicher Instruktionen aus Moskau« – nahm der sowjetische UN-Beauftragte Wyschinski »in den letzten Minuten der laufenden Session« noch Stellung zu dem Eisenhower-Vorschlag und erklärte, daß ohne »bedingungsloses Verbot der Atomwaffen« keine Stärkung des Friedens und der Internationalen Zusammenarbeit denkbar und ohne strikte Kontrolle des

Verbots keine Sicherheit über die ausschließlich friedliche Verwendung von Atomkraft möglich sei.

11. 12. 1953

1] *an Mme Zolla [...] Zornige Zurechtweisung:* An Elémire Zolla, Erlenbach, 11. 12. 53, Reg. IV, 53/359: »Dear Madam. I am addressing you thus since Elémire would surely seem to be a female name.« – Dank für den Aufsatz über den *Doktor Faustus:* »›Il dramma dell'intelligenza estrema‹ – that is well put, – a neatly fitting formulation. On the other hand I was all but horrified by the wholly erroneous characterisation you give of the appearance – of not the apparition, the epiphany – of the child Echo: ›Su cui dopo che ci e stato presentato in una luce di blando e dolce idillio, cala una luce perversa etc.‹ Thereby the probably best, most wondrous and – for all the awfulness of its end – the most poetical episode of the book becomes nonsensically disfigured.« (Kopie im TMA) 152

2] *Prospekt des K. H.-Films:* In der Sammlung HOM, Düsseldorf, erhalten: »Thomas Mann, der seine Tochter Erika zu den Aufnahmen entsandte, darf zufrieden sein, und mit ihm Millionen, denen das Werk eines großen Dichters nun mit allem Zauber und aller Verzauberung im Farbfilm nahegebracht wird.«

12. 12. 1953

1] *Artikel:* Henri Cohén, ›Thomas Mann‹; eine Doppelseite mit Portrait und Artikel unter den Gesichtspunkten »Der Zeitgenosse« und »Der Dichter« nebst Auszügen aus *Deutsche Hörer!*; ›Der öffentliche Dienst‹, Zürich, Dezember 1953. 152

2] *Polnisches Blatt wünscht:* Nicht mehr zu rekonstruieren.

3] *Corrida-Szene:* Kapitel III, 11, GW VII, 644–656.

4] *an Claire Goll:* Erlenbach, 12. 12. 1952, Reg. IV, 53/360; Br. III 316/317.

5] *Claire Goll*: Die deutsch-französische Schriftstellerin Claire Goll (1890–1977), Witwe des Lyrikers Yvan Goll.

6] *»Tobias und Sara«:* Die Aufführung von Claudels Prosa-Dichtung ›Histoire de Tobie et de Sara‹ (1939) mit Karl Kuhlmann als Tobias und Béatrice Föhr-Waldeck als Sara sowie dem Kammersprechchor unter Leitung von Ellen Widmann im Zürcher Schauspielhaus.

7] *Claudel:* Der französische Schriftsteller und Diplomat Paul Claudel (1868–1955).

153 8] *Kleine Ansprache:* Vgl. den Kondolenzbrief von TM an Agnes E. Meyer nach dem Tod Claudels, 16. 3. 1955, Reg. 55/83, TM/AM 799/800: »Als er hier war, sagte er von der Bühne herab: ›Me regardez bien, j'ai 86 ans, vous ne me reverrez pas‹.«

9] *seine Spottverschen:* S. TM an Agnes Meyer, 11. 12. 1954: »Korrespondieren Sie mit Claudel fleißiger als mit mir? Das wäre ein Grund für mich, Spottverschen über ihn zu schreiben, wie er einst über mich.« (TM/AM 790); s. ferner ›Out of these Roots‹, a.a.O. 181, ›Farewell‹: »My dearest Paul, je vous lâche, / L'amour comme les fleurs se fane / Je m'en vais garder les vaches / Avec le poète Thomas Mann. / June 11, 1937.«

10] *le protestant maudit:* Vgl. Agnes Meyer, ›Out of these Roots‹, a.a.O. 181, den Anm. 9 zitierten Vers; s. ferner TM an Agnes E. Meyer, 20. 12. 1953, Reg. IV, 53/376; Br. III, 317; TM/AM 784: »Hat Claudel Ihnen von unserer Begegnung in Zürich erzählt? Er war sehr charmant zu dem Protestant maudit. Das erste Wort, das aus seinem Munde kam, war Ihr Name.« Zum Komplex TM/Claudel s. auch Hans Rudolf Vaget in seiner Einleitung zu TM/AM, 29–31.

14. 12. 1953

153 1] *an Frau Corinth:* Das Schreiben an die Malerin Charlotte Berend-Corinth, Witwe von Lovis Corinth, ist nach Reg. IV, 594, verschollen.

15. 12. 1953

154 1] *an Käthe Rosenberg:* Erlenbach, 15. 12. 1953, Reg. IV, 53/365.

2] *Feste Zel:* Hier ist – unter Anspielung auf die Beschreibung der ägyptischen Grenzbefestigung in *Joseph in Ägypten*, Erstes Hauptstück: ›Die Reise hinab‹, letztes Unterkapitel ›Die Feste Zel‹, GW IV, 709/710 – der »Turm« des »Tanzmeisters« (s. TB 24. 11. 1953, Anm. 1) gemeint.

3] *Le Monde:* Die Zeitung hatte sich darüber beklagt, daß der deutsche Bundeskanzler nicht nur über jeden Notenwechsel der Westmächte mit der Sowjetunion informiert werde, sondern auch vor der Session des Atlantikrates ein Mitspracherecht gefordert und erhalten habe.

4] *Konflikt:* Während seiner Rede bei der 12. Session des Atlantikrats in Paris hatte der französische Außenminister ein Plädoyer für die Unterordnung der europäischen Integrationsbestrebungen unter den Atlantikpakt formuliert und – mit dem Ziel, durch die Forderung von Garantien gegenüber möglicher von Deutschland ausgehender Bedrohungen, einen Aufschub für die Ratifizierung der europäischen Verteidigungsgemeinschaft zu erreichen – konstatiert, daß eine europäische Verteidigungsorganisation nicht außerhalb der atlantischen Allianz denkbar sei. Demgegenüber hatte der amerikanische Staatssekretär kategorisch erklärt, die USA bestünden auf einer Ratifizierung des EVG-Vertrags durch Frankreich, lehnten die gewünschte Form der Garantien ab und weigerten sich auch, eine Aufnahme Westdeutschlands in die NATO im Sinne einer Alternative zur Europäischen Verteidigungsgemeinschaft in Erwägung zu ziehen. Zeige sich, daß die westeuropäischen Staaten nicht gewillt seien, »eine gesunde und vernünftige Politik weiterzuverfolgen«, sähen sich die USA zu einer »Überprüfung und Neubewertung der Grundzüge ihrer eigenen Politik« gezwungen.

16. 12. 1953

1] *Ribeiro:* Der Torero, dessen Stierkampf Krull in Begleitung der Familie Kuckuck zuschaut, GW VII, 653–656. *154*

2] *an Leibrich:* An Louis Leibrich, Erlenbach, 16. 12. 1953, Reg. IV, 53/367: »[...] Vielen Dank für das merkwürdige Maupassant-Exzerpt! Gerade Maupassant habe ich früh im Original gelesen, die Novellen. Von Flaubert die Education. Sonst alles in Übersetzungen, auch die Goncourts, die mich mit ›Renée Mauperin‹ zu meinem ersten Roman ermutigten. Mit Bestimmtheit kann ich versichern, daß ich ›Sur l'Eau‹ nie gelesen habe und daß also von einem Abfärben auf ›Tonio Kröger‹ nicht die Rede sein kann. Allerdings habe ich den Auszug [Stellen aus Maupassants Tagebuch ›Sur l'Eau‹ (1888), worin unter den Eintragungen vom 10. April Betrachtungen über die menschliche Not des Schriftstellers stehen, die mit denjenigen Tonio Krögers im Lisaweta-Kapitel eng verwandt sind] mit großer Überraschung gelesen. Es geschieht wohl zum ersten Mal, daß auf die Parallelität hingewiesen wird. Sie ist erstaunlich, aber, enfin, ein Wunder ist sie nicht.« (Zitiert nach ›Die Neue Rundschau‹, Jg. 77, 1966, H. 2, 228/229.)

3] *T.K.-Coinzidenz:* S. Anm. 2.
4] *Witwe Platzer:* Hildegard Platzer, die Witwe von TMs langjährigem Briefpartner Martin Platzer.

17. 12. 1953

155 1] *die Einritzung in die Memnonssäule [. . .] gesehen:* Vielleicht auf der ersten Ägyptenreise im Jahre 1925. Vgl. den Reisebericht *Unterwegs*, GW XI, 355–365: »Wir waren [. . .] in den Königsgräbern von Theben. [. . .] Ich habe in der Glut eines Himmels, von dem seit drei Jahren kein Tropfen Regen gefallen ist, die Trümmer einer Kultur ragen sehen [. . .]; ich bin im Staube zwischen diesen Lotos- und Papyrussäulen, diesen Pylonen gewandelt, deren Flächen so zauberdicht mit Bild und ewiger Inschrift gefüllt sind.« (360)

18. 12. 1953

155 1] *an Reinhold Schneider:* Erlenbach, 18. 12. 1953, Reg. IV, 53/372: »Um Ihre katholische Basis und Bindung sind Sie zu beneiden. Mir fehlt diese Geborgenheit, denn mein Protestantismus ist bloße Kultur, nicht Religion, und fast überrascht es mich, daß das Meine in Ihrem Leben, vom Frühesten bis zum Späten, die Rolle spielen konnte, die Sie andeuten. Es muß eben eine herzliche Liebe zum Guten, Wahren, Schönen aufkommen für den Glauben – vielleicht ist sie nicht ein, sondern der Glaube. Denn immerhin, seit den Josephsgeschichten, dem Faustus und dem Erwählten bekomme ich eine gewisse Anteilnahme in theologischer Sphäre für meine Arbeit zu spüren und habe nachgerade aufgehört, mich darüber zu wundern. Stände es so schlimm um mich, wie die garantiert transzendenten Holthusen meinen, so hätte kaum, kürzlich in Rom, Pius XII. meine Hand so lange in seiner gehalten. Ohne den leisesten Widerstand beugte der Luther-Sproß, der übrigens Luther nicht recht leiden kann, das Knie vor der weißen Gestalt, tiefgerührt, und hält diesen Augenblick in Ehren. Übrigens war von Luther, der Wartburg und der letztlichen Solidarität aller homines religiosi die Rede, die der Papst anerkannte. ›Das ist alles nur eine Welt.‹/ Ich werde Sie weiter lesen und mir Ihr Werk möglichst zu eigen machen.« (Zitiert nach ›Reinhold Schneider, Leben und Werk in Dokumenten‹, hrsg. v. Franz Anselm Schmitt, Olten 1969, 187.)

19. 12. 1953
1] *jungen Braun:* Michael Braun, der Sohn des Regisseurs Harald Braun. 156
2] *Producer:* Hans Abich; s. TB 28. 8. 1953, Anm. 1.
3] *Dieter Borsche:* Der Schauspieler Dieter Borsche (1909–1982) spielte die Rolle des Prinzen Klaus Heinrich.
4] *Löwenjoul, Albrecht, selbst Überbein:* Siehe TB 1. 5. 1953, Anm. 16.
5] *Freundlicher Eindruck:* S. TM an Albrecht Goes, 15. 1. 1954, Reg. IV, 54/23, Br. III, 321 (fragm.): »Den Film hat man mir hier vorgeführt, und ich habe ›Sehr nett‹ gesagt. Ein ganz freundliches Schaustück ist er ja wirklich, bis auf – aber damit will ich nicht erst anfangen. Übrigens ist Borsche tatsächlich etwas wie eine Verkörperung. Erika, die Helferin, sagte in seiner Abwesenheit: ›Nein, nein, mit meinem Dieter bin ich ganz glücklich.‹ Darauf seine Ehefrau: ›Wer das auch von sich sagen könnte.‹«

20. 12. 1953
1] *Kafka-Notizen:* Der Abdruck eines Textes von TM über Franz Kafka im ›Corriere della Sera‹ ist nicht nachweisbar. 156
2] *Fehlbesetzung:* Die Rolle des amerikanischen Millionärs spielte Heinz Hilpert. S. dazu TM an Hans Reisiger, Erlenbach, 1. 1. 1954, Reg. IV, 54/4: »[. . .] Den Film, den man uns hier vorführte, finde ich ganz liebenswürdig und hübsch zu sehen. Dem Publikum gefällt er wegen der Helmbüsche und der guten alten Zeit. Dabei ist Spoelman unmöglich, Imma nicht richtig, und Überbein steht in der Luft. Dagegen Borsche ausgezeichnet. K. H. wie er im Buche steht.« (Kopie im TMA)

21. 12. 1953
1] *(Zouzou):* Krulls Abschiedsbesuch bei Zouzou, GW VII, 658/659. 157
2] *von Prof. Mayer:* Leipzig, 12. 12. 1953; im TMA.
3] *von Knopf:* »[. . .] I am really sorry to hear that you sold your place, but then I do not imagine you would ever have lived in it again./ The English version of DIE BETROGENE will be ready any day now, and I will write you about it before very long. I believe we have found a good translator./ Your news about Krull is intriguing to

say the least. When you think you have enough for one volume, why not send a copy of the manuscript on to us. We are fortunate now in having a Senior Editor who can read you in German. [...]« (Im Knopf-Archiv, New York)

22. 12. 1953

157 1] *Fontane's neu aufgefundene Briefe:* Theodor Fontane, ›Briefe an Georg Friedlaender‹, herausgegeben und erläutert von Kurt Schreinert, Heidelberg 1954.

2] *an Dr. Witz:* Das Schreiben an den Leiter des Artemis-Verlags, Dr. Friedrich Witz (1894–1984), ist nach Reg. IV, 594, verschollen.

23. 12. 1953

157 1] *3 Könige-Gedicht:* T. S. Eliots ›Journey of the Magi‹, deutsch: ›Die Reise aus dem Morgenland‹, das als Jahresgabe des Verlags zu Weihnachten 1953 verschickt wurde.

24. 12. 1953

158 1] *der junge Katzenstein:* Der Zürcher Architekt Ello Katzenstein (geb. 1928), Sohn von TMs Freunden Erich und Nettie Katzenstein.

2] *K. Fiedler-Biographie Marées':* Conrad Fiedler, ›Hans von Marées. Seinem Andenken gewidmet‹, 1. Ausgabe 1889; ein Exemplar der 2. Ausgabe, München 1953, befindet sich in der Zürcher Bibliothek. Es liegt nahe anzunehmen, daß TMs Widmung im Schiller-Essay – »Seinem Andenken in Liebe gewidmet« – auf Fiedlers Dedikation zurückgeht.

3] *Aufsatz [...] von Rychner:* Max Rychner, ›Thomas Mann: ‚Die Betrogene'‹, ›Die Tat‹, 25. 12. 1953, 11.

4] *Coty:* Der französische Rechtsanwalt und republikanisch-linke Politiker René Coty (1882–1962), seit 1949 Vizepräsident des Rates der Republik, löste im Dezember 1953 den zurückgetretenen ersten Präsidenten der Vierten Republik, Vincent Auriol, ab.

25. 12. 1953

159 1] *Dr. Rümelin und Frau:* Der Diplomat Dr. Frank Rümelin mit seiner Frau Lore, die seit der *Betrogenen* TMs Manuskripte zu größter Zufriedenheit des Autors abschrieb.

26. 12. 1953

1] *»Goethe in seinem Werk«:* Heinrich Meyer, ›Goethe. Das Leben im Werk‹, Hamburg-Bergedorf 1951. 159

2] *an Rychner:* An Max Rychner, Erlenbach, 26. 12. 1953, Reg. IV, 53/384; Bl. TMG No. 7, 1967, 22: »[...] wenn Sie, der sensible Ästhet, die freilich pénible Geschichte nicht als geschmackswidrig empfunden haben, so ist das wohl wirklich ein Zeichen, daß hier, nach Schillers Vorschrift, ›der Stoff durch die Form verzehrt‹ ist, – und ich kann ruhig sein.«

3] *»Holé«-Schluß:* »›Maria!‹ rief ich. Und: / ›Holé! Heho! Ahé!‹ rief sie mit mächtigem Jubel. Ein Wirbelsturm urtümlicher Kräfte trug mich ins Reich der Wonne. Und hoch, stürmischer als beim iberischen Blutspiel [der Corrida], sah ich unter meinen glühenden Zärtlichkeiten den königlichen Busen wogen.« GW VII, 661.

4] *Der Vorname:* Es wurde »Maria Pia«.

5] *erstaunliche Abhandlung:* Ernst Steinbach, ›Gottes armer Mensch. Die religiöse Frage im dichterischen Werk Thomas Manns‹, ›Zeitschrift für Theologie und Kirche‹, Jg. 50, 1953, 207–242.

6] *Ernst Steinbach:* Der in Tübingen lehrende protestantische Theologe Ernst Steinbach (1906–1984).

7] *Zurückweisung des Feindlichen und der Beschränktheit (Holthusen, Grenzmann)*: Zu Grenzmann: ›Gottes armer Mensch‹, a.a.O. 214: »Wenn Wilhelm Grenzmann (›Dichtung und Glaube‹, 2. Aufl. Bonn 1952) sich über Thomas Manns Unglauben und Verzweiflung beklagt, so spricht er damit sicher vielen aus dem Herzen, die einen so radikalen Ruf zur Redlichkeit, ein so bedingungsloses Bekenntnis zur Verantwortung, durchaus nicht hören wollen. [...] Daß die Parole ›Friede! Friede!‹ gerade dort beliebt ist, wo kein Friede ist [...], ist bekanntlich nichts Neues.« – Zu Holthusen: ›Gottes armer Mensch‹, a.a.O. 215: »Eine Auseinandersetzung [mit Holthusens Arbeit ›Die Welt ohne Transzendenz‹] verbietet sich, weil sie ein Pamphlet ist, das seinem Verfasser keine Ehre macht.«

27. 12. 1953

1] *Sendung aus Stuttgart:* Siehe TB 21. 8. 1953, Anm. 1, und 22. 8. 1953, Text. 160

2] *Änderung:* TM nahm die Anregung seiner Tochter auf. Das Blatt 354 zeigt den gestrichenen ursprünglichen sowie den auf der Rück-

seite notierten gültigen Text. Die geänderte Passage – zu denken als Beginn des 4. Absatzes, GW VII, 659 – lautet: »Ich saß so gerade wie Senhora Elvira, auf alles gefaßt. Sie konnte im nächsten Augenblick die Bilder zerfetzen, mir ins Gesicht schlagen und fortstürzen. Diese Möglichkeit blieb offen auch nach dem tiefen Erröten noch, das sofort beim Anblick der eigenen süßen Nacktheit ihr Gesicht überzog. Es geschah aber dies: Die Blätter in der Hand, die mir plötzlich im Rükken raschelten, schlang sie die Arme um meinen Hals und barg das glühende Gesicht an meiner Brust unter kleinen Atemstößen ...« (weiter wie 659, Z. 15 von unten).
3] *Brief an Feuchtwanger:* Erlenbach, 28. 12. 1953, Reg. IV, 53/385; Feuchtwanger Briefwechsel I, 155/156.
4] *über Michelangelo und Beethoven:* Gotthard Jedlicka, ›Michelangelos Pietà Rondanini‹ und Erich Hertzmann, ›Beethovens Schaffensweise‹, NZZ, 27. 12. 1953.

28. 12. 1953

160 1] *Augenarzt:* TM konsultierte die Praxis von Dr. Harry Bollag in der Zürcher Gotthardstrasse 27.
2] *Dr. von Hartungen:* Dr. med. Christoph Hartung von Hartungen (1849–1917), der in Riva am Gardasee ein Naturheilsanatorium leitete. Heinrich und Thomas Mann waren mit der Familie befreundet und hatten sich nach 1900 verschiedentlich zu Kuren am Gardasee aufgehalten. Näheres TB 49/50, 595/596.

29. 12. 1953

161 1] *Änderung:* S. TB 27. 12. 1953, Anm. 2.
2] *Redaktion des alten Fragmentes:* Die von TM benutzte Ausgabe des Fragments, Querido-Verlag 1948, ist im TMA erhalten. In ihr sind die Seiten 145, ab Z. 18: nach »der Nagelpflege und der Gesichtsmassage dienen?« (das entspricht im gedruckten Text, GW VII, 344, Z. 11) bis 149, Z. 4 des ›Fünften Kapitels‹ (bis: »Allein ich gewahre in des Lesers Miene die Sorge ...«; das entspricht GW VII, 349, Fünftes Kapitel, Z. 1) gestrichen und der Schluß des Vierten Kapitels für die Fortführung der Handlung neu geschrieben. Außerdem weist der in die weiterführende Fassung übernommene Text einige kleine Änderungen auf. So wurde im Fragment, 117, der Passus: »Heute, wo mein Antlitz abgemagert und der Bauch mir gewachsen ist« in GW VII, 328

geändert in: »Heute, wo mein Antlitz abgemagert ist und meine Glieder die Merkmale des Alters aufweisen«, oder, Fragment, 127: »bei der Anschaffung des Diensthabits, das ihn vortrefflich kleiden wird, erklärt das Etablissement aufkommen zu wollen« wird in GW VII, 334 zu: »bei der Anschaffung des Diensthabits, das ihn vortrefflich kleiden wird, sind Vorteile vorgesehen«. Grundsätzliches zu dem Problem der Redaktion und Fortführung des Fragments s. TMS V, 516–520.

3] *Absage-Brief:* Nach Reg. IV, 594, verschollen. Zur Sache s. jedoch den TB 5. 1. 1954, Anm. 2 zitierten Brief von Otto Basler, Burg, 3. 1. 1954: die Bitte, TM möge die Absage, an der geplanten Thomas Mann-Ausstellung (s. TB. 3. 1. 1954 und 29. 1. 1954, jeweils Anm. 1) mitzuwirken, wieder rückgängig machen: »Die Gründe zu Ihrer Absage sind mir bekannt, man hat sie mir mitgeteilt. Aber, mein Lieber und Verehrter, diese sind ja nicht stichhaltig genug. Sie kennen Abrahams Fürbitte für Sodom. Vielleicht sind nur zehn Gerechte darin zu finden, sagte Abraham. Ich will sie nicht verderben um der zehne willen, antwortete der Herr. Meiden Sie bitte Basel nicht um der hunderte und mehr willen, die sich auf die Ausstellung freuen und sie gerade um des bösen Mannes [Walter Muschg] willen als eine willkommene Demonstration empfinden.« (Im TMA)

4] *an Prof. Mayer:* An Hans Mayer, Erlenbach, 29. 12. 1953, Reg. IV, 53/387: »Ich kann nicht sagen, wie es mich freut, daß Sie die ›Betrogene‹ für bemerkenswert halten. Sie wird manchmal übel zugerichtet. Auch der Erfolg Ihres Buches, der, den es schon gewonnen, und der, der sich ihm weiter verheißt, ›sitzt lächelnd um mein Herz‹, wie ich gern citiere./ Ihre Faustus-Spezialisten haben *richtig* identifiziert. Mein Kontakt mit Dürer war sehr eng, während der Arbeit an dem Roman. Immer wieder sah ich seine Bilder an, namentlich die Bildnisse, – und so gibt es denn nun wieder was zu entlarven. [. . .]« (Abschrift im TMA)

30. 12. 1953

1] *an Prof. Steinbach:* An Ernst Steinbach, Erlenbach, 31. 12. 1953, *161*
Reg. IV, 53/390. Der Text findet sich in der ›Zeitschrift für Theologie und Kirche‹, Jg. 54, 1957, H. 2, 255–256. Er ist als Dok. 20, S. 842/843 abgedruckt.

2] *Arrangement:* Hermann Brochs (1886–1951) Romanfragment

›Der Versucher‹, Zürich 1953. (Andere Fassungen: ›Demeter‹, ›Bergroman‹ und ›Die Verzauberung‹ erschienen zwischen 1967 und 1976.) Zu dem gesamten Problem des »Broch-Arrangements« s. auch TB 15. 1. 1954, Anm. 1.

31. 12. 1953

161 1] *»L'Inganno«:* Die Zeitung ›Il Mondo‹, Rom, veröffentlichte TMs Novelle *Die Betrogene* in der Übersetzung von Lavinia Mazzucchetti unter dem Titel *L'Inganno* in wöchentlichen Teildrucken zwischen dem 10. 11. und dem 15. 12. 1953.

162 2] *Marées-Buch:* S. TB 24. 12. 1953, Anm. 2.

1954

1. 1. 1954

1] *Taucher-Buch:* Jacques Yves Cousteau und Frédéric Dumas, ›Die schweigende Welt. Vorstoß der Fischmenschen in eine geheimnisvolle neue Tiefenwelt‹, deutsche Übersetzung Berlin 1953. Das Buch steht – mit Anstreichungen TMs versehen – in der Zürcher Bibliothek. *165*

2. 1. 1954

1] *von Dr. Schuh:* Rigi-Kaltbad, 31. 12. 1953; im TMA. Auf dem Umschlag hat TM »dokumentarisch« vermerkt, vermutlich, weil Schuh zugleich mit seinem Dank für die Widmung in der Faksimile-Ausgabe der *Betrogenen* ausführlich die Bedeutung artikulierte, die das Werk TMs für ihn habe, und das Glück hervorhob, das es für ihn bedeute, den Dichter persönlich zu kennen. *165*

2] *an Kahler:* An Erich von Kahler, Erlenbach, 2. 1. 1954, Reg. IV, 54/6; Br. III, 318/319.

3] *[an] Bianchi-Bandinelli:* An Ranuccio Bianchi Bandinelli, Erlenbach, 2. 1. 1954, Reg. IV, 54/5: »Sie haben uns so reizend, in so schönem Deutsch, zum Neuen Jahr geschrieben – nehmen Sie die herzlichste Erwiderung Ihrer guten Wünsche! nebst der Versicherung, dass wir uns Ihr Schweigen vollkommen zu erklären gewusst haben. Akademische und zugleich politische Aktivität, betrieben mit Ihrer Energie und Pflichttreue – das lässt kaum Zeit zur Briefschreiberei. [. . .] Es war liebenswürdig genug, dass Sie eigens nach Roma kamen anlässlich meines Aufenthaltes, der durch Ihre Teilnahme so sehr gewann. Und nie, lieber Professor, bin ich auf den Gedanken gekommen – weder vor Rom, noch nachher – Ihr freundliches Verhältnis zu meiner Existenz könne etwas mit ›politischen Calculationen‹ zu tun haben. Was für eine hypochondrische Idee, solchen Argwohn bei mir für möglich zu halten! Aber schade ist es allerdings, dass wir über Politik und die Probleme unserer Zeit so wenig oder garnicht mit einander gesprochen haben. Das sollte bei Gelegenheit einmal nachgeholt werden. Die Uebereinstimmung würde weitgehend sein.« (Zitiert nach ›Sinn und Form‹, Jg. 28, 1976, H. 2, 246/247.)

3. 1. 1954

166 1] *von dem Ausstellungsmann:* Das Schreiben, vermutlich von Friedrich H. Weber oder Fritz Karl Mathys, ist verloren. Die Ausstellung des Literarischen Zirkels im Café ABC, Freie Strasse 59, Basel, wurde am Vormittag des 27. Januar 1954 eröffnet. Vgl. dazu TB 29. 1. 1954, Anm. 1.

2] *Traber:* S. TB 24. 11. 1953, Anm. 1. Herr August Traber ist identisch mit dem »Tanzmeister«.

4. 1. 1954

166 1] *an W. Haas:* An Willy Haas, Erlenbach, o.D., Reg. IV, 54/11.

2] *W. Haas:* Der in Prag geborene Berliner Literat Willy Haas (1891–1973), 1925 Mitbegründer der ›Literarischen Welt‹, lebte seit seiner Rückkehr aus der Emigration als Doyen des Feuilletons der ›Welt‹ und freier Kritiker in Hamburg. Näheres TB 46–48, 765.

3] *»K. H.«-Sendung:* Die auf sechs Folgen konzipierte und von Walther Franke-Ruta eingerichtete Hörspielfassung des Romans *Königliche Hoheit* begann als Gemeinschaftssendung des Südwestfunks und der Schweizerischen Rundspruchgesellschaft am 4. 1. 1954.

4] *Einleitung: [Vorwort zu dem Hörspiel ›Königliche Hoheit‹]*, GW XI, 578–582.

5] *etwas über Nietzsche:* Margarete Susmann, ›Friedrich Nietzsche von heute aus gesehen‹, in: Margarete Susmann, ›Gestalten und Kreise‹, Stuttgart 1954, 110–135.

6] *M. Susmann:* Die Schriftstellerin Margarete von Bendemann (geb. Susmann, 1874–1966), nach ihrem Philosophiestudium bei Theodor Lipps und Georg Simmel Mitarbeiterin der ›Frankfurter Zeitung‹, mußte 1933 in die Schweiz emigrieren und lebte seither in Zürich.

5. 1. 1954

167 1] *Besprechung:* Otto Basler, ›Thomas Mann‹ (Rezension des TB 29. 10. 1953, Anm. 1 nachgewiesenen Buches von Hans Eichner), ›National-Zeitung‹, Basel, 3. 1. 1954.

2] *Polemik gegen Muschg:* In dem Burg, 3. 1. 1954 datierten Brief, auf den sich TM im Folgenden bezieht, hatte Basler geschrieben: »[...] Die Gründe zu Ihrer Absage [bei der Ausstellung mitzuwirken] sind mir bekannt, man hat sie mir mitgeteilt. Aber, mein Lieber und Verehrter, diese sind ja nicht stichhaltig genug. Sie kennen Abrahams Fürbitte für Sodom. Vielleicht sind nur zehn Gerechte darin zu finden, sagte Abraham. Ich will sie nicht verderben um der zehne willen, antwortete der Herr. Meiden Sie bitte Basel nicht um der hunderte und mehr willen, die sich auf die Ausstellung freuen und sie gerade um des bösen Mannes willen, als eine willkommene Demonstration empfinden. Ach, ich kann Sie vollauf verstehen, und mir tut das Herz weh, wenn ich dran denke, was der tragische Dummkopf dort Ihnen angetan hat. War es denn nicht zu verhüten, dass Sie davon Kunde bekamen! Ich hatte es gewünscht. [...] Aber da nun der Zapfen trotzdem heraus ist, will ich auch nicht mehr schweigen. Was der Muschg vor fünf Jahren in der Erstauflage geschrieben hatte, war nach meinem Empfinden ebenso schlimm oder noch schlimmer gewesen. Damals hatte ich schon dagegen protestiert. Nun hat er einiges abgeändert oder verfärbt. Ich weiss nicht, ob Sie meinen Artikel in der National-Zeitung über das Tragische von Anfang Dezember kennen. [...] Nun, dieser Artikel hat Aufsehen, arges Missfallen und zugleich Begeisterung ausgelöst. Leider wurde er redaktionell verändert, mit der mir gemeldeten Begründung, meine ›Invektiven‹ ständen denjenigen Muschgs nicht nur nicht nach, sondern sie überträfen sie noch. Das ist natürlich wahr, ich habe allzugrob ausgeschlagen. Ich schrieb von der an Oswald Spengler gemahnenden fatalen Überredungskunst des zynischen Literaten Muschg, etc. etc. All das wurde gemildert ... auch wieder aus begreiflichen Gründen, denn die Höhle des Löwen war allzu nah. Aber was publiziert wurde, genügte immerhin doch zu Studenten-Demonstrationen *gegen mich* vor der Redaktion. [...] Die Studenten [...] wollten die ›Beleidigung‹ ihres ›Lehrers‹ durch mich nicht hinnehmen. Auch das Professorenkollegium war in Aufregung geraten. Zwei Universitätsprofessoren liessen mir mitteilen, mein Aufsatz sei *grossartig* [...]. Auch von Zürich kamen Briefe von angesehenen Leuten, die ihrer *Begeisterung* Ausdruck gaben. *Ein* Herr in Basel hingegen hätte gesagt, mein Artikel sei eine *Anmassung*, die Schweizer dürften stolz darauf sein, dass in ihrem Lande ein solches Buch (!) habe erscheinen können. Dieser

Herr heisst *Jaspers* (Japser!). Darauf haben wir gerade gewartet, um uns von dem sagen zu lassen, worauf wir stolz zu sein haben! [...]/ Ich [lege] [...] den Sie angehenden Abschnitt aus dem Muschg-Artikel bei. Ein kluger Leser schrieb mir, wenn M[uschg] die Ironie des Lobes nicht merke, müsse er schon von allen Göttern verlassen sein, aber dies sei er ohnehin. [...]« (Im TMA)

3] *Jaspers:* Der Philosoph Karl Jaspers (1883–1969), bis zu seinem Berufsverbot, 1937, und von 1945 bis 1948 Professor an der Universität Heidelberg, lehrte seit 1948 in Basel. Jaspers war Lehrer von Golo Mann, der 1932 bei ihm promoviert hatte.

4] *an Basler:* An Otto Basler, Erlenbach, 5. 1. 1954, Reg. IV, 54/12: »Von Muschgs gemeiner Verhunzung meines Lebens habe ich erst durch ›Domino‹ Kenntnis erhalten, dessen junger Redaktor tölpelhaft genug war, sie zur Empfehlung des Buches abzudrucken. Die Schweizer Presse war ziemlich einig darüber, dass es nicht gerade eine Empfehlung sei. In dem, was Sie zur Sache sagen, finde ich nichts ›Anmassendes‹. Jaspers ist um die glückliche Stumpfheit zu beneiden, die ihn davor schützt, an einem Buch im Ganzen den Geschmack zu verlieren, das in solche Umständlichkeiten ausgeht. Golo, sein Schüler ist zwar überzeugt, dass er das Buch garnicht gelesen hat, gar kein Interesse und keine Zeit hat für dergleichen. Aber gelesen oder ungelesen: wenn es sich um mich handelt, kann dieser Denker *viel* vertragen.« (Abschrift im TMA)

6. 1. 1954

167 1] *Berliner »Abend«:* Der ›Abend‹ brachte das Telefon-Interview mit TM anläßlich des am 11. 1. 1954 im Berliner Gloria-Palast anlaufenden Films ›Königliche Hoheit‹ in seiner Kinobeilage vom 7. 1. 1954. Es ist abgedruckt bei Hansen/Heine, 375–376.

2] *Freundlich geäußert:* Im Vergleich mit anderen Filmen, so TM in dem Interview, »scheint mir doch ›Königliche Hoheit‹ noble Figur zu machen. Ich habe mich doch auf das Reizvollste angesprochen gefühlt, als man mir den Film in einer Sondervorführung in Zürich zeigte.«

3] *Fontane-Briefe und zugeh. Kommentare:* S. TB 22. 12. 1953, Anm. 1.

4] *Zeitschrift »Neue Zeit«:* Die wöchentlich im Verlag der Zeitung ›Trud‹ in Moskau unter der Schriftleitung von W. Beresin in russischer, englischer, französischer und deutscher Sprache erscheinende Gazette, die sich besonders mit Fragen der Außenpolitik und »den aktuellen Vorgängen des internationalen Lebens« befaßte.

7. 1. 1954

1] *K. Engelmann:* Der 1936 zunächst in die Türkei, dann in die USA emigrierte Bankier und Finanzwissenschaftler Konrad Engelmann (1892–1972), mit dem TM seit 1936 gelegentlich korrespondierte. 167

2] *Brief gegen ein Buch [...] von einem R. Jungk:* Zusammenhang nicht ermittelt, da sich das Schreiben von Konrad Engelmann nicht unter den Beständen des TMA befindet. Es kann sich hingegen nur um eine Äußerung gegen das Buch ›Die Zukunft hat schon begonnen. Amerikas Allmacht und Ohnmacht‹ des Publizisten und Zukunftsforschers Robert Jungk (1913–1994) gehandelt haben.

3] *Fontane-Besprechung: Noch einmal der alte Fontane,* GW IX, 816–822; TMs Essay erschien als Rezension der TB 22. 12. 1953, Anm. 1 nachgewiesenen Briefsammlung am 5. 2. 1954 in der ›Weltwoche‹.

4] *Prof. P. Böckmann:* Der Literarhistoriker Paul Böckmann (1899 bis 1987) lehrte 1954 an der Universität Heidelberg. Sein Essay ›Die Bedeutung Nietzsches für die Situation der modernen Literatur‹ war in der ›Deutschen Vierteljahrsschrift für Literaturwissenschaft und Geistesgeschichte‹, Jg. 27, 1953, 78–101, erschienen. Zu TMs Eindruck vgl. den TB 10. 1. 1954, Anm. 1 nachgewiesenen Brief an den Verfasser.

8. 1. 1954

1] *O. Schmitt-Halin:* Der Jurist Oskar Schmitt-Halin (geb. 1906), zeitweilig Justitiar und Geschäftsführer der Vereinigung der Druckereibetriebe in der Bundesrepublik Deutschland, hatte bereits im Januar 1948 mit TM korrespondiert. 168

2] *Poggenpuhls:* Theodor Fontanes 1896 erschienener Roman ›Die Poggenpuhls‹.

9. 1. 1954

1] *von Knopf:* [New York], 6. 1. 1954: »[...] I have now read DIE BETROGENE with great interest – even with amusement which will not, I imagine, surprise you. I am hoping to be able to publish it on 168

June 6th, but what its reception will be I simply do not dare to predict; in fact I hardly know how to describe the book for catalogue and jacket purposes. Of course, there's no difficulty whatever, as you very well know, in announcing a new novelette by T. M., but when the reader wants to know what the story is about, I'm blessed if I know what to tell him without taking the risk of putting him off it in advance, which of course is the last thing in the world we want to do. So, if you have any suggestions, send them along in German or English, as you prefer. [. . .]/ P. S. What I mean is that it would be helpful to have you write a paragraph or two about DIE BETROGENE for me.« (Im Knopf-Archiv, New York)

2] *Besprechung:* Walter Boehlich, ›Altes und Neues von Thomas Mann‹, ›Merkur‹, Jg. 8, H. 1, Januar 1954, 83–87.

3] *Vortrag Marcuses:* Ludwig Marcuse hatte am 20. 12. 1953 im Rahmen der Veranstaltungen des New World Club, New York, über ›Europa gegen Amerika. Die Probleme und Hintergründe des neuen Anti-Amerikanismus‹ gesprochen und im Verlauf seines Vortrags die im Anschluß heftig diskutierte These aufgestellt, daß der Antiamerikanismus eine Art von Kriegspropaganda, wenn auch ohne Krieg sei. Europa, so der Rezensent der Veranstaltung, Kurt Kersten, im ›Aufbau‹, vol. XIX, No. 52, 25. 12. 1953, 4, »braucht einen Sündenbock aus Inferioritätskomplexen und auch aus Selbsthass. An die Stelle des Antisemitismus der Nazizeit wäre heute der Antiamerikanismus getreten, um wiederum für selbstverschuldetes Mißgeschick Andere [. . .] verantwortlich zu machen und alles Schlechte mit dem Namen dieses Anderen zu benennen.« Seine »überraschende, aber bestechende und frappierende These«, die sich vorwiegend auf deutsche Erfahrungen stütze, habe Marcuse mit Proben aus Büchern dreier ›Demaskierer‹ – genannt werden Robert Jungk, Leo Matthias und Ernst von Salomon – zu untermauern versucht, die »nicht nur ›hitlerisches Denken verraten‹, sondern auch eine Kommissartypen-Mentalität« bezeugten, die sich in ihrer Analyse der Sündenbock-Theorie bediene. »Man gewann« – so das Fazit der Besprechung – »dank Marcuses Darlegungen [. . .] einen Begriff vom Wesen und von der komplizierten Herkunft und Zusammensetzung des europäischen Antiamerikanismus, in dem man eine geistige Krankheitserscheinung des geschwächten Westeuropa erkennen muss.«

10. 1. 1954
1] *an Prof. Boeckmann:* An Paul Böckmann, Erlenbach, 9. 1. 1954, Reg. IV, 54/17. Dank für die TB 7. 1. 1954, Anm. 4 nachgewiesene Nietzsche-Abhandlung. 168

11. 1. 1954
1] *argentinische Episode:* S. TB 15. 11. 1953, Anm. 1. 169

12. 1. 1954
1] *das ärgerliche Goethebuch:* S. TB 26. 12. 1953, Anm. 1. 169
2] *Emil Ludwig:* Der bereits 1906 in die Schweiz emigrierte Schriftsteller Emil Ludwig (1881–1948), dessen 1920 erschienene Goethe-Biographie weltweiten Ruhm erlangte.
3] *»Aus dem Leben eines Fauns«:* Das 1953 in Hamburg erschienene Prosa-Werk des Schriftstellers Arno Schmidt (1914–1979).
4] *Ergänzung:* Für eine Vorbemerkung zum Abdruck des Kapitels ›Il Museo‹ in der Florentiner Zeitschrift ›Il Ponte‹ erweiterte TM seine im September 1952 für die Lesung im Zürcher Kongreßhaus (s. TB 51/52, 274/275) geschriebene Einleitung zum ›Kuckuck‹-Kapitel mittels eines die Handlung bis zum Museumsbesuch fortführenden Abschnitts. (S. Potempa G 1160.1)

14. 1. 1954
1] *Baseler Ausstellung:* S. TB 3. 1. 1954 und TB 29. 1. 1954, jeweils Anm. 1. 170
2] *Der kleine Düby:* Der Gymnasiast Pierre Düby, Sohn der mit Katia Mann befreundeten Witwe des Zürcher Anwalts und Bundesrichters Kurt Düby. Näheres TB 51/52, 506.
3] *Thomas Leisinger:* Vermutlich ein Sohn des der Familie Oprecht befreundeten und von TM 1937/38 mehrfach konsultierten Zahnarztes Hermann Leisinger.
4] *Mme Houpflé-Kapitel:* II. Buch, Kapitel 9; GW VII, 434–450.
5] *»Tu vivra dans mes vers«:* So im Manuskript. – S. *Bekenntnisse des Hochstaplers Felix Krull,* Schluß des II. Buches, Madame Houpflés Liebesgestammel, GW VII, 450. TM wiederholt sich diese Verse im Gedenken an seine dieser Szene zugrundeliegende Liebe zu Franz Westermeier im Juli/August 1950.

15. 1. 1954

170 1] *Kahler schreibt:* Eine Kopie vom ›Originalkonzept Erich Kahlers an Thomas Mann. Antwort auf [. . .] eine Anfrage über den nachgelassenen Roman von Hermann Broch‹ befindet sich im TMA. Zum Sachverhalt s. auch das TB 2. 1. 1954, Anm. 2 nachgewiesene Schreiben TMs an Kahler: Kahler hatte TM vor der von Felix Stössinger besorgten und mit einem Nachwort versehenen Ausgabe von Hermann Brochs nachgelassenem Roman ›Der Versucher‹, Zürich 1953 (s. TB 30. 12. 1953, Anm. 2) gewarnt; eine Mahnung, die TM, wie er schreibt, »in die Glieder gefahren« sei, denn der Rhein-Verlag habe ihm die »Bögen« schon Mitte Dezember mit der Bitte um »empfehlende Worte noch vor Weihnachten« geschickt. »Das lehnte ich ab und verlangte Zeit. Nun habe ich das fertige Buch. Aus Stössingers [. . .] vorzüglich hingelegtem Nachwort geht hervor, daß das Werk aus drei verschiedenen Fassungen, mit leichten Ergänzungen von Stössinger, zusammengebraut ist. Das zu lesen widersteht mir höchlichst – wo man nicht einmal immer weiß, ob man Broch liest oder Stössinger, – und ob Broch damit einverstanden wäre, daß man es so läse. Wenn schon der Titel willkürlich und irreführend ist, – woher das Vertrauen nehmen zu der Lektüre? Auf der anderen Seite sage ich mir immer, daß in irgend einer Form dieser Nachlaß schon in den Gesammelten Werken angefügt werden mußte. Oder wie war er sonst der Forschung zugänglich zu halten? Ich bin recht ratlos in dieser Sache, weiß nicht, wie ich mich dazu stellen soll und hörte gern Ihre genauere Meinung, *womöglich.*« (Br. III, 319) – Diese von TM erbetene Expertise hatte Kahler nun in seinem memorandenartigen Brief gegeben.

2] *Etrusker-Buch:* H[ans] Leisinger, ›Malerei der Etrusker‹, Stuttgart 1953. Das Buch ist mit einer Widmung des Autors an TM in der Nachlaßbibliothek erhalten.

3] *Berliner K. H.-Premiere:* S. TB 6. 1. 1954, Anm. 1.

17. 1. 1954

171 1] *franz. Zauberberg-Film:* S. TB 16. 10. 1953, Text und Anm. 2.

2] *Hadrian-Buch:* Das Buch von Marguerite Yourcenar; s. TB 7. 12. 1953, Anm. 2.

3] *Marceau:* ›Unique Gala de la Compagnie de Mimes‹; Gastspiel des französischen Pantomimen Marcel Marceau (geb. 1923).

4] *Hans Busch:* Der Opernregisseur Hans Busch (geb. 1914), Sohn des TM seit Jahrzehnten bekannten Dirigenten Fritz Busch (1890–1951), seit 1949 Professor an der Indiana University in Bloomington.
5] *»Der letzte Sommer«:* TM las die in der Zürcher Bibliothek erhaltene frühe Erzählung von Ricarda Huch (1864–1947), seiner einstigen Kollegin aus der Abteilung für Dichtung an der Preußischen Akademie der Künste, die gleich ihm die Akademie 1933 verlassen hatte – im Gegensatz zu ihm allerdings unter einem zu Recht weltberühmt gewordenen Protest gegen den Zwangsausschluß Heinrich Manns und der jüdischen Mitglieder.

18. 1. 1954
1] *Die Tokyoter Zeitung:* Die Zeitung ›Sangyo Keizai Shimbun‹ hatte TMs am 9./10. 12. 1953 (s. TB 10. 12. 1953, Text und Anm. 1) geschriebenen Neujahrsartikel mit einem Portrait-Foto am 1. 1. 1954 auf der ersten Seite veröffentlicht. *171*
2] *Dissertations-Manuskript:* Reinhard Baumgart, ›Das Ironische und die Ironie in den Werken Thomas Manns‹, Diss. Freiburg im Breisgau 1953. Das TM zugesandte Typoskript ist in der Zürcher Bibliothek erhalten.
3] *R. Baumgart:* Der Schriftsteller und Literaturhistoriker Reinhart Baumgart (geb. 1929) lehrt nach mehrjähriger Tätigkeit als Wissenschaftler, Verlagslektor und freier Schriftsteller heute an der FU Berlin.
4] *an Basler:* Erlenbach, 18. 1. 1954, Reg. IV, 54/25.
5] *an Frido*: Erlenbach, 18. 1. 1954, Reg. IV, 54/27.
6] *Artikel [...] über McCarthy:* ›The Roots of McCarthyism‹; gekürzter Nachdruck eines »important editorial« aus dem in New York monatlich erscheinenden ›Independent Socialistic Magazine‹; ›New Statesman and Nation‹, vol. XLVII, No. 1193, 16. 1. 1954, 56–58. *172*

19. 1. 1954
1] *an [...] Dr. Orlowsky:* An Paul Orlowski, Erlenbach, 19. 1. 1954, Reg. IV, 54/29. »Erika [...] hat mir [...] das Manuskript Ihres Vortrags über drei Gedichte Goethes überbracht, und es drängt mich, Ihnen zu danken für die ungewöhnliche Anregung, die die Lektüre mir gewährt hat. Es ist sehr merkwürdig, in welcher neuen Beleuch- *172*

tung diese kühne Lyrik, die ›nicht wußte, woher sie kam und wohin sie wollte‹, bei Ihnen erscheint, und wie Ihre Analyse, die sich auskennt im Geschlechtlich-Unterbewußten, ihr Geheimnis bewahrt, gerade indem sie es aufdeckt. [...] Um Goethes Liebesleben steht es rätselhaft. Im Sinn der Normalität ist es eigentümlich ziellos – sofern das Ziel nicht eben das wundervolle Gedicht war – und endete im Einzelfalle ja meistens mit Flucht. Ich glaube, unter uns, daß er zwar ein großer Erotiker, aber sexuell schwach war (bei allem ›Priapismus‹, den man ihm zeitweise nachsagte) und weit mehr dem Kusse zugetan als dem Koitus. Das mag mit dem zusammenhängen, was Sie seine Bisexualität nennen, ein Terminus, der nun doch wieder nicht eigentlich sexuell zu verstehen ist; denn die Schönheit erschien ihm entschieden genug, ›normal‹ genug, in Mädchen- in Frauengestalt. Dennoch war er nicht hochgradig ›männlich‹, schon als Natur-Muttersöhnchen nicht – im Gegensatz zu der emanzipatorischen Über-Männlichkeit Schillers, bei der man nun wieder unwillkürlich eine starke homosexuelle Komponente vermutet. Goethe muß Schillers Frauen-›Gestalten‹ ja einfach als lachhaft empfunden haben. / Das Geschlechtliche ist ein unergründliches Gebiet. Es gibt eine streng einseitig festgelegte, so un- und antifeminine Männlichkeit, daß sie mit dem Weiblichen überhaupt nichts anzufangen weiß, ja daß sie es ›nicht riechen‹ kann, ohne daß im Geringsten von Effeminiertheit die Rede sein könnte. Im Gegenteil. Daneben gibt es den etwas dégoutanten Typ des ›Schwulen‹ mit seinem verdreht weibischen Akzent, die ›Zwischenstufe‹ womöglich mit transvestitischen Neigungen. Wer soll daraus klug werden. Wirklich ›homosexuell‹ wäre doch nur die Liebe eines bärtigen Vollmannes zum andern, während die Knaben- und Jünglingsverehrung des Mannes offenbar nur eine leichte Abwandlung des Heterosexuellen ist. Wie kompliziert es psychologisch um das ›Homo‹ und ›Hetero‹ steht, zeigt das Verhältnis des Geistes zum Leben und zur Schönheit, eine erotische Spannung, die nach ihrer polaren Natur heterosexuell ist, aber zugleich ins Homosexuelle übergeht (›Warum huldigst du, heiliger Sokrates, diesem Jünglinge stets?‹ – ›Wer das Tiefste gedacht, liebt das Lebendigste.‹[)] / Die Welt ist voll von aus dem Bürgerlichen fallenden und genialisch-merkwürdigen Begabungen, deren kulturelle oder auch nur amüsante Darbietungen die Bürgerlichkeit naiv genießt und applaudiert, während sie aus sexueller ›Abwegigkeit‹ kommen. / [...] Wer hätte nicht Grund, über das Rätsel des Geschlechtlichen nachzudenken? Zum Nachdenken eben regt Ihr Aufsatz an. Was Sie Goethes Bisexualität nennen, ist jedenfalls in einer vagen und allumfassenden Exzessivität etwas sehr Schönes, zu höchster poetischer Blüte Prädestiniertes.« (Kopie im TMA)

2] *Dr. Orlowsky:* Der Berliner Arzt Dr. Paul Orlowski, ein Bekannter von Erika Mann.

3] *Der dumme [...] Optimismus der N.Z.Z:* Fünf bedeutende, im Ruhestand lebende amerikanische Diplomaten hatten einen offenen Brief publiziert, um auf die Gefahren hinzuweisen, die das Kesseltreiben gegen Mitglieder des State Department mit sich bringe. Im Zentrum ihrer Kritik stand das Verfahren zur Prüfung der Loyalität, in dem ein Abonnement der liberalen Zeitschrift ›The Nation‹ schon als belastend gewertet werde. Der Kommentar der NZZ: »Der Umstand, daß ein solches Schreiben veröffentlicht wird, zeigt, daß das Klima, das McCarthy so lange günstig war, sich zu ändern beginnt. Es war an der Zeit [...]. Der Tag ist also vielleicht nahe, da man die Gefahr des sogenannten McCarthyanismus als gebannt betrachten kann, und jeder Freund der Vereinigten Staaten wird sich darüber freuen.«

20. 1. 1954

1] *12 bändige Gesamtausgabe:* Die von Hans Mayer verantwortete *172*
Gesamtausgabe des Aufbau-Verlags in (Ost-)Berlin erschien pünktlich zum 80. Geburtstag 1955: ›Thomas Mann. Gesammelte Werke in zwölf Bänden‹. S. dazu auch die Zusammenfassung der Korrespondenz zwischen TM und Hans Mayer, TB 2. 6. 1954, Anm. 2, sowie die dort angegebenen Dokumente.

2] *an Dr. Weber:* An Werner Weber, Erlenbach, 20. 1. 1954, Reg. IV, 54/30.

21. 1. 1954

1] *an Dr. Baumgart:* An Reinhard Baumgart, Erlenbach, 21. 1. 1954, *173*
Reg. IV, 54/31: »[...] recht vielen Dank für Ihren Brief und das Dissertationsmanuskript. Von diesem habe ich große Teile gelesen und verstehe kaum Ihre Unzufriedenheit. Das ist ja alles ganz vorzüglich, klug, gründlich, umsichtig, fein. Man bekommt soviele dumme Schnödigkeiten zu lesen, nicht zuletzt von ausgewachsenen Literar-

historikern (unter denen ich nur *einen* Freund habe, Fritz Strich in Bern), daß einem soviel dem Panegyrischen durchaus ferne Erkenntniswilligkeit doch wohltut. Merkwürdig, ich habe eine ganze Sammlung solcher akademischer Arbeiten, und eine ist immer besser als die andere, eine sticht immer entschiedener als die andere die landläufige öffentliche Kritik aus. Sind denn Ihre Lehrer auch so gescheit, oder woher haben Sie es? Wenn man das so liest, hat man das Gefühl, daß die Herren später nie wieder etwas so Gescheites schreiben werden. [. . .]« (Kopie HOM)

2] *»O wehe, wie hast du die Tage verbracht!«:* Der von TM oft angezogene Vers stammt aus August von Platen, ›Lieder und Romanzen‹, Gedicht vom 14. Dezember des Jahres 1820: ›Wie rafft' ich mich auf in der Nacht, in der Nacht‹. Text: TB 51/52, 749.

3] *an Dieterle:* Der Brief an den Regisseur William Dieterle (1889–1972) ist nach Reg. IV, 594, verschollen.

4] *Joseph-Film-Gerüchte:* S. TB 22. 2. 1954, Anm. 1.

5] *an Missiroli:* Der Brief an den italienischen Journalisten Mario Missiroli ist nach Angaben in Reg. IV, 594, verschollen.

6] *Violin-Konzert von Brahms:* TM besaß eine Aufnahme des Violinkonzerts D-Dur, op. 77 mit Yehudi Menuhin und dem Orchestre du Festival de Lucerne unter Wilhelm Furtwängler aus dem Jahre 1949.

7] *Reichstagsbrand-Stück:* Helmut Klausing, ›SA-Mann Reineking‹. Zu TMs Reaktion gegenüber dem Autor s. das Schreiben an Helmut Klausing, Erlenbach, 22. 1. 1954, Reg. IV, 54/33; Br. III, 322/323.

8] *Klausing:* Der Journalist – ehemaliger Lokal- und Feuilletonredakteur an den ›Badischen Neuesten Nachrichten‹ und der ›Rhein-Neckar-Zeitung‹ – Helmut Klausing (geb. 1913).

22. 1. 1954

173 1] *Beschwernis:* Nicht mehr sicher zu rekonstruieren. Vermutlich eine Mahnung wegen der Marcuse-Laudatio.

2] *an H. Klausing:* S. TB 21. 1. 1954, Anm. 7.

3] *Aufnahmen:* Im Auftrag von Associated Press gemachte Photos befinden sich in der Zürcher Sammlung.

4] *Goethe-Marianne-Roman:* Hans Franck, ›Marianne‹, Darmstadt 1953. Zu TMs Reaktion s. den TB 25. 1. 1954, Anm. 2 zitierten Dankesbrief.

5] *H. Franck:* Der Mecklenburger Schriftsteller, Lehrer, Chefdramaturg und – in den zwanziger Jahren – Direktor der Düsseldorfer Hochschule für Bühnenkunst sowie Herausgeber der Theaterzeitschrift ›Masken‹, Hans Franck (1879–1964).
6] *»Stechlin«:* Theodor Fontanes letzter Roman ›Der Stechlin‹.

23. 1. 1954
1] *an den »Aufbau«:* An Manfred George, Erlenbach, 29. 1. 1954, *174*
Reg. IV, 54/40. Der im ›Aufbau‹, vol. XX, No. 6, 5. 3. 1954, 5 abgedruckte Text – ›Glückwunsch für Ludwig Marcuse‹ – ist als Dok. 21, S. 844/845 wiedergegeben.
2] *Marcuse's ›Pessimismus‹:* Ludwig Marcuse, ›Pessimismus. Ein Stadium der Reife‹, Hamburg 1953.

24. 1. 1954
1] *Die Hemden des Paten:* Der GW VII, 336 (Ende Kapitel I, 3) ge- *174*
druckte Text: »Schnell verwandelten sich die Reste unserer Habe in Frachtgut und Reisegepäck, worunter sich sechs prächtige Hemden mit gestärkten Brusteinsätzen befanden, welche mein Pate mir als Abschiedsangebinde überreicht hatte und die mir in Paris gute Dienste zu leisten bestimmt waren« ist identisch mit dem Wortlaut im Fragment von 1949, 131/132. Auch die Wiederaufnahme des Motivs in der Musterungsszene, GW VII, 355: »Ich hatte zum heutigen Tage eines jener weißen Stärkhemden angelegt, die mein Pate mir auf den Lebensweg mitgegeben und die ich sonst gewissenhaft schonte ...« ist wortgleich bereits im Fragment 159/160 zu finden. Eine spätere Verwendung, z. B. bei der Beschreibung von Felix' zivilem Ausgeh-Habit, ist nicht erkennbar.
2] *an den »Aufbau«:* S. TB 23. 1. 1954, Anm. 1.
3] *Frau Kegel*: Lore Kegel. Nichts Näheres ermittelt. Vgl. jedoch TMs Postkarte an Lore Kegel, Taormina, 16. 2. 1954, Reg. IV, 54/57, in der ein TM unbekanntes »englisches Buch« erwähnt wird, und TB 12. 5. 1954, wo u. a. von einem opus ›King Jesus‹ die Rede ist.

25. 1. 1954
1] *Retouchen:* Buch III, Kapitel 10; GW VII, 631–635. Das Manu- *174*
skript, Blatt 318–324, läßt die – unbedeutenden – Änderungen, kleine Umstellungen und stilistische Verbesserungen, in Zouzous und Krulls Meditationen über das Wesen der Liebe erkennen.

2] *an [...] Franck:* An Hans Franck; mit dem Vermerk »datiert 1. 1. 1954« abgedruckt im ›Börsenblatt für den Deutschen Buchhandel‹, Frankfurt am Main, Nr. 19, 9. 3. 1954, 739: »Ich habe tagelang mit einem Eifer gelesen, von dem ich mir oft nicht zu sagen wusste, ob er mehr von dem herrlichen Stoff oder von der Art Ihrer Darstellung genährt wurde, die ja etwas von der Begründung eines neuen Genres bedeutet, ermöglicht durch ein philologisches Wissen, das zum Staunen ist. Etwas Mittleres ist entstanden zwischen Buch und Dichtung, Literaturgeschichte und Roman – warum nicht? Ich bin immer für die Erschliessung neuer Formen und Möglichkeiten des Prosawerkes. Wie ergreifend sind die Vorkommnisse wie der Empfang des ›Divans‹ durch Marianne oder das Gespräch zwischen Goethe und Boisserée über Willemers Charakter./ Ein Goethe-Roman! Ich habe auch einmal einen geschrieben, ein etwas schwerfälliges Lustspiel. Sie sind der Glückliche. *Der* Goethe-Roman ist nun dieser, der Ihre! Die Nation wird ihn hoch erheben, und neidlos beneidend, tue ich's mit ihr; dankbar, dass Ihr Buch mich die Unsterblichkeit der Verse neu erfühlen liess: ›Denn das Leben ist die Liebe/ Und des Lebens Leben Geist.‹«

26. 1. 1954

174 1] *über die erste Sitzung der Berliner Konferenz:* TM las den NZZ-Korrespondentenbericht von der ersten Session der Viermächtekonferenz mit Reden von Bidault, Eden, und, weitaus am längsten, Molotow, der neben der deutschen Frage und dem österreichischen Staatsvertrag vor allem die Notwendigkeit der Anerkennung des kommunistischen China und, dementsprechend, einer Fünf-Mächte-Konferenz zur Sprache brachte. Die ungewöhnliche Ausweitung der Traktandenliste veranlaßte den amerikanischen Außenminister John Foster Dulles, seine Rede auf den nächsten Tag zu verschieben.

175 2] *»Moulin Rouge«:* Im Zürcher Kino ›Urban‹ sah TM den 1952 nach der romanhaften Biographie von Pierre La Mure von John Huston in England gedrehten Film über das Lebensschicksal des französischen Malers Henri de Toulouse-Lautrec (1864–1901). In den Hauptrollen spielten José Ferrer, Colette Marchand, Suzanne Flon und Zsa Zsa Gabor.

27. 1. 1954

1] *von Kerényi:* Ponte Brolla, 26. 1. 1954; TM/KK 190–192: »Der Brief mit der begeisternden Andeutung einer möglichen, ja bevorstehenden, Mann'schen Achilleis erreichte mich an unserem vorletzten Tag in Rom. Ich habe die Sätze von Goethe vor meinen Augen: ›Die Achilleis ist ein tragischer Stoff, der aber wegen einer gewissen Breite eine epische Behandlung nicht verschmäht. Er ist durchaus sentimental und würde sich in dieser doppelten Eigenschaft zu einer modernen Arbeit qualifizieren, und eine ganz realistische Behandlung würde jene beyde inneren Eigenschaften ins Gleichgewicht setzen. Ferner enthält der Gegenstand ein bloßes persönliches und Privatinteresse, dahingegen die Ilias ...‹ Tatsächlich etwas für Sie! Und ich würde gern die materialsammelnde Arbeit an dem Kapitel ›Achilleus‹ meiner ›Heroenmythologie der Griechen‹ allen übrigen voranstellen, wenn ich Ihnen damit dienen könnte.« (190) 175

2] *Acheleis-Gedanke:* So im Manuskript.

3] *»Die Zeit der deutschen Klassik«:* Das 1953 erschienene Buch des Literarhistorikers und Essayisten Richard Benz (1884–1966).

4] *an Erika:* An Erika Mann, Erlenbach, 27. 1. 1954, Reg. IV, 54/38; Br. III, 323–326.

28. 1. 1954

1] *W. Herzog:* Der Schriftsteller und Publizist Wilhelm Herzog (1884–1960), ein enger Freund von Heinrich Mann, war 1952 in die Bundesrepublik zurückgekehrt. Näheres TB 46–48, 382. 175

2] *Erwerb des Kilchbergerhaus:* TM erwarb das heute noch im Besitz der Familie Mann befindliche Haus Alte Landstraße 39 in Kilchberg am Zürichsee.

3] *Bilder:* S. TB 22. 1. 1954, Anm. 3.

4] *»Gang zum Münster«:* Der von TM sehr geliebte Schluß des zweiten Aufzuges von Richard Wagners Oper ›Lohengrin‹.

5] *Artikel:* Louis Leibrich, ›La Vie Littéraire: Situation de Thomas Mann‹, ›L'Allemagne d'aujourd'hui‹, vol. I, No. 8, 1953, 932–941. 176

29. 1. 1954

1] *Bericht:* »Es ist die erste Ausstellung in Europa, die sich nach dem Kriege mit dem Dichter und seinem Werk befasst. Dass sie in der Schweiz und gerade in Basel stattfindet, hat seine besondere Bewandt- 176 nis. Thomas Mann, dessen Vorfahren väterlicherseits [...] aus dem Kanton Glarus nach Lübeck ausgewandert und dort zu hohen Ehren gelangt sind, fühlte sich stets mit der Schweiz, diesem kleinen Europa, verbunden. [...] Was nun Basel anbelangt, so weilte Thomas Mann schon öfters in unserer Stadt und schätzte sie sehr. Das liess auch das Telegramm erkennen, das er den Initianten zur Eröffnung der Ausstellung schickte, und in dem er sein Fernbleiben entschuldigte./ Im übrigen hatte sich ein grösserer Kreis von hiesigen Literaten zur Eröffnung, die vom Bayerischen Rundfunk zu einer Reportage benützt wurde, eingefunden. Sie wurden im Namen des Literarischen Zirkels von F. H. Weber begrüßt. Gertrud Isolani erzählte von Begegnungen und Interviews mit dem Schriftsteller, während Irene Thommen-Herder die allererste Veröffentlichung Manns, das 1893 in der Monatsschrift ›Die Gesellschaft‹ erschienene Gedicht ›Zweimaliger Abschied‹ rezitierte. F. K. Mathys endlich bot einen Ueberblick über das reichhaltige Material, das hier unter den Glasplatten der Tische und in Wandvitrinen einen guten Querschnitt durch das literarische Schaffen dieses großen Europäers gibt und gleichzeitig sein Wesen und seinen Lebensgang widerspiegelt.« (Zitiert nach ›Basler Nachrichten‹, 28. 1. 1954.)

2] *Frau Iserlin:* Die Basler Malerin und Graphikerin Gustava Iselin-Haeger (1878–1962), deren Zeichnung im TMA erhalten ist.

3] *Roman:* Hans Werner Richter, ›Spuren im Sand‹, München 1953. Das Buch mit einer Widmung des Autors an TM ist in der Zürcher Bibliothek erhalten.

4] *H. W. Richter:* Der Schriftsteller Hans Werner Richter (1908 bis 1993), Mitbegründer und Sprecher der ›Gruppe 47‹. Im Juli 1951 hatte Thomas Mann als Jury-Mitglied Hans Werner Richter den René Schickele-Preis für seinen Roman ›Sie fielen aus Gottes Hand‹ zuerkannt. Näheres TB 51/52, 481.

30. 1. 1954

176 1] *Der »Corriere«:* TMs 1948 geschriebene Huldigung *August Strindberg* war am 29. 1. 1954 im Mailänder ›Corriere della Sera‹ erschienen.

2] *von Benedikt:* O. O., »28. Jänner 1954«: »Ich habe die letzten Tage in sehr intensivem Zusammenleben mit Ihnen verbracht; bei stürmisch verlaufener Lektüre des zweiten Bandes Ihres ›Zauberberges‹ [...]. Neben Ihrem Schneesturm verblaßt Tolstoi zu einer schönen Vignette. Neben Ihrer Analyse des Zeitbegriffs und der Zeitempfindung halten sich höchstens Kant u. der Heilige Augustinus.« S. dazu auch TMs Antwort vom 22. 4. 1954: »Herzlichen Dank [...] für Ihre mich rührenden Mitteilungen über Ihre neuerlichen Erfahrungen mit dem schon so betagten ›Zauberberg‹! Was Sie sagen, ist freilich von jugendlichem Enthusiasmus diktiert und beschämt mich. Tolstoi! Stören Sie mich nicht in meinem Aufblick zu einer Größe und Macht, mit der ich mich nicht messe! Aber es ist ja wahr, daß das Werk meiner 50 Jahre durch fast ein Menschenalter hin eine gewisse Frische und Gegenwärtigkeit bewahrt hat, und nur natürlich wäre es ja, wenn ich auf der Höhe des Lebens etwas nach meinen Maßen Gutes, dem einige Dauer beschieden zu sein scheint, zustande gebracht hätte. Das Buch steht an einem Scheitelpunkt, von wo es zu einer Art von zweitem Lebenswerk, das es vorbereitet, übergeht: zum ›Joseph‹, zum ›Faustus‹ und zum ›Erwählten‹. Bei manchen fängt die Teilnahme bei diesen späten Dingen eigentlich erst an. Für andere bleibe ich ewig nichts als der Dichter von ›Buddenbrooks‹. Nun, nach diesem glücklichen Jugendwurf habe ich immerhin ein langes Leben nicht übel ausgefüllt, und wenn ich keinen Anlaß zur Selbstzufriedenheit sehe, so doch einen solchen zur Dankbarkeit.« (Im TMA)

3] *Sehr gute Geschichte:* Ernst Benedikt hatte in seinem Anm. 2 erwähnten Brief die von TM in den nächsten Monaten viel und gern kolportierte Wiener Geschichte erzählt: »Mir fällt dabei eine (wahre) Geschichte ein, die Laurenz Müllner, den klügsten Jesuiten der Wiener Universität, kennzeichnete. Sein ›Settembrini‹ war Friedrich Jodl, der Liberale, der Ethiker der ›Aufklärung‹. ›Der Jodl‹, so sagte Müllner in echtem Wien-Dialekt, ›Sehen's, der Jodl glaubt *wirklich*, daß es keinen Gott gibt. Ich glaub *nicht einmal das* ...‹«

4] *Die Berliner Konferenz grotesk:* Ehe die von den Westmächten ins Zentrum der Verhandlung gerückte Debatte über das Deutschlandproblem beginnen konnte, mußte mittels verschiedener diplomatischer Schachzüge erst das vom sowjetischen Außenminister auf Platz eins gesetzte Traktandum ›Vorschläge zur Verminderung der internationalen Spannungen‹ an eine für die kommende Woche anberaumte »Sitzung im engeren Kreis« überwiesen werden.

5] *»Ein Engel kommt nach Babylon«:* Friedrich Dürrenmatts Schau- 177 spiel hatte am 30.1.1954 im Zürcher Schauspielhaus Premiere. Unter der Regie von Oskar Wälterlin und in der Ausstattung von Teo Otto spielten Gustav Knuth den Bettler und Walter Richter den Nebukadnezar.

6] *Dürrenmatt:* Der Schweizer Schriftsteller Friedrich Dürrenmatt (1921–1990), dessen »szenisches Lehrstück« ›Nächtlicher Besuch. Ein Kurs für Zeitgenossen‹ TM im Oktober 1952 in den Münchener Kammerspielen gesehen hatte. S. TB 51/52, 717.

31. 1. 1954

177 1] *an [...] Wolf Lippmann:* Das Schreiben an den Journalisten Wolf Littmann ist nicht, wie Reg. IV, 594 angegeben, verschollen, sondern als Faksimile in Littmanns biographischem Buch ›Ton ab – Kamera läuft‹, Bayreuth 1984, 115–117, abgedruckt: »Sie haben mir einen sehr gewinnenden Brief geschrieben; ich danke Ihnen vielmals für das Vertrauen, mit dem Sie sich mir altem Mann nähern. Wir wollen uns aber in keiner Nachahmung ergehen und keinen ›Briefwechsel mit einem jungen Dichter‹ vorsätzlich entrieren. Rilkes Fall und der meine liegen sehr verschieden. Die ganze Arbeitsökonomie und Lebensführung ist anders, und außerdem ist R. in einem vernünftigen Alter gestorben, während ich im 79. bin und dabei die Marotte habe, künstlerisch noch etwas vor mich zu bringen. Wüßten Sie, wie es auf meinem Schreibtisch aussieht, und wie ich in Briefschulden stecke! Immer dicht vor der Bankerotterklärung, was daran liegt, daß ich vormittags arbeite und nachmittags zu müde bin, mit jungen Dichtern zu korrespondieren. Es kommt auch zuviel Thee-Besuch. Alles reist durch und muß mich unbedingt sprechen. Hoffentlich kommen Sie auch einmal. [...]«

2. 2. 1954

177 1] *Samuel Beckett »Warten auf Godot«:* Das am 5. Januar 1953 in Paris uraufgeführte Schauspiel ›En attendant Godot‹ von Samuel Beckett (1906–1989).

178 2] *an Franke-Ruta:* An Walther Franke-Ruta, Erlenbach, 2. 2. 1954, Reg. IV, 54/44: »[Ich danke Ihnen] für die Uebersendung des Gesamttextes Ihres Hörspiels. Ich habe mehrfach darin gelesen, gestern auch wieder einmal zugehört, und bin erstaunt, was Sie alles geleistet, beigetragen, für die Bereicherung der Sache getan haben, etwa durch

mathematische Exaktheiten oder durch soziale Einblicke, den [sic] Sie den Reinen, den Feinen im Kinderspital tun lassen etc.. Ich schätze es besonders, dass Sie die Schicksalsverwandtschaft der beiden Liebenden so schön herausgearbeitet haben.«
3] *Franke-Ruta*: Der Schriftsteller Walther Franke-Ruta (1890 bis 1958), der bis 1944 in Italien gelebt hatte, wirkte seit 1944 bis zu seinem Tode als Dramaturg und Bearbeiter am Studio Basel.
4] *»Tod u. Verklärung«*: Richard Strauss (1864–1949), ›Tod und Verklärung‹, Tondichtung, op. 24 (1890).
5] *»Don Juan«*: Richard Strauss' 1889 uraufgeführte ›Tondichtung‹, op. 20, nach Teilen des Gedichts von Nikolaus Lenau.

3. 2. 1954
1] *für die Rundschau:* Der Text aus dem 11. Kapitel des Dritten Buchs erschien mit einer Vorbemerkung des Autors in der ›Neuen Rundschau‹, Jg. 65, 1950, H. 1, 1–16. (Potempa D 12. 3. 39) *178*
2] *an Dr. Hirsch:* Der Brief hat sich nicht auffinden lassen.
3] *an [...] Sprüngli:* Das Schreiben an den Nachbarn Robert Sprüngli gilt nach Reg. IV, 594, als verschollen.

7. 2. 1954
1] *Samstag, den 7. II. 54*: So im Manuskript (statt: »Sonntag«). *179*
2] *Mrs. Hoocker:* Gertrude S. Hooker, eine ehemalige Studentin von Giuseppe Antonio Borgese, bis 1952 Redakteurin bei ›Common Cause‹, arbeitete später in der Kulturabteilung des US-Außenministeriums und hielt sich 1954 in deren Auftrag in Rom auf.
3] *Mrs. Rosevelt:* Die TM aus verschiedenen Begegnungen auch persönlich bekannte Witwe des amerikanischen Präsidenten, Eleanor Roosevelt (1884–1962).
4] *Moravia:* Der italienische Schriftsteller Alberto Moravia (1907 bis 1990).
5] *»Il Ponte« mit dem Museumskapitel:* S. TB 12. 1. 1954, Anm. 4.
6] *»Landarzt«:* Balzacs 1833 erschienener, später als eine der ›Scènes de la vie de campagne‹ in die ›Comédie humaine‹ aufgenommer Roman ›Le médecin de campagne‹. *180*
7] *der deutsche Frechdachs:* Ein Artikel, in dem zugleich Balzac und Goethe unangemessen kritisiert werden, ließ sich bibliographisch nicht ermitteln. Möglicherweise handelt es sich um die Rekapitula-

tion eines Gesprächs, in dem TM, der, wie sein Briefwechsel mit Klaus Mampell und die Reaktion auf die Boehlich-Rezension (s. TB 9. 1. 1954, Anm. 2) zeigt, der jungen deutschen Literatengeneration höchst kritisch gegenüberstand, sich in seinen Vorurteilen bestätigt sah.

8] *der Nichtikus im ›Merkur‹:* S. TB 9. 1. 1954, Anm. 2.

9. 2. 1954

180 1] *an Schweizer:* An Richard Schweizer, Taormina, 8. 2. 1954, Reg. IV, 54/48; Br. III, 326/327.

2] *[an] Emmy Oprecht:* Taormina, 8. 2. 1954, Reg. IV, 54/47.

3] *[an] Agnes Meyer:* Taormina, 8. 2. 1954, Reg. IV, 54/46; TM/AM 785.

4] *möchte ihm einen Gruß senden:* S. TB 16. 2. 1954, Anm. 1.

5] *Roger Peyrfitte:* So im Manuskript. Der französische Schriftsteller Roger Peyrefitte (geb. 1907) hatte TM seinen 1945 erschienenen Roman (deutsche Übersetzung ›Heimliche Freundschaften‹, 1950) dediziert.

181 6] *»Du Vésuve à l'Etna«:* Roger Peyrefittes Roman, Paris 1953, ist mit einer Widmung des Autors an TM in der Zürcher Bibliothek erhalten.

16. 2. 1954

181 1] *Brief [. . .] an [. . .] Padre Roberto Leiber:* Nach Reg. IV, 594, verschollen. S. jedoch TB 25. 2. 1954, Text und Anm. 4.

2] *von Erika:* Arosa, 10. Februar 1954. Das Schreiben – samt dem Nachsatz, der Aufschluß über die »3 Briefe« gibt (Erika Mann hatte Manuskript und Monenda – »Teufelslisten« – auf »drei Envelopen verteilt«) – ist bei Wysling, TMS V, im Dokumententeil, 522–536, wiedergegeben. Der wichtigste, Twentyman und Kilmarnock betreffende Passus lautet: »Ich bin in harten inneren Kämpfen zu der Überzeugung gelangt, daß Twentymans *fallen* müssen. Dies, ich weiß, ist eine *scheußliche* Überzeugung, wenn ich Dir aber gesagt haben werde, worauf sie beruht, wirst Du sie mir – zumindest – verzeihen./ Schau mal:/ 1. erinnert, bei aller kompletten Unähnlichkeit im Äußeren *sowie* ›Inneren‹, ›mein Zicklein‹ insofern an Houpflé, als Ausrufe wie ›you heavenly boy‹ und Geständnisse wie ›I want to suffer‹ in a rather more sophisticated way auch von Diane herrühren könnten. Ach, aber nicht dies ist es, was mir die schöne Episode (nicht ganz acht Seiten, übrigens, nimmt sie nur ein!) als untragbar erscheinen läßt. Vielmehr – und nun weißt Du es selber schon – ist es 2. die Art, in der hier Frau Mama dazwischenfährt, das Töchterchen wegschickt, angeblich strafweise, nur um dann selber, reife Frau, die sie ist und an deren Busen gen Himmel zu fahren Felix' Jugend viel gescheuter tue – etc. –, die mir diesen Abschnitt so äußerst untunlich vorkommen läßt. In hohem, unzulässig hohem Grade gefährdet er die Wirksamkeit des *ganzen Schlusses*, der, insbesondere da er dem unüberbietbaren ›Kreuzgang‹ nachfolgt, *keinerlei* Gefährdung *verträgt.* Hinzu – aber eben nur hinzu – kömmt, daß in diesen Hotelkapiteln auch ohne Twentymans, Felix genug Triumphe feiert; willst Du aber noch einen hinzufügen, so wäre ein *nur* gleichgeschlechtlicher wohl vorzuziehen. Worauf ich hinauswill, das ist der ›gestrichene‹ Lord (seinen Namen habe ich vergessen), den du doch neuerdings zuziehen könntest, wenngleich ich ihn kaum in der ›Liftphase‹ unterbrächte, da ›dieselbe‹ durch Dianen erotisch ›bedient‹ ist. Mit leichter Mühe aber könnte man [den] Onkel (vorschlagsweise) in die Halle versetzen, wo er – etwa, indem er Zigarren aussucht und sich durchaus nicht entschließen zu können scheint –, den F. an seinem Tischchen festhält, um am Ende mit seinem propos herauszurücken – zitternden Kinnes und Tränen in den Augen. *Dies* wäre etwas *anderes,* könnte keinerlei Houpflé-Anklänge enthalten, durchaus den Schluß nicht gefährden und hätte obendrein den Vorteil, daß es jene Anspielung auf die Schimmelpreesterschen ›Seitenpfade‹ brächte, die, wie jedes Heranziehen des ›Alten‹, mir so wünschenswert scheinen. Kurz, der Band wäre mir *lieber mit* dem ›Lord‹ als ohne! ›Twentymans‹ könnte, ja *sollte* man *gesondert* verwerten – als ›Olten‹-Bändchen oder sonstwie!«

3] *Schrieb [...] an sie:* Taormina, 15. 2. 1954, Reg. IV, 54/54; Br. III, 327/328.

4] *Twentyman-Episode* [...] *der schottische Lord:* In der Druckfassung, GW VII, 474–491, Schluß des Kapitels III, 2. Die auf Erika Manns Anraten herausgenommene und stark veränderte Twentyman-Episode hatte TM im Mai 1951 geschrieben (s. TB 50/51, 59–63 und 438). Der schottische Lord, aus dem nun Lord Kilmarnock wurde, der, entsprechend Erika Manns Anweisung, eine homoerotische Neigung zu Felix entwickelt, war ursprünglich ein von Felix bezauberter Lift-Klient gewesen.

182 5] *Expräsident Auriol:* Vincent Auriol (1884–1966) war von 1947 bis 1954 Präsident der Vierten Republik gewesen.

6] *Himmler:* Der nationalsozialistische Politiker, Reichsführer der SS, später Reichsinnenminister, Heinrich Himmler (1900–1945).

7] *Ambassade-Indiskretionen:* In zwei Romanen ›Les ambassades‹, 1950, und ›La fin des ambassades‹, 1953 (s. TB 20. 5. 1954, Text und Anm. 3) hat Peyrefitte seine Erfahrungen im diplomatischen Dienst beschrieben.

8] *mein Glückwunsch-Artikel:* S. TB 23. 1. 1954, Anm. 1.

9] *Nachrichten [...] über die Baseler »Ausstellung«:* S. den TB 12. 3. 1954, Anm. 1 zitierten Brief an Otto Basler.

10] *über einen Deutschland-Brief:* Ein Artikel über den Olberg-Brief (s. TB 49/50, 431/432), der am 18. 7. 1952 von der italienischen KP-Zeitung ›L'Unità‹, Turin, veröffentlicht worden war, ließ sich im ›Corriere della Sera‹ nicht nachweisen.

11] *»Manon Lescaut«:* Antoine-François Prévost (gen. Abbé Prévost, 1697–1763), ›Histoire du Chevalier des Grieux et de Manon Lescaut‹. TM las den 1731 erschienenen Roman vermutlich in der Übersetzung von Walter Widmer, Basel 1944, die in der Zürcher Bibliothek steht.

183 12] *»Albert Savarus«:* Balzacs 1842 erschienener, in der ›Comédie humaine‹ den ›Scènes de la vie privée‹ zugeordneter Roman.

19. 2. 1954

183 1] *Retouchen u. Eliminierungen:* Vermutlich Berücksichtigung der das Fragment 1–105 betreffenden detaillierten Monenda Erika Manns. S. dazu TMS V, 522 und 527/528.

2] *»Lee van Dowski«:* Pseudonym des 1933 nach Frankreich und 1942 in die Schweiz geflohenen Schriftstellers Herbert Lewandowski (1896 – unbekannt).

3] *an Dr. Hirsch:* Der Brief an Rudolf Hirsch ist nach Reg. IV, 594, verschollen.

4] *Mt.-Sendung*: Vermutlich das *Krull*-Kapitel III, 11, das – mit einer Einführung (s. Potempa G 1158) versehen unter dem Titel ›Krull verteidigt die Liebe‹ im Aprilheft der ›Neuen Rundschau‹ (Jg. 65, 1954, H. 1, 1–16) erschien.

5] *[an] Bab:* An Julius Bab, Taormina, 18. 2. 1954, Reg. IV, 54/60.

6] *[an] die Herz:* Taormina, 18. 2. 1954, Reg. IV, 54/62; Br. III, 329.

22. 2. 1954
1] *an Dieterle:* Nach Reg. IV, 594, verschollen. Zu dem im TB mehrfach erwähnten Joseph-Film-Plan s. jedoch den Brief von TM an seine Tochter Erika, Taormina, 15. 2. 1954, Reg. IV, 54/54; Br. III, 327/328: »Feuchtwanger schreibt, Dieterle habe sich alle Mühe gegeben, Columbia zu überreden, den Film auf den Roman zu gründen, vergebens. Das wäre ja aber nicht nötig gewesen, sondern die Benutzung einiger Motive und Figuren (Mai-Sachme, Mont-Kaw, Pharao Amenophis IV) hätte genügt, den Film mit dem Buch und mir in Verbindung zu bringen, ohne vollen Kauf, nur bei Zahlung von 20, 30 000 Dollars. Frage mich immer, ob das nicht heute noch zu machen wäre.« Vgl. ferner den noch deutlicher formulierten, inhaltlich aber fast identischen Passus in der Antwort an Feuchtwanger, Taormina, 18. 2. 1954, Reg. IV, 54/61; Feuchtwanger Briefwechsel I, 158/159. *184*

23. 2. 1954
1] *Einstein-Feier:* S. TB 24. 2. 1954. *185*
2] *Wagner-Festspiele:* S. TB 24. 2. 1954, Anm. 3.

24. 2. 1954
1] *Mc.Carthys Frechheit:* So, wie häufiger, in der Handschrift. Was die Sache betrifft, so war Joseph McCarthy bei einer seiner nachgerade absurden Verfolgungsjagden auf Kommunisten in herausragenden Stellungen auf den Fall des New Yorker Zahnarztes Dr. Peress gestoßen, der, obwohl Kommunist, in der Armee bis zum Major aufgestiegen und dann ehrenvoll entlassen worden war. Im Gegensatz zu anderen Vorgängen hatte sich in diesem Fall jedoch der höchste Vorgesetzte von Peress, der Armeeminister Robert Stevens, geweigert, die Namen der für Peress' Werdegang Verantwortlichen vor dem Untersuchungsausschuß preiszugeben, und somit – im Einvernehmen mit dem Weißen Haus, wie die NZZ in ihrem recht süffisanten Report berichtete, auf den sich TMs Eintragung stützt – den Kampf der Armee gegen den Senator aufgenommen. – Der zweite Teil des TB-Notats stützt sich auf den letzten Absatz des NZZ-Berichts (Fernausgabe, 24. 2. 1954, 2): »Was McCarthy angeht, so ist ferner zu berichten, daß er am *Geburtstag George Washingtons* [. . .] von der patriotischen Organisation ›Sons of the American Revolution‹, der auch Eisenhower angehört, eine *Auszeichnung für ›Good citizenship‹* *185*

erhielt. Der Präsident der Organisation in Philadelphia, der sich gegen die Verleihung gewandt hatte, wurde zum Rücktritt gezwungen. Ein angeblich gegen McCarthy gerichteter Drohbrief veranlaßte die Polizei, [. . .] den Senator durch eine Gruppe von Leibwächtern behüten zu lassen, solange er in der Stadt weilte.«

2] *Glückwunsch-Brief für Einstein:* Nach Angaben in Reg. IV, 594, verschollen.

3] *Brief [. . .] an die Theater-Intendanz von Dessau:* An Willy Bodenstein, Rom, 24. 2. 1954, Reg. IV, 54/68. (Potempa G 1165)

4] *Professor Scholl:* Vermutlich ist der Italianist Rolf Schott gemeint. S. TB 6. 4. 1954, Anm. 3.

5] *von Dr. Orlowski:* Berlin-Zehlendorf, 16. 2. 1954; im TMA: »Ich erlaube mir [. . .] Ihnen einen [. . .] Vortrag [. . .] über die Goethe'sche Sexualität unter dem Titel Mignon [. . .] zur geneigten Durchsicht zu übersenden.«

25. 2. 1954

185 1] *Hocke:* Der Schriftsteller, Italianist und Kulturkritiker Gustav René Hocke (1908–1985).

186 2] *mit dem perspektivisch-architektonischen Scherz:* Die Mitte der Fassade von Borrominis Biblioteca Vallicelliana wird im Obergeschoß durch eine scheinbar tief in die Wand eindringende Balkonnische betont, die in Wirklichkeit jedoch flach und deren räumliche Dimension nur vorgetäuscht ist.

3] *Prof. Curtius:* Der Archäologe Ludwig Curtius (1874–1954).

4] *Ihm doch noch zu schreiben:* S. den TB 1. 3. 1954, Anm. 3 nachgewiesenen und als Dok. 22, S. 845/846 in der Rückübersetzung abgedruckten Brief an Padre Roberto Leiber, der im übrigen so abgefaßt ist, daß man, zumal im Zusammenhang mit der hier kommentierten Formulierung des TB, annehmen kann, TM habe das am 16. 2. 1954 erwähnte Schreiben – vielleicht wegen des Ausbruchs der eigenen Krankheit – wieder vernichtet oder nicht mehr abgeschickt.

26. 2. 1954

186 1] *Mc.Carthy triumphiert:* Die NZZ veröffentlichte am 26. 2. 1954 (Fernausgabe, 27. 2. 1954, 2) einen ›Die Niederlage von Armeesekretär Stevens im Konflikt mit McCarthy‹ überschriebenen Korrespondentenbericht aus Washington, der – mit der Begründung, daß dem

Protagonisten Stevens die Hände durch die politische Situation weitgehend gebunden seien – den zunächst nur als »Kompromiß« interpretierten offensichtlichen »Rückzieher« der Armee in Sachen Auskunftsverweigerung als »Sieg McCarthys« interpretiert: »Ein republikanischer Armeesekretär kann nicht im Wahljahr 1954 den Kampf mit einem McCarthy aufnehmen, der für breite Wählerschichten den Kampf gegen die kommunistische Infiltration verkörpert – selbst wenn es dabei nur um einen Armeezahnarzt geht.«

27. 2. 1954

1] *Romancier Alvaro:* Der italienische Erzähler Corrado Alvaro (1895–1956). *186*

1. 3. 1954

1] *Berendsohn:* Der amerikanische Kunsthistoriker und Kunstsammler Bernard Berenson (1865–1959). *187*

2] *Anekdote des Wiener Jesuiten:* S. TB 30. 1. 1954, Anm. 3.

3] *Brief an den Papst:* An Roberto Leiber, Archivista e Segretario Privato di Sua Santità, Vaticano, Roma; Florenz, 1. 3. 1954, Reg. IV, 54/70. S. TB 25. 2. 1954, Anm. 4. *188*

4] *Einleitung: Heinrich von Kleist und seine Erzählungen.* Einleitung zu einer amerikanischen Ausgabe der Novellen, GW IX, 823–842.

5] *Donatellos [...] Cellini [...] Verrocchio:* Vgl. den Brief an Klaus Mampell, Erlenbach, 10. 3. 1954, Reg. IV, 54/78: »Und doch war ich fähig, von Rom wieder ganz erfüllt zu sein, und beim Wiedersehn mit den Donatellos, Verrocchios und Cellinis im Bargello hätte ich fast Tränen vergossen.« (Zitiert nach Hans-Rudolf Wiedemann, ›Altersbriefe bedeutender Menschen in Handschrift und Druck‹, Lübeck 1984, 226–228.)

2. 3. 1954

1] *Dallapiccola:* Der italienische Komponist und Pianist Luigi Dallapiccola (1904–1975), den TM bereits im Juni 1952 in Rom getroffen hatte. *189*

2] *Portoriko'sches Pistolenattentat:* Von der Zuschauertribüne des amerikanischen Repräsentantenhauses aus hatten am 1. 3. 1954 zwei Männer und eine Frau unter dem Ruf »Unsere Heimat ist nicht frei!

Freiheit für Puerto Rico!« wahllos auf die Abgeordneten herabgeschossen und dabei fünf Repräsentanten – »drei Demokraten und zwei Republikaner«, wie die NZZ in ihrem Korrespondentenbericht hervorhob – zum Teil schwer verletzt.
3] *Lippmann über die McCarthy Gefahr:* In einer außerordentlich scharfen, sowohl in den ›New York Times‹ als auch im ›New York Herald Tribune‹ publizierten Attacke gegen McCarthy betonte Walter Lippmann: »This is the totalitarianism of the man: his cold, calculated, sustained and ruthless effort to make himself feared. That is why he has been staging a series of demonstrations, each designed to show that he respects nobody, no institution in the land, and that everyone at whom he growls will run away.« Einzige Hoffnung auf das Schwinden von McCarthys Macht sei, wenn dem amerikanischen Volk gezeigt würde, »that those to whom we look for leadership and to preserve our institutions are not afraid of him«.

5. 3. 1954

190 1] *Pocar:* Der italienische Übersetzer des *Doktor Faustus*, Ervino Pocar (1892–1981), korrespondierendes Mitglied der Deutschen Akademie für Sprache und Dichtung, Darmstadt, und Träger der Goethe-Medaille des Jahres 1956.
2] *»Othello«:* Giuseppe Verdis (1813–1901) 1887 in Mailand uraufgeführte Oper ›Otello‹.
3] *Verdi-Portrait:* Das berühmte Pastell von Giovanni Boldini (1842–1931), entstanden am 9. 4. 1886, als sich Verdi – allerdings nicht anläßlich einer Premiere – kurz in Paris aufhielt.
4] *Boito:* Der Komponist und Literat Arrigo Boito (1842–1918), Librettist u. a. von Verdis ›Otello‹ und ›Falstaff‹.
5] *Zampa:* Der italienische Germanist und Thomas Mann-Spezialist Giorgio Zampa (geb. 1921), der seine Aufsätze über TM in der Wochenschrift ›Il Mondo‹ publizierte (s. TB 8. 12. 1953 und TB 9. 3. 1955, Anm. 6) und 1947 die Novelle *Mario und der Zauberer* übersetzt hatte.
191 6] *an Janka:* An Walter Janka, Erlenbach, 3. 3. 1954, Reg. IV, 54/71; AtV 299/300, eine Einladung für Walter Janka und Hans Mayer, in der von der Hoffnung auf den Nerzpelz allerdings nicht die Rede ist.
7] *Janka:* Der Verleger Walter Janka (1914–1993), ab 1951 bis zu

seiner Verhaftung, 1956, Leiter des Aufbau-Verlags, in dem die von Hans Mayer herausgegebene Thomas Mann-Ausgabe erscheinen sollte. Näheres TB 51/52, 616/617.

8] *in Sachen [...] des Nerzpelzes:* Walter Janka hat verschiedentlich – in Briefen und Memoiren – über diese ungewöhnliche Form deutsch-deutscher Honorarzahlung berichtet: »Nach der ersten Honorarabrechnung, die gleich ein hohes Guthaben auswies, empfing ich einen sehr freundlichen Brief [...]. Zugleich eine überraschende Bitte. Thomas Mann ließ wissen, daß er einen neuen Mantel nötig habe. [...] vielleicht könne ein Atelier in Berlin diese Bitte erfüllen. Unsere guten Beziehungen zur Sowjetunion, wo Nerze gezüchtet werden, müßten das doch möglich machen. / Nicht wissend, ob sich in der DDR überhaupt Nerze auftreiben ließen, telegrafierte ich: ›Lassen Sie von einem Zürcher Atelier die Maße aufzeichnen. Dann will ich mein Bestes versuchen.‹ / Vierzehn Tage später war Erika in Berlin. Sie brachte die Maße und eine fachmännische Zeichnung gleich mit. Nachdem sie sich im Hotel Newa mit Kaviar und Wodka gestärkt hatte, kaufte sie für sich [...] einen kostbaren Persianermantel. Und ich war froh, daß sie auf diese Weise einen Teil des angelaufenen Guthabens in Anspruch nahm.« (Walter Janka, ›... bis zur Verhaftung‹, Aufbau-Verlag, Berlin 1993, 67) – Die Suche nach geeigneten Nerzen erwies sich als erfolgreich: »Durch einen glücklichen Umstand war es möglich, schöne Nerze in Leipzig zu kaufen. Entsprechend des erhaltenen Musters werden wir auch in den nächsten Tagen einen guten Stoff besorgen. Die Anfertigung wird, wenn wir uns energisch einschalten, nicht allzulange dauern.« (Walter Janka an Erika Mann, 3. 2. 1954, AtV 258). Und in der Tat, nicht viel später hing »der prachtvolle, unter vielen Schwierigkeiten angefertigte Mantel im Maßatelier Unter den Linden auf einer Schneiderpuppe [...]. Die Belegschaft war versammelt. Der Direktor gab seiner Freude Ausdruck, daß sein Atelier einen Mantel für den weltberühmten Schriftsteller Thomas Mann hatte anfertigen dürfen. Danach gab es ein Glas Sekt und ich konnte das gute Stück mitnehmen.« Auch die weiteren Prozeduren verliefen glimpflich. Der Schweizer Zoll interessierte sich nicht für den Herrn mit dem DDR-Paß, der mitten im Hochsommer mit einem Pelz in Zürich landete. Er wurde freundlich empfangen: »Unvergessen bleibt, wie die Damen, Katia und Erika, ihrem Zauberer vor dem Spiegel in den Mantel halfen. Ihn nach links und nach rechts drehten, der alte Herr ein paar Schritte auf und ab ging, wieder vor den Spiegel trat und sagte: ›Sehr schön. Und wie leicht er ist. [...] das ist der schönste Mantel, den ich je besessen habe.‹ Dann knöpfte Katia den Mantel auf und betrachtete die Nerze. Mit der Hand gegen den Strich streichend, sagte sie: ›Die Nerze sind hervorragend. Schweizer Kürschner könnten keine besseren liefern.‹ Erika fragte ihren Vater: ›Wie lange ist es eigentlich her, daß du dir einen solchen Mantel anfertigen ließest? War das nicht noch in München?‹ Der alte Herr nickte. Ich sah, wie sehr er beeindruckt war. Er, der größte unter den lebenden Schriftstellern, der sich immer alles leisten konnte, was er begehrte. Mir schien, als glänzten seine Augen.« (›... bis zur Verhaftung‹, a.a.O. 68/69)

9] *Nietzsche-Biographie:* Richard Blunck, ›Friedrich Nietzsche. Kindheit und Jugend‹, München/Basel 1953. TMs Exemplar ist, mit Anstrichen und handschriftlichen Notizen versehen, in der Zürcher Bibliothek erhalten.

10] *R. Blunck:* Der wissenschaftliche Schriftsteller Richard Blunck (1902–1962).

11] *Buch von Leibrich:* Louis Leibrich (Hrsg.), ›Thomas Mann‹, ›Classiques du XXe Siècle‹, vol. 12, Paris/Brüssel 1954. S. dazu auch TB 30.11. und 23.12.1952.

12] *Leibrich:* Der französische Germanist, Dozent an der Sorbonne, Louis Leibrich (geb. 1912), mit dem TM seit 1930 korrespondierte.

13] *M. Brion:* Der französische Schriftsteller, Literaturkritiker und Kunsthistoriker Marcel Brion (1895–1984).

14] *R. Schneider:* Reinhold Schneider, ›Der Bildungsauftrag des christlichen Dichters‹, ›Die Neue Rundschau‹, Jg. 64, 1953, H. 4, 483–500.

15] *Beheim-Schwarzbach über Joseph:* Martin Beheim-Schwarzbach, ›Joseph und der Zauberer‹, ›Die Neue Rundschau‹, Jg. 64, 1953, H. 4, 621–636.

16] *»Zweikampf«:* TM besaß Heinrich von Kleists (1777–1811) Werke in zwei Ausgaben, die beide im TMA erhalten sind: 1. die Edition des Insel-Verlags ›Heinrich von Kleist, Sämtliche Werke und Briefe‹, 6 Bände, hrsg. von Wilhelm Herzog, Leipzig 1908–1911; 2. ›Heinrich von Kleist, Sämtliche Werke‹, 4 Bände, hrsg. und eingeleitet von Arnold Zweig, München 1923. Diese Edition weist in der Einleitung zum ersten Band zahlreiche Anstriche auf. Die Novelle

›Der Zweikampf‹ im 4. Band der Insel- und im 3. Band der Zweig-Ausgabe.
17] *›Don Juan‹*: TM besaß von Richard Strauss' Tondichtung op. 20 nach Nikolaus Lenau eine Aufnahme des New York Philharmonic Symphony Orchestra unter Bruno Walter.

6. 3. 1954
1] *»Molloy«:* Samuel Beckett, ›Molloy‹. Mit einer Einführung von Erich Franzen, ›Merkur‹, Jg. 8, H. 3, März 1954, 239–257. Zu TMs Eindruck s. auch den TB 8. 3. 1954 nachgewiesenen Brief an Adorno: »Übrigens kann die Berührung mit dem wunderlich Allerneuesten aus der Joyce- und Nach-Joyce-Sphäre, wie ›En attendant Godot‹ mich höchlichst amüsieren – bei einigem Angstgefühl um das Schicksal der Gesellschaft, deren akklamierter Ausdruck das ist – in Paris unzählige Aufführungen und großer Beifall, wenn Einer von der Rampe ins Publikum spricht: ›Was für ein Sumpf!‹ Die ›Gegenseite‹ hat wohl recht, von End-Produkten zu reden, – wenn nur, was sie selbst macht, nicht so hoffnungslos ununterhaltend und komiklos wäre. Die Jakobinertugend kann aber das Interessante nicht leisten, und wenn interessant zu sein, lasterhaft ist, so bin ich fürs Laster.« 192
2] *Joyce:* James Joyce (1882–1941), mit dessen Werk und Person sich TM während der *Entstehung des Doktor Faustus* ausführlicher beschäftigt hatte. S. *Entstehung*, Kap. VIII, GW XI, 205, und TB 46–48, 385.
3] *Münchner Wilhelm-Herzog-Fest:* Über die Veranstaltung zu Wilhelm Herzogs 70. Geburtstag erschienen offenbar keine Presseberichte.
4] *Schweighart:* Gemeint ist der Schauspieler, Regisseur und Theaterleiter Hans Schweikart (1895–1975), unter dessen Ägide Thomas Manns Lesung in den Münchener Kammerspielen am 19. 10. 1952 stattgefunden hatte. S. TB 51/52, 288.

7. 3. 1954
1] *an Leibrich:* An Louis Leibrich, Erlenbach, 7. 3. 1954, Reg. IV, 54/73: »Sie haben gute, kluge, freundliche Arbeit getan, – ›mit freundschaftlicher Hand die Summe meiner Existenz gezogen‹, wie Goethe an Schiller schrieb. Ich bin Ihnen aufrichtig verbunden dafür 193

und will nur hoffen, dass es bei meiner Dankbarkeit nicht sein Bewenden haben, sondern dass das literarische Publikum Frankreichs, die Kritik voran, sich Ihnen erkenntlich zeigen wird für diese Gabe, die durch die geistvolle Einleitung Marcel Brions noch an Wert gewonnen hat.« (Kopie im TMA)

2] *ausgefallene Mt.-Seiten, die den schottischen Lord betreffen:* S. TB 16. 2. 1954, Anm. 4.

3] *Fontane-Artikel:* S. TB 7. 1. 1954, Anm. 3.

8. 3. 1954

193 1] *Eva Herrmann:* Die in Santa Barbara/Kalifornien lebende, dem Hause Mann über Klaus und Erika sehr befreundete Zeichnerin Eva Herrmann (1901–1978), von TM wegen ihres feingeschnittenen Profils nach Fontanes ›Mathilde Möhring‹ häufig »die Gemme« genannt.

2] *an Adorno:* An Theodor W. Adorno, Erlenbach, 8. 3. 1954, Reg. IV, 54/74: Dank für Adornos »intellektuelle Anteilnahme« an der *Betrogenen,* dem »albern ›umstrittenen‹ Produkt, dessen Verfehltheit doch nur seinem Dasein selbst zuzuschreiben ist«: »Es wird noch mehr Anstoß genommen, scheint mir, an der Stilisierung als an dem ›peinlichen‹ Gegenstand. Aber daß dieser krasse Fall von Natur-Dämonie (eine Anekdote aus der Wirklichkeit) im Stil der klassischen Novelle, vor-realistisch, erzählt werden müsse, gehörte zur Konzeption. Es sollte auf unseren Theatern nur gesprochen werden, wie Rosalie (ein absichtlich komischer Name; die Figur ist ja halb komisch) und Anna miteinander sprechen! Da würde man zuhören. Realismus ist kein Genuß mehr./ Es war mir ganz seltsam, Ihren unglaublich hochgezüchteten kritischen Stil, der wie ein Dolch ins Fleisch der Dinge geht, so brieflich-privat angewandt zu finden auf das Eigene. Er fasziniert mich, so immer ich ihm begegne.« (Kopie im TMA)

3] *2. Symphonie von Beethoven:* Die Aufnahme einer von Bruno Walter dirigierten Aufführung der Beethovenschen D-Dur-Symphonie, op. 36, findet sich nicht mehr unter TMs nachgelassenen Platten.

10. 3. 1954
1] *2. Kapitel des III. Buches:* Das Twentyman/Kilmarnock-Kapitel. 193
2] *an Mampell:* S. TB 1. 3. 1954, Anm. 5. 194

11. 3. 1954
1] *Preface: Vorwort zu dem Buche ›Briefe Todgeweihter‹*, GW X, 818–825; geschrieben als *Prefazione* für den Band ›Lettere di condannati a morte della Resistenza Europea‹, a cura di Piero Malvezzi e Giovanni Pirelli, Guilio Einaudi Editore, Torino 1954. (S. Potempa G 1168.) 194
2] *Kleist-Vorwort:* S. TB 1. 3. 1954, Anm. 4.
3] *an Borchardt:* An C.-H. Borchardt, Erlenbach, 11. 3. 1954, Reg. IV, 54/79: »[...] Nun haben Sie ein Asyl in Adenauers blühendem Deutschland gefunden, stehen dort aber ›vor dem Nichts‹ und fragen mich nach einem Rat, der Ihnen aus den augenblicklichen Wirrnissen heraushelfen könnte. Aber wie und womit soll ich raten? Mit Geld nicht. Ich habe einen viel beschwatzten Namen, bin aber nichts weniger als reich und muß in hohen Jahren noch hart arbeiten, um meinen Hausstand aufrecht zu erhalten. Gibt es in der vor Energie, Tüchtigkeit und Lebenslust aus der Haut platzenden Bundesrepublik für einen arbeitswilligen Menschen von 34 Jahren, der nachweislich ein Opfer des Nationalsozialismus sowohl wie des Sowjetismus ist, keine Möglichkeit, sich und den Kindern, die eine ihren eigenen Weg gehende Frau bei ihm zurückgelassen, eine Lebensgrundlage, das tägliche Brot zu schaffen? Man fragt sich so beim Lesen Ihres Briefes. / Ich bin mir bewußt, mit diesen Zeilen Ihren vielen Enttäuschungen eine neue hinzuzufügen. Aber ich wußte sie nicht besser zu schreiben und weiß sie nicht besser zu schließen als mit dem Wunsch, daß Ihr ›Glaube an den Menschen schlechthin‹ vor allem auch ein Glaube an sich selbst sein möge und an Ihren Mut, Ihre Kraft, dieses so hart gewordene Leben zu bestehen.« (Im Besitz der Bayerischen Staatsbibliothek, München, Sig. Autogr. Cim. Mann, Thomas.)
4] *»From Fish to Philosopher«:* Das 1953 in Boston erschienene Buch des amerikanischen Physiologen und wissenschaftlichen Schriftstellers Homer W. Smith (1895–1962), der TM bereits 1952 sein damals gerade erschienenes Werk ›Man and his Gods‹ (s. TB 51/52, 608) zugeeignet hatte, befindet sich – mit Benutzungsspuren – in der Zürcher Bibliothek.

12. 3. 1954

194 1] *an Basler:* An Otto Basler, Erlenbach, 12. 3. 1954, Reg. IV, 54/80: »[. . .] Die Basler Ausstellung ist inzwischen zu Ende gegangen. [. . .] Die Berichte über den Verlauf der Veranstaltung könnten nicht grotesker sein. An dem literarischen Abend zu meinen Ehren hat ein Privatdozent der Universität schändlichen Verrat geübt und eine ganz andere Rede gehalten als er versprochen hatte, nämlich eine gegen mich und im Geiste seines Meisters Muschg. Ein einziges Buch von Kafka, hat er gesagt, sei ihm lieber als meine ganze, alles Dichterischen bare Schreiberei. Auch fehle es bei mir im ›Menschlichen‹ gar sehr. Einer der Veranstalter ist seinen Ausführungen dann heldisch entgegengetreten. Aber was vermag ein blosser Schriftsteller gegen einen Privatdozenten! Ich kann mich über den Streich nicht genug amüsieren. Es entspricht so ganz dem Bilde, das ich mir gleich von dem Fest gemacht habe. Uebrigens aber, was für ein avancierter Kopf, dieser Gelehrte, der schon bei Kafka hält! Hesse und ich haben vor 30 Jahren über das Phänomen unsere Bemerkungen gemacht, und ich habe drüben ›The Castle‹ eingeleitet. [. . .]«. (Abschrift im TMA) – Zu dem von TM hier apostrophierten Zwischenfall vgl. auch die ›Pfui!‹ überschriebene Glosse: Untertitel ›Ein Privatdozent der Basler Universität verfälscht seinen öffentlichen Auftrag‹ in der ›Basler Woche‹, 12. 3. 1954, 1: »Dieser Privatdozent wußte nichts Passenderes zu tun, als unter dem Vorwand von Kritik-Zitaten Pro und Contra vor allem dieses Contra massiv und zehn zu eins herauszustreichen, Thomas Mann auch mit persönlichen Urteilen im Stile des Mann-Gegners Prof. Muschg herabzusetzen und schließlich noch zu behaupten, daß ein einziges Buch von Kafka ihm mehr gelte als Manns ganzes Lebenswerk. – Thomas Mann ist bald achtzig Jahre alt, lebt jetzt in der Schweiz, hat schweizerisches Blut durch eine Glarner Familie in den Adern und erwies ungewöhnlichen Mut in den Jahren der nazistischen Weltbedrohung und Unterjochung. Und da weiß dieser junge Fant [. . .] nichts anderes, als die Veranstalter dieses Abends zu hintergehen und eine Erniedrigungsrede auf Mann zu halten. Ist das nun Adel des Geistes, wie er auf unserer Universität gepflogen wird? *Was muß die Öffentlichkeit denken, wenn ein Dozent an der Basler Alma mater in so schändlicher Weise den Willen und Auftrag der Veranstalter hintergeht* und aus einer ›Einleitung in Manns Werk‹ eine Kritik in ausgesprochen abfälligen Urteilen macht? Treubrüchig-

keit wird doch wohl nicht an unserer Universität gelehrt? Ist Geist und Wahrhaftigkeit nicht ein Gemeinsames, soll es zum Guten ausschlagen? [. . .] Pfui über solchen Geistes Adel, der unserer Stadt nichts Edleres zu zeigen weiß!«
2] *an Walter:* An Bruno Walter, Erlenbach, 12. 3. 1954, Reg. IV, 54/81; Br. III, 330/331.
3] *an Einstein:* Das Telegramm ist nach Reg. IV, 594, verschollen. *195*
Die NYT meldete jedoch in einem Bericht vom 14. 3. 1954 (69:5–8) über ein Kolloquium, das mit dem Thema ›Defense of Rights‹ zu Ehren des Jubilars am Vorabend seines 75. Geburtstags stattfand: »Greetings to Dr. Einstein were read from Prime Minister Jawaharlal Nehru of India, Thomas Mann, Bertrand Russell and Prof. Linus Pauling of the California Institute of Technology.«

13. 3. 1954
1] *Änderung:* S. TB 16. 2. 1954, Anm. 4. *195*
2] *Cabaret-Ausstellungs-Eröffnungsfest*: Nichts Näheres ermittelt. S. auch TB 18. 3. 1954.
3] *Dr. Job:* Der Schweizer Schriftsteller Jakob Job (1891–1973) war Leiter des DRS-Studios in Zürich. TM kannte ihn bereits aus seiner ersten Zürcher Exilzeit.
4] *Humm:* Der Schweizer Schriftsteller, Literat und Veranstalter kleinerer Ausstellungen und literarischer Abende, Rudolf Jakob Humm (1895–1977). Es erstaunt, Humm hier unter der Bezeichnung »freundliche Nachbarn« aufgeführt zu finden, denn das Verhältnis war – nach einem Totalverriß des *Doktor Faustus* in Humms Privatzeitschrift ›Unsere Meinung‹ im Dezember 1948 (s. TB 46–48, 342 und 849/850) – eher distanziert bis unfreundlich geblieben.
5] *»Rußland heute«:* Paul Distelbarth (1879–1963), ›Rußland heute. Bericht einer Reise‹, Hamburg 1954.
6] *Artikel über die Wiedervereinigung:* Hans Fleig, ›Ein Rezept für die Wiedervereinigung Deutschlands‹, ›Die Tat‹, 13. 3. 1954. Der in der Tat »bemerkenswerte« Artikel, der in seiner unkonventionellen Analyse und dem nicht ungefährlichen Fazit TMs ambivalentes Interesse am deutschen Schicksal provoziert haben dürfte, enthält eine scharfe Kritik sowohl der ohne Rücksicht auf die Hoffnungen und Wünsche der Bürger östlich der Elbe betriebenen alliierten Politik der BRD-West-Integration als auch des Verhaltens der westdeutschen

CDU-Politik, die sich diesem Diktat widerspruchslos und ohne die Ernsthaftigkeit der Wiedervereinigungschancen zu prüfen, fügte: »Die Schaffung eines Kleinsteuropas von fünfeinhalb Staaten (von denen bloß drei Gewicht haben), das eine Verewigung der Versklavung Mittel- und Osteuropas mit sich brächte, [ist] eine Lösung gegen Europa. Wir bestreiten den fünfeinhalb, den Namen Europas zu beschlagnahmen. Europa ist etwas anderes, und selbst Rußland, das dank der Schicksalhaftigkeit, mit der es selber von abendländischem Geist mitgestaltet wurde und der Schicksalhaftigkeit, mit der es in Europas Geschichte eintrat und sie mitgestaltete, gehört dazu und soll und darf nicht aus Vorstellung und Begriff Europa ausgeschlossen werden. Die Befreiung von 18 Millionen Europäern aus Kerkerhaft wäre eine europäischere Tat als die allerseits unerwünschte Schöpfung eines Bastards in der Retorte, der als ein unglücklicher, schreckhafter Frankenstein durch die kommenden Jahre geistern würde. [...] Solange die Deutschen der Bundesrepublik zwar die Saar verhökern, aber in großen Tönen der Macht, die ihnen allein zur nationalen Einheit verhelfen kann [gemeint ist die UdSSR], ein schrilles ›Niemals‹ entgegenschleudern; solange sie zugunsten eines künstlichen Zwergeuropas großzügig ihre Souveränitätsrechte in den Rhein werfen, [...] solange sie ihre jungen Männer willig unter fremden militärischen Oberbefehl stellen wollen, aber sich weigern, keinem fremden militärischen Befehl untertan zu sein: solange ist der erste Schritt [zur von allen Großmächten einschließlich der Sowjetunion approbierten nationalen Einheit] in weiter Ferne: der elementare, vulkanische, alle Hindernisse überflutende Wille zur Einheit, der nicht auf den Aktienkurs schaut, der die Gefahr nicht scheut, sondern durch sie hindurch schreitet, das Ziel im Auge, das allein und ausschließlich das Ziel einer deutschen Politik sein sollte, und das er dannzumal auch erreichen würde, und wäre es auch nur in der Neuschaffung des geistigen Bildes der Gesamtnation. Dieses Bild entsteigt nur der Glut des Volkes, nicht den Aktenschränken Bonns. Voraussetzung Gesamtdeutschlands ist, daß die Funken dieser Glut auf die Aktenschränke Bonns niederregnen, sie in Brand setzen und verzehren.«

14. 3. 1954
1] *Erika in Lokarno:* In der Handschrift steht »Lakorno«. 195
2] *Märtyrer-Material:* Die ›Briefe Todgeweihter‹, zu denen TM im Auftrag von Einaudi das TB 11. 3. 1954, Anm. 1 nachgewiesene Vorwort schrieb.
3] *Tolstois »Göttliches und Menschliches«:* TM besaß die in der Zürcher Bibliothek erhaltene Gesamtausgabe: Leo Tolstoi, ›Dichterische Schriften‹, vom Verfasser genehmigte Gesamtausgabe, hrsg. von Raphael Löwenfeld, Jena 1924–1928, in deren 6. Band ›Erzählungen und dramatische Gespräche aus dem Nachlaß‹ sich die Geschichte befindet. 196
4] *an Frau Gehring:* An Emmy Gehrig, Erlenbach, 14. 3. 1954, Reg. IV, 54/82: »Es ist zum Erstaunen, daß so bald schon nach dem gesichtereichen ›Shaw‹ dieser ›Liebermann‹ zustande kommen konnte, aus dem einem scheinen will, als übertreffe er nun doch wieder alles frühere und sei tatsächlich ein plus ultra übers non plus ultra hinaus. Welche Phantasie, welche Umsicht und Findigkeit im Sammeleifer, welcher Fleiß, welche Lust an Farbe und Form. Besucher, Freunde und Fremde, denen ich dies verblüffend neue Genre von Bilderbüchern zeige, sind entzückt davon.« (Abschrift Marbach)

15. 3. 1954
1] *Absagen [...] (Rencontre über E. V. G. in Paris. Oslo):* Nach Reg. IV, 595, verschollen, Zusammenhang nicht ermittelt. 196
2] *Huxleys Mescalin-Verherrlichung:* Aldous Huxley (1894–1963), ›The Doors of Perception‹, London 1954. Zu TMs Urteil s. den Brief an Ida Herz, Erlenbach, 21. 3. 1954, Reg. IV, 54/89; Br. III, 332: »Es stellt die letzte und, ich möchte fast sagen, dreisteste Ausbildung von Huxley's escapism dar, der mir nie an diesem Schriftsteller gefallen wollte. Die Mystik als Mittel dazu war noch einigermaßen ehrbar. Aber daß er nun bei der Droge angelangt ist, finde ich eher skandalös. Ich habe schon ein schlechtes Gewissen, weil ich abends ein bißchen Seconal oder Phanodorm nehme, um besser zu schlafen. Aber mich am Tage in einen Zustand zu versetzen, in dem alles Menschliche mir gleichgültig wird und ich gewissenlosem ästhetischen Selbstgenuß verfalle, wäre mir widerwärtig. Das aber empfiehlt er aller Welt, weil sonst besten Falls Stumpfsinn und schlimmstenfalls Leiden ihr Teil

sei. Was für ein Gebrauch von ›bestens‹ und ›schlimmstens‹! Seine Mystiker hätten ihn lehren sollen, daß ›Leiden das schnellste Tier ist, das uns trägt zur Vollkommenheit‹ was man vom Doping nicht sagen kann; und das Versunkensein in das Daseinswunder eines Stuhles und in allerlei entzückende Farbgaukeleien hat mit Stumpfsinn mehr zu tun, als er denkt.« (Im TMA) – S. ferner an Peter Ringger, o.D. (TB 27. 3. 1954), Reg. IV, 54/93: »Ich habe viel [in dem von Ihnen übersandten Heft der Zeitschrift ›Neue Wissenschaft‹] gelesen und besonders gleich bei dem ersten Aufsatz über Bewußtseinsveränderungen im toxischen Rausch verweilt – im Anschluß an das Buch von Aldous Huxley ›The Doors of Perception‹, das mir kürzlich zugekommen war, – eine aesthetische Lobpreisung des Meskalin-Rausches. Es kam mir etwas bedenklich vor, nicht zuletzt als Ermutigung der amerikanischen Jugend zum ›doping‹, eine Empfehlung, die sie garnicht nötig hat. Übrigens muß ich gestehen, daß der Ausdruck der abgebildeten Versuchsperson ziemlich blöde ist./ Ich habe ja früher einmal über ›Okkulte Erlebnisse‹ geschrieben und bezeugt, daß ich in diesen Dingen ziemlich weit ›links‹ stehe, obgleich ich, von jenen Sitzungen bei Schrenk-Notzing abgesehen, ganz ohne persönliche Erfahrungen bin.« (Kopie im TMA)

18. 3. 1954

197 1] *Pfeffermühle*: Das von Erika Mann noch in München begründete Kabarett ›Die Pfeffermühle‹, das sie nach ihrer Emigration trotz wachsenden Widerstands der Schweizer Behörden bis 1936 in Zürich fortführte. Der Versuch, die Kleinkunstbühne mit Hilfe von Gastspielen in den USA zu etablieren, mißlang, und Erika Mann mußte ihr Ensemble Anfang 1937 auflösen.

2] *Heggiswiler:* Der Zürcher Volks- und Charakterschauspieler Emil Hegetschweiler (1887–1959).

3] *über Pablo Casals:* An J. Ma. Corredor, Erlenbach, o.D., Reg. IV, 54/86; Br. III, 329/330; unter dem Titel *[Pablo Casals]* in GW X, 826/827. (Potempa G 1166)

4] *Pablo Casals:* Der spanische Cellist, Dirigent und Komponist Pablo Casals (1876–1973).

19. 3. 1954
1] *Absage-Brief:* S. TB 15. 3. 1954, Anm. 1. Vielleicht ging das Schreiben an die TB 19. 8. 1954, Anm. 5 nachgewiesene Studentenvereinigung. *197*
2] *Dr. Bollak:* So im Manuskript; eine der TM'schen Schreibweisen für den Augenarzt Dr. Harry Bollag.
3] *Brief:* Das Schreiben ist nicht nachweisbar.
4] *Schwedische Ausgabe: Den bedragna,* übersetzt von Nils Holmberg, erschien 1954 bei Bonnier in Stockholm.

20. 3. 1954
1] *an dem Vorwort:* S. TB 11. 3. 1954, Anm. 1. *197*
2] *etwas über Feuchtwanger:* S. TB 21. 4. 1954, Anm. 1. (Potempa G 1169.1 und 3)
3] *an eine alte Frau:* Nach Reg. IV, 595, verschollen.

21. 3. 1954
1] *an die Herz:* An Ida Herz, Erlenbach, 21. 3. 1954, Reg. IV, 54/89; Br. III, 332. S. auch TB 15. 3. 1954, Anm. 2. *198*
2] *Tolstois »Herr und Knecht«:* Tolstois Erzählung ›Der Herr und sein Knecht‹ steht im vierten Band der TB 14. 3. 1954, Anm. 3 nachgewiesenen Ausgabe.

22. 3. 1954
1] *Une ténébreuse Affaire:* Balzacs 1841 erschienener, innerhalb der ›Comédie humaine‹ den ›Scènes de la vie politique‹ zugeordneter Roman ›Eine dunkle Geschichte‹. *198*
2] *Rundbrief:* Hermann Hesses Rundbrief vom Februar 1954 ›Beschwörungen‹ ist im TMA erhalten. S. dazu HH/TM 247.
3] *Herr S.:* Nicht ermittelt.
4] *russische »Buddenbrooks«:* Eine dritte russische Übersetzung der *Buddenbrooks* war 1953 in Moskau erschienen (s. Bürgin IV, 468).
5] *Über Tschechow:* S. TB 21. 6. 1954, Anm. 3.

23. 3. 1954
1] *an Janka:* Der Brief an Walter Janka ist verschollen. *198*
2] *G. Anders:* Der Autor philosophischer und zeitkritischer Schriften Günther Anders (eigentlich Günther Stern; 1902–1993) mußte 1933

nach Paris flüchten und emigrierte 1936 weiter in die USA, wo er, nach einer Anfangszeit als Fabrikarbeiter in Los Angeles, an der New School for Social Research in New York lehrte. 1950 kehrte er nach Europa zurück.

3] *G. Anders in der »Schw. Rundschau«:* Günther Anders, ›Bemerkungen zu Samuel Becketts Stück ‚En attendant Godot'. Sein ohne Zeit‹, NSR, NF 21, 1953/54, 526–540.

25. 3. 1954

199 1] *Artikel:* ›Thomas Mann und der Film. ‚Königliche Hoheit' in Stuttgart‹, ›Stuttgarter Zeitung‹, 25. 3. 1954, 5: »Thomas Mann hat der deutschen Produktion zu einem guten Film verholfen. Einmal durch ein gutes Buch. Dann auch durch seinen guten Namen.«

26. 3. 1954

200 1] *»Lettres nouvelles«: Le Mirage,* übersetzt von Louise Servicen, ›Les Lettres Nouvelles‹, Paris, vol. 2, No. 14–16, Avril – Juin 1954, 418–513, 709–733, 845–866.

2] *wo ich mich erinnerte:* An die Begegnung mit dem Kellner Franz Westermeier im Juni/Juli 1950.

3] *an Hesse:* Waldhaus Dolder, 26. 3. 1954, Reg. IV, 54/92; Br. III, 333/334; HH/TM 246/247.

27. 3. 1954

200 1] *Leibrich [...] bleibt sehr beschwerlich:* Leibrich hatte, wie aus den Briefen TMs an ihn hervorgeht, 1953/1954 verschiedentlich TMs Werk betreffende Fragen gestellt, von denen sich jedoch keine unter den Dokumenten des TMA befindet.

2] *Parapsychologische Zeitschrift:* Von der »Zeitschrift für Parapsychologie« ›Neue Wissenschaft‹, Redaktion und Verlag Dr. Peter Ringger, Oberengstringen bei Zürich, befindet sich kein Exemplar in der Zürcher Bibliothek. TM las – wie aus dem Anm. 4 nachgewiesenen Aufsatz zu schließen – in Heft 14/15 des 3. Jahrgangs, 1952/53, in dem – unter der Rubrik ›Pioniere der Parapsychologie‹, a.a.O. 443–453 – auch Ringgers eigener Aufsatz ›Justinus Kerner‹ publiziert worden war.

3] *Ringger:* Der Germanist und Parapsychologe Peter Ringger (geb. 1923), Mitbegründer und erster Präsident der Schweizer Parapsychologischen Gesellschaft.

4] *über Mescalin-Rausch:* Guido Huber, ›Bewußtseinsveränderung im toxischen Rausch‹, ›Neue Wissenschaft‹, a.a.O. 417–424.
5] *Kondolenzbrief:* Nach Reg. IV, 595, verschollen.
6] *Siegmund Mann:* Der Lübecker Rechtsanwalt Dr. Siegmund Mann (1891–1953?) war der Sohn von TMs Vetter und Mitvormund, dem Konsul Paul Alfred Mann (1860–1930).

28. 3. 1954
1] *an Dr. Landolt:* Im Manuskript steht »Landolf«. Das Schreiben ist nach Reg. IV, 595, verschollen. *200*
2] *zwei [...] Briefe:* 1. An Oswald Le Winter, Zürich, 28. 3. 1954, Reg. IV, 54/94: »Ich kann Ihnen die Eifersucht recht lebhaft nachfühlen, die Hesse's reine und liebenswerte Poesie Ihnen einflösst auf Gottfried Benns übertriebenen amerikanischen Ruhm. Dass Amerika von Hesse so wenig wissen will und wirklich so wenig weiss, ärgert mich längst. Aber was kann man tun gegen diese nationale Unempfindlichkeit? Was kann ich tun für Ihr hochherziges Unternehmen, Hesse's Gedichte zu übersetzen?« (Kopie im TMA) 2. An Friedrich H. Weber, Zürich, 28. 3. 1954, Reg. IV, 54/95; Br. III, 334.

29. 3. 1954
1] *»Statesman«:* ›The Fukuryu Maru and the Future of Mankind‹, ›The New Statesman and Nation‹, vol. XLVII, No. 1203, 27. 3. 1954, 389: »The civilized world must ask, while there is still time, what is the point of such fearful experiments. The development of the ›fusion‹ bomb (which involves the building up, by a process similar to that which occurs in the sun, of hydrogen atoms into helium) has no present or foreseeable purpose except for destruction. [...] / Can any consideration of reason or conscience justify this kind of insensate destruction, not only of man and his civilisation but, as seems very likely, of the balance of nature itself? / [...] Mankind as a whole, on whichever side of the Iron Curtain it dwells, must learn from the case of the *Fukuryu Maru* that there can be no victory in hydrogen war. It becomes the very mark of humanity to resist its outbreak, at no matter what cost to long-accepted policies and prejudices.« *201*
2] *an Ferruccio Amoroso:* Zürich, o.D., Reg. IV, 54/96. *202*
3] *Amoroso*: Der italienische Deutschlehrer, später Bibliothekar beim ›Istituto Italiano di Studi Germanici‹ in Rom, Ferruccio Amo-

roso (gest. 1982), hatte sich vor allem als Übersetzer aus dem Deutschen (u. a. der Lyrik Heinrich Heines) einen Namen gemacht. TM kannte ihn als Autor mehrerer ihm und seiner Familie gewidmeter Essays: ›Genesi del Doktor Faustus‹, ›Il Mattino d'Italia‹, 1. 4. 1951; ›Die Familie Mann im autobiographischen Spiegel‹, ›Der Standpunkt‹, 26. 6. 1954, und ›Appunti sulla poesia di Thomas Mann‹, ›Il Ponte‹, Jg. 1955, 878–887. Von Amoroso stammt auch die erstmals 1961 in Mailand erschienene italienische Übertragung von Klaus Manns Novelle ›Vergittertes Fenster‹ (›Finestra con le sbarre‹, später ›La morte del cigno‹).

4] *»T. M.: The figures in the Carpet«:* Renate C. Wolff, ›Thomas Mann: The Figures in the Carpet‹; als Typoskript im TMA.

5] *Ausfälle gegen die »Freie Welt«:* Im Manuskript findet sich (Bl. 7/8), noch ungestrichen, ein Passus, der in der Druckfassung, GW X, 824, Z. 10 von unten (vor: »ein Verhängnis«) fehlt. Er lautet wie folgt: »Die Welt, die sich ›die freie‹ nennt, während doch Gedankenspäherei, Zwang zum Conformismus, Verhängung des Berufstodes über jeden, der Beziehungen zur Unabhängigkeit merken läßt, ihr tägliches Brot sind, trägt bei allem Lärm, den die Lautsprecher von ihrer Tugend machen, schwere Schuld an dem, was ist. Nicht aus Moral, aus ehrlichem Abscheu hat sie das Böse, die niederträchtigste Ausgeburt der Weltgeschichte, den Nazi-Faschismus bekämpft. Sie hat ihn überhaupt nicht bekämpft, sondern ihn aus spekulativem Cynismus gepäppelt und großgezogen, ihm zur Macht verholfen, bis er sie zwang, ihn militärisch niederzuschlagen. Sobald das mit Mühe und Not geschehen war, hat sie nichts Eiligeres zu tun gehabt, als ihm wieder auf die Beine zu helfen, seine wirklichen Feinde abzuschütteln, zu verleugnen und zu verfolgen, und die Keime des Besseren zu zertreten, wo immer sie sie fand. Sie hat die Freiheit zum Lügenpopanz gemacht, hinter dem das nackte Geldinteresse sich verbirgt und jeden Schurken zum teueren Verbündeten genommen, der mit ihr willens ist, die Menschheit auf einer sozialen Stufe festzuhalten, über die sie hinausstrebt. Umsonst also:« (ein Verhängnis) . . .

30. 3. 1954

202 1] *Auslassung:* S. TB 29. 3. 1954, Anm. 5.

2] *italienischer Interviewer:* Vermutlich Gaetano Baldacci, dessen Interview mit TM unter dem Titel ›Thomas Mann inquieto profeta rifugge oggi da una scelta‹ am 7. 4. 1954 im ›Corriere della Sera‹ erschien.

31. 3. 1954

1] *an Fr. Anna Seghers:* Zürich, 31. 3. 1954, Reg. IV, 54/98: »Tausend Dank für Ihre Zeilen, Ihr Gedenken, Ihren Wunsch mich zu treffen. Wie gern träfe ich Sie auch! Aber ich kann nicht kommen, erteile Absagen nach allen Seiten, nicht nur nach Brüssel, sondern auch nach Paris, dem Haag, Oslo, München, Berlin, Tübingen und wohin ich sonst noch überall reisen soll. Ich scheue aber das Reisen, denn ich bin hoch im 79. Jahr, recht müde doch manchmal schon, und hole mir, sobald ich die häusliche Regel verlasse, fast immer irgend eine Krankheit. [. . .] Es kommt hinzu, daß ich ein schlechter Teilnehmer an Kongressen und Diskussionen bin. Es ist schwer zu sagen, warum. Vielleicht weil ich zuviel Diskussion in mir selber habe und bei Gesprächen unter mehr als vier bis sechs Augen Qualen leide./ Bitte, halten Sie mich nicht für einen Mann des escapism! Ich tue, was ich kann, und habe diesen Augenblick ein Vorwort fertig gemacht zu einer Sammlung letzter Briefe von hingerichteten europäischen Résistance-Kämpfern, die bei Einaudi in Turin erscheint. Es hat mir ganz gut getan, mich zu diesem Zweck in der Arbeit an einem ziemlich nichtsnutzigen Roman zu unterbrechen.« (Zitiert nach ›Sinn und Form‹, Jg. 7, 1955, H. 2, 674/675.) 203

2] *Anna Seghers:* Die 1947 aus dem mexikanischen Exil in die spätere DDR zurückgekehrte Schriftstellerin Anna Seghers (eigentlich Netty Radvanyi, geb. Reiling, 1900–1983).

3] *Manuskript:* Randolph H. Newman, ›Wunderlichstes Buch der Bücher. Liebeslyrik aus drei Jahrtausenden‹, Starnberg/München 1960. Das Manuskript, das TM las, ging an den Autor zurück. Zum Eindruck, den es hinterließ, vgl. das Dankesschreiben vom 8. 4. 1954, Reg. IV, 54/110: »Ihr Manuskript [. . .] habe ich gelesen und bewundert. ›Denn es dreht um Liebe sich‹ ist wohl die originellste, am weitesten umsichtige und erlesenste lyrische Anthologie, die mir vorgekommen. Eine Jahrtausend-Anthologie aus sechs Sprachen, antiken und modernen, verdeutscht, und zwar oft meisterhaft verdeutscht, wie der Vergleich mit den beigefügten Originalen zeigt, – das ist etwas Neues, soviel ich weiss. [. . .] Ich schätze mich glücklich, nun wieder zu wissen oder erst erfahren zu haben, wohin die ›neiges d'antan‹ gehören, auch wie die schönen, melancholischen Verse, die im Gedicht stehen, die anfangen: ›Tu n'as jamais été dans tes jours les plus rares . . .‹. Ich habe die Strophe 60 Jahre lang mit mir herumgetragen, ohne sie unterbringen zu können. Nun ist sie also von Bouilhet. Es ist die prächtigste Strophe des Gedichts, es ist eigentlich das Gedicht selbst. [. . .]. « (Abschrift im TMA)

1. 4. 1954

203 1] *(III,2):* S. TB 16. 2. 1954, Anm. 4.

2] *von Hesse:* Montagnola im März 1954; HH/TM 248/249.

3] *Verse eines Pfarrers Jung:* Als »Gegengabe für den ganz herrlichen Jodl-Witz« (s. TB 1. 3. 1954) hatte Hesse TM »drei aus den ›Politischen Grabreden‹« eines Pfarrers Jung entnommene Verse samt Erklärung ihrer Herkunft zugesandt: »Vor etwas mehr als 100 Jahren gab es in Oberschwaben einen katholischen Pfarrer namens Jung. Er war ein großer Prediger und namentlich berühmt durch seine Grabreden, die er in Versen abfaßte, und die später auch im Druck erschienen, heute aber eine große Seltenheit sind [›Melpomene oder Grablieder, verfaßt und herausgegeben von Michael von Jung, Pfarrer zu Kirchdorf bei Memmingen an der Iller‹, 1839]. Ich besitze drei Verse, jeden aus einer anderen Grabrede von ihm [. . .]: ›So daß die Cholera sogar / Für ihre Seele besser war. // Es tanzten zwar die Weisen auch, / Doch nur sich langsam drehend, / Sie tanzten mit Vernunftgebrauch / Und nur vorübergehend. // So stellte sie in sich lebendig / Stets dar das Evangelium / Und darum trug sie auch beständig / Ein Exemplar mit sich herum.‹« (HH/TM 248/249)

2. 4. 1954

204 1] *Jan S. Noli:* Der Schriftsteller, Politiker (1924 albanischer Ministerpräsident) und Begründer der albanisch-orthodoxen Kirche in den USA, seit 1930 Bischof und Metropolit, Fan Stylian Noli (1882 bis 1965).

2] *Buch über Beethoven und die franz. Revolution:* Fan S. Noli, ›Beethoven and the French Revolution‹, New York 1947. Das Buch ist in der Zürcher Bibliothek erhalten.

3] *An Dr. Hirsch:* Das Schreiben an Rudolf Hirsch ist nach Angaben in Reg. IV, 595, verschollen.

4] *»Vulkan«:* Klaus Manns 1939 bei Querido in Amsterdam erschienenes Buch ›Der Vulkan. Roman unter Emigranten‹.

5] *Bestrafung des Prof. Bonnard:* Der in Lausanne lehrende Sprachwissenschaftler André Bonnard (1888–1959), Präsident der schweizerischen Friedensbewegung, hatte im Mai 1952 auf Wunsch des Präsidenten des Weltfriedensrates, Frédéric Joliot-Curie, Auskünfte über leitende Persönlichkeiten des Internationalen Komitees vom Roten Kreuz beschafft. Joliot-Curie hatte diese Informationen im Zusammenhang mit der Diskussion über den angeblichen Einsatz bakteriologischer Waffen im Korea-Krieg erbeten, um die Weigerung der Nordkoreaner, einer Untersuchung der vom sowjetischen Delegierten bei der UN, Jakow Alexandrowitsch Malik, erhobenen Vorwürfe durch das Rote Kreuz zuzustimmen, zu rechtfertigen. (Vgl. zu dem ganzen Komplex TMs Eintrag vom 29. 3. 1952, TB 51/52, 194, nebst der dazugehörigen Anmerkung, 613.) – Das Bundesstrafgericht in Lausanne hatte Professor Bonnard deswegen »des politischen Nachrichtendienstes für schuldig« befunden und zu »15 Tagen Gefängnis, bedingt erlassen mit einer Bewährungsfrist von drei Jahren« verurteilt. (NZZ, Fernausgabe, 3. 4. 1954, 7)

6] *H-Bomben-Versuche:* Die USA hatten – nach einem Vorbericht des Kolumnisten Drew Pearson – am 1. 4. 1954 unerwartet die Bilder und Filme von der ersten Wasserstoffbombenexplosion freigegeben, die im Herbst 1952 über der pazifischen Insel Eniwetok ausgelöst worden war. Begleitet von einer Erklärung des Admiral Strauss über die Gewalt derartiger thermonuklearer Vorgänge riefen diese Dokumente eine heftige internationale Diskussion hervor.

7] *Aufruf Nehru's:* Der indische Premierminister erklärte am 3. 4. 1954 vor seinem Parlament die große Besorgnis über die Versuche »so nahe an Asien und seinen Völkern« und verlangte die sofortige Einstellung derartiger Experimente.

8] *Russischer Vorschlag:* Unabhängig von der Wasserstoffbombendiskussion hatte die Sowjetunion am 31. März 1954 den drei Westmächten eine Note zu den westlichen Plänen für die Sicherheit der UdSSR und, namentlich, die Sicherheit Europas überreicht, die statt der Errichtung einer (westlichen) Europäischen Verteidigungsgemeinschaft die Schaffung eines auf den ganzen Kontinent ausgedehnten allgemeinen Sicherheitssystems sowie – zur Aufhebung der gegen die Sowjetunion gerichteten Tendenz der NATO – die Einbeziehung der UdSSR in dieses Bündnis vorschlug.

3. 4. 1954

204 1] *meines Briefes:* Vermutlich im Zusammenhang mit den TB 15. 3. 1954 erwähnten verschollenen Schriftstücken zu deuten.

2] *Buch von Preetorius:* Emil Preetorius, ›Über die Kunst und ihr Schicksal in dieser Zeit. Reden und Aufsätze‹, München 1953.

3] *mein Geburtstagsbrief:* S. TB 29. 5. 1953, Anm. 4. Aus dem dort nachgewiesenen Brief wurde für die Druckfassung ein sich mit dem Papst-Besuch befassender Absatz gestrichen. In dem als Dok. 10, S. 825–827 abgedruckten Brief ist diese Passage in spitze Klammern gesetzt.

4] *»Doppelgänger Mensch«:* Hans Lohberger, ›Doppelgänger Mensch. Philosophie und Moral des Zugleich‹, Graz/Wien/München 1954.

5] *an Leibrich:* An Louis Leibrich, Zürich o. D. (Poststempel 4. 4. 1954), Reg. IV, 54/105: Präzisierung seines Eindrucks von dem Leibrich-Buch: »Ich kann nur sagen: ich habe nichts daran ›entschieden falsch‹ und vieles ungemein fein und richtig gefunden. Die ›Conclusion‹ ist wohl das Beste vom Ganzen. Besonders klar wird da die *Grenze* kritisch aufgezeigt, bis zu der – und nicht weiter – mein Wesen der Not dieser Zeit gerecht zu werden vermag. Vielleicht ist es das kritische Hauptverdienst Ihrer Arbeit, diese Grenzen meiner Berufung bestimmt zu haben. Ich selbst konnte nur zustimmen. Sie könnten manches von der Melancholie meines Selbstgefühls in der Gestalt meines Joseph finden, die wohl wirklich ›noch unerschlossen‹ ist. Aber mehr als resignierte Zustimmung, nämlich Dank schulde ich Ihnen dafür, daß es Ihnen gelang, die Vertracktheiten, Widersprüche, Ambiguitäten meiner Natur als ein schließlich doch Ganzes, Einheitliches und Aufrichtiges darzustellen, als ein Sein, dem es zwar bestimmt ist, am Rande des Nihilismus zu balancieren, dessen Wunsch es aber nie war, die Menschen zu verwirren, sondern sie zu befriedigen.« (Zitiert nach ›Die Neue Rundschau‹, Jg. 77, 1966, H. 2, 229.)

4. 4. 1954

205 1] *(Der Lord. Selbstporträt.):* Die Beschreibung von Lord Kilmarnock (GW VII, 480) orientiert sich, was das Erscheinungsbild und den Habitus des Portraitierten angeht, bis hin zur Benutzung von Veilchenwasser als Parfum fürs Taschentuch, stark an der Person, aber auch der Diktion und den Gefühlen ihres Autors.

2] *Arzt-Ehepaar X.:* Wie TM die Katzensteins auf der Ägyptenreise zuerst traf, so auch dieses leider nicht mehr zu identifizierende, vermutlich mit den Katzensteins befreundete Ehepaar.

5. 4. 1954

1] *Prüfungsarbeit:* Gerti Faust, ›Untersuchung morphologischer und syntaktischer Besonderheiten in der Erzählung ‚Mario und der Zauberer'‹, Typoskript, Dresden 1954; im TMA. *205*

6. 4. 1954

1] *Ausgabe von Kestens »Enfants de Guernica«:* S. TB 14. 3. 1953, Anm. 2. *205*

2] *Roman-Manuskript:* Nicht mehr im TMA.

3] *Schott:* Der Schriftsteller und Italianist Rolf Schott (1891 bis 1977).

4] *Schrieb über:* An Renate C. Wolff, Zürich o. D. (Poststempel 7. 4. 1954), Reg. IV, 54/108: Dank für das TB 29. 3. 1954, Anm. 4 nachgewiesene Manuskript: »[. . .] Selten wohl hat meine geistige Existenz und was von ihr ausging ein zugleich intelligenteres und wärmeres Entgegenkommen gefunden. Nicht richtig, sondern missverständlich finde ich nur die Passage auf S. 27 über Leverkühn's Traum von einer zukünftigen glücklicheren Kunst, die nicht mehr dreinschaut wie ein kranker Adler. Das hat nichts mit Hollywood und nichts mit der Wegleugnung des Gegensatzes von Künstlertum und Bürgerlichkeit zu tun, ist auch weder whimsical noch perverse, sondern er meint es, wenigstens im Augenblick, ganz ernst damit – aus Sehnsucht nach einem Weg heraus und herüber aus der Kultur- und Kunstkrise, deren ganzes Leid er trägt. Übrigens steht das ›Auf Du und Du mit der Menschheit‹ in anspielender Beziehung zu dem Du zwischen ihm und dem Geiger [. . .]« (Kopie im TMA). *206*

5] *Neue Zürcher Kampf-Wochenschrift:* Vermutlich meint TM die von Rudolf Huber-Wiesenthal in Zürich erstmals 1954 mit 10 Heften im Jahr herausgegebene Zeitschrift ›Ewige Kunst‹. (S. dazu TB 7. 4. 1954, Text und Anm. 4: »Begann Brief an den Mann der ›Ewigen Kunst‹.«)

7. 4. 1954

206 1] *Leitartikel:* Der Artikel hat sich trotz vielfacher Recherchen nicht ermitteln lassen.

2] *in der »Frankf. Allgem. Zeitung«: Krull verteidigt die Liebe* war mitsamt der Vorbemerkung sowohl in der ›Neuen Rundschau‹ (s. TB 3. 2. 1954, Anm. 1) als auch, am 27. 3. 1954, in der Beilage ›Bilder und Zeiten‹, 2/3, der ›Frankfurter Allgemeinen Zeitung‹ erschienen.

3] *an Hirsch:* Nach Reg. IV, 595, verschollen.

4] *an den Mann der »Ewigen Kunst«:* Das Schreiben an Rudolf Huber-Wiesenthal ist nach Angaben in Reg. IV, 595, verschollen.

8. 4. 1954

206 1] *Aufsatz von Benn:* Gottfried Benn, ›Altern als Problem für Künstler‹, ›Merkur‹, Jg. 8, H. 4, April 1954, 301–319.

2] *Benn:* Der Lyriker, Essayist und Arzt Gottfried Benn (1886 bis 1956), den TM als Kollegen aus der Abteilung für Dichtkunst an der Preußischen Akademie der Künste kannte. Benn war dort 1933 maßgeblich an der Durchführung der von den Nationalsozialisten verlangten »Säuberungsaktionen« – zunächst gegen Käthe Kollwitz und Heinrich Mann, dann gegen die jüdischen Mitglieder – beteiligt gewesen.

3] *Aufsatz [...] von Berger:* Nicht ermittelt.

4] *An Newmann:* An Randolph H. Newman, Zürich, 8. 4. 1954, Reg. IV, 54/110; s. TB 31. 3. 1954, Anm. 3.

5] *Schopenhauer-Citat:* »Die oberste, unsere Wahl und Neigung leitende Rücksicht ist das Alter. Im Ganzen lassen wir es gelten von den Jahren der eintretenden bis zu denen der aufhörenden Menstruation, geben jedoch der Periode vom achtzehnten bis achtundzwanzigsten Jahre entschieden den Vorzug. Außerhalb jener Jahre hingegen kann kein Weib uns reizen: ein altes, d. h. nicht mehr menstruierendes Weib erregt unseren Abscheu. Jugend ohne Schönheit hat immer noch Reiz; Schönheit ohne Jugend keinen.« (Arthur Schopenhauer, ›Die Welt als Wille und Vorstellung‹, Bd. II, Ergänzungen zum Vierten Buch, Kap. 44: ›Metaphysik der Geschlechtsliebe‹)

10. 4. 1954

207 1] *das neue Heft:* Die letzte, im Gegensatz zu den vorhergehenden Heften liniertes Papier aufweisende Kladde.

2] *2 schöne Goethe-Bände:* Von der Artemis-Gedenkausgabe der Werke und Briefe Goethes erschienen im Jahr 1954 Band 2: ›Sämtliche Gedichte. Teil 2. Ausgabe letzter Hand‹, vorbereitet von Hellmuth von Maltzahn, abgeschlossen und eingeleitet von Emil Staiger; Band 6: ›Die Weimarer Dramen‹, Einführung und Textüberwachung Kurt May; Band 13: ›Schriften zur Kunst‹, Anordnung, Textüberwachung und Einführung Christian Beutler, und Band 17: ›Naturwissenschaftliche Schriften. Teil 2‹, Einführung und Textüberwachung von Hans Fischer.
3] *Widerstand gegen die kollektive »Warnung« Chinas:* Der amerikanische Vorschlag, die UN-Mitgliedsstaaten sollten das kommunistische China in einer gemeinsamen Note vor einer direkten Aktion in Indochina warnen, war sowohl bei den europäischen Westmächten als auch in Neuseeland, den Philippinen und mehreren asiatischen Staaten auf Ablehnung gestoßen.
4] *»Tu n'as jamais été«:* Der Beginn der vierten Strophe von Louis Bouilhets Gedicht ›Vers à une femme‹, in dem TB 31. 3. 1954, Anm. 3 nachgewiesenen Lyrik-Band No. 30, S. 90.
5] *Boui[l]het:* Der französische Schriftsteller Louis Bouilhet (1821 bis 1869), ein naher Freund von Flaubert.
6] *Bandlesung des Hehler-Kapitels:* Die Lesung von II, 8, GW VII, 421, letzte Zeile bis 434, Kapitelende erfolgte für die Schweizerische Rundspruchgesellschaft SRG und wurde im Zürcher Studio aufgenommen. S. Loewy I, 98.
7] *Lizenzausgabe des »Faustus«:* Der Band der ›Deutschen Buch-Gemeinschaft‹, Berlin/Darmstadt, erschien 1956. *208*
8] *Aufsatz von Strich:* Fritz Strich, ›Zeitgenossenschaft in der Literatur‹, ›Der kleine Bund‹, Wöchentliche Literatur-und Kunstbeilage des ›Bund‹, Teil I, 8. 1. 1954; Teil II, 15. 1. 1954.
9] *Buch über Prosa:* Fritz Martini, ›Das Wagnis der Sprache. Interpretationen deutscher Prosa von Nietzsche bis Benn‹, Stuttgart 1954; darin, 176–244, ›Thomas Mann: ‚Der Tod in Venedig'‹.
10] *Prof. Martini:* Der Literarhistoriker und Germanist Fritz Martini (1909–1991).
11] *Manuskript über Architektur:* Vermutlich die 1954 erschienene, 1956 ins Deutsche übersetzte Abhandlung ›Wenn wir weiterleben wollen‹ des 1923 in die USA ausgewanderten österreichischen Architekten Richard Neutra (1892–1970). Neutra hatte vor seiner Emigra-

tion in Berlin mit Erich Mendelsohn zusammengearbeitet, dessen Ideen er in Kalifornien weiterentwickelte.

12] *Molières Misanthrop:* Molières 1666 in Paris uraufgeführte Komödie ›Le Misanthrope‹ hatte in der Inszenierung von Kurt Horwitz am 31. 3. 1954 im Zürcher Schauspielhaus Premiere gehabt, bei der der Regisseur mit Ovationen überschüttet worden war. »Man feierte das Wiedersehen mit einem Künstler, der in schweren Zeiten mannhaft-entschlossen den Durchhaltewillen unseres schicksalverbundenen Kriegsensembles wesentlich mitbestimmt hat.« Das Bühnenbild stammte von Teo Otto, die Hauptrolle spielte Ernst Ginsberg.

13] *Fulda-Verse:* Die Übersetzung stammte von Ludwig Fulda (1862–1939 durch Suizid), TMs ehemaligem Akademie-Kollegen, mit dem die gemeinsamen Erfahrungen der ersten Emigrationsmonate, wie das TB ausweist, im März/April 1933 zu zeitlich begrenzten, aber von TM später häufig erinnerten Begegnungen geführt hatten. Näheres TB 51/52, 495.

11. 4. 1954

208 1] *an Ch. Neider:* Zürich, 11. 4. 1954, Reg. IV, 54/112.

2] *seinen Roman:* Charles Neider, ›The White Citadel‹, New York 1954. Das Buch des TM aus Princeton bekannten russisch-amerikanischen Schriftstellers (geb. 1915 in Odessa) ist mit einer Widmung des Autors in der Zürcher Bibliothek erhalten.

12. 4. 1954

209 1] *letzte Szenen:* Der mit dem Ringgeschenk endende Abschied Lord Kilmarnocks von Felix, GW VII, 488–491.

2] *In Lettres Nouvelles:* S. TB 26. 3. 1954, Anm. 1.

3] *»Books in general« des N. St.a.N.:* Die anspruchsvolle Buchkritik-Seite des ›New Statesman and Nation‹, in dessen Nummer vol. XLVII, 1205, 10. 4. 1954, 473, TM gerade eine kluge Besprechung der James-Joyce-Bibliographie von I. I. Slocum und H. Cahoon durch Donald Davie gelesen hatte.

4] *an Bishop Jan S. Noli:* Das Schreiben an den amerikanischen Bischof (s. TB 2. 4. 1954, Anm. 1) ist nach Reg. IV, 595, verschollen.

5] *Betrachtungen des alten Berenson:* Bernard Berenson, ›Gerüchte und Betrachtungen‹ (Auszug aus Berensons Buch ›Rumour and Reflections‹), Tagebuchnotizen 1. 1. 1941–21. 7. 1944, ›Die Neue Rundschau‹, Jg. 65, 1954, H. 1, 67–101.

13. 4. 1954

1] *an Prof. Martini:* Zürich, 13. 4. 1954, Reg. IV, 54/113: »[...] wenn Sie auch recht haben mit der Vermutung, daß ich oft etwas übersättigt bin von Lektüre ›über mich‹, mich dabei gêniere und mir sage: ›Du könntest wirklich etwas Besseres tun‹, so hat in glücklichen Fällen diese Beschäftigung doch auch wieder Reiz und Nutzen für mich, indem sie mich über mich selbst belehrt, mich an mich selbst erinnert und so einem Grundinstinkt entgegenkommt, der aufs Sich Zusammenhalten gerichtet ist. Gewöhnliche Kritiken lese ich längst nicht mehr, höchstens einmal etwas recht Schimpfierendes, um zu sehen, was möglich ist an Antipathie und falschblickender Gehässigkeit angesichts eines Werkes, das, ganz ehrlich geredet, nie darauf aus war, die Menschen zu verwirren, sondern sie zu befriedigen und Ihnen [sic] wohlzutun. Ich selbst bin so sehr amüsabel, daß ich immer wieder denke, alle Menschen müßten es sein. Aber leider, die wenigsten sind es./ Sie nun freilich sind es im höchsten Grade, was nicht besser hätte bewiesen werden können, als durch Ihren kritischen und erstaunlich gelungenen Vorsatz, aus einem Fast nichts, ein paar Paragraphen die ganze Natur eines Autors kritisch zu entwickeln und auszubreiten. Ich bestätige Ihnen gern, daß ich mich wirklich als ein Ganzes dabei gesehen habe, was immer Genugtuung bereitet. Auch habe ich mich beim Lesen viel an den Lebensmoment erinnert, als ich den ›Tod in Venedig‹ schrieb, und an das gewisse Gehobenheitsgefühl, das ich dabei erfuhr. Ferner an das erste Erscheinen der Geschichte als ›Death in Venice‹ in Amerika nach dem ersten Weltkrieg. [...] Wirklich hat sie mein literarisches Ansehen in dem Lande eigentlich begründet, lange bevor ich hinüberkam./ Manchmal war mir ein bißchen bange um die Proportionen des Kapitels [...] wenn es bei soviel Akribie um einen selbst geht, fürchtet man ein ›Tant de bruit‹ des Lesers. Gewiß, seine Insistenz ist das Ergebnis größter Genauigkeit [...]. Aber tritt es nicht zuweilen auf der Stelle [...], so dass man froh ist, wenn es zu etwas Neuem kommt? Ich frage nur – vielleicht aus purer Ängstlichkeit. Aber vielleicht sehen Sie es sich daraufhin noch einmal an.« (Kopie im TMA) *210*

14. 4. 1954

1] *Almanach:* ›Dichtung. Leben. Wissen der Welt‹. List-Almanach anläßlich des sechzigjährigen Bestehens des Verlages, München 1954. *210*

Mit Beiträgen von Bertrand Russell, Winston Churchill, T. E. Lawrence, C. F. von Weizsäcker, Louis Fischer, Charlotte Berend-Corinth, Hans Blüher, Knut Hamsun, André Maurois und vielen anderen.

15. 4. 1954

211 1] *Vorabdruck:* In der ›Münchner Illustrierten‹ ließ sich kein Vorabdruck eines ›Krull‹-Kapitels nachweisen.

16. 4. 1954

211 1] *»Michael Kohlhaas«:* TM konnte Heinrich von Kleists Novelle in der Insel- Ausgabe, Bd. 4 oder der Zweig-Ausgabe, Bd. 3 lesen. S. TB 5. 3. 1954, Anm. 16.

2] *Kapitel von Eleanor und dem Lord:* Das zweite Kapitel des dritten Buchs. S. TB 16. 2. 1954, Anm. 4.

3] *an Dr. Hirsch:* Nach Reg. IV, 595, verschollen.

17. 4. 1954

212 1] *Besprechung:* Max Schroeder, ›Die Betrogene‹, ›Aufbau‹, (Ost-) Berlin, Jg. 10, H. 4, April 1954, 381/382: Der Rezensent wendete sich u. a. gegen die (westliche) Kritik an der angeblich »peinlichen« und »degoutanten« Themenwahl dieses »Tod in Düsseldorf«: »Es berührt seltsam, solche besorgten Worte aus einer Region zu hören, in der sich so wenig rührt, wenn in Kunst und Literatur Dreck aufgewühlt und die Grenze des Natürlichen ohne jede gesellschaftliche Verantwortlichkeit überschritten wird. Doch wird ihnen die vorurteilslose Behandlung des Natürlichen ›peinlich‹, wenn damit eine gesellschaftliche Diagnose gestellt wird: daß die verfallende Ordnung auch an der – keineswegs so ausgefallenen – Tragödie der Rosalie von Tümmler die Verantwortung trägt. [. . .] Thomas Mann gibt in diesem Spätwerk nachdrücklich der Wahrheit die Ehre, daß die Frau im Kapitalismus in besonderer Weise ausgebeutet, unterdrückt und ›betrogen‹ wird, daß sie auch nicht die Verantwortung am Verfall und Untergang dieser Gesellschaftsordnung trägt, soweit sie sich nicht von den herrschenden Gefühlen korrumpieren läßt. [. . .] Mit der ›Betrogenen‹ zieht Thomas Mann einen Schlußstrich unter die Geschichtslüge, die bürgerliche Gesellschaft sei eine ›natürliche‹, gar eine ›vernünftige‹ Ordnung, sie könne im privaten Glück Harmonie gewähren. [. . .]

Vielleicht mag man [...] den Ausgang [der Novelle] eine Parodie auf Isoldes Liebestod nennen, einen Hinweis, daß die bürgerliche Gesellschaft es trotz ihres großen Aufbruchs in der Renaissance nicht vermocht hat, die Menschheit aus dem Mittelalter herauszuführen. Es bleibt an dieser Erzählung noch viel zu deuten.«

2] *Aufsatz:* Michael Mann, ›The Musical Symbolism in Thomas Mann's ‚Doctor Faustus'‹, ›Music Review‹, Cambridge, vol. 17, No. 4, Nov. 1956, 314–322.

3] *an die Schriftsteller:* Nach Reg. IV, 595, verschollen.

4] *An Marcuse:* An Ludwig Marcuse, Kilchberg, 17. 4. 1954, Reg. IV, 54/118; Br. III, 334/335.

18. 4. 1954

1] *[an] Fiedler:* An Kuno Fiedler, Kilchberg, 18. 4. 1954, Reg. IV, 54/120: »[...] Am Karfreitag spielten wir uns Parsifal-Platten vor, 1. Akt, Amfortas, Kundry und die Erzählung des Gurnemanz. Ich war ganz weg. In Mailand neulich war ich doch wirklich beeindruckt gewesen von Verdi's ›Othello‹. Aber, du lieber Gott! Ich sage nichts weiter.« (Kopie im TMA) *212*

19. 4. 1954

1] *Ehepaar Gausch:* Gemeint ist der Maler und Graphiker Martin Kausche (geb. 1915), der im Auftrag des S. Fischer Verlags den Schutzumschlag für ›Die Betrogene‹ entworfen hatte, mit seiner Frau, der Malerin Eva Kausche-Kongsbak. *213*

20. 4. 1954

1] *Münchener Abend:* Leider ließ sich in der Münchener Presse keine Besprechung des Rezitationsabends finden. Das erklärt wohl auch, daß TMs Anfrage an die Redaktion des ›Münchner Merkur‹ vom 21. 4. 1954, Reg. IV, 54/122, offenbar unbeantwortet blieb. *213*

2] *Gertr. Dahlmann:* Die Schriftstellerin und Rezitatorin Gertrud Dahlmann-Stolzenbach (1909–1988).

3] *Siebente Kapitel von »L.i.W.«:* GW II, 617–696.

21. 4. 1954

1] *Geburtstagsaufsatz:* Der für den New Yorker ›Aufbau‹ geschriebene und dort, vol. XX, No. 27, 2. 7. 1954, 5 erschienene Glückwunsch *213*

Freund Feuchtwanger, GW X, 533–537, wurde auch im (Ost-)Berliner ›Aufbau‹, Jg. 10, H. 7, Juli 1954, 627–629, abgedruckt.
2] *Ehrenpräsidentschaft [...] angenommen:* S. das Schreiben an die Deutsche Schillerstiftung, Weimar; Kilchberg, 22. 4. 1954, Reg. IV, 54/124.

22. 4. 1954

214 1] *»Der Tod in Venedig« u. a. Novellen:* Der Band erschien als No. 54 der Fischer Bücherei 1954 in Frankfurt am Main und Hamburg.
2] *Gedicht:* Die naheliegende Vermutung, es handle sich um ein Poem aus dem Band von Peter Viereck, ›First Morning. New Poems‹, New York 1954, für den sich TM am 1. 5. 1954, Reg. IV, 54/131, bedankt, trifft eventuell nicht zu. TM schrieb – ganz im Sinne des TB-Eintrags –: »Yes, Sir, I *do* agree and I do it with all my heart./ Your poem is strong, simple, beautiful, deeply moving. May it be read by millions of men as a consolation and a [unleserlich], an appeal to their conscience to stand up and to protest against the mischief, the blasphemy – I don't find the English aequivalent for our German ›Frevel‹.« – Peter Viereck, den Hans Rudolf Vaget befragte, glaubt sich jedoch zu erinnern, daß es sich bei dem Gedicht über die Höllenbombe in der Tat (wie von TM richtig vermerkt) um ein Produkt seines Vaters, George Sylvester Viereck, handelte, der nach dem Krieg seine NS-Sympathien ganz abgelegt und sich dem Protest gegen die Atomwaffen angeschlossen habe. Peter Viereck meint, daß das Gedicht den Titel ›The Bankrupt‹ trug und in einer Publikation der ›Union of Concerned Scientists‹ erschienen sei. – Genaueres ließ sich zum Zeitpunkt der Drucklegung leider nicht ermitteln.
3] *G. S. Viereck:* S. Anm. 2. Gemeint ist offensichtlich wirklich George Sylvester Viereck (1884–1962), Führer der amerikanischen Nazi-Partei, und nicht sein Sohn, der amerikanische Schriftsteller, Historiker und Politikwissenschaftler Peter Viereck (geb. 1916), mit dem TM Ende 1939 anläßlich eines Aufsatzes in Sachen Hitler und Wagner in Kontakt gekommen war (s. Reg. II, 39/424) und mit dem er vor allem in den Jahren 1940–1942 korrespondierte. S. dazu auch TB 24. 10. 1939 (TB 37–39, 492) und 16. 1. 1940 (TB 40–43, 8/9) mit den dazugehörigen Anmerkungen, sowie TMs Replik von 1940 *Zu Wagners Verteidigung. Brief an den Herausgeber des ›Common Sense‹*, GW XIII, 351–359.

4] *an Dr. Benedikt:* An Ernst Benedikt, Kilchberg, 22. 4. 1954, Reg. IV, 54/123: »Die Perle Ihres Briefes übrigens war die Anekdote vom Jesuitenpater Müllner! Sie hat mich außerordentlich in meiner geheimen Sympathie mit der Geistesform der ›klugen und gewandten Väter‹ bestärkt. Unzählige Male habe ich die Geschichte schon nacherzählt, so ausgezeichnet gefällt sie mir wegen ihrer verschmitzten Skepsis und wegen ihrer witzigen Kennzeichnung des gläubigen Atheismus als einer kindlichen Naivität. In Florenz erzählte ich den tiefsinnigen Spaß dem alten Bernard Berenson, von dem Sie wohl wissen, auf Englisch, das er am besten versteht, und nach dem ›And I don't believe even that‹ rief er ganz entzückt aus ›That's exactly my point of view!‹ Während ich dann im Hause umherging, um seine Bibliothek und seine Renaissance-Madonnen zu bewundern hat sich der Uralte, wie ein Kind, das immer dasselbe hören will, von unserer Medi Borgese die Anekdote noch einmal erzählen lassen.« S. auch die TB 30. 1. 1954, Anm. 3 zitierte Passage.
5] *Aufsatz:* Friedrich M. Reifferscheidt, ›Ironie als epischer Ausdrucksstil, dargestellt am Werke Thomas Manns‹, ›Eckart‹, Jg. 23, April-Juni 1954, 214–220.

23. 4. 1954
1] *Bericht in der »Tat«:* Ein H. B. K. gezeichneter kurzer Hinweis der 214
›Tat‹ vom 23. 4. 1954 machte auf ›Thomas Mann als Operndichter‹ aufmerksam: »Thomas Manns indische Legende ›Die vertauschten Köpfe‹, wie der Dichter selbst meint, ein metaphysischer Spaß, gab nun das Buch für eine zweiaktige Oper der jungen Peggy Glanville Hicks her, die mit beträchtlichem Erfolg von der Kentucky Opera Association in Louisville im Südstaat Kentucky zur Uraufführung kam. Die Komponistin, die übrigens aus Österreich stammt und das Opernwerk im Auftrag des Louisville Symphony Orchestras schrieb, hat so ehrfürchtig an Thomas Manns zuweilen satirischem und geistvollem Buch gehandelt, daß die Dialoge beinahe wörtlich im Operntext Aufnahme gefunden haben./ Es erwies sich nun, daß dieser Text kein überaus dramatischer für eine Oper ist, ohne daß man der Komponistin eine Begabung für reiche melodische Komposition, für eine rhythmische Behandlung von Xylophons, Gongs und anderen orientlich klingenden Instrumenten absprechen kann. Es gelingt ihr auch oft eine pastorale und dann auch volkstümlich beschwingte Musik zu

schreiben. Eine moderne Opernmusik müßte allerdings kraftvoll origineller sein, um sich auf großen Opernbühnen mit Erfolg durchzusetzen. Aus Newyork waren zur Premiere Kritiker erschienen, die sich, wie das Publikum, sehr beifallsfreudig zeigten.«

2] *Düsseldorfer Zeitschrift:* ›Heute und Morgen‹, Illustrierte Zeitschrift für Kunst, Literatur und Wissenschaft, erschien zwischen 1951 und 1955 in Düsseldorf.

3] *Mitarbeiter der römischen »Unità«:* Guido Nozzoli; s. TB 24. 4. 1954 sowie das bei Hansen/Heine 377–384 in deutscher Übersetzung abgedruckte ›Interview mit Thomas Mann‹, Untertitel: ›Der große deutsche Schriftsteller spricht sich gegen den Krieg und die H-Bombe aus‹, das am 3. 5. 1954 in der ›Unità‹ erschien. Mehrere DDR-Gazetten sowie die Düsseldorfer Monatsschrift ›Heute und Morgen‹ publizierten Auszüge.

24. 4. 1954

214 1] *Arabische u. englische Ausgabe:* ›Lilhajat qima sihrija kubra‹, übersetzt von Ahamad Amin; in: ›Allamatni al-hajat‹, Kairo 1953, und ›This I Believe: the personal philosophies of one hundred thoughtful men and women in all walks of life‹, with a foreword by Edward Murrow, ed. by Edward P. Morgan. London 1953.

2] *Südd. Rundfunk [...] über die Lesung:* Vermutlich ist die TB 10. 4. 1954, Anm. 6 nachgewiesene Aufnahme für den Schweizerischen Rundfunk gemeint.

215 3] *Korrespondent der Unità:* S. TB 23. 4. 1954, Anm. 3.

4] *an Reifferscheidt:* Nach Reg. IV, 595, verschollen.

5] *Kleist-Biographie:* Arnold Zweig, ›Lessing, Büchner, Kleist. Drei Versuche‹, Berlin 1925, oder, wahrscheinlicher, Arnold Zweigs Einleitung zur TB 5. 3. 1954, Anm. 16 nachgewiesenen Kleist-Ausgabe.

6] *A. Zweig:* Der 1948 aus dem Exil in Palästina nach Ost-Berlin zurückgekehrte Schriftsteller Arnold Zweig (1887–1968), mit dem TM seit 1910 in brieflicher Verbindung stand und den er seit 1929 auch persönlich kannte. Näheres TB 51/52, 690.

25. 4. 1954

215 1] *Heranlassung des italienischen Kommunisten:* Die Lektüre des Interviews mit dem Unità-Korrespondenten zeigt, daß Erika Manns Ängste diesmal nicht ganz unberechtigt waren. Immerhin konnte

man am 3. 5. 1954 Zusammenfassungen und Interview-Antworten wie die folgenden lesen: »Was denkt Thomas Mann über den Alarmzustand, in den sich alle Nationen durch die unkontrollierbare Wirkung der neuen Bomben versetzt sehen? Wenn man seinen Standpunkt kennt, ist die Frage mehr als überflüssig. Und wer weiß, wieviel Blut die Kommunisten für die Freiheit vergossen haben, bewundert die großen Anstrengungen, die sie im Kampf gegen die Deutschen vollbracht haben, womit sie sogar dem liberalen Bürgertum ein Beispiel an Mut gaben, und hegt keine voreingenommene Abneigung gegen sie, auch wenn er kein Kommunist ist; genauso wie er sich nicht als anti-amerikanisch erklärt, obwohl er die Grenzen der amerikanischen Politik kennt, auch wenn er mit Bitterkeit die stetig fortschreitende Ausbreitung des Faschismus beobachtet, der – seinen alten Voraussagen entsprechend – jenes Land unter der Maske der Freiheit erobert. [. . .] ›Der Krieg‹, sagt er, ›und besonders ein Atomkrieg wäre nur ein zerstörerisches Unternehmen. Ideen sind um den Preis eines Massakers nicht aufrechtzuerhalten. Auch ein Krieg, den man für richtig hält, kann die Menschheit nur niederdrücken und zurückwerfen. Und bei einem Zusammenprall gäbe es keinen Sieger.‹ [. . .] ›Sie halten es also für richtig‹, frage ich weiter, ›daß der friedliche Kampf der Völker gegen die Bedrohung durch die atomare Geißel fortgeführt wird?‹/ Auch diese Frage beantwortet Thomas Mann ohne zu zögern. ›Ja, das ist sicherlich eine gute Sache, und jeder muß zu ihrem Erfolg beitragen. Man darf nicht den Kommunisten allein die Verteidigung des Friedens überlassen. Es mag Ihnen befremdlich erscheinen, daß ich das Ihnen, einem Kämpfer der Kommunistischen Partei sage, doch das ist meine Meinung. Ich halte es für eine Pflicht eines jeden Menschen und vor allem eines jeden Intellektuellen, alles Menschenmögliche zu tun, um die Spannung zu entschärfen, um das zu erreichen, was wir mit einem deutschen Wort ‚Entspannung' nennen. Um das gegenseitige Verständnis zu fördern, meine ich, daß man die kulturellen Beziehungen und den wirtschaftlichen Austausch erweitern müßte: auf diesen Ebenen ist es leichter, sich zu verstehen. Bleiben wir bei der Kultur‹, wiederholt er und hebt eine Hand, so als wolle er die weit entfernten Zuhörer ansprechen, ›ich denke zum Beispiel an die hervorragende Idee des Verlegers Einaudi, die Briefe der zum Tode Verurteilten aus den verschiedensten europäischen Ländern zu sammeln. Diese extremen Zeugnisse der Opfer des Faschismus zeigen, wie lebendig in allen Völkern die Liebe zur Freiheit ist. Deshalb habe ich gern das Vorwort zu diesem Buch verfaßt. Persönlich lehne ich es niemals ab, an diesen Werken mitzuarbeiten; ich freue mich immer, wenn ich die Verständigung der Völker erleichtern kann.‹« Und das Fazit: »[...] ein Mann wie er, der in allen seinen Fasern von der vielfältigen europäischen Kultur durchdrungen ist, trägt seine Verantwortlichkeit mit sich in jeden Winkel der Welt, und es gibt keine Atmosphäre, die ihm den Blick auf jenes innere Panorama trüben könnte, welches seit mehr als fünfzig Jahren seine Botschaft als Intellektueller belebt. Als Erbe der vornehmsten bürgerlichen deutschen Tradition hat er sich niemals in der Festung seines Standes eingeschlossen, hat er niemals Haltungen und Gewohnheiten völlig akzeptiert und sich niemals hinter seinen Privilegien versteckt. Als bohrender, scharfsinniger, ›prophetischer‹ Kritiker [...] hat Thomas Mann die Bedenklichkeit der bürgerlichen Moral enthüllt, hat ihr Sinken und ihr Fallen geahnt und ihre dramatische Zersetzung dargestellt, als erst wenige Anzeichen der tödlichen Krankheit auf dem blühenden Gesicht des Deutschlands nach der Jahrhundertwende sichtbar wurden [...]«

2] *Belp:* Ein Ort im Berner Oberland, in dem sich das von TMs Enkeln besuchte Internat befand.

26. 4. 1954

216 1] *»Marquise von O.«:* In der TB 5. 3. 1954, Anm. 16 nachgewiesenen Insel-Ausgabe hat TM am Rand einer Seite aus der ›Marquise von O.‹ notiert: »13 mal ›dann‹, kurz ›daß‹ dann ›und daß‹«.

2] *»Amphitryon«:* Im 2. Band der Insel- und der Zweig-Ausgabe.

27. 4. 1954

216 1] *Eloessers Literaturgeschichte:* Das zweibändige Werk des TM seit den zwanziger Jahren bekannten Berliner Theaterkritikers und Literarhistorikers Arthur Eloesser (1870–1937) ›Die deutsche Literatur vom Barock bis zur Gegenwart‹, Berlin 1930/1931, ist – mit einer Widmung des Autors und Anstrichen TMs versehen – in der Zürcher Bibliothek erhalten. Vgl. auch TMs 1929 und 1933 geschriebenen, unter dem Titel *[Arthur Eloesser ›Die deutsche Literatur‹]* zusammengefaßten Besprechungen der beiden Bände in GW X, 727–734,

sowie die Laudatio *[Arthur Eloessers sechzigster Geburtstag]*, GW X, 464/465.

28. 4. 1954

1] *Kleist-Aufsatz: Heinrich von Kleist und seine Erzählungen*, GW IX, 823–842. *216*

2] *Wieglers Literaturgeschichte:* Paul Wiegler, ›Geschichte der deutschen Literatur‹, Bd. I und II, Berlin 1930. Das Buch ist in der Zürcher Bibliothek erhalten.

3] *Ausfertigung [...] für Berlin, Zürich u. New York:* Der Glückwunsch für Lion Feuchtwanger erschien gleichzeitig, d. h. am 2. 7. 1954, im New Yorker ›Aufbau‹ und der Zürcher ›Weltwoche‹ sowie in der Juli-Ausgabe des ›Aufbau‹ in Berlin (Jg. 10, H. 7, Juli 1954, 627–629).

29. 4. 1954

1] *der Fall Spitteler/Fränkel*: Die Vorgänge um die Edition der Werke des Schweizer Epikers Carl Spitteler (1875–1924, Nobelpreis 1919) durch den aus Krakau stammenden, seit 1909 in Bern lehrenden Privatdozenten Jonas Fränkel (1879–1965). Fränkel, ein offenbar schwieriger Charakter und scharfer Polemiker, durch seine Keller-Ausgabe jedoch als Editor von Rang ausgewiesen und von Spitteler selbst zweifelsfrei als Nachlaßverwalter, Herausgeber und Biograph vorgesehen, mußte unter dem Druck schweizerischer Germanisten und Politiker 1942 bzw. 1944 die Arbeit an zwei »auch im deutschen Reich mit Interesse verfolgten Werkausgaben« – die Kellers und die Spittelers – aufgeben. Näheres zu dem ganzen Komplex bei Charles Linsmayer, ›‚Ein Jude uns unsere grossen Dichter vermitteln! Merci vielmal!' Anmerkungen zur Spitteler-Rezeption und zum ‚Fall Fränkel'‹, ›Quarto‹, Vierteljahresschrift des Schweizerischen Literaturarchivs, H. 4, Februar 1995. *217*

2] *Humm über den Fall:* S. Linsmayer, a.a.O.: »Rudolf Jakob Humm wagte, als alles längst vorbei war, in seiner Einmannzeitschrift ›Unsere Meinung‹ im April 1954 die Frage: ›War vielleicht darum mit Fränkel kein Geschäft zu machen, weil er Jude ist? Ich frage, und ich frage, weil in den Akten kein Wort darüber zu lesen steht.‹« Darüber hinaus, so Linsmayer, habe Humm in jenem Artikel öffentlich bekannt, »daß er ›damals, als die Sache aktuell war‹, sich ›nicht die Spur

um sie gekümmert‹ habe. ›Ich war so ahnungslos, wie es heute manche Deutsche von sich behaupten. Ahnungslosigkeit, das spüre ich heute brennen in mir, ist aber manchmal auch eine Schuld.‹«
3] *»Verlobung von St. Domingo«:* Kleists Novelle im 4. Band der Insel- und im 3. Band der Zweig-Ausgabe.

30. 4. 1954

217 1] *Dr. Friedmann [...] mit Frau:* Dr. Werner Friedmann (1909 bis 1969), Gesellschafter des die ›Münchner Illustrierte‹ und die ›Süddeutsche Zeitung‹ herausgebenden Verlags und Chefredakteur der ›Süddeutschen Zeitung‹; vor dem Krieg Lokalberichterstatter der ›Münchner Neuesten Nachrichten‹, mit seiner Frau Anneliese.

1. 5. 1954

217 1] *Textbuch:* S. TB 31. 1. 1953, Anm. 2.
2] *König Ödipus des Sophokles:* TM sah die Premiere zur Eröffnung der Festspiele des Zürcher Schauspielhauses. Unter der Regie von Ernst Ginsberg spielten Will Quadflieg (Oedipus), Elisabeth Flickenschildt (Jokaste) und Ernst Ginsberg (Teiresias). Nicht nur TM war »tief ergriffen«, das Gesamtecho der Aufführung war grandios: »Für die Bürger des alten Athen war die Teilnahme an den dichterisch-sakralen Geschehnissen in der Orchestra Verpflichtung und öffentliches Gebot. Für die Bürger unserer Polis sollte die Fühlungnahme mit der dichterischen Welt des Sophokles freiwillige Hingabe sein.« (NZZ, Fernausgabe, 6. 5. 1954)
3] *Erinnerung an die Zeit des »Erwählten«:* TM hatte am 25. 1. 1948 einen Sophokles-Band von Lion Feuchtwanger geschenkt bekommen und las, wie die Eintragungen der Folgezeit zeigen, »Sophokles' Oedipus nebst Kommentar« (TB 46–48, 223). Am 25. 7. 1948 erwähnt das Diarium die Lektüre des Buches von Karl Reinhardt über Sophokles. Insgesamt zeigen die Tagebücher, daß die Bedeutung antiker Erzählungen und des Sophokleischen Dramas für den *Erwählten* in der Forschung bisher noch zu wenig berücksichtigt worden ist.
4] *Quadlieb:* Der Schauspieler Will Quadflieg (geb. 1914).

2. 5. 1954

1] *»Prinz von Homburg«:* Kleists Drama im 3. Band der Insel- und im 1. Band der Zweigschen Ausgabe. 218

3. 5. 1954

1] *in [...] »Süddeutschen Zeitung« abdrucken:* Weder der Abdruck in der ›Süddeutschen Zeitung‹ noch der in der ›Münchner Illustrierten‹ kam zustande. S. den Eintrag vom 11. 5. 1954. 218

4. 5. 1954

1] *an Janka:* So im Manuskript. Gemeint ist das Schreiben an Oskar Jancke, Kilchberg, 3. 5. 1954, Reg. IV, 54/133; Br. III, 335/336 (fragm.). Der in Br. III fehlende Passus lautet: »Die Antwort sich im Gespräch mit einem Interviewer (wohl mit Band-Aufnahme?) ergeben zu lassen, scheint mir überflüssig. Es wäre zeitraubend und unbequem. Legen Sie aber grundsätzlich Wert darauf, so könnte ich mich nur gegen ein Honorar – 500 Mark – dazu verstehen.« 218

2] *Programm:* Für die Sendung am 31. 8. 1954: ›Wer wünscht was? – Musik, die Thomas Mann gern hört‹. Der Text ist bei Loewy, I, 101 abgedruckt. Ein Band der Sendung befindet sich im TMA. Das bei Loewy fehlende Sendedatum verdanke ich Herrn Jörg Hucklenbroich vom Archiv des Süddeutschen Rundfunks.

3] *Habe:* Der Erika Mann gut bekannte Journalist und Schriftsteller Hans Habe (vormals János Békessy, 1911–1977). Näheres TB 46–48, 399/400. 219

4] *An Preetorius:* An Emil Preetorius, Kilchberg, 4. 5. 1954, Reg. IV, 54/135; Br. III, 337.

5] *an Frido:* An Frido Mann, Kilchberg, 4. 5. 1954, Reg. IV, 54/134; Br. III, 336.

6] *Albert Guérard:* Der Anglist der Harvard University Albert Joseph Guérard (geb. 1914).

7] *»Bottle in the Sea«:* Albert J. Guérard, ›Bottle in the Sea‹, Cambridge/Mass. 1954. Das Buch ist in der Zürcher Bibliothek erhalten.

8] *Motto:* TM zitiert das Motto von Part II, ›Dream. The Ivory Tower‹, a.a.O. 57, nach dessen Dichter er sich in einem Brief an Guérard vom 10. 5. 1954 (s. TB 9. 5. 1954, Anm. 3) erkundigte. Leider ist Guérards Antwort nicht erhalten.

5. 5. 1954

219 1] *Schul-Aufsatz:* Im TMA befindet sich lediglich ein Bericht von Roland Biermann-Ratjen über TMs Besuch im Haus seiner Eltern, Juni 1953.

2] *[an] W. Hallgarten:* An Wolfgang Hallgarten, Kilchberg, 5. 5. 1954, Reg. IV, 139.

3] *sein Buch:* George W. F. Hallgarten, ›Why Dictators? The Causes and Forms of Tyrannical Rule Since 600 B. C.‹, New York 1954.

4] *»Kätchen v. Heilbronn«:* Kleists Schauspiel im 3. bzw. 2. Band der TB 5. 3. 1954, Anm. 16 nachgewiesenen Ausgaben.

6. 5. 1954

219 1] *Brief über den Film:* An Felix Henseleit, Kilchberg, 8. 5. 1954, Reg. IV, 54/142; Br. III, 337–339; unter dem Titel *[Unterhaltungsmacht Film]* in GW X, 932–934.

7. 5. 1954

220 1] *Poem [...] in Conrads »Gesellschaft«:* In der ›Gesellschaft‹ ließ sich das von TM angegebene Poem nicht ermitteln.

2] *Dulles von Genf zurück:* Von der Genfer Indochina-Konferenz, bei der der amerikanische Außenminister mit seinem ›United Action Plan‹ (s. TB 10. 4. 1954, Anm. 3) gescheitert war.

3] *Smolin:* Vermutlich der am 8. 12. 1953 als Besucher im Haus Mann bereits erwähnte erste Sekretär der Sowjetgesandtschaft. Näheres über ihn und seinen Begleiter Alexandrow ließ sich trotz Nachfragen nicht ermitteln.

8. 5. 1954

220 1] *Ostdeutsche Wochenschau:* Aufnahmen der DDR-Wochenschau ›Der Augenzeuge‹ konnten bisher nicht nachgewiesen werden.

2] *Schrift von Sabais:* Heinz-Winfried Sabais, ›Verändern die Dichter die Welt? Fragmentarische Bemerkungen über die Macht der Dichtung‹, Zürich 1954. Ein TM gewidmetes Exemplar der Schrift ist in der Zürcher Bibliothek erhalten.

3] *Sabais:* Der 1951 in den Westen geflohene Schriftsteller und Journalist, späterer Oberbürgermeister von Darmstadt, Heinz-Winfried Sabais (1922–1981), der TM 1949 während seines Weimar-Aufenthaltes betreut hatte. Näheres TB 46–48, 704.

9. 5. 1954
1] *an Moni:* Die Karte ist nach Reg. IV, 595, verschollen. 221
2] *an Sabais:* An Heinz-Winfried Sabais, Kilchberg, 9. 5. 1954, Reg. IV, 54/143.
3] *an Prof. Guérard:* An Albert Guérard, Kilchberg, 10. 5. 1954, Reg. IV, 54/144.
4] *Herrmannsschlacht:* Im 3. bzw. 1. Band der TB 5. 3. 1954, Anm. 16 nachgewiesenen Ausgabe.

10. 5. 1954
1] *Lizenz-Ausgabe:* Die ungekürzte Sonderausgabe mit der *Einführung in den Zauberberg für Studenten der Universität Princeton* (GW XI, 602–617) erschien 1954 bei G. B. Fischer, Berlin/Frankfurt am Main. (Potempa D 3.7) 221
2] *D. D. Wochenschau:* So – vielleicht für »Deutsche Demokratische [Republik]« – im Manuskript.

11. 5. 1954
1] *Reaktion Hesses:* Vermutlich ist der gebundene Sonderdruck eines Artikels von 1930 ›Sommernacht mit Raketenwunder‹ gemeint, den die ›National-Zeitung‹ am 1./2. 8. 1953 abgedruckt hatte und von dem sich ein von Hesse TM »mit herzlichen Grüssen und Wünschen ins neue Haus« zugeeignetes Exemplar in der Zürcher Bibliothek befindet. 221
2] *Bericht Mampells:* Mampells Schreiben befindet sich nicht unter den Dokumenten des TMA. S. jedoch TMs TB 17. 5. 1954, Anm. 3 nachgewiesene – von geringer Sachkenntnis zeugende – Antwort: »[. . .] daß Sie sich von der ›Gruppe 47‹ haben [. . .] auf den Leim locken lassen, wundert mich doch. Ich kenne die Unverschämtheit der sogenannten jungen Generation da drüben. Sie hängt auch wohl mit der lächerlichen Wirtschaftsblüte der amerikanischen Lieblingskolonie ›Westdeutschland‹ zusammen, diesem frechen und unmoralischen Wohlsein nach Schandtaten, die mit der Höllenfahrt von 1945 schlossen, und an die heute zu erinnern nichts weiter als bolschewistisch ist. [. . .] Da ist kein Anstand, keine Bescheidenheit, kein Wissen um das eigene Maß und um – andere Maße, keine Dankbarkeit, keine Fähigkeit zum Aufblick, zur Bewunderung, zur Liebe, ohne die man nichts lernt. Man hat nichts gelernt, in keiner Beziehung, man ist nichts als

ein Frechdachs – und Sie wundern sich? Das Benehmen der 47er bei Ihrer Vorlesung ist natürlich pöbelhaft bis zur Unglaubwürdigkeit, nur bei dieser Rasselbande möglich. Millionen des Schlages werden sich nun, mit hochstehender Währung reich versehen, reisend über die Welt ergießen und überall ihre dreiste Schnauze hören lassen. Einige bessere Deutsche haben selbst Angst davor. Aber das ist die Konstellation. [. . .]« (340/341)

3] *amerikanische Ausgabe: The Black Swan* in der Übersetzung von Willard R. Trask erschien 1954 bei Knopf in New York.

4] *wegen des Romans*: Wegen eines eventuellen Vorabdrucks aus dem *Krull*. S. TB 30. 4. 1954.

12. 5. 1954

222 1] *»Thuschen« und die Bärin:* Anspielung auf Kleists ›Hermannsschlacht‹, 5. Akt, Auftritt 16–19.

2] *die rechten Worte über die »Hunde«:* Die letzten Worte des vor Hermanns Verrat die Waffen streckenden und vom germanischen Sieger dennoch zum Tode verdammten Septimus im 5. Akt, Auftritt 13 von Kleists ›Hermannsschlacht‹: »Führt mich hinweg! – hier unterlieg ich/ Weil ich mit Helden würdig nicht zu tun!/ Der das Geschlecht der königlichen Menschen/ Besiegt in Ost und West, der ward/ von Hunden in Germanien zerrissen:/ Das wird die Inschrift meines Grabmals sein.«

3] *Dr. Tau:* Der 1938 aus Berlin nach Norwegen emigrierte Schriftsteller und Verlagslektor Max Tau (1897–1975).

4] *Regina Ullmann:* Die jüdisch-katholische Schriftstellerin Regina Ullmann (1884–1961). Näheres TB 46–48, 587.

5] *Jene [. . .] Hamburgerin [. . .] »King Jesus«:* Weder die Überbringerin noch das Buch konnten ermittelt werden. Eventuell handelt es sich um die TB 24. 1. 1954 erwähnte Altertumsforscherin.

6] *Doppelkonzert:* TM besaß eine Aufnahme des Brahms'schen Konzerts für Violine, Violoncello und Orchester a-Moll, op. 102 aus dem Jahre 1942. Es spielten Jascha Heifetz, Emanuel Feuermann und das Philadelphia Orchestra unter Eugene Ormandy.

7] *Kurzgeschichte:* E. B. White, ›The Second Tree from the Corner‹, ›Perspectives‹, London, No. 7, Spring 1954, 105–110.

8] *Redaktor:* Der amerikanische Schriftsteller und Publizist Elwyn Brooks White (1899–1985) war seit fast 25 Jahren Editor des ›New

Yorker‹ und hatte jahrelang anonym die ›Commentaries and Reflections‹ verfaßt. 1944 publizierte er seine erste Geschichtensammlung, 1954 gab die von TM gelesene Short Story die Titelgeschichte für einen zweiten Erzählungsband.

13. 5. 1954

1] *von G. S. Viereck:* Der Brief von George Sylvester Viereck (s. TB 222
22. 4. 1954, Anm. 2 und 3) befindet sich nicht unter den Dokumenten des TMA.

2] *jene Rezitation:* Gertrud Dahlmann; s. TB 20. 4. 1954, Anm. 1 und 2.

3] *an Knopf:* Verschollen.

4] *»Geschichte vom Leben des Lazarillo von Tormes [...]«:* Der 1554 anonym erschienene klassische spanische Schelmenroman ›La vida de Lazarillo de Tormes y de sus fortunas y adversidades‹. In der Zürcher Bibliothek ist die deutsche Ausgabe ›Die Geschichte des Lazarillo de Tormes und von seinen Leiden und Freuden von ihm selbst erzählt, mitsamt deren Fortsetzung‹, neu übersetzt und herausgegeben von Urs Usenbenz, Bern 1945, erhalten.

14. 5. 1954

1] *Dr. Bodenheim [...] und Frau:* Vermutlich handelt es sich um den 222
späteren Leiter der psychiatrisch-psychotherapeutischen Abteilung des Krankenhauses Tel-Hashomer und Professor für Psychiatrie an der Universität Tel Aviv, Aron Ronald Bodenheimer (geb. 1923), der von 1953 bis 1958 stellvertretender Leiter des Sanatoriums Kilchberg war.

15. 5. 1954

1] *ostdeutsche Gäste:* Hans Mayer und Walter Janka, s. TB 222
5. 3. 1954, Anm. 6.

2] *an Reisiger:* An Hans Reisiger, Kilchberg, 15. 5. 1954, Reg. IV, 54/150.

16. 5. 1954

1] *an Frau Rümelin:* Das Telegramm an Lore Rümelin-Wibel ist nach 222
Angaben in Reg. IV, 595, verschollen.

2] *Prof Meyer:* So, gleich zweimal an diesem Tag, im Manuskript.

3] *»Studien zur deutschen Literaturgeschichte«:* Hans Mayer, ›Studien zur deutschen Literaturgeschichte‹, Berlin 1954. Der Band mit einer Widmung des Autors an TM ist in der Zürcher Bibliothek erhalten.

223 4] *Pelz:* S. TB 5. 3. 1954, Anm. 8.

17. 5. 1954

224 1] *Forschungen:* Das Schreiben und die Untersuchungen von Waldemar Schulz befinden sich nicht unter den Dokumenten des TMA. Zur Sache s. jedoch TMs Dank, Kilchberg, 17. 5. 1954, Reg. IV, 54/154: »Umgehend danke ich für die freundliche Mitteilung der erstaunlichen Ergebnisse Ihrer mystisch-mathematischen Forschungen. Mit Ihnen vermute ich, dass, wenn man sie fortsetzte, das Quadrat noch mehr wunderliche Geheimnisse hergeben würde. Aber fast möchte ich warnen vor weiterer Vertiefung. Dergleichen kann ganz leicht zur Manie ausarten.« (Kopie HOM)

2] *Buch von P. P. Sagave:* Pierre-Paul Sagave, ›Réalité sociale et idéologie religieuse dans les romans de Thomas Mann‹. Der damals in Aix-en-Provence lehrende Literarhistoriker und Germanist Pierre-Paul Sagave (geb. 1913) hatte TM bereits im Februar 1952 das erste Kapitel seines 1954 als Band 124 der ›Publications de la Faculté des Lettres de l'Université de Strasbourg‹ erschienenen Buches zugesandt. S. TB 51/52, 174 und 579.

3] *an Dr. Mampell:* An Klaus Mampell, Kilchberg, 17. 5. 1954, Reg. IV, 54/153; Br. III, 340–342. S. auch das Zitat TB 10. 5. 1954, Anm. 2.

4] *Résistance-Buch:* S. TB 11. 3. 1954, Anm. 1.

5] *in Il Mondo:* ›Testimoni della libertà‹, ›Il Mondo‹, 4. 3. 1954, 1.

6] *von Witkowsky:* Nicht unter den Dokumenten des TMA. S. jedoch TMs Antwort an Victor Wittkowski, Kilchberg, 18. 5. 1954, Reg. IV, 54/157: »Von Ihrer Anmeldung habe ich Kenntnis genommen – voller Verstehen, denn gegen diesen ganzen Frevel empören sich auch meine religiösen Gefühle. Eine Art von Menschheitsbewegung ist denn auch dagegen im Gange, von der Pius XII. sich nicht ausschliesst. Er hat an McCarthy telegraphiert und Franco den Christusorden verliehen – alles schlimm genug. Aber seit Hiroshima schon hat er sich gegen den lästerlichen Atombomben-Unfug konsequent tadelnd verhalten und geradezu von ›Häresie‹ gesprochen, –

was bei seiner politischen Bindung an die U. S. A. alles Mögliche ist. Diese haben sich, namentlich durch die verbrecherischen H-Bomben-Experimente im Pacific, moralisch derart isoliert, dass selbst ihr z. Z. total verrückter Geisteszustand sie nicht hindert, es mit Schrecken wahrzunehmen. Dafür fehlt es nicht an Zeugnissen./ Dies Haus hier ist menschheits-exterritorial, und sollten Sie einmal vorbeikommen, können sie es trotz Ihrem Austritt ruhig besuchen. Es ist sehr hübsch bei uns.« (Marbach)

18. 5. 1954

1] *Karl Kraus-Citat:* Vgl. den TB 17. 5. 1954, Anm. 3 nachgewiesenen Brief an Klaus Mampell, in dem TM, um seiner Philippika gegen die ›Gruppe 47‹ und die »Unverschämtheit der sogenannten jungen Generation« Nachdruck zu verleihen, Karl Kraus zitiert: »Ich bin nur einer von den Epigonen,/ Die in dem alten Haus der Sprache wohnen .../ Bin Epigone, Ahnenwerthes Ahner. Ihr aber seid die kundigen Thebaner!« und dann fortfährt: »Ich habe nie besonders für ihn [d.i. Karl Kraus] geschwärmt, aber diese Verse, bis auf den sonderbaren casus ›Ahnenwerthes‹ gefallen mir gut. So ein ›kundiger Thebaner‹ hat kürzlich im ›Merkur‹ [s. TB 9. 1. 1954, Anm. 2] [...] eine Rezension des Essay-Bandes ›Altes und Neues‹ gebracht von einer falschblickenden Herablassung – Sie machen sich keine Vorstellung. Vor allem konstatierte er meinen Mangel an *Tradition*, dazu meine nationale Beschränktheit und daß es mir an europäischer Bildung fehle. Das schreibt so ein deutscher Unglückswurm, der seit ein paar Jahren überhaupt erst wieder auf der Welt ist – soweit er es ist.« 224

2] *»Kundige Thebaner«:* William Shakespeare, ›King Lear‹, II, 4: »Learned Theban«.

3] *Bermann dagegen:* In TM/GBF findet sich keine entsprechende Korrespondenz. 225

4] *Schreibe zustimmend:* Weder nachgewiesen noch aufgefunden.

5] *Treupler-Tablettli*: So im Manuskript (für Treupel-Tabletten).

19. 5. 1954

1] *Bericht [...] aus »La Nuova Stampa«:* Auch im Archiv des Einaudi-Verlags nicht mehr aufzufinden. 226

20. 5. 1954

226 1] *an Prof. Mayer:* An Hans Mayer, Kilchberg, 20. 5. 1954, Reg. IV, 54/158. S. Dok. 23, S. 846/847, sowie die Zusammenfassung der die Edition betreffenden Korrespondenz, TB 2. 6. 1954, Anm. 2.

2] *Almanach des Piper-Verlages*: ›Nach fünfzig Jahren. 1904–1954‹. Almanach, herausgegeben von Klaus Piper, München 1954.

3] *»La Fin des Ambassades«:* S. TB 16. 2. 1954, Anm. 7. Der Roman war 1953 in Paris erschienen, die deutsche Übersetzung ›Diplomatische Missionen‹ 1954 in Frankfurt am Main. Die französische Ausgabe ist in der Zürcher Bibliothek erhalten.

4] *Schumann u. Mozart*: Wahrscheinlich wurden die Phantasiestücke für Klarinette, Viola und Klavier op. 88 von Robert Schumann und das Trio Es-Dur für Klavier, Klarinette und Viola, KV 498, das ›Kegelstatt-Trio‹, von Wolfgang Amadeus Mozart gespielt.

5] *Kapellm. Schmied:* Der Komponist und Dirigent Erich Schmid (geb. 1907), von 1949 bis 1957 Chefdirigent des Zürcher Tonhalle-Orchesters.

6] *Stadtpräsident:* Emil Landolt; s. TB 22. 5. 1953, Anm. 1.

21. 5. 1954

227 1] *Herr u. Frau Hartung:* Wahrscheinlich der Schriftsteller Hugo Hartung (1902–1972) mit seiner Frau.

2] *S. Marck:* Der nach seiner Emigration in Chicago lehrende ehemalige Breslauer Philosophie-Professor Siegfried Marck (1889–1957). Näheres TB 44–46, 346.

3] *»Große Menschen unserer Zeit«:* TM hatte das 1954 in Meisenheim/Glan erschienene Buch – besonders den Essay ›Die deutsche und europäische Krise im Spiegel des Lebenswerkes von Thomas Mann‹ – bereits im November/Dezember 1950 im Manuskript gelesen. S. TB 49/50, 625/626.

22. 5. 1954

227 1] *an den »Kulturminister«:* Das Telegramm ist nicht erhalten. S. jedoch das Schreiben an Johannes R. Becher, Kilchberg, 22. 5. 1954, Reg. IV, 54/159. Der Text ist als Dok. 24, S. 847–849 wiedergegeben.

2] *Aufsatz:* Irvin Stock, ›Mann's Christian Parable: A View of the ‚Holy Sinner'‹, ›Accent‹, A Quarterly of New Literature, Urbana/Ill., vol. XIV, No. 2, Spring 1954, 98–115.

3] *Irvin Stock:* Der Associate Professor of English im Rollings College, Irvin Stock.
4] *zu schreiben versuchte:* An Irvin Stock, Kilchberg, 23. 5. 1954, Reg. IV, 54/161: »You made me quite happy by your fine essay on the ›Holy Sinner‹. It is undoubtedly the best analysis and exegesis of the novel I ever read. I am very grateful for your receptiveness because the little thing is especially close to my heart and I am often remembering with a certain tenderness the time when I wrote it in Pacific Palisades, California. It was a *good* time and I was amused in a rather deep and uncommon sense of the word. Now, your review has something sensational for me because you are the first American critic who calls my book ›enjoyable‹, ›humorisitc‹, ›funny‹ instead of ›ponderous‹ and ›pompous‹ which are the two epithets mostly applied to them. What a terrible misunderstanding! I feel quite redeemed by your descovery which must be an enormous surprise to all your colle[a]gues. I assure you: in the German original these books are still more funny than in English. My desire and goal is to entertain and I am fully in accord with my pope Gregor when he answers to his mother and wife at the end of their colloquy of confession: ›Wir taten es, um Gott eine Unterhaltung zu bereiten.‹« (Zitiert nach Irvin Stock, ›The Holy Sinner‹ in ›Fiction as Wisdom. From Goethe to Bellow‹, 1980, 100/101.)

23. 5. 1954
1] *Nicodit:* So im Text für das Codeinpräparat Dicodit. *228*
2] *gelehrten Sonderdruck:* Ernst Barnicol, ›Luther in evangelischer Sicht‹, Sonderdruck aus ›Wissenschaftliche Zeitschrift der Martin Luther Universität, Halle-Wittenberg‹, Gesellschafts- und sprachwissenschaftliche Reihe, Jg. 3, 1953/54, H. 3, 611–654. In der Nachlaßbibliothek erhalten.
3] *[an] Prof. Marck:* An Siegfried Marck, Kilchberg, 23. 5. 1954, Reg. IV, 54/160; Br. III, 342.
4] *»Meistersinger« Akt III:* TM besaß eine Aufnahme von 1939 mit Helene Jung, Margarete Teschemacher, Martin Kremer, Torsten Ralf, Eugen Fuchs, Sven Nilsson, Hans Heinz Nissen und Arno Schellenberger. Es spielte die Sächsische Staatskapelle unter Karl Böhm.

24. 5. 1954

228 1] *an den Verfasser:* Das Schreiben an den evangelischen Theologen, seit 1929 Ordentlicher Professor für Kirchengeschichte an der Universität Halle, Ernst Barnicol (1892–1968) ist nach Reg. IV, 595, verschollen.

25. 5. 1954

228 1] *Einladung nach Weimar:* Nicht unter den Dokumenten des TMA. S. jedoch die Absage an Karl Kayser, den Generalintendanten des Weimarer Nationaltheaters, Kilchberg, o. D., Reg. IV, 54/163: »Haben Sie vielen Dank für Ihr freundliches Schreiben [. . .], das mir eine so ehrenvolle und so außerordentlich verlockende Einladung bringt. Ich brauche Ihnen nicht zu sagen, wie anziehend der Gedanke, an den Festspielen der Klassik in Weimar teilzunehmen, für mich ist, und das Programm, das Sie mir mitteilen, könnte nicht interessanter sein./ Wenn ich Ihren Brief nicht gleich beantwortet habe, so darum, weil ich mich so schwer dazu entschließen konnte, eine abschlägige Antwort zu geben. Es liegt so, daß ich nach einem recht schlechten, durch Krankheit und allerlei Störungen beeinträchtigten Winter [. . .] das dringende Bedürfnis habe, mich jeder Reiseanstrengung zu enthalten und meine persönliche Arbeit so weit wie möglich zu fördern. Es sind in diesem Jahre viele Einladungen an mich ergangen: aus Ost- und Westdeutschland, aus der Schweiz, aus vielen europäischen Ländern. Ich habe sie ausnahmslos alle abgelehnt und ich muß einsehen, daß ich auch den Besuch in Weimar unter diesen Umständen nicht unternehmen kann./ [. . .]« (Zitiert nach ›Thüringer Tageblatt‹, 18. 6. 1954.)

2] *an Dr. Sagal:* So im Manuskript. Gemeint ist das Schreiben an Pierre-Paul Sagave, Kilchberg, 25. 5. 1954, Reg. IV, 54/162: Das Original des in französischer Übersetzung in den ›Cahiers du Sud‹, Marseille, Jg. 43, 157, No. 340 gedruckten Schreibens ist im TMA erhalten und als Dok. 25, S. 849/850 abgedruckt.

3] *im »Aufbau«:* TM verwechselt hier – wie häufiger – die DDR-Zeitschriften ›Aufbau‹ und ›Sinn und Form‹. Der Artikel von Ernst Bloch, ›Über Beziehungen des Mutterrechtes (Antigone) zum Naturrecht‹ erschien in ›Sinn und Form‹, Jg. 6, 1954, H. 2, 237–261.

4] *E. Broch:* Gemeint ist der Philosoph Ernst Bloch (1885–1977), der 1949 aus dem amerikanischen Exil an die Universität Leipzig berufen worden war, wo er bis zu einem Lehrverbot, 1957, unterrichtete. Bloch übersiedelte 1961 nach Tübingen. (Näheres TB 44–46, 379.)

5] *Gangster-Film:* TM sah den von Jacques Beckers 1954 nach einem Roman von Albert Simonis gedrehten Film ›Touchez pas au Grisby‹ mit Jean Gabin in der Hauptrolle. 229

26. 5. 1954

1] *»Nouveau Fémina«:* Eine in Paris seit 1901 unter verschiedenen Namen (›Nouveau Femina‹, ›Femina Luxe‹, ›Femina-illustration‹) erscheinende Zeitschrift, die allerdings nur bis zum Januar 1954 bibliographisch nachzuweisen ist. Näheres über die Anfrage konnte nicht ermittelt werden, da sich im TMA keine entsprechenden Dokumente mehr befinden. 229

2] *zu O. M. Grafs 60. Geburtstag:* Kilchberg, 26. 5. 1954, Reg. IV, 54/166; *[Für Oskar Maria Graf]*, GW X, 538.

3] *Herr Hürlimann:* Der Schweizer Verleger (Herausgeber der Zeitschrift ›Atlantis‹), Photograph und Schriftsteller Martin Hürlimann (1897–1984).

4] *»Atlantis«:* Zu den von Thomas Mann genannten Themen finden sich Photos und Texte in ›Atlantis‹, Freiburg im Breisgau, Jg. XXVI, H. 4, April 1954: ›Santiago de Compostela‹, 13 Aufnahmen von Martin Hürlimann und ein Essay von Miguel de Unamuno sowie zehn Aufnahmen Hürlimanns von Salamanca; dazu ein Text von Daniel Bodmer, ›Salamanca und seine Universität. Ein Semester als Student an Spaniens berühmtester Hochschule‹; weiterhin ein grundsätzlicher Aufsatz von Arnold Steiger ›Galicische Pilgerstrasse‹ sowie Bilder des Eremitenklosters zu Cordoba, der Wallfahrtskirche in Guadelupe und der Karfreitagsprozession in Malaga. Heft 3 (März) enthielt Artikel von G. F. Hartlaub über ›Die Kurtisanei in der italienischen Kunst‹ und F. Kindermann, ›Literarische Kurtisanenbilder‹ sowie eine Farbtafel und 13 Abbildungen zum gleichen Thema.

5] *Goldschmidt-Jentner:* Der Kritiker und Essayist Rudolf Goldschmit-Jentner (1890–1964).

6] *Goldschmidt-Jentners Buch:* Rudolf Goldschmit-Jentners Buch ›Die Begegnung mit dem Genius‹, 1939 bei Wegner in Hamburg erschienen, war 1954 in der Fischer Bücherei herausgekommen.

7] *an den »Juden im Dorn« denken*: Der ›Jude im Dorn‹ ist eine antijüdische Geschichte, die in der Sammlung der Gebrüder Grimm 230 überliefert ist. Die Charakterisierung Beckmessers als »Jude im Dorn« stammt von Theodor W. Adorno.

27. 5. 1954

230 1] *über Reuchlin und die Dunkelmänner:* Vgl. TB 51/52, 99 und 492. TM las über die in zwei Folgen 1515 und 1517 erschienene und als Unterstützung von Reuchlins in den ›Epistolae clarorum virorum‹ dargelegte Opposition gegen die spätmittelalterliche Theologie und Wissenschaft gedachte Satire ›Epistolae obscurorum virorum ad venerabilem virum Magistrum Ortvinum Gratium Daventriensem‹ (1514) vermutlich in Köstlins Luther-Buch.

2] *Über Gregor und Heinrich IV.:* ›Kaiser Heinrich und Papst Gregor‹, das zweite Kapitel des TB 26. 5. 1954, Anm. 6 nachgewiesenen Buches von Goldschmit-Jentner.

28. 5. 1954

230 1] *Kreuzgang-Kapitel: Krull,* III, 10.

2] *an einen jungen Deutschen:* An Norbert Fügen, Kilchberg, 29. 5. 1954, Reg. IV, 54/170; Br. III, 343/344.

3] *über Luthers Hochzeit:* TM las vermutlich bei Bainton das 17. Kapitel.

4] *Buch:* Hermann Stresau, ›Thomas Mann und sein Werk‹, Frankfurt am Main 1963.

5] *H. Stresau:* Der Schriftsteller – vorwiegend Verfasser biographischer Studien – und Übersetzer Hermann Stresau (1894–1964).

6] *Sprechplatte:* Von der Lesung in der Hamburger Musikhalle am 9. 6. 1953 existiert eine bei Loewy II, 1a und 1b nachgewiesene Aufnahme (s. auch TB Juni 1953, *Reise nach England und Hamburg,* Anm. 15).

7] *für die Rundschau:* Nicht ermittelt. Auch bei Potempa ist kein Nachdruck des Kleist-Aufsatzes in der ›Neuen Rundschau‹ nachgewiesen.

231 8] *Fest-Rundschau:* Das 2. Heft des 66. Jahrgangs, 1955, 253–523, war Thomas Mann zum achtzigsten Geburtstag gewidmet.

9] *»Lebensabriß«:* Der *Lebensabriß,* GW XI, 98–144, erschien nicht in der ›Neuen Rundschau‹, sondern im Fischer-Almanach auf das Jahr 1954, ›Das achtundsechzigste Jahr‹, 37–81. (Potempa G 445.4)

10] *Max Oppenheimer:* Der TM gut bekannte Maler und Zeichner

Max Oppenheimer, genannt Mopp (geb. 1885), der zwei Portrait-Radierungen von TM angefertigt hatte, war am 23. 5. 1954 gestorben.

11] *Annette Kolb:* Die Erzählerin und Essayistin Annette Kolb (1870–1967), eine Jugendfreundin von Katia Mann und dem Hause Mann während der Münchener Zeit sehr verbunden. Näheres TB 44–46, 399/400.

12] *M. Hausmann:* Der Schriftsteller Manfred Hausmann (1898 bis 1986) hatte 1947 in einem Artikel die Behauptung aufgestellt, TM habe 1934 in einem Brief an den nationalsozialistischen Innenminister Wilhelm Frick um die Erlaubnis gebeten, nach Deutschland zurückkehren zu dürfen. TM wies diese Unterstellung in einem Schreiben aus Flims vom Juni 1947, das die ›Neue Zeitung‹ am 7. 7. 1947 unter der Überschrift ›Briefe in die Nacht‹ abdruckte, zurück. Wenig später fand sich das von Hausmann herangezogene Schreiben TMs. Es ist unter dem Titel *An das Reichsministerium des Inneren* in GW XIII, 96–106, wiedergegeben und zeigt, daß die angebliche Bitte um Rückkehrgenehmigung in Wahrheit ein Ersuchen um Paßverlängerung und Rückgabe der in Deutschland 1933 beschlagnahmten Habe, »Haus, Bibliothek, Inventar und Vermögen«, war. Näheres zu dem Vorgang TB 46–48, 579–581. Die »Ausgesperrtheit« vom PEN-Club hat sich nicht nachweisen lassen.

13] *Holthusen [. . .] dementiert:* Die Nachricht, daß der Essayist, Kritiker und Schriftsteller Hans Egon Holthusen (geb. 1913) seine zuerst 1949 in dem Artikel ›Die Welt ohne Transzendenz. Eine Studie zu Thomas Manns ‚Doktor Faustus'‹ formulierte grundsätzliche Kritik am Werk Thomas Manns dementiert habe, erscheint in hohem Maße unglaubwürdig. Noch in der 3.–5. Auflage seines Buches ›Die Welt ohne Transzendenz‹, die 1952 erschien, ist in dem Kapitel ›Die Überwindung des Nullpunkts‹, 142/143, hinsichtlich der Verständigungsschwierigkeiten zwischen »Emigranten und Daheimgebliebenen« zu lesen: »So hat sich Thomas Mann, der zunächst von dem größten Teil unserer Intelligenz mit Wärme und Herzlichkeit begrüßt worden war, in kurzer Zeit durch seine politischen Unbesonnenheiten viele Sympathien verscherzt. Sein großes Alterswerk ›Doktor Faustus‹, die Lebensgeschichte eines genialen deutschen Musikers, die auf geschickte Weise mit der Schilderung des deutschen Untergangs synchronisiert ist, rief nicht nur Bewunderung, sondern auch einen Hagel von Protesten hervor. [. . .] Wer bemüht gewesen war, während der nationalsozialistischen Pöbelherrschaft den großen Überlieferungen der deutschen Geistesgeschichte von Luther bis Mozart, von Goethe bis Nietzsche die Treue zu halten und in der Kontinuität eines echten Wertebewußtseins zu leben, der konnte sich kaum des Eindrucks erwehren, daß hier ein Fall von leidendem Ressentiment gegeben war, und daß ein so überaus ›deutscher‹ Kopf wie Thomas Mann auf tragische Weise den Kontakt mit seinem Volke verloren hatte. ›Der Schritt in die Emigration führt immer in ein schwächeres Element‹, schrieb Ernst Jünger 1944 in sein Kriegstagebuch.«

14] *Krull-Aufnahme:* TM las für den Ost-Berliner Deutschlandsender die Musterungsszene aus den *Bekenntnissen des Hochstaplers Felix Krull*, II, 5; GW VII, 349–372. S. Loewy I, 100.

29. 5. 1954

231 1] *Senatore X.:* Nicht ermittelt. Das TB vom 11. 6. 1954 zeigt, daß TMs negative Antwort offenbar noch einmal eine – diesmal durch den Bürgermeister der Stadt verstärkte – Initiative auslöste.

2] *Die »Weltwoche« ruft auf:* Ein Aufruf in der ›Weltwoche‹ hat sich nicht ermitteln lassen. Vermutlich handelte es sich um die Bitte der Redaktion, TM möge sich an einer Rundfrage zu diesem Thema beteiligen. Die eingegangenen (z.T. nur wenige Zeilen umfassenden) Zuschriften von Hermann Hesse, Friedrich Dürrenmatt, Rudolf Jakob Humm, Hans Naef, N. O. Scarpi, Fridolin Tschudi und Hans Glinz erschienen unter dem Titel ›Die neue ‚ortografi'‹ in der ›Weltwoche‹ vom 25. 6. 1954, 5. – TMs Beitrag *[Die neue ›ortografi‹]* in GW X, 936.

30. 5. 1954

232 1] *an Bermann:* An Gottfried Bermann Fischer, Kilchberg, 29. 5. 1954, Reg. IV, 54/169; TM/GBF 617/618.

2] *[an] Janka:* Das Schreiben an Walter Janka ist nach Angaben in Reg. IV, 595, verschollen.

3] *Rechtsanwalt Hauser u. Frau:* Nichts Näheres ermittelt.

4] *An die »Weltwoche«:* S. TB 29. 5. 1954, Anm. 2.

31. 5. 1954

232 1] *von Prof. Mayer:* Leipzig, 25. 5. 1954; im TMA. Zur Sache s. die Zusammenfassung TB 2. 6. 1954, Anm. 2.

2] *an einen [...] Studenten in Heidelberg:* An Gerhard Mensching, Kilchberg, 31. 5. 1954, Reg. IV, N 54/1.

1. 6. 1954

1] *Brief:* An den S. Fischer Verlag, Frankfurt am Main, 1. 6. 1954, Reg. IV, 54/174. 232

2] *6. Symphonie von Mahler:* Gustav Mahlers (1860–1911) 1906 uraufgeführte »tragische« Symphonie in a-Moll.

2. 6. 1954

1] *an Lehrer und Schüler einer »Gemischten Berufsschule«:* Das Schreiben ist nach Reg. IV, 596, verschollen. Im TMA befindet sich jedoch der von Schülern der Adolf Hennecke-Berufsschule, Neubrandenburg, sorgfältig und kalligraphisch gestaltete Geburtstagsglückwunsch nebst einem Lehrer-Begleitbrief. 233

2] *an Prof. Mayer:* An Hans Mayer, Kilchberg, 2. 6. 1954, Reg. IV, 54/176. Der Text ist als Dok. 26, S. 851–853 wiedergegeben. – Dieses Schreiben ist der erste Brief der Korrespondenz, die TM in Sachen der vom Aufbau-Verlag geplanten Gesamtausgabe seiner Werke mit dem Herausgeber Hans Mayer führte. Vorausgegangen waren lediglich jene als Dok. 23, S. 846/847 abgedruckten Zeilen, mit denen TM die Übersendung zweier Texte begleitete, um deren Zusendung Hans Mayer gebeten hatte, als er am 16. und 17. Mai zusammen mit dem Leiter des Aufbau-Verlags, Walter Janka, bei einem Besuch in Kilchberg (s. TB 16. 5. 1954) das Konzept der Edition unterbreitete – ein Konzept, das er nach seiner Rückkehr in einem Brief aus Leipzig vom 25. 5. 1954 – unter Apostrophierung der Notwendigkeit, endlich eine Ausgabe zu erstellen, die sich nachdrücklich um »Sauberkeit, Verlässlichkeit der Texte« bemühe und deren »äussere Gestalt des Inhalts würdig« sei – noch einmal zusammenfaßte: »Heute überreiche ich Ihnen drei kurze Zusammenstellungen. Auf einem Blatt habe ich versucht, die Reihenfolge der Bände vorläufig zu fixieren. [...] Ich schlage eine Aufteilung gleichsam nach den Gattungen vor: zuerst – diesmal natürlich nach der Reihenfolge der Entstehung angeordnet – die grossen Romane, dann zwei Bände mit den sogenannten ›Kleinen Romanen‹, ein Band mit allen Erzählungen, endlich das essayistische Werk in drei Bänden. Die beiden anderen Blätter geben die Inhaltsübersicht über die Bände 9 und 10. [...] Der *Band 9* enthält alle

Erzählungen, die wir in der Novellensammlung der Gesamtausgabe von 1925 abgedruckt finden, ausserdem alle später entstandenen Novellen und Erzählungen. ›Fiorenza‹ steht auch diesmal wieder unter den Erzählungen, wie damals im Jahre 1925. Den ›Gesang vom Kindchen‹ darf man wohl gleichfalls hier einordnen, denn es handelt sich zweifellos dabei um ein ›episches Gebilde‹. Aus diesem Grunde könnte wohl auch der Titel ›Erzählungen‹ den Inhalt dieses neunten Bandes zusammenfassen./ *Band 10* ist identisch mit dem Inhalt von ›Adel des Geistes‹ in der Stockholmer Ausgabe, dem die drei grossen Essays aus den ›Neuen Studien‹ zugesellt wurden. Der Aufsatz über ›Joseph und seine Brüder‹ gehört doch wohl zu den anderen autobiographischen Studien des 11. Bandes; ›Deutschland und die Deutschen‹ fände ebenso organisch als Ansprache ihren Platz im Schlussband. [...] Für den Band 11, die Kleine Prosa enthaltend, liegt als Ergebnis unserer Durchsprache fest, was aus dem Band ›Altes und Neues‹ übernommen werden soll. Hier wird es sich, soweit ich sehe, vor allem darum handeln, noch einige Arbeiten möglicherweise aufzunehmen, die in der Essaysammlung von 1953 fehlen. [...] Der sehr eigenartige und wahrscheinlich für die deutschen Leser besonders neuartig wirkende Schlussband wird also in jedem Falle enthalten: ›Die Rede von deutscher Republik‹, die ›Pariser Rechenschaft‹, den ›Appell an die Vernunft‹, ›Leiden an Deutschland‹, die Radioansprachen, die politischen Essays aus der Hitler-Zeit, die wir heute in ›Altes und Neues‹ haben, ›Entstehung des ‚Doktor Faustus'‹, die Rede ›Meine Zeit‹ von 1950. Ausserdem will ich in den nächsten Monaten noch einmal in Ruhe die ›Betrachtungen eines Unpolitischen‹ durcharbeiten und vorschlagen, welche Abschnitte im 12. Band und vielleicht sogar unter der Ueberschrift ›Aus den Betrachtungen eines Unpolitischen‹ figurieren könnten. Die Lektoren jedenfalls des Aufbau-Verlages waren sehr angetan von der Idee, doch wenigstens einige wichtige Abschnitte aus dem Riesenessay des Jahres 1918 in das Gesamtwerk herüberzunehmen./ [...] Ich möchte als Titel der Gesamtausgabe vorschlagen: Thomas Mann. Gesammelte Werke, Band 1–12. [Hinter diesem Vorschlag hat TM handschriftlich vermerkt »(In 12 Bänden)«.] Gerhart Hauptmann sprach in der Gesamtausgabe zu seinem 80. Geburtstag nach berühmtem Vorbild von einer ›Ausgabe letzter Hand‹; als Gesamttitel hatte er gewählt: ›Das Gesammelte Werk‹. Ich möchte aber der einfacheren und gebräuchlicheren

Fassung, wie ich sie oben vorgeschlagen habe, den Vorrang geben.« – Auf diesen Brief, der sich mit dem Schreiben TMs vom 20. 5. 1954, das die Übersendung von ›Der Künstler und die Gesellschaft‹ und des Einaudi-Vorworts begleitete, kreuzte, bezieht sich die oben nachgewiesene Antwort TMs vom 2. 6. 1954. Dabei ist es bezeichnend für sein Interesse an dem Editionsprojekt, daß er diesem – aber auch den meisten der folgenden Briefe – detaillierte Errata-Listen beilegte, die zeigen, wie ernst er die ihm vom Editor nahegelegte Mitverantwortung für einen authentischen Text nahm. – Der nächste Briefaustausch in Sachen Gesamtausgabe stammt vom November 1954. Am 11. 11. 1954 schickte Hans Mayer das genaue Inhaltsverzeichnis von Band 11, ›Altes und Neues. Kleine Prosa aus fünf Jahrzehnten‹: »Sie werden daraus ersehen, dass einige Striche, die wir damals in Zürich gemeinsam vereinbart hatten, von mir inzwischen wieder ›aufgemacht‹ wurden; ich hielt es doch für bedauerlich, einige damals von uns ausgeschiedene Stücke wirklich wegzulassen. Auf der anderen Seite habe ich mir erlaubt, in den früheren Essaybänden noch einmal Nachlese zu halten und vieles für die Gesamtausgabe mit in Betracht zu ziehen, was Ihnen bei der Zusammenstellung des Bandes ›Altes und Neues‹ entbehrlich erschienen war.« – Der dann folgende Vorschlag, der sich so gar nicht in den Rahmen einer streng konzipierten Ausgabe fügen will, mag daran erinnern, daß die Edition ein Unternehmen des DDR-Staatsverlages war und somit der Aufsicht des Kulturministeriums unterstand. (Hans Mayer im Gespräch mit der Herausgeberin: »Natürlich war ich mir sicher, daß Thomas Mann den Vorschlag nicht akzeptieren würde, was er mich denn ja auch postwendend – ebenso höflich wie unauffällig-bestimmt – wissen ließ.«) Das Ansinnen, das der Editor seinem Autor mit einer Aufmerksamkeit erheischenden fadenscheinigen Begründung unterbreitete, lautete schlicht: »Außerdem habe ich noch einige Gelegenheitsarbeiten hinzugefügt, zum Beispiel die paar Worte über Alfred Neumann oder auch die Briefauszüge über Becher, weil es mir darauf ankam, in diesen Band möglichst viele Ihrer Charakteristiken über deutsche Schriftsteller der Gegenwart aufzunehmen.« – Zur Vorsicht schickte Hans Mayer die Becher betreffenden Texte gleich mit: »Da ich annehme, daß Ihnen die Zusammenstellung Ihrer Briefäußerungen über Becher [. . .] nicht zur Hand sein könnte, erlaube ich mir, eine Abschrift [. . .] beizulegen.« – Der Rest des Schreibens ist dann wieder streng sachlichen Problemen gewidmet: »Da [...] der Essay über Tschechow bereits beim Verlag vorliegt, [...] wollen wir ihn unbedingt noch [...] aufnehmen. Wären Sie damit einverstanden, dass er unter der Nr. 26 des Ersten Teils (Aufsätze) fungierte?« – Auch um Zusendung der zu diesem Zeitpunkt nur erst konzipierten Schiller-Studie »sogleich nach der Vollendung« ersucht der Editor seinen Autor: »Ich würde es [...] als sehr bedauerlich empfinden, wenn diese doch wichtige Arbeit nicht bereits im Juni [...] in der Gesamtausgabe stände.« – TMs Antwort, Kilchberg, 22. 11. 1954, Dok. 27 (S. 853/854), ein Meisterstück höflicher Diplomatie, reduzierte den 11. Band elegant wieder auf die ursprüngliche Konzeption. Der Editor nimmt es dankbar zur Kenntnis: »[...] Die Miszellen über Schiller und Wagner, über die ›Unbekannten‹ [...] werden wegbleiben. Ich hatte sie natürlich weniger aus eigentlich literarischen Gründen als um des kulturpolitischen Gehalts willen [...] vorgesehen. [...] Ich gebe zu, dass die jetzige Fassung in der Anlage gewichtiger ist, und dass die von Ihnen gewünschten Streichungen dem Ganzen nicht geschadet haben.« Damit war das Problem aus der Welt geschafft; TMs »Nachtrag« vom 28. 11. 1954 (Dok. 28, S. 855/856) unterbreitete noch einige Ergänzungsvorschläge und wandte sich dann der Struktur des letzten, des 12. Bandes zu, was den Editor veranlaßte, seinem Autor am 12. 12. 1954 einen ersten Entwurf zuzusenden: »1. Abschnitt: aus den ›Betrachtungen eines Unpolitischen‹./ 2. Abschnitt: ›Tagebücher‹/ a) ›Pariser Rechenschaft‹ (1926), b) ›Leiden an Deutschland‹ (1933/34), c) ›Die Entstehung des Doktor Faustus‹ (1949)./ Der 3. Abschnitt enthielte dann vier grosse politische Reden, und zwar: a) ›Von deutscher Republik‹ (1922), b) ›Deutsche Ansprache. Ein Appell an die Vernunft‹ (1930), c) ›Deutschland und die Deutschen‹ (1945), d) ›Meine Zeit‹ (1950)./ Im 4. Abschnitt möchte ich die Gesamtheit der Radiosendungen ›Deutsche Hörer!‹ [...] übernehmen. Einzelnes hier herauspicken zu wollen, wäre ganz unsinnig, während die Gesamtheit der Sendungen von höchster geistiger und heute gerade auch in Deutschland wieder von aktuellster politischer Bedeutung ist./ Der 5. Abschnitt enthielte dann ›Aufsätze‹, wobei ich der Meinung bin, man sollte die ganze Rubrik ›Politik‹ aus dem Band ›Altes und Neues‹ an dieser Stelle aufnehmen. Sollten Sie darüber hinaus noch politische Aufsätze aus der jüngsten Zeit hinzufügen wollen, so wäre ich Ihnen für die entsprechende Ergänzung dankbar./

Dies also wäre die Grundkonzeption des 12. Bandes, für den nun freilich auch noch ein Titel gefunden und unter Umständen auch noch ein eigenes kleines Vorwort geschrieben werden sollte. Aber, wie schon erwähnt: ich werde vorher erst noch die entsprechende Auswahl aus den ›Betrachtungen eines Unpolitischen‹ vorschlagen müssen.« – Doch dazu eben kam es dann nicht. Hans Mayer ließ sich offenbar Zeit – zumal ihm Katia Mann in einem Brief aus Arosa vom 29. 1. 1955 im Namen ihres kranken Mannes Zustimmung »in allen Punkten« signalisiert und als Titel »Schriften zum Zeitgeschehen« vorgeschlagen hatte, »um das immer etwas ominöse Wort politisch zu vermeiden«. (Hist. Archiv der Stadt Köln) – Das TB erwähnt das Editions-Problem erst wieder am Tage der Goldenen Hochzeit, 11. 2. 1955: »Besprach mit Erika die jüngsten Vorschläge Prof. Mayers [...]. Weglassung der Fragmente der ›Betrachtungen‹. Telegraphischer Bescheid.« – Das Telegramm vom 12. 2. 1955 geht jedoch auf die ›Betrachtungen‹ nicht ein, sondern lautet, eher zustimmend: »Ganz einverstanden. Titel ›Zeit und Werk‹. Untertitel ›Tagebücher, Reden und Schriften zum Zeitgeschehen‹. Thomas Mann.« – Doch muß es noch ein weiteres Kabel in dieser Angelegenheit gegeben haben, denn in einem Kilchberg, 16. 2. 1955 datierten Schreiben von Katia Mann, das die Übersendung des Nekrologs auf Bruno Frank mit der Bitte um Aufnahme begleitet, wurde noch einmal bestätigt: »Das Telegramm meines Mannes über die ›Betrachtungen‹ und den Titel des zwölften Bandes werden Sie richtig erhalten haben.« Danach ist offensichtlich, daß zumindest ein Schriftstück verlorengegangen ist. Hans Mayer erinnert sich, daß es um die Publikation bzw. Weglassung der ›Betrachtungen‹ keine ausführliche, und schon gar keine kontroverse Korrespondenz gegeben habe. Der »Riesenessay« sei – und das deckt sich mit dem Vorhaben des S. Fischer Verlags, der eine im TB mehrfach erwähnte (und von TM eventuell mit einem Vorwort zu versehende) Neuauflage plante – nach der Bitte TMs um Wegfall der Auszüge in seiner, Hans Mayers, Konzeption in ungekürzter Form für einen damals bereits erwogenen Nachtragsband vorgesehen worden, der dann jedoch aus vielen Gründen nicht mehr zustande kam.

3] *Wedekinds »Liebestrank«:* Frank Wedekinds (1864–1918) 1892 entstandenes und im September 1900 am Zürcher Pfauentheater uraufgeführtes Lustspiel hatte am 15. 5. 1954 an der Nachfolgebühne 233 des ›Pfauen‹, dem Schauspielhaus, Premiere gehabt. Unter der Regie von Leopold Lindtberg und in einem Bühnenbild von Caspar Neher spielten Therese Giehse, O. E. Hasse, Gustav Knuth u. a.

3. 6. 1954

233 1] *Von Minister Becher:* Berlin, 26. 5. 1954; im TMA: »[. . .] Mit der ›Ehrung‹ scheint ein Missverständnis vorzuliegen. Der Freund war beauftragt bei Ihnen vorzufühlen, ob Sie geneigt wären, anlässlich Ihres 80. Geburtstages diese Ehrung anzunehmen, denn alle die von Ihnen vorgebrachten Erwägungen waren auch die meinen. Aber am 80. Geburtstag würde eine solche Ehrung nur natürlich wirken, sie läge sozusagen in der Natur der Sache, und bis dorthin werden, was wir wohl gemeinsam hoffen dürfen, sich auch die politischen Spannungen wesentlich gelöst haben./ Darf ich Ihnen ein neues Büchlein übermitteln im Zeichen vielen Denkens an Sie und eines steten Dankes für ungebrochene geistige Wirksamkeit.«

2] *Moralisierendes Buch:* Johannes R. Becher, ›Poetische Konfessionen‹, Aufbau-Verlag, (Ost-)Berlin 1954. Das Buch ist in der Zürcher Bibliothek erhalten.

3] *R. Schotts Roman-Manuskript:* S. TB 6. 4. 1954, Anm. 3.

4. 6. 1954

234 1] *über evangelisch-theologische Zänkereien um 1625:* TM las in der Luther-Biographie von Julius Köstlin, ›Martin Luther. Sein Leben und seine Schriften‹, 2 Bände, Elberfeld 1875. TMs Exemplar ist in der Zürcher Bibliothek erhalten und weist Benutzungsspuren auf.

235 2] *H. E. Jakob mit Frau:* Der Schriftsteller – hauptsächlich Verfasser von Monographien und Pionier der Gattung literarisches Sachbuch – Heinrich Eduard Jacob (1889–1967), entkam, nach einer Haftzeit 1938/1939 in Dachau und Buchenwald, 1940 in die USA und lebte nach dem Krieg in New York und Zürich. TM stand seit 1942 mit ihm in Verbindung.

5. 6. 1954

235 1] *an Bermann:* An Gottfried Bermann Fischer, Kilchberg, 5. 6. 1954, Reg. IV, 54/179; TM/GBF 618/619.

2] *Artikel:* Er.Br., ›‚Der katholische Luther‘. Zu einem Buch von K. A. Meissinger‹, ›Die Tat‹, 5. 6. 1954, 15, Beilage Kunst – Forschung – Literatur.

3] *Telegramme [...] aus Ost-Deutschland:* Nicht unter den Dokumenten des TMA. S. jedoch den TB 11. 6. 1954, Anm. 6 nachgewiesenen und zitierten Dankesbrief von TM an Becher.

6. 6. 1954

1] *Sign. Federici:* Federico Federici war, wie der Verlag Mondadori bestätigte, in der Tat der Mann, der in Besuchen alle zwischen Autor und Verlag zu verhandelnden Probleme besprach und – s. TB 12. 12. 1954 – TM u. a. im Auftrag Mondadoris persönlich das erste Exemplar der italienischen Ausgabe von *Joseph und seine Brüder* überbrachte. *236*

2] *»Weltgeschichte der neuesten Zeit«:* Jean Rodolphe von Salis, ›Weltgeschichte der neuesten Zeit‹, 6 Bände, Zürich, 2. Aufl. 1988. Der in der Zürcher Bibliothek erhaltene erste Band, Zürich 1951, trägt eine Widmung des Autors an TM.

3] *»And my ending is despair«:* Die von TM im Alter zunehmend häufig zitierte Zeile aus Prosperos Epilog in ›The Tempest‹: »And my ending is despair«, wird bei Shakespeare folgendermaßen weitergeführt: »Unless I be relieved by prayer,/ Which pierces so, that it assaults / Mercy itself, and frees all faults./ As you from crimes would pardon'd be,/ Let your indulgence set me free.«

7. 6. 1954

1] *an Erika:* Kilchberg, 7. 6. 1954, Reg. IV, 54/182; Br. III, 344 bis 346. *236*

2] *Angelegenheit Dr. Kerpels:* S. den unter Anm. 3 nachgewiesenen Brief an Imre Nagy, Kilchberg, 9. 6. 1954, mit der Bitte, dem ungarischen Schriftsteller und Übersetzer Jenö (Eugen) Kerpel einen Paß für die Übersiedlung nach Wien zu gewähren. *237*

3] *an den Innenminister:* An Imre Nagy, Kilchberg, 9. 6. 1954, Reg. IV, 54/189. Ein Entwurf sowie ein Durchschlag der von TM selbst korrigierten Endfassung befinden sich im TMA; das gegenüber dem Konzept leicht abgewandelte abgeschickte Schreiben ist als Dok. 29, S. 856/857 wiedergegeben.

4] *I. Stern:* Der amerikanische Geiger russischer Herkunft Isaac Stern (geb. 1920).

11. 6. 1954

237 1] *an Weber:* An Werner Weber, Kilchberg, 10. 6. 1954, Reg. IV, 54/193; unter dem Titel *Was halten Sie vom broschierten Buch?* in GW X, 934/935.

2] *italienisches Interview:* Nicht ermittelt.

3] *Schriften von Tschechow:* Vermutlich handelte es sich um Bände der Ausgabe ›A. Tschechow, Gesammelte Werke in [acht] Einzelbänden‹, die von 1949 bis 1960 im Verlag Rütten und Loening in (Ost-)Berlin erschienen. Der erste Band, ›Kleine Romane‹, deutsch von Johannes von Guenther, Berlin 1952, ist in der Zürcher Bibliothek erhalten. Das Nachwort von Armin G. Kuckhoff, 483–503, weist Striche, Unterstreichungen und Markierungen TMs auf.

238 4] *ostdeutsche Joseph-Ausgabe:* Die Ausgabe war 1954 im Aufbau-Verlag erschienen. (Potempa D 9.4)

5] *Schrieb ungeduldig:* Kilchberg, 9. 6. 1954, Reg. IV, 54/190: »[...] ich bin in großer Not und Bedrängnis, und weder ist mir danach zu Sinn, mir eine Geliebte zu nehmen und mit ihr nach Taormina zu fahren (wo ich übrigens kürzlich ohne Geliebte war und an schwerer Bronchitis erkrankte), noch anderer Leute Arbeiten zu beurteilen, da es mir doch schwer genug wird, mir ein Urteil über meine eigenen zu bilden und dieses, wenn ich es versuche sehr zweiflerisch und absprechend ausfällt./ Ihre Sendung erreichte mich am Tage meines Eintritts in das 80ste Jahr meines Lebens, zusammen mit ca 120 Briefen und Telegrammen, die es irgendwie zu bedanken gilt. Diese kommen zu alldem, was an Sendungen gleich der Ihren schon bei mir lagert. Weder meine Augen noch meine Zeit, an der von allen Seiten gezerrt und genagt wird, sind den Forderungen gewachsen, die auf mich einstürmen und mir die Ruhe rauben. Ich habe gelebt und gearbeitet und mich mit den Problemen der Zeit herumgeschlagen, für andere mit, oeffentlich, für die Gesamtheit. Der Einzelne möge sich mit mir verbunden fühlen, das ist schön. Aber es ist nicht recht, dass der Einzelne dem Alten das Herz beschwert mit seinen individuellen Nöten, Sorgen, Leiden, denn dieses Herz ist nur zu empfänglich für das Leid der Welt, das er doch im Einzelnen nicht heilen kann, sondern es werden ihm seine späten Tage nur schwerer gemacht, als sie ohnedies sind./ Von Ihren Schriften konnte ich die erste lesen: ›Die ewige Frage‹. Ich las sie nicht unter dem literarischen und publizistischen Gesichtspunkt, sondern unter dem

menschlichen, als seelisches Dokument, und konnte nicht umhin, eine gewisse Hilflosigkeit und Unerfahrenheit des Denkens festzustellen, alle Anzeichen dafür, dass Sie wenig davon wissen, was alles, und wie, in der hohen Sphäre des Geistes über die ›ewige Frage‹ vor Ihnen schon gedacht worden ist. Ich bin kein irgendwie geschulter Philosoph, aber auf meine Jugend einst hat die Metaphysik Schopenhauers einen unauslöschlichen Eindruck gemacht, und was *der* über die ›grosse Frage‹ geschrieben hat [. . .], das sollten Sie lesen, da würden Sie sehen, was *Denken* und auch was *Schreiben* ist./ Aber gewiss verlange oder rate ich zuviel. Das harte Leben lässt Sie zu solchen Studien gewiss garnicht kommen, die Sie doch erst indenstandsetzen würden, Ihr eigenes Vermögen mit dem Machtvollen und Meisterhaften zu vergleichen. Und Ihr Leben *ist* hart, schwer, sorgenvoll, das zeigt mir Ihr zur Teilnahme zwingender Brief [. . .].« (Marbach)
6] *an Becher:* An Johannes R. Becher, Kilchberg, 9. 6. 1954, Reg. IV, 54/186. Dank für das »schöne und hochherzige Telegramm, mit dem das Ministerium für Kultur der Deutschen Demokratischen Republik mich zu meinem Geburtstag ehrte und erfreute«, sowie für »einen privaten Brief [s. TB 3. 6. 1954, Text und Anm. 1], der von einem Buchgeschenk so ernsten Wertes begleitet war. Reiche Erfahrung auf dem Gebiete der Kunst und der Moral schliessen diese Seiten ein! [. . .]« (Kopie im TMA)
7] *Insistieren Ferraras:* S. TB 29. 5. 1954.
8] *Insistieren Oslo's:* Vielleicht handelt es sich auch hier um die Studenten der TB 19. 8. 1954, Anm. 5 nachgewiesenen Akademischen Vereinigung.

12. 6. 1954
1] *»Die natürliche Tochter«:* Goethes selten aufgeführtes Trauerspiel 238
von 1804 hatte am 15. 5. 1954 im Zürcher Schauspielhaus Premiere gehabt. Unter der Regie von Ernst Ginsberg und in einem Bühnenbild von Teo Otto spielten Agnes Fink die Eugenie und Kurt Horwitz den König.
2] *Brief an die Frauen:* Nach Angaben in Reg. IV, 595, verschollen. S. jedoch TB 13. 6. 1954: »Den Brief an die Frauen beendet. ›Ohne Menschenfurcht‹.«
3] *Abriß der Weltgeschichte:* Maximilian Graf Yorck von Warten-

burg, ›Weltgeschichte in Umrissen‹, Neuauflage G. B. Fischer Verlag, Frankfurt am Main 1954.
4] *Yorck von Wartenburg:* Der Generalstäbler Maximilian Graf Yorck von Wartenburg (1850–1900).
5] *Pfarrer Goeß:* TMs geschätzter Korrespondent, der evangelische Pfarrer und Schriftsteller Albrecht Goes (geb. 1908).

13. 6. 1954

239 1] *Ehepaar Gedin:* Eventuell der Lunder Literarhistoriker Algot Gustav Werin mit seiner Frau. TM hatte den Namen schon 1949 während seines Stockholm-Aufenthaltes falsch notiert.
2] *»Krankenstation No 6«:* TM besaß Tschechows Novelle in einer Ausgabe des Aufbau-Verlags, ›Krankenstation Nr. 6 und andere Erzählungen‹, übersetzt von Hertha von Schulz, (Ost-)Berlin, Aufbau-Verlag 1952. Das Vorwort, 5–8, von Friedrich Schwarz weist Unterstreichungen auf.

14. 6. 1954

239 1] *Manifest:* S. TB 12. 6. 1954, Anm. 2.
2] *an Frau:* Weder der Brief noch die Empfängerin sind ermittelt, es sei denn, es ist hier noch einmal das TB 11. 6. 1954, Anm. 5 nachgewiesene und zitierte Schreiben an Frau Anny Ende gemeint.
3] *Von Ag. Meyer Vortrag:* ›Democracy and Clericalism‹, Sonderdruck einer am 21. 5. 1954 vor der American Unitarian Association in Boston gehaltenen Ansprache. Das TM zugeeignete Exemplar trägt die Widmung »For Tommie; with regret that I lack his gift of irony«. – Der im TB erwähnte Begleitbrief ist verschollen.

15. 6. 1954

239 1] *Neumann:* Der Initiator und – ab 1955 – erste Leiter des Thomas Mann-Archivs bei der Akademie der Wissenschaften, (Ost-)Berlin, Erich Neumann (1903–1979).
2] *an ihn:* An Erich Neumann, Kilchberg, 16. 6. 1954, Reg. IV, 54/195: »Gerade empfing ich Ihren Brief, der mir den rührendsten Eindruck gemacht hat, und die Druckbögen mit Ihren Anmerkungen. Ich kann Ihnen nicht sagen, wie sehr ich Ihre Hingabe, Ihre Anteilnahme und Ihren Idealismus schätze. Ich setze dasselbe bei dem Verlag S. Fischer voraus, der Ihnen sein Vertrauen und seine Erkennt-

lichkeit ja offenbar bekundet hat. Es ist nur zu wahr, dass die in Wien und dann in Stockholm erschienenen Ausgaben meiner Bücher viele, viele Irrtümer aufweisen, und dass über kurz oder lang da aufgeräumt werden muss. Ich habe Proben Ihrer wertvollen Aktivität, die es mich sehr begrüssen lassen, dass der Verlag bei diesem Reinigungswerk auf Sie hören will./ [...] Die Bogen, die Sie mir schicken noch einmal durchzuarbeiten, bin ich, wie gesagt, nicht imstande, weiss auch nicht, welche Einzelheiten Sie meiner letzten Entscheidung überlassen wollen. Sie haben, wie mir schon vor Jahren Ihre Listen zeigten, ein Ueber-Luchsauge und sehen manchmal zu scharf. Als rasch erblicktes Beispiel führe ich an, dass Sie ›hiemit‹ durch ›hiermit‹ ersetzt haben wollen. Ich bin aber sicher, dass Felix Krull ›hiemit‹ geschrieben hat. Es ist keineswegs nötig, dass er das in jedem einzelnen Fall getan hat. Ferner wollen wir doch das Reflexivpronomen dort stehen lassen, wohin ich es gestellt habe. Ich sehe die Notwendigkeit der Umstellung nach vorn nicht ein./ Verzeihen Sie nun also, wenn ich die mir übersandten Bogen, deren Verbesserungen für meine Augen leider sehr blass und undeutlich sind, einfach dem Verlag zugehen lasse mit den empfehlendsten Worten für Ihre Mitarbeit und dass ich ihn auch nach Ihrem Wunsch ersuche, Sie an der Revision der weiteren Bogen zu beteiligen.« (Zitiert nach ›Vollendung und Größe Thomas Manns‹, hrsg. von Georg Wenzel, VEB Verlag Sprache und Literatur, Halle (Saale) 1962, 26/27.)
3] *[an] den Verlag*: Nicht in TM/GBF.

16. 6. 1954
1] *C. Seelig:* Der Zürcher Schriftsteller und Journalist Carl Seelig (1894–1962), den TM aus seinen ersten Schweizer Jahren gut kannte. *240*
2] *sozialdemokr. Angriff:* J. W. Brügel, ›Warum so blind?‹, ›Volksrecht‹, Zürich, Bd. 57, No. 135, 12. 6. 1954: Eine Denunziation des »ernsten Widerspruch[s] im öffentlichen Auftreten Thomas Manns«, dessen »eindeutiger Verurteilung des Nationalsozialismus eine zweideutige Haltung gegenüber dem kommunistischen Regime der Gewalt, der Niedertracht und der Lüge folgte«. – Ausgelöst wurde dieser neue Angriff, der sich im wesentlichen auf die alten Vorwürfe: Goethe-Rede in Weimar und Glückwunsch zum 60. Geburtstag von Johannes R. Becher stützt, durch einen Teildruck des ›Unità‹-Inter-

views (s. TB 25. 4. 1954, Anm. 1) in einem ›Das Volk‹ genannten »Sudelblatt des Herrn Ulbricht«. Dort habe man TM zitiert: »Man darf nicht den Kommunisten allein die Verteidigung des Friedens überlassen. Es mag Ihnen vielleicht fremdartig erscheinen, daß ich Ihnen, einem aktiven Mitglied der kommunistischen Partei, dies sage. Aber es ist meine Meinung.« Der Kommentar des ›Volksrecht‹ zu dieser Äußerung: »›Urteil, du flohst zum blöden Vieh!‹ ist man geneigt, hier auszurufen. Sollte Thomas Mann wirklich unfähig sein, zu durchschauen, warum sich die Kommunisten unbedingt mit der Toga der ›Verteidigung des Friedens‹ umgeben wollen? Sollte ein Mensch von den intellektuellen Qualitäten eines Thomas Mann nicht in der Lage sein, diese primitive ›Haltet-den-Dieb‹-Taktik der hauptsächlichsten Bedroher des Friedens und der Freiheit zu durchschauen? / Die Dankespflicht gegenüber Thomas Mann für seine Ansprachen ans deutsche Volk aus der Kriegszeit bleibt unverwirkbar. Er hat sich in einem Zeitpunkt, in dem das alles andere als opportun war, zum demokratischen Sozialismus als zu seiner Grundauffassung bekannt. Man möchte mit ihm, so schmerzlich manches auch oft wirkt, nicht über jede Einzelheit rechten und wird sicher Verständnis für seine Abneigung haben, in den Chorus des landläufigen hysterischen Antikommunismus einzustimmen. Um so betrüblicher, daß man ihm angesichts seiner wiederholten Liebesdienste für eine Kraft, die die Grundlagen alles dessen bedroht, was ihm selber teuer ist, das Wort entgegenhalten muß, das Karl Kraus einmal an eine ganz andere Adresse gerichtet hat: ›Wie kann man *sehend so blind sein*?‹« Zu TMs Reaktion vgl. u. a. das Schreiben an Carl Seelig, Kilchberg, 20. 6. 1954, Reg. IV, 54/202: »[. . .] Von dem Artikel im ›Volksrecht‹ hatte ich noch nicht gehört und musste ihn nicht notwendig lesen, – oder vielleicht doch, um eine relative Anständigkeit des Tones festzustellen. Zu antworten ist nichts darauf. Es ist das alte Mick und Mack. Ich habe nichts als das Allereinfachste gesagt, nämlich, dass man es nicht den Kommunisten überlassen soll, auf Frieden zu dringen. Mein Herz ist geängstigt, gequält und angewidert von dem hirnverbrannten Mäulerspiel mit dem Gedanken des Krieges, dem die Loslassung der Hölle inhärent ist. ›Friede‹ ist keine Parole, ausgegeben zur Begünstigung irgend einer Macht-Ambition. Es ist die Formel der Ehrfurcht vor dem Geheimnis des Lebens und seiner letzten, uns verhüllten Bestimmung.« (Kopie im TMA)

3] *Sender Freies Berlin bringt »Fiorenza«:* Leider haben sich Sendedatum und Besetzungsliste der offenbar als Hommage zum 80. Geburtstag gedachten Hörspielfassung nicht ermitteln lassen. Zu der von TM im März 1955 geschriebenen Einleitung zu der Sendung vgl. TB 31. 3. 1955, Text und Anm. 1.
4] *Wagner als Mythiker:* Anni Carlsson, ›Das mythische Wahnbild Richard Wagners‹. Das im TMA mit einer Widmung der Autorin erhaltene Typoskript ist ein Kapitel aus einem nicht abgeschlossenen Buch ›Der Mythos im 19. Jahrhundert‹.
5] *über »Altes u. Neues«:* S. TB 18. 10. 1954, Anm. 2.
6] *an [...] Ernestus:* An Jürgen Ernestus, Kilchberg, 17. 6. 1954, Reg. IV, 54/197; D. ü. D. I, 448/449.
7] *»Roman Carneval«:* Vermutlich ›Roman Holiday‹, William Wylers 1953 gedrehter Film, mit Audrey Hepburn und Gregory Peck in den Hauptrollen. Der Film lief in der Zürcher Scala unter dem Titel ›Römische Nächte‹.

18. 6. 1954
1] *Schreiben der »Rencontre pour la détente internationale«:* Nicht unter den in Zürich erhaltenen Dokumenten. 240
2] *Prof. Weyl:* Der in Princeton lehrende Mathematiker Hermann Weyl (1885–1955), den TM aus seinen ersten Emigrationsjahren in den USA gut kannte.
3] *Artikel:* Otto Basler, ›Thomas Mann und die Kritik‹ in Otto Basler, Karl Mathys und Friedrich H. Weber, ›Für Thomas Mann‹, Basel 1954, 17–19. – Ein Vorabdruck in einer Zeitung oder Zeitschrift konnte nicht nachgewiesen werden.
4] *Bermanns über die Krull-Platte:* Brigitte Bermann Fischer hatte in einem Brief, Frankfurt 16. 6. 1954, TM/GBF 620/621, den Plan ihres Mannes noch einmal aufgegriffen: »Gottfried hat Ihnen wohl neulich von unserem Plan erzählt, zum Erscheinen des ›Krull‹ eine Platte machen zu lassen, die dem Leser die Möglichkeit gibt, ein Kapitel zu hören in Ihrer Lesart. Der NWDR in Hamburg hat mir die Bänder Ihrer Hamburger Vorlesungen [s. TB Juni 1953, *Reise nach England und Hamburg,* Anm. 10] zur Verfügung gestellt, und ich habe nun mit der Stoppuhr das ›Kuckucks‹-Kapitel für die Länge einer doppelseitigen Langspielplatte [...] herausgeschnitten. [...]/ Wir haben uns gedacht, Ihren ›Vorspann‹, die einleitenden Worte, mit denen Sie

das Publikum in die Geschichte des Buches einweihen, auf den Umschlag der Platte zu drucken. Könnten Sie so gut sein und mir das Manuskript dieser Einleitung sogleich hierhersenden, so daß wir es dem Zeichner, der den Umschlag der Platte entwirft, übergeben können?«

5] *»Thamar«:* S. TM an Brigitte Bermann Fischer, 20. 6. 1954, Reg. 54/201: »Eine hübsche Idee ist es auch, die ›Thamar‹-Novelle den Lesern der Taschenbuchausgaben als Geschenkbuch zu geben, und ich stimme gern zu.« (TM/GBF 621) *Thamar* erschien 1956 bei S. Fischer in einer von Gunter Böhmer illustrierten kostbaren Ausgabe. (S. Potempa D 8.7.)

6] *Begann, nach Stockholm zu schreiben:* In der Angelegenheit Internationale Abrüstung; s. Anm. 1.

7] *Notbrief:* Das Schreiben ist nach Angabe von Reg. IV, 595, verschollen.

241 8] *an Janka:* Das Schreiben an Walter Janka, das in Reg. IV, 595 unter »verschollen« aufgeführt wird, ist abgedruckt in AtV, 303/304: Dank für die »drei prächtigen Joseph-Bände. [...] Ich bin entzückt von diesen drei Lederbänden in der Kassette. In so prächtiger Gestalt habe ich dieses Werk, das mancher Kenner für das Beste hält, was mir zu geben beschieden war, noch nie vor Augen gehabt.« Der letzte Passus gilt den Verlagsgeschäften: »Ich hoffe sehr, daß Ihr Gespräch mit Dr. Bermann zu guten und vernünftigen Resultaten führen wird. Ich habe ihm geschrieben, aus praktischen Gründen, die auch ihn betreffen, sei über die Gesamtausgabe ein direkter Abschluß zwischen Ihnen und mir zu wünschen, und ich legte auf diese Regelung großen Wert. Wie die Rechtslage bei einer solchen Gesamtausgabe liegt, das weiß ich nicht, auf keinen Fall aber ist daran zu denken und nie werde ich es zulassen, daß der S. Fischer Verlag 50% von dem Ergebnis dieser als eine Art Festgeschenk für mich gedachten Ausgabe erhält. Dr. Bermann weiß das auch ganz gut. Nur beipflichten kann ich Ihrem Satz, daß der Gedanke der Gesamtausgabe selbst auf keinen Fall gefährdet werden darf.«

9] *[an] Br. Fischer:* An Brigitte Bermann Fischer, Kilchberg, 20. 6. 1954, Reg. IV, 54/201; TM/GBF 621; s. auch das Zitat Anm. 5.

10] *Hilschers [...] Manuskript:* Der ›Kommentar zum Joseph-Roman‹, den der (Ost-)Berliner Romancier, Essayist und Literaturwissenschaftler Eberhard Hilscher (geb. 1927) TM im Manuskript zugesandt hatte, befindet sich nicht unter den im TMA verwahrten Schriften.

19. 6. 1954

1] *Amerikanischer Brief:* Nicht unter den Dokumenten des TMA. 241

2] *an Anni Carlsson:* Im TMA sekretiert.

20. 6. 1954

1] *Invasion Guatemalas:* Der Militärputsch des (antikommunistischen) Exilpolitikers Oberst Carlos Castillo Armas gegen die Regierung des (prokommunistischen) Präsidenten von Guatemala, Jacobo Arbenz, hatte, von Honduras und den USA unterstützt, zu einem Sieg der Aufständischen geführt. 241

2] *Unwillige Aufnahme:* Die kaum kaschierte Einmischung der USA in den inner-guatemaltekischen Konflikt, die nicht zuletzt im Interesse der United Fruit Company erfolgt war, wurde auch im Westen skeptisch analysiert. 242

3] *Mc Carthy contra Army:* In der Tat endete die Auseinandersetzung, die sich zu einem Duell zwischen Armeeminister Stevens und Senator McCarthy zugespitzt hatte (s. TB 24. 2. 1954 und 26. 2. 1954, jeweils Anm. 1), mit einem Remis. Das durch die Medien spektakulär aufgewertete Verfahren zeigte einerseits die Schwäche der Administration, andererseits aber auch die Skrupellosigkeit McCarthys und seine »unglaublichen Verdrehungskünste«. »Seine offene Herausforderung des Präsidenten und der ganzen Administration«, so die NZZ (Fernausgabe), 20. 6. 1954, auf die sich TM in seinem Eintrag bezieht, »[. . .] hat vielen Amerikanern die Augen über die Gefahr geöffnet, die McCarthys Methoden für den Rechtsstaat bedeuten«.

4] *Investitur P. Mendès-France:* Pierre Mendès-France war am 18. Juni mit überwältigender Mehrheit von der Nationalversammlung zum neuen französischen Ministerpräsidenten gewählt worden.

5] *message Eisenhowers an Coty:* Eine von Wohlwollen gegenüber dem neuen Ministerpräsidenten geprägte Botschaft an den französischen Staatspräsidenten, die noch einmal die Bereitschaft der USA unterstrich, Frankreich in allen wichtigen Punkten (EVG, Indochina etc.) beizustehen.

6] *Fußball-Rummel:* In der Schweiz fand – durch Wort und Bild ausführlich kommentiert – die Fußball-Weltmeisterschaft statt, die mit einem Sieg der deutschen Mannschaft endete.

21. 6. 1954

242 1] *an einen Professor:* An Erich Franz, Kilchberg, 21. 6. 1954, Reg. IV, 54/203.

2] *an Agnes Meyer:* Kilchberg, 21. 6. 1954, Reg. IV, 54/204; Br. III, 347/348 (fragm.), TM/AM 785–787 (vollst.).

243 3] *»Langweilige Geschichte«:* TM hat diese Geschichte aus dem ersten Band der in der Zürcher Bibliothek erhaltenen Ausgabe ›Gesammelte Romane und Novellen‹ des russischen Schriftstellers Anton Tschechow (1860–1904), hrsg. von Alexander Eliasberg, München 1920, die gelegentlich auch den Titel ›Schatten des Todes‹ trägt, besonders geliebt. In seinem Essay *Versuch über Tschechow* (1954), GW IX, 843–869, rühmt er sie als die »teuerste von Tschechows erzählerischen Schöpfungen, ein ganz und gar außerordentliches, faszinierendes Werk, das an stiller, trauriger Merkwürdigkeit in aller Literatur nicht seinesgleichen hat«. (853)

22. 6. 1954

243 1] *Anfangszeilen:* Des TB 21. 6. 1954, Anm. 3 nachgewiesenen Essays.

2] *»Weiber«:* Tschechows Geschichte von 1891. TM besaß die Novelle in dem TB 13. 6. 1954, Anm. 2 nachgewiesenen Band ›Krankenstation Nr. 6‹, 9–30.

23. 6. 1954

243 1] *von Bermann:* Frankfurt, 21. 6. 1954; TM/GBF 621–623.

4. 7. 1954

243 1] *musikalisches Programm-Gespräch:* ›Wer hört was? – Musik, die Thomas Mann gern hört‹. Die von dem Schauspieler und Regisseur Gerd Fricke (geb. 1890) moderierte einstündige Sendung ist bei Loewy I, 101 genau dokumentiert, die Zwischentexte von TM und Gerd Fricke sind im Wortlaut aufgezeichnet.

2] *Das biographische [Gespräch]:* Eine Tonbandnachschrift dieses im Auftrag des Bayerischen Rundfunks geführten Interviews befindet sich im TMA. TMs Äußerungen sind unter dem Titel *[Rückkehr]* in GW XI, 527–531 wiedergegeben.

3] *Littmann:* Der Rundfunk- und Fernseh-Journalist Wolf Littmann (s. TB 31. 1. 1954, Anm. 1). – Littmann hat in seiner an gleicher Stelle nachgewiesenen ›Reportage über Reportagen‹, ›Ton ab – Kamera läuft‹, im Kapitel ›Besuch beim ‚Zauberer'‹, 112–119, über sein Interview berichtet.
4] *Manuskript:* Vermutlich der Anm. 2 nachgewiesene Text.
5] *von Kantorowicz:* Alfred Kantorowicz, ›Der Zola-Essay als Brennpunkt der weltanschaulichen Beziehungen zwischen Heinrich und Thomas Mann‹, ›Wissenschaftliche Zeitschrift der Humboldt-Universität zu Berlin‹, Jg. 3, 1953, 127–138. *244*
6] *Kantorowicz:* Der promovierte Jurist, Journalist, Literarhistoriker und Schriftsteller Alfred Kantorowicz (1899–1979) war 1947 aus der Emigration in die DDR zurückgekehrt, wo er an der Humboldt-Universität lehrte. 1957 übersiedelte er in die BRD. Näheres TB 46–48, 563.
7] *[von] Banduls:* Der Essay des französischen Germanisten André Banuls (1921–1990) ›Thomas et Heinrich Mann. Essai d'étude caractérologique‹, Ms. 1954, deutsch unter dem Titel ›Thomas Mann und sein Bruder Heinrich‹, Stuttgart 1968.
8] *Studie von Leibrich:* Louis Leibrich, › Expérience et philosophie de la vie chez Thomas Mann‹, ›Etudes Germaniques‹, Paris, vol. 9, Okt./Nov. 1954, 291–307.
9] *an Hilscher:* An Eberhard Hilscher, Kilchberg, 1. 7. 1954, Reg. IV, 54/207; abgedruckt in Eberhard Hilscher, ›Thomas Mann‹, Verlag Volk und Wissen, (Ost-)Berlin 1986, 284–286.
10] *Pour le mérite:* Gottfried Bermann Fischer war vom Ordenskapitel gebeten worden, festzustellen, ob TM der Verleihung der Friedensklasse des Pour le mérite zustimmen würde. Vgl. TM an Gottfried Bermann Fischer, Kilchberg 5. 7. 1954, Reg. IV, 54/216; TM/GBF 623/624: »Wegen des Pour le mérite bin ich ganz beruhigt und es bedarf weiter keiner Erkundigungen. So gewiß ich (wie Alfred Weber) das Adenauer'sche Verdienstkreuz ablehnen würde, so gewiß werde ich diesen Orden annehmen und mich nicht nur geehrt und erfreut *zeigen*, sondern es auch wirklich *sein*. Das Kapitel soll ihn mir nur frischweg verleihen. Ost-Deutschland ist mit Ehrungen meiner Existenz so eifrig bei der Hand, daß ich es als ein sehr glückliches Gegengewicht empfinden würde, wenn dergleichen einmal aus dem Westen käme.«

11] *Buddenbrooks-Film:* S. die zusammenfassende Darstellung des Problems TB 16. 8. 1954, Anm. 3.

12] *Rubinstein:* Der aus Polen stammende Pianist Arthur Rubinstein (1886–1982) lebte längere Zeit in Brentwood und war während TMs kalifornischer Jahre ein gern gesehener Nachbar.

13] *Englischer Hamlet-Abend:* TM sah ein Gastspiel der Old Vic Theatre Company im Rahmen der Juni-Festwochen.

14] *Miss Bloom:* Die britische Schauspielerin Claire Bloom spielte die Rolle der Ophelia.

15] *Orgel-Plattenaufnahmen:* Orgel-Einspielungen von Albert Schweitzer befinden sich nicht mehr unter TMs nachgelassenen Platten.

16] *Besprechung [. . .] in »The Nation«:* Carlos Baker, ›Facts of Life – and Death‹, ›Nation‹, New York, vol. 178, 1954/I, No. 25, 19. 6. 1954, 526/527: Ein hohes Lob für die Artistik, besonders hervorgehoben »the sure conduct of the narrative. It is so beautifully structured, rigorously pruned of textural irrelevancies. But it is also astutely planted with natural metaphors. [. . .] Under its calm surface the novel teems with the interactivity of the natural psychological facts of life, including the fact of death. Through the medium of his art form Mann has achieved an act of wisdom.«

17] *Carlos [Baker]:* Der Anglist der Princeton University Carlos Heard Baker (1900–1987).

18] *Zusage:* An Wilhelm Emrich, Kilchberg, 4. 7. 1954, Reg. IV, 54/213: »Ihr warmer und dringlicher Brief hat mich sehr bewegt. Wenn man denn also bei Ihnen so großen Wert auf mein Kommen legt, so will ich Ihnen meine Zusage geben, Ihnen am *24. August* aus den Memoiren des Felix Krull etwas vorzulesen. Ich gebe diese Zusage, wie gesagt, unter dem bewegenden Eindruck Ihres Briefes und auf die Gefahr hin, daß ich Ihnen im letzten Augenblick doch noch absagen muß. [. . .] Eine Verheimlichung der Veranstaltung und ihre Beschränkung auf einen kleinen Kreis ist nicht nötig. Ich habe im Gegenteil nichts gegen eine große Zuhörerschaft einzuwenden, falls ein guter Lautsprecher vorhanden ist./ Sollten weitere Einladungen aus dem Rheinland folgen, kann ich sie in aller Ruhe ablehnen, nur nach *Düsseldorf* muß ich unbedingt [. . .]. Denn Professor Lindemann lädt mich seit Jahr und Tag (eigentlich seit Jahren und Tagen) immer wieder so dringlich dorthin ein, daß ich ihm versprochen habe, wenn

ich mich je zu einer Rheinlandreise entschlösse, seinem Ruf zu folgen.« (Abschrift HOM)
19] *Platens Sonette:* S. TB 17. 5. 1953, Anm. 3.

5. 7. 1954
1] *An Bermann:* Kilchberg, 5. 7. 1954, Reg. IV, 54/216; TM/GBF 623/624. S. auch das Zitat TB 4. 7. 1954, Anm. 10. 244
2] *das Adenauersche Verdienstkreuz:* Der in acht Stufen verliehene Verdienstorden der Bundesrepublik Deutschland. 245

6. 7. 1954
1] *Amsterdamer Pen Club Kongreß:* Der internationale PEN-Kongreß fand vom 20. bis 26. 6. 1954 in Amsterdam statt. 245
2] *an M. George:* Frau Thomas Mann, Kilchberg-Zürich, 5. 7. 1954: »Die letzte Nummer des Aufbau [. . .] enthielt eine kurze, kommentarlose Notiz des Inhalts, Th. M. habe aus Anlass seines 79. Geburtstages für den deutschen Sowjet Sender eine Vorlesung gehalten. Aus demselben Anlass zeige auch der dortige Verlag neue Ausgaben von M.'s Werken an./ Es dürfte Ihnen bekannt sein, dass der kulturelle Austausch zwischen West- und Ostdeutschland sehr zugenommen hat, dass Institutionen wie die Schillerstiftung und die Goethegesellschaft paritätisch Gelehrte aus beiden Teilen Deutschlands zu Mitgliedern haben, Vorträge von Professoren aus Westdeutschland in der Ostzone gehalten werden, und so weiter. Viele Deutsche sind der Ansicht, dass, wenn es je zur Wiedervereinigung kommt, es natürlich wünschbar wäre, dass der kulturelle Zusammenhang nicht inzwischen ganz verloren ginge und die Ostdeutschen nicht nur Bücher von Ilja Ehrenburg oder Fedin, sondern auch z. B. von Th. M. kennen zu lernen Gelegenheit gehabt hätten. Th. M. hat sehr viel für westdeutsche Sender, für Hamburg, München, Stuttgart, Frankfurt und andere gesprochen und gelesen, und unter dem oben angeführten Gesichtspunkt sah er keinen Grund, nicht auch dem Berliner Deutschland-Sender seinen wiederholt geäusserten Wunsch nach einer Vorlesung zu erfüllen. Mit seinem 79. Geburtstag hatte dies übrigens nichts zu tun./ Bekannt muss Ihnen aber auch sein, dass in den Staaten eine völlig verschiedene Einstellung zu diesen Fragen besteht. Eine Notiz wie die im ›Aufbau‹ kann, soweit dies überhaupt möglich ist, nur schaden und wirkt durchaus als Denunziation. Der-

gleichen in einem angeblich befreundeten Blatt zu lesen, ist natürlich schockierend. Mein Mann aber hat sich jede Reaktion solchen Erfahrungen gegenüber längst abgewöhnt, aber der an sich gewiss ziemlich unwichtige kleine Vorfall hat auf mich doch einen so deprimierenden Eindruck gemacht, dass ich es mir nicht versagen konnte, Ihnen davon zu sprechen.« (Im TMA)

3] *Notiz im »Aufbau«:* ›Aufbau‹, vol. XX, No. 25, 18. 6. 1954, 19, Rubrik ›Wie wir hören‹. »Aus Anlass seines 79. Geburtstages las der Dichter Thomas Mann im sowjetzonalen Deutschlandsender aus seinem Fragment ›Bekenntnisse des Hochstaplers Felix Krull‹. Aus dem gleichen Anlass kündigt der im Osten arbeitende ›Aufbau-Verlag‹ die Herausgabe weiterer Werke des Dichters an.«

4] *an W. Weber:* Nach Reg. IV, 595, verschollen.

5] *Erinnerungen:* Theodor Hierneis (1868–1953), ›Der König speist. Erinnerungen aus der Hofküche Ludwigs II. von Bayern‹, München 1953. Das Buch ist in der Zürcher Bibliothek erhalten.

7. 7. 1954

245 1] *Death in Venice and seven other stories:* Der Novellenband mit den Übersetzungen von Helen Lowe-Porter war 1954 bei Vintage Books in New York erschienen. Der Band enthält *Der Tod in Venedig, Mario und der Zauberer, Unordnung und frühes Leid, Herr und Hund, Felix Krull, Wälsungenblut, Tristan, Tonio Kröger.*

2] *Buchklub-Ausgabe: L'Élu* war 1953 in einer »Edition hors commerce« und einer begrenzten Auflage von 3 500 numerierten Exemplaren im Pariser ›Club du meilleur livre‹ erschienen.

3] *Hirschmann*: Friedrich Hirschmann (1902–1984), Verlagskaufmann, Leiter der Herstellungsabteilung im S. Fischer Verlag.

4] *an den Verlag:* Nach Angaben in Reg. IV, 595, verschollen.

5] *»Die Bauern«:* TM besaß Tschechows Novelle in zwei Ausgaben: 1. Anton Tschechow, ›Die russischen Bauern‹, (in: ›Anton Tschechow, Gesammelte Romane und Novellen‹, hrsg. von Alexander Eliasberg, München 1920, Bd. 3 , 7–61); 2. in der TB 13. 6. 1954, Anm. 2 nachgewiesenen Sammlung, 119–170.

8. 7. 1954

245 1] *Hebräische Ausgabe: Ha-Roshim Hamuhlafim* war in der Übersetzung von Meir Mohr 1954 in Tel Aviv erschienen.

2] *»Nuova Antologia«: Krull verteidigt die Liebe* war im Juli-Heft 1954 der römischen Zeitschrift ›Nuova Antologia‹ erschienen.

9. 7. 1954

1] *Brief Tschechows an Grigorowitsch:* ›Ersten Ruhmes zartes Morgenlicht . . .‹, ein Dokument aus Anton Tschechows Leben, mitgeteilt von Fega Frisch, NZZ, 9. 7. 1954. 246

2] *[vom] Hamburger »Europäisches Colleg«:* Die Bitte um eine Grußadresse befindet sich nicht unter den Dokumenten des TMA. TMs Antwort, Reg. IV, 54/246, ist jedoch, mit einer Faksimile-Unterschrift und dem Titel ›Thomas Mann, Zürich‹ im Rahmen der Glückwunsch-Publikation ›Zur Grundsteinlegung des Europa-Kollegs in Hamburg‹ im ›Hamburger Anzeiger‹ vom 31. 7. 1954 abgedruckt. Er ist als Dok. 30, S. 857/858 wiedergegeben.

10. 7. 1954

1] *Neudrucke: Ausgewählte Erzählungen,* S. Fischer, Frankfurt am Main 1954 (Neudruck der Stockholmer Ausgabe von 1945, jedoch Austausch der *Bekenntnisse des Hochstaplers Felix Krull* gegen *Gladius Dei*), und *Der Zauberberg,* Ungekürzte Sonderausgabe, G. B. Fischer, Berlin/Frankfurt am Main 1954. (Potempa B 7.2 und D 3.7) 246

2] *Umschlagzeichnung:* Die Zeichnung stammte wiederum von Martin Kausche (s. TB 19. 4. 1954, Anm. 1).

12. 7. 1954

1] *Rodenberg:* Der Chef der DDR-Filmgesellschaft DEFA, Hans Rodenberg (1885–1978). 247

2] *Einaudi-Vorwort:* Das *Vorwort zu dem Buche ›Briefe Todgeweihter‹* erschien in der ›Neuen Rundschau‹, Jg. 66, 1955, H. 1, 17–22; im Berliner ›Aufbau‹, gleichfalls im Januar-Heft 1955, Jg. 11, H. 1, 13–17, unter dem Titel ›Der Auftrag‹.

14. 7. 1954

1] *Essays:* W. I. Iwanow, ›Das alte Wahre‹, Essays. Hrsg. von Victor Wittkowski, Berlin/Frankfurt am Main 1954. Der Band, mit einer Widmung von Wittkowski an TM, ist in der Zürcher Bibliothek erhalten. 247

2] *W. Iwanow:* Der 1949 in Rom gestorbene russische Schriftsteller

Wjatscheslaw Iwanowitsch Iwanow (geb. 1866 in Moskau) war 1924 nach Italien emigriert und zum katholischen Glauben übergetreten.

3] *französische Ausgabe:* Thomas Mann, *Tristan*. Introduction et notes par Louis Leibrich, Librairie classique, Paris 1954.

4] *Einladung:* Auf Einladung der Zürcher Studentenschaft hielt TM am 30. 11. 1954 im Auditorium maximum der Eidgenössischen Technischen Hochschule den Vortrag *Heinrich von Kleist und seine Erzählungen.*

5] *vom Kölner Rektor:* Das Schreiben des damaligen Rektors der Universität Köln, des Professors der Wirtschaftlichen Staatswissenschaften Theodor Wessels (1902–1972), befindet sich nicht unter den im TMA gesammelten Dokumenten.

248 6] *Schwager:* Nationalrat Dr. Hans Oprecht. S. TB 21. 5. 1953, Anm. 2.

7] *Schaffhausener Stadtpräsident:* Der sozialdemokratische Politiker, 1952–1962 Vorsitzender der Sozialdemokratischen Partei der Schweiz, Walther Bringolf (1895–1981), von 1932 bis 1968 Stadtpräsident von Schaffhausen.

8] *Briefwechsel Hofmannsthal-Borchardt:* Der 1954 bei S. Fischer in Frankfurt am Main erschienene Briefband befindet sich in der Zürcher Bibliothek.

15. 7. 1954

248 1] *Hefte seiner Zeitschrift mit Artikeln:* Die in (Ost-)Berlin erscheinende Zeitschrift ›Unser Rundfunk‹ hatte TM einige Hefte zugesandt, für die er sich am 16. 7. 1954 (Reg. IV, 54/228) mit einer Zuschrift bedankte, die die Redaktion am 2. 9. 1954 (Heft 37, 8) als Faksimile abdruckte: »Sehr geehrte Herren, / bestens bestätige ich den Empfang der interessanten Hefte Ihrer Zeitschrift. Ich freue mich, daß meine Lesung unter den Hörern des Deutschland-Senders ein so freundliches Echo gefunden hat. Der ins Allgemeine gehende Wunsch der Hörerin, von der die Zuschrift in Heft 28 stammt, scheint mir berechtigt. / Ihr sehr ergebener Thomas Mann.«

2] *Feuchtwanger-Artikel: Freund Feuchtwanger,* ›Aufbau‹, (Ost-)Berlin, Jg. 10, H. 7, Juli 1954, 627–629; GW X, 533–537.

3] *Goethe, Erste Texte:* Johann Wolfgang von Goethe, ›Jugendwerke. Dramen und dramatische Skizzen 1757–1775‹, 2 Bände, bearbeitet von Hanna Fischer-Lamberg, Akademie-Verlag, (Ost-)Berlin 1953.

4] *Baseler Ausstellungsschrift:* Otto Basler, Karl Mathy und Friedrich H. Weber, ›Für Thomas Mann‹, Basel 1954. Das TM übersandte Exemplar befindet sich in der Zürcher Bibliothek.
5] *Aufsätze von Basler u. Weber:* Otto Basler, ›Thomas Mann und die Kritik‹; Friedrich H. Weber, ›Walter Muschg's Kriterium‹. Der dritte Beitrag von Karl Mathy trug den Titel ›Die Thomas Mann-Ausstellung im ABC Basel‹.
6] *Weber:* Der Maler, Journalist und Schriftsteller Friedrich H. Weber (geb. 1908), Initiator der Ausstellung im Basler ABC-Café. S. TB 3. 1. 1954, Anm. 1.
7] *Prof. Campagnolo:* Der italienische Rechtsphilosoph und politische Wissenschaftler der Universität Padua, Umberto Campagnolo (geb. 1904), war seit 1950 Generalsekretär der ›European Society of Culture‹ und Herausgeber der Zeitschrift ›Comprendre‹. Er lebte in Venedig.

16. 7. 1954
1] *Pfeiffer-Belli:* Der Münchener Publizist und Feuilletonredakteur 248
des ›Münchner Merkur‹ Erich Pfeiffer-Belli (1900–1990).
2] *Lesung:* Für die Gedenksendung des Bayerischen Rundfunks ›Zum Gedächtnis Frank Wedekinds‹ (zum 90. Geburtstag am 24. 7. 1954) las TM neun Minuten aus seinem 1914 geschriebenen Essay *Über eine Szene von Wedekind*, GW X, 70–76. (Loewy I, 102)
3] *Molly und Allan Shenstone:* Der TM aus Princeton gut bekannte amerikanische Physiker Allan Shenstone (1883–1980) und seine Frau Molly (1897–1967). Näheres TB 46–48, 565.

18. 7. 1954
1] *Mereschkowky's »Gogol«:* Dmitri Mereschkowski, ›Gogol‹, Mün- 249
chen/Leipzig 1911.
2] *Mereschkowky:* Der russische Schriftsteller und Biograph Dmitri Mereschkowski (1865–1941). Näheres TB 44–46, 662.
3] *An Preetorius:* Kilchberg, 21. 7. 1954, Reg. IV, 54/235. Emil Preetorius hatte TM eingeladen, den Eröffnungsvortrag bei einer von der Bayerischen Akademie der Schönen Künste geplanten Tagung zum Thema ›Sprache‹ zu halten. TM hatte dem alten Weggefährten am 4. 5. 1954 hinhaltend geantwortet (s. TB 4. 5. 1954, Anm. 4): »Mir

ist [. . .] nicht nach Zusage zu Mut [. . .]. Andererseits ist die Münchner Plattform für mich entschieden anziehend, und für ausgeschlossen halte ich es nicht, daß ein Gespräch mit Ihnen mich der Sache näher bringen könnte.« (Br. III, 337)
4] *an [. . .] Schibler:* Das Schreiben an den Schweizer Komponisten Armin Schibler (1920–1986) ist nach Reg. IV, 595, verschollen.
5] *an F. H. Weber:* An Friedrich H. Weber, Kilchberg, 18. 7. 1954, Reg. IV, 54/229; Br. III, 349/350.

19. 7. 1954

249 1] *Feuchtwanger schrieb:* Pacific Palisades, 15. 7. 1954; Feuchtwanger Briefwechsel I, 166/167: »[. . .] die schönen Worte, die Sie mir zum Geburtstag schrieben [s. TB 21. 4. 1954, Anm. 1], haben mir tiefe, ehrliche Freude gemacht. Vor allem stolz macht mich die Wärme und Freundschaft, die daraus klingt.«

20. 7. 1954

250 1] *Termin für Mendès-France:* Der französische Ministerpräsident hielt unerschütterlich und schließlich erfolgreich – das Indochina-Abkommen wurde am 21. 7. 1954 (statt, wie gedacht, am 20. 7., dem Tag von TMs Notat) unterzeichnet – an dem von ihm festgesetzten Zeitplan für die Konferenz fest. Es gelang ihm, alle offenen Fragen buchstäblich noch in letzter Minute zu lösen. S. auch Anm. 3.
2] *der junge K. Hansen:* Nicht ermittelt.
3] *Einigung in Genf:* Tatsächlich unterschrieben je ein Vertreter des französischen und des Vietminh-Kommandos das Waffenstillstandsabkommen für Vietnam und Laos. Damit stimmte Frankreich der lang umstrittenen Teilung Vietnams sowie der Zuweisung der reichen Nordgebiete mit 12 Millionen Einwohnern an das kommunistische Regime zu. – Wenn auch das ursprüngliche Ziel der Konferenz, Friedensverhandlungen in Korea herbeizuführen, nicht erreicht wurde, so konnte der neue französische Ministerpräsident doch sein Versprechen, bis zum 20. 7. 1954 ein Waffenstillstandsabkommen für Indochina zu erreichen, mit nur eintägiger Verspätung einlösen.

21. 7. 1954

250 1] *Artikel:* Golo Mann, ›Und nun: Europa!‹, ›Die Weltwoche‹, Jg. 22, No. 1080, 23. 7. 1954, 1.

2] *Kommentar:* Der NZZ-Kommentar formulierte einerseits die Dankbarkeit des Westens über das Ende des Blutvergießens, andererseits aber auch die Erkenntnis, »daß ein neuer kommunistischer Staat geschaffen wird und drei Kleinstaaten, die sich eben zur Unabhängigkeit durchgerungen und diese auch mit Waffen verteidigt haben, einem ungewissen Schicksal ausgeliefert werden«.
3] *Eden:* Der britische Politiker Sir Robert Anthony Eden (1897 bis 1977), amtierender Außenminister der Regierung Churchill, war – neben dem französischen Premier – wesentlich an der schließlich erzielten Einigung beteiligt gewesen.
4] *Exposé:* TM meint den ›Essener Vorschlag für die Ausrichtung der sozialdemokratischen Politik auf eine klare sozialistisch-demokratische Zielsetzung‹ – ein, wie der als Vorspann abgedruckte Begleitbrief von Rudolf Möller-Dostali und Dr. Alfons Spielhoff formulierte, Beitrag zu der »seit Monaten durchgeführte[n] Diskussion um Grundsätze und Gegenwartsziele« der SPD, der »in einigen wesentlichen Punkten die Folgerungen aus der deutschen und weltpolitischen Entwicklung der letzten Jahre« zieht, der »avantgardistischen Tradition« der Partei entspricht und alle Bestrebungen ablehnt, »die darauf hinauslaufen, aus der Sozialdemokratischen Partei eine ›Volkspartei‹ jenseits des Sozialismus zu machen«. Allein die Präambel macht deutlich, daß sich TM in hohem Maße von dieser Erklärung angezogen fühlen mußte: »Die Welt zerfällt in zwei feindliche Lager. Kapitalismus und Kommunismus stehen sich unversöhnlich gegenüber. Der Kampf um eine neue Weltordnung [...] geht der letzten Entscheidung entgegen. Dem geteilten Deutschland droht Untergang durch Brudermord, der Welt die völlige Zerstörung durch neue, unmenschliche Waffen./ Angesichts dieser Gefahr fällt der Deutschen Sozialdemokratie eine schwere, verantwortungsvolle Aufgabe zu. Als einzige politische Bewegung Deutschlands weiß sie sich im Besitz einer Konzeption des friedlichen Ausgleichs, die sich für unser Volk und die Welt im Sinne einer dauerhaften Entspannung segensreich auswirken würde./ In der Erkenntnis, daß keine der um die Weltherrschaft ringenden Mächte im Besitz der ganzen Wahrheit ist, widersetzen wir uns der von beiden Seiten erhobenen Forderung des ›Entweder – Oder‹! Parlamentarische Demokratie, Rechtstaatlichkeit und Gewaltenteilung verbinden uns mit dem Westen, dessen kapitalistische Gesellschaftsordnung wir jedoch mit Entschiedenheit ableh-

nen; sozialistische Ordnung der Eigentumsverhältnisse, der Produktionsweise und der Volkskultur verbinden uns mit dem Osten, dessen diktatorische Staatsform wir nicht weniger entschieden verurteilen./ Von der Überzeugung durchdrungen, daß es möglich ist, eine sozialistische Gesellschaftsordnung in einer demokratischen Staatsform heute in Deutschland zu verwirklichen, zugleich von dem Bewußtsein erfüllt, damit den einzigen Weg zur friedlichen Wiedervereinigung Deutschlands in Freiheit aufzuzeigen, unterbreiten wir [. . .] der deutschen Öffentlichkeit [. . .] einen Plan zur Schaffung der deutschen Einheit sowie eine Erklärung zu den wichtigsten Gegenwartsfragen.« – TM hat diesen Essener Vorschlag in einem ausführlichen Schreiben an Dr. Alfons Spielhoff, Sils-Maria, 3. 8. 1954, Reg. IV, 54/251, beantwortet und auch das im TB formulierte Bedenken zum Ausdruck gebracht. Der Brief ist als Dok. 31, S. 858/859 wiedergegeben.

22. 7. 1954

250 1] *Briefe aus Köln und Düsseldorf:* Vermutlich wegen des Besuchs im August. S. TB. 29. 8. 1954.

2] *das Genfer »München«:* Anspielung auf das Nachgeben der Westmächte 1938 in München nach Hitlers Einmarsch in das Sudetenland.

23. 7. 1954

251 1] *»Eisenbahnunglück«:* Die Bandaufnahme der frühen Novelle (1908), GW VIII, 416–426, die der Süddeutsche Rundfunk am 25. 12. 1954 sendete, wurde später verschiedentlich auf Langspielplatten überschnitten. (Loewy I, 103)

2] *Flucht des [. . .] John:* Der Präsident des Bundesamtes für Verfassungsschutz, Dr. Otto John (geb. 1909), war am Abend des 20. Juli 1954, im Anschluß an die Feierlichkeiten für die ermordeten Offiziere des Aufstands gegen Hitler, 1944, unter für seine späteren Richter ungeklärten Umständen in den Sowjetsektor Berlins gelangt. Am 12. Dezember 1955 tauchte er überraschend wieder im Westen auf, wurde verhaftet und vor dem Bundesgerichtshof wegen der Verbreitung phantastischer Nachrichten über angebliche westliche Militärpläne angeklagt, die, hätten sie der Wahrheit entsprochen, Geheimnisverrat gewesen wären. John verteidigte sich: er sei entführt worden und habe, zu seiner eigenen Sicherheit, das Spiel, das man ihm abverlangte, so lange mitgespielt, bis sich eine Fluchtmöglichkeit geboten habe. – In der Hauptverhandlung verschärfte der 3. Strafsenat des Bundesgerichtshofes die Strafforderung des leitenden Staatsanwalts Max Güde und verurteilte den Angeklagten am 22. 12. 1956 – hauptsächlich aufgrund der Aussage eines Zeugen, dessen KGB-Besoldung damals noch unbekannt war – zu einer Haftstrafe von vier Jahren. Seit seiner Entlassung kämpft John um seine Rehabilitierung.

24. 7. 1954

1] *B-Film-Verhandlungen:* Mit der DEFA. S. den TM/GBF 672/673 abgedruckten Brief von Walter Janka an TM, Berlin, 29. 7. 1954: »Ich freue mich sehr, daß es mit der DEFA zu einer Verständigung über die Verfilmung der ›Buddenbrooks‹ gekommen ist.« Zum Gesamtprojekt *Buddenbrooks*-Verfilmung s. die Zusammenfassung der Ereignisse TB 16. 8. 1954, Anm. 3. 251

2] *»T. M. und die Zone«:* ›Die Zeit‹, 22. 7. 1954, 1.

3] *Broschüre:* Niemals geschrieben.

25. 7. 1954

1] *Aufnahmen:* Für den TB 3. 10. 1954, Anm. 2 nachgewiesenen Artikel. 252

2] *an Bermann:* St. Moritz, 28. 7. 1954, Reg. IV, 54/243; TM/GBF 628–630: »Ich muß Ihnen meine aufrichtige *Empörung* darüber ausdrücken, daß Sie Ihre Unterredung mit Herrn Janka über seine Gesamtausgabe dazu benutzt haben, ihn zum Abschluß darüber mit dem S. Fischer Verlag und zur Überlassung der Hälfte des Honorars an Sie zu bestimmen.« S. auch das Zitat TB 16. 8. 1954, Anm. 3.

26. 7. 1954

1] *Luxusausgabe:* Die Novelle war als Festgabe anläßlich der Einweihung des neuen Hauses und des sechzigjährigen Bestehens der Deutschen Zentralbücherei für Blinde in Leipzig am 23. 4. 1954 gedruckt worden, »In Verehrung gewidmet Thomas Mann«. Das TM übersandte Exemplar ist in der Zürcher Bibliothek erhalten. (Potempa E 30.6) 252

2] *v. Steins »Schiller«:* Karl Heinrich von Stein, ›Goethe und Schiller. Beiträge zur Aesthetik der deutschen Klassiker‹, Zürich 1944. TMs Exemplar ist in der Zürcher Bibliothek erhalten.

27. 7. 1954

252 1] *Illustr. Ausgabe:* Oskar Maria Graf, ›Der ewige Kalender. Ein Jahresspiegel mit Zeichnungen von Anne Maria Jauss‹, gedruckt in einer Auflage von 500 Stück, New York 1954. Das in Zürich erhaltene, TM gewidmete Exemplar trägt die Nummer 1.

2] *Graf:* Der aus Bayern stammende Romancier Oskar Maria Graf (1894–1971) lebte seit 1938 in New York. TM hatte eine freundliche Beziehung zu dem ihm alleweil zugetanen Mann. Näheres zu Graf TB 46–48, 417.

28. 7. 1954

252 1] *Ragatz, schmerzhaften Angedenkens:* TM versuchte im Juni 1937 in Bad Ragaz eine sehr schmerzhafte Ischias auszukurieren.

253 2] *Wiedersehen von Lenzerheide:* Während eines »improvisierten Aufenthaltes« in Lenzerheide, März 1933, entschied sich TM unwiderruflich, fortan lieber als Emigrant zu leben, denn nach NS-Deutschland zurückzukehren.

3] *Anruf Bermanns:* S. TB 24. 7. 1954, Anm. 1.

4] *Drohung [...] mit den »Folgen«:* S. dazu Gottfried Bermann Fischers nach den Münchener Verhandlungen über die Verfilmung der *Buddenbrooks* geschriebenen Brief, Frankfurt, 28. 7. 1954, TM/GBF 625–627: »Ich möchte [...] auf die unvermeidlich unerfreulichen Folgen hinweisen, die ein Vertrag mit der DEFA für Sie haben muß. Bisher ist es nicht gelungen, Ostfilme nach der Westzone zu bringen, geschweige denn nach dem Ausland. Die Regisseure, die drüben zur Verfügung stehen, sind nach meiner recht genauen Kenntnis alle in absoluter Abhängigkeit. Der Einzige, der sich bis heute noch etwas frei halten konnte, ist Herr Staudte. Die Gefahr, daß der Film tendenziös behandelt wird, ist nicht von der Hand zu weisen. Ich verweise in diesem Zusammenhang auf den Klappentext der Aufbau-Ausgabe.«

254 5] *an Bermann:* Suvretta House, 28. 7. 1954, Reg. IV, 54/243; TM/GBF 628–630.

6] *Sonderdruck:* Franco Rizzo, ›L'Eletto di Thomas Mann‹, ›Letterature Moderne‹, 5, März/April 1954, 480–482.

7] *Franco Rizzo:* Der aus Neapel stammende Jurist und Literat Franco Rizzo (geb. 1927) wuchs im antifaschistischen Kulturmilieu um Benedetto Croce auf, studierte Jura und arbeitete nach seiner Promotion beim Senat der italienischen Republik. Seit 1971 lehrt Rizzo als Professor für politische Soziologie an der Universität Rom. Die in Anm. 6 erwähnte Abhandlung gab TM Anlaß zu einem außerordentlich freundlichen, von einer Einladung begleiteten Brief an Rizzo, Kilchberg, 20. 9. 1954, Reg. IV, 54/297: »[...] ich muß sagen, daß ich keine kritische Rezension in einer fremden Sprache kenne, die mit größerer Feinheit und Sicherheit als die Ihre den Charakter des ›Erwählten‹ trifft«. Rizzo besuchte TM Mitte November 1954 und hat über das etwa zweistündige Gespräch in einem Artikel ›Incontro con Thomas Mann‹ in der Zeitschrift ›Osservatore politico e letterario‹, 1955, 59/60, berichtet.

30. 7. 1954

1] *vom »Deutschen Sender«:* Das Telegramm vom Deutschlandsender in Sachen der TB 28. 5. 1954, Anm. 14 nachgewiesenen Aufnahme der ›Musterungsszene‹ befindet sich nicht im TMA. *254*

2] *Eugene:* Der amerikanische Großbankier und Philantrop sowie Besitzer und Herausgeber der ›Washington Post‹ Eugene Meyer (1875–1959) war der Ehemann von Agnes E. Meyer. Näheres TB 44–46, 339/340. *255*

3] *Times Herald:* Die NYT hatte bereits am 18. 3. 1954 unter der Überschrift ›Washington Post Purchases Rival‹ in einem ausführlichen Korrespondenten-Artikel über den offenbar spektakulären Ankauf des ›Washington Times Herald‹ und die Vereinigung des Blattes mit der ›Washington Post‹ berichtet.

4] *Schiller-Buch von E. Müller:* Ernst Müller, ›Schiller. Intimes aus seinem Leben nebst einer Einleitung über seine Bedeutung als Dichter und einer Geschichte der Schillerverehrung‹, Berlin 1905. Das Buch mit Arbeitsspuren und Anmerkungen TMs befindet sich in der Zürcher Bibliothek. Hans-Joachim Sandberg hat in seiner Arbeit ›Thomas Manns Schiller-Studien. Eine quellenkritische Untersuchung‹, Germanistische Schriftenreihe der norwegischen Universitäten und Hochschulen, Oslo 1965, Müllers Abhandlung als eine der Vorlagen nachgewiesen, denen TM in der Struktur seines Essays – oft wortgetreu – folgte: »Thomas Mann war gezwungen, seinen Stoff oft weitgehend in der aus der Hauptvorlage entlehnten Reihenfolge zu kompilieren. Es gelang dem Autor nicht mehr im gleichen Maße wie früher, die ausgedehnten Zitate zu integrieren. Stoff und Form durchdringen sich kaum noch zu einer Einheit.« (142)

31. 7. 1954

255 1] *an die Rümelin:* An Lore Rümelin-Wibel, Sils-Maria, 31. 7. 1954, Reg. IV, 54/245: »Dank für Ihre Karte und Ihre Bereitwilligkeit! Das Manuskript geht eingeschrieben an Sie ab. Machen Sie, bitte, 4 Durchschläge davon!? Ich fürchte, es ist nicht sehr leserlich geschrieben. Schon darum muss ich Ihnen für die Abschrift alle Zeit zugestehen, die Sie eben brauchen./ Mit Köln hat es seine Richtigkeit. Wir würden uns ausserordentlich freuen, Sie dort begrüssen zu können.« (HOM)

256 2] *Firnelicht:* Vermutlich mit Bezug auf Conrad Ferdinand Meyers Gedicht ›Firnelicht‹: »Wie pocht' das Herz mir in der Brust/ Trotz meiner jungen Wanderlust,/ Wann, heimgewendet, ich erschaut/ Die Schneegebirge, süß umblaut,/ Das große, stille Leuchten!/«

1. 8. 1954

256 1] *an Medi:* Das Schreiben ist nach Angabe in Reg. IV, 595, verschollen.

2. 8. 1954

256 1] *»Stilkunst«:* Ludwig Reiners, ›Deutsche Stilkunst‹, 1. Aufl. München 1944. TMs Exemplar (›Stilkunst. Ein Lehrbuch deutscher Prosa‹, 16. – 21. Tausend, München 1953) ist in der Nachlaßbibliothek erhalten.

2] *L. Reiners:* Der Jurist, Kaufmann, Literat und Schriftsteller Ludwig Reiners (1896–1957).

3] *von Bermann:* Frankfurt, 28. 7. 1954; TM/GBF 625–627. S. auch das Zitat TB 28. 7. 1954, Anm. 4.

257 4] *»großer Prosadirigent«:* Bei Reiners im 6. Teil ›Einzelfragen‹, Abschnitt ›Ironie‹, ›Gesamturteil‹: »Nie hat ein deutscher Autor mit solcher Mühsal den treffenden Ausdruck gesucht, nie mit solcher Kunst unsagbare Zwischenwelten hinter seinem Text erscheinen lassen, nie mit solcher kundigen Hand den musikalischen Fluß der Perioden in den Dienst hintergründiger Absichten gestellt wie dieser große Prosadirigent. Die neuere deutsche Literatur besitzt in Friedrich Nietzsche, Thomas Mann und Hugo von Hofmannsthal ein Dreigestirn von Prosameistern, die der deutschen Sprache Leistungen abgezwungen haben, welche wir bei unsern Klassikern vergeblich suchen würden. Wenn das Deutsche mit dem Aus-

gang des vorigen Jahrhunderts nicht in selbstzufriedener Behaglichkeit erstarrt ist, so haben wir das vor allem diesen dreien zu verdanken.« (451)

3. 8. 1954

1] *von Bermann und Frau:* Von Gottfried Bermann Fischer, Frankfurt, 31. 7. 1954; TM/GBF 631–635. Von Brigitte Bermann Fischer, Frankfurt, 30. 7. 1954; TM/GBF 630/631. 257

5. 8. 1954

1] *an Bermann:* An Gottfried Bermann Fischer, Sils-Maria, 4. 8. 1954, Reg. IV, 54/252; TM/GBF 635–637: »[...] es thut mir leid, Sie gekränkt, beleidigt zu haben. Es war nicht mein Wunsch, aber man ist heutzutage bei diesem gequälten Leben zwischen den Stühlen, manchmal nicht recht Herr seiner Nerven. [...] / Im Übrigen wollen wir die Dinge nicht sentimentalisieren, wie Tutti in ihrem schönen, aber zu pathetisch-thränenreichen Brief es tut. Die 53jährige Treue war gegenseitig, und Versuchungen sie zu brechen, zahlreiche und sehr verlockende, gab es nur für mich, nicht für den Verlag. Auch ›stoße‹ ich nicht, wenn es bei mir einmal zu Zweifeln an der Korrektheit Ihrer Geschäftsführung kommt und ich die psychologische Mischung von wahrer Anhänglichkeit und der Neigung, mich übers Ohr zu hauen, bei einem Geschäftsmann, jetzt wohl für möglich halte, nicht dem alten Sammi und dem ganzen Hause Fischer ›hinterrücks und wohlgezielt den Dolch mitten ins Herz‹. Das sind Überspitzungen wie mein in einzelnen Wendungen wirklich bedauerlicher Brief keine schlimmeren aufzuweisen hatte.« (636) 257

2] *Beromünster [...] übernimmt:* S. TB 23. 7. 1954, Anm. 1.

3] *Geleitwort:* Auf Anraten von Erika Mann nicht geschrieben; s. Tagebuchtext. 258

4] *K's Brief an Bermann:* Nicht erhalten; s. jedoch die Antwort, Ronchi, Massa Carrara, 21. 8. 1954; TM/GBF 637–639.

5] *Aphorismen-Buch:* Der Band der österreichischen, 1938 nach England emigrierten und später nach Wien zurückgekehrten Lyrikerin und Übersetzerin Käthe Braun-Prager (1888–1967), ›Reise in die Nähe‹, Wien 1954, ist in der Zürcher Bibliothek erhalten.

6] *Briefwechsel der [...] Rosenbergs:* ›Deadhouse Letters. Letters from Ethel and Julius Rosenberg‹, New York 1953; deutsche Über-

setzung ›Briefe aus dem Totenhaus‹, Aufbau-Verlag, (Ost-)Berlin 1954.
7] *Der kleine Klaus X.:* Klaus Sommer, s. TB 22. 11. 1953, Anm. 1.
8] *Schrieb ihm:* An Klaus Sommer, Sils-Maria, 5. 8. 1954, Reg. IV, 54/256: »Dank für Ihren rührenden Brief. Ihr Wunsch wäre so leicht zu erfüllen. Nur wollen es die himmlischen Mächte, dass ich gerade in den Tagen vom 23. bis 27. August eine Rheinreise absolvieren muss. [. . .] / Herzlich gern würde ich Sie begrüssen. Können Sie früher oder später nach Zürich kommen, so rufen Sie an bei mir. [. . .] Übrigens würden Sie einen Mann sehen, ›wie andere mehr‹.« (Im Besitz von Dr. Klaus Sommer)

6. 8. 1954

258 1] *an Brockhaus:* Nach Angaben in Reg. IV, 595, verschollen.
2] *Aufsatz:* Jacques Mercanton, ›Le Frédéric-le-Grand de Thomas Mann‹, ›Gazette Littéraire, Gazette de Lausanne‹, 22. 8. 1954.

7. 8. 1954

259 1] *(kleine mimeogr. Auflage des »Krull«):* Zur Sicherung des Copyrights in den USA ließ Gottfried Bermann Fischer – wie bereits im Fall des *Doktor Faustus*, des *Erwählten* und der *Betrogenen* – eine Auflage von 50 mimeographierten Exemplaren der deutschen Fassung bei Wallenberg & Wallenberg in New York herstellen.
2] *Schiller-biographische Exzerpte u. Notizen:* Im TMA befindet sich ein Ordner mit Exzerpten und Vorarbeiten zum *Schiller*-Essay.
3] *Prof. Erich Heller:* Der aus Böhmen stammende promovierte Jurist Erich Heller (1911–1990) war 1939 von Prag über Polen nach England geflohen, wo er 1948 in Cambridge den D. litt. erwarb und anschließend an der University of Wales in Swansea lehrte. Heller ging 1959 in die USA und unterrichtete als Germanist an der Northwestern University in Evanstone/Illinois. TM hatte sich im Januar 1951 sehr über einen von Heller geschriebenen Artikel im Londoner ›Times Literary Supplement‹ erregt, was seine im TB vermerkte ungewöhnliche Reaktion erklärt. Näheres TB 51/52, 367/368.
4] *»Enterbter Geist«:* Erich Heller, ›Enterbter Geist. Essays über modernes Dichten und Denken‹, Frankfurt am Main 1954. Das TM von Heller dedizierte Exemplar ist in der Nachlaßbibliothek erhalten.
5] *Brief:* Wallberghaus, Kreis Rottach-Egern, Oberbayern, 31. 7.

1954, im TMA: »[...] Es mag Ihnen zu Ohren gekommen sein, daß ich der Verfasser einer ›front page‹ im ›Times Literary Supplement‹ war. Darin gab es freilich einige kritische Erwägungen, die aber nicht eigentlich Ihr Werk, sondern die Zeitsituation der Kunst und des Künstlers zum Gegenstand hatten, als dessen repräsentativen Ausdruck Ihr Werk gesehen wurde. Es mag sein, daß Ihnen dieser Artikel mißfallen hat, es sollte mich aber überraschen, wenn Sie ihm Verständnislosigkeit oder gar Mißachtung abgelesen hätten. Im Gegenteil, dieser Artikel war das Resultat meines Protests gegen die negative und mich empörende Leichtfertigkeit, mit welcher in jenem Literaturblatt bei verschiedenen Anlässen über Ihre Arbeit geschrieben wurde. [...] / Bitte betrachten Sie dies nicht als plumpe ›captatio benevolentiae‹. Ich protestierte damals nicht Ihretwegen. Ihre Stellung im Schrifttum der Welt bedarf keiner Aktionen dieser Art. [...] Ich protestierte [...] um der Literatur willen und der Reinlichkeit wegen in Sachen des Geistes. Ich hielt jene Art, von Ihnen zu reden, einfach für eine Blamage des einflußreichsten englischen Literaturmagazins. / Was nun den Aufsatz selber betrifft – und auch denjenigen, der als ›Geburtstagsrede‹ in meinem Buch ›Enterbter Geist‹ steht [...], so wollen Sie ihn bitte so aufnehmen, wie er gedacht ist: *nicht als literarische Würdigung, deren Sie kaum mehr bedürfen* [...], sondern eben als den Versuch, Ihr Werk als den *hochlegitimen Ausdruck eines deutsch-europäischen geistigen Geschehens zu betrachten, dessen verwirrter und inständig um Klärung bemühter Erbe ich mit vielen anderen bin*. Die künstlerische Qualität des Werkes, die bei einem solchen Bemühen zu kurz zu kommen *scheint* [...], ist doch – wissen Sie das nicht? – nicht nur vorausgesetzt, sondern statuiert durch den proklamierten Drang zur *Auseinandersetzung mit einer Situation*, die, außer durch den Ihren, *noch durch die Namen von Goethe, Burckhardt, Nietzsche und Rilke* bezeichnet ist. (Wird mir denn nicht zugetragen, daß da und dort einer im hämisch-verstockten Deutschland Ihre Einbeziehung als ›Überschätzung‹ kritisiert? Sei's drum. Ich weiß, daß Sie dazugehören.) Ich weiß schon, man kränkt sich leicht bei jeder Würdigung, die dem Artistischen, dem im eigentlichen Sinn ›Geleisteten‹, dem Virtuosen nicht gerecht zu werden scheint. Ist dies nicht aber eines der vielen Paradoxe des Künstlers? Seine letzte und höchste Ehrenrettung vor sich selbst ist ja wohl, daß es ihm im Tiefsten um substantiellere Tugenden geht; aber wehe dem

Publikum, das nicht gleich merkt, oder gar davon ablenken will, wie virtuos die Tugend ins Werk gesetzt ist, *wie humorvoll-meisterlich Leiden und Schwere überspielt sind im vollbrachten ›Kunststück‹!* / Zum Schluß: wollen Sie mir bitte glauben, daß ich mit hoher Verehrung, mit immer wieder von neuem erwachenden Interesse, mit der größten intellektuellen Freude an Ihrem Werke hänge, *auch wenn ich mich dem Schicksal des Geistes, aus welchem es geworden ist, nur mit einigem Einspruch und dem Wunsch der Überwindung füge. Aus Schicksal Kunst gemacht zu haben, aus Not Tugend, das ist ja wohl das Beste, was zu erreichen ist.* Wenn es einem nicht beschieden war, in einer Zeit zu leben, in welcher Kunst Schicksal *ist*, und Tugend Notwendigkeit. –/ In einer Einleitung, die ich für die Neuauflage der Everyman Library-Auswahl aus Ihren Werken schreibe, will ich Stendhal zitieren, der sagte, daß es dem seichtesten Romanschreiber gelänge, uns Tränen abzupressen oder uns beim Kerzenstumpf bis drei Uhr morgens wach zu halten; daß es aber *eines Cervantes bedürfe, uns jenes entzückte Lächeln abzugewinnen, welches das Zeichen ist des intellektuellen Vergnügens.*« (Die kursiv gesetzten Passagen sind von TM im Brief unterstrichen.)

9. 8. 1954

260 1] *an Prof. E. Heller:* Sils-Maria, 10. 8. 1954, Reg. IV, 54/260. Der auch zur Aufhellung vieler TM'scher Vorbehalte gegenüber dem TB 26. 1. 1951 (TB 51/52, 14/15) so inkriminierten Artikel wichtige Brief ist im Anhang, Dok. 32, S. 859–861 abgedruckt.

2] *von Bermann:* Weder in TM/GBF noch unter den Dokumenten des TMA.

3] *Dr. Stern:* Der New Yorker Psychoanalytiker Max H. Stern (1895–1982). Näheres nicht ermittelt.

11. 8. 1954

260 1] *Büchlein über Schillers Bestattung:* ›Schillers Beerdigung und die Aufsuchung und Beisetzung seiner Gebeine, 1805, 1826, 1827. Nach Actenstücken und authentischen Mitteilungen aus dem Nachlasse des Hofraths und ehemaligen Bürgermeisters von Weimar, Carl Leberecht Schwabe, von Dr. Julius Schwabe‹, Leipzig 1852. Das Buch ist in der Zürcher Bibliothek erhalten.

12. 8. 1954

1] *an Kahler:* An Erich von Kahler, Sils-Maria, 12. 8. 1954, Reg. IV, 54/264; Br. III, 351/352 (fragm.). Die ausgelassene Stelle lautet: »Aber das Haus ist ausgezeichnet, geräumig und wohnlich mit schönem Blick auf See und Berge, nur 10 Minuten braucht man mit dem Wagen zur Stadt und ist andererseits gleich auf dem Lande, bei den Kühen und im Walde. Wie sehr hoffe ich, daß Sie uns doch bald einmal besuchen können! Alles Landsmännische kommt ja von den amerikanischen Universitäten herüber, auch Marcuse war da, und hier oben wimmelt es von Professoren. Auerbach und Stern, Störn zu sprechen. Außerdem ist Hesse da, mit dem wir nette abendliche Plauderstunden haben./ In der Ecke meines californischen Sofas also, das ich nun wieder aufstellen konnte (in Erlenbach war kein Platz dafür) habe ich die Einleitung zu einer amerikanischen Ausgabe von Kleists Erzählungen geschrieben (Criterion Books) – ganz nett, glaube ich. Danach, zunächst für Rußland, einen längeren Aufsatz über Anton Tschechow, gest. 1904 – auch ganz hübsch. Aber das ist auch alles./ An ›Krull‹ mag ich nicht weitermachen, bevor ich weiß, ob das Bisherige irgendwie anspricht. Wahrscheinlich wird man diese Scherze unter meinen Jahren finden. Auch vor dem Verfasser der ›Säkularisierung des Teufels‹ geniere ich mich ein bißchen. Und doch, dies und das werden Sie dem Bande, da und dort, schon abgewinnen. Er soll im September erscheinen.« (Kopie im TMA) *260*

2] *Dr. Auerbach und Frau:* Vermutlich der deutsche Literarhistoriker Erich Auerbach (1892–1957), bis 1935 Romanist an der Universität Marburg. Nach seiner Emigration lehrte Auerbach bis 1947 in Istanbul, seit 1949 am Pennsylvania State College. TM hatte 1949 Auerbachs Buch ›Mimesis‹ gern gelesen und mit ihm darüber korrespondiert. Näheres TB 49/50, 460. *261*

13. 8. 1954

1] *Besprechung:* Maurice Boucher, ›Lettres allemandes: Le Mirage‹, ›Hommes et Mondes‹, Jg. 25, Aug. 1954, 145–147. *261*

2] *Boucher:* Der französische Germanist Maurice Boucher (1885 bis 1977) lehrte an der Sorbonne. Näheres TB 49/50, 552.

3] *an die Lowe:* Der Brief an Helen Lowe-Porter ist nach Reg. IV, 596, verschollen.

4] *Dr. Jakobi:* Vermutlich der in Zürich lebende, Albert Schweitzer sehr verbundene Wirtschaftswissenschaftler, Cembalist und Musiktheoretiker Erwin Reuben Jacobi (geb. 1909).

5] *Zusammenbruch der Bonner Theorien:* Unter dem Eindruck von Johns Aussagen auf einer in Ostberlin anberaumten Pressekonferenz wagte die BRD nicht mehr, an ihrer ursprünglichen Version, Otto John sei aus Westberlin entführt worden, festzuhalten. John selbst vertrat gegenüber Erwin Leiser (›Otto John. Ein deutsches Schicksal‹, Dokumentarfilm 1995) die durch Zeugenaussagen abgesicherte These, er habe sich mit seinen DDR-Auftritten und Erklärungen an die – nach der Entführung von Dr. Linse zum Schutz aller potentiellen Opfer – vom BND ausgegebene Weisung gehalten, die Mimikry bis zu einer sich bietenden Fluchtmöglichkeit empfahl. – Die NZZ berichtete am 13. 8. 1954 unter der Überschrift ›John tritt auf‹ ausführlich über die Konferenz, die am 11. 8. 1954 im Ostberliner ›Haus der Presse‹ in der Friedrichstraße stattgefunden und in deren Verlauf Otto John erklärt hatte, er sei in die DDR gegangen, weil er sonst nirgends einc »Plattform« habe finden können, um über die faschistische Zersetzung der Bundesrepublik zu reden.

6] *Hamburger Strike:* Der Streik des Personals der Hamburger Versorgungsbetriebe war nach neuntägiger Dauer durch das Angebot einer Stundenlohnerhöhung um sieben Pfennige (gegenüber den von der Gewerkschaft verlangten zehn) beigelegt worden.

7] *Essay von Heller:* ›Goethe und die Vermeidung der Tragödie‹ in Erich Heller, ›Enterbter Geist‹, a.a.O. 61–98.

14. 8. 1954

262 1] *an [...] Dr. Hirsch:* Nach Reg. IV, 596, verschollen.

2] *Anzeige der »Form«:* Die letzten Sätze des *Versuch über Tschechow*, GW IX, 869: »Man hat auf die letzte Frage der armen Katja: ›Was soll ich tun?‹ nur die Antwort: ›Auf Ehre und Gewissen, ich weiß es nicht‹. Und man arbeitet dennoch, erzählt Geschichten, formt die Wahrheit und ergötzt damit eine bedürftige Welt in der dunklen Hoffnung, fast der Zuversicht, daß Wahrheit und heitere Form wohl seelisch befreiend wirken und die Welt auf ein besseres, schöneres, dem Geiste gerechteres Leben vorbereiten können.«

15. 8. 1954

1] *Aufsatz:* Edith Braemer, ›,... mit höchster Notwendigkeit und Wahrheit.' Über Schillers ,Wilhelm Tell'‹, ›Neue deutsche Literatur‹, (Ost-)Berlin, Jg. 2, H. 8, August 1954, 112–129. 262

2] *an Trebitsch:* Nach Reg. IV, 596, verschollen.

3] *Schillers Egmont-Kritik:* ›Über Egmont, Trauerspiel von Goethe‹, in Friedrich Schiller, ›Sämtliche Werke‹, hrsg. von Gerhard Fricke und Herbert G. Göpfert in Verbindung mit Herbert Stubenrauch, 3. Aufl. München 1962, 5. Bd., 932–942. Die von TM vorwiegend benutzte Schiller-Ausgabe ›Schillers Sämtliche Werke‹, 13 Bände, Tempel-Verlag, Leipzig 1910–1912, befindet sich in der Zürcher Bibliothek. Sie zeigt in einigen Bänden Benutzungsspuren, freilich keineswegs in erwartetem Umfang. Wie Hans-Joachim Sandberg a.a.O. (s. TB 30. 7. 1954, Anm. 4) aufgezeigt hat, ist TM weitgehend der in seiner Bibliothek vorhandenen Sekundärliteratur gefolgt. Sandberg nennt – in alphabetischer Reihenfolge – Reinhard Buchwald, ›Schiller. Leben und Werk‹, 4. neubearbeitete Ausgabe, Bd. 1–2, Wiesbaden 1953; Arthur Eloesser, ›Die deutsche Literatur vom Barock bis zur Gegenwart‹, Bd. 1, Berlin 1930; Hugo von Hofmannsthal, ›Schiller. Selbstcharakteristik. Aus seinen Schriften. Nach einem älteren Vorbild neu herausgegeben‹, München 1926; K. A. Meissinger, ›Helena. Schillers Anteil am Faust‹, Frankfurt am Main 1935; E. Müller, ›Schiller. Intimes aus seinem Leben nebst einer Einleitung über seine Bedeutung als Dichter und einer Geschichte der Schillerverehrung‹, Berlin 1905; ›Marbacher Schillerbuch, Band 1. Zur hundertsten Wiederkehr von Schillers Todestag herausgegeben vom Schwäbischen Schillerverein‹, Stuttgart/Berlin 1905; H. Nohl, ›Friedrich Schiller‹, Frankfurt am Main 1954; K. H. v. Stein, ›Goethe und Schiller. Beiträge zur Ästhetik der deutschen Klassiker‹, Zürich 1944; Fritz Strich, ›Schiller. Sein Leben und sein Werk‹, Leipzig 1912 (Ergänzungsband zu ›Schillers Sämtlichen Werken‹, Leipzig 1910–1912). – Wie weit TMs Aneignung der Vorbilder ging, beweist die Tatsache, daß selbst der berühmte, scheinbar originäre Eingang mit der Beschreibung von Schillers Beerdigung einer nur geringfügig variierten Quelle, der TB 11. 8. 1954, Anm. 1 nachgewiesenen Darstellung von Julius Schwabe, folgt.

16. 8. 1954

262 1] *Übersetzung des Inferno:* Dante, ›Hölle. Fegefeuer‹, übersetzt von Rudolf Borchardt, Bremer Presse, München 1923.

2] *Schiller über »Iphigenie«:* ›Über die Iphigenie auf Tauris‹, Friedrich Schiller, ›Sämtliche Werke‹, a.a.O. 942–970.

3] *Post, den »Buddenbrook«-Film betreffend:* 1. Von Max Ophuls, Chevreuse, 13. 8. 1954; Dank für einen Brief TMs vom 10. 8. 1954: »Lassen Sie mich heute Ihnen nur für Ihr Vertrauen danken, das mich froh und stolz macht, und Ihnen sagen, dass es ein Höhepunkt in meinem Beruf wäre, Ihr so grosses Werk zu verfilmen./ Für einen detaillierten Brief [. . .] bitte ich Sie, mir noch einige Zeit zu lassen, ein paar Tage nur, damit alle meine Vorschläge gut überlegt sind, bevor ich sie Ihnen unterbreite.« (Im TMA) 2. Vermutlich – das Schreiben befindet sich nicht unter den Dokumenten des TMA – von Hans Rodenberg. – Was den Komplex der gesamtdeutschen *Buddenbrooks*-Verfilmung angeht, so hatte Walter Janka bereits am 3. 2. 1954 Erika Mann berichtet, daß er in dieser Angelegenheit »ausführlich« mit der ihrerseits an einer Verfilmung »sehr interessierten« DEFA gesprochen habe: »Ich könnte mir vorstellen, daß ein guter Buddenbrook-Film auch ein schönes Geschenk zum 80. Geburtstag sein könnte.« Einen Monat später schlug er einen Besuch des zuständigen Direktors, Hans Rodenberg, in Kilchberg vor, ein Anerbieten, das TM jedoch dilatorisch behandelte. Über den Fortgang der Geschichte, die schließlich zu einer deutsch-deutschen Prestige-Angelegenheit wurde, geben der Briefwechsel TM/GBF sowie die Korrespondenz zwischen TM, Erika und Katia Mann Aufschluß, die sich im Bestand Rodenberg der Stiftung Archiv der Parteien und Massenorganisationen der DDR im Bundesarchiv (ehemals Zentrales Partei-Archiv), Berlin, befindet: Der Verleger setzte seinen Autor am 28. 7. 1954 davon in Kenntnis, daß sich die Münchener Gesellschaft ›Neue Film‹ mit einem finanziell ungewöhnlich hohen Angebot (»der Preis [. . .] ist der höchste, der bisher für einen Film in Deutschland gezahlt worden ist«) und großen Zugeständnissen an etwaige Produktionsbedingungen (»Die Wahl des Regisseurs und des Script-Schreibers soll nur mit Ihrer Zustimmung erfolgen, und man würde eine Mitarbeit von Ihnen resp. von Frau Erika außerordentlich begrüßen«) um eine Option auf die Film-Rechte bemüht habe. Im Hinblick auf seine »moralischen Bindungen« an die DEFA antwortete TM gereizt und empört: »Viele Male in den letzten Jahren ist den westdeutschen Filmunternehmen der Gedanke eines solchen Films nahegelegt worden [. . .], aber nichts hat sich geregt. In dem Augenblick nun, wo eine ostdeutsche Firma, deren Überlegenheit in der Fähigkeit, etwas künstlerisch wirklich Hochstehendes ohne Rücksicht auf die Kosten herzustellen, jedermann bekannt ist, sich anschickt, diesen Film zu schaffen, wird die westdeutsche Kultur-Konkurrenz aktiv und legt mir ein Dollarangebot vor, das bestimmt ist, den Ostdeutschen die Verfilmung des Buches abzujagen.« Die DEFA sei auf alle seine Bedingungen, einschließlich der Auflage, »daß es sich bei dieser Darbietung nicht um einen Zonenfilm, sondern um einen *deutschen* Film handeln solle, und nicht nur ein westlicher Drehbuchverfasser, sondern auch ein Regisseur aus dem Westen und mindestens drei westdeutsche Hauptdarsteller gewonnen werden müßten«, eingegangen. Und wenngleich die Realisierung dieser Pläne noch nicht gesichert sei, so wäre es in diesem Augenblick schwebender Verhandlungen und intensiver Lösungsbemühungen (Zusage, daß keinerlei ideologische Interpretationen enthaltender »›Klappentext‹-Unfug sich bei der Verfilmung einschleichen« werde) »die größte Unanständigkeit [. . .], um des plötzlichen westdeutschen Angebots willen die Leute von der Defa im Stich zu lassen.« Gottfried Bermann Fischer verteidigte sich gekränkt: Es sei schließlich Pflicht eines Verlegers, derart lukrative Angebote ernstzunehmen, vor allem, weil TM es nicht für nötig befunden habe, ihn, Bermann Fischer, über die anderweitig schwebenden Verhandlungen zu unterrichten. Erst im letzten Satz spielt Bermann seinen Trumpf aus: »Am Rande möchte ich noch erwähnen, daß von der NF bereits das Interesse am ›Zauberberg‹ und am ›Erwählten‹ angemeldet wurde. Es besteht durchaus noch Möglichkeit, Verhandlungen darüber aufzunehmen. Falls Sie das wünschen, bitte ich um Verständigung.« – In seiner Antwort vom 4. 8. 1954 (s. auch TB 5. 8. 1954, Anm. 1) lenkte TM ein: Bermann möge seinen, TMs, Standpunkt verstehen: »Wohin meine Wünsche gehen, habe ich Ihnen geschrieben: auf *Zusammenarbeit,* – eine Zusammenarbeit von Ost und West, die ideell höchst erfreulich wäre und sich künstlerisch wie finanziell (das hängt zusammen) sehr glücklich auswirken könnte. Ich habe darauf hingewiesen, daß gerade ein ›Buddenbrooks‹-Film zu solcher Cooperation eine ausnehmend günstige und natürliche Gelegenheit bietet. Die Defa dafür zu gewinnen mache ich mich anheischig; das bietet garkeine Schwierigkeiten. Es kommt nur auf die Bereitwilligkeit der westdeutschen Firma an und darauf, ob man ihr – politisch – die Möglichkeit dazu gewährt. *Dies* wäre der Gegenstand des Weiterverhandelns mit ihr. – Daß das Interesse der NF an weiteren Verfilmungsideen [...] ganz mit meinem eigenen Interesse zusammentrifft, habe ich schon gesagt. Ich kann nur wünschen und dazu aneifern, daß es feste Formen annehme.« Und dann der versöhnliche Schluß: »Meine polemische Ader spielt mir manchmal einen Streich. Vor der Cooperation von NF mit Defa, die die Wiedervereinigung Deutschlands einleiten soll, geht ja doch das gute Einvernehmen zwischen uns.« – Erst vor dem Hintergrund dieses Geschehens wird TMs direkte Aktivität, so, wie sie die als Dok. 33–36, S. 861–870 abgedruckte Korrespondenz mit dem Regisseur Max Ophuls, dem Leiter der DEFA, Hans Rodenberg, und der Münchener Filmgesellschaft ›Neue Film‹, Günther Stapenhorst, spiegelt, verständlich. – Es ist bekannt, daß der gesamtdeutsche Film nie zustande kam. Über die Gründe des Scheiterns sind keine Dokumente mehr erhalten. Es ist wahrscheinlich und wird durch ein Schreiben von Erika Mann an Hans Rodenberg vom 19. 12. 1958 bestätigt, daß auch hier der Kalte Krieg seinen Tribut forderte. Im Dezember 1958 jedenfalls scheint das »schöne und gute Projekt«, dem beide Partner resigniert nachtrauern, auf den Sankt Nimmerleinstag verschoben worden zu sein: »Dass aber im Jahre 1961 die sogenannte ›Bundesrepublik‹ irgend zu Verstande kommen könnte, bezweifle ich nicht nur, – ich halte es (wo nicht ein Wunder geschieht – und *wie ungeheuer* selten sind doch die *guten* Wunder geworden!) für völlig ausgeschlossen. Eine rapide Entwicklung zum Schlechteren, – das, ja. Besseren Falls stagniert man in jenen Breiten. Jedennoch: ›Bessern soll ich mich, oh Himmel?/ *Niemals* werd' ich besser!/ Eher fressen schwarze Schimmel/ Weiße Menschenfresser ...‹/ So, oder ungemein ähnlich, heißt es irgendwo bei Wedekind, und um die D. B. R. steht es nicht anders.« (Stiftung Archiv der Parteien und Massenorganisationen der DDR im Bundesarchiv, Berlin.)

4] *der [...] N. F.:* Gemeint ist Günther Stapenhorst, Leiter der Filmgesellschaft ›Neue Film‹ in München.

263 5] *Prekäre Lage des Mendès-France:* In seinem Bemühen um einen innenpolitischen Konsens für die Unterzeichnung des EVG-Vertrags hatte der französische Ministerpräsident durch den Rücktritt dreier

Gaullisten aus seinem Kabinett die erste Schlappe erlitten. Gleichzeitig wandte sich das Politbureau der französischen Kommunisten gegen ihn mit der Anschuldigung, der Beschluß, den deutschen Militarismus wieder erstehen zu lassen, sei ohne Berücksichtigung der Vorschläge erfolgt, die die Sowjets am 24. 7. und 4. 8. zum Problem der europäischen Sicherheit gemacht hätten. In einer Rundfunkansprache verteidigte sich Mendès-France mit der Begründung, daß man Westdeutschland auf die Dauer nicht unbewaffnet lassen könne und deshalb nur die Wahl habe, diesen Vorgang zu kontrollieren oder sich – durch Ablehnung des EVG-Vertrags – jeder Eingriffsmöglichkeit zu begeben.
6] *in Sachen der E. W. G.:* So, wie öfter, in der Handschrift (statt »E. V. G.«).

17. 8. 1954
1] *Bertram:* Der Kölner Germanist Ernst Bertram (1884–1957), ein enger Freund TMs aus gemeinsamen Münchener Jahren, hatte sich nach einer immer stärker werdenden Affinität zu national-deutschem Gedankengut schließlich den Nationalsozialisten angeschlossen. Näheres TB 51/52, 493/494. 263

18. 8. 1954
1] *Über Bürgers Gedichte:* ›Über Bürgers Gedichte‹, Friedrich Schiller, ›Sämtliche Werke‹, a.a.O. 970–991. 263
2] *Rundbrief Hesses:* Hermann Hesse, ›Rundbrief aus Sils-Maria‹, NZZ, 18. 8. 1954.
3] *Dr. G. Adriani:* Der Kunsthistoriker Dr. Gert Adriani (1908 bis 1989), von 1950 bis 1958 Direktor der Stadtgeschichtlichen Sammlungen Düsseldorfs, ab 1958 Leiter des Anton-Ulrich-Museums in Göttingen.
4] *An Prof. Emrich:* An Wilhelm Emrich, 18. 8. 1954, Reg. IV, 54/270: »[. . .] bewegt las ich Ihre Nachrichten über Ernst Bertram. Es war sehr zartfühlend von Ihnen, vor meinem Besuch die Verbindung mit ihm aufzunehmen. Herzlich freue ich mich auf das Wiedersehen mit dem alten Freunde und habe es längst, schon gleich bei meiner Zusage, nach Köln zu kommen, ins Auge gefaßt. Zwischen ihm und mir gibt es für mein Gefühl eigentlich nichts Quälend-Ungelöstes. Nur zu gut versteht sich das alles von selbst. Ich bin dafür

eingetreten, daß man seine Reinheit und Noblesse achtet, und schon als ich noch in Californien war, hatte sich ein brieflicher Kontakt gelegentlich wieder hergestellt.« (Kopie HOM)

264 5] *Prof. Emrich:* Der Literarhistoriker und Germanist Wilhelm Emrich (geb. 1909) lehrte von 1953 bis 1956 in Köln, seit 1959 an der FU in Berlin.

6] *Benvenuto:* Gerhart Hauptmanns jüngster Sohn, der Übersetzer Benvenuto Hauptmann (1902–1965).

7] *Gesellschafterin:* Die gelernte Bankkauffrau und Krankenschwester Maxa Mück (1904–1992), die noch im November 1945 zu den Hauptmanns auf den Wiesenstein gekommen war und Gerhart Hauptmann bis zu seinem Tode dort gepflegt hatte. Maxa Mück blieb bei der Witwe und übernahm die Aufgaben einer Sekretärin und Gesellschafterin, die sie auch nach der Übersiedlung der fast blinden Margarete Hauptmann in ein Sanatorium in Ebenhausen bei München weiterführte.

8] *Wischinsky in Paris:* Der sowjetische Vize-Außenminister Andrej Januariewitsch Wyschinski (1883–1954) war am Vorabend der Brüsseler Konferenz, am 17. 8. 1954, von New York kommend überraschend in Paris eingetroffen.

19. 8. 1954

264 1] *Tod de Gaspari's:* Der ehemalige italienische Ministerpräsident Alcide De Gasperi (geb. 1881) war am 19. 8. 1954 in Sella di Valsugna einem Herzschlag erlegen.

2] *Carlyles Leben Schillers:* Thomas Carlyle (1795–1881), ›Schiller‹, 1825, deutsche Übersetzung 1912.

3] *Falkenbergs »Dramaturgie«:* Otto Falckenberg, ›Die Dramaturgie Schillers‹, Berlin und Leipzig 1909. Der mit einer Widmung Falckenbergs: »Bruck, November 1909«, und Anmerkungen von TMs Hand versehene Band ist im TMA erhalten.

4] *Falkenberg:* Der deutsche Regisseur Otto Falckenberg (1873 bis 1945), von 1917 bis 1944 künstlerischer Leiter der Münchener Kammerspiele.

5] *an die Studentenvereinigung:* Das Schreiben an die Osloer Studentenvereinigung ›Det norske Studentersamfund‹ ist nach Reg. IV, 596, verschollen.

20. 8. 1954

1] *Brief des Filmregisseurs:* Das Schreiben des Regisseurs und Schauspielers Max Ophuls (1902–1957), der 1949 aus der amerikanischen Emigration nach Europa zurückgekehrt war, befindet sich im TMA und ist als Dok. 34, S. 864–866 wiedergegeben. Zum Zusammenhang vgl. TB 16. 8. 1954, Anm. 3. 265

2] *der »kleine« Klaus:* Klaus Sommer; s. TB 22. 11. 1953, Anm. 1.

3] *Dr. P. Penzoldt:* So, deutlich lesbar, in der Handschrift. Es kann sich aber nur um den Arzt und Schriftsteller Dr. Fritz Penzoldt (1887–1959), den Mann der Sängerin Sigrid Onégin, handeln. Vielleicht liegt eine Verwechslung mit dem Sohn der beiden, Peter, vor.

4] *Ernst:* Der TM aus gemeinsamen Jahren in München gut bekannte und von ihm hochgeschätzte Schriftsteller Ernst Penzoldt (1892–1955). S. *Ernst Penzoldt zum Abschied,* GW X, 546–549.

21. 8. 1954

1] *»Semele«:* Schillers »Lyrische Operette von zwo Szenen«, 1782. 265
TM las, wie Randnotizen (»Ortrud-Elsa«, »Kleist«, »Lohengrin« und »Zeus: Verstummen«) beweisen, den Text im 3. Band der Tempel-Ausgabe.

2] *Verwandtschaft mit »Lohengrin« und »Amphitryon«:* Zu ›Lohengrin‹ s. Anm. 1; zur Verwandtschaft mit dem Kleist'schen ›Amphitryon‹ s. Sandberg, a.a.O. 129: »Den original anmutenden Vergleich zwischen Schillers *Semele* und Kleists *Amphitryon* (IX, 929 f.) entnahm Thomas Mann ebenfalls einer Sekundärvorlage. Er hat bei Strich unter anderem folgende Worte unterstrichen: ›*Semele [. . .] ein Vorgänger des Kleistschen Jupiter*‹.«

3] *Briefe über »Dom Carlos«:* Schillers Verteidigung seines Dramas, besonders der Figur des Marquis Posa, gegen die scharfe Kritik nach den ›Thalia‹-Vorabdrucken, ›Zwölf Briefe über Don Karlos‹, erschienen 1788 im Juli- und Dezemberheft von Wielands ›Teutschem Merkur‹. TM las den Text im 3. Band der Tempel-Ausgabe.

22. 8. 1954

1] *Reise:* Nach Düsseldorf und Köln vom 23. bis zum 28. August. 266

2] *»Einst spielt ich«:* »Einst spielt ich mit Szepter und Krone«: Arie des Zaren Peter aus dem 3. Aufzug von Albert Lortzings (1801 bis 1851) komischer Oper ›Zar und Zimmermann‹.

23. 8. 1954

266 1] *Zusammenbruch der Brüsseler Konferenz:* Die Bemühungen der westeuropäischen Außenminister, die Europäische Verteidigungsgemeinschaft mit der Ratifizierung des Vertrags durch die Franzosen endgültig zu installieren, waren an der Weigerung der Vertragspartner, die durch das französische Parlament erzwungenen Änderungsvorschläge zu akzeptieren, gescheitert.

2] *Übertritt eines westdeutschen Abgeordneten:* Unter der Überschrift ›Absprung eines westdeutschen Abgeordneten. Ein weiterer Überläufer in der DDR‹ berichtete die NZZ, daß der CDU-Bundestagsabgeordnete und geschäftsführende Vorsitzende des Landesverbandes Hamburg, Karlfranz Schmidt-Wittmack, nach Gesprächen mit verantwortlichen Persönlichkeiten der DDR dort um Asyl nachgesucht habe.

29. 8. 1954

266 1] *Lindemann-Archiv:* Das von dem Begründer und bis 1933 Leiter des Düsseldorfer Schauspielhauses Dr. Gustav Lindemann (1872–1960) und seiner Frau, der Schauspielerin und Theaterleiterin Louise Dumont (1862–1932), eingerichtete Dumont-Lindemann-Theaterarchiv in Düsseldorf.

2] *Professor Emke:* Der Jurist und SPD-Politiker Horst Ehmke (geb. 1927).

267 3] *Vorlesung in der Universität:* Vor Teilnehmern des von Horst Ehmke geleiteten Internationalen Ferienkurses. »Als Thomas Mann den blumengeschmückten Hörsaal 1 der Kölner Universität betrat und am Lesetisch Platz nahm, auf dem ein Strauß roter Nelken prangte, begrüßte den jetzt 79jährigen der lebhafte Beifall der geladenen Gäste, die den weiten Raum bis auf den letzten Platz füllten [. . .]. Es waren die Teilnehmer am Internationalen Ferienkurs der Universität, für die die Veranstaltung einen Höhpunkt darstellte, jüngere und ältere Studierende aus den verschiedensten Ländern, mit allen erdenklichen Hautschattierungen, darunter Neger, Inder, Perser, z.T. mit Turbanen und in Nationaltracht; geladen war der gesamte Lehrkörper der Universität und viel Prominenz der Stadt. Und viele Interessierte, die auf irgendeine Weise zu dieser geschlossenen Gesellschaft Zutritt zu finden hofften, mußten draußen bleiben./ Dann füllte die etwas harte Stimme des Lesenden den Saal, die alsbald,

unterstützt durch die natürliche Mimik des geprägten Gesichts und die wohltuend beherrschte Gestikulation der linken Hand, mit ihrer etwas stereotyp getragenen Melodieführung und farbigen Modulationen das Ohr der Gäste fesselte, ausgezeichnet wirksam nicht zuletzt durch die genaue Artikulation, die ausgefeilt war, wie die Perioden, die da akustische Gestalt gewannen. Mann stellte sich damit als vorzüglichen Interpreten seines eigenen Schrifttums vor, was man leider nicht bei jeder Autorenlesung feststellen darf. [. . .] Die geladenen Gäste dankten der erfahrenen ›Belustigung des Verstandes und des Witzes‹ mit einem Schlußbeifall, der noch betonter war als die Begrüßung.« (›Kölnische Rundschau‹, Stadtausgabe, 26. 8. 1954)

4] *»Meisterwerke aus dem Museu de Arte in Sao Paulo«:* TM sah die Ausstellung nicht in Köln, sondern, am Vormittag des 27. August, in der Düsseldorfer Kunsthalle. Er war der erste Besucher, denn die offizielle Vernissage war erst am nächsten Tag.

5] *»Der Knabe mit dem Kreisel« von Chardin:* Die im Besitz des Museu de Arte befindliche, 1741 signierte Fassung des Gemäldes ›Der Knabe mit dem Kreisel‹ des französischen Malers Jean-Baptiste Siméon Chardin (1699–1779).

6] *nach Marienburg zu Bertram*: Auch Katia Mann hat in ihrer Biographie ›Meine ungeschriebenen Memoiren‹, Frankfurt am Main 1974, 154/155, über diesen Besuch berichtet: »Er war furchtbar aufgeregt und herzlich und hat sich offensichtlich sehr gefreut. Er hatte etwas ausgesprochen Tantenhaftes. In seiner Wohnung hatte er lauter kleine Erinnerungen an seine verschiedenen Patchen und Nippsachen und lauter so Zeug herumstehen, und wir sahen uns alles an, und dann wollten wir gehen. Da sagte er: Ja, ich hatte eigentlich auch ein paar Erfrischungen bereitgestellt; seine Aufregung über den Besuch war so groß, daß er alle Formen der Gastlichkeit darüber vergessen hatte. Wir sagten: Das ist ja reizend, und dann hat er prachtvoll aufgefahren, und wir haben noch bei ihm gespeist.« (155)

7] *R. Loup:* Gemeint ist der Leiter des Dumont-Lindemann-Archivs, *268*
der Archivar und Schriftsteller Kurt Loup (1915–1976), der TM und Frau Katia am Düsseldorfer Bahnhof erwartete.

8] *im Dumont-Lindemann-Archiv:* Trotz des offenbar geringen Interesses signierte TM das in der dortigen Bibliothek vorhandene Exemplar von *Fiorenza:* »Ich bin stolz, mich mit meiner Arbeit in *dieser* Bibliothek vertreten zu wissen.« (›Düsseldorfer Stadt-Nachrichten‹, 31. 8. 1954, 1)

9] *Veranstaltung im Schumann-Saal:* TM las auf Einladung der ›Arbeitsgemeinschaft kultureller Organisationen‹. Der Düsseldorfer Schumann-Saal war – so die ›Düsseldorfer Nachrichten‹ vom 27. 8. 1954 – »von einem literarischen Publikum, unter dem sich viele Persönlichkeiten des öffentlichen Lebens befanden, bis fast auf den letzten Platz gefüllt«. Im Namen der Veranstalter begrüßte Gustav Lindemann den Gast und erinnerte daran, »daß er ihn bereits vor siebenundzwanzig Jahren, am 7. Dezember 1927, als Repräsentant seines Schauspielhauses« zu einem Vortrag über ›Natur und Nation‹ willkommen geheißen habe. »Sichtlich gerührt dankte Thomas Mann« und gedachte vor Beginn seiner Lesung seines verstorbenen Düsseldorfer Freundes Herbert Eulenberg: »Dem Freunde, der nicht mehr lebt, und dem Dichter, der ewig lebt, gilt mein Gruß in die Ewigkeit.«

10] *»Malkasten«:* Das nach der Düsseldorfer Künstlervereinigung benannte Restaurant am Düsseldorfer Rheinufer. An dem Abendessen nahmen, wie die Zeitungen berichteten, »noch weitere prominente Gäste«, unter ihnen der Regierungspräsident, teil.

11] *Heusers:* Der Direktor der Düsseldorfer Kunstakademie, Professor Werner Heuser, und seine Frau Mira, die Eltern von Klaus Heuser. TM hatte die Familie im Sommer 1927 auf Sylt getroffen und eine tiefe Zuneigung zu dem damals siebzehnjährigen Klaus gefaßt, von der die Tagebuch-Retrospektiven vom 21. 3. 1937 (TB 37–39, 43) und vom 16. 7. 1950 (TB 49/50, 221) Zeugnis ablegen. Das Erlebnis mit dem Jungen fand 1928 in dem Amphitryon-Essay seine literarische Umsetzung: »Klaus H., der mir am meisten Gewährung entgegenbrachte, gehört in die Einleitung zum Amphitryon-Essay.« (TB 49/50, 221)

12] *den Z.:* Den »Zauberer«, also TM.

13] *die Anfangssätze des Amphitryon-Aufsatzes:* »Was ist Treue? Sie ist Liebe, ohne zu sehen, der Sieg über ein verhaßtes Vergessen. Wir begegnen einem Angesicht, das wir lieben, und wir werden nach einiger Anschauung, während welcher unser Gefühl sich befestigt, wieder davon getrennt. Das Vergessen ist sicher, aller Trennungsschmerz ist nur Schmerz über sicheres Vergessen. Unsere sinnliche Einbildungskraft, unser Erinnerungsvermögen ist schwächer, als wir glauben möchten. Wir werden nicht mehr sehen und aufhören zu lieben. Was uns bleibt, ist nichts als die Gewißheit, daß jedes neue Zusammentreffen unserer Natur mit dieser Lebenserscheinung mit Sicherheit unser Gefühl erneuern, uns wieder, oder eigentlich immer noch, sie lieben lassen wird. Dies Wissen um das Gesetz unserer Natur und das Festhalten daran ist Treue. Sie ist Liebe, die vergessen mußte, warum; geglaubte Liebe, die sprechen darf, als sei sie am Leben, weil sie sicher ist, sofort und gesetzmäßig wieder Leben zu gewinnen, wenn sie sieht.« (*Kleists ›Amphitryon‹. Eine Wiedereroberung*, GW IX, 187)

14] *Auch ich sprach:* »Ich habe mich nie für einen großen Mann gehalten. Ich habe mein Leben verbracht im Aufblick zur Größe und zum Meisterhaften, und ich habe dabei aus Liebe und Bewunderung gelernt.« Aus dem Aufblick sei zuweilen ein gewisser Einblick in die Größe geworden, und so sei in sein Werk eine Anspielung auf die Größe eingedrungen, die »manchen versuchen mag, es selbst für groß zu halten. Ich selbst gehöre nicht zu diesen. Ich denke sehr nüchtern über meine Verdienste.« (Zitiert nach ›Neue Ruhr-Zeitung‹, 28. 8. 1954.)

15] *in schöner großer Buchhandlung*: TM besuchte die Schrobsdorff'sche Buchhandlung und deren Besitzer, Dr. Hans-Otto Mayer, dessen umfangreiche Sammlung von Thomas-Manniana sich heute in der Düsseldorfer Universitätsbibliothek befindet.

16] *Kultusminister:* Der Jurist, Rechtsanwalt in Düsseldorf, Werner Schütz (1900–1975) war von Juli 1954 bis Februar 1956 und von Juli 1958 bis Juli 1962 Kultusminister des Landes Nordrhein-Westfalen.

17] *Gründgens:* Der Schauspieler, Regisseur, Intendant – 1954 des Düsseldorfer Schauspielhauses – Gustaf Gründgens (1899–1963).

18] *»Louis Lambert«:* Balzacs in der ersten, nicht sehr erfolgreichen *269*
Fassung als Teil der ›Nouveaux contes philosophiques‹ 1832 erschienener Roman, der, in erweiterter und umgearbeiteter Fassung, 1846 unter die ›Etudes philosophiques‹ in die ›Comédie humaine‹ aufgenommen wurde.

19] *Mercatons Aufsatz:* So in der Handschrift; s. TB 6. 8. 1954, Anm. 2.

20] *»Hommage aux Morts de la Résistance«:* TMs *Vorwort zu dem Buch ›Briefe Todgeweihter‹* (s. TB 11. 3. 1954, Anm. 1) war am 21. 8. 1954 im ›Figaro Littéraire‹ in Paris erschienen.

21] *Autobiographie:* Hans Habe, ›Ich stelle mich‹, München/Wien 1954. Das Buch ist in der Zürcher Bibliothek erhalten.
22] *»Deutsche Literatur im 20. Jahrhundert«:* ›Deutsche Literatur im 20. Jahrhundert. Gestalten und Strukturen‹, 23 Darstellungen, hrsg. von Hermann Friedemann und Otto Mann, Heidelberg 1954. TMs Exemplar trägt eine Widmung von Wilhelm Emrich und weist Benutzungsspuren auf. Es ist in der Zürcher Bibliothek erhalten.
23] *Emrich über Kafka:* Wilhelm Emrich, ›Die Erzählkunst des 20. Jahrhunderts und ihr geschichtlicher Sinn‹, ›Deutsche Literatur. . .‹, a.a.O. 75–78.
24] *Das Stück über mich:* Emrich, a.a.O. 58–62.
25] *»Sforza de Destina«:* So in der Handschrift; s. TB 2. 5. 1953, Anm. 2. – Aus Giuseppe Verdis Oper ›Die Macht des Schicksals‹ besaß TM eine Aufnahme der Arien ›Noch geht mich‹ und ›Frieden, Ruhe‹ aus dem Jahr 1927 mit Felicie Hüni-Mihaczek und dem RCA Victor Symphony Orchestra unter Karl Riedel.
26] *Lieder, von Schlusnus gesungen:* TM besaß viele Liedaufnahmen mit dem Bariton Heinrich Schlusnus (1888–1952).

30. 8. 1954

270 1] *Magnus:* Der aus Lettland stammende Pianist Magnus Henning war Mitbegründer, musikalischer Leiter und Hauskomponist von Erika Manns Kabarett ›Die Pfeffermühle‹ gewesen.
2] *an Loup:* An Kurt Loup, Kilchberg, 30. 8. 1954, Reg. IV, 54/279.
3] *Gedichte:* Kurt Loup, ›Der Golfstrom‹, Köln/Berlin 1954. Der TM mit einer Widmung zugeeignete Band ist in der Nachlaßbibliothek erhalten.
4] *Brief des Regisseurs Ophuls:* S. TB 16. 8. 1954, Anm. 3.
5] *Herriot:* Der französische Politiker Edouard Marie Herriot (1872–1957) war von 1947 bis 1954 Präsident der Nationalversammlung seines Landes, danach Ehrenpräsident.
6] *E. V. G. [. . .] verworfen:* Die französische Nationalversammlung lehnte die Ratifizierung des EVG-Vertrags am Abend des 30. 8. 1954 mit 319 gegen 264 Stimmen durch Abstimmung über die »Vorfrage« ab, mit der jede weitere Diskussion über das Problem unterbunden wurde.

31. 8. 1954

1] *Rede des Cardinals Spellman:* Der amerikanische Kardinal Francis Spellman (1889–1967) hatte am 30. 8. 1954 in einer Rede vor dem Kongreß der ›American Legion‹ gesagt, daß jede Hoffnung auf ein friedliches Nebeneinander mit der Sowjetunion aufgegeben werden müsse: »Die Amerikaner müssen sich ernsthaft fragen, ob ihr Land geistig schon so schwach geworden ist, daß es als überreife Frucht von einem Gegner gepflückt werden kann, der zu übermenschlichen Anstrengungen und zur Anwendung heimtückischer Methoden bereit ist. Es bestehen gute Gründe zur Annahme, daß die Kommunisten trotz aller Friedensgarantien [. . .] die noch freien Länder Indochinas überfluten werden./ Wir haben nur noch wenig Zeit zur Verfügung, die notwendigen Maßnahmen zu treffen, denn bei der Schnelligkeit des kommunistischen Vormarsches ist es nur eine Frage der Zeit, ob wir selber von ihnen in die Zange genommen werden.« (NZZ, 31. 8. 1954, Bl. 2/2) 270

2] *Verbot der Kommun. Partei:* Das nach langem Ringen um einen annehmbaren Kompromiß am 20. 8. 1954 im Kongreß mit 79:0 Stimmen (Senat) und 265:2 Stimmen (House) akzeptierte Gesetz »to outlaw Communist party«, der sogenannte ›Communist Control Act of 1954‹, war am 25. 8. 1954 vom Präsidenten unterzeichnet worden.

3] *Verhaftung der Parteiführer:* Im Zusammenhang mit der Eröffnung des Verfahrens zur Feststellung der Verfassungswidrigkeit der KPD in Karlsruhe waren in Westdeutschland einige führende KP-Funktionäre verhaftet worden, deren Freilassung noch im Vorfeld der Verhandlungen verlangt worden war.

4] *Marbacher Schillerbuch:* S. TB 15. 8. 1954, Anm. 3.

5] *Familie Arnold Zweig:* Der Schriftsteller Arnold Zweig (s. TB 24. 4. 1954, Anm. 6) mit seiner Frau Beatrice (gen. Dita, 1892–1971) und seinen Söhnen Michael (geb. 1920) und Adam (geb. 1924).

6] *»Schillers Selbstcharakteristik«:* S. TB 15. 8. 1954, Anm. 3.

1. 9. 1954

1] *E. W. G.:* So im Manuskript. 271

2] *Artikel gegen den Pazifismus:* In dem von TM gelesenen Artikel des Londoner Korrespondenten der NZZ ›Rüstung und weltpolitisches Kräfteverhältnis‹ wurde Churchills Formel von der »friedlichen

Koexistenz« der beiden Supermächte in Frage gestellt und der britische Premier aufgefordert, gegen die übermächtige Militärmacht im Osten und »für ein höheres Gut« notfalls auch zu kämpfen.
3] *Verhöhnung Heriots:* Im Bericht des Pariser Korrespondenten war bemerkt worden, daß Herriots Rede vor der Nationalversammlung, die ihm nur mit Hilfe eines Kunstgriffs – indem man ihn nämlich zum Mitunterzeichner einer Voranfrage erklärt hatte – ermöglicht und mit Hilfe eines Spezialmikrophons vom Sitzplatz aus übertragen worden war, vom Auditorium als Ansprache eines alten Mannes, der sich längst überlebt habe, empfunden worden sei.
4] *Goethe über Schiller zu Eckermann:* Vgl. Johann Peter Eckermann, ›Gespräche mit Goethe in den letzten Jahren seines Lebens‹. Zur Benutzung dieser Vorlage vgl. Sandberg, a.a.O., vor allem 104 und 116/117.
5] *Strichs Schiller-Biographie:* Fritz Strich, ›Schiller. Sein Leben und sein Werk‹, Leipzig 1912. Das Buch – der 13. (Ergänzungs-)Band der Tempel-Ausgabe – steht in der Nachlaßbibliothek und enthält viele Anstriche, Unterstreichungen und Notizen von TM.

2. 9. 1954

271 1] *»Ständchen«:* Von Richard Strauss' nach einem Gedicht von Friedrich Schnack 1885/1887 komponiertem Lied ›Ständchen‹, op. 17, No. 2, fand sich keine Aufnahme mehr in TMs Plattensammlung.
2] *Im Don Carlos*: TM las das Drama im 3. Band der Tempel-Klassiker-Ausgabe.

3. 9. 1954

271 1] *Düsseldorfer Zeitungsberichte:* Alle für die Berichterstattung aus Düsseldorf zuständigen Zeitungen brachten ausführliche, zum Teil große Berichte über den genauen Verlauf von TMs Besuch (›Neue Rhein-Zeitung‹, 28. 8. 1954: ›Ovationen für Thomas Mann‹). Sie wurden ausgewertet in Wilfried Hansmanns zusammenfassender, in erster Linie allerdings den Quellen für die *Betrogene* geltender Studie ›‚... dies Erzeugnis des späten Rokoko ...'. Thomas Mann und Schloß Benrath‹, 1954, von der sich ein Typoskript-Exemplar im TMA befindet. Außerdem dokumentiert ein zweibändiges Werk des Photographen Wilhelm Margulies, das im Dumont-Lindemann-Archiv aufbewahrt wird, die wichtigen Stationen der Visite, und Joachim

Lilla veröffentlichte in der ›Rheinischen Post‹ vom 20. August 1994 – zum 40. Jahrestag des Besuchs – eine Retrospektive ›»Lauter Empfang und festliche Stimmung«. Thomas Manns letzter Besuch in Düsseldorf‹. Sogar überregionale Zeitungen berichteten – im allgemeinen freundlich-wohlwollend – von dem Ereignis. Allerdings gab es auch Gazetten – genannt sei das TM grundsätzlich feindliche ›Flensburger Tageblatt‹ –, die – ohne Not – den Besuch dazu benutzten, erneut anzumahnen, daß TM – zumal im Zusammenhang mit dem Goethe-Geburtstag am 28. 8. – »uns ein Wort schuldig ist über seine Stellung zu den Deutschen in der Demokratie diesseits des eisernen Vorhangs und über seine Haltung vor den Regierenden in der mitteldeutschen Republik jenseits der chinesischen Mauer, die er vom sicheren Port aus errichten sah, ohne seine schreibkundigen Hände zum Protest auch nur einmal zu rühren.«
2] *an Habe:* An Hans Habe, Kilchberg, 3. 9. 1954, Reg. IV, 54/282; Br. III, 355/356.
3] *im »Wallenstein«:* Der als 5. Band der Tempel-Klassiker-Ausgabe von Moritz Heimann herausgegebene Wallenstein-Text weist in allen drei Teilen viele Anstreichungen auf.

4. 9. 1954
1] *»Die leidigen Dichter«:* Georg Gerster, ›Die leidigen Dichter. Goethes Auseinandersetzung mit dem Künstler‹, Zürich 1954. In der Nachlaßbibliothek erhalten. 272
2] *Gerster:* Der Reiseschriftsteller und Journalist Georg Gester (geb. 1928).
3] *[an] Janka:* Das Schreiben an Walter Janka ist verschollen.
4] *[an] Bermann:* An Gottfried Bermann Fischer, Kilchberg, 3. 9. 1954, Reg. IV, 54/281; TM/GBF 639.
5] *»Was ihr wollt«:* TM sah die Premiere des Shakespeare-Schauspiels. Unter der Regie von Oskar Wälterlin und in dem Bühnenbild von Teo Otto spielten Werner Hinz den Malvolio, Ernst Ginsberg den Bleichwang, Alfons Höckmann, »unbeschwert« und »forsch«, den Sebastian, sowie – von der NZZ begeistert gefeiert – Orna Porat die Viola: Sie »füllt die Rolle mit hinreißender schauspielerischer Vielfalt« und war – TMs Wohlgefallen verständlich machend – »eine Viola von gestraffter Jungenhaftigkeit«.

5. 9. 1954

272 1] *Frau Horch:* Maria Hirschmann Horch, die Witwe des TM bereits aus Wien bekannten, 1938 in die USA emigrierten ehemaligen Reinhardt-Dramaturgen und späteren Literatur-Agenten Dr. Franz Horch (1901–1951). Näheres TB 51/52, 561.

6. 9. 1954

272 1] *von Loup:* Düsseldorf, 2. 9. 1954; nebst beigelegtem Photo im TMA.

2] *Adenauers präpotente Reden:* In einem UP gegebenen Interview hatte der Bundeskanzler sich kritisch über die Ablehnung des EVG-Vertrags durch die französische Nationalversammlung geäußert: Sie habe eine »sehr ernste und schwerwiegende Situation geschaffen. [. . .] Wenn Deutschland vom Westen zurückgewiesen und vom Osten umworben wird, glauben Sie nicht, daß der neue Nationalismus [Adenauer hatte vorher vor der Rückkehr der Deutschen »zu einem übertriebenen Nationalismus« gewarnt] zur Sowjetunion blikken wird? Das ist eine große Gefahr. [. . .] Wenn einige französische Kreise glauben, daß sie mit der Hilfe Rußlands eine entscheidende Rolle spielen können, begehen sie den Fehler der Männer in den Satellitenstaaten. Ich betrachte Frankreich nicht als für den Westen verloren und hoffe immer noch, daß es seine Größe wiedererlangen wird und daß die EVG doch noch entsteht.«

3] *Artikel der »Tat«:* Hans Fleig, ›Die Zukunft des Bonner Staats‹, ›Die Tat‹, 6. 9. 1954, 2.

273 4] *Novelle Fridos:* Nicht mehr unter den im TMA aufbewahrten Dokumenten.

5] *an Preetorius:* An Emil Preetorius, Kilchberg, 6. 9. 1954, Reg. IV, 54/285; Br. III, 356–358; Bl. TMG No. 4, 21–23.

7. 9. 1954

273 1] *Enquête der »Weltwoche«:* Offenbar antworteten viele der Angeschriebenen negativ. Jedenfalls ließ sich in der ›Weltwoche‹ keine unter diesem Thema publizierte Rundfrage ermitteln. Wohl aber begann die Zeitschrift in ihrer Ausgabe vom 3. 12. 1954 eine Umfrage unter dem Thema ›Wie sie arbeiten‹, die mit einem Beitrag von Georg Gerster über Thomas Mann eröffnet wurde. Der Text ist bei Hansen/Heine, 387–391, abgedruckt.

2] *Ehepaar Sprüngli:* Nichts Näheres ermittelt.
3] *Dostojewskys Puschkin-Rede:* ›Dostojewski auf Puschkin. Rede, gehalten am 8. Juli 1880 in der Gesellschaft der Liebhaber Russischer Literatur zu Moskau‹, in: ›Dostojewskij-Brevier‹, zusammengestellt und übertragen von Alexander Eliasberg, München o.J. [1923], 259–277. Das Buch ist in der Zürcher Bibliothek erhalten.

8. 9. 1954
1] *»Basler Woche« wünscht:* Die ›Basler Woche‹ veröffentlichte TMs 273
Schreiben an Friedrich H. Weber (s. TB 18. 7. 1954, Anm. 5) in gekürzter Form am 20. 5. 1955, 12. (Potempa G 1176.1)
2] *»Abfall der Niederlande«:* Friedrich von Schiller, ›Geschichte des Abfalls der Vereinigten Niederlande von der spanischen Regierung‹, 1788. Der 10., von Paul Kluckhohn herausgegebene Band der Tempel-Ausgabe, der den Text enthält, weist keinerlei Lese- oder Benutzungsspuren auf.
3] *Prof. Schuster:* Vermutlich meint TM den ihm gut bekannten amerikanischen Schriftsteller und Kulturpolitiker George Nauman Shuster (1894–1977), von 1940 bis 1960 Präsident des Hunter College.

10. 9. 1954
1] *Auslese:* S. TB 1. 9. 1954, Anm. 4. 274
2] *Proben einer [...] Übersetzung von »Effi Briest«:* S. dazu den Brief von Katia Mann an Alfred A. Knopf vom 18. 9. 1954, der sich im Knopf-Archiv befindet: »[...] I have to apologize for having forgotten to add Mrs. von den Steinen's letter to Tommy's letter. If I am not mistaken, her address was mentioned, otherwise I would have to ask for it a common friend in Washington, for unfortunately I did not keep it. I am glad you received the manuscript, but perhaps I would have done better not to mail it to you. For I noticed afterwards that in her opinion the translation has still to be revised and she probably did not want you to see it in it's actual shape. Tommy wrote to Mrs. von den Steinen, that you probably would contact her directly, if you were interested in the matter.«
3] *von Rychner:* Bellagio, 8. 9. 1954; Bl. TMG No.7, 22/23.
4] *Brief [...] wegen der deutschen Frage:* Von der französischen Zeitschrift ›L'Express‹, Paris, 8. 9. 1954: Die Bitte, TM möge, neun Jahre

nach Abfassung der letzten Sendung ›Deutsche Hörer!‹ (10. 5. 1945), noch einmal Stellung zu seinen damaligen Schlußworten nehmen, die da lauteten: »[. . .] die Macht ist verspielt. Aber Macht ist nicht alles, sie ist nicht einmal die Hauptsache, und nie war deutsche Würde eine bloße Sache der Macht. Deutsch war es einmal und mag es wieder werden, der Macht Achtung, Bewunderung abzugewinnen durch den menschlichen Beitrag, den freien Geist.« (In der französischen Übersetzung klingt es etwas anders: »[. . .] gagner la considération des puissants en travaillant à la libération de l'esprit humain.«) »Neuf ans après, où en sommes-nous«, fragte das Blatt, »Quels progrès a accompli l'Allemagne sur la voie que vous lui traciez? Quels échecs a-t-elle aussi registré? Et, puisque votre appel était publié dans le journal du ›Comité de l'Allemagne Libre‹ paraissant en France, quelles sont, au milieu des malentendus de la CED et des préparatifs de réarmement, les chances et les difficultés d'une véritable réconciliation franco-allemande?« (Das Schreiben, von dem hier nur ein Auszug zitiert wird, ist im TMA erhalten.) – TM antwortete mit *[Gegen die Wiederaufrüstung Deutschlands]*, GW XIII, 805–813. Die von Erika Mann verfaßte Erklärung erschien unter dem Titel *Thomas Mann lance un message* in der Übersetzung von Louise Servicen am 23. 10. 1954 in ›L'Express‹, Paris (No. 74, 6). (Potempa G 1180.1)

5] *an Knopf:* Der Brief, in dem sich TM offensichtlich bei seinem Verleger dafür verwendete, Helen Lowe-Porter (auf ihren TM gegenüber geäußerten Wunsch hin) die Übertragung des ›Krull‹ anzuvertrauen, ist nach Angabe in Reg. IV, 596, verschollen. Im Archiv des Alfred A. Knopf Verlags in New York fand sich hingegen der Antwortbrief des Verlegers vom 15. 9. 1954: »[. . .] I'm afraid, it's too late to do anything with Helen Lowe. Personally I can't understand her failure to communicate with me in any way whatever, if she was anxious to resume translating. I have not heard from her in I don't know when. We have meanwhile completed arrangements with Mr. Denver Lindley to translate KRULL, and I am sure, he will do an excellent job.«

6] *»Weylas Gesang«:* TM besaß Hugo Wolfs 1888 komponierte Vertonung des Mörike-Gedichts ›Du bist Orplid, mein Land! / Das ferne leuchtet‹ in einer Aufnahme von 1935. Es singt Heinrich Schlusnus, begleitet von Sebastian Peschko.

7] *an Rychner:* An Max Rychner, Kilchberg, 10. 9. 1954, Reg. IV,

54/289; Bl. TMG No. 7, 23: Dank für die freundliche Aufnahme des ›Krull‹-Vorabdrucks: »Ich sehe dem Erscheinen des Bandes etwas gêniert entgegen, denn mag auch für Kenner einige Kunst darin sein, so kommt doch das deutsche Bedürfnis nach Ernst und würdigem Gehalt nicht auf seine Rechnung, und ich fürchte, man wird mich einer Art von Greisenleichtsinn zeihen. Ob ich fortfahren soll? Publikum und Kritik müßten sich unerwartet amüsabel zeigen, um mir Mut dazu zu machen./ Jetzt geht es bei mir sehr ernsthaft zu. Nächsten Mai soll ich in Stuttgart die offizielle Schiller-Rede halten, und das ist eine Aufgabe, deren Lösung ich nicht früh genug hinter mich und in Sicherheit bringen kann. Es fällt mir schwer, sie mir leicht zu machen, – denn leicht, persönlich, herzlich muß sie sein, wenn sie in ihrer Art und für ihren Zweck irgend bestehen soll vor den Gebirgen hochverdienter literar-historischer Behandlungen des herrlichen Gegenstands. Ich muß mich in meine 15 Jahre zurückversetzen, als ›Semele‹ und ›Don Carlos‹ mich die erste Sprachbegeisterung lehrten.«

11. 9. 1954

1] *an Br. Walter:* Der Glückwunsch an Bruno Walter ist nirgends nachgewiesen und konnte nicht gefunden werden. *274*

2] *»Die Wildente«:* TM sah unter der Regie von Guenther Haenel und in der Ausstattung von Teo Otto Werner Hinz als Hjalmar Ekdal, Hans Kraßnitzer als Gregers Wernle und, vom Publikum besonders herzlich begrüßt, Ehmi Bessel als Gina Ekdal.

3] *mein Münchener Auftreten in der Uraufführung:* In einer von Ernst von Wolzogen inszenierten Aufführung des Schauspiels durch den Münchener ›Akademisch-Dramatischen Verein‹ im Juni 1895 hatte TM den Großhändler Werle gespielt. Vgl. die Mitteilungen an Otto Grautoff 5. 3. 1895: »Diesmal haben wir Ibsens grandiose ›Wildente‹ gewählt, ein Stück, das ich selbst [. . .] sehr warm befürwortet habe und worin ich den Großhändler Werle spielen werde. Paß auf, mein Ruhm soll durch alle Zeitungsblätter rauschen.«; Ende Mai 1895: »Die Sache macht mir Spaß. Fast täglich sind Proben [. . .].«; 18. 6. 1895: »Die Aufführung der ›Wildente‹ hat nun vorgestern vor einem auserlesenen Publicum stattgefunden und hatte einen guten Erfolg. Auch mehrere Zeitungen brachten günstige Recensionen. Die Vorstellung soll in 8 Tagen wiederholt werden.« (TM/OG 31, 53, 55)

12. 9. 1954

275 1] *An Leibrich:* An Louis Leibrich, Kilchberg, 12. 9. 1954, Reg. IV, 54/292: »Soviel ich sehe [. . .] wird Goethe *nicht* direkt citiert an der Stelle, wo Thomas Buddenbrook sich über die Enge seines bürgerlichen Wirkungskreises mit der Symbolhaftigkeit alles Tuns tröstet. Es gibt von Goethe verschiedene Aeusserungen darüber, dass es gleich sei, ob man Töpfe mache oder Schüsseln. Er hat sogar gesagt: ›Und wäre es meine Aufgabe, diese Streusandbüchse, die hier vor mir steht, immerfort auszuschütten und wieder zu füllen – ich würde es mit unermüdlicher Geduld und genauester Sorgfalt tun.‹« (Kopie im TMA)

13. 9. 1954

275 1] *Anfang des Sch.- Vortrags:* Die ersten Zeilen des Essays *Versuch über Schiller. Zum 150. Todestag des Dichters – seinem Andenken in Liebe gewidmet*, GW IX, 870–951; TMs letzte große Arbeit, die er, wie das Tagebuch bekundet, am 10. 1. 1955 beendete. Zum Problem des Anfangs s. auch TB 15. 8. 1954, Anm. 3.

2] *Maler X.:* Eventuell Ernst Morgenthaler. S. TB 25. 7. 1953, Text und Anm. 5.

3] *Lesung des »Tschechow«:* Die Vorlesung fand am 22. 3. 1955 im überfüllten Gesellschaftsraum des Hotel ›Elite‹ in Zürich statt. Vgl. den entsprechenden TB-Eintrag sowie die von Thomas Sprecher, 274/275, berichteten Details.

4] *8. Symphonie von Beethoven:* TM besaß die F-Dur-Symphonie, op. 93 in einer Aufnahme von 1942. Es spielte das New York Philharmonic Symphony Orchestra unter Bruno Walter.

14. 9. 1954

275 1] *von Weber:* O. O. u. D. (Poststempel 13. 9. 1954); im TMA.

2] *von Preetorius:* O. O. (München), 12. 9. 1954: »Sie haben mir so manchen Brief geschrieben und so manchen schönen, ja bedeutsamen. Aber dieser letzte Brief ist der wunderbarste, den ich je von Ihrer Hand erhielt, er ist von einer Art, – dass ichs bekenne – die aufs Tiefste auch bewegt. Wahrhaftig, man sollte diesen Brief veröffentlichen und damit dem trüben Neidgerede von Selbstbezogenheit, Überheblichkeit oder Eitelkeit bei Ihnen ein Ende setzen. Ihre Äusserung ist das grossartigste Zeugnis selbstkritischer Unbestechlichkeit und unerbittlichen Leistungsanspruchs: das von einem Menschen, der, weiss Gott, auf ein riesiges, meisterliches, vielartiges Werk mit gelassener Befriedigung zurückblicken könnte. – Seien Sie gewiss, lieber Freund, wenn etwas gegen das Nachlassen Ihrer schöpferischen Kräfte, Ihrer Spannungsfähigkeit spricht, aufs überzeugendste spricht, so ist es diese innere, drängende Unzufriedenheit mit sich selbst. Sie sind, kurz gesagt, ein Wunder, und meine Liebe und Verehrung Ihrer wuchsen noch, sofern das möglich wäre. –/ Sie fragen nach *meiner* Meinung? Wie sollte sie anders sein, als dass ich auf meine Tagung verzichte, dass ich gern darauf verzichte im Gedanken, Ihnen damit eine gewisse Erleichterung zu schaffen. – Es wär halt *zu* schön gewesen! – Darf ich Sie aber bei Ihrem Vorschlag zur Güte nehmen und sehr darum bitten, dass Sie Ihre Schillerrede als deren *erste Wiederholung* für unsere Akademie reservieren? Der Mai ist ein ausgezeichneter Termin, und es könnte gleich nach dem 8. sein. – Ob es mir dann gelingt, um diese Rede eine neue Tagung aufzubauen, das kann ich jetzt noch nicht sagen, werde aber darum bemüht sein.« (Im TMA).

3] *»Tagung«:* S. TB 18. 7. 1954, Anm. 3.

4] *an Dr. Weber:* Nach Angabe in Reg. IV, 596, verschollen.

5] *Eroika:* Von Beethovens 3. Symphonie in Es-Dur besaß TM eine alte Aufnahme des New York Philharmonic Symphony Orchestra unter Bruno Walter.

16. 9. 1954

1] *im 30jährigen Krieg:* Friedrich von Schiller, ›Geschichte des Dreyssigjährigen Kriegs‹, 1791–1793. Im TMA fand sich keine von TM benutzte Ausgabe mehr. 276

2] *an den Schriftstellerverein:* Die Zusage, den Tschechow-Vortrag zu halten, hat sich nicht mehr auffinden lassen.

21. 9. 1954

1] *Goethe-Divan-Rede:* Fritz Strich, ›Goethes west-östlicher Divan‹, Vortrag bei der Goethe-Feier, Olten, 1953. Die 1954 in Olten erschienene Broschüre ist mit einer handschriftlichen Widmung des Autors an Thomas Mann in der Nachlaßbibliothek erhalten. 276

2] *Nemerows Roman:* Howard Stanley Nemerow (geb. 1920), ›Federigo or the Power of Love‹, Boston 1954. Zu TMs Eindruck s. den

Brief an Karl Kerényi, Kilchberg, 17. 10. 1954, Reg. IV, 54/329: »Howard Nemerow, native New Yorker, graduated from Harvard 1941, has been teaching at Bennington College since 1948. Er hat jetzt einen Roman herausgegeben, der nicht sehr gut ist.« S. a. TB 49/50, 624.

22. 9. 1954

277 1] *Dr. Huber:* Nichts Näheres ermittelt.

2] *»Bulletin«:* Der Tschechow-Essay erschien, übersetzt von L. Rudnaja, in ›Novy Mir‹, Moskau, 1955, No. 1, 212–226. (Bürgin V, 788)

3] *Prinz Constantin von Bayern:* Der Jurist, Volkswirt und Journalist Prinz Konstantin von Bayern (1920–1969) war seit 1962 Abgeordneter des Bayerischen Landtags, seit 1965 für den Wahlkreis München-Mitte im Bundestag.

4] *Buchunternehmen:* Konstantin Prinz von Bayern, ›Große Namen‹, Kindler Verlag, München 1956. S. auch TB 18. 10. 1954, Text und Anm. 3.

5] *Ließ sich was erzählen:* Prinz Konstantin hat im Vorwort zu seiner Anthologie ›Große Namen‹, a.a.O. 6–11, über das Gespräch berichtet und TM selbst ausführlich zu Wort kommen lassen.

25. 9. 1954

277 1] *die Herren aus Stuttgart:* Wilhelm Hoffmann (1901–1986) als Direktor der Stuttgarter Landesbibliothek und, seit 1954, Präsident der Deutschen Schillergesellschaft, sowie der Direktor des Schiller-Nationalmuseums in Marbach, Bernhard Zeller (geb. 1919), und der Intendant des Süddeutschen Rundfunks, Fritz Eberhard, eigentlich Baron Hellmut von Rauschenplat (1896–1982).

2] *Festakt:* Die Feier anläßlich von Schillers 150. Todestag im Staatstheater Stuttgart. S. TB Mai 1955, *Die Schiller- und Lübeck-Reise*, Anm. 1.

3] *Neudruck: Le jeune Joseph* war in der Übersetzung von Louise Servicen 1936 in Paris bei Gallimard erschienen.

278 4] *»Joseph en Egypte«:* Erstdruck der Übersetzung von Louise Servicen bei Gallimard in Paris 1938.

5] *Kellerfilm für N. D. F.:* Der unter der Regie von Harald Braun und nach einem Drehbuch von Erika Mann, Juliane Kay und Jacob Geis produzierte Film ›Regine‹ mit Johanna Matz, Horst Buchholz, Käthe Dorsch u. a.

6] *»Karoline im Regenbogen«:* Veronika Erdmann-Czapski, ›Caroline im Regenbogen‹, Esslingen 1954.
7] *Veronika Erdmann:* Die Schriftstellerin (Lyrik, Romane) und Essayistin Veronika Erdmann-Czapski (1894–1984).

26. 9. 1954
1] *an Frau Erdmann:* An Veronika Erdmann-Czapski, Kilchberg, 26. 9. 1954, Reg. IV, 54/301; Br. III, 358/359. *278*

27. 9. 1954
1] *an [...] de Vries:* An Theun de Vries, Kilchberg, 27. 9. 1954, Reg. IV, 54/302. *278*
2] *de Vries:* Der niederländische Schriftsteller und Kritiker Theun de Vries (eigentlich Theunis Uilke, geb. 1907), ein sozialistischer Pazifist, der 1971 die Kommunistische Partei verließ, war lange Jahre Literaturredakteur der Zeitung ›Tribun/Volksbladet‹.
3] *Ost-West-Aufsatz:* Rudolf Kayser, ›Atlantische Betrachtungen‹, NSR, NF, Jg. 12, H. 5, Sept. 1954, 274–277. Der Aufsatz ist Thomas Mann gewidmet.

28. 9. 1954
1] *an E. Gläser:* Das Schreiben an den Schriftsteller und Dramaturgen Ernst Glaeser (1902–1963) ist nach Reg. IV, 596, verschollen. Näheres über Glaeser TB 44–46, 509/510. *278*
2] *»Wir hoffen sehr auf Kronstadt«:* Der Roman war 1954 in der 2. Auflage – wiederum anonym – in Köln erschienen. *279*

29. 9. 1954
1] *Besprechung des »Krull«:* Martin Beheim-Schwarzbach, ›Geniale Spiele des verschmitzten Lübeckers‹, mit dem Untertitel ›Der jüngste Thomas Mann: 400 Seiten ungetrübte Heiterkeit‹. ›Die Welt‹, 25. 9. 1954, 4, Beilage ›Die Geistige Welt‹. *279*

30. 9. 1954
1] *»Dagens Nyheter« [...] will [...] Artikel:* Der Bittbrief von Olle Holmberg befindet sich nicht im TMA. *279*
2] *Olle Holmberg:* Der an der Universität Lund lehrende Skandinavist und vergleichende Literarhistoriker Olle Homberg (1893–1975),

den TM seit der Lunder Ehrenpromotion (s. TB 49/50, 61/62) persönlich kannte.

3] *»Schule der Frauen«:* In der Aufführung des Zürcher Schauspielhauses sah TM Ernst Ginsberg als Arnolphe. Die Regie führte Oskar Wälterlin, das Bühnenbild entwarf Teo Otto.

4] *Reisigers »Salamis«:* Hans Reisiger, ›Aeschylos bei Salamis‹, Hamburg 1952. Das Buch – mit einer Widmung des Autors an TM – ist in der Zürcher Bibliothek erhalten.

1. 10. 1954

279 1] *»Jungfrau von Orleans«:* TM las Schillers 1801 in Leipzig uraufgeführtes Drama im 6., von Moritz Heimann herausgegebenen Band der Tempel-Ausgabe, der jedoch keine Anstriche oder sonstige Lesespuren aufweist.

2] *Geburtstagsartikel über Reisiger:* TMs Glückwunsch *Festgruß an Reisiger,* GW X, 539–543; Reg. IV, 54/299, erschien auf der ersten Seite der Sonntagsbeilage der ›Stuttgarter Zeitung‹, ›Die Brücke zur Welt‹, am 16. 10. 1954 und, gekürzt, am 22. 10. 1954 in der ›Süddeutschen Zeitung‹.

2. 10. 1954

280 1] *»O mein Papa«:* Im Zürcher Kino Urban lief der »nach dem Welterfolg ›Der schwarze Hecht‹ von Paul Burkhard« (1911–1977) gedrehte Film ›O mein Papa‹ mit Lilli Palmer, Karl Schönböck, Romy Schneider und Claus Biederstaedt; Regie: Kurt Hoffmann.

3. 10. 1954

280 1] *Sieburg [...] über den Krull:* Friedrich Sieburg, ›Auch ein Bildungsroman‹, ›Die Gegenwart‹, Jg. 9, No. 20, 25. Sept. 1954, 622/623.

2] *Münchener Illustrierte:* ›Professor Zauberer. Thomas Mann, gesehen von Erika Mann‹, illustrierter Artikel mit Texten von Erika Mann, ›Münchner Illustrierte‹, No. 40, 2. 10. 1954, 2/3: »›Der Zauberer‹ (79) – so haben wir Kinder ihn früh genannt, nicht ganz sicher, warum. – Sein ›Privatleben‹? ›Diszipliniert‹ ist das Wort. Und ›geregelt‹ bis zur Pedanterie. Im Künstler, meint er, steckt genug ›Aufruhr‹, und soviel, innerhalb seiner, hat er laufend zu sichten und zum ›Werk‹ zu ordnen, daß, äußerlich wenigstens, alles seinen festen Platz haben muß – die Gegenstände im Raum wie das Tun in der Zeit. Seine Tageseinteilung ist – und war immer – wie folgt: Acht Uhr Aufstehen und ›früher Kaffee‹. Neun Uhr Frühstück. Von halb zehn bis halb eins Arbeit (an der jeweiligen ›Hauptaufgabe‹). Dann Spaziergang mit Hund und, womöglich, Frau, Katia. Essen um halb zwei. Anschließend Lektüre, Siesta, Tee, etwaige ›Nebenaufgaben‹ und Korrespondenz. Nach dem Abendessen, halb acht, Musik und wieder Lektüre – teils schon im Bett bis gegen Mitternacht. Schläft, mit geringer Nachhilfe, nicht schlecht. Raucht zwölf Zigaretten und zwei leichte Zigarren am Tag. Trinkt wenig: Bier zu den Mahlzeiten (mit Vorliebe Münchener Dunkles) und nachher ein winziges Gläschen Likör (›Vielle Cure‹ – kommt aus Frankreich, schmeckt nach Kräutern). Zieht sich gut an, ›konservativ‹, aber sorgsam. Muß dennoch manchmal korrigiert werden, da er grün nicht von blau unterscheiden kann. – Von Geschäften versteht er nichts, so durchaus nichts, daß er weder weiß, wieviel (lies ›wenig‹) Geld er hat, noch wo es ist, noch, wer ihm – was – schuldet. Seinerseits Schulden zu machen, war er von jeher psychisch außerstande. Und sonst? Die Scheu und äußerste Zurückhaltung, die ihn in Gesellschaft oft ›steif‹, ›überkonventionell‹ oder sogar ›hochmütig‹ erscheinen ließen, sind im Alter verschwunden. Er gibt sich frei und natürlich – auch herzlich, wenn ihm entsprechend ums Herz ist. Unter den schönen Künsten stehen ihm die bildenden relativ fern. Hübsche Dinge mag er – lieber noch hübsche Menschen und am liebsten ›wohlgeratene Jugend‹. Er führt eine Musterehe, woran freilich die Gattin hochgradig schuld ist. Denn natürlich ist er ›schwierig‹ und nicht selten ›zu Tode betrübt‹. Dabei lacht er ums Leben gern, kann selbst sehr komisch sein, ist ungemein ›amüsabel‹ (eins seiner Lieblingswörter – stammt von Goethen) und ist das dankbarste Publikum der Welt. Als er, Anno 1929, den Nobelpreis erhielt, verschenkte er Zehntausende an wildfremde Leute, nur weil sie brieflich versichert hatten, es ohne einen Vorstehhund, eine Ziehharmonika, Bruthenne oder Rasenmähmaschine plötzlich nicht mehr aushalten zu können. Was übrig blieb, ging vor die Nazis. Wo irgend möglich, hat er auch dann noch geholfen. Und selbst heute, da es spät und seine Zeit unersetzlich ist, opfert er täglich bis zu zwei Schreibstunden, um andere zu beraten, sie zu empfehlen, ihnen vielleicht etwas wohlzutun. – Er ist ein guter Mann.« – Die Bildunterschrift zu dem Photo ›Thomas Mann am Schreibtisch‹ lautet: »Er lebt, um arbeiten zu können – nicht umgekehrt. Schreibt lieber in der Sofaecke (rechts hinten) als am Schreibtisch. Tut es langsam (etwa zwei Seiten am Tag), aber unter beinahe allen Umständen. Korrigiert im Manuskript. Neues liest er uns kapitelweise vor. Kritik erbeten.« Auszug aus der Bildunterschrift ›Katia Mann, Thomas Mann, Platten hörend; Erika Mann Platten wechselnd‹: »Thomas Mann hat selbst Geige gespielt – war zu anspruchsvoll, um es fortzusetzen. Pfeift vorzüglich. Wäre, wenn er nicht hätte schreiben müssen, gern Musiker geworden. Lieblingsdirigent: Bruno Walter.«

3] *Londoner diplomatischer Kompromiß:* Die nach dem Scheitern der Brüsseler EVG-Verhandlungen anberaumte Londoner Neun-Mächte-Konferenz war nach einigen schwerwiegenden Krisen am 3. 10. 1954 mit der Einigung in einigen wichtigen Punkten zu Ende gegangen. Die Entscheidungen fielen 1. über den Beitritt der Bundesrepublik und Italiens zum Brüsseler Pakt; 2. über die Aufnahme der Bundesrepublik in den Atlantikpakt; 3. die Überweisung der mit der Bewaffnung der BRD und ihrem Eintritt in die NATO zusammenhängenden Probleme an einen Sachverständigenrat; 4. über die Erklärung Großbritanniens und der USA über weitere Truppenstationierungen auf dem europäischen Kontinent; 5. über die Bereitschaftserklärung Kanadas, im Rahmen des Atlantikpakts mitzuwirken.

4. 10. 1954

280 1] *Dienstag den 4.X.54*: So im Manuskript (statt »5.X.54«).

2] *Besprechung:* W. E. Süskind, ›Ein neuer Thomas Mann: Felix Krull lebt weiter‹, ›Süddeutsche Zeitung‹, 2. 10. 1954; auch: ›Frankfurter Rundschau‹, 27. 11. 1954.

281 3] *Professor Rüegg:* Der schweizerische Soziologe Walter Rüegg (geb. 1918).

4] *Polizian-Kongreß:* Zu Ehren des italienischen Humanisten Angelo Poliziano (1454–1494).

6. 10. 1954

281 1] *Prof. Sänger:* Nichts Näheres ermittelt.

7. 10. 1954

1] *W. Haas, konfus:* Willy Haas, ›Thomas Mann: Hochstapler Felix Krull‹, ›Welt am Sonntag‹, 26. 9. 1954: »Oberflächlich gelesen, haben Krulls Bekenntnisse eine ziemlich weitgehende Ähnlichkeit etwa mit den galanten Memoiren eines Casanova. Aber bald fühlen wir, daß uns diese Definition nicht genügt. Warum nicht?/ Erstens einmal: Thomas Mann, wahrlich ein ernster, ein seriöser Mann [. . .], hat auf dieses scheinbar leichte, leichtfertige Buch Jahrzehnte gewendet. [. . .] Es ist also ein zentrales Werk, kein Nebenwerk, keine bloße galante Arabeske./ Plötzlich fällt uns auf, daß es eigentlich ein ganz absurdes Buch ist. Alle Menschen, insbesondere aber auch der fiktive Autor [. . .], Felix Krull [. . .], sprechen darin so merkwürdig hochstelzig, geschraubt, weitläufig, geradezu ›gedruckt‹. Dieses Buch scheint in einem sehr viel unmittelbareren Sinn als andere Bücher aus Papier zu bestehen, indem nämlich auch alle Dialoge und Selbstbetrachtungen darin bedrucktes Papier sind und nicht leben. Ja, dieser unwiderstehliche Verführer Krull, dem jede Frau angeblich von selbst verfällt, spricht selbst in den intimsten Liebessituationen bedrucktes Papier. Und plötzlich sind wir ganz sicher, daß hier alles nicht ganz so einfach ist, wie wir denken: daß nämlich Thomas Mann hier seinen eigenen, komplizierten, labyrinthischen Stil parodiert – ganz einfach parodiert./ Die Wahrheit ist: er parodiert nicht nur seinen Stil – er parodiert sehr viel mehr als das, nämlich sich selbst.« *282*

2] *Cocteaus' Telephon-Monodram:* Der Einakter ›La voix humaine‹, ›Die geliebte Stimme‹ des TM als Freund seines Sohnes Klaus auch persönlich bekannten französischen Schriftstellers Jean Cocteau (1889–1963).

3] *Einaudi-Artikel:* S. TB 11. 3. 1954, Anm. 1.

4] *Kritiker der N. Z. Z.:* Dr. Martin Schlappner (geb. 1919).

5] *Emelka:* Die seit 1918 bestehende Zürcher Filiale (seit 1923 selbständig) der Produktionsfirma Münchener Lichtspiel-Kunst.

9. 10. 1954

1] *Webers Besprechung:* Werner Weber, ›Ein Meisterwerk Thomas Manns. Hinweis auf die ‚Bekenntnisse des Hochstaplers Felix Krull'‹, NZZ (Fernausgabe), 6. 10. 1954, Bl. 6/1: »Wer [. . .] die Entwicklung des Krull-Gleichnisses auf eine sparsame Zeichnung bringt, der sieht sich in schroffer Ueberraschung vor das erzählerische Wunder des *282*

Krull-Buches gestellt: er erkennt den Reichtum des innerlichen Stoffs, der durch Erfahrung und Phantasie zu einer Dichte gefördert worden ist, deren Gewicht unter einem kunstheiteren Spiel des darstellenden Wortes für den Erlebenden nicht zur Last, sondern zur Wonne wird. Darin aber antwortet die Form des Bekenntnisses dem Geist des Lebens, das sie uns ausliefert, genau. Denn dieses Leben ist Last und Wonne in einem. [...]/ Professor Kuckuck [...] gibt dem jungen Mann, der durch seine Verwandlungen auf der Gegenwartsebene von Punkt zu Punkt hinübersetzt, was dieser mit solcher Daseinsgebärde nicht zu erlangen vermag: Erinnerungen, Vergangenheit, Tiefe in der Zeit. Er stellt ihm die Schritte vom Nichts in das Sein und ins Leben dar. Er verbindet ihm, was an Erscheinungen auftritt, mit den Urzuständen. Er gibt ihm den Begriff des Vorübergänglichen alles Geschaffenen am Maß des Weltlaufs vom Leben zurück ins Sein und hinab ins Nichts. Er weist ihn vom beschränkten Brustatmen auf das Atmen des Universums. Er leitet Felix Krull, wozu dieser die Anlage in sich vorbereitet hatte – zur Allsympathie.«

2] *die innersten Fiebern*: So in der Handschrift.

283 3] *»Leocadia«:* In der Aufführung von Jean Anouilhs (1910–1987) Komödie im Schauspielhaus führte Werner Kraut Regie, das Bühnenbild stammte wiederum von Teo Otto, und in der Rolle des Prinzen sah TM jenen seit 1954 am Zürcher Schauspielhaus engagierten Alfons Höckmann (geb. 1923), den – in der Aufführung von Shakespeares ›Was ihr wollt‹ (s. TB 4. 9. 1954, Anm. 5) – die Presse als »unbeschwerten, forschen Sebastian« gefeiert hatte.

4] *Terwin-Moissi:* Die offenbar nur gastierende österreichische Schauspielerin Johanna Terwin-Moissi hatte die Herzogin in Jean Anouilhs Drama bereits in Wuppertal gespielt.

5] *Dickow:* Der Schauspieler Hans-Helmut Dickow spielte den Wirt.

10. 10. 1954

283 1] *Goethes Bericht:* Johann Wolfgang von Goethe, ›Glückliches Ereignis‹, die Schilderung eines Gesprächs über die Metamorphose der Pflanzen im Hause Schiller vom Juli 1794, erschienen in den ›Autobiographischen Einzelheiten‹. (Hamburger Ausgabe, X, 538–542, vor allem 540/541)

11. 10. 1954

1] *Die Anekdote:* S. TB 10. 10. 1954, Anm. 1. 283

2] *Prof. Seitz:* Der Bildhauer Gustav Seitz (1906–1969) verlor 1950 auf Grund seiner Entscheidung für die Mitgliedschaft in der DDR-Akademie der Künste seine Stellung als Dozent an der Hochschule für Bildende Künste in West-Berlin. Danach lehrte er von 1951 bis 1958 an der Kunstakademie in Ost-Berlin, ab 1958 in Hamburg. Zur Arbeit von Seitz vgl. den Brief an Frido Mann, Kilchberg, 19. 10. 1954, Reg. IV, 54/336; Br. III, 360/361: »In den letzten Tagen war ein Bildhauer-Professor aus Berlin da, dem ich zu einer Büste sitzen mußte. Sie ist recht ähnlich geworden, und er will sie nicht nur in Bronce, sondern auch in Stein ausführen, denn sie soll in Deutschland, natürlich in Ostdeutschland, auf einem öffentlichen Platz aufgestellt werden, und da stehe ich dann bei jedem Wetter, blank vom Regen und heiß von der Sonne, und im Winter habe ich ein Schneemützchen auf dem Kopf. Vielleicht fährst Du mal hin, es Dir anzusehen.« (361), sowie TM an Arnold Zweig, Kilchberg, 2. 11. 1954, Reg. IV, 54/357: »Ich glaube, dass Seitz seine Sache ausgezeichnet gemacht hat. Meine Frau stimmt mit mir darin überein, dass die etwas überlebensgrosse Büste sehr ähnlich ist und dabei wirklich etwas von monumentaler ›Verewigung‹ hat. Ich bin froh über meine immerhin riskante Bereitwilligkeit, ihm zu sitzen.« (Kopie im TMA) 284

3] *Sainte Beuves Essay:* Die Einleitung zu ›Molières Komödien‹ des französischen Schriftstellers und Literaturkritikers Charles Augustin de Sainte-Beuve (1804–1869), die TM in der Übertragung von Hans Jacob, München 1922, besaß. Die vierbändige Ausgabe samt dem Einleitungsessay ist in der Zürcher Bibliothek erhalten.

12. 10. 1954

1] *Die Bergner:* Die österreichische Schauspielerin Elisabeth Bergner (1897–1986) mußte 1933 emigrieren und lebte und spielte bis 1949 vorwiegend in England und den USA. Näheres TB 46–48, 773. 284

2] *Deutsch:* Der aus Prag stammende Reinhardt-Schauspieler Ernst Deutsch (1890–1969) mußte 1933 emigrieren und lebte bis 1947 in den USA, wo TM ihn verschiedentlich getroffen hatte.

3] *Forster:* Der österreichische Schauspieler Rudolf Forster (1884 bis 1968).

4] *»Die tiefe See«:* TM sah Terence Rattigans Stück in einem Zürcher Gastspiel.

13. 10. 1954

284 1] *Krull-Artikel:* Alexander M. Frey, ›Die Welt der Hochstapelei‹, ›St. Galler Tagblatt‹, 11. 10. 1954 (Abendblatt).
2] *Dissertation:* Erika A. Wirtz, ›Der sprachliche Ausdruck der Ironie in Thomas Mann's ‚Zauberberg' und ihre geistigen Grundlagen‹, M. A. University of Liverpool, 1954. Ein Typoskript befindet sich in der Zürcher Bibliothek.

15. 10. 1954

284 1] *Kerényi über die Mythologie des »Schelmen«:* C. G. Jung, K. Kerényi, P. Radin, ›Der göttliche Schelm. Ein indianischer Mythen-Zyklus‹, Zürich 1954. Kerényis Beitrag a.a.O. 155–181.
2] *Merkwürdige Coinzidenz:* S. dazu den TB 17. 10. 1954, Anm. 2 nachgewiesenen Brief an Max Rychner: »Ihr Hinweis auf Kerényi ist treffend genug und wird gerade jetzt noch treffender: Es ist eine merkwürdige Koinzidenz, daß eben [. . .] ein Buch erscheint: ›Der göttliche Schelm‹ [. . .]. Es handelt sich um einen indianischen Mythen-Zyklus, eine archaische Vorstufe aller Schelmenromane, und in seiner mythologisierenden Einleitung weist Kerényi auf die Entwicklung bis zu Rabelais, Spanien, Simplicissimus, Eulenspiegel, Reineke Fuchs – und Felix Krull geradezu hin. Man weiß nicht, was man tut, erfährt es aber gern, besonders wenn man soviel Wert darauf legt, wie ich, sich in einer festen, möglichst weit zurückreichenden Tradition stehend zu wissen.« (24)
3] *Plattenaufnahme des »Feuervogels«:* Von Igor Strawinskys (1882–1971) Ballettsuite ›Der Feuervogel‹ fand sich keine Aufnahme in TMs Plattensammlung.
4] *vor Schlafgehen:* So in der Handschrift.
5] *an die Herz:* An Ida Herz, Kilchberg, 15. 10. 1954, Reg. IV, 54/324: »Ja, das ist nun für uns beide ein Tag vielen, langen Gedenkens und Rückerinnerns! Wie es anfing, und Sie, damals Inhaberin eines Darmgeschäfts, auf der Trambahn hin und her flatterten von einer Plattform zur anderen und mich schließlich ansprachen und wir Bekanntschaft machten; wie es dann weiter ging und Sie mir immer so wohlgesetzte Briefe schrieben, in besserem Deutsch als mancher

Gelehrte es aufbringt und mich von Zeit zu Zeit in Pfeiffering besuchten; wie Sie zugegen waren am Sterbebett des armen kleinen Nepomuck Schneidewein, den wir leider dem Teufel überlassen mußten, und zuletzt noch wiederum zugegen waren, als ich aus ›Fausti Weheklag‹ vorspielen wollte und dabei etwas abwegig wurde, sodaß alle Gäste davon liefen, nur Sie und Frau Schweigestill nicht – – Das sind freilich weite, bedeutende, bewegende Erinnerungen, die an diesem Festtage vor unser beider Augen aufsteigen! Aber wenn ich nun aufhöre, Unsinn zu machen und die Sache ein bißchen ernster nehme, so ist zu sagen, daß wir beide nun schon seit so vielen Jahren und Jahrzehnten an einander teilgenommen haben, der eine am Leben des anderen. Sie mit rührender Treue an meinem Schicksal, meinem Schreiben und Treiben, und ich mit großer Achtung und Sympathie an Ihrem Ergehen und Wandel; denn wie Sie sich geführt haben nach der Vertreibung aus Deutschland, sich gehalten und gearbeitet und das Leben bestanden haben, das ist so brav und ehrenhaft, daß es wirklich jeder Achtung und Sympathie und Freundschaft wert ist. Ich will Sie heute recht herzlich beglückwünschen dazu, denn ich meine, auf solchen Ausdruck von Respekt und Anerkennung, auf solches ›Bravo‹ muß jeder Glückwunsch hinauslaufen, den Sie mit sechzig Jahren empfangen. [. . .]« (im TMA)

16. 10. 1954
1] *Besprechung:* Max Rychner, ›Thomas Mann: Bekenntnisse des Hochstaplers Felix Krull‹, ›Die Tat‹, 16. 10. 1954, 13. *285*
2] *sein auszufüllender Artikel:* Im TMA ist keine Korrespondenz mit dem Prinzen Konstantin erhalten. S. jedoch den TB 22. 9. 1954, Anm. 5 nachgewiesenen Artikel.
3] *Notizen über Schillers Sprache:* Die Aufzeichnungen *Seine Sprache* sind unter der Signatur Mp IX, 218 grün, Bl. 9 im TMA erhalten. Sie bilden die Vorlage für die Seiten GW IX, 894–896 und sind für das im Schiller-Essay »seltene Beispiel einer selbständigen Darstellung auf der Grundlage einer Primärlektüre des Autors« (Sandberg, a.a.O. 122) als Dok. 37, S. 870–872 wiedergegeben.

17. 10. 1954
1] *an Kerényi:* An Karl Kerényi, Kilchberg, 17. 10. 1954, Reg. IV, 54/329; TM/KK 193 und 195 (fragm.). Der ausgelassene Passus gilt Howard Nemerow und ist TB 21. 9. 1954, Anm. 2 wiedergegeben. *285*

2] *[an] Rychner:* An Max Rychner, Kilchberg, 17. 10. 1954, Reg. IV, 54/331; Bl. TMG No. 7, 23/24. S. auch das Zitat TB 15. 10. 1954, Anm 2.

3] *Tod, wo ist dein Stachel:* 1. Kor. 15, 55: »Tod, wo ist Dein Stachel, Hölle, wo ist Dein Sieg?«

18. 10. 1954

285 1] *Neue Besprechung [. . .] von Frey:* Alexander M. Frey, ›Der Hochstapler Felix Krull‹, ›Tages-Anzeiger‹, Zürich, 16. 10. 1954, 2.

2] *Die Carlsson [. . .] über »Altes u. Neues«:* Anni Carlsson, ›Thomas Mann: ‚Altes und Neues'‹, ›Universitas‹, Stuttgart, Jg. 9, Oktober 1954, 1116–1117: »Dieser Band gesammelter kleiner Prosa, den Thomas Mann kürzlich [. . .] erscheinen ließ, zieht in ›Bruchstücken einer großen Konfession‹ die Summe eines Lebens. Aufsätze, Reden, literarische, politische, autobiographische Betrachtungen und ausgewählte Briefe verdichten, Stein für Stein, ein vielschichtiges, beziehungsvolles geistiges Bauwerk vor dem Auge des Lesers. Denn das Einzelne, da es ›historisch‹ wird, tritt zurück aus seiner Tagesaktualität in den Zusammenhang eines wesenhaften Ganzen.«

3] *an Prinz Konstantin:* An den Prinzen Konstantin von Bayern, Kilchberg, 18. 10. 1954, Reg. IV, 54/332. S. auch TB 22. 9. 1954, Text und Anm. 4 und 5. Das Schreiben, das in dem Gedenkbuch von Hanns Arens, ›Prinz und Demokrat. Konstantin von Bayern‹, München/Wien 1970, 182–184, abgedruckt wurde, ist als Dok. 38, S. 872/873 wiedergegeben.

4] *Maler Ritz:* Der Maler – vorwiegend Portraitist – Wolf Ritz (geb. 1920). Eine Sitzung TMs für Wolf Ritz zu dieser Zeit ist bisher nicht bekannt gewesen. (S. Ilsedore Jonas' ganz offensichtlich vom Maler approbierte Darstellung ›Späte Begegnung in Travemünde: Thomas Mann und Wolf Ritz‹, ›Börsenblatt für den Deutschen Buchhandel‹, Frankfurter Ausgabe, No. 34, 27. 4. 1984.) Auch die von Frau Jonas a.a.O. veröffentlichten Briefe von TM an Wolf Ritz geben keinen entsprechenden Hinweis. – Eine spätere Anfrage bei Wolf Ritz machte jedoch deutlich, daß es sich bei den im Oktober 1954 angefertigten Arbeiten um Vorstudien zu dem großen, im Mai 1955 in Travemünde vollendeten Portrait gehandelt hat, das sich heute in Marbach befindet.

19. 10. 1954
1] *an [...] Frido:* Kilchberg, 19. 10. 1954, Reg. IV, 54/336; Br. III, 360/361. S. auch das Zitat TB 11. 10. 1954, Anm. 2. 286
2] *Millstein:* Der aus Rußland stammende amerikanische Geiger Nathan Milstein (1904–1992).
3] *Instrumental-Variationen:* Benjamin Britten (1913–1976), ›The Young Person's Guide to Orchestra‹, Variationen und Fuge über ein Thema von Purcell, op. 34.

20. 10. 1954
1] *an die Veranstalter:* An das Komitee zur Vorbereitung der Weltfestspiele der Jugend in Warschau 1955, Kilchberg o. D., Reg. IV, 54/340: »Ich danke Ihnen für Ihre Mitteilung und wünsche Ihnen Glück zu Ihrer den Warschauer Weltfestspielen für die Jugend für Frieden und Freundschaft vorangehenden Tagung./ Dieser Glückwunsch geschieht nicht, um irgend einer Partei zum Munde zu reden. Der Friede ist keine Parteiangelegenheit, sondern eine Menschheitssache – die große Menschheitssache von heute; die kategorische Parole zur Ehrenrettung der Menschheit und ihrer Bewahrung vor Untergang und Vertierung in Blut und Schande. Alle Völker wollen den Frieden; jeder Staatsmann, der bei Sinnen ist, muss ihn auch wollen und mit uns allen hoffen, dass die Meinungsverschiedenheiten über die rechten Mittel, ihn zu erhalten, nicht zu seiner Zerstörung führen. Wenn intelligente Jugend sich zusammenschliesst, um solche Mittel zu erörtern und redlich zu überdenken, so ist das zu begrüssen. In diesem Sinn nehmen Sie meinen Gruss.« (Zitiert nach der im TMA befindlichen Leserzuschrift TMs an die Redaktion der ›Welt am Sonntag‹ vom 29. 11. 1954, in der er einige Fehlinformationen in einer UP-Meldung vom 27. 11. 1954, ›Grussadresse Thomas Manns‹, richtigstellt. Der Text ist nahezu deckungsgleich mit dem [nicht fragmentarischen] Abdruck im ›Neuen Deutschland‹, Berlin, 30. 10. 1954.) 286
2] *»Avant le déluge«:* André Cayattes 1953 gedrehter französisch-italienischer Film ›Vor der Sintflut‹ mit Marina Vlady, Jacques Fayet, Clément Thierry u. a.

22. 10. 1954
1] *»Expreß«-Artikel: Thomas Mann lance un message,* s. TB 10. 9. 1954, Anm. 4. 287

2] *in Frankfurt:* Der Abdruck in einer Frankfurter Zeitung ist nicht nachweisbar; vielleicht meinte TM auch nur, daß durch die französische Publikation der Artikel auch im S. Fischer Verlag bekannt werden sollte.

3] *»Süddeutsche Zeitung«:* Thomas Mann, ›Gruß an Hans Reisiger‹, ›Süddeutsche Zeitung‹, 22. 10. 1954, 3: Ein Auszug aus TMs TB 30. 9. 1954, Anm. 5 nachgewiesener Laudatio.

4] *Polnischer Novellenband:* ›Ostatnie nowele Tomasz Mann‹, übersetzt von Walentgua Kwasniakowna und Andrzej Dolegowski, Warschau, Czytelnik, 1958.

5] *Aufsatz von Adorno:* Theodor W. Adorno, ›Form und Gehalt des zeitgenössischen Romans‹, ›Akzente‹, Jg. 1, 1954, H. 5, 410–416.

23. 10. 1954

287 1] *Crottet:* Der französische, in St. Petersburg geborene Schriftsteller Robert Crottet (geb. 1908), der, schweizerischer Herkunft, seine Jugend in Finnland verbrachte, in Basel studierte und später halb in Genf und halb bei den finnischen Lappen lebte. Crottet hat seinen Besuch bei TM in seinem Buch ›Begegnungen‹, München 1983, 110/111, geschildert.

2] *Katzentagebuch:* Robert Crottet, ›Tagebuch einer Katze‹, Zürich 1954.

3] *Dramen-Sammlung:* Franz Theodor Csokor, ›Olymp und Golgatha. Trilogie einer Weltenwende‹, Hamburg 1954; bestehend aus den drei Dramen ›Kalypso‹, ›Caesars Witwe‹ und ›Pilatus‹. Das Buch mit einer Widmung des Autors vom 15. 10. 1954 ist in der Zürcher Bibliothek erhalten.

24. 10. 1954

288 1] *Buch über Hamlet:* Elsa Hennings, ›Hamlet, Shakespeares ‚Faust'-Tragödie‹, Bonn 1954. Das Buch, dessen Manuskript TM bereits im März 1952 gelesen hatte, ist in der Zürcher Bibliothek erhalten.

2] *Hennings:* Die Hamburger Juristin Dr. Elsa Hennings (1895 bis 1973).

3] *Kleist-Aufsatz für Schweden:* TMs Essay erschien in gekürzter Form, übersetzt von Olle Holmberg, unter dem Titel *Heinrich von Kleist* im 24. Band, 1955, No. 3, 190–199, von ›Bonniers Litterära Magasin‹ in Stockholm. (Potempa G 1171.1)

25. 10. 1954

1] *über »Das Glück« u. das Verhältnis zu Goethe:* Die für die Rede wesentlich gestrichene Passage GW IX, 939–946. 288
2] *Gisi Fischer:* Gottfried und Brigitte Bermann Fischers zweite Tochter Gisela (geb. 1929).
3] *Filmagent T.:* Nicht ermittelt. Zum Problem der Joseph-Verfilmung s. TB 22. 2. 1954, Anm. 1.
4] *Die Rolle Spellmans:* Eine Intervention des amerikanischen Kardinals Francis Joseph Spellman bezüglich der Verfilmung von TMs *Joseph*-Roman konnte nicht nachgewiesen werden. Näheres TB 46–48, 408.

26. 10. 1954

1] *»New Statesman« übersetzt:* Der TB 10. 9. 1954, Anm. 4 nachgewiesene Artikel erschien gekürzt unter dem Titel *A Plea for Time* in ›The New Statesman and Nation‹, vol. 48, No. 1233, 23. 10. 1954, 493. 288
2] *Besprechung [. . .] im »Observer«:* Philip Toynbee, ›Thomas Mann ‚The Black Swan'‹, ›The Observer‹, London, 24. 10. 1954, 9.
3] *Ph. Toynbee:* Der britische Romancier, Kritiker und Journalist Philip Toynbee (1916–1981), ein Sohn des Historikers Arnold Joseph Toynbee.
4] *»Die schönsten Erzählungen der Welt«:* TM schrieb, wie das Tagebuch ausweist, das erbetene Geleitwort zu dem »Hausbuch« des Verlages Kurt Desch, ›Die schönsten Erzählungen der Welt‹, seine letzte Arbeit, zwischen dem 17. und 21. 7. 1955 in Noordwijk.

27. 10. 1954

1] *Exkurs über die ›Glocke‹:* GW IX, 875/876. Vgl. dazu Sandbergs Verweise auf Eloesser und E. Müller, a.a.O. 116. 288
2] *Schiller-Feier in Weimar:* S. dazu die offizielle Einladung des Ministers für Kultur, Johannes R. Becher, Berlin, 22. 10. 1954: »Im Namen des Ministeriums für Kultur der Deutschen Demokratischen Republik erlaube ich mir, Sie zu dem Schiller-Jubiläum einzuladen, das vom 9. – 14. Mai 1955 in Weimar stattfindet und am 9. und 10. Mai seinen Höhepunkt haben soll. Es wäre eine grosse Ehre für uns, wenn Sie dieser Einladung folgen würden. Ich versichere Sie, dass die Bevölkerung der Deutschen Demokratischen Republik Sie erwartet

und vor allem darauf wartet, dass Sie an einem der vorgesehenen Festtage zu uns sprechen werden. [. . .] / Es steht Ihnen selbstredend frei, den Termin für Ihren Besuch in Weimar und Ihre Rede zu bestimmen, nur würden wir Sie bitten, uns diesen Termin rechtzeitig bekanntzugeben, damit wir die Jubiläumsfeiern darauf entsprechend abstimmen können.«

289 3] *Sieburg in der »Zeit«:* Friedrich Sieburg, ›Kultur ist Parodie‹, ›Die Zeit‹, 7. 10. 1954, 6.

4] *»Lust am Untergang«:* Friedrich Sieburg, ›Die Lust am Untergang. Selbstgespräche auf Bundesebene‹, Hamburg 1954. S. dazu TMs Schreiben an Erika Mann, Kilchberg, 7. 11. 1954, Reg. IV, 54/360; Br. III, 362/363: »Die Besprechung von Sieburg war übrigens wirklich hervorragend. Ein sonderbarer Kopf. Ich habe ein Buch von ihm gelesen: ›Die Lust am Untergang‹, worin sich äußerst gescheite und stilistisch hochstehende Dinge finden, alles unter seiner undeutschen Devise: ›Literatur ist Kritik‹. Er muß an sich selbst viel Kritik geübt haben und spricht auch garnicht liebevoll von der Bundesrepublik.« (363)

5] *an Coudenhove:* An Richard Nikolaus Graf Coudenhove-Kalergi, Kilchberg o. D., Reg. IV, 54/346: »Aufrichtige Wünsche und Grüsse dem Paneuropa-Kongress, den ich als Kundgebung für ein einiges, freies, seiner alten Würde bewusstes und zum Frieden gewilltes Europa verstehe.« (Kopie HOM)

29. 10. 1954

289 1] *Aufnahme-Platten:* S. TB 18. 6. 1954, Anm. 4.

2] *Lattimore:* Die Kampagne der Republikaner gegen Owen Lattimore (s. TB.4. 5. 1953, Anm. 5) war während des Wahlkampfes noch einmal heftig aufgebauscht worden. Das Verfahren endete 1955 mit Lattimores Freispruch.

4. 11. 1954

289 1] *»König Heinrich IV«:* William Shakespeare, ›König Heinrich IV‹. Unter der Regie von Leopold Lindtberg und in einem Bühnenbild von Teo Otto spielten Will Quadflieg den Prinzen Hinz und Carl Kuhlmann den Falstaff.

290 2] *zugunsten der Demokraten:* In den USA hatten die Demokraten bei den Kongreß-Wahlen in beiden Häusern eine Mehrheit errungen,

die sicherstellte, daß sie im neuen, 84. Kongreß, ab Januar 1955, den Vorsitz aller Kommissionen übernehmen konnten. »Damit«, so die NZZ vom 5. 11. 1954 (Fernausgabe 6. 11. 1954), 1, »wird nun auch Senator McCarthy aus dem Vorsitz über die Kommission zur Kontrolle der Regierungsausgaben und des davon abgezweigten ständigen Untersuchungskomitees verschwinden.«

3] *Abschaffung der Hexen-Committees:* UP meldete am 4. 11. 1954, daß der nach den Erfolgen der Demokraten für den Vorsitz der Kommission zur Untersuchung »unamerikanischer Umtriebe« (»Un-American Activities«) vorgesehene Abgeordnete Francis E. Walter bekanntgegeben habe, er werde die Auflösung der Kommission beantragen, da sie überflüssig sei. Die Justizkommission des Repräsentantenhauses sei eigentlich für solche Untersuchungen zuständig, und es genüge, für derartige Zwecke *eine* Kommission zu haben.

4] *Dr. Auerbach:* Der Arzt und Historiker Elias Auerbach (1882 bis 1971) lebte seit 1909 in Haifa. Zur Zeit der Arbeit am *Gesetz* hatte TM, wie er in der *Entstehung des Doktor Faustus*, GW XI, 154, berichtet, Auerbachs Buch ›Wüste und Gelobtes Land. Geschichte Israels von den Anfängen bis zum Tode Salomons‹ aufmerksam studiert und sich später, im März 1949, bei dem Verfasser wegen der unfreundlichen Art des Zitierens – »eines gewissen Auerbach« – entschuldigt. Vgl. Reg. III, 49/207.

5] *Moses-Buch:* Elias Auerbach, ›Moses‹, Amsterdam 1953. TMs Exemplar ist in der Zürcher Bibliothek erhalten.

6] *»Der Fall Maurizius«:* Die Verfilmung von Jakob Wassermanns Roman durch Julien Duvivier, 1953, mit Daniel Gélin, Eleonora Rossi-Drago, Anton Walbrook, Madeleine Robinson u. a.

19. 11. 1954

1] *Brief des Prof. Mayer:* Leipzig, 11. 11. 1954; im TMA. S. dazu die 290
Zusammenfassung TB 2. 6. 1954, Anm. 2, und die Dok. 26–28, S. 851–856.

2] *die Fragmente an und über Becher:* In Mayers mitgeschickter Konzeption waren – auf den ausdrücklichen Wunsch Bechers hin – Fragmente aus TM-Briefen an Johannes R. Becher aus den Jahren 1936, 1938 und 1951 (Glückwunsch) enthalten.

3] *englischer Freund:* Nicht ermittelt; s. jedoch den TB 26. 11. 1954, 291
Anm. 4 nachgewiesenen, fast gleichzeitigen Brief an Kuno Fiedler

vom 22. 11. 1954: »Ach, lieber Freund, von der Redefreiheit heute sprechen Sie zu zufrieden. Ich leide wie ein Hund darunter, daß man einfach die Wahrheit nicht mehr sagen kann. Es ist nicht möglich. Die Amerikahörigkeit der ›Freien Welt‹ (was für ein Schwindel!) erlaubt es nicht. Ich träume oft von einem lapidaren Manifest, das von vier, fünf Welt-Namen unterschrieben, die Wahrheit hinausschreien müßte, daß es auf diesem Wege dem Ende der Civilisation unweigerlich entgegengeht. Wirklich sehe ich mich nach Männern um, mit denen zusammen sich so etwas machen ließe.« – S. aber auch die vom vorliegenden TB-Text nicht unerheblich abweichende Darstellung von Erika Mann in ›Das letzte Jahr‹, 50–53, wo der Plan ganz allein TM zugeschrieben wird. Zu den ersten Ansätzen einer Realisierung des Vorhabens s. neben dem Bericht von Erika Mann TB 4. 7. 1955, Text und Anm. 3 sowie die in dieser Sache noch im letzten Lebensmonat geschriebenen Briefe von TM an Edward Morgan Forster, Reg. IV, 55/254, Bertrand Russell, Reg. IV, 55/255 (Dok. 42, S. 879) und Arnold Joseph Toynbee, Reg. IV, 55/256.

4] *»Richard Wagner in Bayreuth«:* Friedrich Nietzsches 1875/1876 geschriebene Abhandlung aus den ›Unzeitgemäßen Betrachtungen‹.

5] *»Origines de la France«:* Hippolyte Taine, ›Les Origines de la France contemporaine‹, 6 Bände, Paris 1875–1894. Auswahl in deutscher Sprache: ›Die Entstehung des modernen Frankreich‹, Berlin/Frankfurt am Main 1954.

6] *Penzoldts »Squirrel«:* Ernst Penzoldt, ›Squirrel‹. Eine Erzählung, Frankfurt am Main 1954. Mit einer handschriftlichen Widmung des Autors an TM in der Zürcher Bibliothek erhalten.

7] *schrieb ihm:* Der Brief an Ernst Penzoldt ist nach Reg. IV, 596, verschollen.

8] *Dr. Ernst:* Der Allgemeinpraktiker Dr. Theodor Ernst aus Kilchberg.

9] *Vorlesung im Kilchberger Lesezirkel:* Im Rahmen des ›Lesevereins Kilchberg‹ las TM im Gemeindehaus *Schwere Stunde* und *Das Eisenbahnunglück.*

10] *»Der Zusammenbruch des Wilhelminischen Deutschland«:* Ludwig Reiners, ›In Europa gehen die Lichter aus. Der Untergang des wilhelminischen Reiches‹, München 1954.

20. 11. 1954
1] *»Die Meuterei auf der Kayne«:* Die Dramatisierung von Herman Wouks Roman ›Die Meuterei auf der Caine‹ inszenierte Kurt Hirschfeld in einem Bühnenbild von Teo Otto. Die Hauptrollen spielten Werner Hinz und Will Quadflieg. 292

22. 11. 1954
1] *über »Tell«:* GW IX, 919–924. Vgl. dazu Sandberg, a.a.O. 127/128. 292
2] *»Le Mirage«:* Die französische Übersetzung der *Betrogenen*, ›Le Mirage‹, erschien – in der Übersetzung von Louise Servicen – 1954 in Buchform bei Albin Michel in Paris.
3] *Besprechung:* J. Paul Brack, ›Felix Krull oder der Hochstapler in Thomas Mann‹, Sonntagsbeilage der ›National-Zeitung‹, Basel, 21. 11. 1954.
4] *Tod seines Bruders:* Der Literarhistoriker und Theaterkritiker, nach 1945 Kulturredakteur der ›Berliner Zeitung‹, Paul Rilla (geb. 1896) war am 5. 11. 1954 in (Ost-)Berlin gestorben.
5] *[an] Mayer:* An Hans Mayer, Kilchberg, 22. 11. 1954, Reg. IV, 54/373. S. dazu TB 2. 6. 1954, Anm. 2 und Dok. 27, S. 853/854.
6] *[an] Neumann:* An Erich Neumann, Kilchberg o. D., Reg. IV, 54/374: »Ihre Aufstellungen über den Band ›Königliche Hoheit‹ habe ich durchgesehen und erkenne die grosse Mehrheit Ihrer Verbesserungen als richig an. Manche sind sogar sehr wichtig. Nur bitte ich, mit dem angehängten Dativ-e, wie zum Beispiel ›dem alten Schlosse‹ statt ›dem alten Schloss‹ sparsam zu sein, wie es meine Art ist. Leicht klingt mir dieses e, von dem zum Beispiel Stifter einen übertriebenen Gebrauch macht, pedantisch und altmodisch. Wenn mir recht ist, schenken sogar die Klassiker es sich in vielen Fällen. Auch ist es eine rhythmische Frage, die von Fall zu Fall entschieden werden sollte. Zum Beispiel würde es mir widerstehen, ›auf dem Albrechtplatze‹ zu sagen und nicht ›auf dem Albrechtplatz‹./ Verbesserungen wie ›im Sinne grober Zweckdienlichkeit‹ und nicht ›grosser‹ sind höchst dankenswert, und solcher haben Sie ja eine ganze Anzahl zusammengestellt. Bei No. 322 ›Das Bild ... mit allen seinen Personen und Vorgängen‹ ziehe ich ›mit *all* seinen Personen etc‹ vor.« (Zitiert nach Georg Wenzel [Hrsg.], ›Vollendung und Größe Thomas Manns‹, a.a.O. 30.)

26. 11. 1954

292 1] *Tod Wischinskys:* Der ehemalige Außenminister der UdSSR, seit 1953 ständiger Vertreter seines Landes bei den UN, Andrej Januariewitsch Wyschinski, war am 22. 11. 1954 in New York gestorben.

2] *Äußerung Churchills:* Die NZZ zitierte Churchills während einer Geburtstagsrede in seinem Wahlkreis getane Äußerung über sein Vorgehen von 1945 (nicht, wie TM schreibt, 1949) im Wortlaut: »Ich glaube, ich war die erste wohlbekannte Person, die öffentlich feststellte, wir benötigten Deutschland gegen die Aggressivität des russischen Kommunismus auf unserer Seite. Sogar bevor der Krieg zuende war [...] telegraphierte ich Lord Montgomery und gab ihm die Weisung, die Waffen der Deutschen mit Sorgfalt zu sammeln und derart aufzubewahren, daß sie leicht wieder an deutsche Soldaten abgegeben werden könnten, mit denen im Fall eines weiteren Vormarsches der Sowjets zusammenzuarbeiten wäre.«

3] *Artikel:* ›Alleged Telegram to General Montgomery on possible use of German arms surrendered in 1945 against Russians‹, ›The Times‹, London, 24. 11. 1954, 8 e.

4] *Korrespondenz mit Fiedler:* An Kuno Fiedler, 11. 11. 1954, Reg. IV, 54/364: Dank für die »treffliche Krull-Besprechung« (in der ›Volksstimme‹, St. Gallen, 5. 11. 1954). »Der geistliche Herr lugt deutlich durch die Kauzmaske bei seinen sehr schönen, ernsten und wahren Schlussworten: so duldsam und ironisch und unbeteiligt dürfe wirklich nur das Alter die Dinge ansehen. Ich hatte den Vorwurf des Greisenleichtsinns gefürchtet, und siehe, Kauz spricht gerade dem Alter das Recht auf ein so bedenkliches Verhalten zu! Übrigens, ganz im Geheimen, erzählen Sie es niemandem, ich schreibe es nur Ihnen, citiere ich mir manchmal Platens Verse: ›Wie muss ein solcher Geist, von solchen Gaben, / Wenn er um Leichtsinn buhlt, gelitten haben!‹ / Pardon! Entschuldigen Sie! / Aber dass Kauz mir an anderer Stelle ganz laut und deutlich ein besonderes Talent zur griechischen Liebe zuschreibt, ist ja ein starkes Stück. Was sollen die Leute davon denken? Wüsste ich nur selbst, was ich davon denken soll! Männerschönheit ist mir, offen gestanden, grässlich. Selbst mit dem Apollo von Belvedere hätte ich nie zu Bett gehen mögen und bin auch mit ›Knaben‹ heikel bis zur Unnatur. Mit Tadzio, ich versichere Sie, hätte ich im Ernste garnichts anzufangen gewußt. Das arme, schöne Kind! Aber wo nahm ich dann die Laute der Leidenschaft für ihn her? Liebe und Geschlecht sind für mich ein Mysterium, das ich auf sich beruhen lasse. Es soll das aber keine Ableugnung bedeuten.« (Kopie im TMA) – S. ferner TMs Schreiben vom 22. 11. 1954, Reg. IV, 54/372, die Reaktion offenbar auf den verlorenen Antwortbrief von Fiedler: »[...] Ihr Brief war [...] ein interessantes, humorvolles Dokument, der Sache nach sehr richtig, wenn auch wohl eine verbreitetere Praktizierung der Homosexualität (sie ist ja ganz hübsch verbreitet und erregt kaum noch Anstoss) kein ausreichendes Mittel gegen die Vermassung und Verdummung der Welt wäre. *So* verbreitet ist die Neigung dazu doch wieder nicht und wird es wohl nie sein. Was mich betrifft, so bin ich weit entfernt, es übel zu nehmen, wenn man mich ihrer zeiht. Bitte sehr! Ich bin im ›Krull‹ ja ziemlich aus mir herausgegangen, nicht zum erstenmale, und Sie haben so unrecht nicht, die Mme Houpflé-Szene ›un-verschämt‹ zu nennen. Und dabei scheinen Sie nicht einmal gemerkt zu haben, dass Lord Kilmarnock physiognomisch ein dreistes Selbstportrait ist. Überhaupt war meine Besorgnis wegen Blosstellung nur gespielt. Es wird garnichts gemerkt. Jedenfalls lässt man sich nichts merken. – Zum Schluss aber: Was ich vom Apoll von Belvedere und dem armen kleinen Tadzio sagte, behält seine Richtigkeit. – [...]« (Kopie im TMA). Den Abschluß dieser spezifischen »Korrespondenz« bildet, soweit die vorhandenen Dokumente erkennen lassen, Fiedlers Antwort auf diesen Brief, St. Anthönien, Graubünden, 28. 11. 1954: »[...] Natürlich habe ich mich nach Ihrem Brief sogleich auf die Stelle über den Lord gestürzt. Und damit Sie mich nicht für völlig unaufmerksam halten, möchte ich doch sagen, dass ich schon beim ersten Lesen hier ›gestutzt‹ hatte. Aber dann hatte ich mir gesagt: Es wird Zufall sein; denn das wagt er denn doch nicht. Aber siehe da: man unterschätzt manche Leute, – immer noch (und das will viel heissen)./ Vielleicht ist es auch bei andern Ihrer Leser so: sie merken's und merken's doch auch wieder nicht. Und dabei denke ich nicht *nur* an den Lord. Es ist wahrscheinlich so, dass sehr, sehr viele Ihnen im Innersten dankbar sind für gewisse Bestätigungen – und dann noch einmal besonders dankbar dafür, dass Sie sie nicht gerade zwingen, sich darüber klar zu werden, *was* ihnen durch Sie bestätigt worden ist. Aehnlich war es s. Zt. ja mit der Wirkung von Kipling. Sein Ruhm hatte zum Teil eben darin den Grund, dass die tugendhaften Engländer einfach im Innersten von ihm ›angesprochen‹ waren (wie man heute sagt) – und dass sie dieses Angesprochensein dann irgendwie künstlerisch oder politisch ›erklären‹, d. h. vor sich selber rechtfertigen konnten. Noch deutlicher ist mir das immer bei einem Vertreter der ›Volksliteratur‹ aufgefallen: bei Karl May. Aber den kennen Sie ja nicht (obwohl man an ihm wie an keinem andern Schriftsteller die Bedürfnisse des Lesepublikums – und ihre sachgemässe Befriedigung – studieren kann). Sollten Sie je einmal den ersten Band des ›Winnetou‹ lesen wollen, sagen Sie es mir bitte! Es ist eine ganz verblüffende Leistung (in mehrfacher Hinsicht)./ ›Angesprochen‹ in dem hier gemeinten Sinn werden wahrscheinlich nur ganz, ganz wenige *nicht* (und diese Wenigen hält man sich am besten vom Leib). Ich glaube also nicht, dass Sie recht haben, wenn Sie glauben, jene ›Neigung‹ sei keiner weiteren oder doch keiner erheblich weiteren Verbreitung fähig. Es ist *nicht* so. Sondern lassen Sie es mich hier einmal deutlich aussprechen: Sexualität ist weithin *Modesache*. Das heisst: sie wird stark durch den allgemeinen Zeitgeschmack bestimmt. Und wenn dieser Zeitgeschmack seinerseits durch biologische Notwendigkeiten oder auch nur Wünschbarkeiten gelenkt ist, so können Sie Ihr blaues Wunder erleben (oder zum mindesten ein sehr violettes). Wir wollen uns in zwanzig Jahren darüber wieder sprechen. Und passen Sie auf: Sie mit Ihren ›Gewagtheiten‹ werden dann gerade ›richtig liegen‹ (aber Sie tun es ja heute schon, wie Sie aus dem Echo des Buches gemerkt haben müssen). [...]« (Abschrift im TMA)

293 5] *Artikel:* Robert Faesi, ›Thomas Manns ,Bekenntnisse des Hochstaplers Felix Krull'‹, NSR, NF, 22. 11. 1954, 403–416.

6] *Nationalrat:* Hans Oprecht; s. TB 21. 5. 1953, Anm. 2.

7] *Hofmannsthal-Heft:* Das Heft 3/4 der ›Neuen Rundschau‹, Jg. 65, 1954, 341–596, war Hugo von Hofmannsthal zur 25. Wiederkehr des Todestages gewidmet.

8] *Herren des Leipziger Thomas-Chors:* Der Organist, Chorleiter und Komponist Günther Ramin (1898–1956), seit 1918 Organist an der Leipziger Thomaskirche und ab 1940 Thomaskantor; der zweite Besucher war nicht mehr zu ermitteln. – Zu dem Besuch s. das Schreiben TMs an Günther Ramin, Kilchberg, 24. 2. 1955, Reg. IV, 55/58: »Meine Frau und ich denken mit Vergnügen an unser Zusammensein in Zürich zurück, und ich erinnere mich sehr wohl des Gesprächs über einen Besuch in Leipzig im Anschluss an meinen Vortrag in Weimar. Natürlich wäre es mir eine grosse Freude, Ihre

Thomaner in der Thomaskirche hören zu können, aber leider wird es dieses Frühjahr nicht dazu kommen können. [...] Haben Sie Dank für Ihre Einladung und auch für Ihre guten Worte über den ›Krull‹. [...]« (Kopie HOM)
9] *Duttweiler:* Der schweizerische Kommunalpolitiker, Begründer des Warenhaus- und Einkaufskonzerns ›Migros‹ sowie Financier der ›Tat‹ Gottlieb Duttweiler (1888–1962).

28. 11. 1954
1] *»Vor der Ersatzkommission«:* Von dieser – auch in den Archiva- 293
lien des Zürcher Studios nachweisbaren – Aufnahme existiert leider kein Band.
2] *Kompletierung seines Buches über mich:* Ferdinand Lion, ›Thomas Mann. Leben und Werk‹, 2. Aufl. 1955. Die Monographie wurde für die neue Ausgabe um fünf Kapitel erweitert, deren Überschriften lauteten: ›Thomas Mann als Amerikaner‹, 169–176; ›Doktor Faustus‹, 177–189; ›Rückkehr nach Europa‹, 190–193; ›Hochstapler Krull‹, 194–201; ›Thomas Mann als Philosoph‹, 202–209.
3] *In der N.Z.Z.:* Karl Kerényi, ›Geistiger Weg Europas‹, NZZ (Fernausgabe), 26. 11. 1954, Bl.4.
4] *An Prof. Hoffmann:* An Wilhelm Hoffmann, Kilchberg, 28. 11. 1954, Reg. IV, 54/380. Der Brief, mit dem TM versucht, Klarheit über die Haltung des westdeutschen Bundespräsidenten Theodor Heuss zu seinem Plan zu erhalten, die für Stuttgart geschriebene Schiller-Rede auch in Weimar zu halten, ist als Dok. 39, S. 874/875 abgedruckt.
5] *an Hans Mayer:* Kilchberg, 28. 11. 1954, Reg. IV, 54/381. Das Dokument ist – wie TB 2. 6. 1954, Anm. 2 im Zusammenhang mit den anderen die ostdeutsche Ausgabe von TMs Werken betreffenden Briefen dargestellt – als Dok. 28, S. 855/856 abgedruckt.

1. 12. 1954
1] *»Heinrich v. Kleist u. seine Erzählungen«:* TM sprach am Abend 294
des 30. 11. 1954 auf Einladung der Zürcher Studentenschaft. S. TB 14. 7. 1954.
2] *Tod Furchtwänglers:* Der Dirigent und Komponist Wilhelm Furtwängler (geb.1886) war am 30. November in Ebersteinburg bei Baden-Baden gestorben. Näheres zum Verhältnis TM/Furtwängler

TB 44–46, 556 und 588, sowie TB 46–48, 542, 846/847, und den Text No. 14, 886–888. TM schrieb wiederholt »Furchtwängler«, so daß es schwerfällt, an eine unabsichtliche Verschreibung zu glauben.

3. 12. 1954

294 1] *Mann vom Hamburger »Spiegel«:* Rudolf Augstein und seine Frau Katharina.

2] *»Neujahrsgruß an die Menschheit«:* S. Loewy I, 105. Der für diese Sendung eigens verfaßte *Vorspruch* zur Lesung des GW X, 896–898 abgedruckten Artikels *Neujahrswunsch an die Menschheit* vom Dezember 1927 lautet: »Dieser ›Neujahrswunsch an die Menschheit‹ wurde vor vielen Jahren, es mögen fünfundzwanzig sein, für ein schwedisches Blatt geschrieben. Aber ich finde, er hat seine Gültigkeit behalten für den Tag und die Stunde. Und diese Meinung wird offenbar vom Nordwestdeutschen Rundfunk geteilt, da er mich einlädt, Sie, meine Hörer, heute damit zu begrüßen.« (Potempa G 335 und G 1185)

3] *»Schwere Stunde«:* Der Süddeutsche Rundfunk sendete die zunächst für den Pfingstmontag vorgesehene Lesung der frühen Novelle (GW VII, 371–379) unter der Ansage ›Schwere Stunde. Ein Schiller-Kapitel aus dem Werk Thomas Manns‹ am 1. 8. 1955.

4] *Meldung der N. Z. Z.:* Ein ›Verstärkung der Einheitspropaganda Pankows‹ überschriebener Bericht aus Berlin vom 1. 12. 1954 (NZZ, Fernausgabe, 3. 12. 1954, Bl. 2/2) meldete eine verstärkte »Einheitskampagne« durch die »von der östlichen Besatzungsmacht kontrollierten Filial- und Tarnorganisationen der Regierung Grotewohl«: »Während die Russen Grotewohl in Moskau als Befürworter einer ostdeutschen Armee [...] auftreten lassen, schicken sie den Kulturminister [...], Johannes R. Becher, nach Westberlin, um allerlei Thesen über die ›Schaffung einer einheitlichen deutschen Nationalkultur‹ vorzutragen./ Der Zweck der Spiegelfechterei Bechers und dessen Trabanten besteht darin, die Deutschen in Westberlin und in der Bundesrepublik glauben zu machen, daß die Sowjetregierung nach wie vor konsequent für die Herstellung eines einheitlichen deutschen Staates eintrete. [...]/ Wie weit Bechers Programm gespannt ist, erfuhr man heute in Ostberlin, wo der ostdeutsche Kulturminister im Laufe einer Pressekonferenz erklärte, auf dem Gebiete der deutschen Kultur könne es keine Koexistenz geben. Becher und sein

Stellvertreter, Alexander Abusch, entwickelten Pläne über die Durchführung der Feiern des ›Schiller-Jahres‹ in Weimar und Ostberlin, an denen zahlreiche Künstler aus dem Westen teilnehmen sollen. Thomas Mann habe sich bereit erklärt, eine Rede in Weimar zu halten. Eine große Zahl von Journalisten, Schriftstellern und Künstlern in Westberlin wurde von Becher zu einem Gespräch eingeladen, das morgen in einem Hotel in Westberlin stattfinden soll.«

5] *»Gespräche mit Casals«:* J. Ma. Corredor, ›Gespräche mit Casals‹, Bern 1954. TMs Vorwort 7/8. S. TB 18. 3. 1954, Anm. 3. Die französische Originalausgabe ›Conversations avec Pablo Casals; souvenirs et opinions d'un musicien, lettre-préface de Pablo Casals‹, mit der ›lettre de Thomas Mann‹, Paris 1954, ist – mit einer Widmung des Herausgebers – in der Zürcher Bibliothek erhalten.

6] *Rundschau-Korrektur:* Zum Vorwort zu ›Briefe Todgeweihter‹; s. TB 12. 7. 1954, Anm. 2.

4. 12. 1954

1] *Zeitungsberichte:* Eine »jst.« gezeichnete Besprechung des Vortrags ›Heinrich von Kleist und seine Erzählungen‹ erschien am 4. 12. 1954 in der NZZ: »Souverän setzte Thomas Mann [›der stürmisch Begrüßte‹] die Lichter, mit spielerischer Leichtigkeit wurde der Hörer angeleitet, Welten zu assoziieren, Anspielungen erlangten erst durch den Ton des Vortrags ihren (nicht selten zwielichtigen) Schein. [. . .]« Das nicht Referierbare »bleibt in der dankbaren Erinnerung derer, die dabei sein konnten«. 295

2] *an Fritchman:* An Stephen H. Fritchman, Kilchberg, 5. 12. 1954, Reg. IV, 54/388; Br. III, 366/367.

5. 12. 1954

1] *an Kerényi:* An Karl Kerényi, Kilchberg, 5. 12. 1954, Reg. IV, 54/389; TM/KK 198/199. 295

6. 12. 1954

1] *von Hoffmann:* Marbach, 4. 12. 1954: »[. . .] Ich darf Sie in jeder Beziehung beruhigen. Bundespräsident Heuss ist darüber orientiert, dass Sie die Einladung nach Weimar erhalten und angenommen haben. Zufällig wurde das längst geklärte Thema zwischen dem zweiten Vorsitzenden der Deutschen Schillergesellschaft, Herrn Josef Eberle 295 (dem Herausgeber der Stuttgarter Zeitung) und Professor Heuss noch einmal besprochen, und ebenso zufällig hatten wir hier am 30. November ein längeres Gespräch mit einigen Herren, die die Weimarer Feier vorbereiten. Wir haben von diesen erfahren, dass Ihr dortiger Vortrag eine Woche nach dem Stuttgarter stattfinden wird. So ist alles in guter Ordnung. [...]« (Archiv Deutsche Schillergesellschaft)

2] *Die Frauen in Sch's Leben*: Vgl. GW IX, 930–933.

3] *Stalin-Friedenspreis:* Eine in verschiedenen Sparten verliehene hohe Auszeichnung der Sowjetunion.

7. 12. 1954

295 1] *Msg. Montini:* Giovanni Battista Montini (1897–1978), seit 1963 Papst Paul VI.

2] *Freundschaft mit Goethe:* GW IX, 933–946; s. dazu Sandberg, a.a.O. 130–132: »Die dem Verhältnis zwischen Schiller und Goethe gewidmeten Seiten [...] stützen sich größtenteils auf Thomas Manns frühere Studien [*Schwere Stunde* und *Lotte in Weimar*].« Für die »Besprechung« des »Rangunterschiedes« stützt sich TM »auf die Vorlagen Müller, Strich, Hofmannsthal, Eloesser, ›Schillerbuch‹. Neben Äußerungen aus Goethes Gesprächen (Biedermann und Eckermann) benutzt der Autor einige Quellen, die bei der Ausarbeitung des *Versuchs* sonst eine relativ untergeordnete Rolle spielten: Meissinger [s. TB 15. 8. 1954, Anm. 3], Nohl [Herman Nohl, ›Friedrich Schiller‹, Frankfurt am Main 1954] und Stein [s. TB 26. 7. 1954, Anm. 2].«

9. 12. 1954

296 1] *Ganz Gregorius*: TM denkt an seine Schilderung der Papstkrönung im *Erwählten*.

2] *ernste Worte:* Der chinesische Außenminister Tschou En-Lai (1898–1976) hatte das zwischen Formosa und den USA abgeschlossene Verteidigungsabkommen als eine »ernste Provozierung der Volksrepublik China« bezeichnet und erklärt, die USA hätten die ganze Verantwortung für eventuelle Folgen aus der Weigerung zu tragen, ihre Streitkräfte aus Formosa und den nationalchinesisch besetzten Inseln zurückzuziehen.

3] *Penthesilea:* TM sah die Premiere von Kleists Trauerspiel. Im Schauspielhaus spielten unter der Regie von Leopold Lindtberg und in Teo Ottos Ausstattung Will Quadflieg den Achill und »die heimgekehrte, unserem Ensemble nach langer Zeit wiedergegebene« (NZZ, 12. 12. 1954) Maria Becker die Penthesilea.

12. 12. 1954

1] *Fredirici:* S. TB. 6. 6. 1954, Anm. 1. *296*

2] *zweibändige Joseph-Ausgabe:* ›Giuseppe e i suoi fratelli‹ in der Übersetzung von Bruno Arzeni, 2 Bände, Mailand 1954.

3] *an die Fürstin:* An Agnes E. Meyer, Kilchberg, 11. 12. 1954, *297* Reg. IV, 54/394; TM/AM 790/791.

4] *Verweigerte es den ›Akzenten‹ und dem ›Merkur‹:* Das Schreiben an die Redaktion der Zeitschrift ›Akzente‹ ist nach Angaben in Reg. IV, 596, verschollen; an die Redaktion des ›Merkur‹ schrieb TM, Kilchberg, 12. 12. 1954, Reg. IV, 54/399: »Ich bin noch schwankend, ob ich den Kleist-Aufsatz überhaupt sobald veröffentlichen werde. Der sogenannte Vortrag ist in Wahrheit entstanden als Einleitung zu einer amerikanischen Ausgabe von Kleists Erzählungen, er ist also für Europäer, die alles schon wissen, kaum gedacht. Konnte er bei persönlichem Einsatz vor einem studentischen Publikum allenfalls Effekt machen, so zweifle ich doch, ob er als literarischer Beitrag für eine anspruchsvolle deutsche Zeitschrift genug Neuigkeit und Bedeutung besitzt.« (HOM)

5] *Setzte [. . .] hinzu:* »Mit natürlichem Interesse entnehme ich Ihren Zeilen, dass Sie einen kritischen Bericht über die Memoiren Felix Krulls zu veröffentlichen gedenken. Ich will nur hoffen, dass Sie das Buch nicht von demjenigen Herrn (ich habe seinen Namen vergessen) rezensieren lassen, der, sehr bald nach dem Erscheinen der ›Betrogenen‹ in Ihren Heften, Ihnen eine Besprechung von ›Altes und Neues‹ liefern durfte. Das war ja ein recht falschblickendes, herabsetzendes und sonderbar überhebliches Stück Arbeit, gerichtet gegen ein Buch, das sonst in Deutschland viel gute Fürsprache gefunden hat.« (HOM)

6] *niederträchtige Besprechung*: TM denkt an den Essay von Walter Boehlich; s. TB 9. 1. 1954, Text und Anm. 2.

7] *im »Spiegel«:* ›Der Werwolf‹, ›Der Spiegel‹, Jg. 8, No. 50, 8. 12. 1954, 27–32: Ein ausführlicher Bericht über einen der Justiz offenbar viele Rätsel aufgebenden Mord, der am 4. August 1952 nachts an dem im Freien schlafenden prominenten englischen Ernährungswissenschaftler Sir Jack Drummon und seiner Frau sowie der zehnjährigen Tochter in der Nähe des Dorfes Lurs in Südfrankreich verübt worden war. Der Tat verdächtigt – vor allem durch seine beiden Söhne – wurde der 77jährige »tyrannische« Bauer Gaston Dominici, der auch ein Geständnis ablegte und sich während eines Lokaltermins von einer Brücke zu stürzen suchte. – Der ›Spiegel‹ berichtete von dem Prozeß: »In dem schäbigen Gerichtssaal des Alpenstädtchens Digne« verfolgten »98 Journalisten aus der ganzen Welt, darunter Schriftsteller von Ruf« nebst 24 Pressephotographen und 8 Kameramännern eine Verhandlung, die »nichts anderes war als eine neue Version des in [Jean Gionos] Romanen immer wieder abgewandelten Themas von dem Fortleben des prähistorischen Menschen unter der dünnen Schale der Zivilisation«.

8] *In der Weltwoche:* S. TB 7. 9. 1954, Anm. 1.

9] *Zeichnung von M. Marini:* Das berühmte Portrait des italienischen Bildhauers, Malers und Graphikers Marino Marini (1901 bis 1990) wurde am 25. 11. 1954 in Kilchberg für die ›Weltwoche‹ gezeichnet, die es, umrahmt von dem Anm. 8 nachgewiesenen Interview, am 3. 12. 1954 publizierte.

10] *»kritische Bemerkungen zu T. M.s Felix Krull«:* Hellmut Jaesrich, ›Das verlängerte Fragment: Zu den ‚Bekenntnissen des Hochstaplers Felix Krull'‹, ›Der Monat‹, Jg. 7, H. 75, Dezember 1954, 268–271.

14. 12. 1954

297 1] *Glückwunsch-Artikel: [Siegfried Trebitsch zum Geburtstag],* GW X, 543–545. Die Gratulation erschien in der ›Weltwoche‹ vom 17. 12. 1954, 15.

2] *meine ablehnende Antwort:* S. TB 6. 12. 1954, Text und Anm. 4 und 5.

3] *Plan einer neuen Zeitschrift:* Vermutlich ›Humboldt‹, Zeitschrift für die Iberische Welt: s. TB 1. 3. 1953, Anm. 1.

16. 12. 1954

298 1] *»Sinn und Form«:* Thomas Mann, *Versuch über Tschechow,* ›Sinn und Form‹, Jg. 6, 1954, H. 5/6, 783–804.

17. 12. 1954

298 1] *M. Werkows und Frau:* Nichts Näheres ermittelt.

2] *an den Druckfehler-Neumann:* An Erich Neumann, Kilchberg

o. D. (Poststempel 15. 12. 1954), Reg. IV, 54/402; Wenzel (Hrsg.), ›Vollendung und Größe Thomas Manns‹, a.a.O., 31/32: Detailfragen zur philologisch einwandfreien Textwiederherstellung: »Die Apostrophierung des Genitiv-s bei vokalisch auslautenden Namen ist für mich obligatorisch. Ich finde, das Auge verlangt durchaus danach. Tolstoi ist ein besonderer Fall, bei dem ich die Weglassung des Apostrophs vorziehe. Der Ausklang ist ein Diphtong und nicht ein reiner Vokal./ Ich sehe nicht ein, warum nicht konsequent im ›Joseph‹ nach klarer Vokalendung das Apostroph beibehalten werden sollte; natürlich also nicht bei Ruben und Rahel, auch nicht bei Noah, aber bei Rebekka und so weiter./ Im Gesetz habe ich nicht Jaakob, sondern Jakob geschrieben, und dabei mag es bleiben. [...]«
3] *»Pflegestelle«:* S. dazu den Anm. 2 nachgewiesenen Brief an Erich Neumann: »Der Gedanke, die Textrichtigkeit meiner Bücher einer Pflegestelle, wie der Deutschen Akademie der Wissenschaften zu Berlin, anzuvertrauen, wenn sie sich bereit findet, diese Rolle zu übernehmen, ist schön und rührend. Sie sprechen von einer zukünftigen wissenschaftlich-kritischen Ausgabe des Nachlasses, der Briefe und so weiter. Das sind für mich posthume Angelegenheiten, und ich muss gestehen, dass ich mich zu diesen Fragen mit einer gewissen Indolenz verhalte, weil sie der Zeit nach meinem Tode angehören, und weil ich mir durchaus nicht im Klaren darüber bin, welche Stellung mein Werk nach 50 oder 100 Jahren einnehmen und welche Verpflichtungen es der Nachwelt nach ihrer Meinung auferlegen wird. Ich bin da vorsichtig im Urteil und möchte all diese Fragen am liebsten der Zeit überlassen. Trotzdem zeigt mir die Verstimmung, die ich bei jeder Entdeckung einer Inkorrektheit in meinen Büchern empfinde, dass ich eben doch ein lebhaftes Interesse für ihre Sauberkeit hege, und dieses Interesse macht mir Ihre Anregung denn doch sympathisch bis zu dem Grade, daß ich Ihnen anheimstelle, die Frage [...] zu besprechen.« S. außerdem TB 11. 3. 1955, Text und Anm. 4.
4] *Englische Übersetzung:* S. dazu TB 1. 1. 1955, Anm. 1.

20. 12. 1954
1] *von Rilla:* St. Johns Wood, 17. 12. 1954; im TMA. *298*
2] *Bilderbuch:* Das sorgfältig und einfallsreich gestaltete, liebevoll geschriebene Bilderbuch mit dem Text des Michelangelo-Essays befindet sich im TMA.

21. 12. 1954

299 1] *Frau Dr. X.:* Die wissenschaftliche Mitarbeiterin des Artemis-Verlags, Dr. Eve Dubois.

2] *Suhrkamp:* Der Verleger Peter Suhrkamp (1891–1959). Näheres TB 49/50, 338.

3] *die Betrogene vorlas:* Im Zunfthaus ›Saffran‹; s. TB 13. 3. 1953, Text und Anm. 1.

4] *verklatschter Artikel:* ›Der Spiegel‹, Jg. 8, No. 52, 22. 12. 1954, erschien mit einem Titelphoto von TM – Unterschrift: ›Der Tod ernährt die Kunst. Nobel-Schriftsteller Thomas Mann‹ – und der dazugehörigen Geschichte ›Der Zauberer‹ auf den Seiten 32–45.

5] *Artikel von H. Nicolson:* Harold Nicolson, ›Tonio Kröger‹ (Rezension des Buches ›Thomas Mann‹ von J. M. Lindsay, Oxford 1954), ›The Observer‹, London, 19. 10. 1954.

6] *Im Berl. »Aufbau«:* Thomas Mann, ›Aus ‚Die Entstehung des Doktor Faustus'‹, ›Aufbau‹, (Ost-)Berlin, Jg. 10, H. 12, Dezember 1954, 1040–1057.

22. 12. 1954

299 1] *Parallelen mit Wagner:* GW IX, 887, 898 und – der Detailvergleich ›Semele‹/›Lohengrin‹ – 929; s. dazu TB 21. 8. 1954, Anm. 2, und Sandberg, a.a.O. 120 und 123/124.

2] *Golos Amerika-Buch:* Golo Mann, ›Vom Geist Amerikas. Eine Einführung in amerikanisches Denken und Handeln im 20. Jahrhundert‹, Stuttgart 1954.

23. 12. 1954

300 1] *»Drei Musketiere«:* Alexandre Dumas (1802–1870), ›Les trois mousquetaires‹, 1844.

2] *»Letzten Tage von Pompeji«:* Edward George Bulwer (1803 bis 1873), ›The Last Days of Pompeii‹, 1835.

24. 12. 1954

300 1] *Vikkos Familienbuch:* Viktor Mann, ›Wir waren fünf. Bildnis der Familie Mann‹, Konstanz 1949; s. dazu TB 46–48, 211.

2] *Überholung des Schlusses [...] Einfügung:* Nicht mehr rekonstruierbar.

3] *Die Herz schickte Faksimile:* Nicht unter den Dokumenten des TMA.

25. 12. 1954
1] *an W. Rilla:* An Walter Rilla, Kilchberg, 24. 12. 1954, Reg. IV, 54/416: »Ihr Brief ist einer, den man sich aufhebt. Ich habe viel Freundliches über das wunderliche Buch zu hören und zu lesen bekommen, aber nichts so intim Empfängliches, kameradschaftlich Warmes. Es ist garnicht so häufig, das[s] Einer, der selbst hervorbringt, sich so herzlich offen hält für die Darbietungen anderer. Und doch ist die Gabe der Bewunderung eine so schöne und unentbehrliche Gabe. Wo wäre ich ohne sie! Jungen Leuten sage ich es immer: Lernt bewundern – um überhaupt etwas zu lernen.« (Kopie im TMA) 301
2] *»Laß, o Welt«:* Hugo Wolfs Vertonung von Eduard Mörikes Gedicht ›Verborgenheit‹: »Laß, o Welt, o laß mich sein!/ Locket nicht mit Liebesgaben,/ Laßt dies Herz alleine haben/ Seine Wonne, seine Pein!« Unter TMs Platten fand sich keine Aufnahme mehr.

26. 12. 1954
1] *Neubearbeitung:* GW 896–913. Vgl. dazu Sandberg, a.a.O. 122: »Wie schwer dem Autor die Integration des Stoffes gefallen sein muß, geht aus der seitenlangen Verknüpfung und bloßen Aneinanderreihung verschiedener Zitate aus der Trilogie hervor (IX, 897f und 901ff). Die ›Prosa‹-Stellen sind ebenfalls nur Umschreibungen Schillerscher Verse, deren Rhythmus und Reim deutlich durch die Formulierungen hindurchschimmern. [...] Da es Thomas Mann nicht gelang, der Stoffülle Herr zu werden, wußte er keinen anderen Ausweg, als den *Wallenstein* durch kompilierende Beschreibung zu erschließen. Dieses äußerliche Verfahren blieb nicht ohne Konsequenzen für die Dichte und Schlüssigkeit der Darstellung. Die Überleitungen der Besprechungen sind in der Regel wenig zwingend.« 301
2] *an Preetorius:* Der Brief ist entgegen den Angaben in Reg. IV, 596, nicht verschollen, sondern befindet sich im TMA. Er enthält die Bitte um Unterstützung des Journalisten und Schriftstellers Wilhelm Sternfeld aus dem Hilfsfonds der Bayerischen Akademie der Schönen Künste, und beginnt mit einer Betrachtung über Wilhelm Furtwänglers Tod: »Der Tod Furtwänglers, so schmerzlich für die ganze musikalische Welt, muss Sie als nahen Freund und geistigen Vertrauten des Dahingegangenen besonders erschüttert haben. Lassen Sie mich Ihnen mein herzliches Mitgefühl aussprechen./ Ich lese, dass

Furtwängler noch bis zu seiner letzten Krankheit an dem Vortrag gearbeitet habe, den er in Ihrer Akademie zu halten gedachte. Diesen Traum hat der Tod nun abgeschnitten. Auch das muss eine bittere Enttäuschung für Sie gewesen sein und für alle Münchener, die sich auf dies Ereignis gefreut hatten.«

302 3] *An die Gemeinde Kilchberg:* Nach Angabe in Reg. IV, 596, verschollen.

4] *»Lager« [...] »Piccolomini«:* S. Anm. 1.

27. 12. 1954

302 1] *Brahms, 1. Symphonie:* Eine Aufnahme der von Bruno Walter dirigierten c-Moll-Symphonie, op. 68 von Johannes Brahms (1833 bis 1897) ist nicht unter den Platten von TMs nachgelassener Sammlung. S. jedoch den TB 18. 3. 1955, Anm. 8 zitierten Dankesbrief an Bruno Walter, aus dem jedoch nicht sicher zu schließen ist, daß TM das Album seines Freundes bereits zu Weihnachten erhielt.

28. 12. 1954

302 1] *Knappe Ratifikation:* Nach schwierigen Verhandlungen hatte die französische Nationalversammlung mit geringer Mehrheit für die Aufnahme der Bundesrepublik Deutschland in die NATO – ein Akt, der die Wiederbewaffnung des einstigen Gegners einschloß – gestimmt.

30. 12. 1954

302 1] *Kritik [...] von Tieck:* Ludwig Tieck, ›Die Piccolomini. Wallensteins Tod‹, in: Hans Mayer, ›Meisterwerke deutscher Literaturkritik‹, Bd. 1, ›Aufklärung, Klassik, Romantik‹, (Ost-)Berlin 1954, 767–800.

2] *Aufsatz:* Wilhelm von Humboldt, ›Über Schiller und den Gang seiner Geistesentwicklung‹ (1830), ›Meisterwerke ...‹, a.a.O. 473 bis 513.

3] *von Niekisch:* Das Schreiben des TM seit den zwanziger Jahren gut bekannten, ehemals Leipziger Juristen Arthur Philipp Nikisch (s. auch TB 2. 2. 1953, Anm. 3) befindet sich nicht unter den Dokumenten des TMA.

1955

1. 1. 1955

1] *englische Fassung:* Die gekürzte englische Fassung des Essays *Versuch über Tschechow,* die TM am 15. 1. 1955 im Studio Zürich auf Band sprach, wurde am 27. 2. 1955 von der BBC ausgestrahlt. *305*

2. 1. 1955

1] *Tiecks Wallenstein-Kritik:* S. TB 30. 12. 1954, Anm. 1. *305*

2] *L. v. Ranke:* Leopold von Ranke (1795–1886), ›Zur eigenen Lebensgeschichte‹, hrsg. von Alfred Dove, Leipzig 1890.

3] *italienische Othello-Aufnahme:* Vermutlich die 1954 erschienene Gesamtaufnahme mit Mario del Monaco, Renata Tebaldi, Aldo Protti, Chor und Orchester der Accademia Nazionale di Santa Cecilia unter der Leitung von Alberto Erede. In TMs Nachlaß sind keine Platten von Verdis ›Otello‹ erhalten.

5. 1. 1955

1] *Ranke: Wallenstein:* Leopold von Ranke, ›Geschichte Wallensteins‹, Leipzig 1869. TMs Exemplar ist in der Zürcher Bibliothek erhalten. *306*

2] *Largo von Händl:* So in der Handschrift.

3] *Aufnahme von Tschaikowskys Pathétique:* Von Pjotr Iljitsch Tschaikowskys (1840–1893) 6. Symphonie h-Moll, op. 74 ist im Plattennachlaß keine Aufnahme erhalten geblieben.

6. 1. 1955

1] *nach Fiesole zurückkehren:* In der Handschrift steht »zurückzukehren«. *306*

2] *Kritik im »Monat«:* S. TB 12. 12. 1954, Anm. 10.

3] *Glückwunsch:* An Margarete Hauptmann, Kilchberg o. D., Reg. IV, 55/4; Br. III, 368.

9. 1. 1955

306 1] *Verfilmung des Buches:* S. den TB 11. 1. 1955, Anm. 1 nachgewiesenen Brief an Rudolf Hirsch: »Was nun die Filmanfrage [...] betrifft, so kommt sie mir etwas phantastisch und mindestens verfrüht vor. Wir hatten schon davon gehört, dass der Verlag den Gegenstand anbietet, und hörten es mit einiger Überraschung, denn es bedarf doch dazu meiner Zustimmung, die Sie eben jetzt einholten. Nun steht aber meine Tochter Erika mitten im deutschen Filmbetrieb, sie lebt seit Monaten in Geiselgasteig und ist von mir autorisiert, über Angebote aus dieser Sphäre zu verhandeln und eventuell im Einverständnis mit mir abzuschliessen. Daraus ergibt sich, dass ich dem Verlag, obgleich nun auch er eine Filmagentur sich angeschlossen hat, nicht die Autorisation, die Sie wünschten, erteilen kann.«

11. 1. 1955

307 1] *an Dr. Hirsch:* An Rudolf Hirsch, Kilchberg, 9. 1. 1955, Reg. IV, 55/9: »[...] die Schillerrede. Ich gebe Ihnen bereitwillig Auskunft über Titel und Umfang. Ich denke die Schrift zu nennen: ›Versuch über Schiller. Zum 150. Todestag des Dichters seinem Andenken in Liebe gewidmet.‹ Es handelt sich nicht um ein Buch, sondern um eine Schrift von knapp 100 Seiten in meiner Handschrift./ Ich gebe Ihnen diese Informationen, weil ja gewiss die Papierbeschaffung für eine solche Schrift kein grosses Risiko bedeutet. Die Situation ist nun aber die folgende. Sie wissen, dass es in letzter Zeit hie und da Unstimmigkeiten und Meinungsverschiedenheiten zwischen Dr. Bermann und mir gegeben hat, und da unser Vertrag in den nächsten Monaten abläuft, so will ich, nachgerade darauf bedacht, mein Haus zu bestellen und für meine Erben zu sorgen, Manches richtig stellen, ohne dessen Bewilligung ich den Vertrag eben nicht erneuern könnte. Bermann hat uns seinerzeit in Nordwijk, als wir den früheren Vertrag nicht zur Hand hatten, einen neuen unterzeichnen lassen, der wesentlich ungünstiger war, und die neu darin aufgenommenen Einzelheiten sollen korrigiert werden. Ich vertraue darauf, dass ich mich mit Doktor Bermann darüber verständigen werde. Doch bleibt das Erscheinen neuer Schriften von mir im S. Fischer Verlag einigermassen in der Schwebe, solange diese Dinge noch nicht geordnet sind. Dieses wollte ich der Beantwortung Ihrer Frage doch lieber hinzufügen.« (Kopie im TMA)

2] *Gedichte der Fr. Kempner:* Die unter dem Titel ›Der schlesische Schwan‹ 1953 von Hermann Mostar in Heidelberg herausgegebene Anthologie der Gedichte von Friederike Kempner (1836–1904) ist in der Zürcher Bibliothek erhalten. Näheres TB 46–48, 804.

12. 1. 1955

1] *der »Erwählte« erscheinen soll:* Die Übersetzung von Zoltán Jékely erschien unter dem Titel ›A kiválasztott‹ 1957 bei Magvetö Könyvkiadó in Budapest. *307*

2] *bedankt:* An Werner Weber, Kilchberg, 12. 1. 1955, Reg. IV, 55/11.

13. 1. 1955

1] *Begleitbrief:* An Lore Rümelin-Wibel, Kilchberg, 13. 1. 1955, Reg. IV, 55/14. *308*

2] *Album mit Photographien:* S. TB 16. 1. 1955, Anm. 4. Das Album ist im TMA erhalten.

3] *Akademie-Ausgabe des »Ur-Faust«:* Ein Band der Ausgabe Johann Wolfgang von Goethe, ›Werke‹, hrsg. von Ernst Grumach im Auftrag der Deutschen Akademie der Wissenschaften zu Berlin im Akademie-Verlag. S. dazu TM an Akademie-Verlag, (Ost-)Berlin, Kilchberg, 13. 1. 1955, Reg. IV, 55/12: »[...] für die aufmerksame Übersendung Ihrer würdig-prächtigen Ausgabe des Urfaust sage ich Ihnen recht vielen Dank. Ich habe grosse Freude daran. Das Gesamtwerk in dieser Gestalt wird ein unschätzbarer Besitz sein. Nehmen Sie meinen aufrichtigen Glückwunsch zu dem edlen Unternehmen.« (Zitiert nach ›Mitteilungsblatt der Akademie der Wissenschaften, Berlin‹, Jg. 1, H. 2, Februar 1955, 9.) Der TM zugesandte Band ist in der Zürcher Bibliothek erhalten.

4] *russische Zeitschrift »Voks«:* Die gekürzte englische Version von TMs Essay erschien in ›VOKS Bulletin‹ No. 6 (89), Nov./Dez. 1954, 28–39.

16. 1. 1955

1] *auf Band sprach:* S. TB 1. 1. 1955, Anm. 1. *308*

2] *C. Burckhardt:* Der Schweizer Historiker Carl Jacob Burckhardt (1891–1974). Näheres TB 46–48, 375/376.

3] *Schröder:* Rudolf Alexander Schröder. S. TB 25. 1. 1953, Anm. 3.

4] *an Kultusminister Schütz:* An Werner Schütz, Kilchberg, 15. 1. 1955, Reg. IV, 55/16: Dank für ein »Album mit Photographien, die die besten Augenblicke meines Düsseldorfer Aufenthalts für die Erinnerung festhalten«, und »besonders noch« für mehrere kulturpolitische Referate: »Das sind überaus gewinnende, teilweise ergreifende Dokumente [. . .]. Eine grauenhafte Anziehung hatte für mich die grosse Betrachtung über den 20. Juli 44. Viel Wahres und Beherzigenswertes steht natürlich auch darin, aber mit schwankenden Gefühlen habe ich sie doch stellenweise gelesen. Das scheussliche Etwas, das Hitler hiess, war für mich immer ein Gegenstand tiefen Ekels, ungemischten Abscheus. Dass dieser Mordsidiot, dem unglücklicherweise eine Art von schmutzigem Magnetismus verliehen war, diese mit Dreck gefüllte Null, ›ein Übermaß von politischem und militärischem Wissen‹ besessen und ›fast täglich eine Menge vernünftiger und sympathischer Äusserungen‹ von sich gegeben habe, will mir nicht zu Haupt, ich kann's nicht glauben. Auch vertrage ich es sehr schlecht, wenn man, wie Jünger es tut, von ihm als von einem ›Koloss‹ spricht, – von diesem geifernden Kettenhund. Mit Goethes Teufel, den man ›nicht klein machen soll‹, darf man ihn nicht vergleichen. Und übrigens sagt der gelegentlich auch von sich: ›Ich schäme mich oft meines Geschlechts. Sie denken, wenn sie Teufel sagen, so sagen sie was Recht's.‹ Man sagt in keinem Sinn was Recht's, wenn man Hitler sagt. Und man soll das Ekelhaft-Erbärmliche nicht gross machen, nur weil es durch die Blindheit der Deutschen und die sträfliche Charakterlosigkeit der demokratischen Welt (wie recht haben Sie, in jeder Etappe des Unglücks *diese* anzuklagen!) ›geschichtlich‹ geworden ist. Geschichtlich, – da sagt man auch was Recht's./ Das schönste Stück der Sammlung ist wohl ›Das Wort im Dienste der Kulturpolitik‹. Diese echt magistralen aesthetisch moralischen Mahnungen, Rügen und Weisungen sprach nicht der Kultusminister des Landes Nordrhein-Westfalen, sondern ein berufener Lehrer des ganzen Deutschland, für den die klassische Formel vom ›Wahren – Guten – Schönen‹ keine leere Redensart ist. Genau so muss zu einem Volke gesprochen werden, dessen Verhältnis zu seiner Sprache im ganzen recht schlaff und gleichgültig, ja liederlich ist, und man kann nur hoffen, dass Ihr erzieherisches Dringen auf Reinheit, Wahrheit und

Schönheit des Wortes, seine Bedeutung für den Anstand des ganzen nationalen Lebens, die Gewissen nicht nur oberflächlich und für den Augenblick berührt hat.« (Kopie HOM)

18. 1. 1955

1] *Professor Hensel:* Der Schriftsteller und Anwalt Carl Haensel, Autor u. a. des mit Widmung in der Nachlaßbibliothek erhaltenen Buches ›Das Gericht vertagt sich‹; s. TB 14. 10. 1953, Anm. 5. 309

2] *G. Hillard:* Der Schriftsteller Gustav Hillard (eigentlich Gustav Steinbömer, 1881–1972).

3] *»Herren u. Narren der Welt«:* Gustav Hillard, ›Herren und Narren der Welt‹, Hamburg 1954. TMs mit einer Widmung des Autors versehenes Exemplar ist in der Zürcher Bibliothek erhalten.

4] *Krull-Rezension:* Gustav Hillard-Steinbömer, ›Die Parabel vom Hochstapler: Zu den ‚Bekenntnissen des Felix Krull'‹, ›Merkur‹, Jg. 9, H. 3, März 1955, 285–288.

5] *»Peau de chagrin«:* Balzacs 1831 erschienener Roman ›Das Chagrinleder‹.

6] *Widerstand in Deutschland:* Die SPD hatte ihre angekündigte außerparlamentarische Großaktion gegen die deutsche Wiederbewaffnung begonnen. Die NZZ berichtete am 17. 1. 1955 aus Bonn: »Mit einer Welle von Versammlungen und Demonstrationen, mit Reden ihrer führenden Männer versucht die SPD nicht nur die deutsche Bevölkerung, sondern auch die Partner der Pariser Verträge davon zu überzeugen, daß es besser wäre, diese Verträge, denen sie schärfsten Kampf angesagt hat, zu ändern. Prominente Mitglieder der Partei verteilen in vielen großen Städten Flugblätter [. . .]. Ueberall in Westdeutschland werden Plakate angeklebt, die einen Kriegsbeschädigten vor einer Trümmerlandschaft zeigen. Darunter stehen die Worte: ›nie wieder – darum verhandeln‹.«

7] *»Volksbegehren« in Bayern:* Die Gewerkschaften in Bayern führten zeitgleich mit den SPD-Aktionen Veranstaltungen durch, auf denen sie ein Plebiszit über die Frage der Wiederbewaffnung forderten.

8] *Freie, geheime Gesamtwahlen:* In den Bundestagsdebatten um die Eingliederung eines wiederbewaffneten Westdeutschland in das atlantische Verteidigungsbündnis hatte die SPD an Stelle der auf diese

Weise besiegelten Teilung Deutschlands verschiedentlich freie und geheime gesamtdeutsche Wahlen gefordert.

20. 1. 1955

310 1] *Meissingers Luther-Biographie:* S. TB 3. 4. 1953, Anm. 7 und 8.
2] *Brief aus Bonn:* Das Schreiben von Lore Rümelin-Wibel befindet sich nicht unter den Dokumenten des TMA.

21. 1. 1955

311 1] *»Ewige Gatte«*: Fjodor Michailowitsch Dostojewskis (1821–1881) Roman ›Der Hahnrei‹ (1870), der in der zweiten Auflage, 1889, unter dem Titel ›Der Gatte‹, ab 1902 ›Der ewige Gatte‹ erschien.

6. 2. 1955

312 1] *»Beethoven and his Nephew«:* Editha and Richard F. Sterba, ›Beethoven and his Nephew‹, New York 1954; TMs Exemplar ist – mit einer Widmung des Autors versehen – in der Nachlaßbibliothek erhalten. S. auch TM an Richard Sterba, Kilchberg, 14. 2. 1955, Reg. IV, 55/45: »Die Verdienste des Werks [. . .] bestehen hauptsächlich in der wohlfundierten Verteidigung der gewiss nicht besonders glänzenden, aber durchaus ehrenwerten Person des jungen Karl gegen die vor der Grösse liebedienerischen Verunglimpfungen der Beethoven-Biographen. Ihm ist von der Grösse und ihrer närrischen Leidenschaft übel mitgespielt worden, und es tut wohl, bei allem Erbarmen mit der Grösse sowohl wie mit ihrem Opfer, darüber einmal die Wahrheit zu lesen. Für Sie wie für Nietzsche und wie schließlich auch für mich ist Wahrheit ganz wesentlich psychologische Wahrheit. Wahrheit, Erkenntnis, aude sapere – und Psychologie: für mich fielen diese Begriffe und moralischen Bedingungen von jeher in eins zusammen, und darauf beruht wohl der Genuss, den mir Ihr Buch bereitete.« (Kopie im TMA)
2] *R. und E. Sterba:* Der Wiener Psychoanalytiker Richard F. Sterba (1898–1989) und seine Frau Editha, geb. von Radanowicz-Harttmann, gleichfalls Psychoanalytikerin. Die nicht-jüdischen Sterbas emigrierten 1938 aus Solidarität mit ihren verfolgten Kollegen über die Schweiz in die USA, wo sie in Detroit als Ärzte und Lehranalytiker wirkten.
3] *»Rosenkavalier«:* Von Richard Strauss' Komödie für Musik ›Der

Rosenkavalier‹ fand sich unter TMs nachgelassenen Platten keine Aufnahme mehr.

7. 2. 1955

1] *an Rychner:* An Max Rychner, Kilchberg, 7. 2. 1955; Bl. TMG No. 7, 25: »Kennen Sie den Brief an Humboldt vom Jahre 1795, worin ihm als ›Höchstes‹ eine olympische Idylle, die Hochzeit des Herakles mit Hebe vorschwebt? ›Alles Sterbliche aufgelöst, *lauter Licht, lauter Freiheit*, lauter Vermögen – *keinen Schatten, keine Schranken*, nichts von dem allen mehr zu sehen . . . eine Szene im Olymp darzustellen, welcher *höchste aller Genüsse!* Ich verzweifle nicht ganz daran, wenn mein Gemüt nur erst ganz frei und von allem Unrat der Wirklichkeit recht rein gewaschen ist; ich nehme dann meine ganze Kraft und *den ganzen ätherischen Teil meiner Natur* noch einmal zusammen, *wenn er auch bei dieser Gelegenheit rein sollte aufgebraucht werden.*‹ – Der Plan kommt sonst nirgends vor unter seinen Notizen und vorgemerkten Arbeitsideen. Er hat etwas nicht mehr Irdisches, von einem Lebenden Unausführbares, einem seligen Geiste Vorbehaltenes. Goethe im Alter zu seiner Schwiegertochter, als sie etwas Abschätziges sagte: ›Ihr seid alle viel zu armselig *und irdisch* für ihn.‹« *313*

2] *Schiller-Brief:* Friedrich Schiller an Wilhelm von Humboldt, 29/30. 11. 1795, über den »Traum einer olympischen Idylle«: S. das Dankschreiben an Hans Reisiger, Kilchberg, 10. 3. 1955, Reg. IV, 55/72; Br. III, 383; Bl. TMG No. 8, 37/38: »Der Brief an Humboldt war mir unbekannt geblieben und in Schillers Aufzeichnungen von allerlei Arbeitsmöglichkeiten kommt die Idee, soviel ich sehe, nicht vor. Ich fand sie dann freilich auch in einem Buch von H. Nohl über Schiller. Sie haben mir [. . .] mit dem Citat einen großen Floh ins Ohr gesetzt, denn ich war schon fertig mit meiner Schreiberei, mußte dies nun aber unbedingt noch hineinarbeiten, weil es seelisch so sehr wichtig und charakteristisch ist.« – In gleichem Sinn auch an Agnes Meyer, Kilchberg, 9.2. (fortges. 10.2.) 1955, Reg. IV, 55/36; Br. III, 372–376; TM/AM 793–798, wo TM – wie gegenüber Rychner – aus dem Humboldt-Brief zitiert und dann fortfährt: »Ist das nicht erschütternd? Der nie auch nur versuchsweise verwirklichte Plan [. . .] hat etwas Transcendentes, über das Leben Hinausgehendes, einem seligen Geiste Vorbehaltenes und nicht mehr Irdisches, obgleich doch sein Leben noch 10 Jahre dauern sollte. Seine Sehnsucht war im

Grunde Verklärung, schattenlos, schrankenlos, ›lauter Licht, lauter Freiheit‹. [. . .]«
3] *einkomponiert: Versuch über Schiller,* GW IX, 938/939. S. dazu Sandberg, a.a.O. 131: »Während Meissinger und Stein Thomas Mann auf die Bedeutung der Chiron-Szene (IX, 938) hinwiesen, hat Nohl neben Stein und Strich [zu allen Literaturangaben s. TB 15. 8. 1954, Anm. 3] die IX, 939 wiedergegebenen Gedanken gestiftet. Die Schlußstrophe aus dem Gedicht ›Das Ideal und das Leben‹ hat Thomas Mann von Nohl übernommen, ebenfalls dessen Reflexionen, die im *Versuch* in sprachlicher Abwandlung wieder auftauchen.«
4] *Adornos [. . .] Musikkritik:* Theodor W. Adorno, ›Musikalische Warenanalysen‹, ›Die Neue Rundschau‹, Jg. 66, 1955, H. 1, 59–70.
5] *»Elektra« der Yourcenar:* Das Drama ›Electre ou la chute des masques‹, Paris 1954. In der Zürcher Bibliothek.

8. 2. 1955

313 1] *in den mittelalterlichen Klostergeschichten:* TM las in dem Buch ›Klosterleben im deutschen Mittelalter. Nach zeitgenössischen Quellen dargestellt von Johannes Bühler‹, Leipzig 1923. Das Buch, das Notizen von TMs Hand aufweist, ist in der Zürcher Bibliothek erhalten.
2] *Abdankung Malenkows:* Im Rahmen der anhaltenden Machtkämpfe nach Stalins Tod mußte der sowjetische Ministerpräsident Georgi Malenkow am 8. 2. 1954 vor dem Obersten Sowjet seinen Rücktritt erklären. Die offizielle Begründung für diesen Schritt lautete lapidar: »Mangelnde Erfahrung in der Regierungsführung«.
3] *Ernennung Marschall Bulganins:* Die einstimmige Wahl des bisherigen ersten Vizeministerpräsidenten und Verteidigungsministers Nikolai Bulganin (1895–1975; entmachtet 1958) erfolgte, nach einer Meldung der United Press, auf Vorschlag Chruschtschows, des ersten Sekretärs der Kommunistischen Partei, noch am selben Tag durch die beiden Häuser des Obersten Sowjet.

10. 2. 1955

314 1] *an Agnes Meyer:* Kilchberg, 9./10. 2. 1955, Reg. IV, 55/36; Br. III, 372–376 (fragm.); TM/AM 793–798 (vollst.); s. auch das Zitat TB 7. 2. 1955, Anm. 2.
2] *Wunschtraum:* »Was man für den 6. Juni mit mir vorhat, denke

ich in militärischer Haltung über mich ergehen zu lassen. Immer habe ich eine Vorliebe gehabt für Andersens Märchen vom ›Standhaften Zinnsoldaten‹. Es ist im Grunde das Symbol meines Lebens. Und bei dem Wort ›Symbol‹ fällt mir ein kindischer Wunschtraum ein, der mir neulich mit grosser Lebendigkeit träumte: dass Sie mir nämlich zum Geburtstag einen Ring schenkten mit einem schönen Edelstein, es war ein Smaragd, und der Ring sollte das Symbol sein einer Kette, die von hier und mir hinüberreichte über den Ozean zur Stadt Washington D. C. Mit erstaunlicher Deutlichkeit sah ich den Ring mit dem grünen Stein, dieses Kettenglied, vor mir und freute mich wie ein Kind darüber – wie das Kind, das ich bin, bis zu dem Grade, dass ich Ihnen den Wunschtraum auch noch beichte. Wenn Sie ihn so kindsköpfig finden, wie er es wahrscheinlich ist, so wenden Sie weiter keinen Gedanken geschweige denn ein Wort daran.« (TM/AM 796/797) Vgl. dazu auch das Abschiedsgeschenk von Lord Kilmarnock an Felix Krull in der wieder eingesetzten (TB 1. 4. 1954, und 12. 4. 1954, Anm. 1) Schlußszene II, 2, GW VII, 491: »Dabei nahm er einen sehr schönen Smaragd vom Finger [. . .] und sagte sehr leise und abgebrochen: ›Nehmen Sie den Ring. Ich wünsche es. Ich danke Ihnen. Leben Sie wohl‹«, sowie das »Huldigungsgeschenk eines Ringes«, das den ersten Brief der Frau von Tolna an Adrian Leverkühn begleitet (GW VI, 521): »ein Kleinod [. . .] von größter Schönheit. Der ziselierte Reif selbst war alt, Renaissance-Arbeit; der Stein ein großflächig geschnittenes Prachtexemplar des hellgrünen Ural-Smaragds, herrlich zu schauen.«

11. 2. 1955

1] *an Neumann:* An Erich Neumann, Kilchberg o. D. (Poststempel 11. 2. 1955), Reg. IV, 55/37; Georg Wenzel (Hrsg.), ›Vollendung und Größe Thomas Manns‹, a.a.O. 33. *314*

2] *Vorschläge Prof. Meyers:* So im Manuskript. Zur Sache s. TB 2. 6. 1954, Anm. 2.

3] *Telegraphischer Bescheid:* An Hans Mayer, Kilchberg, 12. 2. 1955, Reg. IV, 55/39: »Ganz einverstanden. Titel Zeit und Werk. Untertitel Tagebücher, Reden und Schriften zum Zeitgeschehen.«

12. 2. 1955

315 1] *Frey bittet:* S. TB 26. 3. 1955, Text, sowie TB 28. 3. 1955, Text und Anm. 3.

15. 2. 1955

315 1] *Korrespondenz mit Rychner:* Der Brief von Max Rychner an TM mit der Bitte um einen ›Schiller‹-Text für ›Die Tat‹ ist nicht erhalten; TM antwortete zustimmend am 17. 2. 1955, Reg. IV, 55/47; Bl. TMG No. 7, 26.

2] *an Mme Yourcenar:* An Marguerite Yourcenar, Kilchberg, 15. 2. 1955, Reg. IV, 55/46.

3] *Ostdeutsche Dissertation:* Manfred Haiduk, ›Thomas Manns Kampf gegen den Faschismus, dargestellt an seinen Reden, Aufsätzen und Tagebuchaufzeichnungen‹, ›Wissenschaftliche Zeitschrift der Universität Rostock‹, Gesellschafts- und sprachwissenschaftliche Reihe, Jg. 3, 1953/54, No. 3, 187–214.

4] *»Texte und Zeichen« über den Krull:* Thilo Koch, ›Vollkommenheit‹, ›Texte und Zeichen‹, Jg. 1, 1955, H. 3, 133–135.

5] *»T. M. als Politiker«:* Alfred Andersch, ›Mit den Augen des Westens. Thomas Mann als Politiker‹, ›Texte und Zeichen‹, a.a.O. 85–100.

6] *Radiovortrag über Krull:* Im TMA fand sich kein Manuskript dieser Sendung.

7] *Schiller-Buch:* S. TB 15. 8. 1954, Anm. 3.

8] *H. Nohl:* Der Philosoph und Pädagoge Herman Nohl (1879 bis 1960).

17. 2. 1955

316 1] *Besetzung der Berner rumänischen Gesandtschaft:* In der Nacht vom 14. auf den 15. 2. 1955 waren antikommunistische Rumänen in die Gesandtschaft ihres Landes in Bern eingedrungen, hatten einen Chauffeur lebensgefährlich verletzt und sich in den Räumen der Vertretung ihres kommunistisch okkupierten Landes verschanzt. Die Schweizer Zeitungen berichteten seitenlang – bis hin zur Frage der Auslieferungsverpflichtung – über jeden diplomatischen Schritt in dieser Affaire, die schließlich mit der freiwilligen Kapitulation der drei Desperados endete.

2] *Die rumänischen Noten:* In zwei harschen Noten hatte die rumänische Regierung vom »unmenschlichen und unverantwortlichen Verhalten« gesprochen, das die Schweizer Regierung in ihren Reaktionen gegenüber »dem gewalttätigen Angriff rumänischer Fascisten« an den Tag lege, und die »unerhörten Umstände« angeprangert, unter denen der Überfall stattgefunden habe, bei dem sich »kriminelle Elemente, bewaffnet mit automatischen Schußwaffen, Beilen, Messern, Schraubenziehern und anderen Werkzeugen zur Oeffnung von Laden und Safes, wie Straßenräuber« Eingang in die Gesandtschaft erzwingen konnten.

3] *an Haas:* Kilchberg, 15. 2. 1955, Reg. IV, 55/44.

4] *»Die Kirschen der Freiheit«:* Alfred Andersch, ›Die Kirschen der Freiheit‹, Frankfurt am Main 1952.

5] *A. Andersch:* Der Schriftsteller, Zeitungs- und Rundfunkredakteur Alfred Andersch (1914–1980). Zu dem »sehr klugen Aufsatz über meine Politik« s. TB 15. 2. 1955, sowie TB 49/50, 560.

6] *An Rychner:* S. TB 15. 2. 1955, Anm. 1.

7] *an F. Amoroso:* Nach Angabe in Reg. IV, 596, verschollen.

8] *Versuche einer französischen Regierungsbildung:* Nach dem Sturz des französischen Ministerpräsidenten Mendès-France war der Sozialist Christian Pineau (geb. 1904) mit der Regierungsbildung beauftragt worden.

9] *an v. Unruh:* Das Schreiben an den Dramatiker Fritz von Unruh (1885–1970) ist nach Angabe in Reg. IV, 596, verschollen.

10] *von Agnes Meyer:* [Washington], 14. 2. 1955; TM/AM 798/799: »Ich habe es geahnt [. . .] ›Entweder T. ist erkrankt oder jemand in der Familie‹ – Und war so tief unruhig dass der Traum von der Kette mir ganz unheimlich zumutet. Denn Sie träumten was für mich schmerzliche Entdeckung und Erfahrung war – [. . .] Ich liege zu Bett da ich mich schonen muss [. . .]. Aber ich werde an den Standhaften Zinnsoldaten denken, an dem Ring mit den schönen Edelstein, und alles wird gut sein –«

11] *wenn er wirklich kommt:* TM bekam einen Ring – aber nicht von Agnes E. Meyer; und es war auch kein Smaragd, sondern ein Turmalin-Ring, den ihm die Familie schenkte. (S. dazu TB 15. 6. 1955, Text und Anm. 7.)

18. 2. 1955

317 1] *Einschaltung: Versuch über Schiller*, GW IX, 938–940; s. TB 7. 2. 1955, Anm. 3.

2] *an den Desch-Verlag:* An Hans Josef Mundt, Kilchberg, 18. 2. 1955, Reg. IV, 55/50; Br. III, 377–379.

3] *Fischer'sche Ausgabe:* ›Luther‹, ausgewählt von Karl Gerhard Steck, eingeleitet von Helmut Gollwitzer, Fischer Bücherei, Bücher des Wissens, Bd. 76, Frankfurt am Main, Februar 1955.

4] *An Mlle Servicen:* An Louise Servicen, Kilchberg, 19. 2. 1955, Reg. IV, 55/51: »Die größte Schwierigkeit, die sie [die Übersetzung des *Krull*] bereitet, liegt wohl in dem erotischen Abenteuer mit Madame Houpflé, [. . .] besonders in der Wiedergabe der teils deutschen, teils französischen Alexandriner. [. . .] Nun möchte ich Sie [. . .] darauf aufmerksam machen, daß diese Improvisationen mit einer Stelle beginnen, die ein Zitat aus Victor Hugo's ›Hernani‹ ist.« (D. ü. D. I, 375/376)

5] *V. Hugo-Citat:* »Aus dem dritten Akt von Hugo's Drama, der Le Vieillard heißt: ›Comment, à ce propos, quand l'heure nous appelle,/ N'êtes-vous pas encore prête pour la chapelle?/ Mais, vite! Habillez-vous. Je compte les instants./ La parure de noce!‹ und Diane kommt dadurch in poetische Stimmung. Freilich ändert sie das ›mais vite habillez-vous‹ in ›*des*habillez-vous‹.« (D. ü. D. I, 376)

19. 2. 1955

317 1] *an Rychner zu schicken:* TM hat seinen Vorsatz zwei Tage später ausgeführt; vgl. TB 21. 2. 1955 und das Schreiben an Max Rychner, Kilchberg, 21. 2. 1955, Reg. IV, 55/55; Bl. TMG No. 7, 26: »Verzeihen Sie, aber ich bin auf den Gedanken gekommen, Ihnen einfach einmal meine Aufzeichnungen über Schiller vertraulich zuzuschicken und um Ihr Urteil zu bitten, ob ich etwas leidlich Würdiges zustande gebracht. Ich weiß es nämlich nicht.«

2] *Feuchtwanger [. . .] über den Krull:* Lion Feuchtwanger, ›Felix Krull, ein bürgerlicher Schelm‹, ›Neue Deutsche Literatur‹, (Ost-) Berlin, Jg. 3, H. 2, Februar 1955, 141/142.

3] *an den Berl. »Aufbau«:* TM schrieb nicht an den ›Aufbau‹, sondern an die Redaktion der (Ost-)Berliner Wochenzeitung ›Sonntag‹; Kilchberg, 19. 2. 1955, Reg. IV, 55/52; Br. III, 379/80.

4] *Vorwort:* Der Anm. 3 nachgewiesene Brief ist wiedergegeben als

eine Art Kommentar zum mit Illustrationen von Max Schwimmer versehenen Abdruck der Novelle *Schwere Stunde* im ›Sonntag‹, 15. 5. 1955, 8/9.
5] *Quartett op. 132:* Von Ludwig van Beethovens Streichquartett a-Moll fand sich keine Aufnahme unter TMs nachgelassenen Platten.

20. 2. 1955
1] *»Frühlingsfluten«:* TM hatte Iwan Turgenjews Novelle ›Frühlingsfluten‹ im September 1920, während der Vorarbeiten für den *Zauberberg,* wiedergelesen. Vgl. TB 15. 2. 1920 (TB 18–21, 379): »Fing nach dem Abendessen wieder mit Turgenjews ›Frühlingsfluten‹ an, die ich mir längst für den Zbg. vorgenommen.« *318*

21. 2. 1955
1] *Ganzleder-Ausgabe des Krull:* Von der ersten Auflage erschienen 500 Stück als Vorzugsausgabe, in Kalbsleder gebunden, numeriert und vom Autor signiert. (Potempa D 12 3.2) *318*
2] *an Erika:* Kilchberg, 21. 2. 1955, Reg. IV, 55/54; Br. III, 380/381: »Für alle Fälle schicke ich Dir doch die Einschaltung von 2 Seiten über den ›ätherischen‹ Werkplan. Ich habe sie dort eingefügt, wo Goethe in Faust II von Schiller als Herkules spricht, obgleich auch eine andere Unterkunft dafür denkbar gewesen wäre [...]. Nicht um Dich mit noch mehr Material zu belasten schicke ich Dir den Zusatz, sondern weil ich für möglich halte, daß gerade er bei der Zusammendrängung sich als nützlich erweisen könnte. Ich stelle mir manchmal vor, daß man mit der Bestattung beginnen und dann seine erstandene Gestalt so behandeln könnte, daß man von seiner natürlichen Großheit, dem kindlichen Element in ihr, dem Spekulativen, dem Bühnenerschütterer spricht, wobei man die Werke streift, dann auf die Sehnsucht nach Entkleidung vom Irdischen, nach dem Himmlischen kommt, von da auf die Verklärung, die er nach seinem Tode in Goethes Vorstellung erfährt, auf das Wort ›Ihr seid alle zu armselig und irdisch für ihn‹ und dann auf den Schlußteil.«
3] *an Rychner:* S. TB 19. 2. 1955, Anm 1.
4] *An die deutschen Stadtmagistrate:* ›An die Ratsherren aller Städte deutschen Landes, daß sie christliche Schulen aufrichten und hal-

ten sollen‹, ›Luther‹, ausgewählt von Karl Gerhard Steck, a.a.O. 171–190.

5] *Tötlicher Aufruhr:* So in der Handschrift.

22. 2. 1955

319 1] *an das Budapester Radio:* An József Turóczi-Trostler, Kilchberg, 21. 2. 1955, Reg. IV, 55/56.

2] *Excerpte:* Über TMs Exzerpte für die Materialsammlung zu ›Luthers Hochzeit‹ informiert – neben den TB 4. 3. 1955, Anm. 1 nachgewiesenen Arbeiten – am ausführlichsten Kurt Aland, ›Martin Luther in der modernen Literatur. Ein kritischer Dokumentarbericht‹, Witten und Berlin 1973, besonders 369–397, wo S. 371 die Quellen zusammengestellt sind, aus denen TM vorzüglich exzerpierte: Die Primärtexte aus Buchwalds Briefausgabe und der Textauswahl von Karl Gerhard Steck in der Fischer Bücherei sowie Anregungen, Episoden und Gedanken aus Bainton, Köstlin, Meissinger, Ritter, v. Stein und D. F. Strauß.

23. 2. 1955

319 1] *von Rychner:* Zürich, 23. 2. 1955; Bl. TMG No. 7, 27/28: »Ich habe sogleich alles fallen gelassen, mich Ihrem Manuskript zugewandt und es, gebannt von der ersten bis zur letzten Zeile, durchgelesen, vielmehr in mich gerissen. Das hohe Entzücken daran hält vor und wird mir bleiben, so wie das an der ›Schweren Stunde‹ mir seit über vier Jahrzehnten geblieben ist und mich mit ausmacht.« (27)

2] *für seine Beilage:* Ein Auszug aus TMs Schiller-Essay erschien unter dem Titel ›Die Freundschaft mit Goethe‹ in der ›Tat‹ vom 10. 5. 1955, 7.

3] *»Theehaus«:* TM sah das Schauspiel ›Das kleine Teehaus‹ von John Patrick nach dem Roman ›Die Geishas des Captain Fisby‹ von Vern Sneider. Unter der Regie von Leo Mittler und in der Ausstattung von Teo Otto spielten in den Hauptrollen Elisabeth Lüdringhausen und Hans-Helmut Dickow.

4] *Aufsatz über deutsche Prosa:* H. S. Reiss, ›Zum Stil und zur Komposition in der deutschen Prosaerzählung der Gegenwart‹, ›Studium Generale‹, Berlin, Göttingen, Heidelberg, Jg. 8, H. 1, Januar 1955, 19–31.

5] *H. S. Reiß:* Der Germanist Hans Siegbert Reiss (geb. 1922 in

Mannheim) emigrierte 1933 nach Irland, lehrte später in Dublin, London, Montreal und, von 1965 bis zu seiner Emeritierung, in Bristol. Zu TMs Wertschätzung des Aufsatzes s. das Dankschreiben an den damals am Queen Mary College der University of London Lehrenden, Kilchberg, 26. 2. 1955, Reg. IV, 55/60: »[. . .] Aus Ihren Betrachtungen über meine Arbeit glänzt mir die Stelle über mein Verhältnis zur Tradition hervor. Das ist sehr gut. Aber obgleich ich das schmeichelhafte Gefühl habe, dass dieser erste Teil Ihres Aufsatzes Sie am lebhaftesten und unmittelbarsten interessiert hat (vielleicht ein Irrtum), finde ich ihn objektiv übertroffen durch die letzte, die kritisch sehr glänzende Analyse von Musils auch mir sehr bedeutendem Werk. Der Aufsatz erfährt dadurch eine schöne künstlerische Steigerung.«

24. 2. 1955
1] *Kabinet Faure:* Nach dem Scheitern Christian Pineaus hatte die französische Nationalversammlung mit 369 gegen 210 Stimmen der von Edgar Faure gebildeten Regierung ihr Vertrauen ausgesprochen. *319*
2] *Pinay:* Der französische Politiker (Angehöriger des Centre National des Indépendents et des Paysans) Antoine Pinay (1891–1994).

25. 2. 1955
1] *Erasmus-Briefe:* Erasmus von Rotterdam, ›Briefe‹. Verdeutscht und herausgegeben von Walther Köhler, Bremen 1938. Das Buch ist in der Zürcher Bibliothek erhalten. *320*
2] *an Rychner:* An Max Rychner, Kilchberg, 25. 2. 1955, Reg. IV, 55/59; Bl. TMG No. 7, 28.
3] *»Stories and Episodes«:* ›Stories by and Episodes from the Books of Thomas Mann‹, London, 1940, Everyman's Library, Fiction 962. Die vierte Auflage mit einer Einleitung von Erich Heller erschien 1954.

26. 2. 1955
1] *Tumult [. . .] Wutausbruch des Kanzlers:* Die FDP hatte durch ihren Abgeordneten Becker an der Verknüpfung des Saarabkommens mit der Ratifikation der Wiederbewaffnung Deutschlands heftige Kritik geübt: Die Freien Demokraten weigerten sich, den jungen Deut- *320*

schen zu sagen, »Ihr könnt erst Soldaten werden, nachdem wir einen Teil des nationalen Territoriums abgetreten haben« – eine Linie, die einen Tag später, vor der dritten Lesung, Thomas Dehler noch einmal unterstrich. Jetzt, vor der zweiten Lesung und nach Beckers überraschendem Angriff auf die in seinen Augen von der CDU-Majorität verratene Koalitionslinie reagierte Adenauer »mit erhobener Stimme und mit gerötetem Antlitz, seine Worte mit Faustschlägen auf das Rednerpult unterstreichend« und griff Beckers Ausführungen mit ungewöhnlicher Heftigkeit als »außerordentlich unglücklich«, »unmöglich« und »das Schlimmste, was der deutschen Sache zustoßen konnte« an.

2] *komische Behandlung:* Die Schweizer Presse ließ in ihrer Berichterstattung eine zugleich abwiegelnde wie auch der Verschwörungstheorie immer wieder Auftrieb gebende Intention erkennen, die TMs Sinn für makabre und unfreiwillige Komik reizen mußte: »Wenn die [von den Rumänen beigebrachten] Einzelheiten aus anderen Kreisen als denjenigen der direkt beteiligten Täterschaft stammen, so ist wohl die entsprechende Vorsicht am Platz. Denn dann wären wir Zeugen der *untergründigen Propagandatätigkeit im Nervenkrieg zwischen den Weltmächten,* die sich in diesem bestimmten Fall auf unserem Rücken abspielen würden. Sorgen wir dafür, daß in diesem Fall die Spekulation auf eine gewisse Unerfahrenheit, ja, sogar Naivität des Schweizer Publikums in Sachen Nervenkrieg nicht allzu leichte Hand bekäme, das üble Spiel zu gewinnen. Da in diesem Bereich nichts unmöglich ist, muß wohl auch daran gedacht werden, ob nicht die auf undurchsichtigen Wegen an die vermittelnde Presseagentur gelangenden Sensationsdarstellungen der *Verschleierung* dienen könnten, dies im Interesse irgendeiner im Hintergrund stehenden Gruppe./ Es wäre zu wünschen, wenn die ganze Angelegenheit, die gegenwärtig weite Kreise der schweizerischen Oeffentlichkeit geradezu in Bann schlägt, bald ihres ›Gangsterfilm‹-Charakters entkleidet werden könnte.« (NZZ, Fernausgabe, 26. 2. 1955, Bl. 3)

28. 2. 1955

320 1] *an Hirsch:* Der Brief an Rudolf Hirsch ist nach Angabe in Reg. IV, 596, verschollen.

2] *[an] Weber:* An Werner Weber, Kilchberg, 26. 2. 1955, Reg. IV, 55/61; Br. III, 381/382.

3] *[an] Janka:* Nach Reg. IV, 596, verschollen.
4] *»Ernste Gesänge«:* Von Johannes Brahms' Liederzyklus ›Vier ernste Gesänge‹, op. 121 besaß TM eine Aufnahme mit Alexander Kipnis und Gerald Moore aus dem Jahre 1947.
5] *»Träume«:* S. TB 30. 3. 1953, Anm. 5.

1. 3. 1955
1] *Felix Neumann mit einem Roman:* TMs alter Klassenkamerad, der Schriftsteller und Journalist Felix Neumann (1875–1968), hatte TM das Manuskript eines neuen Romans, ›Abenteuerliches Intermezzo‹, zugesandt. *320*
2] *»Seeds of Time«:* Walter Rilla, ›Seeds of Time‹, London 1955; die deutsche Ausgabe, ›Saat der Zeit‹, im selben Jahr in München. Vgl. auch TMs TB 29. 12. 1951 (TB 51/52, 156) notierten Trostbrief an Rilla. *321*
3] *Brief einer Italienerin:* S. dazu den TB 8. 3. 1955, Anm. 3 nachgewiesenen Brief an Lavinia Mazzucchetti: »An Pocar habe ich einen ärgerlichen Brief von einer Frau in Rom geschickt, worin Arzenis Joseph-Uebersetzung schlecht gemacht wird. Ich habe ihr schon geschrieben, vor allen Dingen würden *Sie* schlechte Uebersetzungen nicht als Herausgeberin zeichnen, und ich wüsste, welche Sorgfalt das Haus Mondadori der Gesamtausgabe widmet. Wenn der Brief eine solche falsche Denunziation ist, wie er mir zu sein scheint, so sollte man der Person über den Mund fahren.« (Im TMA)
4] *Beendigung [...] der 32 Seiten-Bearbeitung:* Die im wesentlichen von Erika Mann meisterlich zusammengestrichene und mit neuen Übergängen versehene Fassung ist im TMA erhalten. Die Kürzungen gelten mit Ausnahme weniger Absätze, die einige Gedanken in neue Verbindungen und Zusammenfassungen aufnehmen, den Druckseiten GW IX, 893–917, 919–926 und 940–946. Die Reduktion dieser Fassung auf die – gleichfalls im TMA erhaltenen – 21 1/3 Seiten des Vortrags (»Radikalkürzung«, TB 9. 4. 1955) betraf vor allem die ›Don Carlos‹-Interpretation, den ›Demetrius‹, die Beschreibung der Aufführung der ›Jungfrau‹ in Weimar nebst anschließenden Betrachtungen, die Frauen-Affairen und eine nochmalige Kürzung der ›Wallenstein‹-Passagen sowie die TB 10. 4. 1955 erwähnte »Neuschrift des zusammenzuziehenden Mittelteils«.
5] *Dr. Ewers:* Der Lübecker Jurist Hans Ewers (1887–1968), von

1929 bis 1933 Senator für Justiz und Bauwesen seiner Vaterstadt, nach 1945 wieder Mitglied der Bürgerschaft und Landtagsabgeordneter in Kiel, von 1949 bis 1953 Mitglied des ersten Deutschen Bundestags.

6] *Senatorin Brinkmann:* Gemeint ist die Lübecker Kultursenatorin Dr. Luise Klinsmann; s. TB nach 3. Juni 1953, *Reise nach England und Hamburg*, Anm. 16.

7] *altes Nachrichten-Buch:* ›Gründliche Nachrichten von der Kayserlichen, Freyen, und des Heiligen Römischen Reichs Stadt, Lübeck, welche den Einheimischen und Fremden, aus unverwerflichen Documenten, aufrichtiger Feder ertheilet wird‹, 2. verb. Aufl., Lübeck 1742. Das Buch ist in der Zürcher Bibliothek erhalten.

2. 3. 1955

321 1] *Sammlung seiner Essays:* Robert Faesi, ›Thomas Mann. Ein Meister der Erzählkunst‹, Zürich 1955.

2] *»Don Pasquale«:* Es fand sich keine Aufnahme von Gaetano Donizettis (1797–1848) 1843 in Paris uraufgeführter Komischer Oper ›Don Pasquale‹ in TMs Nachlaß.

3. 3. 1955

322 1] *mit einem Stückchen umginge: Luthers Hochzeit.* S. den Brief an Hans Reisiger, 10. 3. 1955, Reg. IV, 55/72: »Jetzt will ich versuchen, ein aufführbares Stück: ›Luthers Hochzeit‹ zu schreiben, lese und entwerfe viel dafür. Dies ganz unter uns. – Wenn man nur nicht soviel *gestört* würde.« (Br. III, 383)

2] *an den Lübecker Bürgermeister:* An Otto Passarge, Kilchberg, 3. 3. 1955, Reg. IV, 55/64; abgedruckt am 11. 3. 1955 in den ›Lübecker Nachrichten‹, 2.

4. 3. 1955

322 1] *»Luthers Hochzeit«:* Zu TMs nicht mehr ausgeführtem Plan s. die zusammenfassende, Entstehungsgeschichte und Stand der Arbeit im Augenblick des Todes erschöpfend dokumentierende Studie – nachgewiesen TB 22. 2. 1955, Anm. 2 – von Kurt Aland, die Abhandlung von Hans Wysling ›Thomas Manns Plan zu einem Schauspiel ‚Luthers Hochzeit'‹, ›Hefte der deutschen Thomas-Mann-Gesellschaft Sitz Lübeck‹, H. 4, September 1984, 3–23, sowie die im TMA archivierte ›Quellensammlung zu *Luthers Hochzeit*‹ von Maria Hülle.

2] *»Axes«:* Die »Achsenmächte«. »Achse« war die Bezeichnung für das Bündnis zwischen Deutschland, Italien und Japan zur Zeit des Zweiten Weltkriegs.
3] *Atombomben-Abwürfe:* Über Hiroshima und Nagasaki im August 1945.

5. 3. 1955
1] *Brief der Miss Thallin:* Das Schreiben der BBC-Third-Program- 322
Mitarbeiterin Anna Kallin (s. TB 51/52, 352) ist nicht unter den im TMA verwahrten Dokumenten. Zur Sache s. TB 1. 1. 1955, Text und Anm. 1, sowie TB 16. 1. 1955, Text.
2] *Über Claudel:* Die Beilage ›Literatur und Kunst‹ der NZZ (Fernausgabe), 5. 3. 1955, Bl. 9/1 und 9/2, war dem ›Gedenken für Paul Claudel‹ (geb. 1868) gewidmet, der am 23. 2. 1955 in Paris gestorben war. – Von »Pfui«, wie TM vermerkt, kann keine Rede sein. Die Beiträge von Georges Duhamel, Carl Jakob Burckhardt, Robert d'Harcourt, Hans Urs v. Balthasar sowie ein Bericht über Claudels letzten Besuch in Zürich tendieren einhellig zum »Hui«.

6. 3. 1955
1] *Band Molière:* TM las das Schauspiel im 3. Band seiner Ausgabe: 323
›Molière, Komödien. Eine Auswahl in 4 Bänden mit einer biographischen Einleitung von Sainte-Beuve‹, München 1922. Die Bände sind in der Nachlaßbibliothek erhalten.

7. 3. 1955
1] *Hamsun-Gesellschaft:* Die Knut Hamsun-Gesellschaft war am 323
19. 2. 1955 auf Initiative von Hilde Fürstenberg gegründet worden.
2] *Rowohlt:* Der Verleger Ernst Rowohlt (1887–1969) war zum ersten Präsidenten der Hamsun-Gesellschaft gewählt worden. – Zu TMs Urteil über Rowohlt, den er nie gesehen hatte, s. TB 46–48, 542.
3] *Eckenförde:* So, vermutlich für Eckernförde, im Manuskript.
4] *an Dr. Hirsch:* Nach Angaben in Reg. IV, 596, verschollen.
5] *Absage an die deutsche Botschaft:* Gemeint ist vermutlich das Telegramm an Wilhelm Sternfeld in London, das die Bitte enthält, der deutschen Botschaft für eine Einladung zu danken und zu sagen, daß er, TM, wegen der gerade erst überstandenen Krankheit zu seinem Bedauern nicht nach London reisen könne; nachgewiesen in Reg. IV, 55/71, datiert: Kilchberg, 8. 3. 1955.

6] *Reportage über François-Poncet:* ›Der Spiegel‹, Jg. 9, No. 10, 2. 3. 1955, hatte ein Titelbild: ›A. François-Poncet‹ mit der Unterschrift: ›Botschafter bei Boches und Deutschen. ‚Es ist Zeit, daß ich gehe'‹. S. 10–19 konnte TM die dazugehörige Geschichte lesen: ›François-Poncet: Ein Zeuge tritt ab.‹

8. 3. 1955

323 1] *»The Listener«:* Die Vortragsfassung von TMs Tschechow-Essay (s. TB 1. 1. 1955, Anm. 1) erschien unter dem Titel ›Anton Chekhov: An Essay‹, in der BBC-Zeitschrift ›The Listener‹, vol. 53, No. 1357, 371–374.

2] *Boucher über »Krull«:* Maurice Boucher, ›Lettres allemandes: Les confessions du chevalier d'industrie Felix Krull‹, ›Hommes et Mondes‹, Paris, No. 26, März 1955, 605–607.

3] *an Lavinia M.:* An Lavinia Mazzucchetti, Kilchberg, 8. 3. 1955, Reg. IV, 55/70: »Nur zwei Worte heute zum Ausdruck meiner *hellen Freude* über die Nachricht, daß Sie den ›Krull‹ übersetzen wollen. ›Was will ich mehr, ich bin geborgen – Nun braucht sich Beckmesser nicht mehr zu sorgen‹, heisst es in den ›Meistersingern‹. Gewiss freue ich mich meinetwegen und des Buches wegen, aber ebenso gewiss auch für *Sie*, der damit eine nicht reizlose und ans Leben bindende Aufgabe geboten ist – nicht zu schwer dabei, eher vergnüglich./ Schwierigkeiten bietet für jeden Uebersetzer eigentlich bloss das Mme Houpflé-Kapitel mit den Alexandriner-Improvisationen in französisch und deutsch, wobei ich aufmerksam mache, dass die Gute mit Victor Hugo anfängt: ›Pourquoi, quand l'heure nous appelle, n'es-tu pas encore prête pour la chapelle‹, das ist aus ›Hernani‹. Freilich sagt sie dann statt ›Habille-toi, vite!‹ ›*Des*habille-toi!‹« (Im TMA. S. dazu auch TB 51/52, 402 und D. ü. D. I, 376.)

4] *»Der Geizige«:* In Band 3 der TB 6. 3. 1955, Anm. 1 nachgewiesenen Ausgabe.

9. 3. 1955

324 1] *Vortrag:* TM hielt den Tschechow-Vortrag am 22. März auf Einladung des Zürcher Schriftsteller-Vereins im großen Saal des Zürcher Hotels ›Elite‹. S. dazu den Eintrag 22. 3. 1955, Erika Manns Bericht in ›Das letzte Jahr‹, a.a.O. 21/22, sowie Sprecher, 274/275.

2] *Telegramm:* Nicht erhalten. Zur Sache s. Anm. 3.
3] *telephonischer Kommentar:* Die ›Lübecker Nachrichten‹ veröffentlichten am 11. 3. 1955, 3, einen Kasten ›Interview mit Thomas Mann‹: »Unmittelbar nach Beendigung der Bürgerschaftssitzung nahmen die ›Lübecker Nachrichten‹ Gelegenheit, mit Thomas Mann [...] zu telefonieren. Thomas Mann brachte zum Ausdruck, daß ihn ›diese hochherzige Geste‹ der Bürgerschaft sehr gerührt und erfreut habe. Er sagte: ›Es hat so viele Spannungen und leidige Mißverständnisse zwischen meiner Vaterstadt und mir in all diesen Jahrzehnten gegeben, daß es mir wirklich wohltut, daß durch diesen Beschluß das alles nun ausgelöscht ist und Friede hergestellt ist zwischen meiner Vaterstadt und mir.‹/ Thomas Mann führte weiter aus: ›Ich nehme nicht an, daß der Beschluß ganz einstimmig gefaßt worden ist und mache mir keine Illusionen darüber, daß auch nach diesem Beschluß noch gewisse Gegnerschaften, eine gewisse Aversion bei einzelnen gegen mich in Lübeck weiter bestehen wird. Aber in solchen Fällen erinnere ich mich gern an den Spruch, der über der Schiffergesellschaft in Lübeck steht: ‚Allen zu gefallen, ist unmöglich.' Dieses Wort habe ich sehr oft zitiert und zitiere es auch bei dieser Gelegenheit.‹/ Thomas Mann fuhr dann fort: ›Ich möchte noch hinzufügen, wie schade es ist und wie leid es mir tut, daß mein Vater diesen jetzt gefaßten Beschluß nicht mehr erlebt. Ich denke manchmal daran, wie schade es ist, daß er nicht etwas länger meinem Leben hat zusehen dürfen. Ihm und meinen Lehrern in Lübeck habe ich damals wenig Aussicht gemacht, daß aus mir jemals etwas Anständiges werden könnte. Und ich bin froh, wenn es sich nunmehr doch erwiesen hat, daß gewisse Kräfte und ein guter Wille, diese Kräfte zu gebrauchen, da waren, um aus meinem Leben doch etwas ganz Ansehnliches zu machen.‹ [...]«
4] *»Homage de la France«:* Der von Martin Flinker herausgegebene Band ›Hommage de la France à Thomas Mann à l'occasion de son quatre-vingtième anniversaire‹ erschien im Mai 1955 in einer Auflage von 1000 Stück in der Edition Flinker, Paris. Er enthielt »Grüße, Glückwünsche, ganze Essays von allen, ziemlich allen namhaften französischen Schriftstellern, an der Spitze berühmte Staatsmänner wie Herriot, Auriol, Mendès-France, Schuman etc.« (TM an Erich von Kahler, Kilchberg, 16. 6. 1955, Reg. IV, 55/210; Br. III, 405, fragm.)
5] *Vorwort-Brief:* An den Verlag Uj Magyar Könyvkiadó, Budapest;

Kilchberg, 14. 3. 1955, Reg. IV, 55/80; GW XI, 706–708 unter dem Titel *[Vorwort zu der ungarischen Ausgabe der Novellen]*.
6] *Besprechung [...] von Zampa:* Giorgio Zampa, ›Giuseppe e i suoi fratelli‹, ›Corriere della Sera‹, 9. 3. 1955.

10. 3. 1955

324 1] *von Dr. Hirsch:* Das Schreiben von Rudolf Hirsch ist nicht mehr erhalten. Vermutlich erbat Hirsch einen Vorabdruck aus TMs Schiller-Essay für die ›Neue Rundschau‹. Dort jedenfalls erschien im 3. – ›Thomas Mann zum 80. Geburtstag‹ gewidmeten – Heft des 66. Jg., 278–293 [recte 378–393], unter dem Titel ›Thomas Mann: Schillers Wallenstein‹ der später in GW IX, 894–913 publizierte Text.
2] *an Reisiger:* An Hans Reisiger, Kilchberg, 10. 3. 1955, Reg. IV, 55/72; Br. III, 383; s. auch das *Luthers Hochzeit* betreffende Zitat TB 3. 3. 1955, Anm. 1.

11. 3. 1955

325 1] *Der junge Baumgärtner:* Der junge Nürnberger Patriziersohn Hieronymus Baumgärtner, den Luther gern mit Katharina von Bora verheiratet hätte. S. Bainton, a.a.O. 245, Aland, a.a.O. 380/381 sowie TMs TB-Eintrag vom 6. 4. 1955.
2] *zu Röhm:* Das von TM bevorzugte exklusive Zigarrengeschäft Wilhelm Röhm in der Zürcher Bahnhofstr. 46 und der Poststr. 12.
3] *im »Merkur«:* S. TB 8. 1. 1955, Anm. 4.
4] *Angelegenheit des Kuratoriums der Berliner Akademie der Wissenschaften:* In einem Brief vom 8. 3. 1955 hatten Ernst Grumach und Alfred Kantorowicz im Auftrag der Deutschen Akademie der Wissenschaften zu Berlin TM um »Stellungnahme zu der folgenden Anfrage« gebeten: »Seit langem wird innerhalb der Akademie der Gedanke erwogen, Ihnen aus Anlaß Ihres bevorstehenden 80. Geburtstages eine besondere Ehrung zu erweisen.« Man habe deshalb beschlossen, »im Rahmen des Instituts für deutsche Sprache und Literatur bei der Deutschen Akademie der Wissenschaften eine besondere Abteilung zur Pflege Ihres geschriebenen Wortes zu schaffen«, dessen Aufgabe sein solle: »in Zusammenarbeit mit Ihnen und von Ihnen zu bestimmenden Persönlichkeiten und Verlagen über die Reinheit Ihres geschriebenen Wortes zu wachen und eine künftige kritische Ausgabe Ihres Gesamtwerkes und, falls Sie es wünschen

sollten, auch Ihrer Briefe vorzubereiten.« (Zitiert nach ›Wissenschaftliche Annalen‹, (Ost-)Berlin, Jg. 5, 1956, H. 9, 696/697.) TM antwortete am 13. 3. 1955 mit einem Schreiben an den ihm als Korrespondenten benannten Referenten der Klasse für Sprachen, Literatur und Kunst, Professor Otto Neuendorff, Reg. IV, 55/77: »[...] Ich brauche nicht zu sagen, wie dankbar ich für das Vorhaben bin. Der einzige Zweifel, den ich dabei hegen könnte, ist die Frage, ob meinem Werk von der Nachwelt der Rang und die Wichtigkeit beigemessen werden wird, die Freunde des Wortes und Geistes ihm heute zuschreiben. Soviel aber gebe ich zu, daß meine Lebensarbeit im Geiste einer Genauigkeit hergestellt ist, die es gegen jede kleine Verderbnis seines Details besonders empfindlich macht. Ich weiß nicht einmal, ob ihm das zu so großer Ehre gereicht, aber ich kann persönlich garnicht umhin, mich des Gedankens zu freuen, daß eine wissenschaftliche Institution wie die Ihre ein eigenes Kuratorium literarisch berufener Persönlichkeiten einsetzen will, um jene Genauigkeit, von der ich sprach, zu hüten./ Ich gebe Ihnen also meine dankbare Zustimmung zu dem Plan und fände es durchaus schön, wenn bei meinem Besuch in Weimar zur Schillerfeier der Beschluß bekannt gemacht werden würde.« (Zitiert nach ›Wissenschaftliche Annalen‹, a.a.O. 697. Dort, 699, auch eine verkleinerte Photokopie der Gründungsurkunde des ›Thomas Mann-Archiv zur Pflege und Erforschung seines Werkes‹.) Zum Thema »Pflegestätte« s. auch TB 17. 12. 1954, Anm. 3.

5] *»Deutsche Geschichte«:* Golo Mann, ›Deutsche Geschichte des neunzehnten und zwanzigsten Jahrhunderts‹, Frankfurt am Main 1959.

6] *Über die Frage der Verfilmung des »Zbg«:* S. TM an Andrew Marton, Kilchberg, 13. 3. 1955, Reg. IV, 55/76: »Obwohl die Zürcher ›Praesens-Film‹ sich seit einigem um den ›Zauberberg‹ bemüht, sind vorderhand die Rechte frei./ Meinerseits glaube ich noch immer, dass, bei allen Schwierigkeiten, die jedes meiner Bücher der ›Verfilmung‹ bereiten wird, dieses Werk sich am besten für die Leinwand eignet./ Sie fragen nach meinen ›Bedingungen‹. Ich habe in letzter Zeit verschiedentlich Filmverhandlungen geführt – teils bezüglich der ›Buddenbrooks‹, teils hinsichtlich des ›Krull‹ und nun auch noch (mit ›Praesens‹ eben) den ›Zauberberg‹ angehend. Wegen ›Buddenbrooks‹ hatte ich mich prinzipiell mit der N. F. (Stapenhorst) auf ein Honorar von 40.000 Dollars geeinigt. Für den ›Krull‹ bot die ›Real‹ 30.000 Dollars, und ich war, angesichts des immer noch fragmentarischen Charakters des Romans, ausnahmsweise mit dieser Summe einverstanden./ Fürs allgemeine und für meine Hauptwerke gilt jetzt der Preis von 40.000 Dollars, über dessen Erlegung in Raten und – bei einer finanziell durchaus zuverlässigen und gesicherten Firma – verteilt über einen längeren Zeitraum, zu verhandeln wäre. Falls, prinzipiell, Herr Wenzel Luedecke interessiert bleibt, wäre ich Ihnen verbunden für die Nennung einiger Titel aus seiner Produktion.« Zu dem TM bereits seit Jahren beschäftigenden Thema s. auch das TB 49/50, 608 bereits erwähnte Schreiben an Richard Schweizer, Pacific Palisades, 3. 11. 1950, Reg. III, 50/436; D. ü. D. I, 576/577: »Ich schreibe Ihnen aus Interesse für die Idee eines Zauberberg-Films, von der neuerdings ernstlich die Rede ist. Sie wissen wohl, Alexander Korda hat den Gedanken nach schon ziemlich ins einzelne gegangenen Beratungen im letzten Augenblick (aus Gründen, die wohl mit der englischen Produktionslage zusammenhängen) fallen lassen. Nun ist es W. Dieterle, der große Lust zu dem Unternehmen hat, das ich, bei aller Einsicht in die Schwierigkeiten, im Grunde für dankbar halte. Dieterle [...] möchte den Film gern in der Schweiz herstellen, [...] und hat sich deswegen mit Direktor Wechsler in Verbindung gesetzt, durch den Sie vielleicht von der Sache gehört haben.«

13. 3. 1955

325 1] *Tolstois »Macht der Finsternis«:* Tolstois 1886 gedrucktes, 1895 uraufgeführtes Drama ›Die Macht der Finsternis‹. TMs Ausgabe, Leo N. Tolstoi, ›Dramen und Lustspiele‹, 4. Aufl. Jena 1928, ist in der Nachlaßbibliothek erhalten.

2] *an W. Herzog:* An Wilhelm Herzog, Kilchberg, 12. 3. 1955, Reg. IV, 55/75; Br. III, 384 (fragm.). Der dort fehlende Briefanfang lautet: »Lieber Herr Herzog,/ erst war ich Wochen lang völlig verrannt und verbissen in die 85 Seiten meiner Schiller-Schrift, und als ich mich dann von dieser Liebesstrapaze in Arosa erholen wollte, fiel mich eine Virus-Grippe an, die mich nach Chur ins Spital ›herunterbrachte‹, und die es dann war, von der ich mich zu erholen hatte. Ich bin noch nicht recht fertig damit. Aber sagen ...« (Kopie im TMA)

3] *Geschichtstabellen:* Wilhelm Herzog, ›Der Weltweg des Geistes –

dargestellt in synchronistischen Tabellen‹, Basel 1954; in der Zürcher Bibliothek erhalten.

14. 3. 1955

1] *neue Ausgabe:* In der Reihe ›Das kleine Geschenk‹ im Verlag S. Fischer, Frankfurt am Main 1955. (Potempa E 29.5) *325*

16. 3. 1955

1] *vom Hudson Review:* ›Krull in Defense of Love‹. Transl. Denver Lindley, ›Hudson Review‹, New York, vol. 8, 1954, 167–182. *326*

2] *Presse-Mitteilung:* Unter der Überschrift ›Spät, aber nicht zu spät. Thomas Mann Ehrenbürger von Lübeck‹ berichtete – ein Beleg für viele – z. B. die ›Hannoversche Presse‹ am 11. 3. 1955: »Die Bürgerschaft der Hansestadt Lübeck hat gestern auf einer Sondersitzung einstimmig beschlossen, Thomas Mann, ›dem großen Sohn unserer Stadt und bedeutendsten lebenden Dichter deutscher Sprache‹, das Lübecker Ehrenbürgerrecht zu verleihen. Thomas Mann, der am 6. Juni sein 80. Lebensjahr vollendet, hat bereits brieflich zugesagt, die ihm zugedachten Ehrungen im Mai in seiner Geburtsstadt Lübeck selbst entgegenzunehmen. Die Lübecker Bürgerschaft war nur knapp beschlußfähig, da die Abgeordneten des BHE, der CDU und der DRP nicht anwesend waren und der Antrag nur mit den Stimmen der SPD, der FDP und der DP angenommen wurde./ Auf einer Pressekonferenz nach dem Bürgerschaftsbeschluß erklärte ein Mitglied des Stadtparlaments, daß entgegen Pressemeldungen der Friede zwischen Thomas Mann und der Hansestadt Lübeck wegen seines ersten großen Erfolgsromans ›Die Buddenbrooks‹, der in Lübeck spielt, schon vor dem ersten Weltkrieg wieder hergestellt worden sei. Bürgermeister Passarge betonte, daß die Thomas Mann zugedachte Ehrung vielleicht ›etwas spät, aber nicht zu spät komme‹.« – Auch die Lübecker Zeitungen brachten am 11. März ausführliche Berichte über die Bürgerschaftssitzung, in der der Antrag: »Dem großen Sohn unserer Stadt, dem bedeutendsten lebenden Dichter deutscher Sprache, Professor Dr. Thomas Mann, der am 6. Juni 1955 das 80. Lebensjahr vollenden wird, verleiht die Bürgerschaft das Ehrenbürgerrecht der Hansestadt Lübeck« »ohne Diskussion« angenommen worden sei.

3] *Erörterung in einem Hannover'schen Blatt:* Nicht ermittelt.

4] *W. Reinhardt:* Der Filmproduzent Wolfgang Reinhardt (1908 bis

1979), ältester Sohn von Max Reinhardt und Else Heims. Die Korrespondenz in Sachen ›Zauberberg‹-Film ist nicht erhalten.
5] *Wunderbuch:* Emmy Gehrig hatte ein Album mit der Widmung ›Dem Zauberer Prospero und seinem guten Geist Katia. 6. Juni 1955‹ geschickt, das im TMA erhalten ist. TM bedankte sich in einem Schreiben, Kilchberg, 17. 3. 1955, Reg. IV, 55/85: »Das neue Wunderbuch ist eingetroffen und mit Staunen und Entzücken erstmalig besichtigt worden. Noch oft werde ich es durchblättern allein und mit anderen, die von der Fülle von Fleiß, Geist, Geschmack, Sinnigkeit, welche sich darin manifestiert, noch verblüfft werden können. [...] Ich vertraue, daß mein Dank für dies erste glanzvolle Geburtstagsgeschenk Sie auch nach Ihrer Abreise zu finden wissen wird. [...]« (Abschrift in Marbach)
6] *in der N. Z. Z.:* Hesses Glosse über seinen Zustand beim Anhören eines im Rundfunk verlesenen Kapitels aus dem ›Klingsor‹ stand in der Fernausgabe der NZZ vom 17. 3. 1955, Bl. 1/1: »[...] Ich sah mich während der ganzen Vorlesung doppelt, sah mich als den, der den Klingsor-Sommer und Carenotag erlebt und sah mich als den andern, der ihn, beinahe gleichzeitig, niedergeschrieben hatte. Das waren zwei wunderbar lebendige, sprühende, funkelnde Burschen, der Erlebende und der Dichtende, es schien ihnen nichts zu kühn, nichts zu schwierig, nichts zu ausgefallen und närrisch, sie wurden mit allem fertig. [...] Mit geschlossenen Augen, immer ein wenig vom Schwindel belauert, hörte ich dem Vorleser zu, der mir mich selbst auf der Höhe des Lebens vorführte und dazu die Gestalten jener sommerlich berauschten Freundesrunde, von denen beinahe alle längst in Gräbern ruhen und vergessen sind, und die andern haben sich verloren und haben jenen Tag und jenen Sommer und all das vergessen, was mir beim Zuhören heute das Herz so schmerzlich schön bewegt. Wunderbarer Zauber, glühend trauriger Zauber der Vergänglichkeit! [...] Und wer ist es, der auf dem Sofa liegt, leicht vom Schwindel gewiegt und entzückt vom Erzähler und seiner Geschichte, ein erloschener Alter, viel weniger wirklich als sein aus der Zeitentiefe zurückbeschworenes Selbstbildnis? ...«

17. 3. 1955

326 1] *an Agnes Meyer:* Kilchberg, 16. 3. 1955, Reg. IV, 55/83; Br. III, 384/385; TM/AM 799/800.

2] *Schmähungen:* Es konnte nur ein schmähender Leserbrief ›Friedrich Schiller und Thomas Mann‹ im ›Rheinischen Merkur‹ vom 21. 1. 1955, 4, nachgewiesen werden, der – da zumindest in Teilen typisch für ähnliche Meinungsäußerungen – hier zitiert sei: »Wie verlautet, soll im Rahmen der Feiern, die der Süddeutsche Rundfunk zum 150. Todestage Schillers veranstaltet, Thomas Mann die Festrede halten. Wir zweifeln nicht daran, daß der aus Amerika herbeigerufene Zauberer seine Hörer durch einen formvollendeten und ungeheuer gekonnten Vortrag stark beeindrucken, wenn nicht gar faszinieren wird. [...] Wir zweifeln aber, ob Thomas Mann, der mit seinem kühlen, frieren machenden Kalkül für Glauben und Idealität ein nichtverstehendes, manchmal mitleidiges, manchmal ›erledigt‹ besagendes Lächeln übrig hat, besonders geeignet ist, dem sich in der inneren Glut seines Idealismus verzehrenden Schiller die Huldigung darzubringen. Bei allem blendenden Glanz, der sich vielfach mit dem Namen Thomas Mann verbindet, sollte doch die Tatsache nicht übersehen werden, daß er nach seiner inneren Haltung und der Wahl seiner Sujets stark ›bürgerlich‹ ist, und zwar in einem Sinne, wie er Schillers Art diametral entgegengesetzt ist. Schließlich sollten wir nicht vergessen, daß er, Thomas Mann, im Januar 1946 im Hinblick auf eine etwaige Rückkehr nach Deutschland erklärt hat: ›Soll ich Kinder und Enkel verlassen und in ein verwüstetes Land zurückkehren, um mich selber innerlich verwüsten zu lassen?‹« 327

3] *In Bremen soll »Fiorenza« gespielt werden:* Die Premiere des von Albert Lippert inszenierten Stücks fand am 12. 11. 1955 im Kammerspieltheater an der Bremer Böttcherstraße statt. Auf Wunsch des ›Weser-Kurier‹ schrieb TM am 8. 7. 1955 in Noordwijk einen GW XI, 564–567; Br. III, 407–410 und, weitgehend, in D. ü. D. I, 211–213 wiedergegebenen ›Offenen Brief‹ an den Chefredakteur, Karl Bachler, *Über Fiorenza*, der am 23. 7. 1955 in der o.g. Zeitung erschien.

4] *Ausschließung Bevans:* Die sozialistische Unterhausfraktion hatte auf Antrag ihres Parteivorsitzenden Attlee beschlossen, Aneurin Bevan als Mitglied der Parlamentsfraktion zu suspendieren; die noch offene Frage war, ob sich die Labourpartei entschließen würde, »den Rebellen« endgültig aus ihren Reihen auszustoßen. Die NZZ (Fernausgabe) vom 18. 3. 1955, Bl. 2, kommentierte die Chancen: »Es bedeutet eine gewaltige Hypothek, den Parteiapparat gegen sich zu haben, doch hat der Rebell die Tatsache für sich, die durchschlagskräf-

tigste Einzelpersönlichkeit auf der britischen Linken und, nach Churchill, die faszinierendste Erscheinung im Unterhaus zu sein.«
5] *von Hoffmann:* Stuttgart, 16. März 1955: »Die Lektüre Ihres Vortrags am Sonntag Nachmittag zusammen mit Dr. Zeller und den beiderseitigen Frauen war eine wahre Vorfeier zum 8. Mai. Am Ende steht Schiller als durchleuchtete Gestalt vor dem Hörer. Ich könnte mir – um auf Ihre direkt ausgesprochene Frage zu antworten, sonst würde ich es kaum wagen – eine würdigere Darstellung nicht denken. Und wie sie ganz um ihrer selbst willen dazustehen scheint, so gibt sie doch zugleich die schönste Deutung für 1955, zum Teil in so feinen Tönen, nur dem wirklich Hinhörenden bemerkbar, dass ich mir ein sehr atemloses Publikum vorstelle. Unsere Aufgabe wird sein, neben allen offiziellen die richtigen Menschen einzuladen. Lassen Sie sich schon jetzt aufrichtig danken. Das Manuskript geht gleichzeitig an Professor Heuss.« (Archiv der Schillergesellschaft)
6] *Lehnte ab:* Das Schreiben an die Knut Hamsun-Gesellschaft ist nicht nachgewiesen.

18. 3. 1955

327 1] *Die »Tat« [...] über die [...] »Enthüllung«:* ›Washington veröffentlicht die Yalta-Akten‹, ›Die Tat‹, 18. 3. 1955, 1 und 2.
2] *Russels Buch über den Nazismus unterdrückt:* Für diese Behauptung hat sich weder in Russell-Biographien noch in der Presse ein Beweis finden lassen. Außerdem bleibt unklar, welche Publikation TM hier gemeint haben könnte. Die einschlägigen Bibliographien weisen kein Russell-Buch »über den Nazismus« nach.
3] *Russel:* Der britische Mathematiker und Philosoph Bertrand Earl Russell (1872–1970) trat nach dem Zweiten Weltkrieg als Pazifist und Sozialist (der wegen seiner Aufrufe zur Kriegsdienstverweigerung bereits 1916 inhaftiert und aus seiner Stellung als Dozent am Trinity-College entlassen worden war) gegen die atomare Rüstung, den amerikanischen Vietnamkrieg, die Intervention der Warschauer-Pakt-Staaten in der Tschechoslowakei und andere Verletzungen des Friedensgebots auf. Für seine wissenschaftliche Prosa war Russell 1950 mit dem Nobelpreis für Literatur ausgezeichnet worden.
4] *an Rychner:* TM führte seinen Vorsatz nicht aus.
5] *Churchill tadelt ...:* S. die Zusammenfassung des Skandals TB 19. 3. 1955, Anm. 1.

6] *an Herm. Lange:* An Hermann Lange, Kilchberg, 19. 3. 1955, Reg. IV, 55/87; Br. III, 385–387 (fragm.): »Dein Brief hat mich darum so gerührt und passt so gut in meine eigene gegenwärtige Gemütsverfassung, weil er so voll ist von alten Erinnerungen und Vergangenheitsstimmung. Besonders traf es mich, dass Du anlässlich der Lübecker Ehrung meines Vaters gedenkst. Das tu' ich auch, habe es oft getan in den vergangenen Jahrzehnten und gewünscht, er hätte meinen Weg noch etwas weiter verfolgen oder sich irgendwie ein Bild davon machen können. Ein irrationaler Wunsch natürlich; denn dieser Weg, von ›Buddenbrooks‹ angefangen, zu deren Figuren er selbst gehört, konnte ja nur ohne ihn zurückgelegt werden. Aber dass ich ihm so garkeine Hoffnung machen konnte, es möchte doch vielleicht aus mir noch irgendetwas Ansehnliches werden, das tut mir oft leid./ Alt sind wir geworden – was mich betrifft ganz unerwartet alt. Wie weit liegen Kindheit und Jugend zurück nebst dem Blick, den Du erwähnst, von meinem Schülerzimmer auf den Garten mit dem Springbrunnen und dem alten Walnussbaum, der in meinen ersten kindlichen Gedichten eine Rolle spielte. Alles oder fast alles ist weggestorben, denn lange leben heisst viele überleben, und beinahe allein ist man aus der Jugendzeit übrig geblieben, ein entlaubter Stamm. So gut wie niemand ist noch da, mit dem zusammen man sich an das Frühe und Früheste erinnern, das ›Weisst du noch?‹ tauschen könnte. Ich sehe, eigentlich kann ich es nur noch mit Dir, und es erweist sich dabei, dass Du unter all den Jugendgenossen [...] nicht nur der Dauerhafteste, sondern auch der Gescheiteste und Bildungsfähigste warst.« (Kopie im TMA) – Der zu Beginn des Briefes im Druck ausgelassene Passus lautet: »Ein Hagel von Einladungen aus allen möglichen deutschen Städten geht auf mich nieder, und ich erteile soviel innig dankbare Absagen, daß ich längst besser getan hätte, mir Entschuldigungskarten drucken zu lassen.«

7] *Armin M.:* Armin Martens (geb. 1876), ein Lübecker Schulkamerad von TM, der nach einem Skandal wegen zweier Tänzerinnen 1899 Lübeck verlassen mußte, sich in Deutsch-Südwestafrika eine neue Existenz gründete, zunächst erfolgreich war, dann aber wegen der Herero-Unruhen verarmte und – nach einigen vergeblichen Hilferufen nach Lübeck – bereits 1906 »im Lazarett« zu Windhuk starb. Vgl. dazu den Aufsatz von Peter Robert Franke, ›Der Tod des Hans Hansen‹, Katalog zur Ausstellung ›Thomas Mann. Unbekannte Doku-

mente aus seiner Jugend‹ aus der Sammlung Prof. Dr. P. R. Franke, Landesbank Saar, Girozentrale Saarbrücken, 2.–20. 9. 1991, 5.
8] *2. Symphonie von Brahms:* Von der D-Dur-Symphonie, op. 73 fand sich keine Aufnahme mehr im Plattennachlaß. Vermutlich hörte TM jedoch ein von Bruno Walter dirigiertes Konzert, denn er bedankte sich am 13. 2. 1955, Reg. IV, 55/41; Bl. TMG No. 9, 41, für ein »herrliches Geschenk, das Brahms-Album«: »[Wir] haben schon an mehreren Abenden Brahms und Dir mit dankbarster Andacht gelauscht, der ernsten, tief kunstreichen Schönheit dieser Musik, deren Vortrag nicht vollkommener und kongenialer sein könnte, als es Dir gelungen. Die Aufnahmen sind ein herrlicher Besitz, der uns lieb und teuer bleiben wird.« (41)

19. 3. 1955

328 1] *amerik. Yalta-Publikation:* Am 17. März – unmittelbar nachdem bekannt geworden war, daß die ›New York Times‹ sich anschickten, die Dokumente zu publizieren – hatte das State Department die bisher als geheim und vertraulich eingestuften Akten über die Konferenz von Yalta veröffentlicht. Die Art und Weise, in der dies geschah, machte deutlich, daß die Offenlegung der Yalta-Vorgänge – mitsamt allen persönlichen, oft höchst indiskreten, nur aus der Situation heraus verständlichen Notizen – von den Republikanern wenn nicht inauguriert, so doch benutzt wurde, um – ohne Rücksicht auf außenpolitische Verärgerungen, vor allem auf seiten der Briten, die sich durch Roosevelts Paktieren mit Stalin hinter Churchills Rücken dupiert fühlen mußten – der verhaßten demokratischen Administration, die an ihrem pro-Roosevelt-Kurs festhielt, eine spektakuläre Niederlage zu bereiten. – In der internationalen Öffentlichkeit wurde vor allem die Mischung aus Kaltschnäuzigkeit und Dilettantismus moniert, die sich etwa in den Plänen für die deutsche Teilung (bis zu sieben Zonen sollten gebildet, Preußen und Süddeutschland/Österreich abgetrennt werden), aber auch in den beleidigenden Äußerungen über Frankreich, das Churchill nicht im Klub der »Großen Drei« sehen wollte, in den Zugeständnissen an die Sowjetunion für den Fall ihres Kriegseintritts und in der Abqualifizierung Polens durch den britischen Premier (»The Poles mean little to me«) manifestierten. – Kein Wunder, daß sowohl Eisenhower als auch Churchill alles taten, um die Affaire herunterzuspielen (TM: »Churchill tadelt und Eisen-

hower rückt ab«), und die deutsche Presse, mit nachdrücklichen Verweisen auf Hitlers Verbrechen, der Erbitterung in der Bevölkerung entgegenzuwirken suchte, die sich angesichts der Äußerungen Stalins und Roosevelts zwangsläufig einstellen mußte. (Stalin: die Deutschen seien »Wilde«; Roosevelt: er hoffe, Stalin werde einen Trinkspruch auf die Exekution von fünfzigtausend deutschen Offizieren ausbringen, nachdem er die Schandtaten der Deutschen auf der Krim gesehen habe.) – Das Fazit der NZZ (Fernausgabe) vom 20. 3. 1955: »Neben den Nachteilen, welche die Unbekümmertheit der amerikanischen Oeffentlichkeit gegenüber den Rückwirkungen der Aktenpublikation mit sich bringt, fällt heute schwer der *Mißbrauch* ins Gewicht, der mit den *Schicksalsfragen der auswärtigen Politik* zum Zwecke der innenpolitischen *Demagogie* betrieben wird.« – Demgegenüber kommt ›Die Tat‹, die vor allem Roosevelts Wissen um die am 1. 8. 1945 einsatzbereite Atombombe hervorhebt, zu einer fast gegenteiligen Bewertung der Publikation: »Das Bild dieses zu seiner Zeit (und in gewissen Teilen Europas auch nachher noch!) so gefeierten und mit Weihrauch umgebenen Präsidenten [Roosevelt] wird durch diesen nunmehr vorliegenden Beweis seiner Irrtümer (wenn es solche waren) nur noch dunkler als es ohnehin schon war. Dies zu erreichen, war sicher ein Ziel der republikanischen Regierung, aber es ist, jenseits dieser beschränkten Absicht, auch ein Dienst an der objektiven historischen Forschung.« (›Die Tat‹, 18. 3. 1955)
2] *Überfall:* Das Team der Wochenschau ›Blick in die Welt‹ machte Aufnahmen für eine Sondersendung anläßlich der bevorstehenden Verleihung der Lübecker Ehrenbürgerrechte. S. Loewy II, 18a.
3] *Erinnerungen:* S. neben den Notaten TB 49/50, 216 und den dazugehörigen Anmerkungen, 571/572, den TB 18. 3. 1955, Anm. 6 nachgewiesenen Brief an Hermann Lange: »Ganz unbetont (wohl absichtlich) läuft bei Deiner Aufzählung der Name Armin Martens mit unter, und doch hätte er eine rote Unterstreichung verdient. Denn *den* habe ich geliebt – er war tatsächlich meine erste Liebe, und eine zartere, selig-schmerzlichere war mir nie mehr beschieden. So etwas vergißt sich nicht, und gingen 70 inhaltsvolle Jahre darüber hin. Mag es lächerlich klingen, aber ich bewahre das Gedenken an diese Passion der Unschuld wie einen Schatz. Nur zu begreiflich, daß er mit meiner Schwärmerei, die ich ihm einmal an einem ›großen‹ Tag gestand, nichts anzufangen wußte. Das lag an mir und an ihm. Sie starb denn

auch so dahin, – lange bevor er selbst, dessen Charme schon durch die Pubertät erheblichen Schaden gelitten, als Allererster irgendwo starb und verdarb. Aber ich habe ihm in ›Tonio Kröger‹ ein Denkmal gesetzt, – einer Geschichte, die in manchen Ländern schon zum deutschen Schulbuch (mit Vokabular) geworden; und es ist merkwürdig zu denken, daß heute die Gesichter junger Engländer, Amerikaner, Franzosen, Ungarn sich über die Seiten neigen, die von ihm und dem Leid, das ich um ihn trug, erzählen. Merkwürdig zu denken auch, daß die ganze Bestimmung dieses Menschenkindes darin bestand, ein Gefühl zu erwecken, das eines Tages zum bleibenden Gedicht werden sollte.« (S. auch Br. III, 386/387.)

4] *»Ende der 6. Etage«:* Drittes Stück einer Trilogie des waadtländischen Schriftstellers Alfred Gehri, deren erste Teile in deutscher Übersetzung bereits am Zürcher Schauspielhaus aufgeführt worden waren. Regie Günther Haenel, Bühnenbild Hannes Meyer. Es spielte u. a. Therese Giese, »deren füllige Majestät«, so die NZZ, »nach wie vor die Bühne beherrscht«.

20. 3. 1955

328 1] *Stark kürzende Bearbeitung:* Für den Vortrag am 22. 3. 1955.

2] *Neuschrift:* Da sich kein Entwurf mehr im TMA befindet, ist die ursprüngliche Fassung des Briefes nicht zu rekonstruieren.

3] *Stuttgarter Herren:* Die Zusammensetzung der Delegation geht aus einem Schreiben von Wilhelm Hoffmann an Katia Mann, Stuttgart, 17. 3. 1955, sowie aus der telegraphischen Antwort von Katia Mann: »Besuch sämtlicher Herren Sonntag etwa 17.30 oder 14.30 willkommen. Einblick Manuskript gern gestattet« hervor. Die »Stuttgarter Herren« waren der Direktor der Stuttgarter Landesbibliothek und erste Vorsitzende der Deutschen Schillergesellschaft, Wilhelm Hoffmann, der Direktor des Marbacher Schiller-Museums, Bernhard Zeller, der Ulmer Oberbürgermeister Theodor Pfitzer und der Intendant des Süddeutschen Rundfunks, Fritz Eberhard. Näheres TB 25. 9. 1954, Anm. 1.

4] *Kürzungsvorschläge:* Die Vorschläge von Theodor Heuss haben sich leider nicht auffinden lassen.

22. 3. 1955

1] *»Werke«:* Gemeint ist die Ausgabe des Aufbau-Verlags; s. TB 20. 1. 1954, Anm. 1, in deren 10. Band der Schiller-Essay erschien. 329
2] *Lübecker »Vaterl. Blätter«:* Günter Fred Leppert, ›Ehrenbürger seiner Vaterstadt‹, ›Vaterstädtische Blätter‹, Lübeck, Bd. 6, No. 3, März 1955, 2/3.
3] *Lions Kapitel:* Das letzte der neuen Kapitel (s. TB 28. 11. 1954, Anm. 2) ›Thomas Mann als Philosoph‹, a.a.O. 202–209.
4] *Vortrag:* S. TB 9. 3. 1955, Anm. 1.
5] *Dr. Hoesli:* Der Germanist, Kunsthistoriker, Zürcher Gewerbeschul-Lehrer und Schriftsteller Gustav Hoesli (1888–1960).

23. 3. 1955

1] *von Dr. Hoffmann:* Stuttgart 21. 3. 1955: »[...] der einzige Schönheitsfehler des gestrigen so schönen Unternehmens ist, dass der in Abschrift hier beigefügte Brief des Bundespräsidenten nach Marbach gegangen und daher trotz meiner Bemühungen nicht mehr vor der Abreise in meine Hände gelangt, sondern erst heute früh hier eingetroffen ist. Ich eile nun, Ihnen die Abschrift zu senden und darf sie vertrauenvoll in Ihre Hände legen.« (Archiv der Deutschen Schillergesellschaft) 329
2] *Brief von Heuß:* Nicht mehr auffindbar. Der Inhalt ist jedoch aus dem Anm. 5 nachgewiesenen Antwortschreiben TMs an Wilhelm Hoffmann zu erschließen.
3] *an A. Andersch:* An Alfred Andersch, Kilchberg, 23. 3. 1955, Reg. IV, 55/89; Br. III, 387/388.
4] *»Mit den Augen des Westens«:* S. TB 15. 2. 1955, Anm. 5.
5] *an Dr. Hoffmann:* An Wilhelm Hoffmann, Kilchberg, 23. 3. 1955, Reg. IV, 55/90: »Ich kann nicht sagen, wie sehr es mich beruhigt, dass nun auch er, gleich Ihnen, meinem Versuch einer Schiller-Gedenkrede seinen Beifall gibt und der Meinung ist, dass ich mich bei dieser grossen Gelegenheit damit hören lassen kann./ Wie sehr stimme ich seiner Meinung zu, dass man das Publikum auf keinen Fall überfordern darf! Die Rede ist ganz entschieden noch zu lang, und Präsident Heuss mag beruhigt darüber sein, dass ich ihr mit Strichen (sie müssen gewiss acht Seiten umfassen) noch gehörig zu Leibe gehen werde. Was nun seine Besorgnis wegen der Tatsache betrifft, dass auch ich die Erinnerung an die Schillerfeier von 1859 streife, so scheint mir kaum

Anlass dazu zu bestehen. [...] Von einer Kollision kann hier [...] keine Rede sein, weil meine Erwähnung jener hundertsten Geburtstagsfeier, die so ganz im Zeichen des Nationalen stand, ja nur dazu dient, den Gedanken vorzubereiten, dass heute dieses Vorzeichen nicht genügt, sondern dass nur ein Universelleres den Umständen von heute völlig gerecht wird.« (Im TMA)

24. 3. 1955

330 1] *»Das Wagnis der Sprache«:* TM hatte das Manuskript bereits im April 1954 gelesen und dem Autor seine Anerkennung ausgesprochen. S. TB 13. 4. 1954, Anm. 1.

26. 3. 1955

330 1] *von Knopf:* New York, 25. 3. 1955: »The old master still puts the young ones to shame. Krull absolutely magnificent dito Lindley translation. Congratulations. Love Alfred.«

2] *An R. Neumann:* An Robert Neumann, Kilchberg, 28. 3. 1955, Reg. IV, 55/100: »Eine Art mimischer Kritik ist das, die ich mir als das Produkt der Reizbarkeit erkläre und also des *Leidens,* – so oft sie bloss als Lustigmacherei aufgefaßt werden mag. Und grossartig ist, wie ein paarmal die Parodie aufgegeben wird, weil nichts mehr zu parodieren ist, und das Unwürdig-Wirkliche im parodischen Rahmen in scheusslicher Nacktheit erscheint. Eine stärkere Blosstellung gibt es nicht. All Ihr Spott wirkt harmlos dagegen, und wer wollte nicht lieber verspottet als so zitiert sein.« (Zitiert nach ›Die Welt‹, 28. 10. 1962, Beilage ›Die geistige Welt‹.)

3] *Parodieen:* Robert Neumann, ›Mit fremden Federn. Der Parodien erster und zweiter Band‹, München, Wien, Basel 1955.

4] *Novellen:* S. TB 28. 3. 1955, Anm. 3.

27. 3. 1955

330 1] *Vertrete Albrecht:* Anspielung auf das Verhältnis der Prinzen Albrecht und Klaus Heinrich in TMs Roman *Königliche Hoheit.*

28. 3. 1955

331 1] *von Prof. Mayer:* Nicht erhalten. S. jedoch TMs Antwort vom selben Tag: »[...] Auf den Schnitzer mit der Schlusstrophe des ›Epilogs‹ von 1805 hatte mich der wachsame [...] Neumann schon hingewiesen. Ich hatte keine Ahnung gehabt von ›Doch jetzt empfin-

det sein verklärtes Wesen etc.‹/ Die Verbesserung habe ich in den Fahnen einfach dadurch vorgenommen, dass ich den vorigen Schluss strich und fortfuhr: ›Aber schon das berühmte ‚Doch hinter ihm in wesenlosem Scheine etc.'‹/ Auf Wiedersehen in Weimar!« (Im Historischen Archiv der Stadt Köln)

2] *Schlußstrophe des Epilogs:* Hans Mayer wies TM auf die letzte Strophe des Goetheschen ›Epilog zu Schillers ‚Glocke' (wiederholt und erneut bei der Vorstellung am 10. Mai 1815)‹ hin: »So bleibt er uns, der vor so manchen Jahren –/ Schon zehne sind's! – von uns sich weggekehrt!/ Wir haben alle segensreich erfahren,/ Die Welt verdank' ihm, was er sie gelehrt; / Schon längst verbreitet sich's in ganze Scharen,/ Das Eigenste, was ihm allein gehört./ Es glänzt uns vor, wie ein Komet entschwindend,/ Unendlich Licht mit seinem Licht verbindend.« – TM zitiert die beiden letzten Zeilen in seinem Essay, GW IX, 940.

3] *Tier-Grotesken:* Alexander Moritz Frey, ›Liebenswerte Menagerie‹, mit einer Einleitung von Thomas Mann, Wiesbaden 1955. Das Vorwort *Liebenswerte Menagerie* ist in GW X, 827–829 gedruckt.

29. 3. 1955

1] *Herzlichen Brief:* Zürich, 28. 3. 1955; im TMA. 331

2] *an den Aufbau-Verlag:* Nicht nachgewiesen.

3] *an Frey:* An Alexander Moritz Frey, Kilchberg, 29. 3. 1955, Reg. IV, 55/101.

4] *»Lebenden Leichnam« [. . .] »Das Licht scheint in der Finsternis«:* Tolstois 1911 postum erschienene Dramen ›Der lebende Leichnam‹, ›Und das Licht scheinet in der Finsternis‹. In der TB 13. 3. 1955, Anm. 1 nachgewiesenen Ausgabe in der Zürcher Bibliothek erhalten.

30. 3. 1955

1] *Besprechung:* Die Besprechung von Carl Seelig ist mit der am 25. 3. 1955, 6 erschienenen, -ig gezeichneten Rezension in der ›Tat‹ identisch: »Das Urproblem Mannscher Kunst – das Verhältnis von Krankheit und Geist, von Gesundheit und Banalität – ließ sich [. . .] an einer Gestalt wie Tschechow wunderbar studieren und die beißende Ironie, die Zeitkritik des Tschechowschen Werkes entsprach auffällig einem Zug, den [!] auch Thomas Mann kennzeichnet. Diese Zusammenhänge wurden unaufdringlich, aber überzeugend klar, als 331

Thomas Mann anhand der Biographie Tschechows dessen Beziehungen zur Kunst, zur Literatur analysierte und die charakteristische Mannsche Frage nach der Wechselbeziehung zwischen dem Aesthetischen und dem Ethischen an Tschechows Werk untersuchte. Kein Zweifel: Manns Beschäftigung mit Tschechow diente (wie so oft in ähnlichen Fällen) der eigenen Notwendigkeit, sich über sich selber klar zu werden, und wenn der Referent dies auch nicht sagte, so war es doch klar genug, daß der kranke Tschechow ihn fesselte, weil er ein paradigmatisches Röntgenbild des Dichters in seiner Zeit liefert.«

2] *an Frau Vielhaber:* An Else Vielhaber, Kilchberg, 30. 3. 1955, Reg. IV, 55/104; Br. III, 389/390.

3] *Frau Vielhaber:* Else Vielhaber, die Witwe des Juristen und langjährigen Mitglieds des Krupp-Direktoriums Heinrich Vielhaber. Else und Heinrich Vielhaber waren die Tischgenossen des Ehepaars Mann während der dreiwöchigen Mittelmeer-Kreuzfahrt im März 1925 gewesen.

31. 3. 1955

332 1] *Ansprüche:* Der Sender Freies Berlin hatte TM am 16. 6. 1954 wissen lassen, daß er beabsichtige, ›Fiorenza‹ als Hörspiel zu bringen. (S. TB 16. 6. 1954, Text und Anm. 3.) Jetzt bat er offensichtlich um eine Einleitung oder eine Art Vorspann. S. dazu den TB 2. 6. 1955, Anm. 1 zitierten ›Begleittext‹.

2] *von Blanche Knopf:* New York, 28. 3. 1955: »I have just finished reading the translation and am enchanted and enthralled with it. It is easily one of the best books I have read in many years and it stands right at the top of your own very high ladder. The translation has come out superbly. I have seldom enjoyed reading a book as much as this and I can only congratulate you and tell you what a pleasure it is for a publisher to occasionally read something of this quality.«

2. 4. 1955

332 1] *Amerk. Zuschrift:* Nicht ermittelt. S. jedoch TM an Martin Schmidt (d.i. Martin Gregor-Dellin), Kilchberg, 23. 4. 1955, Reg. IV, 55/145: »Ich habe das Recht, ›Die vertauschten Köpfe‹ als Opernstoff zu verwenden bereits an eine recht angesehene amerikanische Komponistin vergeben [s. TB 23. 4. 1954, Anm. 1]. Die Veröffentlichung

von Text und Musik in englischer und deutscher Sprache wird jetzt eben vorbereitet, und so kann ich natürlich Herrn Helmut Weber nicht zu der Vertonung autorisieren.« (Kopie HOM) – Im TMA befindet sich ein Textbuch der Komponistin Peggy Glanville-Hicks, ›The Transposed Heads. Libretto for Opera in six Scenes‹, 1955.

2] *von dem Oh mein Papa-Komponisten Paul Burkhard:* Der Brief vom Komponisten der musikalischen Komödie ›Feuerwerk‹, Paul Burkhard (1911–1977), aus der das von TM angeführte Lied stammt, ist im TMA erhalten. Er trägt das Datum Zürich, 31. 3. 1955: »[...] Und lassen Sie ihn [i.e. Felix Krull] bloß nicht schon bald ins Gefängnis kommen, das hat doch Zeit, vorher sollen zwei, drei, vier dicke Bände von ihm (nein: Ihnen) erdichtet (erlebt?) werden – jetzt bin ich schon im Wünschen drin, und wenn Sie bis hierher gelesen haben, bin ich fein raus./ Eine Hoffnung hab ich: der [Felix] läßt Sie ja gar nicht in Ruhe, es steht ja auch eine I drauf. Dem E. T. A. Hoffmann nehme ich es jedenfalls übel, daß er den Kater Murr nicht fertig gemacht hat und ihn in einem Nachwort so beiläufig hat sterben lassen, das war nicht recht.« (Im TMA) – S. auch TMs Antwort, Kilchberg, 4. 4. 1955, Reg. IV, 55/112: »[...] da habe ich also einen Brief bekommen vom Autor des ›Schwarzen Hechtes‹, des Schöpfers von ›Oh, mein Papa‹! Die Aufregung ist groß bei Alt und Jung rings um mich her, und für meine Person bin ich herzlich froh, zu hören, daß der ›Krull‹ Sie unterhalten, Ihnen Freude gemacht hat./ Ich bin vom Erfolg des Buches vollkommen überrumpelt, hatte mir nichts dergleichen vorgestellt. ›Der Memoiren Erster Teil‹ gab ich erst einmal fort, einfach weil ich fand, dass genug Manuskript für einen Band sich angesammelt hatte und auch wohl, weil ich vorderhand keine Lust zum Weiterschreiben hatte. [...]/ Zu Ende geplant ist der Krull-Roman seit mehr als 40 Jahren, aber von der Fortsetzung steht noch kein Wort auf dem Papier. Ob das Ding je fertig wird, hängt ganz von der Zeit ab, die mir noch gegönnt ist: Augenblicklich, ich gestehe es, habe ich ganz andere Rosinen im Kopf, sogar ohne sicher zu sein, ob es wirklich Rosinen sind. Aber wäre es denn ein Unglück, wenn die Krull-Memoiren weit offen stehen blieben? Vielleicht sind sie zum ›unendliche Sehnsucht erregenden‹ Fragment geboren. Qui vivra, verra!« (Kopie im TMA)

3] *Luther-Dramen:* Zacharias Werner (1768–1823), ›Martin Luther oder Die Weihe der Kraft‹, Berlin 1807; August Strindberg, ›Die

Nachtigall von Wittenberg. Eine deutsche Historie‹, München/Leipzig 1917. – Obwohl TM in einem TB-Eintrag vom 12. 5. 1951 bedauerte, das Strindbergsche Lutherdrama nicht zu besitzen, ist es – zusammen mit dem Werner-Schauspiel – in der Zürcher Bibliothek erhalten.

5. 4. 1955

333 1] *Mann des N. W. deutschen Rundfunks:* Der Schriftsteller und Rundfunk-Dramaturg Ernst Schnabel (1913–1986), 1947 Begründer des NWDR-›Nachtprogramm‹, war 1955 Intendant seines Senders. Er zeichnete verantwortlich für die bei Loewy I, 109 und II, 11 nachgewiesene Gesamtaufnahme der Novelle *Tonio Kröger.*

2] *Abich:* Hans Abich, Leiter der Produktionsfirma Filmaufbau GmbH Göttingen, die 1953 den Film nach *Königliche Hoheit* gedreht hatte.

3] *»Merkur«:* Ein Auszug aus dem *Versuch über Schiller* erschien unter dem Titel ›,Find ich so den Menschen wieder ...' Zu Schillers 150. Todestag‹, im ›Merkur‹, Jg. 9, H. 6, Juni 1955, 501–504.

4] *»Akzente«:* In den ›Akzenten‹, Jg. 2, H. 3, Juni 1955, 194–205, erschien ein Auszug ›Die unsterbliche Freundschaft‹.

5] *»Stuttgarter Zeitung«:* Ein Auszug unter dem Titel ›In tyrannos‹ erschien am 14. 5. 1955 in der Sonntagsbeilage der ›Stuttgarter Zeitung‹, ›Die Brücke zur Welt‹, auf S. 1.

6] *»Texte u. Zeichen«:* Ein Abdruck in der Zeitschrift ›Texte und Zeichen‹ konnte nicht nachgewiesen werden.

7] *Luthers Briefe:* TM besaß die zweibändige Auswahl von Reinhard Buchwald, die 1909 im Insel-Verlag, Leipzig, erschienen war. Die Bände sind im TMA erhalten.

8] *Einleitung zur Insel-Ausgabe:* Die vom Herausgeber Reinhard Buchwald geschriebene ›Einleitung‹ im 1. Band.

9] *Eisner [...] über Schönberg:* So im Manuskript. Hanns Eisler, ›Arnold Schönberg‹, ›Sinn und Form‹, Jg. 7, 1955, H. 1, 5–15.

7. 4. 1955

334 1] *Churchills Rücktritt:* Der englische Premierminister hatte am 6. 4. 1955 seinen Rücktritt erklärt und ihn am Abend des gleichen Tages in einem Schreiben an den Vorsitzenden der Konservativen Partei seines Wahlkreises Woodford im Hinblick auf die bevorstehenden

Allgemeinen Wahlen begründet. – Das Amt des Ministerpräsidenten übernahm der bisherige Außenminister Sir Anthony Eden (1897–1977).
2] *Hielscher:* Zur Vorbereitung seines Aufsatzes über ›Thomas Manns Religiosität‹, der im Juni 1955, 285–290, in der ›Sammlung‹, Göttingen, erschien, hatte der Literarhistoriker Eberhard Hilscher (geb. 1927) TM Fragen zu seiner religiösen Überzeugung gestellt. TM verschob die Antwort, wie ein Schreiben vom 9. 4. 1955, Reg. IV, 55/118 zeigt, getreu dem im TB geäußerten Vorsatz »aufs Mündliche« und vereinbarte ein Treffen am 14. 5. 1955 im Hotel International zu Weimar, über das Hilscher in seinem Buch ›Thomas Mann‹, Berlin 1975, 290–292 ausführlich berichtet hat.
3] *von Neumann:* Erich Neumann hatte TM den 20. Band der ›Schriften der Goethe-Gesellschaft‹, ›Zum 9. Mai 1905‹, geschickt, der eine Faksimile-Wiedergabe von Goethes ›Epilog zu Schillers Glocke‹ enthielt. S. dazu TMs Dank, Kilchberg, 10. 4. 1955, Reg. IV, 55/127; Georg Wenzel (Hrsg.), ›Vollendung und Größe Thomas Manns‹, a.a.O. 62.
4] *Angebot:* TM erhielt am 1. 7. 1955 in Amsterdam das Ordenskreuz von Oranje-Nassau; s. TB 2. 7. 1955, Text und Anm. 10–12.

8. 4. 1955
1] *Brief an die ›Neue deutsche Literatur‹:* An Franz Carl Weiskopf, *335*
Kilchberg, 8. 4. 1955, Reg. IV, 55/117; Br. III, 390.

9. 4. 1955
1] *von Frido:* O. O. u. D., im TMA. *335*
2] *Radikal-Kürzung:* Die Reduktion auf Vortragslänge; s. TB 1. 3. 1955, Anm. 4.

10. 4. 1955
1] *Neuschrift:* S. TB 1. 3. 1955, Anm. 4. *335*
2] *Betrachtungen über Prosa Goethes:* Werner Kraft, ›Über Prosasätze von Goethe‹, ›Die Neue Rundschau‹, Jg. 66, 1955, H. 2, 243–280. Die von TM apostrophierte Stelle a.a.O. 278/279.
3] *nach Mexico:* An Mariana Frenk-Westheim, Kilchberg o. D., *336*
Reg. IV, 55/125.
4] *Artikel:* Mariana Frenk, ›Thomas Mann, Poeta y Pensator‹, ›Novedades‹, Mexico, No. 311, 6. 3. 1955, 1 u. 5.

5] *Mariana Frenk:* Die Übersetzerin und Lektorin für Deutsche Literatur an der Universität Mexico, Mariana Frenk (geb. 1898 in Hamburg), seit 1959 Frau des 1933 zunächst über die Schweiz nach Frankreich, 1941 über Spanien nach Mexiko geflohenen Kunsthistorikers Paul Westheim (1886–1963).

12. 4. 1955

336 1] *Brief Minister Bechers:* Das 7. 4. 1955 datierte Schreiben ist nicht mehr auffindbar; s. jedoch TMs Antwort, Kilchberg, 15. 4. 1955, Reg. IV, 55/131: »Ich kann nur sagen, dass ich voller Vorfreude bin auf meinen neuerlichen Besuch in Weimar, bei einer so schönen und für ganz Deutschland bedeutenden Gelegenheit./ [...] Wir wollen mit unserem eigenen Wagen nach Stuttgart fahren und nach der dortigen Feier einen kurzen Zwischenaufenthalt in Kissingen nehmen; von dort allerdings wollen wir unseren Wagen nach Hause schicken und so wäre ich sehr dankbar, wenn ein Wagen von Ihnen uns am Vormittag des 13. Mai von dort abholen könnte, um uns nach Weimar zu bringen. Die Weiterfahrt nach Lübeck möchten wir nicht ganz im Wagen zurücklegen, das wäre etwas anstrengend. Es würde genügen und wir wären abermals dankbar, wenn wir zur günstigst gelegenen Schnellzugstation nach Lübeck gebracht werden könnten.« (Stiftung Archiv der Akademie der Künste Berlin-Brandenburg, Becher-Archiv) – Nun, TM konnte nicht ahnen, welche Überlegungen seine arglos vorgetragene Bitte bei dem Adressaten auslöste: Im Becher-Nachlaß fand sich folgendes Schreiben an den Leiter des Büros des Präsidiums des Ministerrats, Staatssekretär Dr. Geyer: »[...] Das Ministerium für Kultur braucht für die Zeit der Schillerfeiern in Weimar, und zwar zur persönlichen Verwendung für Thomas Mann, in der Zeit vom 10.–16. Mai einen repräsentativen Wagen./ Das Ministerium für Kultur ist aufgrund seines ohnehin nicht ausreichenden Wagenparks nicht in der Lage, einen solchen Wagen zur Verfügung zu stellen. Demzufolge bitte ich Sie, dem Ministerium für diese Zeit leihweise den ›SIM‹, der aus Haushaltsmitteln der Deutschen Staatsoper für die persönliche Verwendung durch Kleiber gekauft und der am 22. März 1955 vom Verwaltungsamt, Hauptreferat Kraftfahrwesen zur Verwendung des Büros des Ministerrats wieder abgeholt wurde, zu überlassen.« (Handschriftliche Anfügung: »Ich bitte Sie, wenn irgend möglich diese Frage schnell zu entscheiden, da Th. M.

mit diesem Wagen von drüben abgeholt werden muß und die für die Fahrt notwendigen Formalitäten rechtzeitig erledigt werden müssen.«) – Auch sonst war, wie aus der Becher-Korrespondenz hervorgeht, der organisatorische Aufwand für einen standesgemäßen Empfang des »größten lebenden Deutschen« beträchtlich. So bat der persönliche Referent des Ministers, Karl Tümmler, in einem »streng vertraulich« markierten Eilbrief vom 9. 5. 1954 den Direktor der Staatlichen Kunstsammlungen zu Weimar, Dr. Scheiding, »für die Dauer des Aufenthaltes von Thomas Mann im Hotel ›International‹, Weimar, aus Ihrer Sammlung zwei Gemälde leihweise dem Hotel zur Verfügung zu stellen«. Der vorgeschlagene Modus: »[. . .] durch einen Ihrer Mitarbeiter den Salon, den Thomas Mann und Frau bewohnen werden, besichtigen zu lassen, um geeignete Sujets für die Räume auswählen zu können. [. . .] die Bilder müssten am Donnerstag Mittag hängen.« Drei Tage später wurde das Organisationsbüro des Schiller-Komitees angewiesen, »dem Hotelempfang im Hotel ›Elephant‹ nachdrücklich Bescheid [zu geben], daß die gesamte Post für Herrn Thomas Mann im Hotel ›International‹, Sekretariat des Ministers, abzugeben ist. Wenn es außerdem Wünsche nach Gesprächen mit Thomas Mann geben sollte, so sind diese ebenfalls dort schriftlich mitzuteilen.« Eine fast gleichlautende Notiz ging an den Empfang des Hotels ›International‹.

13. 4. 1955

1] *A. Wyler:* Der Lausanner Professor für Völker- und Internationa- *337*
les Recht Albert Wyler.

2] *Deutschland et le problème de la Paix Européenne:* Albert Wyler, ›L'Allemagne et le problème de la paix Européenne. Aspects politiques et juridiques‹, Paris 1955.

3] *In Samtiden:* Ingerid Dal, ›Humanitetsideen hos Thomas Mann‹, ›Samtiden‹, Oslo, Jg. 55, Dezember 1946, 646–657.

4] *Anfang des Vorworts:* S. TB 28. 3. 1955, Anm. 3.

5] *im Würzburger Gefängnis:* Kuno Fiedler war vom 2. September bis zu seiner Flucht am 19. Oktober 1939 in der politischen Abteilung des Landgerichtsgefängnisses in Würzburg inhaftiert.

6] *Schreiben einer Frau König:* Von Traudel König, Riehen, 11. 4. 1955; im TMA.

16. 4. 1955

337 1] *Einleitung zu Frey's Novellen:* S. TB 28. 3. 1955, Anm. 3.
2] *ein Buch über mich:* Paul Altenberg, ›Die Romane Thomas Manns. Versuch einer Deutung‹, Bad Homburg 1961. Teile des Manuskripts hatte Altenberg TM bereits im Februar 1953 zugesandt; s. TB 19. 2. 1953.
3] *Rückkehr der österr. Delegation:* Mit einer volksfestähnlichen öffentlichen Veranstaltung wurde die österreichische Delegation unter Bundeskanzler Julius Raab bei ihrer Rückkehr aus Moskau empfangen, wo sie wesentliche Vorbedingungen zur Ratifizierung des dem Land Neutralität garantierenden Staatsvertrages verhandelt und geklärt hatte.
4] *Basler [. . .] stellt Fragen:* Baslers Schreiben ist nicht mehr unter den Dokumenten des TMA. S. jedoch TMs Antwort, Kilchberg, 17. 4. 1955, Reg. IV, 55/135; Bl. TMG No. 5, 14/15 (fragm.), aus der hervorgeht, daß Otto Basler für einen am 28. 5. 1955 in der Schweizer Zeitschrift ›Sie und Er‹ geplanten Artikel, ›Thomas Mann – Ehrenbürger von Lübeck‹, Fragen gestellt hatte, die TMs Verhältnis zu seiner Vaterstadt betrafen: »Mich dort wieder niederzulassen, habe ich nie gewünscht und geplant, eher war bei einem Besuch in den zwanziger Jahren meine Frau dazu geneigt, der die Stadt sehr gut gefiel. Aber ein verstorbener Vetter von mir warnte sie mit den Worten, es würde uns da doch ›die geistige S-peise‹ fehlen.« (15)

338 5] *»Prismen«:* Theodor W. Adorno, ›Prismen. Kulturkritik und Gesellschaft‹, Suhrkamp Verlag, Frankfurt am Main 1955.
6] *über den Briefwechsel George-Hofmannsthal:* ›George und Hofmannsthal. Zum Briefwechsel: 1891–1906‹, »Walter Benjamin zum Gedächtnis«; in Theodor W. Adorno, ›Prismen‹, a.a.O., 232–301.

19. 4. 1955

338 1] *Beginn der T. K. Lesung:* S. TB 5. 4. 1955, Anm. 1. Der S. Fischer Verlag brachte 1959 die gesamte Lesung auf vier von der Deutschen Grammophon Gesellschaft hergestellten Langspielplatten und einer 24seitigen Druckbeilage auf den Markt, die neben dem Text der Novelle eine Einleitung von Ernst Schnabel enthielt.
2] *an Becher:* An Johannes R. Becher, Kilchberg, 19. 4. 1955, Reg. IV, 55/139: Der in der Stiftung Archiv der Akademie der Künste

Berlin-Brandenburg erhaltene Text enthält die Mitteilung, daß Erika Mann – entgegen der ursprünglichen Absicht – ihre Eltern nicht nur nach Kissingen, sondern auch nach Weimar begleiten würde; eine Abholung und ein Bringen sei deshalb unnötig, und man bäte nur um ein Hotelzimmer für die Tochter. »Ferner wollte ich mich informieren, an welcher Stelle wir [. . .] am besten die Grenze überschreiten und was für Formalitäten dabei zu erledigen sind. Meine Frau und ich haben amerikanische Pässe, meine Tochter einen englischen Pass. Ist es notwendig vorher eine Reise-Erlaubnis einzuholen? Damit hätte es *Eile*, da wir am 6. Mai nach Westdeutschland aufbrechen wollen.«

3] *Nachricht [. . .] vom Tode Einsteins*: Albert Einstein (geb. 1879) war am 18. April 1955 in Princeton gestorben.

4] *Nachruf*: TM schrieb *[Zum Tode von Albert Einstein]*, GW X, 549/550. Der gegenüber dem Manuskript fehlende Passus – zu denken nach dem 2. Absatz ». . . zur Freundschaft.« – lautete: »Die schlichte Herzlichkeit, die er dabei bewährte, musste mich umso stärker [geändert aus: tiefer] berühren, als es ja recht merkwürdig war, mit dem Newton unserer Zeit auf so alltäglich-cordialem Fusse zu stehen.« [»Seine wissenschaftliche Grösse . . .« usf.]

5] *Caroline*: Caroline Newton; s. TB 18. 5. 1953, Anm. 3.

21. 4. 1955

1] *Lese [. . .] auf Band*: Der NWDR Hannover sendete den Nekrolog 338
am 28. 4. 1955; s. Loewy I, 110.

22. 4. 1955

1] *Annahme der Ehrenmitgliedschaft*: »Am 24. März 1955 beschloß 339
das Plenum der Deutschen Akademie der Künste zu Berlin einstimmig, Thomas Mann die Ehrenmitgliedschaft der Akademie zu verleihen. In seinem Brief vom 22. April 1955 nahm der Dichter die ihm angetragene Ehrung an. Die Urkunde wird Thomas Mann am 14. Mai in Weimar überreicht werden.« (Mitteilung der Akademie-Zeitschrift ›Sinn und Form‹, Jg. 7, 1955, H. 2, 302.)

2] *[die] der Akademie in Baden-Baden*: Gemeint ist, wie aus einer Meldung des ›Aufbau‹, New York, vom 20. 5. 1955 hervorgeht, die ›Deutsche Akademie für Sprache und Dichtung‹ in Darmstadt, die auf

ihrer Frühjahrstagung in Baden-Baden beschlossen hatte, »Thomas Mann aus Anlaß seines 80. Geburtstags die Ehrenmitgliedschaft« anzutragen.
3] *Tod Gumperts:* Der Berliner Arzt und Schriftsteller Martin Gumpert (geb. 1897), dem sich TM seit 1935 zunehmend freundschaftlich verbunden fühlte, war am 18. 4. 1955 in New York gestorben. Näheres zu Gumpert TB 51/52, 479.

23. 4. 1955

339 1] *Sonntag den 23. IV. 55:* So in der Handschrift (statt »Samstag«).
2] *Brief nach München:* An Hans Tressel, Kilchberg, 22. 4. 1955, Reg. IV, 55/143: Dank für die Übersendung einer Verteidigung in Sachen »Holthusens Grimm gegen den *Doktor Faustus*« und einer Kritik an der *Phantasie über Goethe:* »Das ehrliche Fragen und die ›gerade Redlichkeit des Wortes‹ sind viel mehr meine Sache, als der gelehrte Kritiker [...] glaubt, der nichts als ein ausgepichtes Gaukelspiel darin zu sehen scheint. Wie sonderbar berührt mich immer solche Verteufelung dessen, was ich in aufrichtiger Verantwortung, allerdings einer heiteren, vor der Wahrheit und dem Wort geschrieben. Was beleidigt den Mann nicht alles! Goethe als Erasmus und Luther in einer Person, Urbanität und Dämonie vereinigend, – was ist an dieser Huldigung eigentlich so gefährlich und verderblich für verführbare Jugend, dass ich den Schierlingsbecher dafür verdiente? Ich spüre da etwas von Missgunst und Eifersucht, welche Wache steht vor einem Wort wie ›Dämonie‹, das im Munde von meinesgleichen längst ›säkularisiert‹ und ›aesthetisch verharmlost‹ und einem Goethe-Professor vorbehalten sei, der mit den Müttern verkehrt. Das gefällt mir nicht. Wer etwa das Leben Luthers kennt, weiss ganz gut, was Dämonie ist und das Wort ist für ihn kein aesthetisches Getändel. Er verbittet es sich, dass man ihm den Gebrauch von Worten und Begriffen verbietet, auf die er ein mindestens so gutes geistiges Anrecht hat wie der Verbieter.« (Kopie im TMA)
3] *Affaire des Stuttgarter Fernseh-Geburtstagsfilm:* Offenbar war es eher die erneute Zumutung, die Thomas Mann erbitterte; denn die Mitarbeit an den Aufnahmen für den Fernsehfilm ›Thomas Mann. Ein Dokumentarbericht über Leben und Werk‹ von Peter Dreesen und Heinz Huber gestaltete sich, wie das Tagebuch vom 30. 4. 1955 ausweist, eher freundlich.

4] *Gratulierte ihr:* Der Brief an Elisabeth Mann Borgese ist nach Angabe in Reg. IV, 596, verschollen.

25. 4. 1955

1] *Tod Polgars:* Alfred Polgar, den TM noch am 6. 4. 1955 zum Tee empfangen hatte, war am 24. 4. 1955 in Zürich gestorben. *340*

2] *»Il ›Doktor Faustus‹ di T. M. Probleme e Considerazioni«:* Die 1955 in Triest erschienene Arbeit ›Il ‚Doktor Faustus' di Thomas Mann. Problemi e Considerazioni‹ des Professors für deutsche Sprache und Literatur an der dortigen Universität, Guido Devescovi (1890–?) ist in der Zürcher Bibliothek erhalten.

3] *Albrecht und K. H. – »Meinem großen Bruder [. . .]«:* S. dazu den Brief an Guido Devescovi, Kilchberg, 1. 5. 1955, Reg. IV, 55/158; Br. III, 395–397: »Besonders tief berührt hat mich Ihre Anmerkung [folgt das italienische Zitat]. Möge das wahr sein! Die Stellung des Verewigten ist offiziell sehr groß in dem heute kommunistischen Teil Deutschlands, aber im Westen herrscht mit wenigen Ausnahmen [. . .] Schweigen über ihn [. . .]. Ich kann Sie versichern: die bange Verlegenheit über jene verdunkelnde ›grande ombra‹ zieht sich schon seit den ›Buddenbrooks‹ durch mein ganzes Leben. Zwar habe auch ich zur Europäisierung des deutschen Romans beigetragen, aber meine Art es zu tun, war deutsch-traditioneller und musiknäher, ironisch ansprechender, als die seine, – ein zweifelhafter Vorzug, aber ein Vorzug eben in den Augen der Deutschen und lateinischer Germanisten. Dabei war mein inneres Verhalten zu dem Älteren und seinem abweisend geistesstolzen Werk immer das des aufblickenden kleinen Bruders, und es malt sich autobiographisch in ›Königliche Hoheit‹, wo Klaus Heinrich zu seinem Bruder, dem Großherzog, sagt: ›Ich habe immer zu dir emporgeblickt, weil ich immer gefühlt und gewußt habe, daß du der Vornehmere und Höhere bist von uns beiden und ich nur ein Plebejer bin, im Vergleich zu dir. Aber wenn du mich würdigst, an deiner Seite zu stehen und deinen Titel zu führen *und dich vorm Volk zu vertreten*, obgleich ich mich garnicht so präsentabel finde [. . .], – dann danke ich dir und stehe dir zu Befehl.‹/ Ich habe ›Albrecht‹ vorm Volke vertreten per tanto tempo, mit all dem Familiensinn, der uns beiden eigen war.« (396/397)

4] *»Die Möwe«, »Die Schwestern«:* TM besaß ›Anton Tschechows gesammelte Werke‹ in der Übersetzung von Wladimir Czumikow, Jena 1901–1910, in deren drittem Band er die beiden Dramen las.

27. 4. 1955

340 1] *von Fiedler:* Purasca, Tic., 26. 4. 1955. Das Schreiben ist im TMA erhalten und kommt, nach einigen nicht zufällig in diesen Zusammenhang gestellten Präliminarien über die Modalitäten von Ehrenbürgerrecht-Verleihung und Gewährung des Schweizer Bürgerrechts, schnell zu seinem eigentlichen Anliegen: »Gehen Sie doch bitte, bitte *nicht* nach Ostdeutschland!« Die auf TM »deprimierend« wirkende Begründung umfaßt vier DIN-A5-Schreibmaschinenseiten, deren Duktus TM unweigerlich an die Erfahrungen von 1949 erinnern mußte: »Natürlich weiß ich, dass Sie die besten Absichten [...] verfolgen. Sie wollen vor allem der ostdeutschen Bevölkerung zeigen, dass sie nicht vergessen ist. Aber leider wird die ostdeutsche Bevölkerung selber ganz anders darüber urteilen. Als Sie Ihren Goethe-Vortrag in Weimar hielten, hat sie sich gesagt: ›Er weiss halt nicht Bescheid darüber, mit was für Leuten er hier ins gleiche Horn stösst.‹ Aber diesmal würde man nur den Kopf schütteln. Und Sie würden in Ostdeutschland *alle* gegen sich aufbringen (einen grossen Teil der Bonzen mit eingeschlossen)./ Es gibt nämlich in Ostdeutschland keine Kommunisten mehr. Man hat sie dort auf die einwandfreieste Weise von der Welt beseitigt: dadurch, dass man ihnen das, was heute als Kommunismus gilt, vorexerzierte. Kommunisten, lieber Herr Doktor, gibt es heute nur noch im Westen.« In einem an den Brief des Grafen Einsiedel (s. TB 49/50, 431–433) erinnernden Duktus (aber die psychische Struktur seines Adressaten in ganz anderer Weise berücksichtigend) beschwor Fiedler die »Krise der ›geistigen Führung‹« in Europa, um dann durch eine Fülle persönlich erlebter und angelesener historischer und aktueller Details über das Leben jenseits des Eisernen Vorhangs seiner Warnung Nachdruck zu verleihen: Flüchtlinge sagen: »Thomas Mann ist drüben eine ganz grosse Nummer, aber wenn er jetzt wieder nach Weimar geht und sich, wie Hermann Stehr einst mit Göbbels [!], Arm in Arm mit den gewissenlosen Verderbern des Landes photographieren lässt, dann wird ihm niemand mehr Gutgläubigkeit zubilligen. Höchstens, dass der oder jener entschuldigend noch an sein Alter erinnert.« (Im TMA)

29. 4. 1955

1] *an Frau Liesl Polgar:* Nicht nachgewiesen. Auch im Berliner Polgar-Nachlaß nicht vorhanden. 341

2] *Komödie von Harwey:* ›Mein Freund Harvey‹, Komödie in drei Akten von Mary Coyle Chase. Die Inszenierung im Zürcher Schauspielhaus besorgte Franz Schnyder, die Bühnenbilder schuf Teo Otto, Gustav Knuth spielte die Hauptrolle des liebenswerten Bürgers Elwood P. Dowd.

3] *an Fiedler:* An Kuno Fiedler, Kilchberg, 29. 4. 1955, Reg. IV, 55/154. Der im TMA in Abschrift aufbewahrte Text ist als Dok. 40, S. 875–877 wiedergegeben.

4] *Entstehung des Kapitalismus:* Calvin B. Hoover, ›Gelenkte Wirtschaft Amerikas. Strukturwandel des amerikanischen Kapitalismus‹, ›Perspektiven‹, Frankfurt am Main, H. 10, Winter 1955, 150–162.

30. 4. 1955

1] *die Hamburger Filmleute:* S. TB 23. 4. 1955, Anm. 3. Vermutlich nicht die »Hamburger«, sondern die Stuttgarter »Filmleute«; das Schlußstatement des von Peter Dreesen und Heinz Huber gedrehten Films wurde jedenfalls in der Bibliothek des Hauses in Kilchberg aufgezeichnet. 341

1. 5. 1955

1] *an den Verfasser:* An Guido Devescovi, Kilchberg, 1. 5. 1955, Reg. IV, 55/158; Br. III, 395–397. S. das Zitat TB 25. 4. 1955, Anm. 3. 341

2] *Triestiner:* Guido Devescovi, s. TB 25. 4. 1955, Anm. 2.

3] *an die Lübecker Kultus-Senatorin:* Das Schreiben an Luise Klinsmann ist nach Angabe in Reg. IV, 596, verschollen. 342

4] *»Das bunte Kleid« [...] Serachs Verkündigung:* TM blieb beim ›Bunten Kleid‹. Auf der Abendveranstaltung im Stadttheater Lübeck anläßlich der Verleihung der Ehrenbürgerschaft las er das erste Kapitel aus *Tonio Kröger*, die Episode *Das bunte Kleid* aus dem *Jungen Joseph* und aus dem ersten Kapitel des dritten Buches der *Bekenntnisse* den ›Cirkusbesuch‹. S. Loewy I, 118.

3. 5. 1955

342 1] *»Rimski«:* Der Erika Mann befreundete Literatur-Agent Rombout van Riemsdyck.

2] *Mütter-Kriegsfilm:* Erich Pommers 1955 mit Hilde Krahl, Bernhard Wicki, Ewald Balser und Therese Giehse gedrehter Film ›Kinder, Mütter und ein General‹.

3] *an Dr. Oprecht:* An Hans Oprecht, Kilchberg, 3. 5. 1955, Reg. IV, 55/159: »[. . .] [In unserem Gespräch] war von der mich freudig bewegenden Möglichkeit die Rede, die Eidgenossenschaft könnte sich grosszügiger Weise entschliessen, in meinem Fall über die allgemeine Vorschrift, die einen zwölfjährigen Aufenthalt in der Schweiz zur Vorbedingung der Einbürgerung macht, sich ausnahmsweise hinwegsetzen, es gut sein lassen bei den sieben Jahren, die ich (von ungezählten vorübergehenden Aufenthalten abgesehen) in diesem mir teueren Lande verbracht und mir und meiner Frau zu meinem 80. Geburtstag das Schweizer Bürgerrecht verleihen./ Dabei nun citierten Sie eine, wenn ich nicht irre, von amtlicher Seite ergangene Aeusserung des Sinnes, es könne den Anschein haben, als wolle die Schweiz, indem sie mich zu dem Ihren mache, gewissermassen einen moralischen Vorteil ziehen aus dem Namen, den ich mir durch meine Lebensarbeit in der Welt gemacht, – ohne dass sie recht sicher sein könne, ob ich meinerseits diese hochherzige Geste so sehr begrüssen und mir so viel daraus machen würde./ Lieber Herr Nationalrat, lassen sie mich feststellen, dass eine solche Auffassung der Dinge mir vollkommen neu und fremd ist! Die Schweiz braucht meinen Namen wahrhaftig nicht zu ihrem Ruhm, ihrem kulturellen Ansehen in der Welt! Es handelt sich um meinen Herzenswunsch, über dessen Gründe ich mich hier nicht ergehen mag, dessen Erfüllung mir aber zu tiefer Genugtuung gereichen würde./ Ich finde es schon grossartig, dass diese Frage überhaupt [. . .] zur Erörterung steht. Würde sie in gütig positivem Sinn gelöst, so würde ich das als die höchste Ehre empfinden, die mir je zuteil wurde, und als das schönste Geburtstagsgeschenk, das ich mir erdenken kann.« (HOM)

4] *»Das Wesen der Erzählung bei T. M.«:* Anni Carlsson, ›Das Wesen der Erzählung bei Thomas Mann‹, NZZ (Fernausgabe), 1. 6. 1955, Bl. 3. – Offenbar hatte Frau Carlsson TM ihr Manuskript geschickt.

5] *Bedankt:* Der Dankesbrief ist im TMA sekretiert.

Die Schiller- und Lübeck-Reise

1] *Vortrag im Staatstheater:* TM hielt seine Schillerrede während des Staatsakts am 8. 5. 1955 im Großen Haus der Württembergischen Staatstheater. Erika Mann hat in ihrem Bericht über ›Das letzte Jahr‹, a.a.O. 24–32, den Verlauf der Stuttgarter Tage und speziell der Festveranstaltung beschrieben. Auch die regionale und überregionale Presse brachte ausführliche Berichte: »Lichtes Birkengrün und Frühlingsblumen, durch das Bühnenlicht wie in Sonne getaucht, zeugten davon, daß die Feier der Wiederkehr des Todestages eines Unsterblichen ein Bekenntnis zum schöpferischen Leben ist [. . .]. Das dicht besetzte Haus erhebt sich: der Bundespräsident und Thomas Mann, von Ministerpräsident Dr. Müller und dem 1. Vorsitzenden der Deutschen Schillergesellschaft, Bibliotheksdirektor Dr. Hoffmann begleitet, erscheinen in ihrer Loge, von herzlichem Beifall begrüßt./ Nach der Ouvertüre in D-Dur [von Johann Sebastian Bach], gespielt vom Orchester des Württembergischen Staatstheaters unter Leitung von Generalmusikdirektor Ferdinand Leitner begrüßte Direktor Dr. Hoffmann die ›festliche und gewiß nachdenkliche Versammlung‹ [. . .]./ Thomas Mann wurde bei seinem Erscheinen auf der Bühne am Rednerpult von einem Teil des Hauses mit lang anhaltendem Beifall begrüßt, während der andere Teil der Zuhörerschaft sich reserviert verhielt. Als der greise Nobelpreisträger seine bedeutende Rede beendet hatte und wankenden Schrittes, als habe er sich übernommen, die Bühne verließ, dankte ihm stehend das ganze Haus mit nicht endenwollendem Beifall. Zweimal kehrte er auf die Bühne zurück und grüßte dankend in das begeisterte Auditorium. Mit seinem glühenden Bekenntnis zu Friedrich Schiller, das er mit glänzender Rhetorik und in geschliffenem Stil aussprach, hatte er sich die Sympathie aller erworben.« (›Marbacher Zeitung‹, 11. 5. 1955) – Wovon die Zeitungen nicht schrieben: Im Vorfeld der Veranstaltungen hatte es – wie Bernhard Zeller, damals Direktor des Schiller-Nationalmuseums in Marbach und als solcher mit den Vorbereitungen intensiv befaßt, mir durch Überlassung eines Manuskripts seiner Aufzeichnungen zur Kenntnis brachte – um die Entscheidung für Thomas Mann als Festredner heftige Diskussionen gegeben. »Kritische Stimmen erreichten die Deutsche Schillergesellschaft, Briefe auch, die uns sehr bestürzten. Zu denen, die protestierten, gehörte auch Hans Grimm [. . .]. Er erklärte [in einem Schreiben, das die ›Monatsschrift im Dienst der 342 europäischen Erneuerung‹, ›Nation Europa‹, im 5. Heft des 5. Jahrgangs, Mai 1955, publizierte] seinen Austritt aus der Deutschen Schillergesellschaft. [Die Begründung: Thomas Mann sei – nach 1933 dem Ausland zunehmend als ›gültiger Zeuge gegen Deutschland‹ erschienen, und als ein ›zustimmender Bestätiger aller gegen Deutschland vorgebrachten Anklagen und aller angeblich verdienter Missetaten an Deutschland. – Wie darf [. . .] dieser Zivilisationsliterat vor dem so verwirrten In- und Ausland als Schiller-Zeuge vorgeschoben werden?‹] Manfred Hausmann erklärte, an einer Feier, bei der Thomas Mann spreche, nicht teilnehmen zu können. Andere, wie etwa Hermann Binder [. . .], einst Schulleiter des Eberhard-Ludwig-Gymnasiums, ein Schillerredner und Schillerforscher von Rang, bezweifelte, daß Thomas Mann den richtigen Zugang, das ›pectus‹, das ›Herz‹ für Schiller habe.« Die Liste der mir von Bernhard Zeller zur Verfügung gestellten Schmähzuschriften ist lang: So heißt es in einem Brief aus Tübingen: »An Schillers 150. Todestag werde ich den Schundroman des Herrn Festredners ›Bekenntnisse des Hochstaplers Felix Krull‹ im Namen vieler Gleichgesinnter feierlich verbrennen.« Und aus Hamburg wurde verlautet: »Ausgerechnet Thomas Mann! So wie ich es als eine Geschmacklosigkeit empfinde, daß ein Schriftsteller, der einen Familienkreis seiner Lübecker Mitbürger verunglimpft und der Lächerlichkeit preisgegeben hat [. . .], Ehrenbürger der Stadt Lübeck wird, empfinde ich es als eine große Taktlosigkeit, daß man diesen Schriftsteller, der wegen seines vaterländischen Benehmens während des letzten Jahrzehnts in weiten Kreisen mit gemischten Gefühlen angesehen wird, ausgerechnet für einen Schiller Festvortrag vorgesehen hat. Ich glaube nicht, daß das im Sinne Schillers wäre!« Schließlich ein Regierungsrat a.D. aus dem Schwäbischen, der, gleich Grimm, seinen Austritt aus der Schillergesellschaft erklärte: »Der Grund für meine Austrittserklärung ist die bedauerliche Tatsache, daß Sie einen Mann wie Thomas Mann auserwählt haben, den hohen Ehrentag unseres großen Sohnes Friedrich Schiller zu entweihen. Wie kann so ein Mann es überhaupt wagen, seinen Fuß wieder in seine frühere Heimat, unser deutsches Vaterland zu setzen, der während des ganzen 2. Weltkrieges das deutsche Volk auf das Infamste und Gemeinste angegriffen und diffamiert hat. Solchen Elementen gehört die Rückkehr in das von anständigen Deutschen so heiß geliebte Vaterland verboten, anstatt daß man sie noch zu besonderen Festen einlädt.« – In der Tat, Thomas Manns Auftritt in Stuttgart war ein Politikum – in gleicher Weise, wie er es in Weimar war; in welchem Ausmaß, das macht der Bericht Wilhelm Hoffmanns an den Ministerialdirigenten im Bundespräsidialamt, Hans Bott, deutlich, der auf einer Gegenüberstellung der Stuttgart-Marbacher und Weimarer Eindrücke basiert – mangelnde Achtung vor den ostdeutschen Gästen in Stuttgart in gleicher Weise wie die »Indienstnahme« Thomas Manns in Weimar bedauernd: »Die Tatsache, daß Thomas Mann in Stuttgart gesprochen hat, wurde gewissermaßen völlig ignoriert, existierte überhaupt nicht. Die ihm zuteil gewordenen Ehrungen und ihre Annahme durch ihn liessen ihn als für die DDR beschlagnahmt erscheinen. Ich machte ihm vor seiner Rede einen Besuch, sah aber nur die Gattin, und es wäre gut gewesen, wenn er mit mir oder sonst einem Westdeutschen auch nur einmal in Erscheinung getreten wäre.« – Trotz nachdrücklicher Hinweise auf protokollarische (und mehr als protokollarische) Mißhelligkeiten hier und dort, war Hoffmanns – mittelbar an Theodor Heuss gerichtetes – Fazit hoffnungsvoll: »Insgesamt muß aber doch als ganz positiv bewertet werden, daß Thomas Mann in Stuttgart *und* Weimar gesprochen hat, wodurch das Gemeinsame eine Tatsache wurde, die ebenfalls gedruckt vorliegende Rede Bechers vom 9. Mai völlig in den Schatten trat und vermieden wurde, daß ein östlicher Redner den Hauptakzent bekam.«

2] *[Vortrag] des Bundespräsidenten:* »Bundespräsident Dr. Heuss 342
sagte eingangs, daß es der Wunsch schwäbischer Freunde gewesen sei, daß mit ihm auch die Stimme der engeren Heimat Schillers hörbar werde: ›Schiller hat die Heimat geliebt, die er hätte hassen können‹, seit er aus ihr fliehen mußte./ Heuss erinnerte auch an die 10. Wiederkehr des Tages, da der ›furchtbarste Krieg sich durch ein paar Unterschriften sein Ende bestätigen ließ, jener von uns völlig illusionslos, aber mit heftigem Wunsch erwartete Tag des Endes des Gewaltsterbens. Zwar war das Staats- und Volksschicksal vernichtet, die Seele aber befreit und beauftragt, nun auch mit der Last der Scham fertig zu werden.‹/ Zum Schluß sprach der Bundespräsident vom Sinn der deutschen Geschichte, vom Auftrag des Geistes zwischen den Nationen und sagte: ›Der Tag der Deutschen wird Dienst an der Menschheit sein.‹« (›Stuttgarter Zeitung‹, 10. 5. 1955) Die

Feier klang aus mit der ›Maurerischen Trauermusik‹ von Wolfgang Amadeus Mozart.

3] *Im Marbacher Museum:* Zusammen mit seiner Frau, dem Ehepaar Hoffmann und dem Herausgeber der ›Stuttgarter Zeitung‹, Josef Eberle, besichtigte TM am 9. Mai das Schiller-Nationalmuseum in Marbach: »Der Dichter, der sich vieler Stücke der Ausstellung erinnerte, verweilte besonders lange bei den ausgestellten Teilen des Cotta-Archivs« (›Stuttgarter Zeitung‹, 10. 5. 1955, 12). TMs Ankunft vor dem Schloß geschah während einer auf dem Vorplatz stattfindenden Schillerfeier der Marbacher Schulkinder, die der Dichter mit einer kleinen Ansprache bereicherte: »Liebe Kinder, ich danke euch, daß ihr gekommen seid. Es macht mir viel Freude und Spaß, zu euch zu sprechen. Vor euch steht ein moderner Dichter, der gekommen ist, unserem großen deutschen Dichter Schiller seine Huldigungen zu bringen. Ich danke, daß ich zu euch sprechen konnte, und wünsche euch alles Gute.« (Zitiert nach ›Stuttgarter Zeitung‹, a.a.O.)

4] *Weiterfahrt [...] triumphal:* S. dazu den im Aktenkonvolut Kulturminister Becher bei der Stiftung Archiv der Akademie der Künste Berlin-Brandenburg befindlichen genauen, später allerdings geänderten Plan ›Fahrt zur Abholung Thomas Mann‹, »[...] Auf der [...] Fahrt langsames Tempo, damit Möglichkeit besteht, die Ortschaften vom Wagen aus zu besichtigen und die Begrüßungen der Bevölkerung vom Wagen aus entgegenzunehmen. Ferner schlagen wir vor, neben dem Führungskrad noch einen Meldekradfahrer mitzunehmen.«

343 5] *Bürgermeister von Weimar:* Dr. Hans Wiedemann (1888–1959), von Beruf Pädagoge, war von 1953 bis 1959 Oberbürgermeister von Weimar.

6] *die Rede im Nationaltheater:* Zum Abschluß der ›Schiller-Ehrung 1955‹, die am 9. 5. 1955 mit der Nationalhymne und – gesprochen von Wolfgang Langhoff – dem Vortrag von Schillers ›Lied von der Glocke‹ im Deutschen Nationaltheater zu Weimar feierlich eröffnet worden war, wiederholte TM am 14. 5. 1955 dort seine in Stuttgart gehaltene Schiller-Rede: »Zu den stärksten Eindrücken und nachhaltigsten Erlebnissen der an festlichen und besinnlichen Stunden überreichen Tage der Deutschen Schillerehrung in Weimar gehört die Huldigung, die am Sonnabend Thomas Mann mit seiner Ansprache im Deutschen Nationaltheater darbrachte. Getragen von tiefer Kenntnis, Einfühlung und Verehrung, erfüllt von bewegender Herzenswärme und in ihrer meisterlich makellosen Prägung des großen Gegenstands seiner Ansprache würdig, waren Thomas Manns Worte ein Bekenntnis zu Schillers dichterischem Genius, zum sittlichen Adel seiner Persönlichkeit und zur Unteilbarkeit seines Werkes. Indem der größte lebende Dichter deutscher Zunge voll Ehrfurcht Zeugnis ablegte für die wirkende Lebenskraft von Schillers Vermächtnis, für dessen Zeitgemäßheit und Unentbehrlichkeit, machte er sich mit beschwörendem Ernst zum Sprecher der bedrohten Humanität und zum Anwalt ihrer Rettung und Bewahrung. In seiner eigenen Person und seinem eigenen Verhalten – indem er nämlich in Weimar wie in Stuttgart zum Ruhme Schillers sprach – bekräftigte Thomas Mann zugleich den Wunsch und die Forderung, daß sich entgegen politischer Unnatur das zweigeteilte Deutschland in Schillers Namen eines fühlen möge.« (›Thüringer Neueste Nachrichten‹ [das Blatt des Bezirksverbandes der National-Demokratischen Partei Deutschlands], 16. 5. 1955)

7] *Vorrede von Becher:* »[...] Wir begrüßen Sie als den deutschen Dichter unseres Jahrhunderts, dessen Persönlichkeit die Sehnsucht und die Hoffnung aller deutschen Menschen guten Willens in sich vereinigt und der für uns zugleich die Gewißheit ist, daß die Wiedervereinigung unseres Vaterlandes sich verwirklicht und der Frieden erhalten bleibt./ Jenes gute, freie, jenes schöne und wahrhafte Deutschland, unser Deutschland ist es, das in Ihnen ganz wieder da ist, dem wir in die Augen blicken und dessen Stimme wir nunmehr wieder hören dürfen./ Der deutsche Dichter unseres Jahrhunderts sind Sie vor allem darum, weil in Ihrem Werk die klassische Tradition bewahrt ist in einem schöpferischen Sinn. Sie haben das humanistische Prinzip vertieft und bereichert. Sie haben dem schon Errungenen neue Errungenschaften hinzugefügt. Auch Ihr Werk ist wie das Schillers ein ›Dennoch‹, ein herrliches ›Trotzdem‹, das Sie der Ungunst der Verhältnisse abgezwungen haben./ [...] Der Weg von West nach Ost und von Ost nach West, den Sie allen Anfeindungen zum Trotz so kühn und aufrecht zurückgelegt haben und immer wieder zurücklegen, dieser Weg ist für uns Deutsche der einzig gangbare, der allein richtige. Sie haben auf diesem Wege schon manches von dem zusammengeführt und zusammengehalten, was für immer getrennt schien. Wenn es von Schiller heißt, daß seine kummervollen Nächte unseren Tag erhellt haben, so dürfen auch wir Ihnen, hochverehrter, lieber

Thomas Mann, dafür danken, daß die vielen Ihrer schweren Stunden uns Mut und Stärke verliehen haben, um das Werk zu vollbringen, das keinen anderen Namen trägt als den: Deutschland. Und auch für Sie gilt: ›Entgegen politischer Unnatur fühlt das zweigeteilte Deutschland sich eins in Ihrem Namen‹.« (Zitiert nach Klaus Schröter, ›Thomas Mann im Urteil seiner Zeit‹, Hamburg 1969, 430/431.)

343 8] *im Schloß Promotion:* Die Ernennung TMs zum Dr. phil. h.c. der Universität Jena fand am 15. 5. 1955 im »Weißen Saal« des Weimarer Schlosses statt. Begleitet von den talarbekleideten Mitgliedern des Senats der Friedrich-Schiller-Universität und unter Streichquartettmusik zog der Promovendus ein. Es folgte die Begrüßungs-Rede des Rektors, des Dermatologen Joseph Hämel, und die Laudatio des Germanisten und Literarhistorikers der Universität Jena, Joachim Müller (1906–1986): »Der geduldig auf die Stunde der Humanität wartende Dichter, das ist der geduldig die Welt- und Menschenentwicklung betrachtende Erzähler. Die Güte der Geduld, die Spannweite der Phantasie und die Gelassenheit des unermüdlichen Ausspinnens: diese Tugenden sind Thomas Mann in einzigartiger Weise gegeben. Was man gern mit Wagners unendlicher Melodie verglichen hat, das ist, bei allem Respekt vor der vieltönigen Sprachmusikalität und der unendlich variablen Rhythmik Thomas Manns, das eigenständige epische Agens, das Thomas Mann zum großen Dichter macht. [...]/ Thomas Manns Werk ist die Geburt der Hoffnung aus dem Geiste der kämpferischen Humanität und aus dem Schmerz einer wunden Vergangenheit. So wie Thomas Manns dichterische Kraft und sein erzählerischer Atem unermeßliche Bereiche menschlicher Kultur zu neuartigem epischem Gebild meistern, so steht er in unserer Gegenwart als der unerbittliche Richter einer versinkenden Epoche, als der treubesorgte Dichterarzt seines Volks, als der tapfere Repräsentant und gewissenhafte Treuhänder des guten, einigen Deutschland, als der dichterische Schirmherr des Menschlichen.« – Die Promotion erfolgte durch den Dekan der Philosophischen Fakultät, den Historiker Friedrich Schneider. Die Promotionsurkunde trägt die Begründung: »Die Fakultät ehrt dadurch einen Meister der deutschen Sprache, einen Gestalter deutscher Lebensform, den Wahrer klassischer Humanität, den Kämpfer für Frieden und Völkerverbindung.« – Am Schluß der Feier gab der Vizepräsident der Berliner Akademie der Wissenschaften »die soeben vollzogene Einrichtung eines Thomas-Mann-Archivs bekannt, an dem insgesamt zehn Universitätsprofessoren aus dem Westen und Osten unseres Vaterlandes mitwirken«. Als Aufgabe des Instituts bezeichnete er »die Vorbereitung einer kritischen Gesamtausgabe, wie sie mit dem Werke Goethes bereits begonnen wurde, ebenso die Festhaltung und Auswertung aller entscheidenden Äußerungen über den Dichter./ Thomas Mann dankte sichtlich bewegt in freier Rede für die ihm zuteil gewordene Ehre der Friedrich-Schiller-Universität, zugleich aber auch der Stadt Weimar, deren Mitbürger er ist. [...] Die zahlreiche Schar der Hörer überschüttete den Dichter mit Beifall. Sehr fein rahmte das Streichquartett von Hugg die Feier musikalisch ein.« (Ludwig Bäte im ›Thüringer Tageblatt‹ vom 16. 5. 1955) – Harmonie und ungetrübte Feierlichkeit also auch hier. Doch hatte es – ähnlich wie in Stuttgart/Marbach – auch in Weimar/Jena hinter den Kulissen einige Auseinandersetzungen gegeben. Aus den Akten des Jenaer Universitätsarchivs ergibt sich folgendes Bild: Mit Schreiben vom 7. März 1955 hatte das mit den Vorbereitungen der Jubiläumsfeierlichkeiten betraute Schiller-Komitee der DDR den Rektor der Jenaer Friedrich Schiller-Universität zu einer Sitzung nach Berlin eingeladen, wo man ihm die »Anregung« gab, bzw. den Wunsch des (wie aus einem späteren Protokoll hervorgeht) zuständigen »stellv. Ministers Alexander Abusch« vortrug, Thomas Mann anläßlich seiner Weimarer Rede die Ehrendoktorwürde der Philosophischen Fakultät zu verleihen. – »Unter Hinweis auf strengste Geheimhaltung« informierte der Dekan, Friedrich Schneider, in der Sitzung der Fakultät vom 23. 3. 1955 seine Kollegen von diesem Vorgang. Vermutlich, um dem Ansinnen Berlins gegenüber einige Selbständigkeit zu demonstrieren, verband er die Mitteilung mit dem offenbar im engeren Fakultätskreis erwogenen Vorschlag, zugleich mit der Ehrung für Thomas Mann einen »der Universität Jena, dem Lande Thüringen und der Schiller-Forschung eng verbundenen Gelehrten«, den seit 1934 in Heidelberg mit einem Lehrauftrag für ›Erwachsenenbildung‹, ab 1941 für ›Deutsche Bildungsgeschichte‹ betrauten Reformpädagogen und Literarhistoriker Reinhard Buchwald, »das Ehrendoktorat zu verleihen«. Die sich anschließende Diskussion ergab keinen Konsens, da der Fakultäts-Senior, der Altphilologe Friedrich Zucker, erklärte, »er könne bei aller Bewunderung für den Dichter und Schriftsteller Thomas Mann keine engeren Beziehungen zwischen diesem und Schiller erkennen«. – Das Protokoll vermerkt: »Er sieht sich deshalb außerstande, der Ehrenpromotion für Thomas Mann zuzustimmen.« Andere Kollegen schlossen sich diesem Votum an. Mit dem Hinweis, daß »bei Ehrenpromotionen Einstimmigkeit erforderlich sei«, wurde die Debatte beendet und die Frage gestellt, wie es mit Buchwald zu halten sei. Doch auch in diesem Fall kam keine Einigung zustande: »Herr [...] erklärt, er werde nunmehr seine Stimme gegen eine gesonderte Behandlung der Ehrung für Professor Buchwald abgeben, weil er die von dem Dekan vorgetragene Verbindung einer Ehrung für beide Persönlichkeiten für richtig halte.« – So blieb dem Dekan nur festzustellen, daß diese Frage »erledigt« sei. – Erledigt für die Fakultät: vielleicht; nicht aber für die Universität, deren Rektor den Vorschlag des Ministeriums nun seinen Fachkollegen aus der Medizinischen Fakultät unterbreitete. Das Protokoll der entscheidenden Sitzung vom 29. 3. 1955 (Bestand I, No. 404/2, Sitzungsprotokolle der Medizinischen Fakultät der FSU vom 5. 7. 1949 bis 16. 10. 1962) vermerkt unter Punkt 8, Unterpunkt b): »*Prof. Neubert teilt mit, Magnifizenz* [gestr. ›hat geäußert‹, ersetzt durch ›*läßt bitten*‹, darüber eingefügt ›*zu erwägen, ob nicht*‹] *Thomas Mann der Ehrendoktortitel* [gestr. ›zu verleihen‹, ersetzt durch ›*verliehen*‹] *werden könnte.* [gestr. ›Die Fakultät ist der Ansicht, daß sie sich nur selber ehren könnte, wenn sie den Titel verleiht‹.] *Thomas Mann wird in der Schillerwoche in Weimar sein. Die Fakultät beschließt einstimmig Herrn Thomas Mann zum Dr. med. h. c. zu ernennen.*« – Doch entsprach dieser Titel offenbar nicht dem, was man sich in Berlin vorgestellt hatte. Dort jedenfalls setzte man einen Beauftragten des Staatssekretariats für das Hochschulwesen der DDR nach Jena in Marsch, der den Wunsch seines Ministeriums überbrachte, den Antrag der Philosophischen Fakultät erneut zu behandeln. Das geschah – in Gegenwart des Emissärs und des Rektors – am 18. 4. 1955. Das Protokoll – das bereits durch die Liste der Anwesenden und der Entschuldigten (die ›Widersacher‹ sind »krank« oder »verreist«) interessant ist – vermerkt: »Herr Dr. [...] erklärt, daß er den Wunsch habe, mit der Fakultät zu sprechen: Anlaß sei vor allem die Ablehung der Verleihung der Ehrendoktorwürde an Thomas Mann. – Es erscheint S. M. der Rektor. / Der Herr Dekan erklärt, daß er die Art und Weise, wie der Antrag an ihn herangetragen worden sei, in Übereinstimmung mit der Anschauung des Rektors der Fakultät gar nicht mitgeteilt habe, um jede Mißstimmung zu vermeiden.« Anschließend kam noch einmal die Frage der Einstimmigkeit zur Sprache; der Berliner Emissär erklärte, »ihm sei keine Regelung dieser Art bekannt. Nach seiner Meinung müsse der Mehrheitsbeschluß genügen«. Und dann kam er zur Sache: »Im Falle von Thomas Mann, der unbestreitbar einer der bedeutendsten Schriftsteller der Gegenwart sei, dürfe die Fakultät nicht nur die literarhistorische Seite sehen. Die außerordentliche Bedeutung Thomas Manns beruhe auf seiner Stellungnahme für Frieden und Fortschritt und gegen die amerikanische Kriegspolitik. An diesem politischen Faktor sei die Fakultät ganz vorbeigegangen. Die Ablehnung der Ehrendoktorwürde für Thomas Mann sei geradezu ein politischer Affront gegen die Regierung der DDR./ Er bitte dringend darum, die Diskussion vom 23. 3. nochmals aufzunehmen und die strittige Frage in der richtigen Weise zu entscheiden. Er sei nicht gekommen, um einen Druck auf die Fakultät auszuüben, aber er möchte verhindern, daß die Fakultät in einem eigenartigen Lichte erscheine.« – Nach einer ausführlichen Diskussion sowohl der Frage der Einstimmigkeit (der Dekan ließ die entsprechenden Statuten aller Fakultäten herbeischaffen und konnte erleichtert feststellen daß »für die Philosophische Fakultät [...] die Verleihung der Ehrendoktorwürde noch gegen eine Stimme möglich war«) und, vor allem, der vom Emissär »besonders unterstrichenen politischen Tragweite der Verleihung« schlug der Dekan vor, die Abstimmung »bis zur Rückkehr des Senior Zucker, der am Spätnachmittag aus Göttingen zurück sein wollte und der sich gegen die Verleihung [...] ausgesprochen hatte, zu vertagen«. Der Vorschlag wurde jedoch abgelehnt und statt dessen »mit Stimme der anwesenden Mitglieder« beschlossen, »den Herren Thomas Mann und Professor Reinhard Buchwald – Heidelberg, die Würde eines Ehrendoktors der Philosophischen Fakultät zu verleihen«. (Alle Zitate von den Sitzungen der Philosophischen Fakultät nach dem Bestand des Universitätsarchivs Jena, M No. 773, S. 120–123.)

9] *Danksagung: [Dankesworte in Weimar]*, GW XI, 531/532: »Sie *343*
haben eine ›Laudatio‹ meines Lebenswerkes gehört, die wirklich im höchsten Grade ihrem Namen gerecht wurde. Als ich lauschte, da war es mir, als ob mein Sein und Tun, mein Schreiben und Treiben in einer festlichen Verklärung erschien, die mich rührte [...]« – Nun, diese Worte zeigen, daß TM nicht bekannt gewesen sein dürfte, was

sein Lobredner, Professor Joachim Müller, 1939 in einer Kritik von Paul Fechters Buch ›Deutsche Literatur vom Naturalismus bis zur Literatur des Unwirklichen‹ in der ›Zeitschrift für Deutschkunde‹ (›Jahrgang 53 der Zeitschrift für den deutschen Unterricht‹), Leipzig und Berlin 1939, 321–329, geschrieben hatte: »Aber es müssen doch zwei gewichtige Einwände erhoben werden: Eben die geschichtliche Gerechtigkeit erscheint problematisch, wenn man die negativen Gestalten dieses Zeitraums [um die Jahrhundertwende], die F. durchaus in schärfster Form als solche kennzeichnet, ins Auge faßt: tut man den Wiener Juden vom Schlage Schnitzlers und den Literaten vom Typ der Brüder Mann nicht zuviel Ehre an, wenn man ihre Machwerke in aller Breite behandelt? Gewiß, man muß den Feind kennen, ehe man ihn schlägt, aber gehört solche Erforschung feindlicher Gewalten und Gefahren nicht eher in eine Geschichte der Verfallserscheinungen der letzten Jahrzehnte als in eine Darstellung, die doch auch ein Bild deutscher Dichtung entwerfen will? Denn – und dies ist der eng mit dem ersten Bedenken zusammenhängende zweite Einwand – dadurch, daß F. die unerfreulichen Vertreter des jüdisch-intellektualistischen Literatentums in aller Ausführlichkeit mit behandelt und vor allem dadurch, daß er sein Buch mit der Darstellung der Literatur des ›Unwirklichen‹, verkörpert durch die Mann, Wassermann und Zweig, schließt, entsteht der Eindruck, daß er eine bloße Abrechnung mit der Literatur vor 1933 geben will. Und solche Abrechnung trifft wieder nicht Gestalten wie – um nur einige zu nennen – Liliencron, Ricarda Huch, Paul Ernst, W. v. Scholz, Agnes Miegel, Münchhausen [. . .]. Daß aber F. doch so etwas wie eine Abrechnung vorschwebt, ergibt sich daraus, daß er die meisten der Dichter, die wir die volkhaften nennen, und die vor 1933, zum Teil vor dem Krieg, ihre Hauptwerke schrieben, nicht behandelt: also z. B. Hans Grimm, Kolbenheyer, Emil Strauß, Binding, Carossa, Ina Seidel.«

10] *Johnn:* So im Manuskript. Der Mann, der TM ansprach, war Otto John. Das geht sowohl aus Erika Manns Aufzeichnungen im ›Letzten Jahr‹, a.a.O., 35, als auch aus dem offiziellen Bericht hervor, den Walter Janka Johannes R. Becher als Protokoll über den Besuch der DDR-Delegation bei Thomas Mann in Kilchberg anläßlich des 80. Geburtstags, am 11. 6. 1955 zukommen ließ: »Der Ordnung halber möchte ich noch darauf hinweisen, dass sich Erika Mann heftig wegen der von Dr. John in unserer Presse veröffentlichten Notizen über sein

Gespräch mit Thomas Mann in Weimar beschwerte. Erika Mann behauptet, dass nichts von dem, was John der Presse übergeben habe, der Wahrheit entspräche. Das Gespräch habe sich rein zufällig auf Drängen von Dr. John im Augenblick der Abfahrt aus Weimar ergeben, und im Grunde genommen wäre es nichtssagend ausgegangen, so dass von Seiten Johns kein Anlass zu Pressenotizen gegeben worden sei. Im übrigen verbäte es sich Thomas Mann, Pressenotizen zu veröffentlichen, wenn man sich nicht vorher darüber verständigt. Erika Mann bat mich, mit Minister Becher darüber zu reden und mitzuteilen, dass sich Thomas Mann sehr über Dr. John und über seine Notizen geärgert habe. Nur aus Rücksicht uns gegenüber würde Thomas Mann davon Abstand nehmen, offiziell zu dementieren.« (Aus dem Becher-Konvolut bei der Stiftung Archiv der Akademie der Künste Berlin-Brandenburg.) Auch der Bericht der ›Frankfurter Allgemeinen Zeitung‹ vom 18. 5. 1955 erwähnt im Zusammenhang mit der im restaurierten ›Elephanten‹, dem »Sitz und Hauptquartier des Schiller-Komitees 1955, Treffpunkt der über 420 Ehrengäste, darunter etwa 150 Teilnehmer aus Westdeutschland«, abgehaltenen Pressekonferenz die Anwesenheit der »Überläufer« John und Schmidt-Wittmack.

11] *Indiskretion:* Das von TM und seiner Tochter beanstandete Interview ›Begegnung mit Thomas Mann‹ von Otto John war am 22. 5. 1955 in der ›Berliner Zeitung‹ erschienen. Es ist als Dok. 41, S. 877–879 wiedergegeben. Otto John selbst erklärte gegenüber der Herausgeberin, daß die Staatssicherheitsbehörde ihn zu diesem Interview gedrängt, ihm einen Begleiter mitgegeben und auf der Publikation des »Gesprächs« bestanden habe. Er selbst habe die Stasi-Forderung in der Hoffnung akzeptiert, TM über seine Entführung informieren zu können.

12] *empfangen:* Unter der Überschrift ›Gestern mittag auf dem 343
Bahnsteig 1‹ brachten die ›Lübecker Nachrichten‹ am 16. 5. 1955, 3, eine ausführliche Reportage über die Ankunft von Thomas und Katia Mann: »Obgleich kein offizieller Empfang auf dem Bahnhof stattfand, war das Ehepaar Mann sofort von einer dichten Menschenmenge umgeben. Und während pausenlos die Blitzlichter der Fotographen aufgrellten, sprach der große Dichter ein paar Worte in das NWDR-Mikrophon. Thomas Mann sagte: ›Ich wollte Ihnen von Herzen danken, daß Sie zum Bahnhof gekommen sind, mich einzuholen

in meine Vaterstadt, die wiederzusehen mir eine große Freude ist und mich sehr berührt. Ich weiß, daß mir bei dieser Gelegenheit von meiner Vaterstadt eine große Ehre erwiesen werden soll, die größte, die sie zu vergeben hat. Ich werde Ehrenbürger dieser Stadt und das wird mir für den Rest meines Lebens ein Stolz und eine Freude sein.›« Ein Tonbandmitschnitt von dem Empfang befindet sich im TMA; s. Loewy I, 115.

13] *Die Ceremonie im Rathaus:* Der feierliche Akt der Verleihung der Ehrenbürgerwürde fand am Freitag, dem 20. Mai 1955, im Lübekker Rathaus statt. Die Gäste des »festlich geschmückten mittelalterlichen Audienzsaales« erhoben sich schweigend, als das Ehepaar Mann in Begleitung von Bürgermeister Otto Passarge den Raum betrat. »Unter den Ehrengästen sah man« – so die ›Lübecker Nachrichten‹ in ihrem Bericht vom 21. Mai – »den Kultusminister Voigt, Hannover und Senator Dehnkamp, Bremen. Von der Landesregierung Kiel waren erschienen Justizminister Dr. Leverenz und die Ministerialdirektoren Prätorius, Kock und Sureth. Ferner sah man Bürgermeister a. D. Max Brauer, Hamburg, Intendant Dr. Hilpert, Professor Dr. Heise, Walter von Hollander, S. Fischer [!] sowie zahlreiche weitere namhafte Verleger und Autoren.« Wen man nicht sah (und warum nicht), erläuterte die ›Lübecker Freie Presse‹ in einem am 25. 5. 1955 publizierten Rückblick auf die Ereignisse: »Allgemeines Kopfschütteln hervorgerufen hat die Tatsache, daß der schleswig-holsteinische Kultusminister, Dr. Lemke (CDU), bei der Feier nicht zugegen war. Dr. Lemke, der gleichzeitig Lübecker Senator ist, hatte früher der Senatsvorlage [...] keinerlei Bedenken entgegengebracht. Allerdings sollen sich dann die politischen Umstände geändert haben.« – Außerdem wußte die Zeitung zu melden, daß »diejenigen CDU-Mitglieder, die an der Thomas-Mann-Feier teilnahmen«, »ernste Schwierigkeiten mit ihrem Parteivorstand [...] zu gewärtigen haben«. »Manche von ihnen«, so der Kommentar zur Meldung, »sollen daher Wert auf die Feststellung legen, daß sie nur privat, nicht offiziell dem Festakt und der Lesung im Stadttheater beiwohnten.« (Vgl. zu diesem, alle Höflichkeitsgebote außer Kraft setzenden Fraktionszwang auch den TB 16. 3. 1955, Anm. 2 zitierten Bericht über die beschließende Sitzung der Lübecker Bürgerschaft am 10. März 1955.)

14] *Rede des Bürgermeisters:* Die von der Presse ausführlich gewürdigte Rede Otto Passarges schloß mit dem Satz: »Das Festhalten an Geist und Lebensziel hanseatischen Bürgertums in einer Zeit, in der alle ethischen Grundfesten ins Wanken gerieten, weist Sie als wahren Ehrenbürger unserer Stadt aus; denn auf diese Weise wurden Sie so etwas wie eine Botschaft Lübecks an die Welt« und mündete in die Überreichung und Verlesung der »schön ausgestatteten« Urkunde, die sich heute im Zürcher Archiv befindet und folgenden Wortlaut hat: »Dem großen Erzähler und Denker, dem Meister der deutschen Sprache, dessen Künstlerschaft aus dem Erbe hansischen Patriziertums erwuchs, der in keinem seiner die Zeiten deutenden Werke seinen Ursprung aus stadtstaatlicher Lebensform verleugnete, schon in hochmögender Jugend seine Heimat zum Symbol für die geistigen Wandlungen unseres gärenden Jahrhunderts erhob, der als Gestalter unvergänglicher Schöpfungen Weltgeltung erlangte und als unbeirrbarer Kämpfer für Freiheit und Menschlichkeit sich dem Streite der Meinungen gestellt hat, dem Sohne unserer Stadt, *Thomas Mann*, verleiht in Dankbarkeit und Verehrung die Lübecker Bürgerschaft Recht und Würde eines Ehrenbürgers der Hansestadt Lübeck. Geschehen im Rathaus zu Lübeck am 20. Mai 1955.« – Von der Veranstaltung existiert im TMA ein Mitschnitt; s. Loewy I, 116.

15] *meine Rede:* Die auch von der Presse teilweise in extenso abgedruckte *[Ansprache in Lübeck]*, GW XI, 533–536.

16] *Rede von Senator Ewers, Rede von Prof. Berendsohn:* »Anschließend an den Festakt hatte der Senat zu einem Essen im Lübecker Ratskeller eingeladen, das Anlaß zu den Dichter feiernden Tischreden von Senator a.D. Ewers und Professor Behrendson (Stockholm) [Walter A. Berendsohn (1884–1984); Näheres TB 46–48, 589] gab. Thomas Mann dankte mit herzlichen Worten.« (›Lübecker Nachrichten‹, 21. 5. 1955.)

17] *Dank:* Offenbar improvisiert. Es ließen sich weder ein Manuskript noch ein Tonbandmitschnitt auffinden.

18] *Vorlesung:* Die Lesung im Stadttheater fand am Samstag, *343*
21. 5. 1955, statt. Die ›Lübecker Freie Presse‹ berichtete: »Thomas Mann [. . .] saß im modisch geschnittenen Abendanzug auf der blumengeschmückten Bühne des Großen Hauses und las das erste Kapitel aus dem ›Tonio Kröger‹, las aus der Josephs-Tetralogie die Fabel vom ›bunten Rock‹ und las das Zirkuskapitel aus dem ›Krull‹./ Er *las*? Wer es miterlebte, weiß, daß *lesen* für das, was hier mit edelstem

Stoff der Weltliteratur geschah, kein verbaler Begriff sein kann, es sei denn ein lächerlich nichtssagender.« – »Bewunderungswürdig war Thomas Mann am Lesetisch im Stadttheater«, so die ›Lübeckischen Blätter‹ vom 29. Mai 1955, 128/129. »Dabei ist nicht so sehr an die erstaunliche körperliche und vor allem stimmliche Leistung des Achtzigjährigen gedacht, als vielmehr an die deutende Kunst des Lesens. [. . .] Alle die Schwingungen, Andeutungen, Spitzen, die Brillianz des unfehlbar treffenden Wortes werden sinnfällig, wenn das Auf und Ab und der beherrschte Klangwechsel der Stimme, das gerade so richtige Tempo des Vortrags, jede Geste der leise deutenden Hand, jede Kopfbewegung, wenn alle diese Mittel mit der lässigen Sicherheit des Meisters aufs genaueste bemessen, das Werk als eine kunstvolle Wirklichkeit erstehen lassen.«

19] *Kapellmeister Lessing:* Der Lübecker Generalmusikdirektor Gotthold Ephraim Lessing dirigierte nach der Lesung das von TM gewünschte ›Lohengrin‹-Vorspiel, bei dem man, wie die ›Lübecker Freie Presse‹ in ihrem Resumé vom 25. 5. 1955 berichtete, »von den oberen Rängen Thomas Mann in unvorstellbarer Ergriffenheit in der Proszeniums-Loge sitzen, seinen Kopf sich rhythmisch bewegen und seine Hände unterhalb der Brüstung mitdirigieren sehen« konnte.

344 20] *Worte in der Aula:* Offenbar frei und ohne Mitschnitt gesprochen. Es fand sich lediglich ein Foto – TM und Katia Mann beim Verlassen des Katharineums – mit folgendem Text: »Als Thomas Mann noch kurz vor seinem achtzigsten Geburtstag das Katharineum in Lübeck besuchte, betrachtete er versonnen die freigelegten Eröffnungsworte des Gästebuches. Vor den Schülern gedachte er der Zeit, da er ›lange – wenn auch nicht immer zur Freude seiner Lehrer – die Schulbank gedrückt‹ hatte, und gab seiner Freude Ausdruck, seine alte Schule begrüßen zu können, ›der ich doch, wenn ich damals auch kein rühmlicher Schüler gewesen bin, die wissenschaftliche und geistige Grundlage für mein eigenes späteres Schaffen verdanke‹«. (Zitiert nach ›Thomas Mann – sehr menschlich‹, Streiflichter – Schlaglichter geworfen von Richard Carstensen, Lübeck – Zürich, 1974, 102.)

21] *Grautoff:* Thomas Manns engster Lübecker Schulfreund Otto Grautoff (1876–1937). Grautoff, zunächst Buchhändlergehilfe, dann Redakteur, Schriftsteller, Kunst- und Kulturhistoriker sowie Übersetzer aus dem Französischen, siedelte etwas später als Thomas Mann nach München über und lebte zum Schluß seines Lebens in Paris. S. ›Thomas Mann, Briefe an Otto Grautoff 1894–1901‹, hrsg. (und mit einem instruktiven Vorwort versehen) von Peter de Mendelssohn, S. Fischer, Frankfurt am Main 1975.

22] *Willri Timpe:* TMs Lübecker Schulkamerad Williram Timpe, Vorbild für die Figur des Pribislaw Hippe im *Zauberberg*. Näheres TB 49/50, 216 und 571/572.

23] *»Das Bild des Menschen«:* Peter Lotar, ›Das Bild des Menschen‹, ein »Requiem auf den deutschen Widerstand« in Form einer dramatischen Szenenfolge um die Vorgänge des 20. Juli 1944. TM sah die in Form eines mittelalterlichen Totentanzes präsentierte und von Christian Mettin inszenierte norddeutsche Erstaufführung des 1952 von den deutschen Rundfunkanstalten für den ›Prix Italia‹ eingereichten Hörspiels.

24] *Prager Schweizer:* Der in Prag geborene, zweisprachig aufgewachsene Schriftsteller und Schauspieler (Reinhardt-Schüler, Engagements in Berlin, Breslau und – bis 1939 – am Prager Nationaltheater) Peter Lotar (1910–1986) floh vor der Invasion der Deutschen in die Schweiz, wo es ihm, wenn auch unter großen Schwierigkeiten, gelang, sich als Spielleiter und Cheflektor des Theaterverlags Reiss, später als Verfasser von Hörspielen (›Die Macht der Gewaltlosigkeit‹ [Ghandi], ›Das Vermächtnis des Thomas G. Masaryk‹, ›Der Tod des Präsidenten‹ [Kennedy]) eine neue Existenz aufzubauen.

25] *Behn-Haus:* Das alte, als eine Art Museum hergerichtete Patrizierhaus in der Königstraße fungierte bei festlichen Gelegenheiten als Rahmen für die Veranstaltungen der Stadt.

26] *Töpfer:* Ein Sohn oder Enkel von TMs Klassenkamerad Willi Töpfer, dem Sohn des Besitzers des Hotels ›Stadt Hamburg‹ (s. Peter de Mendelssohn, ›Der Zauberer‹, Bd. 1, 114 und 360 ff.).

27] *Senator von Travemünde:* Der Lübecker Arzt Dr. Ernst Timm, 1955 »Senator für die Kurverwaltung Travemünde«.

28] *Marty:* Der Ingenieur Heinrich Siegmund Erich Marty (1884 bis 1962), ein entfernter Verwandter von TM.

29] *die französische Huldigung:* ›Hommage de la France‹; s. TB *345*
9. 3. 1955, Anm. 4. TM dankte in einem Brief an Martin Flinker, Kilchberg, 14. 6. 1955, Reg. IV, 55/203; als *[Dank]* veröffentlicht in GW XI, 537–540.

30] *Mein Brief über Muschg:* Der TB 18. 7. 1954, Anm. 5 nachgewiesene Brief war am 20. 5. 1955 unter dem Titel ›Thomas Mann schreibt über Prof. Walter Muschg‹ in der ›Basler Woche‹ erschienen. (S. Potempa G 1176)

31] *Amerikanischer Interviewer:* Frederick Morton. Das Interview, das am 5. 6. 1955, VII, 6:1–3, 32, 33 unter der Überschrift ›A Talk with Thomas Mann at 80‹ in der NYT erschien, wurde in Travemünde geführt: »Travemuende, the Baltic Sea resort in which this writer cornered the octogenarian, was supposed to provide a brief lull for the Herr Doktor. (In Germany, where every solvent person with spectacles is presumed to possess a Ph. D., Thomas Mann goes by the title of the Herr Doktor.) His hotel suite though, could have been the opening-night dressing room of Mary Martin. Flowers, telephone calls, telegrams and she whom even Miss Martin could never boast of, namely Katja Mann. For to interview Herr Doktor means invariably also to interview Frau Doktor, his attractive and most vivacious wife, whose conversational impulses have a wonderful way of advancing, instead of interrupting a causerie. On this visit she wore a smart (one is almost tempted to say snappy) turquoise velvet jacket with embroidered sleeves. During the talk she directed traffic between a messenger boy, a hotel official, the interviewer and a maid pouring tea./ In the midst of it all, the master. Clad in business gray, hand factually folded, he looked about fifteen years younger than his age and much more (there's no help for the word) bourgeois than even his photographs. In fact, he resembled a Hanseatic grain merchant pondering, in the solitude of his office, wheat futures on the Hamburg bourse.«

27. 5. 1955

345 1] *Faust-Ausgabe:* ›Faust. Eine Tragödie von J. W. von Goethe‹, London, J. H. Bohle, Königlich-auswärtiger Buchhändler, 1823. In der Zürcher Bibliothek erhalten.

2] *Gedenkworte: In memoriam Bruno Frank [zum zehnjährigen Todestag].* Das Gedenkwort, das teilweise mit dem Nachruf *Bruno Frank*, GW X, 497–500, identisch ist, wurde in verschiedenen Zeitungen abgedruckt. (S. Potempa G 1206)

3] *Kilchberger Feier:* Der Gemeinderat von Kilchberg veranstaltete am 4. 6. 1955 im Conrad Ferdinand Meyer-Haus eine Feier zu Ehren von TMs 80. Geburtstag. S. TB 15. 6. 1955, Text und Anm. 2.

4] *Petitpierre:* Der amtierende Schweizer Bundespräsident, der Jurist Max Petitpierre (geb. 1899). Die Rede ist abgedruckt bei Klaus Schröter, ›Thomas Mann im Urteil seiner Zeit‹, a.a.O. 433–435.
5] *Gemeindepräsident:* Der in Kilchberg wohnende Zürcher Rechtsanwalt Dr. Bruno Herzer (geb. 1915) war von 1951 bis 1954 Gemeinderat, von 1954 bis 1974 Gemeindepräsident von Kilchberg.
6] *Prof. Schmid:* Karl Schmid, der Rektor der Eidgenössischen Technischen Hochschule Zürich.
7] *Geburtstagssendung des ›Worts im Gebirge‹:* Ein Tonband dieser von Erika Mann im Rahmen ihrer fingierten »Sendereihe« ›Das Wort im Gebirge‹ (s. TB 51/52, 345) verfaßten Improvisation befindet sich im TMA.

28. 5. 1955
1] *»Regina«-Film:* S. TB 25. 9. 1954, Anm. 5. *345*
2] *Wolfg. Reinhardt sehr angelegentlich:* Das Schreiben befindet sich nicht unter den Dokumenten des TMA. Unter Mitarbeit oder unter der Ägide von Wolfgang Reinhardt kam kein ›Zauberberg‹-Film zustande.
3] *englischer Brief [...] aus Florenz:* Das Schreiben von Joycelyn *346*
Levine Brodie ist nicht erhalten; s. jedoch TMs Antwort, Kilchberg, 28. 6. 1955, Reg. IV, 55/230, aus der hervorgeht, daß Joycelyn Brodie TM einen Essay ›Thoughts about Thomas Mann's comments on James Joyce‹ zugeschickt hatte, der sich vermutlich auf die Bemerkungen im VIII. Kapitel der *Entstehung des ›Doktor Faustus‹* bezog.

29. 5. 1955
1] *Penzoldt-Message: Ernst Penzoldt zum Abschied:* GW X, 546 bis *346*
549. Geschrieben für eine Gedenkfeier zu Ehren des am 27. 1. 1955 gestorbenen Schriftstellers.
2] *an Matheson:* Die Glückwunsch-Briefe an den Herausgeber der bibliophilen Drucke der Vereinigung Oltener Bücherfreunde William Matheson (1895–1978) und den Direktor des Zürcher Schauspielhauses Oskar Wälterlin (1895–1961) sind nach den Angaben in Reg. IV, 596, verschollen.

30. 5. 1955

346 1] *Fritzi Massary mit Tochter und Schwiegersohn:* Die Operettendiva Fritzi Massary (1882–1969), Witwe des 1934 tödlich verunglückten Schauspielers Max Pallenberg (geb. 1877), mit ihrer Tochter Liesl, Witwe von Bruno Frank, und deren zweitem Mann, dem Regisseur und Schauspieler Leo Mittler (s. TB 28. 2. 1953, Anm. 2).
2] *an die Schillergesellschaft:* An die Deutsche Schillergesellschaft, Marbach; Kilchberg, 30. 5. 1955, Reg. IV, 55/172: Dank für erhaltene Goethe- und Schiller-Bücher.
3] *an Professor Müller:* An Joachim Müller, Kilchberg, 30. 5. 1955, Reg. IV, 55/174: Dank für die Laudatio anläßlich der Verleihung des Dr. h. c. der Friedrich Schiller-Universität.

[1. 6. 1955]

347 1] *Notizen zu Dankreden:* Im TMA sind keine entsprechenden Notizen mehr vorhanden
2] *Festartikel:* Fritz Kraus, ›Thomas Mann: Dichter und Deuter‹, ›Deutsche Rundschau‹, Baden-Baden, Zürich, Jg. 81, H. 6, Juni 1955, 592–598.
3] *holländische Ausgabe: Bekentenissen van den Oplichter Felix Krull* war in der Übersetzung von Alice van Nahuys 1955 bei Querido in Amsterdam erschienen.
4] *Steinbecks »Mice and Men«:* Das Drama nach dem Roman von John Steinbeck wurde unter der Regie von Werner Düggelin und mit Bühnenbildern von Hannes Meyer im Theater Central aufgeführt. Es spielten u. a. Fred Tanner, Pinkas Braun und Gisela Fischer, die zweite Tochter von TMs Verleger.

2. 6. 1955

347 1] *Begleitworte:* Der bei Lowey I, 120 nach der Tonbandabschrift gedruckte Text lautet (in Übereinstimmung mit dem im TMA befindlichen Konzept, nach dem im folgenden zitiert wird): »Der Berliner freie Sender gedenkt meines achtzigsten Geburtstags mit einer Darbietung meiner ›Fiorenza‹-Dialoge in Hörspielform und obendrein mit einem Vortrag über den essayistischen Teil meiner Lebensarbeit. Es wäre unrecht und undankbar, wenn ich selbst dabei ganz fern, meine eigene Stimme dabei ganz unhörbar bliebe. So will ich dem Sender denn aufrichtigen Dank sagen für seine Aufmerksamkeit, die

bei seiner allgemeinen geistigen Reg- und Wachsamkeit freilich nicht überrascht, mich aber dennoch rührt, und will die Gelegenheit wahrnehmen, meinen Berliner Lesern und nicht nur ihnen meinen herzlichen Gruß zu senden, der, versteht sich, zugleich ein Wunsch ist. Es ist der Wunsch, der Tag möge nicht allzu fern sein, wo ›Berlin‹ wieder ein einheitlicher Begriff sein wird, wo man es wieder als ein stolzes Ganzes wird grüßen können. Das heißt, es ist der Wunsch, das geschichtliche Schicksal möge die unglückliche und unnatürliche politische Zweiteilung Deutschlands bald beenden und zu seiner Wiedervereinigung in Frieden und Freiheit führen. Dies der Wunsch, den ich in das späte, ernste, das neunte Jahrzehnt meines Lebens hinübernehme.«

2] *Rychners Berliner Festrede:* Max Rychner hatte TM offenbar das Manuskript seiner Festrede ›Thomas Mann – Blick auf sein Werk‹, gehalten am 6. 6. 1955 im Studentenhaus am Steinplatz in Berlin-Charlottenburg, übersandt. Sie ist abgedruckt unter dem Titel ›Thomas Mann. Rede zu seinem 80. Geburtstag‹ in dem Sammelband ›Jahresring 55/56‹, Stuttgart 1955, 49–64. Eine gekürzte Fassung erschien in ›Die Tat‹, 9. 6. 1955.

3] *Hommage de la France:* S. TB 9. 3. 1955, Anm. 4.

4] *Am eingehendsten die Yourcenar:* Marguerite Yourcenar, ›Humanisme de Thomas Mann‹, ›Hommage de la France à Thomas Mann‹, a.a.O. 23–33.

15. 6. 1955

1] *Frühstück der Stadt:* »Die Feierlichkeiten [...] begannen am Samstag, den 4. Juni im Muraltengut, wo der Stadtrat von Zürich mittags einen Empfang gab. Zu den achtundvierzig Gästen [...] gehörten Angehörige, Freunde und Behördemitglieder. Stadtpräsident Emil Landolt überbrachte die offiziellen Glückwünsche der Stadt. In kurzen Dankesworten sprach der Jubilar über seine Beziehungen zur Schweiz und ›zeichnete‹ [wie die NZZ am 6. 6. 1955 schrieb] ›in wenigen meisterhaften Strichen das geistige Antlitz Zürichs, wobei er mit Lob für das literatur- und kunstbeflissene Publikum dieser Stadt nicht kargte‹.« (Sprecher 276) *347*

2] *Feier der Gemeinde Kilchberg:* S. TB 27. 5. 1955, Text und Anm. 3–5: »Die Feier der Gemeinde Kilchberg (am vierten nachmittags im Conrad-Ferdinand-Meyer-Haus) erhielt ihre besondere Prägung durch die Anwesenheit und Ansprache des Schweizerischen Bundespräsidenten, Dr. Max Petitpierre. Seit Menschengedenken, versicherte man uns, habe es sich nicht ereignet, daß das Staatsoberhaupt zu einer Gemeinde gekommen sei, um einen der ihren auszuzeichnen. Artiger und freundlicher Weise bediente Dr. Petitpierre, ein liebenswürdiger Westschweizer, sich bei seiner Rede des Deutschen. Nur das sinnig gewählte Gide-Zitat am Schluß ›brachte‹ er auf Französisch.« (Erika Mann, ›Das letzte Jahr‹, a.a.O. 41.) S. ferner die ausführliche Beschreibung der im weiteren Verlauf durch die Verleihung einer Ehrenurkunde der Gemeinde und die Promotion zum Dr. h. c. rer. nat. geprägten Feier bei Sprecher, 277.

3] *Ehrendoktor der Naturwissenschaften:* Vgl. TM an Kuno Fiedler, Kilchberg, 19. 6. 1955, Reg. IV, 55/215; Br. III, 405/406 (fragm.); Bl. TMG No. 12, 29 (vollst.): »Am meisten Spaß hat mir die Ernennung durch die Eidg. Technische Hochschule, Zürich, zum Doktor der Naturwissenschaften(!) ehrenhalber gemacht. Neu, originell und witzig. Der Gedanke stammt zweifellos vom Rektor Karl Schmid, längst als geistvoller Freund meiner Arbeit bewährt.«

348 4] *Dank-Rede:* S. an Karl Schmid, Kilchberg, 9. 6. 1955, Reg. IV, 55/195: »[Ich bin], akademisch geredet, etwas verkatert nach all den Ehrungen, die Zürich-Kilchberg in diesen Tagen grossherzig auf mich niedergehen liessen. Ich habe das Gefühl, meinen Mann dabei recht mangelhaft gestanden, gepatzt, gestümpert zu haben bei dem notgedrungen improvisierten Dankesgeschwätz, mit dem ich sie beantwortete.«

5] *Schauspielhaus-Feier:* Feierstunde am Vorabend des achtzigsten Geburtstags von Thomas Mann im Zürcher Schauspielhaus. Ein Band der von der Schweizerischen Rundspruchgesellschaft Zürich mitgeschnittenen, von Kurt Hirschfeld geleiteten Gesamtveranstaltung mit einer Länge von 2½ Stunden ist im TMA erhalten. Die von Kurt Hirschfeld geleitete Veranstaltung begann mit der Begrüßung durch den Präsidenten des Verwaltungsrates der Neuen Schauspiel AG, Richard Schweizer, der an die vielen Lesungen und Aufführungsbesuche TMs in diesem Hause erinnerte; dann spielte der überraschend von New York angereiste Bruno Walter mit dem Studio Orchester Beromünster Mozarts ›Kleine Nachtmusik‹, ehe Therese Giehse, Maria Becker, Erwin Parker, Hermann Wlach und Gustav Knuth von Fritz Strich ausgewählte und verbundene Texte von Thomas Mann lasen. Fritz Strich überführte seine Conference in eine Laudatio für TM, auf die der so Geehrte mit einer fünfminütigen Dankesansprache (GW XIII, 238–240) und einer Lesung von ›Krull verteidigt die Liebe‹ antwortete.

6] *Knopf, von New York geflogen:* Blanche und Alfred Knopf hatten in der NYT vom 6. 6. 1955, 25:7, 8 einen mit ihrem Namen gezeichneten ganzseitigen Zweispalter ›Thomas Mann‹ publiziert, der – mit einem großen Photo als Blickfang – unter geschickter Einfügung aller Knopf'schen TM-Publikationen die Geschichte der Verbundenheit TMs mit ihrem Verlag erzählte. – In derselben Ausgabe erschien, 35:6, 7, ein ebenfalls bebilderter AP-Bericht ›Thomas Mann, Observing 80th Birthday. Plans to Start a New Full-Length Novel‹. Ein unter ›Dritte an Dritte‹ im TMA aufbewahrtes Schreiben von Nelson Rockefeller, The White House, Washington, 16. 5. 1955 an Blanche Knopf läßt vermuten, daß das Ehepaar Knopf versucht hatte, das Weiße Haus für die Feierlichkeiten zu aktivieren: »Your suggestion concerning Thomas Mann's 80th birthday is certainly an interesting one and it is presently under consideration.« Der Vorschlag selbst hat sich leider nicht mehr ermitteln lassen.

7] *Turmalin Ring:* S. Erika Mann, ›Das letzte Jahr‹, a.a.O. 45: »Vor allem hatte es der Ring ihm [TM] angetan, – unser Hauptgeschenk, das einem langgehegten Wunsche [vgl. TB 10. 2. 1955, Anm. 2] Rechnung trug. Er liebte es, in klare Steine zu blicken – besonders bei der Arbeit – und hatte es oft gesagt, daß er gern einen schönen Ring besäße, mit einem makellosen Stein, – rot vielleicht, – oder nein, – vorzugsweise grün. So waren wir denn auf die Suche gegangen. Erstklassige Smaragde erwiesen sich als so schwer zu finden wie zu erschwingen. Der Turmalin dagegen, den wir schließlich erstanden, hielt sich innerhalb unserer Grenzen, – ein Exemplar von großer Reinheit, männlich im Schliff, und auch der Ring, den er schmückte, erschien wie gemacht für den künftigen Träger.«

8] *Delegation:* S. den Anm. 3 nachgewiesenen Brief an Kuno Fiedler: »[...] auch Westdeutschland hat durch Innenminister Schröder, Th. Dehler und Ollenhauer gesprochen, eine Deputation von Kultusministern der Länder war zur Gratulation hier, und der von Schleswig-Holstein sprach mir in Lübeck seine Genugtuung über meine Reise nach Weimar aus.« – Eine UP-Notiz aus Kilchberg vom 6. 6. 1955 meldete, was TM zu notieren vergaß: »A check for 50.000

marks was presented to Mr. Mann this day for a fund to help German writers in distress. The check was presented by a delegation representing the Conference of Ministers for Cultural Affairs in West-Germany.« (NYT 6. 6. 1955, 35:7)

9] *Fest-Ausgabe:* S. TB 28. 5. 1954, Anm. 8, und den Anm. 15 nachgewiesenen Brief an den Redakteur Rudolf Hirsch: »Sie haben da ja wieder [...] etwas redaktionell Erstaunliches zusammen- und zustande gebracht [...]. Schöner, reicher, bedeutender, ehrenvoller hätte das Geburtstagsheft nicht ausfallen können, das Meisterwerke zu einem Meisterwerk vereinigt, dessen Gestalter Sie sind.«

10] *improvisierter Dank:* S. den Anm. 15 nachgewiesenen Brief an Rudolf Hirsch: »Bei den Schweizer Feierlichkeiten habe ich wohl leidlich meinen Mann gestanden, aber bei den notgedrungen improvisierten Dank-Reden auch viel gepatzt und gestümpert. So geht es mir nach, daß ich beim Abendessen im ›Rüden‹, als ich Gottfried Bermanns und im Besonderen des großartigen, meinem Geburtstag gewidmeten Rundschau-Heftes gedachte, vergessen habe – wie ich beim Reden in meiner Benommenheit immer das Meiste von dem vergaß, was ich sagen wollte – *Ihren* Namen mit dankbarer Bewunderung zu nennen.«

11] *Dank-Karte:* Der Text ist GW XI, 537 *[Allgemeine Danksagung]* wiedergegeben.

12] *12 bändige ostdeutsche Ausgabe meiner Werke:* S. TB 20. 1. 1954, Anm. 1. Die DDR hatte, wie aus einem Bericht von Walter Janka an Johannes R. Becher vom 11. 6. 1955 hervorgeht, eine dreiköpfige Gratulanten-Delegation geschickt: »Verabredungsgemäß sind wir (Seitz, Hermlin und ich) schon eine halbe Stunde früher gekommen als die anderen, so dass wir Gelegenheit hatten, unsere Geschenke und Glückwünsche ohne die übliche Hast zu überbringen./ Überreicht wurden schriftliche Glückwünsche vom Minister Dr. Johannes R. Becher, Kulturbund, Aufbau-Verlag, Deutschen Schriftstellerverband sowie folgende Geschenke: Im Auftrage des Ministers: ein Kurzfilm und die Tonbänder der Thomas Mann-Rede [aus Weimar], der Akademie der Künste: die Büste [von Gustav Seitz], des Aufbau-Verlages: die Gesamtausgabe, des Schriftstellerverbandes: eine Kassette mit Glückwünschen unserer Schriftsteller, der DEFA: ein Photoalbum./ Die vom Ministerium mitgegebenen Schallplatten und Bücher von Scholochow und Alexej Tolstoi wurden auch überreicht./ [...] Unsere Gesamtausgabe war nicht nur bei Thomas Mann, sondern auch bei allen anderen Gratulanten Mittelpunkt des Gesprächs und fand einen echten Beifall. Thomas Mann selbst hat immer wieder seine Freude darüber in sehr herzlichen Worten zum Ausdruck gebracht. Die Herren des S. Fischer-Verlages, Bermann und Hirsch, die auch zugegen waren, gerieten dabei in einige Verlegenheit; es blieb ihnen aber auch nichts anderes übrig, als lobend über unsere Ausgabe zu sprechen. Der amerikanische Verleger Knopf beschäftigte sich lange mit unserer Ausgabe und sagte, dass er nicht glaube, schon eine andere Thomas Mann-Ausgabe gesehen zu haben, die so schön wäre, wie diese; schließlich hat er sie von mehreren Seiten fotografiert.«

13] *Dasselbe in Leder gebunden von Bermann:* Die für TM zum Geburtstag hergestellten Leder-Bände der Stockholmer Ausgabe sind in Zürich erhalten.

14] *[an] Rychner:* An Max Rychner, Kilchberg, 7. 6. 1955, Reg. IV, 55/190; Bl. TMG No. 7, 29.

15] *An Dr. Hirsch:* An Rudolf Hirsch, Kilchberg, 14. 6. 1955, Reg. IV, 55/204: »Wochen lang hatte ich das ängstigende Gefühl, daß mein Leben sich in einer Art von solenner Auflösung befinde. Möge es sich noch einmal zu gesetzter und weltvergessen tätiger Ruhe sammeln!« S. außerdem die Zitate in Anm. 9 und 10.

16] *Einladung des deutschen Botschafters:* Die Einladung des Bot- *349*
schafters Dr. Hans Mühlenfeld (s. TB 3. 7. 1955, Anm. 2) befindet sich nicht mehr unter den Dokumenten des TMA.

17] *Buch von A. Gehlen:* Arnold Gehlen, ›Der Mensch, seine Natur und seine Stellung in der Welt‹, 4. verb. Aufl., Bonn 1950. Das Buch, das die Widmung trägt: »Dem hochverehrten lieben Thomas Mann zum sechsten Juni 1955 in vieljährig verwandelter, immer erneuter Lebensdankbarkeit von Herzen gedenkend und wünschend/ Köln-Marienburg, Ernst Bertram« steht in der Zürcher Bibliothek. S. auch TMs handschriftlich der gedruckten Danksagung hinzugefügte Zeilen: »Sinnig, lieber Pate, war Ihr Geschenk im höchsten Grade – so fein gewählt, so liebevoll zugeeignet und zum Lesen organisiert. Haben Sie von Herzen Dank für Ihr Gedenken./ Wir denken oft mit stiller Freude an unseren Besuch bei Ihnen zurück.« (Reg. IV, 55/184; zitiert nach TM/EB 192.)

18] *Shaws »Johanna«:* TM las Shaws ›dramatische Chronik in 6 Szenen und einem Epilog‹ ›Saint Joan‹ im 6. Band der von Siegfried Trebitsch besorgten deutschen Ausgabe ›George Bernard Shaw, Gesammelte dramatische Werke‹, Zürich 1947 ff. Die Ausgabe ist in der Nachlaßbibliothek erhalten.

19] *Aufnahme der Büste:* Vermutlich meint TM die von Gustav Seitz modellierte Büste, für die er vom 10. bis 15. Oktober 1954 Modell gesessen hatte. S. TB 11. 10. 1954, Text und Anm. 2, sowie die Notizen der folgenden Tage. Vgl. auch den Anm. 12 nachgewiesenen und zitierten Bericht von Walter Janka an Johannes R. Becher: »Was über die Gesamtausgabe berichtet werden kann, ist ebenso über die Wirkung der Büste zu sagen. Sie war auch Mittelpunkt des Gesprächs und zählt zu den wertvollsten und bedeutendsten Geschenken, die Thomas Mann an diesem Tag zuteil wurden. Thomas Mann sprach immer wieder selbst davon – auch zu anderen Gratulanten – dass diese Büste das Beste sei, was jemals von ihm gemacht wurde.«

19. 6. 1955

349 1] *Ed:* Ed Klotz, s. TB 18. 10. 1953, Anm. 4.

2] *Wiederauflage der »Betrachtungen«:* Für einen weiteren Band der Stockholmer Ausgabe, der 1956 in Frankfurt am Main erschien. (Potempa A 4)

3] *Vorwort:* Das geplante Vorwort zu den *Betrachtungen eines Unpolitischen* kam nicht mehr zustande.

4] *Peat:* Der amerikanische Agent Harold Peat, der jahrelang TMs Vortragstourneen in den USA organisiert hatte.

5] *»Nuova Antologia«:* ›Perduta‹, übersetzt und mit einer Vorbemerkung versehen von Lavinia Mazzucchetti, ›Nuova Antologia‹, Roma, vol. 464, Fasc. 1854, Giugno 1955, 195–216.

6] *Schwarz-Weiß-Oelgemälde:* S. dazu TMs an Walter Marzona gerichteten Dank für eine Schwarzweiß-Malerei von Thomas Riss, Reg. IV, 55/213.

7] *Stich von Nymphenburg:* S. das Dankschreiben an den Münchener Oberbürgermeister Thomas Wimmer, Kilchberg, 8. 6. 1955, Reg. IV, 55/193; GW XIII, 240/241.

8] *Hohngedicht [...] von Kerr:* ›Thomas Bodenbruch‹. Aus Alfred Kerr, ›Caprichos. Strophen des Nebenstroms‹, Berlin 1926, 168–171.

25. 6. 1955
1] *den Fernseh-Film meines Lebens:* S. TB 23. 4. 1955, Anm. 3, und 350
TB 30. 4. 1955.
2] *»Iphigenie«:* Thomas Mann sah Goethes Schauspiel in der Regie von Oskar Wälterlin und der Ausstattung von Teo Otto; Maria Bekker spielte die Iphigenie, Rolf Henniger den Orest.
3] *Veröffentlichung [...] in der »Rundschau«:* Nicht realisiert.
4] *an Jahn:* An Helmut Jahn, Kilchberg, 19. 6. 1955, Reg. IV, 55/216. 351
Anerkennende Worte über Jahns Erstlingsroman (s. Anm. 5): »Das ist [...] ein feines, gelungenes Ding, frisch, knapp, energisch erzählt, mit viel Lebensgefühl, Spott, Schärfe und ärztlicher Kühle, die aber gar nicht hindert, daß man zum Schluß gar etwas übrig hat für den unseligen Streber.« (Kopie im TMA)
5] *»Le Pré«:* Helmut Jahn, ›Herr Le Pré macht Karriere‹, Frankfurt am Main 1954.
6] *Jahn:* Der Publizist und Romancier Helmut Jahn (geb. 1906; Sterbejahr nicht ermittelt).
7] *Hesse bewundert:* Das Schreiben von Hermann Hesse ist nicht nachweisbar.
8] *ihm schreiben konnte:* An Hermann Hesse, Kilchberg, 10. 6. 1955, Reg. IV, 55/197; Br. III, 401/402; HH/TM 255/256.
9] *von Knopf:* Nicht mehr in den files des Knopf-Archivs. Zur Sache s. jedoch den 20. 7. 1955, Anm. 5 zitierten Brief von Alfred A. Knopf, New York, 15. 7. 1955.
10] *in München:* S. TB 29. 5. 1955, Anm. 1. Intendant Kurt Horwitz verlas Thomas Manns Nachruf während der Gedenkfeier im Münchener Residenztheater.
11] *Kirmanock:* So in der Handschrift. Ob es sich hier um die ursprüngliche, später aufgrund der Knopfschen Reklamationen in Kilmarnock geänderte Namensgebung handelt, konnte nicht ermittelt werden.

30. 6. 1955
1] *mein Dank an die franz. Literatur:* ›Le salut de Thomas Mann à la 351
littérature française‹, ›Le Figaro Littéraire‹, 25. 6. 1955, 3. Der deutsche Text *[Dank]* in GW XI, 537–540.
2] *Dankbrief:* TMs Dank an den Münchener Oberbürgermeister Thomas Wimmer, Kilchberg, 8. 6. 1955, Reg. IV, 55/193, war am

16. 6. 1955 unter der Überschrift ›Thomas Mann schreibt‹ im ›Münchner Merkur‹ erschienen. Er ist in GW XIII, 240/241 – *[An den Oberbürgermeister von München]* – abgedruckt.

3] *Shaw über das Christentum:* G. B. Shaw, ›Die Aussichten des Christentums‹, geschrieben als Einleitung zu dem Märchenspiel ›Androklus und der Löwe‹, gedruckt im 6. Band ›Komödien des Glaubens‹, 223–344, der TB 15. 6. 1955, Anm. 18 nachgewiesenen Shaw-Ausgabe.

4] *1. Brief an die Korinther:* I. Korinther, 13.

352 5] *Festartikel:* Heidi Heimann, ›Hermes kwam als schrijver op aarde‹, ›Vrij Nederland‹, 4. 6. 1955, 7; deutsch unter dem Titel ›Hermes-Natur‹ in der NZZ vom 5. 6. 1955 (Morgenausgabe), Bl. 4. S. auch TMs Dank an Heidi Heimann, Kilchberg, 30. 6. 1955, Reg. IV, 55/234.

2. 7. 1955

352 1] *Amstel-Hotel:* Hier absolvierte TM auch am Vormittag des 1. Juli die obligatorische Pressekonferenz, über die die Zeitung ›Het Parool‹ noch am selben Tag ausführlich berichtete: »Lebendig, sachbezogen, mit dem Auftreten eines diplomatisch geschulten Staatsmannes, berichtete [Thomas Mann] über seine aktuellen literarischen und gesellschaftlichen Erfolge, über seine Zukunftspläne und über die politischen Zukunftsaussichten der Welt, wie er sie sieht. / Hin und wieder unterbrochen von Erika, die seit den Tagen der Pfeffermühle mehr graue Haare bekommen hat als ihr jugendlich wirkender Vater und die als sein Manager und Regisseur aufzutreten scheint, erfreute er seine Hörer mit seinen wohlüberlegten Worten, wobei ein gewisses Wohlbehagen an sich selbst und seiner Virtuosität im Formulieren niemals fehlte. Zweifellos ein großer Mann, der seine Eitelkeit unter Kontrolle hatte, und der keine Bescheidenheit vortäuschte, der sich große Mühe gab, die ihm gestellten Fragen zu beantworten, der zugleich mit sich selbst als einem zerbrechlichen und kostbaren Instrument hantierte. [. . .] Er sprach über die unglückliche politische Situation, die das deutsche Volk in zwei Hälften gespalten hat. Er ist davon überzeugt, daß momentan eine Tendenz zur Entspannung zwischen Ost und West vorhanden ist, daß Rußland Frieden will, weil es diesen für seine Aufbaupläne benötigt. Rußland, sagt er, ist zu größeren Konzessionen bereit. Der neue Kurs sei nicht nur ein Ma-

növer. Darum hält Thomas Mann es für möglich, daß es zur Vereinigung von Deutschland kommen kann, nicht morgen oder übermorgen, aber in einigen Jahren./ Krieg zwischen Ost und West ist nicht mehr möglich, die Zeit dafür ist vorbei. Nach Ansicht Thomas Manns spielt die Zeit eine große Rolle. Noch zehn Jahre dieses halben Friedens, dann wird es zu einem echten Frieden kommen. Für Deutschland erhofft er sich eine Synthese zwischen Ost und West. Was man im Westen Freiheit nennt, muß in den Osten, und was man im Osten Sozialismus nennt, muß in den Westen übertragen werden, so daß auf diese Weise ein freies, sozialistisches Deutschland entsteht.«

2] *Frau Eugen:* Alice Emily von Eugen-van Nahuys; s. TB 16. 3. 1953, Anm. 4.

3] *Lantzow:* Gemeint ist der Verleger Fritz Landshoff; s. TB 2. 3. 1953, Anm. 1.

4] *Diamant:* Der Jurist und Publizist Peter Diamand (geb. 1913 als österreichischer Staatsbürger in Berlin) emigrierte 1933 in die Niederlande, war von 1934 bis 1939 Sekretär des Pianisten Artur Schnabel, ehe er im Krieg ins Lager Westerbork deportiert wurde, wo es ihm gelang, zu entkommen und unterzutauchen. Seit 1946 war Diamand Direktionsassistent, danach künstlerischer Berater der ›Nederlandse Opera‹ und von 1949 bis 1965 Sekretär bzw. Manager der Stiftung ›Holland Festival‹. In dieser Eigenschaft holte er TM und seine Familie vom Flughafen ab und geleitete sie ins Amstel-Hotel in Amsterdam. Diamand war anschließend von 1965 bis 1978 Direktor des Edinburgh Festivals.

5] *Herrn von Nostiz:* Gottfried von Nostitz-Drzewiecki (gest. 1976), von 1953 bis 1957 Botschaftsrat bei der Botschaft der Bundesrepublik Deutschland in Den Haag.

6] *abgeholt zur Universität:* TMs Vorlesung fand in der Aula der Amsterdamer Universität statt und war eine Veranstaltung des jährlich stattfindenden ›Holland Festival‹.

7] *Außenminister:* Der niederländische Bankier Johan Willem Beyen (1897–1976), von 1952 bis 1956 Außenminister seines Landes.

8] *seine Frau:* Margaretha Antonia Beyen Lubinka (geb. 1910).

9] *Professor der Einführung:* Nicolaas Anthonie Donkersloot (1902–1965), seit 1936 Professor für niederländische Literatur, seit 1956 für Allgemeine und Vergleichende Literaturwissenschaft an der Universität Amsterdam; als Schriftsteller, der unter dem Pseudonym

Anthonie Donker publizierte, 1936–1965 im Präsidium des niederländischen PEN-Zentrums.

10] *Rede des Ministers:* S. dazu den Bericht der Zeitung ›Het Vaderland‹ vom 2. 7. 1955: »Minister Beyen sagte unter anderem: ›Thomas Mann in den Niederlanden ehren zu dürfen, ist ein besonderes Ereignis. Nicht allein als Schriftsteller und produktiver Künstler steht er bei unserem Volk in hohem Ansehen. – Ihre Bedeutung, Thomas Mann, ist für uns in der Zeit der schrecklichen Besetzung des Landes durch die Nationalsozialisten gewachsen. Sie sind in diesen Jahren vielleicht mehr als irgendein anderer deutscher Schriftsteller auch Träger deutscher Kultur und Bewahrer deutschen Geistes gewesen. Und es ist für jeden Europäer wichtig, daß der wahre deutsche Geist nicht verloren geht.‹«

11] *Kommandeurs Kreuz des Ordens von Oranje-Nassau:* S. TB 7. 4. 1955. – Anthonie Donker schrieb später in einem Artikel, daß in der Geschichte des Ordens bisher nur ein einziger Schriftsteller (Hendrik Tollens, 1780–1856) durch diese Auszeichnung geehrt worden sei, obwohl man für die letzten fünfzig Jahre bestimmt zehn Autoren nennen könnte, denen eine solche Auszeichnung zugestanden hätte.

353 12] *Dankte mit vorbereiteten Worten: [Ansprache nach der Verleihung des Ordenskreuzes von Oranje-Nassau]*, GW XI, 540/541.

13] *Professor der Germanistik, seine Frau:* Herman Meyer (1911 bis 1993), 1947–1976 Professor für Deutsche Sprache und Literatur an der Universität Amsterdam, und seine Frau Renskje Meyer-Harmsen.

14] *Professor Dunkerslot:* S. Anm 9.

3. 7. 1955

353 1] *Renans »Paulus«:* Die 1935 in deutscher Übersetzung bei S. Fischer erschienene Biographie des französischen Schriftstellers, Orientalisten und Religionswissenschaftlers Joseph Ernest Renan (1823 bis 1892). Das Buch, das mit Anstreichungen von TMs Hand versehen ist, steht in der Zürcher Nachlaßbibliothek.

2] *Gesandter:* Der promovierte Jurist Hans Mühlenfeld (1901 bis 1969), 1945 Mitbegründer der Deutschen Partei, stand seit 1952 im diplomatischen Dienst und nahm seit 1953 in Den Haag das Amt des abberufenen Botschafters Dr. Karl Du Mont wahr.

3] *Rossinis Italienerin in Algerien:* TM sah die 1813 in Venedig uraufgeführte Oper von Gioacchino Antonio Rossini (1792–1868) in einer Inszenierung von Franco Zeffirelli, der auch für die Kostüme und die Ausstattung verantwortlich zeichnete. Es dirigierte Carlo Maria Giulini.

4. 7. 1955

1] *»Prinzessin« Wilhelmine:* Wilhelmina (1880–1962), Prinzessin 353
von Oranien-Nassau, Königin der Niederlande von 1890 bis 1948, lebte im Palais Het Loo bei Apeldoorn.

2] *Königin:* Juliane (geb. 1909), Prinzessin von Oranien-Nassau, 1949–1980 Königin der Niederlande, war 1940 mit ihrer Familie ins englische Exil gegangen und nach der Befreiung ihres Landes zurückgekehrt. Sie lebte auf Schloß Soestdijk bei Soest.

3] *Kundgebung großer Namen:* Vgl. TB 19. 11. 1954, Text und 354
Anm. 3, sowie Erika Mann, ›Das letzte Jahr‹, a.a.O. 50–53: »Die Absicht war dies: eine kleine Anzahl führender Geister – Dichter, Historiker, Philosophen, Träger großer Namen auf humanistischer Ebene – sollte gemeinsam einen Appell und Warnruf richten an die Regierungen und Völker der Erde. Mit der physischen Fortexistenz der Species Mensch – dies war festzustellen – stand die Ehre der Menschheit, die moralische Berechtigung ihres Seins auf dem Spiel. [. . .]« TM schrieb, nach der Rückkehr seiner Tochter, am 17. 7. 1955 drei Briefe: an Edward Morgan Forster, Reg. IV, 55/254, an Arnold Joseph Toynbee, Reg. IV, 55/256, und an Bertrand Russell, Reg. IV, 55/255. Von allen drei Schreiben befindet sich ein in englischer Sprache abgefaßter Entwurf im TMA. Um Duktus und Fortgang der Aktion zu markieren, ist der Brief an Bertrand Russell als Dok. 42, S. 879 wiedergegeben.

4] *Die »Konferenz«:* Gemeint ist die am 19. 7. 1955 beginnende Konferenz für Frieden und Abrüstung in Genf.

5] *Die Kirche:* TM sprach – wiederum im Rahmen des ›Holland Festival‹ – in der Kirche der ›Remonstrantse Gemeente‹ in Den Haag.

6] *Eingeführt als Freund Hollands:* Der ›Haagsche Courant‹ zitierte am 5. 7. 1955 aus der Rede Ben van Eysselsteijns: »Ihr Werk, Ihre Persönlichkeit, ja, allein schon der Klang Ihres Namens, Thomas Mann, wurden uns zum Symbol für all das, was der Holländer im Blut hat: geistige Freiheit, für die auch Schiller kämpfte, Freiheit zur

Entwicklung der menschlichen Persönlichkeit, Unabhängigkeit von Klasse und Rasse und auch unsere Hochschätzung des Übernationalen.«

7] *Herr v. Eisenstein:* Gemeint ist der niederländische Journalist und Schriftsteller, Verfasser von Romanen, Theaterstücken und literarhistorischen Studien, Ben van Eysselsteijn (1898–1973).

8] *ter Braak:* Der niederländische Schriftsteller und Philologe Menno ter Braak (1902–1940), ein Freund von Klaus Mann und Mitherausgeber seiner Zeitschrift ›Die Sammlung‹, war ein entschiedener Gegner der Nationalsozialisten gewesen. Beim Einmarsch der Deutschen in Amsterdam nahm er sich das Leben. TM widmete ihm 1947 einen Gedenkartikel *In memoriam Menno ter Braak,* GW X, 513–515.

9] *Juliane:* S. Anm. 2.

5. 7. 1955

354 1] *im Druck der »Frankfurter Allgemeinen«:* ›‚Friedrich Schiller'. Festrede, gehalten am 8. Mai 1955 in Stuttgart zu des Dichters 150. Todestag‹, ›Frankfurter Allgemeine Zeitung‹, 1. 6. 1955, 11/12.

2] *Frau van Bechen:* TM meint Frau Beyen; s. TB 2. 7. 1955, Anm. 7.

6. 7. 1955

354 1] *Film-Meyer:* Der deutsche Filmproduzent und Inhaber eines Filmverleihs Ludwig Wilhelm Rudolf (Rudi) Meyer (1901–1969), 1919–1926 Assistent seines Onkels Erich Pommer, mußte 1933 nach Amsterdam emigrieren, wo er bei verschiedenen Produktionsgesellschaften arbeitete. 1943–1945 war er im Durchgangslager Westerbork interniert, von wo er noch kurz vor Kriegsende nach Auschwitz deportiert wurde. Nach der Befreiung kehrte er zur ›Filmex‹, einem Verleih in Amsterdam, zurück, der damals viele deutsche Filme, darunter auch den Film ›Königliche Hoheit‹, importierte.

2] *Vertraute [...] Stätten:* S. TB 37–39, 422–445, und TB 46–48, 145–149.

3] *»Première«:* Die niederländische Fassung des Films ›Königliche Hoheit‹, ›Koninklijke Hoogheid (De prins en het meisje [Der Prinz und das Mädchen])‹ hatte am 8. 7. 1955 – ebenfalls im Rahmen des ›Holland Festival‹ – im Tuschinski-Theater, Amsterdam, Premiere.

4] *Desch-Bücher:* Die Fahnen der Sammlung ›Die schönsten Erzählungen der Welt‹, für die TM das Vorwort schreiben sollte.

8. 7. 1955

1] *Brief über Fiorenza:* An Karl Bachler, Noordwijk aan Zee, 355
8. 7. 1955, Reg. IV, 55/237; Br. III, 407–409; GW XI, 564–567: ein Statement zur *Fiorenza*-Neuinszenierung in Bremen; mit einem Begleitbrief – gleichfalls aus Noordwijk – vom 13. 7. 1955, Reg. IV, 55/241, abgedruckt im ›Weser-Kurier‹, Bremen, 23. 7. 1955.

2] *Maler Citroen:* Der Maler und Graphiker Paul Citroen (1896–1983) lebte seit 1929 in den Niederlanden. (Näheres TB 46–48, 605.) Citroen zeichnete Ende Juli 1955 – vielleicht am 20. 7. – das letzte Portrait, das von TM angefertigt wurde. Es befindet sich heute im Museum Boymans van Beuningen in Rotterdam. Im ›Bulletin‹ des Museums hat Paul Citroen über die Entstehung des Bildes berichtet: »[. . .] Am 20. Juli begab ich mich, wie verabredet, gegen ½5 Uhr ins Huis ter Duin zur Sitzung. Ich traf das Ehepaar auf der Terrasse nicht an, man sagte mir, dass sie mich auf ihrem Zimmer erwarteten. Dort empfing mich Frau Mann mit besorgtem Gesicht: Es ist ein Desaster, sagte sie, mein Mann ist krank und hat sich hinlegen müssen. Er hat Schmerzen am Bein, und das Bein ist geschwollen. Wir wissen noch nicht, was es ist. Der Doktor war eben hier. In jedem Fall muss er ganz still liegen. Ja, was machen wir da nur?/ Ich sagte, dass, wenn es ihrem Gatten recht sei und ihn nicht störe, ich ihn gerne auch liegend zeichnen würde. – Im stillen dachte ich, dass diese Lage für mich sogar günstiger sei, da er sich im Bett wahrscheinlich ruhiger verhalten würde, als es bei seiner Beweglichkeit sonst der Fall war. – Th. Mann war einverstanden. Er lag angekleidet auf seinem Bett. Es war ein grosses Zimmer, der vordere Teil mit Balkon und Aussicht aufs Meer, der hintere Teil, der durch einen hohen Vorhang gegen das Tageslicht abzuschliessen war, als Schlafzimmer eingerichtet./ Der Dichter sah besorgt und ernst aus, sein Zustand gefiel ihm garnicht. Das habe ich noch nie gehabt, sagte er. Noch am Morgen hatte er, wie üblich, in seiner Hütte am Strand gesessen und geschrieben und – nun dies! Er hatte erst garnicht bemerkt, dass das Bein sich verdickte; erst als die Schmerzen auftraten. Er durfte das Bein absolut nicht bewegen. Ich zog den Vorhang ein wenig vor und begann im Halbdämmer zu zeichnen. (Ich wollte die starke Licht- und

Schattenwirkung vermeiden.) So wie ich es gewohnt bin, machte ich erst 2 Skizzen, um in den Kopf ›hineinzukommen‹, die dritte Zeichnung musste es werden. Th. Mann lag recht ruhig, nur die ›schwierigen‹ Lippen bewegten sich, auch die Augenbrauen zog er wohl ab und zu ›bedenklich‹ in die Höhe. Er machte sich Gedanken über seinen fremden Zustand, misstraute ihm. Was konnte es bedeuten?/ Wir sprachen wenig, ich zeichnete. Ich hatte die Skizzen neben meinen Stuhl auf den Boden gelegt. Frau Mann, die sich im ›Wohnraum‹ aufhielt, fand, dass ihr Gatte auf diesen Skizzen ihrem Sohn Klaus ähnle. [. . .] Die Sitzung wurde durch den Thee unterbrochen. Ich sass mit Frau Mann am Tisch im vorderen Teil, der Kranke blieb allein hinter dem Vorhang. Ein Radio stand im Raum, das ein guter Freund der Familie, Dr. F. Landshoff, ihnen für die Ferien hier überlassen hatte. Auch das grosse Klee-Buch von Grohmann kam von ihm. Sonst lagen noch Post, Zeitschriften und Bücher verstreut./ Nach dem Thee zeichnete ich weiter. Wie ungeheuer ernst blickte der Dichter vor sich hin – wohin? Trostlos ernst. Es ergriff mich./ Ich war fertig. Es war meine erste Zeichnung, die dem Ehepaar sogleich zusagte. Ich bat ihn, seinen Namen auf das Blatt zu setzen. Bereitwillig und mit fester Hand unterzeichnete er./ Ich stand auf und nahm Abschied./ Da, zu meiner Verwunderung, begann Th. Mann auf einmal zu erzählen: dass er gerade eine Novelle von Melville wiedergelesen habe, Billy Budd, ein Meisterwerk – (ich setzte mich wieder) – eine der besten Erzählungen der Weltliteratur; aber irgendwo mache Melville einen Fehler, an einer Stelle vergleiche er den Hauptschurken seiner Novelle mit Jago. Diese Zitierung Shakespeares halte er, Th. Mann, für einen groben Kunstfehler, Melville hätte wissen müssen, dass dieser Vergleich nicht in seine Erzählung passe, ihre Geschlossenheit störe./ Warum erzählte er mir das? Ich weiss es nicht. Jedenfalls beschäftigte es ihn, und ich war wohl nur ein zufälliger Zuhörer seiner Gedanken. (Später, in dem Bande Nachlese, las ich alles, was Th. Mann hier gesagt hatte, wieder in seinem Geleitwort zu ›Die schönsten Erzählungen der Welt‹.)/ [. . .] Drei Wochen später starb der Dichter in Zürich, wohin man ihn per Flugzeug gebracht hatte, und meine Zeichnung wurde ›das letzte Porträt‹.«

3] *»K. H.«-Première:* S. TB 6. 7. 1955, Anm. 3.

4] *Ansprache des Univ. Professors Müller:* Die Ansprache von Herman Meyer (s. TB 2. 7. 1955, Anm. 13) ist nicht erhalten.

5] *Drollige Marionettenspiele:* Im Filmtheater Tuschinski war es üblich, vor den Filmen Gaukler, Akrobaten, Marionettenspieler o. ä. auftreten zu lassen. 356
6] *Der Direktor:* Max Gerschtanowitz, Leiter des Tuschinski-Theaters.

9. 7. 1955
1] *Quintett von Schubert:* Franz Schuberts Streichquintett C-Dur, op. 163. 356
2] *das Trio:* Franz Schuberts Klaviertrio B-Dur, op. 99.

[14. 7. 1955]
1] *Zeitungsmeldung:* Viele niederländische Zeitungen brachten Meldungen über den Besuch; so z. B. ›Het Parool‹, 11. 6. 1955: »Koningin ontving Thomas Mann«, oder ›De Volkskrant‹: »Thomas Mann op Soestdijk«. 357
2] *über den Film:* An Ludwig Kunz, Noordwijk aan Zee, 12. 7. 1955, Reg. IV, 55/240; unter dem Titel *Film und Roman* aufgenommen in GW X, 936/937.
3] *Referat über den Schiller-Essay:* Anni Carlsson, ›Zu einer Schiller-Studie von Thomas Mann‹. Die Besprechung erschien am 2. 9. 1955, Bl. 2/1 in der Fernausgabe der NZZ.
4] *Ordensverleihung [...] publiziert:* Ordensverleihung, Ehrungen und Verlautbarungen TMs während seiner Holland-Reise, die in der Berichterstattung nahezu den Charakter einer »Staatsvisite« bekam, wurden durch dpa und AP in der Tat ausführlich gewürdigt. Vgl. – als ein Beispiel – den Artikel in der ›Frankfurter Allgemeinen Zeitung‹ vom 4. 7. 1955, 8: »Königin Juliane der Niederlande hat im Einvernehmen mit der niederländischen Regierung Thomas Mann am Freitagabend in der Aula der Amsterdamer Universität zum Kommandeur des Ordens von Nassau-Oranje ernannt. Die Auszeichnung ist eine der höchsten, die die Niederlande ausländischen Staatsbürgern zuerkennen. Der Halsorden wurde Thomas Mann von Außenminister Beyen überreicht. Beyen sagte unter starkem Beifall, er schätze sich glücklich, die Empfindungen des niederländischen Volkes dem großen Künstler zum Ausdruck zu bringen«, dessen Bedeutung für Holland »während der furchtbaren Tragödie Hitlerischer Verirrungen in Deutschland gewachsen sei.« – »Sie [Thomas Mann] waren in die-

sen Jahren mehr als vielleicht irgendein anderer deutscher Schriftsteller der Bürge der deutschen Kultur und der Treuhänder des deutschen Geistes.« – Außerdem berichteten die Meldungen über die TB 2. 7. 1955, Anm. 1 nachgewiesene Pressekonferenz, bei der TM mit Hinblick auf die zu erhoffende deutsche Einheit gesagt habe, er glaube, daß eine Synthese auf der Grundlage eines freien Sozialismus zustande kommen werde. Die Bundesrepublik müsse sich die sozialen Ansichten der Sowjetzone unter Vermeidung der für die menschliche Freiheit nachteiligen Seiten zu eigen machen.

17. 7. 1955

357 1] *Werk über Klee:* Will Grohmann, ›Paul Klee‹, Genf/Stuttgart 1954. Das Buch hatte Fritz Landshoff gebracht. (S. den TB 8. 7. 1955, Anm. 2 zitierten Bericht von Paul Citroen.)

2] *Bilderbuch von Gulbransson:* Von dem norwegischen Zeichner, Maler und Karikaturisten Olaf Gulbransson (1873–1958), der seit 1905 in München lebte und arbeitete und 1933 den ›Protest der Wagnerstadt München‹ mitunterzeichnet hatte, waren 1955 zwei neue »Bilderbücher« erschienen.: ›So siehst du aus‹, Opladen 1955, und ›50 Jahre Humor‹, Hannover 1955.

3] *deutsche Portraits bis Menzel:* ›Deutsche Bildnisse von Runge bis Menzel‹, eingeleitet und hrsg. von Bruno Grimschitz, Wien 1941. Das Buch ist in der Zürcher Bibliothek erhalten.

4] *Schmähbrief aus Düsseldorf:* Nicht ermittelt.

5] *N. A. schrieb ausführlich:* Die mit relativ klar lesbaren Buchstaben bezeichnete Institution oder Person konnte nicht entschlüsselt werden.

358 6] *Telegraphierte:* An Hans Bott, Noordwijk aan Zee, 10. 7. 1955, Reg. IV, 55/238.

7] *Goslar:* Die Tänzerin, Pantomimin und Choreographin Lotte Goslar (geb. 1907), die TM als Mitglied von Erika Manns ›Pfeffermühlen‹-Ensemble kannte und während seiner amerikanischen Jahre verschiedentlich wiedergetroffen hatte. Näheres TB 46–48, 414. – Die örtliche Zeitung ›De Noordwijker‹ veröffentlichte am 15. 7. 1955 eine Anzeige, aus der hervorgeht, daß Lotte Goslar und ihr Ensemble am 16. 7. eine Show ›For Humans Only‹ präsentieren würden: »Dans, mime zang en vrolijkheit« mit dem dänischen Schauspieler und Kontrabassisten Freddy Albeck (geb. 1919), der niederländischen Tänze-

rin Merel Laseur (geb. 1934), dem amerikanischen Schauspieler und Tänzer Charles Leslie und dem Schweizer Pianisten Nico Kaufmann, Sohn des Arztes und Präsidenten des Zürcher Theatervereins Dr. Willi Kaufmann (1887–1942), der TM als Freund seiner musizierenden Kinder Elisabeth und Michael bekannt war: »Zum Abendessen der Freund der Kinder, Niko, netter, treuherziger Junge, mit dem sie das Fest vorbereiten, das sie in unserer Abwesenheit geben wollen« (TB 17. 1. 1935). Auch in den späteren Zürcher Jahren vor der Emigration in die USA ist Nico Kaufmann ein »gern gesehener« Gast im Hause Mann gewesen: »Der junge Niko zu Tisch. Hübsche schmale Augen, sympathisch, tüchtiger Künstler auf dem Klavier. Medi erklärt, er ›würde sie gleich heiraten‹.« (TB 6. 12. 1937)
8] *reizvoller junger Tänzer:* Charles Leslie. 40 Jahre später, im Frühjahr 1995, hat Charles Leslie dem niederländischen Germanisten Léon Hanssen in einem Brief von dieser Begegnung erzählt: Man habe sich nach der Vorstellung zu einer Art Empfang getroffen. Die Manns seien bereits dort gewesen, als die Künstlertruppe eintraf. Das Ehepaar Mann, das den ganzen Empfang über sitzen geblieben sei, und Lotte Goslar hätten deutsch gesprochen. Er, Leslie, habe für einen Augenblick den Raum verlassen. Als er wieder in das Empfangszimmer habe zurückkehren wollen, habe Thomas Mann in einem kleinen, mit einigen Sesseln und Aschenbechern ausgestatteten Vorraum (»very much out of sight«) auf ihn gewartet, ihn angeschaut und sehr freundlich nach seiner Heimatstadt gefragt. »A town called Deadwood«, habe er geantwortet, und der Name habe, wie meistens, erheiternd gewirkt: »It was the first time that evening that I saw him really smile.« Ihm, Leslie, sei in Gegenwart des großen Mannes etwas beklommen zumute gewesen, aber er habe gespürt, daß TM ihn leiden mochte. »I was standing quite near him, directly in front of him. He did not rise. He complimented my performance and then – in a sudden gesture – opened both arms. He was somehow very sure of my response. It was immediate. I stepped forward whereupon he gave me a brief, hard – and what seemed to me to be an intensely felt hug with his cheek pressing my sternum. My hands were lightly on his shoulders./ The hug: shocking, curiously chaste, sweet – but intense! I remember marveling at the strength of it because he was elderly. He must have been in his 80's./ It was over in a moment. He looked up smiling, saying ›I think we had better get back, don't you?‹ I nodded

agreement and walked back to the reception, leaving him seated in the little room./ [. . .] The entire encounter could not have lasted more than three minutes. [. . .] I never saw him again./ Later on I became conscious of a strange thing. I never once saw him standing. [. . .]«

18. 7. 1955

358 1] *Vorwort für Desch: [›Die schönsten Erzählungen der Welt‹]. Geleitwort*, GW X, 829–834; – TMs letzte Arbeit.

2] *Fischer-Schwiegersohn, seine Frau:* Vermutlich eine Tochter von Gottfried Bermann Fischer mit ihrem Mann.

3] *»Billy Budd«:* Die aus dem Nachlaß edierte Geschichte vom Matrosen ›Billy Budd‹ des amerikanischen Erzählers Herman Melville (1819–1891). S. dazu den TB 8. 7. 1955, Anm. 2 wiedergegebenen Bericht von Paul Citroen.

4] *indisch-jüdisches Ehepaar:* Nicht ermittelt.

5] *Ansprache durch einen jungen Mann:* Vermutlich der Literat Wilhelm Silberbach (1901–1976), der die NS-Zeit durch die Ehe mit einer »Arierin« überlebte und später, durch die Umstände gezwungen, das Modehaus Max Weser in Essen leitete. Silberbach hat Freunden von der Begegnung mit TM in Noordwijk erzählt, bei der TM auf seine »Ansprache« mit der Anrede »junger Freund« eingegangen sei.

20. 7. 1955

359 1] *seine Frau:* Die niederländische Schauspielerin Sara Catharina (Rini) Otte (1917–1991).

2] *5jähriger Junge:* Peter Landshoff (geb. 1950).

3] *Shaws »Heiraten«:* Im Band ›Lustspiele II‹, Zürich 1948, der TB 15. 6. 1955, Anm. 18 nachgewiesenen Ausgabe.

4] *Vorrede:* ›Vorwort zu ‚Heiraten'. Eine Diskussion‹, ›Lustspiele II‹, a.a.O., 11–107.

5] *von Knopf:* »Trouble, trouble, trouble, and this time for reasons which I will explain I have had immediately on my own authority and without being able to consult you./ July 1st Warburg wrote us agreeing to substituting Kincardine for Kilmarnock and everything seemed to be fine./ Following that we put the book on press. Now, this very afternoon when the edition is half printed, word comes from Warburg's firm that Kincardine is the name of a peer. ›It is not the main title but is, in fact, the subsidiary title of two separate peers, thereby doubling the original danger! After some consultation of the map and the Peerage we have plumped for the name Strathbogie, which seems to have an authentic ring and is, in fact, the name of a place suitably situated in Aberdeenshire.‹/ We have telephoned the printer in Massachusetts, stopped the presses and ordered the substitution of Strathbogie for Kincardine. You will realize, I am sure, how reluctant I am to act in this way without your authority but Katia wrote me that you were going to the North Sea for a rest and so I am not even able to telephone you. The only alternative would have to postpone the book more or less indefinitely which I know you wouldn't want. As it is we shall be involved in a very considerable additional manufacturing expense since some 12.000 copies have been printed with Kincardine.« (Kopie im Knopf-Archiv)

22. 7. 1955

1] *lokaler Rheumatologe:* Herman Colenbrander (geb. 1917), 1955 medizinischer Direktor der damals neueröffneten Rheumaklinik in Noordwijk aan Zee. *359*

2] *Professor Mülder:* Der niederländische Internist Jacob Mulder (1901–1965), Professor für Innere Medizin an der Universität Leiden.

3] *Die Württemberger Musikanten:* Die Stadtkapelle Schorndorf, die anläßlich eines Freundschaftsbesuchs in der Schweiz ein Ständchen für TM in Kilchberg geplant hatte. S. dazu den Brief an Hermann Ströle, Noordwijk aan Zee, 14. 7. 1955, Reg. IV, 55/248; Br. III, 412/413: »Am 31. Juli wollen wir bestimmt wieder in Kilchberg sein und sehen mit wahrem Vergnügen dem Ständchen am Vormittag dieses Tages entgegen. Unser Garten, obgleich nicht groß, bietet immerhin Raum dazu. Wir wollen nur hoffen, daß es [. . .] nicht regnet. [. . .]/ Das Programm überlasse ich ganz der Wahl der Kapelle [. . .]. Ich liebe in der Musik am meisten das Deutsch-Romantische: Die Oberon-, die Euryanthe-Ouvertüre und dergleichen. Aber natürlich auch Mozart. Sollte etwas von Wagner erklingen, so werde ich die Ohren spitzen. Nur möge es nicht der Walkürenritt sein. Den kann ich höchstens im Theater vertragen.« *360*

29. 7. 1955

360 1] *Prof. Löffler:* Der Internist Wilhelm Löffler (1887–1972), Direktor der Medizinischen Klinik des Kantonsspitals Zürich, den TM als den behandelnden Klinikarzt von Emil Oprecht kannte.

2] *Oberarzt Essailler:* Dr. André-Ferdinand Essellier.

3] *Dr. Arnstein:* Der damalige Assistenzarzt auf der Privatstation von Professor Löffler.

361 4] *Einsteins »Mozart«:* Alfred Einstein, ›Mozart. Sein Charakter – sein Werk‹, Stockholm 1948. Das von TM bereits 1945 und 1946 auf englisch sowie 1948 auf deutsch gelesene Buch (s. TB 44–46, 655, und TB 46–48, 281) ist auf deutsch in der Zürcher Bibliothek erhalten. Vgl. dazu den Brief TMs an die Familie seines Sohnes Michael, Zürich, Kantonsspital, 9. 8. 1955, Reg. IV, 55/266: »Nachmittags kann ich immer eine Stunde aufrecht im Stuhl sitzen, und dabei macht Mielein mir Musik auf dem Apparat, den Herr Motschan bereit gestellt hat. Aber viel davon ertragen meine Nerven garnicht, und ich tue besser, in dem Buch von Alfred Einstein über Mozart zu lesen, das doch sehr gut ist, nicht wahr, Bibi? Mich interessierte besonders, daß M. gar keinen Sinn für Natur hatte oder für Architektur oder Sehenswürdigkeiten überhaupt, sondern Anregung immer nur aus der Musik selbst schöpfte und sozusagen Musik aus Musik machte, eine Art von künstlerischer Inzucht und filtrierter Produktion, sehr merkwürdig. Ein Aristokrat war er auch und hatte, anders als Haydn, wenig fürs Volkstümliche übrig, ähnlich wie Goethe. Zeitlebens ärgerte er sich an seiner körperlichen Kleinheit und Unscheinbarkeit. Er muß nach nichts ausgesehen haben.« (Br. III, 418)

5] *Einstein:* Der Musikforscher und -Kritiker Alfred Einstein (1880–1952), den TM aus der gemeinsamen Münchener Zeit kannte (s. TB 20. 5. 1921: »Mit dem Musikkritiker Einstein nach Hause« – von einer Generalprobe im Hoftheater), emigrierte in die USA und lehrte von 1945 bis 1950 unter anderem am Smith College, an den Universitäten in Princeton und Yale sowie an der Columbia University. – Die geringe erhaltene Korrespondenz ist kommentiert herausgegeben von Bernhold Schmid, ›Alfred Einstein im Briefwechsel mit Thomas Mann‹, ›Musik in München‹, H. 93, 1993, 5–16.

DOKUMENTE

Dok. 1

TB 16. 1. 1953, Anm. 4
Thomas Mann an Hermann Rauschning
Erlenbach-Zürich, 16. 1. 1953

Lieber, sehr verehrter Herr Dr. Rauschning,

nehmen Sie von Herzen Dank für Ihren Brief, so voller Sympathie und Verständnis! Das Buch über das Problem des Friedens steht noch aus. Ich sehe ihm mit grösster Spannung entgegen und bin im Voraus sicher, dass es für alle Klügeren – und darum Gequälten – eine Wohltat sein wird – vielleicht, vielleicht auch eine Warnung für die Mächtigen. Welch eine Wahnsinnsidee, die Welt erretten und befrieden zu können durch die Vernichtung Russlands! Und die »überwältigende militärische Macht« trägt in sich die Versuchung zu Ultimaten und die Gefahr des Krieges. Amerika befindet sich in einem gefährlichen Geisteszustand. Man muss für das Land fürchten und sich fürchten vor ihm. Was man auch tut. Ueberall zittert man, dass es den Krieg auslösen könnte, »um es hinter sich zu haben«. Aber wer diesen Krieg auslöst, ist moralisch gerichtet, – ein Los, das man einem im Grunde gutherzigen und nur verrückt gemachten Volke nicht wünscht.

Ich gestehe aber, dass ich recht schwarz sehe. Die deutschen Erfahrungen sind wohl schuld daran. Zu sehr bin ich »erinnert«. Das Dumme und Falsche siegt immer, denn es ist das Mächtige, was man dir auch sage, und die McCarthy-McCarran-Mächte werden vollends daran kommen. Mir schien das schon bei Roosevelts Tode schicksalsbeschlossene Sache, und auf deutsch (lieber nicht auf englisch) habe ich es damals schon gesagt. Gnade uns Gott, indem er mich ganz und gar ins Unrecht setzt!

Europa hat mich freundlich aufgenommen, das kann ich wohl sagen. Die Schweiz hat mir gleich die Niederlassung (nicht erst das Aufenthaltsrecht) gewährt, und dazu spaziere ich nicht anders mehr, als mit der Rosette eines Offiziers der Ehrenlegion im Knopfloch herum, – unbändig eitel darauf, ganz wie ein Franzos.

Nehmen Sie, lieber Dr. Rauschning alle meine guten Wünsche!

Ihr ergebener

Thomas Mann

Dok. 2

TB 19. 1. 1953, Anm. 4

Briefentwurf an den Thüringer Volksverlag

zu einem Führer durch die Kulturstätten von Weimar

Sehr geehrte Herren,

Ihren Brief vom 9. d. Ms. habe ich erhalten und beglückwünsche Sie zu Ihrem Vorhaben, einen Führer durch die Kulturstätten Weimars herauszugeben, der gewiß vielen Reisenden und Einheimischen von Nutzen sein wird. Die Aufgabe, dazu eine Einleitung zu schreiben, muß ich aber scheuen. Sie wenden sich an mich in meiner Eigenschaft als Ehrenbürger Weimars, und Sie mögen versichert sein, daß diese Zugehörigkeit zu der Stadt, in der Goethe sein großes Leben verbrachte, mich mit freudiger Genugtuung erfüllt hat. Die politische Lage hat sich aber so verschärft und die Entfremdung zwischen Ost und West sich durch gewisse Ereignisse dermaßen vertieft, daß andere Bindungen mich hindern, Ihrem Wunsch zu folgen. Seine Erfüllung würde mir sofort wieder als pro-kommunistische Handlung und als Demonstration gegen den Westen ausgelegt werden und mir die Ruhe meines Alters störende Angriffe und Denunziationen eintragen.

Es mag komisch klingen, aber schon der Anblick Ihrer Adresse macht mir Bedenken. Ein Thüringer Volksverlag hat seinen Sitz in der Puschkinstraße in Weimar! Das ist absurd. Puschkin war ein sehr großer Dichter, aber es gibt ja auch keine Voltairestraße in München oder eine Goethestraße in Amsterdam, und für die Straßennamen deutscher Städte stehen eine große Menge deutscher Dichternamen zur Verfügung. Weimar zur russischen Provinzstadt herabgesetzt zu sehen, will seinem Ehrenbürger nicht gefallen.

Ihr sehr ergebener

[Thomas Mann]

Dok. 3
TB 21. 1. 1953, Anm. 1
Aus den ausgeschiedenen Seiten zur ›Betrogenen‹
(vermutlich zwischen GW VIII, 935, letzter und 936, zweiter Absatz)

Manuskript Blatt 73 (neu) = 75 alt: 〈Fragen nach ihrem Befinden beantwortete sie heiter-wegwerfend〉 [Ms. Bl. 76] mit einem »Was willst Du, es geht mir gut« und klagte zuweilen nur ärgerlich über Kreuzschmerzen, die ihr das Gesicht verzogen, und mit denen sie auch gelegentlich ihren Wunsch nach baldiger Umkehr auf Spaziergängen erklärte. Man erwog, ob es nicht ratsam sei, ein Moor- oder Thermalbad von spezifisch bewährter Wirkung gegen Rheuma aufzusuchen, und Anna regte an, Hofrat Oberloskamp deswegen um Rat zu fragen. Aber Rosalie verhielt sich ablehnend. »Was der gute Doktor weiß«, sagte sie, »wissen wir auch. Schließlich bin ich denn doch auch die Jüngste nicht, und da stellen denn solche kleinen Plagen sich ein, mit denen ich schon ohne den alten Hofrat fertig werden will. So nennt er sich ja immer noch, was ich lächerlich finde, da wir ja längst eine Republik sind. Nein, mein Kind, warten wir zu bis Mai oder Juni, ob nicht bis dahin das lästige Ziehen schon ganz von selber vergangen ist. Jedenfalls ist es jetzt zu früh im Jahr für eine Badereise.« – Und siehe, Anna bestand nicht auf ihrem Vorschlag, obwohl sie ihn nicht nur des Rheumas wegen getan hatte. Eine Art von Zartgefühl sprach in ihr selbst dagegen, mit Rosaliens Zustand, an dem sie in einem Sinne schuld zu sein glaubte, einen Arzt zu befassen, – eben die Pietät, die aus ihr gesprochen, als sie gesagt hatte, es gebe Krankheiten, die für den Doktor zu schade seien. So willigte sie in das Abwarten.

Doch wußte sie nicht alles, wußte nicht, daß die Mutter es [Ms. Bl. 77] im Austausch mit ihr seit einiger Zeit an der gewohnten vertraulichen Offenheit fehlen ließ. Rosalie fühlte sich hinfälliger, als sie eingestand, und wenn auch das Kreuzweh die einzigen, übrigens erträglichen Schmerzen waren, die sie litt, so machten ihr auch dumpfe Druckempfindungen im Unterleib, ein Gefühl beschwerlicher Fülle in ihrem Becken zu schaffen. Es wäre unangenehm gewesen, darüber zu sprechen, und schwer, sich darüber verständlich zu machen. Über manches Körperliche schweigt man besser, weil es zur Rede nicht recht taugt und also auch wohl ihrer nicht wert, das heißt: bedeutungslos ist. So etwa hat man Wallungen, heiß aufsteigende und frostige. Allein was ist damit anzufangen? Man hat eben nur das Wort »Wallungen« dafür, aber was sollen andere darunter verstehen? Besser, man behält es für sich – wie aber freilich die Frau auch noch andere Dinge für sich behielt, deren Verschweigen sich so nicht rechtfertigen ließ und darum zu wirklicher Unaufrichtigkeit, ja zur ausgesprochenen Lüge wurde. Rosalie ließ ihre Tochter glauben – überließ sie dieser Annahme und bestärkte sie lächelnd darin, daß das Wunder, welches die Liebe an ihrem Organismus vollbracht, und das sie ihr so triumphierend bekannt gegeben, sich – mochte es auch natürlicher Begrenzung unterworfen sein – vorderhand in geordneter Regelmäßigkeit wiederholte. Das war nicht der Fall. Das weibliche Begebnis kehrte in wilder Folge, erst gleich noch einmal im Übermaß, dann spärlich und mit Eigenschaften wieder, die abstießen. Schamvoll verschloß Rosalie den Mund darüber. Eines Tages jedoch, Anfang April, fand Fräulein von Tümmler sie in einem Fauteuil ihres kleinen Boudoirs, bitterlich weinend.

»Liebste, was ist dir?«

[Ms. Bl. 78] »Nichts, nichts.«

»Aber du weinst, liebe gute Mama, weinst ganz allein. Wer könnte denn das mit ansehen?«

Rosalie schlug ihre immer noch schönen kastanienfarbenen Augen, tränenüberschwemmt, zu ihr auf.

»Es mag sein«, brachte sie hervor, »daß ich hintergangen bin.«

»Hintergangen! Von wem?«

Und da keine Antwort erfolgte:

»Von Keaton?«

Frau von Tümmler schüttelte abwehrend den Kopf.

»Wie denn von dem? Aber vielleicht, Anna, vielleicht war es eine Mystifikation.«

Sie verweigerte eine Erläuterung ihrer Worte, und fast hatte Anna den Eindruck geistiger Unklarheit. Die Mutter schnitt ihr Fragen ab, indem sie mit einem »Es ist schon vorüber« ihre Tränen trocknete, aufstand und sich an ihren Sekretär vor ihr Haushaltungsbuch setzte. Anna aber hatte jetzt nur noch den einen Gedanken: den Arzt ins Haus zu bringen: Ihn zu berufen oder aufzusuchen würde die Leidende sich weigern. Darum dachte Anna sich aus, selber die Kranke zu spielen, um so Gelegenheit zu finden, unter vier Augen mit dem Doktor über ihre Mutter zu sprechen. Sie blieb am übernächsten Tage im Bett, nahm nur Thee zu sich, weil ihr übel sei, und gab an, heftige Kopfschmerzen, dazu etwas Fieber zu haben.

»Nichts Besonderes«, sagte sie zu ihrer Mutter. »Eine kleine Grippe-Infektion, nehme ich an. Das geht ja um zur Zeit. Bei Rollwagens ist es auch. Ernestine liegt mit 39 Grad. Ich habe kaum 38, [Ms. Bl. 79] und wenn es nachmittags mehr wird, so wollen wir uns nicht aufregen. Nur Essen freilich, mit Essen verschont mich. Kopf und Magen sind dagegen im Bunde.« Rosalie machte ihr Stirnkompressen.

»Du sprichst so obenhin, Kind«, sagte sie, »und ich will nur hoffen, daß Du nichts Ernsteres ausbrütest. Man soll dergleichen nicht unbeaufsichtigt lassen. Wollen wir nicht doch Oberloskamp anrufen, daß er nach Dir sieht? Es kann nicht schaden.«

»Das kann es kaum. Beinahe hätte ich schon denselben Vorschlag gemacht. Grippe, nun ja, da sind die Herren zuständig. Sie haben da ihre Mittelchen, dem Erreger zuleibe zu gehen, den Anfall abzukürzen, ihn im Anfang wohl gar zu coupieren. Ob freilich mein Fall es lohnt, den alten Mann zu bemühen ...«

Frau von Tümmler schien darüber nachzudenken, ob es sich lohne. Sie antwortete nicht, doch zeigte es sich, daß sie telephoniert hatte, denn kurz nach Mittag erschien der Hofrat und mit ihm die Mutter. Anna entschuldigte sich, daß man ihn inkommodiert habe. Es sei ja eine Bagatelle – und die Mama zu ängstlich. Sie habe nachts und noch morgens Temperatur gehabt. Aber damit sei es, wie sie eben festgestellt schon garnichts mehr, und wenn nicht die Kopfschmerzen und die Rebellion des Magens wären ... Das Fieber, sagte Oberloskamp, möchte wohl später am Tage wiederkommen. Sein launenhaftes Herumspringen sei diesmal charakteristisch für den Verlauf der Krankheit – einen harmlosen Verlauf übrigens im Ganzen, wie er ihr gleich zum Troste sagen könne. Die Nachwehen mit ihrer nervösen Depression seien meist unangenehmer und langwieriger als der Anfall selbst. Aber man könne ihnen vorbauen. Offenbar habe es das gnädige Fräulein ein wenig erwischt. »Nun ist die Luft von diesem Spuk so voll ...« [Ms. Bl. 80] zitierte er. Der Graukopf mit dem geschorenen Backenbart stammte aus einer Zeit, wo ein gebildetes Bürgertum in Goethes »Faust« sattelfest gewesen war. Und er stellte seine Fragen, bei denen

Anna der Mutter wiederholt ein Lächeln zusandte, das die Anfrage enthielt, ob sie nicht vielleicht etwas hinausgehen wolle. Aber Rosalie lächelte nur zurück und blieb. Während der ganzen Visite wich sie nicht vom Fleck, ließ den Doktor seine Verordnungen schreiben: Salzsäure für den Magen, ein Specificum gegen den Virus, Schlaftabletten für die Nacht, und begleitete ihn, als er sich mit dem Versprechen verabschiedete, morgen früh telephonisch nachzufragen, bis zur Haustür.

»Ich mache mir keine Sorgen«, versicherte er draußen noch einmal. »Übrigens könnten Sie selber blühender aussehen, meine liebe Frau Oberstleutnant«, fügte er hinzu. »Es geht bei Ihnen hoffentlich alles seinen ebenen Gang.«

»O, ich«, versetzte sie fröhlich. »Ich bin seit den Masern mit sieben nicht mehr krank gewesen! Et hätt noch immer jut jejange«, scherzte sie. »Meinethalben brauchte die edle Wissenschaft der Medizin überhaupt nicht erfunden zu sein.«

»Das hört man gern«, erwiderte er, indem er ihr mit altmodischer Galanterie die Hand küßte, und bestieg seinen Wagen.

Annas kleine Intrigue war fehlgeschlagen. Vergebens hatte sie unterhand versucht, den Hofrat, bevor er ging, wenigstens mit den Augen auf ihre Mutter hinzuweisen. Am nächsten Tage verließ sie das Bett mit der Erklärung, der Anflug sei vorübergegangen. Es sei wohl garnicht die Grippe, sondern nur eine Migräne gewesen. Den übernächsten Tag begab sie sich allein, um Besorgungen zu machen, in die Stadt und suchte den Hofrat zur Zeit seiner Sprechstunde auf.

[Ms. Bl. 81] Sie wurde, statt ins Wartezimmer, in ein anstoßendes von Patienten freies geführt und außer der Reihe empfangen. Ihr erfreulich rasches Erstehen war der erste Gegenstand der Unterhaltung. Schließlich, meinte Oberloskamp, sei der Zwischenfall wohl einfach auf geistige Überanstrengung zurückzuführen gewesen. Man kenne die Labilität des künstlerischen Nervensystems. »Ich habe Ihre Ausstellung im Salon von Wasmuth & Kluge gesehen, mein gnädiges Fräulein«, sagte er, » – natürlich mit Bewunderung gesehen, aber der Arzt hat so seinen besonderen Gesichtspunkt, unter dem betrachtet das Malen von Kühen in der Sonne, so überholt es sein mag, natürlich zuträglicher ist, als eine intellektuelle Abstraktion und Konzentration, wie Sie sie sich zumuten.«

Anna lächelte. Der ärztliche Gesichtspunkt, sagte sie, sei ehrwürdig, aber unter ihm seien Geist und Kunst wohl überhaupt kontraindiziert, und man täte ihmzufolge am besten, wie jene Kühe in der Sonne zu leben. Sie wurde ernst unter seinem belustigten Protest.

»Es steht mir garnicht an«, sagte sie, »mich über den ärztlichen Gesichtspunkt aufzuhalten. Ich bin ja gekommen, Rat bei Ihnen zu suchen. Es gibt menschliche Fälle, die man sich lange wehrt ihm zu unterstellen, und bei denen er sich dann doch als der unvermeidlich gegebene erweist.«

Und sie sprach ihm von ihrer Mutter, von der Sorge, die ihr Befinden ihr bereite, von dem Rückgang ihrer Vitalität, die zeitweise einen gewissen hektischen Aufschwung genommen habe, dann aber, seit kurzem, in betrübenden Verfall geraten sei. Sie sagte, was gesagt werden konnte, natürlich nichts von Keaton; aber die verblüffende organische Wiederbelebung, an der die Mama soviel Freude gehabt, verschwieg sie nicht.

Das Gesicht des Hofrats hielt sich sehr ruhig.

»Ich mache Ihnen keinen Hehl daraus, mein gnädiges Fräulein«, sagte [Ms. Bl. 82] er, »daß das Aussehen Ihrer Frau Mutter mir nicht sehr erfreulich war. Ich habe mir eine Anspielung erlaubt, erlitt aber eine so heitere wie energische Abfuhr. Man will sich natürlich nicht aufdrängen. Aber ich bin wahrhaftig froh, durch Ihre Vermittlung nun doch in Aktion gesetzt zu werden. Daß Sie im Auftrage Ihrer Mutter kommen, darf ich nicht annehmen?« Anna verneinte. Sie komme aus eigenem Antrieb, aus Sorge, offen gestanden hinter dem Rücken der Leidenden.

»Ich verstehe. Ich brauche mich auch durchaus nicht auf Ihren Besuch zu beziehen, sondern kann vorschützen, bei Ihnen nach dem Rechten sehen zu wollen, wenn ich in den nächsten Tagen einmal wieder vorspreche und bei dieser Gelegenheit, rein unter Berufung auf meinen beunruhigenden Eindruck von neulich, die Frau Oberstleutnant ein wenig ins Gebet nehme. Schließlich bin ich kein Fremder in Ihrem Hause. Ich sage Ihnen aber gleich, daß, wie der Fall nach Ihren Angaben zu liegen scheint, meine Kompetenzen nicht weiter reichen und meine Hauptaufgabe darin bestehen wird, Ihre Frau Mutter zu überreden, sich einem Facharzt anzuvertrauen.«

»Das heißt einem Gynäkologen?«

»Ja. Es besteht wenig Zweifel, daß das unbefriedigende Befinden Ihrer Mutter auf irgendwelche Störungen ihres weiblichen Lebens, oder sagen wir: Nach-Lebens, zurückzuführen ist. Es wird Sie nicht überraschen, daß Ihre Mitteilung vom unzeitigen Wiedereinsetzen der Blutungen nach längst vollendeter Menopause mir am meisten Eindruck gemacht hat. Es kann sehr unterschiedliche Ursachen haben, unter denen wir das so häufige Myom, ein völlig gutartiges, immerhin operativ zu beseitigendes Geschwulst am Unterleib vor allem ins Auge fassen wollen. Aber – Sie mögen unser Spezialistenwesen belächeln – die Diagnose und die Entscheidung über die etwa zu treffenden Maßnahmen muß ich dem [Ms. Bl. 83] Kollegen Seufzer von der gynäkologischen Klinik überlassen, Professor Seufzer, ich glaube, Sie kennen ihn.«

»Ein wenig. Er soll sehr tüchtig sein, ein vorzüglicher Operateur.«

»Nehmen wir ihn nicht gleich in dieser Eigenschaft.«

»Was ich befürchte ist, daß Mama sich zu einer solchen Sonderuntersuchung sehr ablehnend verhalten wird.«

»Ich rechne damit.«

(Die in die Druckfassung übernommenen Passagen sind durch ⟨...⟩ kenntlich gemacht. Zusätze der Editorin stehen, wie immer, in eckigen Klammern.)

Dok. 4
TB 23. 1. 1953, Anm. 4
Ursprüngliche, später wesentlich veränderte Fassung der Passage aus ›Die Betrogene‹, GW VIII, 924–932.

Manuskript Blatt 59 ⟨»... Du siehst nicht, was ich sehe, fängst die Zeichen nicht auf, die dafür sprechen, daß sein Gefühl bereit ist, [Ms. Bl. 60] dem meinen entgegenzukommen,⟩ daß er Entbehrung leidet, wenn ich meines mit Selbstbeherrschung verberge, und mich scherzhaft – denn der Scherz ist da die einzige Zuflucht der Ungeduld – mich scherzhaft zwinge, es wieder zu zeigen. Glaubst du, ⟨daß er in solchen Augenblicken nur sein Spiel mit mir treibt? Hältst du ihn lieber für frech und herzlos, als daß du mir Hoffnung gönntest auf seine ... auf das Einstimmen seines Gefühls in meines? Was wäre so Wunderbares daran? Es wird dir, bei all deiner Distanz vom Liebesleben nicht ganz unbekannt sein, daß junge Leute sehr oft eine gereifte Weiblichkeit⟩, wenn sie nur eben noch Weiblichkeit und Vollmenschentum ist, der unerfahrenen Jugend, dem Gemächtel mit kaum flügge gewordenen, frischen, aber unerfahrenen ›Gänschen‹ ⟨vorziehen.⟩

›Er könnte dein Sohn sein‹ – das ist dein ewiger Kehrreim, dein nüchternes Staren[?]lied, das mich doch nicht ernüchtern kann – unter den neuen Umständen schon garnicht mehr. Hast du mir nicht selbst von der Vielartigkeit der Liebe gesprochen und davon, daß sie ein Name sei für Vieles? Daß Mutterliebe zum Sohn recht anders gefärbt sein könne, als die zu einer Tochter? Nun, wenn meine Ergriffenheit von dieser Sohnesgestalt ein Beispiel dafür ist, wie der Unterschied der Jahre mütterliche Gefühle mischt in die Leidenschaft – warum sollte er nicht eines abgeben für das Heimverlangen junger Männlichkeit nach dem Mütterlichen?«

»Ich leugne nichts von dem, was du sagst, Mama.«

[Gestrichen: »Dann darfst du mich nicht hoffnungslos nennen, jetzt, wo das Wunderbare, das mir geschehen, meinen Lebensmut schwellt. Da ist ein Heimverlangen nach der Mutter im Spiel, verstehst du? – wie umgekehrt mütterliche Gefühle mit einfließen mögen in die Leidenschaft einer Frau von Jahren für einen jüngeren Mann. Ja, ja, mein Kind, in diese Verhältnisse hat die Natur mir nun einmal mehr [Ms. Bl. 61] Einblick gewährt, als dir.«

»Das leugne ich garnicht, Mama. Nichts leugne ich von dem, was du sagst«. – [Es folgt – mit Ausnahme einiger offenbar von Erika Mann beanstandeter und in der Druckfassung fehlender kürzerer Halbsätze – der Text von GW VIII, 925, Abs. 3 »Dann darfst du mich nicht hoffnungslos nennen ...« bis 926, Ende des 1. Abs. »... von Hoffnung auf Glück und Leben.« – Das später ausgeschiedene Manuskriptblatt 62 beginnt mitten im Satz:]

»... einer gewissen Wildheit. Es rechnet mit Kens Jugend, mit seiner natürlichen Eitelkeit, seiner Lust und Bereitschaft zu Abenteuern. Er ist abhängig von uns, seine Arbeit mit Eduard trägt nicht unwesentlich zu seinem Unterhalt bei – auch darauf rechne ich, nenne es schamlos, wenn du willst, wenn du kannst, Anna, ich sagte dir ja, daß eine gewisse Wildheit sich meines Denkens bemächtigt hat, [gestr.: denn das Herz drängt mich in seine Arme]. Tatsächlich ist alles mir recht, worauf meine Hoffnung sich stützen kann. Ich lasse nichts aus.

[Gestr.: Rosalie erblich bei diesem letzten erinnerungsschweren Wort. Schwer atmend setzte sie hinzu:]

Ich rechne auch auf seine Bewunderung fürs Europäische und darauf, daß es ihm schmeichele, daß es sein eigenes Herz entflammen muß, von einer Europäerin geliebt zu werden, wie ich ihn liebe ... Ich sage dir alles, mein Kind, ich [gestr.: »nenne dir alle Bestandteile meiner Hoffnung«] spreche zu dir, wie zu mir selbst ...«

»Und du wirst an meine Dankbarkeit glauben, liebste Mama«, erwiderte Anna mit niedergeschlagenen Augen, »für dein Vertrauen. Daß sich auch etwas Sorge hineinmischt, etwas Bedenklichkeit, wenn du willst, ⟨praktische Bedenklichkeit, um ein Wort zu wiederholen, das ich schon einmal gebrauchte,⟩ deine erhöhte Verfassung wird dich nicht hindern, das zu verstehen. ⟨Du sprichst von deiner Hoffnung und von allem, was dich dazu berechtigt, wobei du, finde ich, deine liebenswürdige Person selbst zu wenig in Anschlag bringst. Aber du unterläßt es, diese Hoffnung näher zu bestimmen und mir zu sagen, worauf sie zielt, worauf sie in der Wirklichkeit des Lebens hinauswill. Hast du die Absicht, dich wieder zu verheiraten? Ken Keaton zu unserem Stiefvater zu machen? Mit ihm vor den Traualtar zu treten? Es mag feig von mir sein, aber da der Unterschied eurer Jahre dem zwischen Mutter und Sohn gleichkommt, fürchte ich etwas das Befremden, das dieser Schritt erregen würde.«

[Ms. Bl. 63] Frau von Tümmler sah ihre Tochter groß an.

»Nein«, antwortete sie, »dieser Gedanke ist mir neu, und ich muß dir gestehen – oder vielmehr: ich kann dich [gestr.: darüber beruhigen] versichern –, daß er mir auch fremd ist. Nein, Anna, närrisches Ding, ich hatte nicht vor, euch einen vierundzwanzigjährigen Stiefvater zu geben. [gestr.: Das braucht ihr nicht zu befürchten] Darüber kann ich euch beruhigen. Wie sonderbar von dir, so starr und fromm von ›Traualtar‹ zu sprechen!«⟩

»So scheidet der also aus. Zu einer zweiten Heirat fühlst du dich von der Natur nicht aufgerufen. [gestr.: Aber so sehr beruhigend, liebste Mama, möchte ich das nicht nennen. Deine Hoffnungen sehen anders aus.] Du willst dich in freier Neigung dem jungen Menschen hingeben, oder, richtiger vielleicht, du hegst die sehr berechtigte Hoffnung, daß er sich dir hingeben wird. Du wirst nicht zweifeln, daß mir, daß uns, deinen Kindern, an deinem Glücke alles gelegen ist. An deinem Ruf aber auch, und daß der, bei der Bosheit der Menschen, unter einem solchen Verhältnis leiden würde, daß wir, deine Kinder, das zu spüren bekommen würden, darüber müssen wir uns praktisch im Klaren sein.«

»Aber Anna, wie du redest! Nüchtern ist garnicht das Wort dafür, man muß es philiströs nennen, entschuldige, aber das muß man. Du wolltest so philiströs nicht sein, die Macht des Seelischen über das Körperliche zu leugnen – nun aber? Erst ›Traualter‹ und danach der gute Ruf – ich kenne dich garnicht wieder! Wer ist die Künstlerin von uns beiden – ich oder du? ⟨Nie hätte ich gedacht, daß du an Vorurteilslosigkeit so hinter deiner Mutter zurückstehen würdest – und nicht nur hinter der, sondern auch hinter der Zeit und ihren freieren Sitten! In deiner Kunst bist du so fortgeschritten und betreibst das Allerneueste, sodaß ein Mensch von meinem schlichten Verstande mit Mühe nur folgen kann. Aber moralisch scheinst du weiß [Ms. Bl. 64] Gott wann zu leben, anno dazumal, vor dem Kriege. Wir haben doch jetzt die Republik, wir haben die Freiheit, und die Begriffe haben sich sehr verändert zum Legèren, Gelockerten hin, das zeigt sich in allen Stücken. So ist es jetzt unter den jungen Leuten [gestr.: Sitte] guter Ton geworden, daß sie das Taschentuch, von dem früher immer nur ein Eckchen in der Brusttasche sichtbar war, lang heraushängen lassen, – wie eine Fahne lassen sie es heraushängen, das halbe Taschentuch, – ganz deutlich ist darin ein Zeichen und sogar eine bewußte Kundgebung republikanischer Auflockerung der Sitten zu erkennen. Auch Eduard läßt so nach der Mode sein Taschentuch hängen⟩, – [gestr.: wenn es dir entgangen sein sollte, so weise ich dich darauf hin] und ich kann mir nicht denken, daß er in engherzigem Widerspruch dazu seiner noch liebeskräftigen Mutter ein spätes Glück mißgönnen sollte.«

»Liebe, gute Mama, wer spricht von mißgönnen! Aber ich glaube, daß du zuviel siehst in dem hängenden Taschentuch und daß du dem zeitlich Bestimmten, der Sittenmode und der gerade herrschenden politischen Atmosphäre zuviel Gewicht beilegst im Verhältnis zu dem, was immer ist und immer das Gleiche bleibt: ich meine die Bosheit der Menschheit und ihre Lust an hämischer Nachrede.«

»Die fürchte ich nicht, mein Kind! Ich werde sie hecheln und schwätzen lassen und noch meine Freude daran haben, weil nichts sich dahinter verbergen wird als Neid und Bewunderung wider Willen für meine Lebendigkeit [gestr.: ›und daß ich's noch fertig bringe‹

und: ›die Fähigkeit einer Fünfzigjährigen, ein herrliches junges Mannesblut an sich zu fesseln‹]. Sie sagen ›Unerhört‹ und denken ›Ist doch ein Teufelsweib!‹ Das laß ich sie gern denken.«

»Gut. Aber ich meine ferner das unveränderliche immer bestehende Bedürfnis von Kindern, in liebender Achtung zu ihrer Mutter aufzublicken. Ich meine – und will es nicht loben, Mama, ich weiß, es ist viel Egoismus darin und [gestr.: das heißt Lieblosigkeit] also Grausamkeit, aber es ist eine Tat- [Ms. Bl. 65] sache – ich meine die [gestr.: peinliche] unduldsame Empfindlichkeit von Kindern, erwachsenen Kindern, gegen jede Abweichung des Lebenswandels der Mutter von Würde und Reinheit, ihre zuckende Verwundbarkeit durch solche Abweichung, eine Pein, die wohl aus der Liebe kommt, aber der Liebe tötlich sein kann.«

Rosalie weinte.

»Anna, Anna«, schluchzte sie in ihr Taschentuch, »du hast wohl recht, von Grausamkeit zu sprechen. Die Natur hat Großes an mir getan und mir den Glauben bestätigt an mein Gefühl, die Weibesehre hat sie mir wiedergegeben und das Recht zu lieben. Du aber sagst mir, daß ich die Liebe meiner Kinder verscherze, wenn ich so spät noch dem Rufe der guten Natur, meiner eigenen guten Natur folge, glücklich zu sein. Du sagst mir das, eine Künstlerin, ein freier Mensch, sogar ohne Republik, und ein Weib wie ich. Ach, das ist freilich grausam und tut bitter weh.«

Die Tochter [gestr.: erwies ihr alles Liebe und Zärtliche] streichelte sie zärtlich und hatte selbst Tränen dabei in den Augen.

»Aber liebste, beste, entzückende Mama, wer spricht von mir!« ⟨Meinst du, ich würde nicht – nein, nicht mit Duldsamkeit, das klingt schon überheblich – sondern mit Ehrerbietung und zartester Rücksicht dem zusehen, was du nun einmal für dein Glück erachtest,⟩ und dem Gerede, wenn dergleichen überhaupt an mich herankommen könnte, mit Verachtung Trotz bieten? Von Kindern sprach ich, weil wir doch zwei sind, und weil da auch Eduard noch ist, ein junger Mann nun schon, von dem du oft sagst, er habe viel von unserem Vater, dem Oberstleutnant. Es ist im Moment vielleicht nicht ganz taktlos, daß ich Papa's Person in unser Gespräch und in unsere Gedanken bringe, und doch ...«

[Ms. Bl. 66] ⟨»Anna, euer Vater war ein vorzüglicher Offizier und ist auf dem Felde der Ehre gefallen, aber ein Junker Leichtfuß war er und ein Mann der Seitensprünge bis ganz zuletzt, das schlagendste Beispiel für die ungenaue Umgrenztheit des männlichen Geschlechtslebens, und unaufhörlich habe ich seinetwegen beide Augen zudrükken müssen. Ich kann es darum nicht als besondere Taktlosigkeit empfinden, daß du auf ihn die Rede bringst.«

»Desto besser, Mama, – wenn ich so sagen [gestr.: kann] darf. Aber Papa war Edelmann und Offizier und lebte bei alldem, was du seine Leichtfüßigkeit nennst, in bestimmten Ehrbegriffen, die mich nicht viel angehen, von denen aber, glaube ich, auf Eduard manches gekommen ist. Nicht nur äußerlich, nach Figur und Gesichtszügen, sieht er dem Vater ähnlich. Unter gewissen Umständen würde er unwillkürlich reagieren wie er.⟩ Laß irgend einen Frechling ihm spöttische Andeutungen machen, ihm zu verstehen geben, man wisse, daß seine Mutter [gestr.: einen sogenannten] – nun, wie man es nennt – einen leichten Lebenswandel führe, und er würde zuschlagen, er würde den Burschen ohrfeigen, und wer weiß, was für polizeiwidrige Dummheiten gefährlicher Art sich aus seiner Ritterlichkeit ergeben würden.«

Wieder weinte Frau von Tümmler.

»Anna, Anna, du ängstigst mich. Ich weiß, ich weiß, du tust es aus Fürsorge, aber grausam ist sie, deine Fürsorge, [gestr.: das weißt du selbst] grausam wie Kinderurteil über die Mutter. Nein, um Gott, ich will nicht, daß Eduard sich meinetwegen in einen blutigen Ehrenhandel stürzt, oder was du dir da für schauerliche Möglichkeiten ausdenkst. [gestr.: Wahrhaftig, ich will es nicht] Der Himmel weiß, daß ich das nicht will.«

»Ich setzte einen extremen Fall, Mama, einen Unglücksfall. Aber auch ohne einen solchen könnte es sein, daß beredte und be- [Ms. Bl. 67] spöttelte Unregelmäßigkeiten in seiner Familie – und laß ihn selbst garnicht davon wissen – einen Schatten würfen auf seine Person, seine Existenz und seiner Laufbahn abträglich wären.«

»Auch das will ich nicht, Anna, will es ganz und garnicht. Nein, gewiß will ich nicht ein spätes Glück mit der Verunehrung meiner Kinder erkaufen.«

»O, laß mich aus dem Spiel! Und lassen wir selbst Eduard bei Seite! Aber du selbst, – ich fühle so deutlich, daß du gegen dich selbst leben würdest, wenn du zu Wirklichkeit machtest, wovon du träumst. Ahnt dir denn das nicht auch? ⟨Ich sprach von Papa und von gewissen überkommenen Begriffen, in denen er lebte, und gegen die seines Wissens die Seitensprünge nicht verstießen, mit denen er dich betrübte. Daß du sie ihm immer wieder verziehst, kam daher, mache dir das doch klar, daß du im Grunde derselben Meinung warst, – des Wissens nämlich, daß sie mit irgendwelcher Libertinage nichts zu tun hatten. Für die war er nicht geboren und geistig nicht auf sie eingerichtet. Auch du bist das nicht – höchstens ich, als Künstlerin, bin da aus der Art geschlagen, aber ich bin nun wieder auf andere Weise ungeeignet und nicht danach aufgelegt, von meiner Emanzipation und moralischen Deklassiertheit Gebrauch zu machen.«

»Mein armes Kind«, unterbrach sie Frau von Tümmler, »sprich nicht so traurig von dir!«

»Liebste Mama, ich spreche überhaupt nicht von mir. Von dir, von dir spreche ich und sorge mich innig um dich. Für dich wäre wirklich Libertinage, was für Papa, den Lebemann, nur Flottheit ganz ohne [gestr.: Auflehnung] Widerspruch gegen das gesellschaftliche Urteil war. Harmonie zwischen Körper [Ms. Bl. 68] und Seele, das ist gewiß eine gute, unentbehrliche Sache, und du bist stolz und glücklich, weil die Natur, deine Natur, dich auf fast wunderbare Weise damit beschenkt hat. Aber Harmonie zwischen Leben und angeborener sittlicher Überzeugung, die ist am Ende noch unentbehrlicher, und wo sie zerrissen wird, da kann nur Zerrissenheit des Gemüts und das heißt: Unglück das Ergebnis sein. [Gestr. Fühlst du] Ahnt dir nicht, daß das wahr ist?⟩ Wenn du aber selbst es dir eingestehst, dann verstehst du auch, warum ich mich ängstige. ⟨Im Grunde, siehst du, bist du so gut, wie Papa es war, an bestimmte Begriffe gebunden, und die Zerstörung dieser Bindung käme der Zerstörung gleich deiner selbst – – ich sage es, wie ich es mit Bangigkeit fühle. Warum kommt mir wieder dies Wort auf die Lippen: Zerstörung? Denn ich weiß, ich habe es in Ängsten schon einmal gebraucht, und empfunden hab ich es mehr als einmal. Warum muß mir immer zu Mute sein, alsob diese ganze Heimsuchung, deren beglücktes Opfer du bist, etwas mit Zerstörung zu tun hätte? Ich will dir ein Geständnis machen. Neulich, vor ein paar Wochen, nach unserer Unterredung beim Thee, spät abends bei mir, war ich versucht, mit Hofrat Oberloscamp, der Eduard behandelte, als er die Gelbsucht hatte, und mich einmal, als ich vor Halsentzündung nicht schlucken konnte – du brauchst ja nie einen Arzt –, mit ihm also war ich damals versucht, über dich zu sprechen und über alles, was du mir anvertraut, nur um mir deinetwegen Beruhigung von ihm zu holen. Aber ich verbot es mir dann, sehr bald verbot ich es mir, aus Stolz, Mama, das wirst du verstehen, aus Stolz auf dich und für dich, und weil es mir erniedrigend schien, dein schmerzhaftes Erleben so einem Feldscher auszuliefern, bei dem es mit Gottes Hilfe reicht für Gelbsucht und Halsentzündung, [Ms. Bl. 69] aber doch nicht für tieferes Menschenleid. Ich bin der Meinung, daß es Krankheiten gibt, die für den Doktor zu gut sind.«⟩

»Daran erkenn' ich meine Anna«, sagte Frau von Tümmler und trocknete ihre Augen. Sie tat es abschließend und endgültig und schob das Taschentuch hinter sich unters Kissen, zum Zeichen, daß es mit den Tränen nun ein Ende habe. »Wir brauchen keinen Doktor«, fuhr sie mit Würde fort; »ich brauche keinen. Was ich brauche und zu besitzen hoffe, ist Willenskraft und Selbstbeherrschung. Deine Worte, mein treues Herz, über die Verwundbarkeit von Kindern durch Abweichungen der Mutter vom rechten Pfade, ferner was du von Eduard sagtest und namentlich von der unentbehrlichen Harmonie zwischen Leben und sittlicher Überzeugung, das hat mir tiefen Eindruck gemacht, und ich gelobe dir, mein kluges Mädchen, daß dieser Eindruck das Verhalten euerer Mutter bestimmen soll. Du wirst mir zugestehen, daß ich meine Empfindungen für Ken lange wohl zu verbergen gewußt habe, sodaß du aus den Wolken zu fallen glaubtest, als ich sie dir enthüllte. Du kannst versichert sein: auch in Zukunft wird Rosalie von Tümmler sich zu bezwingen wissen. Die Erfahrung meiner weiblichen Vollwertigkeit soll, wie du sagst, praktisch an meinen Beziehungen zu dem jungen Sprachlehrer deines Bruders nichts ändern. Etwaige Versuche von seiner Seite, ihnen ihre Untadeligkeit zu rauben, werden auf gütige, aber feste Zurückweisung stoßen. Bist du zufrieden?«

»Daran nun wieder«, rief Anna und liebkoste sie, »erkenne ich unsere bewundernswerte, physisch und moralisch bewundernswerte Mama.«

»So geh, mein Kind. Laß mich ruhen. Du weißt, ein [Ms. Bl. 70] wenig [gestr.: Stillverhalten ist] stille Zurückgezogenheit empfiehlt sich uns Frauen an solchen Ehrentagen.«

Anna wollte gehen, aber mit einigen Worten hielt ihre Mutter sie noch zurück.

»Das eine«, sagte sie, »wirst du verstehen und wirst es mir nachsehen: daß diese Erfahrung auf mein inneres Verhalten zu Mr. Keaton, von allem Praktischen abgesehen, einen gewissen Einfluß übt, ich meine, daß ich ihm fortan mit anderem Mut, mit gefestigterem Selbstbewußtsein und nicht mehr mit dem Gefühl schmählicher Untauglichkeit gegenübertreten werde.«

»Das ist ganz begreiflich, Mama«, antwortete Anna, und wieder wollte sie sich entfernen. Aber noch einmal ergriff Rosalie ihre Hand. »Und dann, Anna, nichtwahr, – daß ich jedenfalls und gerade unter diesen Umständen etwas für mein Gesicht tue, vielleicht nicht bloß durch Massage sondern auch durch ganz diskrete Verwendung von Rouge, daran findest du nichts Arges.«

Herzlich verneinend schüttelte Anna den Kopf und drückte die Hand der Mutter. Das Lächeln, zu dem sie beim aufstampfenden Verlassen des Zimmers die Lippen verzog, mißriet ihr ein wenig ins schmerzlich Grimassenhafte. Rosalie sah es nicht. In doppelt gehobener Verfassung blieb sie auf ihrem Lager zurück: gehoben durch das, was die Natur an ihr getan, was die Liebe bewirkt, und gehoben zugleich durch das sittliche Gelöbnis, zu dem die Unterredung sie geführt hatte. Sie war entschlossen, es zu halten – und überzeugt, daß die weibliche Würde, in die sie sich wiedereingesetzt sah, ihr dies sogar erleichtern werde. Unsäglich, mit einem Lächeln, das nicht im mindesten fehlschlug, sondern reine Innigkeit, reines Entzücken war, freute sie sich auf das Wiedersehen mit dem jungen Geliebten unter so neuen Umständen: ein Wiedersehen mit dem stolzen Wissen denn also, keine ohnmächtige Alte, sondern ein für Liebe tüchtiges Weib zu sein, das aber gerade als solches ihrem Verlangen die Zügel der Vernunft und Ehre anzulegen wissen würde.

Sie nahmen sich sonderbar genug aus, diese Zügel und brachten auf Fräulein von Tümmlers Lippen mehr als einmal das Lächeln hervor, das gerührt-amüsiert zu sein gedachte, sich aber wider Willen peinlich verzerrte. ⟨Ken stellte sich drei Tage nach ihrer großen physiologischen Tröstung wieder bei Tümmlers ein ...«⟩ [weiter wie der gedruckte Text ab GW VIII, 932, 2. Absatz, bis zur später gestrichenen, Dok. 3, S. 800 wiedergegebenen Passage über Frau von Tümmlers zunehmende Hinfälligkeit und Annas Besuch beim Arzt.]

(Die in die Druckfassung aufgenommenen Passagen sind durch ⟨. . .⟩ kenntlich gemacht. Zusätze der Editorin stehen, wie immer, in eckigen Klammern.)

Dok. 5
TB 27. 1. 1953, Anm. 1
Briefentwurf an den Genfer Korrespondenten
der ›New York Times‹

Dear Mr. Hoffman,

Ich habe Ihnen einen Brief versprochen zur Begründung des Beschlusses, den ich nach längerem Zögern faßte, das gewünschte Interview für die ›N.Y. Times‹ lieber nicht zu schreiben. Hier ist meine Erläuterung. *Ich bitte, sie als streng privat und vertraulich aufzufassen.*

Ich habe mich auf den schmalen Streifen Land zwischen den um die Weltherrschaft rivalisierenden Machtkolossen zurückgezogen, um den inneren Abstand von den Ereignissen zu halten, der meinen vorgerückten Jahren und meiner noch zu leistenden künstlerischen Arbeit [gestr.: einer Arbeit, die im Dienst der abendländischen Kultur geschieht] am angemessensten und zuträglichsten ist. Wenn ich während meines 15jährigen Aufenthalts in Amerika gelegentlich mit meinem Wort kritisch-warnend in die fatale Entwicklung einzugreifen suchte, so habe ich wenig Dank und viel Haß, Verfolgung, Pein dafür geerntet. Die liberale Presse des Landes, deren Haltung in den vergangenen Jahren so sehr an diejenige der entsprechenden deutschen Organe vor 1933 erinnerte, hat sich wenig bemüßigt gefühlt, mich und meinesgleichen dabei zu schützen und zu decken. Im Gegenteil, es ist noch nicht lange her, daß die New York Times mich mit einer Headline rücksichtslos bloßstellte: ›Mann, Robeson start new peace movement‹. [s. TB 51/52, 762] Das ist mir unvergeßlich. Es handelte sich um eine sehr unschuldige Angelegenheit, um eine Gruppe zum Teil hochangesehener Amerikaner, die der Erhaltung des Friedens das Wort reden wollten und mich gebeten hatten, mich ihnen anzuschließen. Ganz andere Namen wären zusammen mit meinem zu nennen gewesen, als der eines ausgesprochenen Kommunisten, der auf dem Roten Platz in Moskau eine Rede gehalten hat, und dem der Paß entzogen worden ist. Aber die Headline mußte – und sollte offenbar – den Eindruck erwecken, als hätte ich mich ausgerechnet mit Mr. Robeson zusammengetan, um ein movement im Interesse Rußlands zu starten. – Mit einem Wort, ich wurde als Kommunist denunziert, wie vom ›New Leader‹ [s. TB 51/52, 467] und vom [›Freeman‹] (Tillinger) [s. TB 51/52, 784–786]. Und das waren die N.Y. Times!

Jetzt, offenbar erschreckt von der Fortgeschrittenheit einer Entwicklung, die man seit Jahren voraussehen mußte, in zwölfter Stunde sozusagen, fordert das große Blatt mich auf, in seinen Spalten zu sprechen über »the realities and dangers in the current trend of American policy toward restriction of entry and investigation (and castigation) of nonconformist opinion in all walks of life – everything, in short, that will be suggested to by the names McCarthy and McCarran«. Da wäre allerdings eine Menge zu sagen, zuviel auf einmal, zuviel für mich, den das alles gefährlich weit führen würde, und dem es unmöglich wäre, so zu tun, als wäre mit Warnungen und gutem Zureden heute noch etwas auszurichten. Meine deutschen Erfahrungen, an die ich fortwährend erinnert bin, machen mich zu pessimistisch, als daß ich der rechte Mann sein könnte für dieses Interview, diesen Artikel. Wir bewegen uns auf einer schiefen Ebene, auf der meiner Meinung nach kein Halten mehr ist. Der Weg, sage ich mir, will zu Ende gegangen sein. Schon ist es dahin gekommen, daß der Justizminister des Kabinetts Eisenhower dem Senator McCarran hat zusichern müssen, gegen Prof. Forestall [in der von Erika Mann übersetzten englischen Fassung richtig in »Professor Lattimore« geändert] einen Staatsanwalt zu bestellen, der der China Lobby genehm ist, weil seine Person und Gesinnung die Verurteilung des Gelehrten wegen »siebenfachen Meineids« garantiert. Diese Verurteilung wird der Welt über den Geisteszustand Amerikas die Augen noch weiter öffnen, als alles bereits Geschehene.

Meine Aufgabe würde noch weitläufiger durch die Tatsache, daß innere und äußere Politik untrennbar zusammengehören. Eine ist nur die Funktion der anderen. Der Verfall der amerikanischen Demokratie deutet auf Krieg, und die Kriegsdrohung muß herhalten, die Unterdrückung der Meinungsfreiheit, den Zwang zum Conformismus zu rechtfertigen. Diesem allein dienen die modernen Volksbeeinflussungsmittel, wie das Radio, von dem alle im geringsten freimütig urteilenden Commentatoren verjagt worden sind. Die europäischen Völker zittern, daß Amerika, vor dem sie sich allerdings hinlänglich sklavisch erweisen, sie in den Vernichtungskrieg reißen könnte, – was nur zu wahrscheinlich ist. Überwältigende militärische Macht, wie sie angestrebt wird, trägt in sich die Versuchung zu Ultimaten an den Gegner, die für ihn unannehmbar sind und den Krieg herbeiführen. Der einfachste Ausweg aus wirtschaftlichen Krisen und Depressionen, wie sie fast unvermeidlich bevorstehen, ist ebenfalls der Krieg. Zu ihm verführt auch der Wunsch, »es hinter sich zu haben«, der sich in dem eigentlich friedliebenden amerikanischen Volk, das den Koreakrieg laut verwünscht, mehr und mehr auszubreiten beginnt.

Aber selbst wenn es nicht zum allgemeinen Kriege kommt, so wird ein Zustand sich herstellen, wie der Engländer Orwell ihn in seinem Buche ›1984‹ mit unheimlicher Voraussicht dargestellt hat: ein Zustand permanenter Kriegsdrohung und da und dort aufspringender lokaler Kriege, der geradezu die Regierungsform der Völker bilden, sie in Schrecken und »Conformismus« gefangen halten wird und auch diesen Zweck verfolgt. Die Zukunft, soweit sie abzusehen ist, gehört überall dem Totalitarismus, der nicht Demokratie noch Freiheit duldet. Der Kampf, der im Namen dieser Ideale, im Namen der amerikanischen Tradition heute noch von redlichen und tapferen Menschen dort geführt wird, hat bereits etwas Geisterhaftes, Überholtes und Ohnmächtiges. Denen, die zur Macht drängen, richtiger: sie schon ergriffen haben, ist er ein Gespött.

Vollendet sich die »Machtergreifung«, wie sie sich vollenden muß, so mag Ihr großes Blatt, das sich übrigens schnell »auf den Boden der Tatsachen stellen« wird, wie man in Deutschland sagt, mit dem Leben davon kommen, aber ich nicht. Folge ich Ihrer Aufforderung und sage, was ich denke, so wird mit 77 noch einmal mein Los sein, was ich mit 60 erfuhr: Ausbürgerung und Beraubung. Ich habe nicht nötig, das herauszufordern. Mir graut davor, wilden Haß, schreiende Verfolgung ganz nutzlos gegen mich zu entfesseln. Ich bin entschlossen, zu schweigen, weil ich meine letzten Jahre in Ruhe zu verbringen und sie der Vollendung einer Lebensarbeit zu widmen wünsche, die von Anfang bis zu Ende im Dienste abendländischer Gesittung steht.

Sincerely yours

Dok. 6
TB 7. 3. 1953, Anm. 1
Thomas Mann an den Frankfurter
Stadtverordneten Max Flesch-Thebesius
Erlenbach-Zürich, 7. 3. 1953

Sehr geehrter Herr Professor,

es tut mir so ausserordentlich leid, dass ich den Anschein der Unhöflichkeit und Gleichgültigkeit erwecken und Sie so lang auf eine Äusserung zu Ihrer Sendung von Ende Januar warten lassen musste. Zulange gewiss; Sie warten wohl gar nicht mehr darauf. – Ich habe krank gelegen an einer recht schweren Grippe (mit obligater Nierenaffektion) und laboriere an den Nachwehen noch heute so sehr, dass meine Aktionsfähigkeit bedrückend eingeschränkt ist.

Ich habe teilgenommen an Ihrem Brief, Ihrem Artikel, Sie dürfen es mir glauben. Mit dem Frankfurter Opernhaus verbindet sich für mich die Erinnerung früher musikdramatischer Eindrücke. Auf einer Ferienreise mit meinen Eltern hörte ich dort, ein halber Knabe, zum erstenmal Wagners »Fliegenden Holländer« – in einer nach meinen provinziellen Begriffen ganz wunderbaren Aufführung. Auch das Bild des Prachtbaues, in dem dies Wunder vor sich ging, prägte sich mir schon damals für immer ein. Ich hatte seinesgleichen nie gesehen. Das Lübecker Stadttheater war ein in die Strasse eingebautes Haus wie ein anderes. Der nobel freistehende, reich und schön gegliederte, säulenreiche Frankfurter Kunsttempel begeisterte mich wie Musik, und immer, wenn ich später wieder nach Frankfurt kam, stellte beim Anblick seines Opernhauses etwas von diesem frühen Eindruck sich wieder her.

Das Kriegsschicksal des Bauwerkes, das doch wohl zum Besten gehört, was das historisch anlehnungsbedürftige 19. Jahrhundert vermochte, ging mir nahe, und ich empfinde mit den Kunstsachverständigen, die, was davon aufrecht geblieben, den glänzenden Mantel des Gebäudes, erhalten zu sehen wünschen. Die Frankfurter Bürgerschaft scheint nicht anders zu denken, da rührenderweise schon vor jedem Aufruf rund 30 000 Mark spontan gezeichnet worden sind zur Bewahrung der Ruine, deren verzichtende Niederlegung, wie ich höre, weit höhere Kosten verursachen würde, als ihre pflegliche Sicherung, und die eines glücklichen Tages zu würdigem Zweck wieder ausgebaut werden kann.

Rechnen Sie mich also, bitte, zu denen, für die die pietätvolle Erhaltung des Opernbaues, der noch in seinem gegenwärtigen schmerzlich mitgenommenen Zustand ein Glanzstück harmonischer Architektur bleibt, und den man geistvoll »die Schliesse im kostbaren Gürtel des Stadtleibes«, den Frankfurter Anlagen, genannt hat, eine wahre Herzenssache ist. Nur bestärken kann mich in meiner Stellungnahme diejenige eines Mannes, der Ehre und Ruhm seiner Stadt so treu im Herzen trägt, wie mein Freund und Gönner, Oberbürgermeister Dr. Kolb. Als erster wollte er den Aufruf zur gebotenen Spendensammlung unterzeichnen und hat es wohl schon getan. Gerne würde ich meinen Namen dem seinen folgen lassen, wenn es noch nicht zu spät dafür ist.

Mit hochachtungsvoller Begrüssung, sehr geehrter Herr Professor,

Ihr ergebener
Thomas Mann.

Dok. 7
TB 1. 5. 1953, Anm. 1
›Begegnung mit Thomas Mann in Rom‹,
›Tagebuch‹, Wien, 23. 5. 1953
(Übersetzung eines Artikels von Saverio Tutino aus der Zeitschrift ›Vie Nuove‹, Rom, vom 10. 5. 1953)

Im Festsaal des Hotels Excelsior in Rom war eine nicht allzu große Zahl geladener Gäste versammelt, als Thomas Mann, mit fast zärtlicher Gebärde von dem Verleger Alberto Mondadori am Arm hereingeleitet, eintraf: er ging mit kurzen, raschen Schritten, sehr aufrecht, nicht gerade groß, aber in achtunggebietender Haltung. Die 78 Jahre, die man sich aus dem ›Wer ist es?‹ errechnet hatte, waren im Bewußtsein der Anwesenden weggefegt wie von einem Windhauch, einem staunenden Aufatmen. Ganz einfach war Thomas Mann eingetreten, nicht anders als irgendeiner der geladenen Gäste, mit fast bemühter Unauffälligkeit. Er hatte die Mitte des großen Salons erreicht, und noch waren sich viele seiner Anwesenheit gar nicht bewußt. Ein durchgeglühtes, klares, gleichsam Widerspruch ausschließendes Gesicht, über das eine gewisse Starrheit eher wie ein Schleier gebreitet schien: so steht der berühmteste Schriftsteller der bürgerlichen Welt vor uns, der Dichter, der die Phase des bürgerlichen Aufstiegs, Krönung und Abschluß einer Epoche dargestellt hat und in seiner Person jetzt noch lebendig werden läßt.

Nun beginnt sich der leere Raum, der sich um Thomas Mann und Alberto Mondadori gebildet hat, zu füllen, zögernd, mit einem Respekt, der schon lange selten geworden ist, tritt man näher. Einer der ersten, der Thomas Mann die Hand drückt, ist Terracini; dann sprechen mehrere mit ihm, stellen sich vor, versuchen ein kurzes Gespräch. Die Antworten, die Thomas Mann findet, sind prompt und herzlich; auch dem Mikrophon, das man ihm hinhält, sagt er mit freundlicher Gelassenheit, daß es ihm wohltue, nach so vielen Jahren wieder in Rom zu sein, sich von der Sympathie und der Achtung der italienischen Intellektuellen umrundet zu fühlen. Er spricht mit Galvano della Volpe, mit Eugenio Reale; aus raschen Worten, die er mit den Journalisten wechselt, bekommt man bald zu spüren, daß der Autor des ›Zauberberg‹ und des ›Doktor Faustus‹ in der Zeit steht, ihre Probleme unmittelbar und ernst löst, ein großer Humanist. Vor diesem Menschen, dieser Persönlichkeit erlahmt die sonst zungenfertige Frage nach im Entstehen befindlichen Werken und Zukunftsplänen. Hier interessiert das aktuelle Leben von heute und morgen, denn man weiß, daß dies ein Mensch ist, dem *die Dinge am Herzen* liegen, die *uns alle* beschäftigen.

Man weiß, daß Thomas Mann, aus Hitler-Deutschland verjagt, in die Vereinigten Staaten ging und 1944 die amerikanische Staatsbürgerschaft erwarb. Nun ist er nach Europa zurückgekehrt und lebt in der Schweiz. Daß er solchermaßen der zweiten Wahlheimat fernbleibt, wird von vielen als freiwilliges, selbstgewähltes Exil verstanden. So geschieht es, daß ein Mitarbeiter der RAI unumwunden die Frage an ihn stellt: »Werden Sie nach *Amerika* zurückkehren?«

Darauf Thomas Mann: »Ich wüßte nicht, warum ich nicht eines Tages zu Besuch dahin fahren sollte. Ich habe in den Vereinigten Staaten viele Jahre gelebt und gearbeitet. Aber ich bin Europäer und will die letzten Jahre meines Lebens in Europa durchmessen.«

Seine Frau mischt sich in dieses Gespräch: »Niemand würde uns hindern, nach Amerika zurückzukehren, wenn wir das wollten; aber *jetzt* befinden wir uns in Europa besser.«

Unwillkürlich erinnert man sich einer Passage in seinem autobiographischen Roman, da er die erhebende Zeremonie der Naturalisierung seiner Familie darstellt: »Und so wurden wir amerikanische Citizens, und es tut mir wohl zu denken, daß ich es noch unter *Roosevelt* geworden bin, in Roosevelts Amerika.«

Nun fassen wir uns ein Herz und fragen den berühmten Schriftsteller, was er über die Beziehungen zwischen amerikanischer und europäischer Kultur denkt. »In Amerika«, sagte er, »verfügen sehr viele Leute über einen Fond europäischer Bildung und diese Leute sind stolz darauf, denn sie erkennen den Wert dieser Kultur. In Europa aber besteht eine gewisse Geringschätzung für das kulturelle Niveau der Amerikaner. Was mich betrifft, so meine ich, daß es gut ist, wenn sich die Europäer nicht vom *technischen* Geist Amerikas absorbieren lassen: technischer Geist ist der *Barbarei* sehr nahe. Barbaren können Technik übernehmen, aber nicht Kultur. Und ebenso verhält es sich auf *politischem* Gebiet.«

Gerade stand Nowikow, der Vertreter der TASS in Rom neben uns. Er stellte sich Thomas Mann vor, schüttelte ihm die Hand und Thomas Mann sagte: »Ich bin nie in Rußland gewesen und ich *bedaure das sehr.*« Nowikow erwiderte ihm darauf, daß fast alle seine Werke in Sprachen der Sowjetunion übersetzt wären, und Thomas Mann nickt: »Ich weiß, man liest viel bei euch.« Er spricht deutsch, und während man seine Worte übersetzt, korrigiert er sich: »*Heute* liest man viel bei euch. Weit mehr als früher.«

Nun fragt ihn jemand, was er von der Teilung Deutschlands hält. Thomas Mann meint, sie wäre äußerst schädlich, und die Einheit zwischen Ost und West müßte schleunigst wiederhergestellt werden. Da fällt uns der Brief ein, den er 1949 einem deutschen Professor geschrieben, der ihn wegen seiner Sympathiebekundigungen für Menschen und Einrichtungen der DDR mit Vorwürfen überhäufte. [Gemeint ist der Brief an den schwedischen Journalisten Paul Olberg; s. TB 49/50, 428–432.] Darauf hatte Thomas Mann geantwortet: »Ihr redet viel von Freiheiten und politischen Rechten, die dem Volk *Westdeutschlands* gewährt sein sollen. Ihr scheint zu vergessen, was ihr selber von dem Gebrauch gesagt habt, den ihr davon macht. Das ist ein schändlicher Gebrauch. Der *volksdemokratische* Staat mag autoritär sein, aber er hat den Vorteil, daß die Verderbtheit und die Unverschämtheit dort schweigen geheißen werden.«

Auch im großen Salon des Hotels Excelsior richtete jemand an Thomas Mann die Aufforderung, sich von seinem »Kommunismus« zu distanzieren. Thomas Mann erwiderte, er könne unschwer feststellen, daß er nie Kommunist gewesen sei; sichtlich war er ärgerlich. Wir verstanden ihn und hätten gern dem zudringlichen Journalisten eine andere Passage aus dem vorerwähnten Brief Thomas Manns an den deutschen Reaktionär vor die Nase gehalten, die Stelle, in der er von Leuten spricht, die er in Ostdeutschland gesehen hat: »Ich habe Leuten in die Augen geschaut, die achtzehn Stunden am Tag arbeiten, die sich aufopferten, um das zu vollbringen, was ihnen eine greifbare wirkliche Wahrheit schien, und um in ihrem Wirkungskreis soziale Voraussetzungen zu schaffen, unter denen, wie sie meinen, ein Rückfall in den *Krieg* und in die *Barbarei unmöglich* wäre. Als Mensch finde ich es schwer, einem solchen Verhalten feindlich zu begegnen. Man muß sich davor hüten, aus purem Haß gegen ein solches Regime Ideale auszuspielen, die sich nun schon zu mehreren Malen als ein heuchlerischer Schirm erwiesen haben, hinter dem sich allzu reale Interessen verbergen.«

Thomas Mann sprach noch mit Giulio Einaudi, Bianchi Bandinelli, Moravia, Alba de Cespedes. Dann verabschiedete er sich und ging, gerade als der Dichter Giuseppe Ungaretti, wieder einmal zu spät, hereinstürmte und, belehrt, daß Thomas Mann sich schon zurückgezogen hätte, murmelte: »Recht hat er gehabt, solche Empfänge sind eine Plage.«

Dok. 8
TB 1. 5. 1953, Anm. 22
Erika Mann, ›Meine Mutter, Frau Thomas Mann‹

Es gibt – gewiss erinnert man sich – ein kleines Gedicht von Christian Morgenstern, das lautet:

Palma Kunkel ist mit Palm verwandt,
doch im Übrigen sonst nicht bekannt.
Und sie wünscht auch nicht bekannt zu sein,
lebt am liebsten ganz für sich allein.

Über Muhme Palma Kunkel drum
bleibt der Chronist vollkommen stumm.
Nur wo selbst sie aus dem Dunkel tritt,
teilt er dies ihr Treten treulich mit.

Doch sie trat bis jetzt noch nicht ans Licht,
und sie will es auch in Zukunft nicht.
Schon, dass hier ihr Name lautbar ward,
widerspricht vollkommen ihrer Art.

Dieser einnehmende Nonsens kam mir als erstes in den Sinn, als zum 70. Geburtstag meiner Mutter »Annabelle« einen Beitrag bei mir in Vorschlag brachte. Denn weitgehend trifft, was hier von Palma gesagt ist, auch auf die Jubilarin zu, und der Chronist musste sich fragen, ob ein 70. Geburtstag allenfalls als unabsichtlich-unvermeidbarer »Tritt ins Licht« gelten und ihm derart die Zunge lösen könne.

Merkwürdig bleibt es jedenfalls, dass »die Welt«, das lesende Publikum vieler Länder, kaum je aufmerksam wurde auf die Frau, unter deren Regie und unentbehrlichem Schutz ein Lebenswerk entstand, das doch seinerseits einige Beachtung gefunden.

Katia Mann, Gattin von Thomas Mann (genannt »der Zauberer«) und Mutter von 6 Kindern, die, auf die eine oder andere Art sämtlich »aus dem Dunkel traten«, beschloss, »im Übrigen sonst nicht bekannt« und nur in aller Stille äusserst wirksam zu sein. Nie hat sie das geringste »von sich her gemacht«; immer ist sie zurückgetreten, auch hinter der eigenen Leistung; und für sich selbst hat sie überhaupt nichts gewollt, – weder in der Öffentlichkeit noch sonst. Füge ich hinzu, das Wohlergehen der ihren und die Gewissheit, ihr Bestes getan zu haben, so oft von draussen ihre Hilfsbereitschaft aufgerufen wurde, sei alles, woran ihr wirklich liege, so sage ich die Wahrheit und gebe gleichzeitig ein, wenn nicht falsches, so doch bedenklich irreführendes Bild.

Denn »das Mielein« (wie Kinder, Enkel und viele Freunde sie nennen) ist das genaue Gegenteil des »wertvollen Menschen« und wandelnden Edelmuts, die man kennt. Blitzgescheit, schnell von Witz und Verstand, ist sie »gut« wie die Neger braun sind, – auf die natürlichste, selbstverständlichste Art von der Welt. Überhaupt würde es schwer halten, ein natürlicheres und direkteres Wesen aufzuspüren als sie. Eine belebte Landschaft mit vielfach wechselnder Beleuchtung, spiegelt ihre Miene – ein zeitlos kindliches Gesicht – all ihre Gedanken, und die leichte Kunst des Lügens hat sie nie erlernt. Ihrer Klugheit wegen könnten Unbelehrte sie für eine »Intellektuelle« halten; und auf Grund ihrer ungemeinen Belesenheit (bei vorzüglichem Gedächtnis!) möchten fremde Toren gar versucht sein, einen »Blaustrumpf« in ihr zu sehen.

»Kleine Gelehrte« freilich, haben wir das Mielein als Kinder genannt. Zu ihrem Kummer eher klein von Statur, hatte sie nicht nur das Abitur gemacht (eine zu ihrer Zeit für Mädchen ganz ungewöhnliche Leistung), sondern auch noch Mathematik studiert und beim »echten« Röntgen im Kolleg gesessen. Als wir sie körperlich schon überragten, blieb sie uns weit überlegen in jedweder Wissenschaft, und einmal – wie genau erinnere ich mich! – hat sie mir in gerechtem Zorn ein Buch an den Kopf geworfen, weil dieser sich mit jenem nicht zu befreunden vermochte, und ich gar so »schlecht« war in der sphärischen Trigonometrie.

Eine gewisse Ungeduld – zur Steuer der Wahrheit sei es festgestellt, und damit dies doch eine Art von Porträt werde, ein »profile«, und kein festlich stilisiertes Jubiläumsbild – eine gewisse Ungeduld also, eignet dem Mielein überhaupt. Zwar hat sie so viel zu tun, dass sie immer in Eile und nie befugt ist, Zeit irgend zu verschwenden. Dass aber langsame Verkäuferinnen imstande sind, sie bis zu Tränen zu reizen; dass es sie physisch quält, wenn auf der Landstrasse ein Gefährt sich nicht überholen lässt; dass die Begriffsstutzigkeit eines Gesprächspartners sie ernstlich zu verstimmen vermag, – all dies sind Zeichen reiner, konstitutioneller Ungeduld, die sie freilich aufs geschwindeste zu tilgen trachtet, wenn »der andere« im geringsten gekränkt erscheint.

Wie nebenbei, als tue sie alles gern, nichts falle ihr schwer und nichts könne sie je ermüden, wird das Mielein den hundert Pflichten gerecht, die jeder Tag vor ihr auftürmt. Heute etwa, wie immer, ist sie um 7 Uhr 30 aufgestanden – gleichzeitig mit dem Zauberer; auf der »oberen Diele« haben die beiden den »frühen Kaffee« genommen. Während er sich rasiert, schreibt sie geschwind zwei wichtige Briefe, – einen an Tochter Medi (Elisabeth Borgese), die irgendeines Rates bedarf, den anderen an den südamerikanischen Verleger, dessen Abrechnung überfällig ist. Nach dem Frühstück im Esszimmer gibt sie telephonisch mehrere Telegramme auf, ehe sie beginnt, zahllose Bleistiftzeichen vom Stenogrammblock aufs Briefpapier und ins allgemein Leserliche zu übertragen. Gestern, nach dem Tee, hat der Zauberer ihr diktiert, und nun will also getippt sein; ohnedies hat seine Korrespondenz eine Neigung, sich schreckenerregend zu akkumulieren und ins Uferlose, gar nicht mehr zu Bewältigende auszudehnen. Leider wird sie keineswegs fertig mit dem Pensum von gestern. Sie muss in die Stadt. Technisch eine glänzende Fahrerin, ängstigt sie uns gelegentlich durch übertriebenes Gottvertrauen. Der Mann vor ihr, denkt sie, wird *nicht* ganz plötzlich und ohne ein Zeichen zu geben, nach links abbiegen; und wer aus der Seitenstrasse kommt, wird an der Ecke klüglich verlangsamen. – In der Stadt kauft sie ein, – für den Haushalt, für den Zauberer (Rasierklingen, Zigaretten, und der wichtigste Schlafrock ist vom Reiniger zu holen), für eines der »Kinder«, das nächstens Geburtstag feiert, und irgendwelche Leute, die irgendetwas erbeten haben. Ziemlich viel Zeit verbringt sie dann auf der Post. Täglich wollen umfangreiche Konvolute in alle Welt gesandt werden, – zurück an die Damen und Herren, die, unaufgefordert, dem Zauberer ihre literarischen Versuche zugeschickt, – »nur« zur Prüfung, oder damit er die Drucklegung ermögliche, etwa vermittels eines Vorwortes, das zu schreiben ihm gewiss ein Geringes sein würde. Viele von den Manuskripten, die sie jetzt zur Post trägt, hat das Mielein gelesen, um dem Zauberer einen vorläufigen Eindruck und Überblick vermitteln zu können. Manches allzu offenbar Missglückte wird fein säuberlich verpackt und verfrachtet, ohne dass der überbürdete Gatte damit geplagt worden wäre.

Um punkt halb eins wird sie daheim erwartet, denn dies ist des Zauberers Ausgehzeit. Per Auto verfügen die beiden sich an einen der Punkte, von denen die Lieblings-Spazierwege abzweigen. Auf diesen Gängen, besonders, spricht er ihr von seiner Arbeit und den Schwierigkeiten, vor die sie ihn stellt. Kaum je ohne Nutzen vertraut er sich ihr an, und zum wenigsten ist es doch immer ein etwas ermutigter Zauberer, der heimkommt aus den Wäldern.

Am Mittagstisch sitzt ein Gast. Er gehört zur grossen Schar der »Durchreisenden«, die, typisch für Zürich, auch unser Erlenbacher Häuschen charakteristisch belebt. Aber hier, wie überall ist für das Mielein Wachsamkeit geboten. Der Zauberer, eher zart von Natur und sehr leicht ermüdbar, darf nicht überanstrengt werden. Geht er abends ins Theater, ist Mittagsgeselligkeit zu vermeiden, und haben wir Teebesuch, wäre auswärts zu dinieren ein Fehler.

Nach Tisch (wir halten noch immer beim heutigen Mittagsmahl) sollte das Mielein sich ein wenig hinlegen. Dies nun, tut sie keineswegs. Vielmehr geht sie alsbald zurück an die Arbeit. Das »Diktat« – es war persönlicher oder literarischer Natur – ist bald übertragen. Doch die gesamte und verzweigte »Geschäftskorrespondenz« – mit Verlegern, Agenten, Amtsstellen und was da nicht alles einschlägig ist – führt das Mielein allein. Zwei hochspezialisierte Privatsekretäre, die gar nichts zu tun hätten als eben dies, würden sich füglich als stark beschäftigt bezeichnen.

Ich erzähle von heut' und heutzutage. Dabei gälte es, der Zeiten zu gedenken, da wir Kinder waren – unser vier erst, und dann sechs, und ganz »leicht zu haben« nicht eins –, der Jahre des ersten Weltkrieges, zum Beispiel, in denen wir gesund und munter heranwuchsen, – beinah rätselhafterweise; denn Patriotismus sowohl wie mangelnder Wohlstand hielt uns den »schwarzen Märkten« fern, und es bedurfte Mieleins ganzer Umsicht, Erfindungsgabe und unermüdbarer Tüchtigkeit, um die Hungerrationen hinlänglich zu »strecken« und halbwegs geniessbar zu machen. Eigentlich kochen konnte sie damals noch nicht. Äusserst verwöhntes Geschöpf aus grossem Hause, hatte die Zarte, Schöne und Kluge im entferntesten nicht gefasst gewesen sein können auf die Um- und Zustände dieser abenteuerlichen Zeit. Aber wie gefasst sie ihnen begegnete! Meist war das Ärgste aus dem Wege geschafft, kaum, dass der Zauberer der Kalamität noch ansichtig geworden war.

Schwer zu sagen, wann das Mielein das Erstaunlichste geleistet. War es nicht zu Beginn der Emigration, als, nach Verlust all unserer Habe, inmitten des Untergangs unserer eigentlichen Existenz, uns ihr Genie eine neue schuf, und wir hatten ein Heim, und wieder, wie immer, oblag von neun bis halb eins der Vater seinem erlösend absorbierenden Tun?

Und Amerika? War es nicht dort, dass sie sich selbst übertraf? Denn jetzt erst waren wir wirklich in der Fremde, und die rechte Mischung zu brauen aus Adaptation (ans nunmehr Gebotene) und Bewahrung (des allezeit Nötigen) war ein Kunststück von Rang. Während sie aber noch »braute«, begann sie auch schon zu kochen (richtig, am Herd!), und bald war sie imstande, den dunklen Mädchen, die uns dort betreuten, die kompliziertesten europäischen Speisen einzustudieren, oder, waren wir unbetreut (was sehr häufig geschah!), selber am Herde zu werkeln. Und nie hat das Essen uns besser geschmeckt als ebendann.

Was sie jedem ihrer Kinder bedeutet, davon rede ich nicht. Als ich aber nach einer Operation im »Santa Monica Hospital« lag, wollte die Nurse es durchaus nicht glauben, dass ich überhaupt Geschwister hätte. Mit so viel liebender Sorge, meinte sie, umgebe man nur ein einziges Kind.

Ist es wahr, dass jedermann die eigene Mutter für unvergleichlich prächtig, einen Ausbund an erlesensten Tugenden hält? Und dass also dieser Versuch eines »profile's« notwendig der Objektivität ermangelt, ohne die Autorität unerreichbar bleibt?

Es ist nicht nur nicht wahr, sondern läppisch unwahr, was viel mehr besagt. Weit davon entfernt, in sie vernarrt zu sein, sind »Kinder« die kritischsten Beobachter und genauesten Kenner ihrer Altvorderen, – wie ja denn überhaupt wahre Liebe nicht blind macht, sondern sehend.

Wer aber das Mielein gesehen hat, wie sie ist, und wie ich sie – sehr unvollkommen – hier dargestellt, der wird der Siebzigjährigen Gutes wünschen: nach so vielen, mit solcher Tapferkeit bestandenen Stürmen, einen heiteren Himmel, unter dem ihr vergönnt sei, noch lange weiterzuwirken, zum Segen der ihren, zur Freude der Freunde, Fremden zum Nutzen und unsichtbar für »die Welt«. Denn was Palma recht ist, bleibt dem Mielein billig, und

»Schon, dass hier ihr Name lautbar ward,
widerspricht vollkommen ihrer Art.«

Dok. 9
TB 14. 5. 1953, Anm. 1
Thomas Mann an Wolfgang Schröder
Erlenbach-Zürich, 14. 5. 1953

Lieber Herr Schröder,

»wenige Zeilen« können es wirklich nur sein, mit denen ich Ihren sehr rührenden Brief beantworte. Denn es trifft zu, dass ich recht müde bin von einer kürzlich überstandenen Virus-Infektion, nach der ich verfrüht wieder zu arbeiten begann, dazu von einer Reise nach Rom, die mir zwar grosse Eindrücke brachte, aber auch sehr anstrengend war. Besuche, Gespräche, Erörterungen erschöpfen mich in lächerlichem Grade. Daher meine Abweisung, die sich unwirsch ausgenommen haben mag.

Ihre Skrupel und Zweifel, mit denen Sie sich plagen, haben etwas Lutherisches, das mir wohlgefällt wie alles Genau-nehmen. Ich mag Ihnen nicht antworten, wie sein Beichtvater Staupitz dem jungen Luther: er mache die Religion zu schwierig. Die Dinge genau nehmen und es sich schwer machen bis zur Verzweiflung, wie es die Wenigsten tun, ist immer ein gutes Zeichen und spricht dafür, dass man schon irgendwie in Gnaden aufgenommen werden wird. Die Gewissensfrage nach der Situation der Kunst und ihrer Möglichkeit heutzutage, ist, weiss Gott, nur zu berechtigt. Aber wir sehen doch, dass sie der Menschheit zur Begleiterin gegeben ist von Anfang an, dass der Trieb zu ihr nicht abstirbt, und dass sie, was für selbstverspottende Formen sie unter Umständen auch annehmen mag, schwerlich aus der Welt kommen wird. Sie lebt, mitten in allen Wirrnissen und Erbärmlichkeiten der Welt, an denen auch der Künstler ausgiebig teilhat, ein eigentümlich geschlossenes und beständiges Leben als Paradigma (Gleichnis, Beispiel, Vorbild) alles Strebens nach dem »Guten«, nach Vollkommenheit, nach Läuterung des Lebens im Geist. Ihre Vergangenheit ist wundervoll (was für Bilder, heidnische und christliche, habe ich in Rom gesehen!) und wenn sie heute klein und ratlos ist, so ist das kein Grund, den Glauben an sie, im Prinzip, aufzugeben und sich nicht nach Kräften in ihr zu versuchen, wenn lebendige Lust dazu sich regt.

Das Beste und Schönste, was sie zeitigt, von sonst nichts in der Welt, ist Bewunderung. Ich habe mein Leben in Bewunderung hingebracht, im Aufblick zum Grossen und Meisterhaften, einem Aufblick, der gewissermassen auch Einblick war, sodass das Grosse ein kleines bisschen abgefärbt haben mag auf das Werk meiner Hände, das aber besten Falles doch nur ein Abglanz ist. Ich glaube zu träumen, wenn ich nach einem Leben der Bewunderung nun selbst manchmal bewundert werde. Aber in Gottes Namen, es kommt auf das Objekt am Ende nicht so sehr an, und für junge Seelen ist Bewunderung jedenfalls eine unentbehrliche Lehrmeisterin.

Wie soll ich Sie trösten in Ihrer Grübelei über »Orthodoxie« und Freiheit? Dass die Kunst die glücklichste Vereinigung darstellt von Bindung und Freiheit, Tradition und Unmittelbarkeit, liesse sich sagen und hören. Von der »Mitgliedskartenkunst« halte ich auch nichts, selbst was »Schulen« und noch weniger was die Politik betrifft. Gewiss denken Sie bei dem Wort an den Kommunismus und seine höchst zweifelhafte Kunstreglementierung. Das ist eine Kirche, die ihre Schrecken hat – und ihr relatives Recht gegen die Gebrechen und Sünden unserer spätkapitalistischen Gesellschaftsordnung, auch gegen die Kunst, die diese noch hervorbringt. Aber was bringt sie selbst denn hervor? Einige beachtenswerte Kritik hat sie geleistet, aber um das Schöpferische steht es klatrig, doch wohl, weil es bureaukratisch gegängelt und verständnislos bevormundet ist. Ob da je ein Vergleich möglich sein wird mit dem, was die christlich-katholisch gebundene Kunst hervorgebracht? Dubito.

Und damit bitte ich, vorlieb zu nehmen.

Ihr sehr ergebener

Thomas Mann

Dok. 10
TB 29. 5. 1953, Anm. 4, und 3. 4. 1954, Anm. 3
Thomas Mann an Emil Preetorius
Erlenbach-Zürich, 29. 5. 1953

Lieber Pree,

auch Sie schon siebzig? Bald, nächstens, schon Mitte dieses Jahres? Wenn man Sie sieht, glaubt man es nicht, aber wenn man überdenkt, was Sie der Welt der Schönheit und des Geistes alles gegeben haben, ist man schon eher geneigt, es für wahr zu halten. Ein aufrichtiger Bewunderer Ihres Künstlerlebens, Ihrer reichen, vielfachen Gaben, Ihrer immer weiter sich ausbreitenden geistgetragenen Aktivität schreibt Ihnen hier, das wissen Sie – auch ohne dass ich, nach dem Wunsch der Herausgeber, einen kunstphilosophischen Aufsatz beisteuere zu der geplanten Festschrift. Dazu reicht es bei mir einfach nicht, in keinem Sinn. Ueber Bildkunst mitzureden, getraue ich mich nicht – am wenigsten, wenn ich gerade etwas von Ihnen darüber gelesen habe. Und ausserdem bin ich schmählich müde und untauglich zu festlichem Drauf los Improvisieren. Seit meiner Grippe gegen Ende dieses grimmen Winters bin ich so recht nicht mehr zu Kräften gekommen und zweifle manchmal, ob ich noch den Impetus, die Laune finden werde, mit einem weitläufig Geplanten, dessen Fertigstellung man in schönem Vertrauen auf meine Ausdauer von mir verlangt, je zu Rande zu kommen. Nun, dies Zutrauen ist ja nicht ganz ohne Fundament. Auf Geduld und lange Frist scheint mein Leben angelegt, und wenn man mich nicht überfordert, wozu die liebe Welt eine Neigung hat, will ich das Vorgesetzte wohl schaffen.

Hier aber, lieber Freund, noch Eines: Sie liessen jüngst etwas einfliessen von einer »Kridwiss-Fama«, und dass sie Ihnen »anhänge«. Das verwünsche ich. Fort damit! Das opferreich-rücksichtslose Schmerzenswerk meiner 70 Jahre, dieser ›Faustus‹, möge leben wie er kann, aber, bitte, abseits von allem Persönlich-Wirklichen. Ein Klatsch- und Schlüsselbuch ist er mitnichten, so wenig wie einst ›Buddenbrooks‹ das waren, und man sollte sich schämen vor seinem Ernst und vor der Einsamkeit, in der er beheimatet ist, sein Personal schwatzhaft zu verwechseln mit dem der Realität. Uebrigens aber: Anhängen? Es sieht mir nicht allzu sehr danach aus. Die ganze Welt bewirbt sich um Ihre Kunst. Könige ehren sie. Immerfort noch wachsen Ruhm und Würde Ihrer Existenz. Und wie wir mit einander stehen, hat ein und der andere Brief gezeigt, von mir an Sie, der in die Oeffentlichkeit gelangte. Lassen wir Kridwiss an seinem Schattenort! Und möge er mir nicht anhängen.

Ich soll jetzt gleich wieder reisen. Es geht nach Engelland diesmal und nach Hamburg. In Cambridge soll mein ungelehrtes Haupt wieder einmal einen Doktorhut empfahn – in hoher Gesellschaft. Der Erzbischof von Uppsala und Prime-Minister Nehru werden gleichzeitig promoviert. Ein Erzbischof kann mich wenig beeindrucken, da ich eben in Rom vor dem Papste stand. ⟨»Darf ich mich nach dem Befinden Eurer Heiligkeit erkundigen?« – »Danke, es geht besser. Die Krankheit, wissen Sie, wenn es nur die wäre. Aber die Kur! Die geht einem nach«. Natürlich hatte man ihm das Erdenklichste eingespritzt gegen die virus-Infektion, die er ungefähr gleichzeitig mit mir durchzumachen hatte. Dies, zusammen mit der Gleichaltrigkeit, flösste mir kameradschaftliche Gefühle ein. –⟩ Zu Füssen der Wartburg, 1949, hatte der Bürgermeister von Eisenach mir erzählt, er habe an derselben Stelle mit dem Nuntius Pacelli gestanden, und der habe, an dem Gemäuer emporblickend, gesagt: »Das ist eine gesegnete Burg!« Was doch für einen katholischen Kirchenfürsten eine bemerkenswerte Aeusserung ist. Daran erinnerte ich ihn und sagte, das Wort habe mir darum solchen Eindruck gemacht, weil es zeige, wie doch die homines religiosi im Grunde eines Sinnes seien und die Unterschiede der Konfession schliesslich keine so grosse Rolle spielten. Er stimmte lebhaft zu ⟨– vielleicht doch nur aus Höflichkeit gegen den armen Protestanten, der übrigens ohne die leiseste innere Hemmung das Knie beugte⟩ [Die markierte Passage wurde für den Druck folgendermaßen geändert: Das geistlich-weltmännische Geltenlassen, das er im Gespräch mit dem armen Protestanten bewährte, war äußerst gewinnend, und dieser beugte ohne die leiseste innere Hemmung das Knie] vor der weissen Gestalt, die so vieles vergegenwärtigt. Es ist die Jahrtausend-Perspektive Europa's, die einen in Rom so ergreift, und immer denke ich seither: In dem erneuerten Gefühl seiner alten Würde und Geprüftheit, seines historischen Adels, dessen seine Schuld und Gesunkenheit es nicht berauben können, sollte Europa sich finden und einigen ... Ich nehme mir vor, dergleichen zu den Studenten in Hamburg zu sagen – auch, dass es kein deutsches Europa gibt, sondern ein europäisches Deutschland.

Nun also, da haben Sie einen Geburtstagsbrief. Verbringen Sie den schönen Tag in Gesundheit und Heiterkeit, im frohen Ausblick auf neue Taten.

Ihr
Thomas Mann

(Die mit ⟨...⟩ markierten Passagen wurden für den Druck gestrichen bzw. wie angegeben geändert.)

Dok. 11
TB 15. 6. 1953, Anm. 1
Telegramm an Dwight D. Eisenhower

My dear Mr. President. Until now I sternly refused to comment on the Rosenberg case aware as I was of leftist pressure and hoping that nevertheless true justice would ultimately run its course. However this is zerohour. God knows that I condemn the couple's deed as fervently as anyone else. But as an American residing abroad and just returned from various travels I feel bound in duty to tell you about the profound misgivings with which the continent's thinking population view the impending execution. Nor should I fail to confess that to my own mind this death sentence was passed according to the letter but in flagrant contradiction to the spirit of the law. That anyone should have to die for having disclosed military secrets to a most important ally albeit during a war would seem ludricrous in face of the fact that no one is risking his life today by divulging the same sort of secret to the very same power although that power has long since been named an enemy in a socalled cold war and a potential enemy in a hot one. Only an act of clemency on your part my dear Mr. President can save the culprits' life. It is my firm conviction that such an act would infinitely strenghten America's moral prestige abroad whereas the execution could not but gravely harm that great country's international repute. Yours faithfully
Thomas Mann

Member of the American Academy of Arts and Letters and Officier de la Légion d'Honneur.

Dok. 12
TB 15. 7. 1953, Anm. 2
Thomas Mann an Lothar Tews
Erlenbach-Zürich, 17. 7. 1953

Sehr geehrter Herr Doktor Tews,

Umgehend beantworte ich Ihren Brief, der mir starken Eindruck gemacht und mich aufs ernstlichste beschäftigt hat.

Ich danke Ihnen für Ihre lebendige Anteilnahme an meiner Lebensarbeit und darf Sie ganz abgesehen von diesem Gegenstand zu Ihrer schönen Empfänglichkeit beglückwünschen. Bewunderung schien mir immer das beste und fruchtbarste Gefühl, unentbehrlich für alles eigene Werden. Ich habe mein Leben in Bewunderung und stetem Aufblick zum Grossen und Meisterhaften hingebracht. Mein eigenes Werk ist eigentlich nur ein Abglanz davon.

Ihre Leidenserfahrungen ehre ich und würde wahrscheinlich nicht anders als Sie auf diese Erfahrungen reagieren. Es ist ja auch ein Irrtum, dass ich den Kommunismus in der verzerrten und abstossenden Form seiner gegenwärtigen Verwirklichung bejahe. Was ich gemeint und gesagt habe, ist nur: die blindwütige Verwünschung dieser Ideen-Ordnung und das aussichtslose Verlangen, sie mit gewaltsamen Mitteln auszutilgen, sei darum eine Torheit, weil ja die Zukunft der Menschheit, ihre Fernziele, wie Weltregierung und gemeinsame Verwaltung der Erde und ihrer Güter, ohne kommunistische Züge nicht zu denken sei. Stutzig machen muss es einen bei allem Entsetzen über so Manches, was heute im Namen des Kommunismus geschieht, dass so viele hochstehende und am Geschick der Menschheit teilnehmende Geister im Kommunismus die einzige ehrliche Lösung unserer Probleme sehen.

Was mein persönliches Verhältnis zu dieser Sphäre betrifft, so ist es, glaube ich, am besten ausgedrückt in einer Passage des Vortrags »Der Künstler und die Gesellschaft«, den ich vor einiger Zeit mehrfach gehalten habe. Es heisst da: »Den Kommunisten abzugeben, bin ich sehr schlecht ausgestattet, und meine Schriften sind ja voll von allen vom Kommunismus perhorreszierten Lastern, wie Formalismus, Psychologismus, Skeptizismus, dekadenten Neigungen und was man will, den Humor und eine gewisse Schwäche für die Wahrheit nicht zu vergessen; denn Liebe zur Wahrheit ist Schwäche in den

Augen unbedingter Parteilichkeit. Und doch gilt es hier, zu unterscheiden. Der Kommunismus ist eine Idee, eine im Wirklichen arg verzerrte Idee, deren Wurzeln aber tiefer reichen, als Marxismus und Stalinismus und deren reine Verwirklichung sich der Menschheit immer wieder als Forderung und Aufgabe stellen wird. Der Fascismus dagegen ist überhaupt keine Idee, sondern eine Schlechtigkeit, der hoffentlich kein Volk, klein oder gross, sich je wieder ergeben wird!«

Ich habe Ihnen das ausgezogen, damit Sie sehen, wie ich stehe und wie mein Gefühl unterscheidet. Die Exponenten des gegenwärtigen Regimes wissen sehr gut, dass sie in mir keinen Verbündeten haben.

Bei all dem meine ich, dass es in dieser Zeit gefährlichster Krise nicht Sache des geistigen Menschen ist, den Hass zu predigen und die Leidenschaften aufzupeitschen, sondern in seiner ganzen Haltung nach Ausgleich und Verstehen zu trachten, um sein Gewissen frei zu halten von der Mitverantwortung für unausdenkbare Katastrophen, die ohne solchen Ausgleich und solches Verständnis drohen.

Haben Sie Dank für Ihr Vertrauen und nehmen Sie all meine guten Wünsche!

Ihr ergebener
Thomas Mann

Dok. 13
TB 15. 7. 1953, Anm. 7
Thomas Mann an Paul Manship, President of The American Academy of Arts and Letters, New York
Erlenbach-Zürich, 20. 7. 1953

Dear Mr. Manship:

Your note of July 1. and its enclosures were given the most serious attention. Indeed, it was not without a certain excitement that I perused these documents; for notwithstanding my present absence from the United States my interest in our Academy, its development and reinvigoration stays very much alive.

The letter of our friend Archie MacLeish makes highly pleasant reading; as many a poem of his, many a piece of prose did before, this memorandum endears him to me. What he has to say is highminded, generous, and trustful, – it is in short American in the finest meaning of the word. May I be permitted to state that I share his views, just as Douglas Moore does in his reply which constitutes a valuable complement to MacLeish's remarks.

The gentle warnings sounded by Mr. Moore in the form of quotations rather than directly, – these soft calls for caution should not be shrugged off but ought to cause everyone of us to search his conscience.

True, the number of candidates eligible for the Academy is strictly limited since prior membership in the Institute is imperative. To some degree this automatic limitation would seem to meet Mark Van Doren's request for »an attempt to determine whether or not the particular artist and his work could be claimed as a part of our American scene.« No one, I should think, would be admitted to the Institute without having undergone this sort of screening. Even so Mark Van Doren rightly refers to »instances (i.e. of immigrants) where habitual residence or even citizenship does not lead to participation or interest in our cultural life« but leaves the artist in question »supremely indifferent to our language, our people, our countryside«.

Once again, I doubt that the Institute's »censorship« tends to pass this undesirable type; nor can I imagine any such persons to be found among our members. These things, however, are delicate, and I am shown by my own case how difficult it is to draw fair boundary-lines.

I may say that in some way I belonged to the American scene long before I came to the States. Owing to the American translations of my books my arrival there was not that of a stranger. I may further claim that I actively participated in the intellectual and moral life of the nation. The many lectures I delivered in the new language at universities and to other cultural institutions, as well as the many articles I contributed to American publications help justify this claim. On the other hand I have to confess to myself that as a narrator I failed ever to deal with American history or society; nor have American folklore and landscapes ever affected my work. Have I, then, passed the test or need I fear my election to the Institute first and later to the Academy to have been an error? Am I – not only through my writings but also »through influence and activity« deserving of the Academy's membership?

The question seems to have been answered in the affirmative, – an act of that very generosity performed and advocated in MacLeish's letter. I hope and believe, though, that my election was not intended to pay me a compliment but that the Academy felt to be acting for its own good. Not wrongly so, to my mind. For pending its absolute quality, a life's work may or may not be deemed »American« only in the case of a writer. No such differentiation applies to the musician, sculptor, painter or architect. Strawinsky and Hindemith without whom – according to MacLeish – no American Academy would be thinkable today never enriched the American scene by means of »influence and activity« but simply continued as Americans to compose good music. And *mutatis mutandis* the same holds true for a personality like Gropius.

Needless to say, too high a percentage of foreign born artists might indeed be hurtful. But America is so rich in talents and productive power that this danger would appear to be slight even if temporarily the balance should be disturbed in one or the other section. For the Academy's good and glory only a man's spiritual and artistic rank should decide whether or not he be worthy of the honor of admission.

Yours very sincerely
Thomas Mann

Dok. 14
TB 27. 7. 1953, Anm. 3
Thomas Mann an Paul Manship, President of The American Academy of Arts and Letters, New York
Erlenbach-Zürich, 27. 7. 1953

Dear Mr. Manship:

Although I am afraid that my approval of the Institute's proposed letter to the President of the United States comes too late for my signature to be added to the others, I enclose the signed postal card.

Should future occasions call for similar actions on the part of either the Institute or the Academy I should like to suggest that line 11 of Paragraph II be phrased somewhat differently or, rather, that a minor addition be agreed upon. The sentence in question now reads as follows: »But we are equally reluctant to see the government of this Republic adopt a policy with reference of books and works of art appropriate only to a Communist police state.« Either – I feel – the term »Communist« ought to be replaced by the word »totalitarian« in order to have the *Fascist* police state properly included or else the slight addition mentioned above would appear to be in order, and we ought to say »appropriate only to Communist or Fascist police states.«

Please don't think me pedantic. But the world has been so quick in forgetting all that Fascism did and stood for; it seems so exclusively concerned with the danger – and its consequences! – of Communism that the burnings of books under Hitler had better be recalled where writers and artists concern themselves with the removing of books from the Government's libraries abroad. If such removal is »standard Communist procedure«, it is certainly Fascist procedure, too. And I personally venture to doubt whether those who advocated the actual burning of books in San Antonio, Texas, had fallen victim to communist infection; the fascist virus is still very much alive. And in fighting communism we are, I feel, in danger not so much of adapting communist methods but of turning into neofascists.

Kindly excuse this excursion into the political sphere. But as it was something like a political letter I was asked to sign, I might perhaps be forgiven.

Yours very sincerely
[Thomas Mann]

Dok. 15
TB 31. 8. 1953, Anm. 3
Briefentwurf an Hans Brunner

Sehr verehrter Herr Dr. Brunner,

es ist leicht möglich, dass diese Zeilen Sie überraschen und befremden werden. Sie stellen einen Versuch dar, mit dessen Scheitern ich mich abzufinden hätte.

Ich habe den Wunsch, mir und den Meinen in der Nähe Zürichs, am liebsten oberhalb Erlenbachs, ein kleines Familienhaus zu bauen und erlaube mir die Anfrage, ob Sie grundsätzlich bereit wären, mir von Ihrem Grundbesitz hier oben ein Stück käuflich zu überlassen. Diese Anfrage geschieht sehr aufs Geratewohl, denn ich bin ja in völliger Unwissenheit darüber, ob Sie [sic] im geringsten nach einer solchen Veräusserung der Sinn steht. Der Gewährsmann, von dem ich Ihre Besitzrechte auf das ausgedehnte, jenseits des nach der Fahrstrasse zur Forch führenden Kiesweges gelegenen Terrains erfuhr, bezweifelte es sogar ausdrücklich. Da ich aber wirklich in der Gegend keinen Platz wüsste, der mir besser für meinen Plan gefiele, wollte ich nicht unterlassen, mich direkt an Sie zu wenden, um Sie vielleicht für meinen Wunsch zu gewinnen.

Selbstverständlich steht nicht das ganze Stück Land in Frage, sondern eine Parzelle von 1500 bis 2000 Quadratmetern an der Fahrstrasse.

Sollten Sie dem Gedanken näher treten wollen, so wäre ich dankbar, wenn Sie mich wissen liessen, mit welchem Preis ich zu rechnen hätte. Zu einer persönlichen Besprechung bei Ihnen oder an Ort und Stelle ständen meine Frau und ich zur Verfügung.

Mit hochachtungsvoller Begrüssung,
sehr verehrter Herr Doktor,
Ihr ergebener

Dok. 16
TB 18. 10. 1953, Anm. 1
Thomas Mann an Albert Schweitzer
Erlenbach-Zürich, 16. 10. 1953

Lieber Herr Albert Schweitzer,

ich war sehr glücklich überrascht und bewegt, dem Brief Herrn Hugo Jacobi's diese Karte von Ihnen beigefügt zu finden, deren Rückseite mir ein Bild von Ihrer fernen, berühmten Wirkungsstätte, von deren Lage wenigstens, gibt. (Der Ogowe-Arm erinnert an den Nil, den ich gut kenne – weiter allerdings hat meine geographische Erfahrung es nicht gebracht.) – Ueberrascht und bewegt, sage ich, war ich, Ihren Zeilen zu entnehmen, dass der Mann, den ich seit langem ehre und bewundere, weil Geist, Kunst und tätige Menschenliebe sich in ihm auf die rarste Weise verbinden, auch von meiner Existenz, meinem Treiben und Schreiben Kenntnis genommen hat und ihnen Sympathie entgegenbringt. Dies von Ihrer Hand zu lesen, war – verzeihen Sie den Ausdruck – etwas wie ein Abenteuer für mich. Auch wohltuend und ein guter Zuspruch war es. Man ist ja »umstritten«, ist auf recht unterschiedliche Art in der Leute Mund und bekommt manchen dummen Hass zu spüren. Das kann einen manchmal niederdrücken, – da man doch eigentlich nur den Wunsch hat, die Menschen zu erfreuen und ihnen wohlzutun, ihnen wohl gar leben zu helfen. Das sind Bestrebungen, die Sie kennen und wiedererkennen und anerkennen bei Solchen, die sie auf ihre Art mit Ihnen teilen.

Es würde mich sehr, sehr freuen, Ihnen irgend einmal persönlich die Hand drücken zu können.

Ihr ergebener
Thomas Mann

Dok. 17
TB 8. 11. 1953, Anm. 2
Thomas Mann an Maria Bradt, Büchergilde Gutenberg
Erlenbach-Zürich, 8. 11. 1953

Sehr geehrte Frau,

ich bin noch immer nicht dazu gekommen, den Fragebogen in Sachen ›Zauberberg‹ zu beantworten, den Sie mir im Namen eines Gilden-Mitgliedes zugehen liessen, und da ich mich nun niedersetze, um es zu tun, weil ich Ihren Brief nicht länger liegen lassen kann, sehe ich klar und deutlich, dass ich auch heute nicht recht dazu kommen werde. Zuviel Arbeit wartet, und ich bin manchmal wirklich etwas überfordert.

Am besten tue ich, Sie und das Mitglied auf ein kleines Buch hinzuweisen, das sich Eine Einführung in mein Werk nennt und ganz kürzlich im Berner Francke Verlag erschienen ist. Es ist verfasst von Prof. Hans Eichner, einem in Canada wirkenden Gelehrten, und verhält sich nichts weniger als unkritisch zu seinem Gegenstande. Aber gerade über die Streitgespräche im ›Zauberberg‹ sagt er: »Sie gehören zu dem Grossartigsten, was M. geschaffen hat. Seit Goethe hat es kein deutscher Schriftsteller vermocht, eine so umfassende Darstellung des Geisteslebens seiner Zeit in einen Roman zu bannen, und man fragt sich mit immer neuer Bewunderung, wie ein und derselbe Mensch für zwei so diametral entgegengesetzte Weltbilder mit solch leidenschaftlicher Beredsamkeit das Wort führen konnte.« – Ich führe das an, weil es sich auf den dialektischen Charakter des Buches bezieht, der Ihren Leser lauter verwirrende Widersprüche darin hat finden lassen. Es tut mir leid, dass er (oder sie) darunter gelitten hat. Ich habe selber darunter gelitten, habe aber, ein Fünfzigjähriger damals, diese Zwiespältigkeit des Geistes mit heiterer Bravour durchgekämpft und meinen »Helden«, das Objekt der »hermetischen Pädagogik« (Ja, was ist das? Es steht ja im Roman, und ebenso gut könnte der Leser mich fragen, was Dialektik ist – das alles führt etwas zu weit) – habe also meinen Helden zu dem Entschlusse geführt: »Der Mensch soll um der Liebe und Güte willen dem Tode keine Herrschaft einräumen über seine Gedanken.«

»Dies« schreibt Eichner, »ist die Botschaft der Vision im Schnee und die eigentliche Botschaft des ganzen Romans.« Damit ist Ihre zusammenfassende Schlussfrage, was die Quintessenz des Buches sei, beantwortet, – wenn auch mit einer Formel beantwortet, die man nur versteht, wenn man das Ganze mit einiger intelligenter Teilnahme gelesen hat. Aus den Fragen des Mitglieds, aus seiner Art, sie zu stellen, spüre ich freilich mehr Aerger und Widerwillen, als Teilnahme, heraus, und darum bezweifle ich sehr, dass er (oder sie) grosse Freude daran hätte, wenn ich mir gewaltsam die Zeit nähme, es zu rechtfertigen, dass ich mit dem Roman »die Zeit totschlug«.

Der ›Zauberberg‹ ist fast seit einem Menschenalter in der Welt. Ich stand, als ich ihn schrieb, auf der Höhe meines Lebens, und heute könnte ich ihn nicht mehr schreiben. Er ist kaum noch von »mir«, hat sich losgelöst von meiner Person und führt sein eigenes Leben. In Amerika gilt er als klassisches Buch. In Frankreich ist er von einem Dichter so glänzend übersetzt worden, dass er geradezu in die französische Literatur eingegangen ist. Im deutschen Sprachbereich nimmt er immerhin die Stellung ein, dass Veit Valentin im 2. Band seiner Weltgeschichte sein Erscheinen wiederholt als historisch markant erwähnt. Literarisch gesehen hat die Büchergilde Gutenberg mit ihrer Ausgabe kaum einen Missgriff getan. Aber für jedes ihrer Mitglieder eignet der Roman sich offenbar nicht.

Ihr ergebener
Thomas Mann

Dok. 18
TB 21. 11. 1953, Anm. 2
Thomas Mann an Hans Mayer
Erlenbach-Zürich, 21. 11. 1953

Lieber, sehr verehrter Herr Professor,

ich bin Ihnen zu größtem Dank verpflichtet für Ihre große Wagner-Studie, ihre freundliche Übersendung und Zueignung. Sie können sich denken, daß sie mich außerordentlich beschäftigt hat. So kundig, wohlfundiert, auf Wahrheit bedacht und kritisch ausgewogen ist lange nicht über dies Phänomen geschrieben worden, das nicht aufhören will, erregend lebendig zu sein. Anders als mit einer gewissen ambiguity wird das Thema schwerlich je behandelt werden können, aber Adorno, bei allem Geist, geht darin zu weit, fällt wiederholt ins Karikaturistische – und das gewissermaßen aus Versehen, denn im Grunde weiß er vorzüglich Bescheid, und ich habe ihn z. B. über Lohengrin sprechen hören, wie er zuerst ganz klein, in der pianissimo-Trompete, als Elfenprinz erscheint, – daß es ein Vergnügen war. Ich glaube, ich habe das einmal gestohlen und irgendwo angebracht, weil es mir so sehr gefiel.

Ihre Arbeit ist fester als Haltung, ernster, würdiger. Nie läßt Ihre Kritik die fabelhafte Größe dieses Künstlertums vergessen. Allein schon für das Tschaikowsky-Citat über den »Ring« (es war mir neu) muß man Ihnen dankbar sein und dankbar immer wieder dafür, wie Sie den im Wesen doch allezeit *kühnen* Sinn des Mannes in Schutz nehmen gegen Verfälschungen durch das Weib und die buhlenden Höflinge. Den geistigen *Bruch* in diesem Schöpferleben, wer wollte ihn leugnen. Wenn Sie ihn vielleicht überbetonen und die verschiedenen Eskapaden eines enthusiastischen, unselbständigen, verführbaren Künstlerkindskopfs zu ernst nehmen, so liegt es an Ihrem gesellschaftsmoralisch bestimmten Blickwinkel. Ich sehe da nur die kolossale *Einheit* und Konsequenz eines von A bis Z erzromantischen Lebenswerkbaues. Was wollen Sie, im Romantischen verbindet sich das Kühne und Kühnste mit dem Reaktionären. Sie kennen mein Schopenhauer-Erlebnis. Über seine Unfortschrittlichkeit tröstet mich die Tatsache, daß Tolstoi ihn den genialsten der Menschen genannt hat.

Gerade gestern hörte ich wieder den II. Akt »Holländer«, weil ich das Stück so gern habe. Bei der Stelle: »Ein heil'ger Balsam meinen Wunden – dem Schwur, dem hohen Wort entfliesst« sagte ich: Das könnte genau so im »Parsifal« stehen. So entspricht die leise Wiederholung des »Betet zum Himmel, daß bald –« im Sopran-Chor schon ganz der mehrstimmigen Wiederholung des »Durch Mitleid wissend, der reine Thor« im I. Akt »Parsifal« nach der Erzählung des Gurnemanz. Derselbe Trick. Wo ist da ein Bruch? Er ist da, aber was will er besagen? Das mußte alles so gehen, wie es gegangen ist. Und wunder- und zaubervoll genug ist es gegangen.

Nochmals Dank!
Ihr ergebener
Thomas Mann

Dok. 19
TB 10. 12. 1953, Anm. 1
Neujahrswünsche für das japanische Volk
Am 1. 1. 1954 in der Zeitung ›Sangyo Keizai Shimbun‹,
Tokio, erschienen

Sehr geehrte Herren,

wird man es auffallend finden, daß es mir ein Bedürfnis ist, Ihnen, Ihrer großen Leserschaft, Japans ehrwürdiger Hauptstadt, ja, dem ganzen japanischen Volk, wie schon einmal, zum Neuen Jahr meine Glück- und Segenswünsche darzubringen? Wahrhaftig, seit Jahren schon verbindet mich so vieles mit Ihrem Lande, und so oft gehen gerade jetzt meine Gedanken dorthin, daß an diesem Wunsch nichts Verwunderliches sein sollte.

Noch ist es mir nicht gelungen, den längst gehegten Plan eines Besuches in Japan auszuführen. Mein Alter und die empfundene Notwendigkeit, mich auf eine weitläufige Arbeit zu konzentrieren, die ich so spät noch unternommen, haben mich das Reiseunternehmen immer wieder vertagen lassen. Statt meiner ist nun mein jüngster Sohn, Michael, bei Ihnen zu Gast, dessen durch Talent, Willenskraft, den in aller Kunst so notwendigen Fleiß kräftig vorangetriebene Entwicklung als Viola-Spieler ich mit Genugtuung verfolgt habe, und dessen Darbietungen bei den Musikfreunden Tokyo's – aber alle Welt scheint musikalisch zu sein in Japan – eine so freundliche Aufnahme finden. Ich kann nicht sagen, wie mich das freut.

Die Programme des jungen Künstlers umfassen das Modernste und das Klassische, und beidem bringt Ihr Publikum die intelligenteste Aufmerksamkeit entgegen. Bei den tiefreichenden formalen Unterschieden zwischen asiatischer und abendländischer Musik ist es erstaunlich, welche Aufnahmefähigkeit für europäische Tonschöpfungen aller Art das japanische Ohr heute bekundet. Das ist offenbar einer musikalischen Erziehung zu danken, von der ich bisher nicht viel gewußt hatte, aber von deren Intensität und Universalität ich neulich durch puren Zufall einen glücklichen Begriff bekam.

Eine Abendstunde widme ich fast immer dem Anhören von Musik – weniger indem ich öffentliche Konzerte besuche, als indem ich mich meiner nachgerade recht vielumfassenden Grammophon-Plattensammlung bediene, die immer herhalten muß, wenn amerikanische

Journalisten mich nach meinem »hobby« fragen. Diese Technik hat sich ja, seit ich sie, schon von ihren bescheidenen Anfängen begeistert, vor fast einem Menschenalter im ›Zauberberg‹ episch besang, so glänzend entwickelt, daß die Reinheit des künstlerischen Genusses kaum noch zu wünschen übrig läßt und ein klarer Einblick in das Gewebe einer musikalischen Schöpfung – belehrend und anregend für mich, wie nichts anderes, – durchaus ermöglicht ist. – Eines Abends nun, neulich, ließ ich ausnahmsweise meine Platten in Ruh und stellte meinen schönen amerikanischen Apparat auf Radio ein, da der größte Schweizer Sender ein Symphoniekonzert bot. Sein erster Teil war schon vorüber, die Pause wurde angesagt. Aber angesagt wurde ferner, daß man während ihrer Dauer das Vergnügen haben werde, ein Gespräch zu vernehmen, in welchem ein gewisser Professor Klaus Pringsheim aus Tokyo einige das japanische Musikleben betreffende Fragen beantworten werde. Aus dem Apparat drang die Stimme meines Schwagers, des Zwillingsbruders meiner Frau, der, was ich nicht gewußt oder vergessen hatte, als er kürzlich zur Feier von ihrer beider 70. Geburtstag hier gewesen war, diese Mitteilungen im Studio Zürich aufs Band gesprochen hatte.

Ich hörte also keine Musik an diesem Abend, ich lauschte den Worten, mit denen mein alter Freund und Verwandter, der langjährige Dirigent des Symphonie-Orchesters in Tokyo, ein fast leidenschaftlicher Liebhaber Ihres Landes und erstaunlicher Kenner seiner Geschichte, die Neugier seines Schweizer Interlokutors befriedigte. Befriedigend waren sie allerdings, diese Äußerungen – auch euch Japaner hätten sie befriedigt. Michaels Onkel sagte Gutes von euch – und für mich sehr Neues. Er sprach von dem außerordentlichen Gewicht, das im japanischen Unterrichtswesen auf musikalische Ausbildung im Theoretischen und Praktischen gelegt wird, von der besonderen Rolle, die dieses Fach in der japanischen Schule spielt, und dank welcher musikalisches Wissen und Können, musikalische Empfänglichkeit in der Bevölkerung Ihres Landes vielleicht verbreiteter seien, als irgendwo. Wahrhaftig, bei seinen Worten mußte ich an einen großen Erzieher Deutschlands, den Reformator Martin Luther denken, der, Dichter und Musiker er selbst, auch von dem pädagogischen Wert der Musik einen hohen Begriff hatte und gesagt hat: »Einen Schulmeister, der nicht singen kann, sehe ich nicht an.« –

Einige Kritiker haben einen deutlichen Einfluß der Musik auf meine Romandichtungen erkennen wollen, und es ist wahr: ich habe, ohne daß ich es als ausübender Musiker je zu was Rechtem gebracht hätte (dafür ist nun mein Sohn da), immer sozusagen in Nachbarschaft der Musik gelebt, auf vertrautem Fuße mit ihr, und es als reizvolles Experiment empfunden, ihre Wirkungsmittel, ihre thematische Arbeitsart ins Literarische zu übertragen. Hat es möglicherweise damit zu tun, daß meine Bücher in Japan Interesse und Sympathie gefunden haben, daß sie fast alle ins Japanische übersetzt worden sind und so mancher Brief von dort mich erreicht, der in dem nicht ganz authentischen Englisch, das ich selber schreibe und spreche, Neigung bekundet zu meinen Erzeugnissen?

Ich blättere gern in den japanischen Ausgaben meiner Schriften, die sich in dieser Gestalt so verzaubert ausnehmen. Ich verstehe nichts, weiß kaum, welches Buch es ist, das ich in Händen halte. Ich weiß, daß »vorn« in diesem Falle »hinten« ist; daß alles von rechts nach links geht, daß man die Kolonnen der uns Abendländer magisch anmutenden Lettern, rechts angefangen, von oben nach unten lesen muß, und ich »lese« sie, das heißt: ich schaue sie an – wie ein Kind, das noch nicht lesen kann, ein Buch anschaut, vielleicht verkehrt herum. Ein Exemplar ist in glänzendes Goldpapier gebunden. Es bildete ein Prunkstück der Ausstellung von allerlei Dokumenten meines Schriftsteller-Lebens, die zu meinem 75. Geburtstag in der Yale University, New Jersey, U.S.A. veranstaltet wurde. Eine Zeitlang schien es verloren, und ich betrauerte es sehr. Aber dann fand es sich wieder ein und ist wieder bei mir, hier in der Schweiz, und ich zeige es meinen Enkeln, die dieselbe Freude daran haben, wie der Großpapa.

Ich sage gern, daß ein Dichter nicht der ist, der sich etwas ausdenkt, sondern derjenige, der sich aus den Dingen etwas zu machen weiß. Nun denn, ich mache mir viel aus meinen japanischen Ausgaben. Der Gedanke, daß es meine Worte, Bekenntnisse, Träume sind, die da in so weiter Ferne von mir, unter Menschen einer alten, geheimnisvollen, pittoresken Kultur ihr Leben führen, erfüllt mich mit einer phantastischen Rührung und tut einer gewissen seelischen Expansivität genüge, die ich trotz aller europäischen, ja deutschen Gebundenheit und Eingeschränktheit meines Geistes mein eigen nenne. In diesem Gefühl beglückender Verbundenheit mit einer fernen, fremden Menschenwelt und der herzlichen Teilnahme an ihrem

Geschick habe ich auf sieben kleinen Quartblättern, von links nach rechts, diese Zeilen geschrieben, die nun, mit der Maschine getippt, über Land und Meer gehen, in Ihre Sprache und Schrift verwandelt werden und Ihnen zum Neuen Jahr meine brüderlichen Grüße bringen sollen.

Dok. 20
TB 30. 12. 1953, Anm. 1
Thomas Mann an Ernst Steinbach
Erlenbach-Zürich, 31. 12. 1953

Sehr verehrter Herr Professor,

es ist schwer, für eine solche Gabe zu danken. Nur meiner tiefen Rührung und Ergriffenheit kann ich Sie versichern durch Ihre wissende Art über das Werk meines Lebens zu sprechen, durch Ihre große Güte. Denn Güte, die offene, bejahende Empfänglichkeit der Güte ist es vor allem, was aus Ihren Worten zu mir spricht. Die Verneiner werden Ihnen antworten: »Sie sind einem Gaukler auf den Leim gegangen.« Nun, was vom Gaukler in mir ist – und im Künstlermenschen überhaupt –, habe ich früh denunziert, bin humoristisch darüber zu Gericht gesessen und habe gerade deswegen wieder strengen Tadel wegen cynischer Verunglimpfung der Kunst einstecken müssen. Ehrlichkeit ist nicht willkommen und Humor eigentlich auch nicht.

Es war recht leichtsinnig von mir, daß ich meinen Kritikern immer so viel fertig Formuliertes zu ihrer Bequemlichkeit an die Hand gab. So sagte ich: »Ich habe nicht viel Glauben, – glaube aber auch nicht sehr an den Glauben, sondern weit mehr an die Güte, die ohne Glauben bestehen und geradezu das Produkt des Zweifels sein kann.« Dabei war gar nicht von religiösem Glauben die Rede, sondern vom Glauben an die Menschheit, ihre Vernunft, ihr Glück usw. Dennoch ist es weidlich ausgenützt worden. Es kann aber nicht so schlimm um die Glaubensfähigkeit eines Menschen stehen, der zur Bewunderung von jeher die stärkste Anlage hatte und froh ist, daß ihm diese Gabe bis in seine hohen Jahre erhalten blieb. Tatsächlich habe ich mein Leben in Bewunderung des Großen und Meisterhaften hingebracht, in stetem Aufblick zur Größe, der oft auch Einblick war und gelegentlich zu einer gewissen waghalsigen Vertraulichkeit mit ihr führte. (Siehe »Lotte in Weimar«.) Dabei empfinde ich die Bewunderung so sehr als zu meinem Subjekt gehörig und ihm vorbehalten, daß ich ganz verwirrt bin, wenn ich mich, wie es ja vorkommt, mit dem Meinen als ihr Objekt finde. Schreibe ich doch meinem Werk keineswegs Größe zu, sondern sehe in ihm nur einen Abglanz von ihr.

Ihre Abhandlung ist mir teuer durch freundlich-tiefe Einsichten in meine Existenz, wie gemeine Kritik sie niemals zu bieten hat. Sie sind nur möglich, wo ästhetische Bildung, moralische Feinheit und eine Religiosität, die, fern von Frömmelei, das Religiöse auch da herausfühlt, wo es sich verbirgt (»Jedes bedeutende Werk der Dichtung enthält die religiöse Frage in sich«) – sich zu reinster Menschlichkeit zusammenfinden. Ich bin auf erstaunliche Stellen gestoßen – noch in den Anmerkungen. Da findet sich plötzlich die Feststellung, daß »Humanismus immer geozentrisch« ist, – verblüffend für mich, da ich noch kürzlich in einer kleinen Betrachtung, »Lob der Vergänglichkeit«, es für die natürlichste Empfindung von der Welt erklärt habe, daß der Erde im Allsein eine centrale Bedeutung zukomme, unbeschadet aller Wahrheiten der Astronomie. »In tiefster Seele hege ich die Vermutung, daß es bei jenem ›Es werde‹, das aus dem Nichts den Kosmos hervorrief, und bei der Zeugung des Lebens aus dem anorganischen Sein auf den Menschen abgesehen war ...« Nun ja, das ist Humanismus. Und mit Religiosität hat es auch was zu tun.

Es geschieht beinahe unpersönlicher – unegoistischer Weise, wenn ich wünsche, daß Ihre Güte recht behalten möge gegen Verneinung und Gehässigkeit. Leicht, fürchte ich, werde ich ihr das Rechtbehalten nicht machen – nun gar wieder mit der Fortsetzung jener verfänglichen Hochstapler-Memoiren. Wird sie ausreichen, ihre Verfänglichkeit zu decken? Aber, wie Mutter Schweigestill sagt: »A recht's menschlichs Verständnis, dös langt für all's.«

Ihr ergebener
Thomas Mann

Dok. 21
TB 23. 1. 1954, Anm. 1
Glückwunsch für Ludwig Marcuse

Lieber Herr Manfred George:

Dank für den Hinweis, dass Ludwig Marcuse allerdemnächst das Blütenalter von sechzig Jahren erreichen wird! Wie gern wirke ich mit (bescheiden wie mein Part sein muss) bei dem Glückwunsch-Ständchen, das unter dem Fenster seiner kalifornischen Philosophenklause erklingen soll; Wehmut im Herzen, dass ich, dem »unbestimmten Tag« soviel näher als er, mich längst nicht mehr an allem werde freuen können, was dieser reiche, weit und tief umgetane und beredte Geist der Welt noch zu geben haben wird. Sein Werk, das immer »provocative« war in des Wortes bester englischer Bedeutung, ist jüngst auf einen vorläufigen Höhepunkt gelangt durch seine grosse Schrift »Pessimismus, ein Stadium der Reife«, ein prachtvoll gescheites Buch, das, ohne irgendwelche falsche Tröstungen anzubieten, rein durch seine geistige Energie etwas Ermutigendes, ich möchte sagen: Tonisches hat.

Es gibt wenig so ernstlich Amüsantes in moderner Kritik wie die Seiten dieses Buches, welche die theologischen Velleitäten unserer grossen Naturwissenschaftler persiflieren. »Der gefährlichste Kurzschluss des Denkens liegt in der Konklusion: jede neue Forschung bringt neue Wunder an den Tag – also macht sie religiöser. Macht sie nicht skeptischer? Die Welt wird immer unfassbarer, seltsamer, erstaunlicher, rätselhafter, geheimnisvoller, surrealistischer. Der Weg des reifenden Menschen und der reifenden Kultur geht vom Als-selbstverständlich-Hinnehmen zum Erstauntsein, vom Verstehen zum Geheimnis, von der Benennung ›Gott‹ – zum Verstummen. Wer aber nun, wie unsre Naturforscher, die Häufung der Fragezeichen Glauben nennt, wer im Sichwundern Religiosität sieht, verdeckt, was geschehen ist. Geschehen ist dies: alle Lösungen und Erlösungen sind in Nichts zergangen. Das Sichwundern ist jene ungeschützte Situation, die einst Religionen hervorgetrieben hat, und uns, nachdem sie abgewelkt sind, in voller Schärfe sich geltend macht. Die Naturwissenschaftler aber suchen den Anschein zu erwecken, als seien die nicht-euklidischen Mathematiker und die nicht-newtonsche Physik Gottes Herzen besonders nah. Sie schaffen nicht, wie sie meinen, eine neue Demut – sondern einen neuen Hochmut. ... Im neunzehnten Jahrhundert schufen Naturwissenschaftler das Dogma des Materialismus. Im zwanzigsten Jahrhundert schufen Naturwissenschaftler das Dogma: dass man das Rätsel enträtselt, wenn man es Gott nennt. Die Kirche des Thomas sieht wohlwollend-überlegen zu.«

Ich finde das grossartig. Denn ich habe es in meinem Herzen immer mit der »ungeschützten Situation« gehalten, die den »Unterschlupf bei irgendeiner Kirche« nicht zulässt, und die ihren Mann das Verstummen vor dem Geheimnis als »religiöser« empfinden lässt als die, gelinde gesagt, indiskrete Geläufigkeit im Gebrauch des Wortes »Gott«. Auch bin ich ganz der Meinung dieses Buches, dass die Allianz einer von ihren Entdeckungen bestürzten Wissenschaft mit dem Glauben »Katastrophen nicht aufhalten wird«. Der Gebrauch des Gottesnamens ist immer schon nahe dem Missbrauch. Der wird komplett, wenn es erst heisst: »Gott will es!« Dann kann es losgehen.

Ist es paradox, einen Pessimisten zu beglückwünschen? Nein – wenn, wie hier, der Pessimismus dem Leben zugetan ist, ein Mittel der Weisheit und des Friedens.

Ihr
Thomas Mann

Dok. 22
TB 25. 2. 1954, Anm. 4
Thomas Mann an Padre Roberto Leiber,
Archivista e Segretario Privato di Sua Santità
Florenz, 1. 3. 1954

Hochwürden,

im Mai des vergangenen Jahres hat Seine Heiligkeit, der Papst, die außerordentliche Güte gehabt, den Unterzeichneten in einer Privataudienz zu empfangen und ihm einige Augenblicke für einen Austausch von Erinnerungen, insbesondere an Deutschland, an die klassischen Stätten von Weimar, die Wartburg usw. zu gewähren. Jene Minuten sind der Höhepunkt meines Aufenthalts in der Ewigen Stadt, deren eindrucksvolle Spuren der Geschichte mich um so mehr bewegten, als ich erst kurz zuvor nach fünfzehnjähriger Abwesenheit aus Amerika in die Alte Welt zurückgekehrt war.

Diese Begegnung wird mich für den Rest meines Lebens (ich habe das gleiche Alter wie S. H.) innerlich beschäftigen, und die liebenswürdige Persönlichkeit des Heiligen Vaters und die Güte, die er mir erwiesen hat, werden mir immer gegenwärtig sein. Mit täglich neuer Sorge und Anteilnahme habe ich deshalb in den letzten Wochen die Nachrichten über seine offenbar schwere Erkrankung verfolgt. Ich bewundere den Mut und die Geduld, mit denen S. H. sein Leiden erträgt, und die Willenskraft, mit der er ungeachtet der schweren Beeinträchtigung seiner Gesundheit weiterhin seine heiligen Pflichten erfüllt. Ich wünsche ihm, daß diese Prüfung bald enden möge und daß S. H. rasche und vollständige Heilung vergönnt sei. Sie werden Verständnis für meinen Wunsch haben, Hochwürden, daß der Papst von meiner Anteilnahme in Kenntnis gesetzt werde; darf ich Sie bitten, Seiner Heiligkeit meine Empfindungen und meine ergebensten Grüße zu übermitteln sowie den herzlichen Wunsch, daß er seinen Geburtstag und den Jahrestag seiner Wahl auf den Heiligen Stuhl möge ungestört begehen können.

Ich danke Ihnen für Ihre Freundlichkeit und grüße Sie ergebenst.

[Thomas Mann]

(Rückübersetzung einer von Elisabeth Mann Borgese hergestellten italienischen Fassung)

Dok. 23
TB 20. 5. 1954, Anm. 1
Thomas Mann an Hans Mayer
Kilchberg am Zürichsee, 20. 5. 1954

Lieber Professor Mayer,

für den »politischen« Band schicke ich Ihnen, mit leichter Retouche ad hoc, den Vortrag »Der Künstler und die Gesellschaft« so, wie ich ihn in mehreren Städten Deutschlands, Oesterreichs und der Schweiz gehalten habe. In dieser Form schliesst er das Wesentliche der Yale-Rede mit ein, sodass diese also wegzufallen hätte.

Gestrichen habe ich auf S. 9 einige Zeilen, weil sie eine allzu wörtliche Wiederholung aus der »Frankfurter Ansprache im Goethejahr« sind. Der Gedanke selbst mag sich wiederholen. Gewisse Ueberschneidungen sind bei einer Sammlung meiner Essayistik kaum zu vermeiden.

Ich betrachte Sie aber als Herausgeber und Redaktor der Gesamtausgabe und stelle Ihnen durchaus anheim, den Vortrag, wenn er Ihnen seiner ganzen Haltung nach missfällt, überhaupt wegzulassen.

Das Verzeichnis von Druckfehlern in »Altes und Neues« werden Sie noch in Ihrem Zürcher Hotel bekommen haben.

In den politischen Band gehörte auch wohl das Vorwort, das ich für das bei Giulio Einaudi erschienene Buch »Lettere di condannati a morte della Resistenza europea« geschrieben habe. Ich lege den deutschen Text bei.

Kürzlich entstanden ist auch ein Aufsatz »Kleist und seine Erzählungen« (Vorwort zu einer amerikanischen Ausgabe der 8 Novellen; Criterion Books, New York. 21 Seiten Manuskript). Dieser ist noch nicht abgeschrieben.

Mit der Bereitmachung des Roman-Manuskripts bin ich beschäftigt.

Ihr ergebener
Thomas Mann

Dok. 24
TB 22. 5. 1954, Anm. 1
Thomas Mann an Johannes R. Becher
Kilchberg am Zürichsee, 22. 5. 1954

Lieber Minister Becher:

Seit der Abreise unserer Freunde, die ich zu grüssen bitte, habe ich mir viele Gedanken gemacht über Ihr so schönes und ehrenvolles Anerbieten – und meine rasche Zusage. Es hatte durchaus seine Richtigkeit mit diesem »ja«, als Ausdruck, nämlich, meiner spontanen Freude und dankbaren Ergriffenheit. Nur ist leider – und besonders jetzt – das »Spontane« nicht immer das Richtige, noch seltener das

Weise, und ich bitte Sie, mir freundlich zuhören zu wollen, da ich im Folgenden meine genau erwogenen Gegengründe skizzenhaft anführe.

In letzter Zeit, besonders seit meiner endgültigen Niederlassung in Kilchberg, ist es »politisch« still um mich geworden, – das Gekläffe ist langsam verhallt, und kaum bin ich mehr genötigt, alle paar Wochen oder Monate meine Arbeit zu unterbrechen, um Beteuerungen, Erklärungen und Dementis zu versenden, die mir so leidig sind, dass noch jedesmal meine Gesundheit Schaden gelitten hat. Wenn ich nun, – aus einem so ungenügenden, ja, quasi an den Haaren herbeigezogenen Anlass, wie dem des 79. Geburtstages, eine Ehrung annähme, die obendrein normaler Weise im Oktober erst verliehen wird, – das Geschrei in der gesamten Presse des Westens wäre gewaltig und anhaltend; auf lange Zeit hinaus wäre alles, was ich etwa »zur Lage« zu sagen hätte, a priori entwertet, nichts täte einige Wirkung, – ich wäre »gestempelt« und in entscheidenden Fragen (der des Friedens, vor allem,) »ernst zu nehmen« nur noch als Parteigänger der fremden Sache.

Andererseits ist nicht nur von Herzen zu hoffen, sondern auch die Zeichen sprechen dafür, dass zwischen dem heutigen Datum und dem selben im Jahre 1955 eine gewisse Entspannung eintreten wird, die, scheint mir, gerade innerhalb Deutschlands und bezüglich seiner, vieles zu ändern und zu bessern vermöchte. Auch ist ja mein Achtzigster in Sicht, und wenn ich unseren Freunden neulich sagte, ein Geburtstag stelle immer einen »mildernden Umstand« dar, so trifft dies auf den neunundsiebzigsten nur sehr bedingt zu. Der Achtzigste aber »mildert« noch den »bedenklichsten Umstand« fast bis zur Aufhebung seiner »Bedenklichkeit«.

Andere Erwägungen kommen hinzu: Bis zum 6. Juni, 1955, wird die Gesamtausgabe vorliegen, auf die ich mich so sehr freue und wird dem Dümmsten begreiflich machen, dass ich mich einer Ehrung nicht entziehen will und kann, die mir von den Urhebern dieser Ausgabe zugesprochen wird.

Wer weiss? – Hoffentlich! – auch den Buddenbrooks-Film mag es dann schon geben; und wenn er, wie ich zuversichtlich meine, sich als sehr wohl geraten, inhaltlich unanfechtbar, kurz, als *gut* erweist in jeder Beziehung, wird er auch im Westen nicht nur gefallen, sondern es könnte dies Filmwerk geradezu ein wichtiges Steinchen beisteuern zur kulturellen Brücke zwischen Ost und West. Dass überdies der Film meine Bereitschaft, Ihren Preis anzunehmen, umso verständlicher erscheinen lassen wird, bedarf kaum der Erwähnung.

Nehmen Sie, lieber Minister Becher, nochmals meinen Dank für Ihre generösen Pläne. Und, bitte, begreifen Sie meinen Wunsch, dies eine Vorhaben noch zurückgestellt zu sehen. Seine Ausführung wird allen Beteiligten im Juni 1955 bessere Früchte tragen, als eben jetzt.

Mit den freundlichsten Grüssen
Ihr sehr ergebener
Thomas Mann

Dok. 25
TB 25. 5. 1954, Anm. 2
Thomas Mann an Pierre-Paul Sagave
Kilchberg am Zürichsee, 25. 5. 1954

Lieber Herr Professor,

Ihre grosse Studie »Réalité sociale et idéologie religieuse dans les romans de T. M.« habe ich erhalten und mit einer Anteilnahme gelesen, die nicht so ganz selbstverständlich ist, wie es scheinen möchte. Ich bin im Ganzen etwas übersättigt mit Lektüre über »mich« und all dieser englischen und deutschen Doktor-Dissertationen und mehr oder weniger gescheiten kritischen Vivisektionen ziemlich müde, sodass ich das meiste nur überfliege, um schicklich danken zu können – mit dem etwas bangen Gefühl übrigens, dass ich zu meinen Lebzeiten kritisch restlos aufgearbeitet werde, sodass der Nachwelt nichts zu tun übrig gelassen wird und ich bei meinem Ableben meinen Ruhm dahinhaben werde und dieser mit mir entschlummern wird, zum Zeichen, dass ich ein allzu zeitgerechter und zeitgebundener Schriftsteller war. Was mir dann geradezu wohltut und mich tröstet, ist meine »Umstrittenheit«: dass doch auch so viele nichts von mir wissen wollen, übrigens tatsächlich nichts von mir wissen, nur blöde auf mich schimpfen, mir alles Dichterische, die Tiefe, die »Transzendenz« absprechen, mich der Centrumslosigkeit, einer eitlen Ambiguität, kalten Virtuosentums zeihen und mich zum alten Eisen werfen, weil eine

Zeit neuer Religiosität angebrochen sei, von der ich nichts verstände.

Da gibt es nun wirklich doch noch allerlei zu korrigieren und abzuklären: es zeigt mir, dass so schnell doch nicht mit mir fertig zu werden war, und wenn ich Ihre Arbeit – bewundernswert, von ihrem Gegenstande und allem Persönlichen ganz abgesehen, wie sie ist – so gern gelesen habe, so gerade darum, weil darin von einer »Idéologie religieuse« die Rede ist, die meinem Werk, meiner Existenz zum Grunde liegt, und wovon sie bindend bestimmt sind – bei allem freien Spiel, allem dialektischen Amusement, das sie sich erlauben. Selten habe ich stärker empfunden, als beim Lesen Ihres Buches, dass man aus einem Seinsgrunde lebt und handelt, der sich dem Bewusstsein und der Selbstkontrolle meist ganz entzieht, aber von dem alles geprägt und bestimmt, auch vorbestimmt wird, was wir tun. »Man muss etwas sein, um etwas zu machen«, hat Goethe gesagt. Er hat alles aufs beste gewusst und gesagt, aber man könnte seinem Wort hinzufügen, dass es die Intensität des »Seins«, des *So*-seins ist, aus der diejenige des »Machens«, der Hervorbringung folgt, und nach der auch die Stärke der Zuneigung und des Widerwillens sich bemisst, die ich beide ausgiebig erfahren habe. Wie *naiv* übrigens handelt man, bei noch soviel intellektueller Selbstüberwachung, aus seinem Sein, seinen »religiösen« Gegebenheiten! Und die Naivität eines Tuns, ist sie nicht das Dichterische daran?

Haben Sie denn Dank für Ihre kluge und feine Beobachtung meines Tuns und Treibens, – bei der Sie natürlich auch »gebunden« waren durch Ihr wissenschaftliches Sein und dessen vorherrschendes Interesse, das auf das Soziologische, Moralische, Philosophische gerichtet ist. Den ästhetischen, künstlerischen Gesichtspunkt, den Blick für das, was mir manchmal schön erscheinen will an Compositionen wie »Joseph«, »Faustus«, »Der Erwählte«, habe ich etwas vermisst beim Lesen Ihres geistig so reichen Essays – wenn wirklich irgend ein Vermissen aufkommen konnte gegen die Freude an soviel Wahrheit, die Ihre Kritik zu Tage fördert.

Ihr ergebener
Thomas Mann

Dok. 26
TB 2. 6. 1954, Anm. 2
Thomas Mann an Hans Mayer
Kilchberg am Zürichsee, 2. 6. 1954

Lieber Professor Mayer,

recht vielen Dank für Ihren Brief, der mich rührt und erfreut als Zeichen dafür, wie sorgsame Gedanken Sie »unserer« Ausgabe widmen. Sie haben recht: man sollte bei dieser Gelegenheit das Gesamtwerk endlich einmal von eingesessenen Fehlern säubern. Es macht mir Eindruck, daß auch Herr Janka die Notwendigkeit kritischer Revision erkennt. Die schwedischen Setzer damals haben viel Unheil angerichtet. Aber auch später noch hat sich manches Ärgerliche eingeschlichen und war nicht zu vertreiben. Ein Beispiel ist jenes »ein Teil der Notdurft« statt »ein Tal der Notdurft« am Schlusse von ›Das Gesetz‹. Ich glaube, daß es in den 4 Joseph-Romanen noch am saubersten zugeht. Die Druckfehler-Liste von ›Altes und Neues‹ habe ich Ihnen wohl schon gesandt? Heute lege ich die von ›Die vertauschten Köpfe‹ bei, die dem Verlage behilflich sein möge. Aber auch in den Essays ist nicht alles in Ordnung, z. B. im ›Schopenhauer‹ wo (auf S. 346 von ›Adel des Geistes‹) ein Satz ganz verdorben ist. Er muß heißen: »Wenn aber die Lehre Schopenhauers, auf die nun die Rede kommen soll, wenn die Dynamik ihrer Wahrheit, die niemals ganz ›abgetan‹ sein wird, sich als ebenso ›mißbrauchbar‹ erwiesen hat wie etc.«

In demselben Band Seite 26: »Ein Mann, in dem die Gestrigen, die Zurückschauenden, die historischen Konservativen etc.«

S. 41, Mitte: gräflichen Verführer (statt »grässlichen«). [. . .]

[Es folgt der Nachweis von 20 zu korrigierenden Druckfehlern.]

Was ›Lotte in Weimar‹ betrifft, so ist die Handschrift in Schweizer Privatbesitz und schwer zugänglich. Aber ich weiß ja so ziemlich Bescheid und versichere, daß ich zur Beantwortung jeder Rückfrage nach bestem Vermögen jeden Augenblick zur Verfügung stehe.

Die Verteilung des Stoffes auf die 12 Bände, wie Sie sie vorschlagen, halte ich für gut. Über Einzelheiten der Anordnung korrespondieren wir noch. Sie haben recht, den Titel des Ganzen so schlicht wie möglich zu gestalten. Statt »Band 1 bis 12« würde ich »In 12 Bänden« sagen.

Das Krull-Kapitel ist unterdessen für den deutschen Sender auf Band gelesen worden, – gut, wie Dr. Schumacher meinte.

Den Kleist-Aufsatz lege ich bei. Er trägt den Stempel »Made for America« an der Stirn, und man sollte ihn darum auch als »Einleitung zu einer amerikanischen Ausgabe der Novellen« kennzeichnen. Dr. Bermann hat ihn sich, als er neulich hier war, für die ›Neue Rundschau‹ ausgebeten.

Ich habe mit ihm über die ostdeutschen Angelegenheiten nicht gesprochen. Gegenstand der Unterhaltung war, außer geschäftlichen Dingen, hauptsächlich ein Buch ›T. M. und sein Werk‹, das nächstes Jahr erscheinen soll, und mit dem Hermann *Stresau* beauftragt ist. Herr Janka sagte ja, er habe Dr. Hirsch mit dem Plan der Gesamtausgabe bekannt gemacht. Ich hatte aber nicht den Eindruck, daß Dr. Bermann etwas davon wußte; er hätte die Sache sonst kaum unerwähnt gelassen. Jetzt bin ich in einem Brief an ihn darauf zu sprechen gekommen und auf den Wunsch des Aufbau-Verlages, mit mir direkt darüber abzuschließen, was ja auch für Bermann von Vorteil wäre wegen der prozentualen Beteiligung, die ihm ohne Zweifel gebührt. Ich bin noch ohne Antwort von ihm und muß gestehen, daß mir etwas beklommen bei der Sache zu Mute ist. Herr Rud. Hirsch soll zwar erklärt haben, der S. Fischer Verlag könne an dergleichen nicht denken. Aber wie wird Bermann sich zu dem Vorhaben stellen? Daß es für meinen »eigentlichen« deutschen Verleger etwas schwer Erträgliches, weil Beschämendes, hat, ist nicht zu leugnen, und wenn ich auch keinen direkten Einspruch von ihm erwarte, so doch irgend eine Forderung nach Beteiligung von S. Fischer an der Ausgabe, etwa in Form der Übernahme eines Teiles der Auflage. Diese aber kann ja nur klein sein, 5000 Exemplare, und so sehe ich noch keine Lösung dieser Frage, falls Bermann sie zur Frage *macht*. –

Sie werden unterdessen von meinem Brief an Minister Becher gehört haben [s. Dok. 24], worin ich ihm die *großen* Vorteile des Aufschubs jener Ehrung von *diesem* 6. Juni auf den nächstjährigen, meinen 80. Geburtstag, auseinandersetzte. Wieviel einfacher, gerechtfertigter, unangreifbarer wird sie dann sein! Wieviel leichter und natürlicher für mich, sie anzunehmen! Es hat wirklich keinen Sinn, den 79. für die Ehrung zu wählen, wo die gute Gelegenheit des 80. bevorsteht. Empfinge ich sie jetzt, so hätte Adenauer-Deutschland nächstes Jahr eine allzu plausible Entschuldigung, sich nicht zu rühren. Ich erwarte ohnedies kein offizielles Zeichen der Sympathie und Anerkennung von ihm, aber wenigstens soll es sich nicht darauf hinausreden können, daß die D.D.R. ihm zuvorgekommen ist. Geben Sie mir nicht Recht? Gleich nachdem ich Ihnen meine Zusage gegeben, hat mein Nachdenken darüber eingesetzt, und ich kam zu dem Ergebnis, daß der Aufschub *geboten* ist – selbst, wenn man für dieses Jahr keinen anderen Kandidaten mehr ausfindig zu machen weiß.

Es wird mich freuen, von Ihnen zu hören.

Ihr

Thomas Mann

Gerade habe ich Nachricht von Becher, daß alles ein Mißverständnis war. Alle meine Erwägungen seien auch die seinen gewesen und nie ein anderer Termin als der Juni 1955 in Aussicht genommen worden.

Dok. 27
TB 2. 6. 1954, Anm. 2
Thomas Mann an Hans Mayer
Kilchberg am Zürichsee, 22. 11. 1954

Lieber Professor Mayer,

Längst hätte ich Ihnen für Ihre wichtige und interessante Sendung vom 11. des Monats danken sollen, aber ich litt etwa eine Woche unter einer sehr unangenehmen ekzematösen Gesichtsschwellung, die mir alle Arbeit verleidete.

Zur Sache nun also und lassen Sie mich ganz offen sein! Es geniert mich, dass dieser festlichen und so dankenswerten Sammlung, namentlich durch die Gestaltung des elften Bandes, der Charakter einer philologischen Klassiker-Ausgabe aufgeprägt werden soll, in die jeder Zettel, jede noch so gelegentliche und unbedeutende Aeusserung aufgenommen werden soll. Dabei ist in einem Fall wie meinem diese Vollständigkeit doch unter keinen Umständen zu erreichen. Hundert und mehr Aeusserungen von mir, in Amerika gehaltene Reden und Vorträge, Zeitungsartikel und -Notizen politischer und literarischer Art, Antworten auf Rundfragen u.s.f., u.s.f. sind in der Welt verschwunden, verweht, verloren, vielleicht in den Händen von Einzelnen, aber nicht in den meinen und unerreichbar. Manches davon wäre vielleicht wichtiger als gewisse Dinge, die Sie in den elften Band einzuschliessen gedachten. Mein Wunsch und Antrag ist, dass aus den *Aufsätzen* folgende Stücke weggelassen werden:

Max Liebermann zum achtzigsten Geburtstag
Erich von Kahler

Aus den *Einleitungen und Besprechungen:*

Das Vorwort zu den Gedichten von Max Hermann Neisse

Aus den *Miszellen:*

Ueber einen Vortragskünstler

Aus den *Briefen:*

Die Fragmente an und über Johannes R. Becher
An Bruno Walter zum siebzigsten Geburtstag

Das ist eine Erleichterung, die für das Buch und mich selbst eine wäre. Ich will aber nicht nur einschränken, sondern auch erweitern. Statt dieser wegzulassenden Dinge sollte der autobiographische Teil den »Lebensabriss« enthalten, der in die Sammlung »Altes und Neues« nicht aufgenommen wurde, in dieser Ausgabe denn aber doch unter dieser Rubrik am Platz wäre. Ich weiss nicht, ob Sie dieses Stückchen Autobiographie, das bis zum Jahre 1929 reicht, besitzen. Ich habe es zur Zeit nicht in Händen, bin aber ziemlich sicher, dass die Redaktion der »Neuen Rundschau«, die, wenn ich nicht sehr irre, seine Wiederveröffentlichung zum Geburtstag plant, den Aufsatz hat und Ihnen zur Verfügung stellen würde.

Ueberlegen Sie sich bitte meine Vorschläge mit Wohlwollen! Ich halte sie für gut und richtig.

Das Film-Szenario mit dem Titel »Die Frau mit den hundert Gesichtern« ist reiner Unsinn. Es ist kaum von mir, sondern wurde im Auftrag von einem Helfer für mich abgefasst und ist dann nie verarbeitet worden.

Seien Sie vielmals gegrüsst und lassen Sie mich Ihr Einverständnis wissen!

Ihr
Thomas Mann

Man soll keine unerreichbare Vollständigkeit anstreben.

Dok. 28
TB 2. 6. 1954, Anm. 2
Thomas Mann an Hans Mayer
Kilchberg am Zürichsee, 28. 11. 1954

Lieber Herr Professor Mayer,

Meinen Brief von neulich habe ich noch in mehreren Beziehungen zu ergänzen. Aufmerksam gemacht habe ich Sie schon darauf, dass in den autobiographischen Teil des 11. Bandes der »Lebensabriss« aus dem Jahre 1930 gehört. Hinzufüge ich nun, dass unter dieser Rubrik auch der Vortrag »Meine Zeit« aufgenommen werden sollte, den ich vor meinem fünfundsiebzigsten Geburtstag schrieb und in verschiedenen amerikanischen und deutschen Städten gehalten habe.

In der politischen Rubrik sollte der zunächst in Washington gehaltene Vortrag »Deutschland und die Deutschen« vom Jahre 1945 nicht fehlen. Ich nehme an, dass »Dieser Friede« vom Jahr 38 schon für den 12. Band vorgesehen ist, von dessen Inhalt Sie mir gewiss auch noch eine Liste zukommen lassen werden.

Ferner ist mir eingefallen, dass Sie möglicher Weise garnicht mit dem Aufsatz »Die drei Gewaltigen« (Luther, Goethe, Bismarck) bekannt sind, der, wie ich meine, auch in eine dreibändige Sammlung meiner Essays gehört. Ich besitze den Text nicht. Er ist erschienen im Jahre 1949 in der Zeitschrift »Der Monat«, und ich kann ihn mir von dort kommen lassen und Ihnen schicken.

Schuldig geblieben bin ich Ihnen noch die fraglichen Datierungen einiger der kleinen Artikel. Die Rede zur Gründung der Sektion für Dichtung der Preussischen Akademie ist mit ziemlicher Sicherheit auf 1926 zu fixieren.

Der Vortrag über Joseph und seine Brüder liegt etwas früher als Sie annehmen, wenn mich nicht alles täuscht 1943.

»Kultur und Sozialismus«, noch in Deutschland geschrieben, wird mit dem Jahr 1931 richtig datiert sein.

Schliesslich möchte ich meinen Wünschen nach Weglassung noch einige hinzufügen. Die Aeusserung über den Film, der »Erfolg beim Publikum«, »Die Unbekannten«, »Wie stehen wir zu Richard Wagner?« und »Ist Schiller noch lebendig?« sind wirklich überflüssig, die beiden letzteren Stücke besonders deshalb, weil ja die beiden grossen Aufsätze über Wagner vorliegen, und weil der Schillervortrag noch in die Sammlung aufgenommen werden soll. Was diesen betrifft, so ist das Manuskript sehr umfangreich, eine grössere Schrift, ein kleines Buch, aus welchem, nach seiner Fertigstellung, die fürs Mündliche bestimmte Rede erst herauspräpariert werden muss. Es wird nun die Frage sein, ob für die ganze Abhandlung in unserer Sammlung Platz sein wird oder ob die fürs Mündliche hergestellte Fassung vorgezogen werden muss. Das Wünschenswertere wäre die Erstere.

Das ist für heute Alles, was ich an Wünschen, Vorschlägen und Auskünften noch nachzutragen hatte.

Mit herzlichem Gruss
Ihr ergebener
[Thomas Mann]

Dok. 29
TB 7. 6. 1954, Anm. 3
Thomas Mann an Imre Nagy,
Präsident des ungarischen Ministerrates
Kilchberg am Zürichsee, 9. 6. 1954

Hochverehrter Herr Ministerpräsident,

es sei mir gestattet, mich in einer Angelegenheit an Sie zu wenden, die mir am Herzen liegt, und von der ich glaube, dass sie auch Ihrer Aufmerksamkeit würdig ist. Ich darf mich dabei berufen auf die Rede, die Sie, Herr Ministerpräsident, am 23. Januar dieses Jahres hielten, und die, wie aller Welt, auch mir einen starken Eindruck gemacht hat. Sie hielten sie im Anschluss an die sportlichen Welterfolge, die Ungarn gerade damals davongetragen hatte, und sprachen den hochpatriotischen Wunsch aus, es möge Ihr Land auch auf dem Gebiet des schaffenden Geistes die vorderste Reihe der Nationen erringen, wozu die Pflege der ungarischen Klassik ein unentbehrliches Mittel sei.

Geht es denn also, sehr verehrter Herr Ministerpräsident, um die Weltgeltung der Genien ungarischer Dichtung, so bedürfen diese Meister kongenialer Nachdichter. Sonst bleibt die Erkenntnis ihrer Bedeutung, bleiben die Freude, Bildung, Lebenserhöhung, die ihre Werke zu bringen vermögen, eingeschlossen in die Grenzen des ungarischen Sprachgebiets, wie es – ich spreche da aus persönlichem

Kummer und eigener Entbehrung – nur zu vielfach noch der Fall ist. Nachdichter aber, die den Geist zweier Sprachen vollkommen beherrschen und dabei wenigstens in einer davon schöpferisch hervorragen, sind höchst seltene Erscheinungen.

Zu ihnen gehört unzweifelhaft der ungarisch-deutsche Schriftsteller und Poet Dr. Eugene Kerpely, dessen Uebertragungen aus den Klassikern, Balassa, Zryni, Csokonai, Bacsanyi, Kolcesey, Berzensyi, Vorosmarty, Petöfi und Arany in der Anthologie des Zsolnay-Verlages »Die Lyra des Orpheus«, sowie in führenden Blättern Oesterreichs und der Schweiz erschienen sind. Damit wurden diese Meister für die deutschsprachige Welt in würdiger Gestaltung erstmalig bekannt.

Dieser bedeutende Nachdichter gedenkt, die kommenden Jahre in Wien der Förderung seiner geliebten ungarischen Klassiker zu widmen. Oesterreich, bei dessen Budapester Gesandtschaft er als Rechtsbeirat fungiert, gewährte ihm bereits die ständige Niederlassung in Wien. Dr. Kerpely reichte sein Passgesuch am 6. Mai 1953 unter Nr. 28352/1953 ein. Es sei vermerkt, dass er bald in sein 59. Lebensjahr tritt, herzleidend und unverheiratet ist, somit die prinzipiellen Vorbedingungen zur positiven Erledigung gegeben sind. – Ich glaube, der ungarischen Dichtung zu dienen, wenn ich diese Angelegenheit Ihrer wohlwollenden Erwägung wärmstens empfehle.

Mit ehrerbietiger Begrüssung bin ich, sehr verehrter Herr Ministerpräsident,

Ihr ergebener
[Thomas Mann]

Dok. 30
TB 9. 7. 1954, Anm. 2
Thomas Mann zur Grundsteinlegung des Europa-Kollegs in Hamburg

Zu dem Ereignis der Grundsteinlegung (das ist wohl kein übertriebener Ausdruck) möchte ich sagen, wie sehr mich der Gedanke einer baulichen, aber auch ideellen Erweiterung des Christophorushauses in Othmarschen interessiert und wie sehr ich Anteil an diesem schönen Gedanken nehme. Es ist eine Freude und Ermutigung, zu hören, daß in der Hamburger Studentenschaft die Idee »Europa« besonders lebendig ist, und daß von dieser Idee das neue Studentenheim beseelt sein soll.

Erlauben Sie mir, zu der festlichen Grundsteinlegung meine herzlichen Glückwünsche auszusprechen und auch den Wunsch und die zuversichtliche Erwartung, daß die ganze Stadt Hamburg, deren Grundcharakter es so sehr angemessen ist, ein solches Institut in seinen Mauern zu bergen, es nicht an aktiver Förderung des wichtigen kulturellen Planes wird fehlen lassen.

Dok. 31
TB 21. 7. 1954, Anm. 4
Thomas Mann an Alfons Spielhoff
Sils-Maria, 3. 8. 1954

Sehr geehrter Herr Dr. Spielhoff,

verspätet, da ich an eine dringende Arbeit gebunden war, danke ich Ihnen für Ihre freundlichen Zeilen und die Uebersendung des Essener Memorandums. Das ist ein wichtiges, eindrucksvolles Dokument, das ich mit grösster Aufmerksamkeit und *voller Sympathie* gelesen habe. Ich war sogar überrascht, wie sehr dieser Plan jüngerer deutscher Sozialisten zur Wiederherstellung der Einheit Deutschlands auf friedlichem Wege mit meinen eigenen, still bei mir gehegten Ideen, Wünschen und Hoffnungen übereinstimmt. Gern hörte ich, welche Rolle der Plan in der Parteidiskussion gespielt hat, wieviel Zustimmung er gewinnen konnte. Aus der Presse, so weit ich sie sah, war darüber nichts Rechtes zu erfahren.

Gewiss sind wir einer Meinung darüber, dass es sehr bei Russland steht, sehr auf Russlands Gesinnung und Absichten ankommt, ob der Weg, den das Memorandum empfiehlt, mit Glück zu beschreiten ist. Schweizer Politiker, und zwar Sozialdemokraten, habe ich die Meinung äussern hören, Russland werde, ganz wie Amerika, in Deutschland auf die *Rechte*, nicht auf Links, setzen und ein militaristisch geführtes Deutschland einem demokratisch-sozialistischen vorziehen. Man sollte ja denken, dass gerade ein solches für Russland die beunruhigendste Lösung sein müsste. Aber wir wissen ja auch, wie der Kommunismus sich von je zur Sozialdemokratie verhielt, und der pessimistische Verdacht jener Männer ist wohl nicht ganz von der Hand zu weisen. Wobei allerdings zu bezweifeln ist, ob die russischen Machthaber selbst schon wissen, was für ein Deutschland sie wollen.

Ich bitte Sie, sehr geehrter Herr Doktor, diese Zeilen als eine vorläufige ganz private Danksagung für Ihre Mitteilung zu betrachten. Sollte es in irgendeiner Form zu einer oeffentlichen Kundgebung im Sinne des Essener Memorandums kommen, so wäre ich mit Ueberzeugung bereit, mich daran zu beteiligen.

Ihr sehr ergebener
Thomas Mann

Dok. 32
TB 9. 8. 1954, Anm. 1
Thomas Mann an Erich Heller
Sils-Maria, 10. 8. 1954

Sehr verehrter Herr Professor,

Ihr schöner Brief und Ihr auf jeder Seite brennend interessantes Buch sind in meinen Händen. Für beides danke ich herzlich. Den Brief las meine Frau mir vor – einigermaßen entsetzt natürlich über Warburgs deplacierte Mitteilsamkeit. Da er an der Abmachung mit Ihnen festhielt – *und er tat sehr recht daran* –, war es läppisch von ihm, Sie mit dem Zutragen einer Äußerung zu beunruhigen, die ich durchgehen ließ, weil ich in derselben sonderbar irrtümlichen Vorstellung befangen war, aus der sie hervorging.

Es ist eine Art ständigen Kummers bei mir, daß ich in England, das ich doch liebe und bewundere, »nun einmal kein Glück habe«. Dabei ist es nur halb, und nicht einmal halb, wahr. Ich habe gute Freunde dort – nicht soviele wie in Italien und in Frankreich (wo noch zuletzt der ›Faustus‹ starken Eindruck gewonnen hat), aber amüsablem Wohlwollen und intelligenter Anteilnahme bin ich auch auf Ihrer Insel häufig genug begegnet, und der doppelte Ehrendoktor in Oxford *und* Cambridge ist ja sogar etwas ziemlich Rares. Nur freilich in der gedruckten Öffentlichkeit, der Presse, herrscht nicht nur Gleichgültigkeit, sondern kränkende Herabsetzung – dumm und doch kränkend –, und darin zeichnete sich mit auffallender Konsequenz die wichtigste Stelle, das Times Litterary Supplement besonders aus. Der Teufel weiß, wie es kam – vielleicht weil diese Schnödigkeiten immer einen Anflug von landsmännischer Informiertheit hatten, wohl gar gerade weil jener soviel höher geartete Front page-Artikel Ihren Namen getragen hatte, – genug, das ganze Ärgernis verband sich auf irgend eine Weise bei uns mit diesem Ihrem Namen, so, als ständen Sie dahinter, – eine konfuse, abergläubische Idee, aus der die familiäre Verwunderung darüber entsprang, daß man Sie zum Verfasser des englischen Festbuches ausersehen.

Ich muß und will meine Ignoranz eingestehen. Ich hatte keine Ahnung von Ihrer Person, Ihrem geistigen Rang, Ihrem Format als Kritiker und bezweifele, daß ich Ihren Artikel über mich im L. S. je recht gelesen habe. Aufklärung bringt mir erst die Beschäftigung mit Ihrem Buch, die von einer Angelegentlichkeit ist, wie ich sie selten noch beim Lesen aufbringe. Ich finde diese Aufsätze *eminent* und fühle mich in der so ernsten wie eleganten Passioniertheit ihrer Kritik ganz zu Hause. Wer mit Nietzsches Wagnerkritik groß geworden ist, hat einen Schimmer davon, wie nahe Pamphlet und Verherrlichung bei einander wohnen können und verträgt allerlei, wenn es auf hoher Ebene um ihn selber geht. Ihre »Geburtstagsrede« über Kunst und Künstler bei »mir« (das Wort »Geburtstagsrede« hat etwas leicht Entschuldigendes – für die hoch-positiven Passagen, die sich aus all den Bedenklichkeiten überraschend hervortun und den Leser merken lassen: »Ach *so* ist es also immerhin gemeint«. Nun, Sie werden diese Entschuldigung wieder haben!) – ist wohl, verglichen etwa mit den Studien über Kafka und Karl Kraus, das negativste Stück des Bandes. Aber selbst das ist eine Art von Auszeichnung in Anbetracht des Umstandes, daß ja Ihre Kritik mehr der Zeit, der Epoche gilt, als dem Individuum und seinem Werk, das durch sie geformt wurde. In Gottes Namen, wenn alle großen Erscheinungen des Jahrhunderts, dem ich entstamme: Schopenhauer, Nietzsche, Wagner, Unglücksfälle waren, dann mag auch ich ein kleinerer, der Kritik immerhin würdiger Unglücksfall sein. Ich steck' es ein. Ohnehin ist das »Thou com'st in such a questionable shape« eine mir nur zu geläufige Selbstanrede. Wenn aber Einer einmal ein gutes Wort für mich in meinen Stein ritzen möchte, so wünschte ich, er wählte Goethes Verschen:

»Wohl kamst du durch, so ging es allenfalls.« –
»*Mach's einer nach und breche nicht den Hals!*«

Das Verschen habe ich außerordentlich gern, und das Kunststück meines Lebens, das, was ich aus seinen Bedingungen an Erfreulichem, Erheiterndem, Tröstlichem und Befreiendem zu machen wußte, so, daß ich nicht nur selbst leben, sondern auch anderen, erweislich, helfen konnte zu leben, – das stellt etwas wie eine Rechtfertigung oder Erklärung der Vertraulichkeit dar, mit der ich mich in einem Buch dem Großen näherte. Wer den Sinn hat für das »Mach's einer nach!« – und Sie haben viel Sinn für die Ungunst der Zeit, fast als kämen Sie aus einer besseren – den erachte ich ohne Weiteres als qualifiziert zum Sprecher bei meinem späten Lebensfest.

Ihr sehr ergebener
Thomas Mann

Dok. 33
TB 16. 8. 1954, Anm. 3
Thomas Mann an Max Ophuls
Kilchberg am Zürichsee, 10. 8. 1954

Sehr verehrter Herr Ophuels, –

erlauben Sie, dass ich mich vertrauensvoll an Sie wende, in einer Sache, die mir am Herzen liegt:

Seit Jahr und Tag bemüht die Berliner DEFA sich um die Filmrechte für meinen Roman »Buddenbrooks«. Anlässlich der Filmfestspiele in Locarno haben nun Direktor Hans Rodenberg (DEFA) und Herr Böhm (Kulturministerium) mich besucht, und es wurden – vorläufig ganz unverbindlich – die Umstände besprochen, unter denen ich der Herstellung des Filmwerks zustimmen könnte. Meine Hauptbedingung war, dass es sich hier um ein »gesamt-deutsches« und keineswegs um ein »zonales« Unternehmen handeln müsse, – eine Bedingung, die ich durch die Stipulierung verstärkte, ein erstklassiger »westlicher« Regisseur, ein ebensolcher Drehbuchautor und mindestens drei ebensolche Hauptdarsteller müssten dem Streifen das gewünschte Gepräge sichern. Die DEFA erklärte sich nicht nur einverstanden, sondern ist auch willens, zwei weitere Wünsche meinerseits zu berücksichtigen: ich möchte, 1.), dass meine Tochter Erika, die sich in diesem Sinne schon um »Königliche Hoheit« verdient gemacht, mich an Ort und Stelle repräsentiere und an der Herstellung des Drehbuchs beteiligt sei, und, 2.), dass nichts unversucht bleibe, um eine Gemeinschaftsproduktion, sei es eine ost-west-deutsche, sei es auch eine deutsch-französische, zu ermöglichen. (Ad. 1.) bemerke ich vertraulich, dass, sollten – wider mein Erwarten – die »westlichen« Hersteller den geringsten Schwierigkeiten begegnen, Erika, vermittels der Autorität, die ich auf sie übertrage, sich imstande sähe, schlichtend einzugreifen.)

Unabhängig – wie es scheint – von den Plänen der DEFA interessiert sich nun überdies eine westdeutsche Firma (die N.F. in Geiselgasteig) für »Buddenbrooks«, ohne dass ich noch wüsste, ob es glücken wird, die beiden Gesellschaften zur Co-Operation zu bestimmen. Wohl aber weiss ich – und fühle mich sicher in diesem Wissen –, dass ich niemandem die Regie lieber anvertraut sähe als Ihnen. Ich kenne gute Teile Ihrer Arbeit, inbegriffen den »Reigen«, weiss von den grossen Verdiensten, die Sie sich um den Film als künstlerisches Medium erworben, – weiss ferner, zufällig und zu meiner besonderen Genugtuung, von Ihrem erstaunlich geglückten Versuch, Goethes »Novelle« einem Ensemble von Sprechern für den Rundfunk einzustudieren, – und, kurz, für die Regie von »Buddenbrooks« sind Sie mir der mit Abstand Wünschenswerteste.

Nun liegt ja auf der Hand, dass Sie jeweils lange im voraus über Ihre Zeit verfügen. Auch wäre immerhin denkbar, dass Sie geneigt wären, jede Zusammenarbeit mit der DEFA von vorneherein abzulehnen. Auf der anderen Seite besteht dort der dringende Wunsch, gerade diesen Film exemplarisch gut und »einwandfrei« zu machen und ergo nicht nur die Sicherheit grosszügigsten Vorgehens, sondern (wichtiger!) auch die Gewissheit, dass ohne Rücksicht auf ein schlecht erzogenes oder unterschätztes Filmpublikum, unter rein qualitativen Gesichtspunkten gearbeitet werde. Sollte nicht – etwaigen innerlichen Widerständen entgegen – diese Gewähr Sie locken können? Natürlich, – um ein Beispiel zu nennen, das eigentlich keines ist, – kennen Sie den DEFA-Film »Der Untertan«. Mein

Bruder Heinrich lebte nicht mehr, als sein Buch zum »Streifen« wurde, und ich bin sicher, dass, unter seinen Augen, vieles sehr anders ausgefallen wäre. Immerhin ist »Der Untertan« ein Film, der sich sehen lassen kann und der übrigens selbst in der hochkonservativen Schweiz den lebhaftesten Anklang gefunden hat. In »unserem« Falle, – dem Falle, also, einer Verfilmung von »Buddenbrooks« unter den genannten Umständen, – würde alles in Wegfall geraten, was den anspruchsvollen »westlichen« Beschauer am »Untertan« gestört haben mag, – eine gewisse »Tendenzisierung« des an sich nicht »untendenziösen« Vorwurfs, wie gewisse Spärlichkeiten der Besetzung, nicht zu reden von gewissen Plumpheiten der Regie.

Ich komme – nochmals – zur Sache und frage hiemit an, ob Sie, im Prinzip, bereit wären, die »Buddenbrooks«-Regie zu übernehmen. Während die DEFA mehr als willens war, sich direkt mit Ihnen in Verbindung zu setzen, habe ich es übernommen, persönlich den Kontakt herzustellen, – in der Idee, dass zwischen uns eine Verständigung vielleicht eher herbeizuführen sei.

Als Drehbuchautor ist vorläufig Herr Kurt Heuser in Aussicht genommen, – zusammen, wie gesagt, mit meiner Tochter Erika. Sollten Sie einem anderen Autor vor Heuser den Vorzug geben, so würde Ihren Wünschen gewiss entsprochen werden. Da ein früher Beginn der vorbereitenden Arbeiten und, womöglich, der Anfang der Dreharbeiten für den Januar 1955 geplant ist, wäre ich dankbar für die vorderhand unverbindliche Beantwortung einer zweiten Frage: wann und auf wie lange stünden Sie zur Verfügung?* – Eine Dritte stellt sich und könnte, falls Sie denn überhaupt Lust haben, vielleicht in Bälde von Ihnen ventiliert werden, – die Frage einer deutsch-französischen Gemeinschafts-Produktion. Man ist mir in Frankreich – besonders seit dem Kriege – mit ausserordentlicher Freundlichkeit begegnet, bringt dort meinen Arbeiten ein mich ergreifendes Interesse entgegen, und so meine ich, ein »Buddenbrooks«-Film sollte nicht ungelegen kommen, – umso gelegener, wenn Sie ihn veranstaltet hätten.

Zuletzt: meine Verhandlungen mit der DEFA sind – ich sagte es – noch zu keinem Abschluß gediehen; ehe jeder fragliche Punkt zu meiner Zufriedenheit geklärt ist, werde ich nicht unterschreiben und möchte nicht, dass Gerüchte über das Projekt vorzeitig in die Oeffentlichkeit dringen. Ich darf Sie also bitten, dies Ganze zunächst diskret behandeln zu wollen.

Ihre Antwort erwarte ich in begreiflicher Spannung und bin
mit den besten Wünschen
Ihr sehr ergebener
Thomas Mann

* Die DEFA rechnet für diesen Ausnahmefall mit einer Drehzeit von bis zu 1–2 Jahren.

Dok. 34
TB 16. 8. 1954, Anm. 3
Max Ophuls an Thomas Mann
Chevreuse, 18. 8. 1954

Sehr verehrter Herr Thomas Mann,

Weil Ihr Brief vom 10. August mir die Aussicht öffnet auf den wertvollsten Auftrag, der je an mich herangetreten ist, habe ich mir Zeit genommen zur Überlegung. Hier sind also meine ersten Gedanken zu dem Buddenbrook-Film (den Sie so freundlicherweise schon heute »unseren« Film nennen):

ich finde es schön, dass Sie ihn nur als zonenloses Werk sehen. Anders könnte auch ich diesem Stoff garnicht näher treten. Ihre Representation durch Erika Mann gibt mir die Sicherheit, dass mir kein Abweichen vom Geist Ihres Buches unterlaufen kann. Und so würde ich mich nur freuen Ihre Tochter bei der Produktion zu wissen. Aber – und das gilt auch für Herrn Kurt Heuser – meinen ersten Drehbuchentwurf muss ich ganz allein schreiben. Ich tue das seit Jahren. Den Bilderablauf kann niemand mit mir oder für mich sehen, und erst wenn dieses dramaturgische Gerüst steht (was man in Amerika wohl the first draft nannte), soll der Kontakt mit den Mitarbeitern einsetzen. Ich weiss dann garnicht, ob ich einen so beruflichen Drehbuchautor überhaupt brauche. Mit dem Roman als Unterlage, in den ich immer nur hineinhören möchte wie in eine Partitur, und über Ihre Tochter im Gedankenaustausch mit Ihnen, fällt vielleicht dieses konventionelle Element des Découpagisten weg.

Meine Zeit ist vorläufig vertragsmässig bis März 1955 besetzt, und bevor noch Ihr Brief ankam, haben andere Verhandlungen für einen anschliessenden Film in Frankreich begonnen. Ich glaube die Firma, mit der ich dann ab Mai arbeiten soll, würde mich in Respekt vor Ihrem grossen Buch von den moralischen Bindungen, die ich bisher eingegangen bin, befreien – wenn wir schnell zu einem konkreten Vertrag kommen könnten. Ich muss ausserdem noch berücksichtigen, dass ich noch vor Ende 1955 (es kann juristisch Dezember werden) eine Verpflichtung bei Alexander Korda in London antreten muss. Jedoch kann ich diesen Termin leicht auf 1956 verschieben.

Es kann auch umgekehrt gemacht werden: dass ich DIE BUDDENBROOKS erst 1956 anfange. Das scheint mir überhaupt das Vernünftigste, denn das Buch und die Vorbereitungen brauchen viel Zeit. Ich denke mir ausserdem, dass man nicht versuchen sollte in diesem Film ein zu schnelles Tempo anzuschlagen. Würden Sie mit mir darin übereinstimmen, wenn ich glaube, dass der Film die Breite des Romans respektieren soll? Dass es ein Film ist von 3 Stunden, vielleicht mit einer Pause? Oder ein Film von 2 Abenden? Deshalb ist auch die Drehzeit von 120 Tagen garnicht zu lang.

Sehr verehrter Herr Thomas Mann, ich bin garnicht gegen die DEFA eingestellt. Vielleicht könnte meine Arbeit, allerdings nur unter den von Ihnen geplanten garantierten geistigen Sicherheitsmassregeln, dazu beitragen dass auch andere, zufällig im Westen lebende Künstler ihre Vorurteile verlören. Das wäre wohl gut. Ich bin nur in einem Punkt ein wenig ratlos: einer meiner besten amerikanischen Freunde, John Houseman, dem ich den Film BRIEF EINER UNBEKANNTEN verdanke, schlägt mir vor – sobald ich in den nächsten 2 bis 3 Jahren Zeit habe – unter seiner Produktionsleitung, die sehr sensibel und sehr intelligent ist, wieder eine sehr schöne Geschichte mit ihm herzustellen. Wenn ich wüsste, durch die DEFA könnte eine solche Zusammenarbeit gefährdet werden – woran ja weiss Gott nicht die DEFA Schuld ist – dann bekäme ich vielleicht Zweifel, und für diesen Fall wäre es mir dann doch wohl lieber, wenn Sie sich für eine »westliche« Firma entscheiden könnten, zumindestens als Drehzentrum, in Co-Produktion mit dem Osten.

Wenn also unser Projekt so weit vorgeschritten sein sollte, dass ich darüber schreiben darf, werde ich bei Herrn Houseman anfragen. Ist Ihnen das so recht?

Eine französische Co-Produktion mag finanziell wünschenswert sein, aber ich bin mir darüber künstlerisch nicht so sicher. Ich weiss nicht, ob französische Schauspieler diese Menschen darstellen können, und ich bin überzeugt je deutscher dieser Film sein wird, umso internationaler ist er.

Unsere Korrespondenz behandle ich natürlich diskret. Das fällt mir garnicht so leicht, weil ich selten über einen Plan so glücklich war. Deswegen danke ich Ihnen noch einmal von Herzen, auch für die anerkennenden Worte, die Sie für meine Arbeiten gefunden haben und bin mit den besten Grüssen,

Ihr sehr ergebener
Max Ophuls

Dok. 35
TB 16. 8. 1954, Anm. 3
Thomas Mann an Max Ophuls
Kilchberg am Zürichsee, 20. 8. 1954

Sehr verehrter Herr Ophuls.

Ueber Ihre Aeusserungen freue ich mich herzlich. Wenn ein Künstler von Ihrem Rang einer Aufgabe ein so lebhaftes, unverkennbar liebevolles Interesse entgegenbringt, so ist, scheint mir, die Lösung in der Hauptsache Frage der Zeit – und, freilich, halbwegs günstiger Umstände.

Mit Ihrer Gewohnheit und Ihrem Vorschlag, den »first draft« selbst zu schreiben und womöglich auch später auf einen professionellen »Drehbuchautor« zu verzichten, bin ich durchaus einverstanden und danke Ihnen für Ihre Bereitschaft, Erika im angedeuteten Sinne als Mitarbeiterin zu akzeptieren.

Den Zeitraum der Herstellung betreffend, so ist es nicht nur die DEFA, die, bei aller Sorgfalt und Bedächtigkeit in seiner Durchquerung, ihn recht bald zu betreten wünscht. Mein achtzigster Geburtstag steht vor der Tür, doch ist es nicht das »Jubiläumsjahr«, und die geistigen Auspicien, die eben dieses 1955 dem Film wohl verspräche, sind es nicht, die mir einen frühen Beginn der Arbeiten wünschenswert machen. Vielmehr steht es so, dass ich das Ende ganz einfach noch erleben möchte, und meine Chancen abnehmen, je später es wird. Wenn es Ihnen also gelänge, sich ab Anfang März frei zu machen, so wäre ich Ihnen dafür besonders verbunden.

Dass der Film von der Breite des Romans Einiges bewahren sollte, ist zweifellos richtig. Ob es aber tragbar wäre, ihn zwei Abende füllen zu lassen? Vielleicht liessen drei Stunden an einem Abend, verkürzt um die Dauer einer Pause, [ihn] dem Gros der Besucher eher schmackhaft machen? Doch ist dies eine Frage, deren Beantwortung Ihnen, den Produzenten und – vermutlich – dem »Verleih« überlassen bleiben muss. Und nur auf Ihren Hinweis darauf, dass eine gewisse epische Ausführlichkeit dem Film zu wünschen wäre, wollte ich heute bejahend eingehen.

An die DEFA bin ich »moralisch« weitgehend gebunden. Doch ist der Gesellschaft so sehr an dem Projekt gelegen, dass sie wahrscheinlich selbst zu einer Co-Produktion mit dem »Westen« als »Drehzentrum« zu gewinnen wäre. Eine solche »Basis«, etwa in München, würde freilich die »östliche« Firma nicht nur um einen Teil des von ihr erstrebten Prestiges bringen, sondern überdies für sie sehr kostspielig sein. Immerhin glaube ich, dass, sollte dieser modus sich als für Sie unerlässlich erweisen, die DEFA schliesslich zustimmen würde. Was noch nicht heissen will, dass die N.F. – oder eine andere westdeutsche Gesellschaft überhaupt und unter welchen Umständen immer mit dem »Osten« zu »kollaborieren« wünscht. Die »Buddenbrooks«-Verhandlungen mit der N.F. sind bisher vom S. Fischer Verlag geführt worden. Da aber Dr. Gottfried Bermann Fischer augenblicklich seinen Urlaub in Italien verbringt, will ich selbst nächster Tage die Verbindung mit Herrn Günther Stapenhorst aufnehmen.

Jedenfalls sind Sie autorisiert, sich jetzt schon mit Mr. John Houseman auseinanderzusetzen, – wobei es mir freilich wichtig wäre, dass Sie ihn bäten, die Sache diskret zu behandeln. Erlauben Sie mir in diesem Zusammenhang nur eine Bemerkung: innerhalb der nächsten zwei oder drei Jahre – so sagen Sie – soll Ihr Film mit ihm zustandekommen. Nun, – die »Lage« kann nicht nur, sie muss sich ändern, – ob zum Besseren oder zum Kathastrophalen wird man sehen, noch ehe Ihr Amerika-Plan zur Ausführung gelangen kann. Und wenn freilich zu befürchten steht, dass Mr. Houseman – angesichts der Situation, wie sie heute ist – Ihnen abraten wird, so will, glaube ich, bedacht sein, dass, aller Wahrscheinlichkeit nach, in zwei Jahren ein Zustand sich hergestellt haben wird, der Ihnen – entweder –, trotz »Buddenbrooks«, die Arbeit in den »Staaten« ermöglicht, oder künstlerische Arbeit schlechthin bis auf weiteres unmöglich macht.

Dies nebenher. Seien Sie versichert, dass ich tun werde, was in meiner Macht steht und was ich irgend verantworten kann, um Sie für den »Buddenbrooks«-Film zu gewinnen.

Mit den besten Grüssen und Wünschen
Ihr sehr ergebener
Thomas Mann

Dok. 36
TB 16. 8. 1954, Anm. 3
Thomas Mann an Günther Stapenhorst
Kilchberg am Zürichsee, 22. 8. 1954

Sehr verehrter Herr Stapenhorst:

Vor etwa vier Wochen erhielt ich einen Anruf aus München von meinem Verleger, Dr. Bermann-Fischer, und hörte, dass die N.F. sich für eine Verfilmung meines Romans »Buddenbrooks« lebhaft interessiere. Wenige Tage später erreichte Dr. Bermann mich telephonisch im Engadin, um mitzuteilen, seine Vorverhandlungen mit der N.F. seien um einige Schritte weiter gediehen, eine Kaufsumme sei bereits genannt und – im Prinzip (abhängig von der »Bundesbürgschaft«) – akzeptiert worden, und, kurz, meine Zustimmung vorausgesetzt, wolle er demnächst abschliessen, wenn auch vorderhand nur einen Optionsvertrag.

Zu meinem lebhaften Bedauern konnte ich freilich meine Zustimmung so ohne weiteres nicht geben und habe Herrn Dr. Bermann die Sachlage genau erklärt. Da er aber im Begriff stand, seinen Urlaub anzutreten und sich seither in Italien aufhält, weiss ich nicht, ob er noch Zeit gefunden hat, Sie ins Bild zu setzen und möchte Sie jedenfalls wissen lassen, wie sich die Angelegenheit mir darstellt.

Seit Jahr und Tag bemüht die DEFA sich um die Rechte für »Buddenbrooks«, ohne dass ich mich – bis zum vergangenen Frühjahr – hätte entschliessen können, der Sache näherzutreten. Anlässlich der

Film-Festspiele in Locarno, dann, besuchten mich Direktor Hans Rodenberg (DEFA) und Herr Böhm (Kulturministerium), und es wurden die Umstände besprochen, unter denen ich dem geplanten Unternehmen zustimmen könnte. Ich stellte zwei Hauptbedingungen, aus welchen mehrere andere sich logisch ergaben: 1.) es habe sich hier um ein durchaus »gesamt-deutsches« und keinesfalls um ein »zonales« Filmwerk zu handeln, weswegen ich denn auf der Verpflichtung eines erstklassigen »westlichen« Regisseurs, eines ebensolchen Drehbuch-Autors und mindestens dreier ebensolcher Hauptdarsteller bestehen müsse. 2.) Es dürfe das Buch im Film in keiner Weise verfälscht, »politisiert« oder »tendenzisiert« werden, weshalb ich die Mitarbeit einer Vertrauensperson, meiner Tochter, Erika Mann, nicht nur am Drehbuch, sondern an Ort und Stelle und von Anfang bis zu Ende als conditio sine qua non empfände. Weiteres, wie gesagt, ergab sich. So erhielt ich vor allem die bindende Zusicherung, dass man in diesem Falle nichts unterlassen würde, was zu einer Gemeinschaftsproduktion mit dem »Westen« führen könnte, wobei ich, neben der N.F., die Filmaufbau G.M.B.H. und die N.D.F. als besonders erwünscht anführte.

Auf Seiten der DEFA zögerte man nicht, all meine Bedingungen, – die genannten, wie zahlreiche ungenannte, – widerspruchslos zu akzeptieren, was freilich noch nicht hiess, dass sie samt und sonders erfüllbar sein würden. Erst wenn jeder fragliche Punkt zu meiner Zufriedenheit geklärt war, und das von mir geforderte Personal – komme es nun auch aus London, Paris oder anderen Städten des Westens, zur Verfügung stand und meine Billigung hatte, war ich bereit, mich zu binden. Bis dahin aber blieb ich einer Gesellschaft »im Wort«, deren ernste Bemühtheit um »Buddenbrooks« mir so wenig in Frage steht, wie die Grosszügigkeit ihres Planens und ihre Entschlossenheit, genau diesen Film exemplarisch gut und »einwandfrei« zu machen.

Als nun das »Buddenbrooks«-Projekt auch in München auftauchte, schien der Augenblick mir gekommen, auch im »Westen« meine Co-Produktions-Wünsche anzumelden, – was hiemit höflichst geschieht. Wenn es, ganz allgemein, offenbar ist, dass, schon aus ökonomischen Gründen, ein gewisses Mass von Zusammenarbeit hüben wie drüben als erstrebenswert gilt, so dürfte es, im Besonderen, keinem Zweifel unterliegen, dass kaum ein zweites Buch der zeitgenössischen deutschen Literatur sich bei seiner Verfilmung so deutlich für eine Gemeinschafts-Produktion eignet und so auf sie angewiesen ist, wie eben »Buddenbrooks«. Und was, eigentlich, stünde der Verwirklichung im Wege? Besteht nicht auf anderen kulturellen Ebenen ein West-Ost-Kontakt, der die ermutigendsten Resultate zeitigt? Ich selbst, – um nur ein Beispiel zu nennen, – bin Ehrenpräsident der »Schillerstiftung«, einer Organisation, die Deutsche aller »Zonen« zu ihren Mitgliedern zählt und, wie übrigens auch die Goethe-Gesellschaft, abwechselnd im »Westen« tagt und im »Osten«. Warum, also, sollte es gerade im Film unmöglich sein, die Brücke zu schlagen?

Doch weiss ich ja gar nicht, ob auf Ihrer Seite ernsthafte Bedenken bestehen und suche – hoffentlich! – Einwände zu zerstreuen, die nicht erhoben worden sind. Jedenfalls habe ich der DEFA davon Mitteilung gemacht, dass, Dr. Bermann zufolge, die N.F. sich für »Buddenbrooks« interessiert und nehme an, dass Direktor Rodenberg sich mit Ihnen in Verbindung setzen wird.

Zuletzt, und um einen so »unpolitischen« Gegenstand, wie den geplanten Film, »politisch« zu betrachten: könnte denn die »westliche« Produktion es vorziehen, »Buddenbrooks« sozusagen dem »Osten« zu überlassen und zuzusehen, wie dort ein deutsches Filmwerk von Rang entsteht, statt zuzupacken und in Gottes Namen aus einer guten Sache eine gemeinsame zu machen?

Ich bin, sehr verehrter Herr Stapenhorst,
mit den freundlichsten Wünschen
Ihr sehr ergebener
Thomas Mann

Dok. 37
TB 16. 10. 1954, Anm. 3
Notizen zu Schillers Sprache

Seine Sprache: Erlebnis erster Sprachbegeisterung durch ihn, der 15jährige und »Semele«, die sog. [»]Operette in zwo Szenen«, Liebe des Schöpfers zum Geschöpf, einer Sterblichen wie in Kleists »Amphitryon«, durch die eifersüchtige Juno betört, ihn wie sie, in seiner

Herrlichkeit, zu empfangen, der sie vertrauen muß. »Glücklich soll niemand sein, sie stirbt.« Daran sprachlich anschließend, über die wilde Prosa der drei »gewaltigen Erstlinge« hinweg, »Don Carlos« (Vers und Tragödie), noch grotesker Schwulst der Bilder hie u. da, wie »durch labyrinthische Sophismen kriecht etc.« Aber im Ganzen die edle Reinheit der Diktion, die den Übergang zu den eigentlich klassischen Dramen bildet. Durchgehend aber ein Intellektualismus der Bühnensprache (es ist die stärkste, rhetorisch packendste, die im Deutschen u. vielleicht in aller Welt je erfunden), eine oft verzwickte Gescheitheit der Redeweise, die zu angestrengter Aufmerksamkeit zwingt, wenn man genau folgen will. Man fand den Fiesco »zu gelehrt«. Das ist ein ungeschickter Ausdruck für diesen expressiv gescheiten, rhetorisch schmetternden, aber schwierigen Intellektualismus des Redestils. Wie reden diese Personen, in den Räubern, dem Fiesco, in Kabale u. Liebe, mit welcher verwickelten Emphase und Pathetik! Die packendste u. zugleich schwierigste Theatersprache, deren Schüler zu sein kein Epigonentum, sondern tiefere Affinität, kein Wildenbruch, sondern auf seine Art Wedekind gehört [sic]. Die moralistische Tirade gehört dazu. Das Phrasenhafte ist oft bedenklich erfunden worden. Ein so milder Geist wie Stifter befürchtet Unheilvolles davon für das deutsche Wesen, für das es eine Gefahr bedeute. Aber hinter scheinbaren Tiraden wie »Das Leben ist der Güter höchstes nicht« steht wahrhaftig der Mensch, der sein Leben für das Werk, die Kunst heroisch aufopfert – selbstvergessen, sodaß auch das schein-banale »Der brave Mann denkt an sich selbst zuletzt«, das Wort des Menschen ist, der wirklich an sich u. sein Wohlsein allezeit zu allerletzt gedacht hat, in der Sache, im Werk, im Menschheits- und Kulturgedanken rein aufging. »Der Güter höchstes nicht« hat er einmal besser gesagt: [Auslassung im Manuskript]

Virtuose Realismen wie »Prag! Sei's um Eger! Aber Prag? Geht nicht.« Oder: »Und – wohl erwogen, ich will es lieber doch nicht tun«. Oder innig: »Das Kind des Hauses – Max! Du kannst mich nicht verlassen! Es kann nicht sein, ich mag's und will's nicht glauben, daß mich der Max verlassen kann.[«] – Wie herzlich rührend wirkt da der Artikel »der« vor dem Namen. – Octavio: »Max! Folg mir lieber gleich, das ist doch besser.« (Realist. Ton) Max: »Es kann nicht sein, kann *nicht* sein, *kann* nicht sein! Siehst du, daß es nicht kann!« Was für ein Wort! – Desto merkwürdiger aber bei allem intellektuellen Anspruch, die zahllosen Worte und Verse, die stehendredensartig in die Rede der gebildeten Schicht eingegangen sind und sich selbst heute noch, bei so abgesunkenem Bildungsniveau u. fortschreitender Entfernung vom Literarisch-Klassischen darin erhalten.

Dok. 38
TB 18. 10. 1954, Anm. 3
Thomas Mann an Prinz Konstantin von Bayern
Kilchberg am Zürichsee, 18. 10. 1954

Lieber Prinz Konstantin,

statt auszufüllen schreibe ich lieber einige Zeilen im Zusammenhang und Sie mögen herauspicken, was Sie brauchen können.

Grösse ... Der grosse Name ... Es ist kein Verlass auf ihn, zu viele Beispiele haben wir für sein Verblassen und Vergehen in wenigen Jahrzehnten, manchmal in wenigen Jahren. Dann war es nur ein lauter Name, ein zeitgenössisch berühmter viel genannter und gedruckter und beschrieener, der aber zu Lebzeiten seines Trägers seinen Ruhm dahin hatte und dann der Vergessenheit verfällt. Jeder auf seine Zeit Wirkende muss besorgen, dass es damit sein Bewenden haben und sein »grosser Name« bald vergessen sein wird. Dauernden Ruhm und grossen Namen kann nur die Nachwelt verleihen – und wie oft verweigert sie ihn mit fest geschlossenen Lippen! »Wenn der Leib in Staub zerfallen, lebt der grosse Name noch« – o ja, aber keinem Lebenden wage ich dies Fortleben des Namens, und dass aus dem lauten Namen ein grosser werde, zu garantieren. Der Tod selbst, der Hintritt, das Entschwinden aus der Zeit ist oft schon eine Feuerprobe. Oft will die Welt, die Oeffentlichkeit, das Publikum schon gleich nach dem Tode eines Berühmten nichts mehr von ihm und dem Seinen wissen, weiss tatsächlich nichts mehr von ihm. Als aber Hugo von Hofmannsthal starb, war es ein ganz eigentümlicher Choc, ein Aufgehen der Augen, ein durchdringend feierlicher Schmerz für uns alle, und Schnitzler sprach das denkwürdige Wort, das sich seither immer mehr bewahrheitet hat: »Wir erleben die Geburt einer Unsterblichkeit.« Mag es keine Unsterblichkeit obersten Ranges, keine grössten

Stiles sein – sie *ist* eine, sie steht, an Licht noch immer gewinnend, am Himmel wie ein Stern.

Erst aus dem Tod gebiert sich Unsterblichkeit. Das Leben ist voller Vorbehalt, mahnt zur Vorsicht, zum Zweifel. Grosse Namen von heute – ich lege für keinen die Hand ins Feuer. Grösse ... vielleicht wandelt sie unter uns Lebenden. In Albert Schweitzer etwa und Einstein glaube ich sie zu erkennen. Unter Dichtern und Schriftstellern von heute wag' ich vor dem Tode keinen glücklich zu preisen, tue es jedenfalls nur mit vorsichtigstem Vorbehalt, auch die mir sympathischsten eingeschlossen, vor allem natürlich mich selbst.

Grösse sehe ich nur in verewigter Vergangenheit. Shakespeare ist ungeheuerlich gross. Die befreundete Verschiedenheit und Gegensätzlichkeit von Goethe's und Schillers Grösse ist begeisternd. Von wilder Grösse waren Balzac und Dostojewsky. Tolstoi war riesengross – mit Einwänden. So war Wagner. Dunkle Grösse hat Schopenhauer, tragische Nietzsche. Ibsen mit seinem poetisierten I[n]tellekt hat eine gewisse schleichende Grösse. Björnsons Persönlichkeit war gross zum Teil auf schauspielerische Art. Gross ist zuletzt vielleicht noch Proust – dann ist es mit dem Aufblicken zur Grösse bei mir so ziemlich zu Ende ...

Im Aufblick zur Grösse und Meisterschaft, in *Bewunderung* habe ich mein Leben verbracht und durch tiefes Interesse am Grossen, durch Liebe gelernt. Der Aufblick war manchmal in gewissem Grade auch Einblick, vermass sich einer gewissen Vertraulichkeit und Intimität der Huldigung, und dadurch ist in mein Werk etwas auf Grösse heiter, ja listig *Anspielendes* gekommen, – das aber niemanden verführen sollte (mich verführt es schon garnicht), dies Werk selbst für »gross« zu halten. Besten Falls ist es ein Abglanz, ein Widerschein ... Wie lange wird es vorhalten?

Gott gnade unseren Namen! Mögen es, wenn nicht grosse, so doch ehrliche Namen sein ...

Ihr
Thomas Mann

(Schnell geschrieben, *gesprochen*)

Dok. 39
TB 28. 11. 1954, Anm. 4
Thomas Mann an Wilhelm Hoffmann
Kilchberg am Zürichsee, 28. 11. 1954

Lieber Herr Doktor Hoffmann,

Seit Ihrem Besuch in Kilchberg haben wir nichts von einander gehört, und das war nach unserem ausführlichen und für beide Teile befriedigenden Gespräch ja auch garnicht nötig. Heute aber fühle ich mich doch veranlasst, mit einer leisen Beunruhigung noch einmal das Problem der Wiederholung meines Vortrages in Weimar zur Sprache zu bringen.

Sie werden sich erinnern, dass Sie damals auf meine Frage, wie Sie über die Annahme einer mit Bestimmtheit zu erwartenden Einladung von Weimar dächten, antworteten, die Schillergesellschaft habe nicht nur nichts dagegen, sondern würde das sogar direkt gerne sehen, und auf meine weitere Frage, wie denn wohl Professor Heuss sich dazu verhalten würde, meinten Sie, auch er werde bestimmt keinen Anstoss daran nehmen, wobei es allerdings wünschenswert sei, dass die Weimarer Veranstaltung nicht *zu* offiziellen Charakter habe, also nicht etwa als Staatsakt in Gegenwart der Regierung stattfinde.

Als dann, viele Wochen später, die Weimarer Einladung richtig eintraf, habe ich sie, unter den gewünschten Bedingungen, unbedenklich angenommen und mir keine weiteren Gedanken gemacht. Nun hatte ich gestern mit einem Herrn, der den Kreisen des Stuttgarter Rundfunks nahe steht, eine Unterhaltung, aus der hervorging, dass man dort von der geplanten Weimarer Veranstaltung durchaus nichts weiss, und mir kam natürlich der Gedanke, dass auch Sie mit dem Bundespräsidenten noch garnicht über die Sache gesprochen haben, und dass die Möglichkeit, er könnte seine Beteiligung an der Stuttgarter Feier davon abhängig machen, dass ich eben nicht in Weimar spreche, noch sehr wohl besteht.

Es wäre natürlich ein Leichtes gewesen, seinerzeit die Einladung aus Weimar abzulehnen. Jetzt meine Zusage zurückzunehmen, wäre mir äusserst peinlich, und auf der anderen Seite möchte ich doch auch keinesfalls die Stuttgarter Feier beeinträchtigen. Daher meine Beunruhigung, die sehr möglicher Weise ganz gegenstandslos ist. Denn durchaus darf ich ja annehmen, dass Sie mit Heuss, wie besprochen,

Kontakt genommen haben, und das alles in bester Ordnung ist. Es wäre mir aber doch sehr lieb, wenn Sie mir das bestätigen könnten, beziehungsweise, wenn Sie jetzt so rasch wie möglich die Zustimmung des Bundespräsidenten einholen würden, damit wir nicht später höchst unliebsame Ueberraschungen erleben.

Mit freundlichen Grüssen
Ihr
Thomas Mann

Dok. 40
TB 29. 4. 1955, Anm. 3
Thomas Mann an Kuno Fiedler
Kilchberg am Zürichsee, 29. 4. 1955

Lieber Dr. Fiedler,

Dank für Ihren so wohlgemeinten, fürsorglichen Brief. Sie können aber doch selber nicht glauben, dass ich mich von dem provinziellen Geschimpf einiger einfältiger Schweizer Sozialdemokraten (die deutschen sind wesentlich gescheiter) so ins Bockshorn jagen lasse, dass ich im letzten Augenblick erkläre: »Nein, ich wage es nicht, der Mut, den ich 1949 aufbrachte, ist mir entsunken, ich gehe nicht zur Schillerfeier nach Weimar, wo man mich erwartet, und wo die Universität Jena, die ›Schiller-Universität‹, das philosophische Ehrendoktor-Diplom für mich bereit hält«. Als was für ein Feigling stände ich da vor einer Welt, die von meinen Absichten längst unterrichtet ist und sie nach Lage der Dinge entschieden ruhiger aufnimmt, als noch vor sechs Jahren. Sie können sich denken, dass ich solche Reaktionen wie die der »Arbeiter-Zeitung« von St. Gallen* in meine Entschlüsse einkalkuliert habe und auf sie gefasst war. Sie können sich auch denken, dass ich nicht blind, rücksichtslos und eigenmächtig handle, sondern im Einvernehmen mit den westlichen Instanzen. Ich habe zunächst den Vorsitzenden der Stuttgarter Schiller-Gesellschaft, Dr. Hoffmann, als er hier war, gefragt, wie seine Organisation sich dazu verhalten würde, wenn ich meine Rede in beiden Schiller-Städten hielte. Er hat mir geantwortet, dass es ihm und der Gesellschaft »geradezu lieb« sein werde. Fern sei es von mir, sagte ich, die offizielle Stuttgarter Feier beeinträchtigen zu wollen. Wenn es etwa dem

Bundespräsidenten Heuss durch mein Vorhaben unmöglich gemacht würde, nach Stuttgart zu kommen, so würde ich *nicht* nach Weimar gehen. Zur Sicherheit liess ich anfragen, und die Antwort war, es könne nicht die Rede davon sein, dass er etwa von seiner Zusage zurücktrete, bei der Feier die Schlussrede zu halten, die nebenher denn auch wohl etwas auf meinen Geburtstag Bezug nehmen wird. Eben noch hat sich auch der Württemberger Ministerpräsident dazu angesagt, und eine westdeutsche Zeitung, Beltzerer in der Rhein-Neckar-Z., stellte Betrachtungen darüber an, wie sich doch seit 1949 so manches geändert habe.

Diese Veränderungen scheinen sich auch auf die Schweiz zu erstrecken, obgleich man sagen muss, dass diese es auch seit meiner Weimar-Fahrt im Goethe-Jahr nie an ehrender Freundlichkeit hat fehlen lassen. Gerade jetzt aber ist der Zudrang zu jeder öffentlichen Vorlesung, zu der ich mich etwa überreden lasse, derart, dass ich auf dem Podium kaum Platz finde, – da doch jedermann weiss, dass ich von Stuttgart nach Weimar fahren will. Mehrere grosse Zeitungen, die »Tat«, die reichlich unneutrale »Neue Zürcher Zeitung« haben sich Stücke aus meiner Schiller-Schrift gesichert. Zu meinem Geburtstag, wenn ich von Lübeck zurück bin, bereitet das Zürcher Schauspielhaus unter grossem Aufgebot eine Feier vor, bei der ich zuletzt selbst werde sprechen oder lesen müssen. Die Gemeinde Kilchberg, die doch auch Bescheid weiss, steht nicht davon ab, mir in festlicher Zeremonie den Ehrenbürgerbrief (der Gemeinde!) zu überreichen, und der Präsident des Bundesrats, Petitpierre, hat sein Erscheinen zugesagt, vom Zürcher Stadtpräsidenten zu schweigen.

Sieht das alles danach aus, als ob ich mich ruiniere, indem ich auch den armen Sowjet-Deutschen etwas von Schiller erzähle, weil sie schliesslich *auch* Deutsche sind? Ich glaube, dass selbst Bonn schliesslich gute Miene zu meinen Eskapaden wird machen müssen, wenn auch nur aus Rücksicht auf das Ausland. Die Pariser Presse kündigt eine Schrift an: »Hommage de la France à T. M.« worin 150 französische Schriftsteller, Künstler und Staatsmänner mir Gutes nachsagen und Gutes wünschen zum 80-ten; und wenn ich Anfang Juli nach Holland fahre, um auch in Amsterdam und im Haag die Schillerrede zu halten, so will, höre ich, die Königin mir »einen hohen Orden«, irgend etwas Oranje-Ritterliches für die Brust oder den Hals offenbar, verleihen. Irgendwie wird da wohl auch Bonn in den saueren Apfel beissen müssen.

Ich schreibe Ihnen das nicht vor Glücksberauschtheit, denn ich bin sehr, sehr müde, und das Fontane'sche »Was soll der Unsinn?« hat von meinem bisschen Lebensrest ganz und gar Besitz ergriffen. Mit meinem eiligen Gekritzel wollte ich Sie nur ein bisschen trösten. Es ist ja gut und schön, dass unsere Freunde ängstlicher für uns sind, als wir selbst.

Ihr
Thomas Mann

* Es war keine St. Galler, sondern eine Baseler Zeitung.

Dok. 41
TB [nach 3. 5. 1955] Die Schiller- und Lübeck-Reise, Anm. 11
Otto John, ›Begegnung mit Thomas Mann‹

Betrübte Besorgnis um die Zukunft unseres Volkes sprach aus den Worten, mit denen Thomas Mann mir am letzten Sonntag vor seiner Abreise aus Weimar Eindrücke schilderte, die er auf seiner Reise durch die Bundesrepublik nach Weimar und bei den Schiller-Gedenkfeiern in Stuttgart gehabt hatte. Der achtzigjährige Dichter schenkte mir trotz seiner starken Inanspruchnahme durch die offiziellen Feierlichkeiten anläßlich der Schiller-Ehrung in Weimar die Zeit zu einer persönlichen Unterhaltung. Er empfing mich im Beisein seiner Tochter Erika im Goethezimmer des Hotels International, wo er abgestiegen war.

Die Gestalt des Dichters und sein Werk waren mir vertraut. Die persönliche Begegnung mit ihm wird mir ein unauslöschbares Erlebnis bleiben. Als er mich begrüßte, war ich noch ganz erfüllt von den Eindrücken, die seine »Ansprache im Schillerjahr 1955« am Tage zuvor im Nationaltheater zu Weimar auf mich gemacht hatte. Ich kam zu ihm in einer gesteigerten Stimmung der Verehrung für den größten lebenden deutschen Dichter. Aber er gab sich mit einer so kultivierten Natürlichkeit, daß wir uns sehr schnell in einem politischen Gespräch befanden. Und dies war auch mein eigentliches

Anliegen: von ihm selbst ein politisches Urteil über die deutsche Frage zu hören.

Was er dazu sagte, war eine betrübende Bestätigung meiner eigenen Auffassung über die Gefahren, die unser Volk und den Frieden in Europa mit der Fortsetzung der »Politik der Stärke« durch die Verwirklichung der Pariser Verträge bedrohen. Die Schilderung des Dichters über die von ihm selbst in Amerika erlebte Entwicklung der amerikanischen Außenpolitik zu der heute in der westlichen Welt beherrschend gewordenen militaristischen Politik des Pentagon ließ mich die bittere Enttäuschung spüren, mit der er sich deshalb von Amerika abgewendet hat. Aus seinen Worten sprach die Erschütterung über den politischen Unverstand der westlichen »Staatsmänner«. Er sprach besorgt über die törichte Verhetzung der westlichen Welt gegen den Kommunismus und teilte meine Befürchtung, daß diese feindselige Hetze nach den Vorbildern nationalsozialistischer Propaganda, das Grundübel unserer Zeit, unser Volk wiederum zu verführen und in eine totale nationale Katastrophe zu treiben droht. Er wußte von seinen Gesprächen und Eindrücken im Westen nichts zu sagen, aus dem man Hoffnung für eine Abkehr der Bonner Regierung von der amerikanischen Gewaltpolitik hätte schöpfen können. Fast resignierend sprach er darüber, daß in der Bundesrepublik die Verantwortlichen an den eigentlichen Problemen und Aufgaben, die unserem Volk gestellt sind, »geistreichelnd vorbeireden«, und dies nicht ohne Absicht tun.

Als Fazit der Aussprache mit dem Dichter bleibt mir die Erkenntnis, daß auch er die Politik der Bundesregierung mißbilligt, weil wir mit ihrer Fortsetzung der Spaltung unseres Volkes auf unabsehbare Dauer, der Auflösung unseres geistigen und kulturellen Lebens und nicht zuletzt auch der Vernichtung durch einen Atomwaffenkrieg preisgegeben werden.

Thomas Mann hat durch sein Auftreten bei der Schiller-Ehrung in Weimar der Welt kundgetan, daß er sich dem ganzen deutschen Volk verbunden fühlt, den von selbstgefälligen »christlichen Demokraten« geächteten Marxisten und Kommunisten nicht weniger als allen anderen friedlich gesinnten Mitbürgern. Thomas Mann hat dem deutschen Volk in Weimar aber auch einen Weg gewiesen. Als er auf dem Festbankett zu seiner Ehrung seine Freude über die Begegnung mit »sowjetischen Freunden« zum Ausdruck brachte, gab er das Vorbild für eine aufrichtige Bereitschaft zur Freundschaft mit den Völkern der Sowjetunion, durch die allein der Friede gewonnen und gesichert werden kann.

Möge das ganze deutsche Volk dem Vorbild seines größten lebenden Dichters nachstreben, den wahnwitzigen Treibern zum »Kampf gegen den Bolschewismus« endgültig absagen, um durch eine friedliche Verständigung unter uns Deutschen und mit unseren Nachbarn einen dauerhaften Frieden zu gewinnen.

Dok. 42
TB 4. 7. 1955, Anm. 3
Thomas Mann an Bertrand Russell
Noordwijk, 17. 7. 1955

May I thank you most sincerely for the kindness with which you received my daughter, Erika. I was more than glad to learn that you approved of my suggestion and that – provided the proposed declaration contained nothing disagreeable to you – we may count on your signature and support.

Let me take this opportunity to say how greatly I admire all your recent activities and that I shall consider it a high honour indeed to join you – as best I can – in a campaign the importance of which it would be hard to overestimate.

As a next step I shall shortly approach the others Erika mentioned to you. Eventually, there might be a very few additional signators, but I quite agree that their number must remain small. It is for this reason that I hesitate to write to Mr. George Trevelyan as long as Professor Toynbee has not definitely declined.

As it is rather difficult to reach Albert Schweizer, whilst long explanatory letters will have to be written to all concerned, results may hardly be expected in the immediate future. Needless to say, the final draught will have to be based – among other things – on your last action. I shall take the liberty of keeping you informed.

Erika is not with me at present but should surely wish to be remembered to you. With renewed thanks and best wishes I am, dear Lord Russell,

[Thomas Mann]

KORREKTUREN UND ERGÄNZUNGEN

Zum Band 1946–1948

Anmerkungen

TB 19. 7. 1946, Anm. 2, Seite 399: Es gelang dem sowjetischen Marschall Schukow bereits im Dezember 1941, den Vormarsch der deutschen Truppen zu stoppen.

Zum Band 1949–1950

Anmerkungen

TB 4. 3. 1949, Anm. 2, Seite 379: Der Vorname des abgesetzten Außenministers der UdSSR, Molotow, muß Wjatscheslaw (nicht Wjatschislaw) heißen.

TB 12. 7. 1949, Anm. 2, Seite 422: Die Anmerkung ist um den Namen der Sekretärin, Else Lind-Münster, zu ergänzen.

TB 20. 9. 1949, Anm. 4 und 5, Seite 458: Der Name des niederländischen Mathematikers lautet – wie TM richtig schreibt – E. J. Dijksterhuis. – Anm. 4 muß lauten: »Die August-Nummer der niederländischen Zeitschrift ›De Gids‹ (112, 1949, III) war dem 200. Geburtstag Goethes gewidmet und enthielt S. 145–157 den im TB erwähnten Aufsatz von E. J. Dijksterhuis ›Goethe en Thomas Mann‹.«

TB 23. 9. 1949, Anm. 5, Seite 460: Die Anmerkung ist im zweiten Teil verdruckt. Es muß heißen: »er lebt seit 1947 in Los Angeles«.

TB 11. 10. 1949, Anm. 3, Seite 467: Statt »Sommer 1936« muß es natürlich »Sommer 1933« heißen.

Zum Band 1951–1952

Tagebuchtext

TB 11.3.1951, Seite 33, Z.3 v.u.: Statt »Dibelius« muß es – trotz einer nicht ganz deutlich lesbaren Handschrift – »Sibelius« heißen.

TB 10.10.1951, Seite 118, Z.7/8: Statt »Vorfall« muß es »Vorhalt« heißen.

TB 28.12.1951, Seite 155, 6. Z. vor Absatzende: Die Korrektur [n] ist falsch und muß gestrichen werden.

TB 12.8.1952, Seite 255: Die Pension in St. Wolfgang heißt »Appesbach«.

Anmerkungen

TB 13.1.1951, Seite 355: Der Kommentar erhält eine neue Anmerkung 1: »*Billionen:* TM benutzt den amerikanischen Ausdruck ›billion‹, der dem deutschen Begriff ›Milliarde‹ entspricht.« Die anderen Anmerkungen werden fortlaufend weiter numeriert.

TB 3.2.1951, Anm.2, Seite 373: Der erste Satz der Anmerkung muß heißen: »Der als Dok. 5, S. 762 abgedruckte Bericht, den die ›New York Times‹ am 1. 2. 1951 über die TB 22. 1. 1951 erwähnte und in Dok. 4, S. 759–761 dokumentierte Friedensinitiative [...] brachte ...«

TB 8.2.1951, Anm.3, Seite 376: Statt »Finley Currie« (vorletzte Zeile) muß es »Finlay Currie« heißen.

TB 8.2.1951, Anm.5, Seite 377: Die Anmerkung wird um folgenden Text ergänzt: »Bei dem TM nicht greifbaren Buch handelt es sich um den 1946 bei Piper in München erschienenen Band ›Romanische Dichter‹, deutsch von Karl Vossler, in den – S. 39 – die ›Allegorie‹ von Dante aufgenommen wurde, aus der der von TM angeführte Vers stammt. Vossler übersetzt allerdings: ›So achtet wenigstens, wie schön ich bin!‹«

TB 12.2.1951, Anm.4, Seite 381: Die letzte Zeile der Anmerkung enthält einen Druckfehler. Es muß »mispronunciation« heißen.

TB 20.2.1951, Anm.3, Seite 386: Der Verweis muß heißen: »S. TB 23. 3. 1951 (nicht 1952), Anm. 1.«

TB 21.2.1951, Anm.2, Seite 387: Die Anmerkung steht hier falsch. Sie gehört als Anm. 3 zum TB 6. 3. 1951, Seite 393. Der jetzt dort stehende Verweis ist zu streichen.

TB 22.2.1951, Seite 387: Die Datumsangabe ist falsch. Es muß »23. 2. 1951« heißen.
TB 23.2.1951, Anm. 12, Seite 388: Das Stichwort muß natürlich »Reinhardts« (statt »Rheinhardts«) heißen.
TB 1.3.1951, Anm. 12, Seite 391: Bei dem damals nicht ermittelten »engl. Paracelsus-Buch« handelt es sich um: Henry Maximilian Pachter, ›Magic into science. The story of Paracelsus‹, H. Schuman, New York 1951.
TB 6.3.1951, Anm. 3, Seite 393: Die Anmerkung wird wie oben zu S. 387 angegeben geändert.
TB 15.3.1951, Anm. 3, Seite 397: Der Roman ›Im Frühwind der Freiheit‹ war nach Angaben in Br. III bereits 1950 erschienen.
TB 18.3.1951, Anm. 3, Seite 400: Die Anmerkung sollte heißen: »Vermutlich assoziierte TM ›Siegfrieds Rheinfahrt‹ aus dem Vorspiel zu Richard Wagners ›Götterdämmerung‹.«
TB 3.5.1951, Anm. 2, Seite 434: Bei den von TM herausgesuchten »Büchern zur Erasmus-Novelle« handelte es sich vermutlich um folgende, im TB bereits erwähnte Werke: Anton Gail, ›Erasmus. Auswahl aus seinen Schriften‹ (s. S. 394); José Chapiro, ›Erasmus and Our Struggle for Peace‹ (s. S. 537); die Briefausgabe von Walther Köhler (s. TB 49/50, 342); die Biographie von Johan Huizinga (s. S. 392); David Friedrich Strauß' ›Ulrich von Hutten‹ (s. S. 489), Joseph Bernharts Buch ›Der Vatikan als Thron der Welt‹ (TB 49/50, 567) sowie möglicherweise den 7. Band von Helmolts ›Weltgeschichte‹ (TB 49/50, 640).
TB 2.6.1951, Anm. 6, Seite 451: Das erste Wort der Seite ist falsch geschrieben. Richtig ist »allegedly«.
TB 2.6.1951, Anm. 7, Seite 451: Die Anmerkung sollte um die Angabe »Bl. TMG 12, 26« ergänzt werden.
TB 2.6.1951, Anm. 9, Seite 451: Der Beginn der Anmerkung sollte lauten: »Der deutsche Schriftsteller und Schauspieler Charles Waldemar (1910–1989) war 1947–1951 am Stadttheater Bern engagiert. Später befaßte er sich mit Akupunktur und war als Forscher und Bioenergetiker tätig. Waldemar hatte TM das Manuskript seines Buches ›Himmel und Hölle sind wir‹ zukommen lassen ...« usf.
TB 8.6.1951, Anm. 3, Seite 455: Die Anmerkung sollte um den Hinweis ergänzt werden: »TMs Glückwunsch *Johannes R. Becher zum Gruß* ist abgedruckt in GW XIII, 870/871. S. dazu TB 49/50, 612.«

TB 15.6.1951, Seite 466: Der Kommentar erhält eine neue Anmerkung 2: »*Opstipation:* So in der Handschrift.« Die folgenden Anmerkungen werden umnumeriert.

TB 16.6.1951, Anm. 1, Seite 467, Z. 7: Das letzte Wort der Zeile heißt richtig »this«.

TB 18.6.1951, Anm. 6, Seite 469: Der Regisseur heißt John Boulting (statt »Boulding«).

TB 20.6.1951, Anm. 4, Seite 472, Z. 12: »loyalty« statt »loyality«.

TB 30.6.1951, Seite 475: Der Kommentar bekommt eine neue Anmerkung 4: »*shut:* So, für ›shot‹, in der Handschrift.« Die weiteren Anmerkungen werden umnumeriert.

TB 15.7.1951, Anm. 1, Seite 480: Die Anmerkung muß heißen: »So – fast immer – im Manuskript.«

TB 28.7.1951, Seite 483: Hier ist eine neue Anm. 4 einzufügen: »*Strich in seiner Kritik:* Nicht ermittelt.« Die bisherige Anmerkung 4 wird 5.

TB 12.8.1951, Anm. 1, Seite 485: Wilhelm Furtwängler starb 1954 (nicht 1957).

TB 27.10.1951, Anm. 3, Seite 521: Die Anmerkungen sind z. T. falsch numeriert: Anm. 3 ist in Wahrheit Anm. 5, Anm. 4 müßte 3 und Anm. 5 müßte 4 sein.

TB 28.10.1951, Anm. 3, Seite 521: »Venereal Disease«, nicht: »Veneral Disease«.

TB 31.10.1951, Anm. 2, Seite 523: Die Anmerkung wird durch folgenden Hinweis ergänzt: »Beide Arbeiten wurden schließlich in den Band *Altes und Neues* (s. TB 9. 10. 1951, Anm. 4) aufgenommen.«

TB 11.11.1951, Anm. 3, Seite 529: Es muß heißen »Fontanes [. . .] Erzählung ›Schach von Wuthenow‹«, nicht: »Roman«.

TB 23.11.1951, Anm. 5, Seite 537: Statt des »Nicht ermittelt« muß es heißen: »Der promovierte Sprach- und vergleichende Religionswissenschaftler, Politologe und Diplomat Helmut Rückriegel (geb. 1925), von 1985 bis 1988 Botschafter der Bundesrepublik Deutschland in Thailand und, anschließend, bis 1990 in Irland. Die beiden bisher als verschollen geltenden Briefe TMs an Helmut Rückriegel werden mit freundlicher Genehmigung des Empfängers unter der Rubrik ›Dokumente‹ nachgetragen.«

TB 24.11.1951, Anm. 4, Seite 537: Der Brief an Joseph Chapiro ist Reg. IV, 51/469 (nicht: 269) nachgewiesen.

TB 27. 11. 1951, Anm. 4, Seite 540: Die angegebene Sammlung gab es 1951 noch nicht. TM las in dem 1908 erschienenen Band ›Theodor Fontane. Aus dem Nachlaß‹. Der Essay über Kellers ›Sieben Legenden‹ erschien zum erstenmal 1950 in der NSR, H. 1, S. 31 ff. in dem Beitrag von C. Siebenborn, ›Fontane und die Schweiz‹, den TM gelesen haben dürfte.
TB 2. 12. 1951, Anm. 4, Seite 543: Erika Manns ›Zugvögel‹-Reihe enthält die Bände ›Wenn ich ein Zugvogel wär‹, München 1953, ›Till bei den Zugvögeln‹, München 1954, ›Die Zugvögel auf Europa-Fahrt‹, München 1955, und ›Die Zugvögel singen in Paris und Rom‹, München 1956.
TB 5. 12. 1951, Anm. 1, Seite 546, Z. 9: Das in seinen Endbuchstaben nicht entzifferte Wort muß »Mastodon« heißen.
TB 31. 12. 1951, Seite 560: Hier muß eine neue Anmerkung 1 eingeschaltet werden: »*Ice Creame:* So in der Handschrift.« Die weiteren Kommentare verschieben sich um eine Ziffer.
TB 24. 1. 1952, Seite 573: Die angegebene Randziffer ist falsch. Es muß 169 (statt 168) heißen.
TB 24. 1. 1952, Anm. 1, Seite 573: Es muß heißen: »So – wie häufig (s. auch TB 7. 11. 1951, 1. 6. 1952 sowie 2. 7. 1952) – in der Handschrift ...« usf.
TB 27. 1. 1952, Anm. 2, Seite 575: Die ›Mädchenbriefe‹ (›Sommer in Lesmona‹) erschienen 1951, nicht 1953.
TB 8. 2. 1952, Anm. 5, Seite 581: Martin Heidegger starb 1976 (nicht 1977).
TB 12. 2. 1952, Anm. 4, Seite 585: Die Anmerkung muß heißen: »Der Schauspieler Peter Eysoldt (s. TB 9. 1. 1952, Anm. 2) war ein Sohn des 1916 gefallenen Malers Benno Berneis (geb. 1883) und der Schauspielerin Gertrud Eysoldt. Der Doppelname müßte richtig Peter Eysoldt-Berneis (nicht: Bernays) lauten.«
TB 14. 2. 1952, Anm. 2, Seite 586: In der dritten Zeile muß es »trite« (banal) statt »bit« heißen.
TB 16. 2. 1952, Seite 588: Dem Kommentar ist eine Anmerkung 2 anzufügen: »*St. Zweig zum 10. Todestag: Stefan Zweig zum zehnten Todestag,* GW X, 524/525.«
TB 28. 2. 1952, Seite 598: Der Kommentar erhält eine neue Anmerkung 4; die weiteren Ziffern verschieben sich. Es muß heißen: »*Salem:* Die von Kurt Hahn gegründete renommierte Internatsschule

Schloß Salem nahe dem Bodensee, die eine Zeitlang von vielen Kindern aus Adel, Hochadel und Diplomatie besucht wurde.«
TB 14.3.1952, Anm. 1, Seite 605: Statt des »Nicht ermittelt« muß es heißen: »Der nach dem Krieg in Ober-Eschbach bei Bad Homburg amtierende Pfarrer Walther Krause (gest. 1972), der neben seiner Gemeindearbeit als Dozent an verschiedenen Volkshochschulen, zuletzt in Frankfurt am Main, tätig war. In diesem Rahmen hatte er sich mehrfach und intensiv mit Thomas Mann beschäftigt. Die Widmung, die TM seinem Bewunderer in den *Doktor Faustus* schrieb, lautete: ›Herrn Pfarrer Walther Krause/ dankbar dafür, dass er klug und/ freundlich zu den Menschen von/ diesem Buche spricht, dem der/ Geist christlicher Theologie nicht/ so fern ist, wie das Misswollen/ meint./ Pacific Palisades, Calif./ den 14. März 1952/ Thomas Mann‹.«
TB 30.3.1952, Anm.2, Seite 615: Der letzte Satz der Anmerkung muß heißen: »Die Dinnererklärung selbst war in der Internationalen Ausgabe, die nur alle vierzehn Tage erschien ... nicht nachweisbar.«
TB 20.4.1952, Anm.3, Seite 630: Der Einschub der Editorin in der vorletzten Zeile der Anmerkung muß heißen: »[Der Brief ist in deutscher (nicht: ›in Sütterlin-‹) Schrift geschrieben]«.
TB 2.5.1952, Anm.2, Seite 633: In der zweiten Zeile der Anmerkung muß das Komma vor »Adorno« fallen.
TB 13.5.1952, Anm.7, Seite 642: Konsul Hertz war natürlich seit 1925, nicht seit 1915, im diplomatischen Dienst tätig.
TB 22.5.1952, Anm.4, Seite 652: Die Anmerkung muß heißen: »Charles Waldemar, ›Himmel und Hölle sind wir‹, Heidelberg 1953.«
TB 1.6.1952, Anm.8, Seite 657: In der 12. Zeile der Anmerkung muß der Verweis heißen: »TB 5.5.1952, Anm. 6.«
TB 27.6.1952, Seite 670: Der Kommentar erhält eine neue Anmerkung 2: »*At[t]orney Jacobs:* Vermutlich der Rechtsanwalt Victor Jacobs in New York, der sich etwa um dieselbe Zeit für die Einbürgerung Anna Mahlers einsetzte.« Die folgenden Anmerkungen müssen umnumeriert werden.
TB 23.7.1952, Anm.5, Seite 680: Die Anmerkung ist mißverständlich. Es sollte besser heißen: »O. O. u. Dat., mit Durchschlägen von umfassenden (zwischen 3 und 27 Seiten langen), an verschiedene

Empfänger gerichteten Schreiben, in denen Lesser Expektorationen, Widerlegungen und Richtigstellungen in Sachen TM formuliert hatte.«

TB 29.7.1952, Seite 681: In Anmerkung 1 sollte statt »Nichts Näheres ermittelt« stehen: »Vermutlich der Jurist – Vertreter einer zionistischen Organisation beim Völkerbund und Mitbegründer der Internationalen Flüchtlingsorganisation sowie Schriftsteller – Albert Cohen (1895–1981) mit seiner Frau.«

TB 6.8.1952, Anm. 2, Seite 683: Moravia hieß mit bürgerlichem Namen Alberto Pincherle.

TB 8.8.1952, Anm. 3, Seite 684: Nach dem Gedankenstrich in Zeile 7 der Anmerkung sollte der Text wie folgt weitergehen: »Aus der im TMA jedenfalls teilweise erhaltenen Korrespondenz TMs mit dem über Paris und die Fremdenlegion in die USA entkommenen, ursprünglich Hamburger Juristen Henry F. Waldstein (1902–1977), der nach Kriegsende in der Rechtsabteilung der US-Botschaft in Bonn und am Supreme Court in Bad Hersfeld tätig war, wo sich ein Schiedsgericht mit Restitutionsansprüchen beschäftigte, ist zu erschließen ...« usf. Weiter im bisherigen Text.

TB 10.8.1952, Anm. 4, Seite 686: Statt des »Nicht ermittelt« sollte es heißen: »Dr. Charlotte von Dach, von 1948 bis 1965 Feuilleton-Redakteurin beim Berner ›Bund‹. Ihr Interview ›Kleines Gespräch mit Thomas Mann‹ erschien im ›Bund‹ vom 18.7.1952, Morgenausgabe, 2.«

TB 28.8.1952, Anm. 1, Seite 691: Der erwähnte Brief TMs an Heinz Flügel stammt vom 3.9.1952 (nicht: 9.9.1952).

TB 29.8.1952, Anm. 1, Seite 692: Die Anmerkung muß lauten: »*Doktor Faustus* und *Lotte in Weimar* erschienen 1952 in unlizenzierten Ausgaben beim Aufbau-Verlag in (Ost-)Berlin.«

TB 29.9.1952, Seite 704: Der Kommentar unter diesem Datum erhält eine neue Anmerkung 2; die folgenden Ziffern verschieben sich. Die neue Anmerkung lautet: »*Alluminium:* So im Manuskript.«

TB 13.10.1952, Anm. 1, Seite 709: Der Schweizer Historiker Jean Rodolphe von Salis wurde 1901 geboren. Die Herausgeberin bedauert das voreilig-falsche Todesdatum.

TB 27.11.1952, Anm. 4, Seite 737: Friedrich Torberg starb 1979, nicht 1971.

TB 5.12.1952, Anm. 3, Seite 740: Der Verweis muß heißen: »S. dazu

die TB 19. 11. 1952, Anm. 4 (nicht 5) zitierte [...] AP-Meldung ...« usf. wie im bisherigen Text.
TB 5.12.1952, Anm.6, Seite 741: Der Verweis muß heißen: »TB 5. 11. 1952, Anm. 6« (nicht 5).
TB 27.12.1952, Anm.2, Seite 753: Die Anmerkung muß heißen: »Garbage Disposal, Müllschlucker.«

Dokumente

Dok.13, S.770: In der vorletzten Zeile des ersten Absatzes muß es »occurred« statt »occured« heißen.
Dok.15, S.773: In Z. 15 des zweiten Absatzes muß es »Manifold« statt »Manyfold«, in der vorletzten Zeile des gleichen Abschnitts »sponsored« statt »sponsered« heißen.
Dok.18, Seite 778: In der 5. Z. vor Ende des 2. Absatzes sollte es, obwohl das Typoskript »innihilation« hat, »annihilation« heißen.
Dok.21, Seite 783: In der 1. Zeile des 3. Absatzes muß es »ensuing« heißen.
Dok.24, Seite 789: In der vorletzten Zeile des 2. Absatzes muß es »and« statt »an« heißen.
Dok.27, Seite 792/793: Potempa G 1105 weist für dieses Schreiben drei verschiedene Fassungen nach. Abgeschickt wurde – wie anhand des TB-Textes vom 15. 4. 1951 leicht festzustellen ist – nicht das unter No. 27 abgedruckte Schreiben vom 14. 4. 1951, sondern das vom 15. 4. 1951, das am Schluß des ersten Absatzes gegenüber den Texten vom 13. und 14. 4. 1951 einige für TMs durch die Tillinger-Kontroverse geschärfte Vorsicht bei heiklen Formulierungen bezeichnende Veränderungen aufweist. Der Passus wird zum Vergleich in allen drei Versionen wiedergegeben:
Text 13. 4. 1951: »Wenn das freundliche Vorhaben, mich in das Ehrenpräsidium der Konferenz zu wählen, ausgeführt worden ist, so musste es ohne meine Zustimmung geschehen, – die ich, als ein Emigrant, der seit sovielen Jahren von Deutschland weit entfernt lebt und einem Lande von äusserst gespannter und reizbarer politischer Atmosphäre angehört, Bedenken getragen hätte zu erteilen.«
Text 14. 4. 1951: Veränderungen lediglich im letzten Halbsatz: »nicht in der Lage bin zu gewähren.«
Text 15. 4. 1951: »Um aber nicht erst im letzten Augenblick Ihr

freundliches Vorhaben, mich ins Ehrenpräsidium der Konferenz zu wählen, negativ zu beantworten, sende ich gleichzeitig mit diesen Zeilen ein Telegramm, in welchem ich Sie bitte, davon abzustehen: als Emigrant, der seit vielen Jahren von Deutschland weit entfernt lebt und einem Lande von äusserst gespannter und reizbarer politischer Atmosphäre angehört, fühle ich mich nicht in der Lage, Ihrem Vorschlag zuzustimmen.«

Zwischen Dok. 41 und Dok. 42, S. 819: Hierher gehören die zwei bisher verschollenen Schreiben TMs an Helmut Rückriegel, Pacific Palisades, 12. 10. 1951 und 27. 11. 1951, die im folgenden wiedergegeben werden:

Pacific Palisades, 12. Oktober 1951

Sehr geehrter Herr Rückriegel!

Von einer Europareise zurückgekehrt, habe ich zu viele Briefe zu schreiben, als dass es rechte Briefe sein könnten. Aber herzlich möchte ich Ihnen danken für die Uebersendung Ihres Manuskriptes, das ich mit Rührung und mit Empfindungen wirklicher Erkenntlichkeit gelesen habe. Es ist voll von Gutwilligkeit und Gerechtigkeit, und da es ausserdem sehr gut geschrieben ist, so hat es etwas Vorbildliches, und ich freue mich, dass es in der Welt ist, ob es nun bestimmt ist, die Oeffentlichkeit zu erreichen, oder nicht./ Haben Sie mir Ihr Manuskript als Geschenk zugedacht, oder soll ich es zurückschicken? Es liegt ein Portrait darin, unter dem der Name Friedrich Heiler steht. Ich weiss nicht, wer das ist, und ob es vielleicht versehentlich zwischen diese Blätter geraten ist. Wenn Sie es zurückhaben wollen, so bitte ich um entsprechende Anweisung./ Mit herzlichem Gruss/ Ihr sehr ergebener/ Thomas Mann.

Pacific Palisades, 27. 11. 1951

Werter Herr Rückriegel,

hier das Bild, das zwischen den Blättern Ihres Manuskripts lag./ Hoffentlich habe ich Ihnen nicht nur für dieses, sondern auch nach Gebühr und Gefühl für Ihren gewinnenden Brief vom Oktober gedankt, worin Sie mir die Sendung anzeigten. Ich werde dies schöne menschliche Dokument in Ehren halten./ Ihr sehr ergebener/ Thomas Mann.

REGISTER

Kursiv gesetzte Seitenzahlen verweisen auf den Anhang. Der Name von Katia Mann, die, mit dem Kürzel K., sehr häufig erwähnt wird, ist nicht aufgenommen. Orte und Hotels sind nur im Zusammenhang mit einem beabsichtigten oder verwirklichten Aufenthalt TMs verzeichnet, die Registrierung fremder Werke bezieht sich auf TMs Eintragungen; kleinere Aufsätze und Rezensionen sind nur in Ausnahmefällen einzeln aufgeführt.

I WERKE VON THOMAS MANN

Das Register wurde zusammengestellt von Wolfgang Kloft

INHALT